加利福尼亚金子 上

〔美〕约翰·杰克斯 著 董惠铭 译

浙江文艺出版社
Zhejiang Literature & Art Publishing House

California Gold, By John Jakes

Copyright:©1989 This edition arranged with REMBAR & CURTIS

Through BIG APPLE AGENCY, INC., LABUAN, MALAYSIA.

Simplified Chinese edition copyright:

2021 ZHEJIANG LITERATURE AND ART PUBLISHING HOUSE

All rights reserved.

版权合同登记号：图字：11-2017-1 号

图书在版编目（CIP）数据

加利福尼亚金子 /（美）约翰·杰克斯著；董惠铭译.—杭州：浙江文艺出版社，2021.1

书名原文：CALIFORNIA GOLD

ISBN 978-7-5339-6355-2

Ⅰ.①加… Ⅱ.①约… ②董… Ⅲ.①长篇小说—美国—现代 Ⅳ.①I712.45

中国版本图书馆CIP数据核字（2020）第 268326 号

责任编辑 陈 园 於国娟 徐轶暄

责任印制 张丽敏

装帧设计 吕翡翠

加利福尼亚金子

[美] 约翰·杰克斯 著 董惠铭 译

出版发行 浙江文艺出版社

地 址 杭州市体育场路 347 号

邮 编 310006

电 话 0571-85176953（总编办）

0571-85152727（市场部）

制 版 浙江新华图文制作有限公司

印 刷 浙江新华印刷技术有限公司

开 本 710毫米×1000毫米 1/16

字 数 857 千字

印 张 63.75

插 页 6

版 次 2021 年 1 月第 1 版

印 次 2021 年 1 月第 1 次印刷

书 号 ISBN 978-7-5339-6355-2

定 价 228.00 元

引子

淘金热过去三十年后，具有冒险精神的男男女女们发现了加利福尼亚真正的金子。他们发现它蕴藏于泥土中，蕴藏于溪流中，蕴藏于黑色的石油中，蕴藏于金色的柑橘树中，似乎也蕴藏于那些虚无缥缈、不切实际的新的创造发明中，譬如电影和飞机。

1886 年，一个寻求这种金子的人出发了，他的目的地是一块浸润在传奇、神话和梦想中的地方。她仍然是一块原始的尚待开发的处女地，她有着令人目瞪口呆、千姿百态的地理风貌：干枯燥热的稀树草原，银装素裹的白雪峰峦，寒冷刺骨的紫色峡谷，酷热难耐的黄色沙漠。她覆盖地域十五万八千七百平方英里，贯穿南北纬度整整十度。

她已经通晓多种文化。马尼拉的大帆船在她的海湾补充给养，载着衣锦还乡的东方富翁驶向欧洲。德雷克爵士①在寻找传说中的前往印度群岛的西北通道的过程中曾经在她的海滨修理过他的船只。

早先的西班牙探险家们蹚过其河流，涉过其荒漠，为的是寻找神话传说中的那些黄金铺地的城邦。有二十一个圣方济各会的传教机构，就像一串神圣的念珠，分布在了从圣迭戈到索诺马②的地方。这些欧洲的首批开拓先驱中有军人和教士，他们遵循着他们所认为的仁慈专制主义的东西。他们在上帝和文明的名义下，奴役了加利福尼亚的先民——那些土著印第安人，当时印第安人最像战争形式的活动充其量是挖挖树根和编编竹篮。

随着岁月的流逝，又有人来到了加利福尼亚，来寻求好运和舒适的生活。西班牙军人的墨西哥后裔安居到了她的小山里，在广袤的牧场上饲养

①德雷克爵士，即弗朗西斯·德雷克爵士（1540—1596），英国航海家，曾任舰队副司令，击败了来犯的西班牙无敌舰队。
②索诺马，美国加利福尼亚州西部的一个城市，红酒产地。

牲口。新英格兰①的商人漂洋过海,前来做动物脂油和兽皮的生意……"加利福尼亚钞票",北方人这样称呼他们。沙皇俄国在北部沿海创立了一块殖民地,寻找毛皮,或许还要寻找新的领地,只不过这一企图在几十年后寿终正寝。

那时,出现了一个虎狼般的种族:那些冒着生命危险艰难地穿越大雪封闭的塞拉山脉②的鲁莽无畏的山地人③。他们贪婪地盯着隔绝在大山屏障后面的肥田沃土,而且很快,他们的发现便有消息传到了东部地区。更多的"祖籍非西班牙或墨西哥的美国白人"很快就要来了。

"天定命运"是美国人扛着的一面大旗,他们将它从大西洋扛到了太平洋。1846年,他们掠夺了加利福尼亚,而且四年之后,她被接纳为联邦的第三十一个州。到了1851年,美国人通过法庭从原先的主人手中抢走了土地——由政府赠予的那些大牧场。

这些都发生在那场真正震撼全球的大骚动的背景下。1848年2月24日,在美国河④那条南支流河边的萨特上尉⑤的锯木厂里,响起了一声高呼:"金子!"声震天宇,在世间引发阵阵回响。

成百上千的人听到了这声呐喊,接着是成千上万的人。他们或徒步,或骑马,或驾车,穿越绵延草原,翻越崇山峻岭,他们甚或疲惫不堪地长途跋涉,穿越酷热得令人难以忍受的巴拿马地峡,辗转反侧在臭气熏天的海船里,让那些海船载着他们来到了加利福尼亚。其他的海船绕过合恩角⑥,有很多艘船沉没在了惊涛骇浪之中。这些来寻找金羊毛的现代探宝人,这些阿尔戈英雄⑦,有的徒步,有的骑马,有的坐车,有的乘船,纷至沓

---

①新英格兰,美国东北部的一个地区,包括缅因、佛蒙特、新罕布什尔、马萨诸塞、罗德岛、康涅狄格六个州,由约翰·史密斯于1616年命名。

②塞拉山脉,即内华达山脉,因其锯齿状山脊而又称"塞拉山脉(The Sierras)",美国加利福尼亚州东部山脉。

③山地人,美国印第安纳州人的别称。

④美国河,加利福尼亚州境内的一条河流,发源于内华达山脉,注入太平洋。

⑤萨特上尉,即约翰·奥古斯塔斯·萨特(1803—1880),开拓加利福尼亚的先驱。

⑥合恩角,智利南部合恩岛的南角,南美洲的最南端。

⑦阿尔戈英雄,希腊神话里乘"阿尔戈"号快船随伊阿宋去海外觅取金羊毛的英雄。

来。他们来自美国各地的农场和城镇，来自英国、德国、法国、瑞士、俄国、中国、夏威夷、巴西和其他很多地方。在淘金热的高峰时期，每年蜂拥而至加利福尼亚的人多达十万之众。

有一些人找到了金子；大多数人竹篮打水一场空。那些找到了金子的人没有保存好金子。淘金热造就的不是单个百万富翁，不是单个家庭的财富。

不过，十年内，异想天开的人们开始在这个黄金州①寻找并发现了真正的金子。他们中的第一批人是四个开小店的店主，他们没有显赫的背景，却有着非同一般的理想追求和旺盛精力。他们做计划，筹资金，建成了第一条横贯大陆的铁路的西部一段。

其他的加利福尼亚人在刚过内华达②边界处因发现银矿而一夜暴富。还有的人在大片大片广袤的土地上发现了财富，那些土地上种的小麦长势茂盛，获利颇丰。

甚至到了1886年，加利福尼亚已经拥有了将近一百万人口的时候，她也还没有奉献出她全部的宝藏财富。尽管在那儿，有很多人已经发财无望，梦想幻灭，但是，她辉煌灿烂的神话依然在熠熠生辉。她的名字依然是英勇无畏和锦绣前程的磁石，而且她依然在向全世界年轻的梦想家们放声高歌着美妙的旋律。

这是他们中间的一个人的故事……以及在他寻找加利福尼亚金子的征程中所遇见的那些人中其中一些人的故事。

---

①黄金州，加利福尼亚州的别称。
②内华达，美国西部的一个州，首府卡森城，1848年从墨西哥手中获得，1864年成为美国的第三十六个州。

序章
加利福尼亚的梦想 1886

那三个被绞死的人在风中旋转着，木头绞刑架发出嘎吱嘎吱的声响，暴风雪肆虐，给死者破破烂烂的外衣罩上了一层白色。小男孩害怕这三个人，他们的眼睛闭着，他们的皮肤呈现出冷冰冰的白色，他们的脖子变成了紫红色。这三个人他全认识：奥墨菲、卡斯林和他的叔叔戴夫——爸爸的兄弟。他们几乎就像这场突如其来的暴风雪一样使他感到害怕。

暴风雪像嗥叫的恶狼一样从夏普山扑来，他站在绞刑架旁边短短的一会儿，雪就积得又有一英寸厚了。雪花刺着他的脸，更像冰弹，冲击着他的全身，把他装扮得简直就像一个白头发的干瘪老头。

那个蓝色的药瓶从他冻僵的右手里掉落下来。他紧张万分，赶紧在雪堆里扒着，终于找到了药瓶，然后将它放进了他那件破外套左侧的口袋里，这是他唯一没有破洞的口袋。这个药瓶来自矿业公司所开办的那家商店——爸爸称之为"拔毛店"，因为它就是这样对待矿工的，将他们的"毛"拔得干干净净。

他拔腿穿过越堆越高的一个个雪堆向前跑去。跑路十分艰难，他一会儿就跑得气喘吁吁，上气不接下气了。暴风雪仿佛咬住了他的骨头，令他生疼，而且他感觉自己再也不会暖和了，再也不会见到太阳了。他跌跌撞撞地跑过一些矿工居住的最后一间破烂不堪的框架式复式房子，他害怕再也见不到爸爸了，因为大雪已经堆得有他两个人高了，把回家的小路给堵死了。

他想哭，但他没有哭，因为他已经接受那个教训了。哪怕在七岁的时候，他也没有哭过。要是没有吃的……而且再也没有吃的了……你也不能哭。哪怕严冬旷日持久,冷彻骨髓,没有太阳,只有偶尔从雾霭中泛起的黄白微光,让你的心都要碎了,因为你太想要暖和与阳光了,你也不能哭。哪怕矿上雇用的侦探以阴谋罢工的罪名而绞死了你叔叔,你也不能哭。哪怕你在外头这个地方,迷路了,害怕把你的小命和不死的灵魂丢了,你还是不能哭。

他跑着,用两个拳头击打着雪堆,使劲想闯过去,狂风在他的耳朵边一会儿怒号,一会儿呜咽,一会儿吱吱乱叫。他的头发变白了。他往左边冲过去的时候,脚下一滑,侧面朝下摔倒在地。他站起身来,"呸呸"地吐着雪,这时,他吓坏了,赶紧用双手做成喇叭状,搁在嘴边大叫:"爸? 爸,救命啊!"他的指甲缝里,显露出黑黑的污垢——这污垢是干活时留下的,他跟其余四十个小男孩一起在挖掘和挑拣无烟煤。他的指甲里有宾夕法尼亚的黑色金子,可是他没法用这黑色金子。

他害怕没有回应。他跟跄着,差一点再次摔倒,这时他突然听到了远处有一个微弱的声音:"麦克? 麦克……儿子!"

"爸,你在哪里? 我看不见你。我迷路啦。"

"麦克,我找你找了一个钟头啦。"那声音在他跑向它的时候变得模糊不清。

"可是你在哪里啊?"

"这里,往这边来。"

往这边来,往这边来。这声音在他的四周飞速旋转,分化出好多个声音,回荡着,使他越加摸不清方向,越加感到害怕。他惊恐地尖声喊叫着"爸",一会儿转向左面,一会儿转向右面,跑得更快了,他那双破旧不堪的鞋子也不知怎么的居然将他抬到大雪上面,扛着他在悬崖峭壁一样的大雪中间穿行,雪堆正在不断地变成越来越窄的峡谷。

"爸! 爸?"他喊叫着,接着有一百个回答的声音模模糊糊地从四面八方传向他的耳膜,人类的喊叫声和暴风雪的呼啸声混合成了一个绝望的声音。

他听到有隆隆声,感觉这隆隆声是从他脚下雪堆里很深的地方传来的。这隆隆声越来越响,两边大雪的悬崖峭壁颤动着,开始像白色的阵雨一样落下。

他撞上了一个坚硬的东西,吓得大喊起来。他急忙抬起头来,看到了那三个被绞死的人。他兜了一个大圈子又回来了。绞刑架的四周,防御土墙一样的雪高得像天空一样,接着他慢慢地看不见天空了。

"救救我啊。"当大雪的悬崖峭壁崩塌的时候,他对那几个死人说道。

大块大块的白雪轰隆隆地直冲而下。

"来人哪,救命啊。"

被绞死的人睁开眼睛,朝下看着。

他开始惊恐地尖叫,但是发不出一点声音。他的嘴巴张开着,他眼睁睁瞧着成吨成吨的雪泻落到他的身上,发出像世界末日一样的哀号。他再次拼尽全力发出喊叫声。什么声音也没有。他的喉咙哑了,死了。

但是,恐怖的尖叫声已经足够了。暴风雪在为他尖声呼号,越来越响,越来越响,越来……

他的两眼突然睁开了。那可怕的声音紧紧地拽住了他,直到他坐起身来,他的脑子才开始正常运转。地平线上缭绕着一缕淡淡的模糊不清的烟,货运列车再次鸣响了汽笛,发出信号,汽笛声很快就消失了,火车慢慢地在西面变得越来越小,只留下那青烟飘荡在绵延起伏的收割过的田野上。他强迫自己做了几下深呼吸,深呼吸让他的心跳慢了下来。

噩梦每几个月就会来一下。噩梦跟他熟悉得就像朋友一样了,可是他一点儿也不欢迎它。噩梦就是一个死气沉沉的记忆的大杂烩:寒冷、灰暗、充满绝望的煤田世界,有爱尔兰和威尔士矿工家庭居住的位于宾夕法尼亚的波茨维尔跟卡本港之间的小村庄——他爸爸就是在那儿把他养大的;再就是那些让人恐惧的记忆——他六岁时被叫去办事,就迷失在了这样的一个暴风雪中。他没有碰到丧失性命的真正危险,但是也可能真的会丢掉小命,当时他非常害怕,后来爸爸拎着一盏灯来了,把他抱回了家。

他在梦里总是一命呜呼,被他孩提时代的暗无天日的世界给杀死了,在那个世界里,从来就没有足够的食物,从来就没有足够的柴火,从来就没有足够的矿工的全额薪水,因为在矿工的全额薪水里,公司扣除了房屋租金、灯油、蜡烛等费用。

对大多数在斯库尔基尔采煤,空耗他们仅有几年的健康和体力的人来说,从来就没有足够的希望。在这个方面,爸爸是个例外。爸爸有他自己的记忆。爸爸有他的书。爸爸有加利福尼亚。

他将这一切都留传给了他儿子,此时,他的儿子从他的头发里清理掉一点脏物,跨越了那棵树底下的金黄色的树叶,来到没有被树枝遮蔽的地方,仰起头,沐浴在秋日暖暖的阳光下。他肯定,这里的阳光没有加利福尼亚的阳光好,但这是一个预先的体验。

他的名字叫詹姆斯·麦克林·钱斯。麦克林是他的爱尔兰母亲少女时代的姓。她在生他的时候难产死了,而且也许是因为对妻子的爱,也有儿子生下来就没有了母亲的缘故,所以爸爸一直以来就叫他麦克。他身高五英尺十英寸①,而且他挨过了作为一个矿工儿子的成长岁月,身子骨长得健康而又结实。最近几个月来,虽然他经常在露天的地方,但是比他在他永远离开了的斯库尔基尔县的那个时候也只是稍稍黑了一点——他依然是一个白皮肤的东部人。

麦克遗传了他父亲纯棕色的头发和他从来没有见过的母亲的淡褐色的眼睛。他在这趟旅行中留起了胡须,他的胡须跟他的头发大相径庭,色泽要浅一点,要红一点,而且他的胡须遮住了一个强壮的下巴。每当他觉得需要展示自己的笑脸的时候,他的笑容是开朗可爱的,但是他在矿区的孩提时代也让他养成了好斗的习性。

他在树后面放松了一下自己,然后蹲在地上,俯视着他那块包裹着

①长度单位。1 英寸等于 2.54 厘米,12 英寸为 1 英尺。

他全部物品的很大的蓝色印花手帕,这些物品包括一把很大的折刀和一本书。他穿着灯芯绒的裤子和一件劳动布的旧短上衣,这套行头就时下的温度来说太厚了点,但是对这趟行程的最后阶段来说是有必要的。他出门的时候已经身无分文。那次矿难之后的抚恤费是慷慨的二十五美元,要拿这笔钱,他得签一份书面协议,声明矿业公司从此以后不承担任何责任。体面地埋葬了父亲之后,他已经罄尽那笔抚恤费了。

麦克解开那块印花大手帕,在一个伤痕累累的苹果和其中一块已经硬如木柴的饼干之间犹豫着。他选择了饼干,然后拿起那本书,从它有凸饰压印的皮封面上掸掉饼干碎屑。他仔细检查着书的每一个角,看有没有卷起来,接着他用手掌轻轻地抚摸着那些凸起的文字,这些文字的感觉他烂熟于心。封面上写着:

加利福尼亚及其采金地

之

移民指南

下面就是作者的名字,T.福勒·海因斯;还有一个日期,1848 年。

这本书的开本为六英寸乘三英寸,而且有半英寸厚。麦克打开书本,翻到书名页,脸上绽开笑容,仿佛见到了一位老朋友一样。这本书完全是作者的亲身经历和所见所闻。它是在纽约市出版的,出版商是卡什兄弟出版公司,价格十五美分(含地图)。此时此刻,他翻阅着这本他父亲一路带到加利福尼亚又再次带回来的小小图书,目光落到了一行他最喜爱的文字上:

早期西班牙探险家想象中的在南美洲的黄金国终于被早期的美洲航海家们发现了,这给了一些人财富,也给了所有人新的希望。

他的爸爸一辈子都相信有黄金国，尽管他就是数以千计的失败的阿尔戈英雄中的一员，他们回家时一无所有，唯有对洒满阳光的金色土地和灿烂前景的美好回忆。麦克也相信有黄金国，而且由于爸爸出事了，倒使他没有了牵挂……他从来就不相信矿业公司，或者说从来就不相信这块凄凉悲惨的冷漠土地，就是这块土地，使那些受骗上当的人耗尽了他们的力气和希望……他踏上了他的旅程，要去证明这位超然神圣的 T.福勒·海因斯的话是真实的。到了加利福尼亚，他将永远不会再感到寒冷，他将永远不会再遭受贫困。

麦克觉得右上角好像有点卷了起来，便再次抚摸了一下书本……实际上没有卷起来……然后，随着上午时光的慢慢逝去，他扎好印花大手帕，继续上路，向西，穿越艾奥瓦州①的尤宁县。

半个小时之后，他碰见了两个农家小男孩，在泥地上打着滚，互相用重拳击打着对方。他抢上前去，将上面的那个小男孩揪起来，他的淡褐色眼睛里露出严厉的神情。

"你放开他。"

"不关你的事。"那大一点的男孩说道，"他是我弟弟。"

"我不管……你比他高整一个头呢。"

"你有什么权利来管这事儿？"

"哎呀，我就是喜欢站在无可奈何的弱者一方。这是我爸教我的。"麦克微微一笑说道，接着，他收敛笑容，用一根食指指着那个个儿高一点的小男孩的脸，"所以，你记住我的话。别让我再看见你恃强凌弱。"

"是，先生，好的。"那个儿高一点的小男孩说道，此时他的锐气已经大减。

"这儿附近什么地方有城镇吗？"

"再走三英里就有。"那小一点的男孩说道。

---

① 艾奥瓦州，美国中西部的一个州，首府得梅因，1803 年作为路易斯安那购置地的一部分，美国获得控制权，1846 年成为美国的第二十九个州，又译"衣阿华州"。

"好。我得去找份工作，这样才能有钱买吃的。"

艾奥瓦州马西登火车站的那幢木头框架建筑在正午的灼热中被烘烤。经过磨光的铁轨闪耀着炫目的阳光，从东向西，穿越那些广袤无垠的富饶大草原，大草原上，一个个筒仓和谷仓矗立在平坦的大地上。麦克被一个很响的焦躁不安的声音所吸引，走进铁道旁站台东端的阴影里。他刚才一直在另一端细细观察马西登的那条主要街道，突然听到了一个人节奏单调的说话声，或者说更像是一种鼓动性的说话片段：

"……探索加利福尼亚的奇妙，再没有更好的时机了。"

站在站台阴影里的那个人已经上了年纪。实际上他只有四十岁左右，但是对只有十八岁的麦克来说，那算上年纪了。他穿着一件彩格子呢大衣，脖子上挺立着纸做的领子，打着孔雀蓝和绿色相间的领带，头上戴着一顶常礼帽。衬衫和领子上的纽饰闪烁着亮光，像一个个小小的金块。麦克看见了那闪亮的金光，却没有看见这些东西很廉价。等我富了，我也要穿这样的衣服。

那个人搭起了一个可以折叠的架子，上面放着一些小册子。当麦克慢慢凑得更近时，他注意到了火车站的墙壁上用平头钉钉着一张广告。

"为了健康……为了财富……为了娱乐"

去看看

加利福尼亚

现在就出发！！

超低旅费

错过不再！

这个演讲者在空中挥舞着他的一根手指，说道："所以啊，朋友们……"

他的听众是三个面部皮肉下垂，戴着草帽，穿着粗蓝布工作服的农民，还有一个是两个小女孩的母亲，小女孩戴着老式的方格条纹布做的宽边遮阳女帽，这些人看上去完全不像是朋友的样子……

"别去相信那些妒忌的人和无知的人可能会对您说的话。加利福尼亚的居民绝对比我们生活得有滋有味。他们完全不是生活在野蛮、原始的异地他乡。事实上，他们在享受着全美利坚合众国最美好的气候，最肥沃的土地，最清澈的天空，最温和的冬季，最健康的环境。"

麦克轻而易举就相信了。他从爸爸那儿听到过同样的话，而且他在T.福勒·海因斯的书里也看到过同样的内容。

"而且，由于联合太平洋铁路公司和中央太平洋铁路公司把旅费降到了空前绝后的优惠程度，所以您千万别错过了去那个黄金州的机会，也许您会在那里找到新的家，而且……谁知道……您也许会找到您的财富，就是这种财富，自从返家的马尼拉大帆船访问她的海岸以来，自从弗朗西斯·德雷克爵士沿着其海岸线航行以来，自从那些勇敢坚强的西班牙征服者穿过其峡谷，翻越其高山，前来寻找宝藏以来，便吸引着那些勇敢无畏的人来到了加利福尼亚。抓紧啊，我的好朋友们。我这儿有车费价目表和所有相关的信息。"

这个推销员展示着一把小册子。一个农民俯身向前，在铁道上吐掉他的烟蒂："这他妈的太远了。而且干吗去？去让印第安人剥头皮，或者让拦路强盗一枪打死？不去，谢谢。"说着他拔脚离开了。

"先生……先生们……这可是彻头彻尾的愚昧无知和不符合实际的……"

推销员停住了话头。其余的农民全都跟着第一个农民离开了。接着，那个母亲"嘘，嘘"地赶着她两个戴着宽边遮阳女帽的女儿，自己拿了几本小册子之后，绕过了那个墙角。

推销员瞧着那两个小女孩蹦蹦跳跳地走过一条躺在泥地上抓扒虱子的小狗身旁："唉，恐怕，近期，无论什么时候，这些年轻女士都没有现钞,买不起火车票的。耶稣啊,整一个乡巴佬的城镇。"

他将小册子扔进一只打开的箱子里,开始折叠他的架子。

麦克走向前去:"我想要一份。"

那推销员拿他的常礼帽扇着风:"孩子啊,我受雇于中央太平洋铁路公司,做旅行推销,兜揽人们买票乘火车。你看上去不像有钱的人,恐怕连去最近茅房的路费都付不出的。"

麦克生气地平视着他的双眼:"我没钱。可是我喜欢看有关加利福尼亚的所有东西。我就是要去那里。"

"是吗?"

麦克点点头。

这人又开始摇唇鼓舌:"那么你比这儿那些白痴要聪明。"

他朝西面做了个手势:"加利福尼亚历史上最伟大的陆上通道……一条到那儿的便宜路子,抓住机会啊……唉,他们他妈的什么都不想了解。也许得梅因的人不会这么愚蠢吧。"

他扔了一本小册子给麦克。封面用的是十分漂亮的平版印刷,加利福尼亚的明媚阳光照耀在葡萄架上和层层叠叠的小麦垛上,几个角上描绘着显示爱国精神的旗帜,背景里,一只灰熊在悠闲自得地徜徉。

"谢谢。"麦克说着,将那份小册子夹进他的书里,这引起了那人的兴趣。

"那是什么?"

"一本写淘金热的指南。"

那推销员勾动着他的指头,麦克不情愿地将书递给他。那人舔了大拇指一下,翻着书。

"小心啊。"麦克说道,"这是我爸给我的。他一直把它带到了矿区。"

"哦,他住在加利福尼亚,是吗?"

"不是,住在宾夕法尼亚。就是说,7 月之前住在那儿……他已经死了。他没有找到金子,回家来了。"

"没有多少人找到金子。"那人说道,这会儿他开始从火车站的墙壁上拆除他那份广告的平头钉。广告的底边印有花里胡哨的文字,敦促人们:

看哪!

柑橘园和其他自然奇观!

房地产和各种商贸良机!

休闲新城和度假天堂!

美好无比的前景随着广告的卷拢滚出了他的视线。

"找到了金子的大多数人哪,"那人继续说道,"把钱像撒尿一样撒在了女人身上,或者质量低劣的烈酒上,或者赌博上。在我看来,我的孩子,加利福尼亚小溪里和河流里的金子,就是黄铁矿。那是傻瓜的金子。"

"我知道。"

"但是你知道这个吗……那儿真正的金子是在土地里。"他将他忧郁的眼神投向了光灿灿的地平线,"一个人所能见到的最富饶、最美丽的土地。"

"我在书上看到过。而且那儿没有雪。"

"完全正确。除非你生活到内华达塞拉山区,恐怕是这样。"

"我不会去内华达塞拉山区。"麦克宣布道,"我要到旧金山去。他们称它为美国西部的雅典。"

那人乐了,说道:"有雄心壮志。跟我说说,这么远的路,你打算怎么到那儿去?"

"同样的方法,我到这儿也走了很远哪。有可能,免费搭个车,没车搭,就走路。"

站台顶头的一块木板发出嘎吱嘎吱的声响,一个马甲上挂着一块金属徽章的愁眉苦脸的中年男子从墙角那儿转了出来,他交叉着双臂,瞧着麦克,这时的麦克正被那推销员一句爆炸性的惊呼给弄得心神不定。

"走路?"

他在火热的寂静中听到他爸爸说道:"那些阿尔戈英雄知道有奇迹的存在,知道有慷慨的馈赠,知道加利福尼亚有令人难以置信的各种可能……有等着你采撷的财富,而且你可以不择手段,谁也不会提出非议。怀揣此种想法的人们迫不及待地想要到加利福尼亚去,他们卖掉全部家当,买马车,从陆路前往,或者买轮船票,绕过合恩角。家徒四壁的人们……我就是其中之一——他们步行,我看到那些大草原上,黑压压的全是去加利福尼亚的走路的人们……"

"是的,先生。1849 年、1850 年许多人都是一路走到加利福尼亚去的。"麦克说道。

那推销员哈哈大笑起来,与其说是嘲笑,还不如说是可怜。

"孩子啊,你疯啦。"

"也许吧,可是我要去那里。"

"那么现在就走吧。"佩戴徽章的那个人突然插话道,"我们有法令禁止游手好闲之徒和流浪汉。"

麦克怒不可遏,但是他强压怒火:"治安官……先生……我需要找个工作。我需要挣点钱买吃的。"

"这个城里没工作。"

"也许下一个城市。"那推销员说道,"给。"

他用大拇指快速地翻动着一个银币。银币飞向空中,径直落到了麦克急忙窝成杯状的双手里。

远处,一列火车鸣响着汽笛,推销员眯着双眼望着西边的光亮:"我就坐这趟车去得梅因。祝你好运,孩子。我还是说,你疯了,不过,我倒是真想跟你一起去,去看看加利福尼亚。"

"你是说你从来没有亲眼目睹过它?"

"没有。铁路给我钱推销铁路。"他抚平他那根孔雀蓝和绿色相间的领带,"唉,我在罗克艾兰有老婆和九个孩子要养活……我没法……唉……我羡慕你。"

一个如此老于世故的人竟然这么称许他的事业,麦克感到激动不已,而且也让他在那位治安官再次对他发话时少了些许刺痛感。

治安官说:"赶快走。"

麦克朝那位推销员挥挥手,然后从阴凉处走到灼热的阳光下。

他瞧着从伯林顿①到密苏里②的慢车在他身旁驶过,一团团蒸汽翻滚着,炉渣飞舞,刹车时钢铁与钢铁碾磨的碎屑喷溅出来,他咧嘴笑了,并向单节客车车厢里的两个小姑娘挥着手。

接着,他吹着口哨,转过身,继续向着西方走去。

向着密苏里河③,向着普拉特河④,向着落基山脉,向着内华达山脉,向着唐纳峰⑤,向着移民谷⑥,向着加利福尼亚走去。

---

①伯林顿,美国艾奥瓦州东南部城市。

②密苏里,美国中西部的一个州,首府杰斐逊城,1803 年作为路易斯安那购置地的一部分,美国获得控制权,1821 年成为美国的第二十四个州。

③密苏里河,美国中西部的一条河流,密西西比河的最长支流。

④普拉特河,美国内布拉斯加州中部的一条河流,汇入密苏里河。

⑤唐纳峰,加利福尼亚州 80 号州际公路的最高点,美国第一条横贯大陆的公路、第一条横贯大陆的铁路、第一条飞越西部的航线均从这儿通过。

⑥移民谷,加利福尼亚州普莱瑟县穿越内华达山脉的一个比较低矮的峡谷,因移民马车队开拓此路而得名。

第一章

口渴之人　1886 ——1887

淘金热之后,加利福尼亚州开始奉献的第一件珍宝便是其最古老的珍宝:她的土地。

1821年墨西哥从西班牙脱离获得独立后,在加利福尼亚的新的墨西哥政府剥夺了原先属于教会的所有财产。方济各会的修士修女们灰溜溜地回到西班牙去了,印第安人则开始漫无目的地漂泊,过着居无定所的生活。

来到加利福尼亚州的第一批北方人立刻觉察到了这片土地的价值。为了获取他们的份额,这些祖籍非西班牙或非墨西哥的美国白人宣称他们信仰天主教,并跟名门望族通婚,作为富饶大牧牛场的牧场主和奴隶的主人,开始安顿下来,过上舒适的生活。

另外,加利福尼亚并入美国之后,不太按照规则出牌的新来者也认识到了这块土地的潜在价值,并开始以稍稍粗野一点但比较典型的美国方式获得他们的土地:使用法律。美国国会颁布法令,要明晰产权,敲定土地所有权的边界,他们派出一个委员会,来倾听各方的申述。不幸的是,委员会中没有一位成员说西班牙语。

再者,原先大多数土地的契据都是以极其模糊的语言表述的,边界的描述和标定的地标往往是一棵树(这棵树也许在最近的暴风雨中已经轰然倒塌)、一条小溪(其水道也许在过去的二三十年中已经改道)、一块岩石(也许已经彻底消失)。要是模糊不清的边界无法让所有权申请人赢得认可,那么伪造的契据肯定能赢得认可。大多数的土地产权标定案都是由那些祖籍非西班牙或非墨西哥的美国白人法官裁定的,所以裁定的结果大多有利于那些祖籍非西班牙或非墨西哥的美国白人的当事人,这些当事人的代理人都是祖籍非西班牙或非墨西哥的美国白人律师,于是,那些西班牙殖民者……那些温文尔雅、文明礼貌、门第高贵的墨西哥裔大牧场主……很快便被剥夺了他们的土地。

随着西班牙牧场工人的消失,随着像世界末日一样的恐怖的干旱季节和洪涝季节的到来,曾经繁荣昌盛的菜牛贸易变成了一项充满风险和不受欢迎的冒险行为,大地主转向了小麦种植,小农场主们也一样,小麦是一种更加稳定和盈利颇丰的作物。虽然小麦以前在一些教会农场也种植过,但是到了现在加利福尼亚人才认识到,小麦完全适合在中央谷地①的土地上生长。小麦在短暂湿润的冬季发芽,抽条,在酷热干旱的夏季生长,成熟,小麦可以经受少雨干旱的季节,而且足够坚强,不怕长途海运,可以运往东海岸的市场或者欧洲市场,那些市场对小麦的需求量很快变得十分巨大。到了19世纪80年代,加利福尼亚运出去的小麦已经达到每年四千万蒲式耳②。

这一金色的作物将平坦而又毫无特色的萨克拉门托河③谷和圣华金河④谷变成了前所未有的聚宝盆。在地球上最伟大的农业区域之一中,小麦是第一项伟大的农业财富,而且它还不是最后一项。

但是,未来的财源还在等待这块平坦而又富饶的土地自身无法提供足够数量的某种东西——水。

---

①中央谷地,加利福尼亚州中部的一个冲积平原,面积约58000平方千米,为最富饶的农业区。

②蒲式耳,谷物、水果、蔬菜等的容量单位,在英国等于36.368升,在美国等于35.238升。

③萨克拉门托河,加利福尼亚州最大的河流,源于该州的沙斯塔山附近,全长615千米,有290千米河段可通航,远洋轮可上行至萨克拉门托,淘金热时曾风光一时,该河流域是世界上最富庶的农业区之一。

④圣华金河,加利福尼亚州中部河流,由内华达山脉中的水流汇集而成,全长560千米,其河谷构成中央谷地的南段,沿河流域为美国最富庶的农业区之一。

1

在内布拉斯加州①的奥马哈②，麦克·钱斯在一个酒吧里擦洗了几天地板。他拿到薪水的那天下午，酒吧老板的那条斗牛犬咬了他一口。接下来的这个星期，他一直发烧，人昏昏沉沉的。他一瘸一拐地行走在向西的印满车辙的大路上，竭力说服自己，那位推销员所说的话是错误的。

"孩子，你疯了。"

在卡尼城③外，一个农场主用一支双筒猎枪开枪打他。麦克翻越过篱笆，有一些偷来的苹果从他的口袋里掉了出来。他鄙视偷盗，没法子了才当的小偷，但是接下去的四天里，唯一给他提供营养的就是这些苹果。

他的嘴巴干得一塌糊涂，也就顾不得那本指南里警告的话，跪倒在携带着大量淤泥的普拉特河边喝水——这水有一种怪怪的酸酸的味道。天还没有黑，他便躺倒在地，双手捂着肚子，他的肠子像水开了一样一个劲儿地翻滚着。他病了一个星期。

在大草原上，他看到联合太平洋铁路的快车风驰电掣般地开向西部，一列长长的轰隆隆的一节一节的怪兽一样的东西由邮车车厢、货车车厢、头等客车车厢和二等客车车厢组成。其中一节二等车厢里，挤满

---

①内布拉斯加州，美国中部的一个州，首府林肯，1803 年作为路易斯安那购置地的一部
　分，美国获得控制权，1867 年成为美国的第三十七个州。
②奥马哈，内布拉斯加州东部的一个城市。
③卡尼城，内布拉斯加州南部的一个城市，位于普拉特河边。

了穿着黑色衣服的脸孔苍白的人们，车厢的一边钉着一面巨大的帆布横幅。

印第安纳旅行团
赴
南加利福尼亚

火车卷起一团巨大的尘埃。有几个旅行团的成员看到麦克站在铁路用地的边上，便嘲弄性质地挥舞着手，而他则咬紧牙关，跟在列车后面，继续拖着疲惫的步子往前走去，落下来的灰尘像黄色的面粉，撒在他的头发上、耳朵上、眼睑上。

他宿营在小道分岔的弗里蒙特浅滩附近，分岔的小道通向下加利福尼亚①，他坐在那儿借着满月的月光看 T.福勒·海因斯的指南。

他的父亲收藏了一小书架有关加利福尼亚的书籍，都是颜色发黄的书，大多数是二手货，但是书中充满了"颜如玉"和"黄金屋"。不过，T.福勒·海因斯是爸爸的最爱。像其他指南的作者一样，海因斯以英里为单位标注了里程，在古老的俄勒冈小道②上和再往西的加利福尼亚捷径上标注了地标。麦克打算部分路段沿着这条线路走，不过他不需要盲从海因斯。距离作为亲力亲为的目击者的海因斯完成他的旅行并写出他的指南已经过去四十年了，小道的沿途又有很多村庄和城镇冒了出来，铁路沿线也出现了很多村庄、城镇和可供使用的道路。即便在大山里，麦克也认为不需要依赖海因斯，只管沿着横贯大陆的铁路走就行。在海因斯的书里，他看重的是那些奇迹。

---

①下加利福尼亚，墨西哥西北部的一个半岛，即下加利福尼亚半岛。
②俄勒冈小道，俄勒冈为美国西北部的一个州，首府塞勒姆。俄勒冈小道系美国历史上向西北地区大移民的路线之一。

所以，他再次看了海因斯书中来自给了加利福尼亚名字的那部古老西班牙小说的部分段落。那位小说家说，加利福尼亚曾经居住着强壮得令人难以置信的黑种女人——亚马孙族人①。"她们的武器全部都是金子做的，她们所驯养和骑行的野兽的挽具也是金子做的……由于那个地域山高林密，环境险恶，所以有很多狮身鹰首兽。"

当晚，他梦见了狮身鹰首兽和黑种女人，倒是没有梦见被绞死的人、大雪和他自己的死亡。

有时，他栖身在牲口棚里或者马厩里，有时碰到阵雨，要是没有电闪雷鸣，他便躲在一棵树下。他亲眼目睹过颇为壮观的景象：龙卷风形成的漏斗云，草原大火将城市十个街区的一大片地方烧得片瓦无存，一群野牛在吃草……野牛比尔②最终显然没有将野牛赶尽杀绝。

他的衣服都快要变得僵硬了，尽管每当发现合适的小溪时他都会认认真真地洗涤他的衣服，但还是臭气熏天。他偶尔也能搭上一段路程的便车，但大多数路都是徒步。一开始上路那会儿，两条腿让他吃尽苦头，从大腿到小腿的部分疼痛难忍，几乎连走路都困难，可这会儿，两条腿疼痛的程度减弱了，变成了持续的痛楚。他发现自己浑身正在长出新的肌肉，而且之前他丝毫也没有感觉虚弱。

寻找食物是最难办的事情。有的时候，他什么也吃不上，只能吃点浆果，喝点水。他的体重下降了，下降了很多。

他没有沿着铁路穿越怀俄明州③后继续朝着通往盐湖城④的那条

---

①亚马孙族人，希腊神话中相传曾居住在黑海边的一族女战士。
②野牛比尔，即威廉·弗雷德里克·科迪（1846—1917），美国陆军侦察兵，因其善捕野牛、在八个月里捕猎 4280 头野牛、将牛肉供应给修筑太平洋铁路的工人而得名"野牛比尔"。
③怀俄明州，美国中西部的一个州，首府夏延，1803 年作为路易斯安那购置地的一部分，美国获得控制权，1890 年成为美国的第四十四个州。
④盐湖城，美国犹他州的首府，位于大盐湖的东南岸。

往北的弯道走,而是选择了更直的线路,往西,往科罗拉多州①走。每当有可能时,他便以劳力换点吃的,换个睡觉的地方,或者挣几个美分。他砍柴火,堆柴垛,喂猪猡,给贵族庄园大厅内部的墙壁刷白。

当大地变得越来越平坦,变得越来越荒无人烟的时候,他便往往会忘掉他原本生活在一个总统是格罗弗·克利夫兰②、二十多年前爆发了那场伟大的内战③、有一群曾经被认为是年轻英雄而现在已经成了喋喋不休的讲故事老头的人的高度文明的国度里。

这是一个繁荣富强的时代,这是一个创造奇迹的时代,普尔曼④式豪华车厢的问世,蒸汽驱动电梯的发明,爱迪生先生对街道公共照明设施和白炽灯的完善,开始连接各大城市的电话服务,加上三年前新建成的布鲁克林桥——一项堪与金字塔媲美的建筑奇迹,都说明了这一点。麦克虽然对所有这一切都了如指掌,而且他还了解很多其他的事情,但是它们越来越像属于其他地方、属于其他星球的事情。他长途跋涉了很久很久,其间看不到任何耕地,看不到一辆货运马车,看不到电线杆子,甚至看不到一只走散的羊。他感觉自己正在走近这个文明世界偏僻的边缘。一旦他跨越这个边缘,征服那些横亘在前面的大山屏障,便将进入一块超越一切想象的土地……就像那部古老的西班牙小说所说的那样。

每天的白昼在减少,日光变得惨淡、阴冷。他跋涉在颤杨、桤木、悬铃木中间,而不是行走于平原上乱蓬蓬的三角叶杨旁边。阳光照耀下美不胜收的树木在风中弯着腰,风吹落了树上的叶子,吹得一团团篝火

---

①科罗拉多州,美国中部的一个州,首府丹佛,这块土地东侧为绵延的大平原,西侧为落基山脉,部分地方在路易斯安那购地案中获得,其余的由墨西哥割让给美国,1876 年成为美国的第三十八个州。

②格罗弗·克利夫兰,即斯蒂芬·格罗弗·克利夫兰(1837—1908),美国总统,民主党人,推行文官制,反对保护关税,镇压罢工,对外主张孤立主义。

③内战,指美国南北战争。

④普尔曼,即乔治·莫蒂默·普尔曼(1831—1897),美国实业家,发明了普尔曼式卧车。

般的树叶在他四周狂飞乱舞。

落叶使他伤感,提醒他,他无家可归。

除非前方有他的家。

　

他默默地站在一条呈三十度角度升高的道路上,瑟瑟发抖。雪正在下,这会儿已经被风刮得很紧了,大地只剩下白茫茫一片。这使他想起了他噩梦中的情景:他用一只冻得冰凉的手捋着自己已经长及胸部中央的长长的胡须,他的目光紧盯着他眼前凶险万分的屏障——落基山脉。黑色的花岗岩,灰色的冰。常识告诉他,还是乖乖地打道回府,但是他听到了其他的声音。

绝对不能再穷了。

绝对不能再穷了……

他在路边上有大块卵石和大片花岗岩掉落下来的大雪覆盖、满是燧石的道路上加快了脚步,突然左脚一崴,痛得他大叫一声,他的左脚肿了,因为他的骡耳靴子太紧,尤其是左脚的。他用折刀将靴子割开,现在它就像被他扔掉的那只破鞋子一样了。他从背上的铺盖卷里拿出一件衬衫,将它撕碎,裹在脚上。衬衫料子昨天还是干净的,今天却变得闪闪发亮,渗出了血。

他鄙视自己居然喊痛。虽然没有人听见,但是他认为这是怯弱的表现,示弱的表现。

狂风刮在他的脸上,刮得他的脸都麻木了,大雪刺痛了他的脸颊,恐惧感陡然升高。他闭紧嘴巴,将一只手插进口袋里,紧紧抓着 T.福勒·海因斯那本书的皮封面,他的大拇指摸到了那个黑体的"加利福尼亚"的"加"字。皑皑白雪中留下了殷红的鲜血脚印,他沿着陡峭的路,朝着那些高耸的山峰攀登。

2

白色的光亮将他照醒了。他坐起身来，发出哼哼唧唧的声音，冷入骨头了。

他听到了人声，便记起了自己在什么地方：位于内华达山脉中的唐纳峰和特拉基镇①的东面数英里处，但是仍然在两个州界的内华达州一侧。一场暮春的暴风雪在夕阳西下的时候将他驱赶到了一个高山防雪棚里，整条中央太平洋铁路沿线的专用土地上都建有这种防雪棚子。他睡着了。幸运的是他没有整夜睡着，否则必冻死无疑。

他蹑手蹑脚地向防雪棚子顶头的亮光处走去，与其说像一个人，倒不如说像一头直立的熊，一团裹在好几件衬衫、一件肮脏的野牛皮外套和一顶他在胡子下面扎得紧紧的毛皮帽子里的破破烂烂的东西。他在脚上套了三双肮脏的袜子，穿着他买来的工作鞋——他在内华达州为中央太平洋铁路一个工段养路班清除铁路积雪的工人烧了一个星期的饭，挣了几个钱，买了这双鞋。

他将戴着长手套的双手插在自己的胳肢窝里，朝外面望去。小雪飘落在火车头前灯贼亮的光线里，火车头发出咝咝的声响，将蒸汽喷射到铁轨下面五十码②远处。麦克看到了一节煤水车、单节货车和单节守车。夜，茫茫无际，寒冷刺骨，险恶峥嵘，仿佛四周全是冷酷无情的嶙峋怪石，到处都是死气沉沉的无生空间。

一盏灯在火车和一个小小的加煤站贮放煤的棚子之间来回晃动着。这是司闸员在晃灯，司闸员从守车那儿跑上前来。火车司机和司炉工嘎吱嘎吱地踏着积雪，匆匆回来跟他会合在一起，他们的话音在寂

---

①特拉基镇，加利福尼亚州内华达县的一个镇。
②码，长度单位。1码约等于91.44厘米。

静的夜里十分清晰地传了过来。

"他往外头偷看的时候我看见他了,谢默斯。拿着我的灯,我拿棍子。"

麦克就一直站在棚子里面的阴影里,迎着车头灯眯眼瞧着。那货车车厢的门轰隆隆地打开了。

"好啦,你。从那儿出来吧。出来,我说。我们有三个人,对你一个。"

这话说服了那逃票的乘客,一个身影在蒸汽中跳了下来。他失足掉落在被大雪覆盖的铁路的长长的斜坡边上,伸手想去抓那货车以便稳住自己的脚跟。

那司闸员说道:"科·波·亨廷顿①的铁路没有免费乘车的,先生。"麦克惊讶地听到了那棍子敲在逃票乘客光秃秃的脑袋上的声音。

那人呻吟着,摇摇晃晃地倒向铁路的斜坡。火车司机大笑着踢了那人的屁股一脚,司闸员再次拿棍子打他。这一下把他打得发出一声闷闷的喊叫,倒在了地上。他顺着斜坡滚下路基,卷起一团团雪花。麦克听到下面又传来一声刺耳的哀号声,接着归于沉寂。

列车上的乘务人员互相交流着他们的看法,他听不到他们在说什么,接着他们回到各自的岗位上去了。司闸员停下脚步,在雪地上开始撒尿,然后爬上守车,晃动着他的信号灯。随着机车的主动轮来来回回地转了几下轨,火车司机拉响了汽笛,机车低沉的尖啸声在大山遥远的角落发出回响。此时,列车咔嚓咔嚓地朝麦克驶来,它的车头灯照耀在凸出的铲雪器两条钢铁凹面上。过了片刻,那两个钢铁凹面闪亮得像镜子一样。

麦克抓着棚子顶头的横梁,飞快地转身来到棚子外面,他的一只鞋子打了一个滑,差一点摔倒在地。他紧挨着棚子的外壁,扭过头去从肩

---

①科·波·亨廷顿,即科利斯·波特·亨廷顿(1821—1900),美国铁路大王,建中央太平洋铁路并协助创建南太平洋铁路公司。

头上方望着。一个深渊。就是一个黑黑的深渊。上帝……

"咔嚓咔嚓","轰隆轰隆",工程列车驶进了那个棚子。浓烈的蒸汽和煤烟滚滚而来,麦克情不自禁地大声咳嗽起来,可是列车的噪声太响了,根本没有人听见他的咳嗽声。他鼻涕直流,牙齿打战。列车驶了过去。

他并不认为自己是一个乐善好施之人,可是他不能不管那个滚下路基斜坡的人,不管他是谁。他小心翼翼地转身回到铁道那儿,往前小跑过去,孤身一人,在这个海拔七千英尺的高原的漆黑夜色中。有一些云彩,像轻盈的薄纱被分开了,露出了满天的繁星和最后下落的几朵雪花。夜,依然万籁俱寂。星光帮助他找到了那个逃票的乘客从列车上跳下来时搅得雪地一片纷乱的地方。麦克从那儿开始费劲地往下找。积雪有三到四英尺厚,脚下的地面吉凶难料。他感觉雪水又湿透了他的裤子——大部分冬天,他的裤子就是这样湿了又干,干了又湿。来到路基底下,在几块大卵石的中间,他发现雪地更加纷乱了,但是没有人。他瞧着那人的身体离开的铁道并最后停下来的地方,跪下身子,开始用他戴着有流苏的长手套的双手挖雪。

他感觉雪堆里有硬邦邦的什么东西,便吸了一大口气——这是一条胳膊,一条软绵绵的胳膊。他加快了挖掘的速度。

麦克飞速冲进那个公用棚子,在里面找到一盏油灯。他点亮油灯,将铁锹、镐子移动了一下位置,清理出一截墙壁,接着把那个人拖进里面,将他扶起来,然后关上门,拨亮油灯,以便把他看得更加清楚一点。

这个旅客跟麦克的年龄相仿,娇嫩苍白的脸因为风吹日晒而变得红红的,很显然,他十分消瘦憔悴。不过,他的身上有一种朝气蓬勃和浮华艳丽的帅气,又浓又黑的双眉,又粗又亮的头发,令他的帅气增色不少。他的胡茬很短,表明他不久前刮过胡须。他穿着一件破旧的军大衣,灰色底子的裤子上面有一个很大的黑色裂缝,脚上穿着齐腿肚子高的系带子的靴子。

他呻吟着，将头靠回墙上，撞着了自己的头。

"你应该休息一下。"麦克说道，他拉起那人的左手腕，"有没有骨折？"

这个旅客的眼睛睁开了，一双湛蓝的眼睛像一个孩子的眼睛一样单纯率真，让人疑虑顿消。他感觉到麦克的一只手抓着他的手腕，便挣扎着站起身来，挥动着一个拳头打向麦克的头。

麦克赶紧往后一仰，躲开了他的一击，接着趁他还来不及打出第二拳时，一把抓住他的右手。那人的眼睛望见了那盏油灯的光线，眼睛的颜色由蓝色变成了乳白色的烈焰，酷似猫的眼睛，反射着亮光。一度，他看上去完全不像一个人。

"听着，"麦克连忙说道，"我不是铁路上的人。我是跟你一样的旅客。"

"你是……"麦克感觉这个陌生人手臂上的紧张感突然消失了。他松开了拳头，麦克放开了他的手。

"是我把你从下面那儿的雪堆里挖出来的。"麦克继续说道，他注意到那人被雪弄湿的头发里隐隐约约有一些红色的小水滴一样的东西，"看上去你有伤口。让我瞧瞧。"

那人警惕地低下头，麦克分开他的头发。伤口有两英寸长，不深，但是有血流出，而且上面满是脏物。

"我给它清洗一下。"麦克从外面抓来一把雪。远方，有什么野兽在吠叫，是愤怒的声音。这么高的海拔有野猫，还是狂风在作怪？

麦克从自己的背上解下那个裹着另外几件衬衫的包裹。他从一件衬衫上一条一条地撕下布来做擦布和绷带，这时他再次撕下一块布，在雪里浸湿，给那人擦洗伤口。

"我没有更好的东西清洗伤口了。"

"我有。"那人在他的军大衣里面摸着——他的警惕性出奇地高，然后他把一个棕色的小瓶子递给麦克，说道，"别用得太多。"

麦克在伤口上倒了几滴——这是味儿很浓烈的威士忌。那人咬紧牙关,但是没有发出声响。他的牙齿整齐雪白,跟他的相貌一样完美。麦克要变得这么英俊是没有希望啰。

麦克解开那块印花大手帕,找到了一块指节大小的上面长满了蓝绿霉斑的岩羚羊干酪:"把这个吃了,你会感觉好点。"

"我不想吃一个人最后的食物。"但是他一把抓过那块干酪,一口咬去一半,狠命地嚼着。

麦克笑了起来。那人犀利地瞪了他一眼。

麦克挥了一下手:"吃吧,吃完。我已经走了五到六个月了……我还没有饿死呢。"

不一会儿,那人吃完了干酪,抹了一下嘴巴:"谢谢你把我拽了出来。我得介绍一下我自己。我叫怀亚特·朱·保罗。'朱'就是'朱尼厄斯'的'朱'。我来自堪萨斯①的奥塞奇②,没有人听说过这个地方。"

"我姓钱斯。全名詹姆斯·麦克林·钱斯,不过这太长了。大伙儿叫我麦克。"

他们握手。这位来自堪萨斯州的小伙子握手很有劲。

"你是哪里人,钱斯?"

"宾夕法尼亚,斯库尔基尔县的煤田。"

"你是像我一样去加利福尼亚吗?"

"是的,去旧金山。"

"我到南边去。"怀亚特·保罗抹了一下自己的鼻子,再次露出亮晶晶的白色牙齿,"不过都一样,阳光灿烂,纯金遍地。我说,咱们还是动身吧,去找到它……你说呢?"

"早上走,有阳光的时候。先睡一会儿。"

"你习惯了吩咐人做事情吗?"怀亚特·保罗的脸色一下子又冷冰

①堪萨斯,美国中部的一个州,首府托皮卡,路易斯安那购置地的一部分,1861年成为美国的第三十四个州。
②奥塞奇,美国堪萨斯州奥塞奇县的一个小镇。

冰的，十分丑陋，接着他缓过气来，"对不起……我不是这个意思。我是一直坐火车过来的，那三个人是第一拨把我撵下车的人。他们要是在这里的话，我会把他们的脑袋打碎的。"

"那是，我也觉得该这样。"麦克说道，但他心里其实不这样想。他探过身去，吹灭油灯。那双单纯率真的蓝色眼睛一下子不见了，这让他有一种怪怪的感觉。

不知什么地方，那只野兽再次嗥叫起来。

灰色的朦胧天光里，雪在下。雪下了好长时间了。麦克的牙齿已经打战了好几个小时。糟糕得像宾夕法尼亚一样，他心想。

他们一起行走了两天了，爬坡，下坡，沿着那条主要小道的 U 形大弯道前进。这时，怀亚特发现了一块木头做的路边指示牌，便跌跌撞撞地穿过雪堆，走到跟前，抹掉上面的积雪。

加利福尼亚州边界

他想笑，一小滴一小滴融化了的雪从他的脸上流下来。

"我们该欢庆一下。"他没精打采地说。

"还不到欢庆的时候。继续走吧。"

怀亚特已经筋疲力尽，饥肠辘辘，根本没有力气对麦克的命令表示不满了。麦克拖着沉重的脚步走过他身旁，回到小道中央，他们一起继续迎着暴风雪往西走去。

有两个身影冲破滚动的白色雾霭，嘎吱嘎吱地踩着一小堆一小堆的积雪，惊扰到了六七只山地蓝鸲，惊得它们扑棱棱地直飞天空。这两个人活像两堆移动的破烂，唯有他们闪亮的眼睛和赤裸双手的白色皮肤才表明他们不是破烂。

下坡时，麦克比怀亚特走得快。他们从来没有闻到过这么甜美的芳香,这甜美的芳香就来自茂密森林里无论是光滑的树干还是粗糙的树干,无论是巨大的小松树还是美洲落叶松,无论是白色的冷杉还是山地铁杉。

"上帝啊,怀亚特,瞧那儿。"麦克指着下面,大声呼喊起来,"这是加利福尼亚。货真价实的加利福尼亚。"

他极目远眺,森林把路让给了一大片正在消散的薄雾,阳光下,薄雾越发显得金光灿灿。他扔掉野牛毛大衣,感觉疲惫、饥饿、疼痛统统像野牛毛大衣一样被扔掉了。他双脚穿着的那一团破烂和块块碎皮因为鲜血干了而变成了棕色,他飞速地向下冲去,在雪地上扒拉出一条小径。

"耶稣啊,耶稣啊。感觉这阳光啊。"后面十几码远处,怀亚特像个小孩子一样哈哈大笑着,转着圈,跳起了一个疯狂的小小舞蹈。

他们从林木葱茏的山坡来到了青翠欲滴的低矮山丘,阳光如同长矛穿透薄雾。他们放声大笑,他们欢呼雀跃,他们又扔掉了很多臭烘烘的破烂,扔得遍地都是。麦克眯眼望着太阳,将自己的脸朝向太阳。他感觉到了温暖,感觉到了舒心惬意的温暖。

在沁人心脾、满是翠绿的小山南麓,在温和宜人的风中,黄色的花儿在轻轻摇曳摆动。有漫山遍野的田芥菜,更有那火焰般的紫荆花、紫色和粉红色的羽扇豆花、深蓝色的卜若地花、银白色的白芷花,汇聚成彩虹的海洋,绵延起伏,滚滚向西。远方,一片褐黄色和金黄色的平原上,到处点缀着深色的斑点——牛?

麦克在野花丛中停下脚步,转过身去。他回首遥望着他们来时的路……黛色的内华达山脉一个个斜坡,再高处,高高耸峙的一个个雪峰傲视着清澈湛蓝的苍穹,这一切他以前好像从来都没有见过……令他心潮澎湃。他有一种无法用语言表达的全新的感觉。过去时光里所有渺茫的希望终于变成了活生生的现实。

他仰起的脸的上空,一个巨大的阴影掠过。这是一只金雕,正飞回它大山深处的家。它的两只翅膀展开有多长?三英尺?四英尺?他从来没有见过如此华贵奇妙的鸟儿。他的双眼泪如泉涌,虽然很幸运,怀亚特跑到隔壁那个小山冈去了,但就这一次,他丝毫没有为自己的眼泪感到难为情。这一兴奋的心情深深地震撼着麦克。这崇山峻岭,这茫茫林海,这金色平原,都在说,这块地方需要这一个人展示出他最优秀的品质。

他将竭尽全力让自己配得上这块土地震撼心灵的美丽。他将浴火重生。他将成为一个加利福尼亚人。

三个夜晚之后,他们坐在用灌木和松球作燃料的舒适的篝火边,津津有味地吃着怀亚特抓来的用他的折刀拾掇干净的烤得焦黄的鲑鱼。麦克感到羡慕,饥寒交迫、贫困潦倒的十八年,他居然丝毫不会户外的打鱼和狩猎。怀亚特懂得很多。他说田芥菜是可以食用的,于是他们附带有了那一点刺鼻的苦苦的凉拌绿色蔬菜。

他们开始交流各自的过去,此前他们因为疲惫不堪、绝望无助而没有心思交代自己的历史。麦克讲述了他父亲的故事,这位"阿尔戈英雄"累死累活,一天又一天地在无烟煤矿里挖煤,他活着就是为了一件事情:把来加利福尼亚的梦想传递给儿子,来发他没有发的财。

"我爸有很多有关加利福尼亚的书,不过这本是他最喜欢的。"他将那本指南向怀亚特展示了一下,"这本书激励着我不断前行,因为它告诉我,来到这里,你不会饥饿,不会贫困。而且,你也不必为大雪所困扰。"

怀亚特的蓝色眼睛望着他,目光中模模糊糊地带着被逗乐的神情⋯⋯也许⋯⋯是轻蔑的神情。他请求麦克将这本书给他看看,麦克很不情愿地递给了他。

怀亚特翻着书页。

"'我继续我的徒⋯⋯徒步旅行⋯⋯'这什么意思啊?"

"我不知道。"

"'⋯⋯从一个宿营地走向又一个宿营地,看到了贮藏在那儿的金子,有些贮藏在石片中,但更多的是贮藏在很粗的沙粒中,这时,似乎《一千零一夜》中那些传说中的奇珍异宝突然变成了真实的情景。当然,那些早已经在这儿的人预计可能……'"他再次看不懂了,便让麦克看那四个字。

麦克念出了那几个字:"人满为患。"他耸耸肩膀。

怀亚特一看麦克也不懂,好像很高兴的样子。

"'……人满为患,全球四面八方的人会移居此地。不过,千真万确,根据我的经验,我向你们保证,这儿有足够的金子提供给所有的人。'"

他合上书本,麦克终于放下了心,将书本拿了回来。

"这些话你相信吗?"怀亚特问道,"我的意思是,就像我家老头子相信《圣经》一样?"

麦克耸耸肩膀以掩饰他的尴尬。在他无以言表的内心深处,他的确相信这些话。

"你不相信?"

怀亚特仔细观察着星星:"我相信我会做不同于我家老头子的事情。我相信我能干,就在这儿。"

"你指的什么呢?"

这个肤色黝黑的年轻人清除掉他脚下那块平整的岩石上的鱼刺和鱼皮:"我家老头子从来没有挣过一个他能存下来的美元。他是堪萨斯州的一位兼职牧师,当然啦,他该死的太正直了,所以做兼职牧师得不到任何报酬。他还有一个副业是……求雨法师。他拥有一大堆铜条和有叉的棍子,而且他说他跟上帝说过话了,说上帝认可他的呼唤了。"

"他求来很多雨吗?"

"在我的记忆里,从来没有。上帝也不给雨。"怀亚特被他自己的妙趣横生给逗乐了,但是这让麦克不舒服,"我家老头子做求雨法师挣的钱跟他呼叫耶稣、圣灵所挣的钱大致上一样多。当然,在我们家,只要你是正直的,那么你发不发达就没有什么关系。"他说"正直的"这三个字时带有讽刺的味道，"那是我母亲的态度。她比我家老头子还要糟糕。她硬生生地让我的两个姐姐相信了她的神话，不过我的年龄要小十岁。我猜要么是她筋疲力尽了，要么是我绝顶聪明，因为我看穿了那是什么玩意儿——一场巴纳姆①秀。全是胡说八道，你知道吗？"

就在此时，一只叫声深沉的鸟表明了它的存在，大概是一只角鸮。夜空中弥漫着青草的芬芳，东面还有松树林的香味儿飘来。

"我跟你说啊，我母亲是一个奇怪的女人。"怀亚特继续说道，"她在家里从来不给我们吃红色肉类。她说，红色肉类会释放男人的基础本能。她相信水疗法……用水治病。我小时候多病，所以，有很长时间，我身上老是裹着好几床她用冷水浸湿又拧干的毯子，坐在那里。一天一个小时，甚至冬天也是这样。你真不知道啊，在我成长的过程中，那些疯狂的观念……"

麦克静静地坐着。怀亚特又说道："我到这里来就是为了离开他们，离开我们家所有的清规戒律。什么只要你别喝酒啦，别骂人啦，别通奸啦，就会得到回报的啦……哪儿有回报了？在堪萨斯州的奥塞奇没有啊，那他妈的是铁板钉钉的了。但是在加利福尼亚……那就是一个非同一般的故事啦。"

怀亚特这会儿变得更加兴高采烈，更加生气勃勃，他躬着身子走向前去："让我解释一下这个地方对我意味着什么吧。我家老头子在他的一生中有一个很大的机会。他在托皮卡的兄弟死了，在城市边上留下了四十五英亩②上好的土地。我家老头子用这块地做了一个很好的规划，准备将它建成一个精致的住宅小区，但是他发现当地的一些法规不允许他做某些他计划好的事情。他是个老实人，不可能做违法的事情。于是，一天晚上，他为此做了一整个晚上的祈祷，到了第二天，他把整块

---

①巴纳姆，即菲尼亚斯·泰勒·巴纳姆（1810—1891），美国游艺节目演出经理人，被称为"马戏团鼻祖"。
②英亩，英制面积单位。一英亩相当于6.07亩或4047平方米。

土地都卖了。后来当然啦,买下那块土地的那个聪明的杂种走进托皮卡官员的办公室,贿赂了那些官员,甚至贿赂了一个州参议员,把住宅小区建起来了,挣了一大笔钱。"

怀亚特的脸上突然浮上了笑容,使得麦克误以为接下来他也就是漫不经心地一笑付之罢了,但是怀亚特的话再次变得尖刻辛辣:"你看看,把我养大的是该死的什么样的傻瓜啊?受到《圣经》束缚的傻瓜,良心……法律。我不会重复他们的错误的。"

"那么你打算在这儿干吗呢?"麦克小心谨慎地问道。

"买一些土地进行开发。这是我家老头子意识到可以做并试图做的事情。他只是方法不对而已。"

"那你准备去洛杉矶吗?"

"首先。那边的土地经济发展蓬勃,而且人口较少。"他仔细打量着麦克,"你有什么打算?"

"跟你一样,赚钱。"

"赚多少?"

"一大笔。"

怀亚特仰头放声大笑:"我们像,钱斯,很像。两位雄心勃勃的绅士。难怪我们在赴加利福尼亚的路上不期而遇。这个州差不多是全新的。他们说,有些地方仍然是边疆,没有多少规则和法律束缚人……"

"你认为加利福尼亚就是这样的吗?可以随心所欲地做任何事情吗?"这是一个奇特的新想法。

不过怀亚特显然相信这一点,因为他的反应十分热烈:"太对了。加利福尼亚四十年前就是堪萨斯。也许有那些崇山峻岭挡在那儿,把那些无能之辈挡在了外面,这种情况会持续下去。至少我希望在我赚到钱之前会持续下去。那不会太久的。"

"你真是信心满怀。"

怀亚特再次昂了一下他黑黑的头,欣然接受了这一赞美之词,仿佛这已经司空见惯,无非是显而易见的真理罢了。

他们带着年轻人偶尔会出现的傻乎乎的热情和天真，又交流了半个小时的信息和观点。他们正在争论蒂哈查皮山南北的加利福尼亚的优点、这个州神话般的分界线。突然，麦克止住话头，使劲拉了一下他沾满斑斑点点烂泥的裤管口子。他那一层层的袜子里面有什么小虫子爬进去了，他用两个指甲将它掐死了："上帝啊，要是有块肥皂，有点咖啡就好啦。"

"明天早上我可以解决这个首要问题。"怀亚特说道。

"怎么解决呢？"

"你没看见我们经过的十字路口边的那块牌子吗……'好运客栈，两英里'？这肯定是一个古老的矿业小镇。我会到小镇去给我们弄些必需品来。"

"你没有钱，是吧？"

怀亚特摇摇头。

"那怎么弄？"

怀亚特展开他精瘦的身子，伸着两条手臂举过头顶，朝麦克展开灿烂热情的笑脸，现在麦克对这种笑脸已经习以为常了。

"哎呀，我会施展一些魔力。我就请他们给一些我们需要的东西。他们会同情一对新加利福尼亚人的。我敢肯定。"

差几分钟就八点了，这个鬓发斑白的德国老人拖着沉重的脚步沿着小巷走着。他累坏了，跟距美国河有半英里路程的那个死气沉沉、灰尘蔽天的小村庄一样筋疲力尽了。这里曾经是一个繁华的新兴小镇，但是后来，先是含金砂矿枯竭，接着到了 1848 年，那个该死的法官做出裁定，水冲式采矿必须停止，因为用巨大的水龙头冲刷山坡，会将大量的沙砾和脏东西冲进河里和溪流里，把鱼杀死，把有毒的泥沙冲刷到河谷的农场里。真是罪过。要是你没有剥夺上帝放在这儿的所有财富，那会给这块土地带来多大的好处啊？从什么时候开始，树、鱼和水比财产权更重要了？有些加利福尼亚人哪，他们是疯了。尤其是那个该死的法官，是他最后毁灭了好运镇的好运，这个镇已经仅剩一百十九人了。那德国人留了下来，开着那家唯一的小店，已经疲惫不堪，不想再重新开始打拼了。

一只猫在一个垃圾堆上向他龇牙咧嘴，发出咝咝的声音。那德国人打了个哈欠，接着突然发现一个黑头发的年轻人正站在小店的后门口。小店主从来没有看见过这么污秽不堪、这么令人恶心的家伙。

"呀，你想要什么？"

"需要一些日用品，先生。肥皂、咖啡、一只马口铁壶，也许再要一些硬饼干。"那陌生人说道，"你有这些东西的，是吧？"

他说完话又满脸堆笑，消除了这个老人的疑虑。

"我有这些东西，如果你有钱的话。"

他差不多刚说完话，突然发现自己粗短的脖子被这个陌生人的左手抓住了，他的头猛地被按在木板墙壁上，一把刀刃有五英寸长的折刀就悬在距他的喉结四分之一英寸处。

"我认为我不需要他妈的一个子儿，不需要。如果你想活命的话，现在，转过身去，把那该死的门打开，要不，你就得拿你的血清洗你的台阶了。"

怀亚特从他抢来的搪瓷壶里倒出煮沸的咖啡。美国河在明媚的阳光下泛着晶莹剔透的光亮，从他们的身旁潺潺流过。

"我告诉你啊，你去旧金山选错地方了。"怀亚特说道，一面将一只马口铁杯子递了过去。

麦克撕开一个有硬皮的小面包，一面接过火热的咖啡杯，一面将一块面包递给对方。

"可是，加利福尼亚没有其他地方比得上那个地方。"他说道，"所以他们把它叫作'城市'，还加上一个'大'字。"

"问题就在这里。"怀亚特点点头，"那儿早已人满为患。他们早已赚足了钱,他们不想要我们这样的人去跟他们分享那些钱财。他们会当着你的面把那该死的门关上,麦克林·钱斯先生。等你碰了这样的壁之后,就到洛杉矶来,我会在我要去发展的城里给你安排一个活儿干干。"

"可是你哪来的钱买土地啊?"麦克半是打趣地说道。

怀亚特仰起头,他的双眼望到了太阳,蓝色的眼眸一时间变成了让人仓皇失措的乳白色。

"我会找到钱的,用找到食物的同样的方法。一个人,只要肯动脑子,又会讲一个好故事,那总会有办法的。"

"你对那个小店主讲了什么样的故事呢?"

怀亚特再次变得轻松随和:"一个聪明人决不会透露他的所有秘密的。"

麦克咬着面包:"好吧,万一我哪天南下去找你,要怎么找到你呢?"

"你就在洛杉矶问任何人,找大门有巨大拱顶的那个城镇。我脑子里早已计划好这个拱顶了。"他用终于被擦洗得雪白的细长双臂,在空中优雅地画出一道美丽的弧线,"你会看到那个城镇的名字……什么名儿我还没有想好……那么,就叫'健康之城'吧。我就叫那个城镇这个名字——健康之城。你以为人们为什么坐火车到这儿来?就为了这儿的气候哇。"

他张开双臂,拥抱着这个金色的早晨。

"在加利福尼亚,一年有三百天阳光灿烂。"他放下双臂,咧嘴笑着,"我在书上看到是这样的。"

"我承认,阳光固然重要,可是我认为人们来这儿的主要原因是想发家致富。"

"耶稣啊,钱斯,你真笨死了。这个世界上的大多数人都不知道怎么发家致富。他们都没脑子的……或者说没胆量的,谢天谢地,所以给我们这两个聪明人留下了更大的空间。"

怀亚特翻转着手中的杯子,将剩下的咖啡倒进火里。火堆发出咝咝的声响,冒出了浓烟,他随即跳起身来。

"你去哪儿?"

"南边。"怀亚特说道,"光阴似箭啊。那把咖啡壶你留着吧。"

几分钟之后,他准备上路了。

"我感激你在大山里为我所做的一切。"他说道,一面向麦克伸出了手,"来洛杉矶看我,到健康之城。与此同时,祝你好运。"

当怀亚特·朱尼厄斯·保罗如此微笑着的时候,麦克心里想,都会迷倒天上的天使呢。怀亚特最后挥了一下手,踏进那条浅浅的小河,溅起一片水花,很快,他消失在了对岸的垂柳和栎树丛中。麦克盯着他的背影,惊异地摇着头,心中丝毫没有轻松的感觉。毫无疑问,他将不会再见到怀亚特·保罗了,而且他也不得不承认,他不在乎见到他与否。这个堪萨斯人有时候也许表现得无忧无虑,但是,在他身上,也有冷酷和狡猾的品性。

麦克倒光了最后一滴咖啡,并意识到他的眉毛出汗了。他卷起那件破衬衣的袖子,眯着双眼望着灰蒙蒙的天穹里黄油般的太阳。气候变热了,但对他来说不会太热。半个小时之后,他开始往西走去。

3

他从萨克拉门托①的南面走过,走进小麦产区。那儿的田野里,春日的阳光中,矗立着已经被收割了麦穗的两三英尺高的小麦茎秆。在那些正值一年当中休耕期的土地上,他看到汗流浃背、骂骂咧咧的人们驾着八匹马拉的七铧犁在耕地。有一块地里,他还看到了十铧犁合在一起犁地,像一支军队,使天空中尘土飞扬。最令他感到惊奇的是这块土地的开放。他从来不需要翻越一道篱笆,也从来没有见过一道篱笆。

---

①萨克拉门托,加利福尼亚州的首府,位于萨克拉门托河畔。

这一整块土地是不是就属于一个人的？

在小麦产区的第三天早晨,他正拖着沉重的脚步沿着一条通向一个模模糊糊的树林边缘的泥土小道走去。在这儿,因为太阳的暴晒而变成灰白色的小麦长得有他一头高。走在这块种植小麦的沙壤上,他感觉自己的嘴巴发干,汗水使他臭烘烘的衬衫粘在了后背上……他已经剥掉了那套酸臭的内衣,丢掉了。种小麦的平原日照凶猛。他从来没有感觉这么口渴过。

也许前头的树林子里掩隐着水——他在他的旅途中见到过许多水边的小树林。他撒腿就跑,但抄了近路,跑得气喘吁吁,只觉得口更渴了。他左脚的鞋子里有一粒小石子或木头屑,但是他太筋疲力尽了,都懒得将它弄出来,所以跑起路来也就一瘸一拐的。

千真万确,泥土小径蜿蜒着穿过树林,通向了一个浅浅的水滩,他遇见水了。这是一条水流缓慢的褐色小溪,有数英尺宽,其溪床的宽度是现有小溪的十倍。他蹒跚着穿过一个蓬蓬萋萋的有栎树、悬铃木和缠满野葡萄藤的垂柳的原始群丛,双膝跪倒在黏腻的褐色小溪边。他刚将脸凑近水面,突然一声枪响回荡在热辣辣的灰白色小麦田的上空,一个人骑着马向他飞驰而来。麦克的心跳得怦怦的,他赶紧站起身来,看到那人身后还有两个骑马的人,正以更加悠闲从容的速度往前移动。他瞧着那个拿枪的人冲到他的面前,勒住他那匹高大强壮的灰马,他勒马缰的动作十分凶狠,勒得那匹马往后仰起头,一个劲儿地嘶鸣起来。

"你在我的地盘上,喝我的水呢。"那人大叫着,一面拿他的枪——一支点四五口径的"史密斯-韦森·斯科菲尔德"——戳向空中,"你没有这个权利,先生。"

这人没戴帽子,他的前额被太阳晒得红红的,像是被剥了一层皮。他有着一张农民的脸:两只灰白色的小眼睛,一个粗壮的大鼻子,他圆圆的下巴上有一道深深的凹痕。几缕正在变白的黄头发耷拉在他的头上,从一边梳过头顶,尽量掩饰他的秃头。他穿着礼服大衣,结着一条很大的褐色领带,他的穿戴,对这样的大热天来说,太正规、太厚实了一点。麦克估计,他大概近五十的年纪。

另外两个骑马的人分别是一个衣着入时的男人和一个非常迷人的女人,他们小跑着跟在他身后,这时也停了下来。那位先生头戴白色的精致帽子,下身穿着白色的裤子,足蹬亮闪闪的高筒马靴。他的旁边,一个姑娘分腿骑着一匹美丽的黑马,她穿着白色的衬衫和男人穿的紧身裤子……肯定不是他在杂志上看到过的那种女士骑装。她的金发上扎着长长的金色丝绸头巾,头巾一直拖到她硕大的双乳中间。

"你有什么要为自己辩解的吗?"拿枪的男人大声喝道。

麦克目瞪口呆地站在那儿,此刻注意到了其他的细节:那个拿枪之人的礼服大衣上污渍斑斑,礼服大衣下面,右手边的衬衣下摆挂在裤腰外。他的肚子大得像半个大西瓜,凶猛的小眼睛几乎陷没在了被太阳晒黑了皮肤的眼窝里。

麦克终于鼓起勇气:"我口渴。"

"是吗?"那人发出一个嘲讽的声音——这几乎不能算是笑声。他放下他的"史密斯-韦森·斯科菲尔德",将它搁到他的一条大腿的后部,用另一只手挠着他的裤裆。那年轻女人没有看到这个动作,他背对着她,而且她的注意力全部都在麦克身上,就像她的男伴一样,麦克估计她的男伴比他年龄要大,可能已经有三十岁了。这是一个身材很好的男士,留着修剪得很整齐的络腮胡子和小胡子,他舒适地坐在马背上,朝这位站在水边、浑身褴褛的陌生人展示出力量和显而易见的不屑。

"你想要喝水,哈?我跟你说啊,家伙。这是我的大牧场。这是我的土地,我的水。谁要擅自闯入这里,就格杀勿论。"

麦克断定,他陷入了十分困难的境地,一味畏缩已经无济于事。此外,这个人让他生气。他猛地挥动一条手臂,指着树林和树林后面的田地:"我没有看到竖有任何标志嘛。"

"别说什么标志。"那人大声喝道,一面让那匹踩着蹄子的灰马靠近平静的褐色小溪和麦克,"你从那儿过来,你已经擅自闯入我的土地二十八英里啦。"

麦克一度无言以对。二十八英里？

那人对他毫无反应的样子似乎很恼火，大叫道："你这该死的笨蛋，我是赫尔曼。"

麦克只是怒目而视。那个姑娘俯身在她的马脖子上方，双手扶在她有银饰的墨西哥马鞍高高的前鞍桥上，瞧着那位年龄高出很多的长者，那人的生气似乎令她感到很逗。接着，她往下瞧着麦克，表示同情地微微一笑。她的嘴巴很宽，是那种质朴无华的粉红色，不施任何口红，她的双眼呈深蓝色，比怀亚特·保罗的眼睛还要蓝。

"你觉得这个姓对你没有意义吗？"那个年轻人问道。

"没有，先生，一点也没有。"

那位年轻人驱动着他那匹梳理得十分美丽的红棕马走近小溪："除了米勒和勒克斯庄园的亨利·米勒先生之外，赫尔曼先生是本州最大的地主啦。"

"是的。"拿枪的人轻蔑地说道，"奥托·赫尔曼……你这个土老帽，你这个臭狗屎，你从来没有听说过吗？"

"他新来加利福尼亚。"那姑娘说道，"这谁都看得出来啊。你至少可以有礼貌一点。"

"别管闲事，卡拉。"

她不喜欢这样。她脾气比较急，肯定是属于麦克所见过的最具有现代派风格的那种人。

奥托·赫尔曼策马走到水里面。麦克的视线被流淌的汗水弄得模糊不清。他敢肯定，那人一定听到了他怦怦的心跳声。赫尔曼这个姓对他来说毫无意义，但是显然这个人是个重要人物，不是随意可以糊弄的，尽管他的外表看上去不修边幅，有点滑稽。

"我不明白你为什么生气。"麦克终于说道，"我只不过是想喝口水。这水又不是属于你的。"

奥托·赫尔曼与其说是大笑，倒不如说是在咆哮。那年轻小伙子俯过身去,跟那姑娘咬着耳朵,那姑娘哈哈大笑起来,说道:"真丢脸,沃尔特。"他们俩形成了鲜明的对照:她的笑声豪放而又欢快,他的笑声紧张但是压抑。麦克这一生中还从来没有看见过这么标致的女人。

"耶稣啊,家伙,你真是孤陋寡闻。"赫尔曼说道,"水不是我的?当然是我的啦。你从来没有听说过河岸权①吗?"

麦克摇摇头。

"这水是我的,因为它两边的土地是我的。"

麦克一脸愕然,使得赫尔曼转身对那年轻人说道:"我想还是你来对他解释一下吧,沃尔特。他对我们加利福尼亚的事情一窍不通。"

他在原地转过身来,再次对着麦克说道:"沃尔特·费尔班克斯三世是旧金山的一位律师。最好的律师之一。他真的很好,所以乔利·克罗克、吝啬鬼亨廷顿和斯坦福州长,他们都想要雇他为社会党的法律部门工作呢。你来告诉他,沃尔特。"

"你以为他懂法律原理啊。"费尔班克斯说道,一副冷冰冰的鄙夷样子,一面再次策马走上前来。

麦克的脸红了,接着他看到那位年轻女人卡拉的目光在他们俩之间快速地来回转动着,仿佛在看两个决斗的人一样。

"英国的普通法关于河岸法的基本原理说得十分简单,水的权利属于该水流过的土地的所有人。赫尔曼先生拥有两边的土地,所以他可以随他意愿在任何地方建造堤坝或挖水道。该水源附近拥有土地的人们想要用此水灌溉田地,若不付他所要求付的水费,他就可以控告他们。"律师摘下他那顶大农场主戴的白色宽边帽子,拿一条上过浆的手帕擦了一下前额,阳光在他油亮的赭色头发上照出几缕淡淡的条痕,"他也可以拒绝让任何不付钱的人喝水。这并非强制。他们完全是自由的,没有水,尽可以不种庄稼的。"

"我从来没有听到这么该死、这么邪恶的事情过。"

---

① 河岸权,或者叫堤岸权,指沿岸土地所有人利用河水或湖水的权利。

卡拉表示钦佩地放声大笑起来："对此你有什么话说，'沼泽怪'？"

"别叫我这种绰号。"赫尔曼反击道，"你父亲有权受到敬重的。"

"我怕你的观点是无关紧要的。"费尔班克斯对麦克说道，仿佛他是一个愚蠢的小学生一样，"法律就是法律。"

"还有那个该死的议员赖特正竭力想要修改这条法律呢，可是他赢不了的。"赫尔曼怒冲冲地喊叫道——麦克估计他其实是在对他女儿喊叫，"赖特，他狗屁不如，就是一个贼头贼脑的极端分子，还有什么每个人在有水地区都拥有一块地……这是共产主义的做派。他竭力想要剥夺一个人用他的劳动和财富凝结起来的天赋的权利。"

那只看不见的小虫子落到了赫尔曼的灰马身上，那马便扭头来咬那虫子，差一点咬到了那人的左脚。他用德语骂着娘，拍了一下马的脖子，接着猛地举起他的"史密斯-韦森·斯科菲尔德"，瞄准麦克的脑门中央。

"我认为我们在你身上浪费的时间够多啦，先生。现在你明白水的道理了，所以赶紧走吧。"

"见鬼。"麦克说道，"我从来没有听到过有这样的事情……一个人拒绝让另一个人喝口水。"

"那有什么关系。"赫尔曼说道，"这事关私人财产问题，此外……"他用鼻子嗅了一下，好像在嗅一群猪一样，"我不太喜欢你这张脸。"

"我倒是挺喜欢的。"卡拉说道，朝麦克微笑着，使得那双像金属制成的钱箱一样的灰色眼睛眯成了很小的一条缝。

赫尔曼再次猛地掉转马头，这会儿直面对着他女儿："当然啦，你是一位法官嘛。找不到一个能让你产生超过三个星期的兴趣的男人。我感到惊讶，你居然跟博尔斯劳伯爵谈恋爱会谈上六个月然后再把他踹了的。"

"别对我嚷嚷。我嫁给那个酒鬼只为了一个原因。你想要我们家有个贵族称号，而且想要得到沃尔特城里的朋友们的敬重。"

"别提了，别提了。"赫尔曼说道，"在这个无名小子面前，家丑不可外扬。"

"一个想要喝水而且就是要喝到水的人。"麦克说道。

赫尔曼走到小溪中央,在马鞍上扭转身来,再次将他的"史密斯-韦森·斯科菲尔德"瞄准麦克:"别在我面前虚张声势,先生。杰西·詹姆斯用一支这样的枪,没有人敢在他面前虚张声势。等你自己有了水之后,你想喝多少就喝多少。没有之前休想。"

"你们荒唐可笑,你们俩。"卡拉说道,一面拿她的马靴后跟踢着她的马走上前去。麦克注意到,她的臀部很宽;她的身材凹凸有致,风韵十足。尽管天气炎热,情势紧张,面临手枪威胁,他对那位姑娘还是产生了一种生理的冲动。当她策马走到他跟她父亲之间的时候,他舔了一下干裂的嘴唇。

"去吧,喝个够。"她说道,"他不会朝我开枪的。"

当麦克开始感谢她的时候,赫尔曼探出身子,猛地伸手去抓她坐骑的笼头。那匹生气勃勃、毛色鲜亮的黑马惊得直往后退。

"过来,你该死的。"赫尔曼重重地挥舞着他的"史密斯-韦森·斯科菲尔德"大叫道。手枪的准星擦到了马的头部,这一擦令黑马出乎意料地用后腿直立起来。卡拉摔了下来,她那凹凸有致的臀部落到了水里,她痛得发出一声惨叫。

她是否真的受伤了无关紧要。麦克一个箭步冲上前去,这时费尔班克斯也跳下马来,但是麦克在深褐色的水中先冲到了她的身边,飞溅的水花洒到了卡拉的脸上,将她部分衬衫也淋湿了,湿透的布紧贴在她的双乳上。麦克俯身向前,这时的律师却抚摸着他一尘不染的白色裤子,还在水边上逡巡。

麦克不顾这混浊的泥浆水,飞快地伸出双臂,抱住卡拉:"抓住。"

她很乐意这样做。她感觉到了她一只巨大的火热的乳房紧紧压到了他的衬衫上。他发出一声被闷住的呼噜声……她的分量不轻……他抱着她朝溪岸边走去。卡拉的深蓝色眼眸距他的眼睛很近,一个劲儿地望着他。他的确发现了一个千载难逢的良机并且抓住了这个机会:

他重重地踩着水,溅起了很大的水花,而费尔班克斯没有来得及退后。麦克将姑娘放到泥土岸边,费尔班克斯却哑口无言地朝下紧紧盯着他被弄脏了的衣服。麦克迫不及待地俯下身去,用双手掬起水来。他喝得太急了,以至于大多数水都沿着下巴流了下去。他吞下的那一点点水暖暖的,里面全是泥沙,但是沁人心脾。

还在小溪中央的赫尔曼傻傻地笑了一下,咕哝道:"好吧,你要是不在乎有点脏了,我给你水喝,家伙。"麦克看见,费尔班克斯听到这带点奚落的话脸红了。

"而且,你有种,"赫尔曼抓住卡拉那匹容易受惊的坐骑继续说道,"但是,财产就是财产。所以这个话题我说完了。"

他再次举起他的点四五口径手枪,这次选择了较大的目标——麦克的胸膛:"你走吧,马上。"

麦克刚要开口骂他,但突然一见赫尔曼两只眼睛里露出的毫无幽默可言的断然神色,便连忙打住。他不喜欢这些人,不喜欢自己像粪土一样任人随心所欲地践踏。这种凌辱是他铭刻在心底的东西。

"去旧金山往哪条路走?"

费尔班克斯拿他的帽子猛地往他们三个人来的身后方向挥舞了一下:"那条路。我倒是建议你去其他地方。我不知道你为什么来加利福尼亚,淘金热四十多年前就结束了,而且我们这个城市不需要像你这样身无分文的社会人渣或者卑劣家伙。"

"哦,你有高贵血统,是吧?"麦克说道。

这话把这位律师给逗乐了,也许他知道自己又处于控制地位了:"我没必要向垃圾人物解释我自己。但是我不介意告诉你我出生在加利福尼亚。这表明我是一个本州人……你再怎么也绝对做不到的。"

"听着,我知道你是什么人。我估计也是,但有一位女士……"

"傲慢无礼的该死……"费尔班克斯刚开口,但是赫尔曼抢在了他的前头,他踢着灰马冲到岸上,马蹄过处,水花四溅。麦克一听到这个声响,连忙转过身去,但是丝毫没有防到赫尔曼拿他缰绳的一头抽向麦克的脸,抽得他的脸火辣辣地痛。

他急忙跳开身子,只听得卡拉大叫着表示抗议:"'沼泽怪!'"但是,赫尔曼再次拿缰绳抽中了他。

鲜血从麦克的右脸颊流了下来。他想要去掐赫尔曼的喉咙,但是赫尔曼的脸色由严厉变成了丑陋。这位德国人威胁性地挥舞着他的"史密斯-韦森·斯科菲尔德"。

"那是通往旧金山的路。"他说道,"今晚我要是发现你还在我的大牧场上,你就死定了。"

"'沼泽怪',你有时候真是一个坏蛋。"卡拉说道,"你也一样,沃尔特。"

费尔班克斯只是用那双眼睛狠狠地盯着麦克作为回应,但是赫尔曼却吼叫道:"闭嘴,该死的!"

怀亚特·保罗说过什么门被关上的话,现在怎么样?麦克舔着他的嘴唇,早就再次觉得口渴了,接着他转过身,离去。他走过那位胸部丰满的姑娘身旁,她站在那儿,一身泥巴,满头大汗,却美丽异常。他没有漏掉她看他的神情,一脸热切的仰慕之情。

那位律师也没有漏掉这个神情。

4

那天夜晚,麦克栖息在一个长满巨大桉树的小树林里。从赫尔曼的小溪出发,他沿着一条通向沿海的大山、印满车辙的泥路走去,越过被许多条小水道切断的平坦田地,这些小水道的两边,天天地长着一丛丛香蒲。黄昏时分,雾降落下来,虽然不敢肯定是否已经走出了赫尔曼的土地,但是他还是决定冒险在这儿停下来过夜。他已经几乎饿昏了。他仔细观察着雾气,想忘掉自己的饥肠辘辘。雾气呈现出柔和的白色,令人难以置信地阴冷……他平生从未见过如此浓的雾。

蓦地,他听到东面有一匹马跑来了。他赶紧躲到一棵桉树的树干后面,手中握着那把折刀,瞧着那条宽阔的泥路,或者说路上来的什么。他的嘴巴再次变得干渴,这下是因为害怕的干渴。是不是有人被派来兑现赫尔曼的威胁?

浓雾受到马和骑马人的搅动,旋转起来,马和骑马人从浓雾中冒了出来,如同两个幽灵。一时,麦克只看见黑乎乎的一团。那骑马人穿着像飘忽扇动的披风一样的东西。当他看清楚了那人的长发之后,便知道来者不是杀手。

"赫尔曼小姐。"他喊叫道,一面从躲着的地方走了出来。

她猛地勒住黑马的缰绳,小步跑了回来。那件披风垂落在她的背上、肩膀上和她的胸乳上——这是一块墨西哥瑟拉佩①。

"是你吗?"

"是的,小姐。"

"好。我知道,'沼泽怪'大牧场里的那些手下太懒惰了,当水葱雾②起来之后,他们不会十分卖力地来搜寻。可我不⋯⋯如果我想要达到某个目的的话。我可以下马吗?"

这个问题里含有某种调皮淘气的味儿。他知道,她比他要世故得多,习惯了玩弄男人于股掌之间⋯⋯她曾经嫁给过一个伯爵,是吗?尽管如此,她的出现令他激动。她脱掉瑟拉佩,拴好马。她穿着白色衬衫、白色裤子,围着金色的围巾。

"这是通向西方的主要道路。我估计你也许还在这条大道上,而且还在这个大牧场上。"

"这是个大牧场吗?这看上去像是个农场嘛。"

她哈哈大笑起来:"关于加利福尼亚,你还有很多东西要了解呢。在这儿,农场就是大牧场。喂,我还不知道你的名字呢。"

---

①瑟拉佩,墨西哥及一些中美、南美国家用作披肩的彩色毛毯。
②水葱雾,一种在低空飘移的浓雾,在旧金山地区较为常见。

"詹姆斯·麦克林·钱斯。"

"吉姆……"

"不,大家叫我麦克。"她伸出手时他说道。这是一只柔软的女性的手,不过他感觉很有力量。她握他手的时间比正常情况下的长了一点。

"麦克,那么,我可以坐一会儿吗?"

"哎呀,绝对。就这儿。"他将她引导到放着印花大手帕的地上,"对不起,我没有毯子。"

"没必要。"她摊开那件瑟拉佩,轻松自在、优雅得体地坐下。

孤男寡女独处在这寂静的白色浓雾里,麦克有一种十分强烈的感觉。她拍拍地儿,他在她身边跪下,留下合适的距离。

"你父亲告诉我离开他的土地,可是我不知道他土地的边界在哪儿。"他朝西面做了个手势,"中国?"

她再次放声大笑起来:"差不多。你即使知道边界在哪儿,你会走出这个边界吗?"

他摇摇头。

"我想不会。我真的很佩服你。爸爸是一个强悍的人。就像你看见的,他可能很危险呢。坦率讲,我想不出还有谁,无论少的还是老的,敢跟你那样面对'沼泽怪'。你有非同一般的勇气。"

"我只是口渴了……其他我什么也不知道。"但是,他喜欢这种溢美之词,尤其是她的溢美之词。

"沃尔特对你所做的事情妒忌死了。沃尔特从来不敢反抗我父亲的。"

"他是你父亲的律师,是吗?"

"其中之一。沃尔特给'沼泽怪'留下深刻印象的是,他是一个老资格的加利福尼亚人。'沼泽怪'正在旧金山追逐体面的社会地位,就像一头配种的老公牛追逐母牛配种一样。"

这话说得麦克的脸热辣辣的。年轻姑娘不这样说话的,至少在东部的威尔士和爱尔兰矿工的女儿们是不这样说话的。

"'沼泽怪'不是一个非常好的父亲,不过我要为他说句话……他可是一个见鬼的好得不得了的买卖人。亨利·米勒,另一个德国人……他的真实姓氏叫克赖泽……拥有一百四十万英亩土地。可是'沼泽怪'只拥有一百二十万英亩土地。"

麦克呼哨了一声:"你爸怎么会有这样一个绰号的?"

"这是从某些人所说的一个'沼泽阴谋'的名称里来的。这个阴谋太让人讨厌了,别提它。我父亲和米勒双双从这个阴谋里致富了,不过爸爸不喜欢人们叫他这个绰号,揭他的老底。我老拿这个绰号刺激他。"

"我注意到了。有一两次他差点让我大笑起来呢。不过当他拿枪瞄准的时候,却是一点也不滑稽。"

"是啊,爸爸只要一涉及钱和财产,就毫无幽默感,就毫无善良可言。他欺诈和毁了多少竞争同行,真是罄竹难书啊。而且他恶劣地欺诈你。我来追你的其中一个原因就是代他向你道歉,来做点补救。这样可以让你减少一点赫尔曼家怎么这么粗鲁的印象……"

"唉,你父亲很难让我在短时间内忘掉他。"这狗娘养的。他清了清自己的嗓子,"那沃尔特……唔……是你的男朋友吗?"

"他单相思。"她竖起穿着裤子的双膝,用两只手抱着自己的双腿,"目前我没有真正的男友。我曾经嫁给一位波兰的伯爵……嗯,你听到过了。我还在解决这个问题。"她向他侧过身去,"我倒是宁愿听听你的情况。"

他跪在她的身边,丝毫没有想到她会噘起粉嘟嘟的嘴唇,在他的嘴唇上亲吻着,接着拿舌尖在他的嘴唇上舔着。她的呼吸闻起来有丁香花的甜味儿,还有这香味儿后面的什么味儿——杜松子酒味儿。

"这样惬意吗,钱斯先生?"

"是。是的,赫尔曼小姐。"

一听到他这个差一点透不过气儿来的回答,她不禁开怀大笑起来。接着,她变得更加温和,她伸出手抚摸着他的右脸颊,小心翼翼地不让自己的手指触碰到他凝结着黑色血迹的伤口的边沿。

"伤口痛得厉害吗?"

"有一点。会好的。"

"爸爸这样做太残暴了。"

"别担心。我绝对不会忘记的。"他回答道,话音中隐隐有一种威胁的味道。

这话再次把她逗乐了。

"说得好。"她又轻轻拍了两下他的脸颊——一个表示赞赏的小小动作。这样一来,此时此刻的心旷神怡便被毁于一旦。

水葱雾看上去在慢慢变得稀薄,天光渐渐变得明亮。前一天晚上,月相满盈,也许此时就在浓雾的上头,用它珍珠般的光芒照耀着雾气。卡拉紧紧拉着他的手,站起身来,接着,她走向那匹黑马。她拿回来一个用一块格子印花布包着的很大的包裹,还有一个晃荡着水的水壶。

"我带了一些食物和水,给你余下的路上用。"

"太感激了。"

"哦,我要有回报的。"她轻快的开玩笑的话音再次令他心乱如麻。卡拉·赫尔曼令他神魂颠倒,但也让他开始产生了一丝丝的警觉。他模模糊糊地觉得,好像一只青蛙被一根树枝戳住了一样。

她再次坐下身子:"这条路通向惠特维尔,正好路过这个大牧场的边缘。从惠特维尔那儿,你要是有钱的话,就能坐上去旧金山的火车了。"

"我没有钱坐火车。"

"但是你要去那儿。"

"肯定的。我从宾夕法尼亚来就是到加利福尼亚来发财的。"

"这想法挺好。"

"我知道这需要假以时日,但是我会坚持不懈。"

"我预计你会发的,麦克林·钱斯先生。"她绽放出灿烂的笑容,"事实上,我推测,不管沃尔特怎么警告,你还是会直奔旧金山而去的。

沃尔特不是傻瓜，但是在有些事情上，他愚蠢极了。在盎格鲁-撒克逊人①和土生土长的加利福尼亚人的优越性问题上，他相信许多无聊的东西。我劝你别挡他的道。这倒并不是说你会在同一些圈子里面转。但是他有有权有势的朋友，还有很多社会关系。他的父亲和他的叔叔开办了费尔班克斯信托银行———一家非常大的银行。"

"如果他不挡我的道，那么我也不挡他的道。"

"天哪，你真是一个桀骜不驯的家伙。我喜欢。沃尔特那么谨小慎微，每个行动和每句话都要斟酌再三，典型的律师，没有血性，没有激情。"她仰身靠回到那棵桉树，将头靠到树干上，金色的围巾在雾中微微闪着光亮，此时此刻，闪耀出几乎纯白色的光芒。他看到了她双乳的曲线，衬着光亮，显出侧影。刹那间，他便无法控制地硬了起来。

"跟我说说你的情况。"她说道。

"让我想想。我曾祖父是英格兰的一个游走四方的白铁匠。我祖父在伦敦开了一家旅馆，但是他把它卖了，来了美国……俄亥俄②，我爸就是在那儿出生的。他的名字就叫詹姆斯·俄亥俄·钱斯。淘金热那会儿他来到了这里，遇见并娶了一位爱尔兰女士为妻……对一位新教徒来说，这是不太通俗的做法。"

"我是在蒙特雷③附近的一个天主教女子学校上的学。"卡拉插话道，"圣乌尔苏拉④女子学校。那些修女很多来自背景很好的家庭的新教徒姑娘。我厌学了，闹得鸡飞狗跳，'沼泽怪'就在我十一岁那年把我带到了欧洲。我十六岁之前去了三次欧洲。"

①盎格鲁-撒克逊人，最早属于古代日耳曼人的部落集团的人员，公元 5 至 6 世纪入侵英国。此处指美国殖民时期英国移民的后裔。

②俄亥俄，美国东北部的一个州，首府哥伦布，最早为法国占据，后转让给英国，1783 年为美国所得，1803 年成为美国的第十七个州。

③蒙特雷，加利福尼亚州西部沿海的一个渔港，临蒙特雷湾，1847 年以前为加利福尼亚州的首府。

④圣乌尔苏拉，传说中的英国公主，在公元 4 世纪同其他一万一千名少女一起于德国科隆殉难。

"跟父母亲一起去的吗?"

"花钱随一个团去的,'沼泽怪'待在加利福尼亚没去。我从来就不知道我母亲,我还是个婴儿的时候她就离家出走了。"

"你是在欧洲遇见那个波兰伯爵的吗?"

"博尔斯劳?是的,他追我追到了这个国家,爸爸说服我嫁给了他。这是一个可怕的错误,不过博尔斯劳倒是一个迷人的男人,但我看不到接下去的……"她突然颤抖了一下,"这雾气挺冷的,过来给我取取暖。"

他慢慢地靠近,犹犹豫豫地伸出一条胳膊抱住她。她小声咕哝着将一只手搁到他的左膝上,舒舒服服地蜷伏下来。这柔柔的肌肤之亲令他的阴茎勃起得十分坚硬,硬得生疼,于是他只得稍稍移开了一下身子。

"我从来没有碰到过完全像你这样的年轻男人,麦克·钱斯。你勇敢,然而又十分腼腆。"

"不,不……嗯,我想是的。跟你在一起,我不太了解有钱人家的姑娘。"

"是你了解的时候了,这是你的第一课。"她再次抚摸他,并将她的嘴巴凑近他。当她的舌头探寻着他的嘴唇时,他感觉她的双乳紧压到了他的衬衫上。

接着,她停顿了一下。

"现在是第二课。当我得不到某样东西的时候……那也是我最想要得到它的时候。我会穷追不舍,直到我得到它为止。"她轻柔地抚摸着他的头发。

"美丽的警告吗?"

又一个亲吻。

"沃尔特·费尔班克斯此时此刻要是来到你所在的地方,很可能会杀人呢。"

"我不是沃尔特·费尔班克斯。"

"谢天谢地。"她用舌头舔过他的脸颊,"你可以帮助我忘却。"

他也轻柔地抚摸着她的脸："忘却什么？"

"忘却过去的两年。博尔斯劳，那个伯爵，是一个英俊的男人，但他道德败坏。我倒不在乎谁喝醉酒，但是我发现他还有其他更多更坏的恶习，比如抽鸦片。而且，他不喜欢在卧房里履行丈夫的职责，而是喜欢到大街上雇用那些可怕的堕落的人，就瞧着等我……唉，等我碰巧外出。"接着，她又一阵颤抖，"我没想到过婚姻会留下伤痕，但是我的婚姻留下了伤痕。"

他震惊得说不出话来。她的微笑似乎少了些自信，再次浮上了悲伤。

"我也很快会去旧金山的，只是稍作停留，买点东西，有两三个社交活动……然后我就会离开一段时间。我需要单独处一段时间，摆脱一些令人不快的记忆。"她亲吻他，"我认为你一定可以帮忙的。"她咯咯地笑了起来，"你可以想象'沼泽怪'的脸色吗，如果他知道我正在跟一个一文不名的人谈恋爱的话。"

这话像一盆冰水泼到了他的脸上。他挣脱自己的身子，跳起身来。

"怎么啦？"她说道，也站起身来。

"赫尔曼小姐，别拿我当工具对你父亲进行报复。"

她拿手掌打了他一下，他一把抓住她的手臂。令他感到惊讶的是，她大笑起来，接着用另一条手臂抱住他的脖子，将她的舌头伸进他的嘴巴。他的性器官碾着她的身体，颤动着。

"我不会，我不会，亲爱的。"她说道，她的手伸下去抓住他的阳具。他几乎要爆炸了。

"麦克，我想要做爱。对不起，你弄得我亢奋了。我们脱掉衣服吧。这儿，我要开始……"

她解下那条长围巾，抖开她的头发，波浪般的金色长发，披散到肩头。千金良辰，月华如洗，银光闪耀在破碎纱幔般的水葱雾后面。

他伸出手去，将她衬衫上的纽扣解开。她就站在他跟前，面对着他，扭动手臂和肩膀抖掉衬衫，然后抖落下面的无袖宽内衣。她的双乳又大又沉,上面挺立着两个黑褐色的乳峰。他低下头去吻着她的乳峰。她猛地扬起头,并柔声呻吟起来,接着她紧紧地抱住他,开始亲吻他的脖子、他的胸膛……

她突然停了下来。

"怎么回事儿,我刚才怎么啦?"他差一点就控制不住自己去拖拉她,他的双手根本就没法停下来。

"我们应该尽可能把这弄得舒服些。就等一下。"她风情万种地慢慢走回她那匹被拴着的马身旁,接着又拿回来一只更大的水壶,"来。洗澡。"

"什么?"

"请先洗澡。对不起,我跟你说啊,你身上的味儿像个牲口院子。这不太浪漫。"

他有一种被愚弄的感觉,有一种受侮辱的感觉。他勃然大怒,他的下面软了下来,他的皮肤在寒冷中有点刺痛。当她以卖弄风情的装模作样的羞怯拉起她的无袖宽内衣遮到乳房上的时候,他一把抓过那只水壶。

他猛地拔出塞子,突然手腕一翻,将水壶倒转过来。水哗哗地流了出来,在地上飞溅。她瞧着这一幕,瞧着他,简直不相信自己的眼睛:"这到底……"

"听着,我也许是一个没有受过多少教育的乡巴佬,但我不是一个可以被支使得团团转的仆人。穿上你的衣服,回家去吧。"

他踢了一脚那个水壶,水壶飞过她的腿边,吓得她发出一声低低的喊叫。片刻之后,她骑着马朝东方飞驰而去,她的短鞭不停地抽打着那匹不幸的黑马。麦克瞥见她的最后一眼是飘扬在她身后的像鲜亮的大旗一样的头发。

他背靠着一棵粗糙坚硬的桉树干坐着。满月当空,银辉四溢,照耀在小树林上。他将那条围巾的金色缎带缠绕在左手上,接着又将缎带往另一个方向缠绕。

他丧失了一个跟一位美艳绝伦、非同凡响的姑娘做爱的机会。唉，实在没有办法。她美貌无双，对他表示出了一定的善意，但是她还有另外一面。她被宠坏了，习惯了我行我素，就像那个称她为"先生"的德国老头一样。固执任性的遗传基因突然固执任性了起来，一位热情奔放、慷慨豪爽的姑娘猛然间变成了一个要为这个夜晚恩赐雨露的女王。他愿意跟她做爱。但是，不能由她说了算。

他长长地叹了口气，开始折拢那块围巾，他将它折短，短到可以夹入T.福勒·海因斯那本书中的长度。他将书本放到一边，脑子里全是她的秀发、她的眼睛、她的双手、她的一丝不挂的肌肤。奇怪的姑娘。他并不怀疑，她要是跟哪个男人搅上了，准是个麻烦，大大的麻烦。

但是，为什么要去想这种事儿呢？他再也不会见到她了。

5

麦克当前的麻烦事是，他无法回避地意识到，他已经快要到达旧金山了。当他来到那个位于去奥克兰①与旧金山的主干线上的小镇惠特维尔时，他的心情并没有多少改善。到处都有带着邋遢毯子的人，都是些将他们的全部家当卷在毯子里面背在背上的麦田短工。

当一阵凶猛的暴雨赶着他在大街后面的一条小巷里寻找躲雨的地方时，他就绊到了一个浑身褴褛、不省人事、躺在两个水坑之间烂泥地里的人身上。麦克将他翻过身来，发现这是一个上了年纪的印第安人，只见他黑黑的脸很窄，额头很高，头发黑色，没有一丝白发，尽管这人年纪显然不小了。印第安人的额头有一处血糊糊的伤口，但是他还有气。

麦克将他拖到一个五金店的后墙根让他靠着，冒着瓢泼似的大雨，

①奥克兰，加利福尼亚州西部港口城市，意为"栎树丛生之地"。

想尽办法将他弄醒了过来。这位印第安老人用一只精瘦的手拉着麦克的胳膊，一瘸一拐地领着他穿过拥挤得像兔子窝一样、用装货箱的木板搭建而成的棚户区，来到一间属于他的破烂棚子跟前。他庄重地做了个手势，示意麦克进去。

棚子里弥漫着下水和腐肉的味道，但是麦克能躲开这场大雨，已经感到万分庆幸了。那印第安人点起一小堆火，拿出一些紫色的浆果和要花好长时间才嚼得烂的味道很好的树根招待他。麦克用水壶里的水帮助他洗干净流血的伤口。

"三个披毯子的男人袭击我，想要抢我的东西。"那印第安人说道，他黑黑的眼睛水灵灵的，"他们发现我啥也没有，就打我。我哪怕是个中国人，他们照样会这样做的。"

"你干吗不离开呢？要么这是你的家吗？"

"我是一个丘马什人①，从南边过来。我再也没有家了。我四处流浪，在农田里打短工——只要是白人允许打工的任何地方。"那印第安人补充解释了一下，又仔细打量了麦克一会儿，问道，"你喜欢加利福尼亚？"

"是的，我喜欢。我来这儿没多久，但是我要在这儿发家致富。"

"哈。"印第安老人笑了，露出了褐色的牙齿和遭到严重损害的牙龈，他的笑声充满哀愁，"你的梦想不会一帆风顺。我们印第安人知道。一位先人，在圣路易斯雷伊德弗朗西亚的那个教堂里，实际上就像个奴隶一样。那些托钵修会修士雇用他到那些大牧场里干活赚钱，他要是反抗或者不服从，他们就用有结的绳子打他，说是'拯救他的灵魂'。我的父亲年轻的时候，在墨西哥人收回教会的土地之后，在那个名叫洛杉矶的小镇里成为了自由人，但是境况没有多少改善。他在牧场里做工人。他每周五得到报酬——白兰地。到了星期六，他就大醉不醒，关键就在这个地方。星期天他就被抓进监狱，到了星期一早上，他就与其他

① 丘马什人，居住在加利福尼亚州南部沿海地区的印第安人。

同类的人像牲口一样被赶了出来,被拍卖给那些大牧场主,再服一周的劳役。到了周五,他干完了他的处罚劳役,可以得到几美分。再一次,付给他的酬金就是白兰地……"他耸了耸肩膀,"在加利福尼亚,只有两类人——剥削者和被剥削者。"

"你是说,等我有了钱的时候,我就是那种剥削者吗?"

那印第安人严肃地点点头:"你是一个好人,能帮助一个挨了揍又被扔在路边的印第安老人。但是,即使是像你这样的人,答案也是肯定的。这是独一无二的路子。这是加利福尼亚。"

一开始,是赫尔曼和那个律师竭力想损毁他的梦想,而现在,这个苟延残喘在这个破棚子里、满怀痛苦记忆的悲惨老人也在努力损毁他的梦想。麦克一言不发,怀着满腔的热情和一点点的绝望,他发誓,他要证明他们是错的。

早晨,他继续上路,沿着铁路的干线走去。很快,灼热的骄阳晒干了乡野。到了正午,他在蒸腾的热浪中,看到四五十个男人用鹤嘴锄、铁锹、大锤和夯具在路基上干活。

麦克从水壶里喝了一点水,至此水壶里仅剩一口温热的水了,接着他将水壶甩上肩头,走近那帮工段养路班的工人。大多数人都赤着膊,通身汗淋如雨,看上去都油光光的。这帮养路工人里有大约十几个中国人,他们比白人瘦小但结实。他注意到,两帮子人互相都不交谈。

一只柯利牧羊犬在路基上跑上跑下,活蹦乱跳,汪汪吠叫。一个高大魁梧的工人拿他的鹤嘴锄朝它挥舞了一下:"滚开,拉夫。奥马利,管住你那该死的狗,要不我宰了它。"

另一个工人一声呼哨,大声呵斥着,那柯利牧羊犬便在停在支线上的一节平板车厢下面的阴影里躺了下来。那狗喘了几秒钟大气,接着跳起身来,再次跑了出去。

"拉夫,过来!"一个人用西班牙语喊叫道。麦克循声望去,那人穿着厚厚的黑色套装,站在一辆骡子拉的车旁边。那柯利牧羊犬朝他跑去,在他拿出来的一盘子水里舔着喝水。这时,麦克注意到,这人有一个牧师领①,这也解释了他非同寻常的服饰。

那辆骡子拉的车里装满了桶,麦克猜里面装的都是水。他无视那些在铁路上干活的人怒视的目光,朝那个人走去。

"天气很好啊,陌生人。"那牧师用西班牙语说道。

"我不说西班牙语。我看上去像是应该说西班牙语的吗?"

那牧师交叉了自己的双手:"恰恰相反。我猜你是新来的。"

"你怎么会这么认为的呢?"

那人绽开一个友好的微笑,回答道:"你的鼻子。你的脸蛋——红红的,剥了一层皮一样。还有,你的服装……好啦,请原谅,这些迹象都表明,啊,是一副长途跋涉的样子。"

"你完全说对了……这些迹象,还有我。"

牧师表示赞同地点了点头:"我对你说西班牙语是出于习惯。这是我的母语,而且在加利福尼亚说西班牙语很普遍。你要是打算长期在这儿生活的话……"

"永远生活在这儿了。"

"好极了。按鄙人愚见,学点西班牙语会让人觉得很谦和,而且对你有好处。"

麦克仔细端详着这位直率的牧师。他约莫二十五岁年纪,头奇大无比,看上去方方的,额头较低,鼻子很大。他的套装上面有一块块颜色更深的地方,那是出汗了。他分得很开的两只眼睛是黑色的,这使他想起了那个印第安老人的眼睛。麦克无法断定这位牧师是墨西哥人还是西班牙人,还是两者都有……梅斯蒂索混血儿②。

"在这样的天旅行太热了。"那牧师继续说道,"欢迎你喝点水。"

"谢谢,我刚好没水了。"麦克拿一个大拇指指了一下挂在他肩膀上

---

①牧师领,纽扣钉在颈后的白色硬立领。
②梅斯蒂索混血儿,在通用西班牙语的美洲国家指西班牙人和美洲印第安人的混血儿。

的水壶。

牧师轻轻拍了一下距车子落下的后挡板最近的那只水桶，并递给他一只勺子。水是热的，麦克小心翼翼地抿了一口之后，便将其余的水一饮而净。牧师笑了起来。

"多谢了。"麦克说道，"我去旧金山。"

"从哪儿来？"

"宾夕法尼亚。我叫麦克林·钱斯。"

"欢迎来加利福尼亚，钱斯先生。我是马克斯神父，迭戈·马克斯。我跟那些在为南太平洋铁路公司挥汗如雨的好人不一样，我就出生在这个州。"

麦克刚要把勺子递还回去，接着犹豫了一下："等等，我觉得这是中央太平洋铁路嘛。"

"原先是的。两年前，那些老板为了控制他们的资产，组建了一个控股公司。这个控股公司的名字就叫作南太平洋铁路公司，不过现在啊，他们把这条铁路也叫作南太平洋铁路了。四大巨头①，那四个亡命之徒，在肯塔基②注册了他们的控股公司，因为那儿的铁路法律比较宽松——对待公众或者对待工人的几乎任何粗暴行为都是允许的。"

"那你是给这些工人送水来了？"

"总得有人送啊。铁路公司认为这不是他们的责任。"他拿勺子重重地敲打着水桶，脸上现出愤慨的神情。这位神父好像不管干什么事情，动作都那样轻快敏捷，充满活力。

"加利福尼亚好像见鬼……没有很多水嘛。"麦克评论道。

"你只要找对地方，有的。过来，到这块小小的阴凉处里来躲躲。"马克斯挠过骡子耳朵的痒痒之后，脱掉他那件厚厚的外套，只留下领子

①四大巨头，指中央太平洋铁路公司（后改名为南太平洋铁路公司）的四个创始人：查尔斯·克罗克、科利斯·波特·亨廷顿、利兰·斯坦福和马克·霍普金斯。
②美国东南部的一个州，首府法兰克福，1763 年由法国割让给英国，1792 年成为美国的第十五个州。

和黑色的胸襟系在腰间。他没有穿衬衫，粗壮的双臂下面露出一簇簇浓密的腋毛。

他看上去像一头公牛，麦克心想。

马克斯在骡子车的另一边蹲下，眯着眼睛，目光越过热气蒸腾的平原，望向云遮雾罩的海岸山脉。铁道上，锄头和夯具声此起彼伏，长柄大锤敲打在新的道钉的头上，发出叮当的声响，工人们用没有变化的语调骂着娘。一个矮胖壮实的工头佩带着随身武器，大摇大摆地走来走去，虚张声势地威胁着工人们。

"你知道，水在加利福尼亚是一个具有吸引力的话题。"马克斯说道，"一个原因是我们在冬天的雨季非常短，所以水总是太少。另一个原因是水的潜在利益还没有受到高度赏识。我们家到加利福尼亚的第一位祖先是一位卡斯蒂利亚①的战士。他从1768年至1770年跟随波尔塔拉②和朱尼珀洛·塞拉③司铎率领的远征军从下加利福尼亚来到这儿，并且传下来了我们家的一本日记本。我们家那位先祖宣布，这整个地方一钱不值，因为干旱，根本不适合农耕。大多数土著印第安人也这样认为。但这个地方并非一钱不值。那些托钵修会修士对此有很多了解，尽管他们有其他的缺陷并犯下了反对自由的罪行。他们种玉米，种大麦，种橄榄，种酿酒的葡萄，发现了水能在这块土地上创造奇迹。他们把这一课传授给了一些有记忆力的加利福尼亚人。"

"但是还是没有很多水啊。"

"这儿没有。但是你有没有看到内华达山脉的上加利福尼亚？那儿，融化的积雪形成了很多瀑布，到了春天，便把涓涓小溪变成了汹涌奔腾的激流。"

---

①卡斯蒂利亚，西班牙中部和北部一地区。
②波尔塔拉，即加斯帕·德·波尔塔拉(1723—1784)，西班牙军官，加利福尼亚总督，创建圣地亚哥和蒙特利两城，后任墨西哥普埃布拉总督。
③朱尼珀洛·塞拉(1713—1784)，西班牙天主教方济各会司铎，随军从墨西哥进入加利福尼亚传教，帮助印第安人引进农牧园艺业。

"我穿越那些大山的时候，没有观多少光。当时碰到了一场暴风雪。"

马克斯看到这个乳臭未干的年轻人的鄙夷神情，两眼不禁忽闪着。

"我来对你说吧，我的年轻朋友。如果能想办法把那儿的水弄到这个巨大的中央谷地的话，那么这块土地将像个花园一样姹紫嫣红。"他的不悦表情在鼻子两边刻画出了深深的皱纹，令他少了一些慈祥，甚至有点凶相，"但是，这将是一个花园，那些为了一点捞命钱被迫为别人当牛做马的苦力用汗水和鲜血浇灌出的花园。"

麦克想也没想就摇了摇头，马克斯很快做出了反应："你不赞同的是什么，是我关于水的观点呢，还是关于劳动力和资本的观点？"

"你误解我了，神父。我对此一无所知，所以我并非不赞同你的这两个观点。我摇头，是因为……嗯，回到东部，在那些爱尔兰矿工中间，其实我看到过很多神父。但是，没有一个像你这样的。而你，孤身一人在这荒原深处，像个奴隶一样送水……这有点令人费解。"

"丝毫不费解。我来自旧金山，带着流动传教任务，到劳工中间来行使神父职责。利奥十三世教皇①发表了无数的信件，号召大家都来关心世界各地的工人，鼓励大家像我这样来从事传教工作。他甚至建议有限地赞同工会的活动。依我看，这位罗马教皇走得还不够远，但是，当时，我的观念是少数派，极少的少数派。"他微笑着强调了一下。

"告诉我，"他停下话头，更加仔细地瞧了麦克一眼，才说道，"你为什么赶那么多路从宾夕法尼亚过来？"

麦克不想让人误解自己一味贪图钱财，他想了一下措辞，说道："为了改善自己的处境。"

"怎么改善？用钱财吗？"

这质问的口吻令他恼火："是的。"

---

①利奥十三世教皇（1810—1903），意大利籍教皇，强调教廷集中统治，赞同发展科学，发布《新事物》通谕，主张劳资"协作"，保护私有制。

"完全可以理解。这个州啊，发家致富的方式很多：超乎寻常的自然景观、大量的可耕地。即便这种在夏天似乎那么让人讨厌的阳光也是个宝。它帮助房地产商把大量的房子销售给了从寒冷地区来旅游的人们。尽管如此，到这儿来寻求财富的很多人没有梦想成真。"他的褐色眼睛紧紧盯着麦克，"而且，有些来寻求发财的人假如寻求发财过于心切，很快就会堕落。"

转瞬间，麦克变得不喜欢这位年轻的神父。要什么，不要什么，他的心里一清二楚。他不想让别人煞费苦心地成为他的良心。他不想让赫尔曼一家、那个印第安老人和某个有着奇怪的激进观念的天主教神父污染他的梦想。

他正在想着如何用合适的措辞来回答，突然，东面一个长长的尖厉的汽笛声撕破长空。铁路上，那个矮胖壮实的工头掏出一只银色怀表。

"火车来了，火车来了，停止所有活儿。"他大声喊叫道。

工人们赶紧在铁道边上像军队一样排成一行，肩上扛着他们的工具，像扛着步枪一样。火车开近前来，搅起漫天尘埃，发出雪崩一样的声音。汽笛再次鸣响，铃声当当。这声响令那只柯利牧羊犬激动无比，它来回奔跑着，汪汪地叫个不停。

"火车上是谁，总统吗？"麦克问马克斯。

"这你就不知道啦。在加利福尼亚有规定，在铁路上工作的人，不管在什么地方，凡是有火车通过，都要立正致意的。"为了表明他对这一做法的态度，他在他沾满灰尘的用麻绳做的拖鞋之间的地上吐了一口口水。

大地开始颤抖——麦克双腿里面的骨头都感觉到了这种颤抖。柯利牧羊犬高高地跳到空中，吠叫着。火车不到半英里远了。这辆列车由一节金光闪亮的客车厢、一节煤水车厢和一个史蒂文斯①4-4-0火

①史蒂文斯，即约翰·考克斯·史蒂文斯(1749—1838)，美国发明家，制造了第一艘双螺旋桨汽船、航海明轮汽船"凤凰"号以及美国第一辆蒸汽机车。

车头组成,火车头上有一个巨大的前灯箱和一个圆圆矮矮的烟囱。这个火车头有八十八吨的柴火拉力,是一个黑黑的庞然大物,所过之处,地动山摇,尘土飞旋,碎片乱舞。

火车即使过去之后,麦克也还是能看到一系列的闪光形象。

一只长耳大野兔在铁道的另一边跳得半天高。柯利牧羊犬狂吠着冲上前去追它。那个此前受到骚扰的高大魁梧的汉子,在那条狗蹿过他身旁时,愤怒地挥动锄头砸了下去……这一凶恶的击打在那条狗的胁腹部划开了很深的一道口子。麦克在一片喧闹声之中听到了狗的嗥叫。那条狗踉跄了一两步,接着侧身翻倒在靠近它的铁轨上。

"拉夫。"狗的主人大叫着冲出队伍,朝倒下的牲畜奔去。

工头拔出随身的手枪,扳起击铁。

"站住,奥马利。你知道州长的命令。"

"看在基督的分上。"麦克喊叫着,冲向前去,但是那神父往后退了一步。庞然大物轰隆隆地震撼着大地,卷起一团团巨大尘埃,几乎就要撞上他们了。正当奥马利将柯利牧羊犬拖下铁道的时候,他不知怎的失足往后倒去,麦克警告他的喊叫声他根本就没有听到。火车的排障器撞上了奥马利,将他抛向往前疾驶的火车头前面的空中。排障器将他的头切割了下来,将他的身躯猛地弹向了一边,并将一把大扇一样的鲜血洒向轨道旁。麦克瞥见了火车头侧面有两个金色大字一闪而过——"州长①"——而且在煤水车上也有同样的装饰——"南太平洋铁路"。一节油漆过的客车厢飞驶而过,除了一扇窗户,其余的所有车窗全是空的。那扇车窗里,一个下巴上长着胡须的胖子举起一只手,跟立正站在那儿的工人们打着招呼。这辆特别的列车像它的突然而至一样又突然地离去了,只留下急速被卷起的热浪,重新沉寂了下来。

---

①原文 EL GOBERNADOR,为西班牙语,意为"州长",美国历史上的确有这样一个火车头,系中央太平洋铁路公司在加利福尼亚的萨克拉门托的工厂所建造,是当时全世界最大的火车头。

麦克眼睛瞪得大大的,摇摇摆摆地紧跟在神父身后。这一切发生得太快了,他都不敢肯定自己所见到的情形。但是,这个乘客的脸早已经深深地烙进了他的记忆里,而且,沙砾路肩上那堆红红的东西肯定是真的啊。他突然意识到自己的脸是湿的,抹了一把脸,瞧瞧手指——红的。距奥马利最近的三个人的脸上也都溅满了红色的斑点。柯利牧羊犬还在哀鸣,想站起来,可是站不起来。

一位工人小心翼翼地走到那具尸体跟前。

"耶稣啊,他的头……"他哽咽了,跪倒在地,无法控制地哇哇呕吐起来。

马克斯走到铁道上,望着渐渐消失的火车,他浅黑色的脸几乎变成了紫色。

"上帝诅咒他们吧……这个可怜人甚至都没有机会有个临终仪式。"他注意到了麦克,便将一块印花大手帕扔给他,"把血擦掉。"

麦克擦呀擦呀,觉得再也擦不干净了。

"那个胖杂种是谁?"

沉默中,柯利牧羊犬的哀鸣声更响了。

"利兰·斯坦福①州长,建造这条铁路的四巨头之一。"

"那该死的火车司机一定看到了铁轨边上的那个人啊。"

"肯定看到了。但是速度太快,即使他想停也停不下来。"

"斯坦福一定看到四溅的鲜血了。"

"不一定,不过看到了又怎么样?某年某月某日哪个劳工丢掉了性命,对他来说又算得了什么?当他跟他的合伙人穿越内华达山脉建造这条铁路的时候,这种事情发生过数百次。还有一件事情:这火车从来不停的……不管为什么事情,也不管为什么人。"马克斯的目光越过麦

---

①利兰·斯坦福(1824—1893),美国企业家,1861 年至 1863 年间任加利福尼亚州州长。曾大量投资于建设跨大陆铁路的计划。1885 年至 1893 年间任美国参议员,1885 年和妻子共同创建了斯坦福大学。

克的肩头,用手捂了自己的嘴巴一会儿,"帮我处理一下这具尸体,你的胃受得了吗?"

"你准备埋葬这具尸体吗?"

"不,距这儿大约五英里的地方有一个小镇。我要把这些残骸带到那儿去,想办法找到他的亲人。我必须马上就办,要不,这么个大热天,他剩下的这些残骸会腐烂掉的。"

"好吧,我准备好了。"麦克说道,他拼命咽下一口胃酸,祈祷他的胃不要再往上泛酸水。

他们卸下那些水桶,将奥马利的残骸搬上骡子车,放到一块柏油帆布下面。有两次,麦克都因为那血污、那嗡嗡乱飞的苍蝇和那难闻的气味而几乎要呕吐了。他和那神父也不知道是怎么过来的,他们一度得到了那个脸色刷白的工头些微的帮忙,终于完成了这件事情。马克斯咄咄逼人地瞪了他一眼,那工头不声不响地走了开去,驱赶着那些垂头丧气的工人回去干活。那只柯利牧羊犬站了起来,哀鸣着,瘸得很厉害。

慢慢移动的骡子车开始向那个距铁路公用地南边大约半英里的十字路口驶去。麦克走在骡子车边上。

"跟我说说那个斯坦福和他的合伙人的情况吧,神父。"

"就像我说的,铁路建筑在穿越那些大山的过程中,让数以百计的人付出了生命的代价。要是有十个人死了,他们就再雇十个人。人就像机器部件一样,说换就换,没有二话。这不让他们变得像杀人犯一样了吗?我不知道。我只知道他们都是跟别人不一样的人。在这个州,他们是神。他们建造铁路,并非作为讨人喜欢的无私之举。当他们雇用那位可怜的铁路工程师西奥多·朱达的时候,他们还都是萨克拉门托的小店主,朱达可是一位优秀的有眼光的铁路工程师。他们不在乎朱达用铁轨将一个国家连接起来的美好爱国梦想,他们只是想控制通向内华达矿山的货运列车。朱达甚至在这个计划还没有真正开始之前就耗尽了自己的心力……他，也为了他们的利益，献出了自己的生命。在他们这项宏伟的事业中，他们这四个人欠下了巨大的道德债务，却获得了大量的土地，而且他们一次又一次地愚弄和欺骗美国政府和加利福尼亚州政府。与此同时，他们这四个人中的每一个人都赚得盆满钵满，积聚了这个星球上最巨大的个人财富。这不让他们变得像罪犯一样吗，还是仅仅是成功的商人？"

马克斯抖动着缰绳，将骡子车转向左边，来到那个十字路口，并在那儿勒住缰绳让骡子停了一会儿。

"我知道我有答案。总有一天，那四个人将在历史的法庭上被发现是有罪的。我无法忍受这种事情。同时，我要告诉你，身在加利福尼亚，一个深谋远虑的人要保持什么。在这儿，人们弄不明白究竟谁拥有更大的力量，是万能的上帝还是铁路。"

麦克抬头瞧着阳光照耀下神父的脸庞。只有剥削者……和被剥削者。他得保留希望，事情并非真的如此。他得保留希望，那金子不是他爸发现的那种金子——黄铁矿，愚人金①。

他举起一只手："马克斯神父，你一直很仁慈。"

神父的握手充满活力而又十分有力："我希望你能找到你在寻找的东西，钱斯先生，而且等你找到了之后，它不会让你失望。谢谢你在那儿帮了我的忙。我不会忘记。上帝与你同在。"

他吆喝着骡子，骡子车吱吱嘎嘎地在一团尘土中继续上路。麦克在望着的当口儿，听到了狗的吠叫声。奥马利的狗沿着灰尘蔽天的道路追着那辆骡子车。柯利牧羊犬跌倒了又爬起来，继续追赶。

麦克朝马克斯吹了一声口哨。神父转过头来，看到了那条狗，便将骡子车慢了下来。麦克淡淡地一笑，挥了一下手，然后转过身来，在十字路口往西走去。

---

①愚人金，指黄铁矿或黄铜矿。

6

一个星期之后,麦克站在了奥克兰的防波堤上。

这是一个艳阳高照、凉爽宜人的日子,午后不久,他张开双臂,昂起头,放声大笑,全然不顾穿着得体的乘客们在他身后匆匆走上码头。

上帝啊,他来到这儿了,他终于来到这儿了。他闻到了大海的气息,带着咸味和鱼腥味的美妙气息。游艇上一片片小小的醒目的白帆令旧金山湾平添了几分鲜亮生动,一阵来自太平洋的强风吹来,刮起水面上飞卷的白色浪花。

就在那边,对面,陡峭的小山上,升起鳞次栉比的光与影的图案:一个城市,有坚固的商贸建筑,有菘蓝色和白色的住宅,漂亮得像蛋糕上的装饰品一样。它的右边,旧金山湾环绕着陆地,亲吻着大海。航道上,一艘赭色的装备着舷侧明轮和桅杆的老式蒸汽轮船在驶来驶去的渔船中间向海湾外破浪驶去。半岛的那个部分露出金色的小山顶,点缀着几棵绿树,还有一块块空地和稀稀落落的房屋。

他放下双臂,但兴奋犹在。他没有工作,身无分文,也看不到找工作和挣钱的前景何在。但是,站在这个阳光明媚的旧金山湾的边上,他有希望,他有无限的希望。希望驱除了怀疑,希望消弭了他在旅途中所积聚的那些令人不快的记忆。

沿着有两英里长的码头再往前走,一艘轮船鸣响着汽笛,宣布下一班南太平洋铁路公司的渡船即将离开,这是一个白色的浮动城堡,上面挤满了全身正装、衣冠楚楚的先生和撑着阳伞的女士,还有一大帮衣衫褴褛的穷人自个儿挤在一个角落。

麦克慢慢地朝一个白色的售票亭溜达过去。急于赶上这趟轮渡的人们急匆匆地在他身边跑过,小心翼翼地尽量不要碰到他,因为他的胡子太长了,他最近一次洗澡是在星期三。在翻越沿海那些小山的时候,他看见随着夏季的临近,那些小山正在失去翠绿的颜色。

售票亭上一块有红、黄颜色的招牌上写着:"费用十五美分"。麦克看到那售票员一个劲儿地盯着他,便绕过那个售票亭,向另一个方向走去,竭力抑制着自己正在升腾的焦躁不安。他花了一个小时游荡过铁路大道的商业区,这是第七大街的延伸。接着,他回到了防波堤上。汽笛声声,轮机轰鸣,又一艘渡船要离开了。售票亭里换了一个值班的售票员,这是一个视力较差、戴着一副很沉的银色眼镜的人。

麦克等着,尽力想办法不引起人们的注意。十分钟之后,下一班渡轮"康特拉科斯塔"号停泊码头。她在乘客下船后,准备再次离开。他等到最后一次催促上船的喊叫声响过之后,趁售票亭里的售票员正眯眼数着他的票根时,箭一般冲过了售票亭。

被太阳晒得油黑铮亮的年轻人用绳子拦住渡船敞开的船尾,另外的人则在码头上解开缆墩上的索耳,将它们扔到船上。"康特拉科斯塔"号鸣响过汽笛之后,轰鸣着马达,开始驶离码头水域。麦克跟一个胖胖大大的女人擦身而过,那女人瞧着他,仿佛怕被强奸了似的。然后,他爬上上面一层甲板,来到船头一张长凳上坐下。这儿的风很猛,却充满了大海的芬芳而让人心旷神怡。阳光洒落在旧金山的小山上和建筑上,生发出一种古色古香的抛光质地,他从未见过这样的景致。

很快,他注意到那个检查船票的人费力地挤过上层甲板的乘客人群。麦克抱紧他那包随身之物,鼓起勇气。

"票子。"那小兔子一样的人说道,他蓬蓬萋萋的八字须抖动着,看上去颇有权威。

"你瞧,我没有票。我没有钱。可是我得到那边去,因为……"
查票的人带着一副厌烦的神情走开了。

"米克斯!波特吉!"他好像在叫唤他的伙伴,"这儿又有一个逃票的人。"

麦克紧紧抓着船栏。下面,旧金山湾在船头两边折回水波,泛起白色泡沫,显得特别凶险狰狞。在宾夕法尼亚,他在一个老的露天矿场里学过游泳,但是从来就没有真正学会。

米克斯和波特吉是为这艘轮渡配备的两个士兵。一个士兵有着黑黑的头发,一脸兴高采烈的凶相,他的右耳朵上戴着一个金耳环。

"你该死的,放开我。"麦克说道,并在他们强行将他拖下去的时候奋力试图从他们的手中挣脱出来。

他没有过于激烈反抗,因为他不想在到达那个城市的时候被打得皮开肉绽。轮渡已经驶到了半途。再拖延一下,他就过来了。

"我告诉你们,我可以解释为什么……"

"南太平洋铁路公司没法把你的故事存进银行去啊,小伙子。"那戴耳环的水手说道,"没钱买票,你就游过去。这是规则。"

另一个人猛地冲回去,到左舷船栏处打开一扇门。乘客们看着这小小的一幕,交织着好奇与兴味。

麦克大惊,拼命往回挣扎:"你们不能这样做。我会淹死的,我不会游……"

一只脚猛地一踹他的屁股,将他余下的话变成了一声喊叫。他在空中飞向前去,一头栽进水里。他划着水,最后一刻才记起来,连忙把手伸到口袋里,掏出那本指南,将它举过头顶。

他呛着水,踢着双脚,沉了下去,整个头淹没在了水里。他赶紧用双腿击水,好不容易再次浮上水面。轮渡的尾波冲击着他,泡沫飞进他的双眼,苦涩的咸水劈头盖脸而来。他将那本书高举在艳阳下,有什么黏滑的东西擦过他的脸颊——一条死鱼的一只银色眼睛注视着他。

"狗屎。"他哼哼着骂娘。

轮渡的尾部,绳子后面那些乘客聚集的地方,一个带着两个孩子的父亲做着手势,跟那个检票人争论着,抗议他们这样对待麦克。不过,这毫无用处;轮渡"康特拉科斯塔"号乘风破浪,继续驶向那个婚礼蛋糕一样的城市,它汽笛悠扬,如同嘲讽般的道别。

他开始踢脚,仅凭本能踩踏着水。他早已感觉没有力气了,身子很沉。他再次开始下沉，于是他再次蹬踏得更用力一点。他敢打赌，他们从来没有向舷外扔过逃票的人，但是他这个赌打得太糟糕了。他马上就要淹死了。

他没有看到那艘汽艇，实际上是那艘汽艇快要撞上他了他才看见。他听到了那艘汽艇小小蒸汽引擎的突突声，这声音让他扭过头——来了，它窝在水里面，黄褐色的船壳上露出黑黑的捻缝柏油麻絮，单根的桅杆上没有帆。舵轮处，一个穿着没有袖子的像棉衣一样绿色外套的圆滚滚的人发狂一样地在朝他做着手势。这人是个中国人。他戴着一顶无檐的便帽，一条辫子齐耳盘绕在他的头上并用发卡夹住了。他看样子大约三十岁年纪，胖得非同寻常。

"稍等片刻，先生，我把你捞起来。"这位中国人用非常清晰的英语喊叫道。他减下速度，几乎让汽艇停了下来，并让汽艇绕了一个圈。麦克看到船艉横档上有东方文字，还有这艘汽艇的名字"天龙"两个字。汽艇在有碎浪的水面漂动，上下颠簸着，那人蹒跚着来到左舷船栏处。在发动机突突的空转声和旧金山湾海浪拍打船壳的声音中，麦克听到他呼哧呼哧地喘着大气，跪倒在船舱里，伸下来一只胖乎乎的手。

"抓牢了……把一条腿甩上来。"

麦克没听他的，先把那本指南扔进船里。

那人退缩了一下："你疯了吗？"

"小心那本书。"麦克喊叫道。他抓住那人的手，将一条腿钩住船舷边。他发觉自己令人惊讶地没有一丝力气，但是也不知怎的居然爬了上来，翻进汽艇里，落到了一个渔民的渔网上。他的头撞到了一只装满牡蛎的木桶。这位中国人蹒跚着回到舵轮那儿。又有一艘南太平洋铁路公司的轮渡在水道上驶向奥克兰。

尾波摇晃着汽艇，但是那人以令人惊叹的优雅姿势保持着身体的平衡。他的脸上总是挂着微笑，于是丰满的脸上的肉便往上提了起来，使他具有了一种和蔼可亲的神态。

他转动着舵轮，加快了引擎的转速。

"我看到他们把你扔了下来。我叫奇宝。我在这些水域打鱼。"

"我的名字叫麦克。要不是你过来,我就淹死了……"

他鼓起的肚子告诉他,他喝下的旧金山湾的海水比他想象的还要多。这海湾,看着漂亮,喝起来味儿可不好。他浑身湿透,一副惨相,拖着脚步来到船舷边呕吐起来。奇宝咧嘴笑了,驾着汽艇,挺像帆船作"之"字形移动一样,摇摆出一系列的"之"字形,往奥克兰疾驶而去。

宝住在一幢简陋的小屋里,小屋在一个惨不忍睹的中国人聚居区,就在韦伯斯特大街和第八大街附近的内港北面。拥挤而又弯曲的小巷里,弥漫着炒菜的油烟味儿和甜得令人作呕的味儿。麦克脱得只剩下一条内裤,将他湿淋淋的衣服晾了起来,宝则在一个老式的詹姆斯厨灶里点起了一堆煤火,厨灶有一个白铁皮的烟囱,用金属丝固定在板条屋顶的一个孔里。宝为两人摊开坐垫,展开一张油纸,捡起一些小鱼,开始烘烤。

"比目鱼。本地的鱼。味道很好。"他摘下帽子,抚摸了一下他油亮光滑的头发。起初,麦克还以为他是一个乐呵呵的但挺傻的家伙。这会儿,当他注意到什么也逃不过宝的两眼时,他改变了想法。

"你对旧金山湾了如指掌,我猜……"

"老加利福尼亚了,像老辈人说的。我就出生在这个州。"宝解释说,旧金山湾的各个水域在很多方面维持着他的生计。这些水域出产鱼,可以卖给城里的餐馆,而且他还用网捞虾,卖给一个经纪人,那人把虾腌了,装箱运往中国——在中国,虾可是美味佳肴。麦克从来没有见过或者说品尝过有壳的水生动物。宝说,很多美国人认为,有壳的水生动物是野蛮人吃的东西。

麦克告诉宝他来自何方,要去哪里。

宝表示赞同地点点头:"等你想要走的时候,我会送你去那个城市的。免费。"

小巷里传来一声喊叫,把他们吸引到了外头。一个弱不禁风的中国老人指着一只轮子陷在很深的车辙里的一辆手推车。手推车上装着破烂:破布、奥克兰报纸、一大块一大块粗糙的铺路石。一个胖女人,显然是那老人的妻子,用中文尖声喊叫着抗议的话。她用动作和手势表示,她竭力想把车子从车辙里拉出来,看她样子快要哭了。

"她说这车太重了,他拉不动。"宝对麦克大声说道。他微笑着,轻轻拍了拍那个老年妇女,只用一只手一拉,一声吆喝,便将那辆车拉了出来。接着他沿着小巷将那辆车推到附近的一个小棚屋跟前,他的身后,一些男人、女人和孩子发出一片赞叹声,还有几只狗也在汪汪叫着。麦克再次对这位渔民刮目相看。他看上去肥胖,但不是手无缚鸡之力的人。

在简陋小屋里,宝将烤熟的比目鱼放到两只马口铁盘子里,又盛了里面有点点黑色的东西的白米饭,接着在两只小陶瓷杯子里倒满烈性的果酒。宝在四处忙碌的时候,麦克有机会好好地观察了一下他的家。不同的墙上挂着三面不规则的镜子。床铺下面的一个雪茄烟盒里收集着一些骰子和扑克牌,还有一些手工雕刻的木头面具,面具上有火烧出来的一个个斑点。一块搁板上一个上了漆的托盘里,放着一只陶瓷碟子、一些细细的针、一盏小油灯和一根长长的管子,管子上有一只陶瓷的碗,那管竹柄上面装饰着几个象牙圈。麦克注意到,那碗的口子上和象牙的咬嘴上残留着黑乎乎的光滑的东西。

宝看出了他的好奇,便从那个雪茄烟盒子里拿出几颗擦得很亮的很大的珠子,在他面前的垫子上将它们一把撒开。

"出。"他用手指着说道,"筹码。我喜欢赌博。中国人喜好这个。在旧金山湾,这也是谋生的一种手段。大多数白人恨我们。"

他摇晃着一个拳头,模仿着他们的话:"'快逃,快逃,中国人来赢钱了!'"

他邀请麦克在垫子上坐下,接着,他自己也坐下,夹起一块比目鱼,咬了一半。

"你一直是个渔民吗?"

宝摇摇头。

"从小时候到现在,我干过很多活呢。我在莫德斯托附近的一个大牧场里当过一号厨师。我在纳帕为建一个葡萄酒厂扛过花岗岩。擦地板……擦皮鞋……很多事情。知道什么是最艰苦的活儿吗?"他拿红酒杯向客人致了一下意以示强调,"想办法活着。"

"他们不欢迎中国人在这儿,是吧?"

"他们在有些事情上倒是想要他们的——只是有些事情。"他平平淡淡地叙述着这一事实,但是,麦克从他黑色的眼睛里看到了痛苦。

"加利福尼亚是我的家乡。我不想要其他东西。可是,旧金山的卡尼先生,那个工人的朋友,他说,'中国人必须走!'所以,他们不断地通过法律。我不能成为一位公民,我不能拥有财产,我甚至都不能得到一份营业执照。他们要是把我投进监狱……"他用手掌拍打着自己盘起来的辫子,"那个《辫子法》说,他们可以把这个剪掉。"

然后他的嘴巴撇了一下:"所以,这就是发生在'金山'的事情。"

他拿起酒杯向麦克祝酒,一口喝干。

"那什么意思,'金山'?"

"就是金山的意思。广东人1849年漂洋过海到这儿来的时候给加利福尼亚取的名字。我父亲就是那时来这儿的。"

"你爸是个探矿者?"

"是的。"

"我爸也是。"

"没有金子等着我父亲,只有艰难时世,还有那些白人,他们害怕我们天朝人干活干得比他们卖力,干得比他们好。但是,我父亲是一个果断的人。笃信宗教……这也是中国人的特点。他从飞翔在大千世界的生命之力中汲取力量。当他从那个黄金之地空着两手回来时,他没有消沉。他在旧金山找了份活,做雪茄烟。那儿有很多中国人都做雪茄烟。我父亲挣到了足够的钱,从家乡娶来了一个如花似玉的新娘。我就是在这个小镇——奥克兰出生的。我母亲不喜欢加利福尼亚,生活维艰,遭人白眼……她生下我后只活了两年。"

他向那根管子和其他的物件投去长长的一瞥,接着,很明显地露出了一个似乎是歉意的表情,收回了他的目光。他用手指撮起最后一团黏糊糊的米饭,吞了下去,接着在他那条黑黑的旧裤子上擦着双手。

"我父亲把我带到了那些大山里,他在那儿为乔利·克罗克①修筑铁路。我那时小,只配干些下等的活。可是我父亲,灵巧得像只猴子,他就是那些攀爬悬崖峭壁、放置炸药炸石的人员中间的一个。有很多来自南亚次大陆的人掉下了峡谷一去不回了,或者被硝化甘油炸上天粉身碎骨了。我父亲有好几次跟死神擦肩而过。一直到我十八岁、我父亲六十九岁,到那颗金道钉钉了下去,到克罗克的所有'宝贝疙瘩②'正在东离西散之时,我父亲才死去。我们从那些大山里回旧金山来,我们在圣华金河畔的一个小镇里想买点晚饭吃,有几个喝得醉醺醺的白人攻击我父亲,打他。他捧着肚子卧了十九天床,一天不如一天,内出血,然后就死了。从此以后,我就孤苦伶仃一个人了。"

宝结束了他的话,没有过度的自怜自艾。

"这个州好像竖着很多招牌,上面写着'不准入内'。"麦克说道,"轮渡上的那些杂种根本不用把我扔下船的。见鬼,等我找到工作,我会把那十五美分臭钱还给他们的。"

"那不是铁路上的方式。他们的方式人们叫作……"他费了好大劲儿才说出了那几个字,"……垄断。我仔细研究过这只'章鱼'。"他伸出双臂,并蠕动着他的手指。

"章鱼?"麦克瞧着他最后一点米饭中的小黑点,"上帝呀,我们是不是吃了……"

宝开怀大笑起来:"不,不。这是鱿鱼。'章鱼'……那是给铁路取

---

①乔利·克罗克,即查尔斯·克罗克(1822—1888),美国商人、银行家,中央太平洋铁路(后改名为南太平洋铁路)公司的主要承包商。"乔利"为奇宝说"查利"时的口误,"查利"为"查尔斯"的昵称。
②宝贝疙瘩,指中央太平洋铁路公司招募来修筑穿越那些大山的铁路的中国筑路工人。

的绰号。我在报纸上看到过,我听码头上的人说过。铁路公司什么都经营。他们拥有独一无二的火车,所以不管是货物还是运输,他们想要收多少费就收多少费。他们也拥有沿海航船,还有旧金山湾轮渡……甚至拥有奥克兰的大多数码头场地。"

他俯身向前:"我听别人说。在旧金山上班的普通人不喜欢轮渡的高价。一个聪明人可以把这一事实转化为有利因素。我正在想办法呢。"

"好吧,祝你好运。根据迄今为止我所看到的,我也不喜欢那个该死的南太平洋铁路公司。"麦克站起身来,伸了个懒腰,走过去摸了一下他晾在宝的小屋角落里晾衣绳上的衬衫——衬衫差不多干了。外面小巷里,有人在弹拨一个弦乐乐器,发出怪怪的轻轻的声音。

宝在一只水桶里擦洗着他们的马口铁盘子,接着用擦洗器具将他烤鱼的铁锅洗刷干净。麦克发现,那擦洗器具居然是一只很大的牡蛎壳。

"你吃那玩意儿?"

"我捕捞那玩意儿。天黑之后去采。"

"干吗不白天采?"

他淡淡地一笑:"因为旧金山湾生长牡蛎的海床为私人拥有。"

"上帝啊。连海底也这样啊。"他捡起那本指南。除了有一些水渍,这本书完好无损。

"你明晚跟我一起去,我带你看生长牡蛎的海床。"宝说道。

"那样去好玩吗,还是你想要我帮一些忙?"

"是的,我想要你帮忙。"宝点点头,"不过,我要是不告诉你那也许有危险,那可不地道。"

麦克严肃地注视着这个胖胖的中国人,他断定他喜欢他。

"挺好的警告,谢谢,但我还是会去的。"

"你可以是一个天朝人。"宝说道,脸上露出灿烂的笑容,"你也喜欢赌博。"

第二天晚上,奇宝的汽艇借着退潮往旧金山湾的南方驶去。海岸两边的村庄里闪烁着童话般的灯光。星斗满天,群山朦胧,麦克饶有兴味地欣赏着这空旷平静、令人心旷神怡的海面。宝驾着汽艇呈"之"字形穿越海湾,这给麦克的印象是在浪费时间。

"不。"当麦克问到这个问题时宝说道,"煞……那些消耗人的生命力的邪恶的妖魔鬼怪……他们总是走直线的。走直线是不好的。"

麦克暗暗发笑。他从来没有遇见过像奇这样的人……"奇"是他的姓,这位渔民极其耐心地向他作了解释。在中国,家族的姓总是放在所取的名字前面。无论他叫什么名字,他都是一个将现实的职业感与宗教的信念结合得最好的人,对他的这种宗教信念,麦克无论如何也理解不了。他真的很喜欢这位天朝人,他也喜欢"天朝人"这个说法。

宝关小了发动机,今晚他再次将帆卷了起来,没有借用风帆行船。麦克闻到了浅水区浓烈的牡蛎气味,接着他看见了牡蛎——长长的形状,表面粗糙,像一个个微型岛屿侧面盘踞在一定是相当深的海床的什么东西上。宝关掉发动机,然后站起身来,在汽艇漂流的过程中仔细观察着那个浅滩。

"你在找什么?"

"巡夜人。他酒喝得很多,睡觉睡得很多,非常懒惰。好人不会受雇到这儿来干这种活的。我没有看见他的灯光……今晚我们会一帆风顺的。现在,拿上这个。"他将一支桨递给麦克,"靠拢去,水很浅。"

麦克把桨插到水下的烂泥里,他们慢慢地将汽艇撑到岸边。麦克将船头拖上去,宝把一个蘑菇形状的小小的锚抛到水中。接着,这位中国人从几个底舱里拉出几只很沉的皮袋。

"那儿……看到了吗?"宝朝臭气熏天的海床上面那个黑色的长方形物体点点头。麦克好不容易才看清楚那招牌上写着的字。

菲茨摩根牡蛎公司

私人资产

擅自进入

格杀勿论

宝再次呼哧呼哧地喘着大气,也许这是激动的表现,抑或是他的体重带来的问题。他将皮袋扔了出去,并递给麦克一双油腻腻、硬邦邦的长手套。

"我需要这个吗?"

"是的。否则会割破手指的。"宝此时说起话来既严肃又急迫,前一个晚上那种和颜悦色的宽容不见了,他戳着麦克的肋部,"快点,快点。有时,这儿除了那个巡夜人,还会有其他人呢。"

麦克浑身一阵鸡皮疙瘩。他爬下船去,差一点跌倒在地。在海床上捕捞牡蛎是又一种新的经历,就像行走在各种角度的刀刃上一样。

"什么人?"

宝抬起他圆圆的脸,但是他的笑容冷冷的,星光下,他就像一尊象牙做的佛。

"偷牡蛎的贼,像我一样,他们不想让其他人分享他们的猎物。好啦,别说了。干活。"

他喘着大气在浅滩上费力地跋涉,几乎来到了那个低低的顶端,接着咕噜一声弯下腰去,开始挖起一个个牡蛎,扔到一只皮袋中。麦克越来越感觉到危险正在逼近,尽管那儿也没有第三个人存在,唯有旧金山湾东岸那些璀璨的灯光,以及那个浅滩四周因低潮露出水面、微微泛着银光的烂泥地。再往南面,有一艘速度很慢的大船——也许是一艘大型平底驳船——在往北行驶。他很生宝的气——宝没有把危险描述得更明确一些。

他开始挖牡蛎。这些牡蛎的外壳又锋利又滑手,他左手套的指头上有几个地方划破了。没有几分钟的时间,他便在心里暗暗地骂开了娘,两个割破的地方鲜血直流。

当他的皮袋快装满的时候,他拎起皮袋挪动,那分量已经重得他直喘气。宝浑厚的侧影一上一下、一上一下地起伏着,他的动作很有节奏,中间还穿插着咕噜声和喘气声。麦克目瞪口呆地看到这位中国人早已经装满了一只皮袋的牡蛎,将它竖在那儿,开始在装第二只皮袋了。

当麦克弯腰再次开始挖牡蛎的时候,突然瞥见了一个萤火虫一样的光点在闪烁。他直起腰来,再次看到光点在闪烁,可能在距离浅滩半英里处。他的双手在长手套里像冻僵了一样。

"宝。"他低声刺耳地喊叫道,"有一盏灯。上帝呀,还有一艘船……"

宝干得劲头十足,根本不去注意他的喊叫。那艘船显然是悄悄地锚泊在了这个浅滩的对面。那船跟宝的小汽艇不一样……更大,船尾是方的,装有单桅帆船索。令人感到不祥的是,那艘船有一种专业性的样子。

"我五分钟之前就看见了。"宝轻声回答道。

"可是……我们要是能看见他们,那他们也能看见我们啊。"

"别说话。"宝在两排牙齿中间吐出话来,"搬袋子。"

说说容易,可当麦克试着把那袋几乎装满牡蛎的口袋甩上自己的肩膀时,意想不到的重量和七高八低的脚下令他失去了身体的平衡,那袋牡蛎从他的双手里滑了出去。他没有系紧口袋的带子,牡蛎从口袋里倒了出去,哗啦啦。

宝骂他。麦克承认,这声响太吓人了。他连忙开始捡倒出袋子的牡蛎,但是宝一脚踢开了他的手臂。

"别管了!"宝肩上扛着一袋牡蛎,蹲下身子,用空着的手抓起麦克的那只袋子,"快把我另一袋牡蛎搬来。"

"谁他妈的在那儿?"有人高声喊叫道,接着,那萤火虫一样的光点亮了起来,一束亮光从那盏遮光板完全打开的灯里射过来。有不少人在跑动,三到四个人,一个人提着灯。

"是不是那个狗屎一样的中国佬？"另一个人大叫道。

"上船。"宝推着麦克喊叫道。他飞速地跑过麦克身边，猛地一使劲，将一整袋牡蛎从肩膀上抛进小汽艇里。麦克拖着宝的另一袋牡蛎往水边走，这时宝将第二袋牡蛎也扔进了汽艇里。宝飞快地冲回来帮助他，当他抓住第三袋牡蛎时，麦克急忙回过头去看那些奔跑过来的人，他看到灯光下有金属在闪亮。

他来不及发出警告或者事先客套一下，从后面猛地推了宝一把。这个中国男人吓了一大跳，骂着娘，一个大马趴跌倒在地，他的脸被石头划开了一道口子。麦克听到了滑膛枪射击的声响，两管枪弹齐发，弹丸呼啸而过，散射到他们前面有一段距离的牡蛎上面，发出啪啪的声响。

"赶快。"宝说道，挣扎着站起身来，抹了一把自己血淋淋的脸颊。他的话音里再也没有了愤怒。

"你最好赶快逃命去吧，你个中国佬。"第一个人大叫道，"要让我们抓到你，我们就会把你的辫子跟你的蛋蛋塞到你的黄屁眼里去。"

"我认识他。"宝喘着大气，跟麦克一起奔逃，把那半袋牡蛎扔了，"叫'红胡子'。坏蛋。"

"这个海湾属于白人，你个该死的两条腿的狗。"同一个声音吼叫着。

麦克扭头匆忙地粗粗瞥了一眼，感觉好像真的在其中一个追逐他们的牡蛎海盗的脸上看到了红红的胡须。

另一个追逐他们的人猛地扔过来一把刀，但是它没有击中目标。麦克和宝分别从两边跳进汽艇，那中国人再次展现出了他非同寻常的敏捷身手。麦克扯起那个锚，宝在他的装备里翻找着什么。麦克吓了一大跳，只见宝找出一把老式的科尔特左轮手枪，跟他的左手肘呈十字交叉状，射出三发子弹。

枪声爆响，在旧金山湾上空回荡，那几个白人赶紧趴到地上。宝发出一个短促的笑声，开始启动引擎。引擎发动不起来。

麦克的喉咙里像塞上了一块奇怪的硬东西。

"上帝啊,赶快,启动啊。"他小声咕哝着。

浅滩上,那些牡蛎海盗小心翼翼地抬起身来。他们没有听到更多的枪声,便开始继续朝汽艇靠近,所有的人都躬着身子,只有那"红胡子"例外。麦克发觉,这人身高马大,有六英尺半高,甚至更高。

宝用中文喋喋不休地骂着操纵装置。麦克紧紧抓着船舷,大汗淋漓。爸曾经教导他,千万不要逃避危险,但是爸也说,没有畏惧感的人不是傻瓜就是疯子,他说,假如勇敢有定义的话,指的就是直面危险,不管内心有多少害怕和纠结在翻腾。也许,他现在要表现得英勇无畏,但是这玩意儿他妈的一点也不好玩,一点也不轻松。

"红胡子"好像在倒腾他的滑膛枪。重新装弹药?突然,"天龙"的发动机猛烈地震动起来,活了。

"哎!"宝发出尖叫声,双手摇晃着伸向空中,似乎在表示感激之情。他和麦克抓起桨,拼命地推着,汽艇在两个浅滩之间像箭一样射向了更深的水道。那几个海盗将更多的诅咒声和警告声泼向他们,"红胡子"再次将两管枪弹射了出去,有几颗弹丸溅起的水花洒到了麦克的脸上。

宝发出一声颤动的长长叹息,坐下身来,一只手操着舵柄。他的脸再也不像奶白色的象牙了,而是溶解成了雪白的蜡。麦克闻到了这个天朝人和他自己身上的汗臭味儿。

宝拿他的一只脚轻轻推了一下一只袋子。

"这次捕捞收获不多。"沉默了一会儿之后,他继续说道,"我的本意并不想让你冒这么大的风险。"

麦克舔着割破的手指上的血。

"你警告过我的,但你没有说我们可能把命丢掉。我觉得这事儿挺危险,因为我们是在偷盗。"

宝保持着沉默,这也许就是他承认他的过失的方式。

有一会儿,两人谁也不说话,汽艇还是以"之"字形在旧金山湾里驰骋。夜的风让麦克的脸感觉到冷,也让他的紧张不安稍稍平静了一点。

他们驶过一艘像房子一般高的铁制的货船旁,当他们在其船艏劈开的波浪中颠簸的时候,他瞧见了它孤独的灯光从身旁飘过,也看到了它很大的白色名字——"利物浦女士"。

他对宝的气渐渐消了,但是他对这个男人肯定有了更好的了解。当他把目光投向海岸上飞速移过的灯光时,他想到了 T.福勒·海因斯。

"他们见鬼的不欢迎外地人到这儿来。"他最后说道。

"千真万确……尽管每一个加利福尼亚人曾经都是外地人。"

"那些人来到这里一段时间,定居下来后……他们似乎都变成最坏的人了。"

宝点点头:"当我把你送到旧金山去的时候,的确要好好记着这一点。要逆来顺受、恭敬有加,这样,你才能生存下去。"

"见鬼去吧,奇宝先生。我感兴趣的远不只是生存下去。我跟任何人一样有在这个地方生活的权利。"

奇宝——这个渔民用手掌抚摸着自己光滑的头发,悲哀地仔细打量着他的这位乘客,仿佛感觉麦克·钱斯先生这个年轻人太幼稚、太轻率、太愚蠢了。

7

当晚,在牡蛎海床上遭遇的暴行一直让麦克辗转反侧,好长时间难以入眠。他一遍又一遍地经历着恐惧至极、发疯一般冲向汽艇的情形,一遍又一遍地听到那"红胡子"开枪的声音,一遍又一遍地体会着那黑暗的威胁。这些记忆令他感到心神不定,但是吓不住他。绝对不能再贫困潦倒。绝对不能再饥寒交迫……加利福尼亚就是全部希望所在。

天亮了,阳光明媚,晴空万里。麦克用奇宝的一把剪刀把自己的胡子修剪到下巴的长度,两人在吃了有米饭、薄脆饼干和热茶的早饭之后,便匆匆地来到码头上。

宝升起风帆,"天龙"号飞速穿越滚滚浪涛,向前驶去。白色的海鸥在头顶翱翔,突然从他们身边俯冲而过。晶莹闪亮的空中,桅顶上色彩艳丽的一条条彩绸在飘扬。那个城市在前方渐渐升起,而且麦克开始看清了一些细节:人们行色匆匆,隐约像小小的玩具娃娃;板车、四轮单马轻便马车、马拉轨道车堵塞在陡峭倾斜的大街上。美得令人惊艳的太平洋上的反光将一些墙壁照射得闪闪发亮,让另一些墙壁留在了阴影中。那些千姿百态的长方形图案,是映着反光的一扇扇窗户,使他想起了一幅图画:竖的线条,横的线条,勾勒出一个巨大的网格。

宝看到了他这个乘客的表情,便说道:"你走了很远的路来寻找这个地方。我很高兴你这趟长途跋涉的最后一英里路是我送的你。"

麦克在船头转过身来看着他。风舞动并吹乱了麦克的头发,他品尝着风中咸咸的辛辣芬芳。突然,他眼前的宝和波涛滚滚的蓝色海洋消失了,代之以出现的是自从他来了之后这个州一直萦绕在他心头的形象:一扇紧闭的门。他从口袋里摸出那本指南,将它举了起来。

"这么多年来我在读着这本书的时候,我就在梦想这个时刻。这本书说了很多加利福尼亚的奇迹和机会,但是它没有说一个字是关于人们会当着你的面把门关上的事情。"

我千里迢迢来到这里,绝对不可以因为赫尔曼或者那个费尔班克斯的喜好而被拒之门外,绝对不能被那些把印第安老人打得半死不活的该死的暴徒拒之门外,绝对不能被那些铁路大亨拒之门外,绝对不能被海港里那些秽言恶语的卑鄙小人拒之门外。

"我跟你这么说吧。"麦克向宝挥舞着那本书,继续大声说道,"他们要是对我把门关上了,那么我将会找到钥匙,或者我将会把门砸下来。但是,我将走进门去。"

这个中国渔民瞧着这个年轻人挥舞着他的珍贵指南。尽管麦克单纯幼稚,尽管对一个雄心勃勃的人来说前路茫茫、危机重重,但是宝还是在他淡褐色的眼睛里读出了坚强不屈,在他桀骜不驯的高昂下巴里读出了勇敢坚定。在他的内心深处,希望必定像烈火一样在熊熊燃烧,因为,没有这样的希望陪伴,没有一个人能横跨整个大陆来到这儿的。

宝在这个乘客的身后指着前方,他平静地说道:"瞧,现在我们近了。那就是旧金山市。"

第二章

欢迎到旧金山来　1887—1888

旧金山——加利福尼亚的商贸中心、金融中心和文化中心,她以"美国西部的雅典"之称闻名于世。她是那样众望所归,那样安如磐石,于是她的一群杰出的居民坚持认为,她应该被称作城市,正儿八经的城市。

　　在淘金热之前,耶尔瓦布埃纳①在一个光彩夺目的海湾里是一个名不见经传的破破烂烂的小港口。但是,萨特锯木厂里的发现改变了一切,包括它的名字。很快,数以千计的陌生人拥上了它的海滩。并非所有人都坚持到了金子枯竭才离开。有一大群人的确坚持留了下来,构成了旧金山社会的基础。这群人全部是南方人,有些人是冲着金子而来,也有的就是为了想摆脱在迪克西大地②上的贫困生活和政治动乱。他们钩心斗角,希图控制当地的民主党,他们互相倾轧,竭力推动脱离联邦的进程和维护奴隶制;他们极端保守,组成并领导了1851年和1856年的治安维持会③……臭名昭著的旧金山治安维持会成员……不加区别地绞死所有坏人以整肃犯罪活动。

　　1859年,内华达发现银矿,引发了第二个繁荣时期,因为旧金山这个港口是通向神话般的康姆斯托克金银矿脉④的必经入口。她很快汇聚了来自世界各地的很多人口。澳大利亚有犯罪前科的流氓来了,身无分文的爱尔兰人来了。当时的劳动力人口很多,既有白人,也有他们杰出的竞争对手——雄心勃勃而又精神抖擞的中国人,他们被招来为中央太平洋铁路

———————

①耶尔瓦布埃纳,加利福尼亚州旧金山湾的一个岛屿,位于奥克兰和旧金山之间。
②迪克西大地,指美国南部各州。
③治安维持会,19世纪美国西南部的一种自发性治安组织。
④康姆斯托克金银矿脉,1859年在美国西部内华达州发现的蕴藏量丰富的金银矿脉,
　1890年采竭。

公司修筑穿越大山的铁路……"乔利·克罗克的宝贝疙瘩",人们是这么称呼他们的。到了19世纪80年代,旧金山已经有二十九万人安家落户,金融行业兴旺发达,渔业和航运业蓬勃发展,戏剧行业欣欣向荣,文学社团如雨后春笋,贵族山上奔驰着响着铃铛的缆车,这种景象持续了十多年。她诞生了许多富裕人家和名门望族……一个年轻阶层的领袖人物们渴盼跟沃德·麦卡利斯特①先生所说的纽约"名流"的优雅和声望一较高下。

至此,旧金山已经具备了特色鲜明、声名卓著、傲视群雄的气派。旧金山人瞧不起那些生活在旧金山湾对岸的奥克兰的人,那些命运如此不济所以只好从中央谷地迁徙出来的人,那些居住在家徒四壁的土砖房里和蒂哈查皮山以南的牧牛小镇里的人……旧金山人压根儿就当那些人不存在,或者说即使他们存在,也当他们跟野人差不多。这种状况特别令南加利福尼亚人怒火万丈,于是他们好几次企图脱离加利福尼亚,但是均告失败。

当然,现实是,旧金山的精英们对源源不断蜂拥而来的海员、"中国佬"、爱尔兰人、谷地里的暴发户等几乎无能为力。几乎无能为力,也就是说,虽然他们阻止不了这些人的到来,但是他们遏制他们,建造有形的墙壁,将外地人圈在他们的地方……偶尔,也使用暴力。

---

①沃德·麦卡利斯特,即塞缪尔·沃德·麦卡利斯特(1827—1895),美国律师,他的著名理论——纽约的"四百"社会精英,源自一个名门望族威廉·巴克豪斯·阿斯特夫人的家庭舞厅,里面只有四百个座位,能被邀请进入该舞厅的人才算纽约举足轻重的上流社会人物。

8

很长时间之后,麦克在百无聊赖中回想他的生活本来可能选择的方向……要是在那个下午他没有随心所欲,没有像他经常做的那样一时冲动……那也许是一个多么不同的方向啊。

没有任何征兆表明,当"天龙"号突突地驶向一个锚泊着很多装运干草的空平底驳船的摇摇欲坠的凸式码头的时候,他会有一时冲动的行为产生。麦克跳上码头,这个码头几乎没有什么人,只有一个船员正在修理一只平底驳船下面靠近水平面的一条缝,还有一个看上去一副病态的老渔民坐在一张凳子上,他们俩谁也不来注意麦克。而且这个城市的建筑,有砖木结构的,有花岗岩加玻璃的,似乎也同样冷漠淡然。妈的,旧金山要是长时期地对他冷漠淡然,那才怪呢。

他大声喊叫着跟宝道别,答应保持联系。宝挥着手,离岸返回。当汽艇的尾波变成白色、扩大开来时,麦克仔细观察着弯弯曲曲地绕向西北的繁忙的濒水区。一百码的深绿色水域将这个码头与另一个码头隔开,那个码头要大得多;它包括南太平洋铁路公司中央轮渡终点的几个小码头。

那幢跟一个巨大的黑色棚子差不多的不起眼的木头房子里,乘客川流不息地进进出出。轮渡工作人员——跟将他一脚踢出轮渡的那个家伙差不多的人——在四处忙碌着。有一艘渡船马上就要穿越旧金山湾驶往这儿,另一艘"阿拉梅达"号正在一阵铃声和汽笛声中要离开码头驶向对岸。

接着,麦克看到了她。

她是一个年轻女子,在大约一百英尺远的那个码头边上徘徊。她的穿着打扮时髦漂亮、干净整洁,一条灰色的直筒裙子,一件红白直条纹的衬衫,一双小小的白色手套,一顶漂亮的平顶草帽用一只很大的铜别针固定在合适的位置。她身材苗条,有小小的浑圆乳房,女裙后部没有衬垫。

他开始向她走去。她朝离开的渡轮望了最后一眼,看了一眼别在自己胸前的一只小小金表,接着在腰部握住自己戴着手套的双手,平淡无奇地一脚跨下了码头。

她的裙子飞快一闪,露出了齐脚踝高的鞋子,黄色的,有纽扣,接着麦克听到了扑通一声。他跑向她跳水的地方。那形单影只的渔民不可能出手相救——他的身子骨太弱了。麦克朝正突突地离开小码头的渡轮挥舞着双臂。显然,那舵手、那船员以及那些兴奋的乘客都看到了那姑娘跳水寻短见。

"救救那个姑娘!"麦克的狂叫声越过了水面。可是,那艘渡轮的马达声依旧突突地响着,"阿拉梅达"号并没有改变航线,也没有减慢速度。

麦克在码头边上看到了姑娘的那顶草帽在下面漂浮。她的脸浮在了水面上,她的双眼紧闭,不知什么原因,她没有沉下去。

他再次朝那艘渡轮喊叫。渡轮没有反应。他扔掉自己的那包东西,也不顾自己不会游泳,一心只想着她马上就要淹死了,便跳进了水里。在他的身子落下去的时候,他发了愁,他不知道自己是否有能力在水里游泳,将她拽回到码头上去。他的双脚踩着水,他沉下水去,又蹿了上来呸呸地吐着咸水。他伸手去抓那个软绵绵的姑娘,手碰到了她湿滑的脖子前部。

她的两只眼睛睁开了……很大的眼睛,是生动的褐色的暖色调。

"你该死的,走开,我会游泳。"

"抓住我。"他喘着大气,手划脚蹬地拨弄着水,不让自己沉下去,"自杀解决不了任何问题……"

"别管我!"她踩着水的双脚在水下踢到了他。

他明白,她在跳进水里的那一刻起,一直在踩着水。

她用一只戴着白手套的手握成拳头打他:"白痴。我是在挖掘题材。我是一个记者。"

接着,麦克松开了手。他沉了下去。

她弯过她的手肘,钩住他的脖子,拼命地拽着他。他挣扎了一会儿,但是接着便意识到她一定是在尽力救他。她双脚踩着水,一只手划着水,将他拽在身后,不一会儿,他的头碰到了一架码头梯子黏糊糊的横档。

她先爬了上去,滴下来的水全落到了他的身上。在他们俩双双爬回到码头上之后,他面对着她,又气又丝毫不知道怎么办才好。他的眼前是一个跟他年龄相仿或者说比他年龄稍长一点的女人。她的皮肤因为晒了太阳而呈现出褐色,她的双唇宽厚而坚定,她的下巴给人一种敦厚而强有力的感觉。她没有看他,却看着那艘此刻已经远远地驶进了旧金山湾的南太平洋铁路公司的渡轮。

"那些毫无人性的狗杂种。他们的时刻表比什么都重要。他们很可能任我淹死。当然,现在几乎很难证明了,是吗?"她回到他身上的目光让人惶惑不安。

麦克擤着鼻子,擤出他鼻孔里的东西,一把抓下粘在他额头的东西——绿色海藻。他扔掉海藻。

"如果这是你的态度,那么对不起,打扰了。见鬼,我都很难说自己会游泳。"

"你说的是真的吗?"当她转过身来将注意力集中到他身上的时候,她的目光已经变得柔和了,"我还以为你只是笨手笨脚呢。"

"笨手笨脚。上帝呀。"他吼叫道,一把抓起他那个印花大手帕包裹。

"你生我气了……"

"哎呀,不生气,每当我尽力帮人忙的时候,估计总是这样的,不是挨打就是挨骂或者受到嘲笑。再见,不管你是谁。"

"请别走。我不该对你发脾气的。你的所作所为崇高而又勇敢。我只是可惜我失去了一个题材。"

"什么题材？能否麻烦你告诉我这儿发生什么了，小姐？"

"罗斯。内莉·罗斯。"

"麦克·钱斯。"

他站在那儿等着，她却在心里想，这个年轻人真奇怪，贫穷，邋遢，衣服一副土老帽相。但是，他的谈吐、他的行为一点也不像一个土老帽，给人印象深刻，令她出乎意料地产生了兴趣。

她没有像一开始冲动的时候那样对他表现出排斥的态度，而是指着码头顶端的一张长凳："过去休息一下，我来解释。"

麦克跟着那女孩，他也在做一些评估。她的个头跟他差不多高，飞快地迈着过于自信的大步，明显是一种假小子的样子。但不知怎么的，那也没有减少她女性的柔美。

"这很简单。"她拍着身边的长凳说道。

他坐下，他的衣服发出吱吱嘎嘎的声音，还在滴着水。

"你看过《旧金山考察人报》吗？"

他摇摇头："我是新来的。"

"我的老板赫斯特①先生今年从他的参议员老子那儿接管了报纸——参议员是一位靠银子发财的百万富翁。年轻的赫斯特先生打算终止那些赤字，把《旧金山考察人报》办成西部最好的报纸。我为他写稿，署名拉莫娜·斯威特。我报道的题材包括凶杀案审判、火车事故……耸人听闻的东西。没有真实的报道，我们就出去制造新闻——这就是赫斯特先生的路子。"

麦克被强烈地吸引住了。这位姑娘有一个短短的、鼻尖圆圆的鼻子……又是那种乡下人的秉性……还有一种直率的性格，这又增添了她迷人的特质。

---

① 赫斯特，即威廉·伦道夫·赫斯特（1863—1951），美国报纸发行人。1887 年接掌财政困难的《旧金山考察人报》，成功地进行了改造。1895 年购买《纽约晨报》（后改名为《纽约美国人日报》），并带头进入黄色新闻时代，所采用的提高发行量的策略对美国的报业产生深刻影响。

"这就是你正在这儿做的事情吗？"

内莉·罗斯点点头："表演一个惊险动作。赫斯特先生跟我一样恨死了南太平洋铁路公司。他们不顾乘客的安危。上个月，有一个七岁的小男孩就从他们的一艘渡轮掉了下去。那些船员慢吞吞地停掉发动机，把他捞起来，他淹死了。所以，我才跳到海里……想看看船上的人或者码头上的人会不会很快跳下水来救我。或者说，看看他们是否会来救我。"

"而我坏了你的好事。"

"嗯，没关系……还会有机会的。我激动了，我刚刚发脾气了，我想我得做些弥补。"她从她直直的黑色头发上挤下水来，"那么，告诉我，钱斯先生，你在这儿干什么呢……除了干扰记者的工作之外？"她微笑着，也许是为了缓和一下她的嘲讽意味。

他屈曲着脚趾，吱吱乱响的鞋子里渗出水来。

"迄今为止没干什么。我刚到旧金山，我来自宾夕法尼亚，我需要找份活儿干。"

"恐怕我们报社什么也没有，但炉子上总是有一大搪瓷壶咖啡的。你可以去暖暖身子，烘干衣服。"她站起身来，抚平她湿透的衬衫。衬衫紧贴在她的身上，他可以清楚地看到，她没有女人们通常珍爱的那种凹凸线条……没有卡拉·赫尔曼的那种身材。但是，他发现她极其迷人。

"说实话，我不知道还有女人为报纸写报道的。"他说道。

"你不赞同？"

"唔……"他把视线移向一些海鸥。

"钱斯先生，你的观念就写在你的脸上。女人只能下下厨、赤着脚、生生孩子。这是你的观念，是吧？你和其他上百万人都这样认为。"

"罗斯小姐，你一直想要挑起吵架呢。"

"你一直在惹人吵架嘛。你和我所认识的每一个男人都还生活在过去。迄今为止，没有多少女性在从事新闻工作。但是，这种状况正在改变……尽管我的同事们都会义愤填膺地大声抗议，他们中大多数人只要在编辑室里一看到裙子就似乎受到了威胁一样。可是我就在那儿,而且我将待在那儿。我是有些人称之为写伤感文章的记者……钱斯先生,千万别这么痴痴地望着我。来吧。"

但是,他情不自禁地呆呆望着她,他从来没有遇见过像内莉·罗斯这样的姑娘……有独立见解,稍稍有点强硬,有一种别具一格的漂亮。她那双热情的褐色眼睛的形状和倾斜度有一种异国人的风韵。

他拎起他的包裹,跟着她沿码头走去,路过那个老渔民身旁,那老渔民依然将他愧疚的目光停留在水面上。

她说道:"你要是喜欢,我可以到报社各处问问,能否为你找份工作。总有人知道点事情。这是我可以为我的救命恩人能做的最起码的事情。"

"我是不是在聆听道歉的话,罗斯小姐?"

她似乎第一次正眼瞧他,事实上是第一次正眼瞧他和评估他,而且并非是令人不愉快的正眼瞧他和评估他。她的舌尖在她的脸颊里面滚动了一会儿。

"记者从来不道歉的,道歉会削弱外在的权威。跟上,钱斯先生。"

他们走过市场街,这是一条麦克平生所见过的最繁忙的大街……板车、四轮单马轻便马车、马拉轨道车、给人印象深刻的建筑以及无处不在的人。一派喧闹声中,内莉问他为什么来加利福尼亚。

他给她看了那本指南。

"因为我始终相信这上面说的话……人们可以在这儿发家致富。"

她的脸上闪过一丝微笑,但是她内在的善良抑制住了她的笑容。尽管他一身邋遢、贫困潦倒,可是他看上去是那样严肃认真,那样坚定不移,她如果发出笑声,那等于是残酷地侮辱他。尽管她早先的时候生他的气,但是她发觉自己钦佩他这种顽固的真诚。

"我理解这种雄心壮志。"她说道,"我也有。我的雄心壮志是写,不仅仅写新闻报道,而且将来总有一天要写小说。"

"那是赚大钱的好路子吗?"

"别说这种让人生气的话,这儿并非每个人都崇拜财富。我写作,是为了阐述真相,是为了改变世情。我们这儿拐弯。"她补充道,两大步走到他前面,拐过一个角落。

《旧金山考察人报》,又称"日报之王",老板兼主编的威·伦·赫斯特在蒙哥马利大街十号的办公室里经营着这份报纸。麦克从来没有遇见过这样一个地方,人声鼎沸,雪茄烟雾弥漫,跑腿的人在走道里跑来跑去,从记者的办公桌上收集着一张张书写纸。他竟然还看到了一个人正对着一部安装在墙壁上的电话机在说话。他看到过这种装置的图片,但是看到有人正在用这样一种装置,那可真是一件不可思议的事情。

内莉将他带到后面一个凹室里,给他倒了一杯热咖啡。他的衣服已经干得硬邦邦了。他在一张瘸脚的桌子边坐下,被这个姑娘和这个办公室里老于世故、纷繁复杂的整体气氛给吓着了,而且并非一点点吓着。他听到,人们大声喊叫着各种污言秽语,如同其他人说再见一样随口而出。

内莉在一张椅子上坐下。

"那是一顶很好的帽子,漂走了。哦,好吧。"

她注意到了他的表情。

"是啊,挺吵的,"她呷了一小口咖啡,进一步解释道,"但是,从大多数方面讲,这是一个很好的工作场所。参议员买下这份报纸之后,已经损失了大约二十五万多美元,但是接着,赫斯特先生被哈佛大学撵了出来,他回到家里,请求参议员将报纸交给他经营。赫斯特先生只有二十四岁,可他有非同凡响的理念……一个经营报业的真正天才。他把钱花在了新闻上。很多人不喜欢他,把他叫作'败家子威利',但是,他用争鸣策略和质量高得多的文章重振了报纸的雄风。我们的发行量早已经超过了二万五千份。两个月前，他亲自引诱比尔斯①先生离开了《淘金者》，来写普通新闻和他的'闲话'栏目——一个真正的成功之举。"

一个又长又瘦的年轻人，穿着一件有袖箍的衬衫和一条整洁漂亮的条子裤子，飞快地转过一个拐角，冲到咖啡壶跟前。他的黄色头发从中间分开，八字胡须往下垂落，突出的眼睛并没有给麦克留下深刻印象。

"那个跳海的花招怎么样，内莉？"那人问道，一面饮了一大口咖啡。他说话的音频很高。

"跳得不是时候，赫斯特先生。我明天再试。"内莉实际上没有把目光瞥向麦克这边。他再次对她产生了好感。

"嗯，好的……到目前为止，我们已经有一个星期没有跟踪铁路的情况了。你好。"赫斯特朝麦克打招呼，态度有点粗暴。他跳进走道里，一把抓住一个年纪稍大一点的人的胳膊，那人穿着外套，系着领带，他四周的人可都是衣冠不整，穿着随意。这人有着冷漠讥讽的眼神。

"比尔斯，你在干吗呢？"

"逃避感冒跟兵役呢。这地方是一个害虫窝。"

"你拿自己的时间去关心你的健康吧。回答我的问题。"

"正在写的这篇报道是关于斯麦利镇长在索萨利托一直包养着那个小妓女的事情。"比尔斯说道，"用纳税人的钱。"

他的大拇指插在马甲口袋里，他高傲而又好奇地打量着麦克。

"小心一点……斯麦利可是个恶棍。要是被他发现了，他会找上你的。"赫斯特说道。

"相信上帝，但我带着'史密斯-韦森·斯科菲尔德'呢。"比尔斯说

①比尔斯，即安布罗斯·格威内特·比尔斯（1842—1914），美国小说家和新闻工作者，撰写以战争、死亡和恐怖为题材的讽刺小说，主要作品有小说集《在人生中间》和《魔鬼词典》。

道,一面拍着他的外套。麦克看到,里面好像藏着一支手枪。

比尔斯给赫斯特看一本小小的皮封面的书。

"还有,我的一个嗜酒如命的消息来源人找到了一份工作,在第四大街和汤森德大街交界的那个地方做看门人。他想办法把这个偷了出来。"

"这是什么?"内莉问道。

"南太平洋铁路公司的密码本,第七版,克罗克已经弄了好几版了。"他舔了一下一个指头,翻开一页,"'大胆'这两个字的意思是'现金支付','凹面'表示'别干傻事','大猩猩'代表'州议会'。我最喜欢的是'通奸',翻译过来就是……'什么也别承认'。这玩意儿有十二页呢。"

赫斯特高兴地一把抢过那本小册子,比尔斯则拿一块手帕紧紧地捂着自己的嘴巴,咳嗽起来:"别让自己太兴奋,赫斯特先生。没有他们用来经营他们那个腐败行业的译成电码的电文,这东西一钱不值。他们很快就会发现这本密码本丢了,就会改密码,发行第八版新的密码本。"

"铁路用密码办事吗?"麦克惊讶极了,问道。

比尔斯抬起他的鼻子:"这个天真的年轻人是谁呀,内莉?"

"钱斯先生,在轮渡码头奋不顾身救我的人,刚认识的。"

"哦,钱斯先生,"比尔斯说道,"回答是是的。还活着的四大巨头之三,那些先生——克罗克、亨廷顿、斯坦福……马克·霍普金斯①叔叔今年死了,愿上帝怜悯他这个一毛不拔的灵魂……这几个人拥有巨大的资源,他们的贪婪更甚。公众中有大量的人都明白这一点,现在有越来越多的人明白这一点了。于是,在南太平洋铁路公司的管理机构内

①马克·霍普金斯(1814—1878),美国企业家,在加利福尼亚开采金矿无果后开始经营食品杂货,并开办了该州最兴隆的商行之一,与四巨头的其他三位一起计划修建一条横跨大陆的铁路,1861年成立中央太平洋铁路公司,1869年该铁路全线竣工,在犹他州的普罗蒙特里与联合太平洋铁路接轨。

部转而萌发了一股探听秘密的热情。真正在甩鞭子的那个老家伙科利斯·波特在东部经营……就更有理由把一些敏感的经营电文用密码传递了。"

"钱斯先生初来乍到。"内莉说道,"他对南太平洋铁路公司那些先生的了解不是很多。"

"这是我最喜欢的题材之一。"赫斯特一脸狰狞地说道,"让我告诉你那帮家伙有多奸诈吧,钱斯先生。铁路还在修建的时候,他们就提供地质勘探资料,说服国会,内华达山脉起始于普遍公认的地点以西四十英里处。你知道,从政府那儿得到的每英里铁路的建筑补助,山区比平地要高。国会认可了,这一骗局让那帮强盗净得益五十万美元。他们就是这样运作的。公众的钱被盘剥走了。"

剥削者和被剥削者……

"当然,了解这点跟证明这点是两码事情。"比尔斯说道,"但是,《旧金山考察人报》的确一直在努力……"

一个电铃响了起来。

"距截稿还有一个小时,干活去啦。"他拔腿就走。

"安布罗斯,等等。"内莉说道,"钱斯先生需要工作。你在城里有没有听说有活儿?"

"我估计,你没有受过专门训练。"比尔斯说道。

他说话的腔调让麦克恼火:"对不起,没有。"

赫斯特说道:"内德·格林韦上个星期在找人。你受得了为一个高傲自大的势利鬼干活吗,钱斯先生?"

"他是谁?"

"穆姆香槟酒当地的销售代表,还是旧金山社交界的仲裁人。我们自己的人,自封为'沃德·麦卡利斯特'的人。为他送货,你必定会接触到所有最上等的人。"

"只能看,但别去接触。"比尔斯说道,"有魔法的,所有人。"

他假心假意地鞠了一个躬之后,便溜达走了。

赫斯特充满热情地用力握了一下麦克的手。

"祝你好运。内莉,我想讨论一下下一个曝光的主体,那个'收容医院'。"他飞快地走了,走进那个烟雾缭绕的乱糟糟的总编办公室。

一架看不见的印刷机开始轰鸣,麦克感觉它是在地底下。

内莉站在那儿,抚平自己的裙子。

"那,钱斯先生,你觉得给一个势利鬼运输香槟怎么样?"

"这是工作。你愿意叫我麦克吗?"

她的下巴抬了起来,她的大眼睛里有惊讶,她似乎没有料到会有这样感兴趣的表示。但是,她并非不高兴。

"好哇,我愿意。瞧,我给你写个格林韦的地址,你可以直接去那儿,赫斯特先生和我要讨论一下如何深入到那个情况糟得一塌糊涂的收容医院去的事情。"

9

内德·格林韦证明了赫斯特说的所有话都是对的,而且有过之而无不及:傲慢自负、装腔作势,大得像一头小鲸鱼,要么趾高气扬,要么踮着脚尖假装斯文地在他办公室里四处走动。他四十岁左右年纪,蓄着一撮形状像自行车把手一样的惹眼的翘八字胡,肤色红润——酒鬼的标志。下午一点半,他接待了麦克,正儿八经地告诉他,他刚起床半个小时。一个银色的托盘上面装着他的早饭:煮得很老的鸡蛋、一小碟盐、一瓶稍带甜味的穆姆香槟酒。他更多的是在谈他自己,而不是在谈工作:"在美国,我比任何人喝的酒都多"、"去年,我创下了一个新纪录,一天喝了二十五瓶"、"我在旧金山创建了一个类似于纽约的'四百'那样的精英社会"。他在会面时穿了全套的晚礼服——他在公共场合从来不穿别的衣服。

格林韦所付的那一丁点儿报酬,还不够麦克租一间好一点的房子,或者说不够他到环境好一点的地方租间房子。他在韦尔斯少校的救世军司令部附近找了一个地方,在蒙哥马利大街更北端的地方,处于旧金山巴巴里海岸区①最邪恶区域的热气腾腾的腹地。麦克挺喜欢那排粗俗的当铺、妓院、旧衣店、便宜的咖啡店和音乐酒吧。在音乐酒吧里,美国式簧风琴二十四小时反复演奏着乐曲,酒吧招待悄悄将水合氯醛②送给那些毫无戒备的人。那些受害者失去知觉之后,便被悄悄地抬出后门,抬到诱骗别人去当水手的骗子那儿。第二天,等他们醒来的时候,他们已经在大洋上了,成为了去日本的海员中的一员。麦克的火暴性格倒是抗衡那些骗子的一个很好的防卫武器。他只受到过一次骚扰,那骗子的睾丸上被踢了几脚之后屁滚尿流地逃走了。

在格林韦送酒马车上的工作时间很长,那一箱箱的穆姆香槟酒很沉,但是,几个星期左右的时间,这个活儿也让他对这个城市的布局有了了解。他的衣柜里有了一套彩格呢的衣服,这是他从旧衣店里买来的。他穿着这套衣服去《旧金山考察人报》见内莉,那位总编告诉他,她和比尔斯以及编辑部的三个美术家匆匆赶往萨克拉门托去了,那儿,中央太平洋铁路公司的一列快车因为没有扳好道岔而脱轨翻车了,六人死亡。具有讽刺意味的是,赫斯特将他的这个工作班子用专列送去现场,而专列所行驶的便是他的头版头条大肆抨击的铁道:

"死亡铁道"上的

血腥悲剧!

恐惧的景象!

---

①巴巴里海岸区,旧金山市 1906 年大地震前的滨水地区,以赌场和妓院林立而臭名昭著。

②水合氯醛,用作安眠剂的化学制品。

亲人们在死尸中间

寻找他们的亲人！

铁路巨头

三缄其口

无视最新的不法行为

不顾公众死活

这篇排在醒目版面的报道署名为拉莫娜·斯威特。麦克感到骄傲——他认识一位名流，这是赫斯特先生麾下的跟纽约名闻遐迩的内莉·布莱①旗鼓相当的人啊。他将那篇报道撕下来，用图钉钉到他房间里一张城市地图的旁边，这张地图他每天夜里都要研究好几分钟。

当他不想在咖啡店里吃饭或者没有钱时，隔壁那些救世军的军官往往会给他找一碗汤喝——他们对住在附近地区的人都这样，麦克很快就有了一种像在家里一样舒适自在的感觉。

那辆油漆过的马车上"格林韦香槟酒"几个字十分醒目。麦克在秘密共济会会所后面的那条小巷里的一只垃圾桶上拴好马，接着打开马车的后门。他穿着工作服：一件宽松的白衬衫、一条灯芯绒裤子、一双靴子和一条帆布围裙。这是 9 月一个星期五的晚上十一点钟，旧金山热得像地狱。

他拖出一箱箱那种稍微有点甜的穆姆香槟酒，将它们堆到门廊上。会所的后门里传来嘈杂的交谈声，伴随着巴伦伯格社交乐队的音乐。格林韦先生最近组织的其中一个星期五夜晚大型正式舞会正在进行之

---

①内莉·布莱，即伊丽莎白·科克伦·西曼的笔名，美国女记者，在《纽约世界报》工作时曾佯装疯癫，进入疯人院，将罪恶的内幕公诸报端，并以 72 天 6 小时 11 分的时间完成环球旅行，著有《环游世界 72 天》等。

中。舞会十点钟开始，厨师们将在午夜提供自助晚餐。麦克的任务就是在尽可能接近晚餐的时间内把冰镇过的香槟酒运过来。

他听着这种沉重的几乎有点战争乐曲节奏的音乐，云里雾里，这种音乐在他听起来不像舞曲。一个警笛声在会所内吹响，人们鼓起掌来。他不明白这些社交类型的路子。

他转向马车，正准备一次将三箱酒搬起来，突然看到一个人走了出来，大声抱怨着："那儿太疯狂了。那个下贱的三寸丁谷树皮居然吹起了他的哨子，他们全都像一帮烂污士兵一样四处蹦踏起来。这样的舞会，我平生从未……"

当麦克转过脸来面朝着他时，那人突然止住了话。

麦克同样感到惊讶，立刻紧张起来："晚上好，赫尔曼先生。"

赫尔曼挠着他下巴上的皱纹。他白色的领带挂歪了，他的礼服像一只盛土豆的袋子。他吸着一根气味十分辛辣的雪茄，目光犀利地仔细打量着麦克。

"过来。"他终于说道，"我得坐下。"

麦克放下箱子。

卡拉·赫尔曼的父亲似乎完全是和蔼可亲的态度……仿佛他从来没有拿左轮手枪对着麦克并扬言要杀了他一样。而且，更令人惊讶的是，麦克事实上见到他也感到很高兴。

"耶稣啊，那儿太热了。"赫尔曼一把拉开他的领口，好像它是一根绞索一样，他两眼望着这些板条箱，"这么说……这就是你要来的地方。你现在不需要水啦。你有香槟了。"

"我不喝香槟，我只是运送香槟。"

赫尔曼耸了耸肩膀："工作是工作。只要能赚钱，就没有什么丢脸不丢脸的。"

"我赚的钱不多，还没法让我过得舒适。"

赫尔曼拿雪茄烟猛地往空中一指："这话我喜欢。这是一个人走向成功的态度。"

麦克拍拍其中一只香槟酒箱子。

"对不起,我得把这些酒搬到里面去。"

"要是见到我女儿,代我向她问个好。"

"她在这里?"

"你以为我会为了自身利益而容忍这种事,是吗?她肯定在这里。这是一件很大的风流韵事。我得告诉你……先生。"他怎么也想不起他的名字。

"麦克·钱斯。"

"唉,麦克·钱斯先生,我女儿在大牧场那儿就对你一见钟情。她说你是一个具有雄心壮志的四处流浪的……年轻人。她喜欢你顶我嘴的那种做法。"

"我不是要顶你的嘴,我只是口渴了。喝一口水对你来说又没有什么大不了的。"

"现在听好了,我们讨论过那事情。"赫尔曼再次挥舞了一下他的雪茄烟,"法律就是法律。假如你想要赚钱的话,你得学会尊重法律、运用法律。赫尔曼的教训就是天字第一号的。"他吸着烟,"给,拿去,这是舞会上的纪念品。你要是问我的话,对我来说这是小玩意儿,但你可能有用。"

他将一个价格昂贵的钱包递给麦克。钱包是用黑色的小牛皮制成的,本来很雅致的钱包被一张贴上去的花里胡哨的图片给糟蹋了,图片上是一个橙色的太阳照耀着一组岩石。有一条带子上写着几个字:约塞米蒂谷①。

麦克觉得它很漂亮。

"谢谢,先生。"

"应该的,我有一打更好的。顺便说啊,卡拉不是一个人在那儿。

---

①约塞米蒂谷,加利福尼亚州中部、内华达山脉西坡的冰川槽谷,在约塞米蒂国家公园内。

她是跟你见过的那个律师费尔班克斯一起来的。他刚刚接手了那个大活儿——南太平洋铁路公司法律部门的二把手。"

麦克的胃在失望中难受起来。

"我可以理解他为什么要陪伴着你的女儿,她是我所见过的最美丽的女人。"

"像她母亲一样。"赫尔曼说道,奇怪地满脸阴沉起来,"你不知道,这就是卡拉主要的问题所在。美丽女人通常会把事情搞糟。等她们把事情搞糟到登峰造极的地步时,真正的麻烦就来了。我有责任,太溺爱她了。我对她太宠了,因为她是我的独养女儿。我爱我的女儿,但是我也对她了如指掌,家伙……"

"我的名字叫麦克,不叫'家伙'。"

赫尔曼拍了一下他的膝盖,放声大笑:"上帝作证,你说的全对。竹篮打水……那些西部人不就是这样说的吗?你走之前再给你一个小小的忠告。"

他在门廊里悄悄靠近了一点,把他有缎子条纹的礼服裤子弄得满是泥土。

"跟你说句悄悄话。很高兴你没有钱跟卡拉厮混。让她亢奋的是追逐,而不是得到。一旦她得到了她想要的东西……一顶新的帽子、一个新的男人……她就又会把它扔了,她就又会想要找新的人了。更有甚者,当她喝多了的时候,她的行为就像发疯一样。我但愿有个人能够管束她,但是不可能有这样的人。谁要是试着这样做,那也实在是可怜见。我这是像父亲一样对你说这事儿……你千万别跟她搅到一起去。"

麦克点点头。赫尔曼显然不知道他们在雾中的相遇,他也不打算告诉他。

"对不起。"他再次说道,弯腰搬起那些箱子。

"当然,家伙。"赫尔曼坐在那儿,眯眼望穿雪茄的烟雾,一脸茫然无措、落寞愁苦的表情。

一个个缎子垂饰和大丛大丛的鲜花将秘密共济会会所装饰得美丽无比。照亮着舞者的是煤气灯而不是电灯。跳舞的人们和着巴伦伯格社交乐队刺耳音乐的嘭嘭节奏，先是四人并肩齐行，接着分成两对，沿着舞池从相反的方向绕回来。内德·格林韦穿着完美无瑕的燕尾礼服在领舞，他的舞伴是一个朴实无华的老妇人，这人一定是格林韦向麦克提到过的马丁太太。格林韦说马丁太太是社交界的领袖人物，因为她的某个亲属创办了当地的那家煤气工厂。格林韦跟这个老太太一起决定着谁可以被邀请参加这样的舞会，谁不能被邀请。

宽大的舞厅里弥漫着香水和头油的香味儿。突然，麦克看见卡拉在另一边，一面扇着扇子，一面跟簇拥着她的六七个男人聊天。他差一点失足将香槟酒掉落到地上。

"把那个搬到这儿来放下，快。"其中一个戴着白帽子的厨师大声吼叫道。这些厨师正在安排搁板桌子上的食物，有用精美雅致的银盘装着的一盘盘牛舌、火腿、水龟肉、浇上调味汁和牛奶及加上面包屑烘焙的牡蛎。麦克将板条箱塞进围着围布的桌子下面，并从板条箱里取出一瓶瓶香槟酒，放到一只只放满了冰块的箱子里。

随着小军鼓一阵响亮的敲击声，跳舞结束了。内德·格林韦拿起用金链子挂在脖子上的金警笛，吹出一声尖厉刺耳的笛声。

"女士们、先生们，晚饭二十分钟后开始。"

跳舞的人们离开了舞池，大厅里充满了叽叽喳喳的开心的聊天声，巴伦伯格社交乐队的乐手们离开了在大厅一端的乐台，到小巷里去抽烟。麦克开始将那些空板条箱搬向厨房门口，但是他在长长餐具架的一端停了下来。

卡拉正急步朝他走来。

他寻找着费尔班克斯，但是在人群中没有看到他。接着，卡拉吸引了他全部的目光，她像一艘绚丽辉煌的满载珍宝的大船，飘然向他驶来。她穿着一条两只袖子蓬松得过高的墨绿色的缎子长裙。裙子的褶裥很大，褶裥上缀满了金色的斑点……当她走得更近的时候，他看清楚了是金色的小星星。她的紧身马甲很紧很短,露出扑满香粉的很深的乳沟。她的领子有三英寸高,四周缀满了密密麻麻的钻石,她的耳饰也是两串钻石,她的冕状头饰闪闪发亮的拱形外壳上也镶着钻石。

她光彩夺目地站在那儿,美得令他心碎。

"我一看到你的脸,都差一点死过去。"她说道,"太让人惊讶了。你在这儿干吗?"

"干活,运送香槟。"

"我可以要一些吗?"

麦克紧张地瞥了一眼正在餐桌旁安排晚餐的厨师:"你得问他们。"

有几位客人注意到了他们在谈话,便窃窃私语起来。

她面露戏弄的微笑,上下打量着他:"你肯定是从中央谷地长途跋涉来的,钱斯先生。而且,我的确相信你洗澡了。"

"来这儿是我的既定方针……"他被她令人震惊的美貌摄去了三魂七魄,他的说话声越来越轻,感觉越来越尴尬。她半隐半露的乳房像打发的白色奶油,让人情不自禁地想去吻……上帝啊,这是什么样的胡思乱想呀? 赫尔曼的女儿可以让一个男人发疯的。

戏弄的微笑又回来了:"你在追踪我,那么……"

"我指的是旧金山,赫尔曼小姐。我有我的抱负……"

她用她点缀着钻石的扇子叩击着他的下巴:"是的,我知道。而且,你的舌头还是那么辛辣。不过,我喜欢男人身上有这样的辛辣,这意味着你不会轻易被击败。我告诉你吧,亲爱的,当我答应今晚陪沃尔特来的时候,我本以为会极端百无聊赖。我再也不会百无聊赖啦。"

她的舌尖舔着下唇,深蓝色的眼睛神采飞扬。麦克感觉春情荡漾、不能自已,而且他明白有很多双眼睛在望着他们,但是卡拉似乎毫不在乎。

"有没有可能你和我找个地方……"

一个男人的声音响了起来,很快变得更响了,盖过了她的声音,令她皱起了眉头。

"我们的祖先是地道的英国移民,他们把这个州当作一个神圣的责任托付给了我们。"

是费尔班克斯。三位打扮同样优雅的先生仔细聆听着他的话语。

"我们必须继续运用政治程序来净化加利福尼亚,而决不能允许它变成越来越多低劣杂种的天下……卡拉,亲爱的,我注意到你跟什么人在这儿交谈。我无法想象是谁……"

等他终于认出麦克之后,他的惊讶盖过了他更加丑陋的什么东西,尽管他竭力装出开心的样子。

"我的上帝呀,那个狂妄自大的流浪汉。你肯定不是被邀请到这儿来的。"

"我在为格林韦先生干活。"

"你已经飞黄腾达了……还是倒运落魄了?"费尔班克斯戴着白手套。他稀稀拉拉的小胡子涂着蜡,亮闪闪的。

他的同伴哈哈大笑起来。一个人问道:"你认识这个家伙,沃尔特?"

"我认识,泰维斯。几个月前,我在中央谷地赫尔曼的地盘里见过他。他就是那些给我们带来沉重负担的新来者之一。"

"哦,加利福尼亚是你的财产吗?"麦克问道。

费尔班克斯的灰色眼睛眯细了一点。

"我得说呀,我拥有它肯定比你要多得多。我们不辩论这件事情。不过,我对这个会所的土地倒的确拥有一定的权利。"他指着那厨房,"那是供生意人走的门。走那扇门。"

"沃尔特,你没必要这么粗鲁。"卡拉说道。但是,她的呼吸声很响——对这样的对峙,她无法掩饰某种激动。

"我只是说外地人不应该跟大型正式舞会的客人混在一起。要是没有规矩,社会如何成其为社会?"

麦克站在那儿,强忍怒火。他们个个时髦漂亮,神气活现,一脸鄙夷的神色。而且,他们全都是有钱人,富裕到能够拥有赫尔曼的女儿。

他感觉自己的脸变得更加热了。

"等我可以走的时候我会走的。"他说道。

"啊呀，一头凶猛的灰熊。"其中一位先生说道——他酒喝多了，口齿不清。

另一个人说道："我看哪，他看上去更像巴巴里海岸区的一个乳臭未干的暴徒。"

卡拉拿自己的胳膊挽住麦克的胳膊，用她的目光刺激着费尔班克斯。

"我觉得你们都表现得像一些乡巴佬。"

"你听听，"那个口齿不清的家伙说道，"'沼泽怪'赫尔曼先生的女儿居然叫我们'乡巴佬'。"

他跟他的两个朋友哈哈大笑起来，虽然，费尔班克斯克制住了自己。

"你们这些杂种闭嘴。"麦克说道，轻快地走到了卡拉前面。他知道自己犯了一个错误……他听到大厅里突然鸦雀无声……但是他愤怒至极，拒绝退却。

"我不喜欢你的话，小子。"费尔班克斯说道。

"我他妈的才不在乎你喜欢不喜欢呢，他们应该向赫尔曼小姐道歉。"

费尔班克斯抓住他的袖子："从这儿滚出去。"

麦克挥拳便打。

费尔班克斯往后一跳，麦克的勾拳完全打空了。

费尔班克斯炫耀性质地慢慢摘掉一只手套，接着摘掉另一只。

"请拿着手套，黑格。"他朝麦克微笑着，"你不应该尝试这个的。我在我俱乐部的拳击圈里可是经过正规训练的啊。自卫吧。"

麦克刚刚举起双手，突然，费尔班克斯的一个拳头又快又准地击中了他，他旋转向另一边。当人们转过来瞧他时，他们听到了上气不接下气的声音。一个女人尖叫起来。

大厅对面,格林韦抓着他的金警笛,转过身来:"那边闹什么闹……闹什么?"

第二拳来得太快,麦克连看都没有看见,就撞到了一张快餐桌上。他撞翻了一盆盆的龙虾汤、一盘盘的烟熏香肠,他鼻血喷涌,倒在了那些食物中间。

格林韦匆匆赶了过来,狠狠地吹响了那个警笛:"这么残忍的暴行,为了什么?"

"这个人毫无理由地攻击费尔班克斯先生。"其中的一个马屁精大声叫嚷道。

"我的上帝呀,真是丢脸。"格林韦大声说道。

麦克此时已经站起身来,有头发落到了他的眼睛里,衬衫上和围裙上都是血迹。他费力地慢慢走向费尔班克斯。那人绝对不是脂粉气的男人,他轻快地往旁边一跳,又一拳狠狠击中麦克的下巴。这一拳打得他的脖子和脊梁骨都疼痛万分,但是他再次跟跟跄跄地朝费尔班克斯走去,他瞥见了卡拉汗津津的脸,她闪闪发亮的眸子在鼓励他勇往直前。他挥拳击打。费尔班克斯哈哈大笑着,这一拳虽然很重,却擦过了律师有衬垫的肩膀。接着,他轻快地跳向前来,左右开弓,重重地击打麦克。麦克向后蹒跚着,被鲜血呛得透不过气来,竭力挣扎着不倒下。他的脸像一块生的里脊肉。

"你被开除了……再也别来弄脏我的门了。"格林韦朝麦克尖叫道,"费尔班克斯先生,万分抱歉。需要我叫警察来吗?你更想要提起诉讼吗?"

费尔班克斯抚平他的两个鬓角,屈曲了一下他的指头:"没这个必要。"他微笑着,在他的眼神里麦克看出了一个信息:麦克被扫地出门了,因为垃圾总是要被扫地出门的。

"来吧,亲爱的。"费尔班克斯拉起卡拉戴手套的手,将它放到自己的胳膊上,"这会儿喝点香槟别有韵致。"

她回头看了一眼,可是他看不懂她的表情。怜悯?他感到愤怒,他打输了,在她面前丢尽了脸。

"把这个害人虫赶出去。"格林韦一面嘘唏,一面尖叫,穿着他的黑漆皮鞋到处蹦踏着。厨房里出来三个身强力壮的人,粗暴地将麦克推到小巷里,"砰"的一声关上了门。

麦克站在第四大街和汤森德大街的拐角处。雾霭滚滚而来,让他感到冷,但是他一直站在那儿,望着一幢四层楼房,这幢大楼的神韵完全像一个堡垒一样的监狱。像比尔斯先生一样的旧金山人说,这幢位于第四大街和汤森德大街的南太平洋铁路公司总部大楼,代表着比萨克拉门托的州议会大厦更大的权力。

"总有一天,南太平洋铁路公司就会占有州议会大厦。"

麦克一扇窗户一扇窗户地瞧着,那一个个长方形受到了雨水的污染。哪扇窗户是属于费尔班克斯的?如果这个律师是他的敌人的话,那么选择雇用他的那些人也都是他的敌人无疑。

10

"所以,我需要再找个活儿。"麦克说道。那是一个星期天的傍晚,他这个时候到《旧金山考察人报》编辑部去,是希望内莉是在那儿准备第二天上午出版的报纸。等她干完活,他们便乘有轨马车到终点,然后沿着那条西班牙人留下的防波堤在拍打堤岸的浪花边散步。他几乎没有任何停顿地讲了好长时间,向她讲述了那次打架和第二次见到赫尔曼的情形。但是,他丝毫没有提到在那个大型舞会上邂逅卡拉的事情,也没有说早先他曾见过卡拉的事情。

"也许,我真正需要的是找一位拳击教练。"他最后说道。

"你遇到这样的事情,我真的很遗憾,麦克。"

"是我引起的……我先出手打他。我可不遗憾。"

"我可以理解你的反应,我见过那个费尔班克斯。你对他了解很多吗?"

当麦克承认他对费尔班克斯了解并不多之后,她对他讲述了一些背景。

费尔班克斯兄弟是来自佐治亚州①的淘金者,在淘金热时期从南方棉花州迁徙到了加利福尼亚,当时这样的人很多。

"时至今日,这个家族的成员声称他们曾是种植园的贵族,但我老是想不明白,他们要是是贵族的话,为什么要背井离乡呢?"

费尔班克斯兄弟比同类人要精明,那些人直接去采矿,而费尔班克斯兄弟则创立了一个为矿工们处理沙金和钱的服务机构,不管是成功人士还是失败人士。

"迪克西快运公司就是费尔班克斯信托银行的前身。很早的时候,费尔班克斯兄弟在骑士团中就很活跃。"

"什么团?"

"骑士团。民主党人中赞成保持奴隶制的一个派别。其鼎盛时期是在内战前。费尔班克斯的父亲还帮助创建了 1851 年和 1856 年的一些治安维持会。费尔班克斯自己则在萨克拉门托起劲地为 1882 年的《排华法案》出力,那法案就是为了禁止中国移民。由于那些走私分子开始引进更多的苦力,他现在正在鼓动推出一条法律,把所有中国移民登记下来。毫无疑问,他把他们归类为像牲口一样的人……他要是可能的话,会把那些弱者给赶尽杀绝的。他是社会达尔文主义②者里最坏的败类。"

内莉接着又解释了这个律师还是"金色西部本州人"的成员,这是

---

①佐治亚州,美国东南部大西洋沿岸的一个州,首府亚特兰大,1732 年成为英国殖民地,以乔治二世名字命名,1788 年成为美国最初的十三个州之一。
②社会达尔文主义,19 世纪后期搬用达尔文生物进化论来解释社会现象的一种思潮,认为影响人口变异的自然选择过程将导致只有最强的竞争者才能生存。

一个 1846 年 7 月 7 日之后诞生于加利福尼亚州的秘密白人社团。

"那个日子就是斯洛特①船长在蒙特雷湾升起美国国旗的日子。我认为那些'本州人'是一帮纨绔子弟和心胸狭窄之人。'本州人'中间也有一些有教养的人,但是费尔班克斯肯定不是其中之一。他是一个自私、残忍的人。"

"但不蠢。"

"是的,所以他很危险。"

"而且,这人不弱。他把我打倒,就像打一根稻草一样。"

她为了躲避一朵飞溅的水花,向他靠近了一点。当她挽住他的胳膊时,他能感觉到她的一只乳房一会儿轻轻地一会儿又重重地挤压着他。

"你要是真的想学拳击,我知道在什么地方可以找到好教练。"

"是谁呢?"

"他叫吉姆·科贝特②,是一个爱尔兰小伙子,他的父亲拥有一家出租马与马车的代养马房。他还不到二十岁,但已经是奥林匹克俱乐部的中量级冠军了。在那家俱乐部教拳击的英国人沃森先生认为他前途无量。"

"等等。"他大笑着说道,"女人恐怕不应该知道拳击这种事情的。"

"这个女人知道。我热爱体育和户外活动,你很快也会有同样感觉的,每个从东部来的人几乎都这样。气候的作用,可以把温室植物变成向日葵的。"

"再对我说说那个拳击运动员。"

"原先,那家俱乐部招募他来棒球队里担任二垒,可是他一只手受了伤,当不了二垒了,他的兴趣就转到了拳击上。他不像你在酒吧间和

①斯洛特,即约翰·德雷克·斯洛特(1781—1867),美国海军少将,1846 年 7 月 7 日在蒙特雷海关大楼升起美国国旗,宣布加利福尼亚为美国领土。
②吉姆·科贝特,即詹姆斯·约翰·科贝特(1866—1933),美国职业拳击运动员,1892 年获最重量级世界冠军,率先使用左勾拳,以巧计取胜。

谷仓戏院里的表演中所看到的那种拳击手。他干净清秀,阳光鲜亮,过分讲究衣着。有人为此还嘲笑他。接着,他们尝到了他的拳头之后,就不嘲笑他了。他有固定的工作,但是他想成为职业拳击手。他要是成为了职业拳击手,就可以把这项体育运动的整个调子抬起来。他一周到奥林匹克俱乐部训练三次,到了周末,他就在本地区四处表演。奥克兰那边比利·德拉尼的沙龙,那是一个可怕的低级夜总会。或者有时也到海湾里的大型平底船上……"

"你去看过这种表演吗?"

"没有。"她生气地说,"我是间接得来的信息,从我们的体育记者那儿。女人不允许进入像奥林匹克俱乐部这样的男人尊崇的禁地,也不许看这种表演。这是将来总有一天要革除的一个不公正现象。"

他咧嘴笑了,情不自禁地拍了拍她的手:"你也是一位拳击手,是吗?"

"绝对。我是一个女人,这是必需的。"

他决定,等他一有时间,口袋里一有点钱,他就去拜访那位年轻的职业拳击手。在几条大街上流浪了一个星期之后,他在巴巴里海岸区一家名叫皇家游艺场的乱哄哄的娱乐机构里找到了一份助理厨师的活儿。

那个主厨是一个粗鲁、饶舌的菲律宾人,名叫加西亚,在短时间内教会了他很多东西。加西亚偶尔会从那些业主那儿偷一瓶酒来,他便兴高采烈地也喝一点。

"霞多丽葡萄酒。查尔斯·克鲁格,圣赫勒拿岛①。他来自普鲁士,从哈拉兹西那儿学到了葡萄栽培技术,创办了他自己的企业。克劳特家酿制的酒,有一些是加利福尼亚最好的。那是一个丰收年。"

---

①圣赫勒拿岛,英属南太平洋的一个岛屿,1815 年至 1821 年拿破仑一世被流放并终老于此。

"我对酒一无所知,加西亚。"麦克品尝了一口这浅黄色的干白葡萄酒,接着咂咂嘴。

加西亚微微笑了:"现在你对酒有所了解了吧。"

"是的,而且我喜欢。"

他挣够了三美元钱,便将它存入了韦尔斯-法戈银行①的一个储蓄账户,那儿,一位头发从中间分得十分清楚、眼睛湛蓝、目光犀利的友好的银行出纳员帮助他完成了各种书面手续。

他喜欢每次在一条很陡的大街上艰难行走时他两条后腿的后部加力蹬踏的感觉。他从来没有见过无家可归的穷人会如此多、如此肮脏的,从来没有见过女人会如此干净、如此漂亮的,从来没有见过太阳会如此强烈、如此纯净的。他热爱秋天的景色:那白云,那天空,那小山,那海岸,那海湾,那大洋。他绕过了一个拐角,或者说他抬起了一扇窗户,突然又呈现出另一种景象,令他喉头窒息,令他呼吸加速,令他心灵迷醉……

啊,加利福尼亚!

内莉借给他一本《拉蒙纳》,说这本书能让他了解加利福尼亚印第安人的苦难。作者海伦·杰克逊②一直在为印第安人事业而奋斗,直到不久前因癌症去世,在她最后几年的时光里,她成为了内莉的朋友。麦克想起了那位神父马克斯,想起了他自己对任何想要启迪他良知的人们的怨恨。但是,他继续强烈地被内莉吸引着,尽管他对她并没有多少

①韦尔斯-法戈银行,美国从事快递运输和银行服务业的公司,成立于1852年,经营从西海岸到东海岸的黄金运输服务,后运输业务被铁路接管,但继续从事银行业。韦尔斯-法戈银行的总部设在旧金山。

②海伦·杰克逊,即海伦·玛丽亚·亨特·杰克逊(1830—1885),美国女作家,以反映加利福尼亚州印第安人苦难的长篇小说《拉蒙纳》著称。

了解,于是,他暂时忘却自己的情感,开始读那本小说,此种情形,她早就断定,必然如此。

　　他学习吞生牡蛎,吮吸蒸汽啤酒的泡沫。他了解到,一个姓巴克利①的近视眼政客……人称"瞎子老板"……在市政厅隔壁的那家"舒适咖啡馆"里操控着民主党这台机器。他还了解到,一个绰号叫小皮特的东方歹徒操纵着中国人的黑社会。他学着去不惜任何代价躲避夜间在街头四处奔跑猎食的一群群饥肠辘辘的野狗。他学着去喜欢奥尔索普的艾尔啤酒和 J.A.福尔杰的咖啡,还有多明戈·格拉德利的糖果——"西部之巧克力大王"。他了解到,旧金山正在亦步亦趋模仿法式饮食风格:吃中午的饭叫"午餐",吃晚上的饭不叫晚饭,叫"正餐"。他了解到,一个人可以到巴特里大街的商人消费合作社雅致的图书馆里去自学成才。他了解到,千万要防备夜间那些到处乱蹿的家伙的骚扰,因为哪怕最好的家庭也大受这些灰色、黑色或白色的老鼠的祸害,这些家伙自从跟随淘金者于 1849 年从轮船跳上岸以来就在城里泛滥成灾。他了解到,城里那些优雅的先生们吃的是鹿排和邓杰内斯蟹,城里那些漂亮的女士从巴黎百货公司的费利克斯·维迪尔专区购买服装。等他们吃好正餐、打扮完毕,这些人中龙凤便都坐着四轮大马车前往汤姆·马圭尔歌剧院去看世界顶尖歌唱家和演员的演出。他了解到,谢里思以色列犹太教堂信奉"三位一体"说,而伊曼纽尔神殿则是一个改革性质的教会,而且他决心虔心地尽量吸纳两者的不同特点。他了解到,市场街上那个漂亮的铸铁喷泉"洛塔之泵"和纪念柱是那位在旧金山开始发迹的著名女演员洛塔·克拉布特里送的纪念品。他了解到,"阿尔卡特拉斯②"是"塘鹅"的意思,而且海港里的那个城堡——

---

①巴克利,即克里斯托弗·奥古斯丁·巴克利(1845—1922),通常被称为"瞎子老板巴克利",酒吧老板,没有担任公职,却控制着旧金山民主党的机构,影响着政府的决策。
②阿尔卡特拉斯,美国旧金山湾的一个小岛,曾设有联邦监狱。阿尔卡特拉斯(alcatraz)在西班牙语里是"塘鹅"的意思。

"岩石"——关押着军队犯人。他了解到,他必须学着去喜爱又响又尖的雾喇叭的声音、巴巴里海岸区那些赌场里面象牙筹码哗啦哗啦的声音、德国人的啤酒花园里手风琴的声音、太平洋邮轮公司的铁甲大轮船驶往中国时拉响的汽笛的声音。

他了解到,他必须学习成为旧金山的一个孩子。

一天夜里后半夜,一帮不满的主顾一把火烧了皇家游艺场,迫使它无限期地关了门。于是,再次失业的麦克认为,他为了复仇而要进行的拳击训练搁置得太久了。他花了十五美分钱乘上他恨之入骨的南太平洋铁路公司的渡船,到奥克兰去造访奇宝。第二个星期天,他们驾船在旧金山湾找到了那位年轻的职业拳击手。

他们在奥克兰的内港找到了那艘大型平底船。内港的所有岸边拴满了划艇、小帆船和汽艇。大型平底船上,一大群人大喊大叫着,但是人太多,麦克没法看到那位拳击手。

他一登上那艘大型平底船,便发现自己瞪眼怒视着一个奥克兰歹徒手里一把小小的涂镍手枪的枪口。

"他妈的中国佬不行。"

"他是我朋友。"

"哪怕是你兄弟,我他妈的也不管,他不行。"

宝在水中颠簸的汽艇上说道:"那行吧,我等你。"

麦克很不情愿地点点头,瞪了那个人一眼,挤进了人群。

人群很杂乱,犬牙花纹的袖子蹭着穿着破烂的手肘,滋润头发和小胡子的头油的香味儿混杂着汗水、洋葱和大蒜的臭味儿。

"站起来,看在耶稣的分上,墨菲。"一个鼻子像球茎一样的人大喊道,他挥舞的拳头敲打着麦克的头。

麦克伸长脖子,踮起脚尖,看到了那个显然是墨菲的人,一个身躯巨大笨重的年轻人,脸上蓄着黄黄的络腮胡子,他紧身裤的上方挂着一个白花花的肚子,脸上血流成河。他举着拳击手套,无力地晃动着防卫。他软绵绵地击出一拳。这一拳被头发分得十分整齐的科贝特先生轻而易举就给挡开了,这个人麦克认识,就是那个谦恭有礼的蓝眼睛出纳员,韦尔斯-法戈银行里的储蓄手续就是他给办的。科贝特先生穿着小腿肚高的有鞋带的蓝色靴子,他的紧身裤也是相配的颜色。他在沾满血迹的拳击垫上四处颠跳着,看上去身材修长、灵活结实。

"干掉他,吉姆,这他妈的烦死了。"一个人说道,一面鼓着掌、吹着口哨。

墨菲瞧着不友好的人群,吐出一口白色的痰,正好落到了科贝特的紧身裤上,绝非意外。这个年轻的银行出纳员的脸红了,拿自己的两只拳击手套击打了两下,他也仅是这样表达一下他的情绪而已。

科贝特的拳击教练是一个秃顶的小个子,两只耳朵毛茸茸的,他大叫道:"要么打,要么下来,墨菲。"

"是的,来吧。"科贝特说道,他的跳跃、他的移动令人惊异地轻巧。

墨菲的头低了下来,他呆滞的黑色眼睛里露出杀机。有人朝科贝特大声喊叫着不中听的话,科贝特朝那个方向稍一分神,墨菲便一拳击中他的腰部以下。

那些粉丝大声尖叫着,满嘴污言秽语。科贝特先是一个趔趄,但是接着,在墨菲呼哧呼哧地喘息着、得意地傻笑的时候,他蓦地转回身来,再次叩击着自己的两只拳击手套,跳向前来。他瞅准了墨菲,一下,两下,三下,拳拳打在头上。墨菲垮了,长长的一声"哦",摇摇晃晃地往后退去。他企图用右手以大抡拳重击科贝特,但是科贝特早就不在那儿了——他正移向左边。墨菲转向左边,可是科贝特只是虚晃一枪。他在墨菲手臂的防御姿势下面一闪而过,又在他的腹部狠狠地击中三拳。墨菲吐着大气,像什么东西漏气的声音。他的眼睛已经看不清东西。科贝特用一个灵巧轻捷的动作,举起右拳。但是,突然的寂静中"嘎吱"一声,吓得麦克和所有人都畏缩了一下。

墨菲立足不稳,他的下嘴唇上淌出黄黄的口涎。有人拿榔头在一口船钟上重重地敲了一下,几秒钟之后,有人拽着墨菲的两只脚,将他拖下了拳击垫子,他的头上盖着一条渗透鲜血的毛巾。

科贝特穿上一件长袍,用毛巾擦干头发。这时,那个名叫比利·李·德拉尼的好斗的像小公鸡似的家伙,在人群面前炫耀着:"好啦,先生们,有谁愿意跟吉姆先生来一两个回合?"

有一些俏皮话,也有一些粗俗的言语,还有一些善意的窃笑声。但是,没有响应的人。

"有人吗?啊……没有人?"

麦克举起了手。

"向你表示慰问,小伙子。"他身旁的一个人说道,"愿意把最近的亲属名字告诉我吗?"

众人哄堂大笑。

麦克跨上拳击垫子,心跳开始加快。他低头望去,看到阳光下有几滴墨菲的血在闪闪发亮。吉姆·科贝特正在脱掉那件长袍。他回过头来,朝这个新的挑战者轻蔑地飞快瞥了一眼。接着,他再次望着麦克。

他微笑着大步走向前来,举起一只戴着拳击手套的手:"韦尔斯-法戈银行。"

"你帮我存的钱。我叫钱斯。"

"吉姆·科贝特。"他们俩差不多年纪,在这个快活的星期天,在弥漫着大海和鱼腥味的空气中,两人中间有一股热流在涌动。科贝特上下打量着他,目光中没有任何非难。

"把衬衣脱掉。"德拉尼厉声高叫道。

麦克脱掉衬衫,扔到地上。德拉尼一次拿一只,拿起两只拳击手套。麦克将两只手插了进去,德拉尼很快一只一只地将两只拳击手套的带子系好。

"到你那个场角去。"他说着做了一个很猛的动作,接着朝他的门生眨了一下眼睛。

然后他对麦克说道:"别担心,孩子。要是情况太糟,我会喊停的。"

124

科贝特在他的场角微笑着,用专业的眼光评估着麦克,这会儿更加冷静了一点。德拉尼敲了一下那口船钟。科贝特快速地拉起他的蓝色紧身裤,冲出场角,风度优雅,速度奇快,像是有人在表演快步华尔兹。

麦克举起两个拳头,摆好架势,就像他那天晚上在那个秘密共济会会所看到费尔班克斯所摆的姿势一样。他连看也没有看清楚,科贝特的第一拳便"嗖"的一下,不知怎么就穿透了他的防线,只感觉到拳头狠狠击中了他的下巴。他的两眼模糊了。科贝特跳到一边。

他无论如何也碰不到这位年轻的拳击手。科贝特太聪明、太灵巧了。终于,麦克还真的把他逼入了困境,他凶猛地挥动手臂,恶狠狠地打出一拳。科贝特轻而易举地往旁边一闪身,麦克的拳击手套只稍稍擦到了他的一只耳朵。科贝特和善地眨了一下眼睛,承认他这一拳打得好。接着,他跳开身子。

五分钟快结束的时候,科贝特在麦克的左眼上方打开了一个口子,并将他打得满脸青一块紫一块的。麦克作为一个新的挑战者的简短亮相接近尾声了。"又一个不中用的家伙""把他打趴下,吉米"的喊叫声交织着"嘘"声,此起彼伏。麦克顽强地举着拳头,没有退却,他滑动着双脚,但是一次又一次,他几乎还没有来得及动,便让科贝特突破了防线。拳头落在了他的眼睛上、下巴上、胸脯上,科贝特的拳击手套仿佛自己会飞一样。麦克几乎看上去有点懊丧。

拳头的击打更快了,一声声刺耳的打中皮肉的声音。终于,麦克痛得受不住了,他猛地打出一个右手拳,科贝特没有完全躲过这一拳。吉姆先生噔噔噔往后退去,差一点摔倒在地,人群中爆发出惊讶的吼叫声。比利·德拉尼在他身后推了他一把,救了一个急。

此时,科贝特的脸上现出一丝老大不情愿的尊敬。但这一时间不长。他坚定不移地冲向前来,而麦克则头晕目眩、浑身疼痛,实际上就是站在那儿,挨着一拳又一拳,直到那船钟敲响。

令麦克感到惊讶的是,他听到了为他的表现所鼓的稀稀拉拉的掌声。

科贝特抓了一块毛巾给他。

"我打得很糟糕,太糟糕了。你有一招制胜的右拳,可是你不知道如何用它。你不知道如何上下来回摆动,不知道如何佯攻。我原先也有这些问题,直到沃森先生收我为徒。再问一下,你叫什么名字?"

"麦克·钱斯。"

"好,你不错。"

"我想要成为一个好得多的拳击手。"

"当真?"

麦克点点头。

"好吧,任何一个星期二、星期四、星期六的六点钟,到奥林匹克俱乐部来。我们去那个室内拳击场。我需要强有力的训练对手。"

麦克肿起的双眼闪耀着激动的光芒。

"我会去的。"

"我盼你来。"科贝特说着,轻快地点了一下头,并露出一个凯尔特人的热情微笑。

麦克没有立刻去奥林匹克俱乐部,因为他在市政部门找到了一份工作。这份工作并不那么称心如意,但是至少可以帮助他支付那粗陋房子的房租了。

大约一个礼拜之后,他的顶头上司派他到贵族山的一个高地去干活。旧金山的富人们在那儿建造豪华大宅,甚至比南公园和林孔山的那些宅第还要富丽堂皇。劲风荡涤的山顶俯瞰着那个金融区,而麦克则敬畏地凝望着那些木头城堡,城堡上,哥特式的塔楼和尖顶直冲云霄。

他从手推车上将泥土铲入加利福尼亚大街和梅森大街交界处那个拐角里的一个六英寸宽的坑里,看着那些房子,羡慕着那些居民,他的注意力几乎很难集中到他的工作上。他不知道哪幢房子是哪个人的,但是他还的确知道,那四大巨头都将他们的豪宅建在了贵族山上,一个比一个挥金如土,就为博取自己的老婆欢心和把别人的老婆拥在怀里。从内华达银子里发了大财的大批人以及其他的百万富翁也都生活在这里。这是一批社会精英。

麦克拿起夯具,开始将坑里的泥土夯实。朝着奥克兰那边的山坡上,一辆加利福尼亚街道缆索铁道车丁零当啷地响着铃声驶了过来。内莉说,那条线路的建设是由斯坦福州长推动的。当他往贵族山上走去时,他的身躯使得回家和离家变得艰难。

在这块精英云集的高地的静谧清晨,几乎没有什么其他声音的骚扰。有人在看不见的后门口拿牛奶瓶,发出咯咯的声音。有人在看不见的后院里用掸子拍打小地毯。这种状况一直持续到一辆外面装有缘饰的轻便马车从鲍威尔大街驶上小山,来到麦克的身边停下,麦克暂时停下手中的活计,向任何一个优秀的市政雇员一样靠在铁锹上。

在轻便马车的后部座位上,坐着一对年龄比他大的标致的夫妇,两人的表情都满怀希望,一副心甘情愿成为牺牲品的样子。前排座位上,一位衣着光鲜的先生将他穿着漆皮靴的脚搁在踏脚板上,拿鞭子指着说:

"我再也找不出一个你们能安新家的更好地方了。贵族山在全美是最奢华的住宅地了。"

"他们从哪儿找了这样一个怪怪的名字——'贵族'?"那女人问道。

"那些印度巨头,豪富。他们的建设规模不小。我必须得告诫你们,老乡……剩下的地块不多了,而且价格都是天价。"

"哦,这不用担心。"那女人说道,"辛海默先生把芝加哥的一家生产紧身胸衣的工厂卖了,卖了很多钱。我的意思是很大很大的一笔钱。"她代表他所做的这一番夸耀使得这位恬淡寡欲的辛海默先生趾高气扬、得意非凡。

"当然。"那个掮客机械地笑着说道,"正因为此,我才可以把这儿的任何一块地卖给你们,让你们放心,这笔绝佳的投资是值得的。不过,你们要是真建房子的话,没有仆人是过不去的。大量的仆人。"

"我想要的。"这个巨富的妻子说道。辛海默先生没有意见。

麦克在看着这一切的过程中,一位穿着普通合身的黑色服装的中年妇女从加利福尼亚大街跟鲍威尔大街交界处西南角的一幢豪宅里走了出来,朝山上走去,走向梅森大街。麦克猜想她就是一个仆人,前去办什么事情。正当她开始斜向穿越通向对面那个街角的那幢大宅的十字路口时,那捎客用鞭子轻轻地在他的枣红马头上挥动了一下,启动了轻便马车。那女人低头瞧着她的网格拎包里面,没有来得及抬起头来看清那辘辘驶来的马车。

"走开,你这娘们。"那捎客喊叫道,一面挥舞着他的鞭子。那女人赶紧退后,但是把她的网格拎包丢在了街上。她要是让它丢在那儿,那倒是什么问题也没有,可是她冲上前去捡那个包。

那捎客发疯一样把缰绳往右拉,可是他的马嘶鸣着,对那个嚼子根本没有反应。麦克像箭一样冲向那个女人,那女人似乎慌乱了,或者说吓傻了。他用自己的肩膀贴住她,猛地伸出双臂将她抱住,一把将她拉了回来,拉出了那个鲁莽的驾车人正急驶而来的路。

他们重重地摔倒在地上。麦克连忙伸出左手,撑到地上,以免倒在那个慌乱的个子矮小的可怜女人身上。与此同时,那个捎客挥舞着他的鞭子,枣红马拉着他和他的两位可能的主顾嘚嘚地跑走了。

"夫人,实在对不起,我希望我没有伤到你……"

"没有,没有。"她说道,拉住他的手站起身来,接着掸掉身上的泥土。她是一个小个子的女人,黑黑的头发,结实的身架。她椭圆形的脸使他想起了维多利亚女王的画像,只是她的眼睛不太一样,这是一双圆圆的往外鼓的眼睛,几乎是暴突眼。

"我还以为那人会停下来的。他没有停下来,一下把我吓蒙了。"

"你肯定没事吗?"

"其他没什么,只是有点狼狈相罢了。再次谢谢你的帮助。"她对他的评价来得很快,"我必须说啊,他们派来这儿修理街道的人通常比无家可归的人好不了多少。你看上去不像这种人。"

"这是我唯一能找到的工作,夫人。要不是在户外,我也未必会接这个活。"

"你喜欢户外工作?"

"是的。我热爱阳光。"

"你是当地人吗?"

"现在是的。"

她带着沉思的神情说道:"我丈夫在半岛上他的大牧场里饲养赛马。他总是要找机灵的年轻人当马夫和普通的帮手的。那些工作可比这种工作有趣多了,我觉得是这样。你要是想先去看看,我就写个条子让你带给我们的工头。"

麦克真想把他的铁夯具扔到空中,就是怕掉下来也许会把他这位恩人的脑袋砸碎。

"好的,夫人,我愿意。那大牧场叫什么名字?"

"帕洛阿尔托①。那是斯坦福大牧场……就是那个利兰·斯坦福。我是简·莱斯罗普·斯坦福,州长是我丈夫。请跟我来,我家就在那边。克罗克家我以后再去。"

当他跟着她走向那幢有角楼的房子时,他的脑海里再次浮现出了那条瘸了腿的柯利牧羊犬,再次看到了那个叫奥马利的工人的那一大团被碾碎的骨肉,他仿佛感觉到了他的脸上有黏糊糊的鲜血,并闻到了血腥味儿。

他爬上大理石台阶,来到主入口。他直接走进门去,发现有一个圆形的巨大门厅,并看到白色的大理石地板上,有一圈黑色的大理石镶嵌图形,那些图形奇怪而又陌生。内莉后来告诉他,那是黄道十二宫图。她知道这幢房子,每个人都知道这幢房子,包括那些没有希望被邀请进

---

①帕洛阿尔托,加利福尼亚州西部城市,电子和电脑工业中心,斯坦福大学所在地。

入屋内的人们。

头顶一个有七十英尺高的琥珀色玻璃穹顶洒下一片合适的金色阳光。简·斯坦福带他走过无数个房间，这些房间的功能他只能猜想。他还的确认出了一个书房、一个弹子房、一个里面放着一架大钢琴的音乐室。这里有很多的油画、湿壁画、足可以装饰一个博物馆的雕刻作品，在一个摆满了温室植物的暖房里还有一个水花飞溅的喷泉。在隔壁的房间里，他看到了更加让人惊讶的东西：在盆栽树木和灌木丛的无数枝枝丫丫上栖息着鸟儿——一动不动的金色鸟儿。

斯坦福夫人走了回来，因为他停住了脚步。

"它们是金属的。"她解释道，"它们可以通过气压移动和歌唱。州长喜欢所有机械的东西。"

穿着黑色制服的男男女女走过一个个大厅，脚步轻得像修道士和修女一样。麦克数了一下，在他到达房屋后部那个摆满了时尚器物的房间和斯坦福夫人楼下的起居室之前，已经有十四个仆人了。

她邀请他欣赏下面城市的景色和鲍威尔大街跟派因大街十字路口的景色，而她则到一张有活动书写板的写字台上快速地写那份短笺。如此豪华奢侈，他晕晕乎乎得就像跟科贝特打了五回合拳击一样。当她领着他再次回到阳光下的时候，他诚挚地希望他已经谢过她了……他根本记不得谢过了还是没有谢过。

"内莉不在吗？"麦克问道。

"在地狱。"比尔斯耸了一下肩膀说道，"她准备倒在市场街上，在那儿落入一帮操控着收容医院的蠢货和骚货之手。一个女病人斩钉截铁地说，她被其中一个家伙破了处女身呢。"

他说话的口吻只是在开玩笑，但是麦克很不喜欢这样的声音。

比尔斯给两人倒了咖啡，在一张粗陋的桌子边坐下。

"什么风把你吹到这儿来了？"

麦克将短笺给他看了。

"天哪，天哪。是那位伟大的女士亲笔签名哪。你打算到那个大牧场去找份活儿干?"

"还不肯定。我见过斯坦福一次，我不喜欢他。"

"他要是听到你说这话，也会不喜欢呢。"带有醋意的比尔斯先生回答道。"尖酸刻薄"比尔斯，他的同事们这样叫他。

"早在 19 世纪 60 年代，这位州长就初次尝到了政治的味道。他步入政坛，进州议会，出州议会，最近，1885 年，他进了参议院。目前，'州长'只是他特别喜欢的一个尊称。这位老兄还有一个始终不渝的愿望，就是得到加利福尼亚州我们这些普通老百姓的爱戴。他坚持让我们留在了联邦，诸如此类。他对大众的热情导致了他跟亨廷顿的决裂，亨廷顿认为，要经营一条铁路的唯一途径就是闭关自守，做一个狗娘养的。"

"斯坦福不再经营铁路了吗?"

比尔斯摇摇头:"他和科利斯·波富起来之后，他们发现各自有不同的风格。亨廷顿是一个善于赚钱的人，而斯坦福是一个善于花钱的人。他们还为加利福尼亚州的另一个参议院席位各自青睐的候选人而狠狠地吵了一架。这位可爱的老'州长'输了，所以'州长'撤回到了他的火车里、他的赛马里和他其他的消遣里。作为一位华盛顿的政治家，他很活跃，热情高涨，影响广大，像汉普蒂·邓普蒂①一样。"

内莉飘然而至。她一身破衣烂衫，看上去像是灰色和铜绿色的破布条拼凑起来的服装。她的脸被灰尘和一层厚厚的胭脂弄得很脏，看上去一副寒酸和邋遢相。

"你出门就穿成这个模样?"麦克问道。

"接受施舍的病人是不穿'巴黎的价值'那儿买来的服装的。别担心……我的吊袜带里有一支小手枪，以防万一。"

他惊讶于她漫不经心的态度。这种坚强品格是哪里来的? 他对她

---

①汉普蒂·邓普蒂，英国《鹅妈妈童谣》中的角色，一个从墙上摔下来跌得粉身碎骨的拟人化蛋形矮胖子，比喻跌倒了爬不起来的人或损坏了无法修复的物。

的了解不多,只知道她是在一个名叫汉福德的一个河谷小镇附近长大的。她似乎不太愿意谈论她的出生。

"我相信你们是在谈论我们敬爱的前州长,是吗?"内莉拿起那封短笺,看了起来,"麦克,你肯定不会去他那儿工作的啦。他是一个胖乎乎的趾高气扬的骗子啊……一个寄生虫,寄生在南太平洋铁路垄断企业从老百姓身上盘剥来的血汗之上啊。"

"但是你告诉我他是美国最富有的人之一。"

"那是绝对。"比尔斯说道,"在我写他的每一篇报道里,我一直对这一事实的称颂采取冷排①的方式。"他在桌子上的一些《旧金山考察人报》里翻找着,接着找到了一个有关他的头版头条,称他为"英镑利兰·美元斯坦福"。

"那么为他干活也许能学到点什么。"麦克说道。

比尔斯哈哈大笑:"上帝啊,你是个贪婪的人。"

"得了,那不正是加利福尼亚的全部含义吗?"

"这个概念也许流传很广,"内莉说道,"但这是不对的。我对你感到失望。"

"对不起。"

"你是说我对你没有任何影响吗?"在玩笑话下面,她说的是严肃的内容。有时,他真的不喜欢这种赤裸裸的正义。

这时,他折拢那个短笺,放回到自己马甲的口袋里。

"这次没有。"他说道。

内莉朝比尔斯投去绝望的一瞥,比尔斯再次耸了一下肩膀。

"好吧,小伙子,"他说道,"如果你一定要受雇于那位州长,那么别告诉他你认识这份报纸的任何人。别对帕洛阿尔托的任何一个人说,否则你在那儿所待的时间不会超过五分钟。"

---

①冷排,即照排,就是运用照相工艺载客感光的版基上排版,完成印刷制作。

11

麦克站在栅栏下面的横档上,挥舞着手喊叫道:"加油,香农。"

"伸展肢体,小伙子。跑。"他身边同样满腔热情的那个人喊叫道,这是一个满头白发的罗圈腿的巴斯克人①,名叫埃米利奥·瓦斯科。

白色的栅栏隔出一英里长的练习赛道,在那个大牧场里跟一个巨大的赛马场一起设有两条这样的练习赛道。尘土滚滚,那位职业赛马师骑着那匹极其精壮的牡马正绕过最后一个弯道,跑进直道,在日光渐渐淡去的下午朝两个大呼小叫的人飞奔而来。正是10月好时光,半岛的小山脚下以及下面的草地一片金黄。

香农的蹄子敲击着地面,飞驰而过,接着慢下速度。瓦斯科挥舞着他的银色怀表:"最快的速度了。州长会高兴的。"

职业赛马师兜了一个圈子,跳下马来,然后,麦克牵着牡马穿过迷宫一样的围场,朝那一排长长的马厩走去,那儿关着将近一百匹牡马、大约两百五十匹传种母马和同样数量的小牡马和小马驹。斯坦福州长对赌博深恶痛绝,但是他一心一意要提高世界上赛马品种的质量。

瓦斯科走在身旁,友好地沉默了一会儿。接着他说道:"我发现你很恭顺,皮肤也晒黑了,小伙子。来了有……多少时间? 四周了?"

麦克点点头:"现在我只要能够学会骑在马上……"

"你跟他们处得很好。"驯马师说道,"他们喜欢你。马上会让你骑的。昨天我看你骑了……你学得很好。"

"谢谢,瓦斯科先生。"麦克开心极了,在加利福尼亚这个阳光明媚的秋日下午,他活力四射。他对此感到开心,尽管,按照他在报社的朋

---

①巴斯克人,欧洲比利牛斯山西部地区的古老居民,绝大多数生活在西班牙北部,是欧洲保存本民族风俗、服饰最多的一个民族。

友所说的,他进入了那些高傲的寄生虫的行列,然而,迄今为止他跟那些寄生虫还只是遥遥相望。

帕洛阿尔托的那个大牧场方圆七千二百英亩,雇用了一百五十个人,其中有五十个是中国人。除了高级驯马师,他们轮流在各个岗位上工作。有几天,麦克在其中的一条练习赛道上浇水或者将赛道耙平。有几天,他在六十英亩的一部分土地上除草、松土、培植给小马驹吃的胡萝卜,或者在一方占地三百英亩的树木园种植当地的红杉树或者日本雪松,那块地计划种植一万两千棵树。再有几天,他在一幢有栎树遮阴的巨大庄园大厦四周干杂活,斯坦福买下它之前,这幢大厦属于一个姓戈登的家庭。但是每天,毫无例外的是,他要负责训练好几匹马驹,这九十匹马驹是州长挑选出来的,被认为是将来有特殊前途的赛马。每匹马各驯导二十分钟。

一天早晨,他嗒嗒嗒地走到那幢有角楼的沙色房子那儿,房子上爬满了柔软的蹄盖蕨,这些蹄盖蕨都种在肥沃的表土中。他敲敲浓荫蔽日的厨房门。

"请进。"

他本以为这声音是那位主厨——一个又胖又高大的墨西哥女人的,事实上却是斯坦福夫人的。她正在一个工作台上铺展类似于建筑透视图那样的东西。她穿着褐色的旧方格布外衣,几乎一点也不像美国最富有的女人之一。

"哎呀,居然是市政部门的小伙子啊……麦克,几天以前我见过你。早上好。"

"早上好,夫人。您的园林工让我把这些送过来。"

"就放那儿。"她指了指阳光照耀下在微风中荡漾的花边窗帘旁边的一个锌柜台。

麦克将那只栽秧苗的浅箱子放下,瞥见一幅水彩画,上面画着一些很吸引人的屋顶是红瓦的棕黄色建筑,使人联想到西班牙教堂。简·斯坦福用铅笔在一个角上写了一个批语。

"这是一所大学。我们打算就建在那儿,用来纪念我们儿子的一所大学。"飘荡的窗帘影子在她布满皱纹的脸上变幻着明暗图案。她那双大家都知道视力很差的眼睛,这会儿比平时要红,"你肯定听说过我们的儿子……"

"我听说过,夫人。他还未满十六岁的时候在意大利被伤寒夺去了生命。真的很遗憾。"

"小利兰是我们唯一的孩子。州长和我结婚好几年后才生下的他。我们用他的名字命名了这个学校,我们将把它办成全国最好的大学。但是,我们面临着铺天盖地的批评。那些激进的报纸嘲笑一个新建的学校,因为在伯克利①的那个大学连三百个学生也招不满。亨廷顿先生这个人不地道,把这叫作'斯坦福马戏团'。"她的静静的痛苦出乎意料地感动了麦克,"可是,州长和我没有灰心丧气。他说得最好不过了。通过小利兰·斯坦福大学②,我们将把加利福尼亚的所有孩子当作自己的孩子,以此来补偿我们亲爱的儿子他……他……请原谅。"

她拿一只手捂着眼睛,匆匆离开了厨房。

"是的,他们热爱这个孩子。"吃晚饭的时候,当麦克提起这个话题时,瓦斯科说道,"他们等了很长时间才等到这个儿子出生。州长大摆宴席请他的朋友欢聚,他们都坐下之后,两个仆人扛着一个上面盖着圆顶的精妙绝伦的巨大银盆来了。揭开了顶盖,你知道下面是什么吗?小利兰,裹着襁褓,扑着粉,红扑扑的,躺在铺着鲜花和蕨类植物的垫子上。州长坐在那儿,两个仆人则绕着桌子传递着那只银盆,给每个客人欣赏,你想不出他有多少自豪。等他们把孩子带走之后,每个人都大吃

---

①伯克利,加利福尼亚州西部的一个城市,位于旧金山湾,后被加利福尼亚学院(后改为大学)选为校址。
②小利兰·斯坦福大学,美国斯坦福大学的全名。

大喝起来,不停地庆祝。州长控制不住自己,哭了,他太幸福了。我没在那儿,但是那个厨师发誓说那是真的。"

这个故事搅乱了麦克对州长的看法,他没有想象过,一个趾高气扬的寄生虫居然会哭。

麦克终于在11月份见到了州长,当时瓦斯科邀请他一同前去汇报牧场里那几匹最有前途的赛马的情况。

他们在书房里等州长的时候,瓦斯科给麦克看了一部很大的书,书名叫《马的运动》。书里面有大量的照相插图……在麦克看来,这些照片似乎都差不多。

门"咔嗒"一声,瓦斯科赶紧拽下头上的帽子。那儿就站着那个身躯笨重、全身重量有二百七十磅的企业界的巨头本人——阿马萨·利兰·斯坦福,内战期间坚持让加利福尼亚留在了联邦的州长。他的动作很慢,他说话也很慢,几乎每说一个字就要停顿一长段时间,像把测深锤扔进大海一样。

"那……本……书……你……感兴趣……吗……年轻……人?"

"先生,这是麦克,新的马倌。"那巴斯克人开口道。

"我……认识……他。"麦克对他吃力的话语不由得悄悄皱起了眉头,并开始在自己的脑子里删去这些停顿。

用一把银锹铲起一锹土,揭开了建造中央太平洋铁路的序幕,并在普罗蒙特里钉下最后一颗金色道钉将两大洋连接起来的那个人物,是一个身材魁梧、如同大象一样的人,六十多岁年纪,浓密的头发,络腮胡子修剪成传统的正方形。

"我赞助斯蒂尔曼大夫的文本和爱德华·迈布里奇①的照片。"斯

---

①爱德华·迈布里奇,原名爱德华·詹姆斯·玛格里奇(1830—1904),英国出生的美国摄影家。斯坦福曾雇用他拍摄一匹奔马,以证实自己关于"马的四蹄同时离地"的论点。迈布里奇在1877年证实斯坦福是正确的,这个实验也为电影放映机的发明打下了基础。

坦福说道，"我委托他们做这件事情，赢了那次打赌，我很少打赌的。"

"就是奔马的四蹄是不是全部离地这事儿。"瓦斯科解释道。

"四蹄是离地的。"州长说道，"迈布里奇先生，一位优秀的英国摄影家，现在已经落户到了本市，1872 年在赛道上架设了一组照相机。他发明了一个连续按下快门的方法，而且他最初的一系列研究证明我的论点是正确的。从此以后，他的这种研究一发不可收，一个比一个精彩有趣。"

麦克此时此刻感觉精彩有趣的东西截然相反——州长那些从容不迫的话语拉得无穷无尽地长。巴斯克人飞快地眨着眼睛，告诫麦克别笑。

州长本人皱着眉头，像一个紧张不安的孩子，说道："让我给你看一样奇特的东西。那玩意儿都引起了爱迪生先生这样的大人物的兴趣呢。"

他拿起一沓马的照片，跟书上的差不多，只不过颜色变成了深褐色，夹在薄薄的卡纸板里面。"现在……看好了。"他在底部抓住那叠照片，飞快地在顶端翻转着那些照片。那马在每张照片中以稍稍不同的角度被拍了下来，好像是在奔跑一样。这种视觉效果虽然粗糙，不够连贯顺畅，明显有人工痕迹，但是这动态的视像突然使麦克笑了起来。

"这太奇妙了，先生。"

"是的。"哪怕说这两个字也用了他很长的时间。

"拿这玩意儿应该有什么办法可以赚到钱的……"

"看上去会移动的照片？"

麦克点点头。那巴斯克人的嘴巴闭得紧紧的，拼命掩饰着他对这样精神错乱的言语的蔑视。

斯坦福合上书本，两眼一眨不眨而又深沉地瞧了麦克一眼，他的话音中流露出讽刺："嗯，年轻人，也许你就是一个干这件事情的合适人选……虽然……经验……告诉……我……许多人有梦想，但是……没有几个能坚持不懈地……去实现梦想。"

突然,他将那些照片朝麦克晃了一下,再次翻转起来,就像一个孩子把一件宝贵的玩具给人看一样。麦克将这些形象铭刻在了心里:斯坦福,还有那匹神奇地开始奔跑的马。

冬天来到了帕洛阿尔托的草原。这是一个神奇的冬天,阳光常见,气候温暖。只是偶尔有雨干扰工作或旅行。从来没有下过一场雪。麦克陶醉其中,身体变得健康,身子变得结实,这都要归功于户外生活。他睡在一张行军床上,睡得很好,尽管常常整夜有丛林狼哀嚎。他跟其他的马倌在一张桌子上吃饭,食物总是很丰富。一顿晚餐,他可以吃下一块牛排、一块新鲜的发酵面包、一些热热的软软的烤小圆饼、六到八棵蔬菜、三种水果馅饼。碰到有人真正请客,他便会剥开并吃一种他以前从未品尝过的加利福尼亚的美味——产自蒂哈查皮山南那些养牛县果树林的肉丰水盈的脐橙。

赫斯特先生的《旧金山考察人报》在大牧场里是禁止的,但是内莉给他写信说,她对收容医院的曝光获得了巨大的成功,病房的全体职员和三个负责的医生被解雇了。

斯坦福时不时地会到大牧场来,拖着笨重的脚步慢慢走路,在每一个苦苦思索后才说出来的词语之间呼哧呼哧地喘着大气。他的出现总是会勾起麦克对那个对现实不满的神父和那个铁路工人血肉模糊的残骸的回忆。但是,他在知道斯坦福很可能就是《旧金山考察人报》声称的那个恶棍的同时,也为这个人感到一丝伤心。尽管这位州长富可敌国,但是他的不幸福似乎是千真万确的。麦克发觉,自己的感情十分复杂,剪不断,理还乱,他但愿能够理得更加清晰一点。

那个巴斯克人工头对麦克的工作、悟性和干劲很满意。所以,当麦克要求每个星期六要请几个小时的假时,瓦斯科也不问为什么,就同意他用星期天下午的时间来弥补。

在那些冬天的星期六,麦克坐火车从门洛公园到奥克兰,然后坐渡船到城里,他在波斯特大街的奥林匹克俱乐部很受欢迎。当他第一次出现的时候,吉姆·科贝特笑了,说他对这个新的拳击搭档差不多完全绝望了。但是,在接下来的几个星期六里,在俱乐部的拳击场上——一个四面围着座位的很大的厅堂里,科贝特开始教他拳击的基本要领、佯攻技巧和科学的步伐。

回去的路上,他常常去看看奇宝,跟他聊一个小时左右的天。有两次,当生理需要变得忍无可忍时,他便去奥克兰的一家妓院——在奥克兰这种妓院有无数个。一次,他是跟一个兴高采烈的中国姑娘睡觉,那姑娘年纪很小,有点让人尴尬,但是她很淫荡;另一次,那姑娘只会说法语,唯一会说的英语就是让他明白,他得先付钱,赶快干完事情。

冬天就这样过去了,他学习,并积蓄了一些钱,他的皮肤晒成了褐色,他的身架子变得强壮。唯一破坏他生活的是他的焦虑,多少个夜晚,他躺在他的行军床上,辗转反侧,难以成眠,鄙视自己奔向梦想的速度不够快。

他好长时间没有去见内莉,直到 1888 年春天一个春光旖旎的下午。他非常想念她,而且也有点内疚地想念赫尔曼的女儿——夜晚,他大多是在想着跟卡拉淫荡的做爱画面。有两个不同的星期六他在旧金山,就前往《旧金山考察人报》编辑部造访内莉,但是她被派出去执行任务了。第二次,他在一个很不情愿、很不友好的记者那儿留了一张条子。由于没有收到回复,他估计那张条子被扔掉了,或者在那个疯人院一样的编辑部里被弄丢了。

他正在训练一匹名叫“征服者”的两岁的牡马,沿着一块通向州长大道的苜蓿地的边沿飞驰,州长大道就是通向大牧场的两边绿树成荫的入口。他的头发现在留得更长了,像马鬃一样根根直立在他的脑后。蓦地,在生长着巨大桉树和胡桃树的小道跟大道相连接的地方,他看到一个女人在一辆轻便马车里。她探起身来,挥舞着她的帽子。

“内莉!”他勒住“征服者”的缰绳,径直跑了过去,“你最好小心。这个地方,他们会把旧金山报社的人开枪打死的。”

她大笑起来："我完全相信。我会小心提防，不碍他们的事的。天哪，你晒得这么黑了。这工作一定适合你。"

"是的。"看到她，他兴奋异常，思维都几乎混乱，情感都几乎无法控制了。

"你觉得你可以腾出一点时间吗？"她继续说道，"譬如一个星期？甚至十天？赫斯特先生给了我一个假期。我想带你看看加利福尼亚的一些真实的东西。"

"哦，我可以试试。那个工头喜欢我。请假的时间他不会付……"

"那是问题吗？"

"不，不。我在韦尔斯–法戈银行定期存一点钱。我去问问。"

"我们星期一出发。你要带一些保暖的衣服。我会在斯托克顿①准备一些帐篷和设备。"

"斯托克顿？我们去哪儿啊？"

"去内华达山区。"

一想到要跟她一起去旅行，他的嘴巴都发干了。

他半开玩笑地说："你还会给我们找一位监护人吗？"

"别胡思乱想，钱斯先生。从事我这种职业的女人没有多少声誉需要捍卫，剩下的也不怕有什么威胁。我们的旅行纯粹就是观光。"

他们的目光几乎在同一时间对上了，接着又赶紧躲开对方的目光。他在她的脸上还看到了失望吗？他不敢肯定。

12

圣华金河波光粼粼，璀璨亮丽得像一块阳光照耀下的金属板。麦克和内莉依靠在船舷的栏杆上，穿着粗糙的法兰绒衬衫的肩头紧挨在

①斯托克顿，加利福尼亚州中部城市。

一起。

"我是俄罗斯人。我的真名叫纳塔利娅·罗切夫。"她说道。要是没有那道栏杆,他有可能惊得掉落到了水流缓慢的宽阔的河里。

她紧握双手,褐色的眼睛望着地平线,向他讲述了她的情况。她是地地道道的加利福尼亚人,是俄罗斯殖民地最后一任总督的远房亲戚。麦克从未听说过加利福尼亚有俄罗斯人。

"他们在旧金山的北部沿海有一个坚固的城堡和居住地。实验失败了,他们就都在1842年撤走了,可是我父亲的父亲留了下来。他把姓氏改换成了罗斯,以向他的祖先和那个居住地罗斯堡表示敬意。罗斯堡就是根据祖国的名字'俄罗斯'来的。"

她的父亲,一个能干的农民,漂泊到了中央谷地,她就是在那儿出生的。

"从很多方面来说,这是一种理想的生活,可是爸爸远不是一名理想的父亲。他极端守旧,对待我母亲几乎就像对待仆人一样。"内莉从眼睛里抹开飘过来的头发,瞧着麦克,"很早的时候,我就看到,她过的是一种多么可怕的生活啊。我下定决心,我决不落入那种陷阱……受一个男人的支配。"

在一个后来变成为图莱利县的汉福德的居住地附近……

"那个小镇是以中央太平洋铁路公司的一位财务主管汉福德先生的姓氏命名的,那对你来说是一种讽刺……"

罗斯家居住的地方是在铁路拥有的土地上。

"铁路公司欢迎人们去居住。他们的代理人答应,最终,像我父亲这样的农民,可以以一英亩①两美元五十美分的价格买下他的土地。多少年的辛劳,许许多多的土地改良,譬如灌溉渠道的修建把人们曾经称为'饿死谷'的地方变成了富饶的米粮仓。当铁路公司了解到农民们如何改变了境况之后,他们背弃了他们的诺言。他们将土地价格抬高到

①英亩,面积单位。1英亩约等于0.004平方千米。

了每英亩十七到四十美元,在市场上公开卖。"

痛苦的记忆让她停住了话语,他在拍击船头的波涛声中几乎听不见她有任何声音。

"爸爸拿不出这笔钱,他把所有的钱都用到了牲口、种子、设备上面。他觉得受骗了。他和其他农民创立了一个叫'移民联盟'的抗议组织。一天……那是八年前,1880 年 5 月……铁路上派人来收回土地。全都是武装的人,还带来了一个司法官。农民们拿出枪支,跟他们对抗。他们说是农民们先开的枪,可是我不信。假如的确是他们先开的枪,那也是受到了挑衅。死了七个人,包括爸爸。他们称之为'马塞尔沼泽之战'。那是 1880 年的 5 月 18 日……我十四岁。我看着他们用血糊糊的毯子裹着把爸爸抬进我们家的客厅里……"

此时,她的双手绞得像电线一样,手上没有血色。

"这已经够糟糕的了。接着发生的事情更加糟糕。铁路上的人占领了汉福德电报局,所以这件事情传不到报纸上去。在城里,亨廷顿和查利·克罗克跑到每一个编辑部,大肆渲染他们自己带有倾向性的故事,把责任都推给那些农民。克罗克和亨廷顿压制住了真相,滥用了媒体自由的理念。我已经长大了,懂得那些事情了……从那一刻起,我对自己这一生所要从事的事业便义无反顾:写文章、诉说真相、摧毁那个铁路公司。"

她的母亲、两个弟弟和三个妹妹跟其他移民家庭一样,被驱除走了。她离开了家庭,把自己的名字改成了内莉,投入到了旧金山的街头流浪生活之中。说到这儿,她变得稍稍有活力了一点。

"我当时太小,一个劲儿地担心可能发生的危险。我干过数不胜数的活儿。我在科拉·斯韦特夫人的妓院隔壁住过。这位夫人给我吃的,并成为了我的朋友。我见过'诺顿一世皇帝'——有点疯狂的街头老大,我跟他的狗'流浪儿'和'病丐'一起玩耍……事实上,它们是整个城市的宠物。我听诺顿阐述他的宏图大略——建一座通往奥克兰的大桥。其他的人嘲笑他,我却认为这是完全切合实际的。终于,我攒够了钱,便到加利福尼亚大学伯克利分校上学……19 世纪 70 年代开始,那里女生可以入学了——这是一项非常进步的制度。我在那儿上学期间,还在夜里学习打字技术。毕业之后,我向赫斯特先生提出了申请。我给他看了我写的样稿,于是被招进了报社……很可能因为我是一个女的——赫斯特先生是一个很好色的男人。我想方设法躲避他的拥抱,同时让他相信,我愿意干任何事情,去任何地方,冒任何危险,成为城里最优秀的写伤感文章的女记者。"

轮船的大副从旁边走过:"斯托克顿半小时后到。"

"现在,你什么都知道了。"她稍稍耸了一下肩膀,结束了她的话。

"我明白了你为什么那么独立。"

"以及我为什么那么恨铁路?"

"是的。"他说道,"那也是。"

在斯托克顿,他们租了一辆马车,在车上装上一顶帐篷、铺盖、背包和其他必需品。内莉解释了什么是她所称的"任务分担":她出钱租或买他们的装备,所以大多数艰苦的体力活就得由他来承担。

"艰苦的体力活会有很多,所以别争了。"

他大笑起来:"你别想争,除非你准备挑起战争。"

他们往东南方向出发,沿着通向母脉地①那些矿井的老索诺拉大道进发。

"之后,前往那个大栎树平原和约塞米蒂收费道路。"她说道。

"到那儿去你得付钱吗?"

"你肯定不会不赞同吧,钱斯先生?当地人像其他加利福尼亚人一样正在变得富裕呢。"

"啊唷。"他说道。他们俩都笑了。

他们驾着马车驶过葡萄棚,经过西瓜地,路过放牧场,穿过小麦田,

---

①母脉地,加利福尼亚州卡拉韦拉斯县一个无法人地位的社区。

走过在热浪中昏昏欲睡的小镇。他们在骑士渡口越过斯坦尼斯洛斯河,徐徐爬上缓坡,进入了绵延起伏的山麓小丘之中,那儿,有星星点点的红牛和白鹭。罂粟花摇曳,将所有的山顶装点成金色。内华达山脉在前方更加高耸入云,较低的山坡上生长着松树和红杉,呈现出一片黛色,高高的山顶依旧白雪皑皑,银光闪耀。他翻越过这些高山,留下了痛苦的记忆,可是现在,这一痛苦的记忆被蔚为壮丽的美丽软化了……抑或是被这位坐在他身旁很硬的车座上的姑娘给软化了吗?就是这位姑娘,能干得像任何一个男人一样,跟他轮流驾驭着马车驰骋。

那天晚上,他自告奋勇帮助准备晚饭,把他们带来的马铃薯削皮,切成丁,然后用洋葱和一点金色的甜椒在平底煎锅里调好味。内莉表扬了他的烹调技术。

"爸教我的。他说,如果你没有多少食物,那么烹调可以让你有更多的时间享受那点食物。"

她哈哈大笑着。

他想到了一件他早就想了解的事情,便问道:"赫尔曼那个人,那个地主……他是怎么得到他的绰号的?"

"这个问题好怪哟。"

"不,自从格林韦解雇我的那个夜晚到今天早些时候,我一直在想着他。"

她高兴了,便解释道,1850年,联邦政府通过了一项垦荒法律,将数百万英亩的不毛之地还给了西部各州。

"沼泽地,湿地……在其他各州是这样的地,但是他们在加利福尼亚弄错了。在这儿,大雨下过之后,那土地看上去毫无价值。实际上,这是人们梦寐以求的最肥沃土地。但是,州里先走了一步,把这些土地以差不多每英亩一美元十美分这样的价格卖掉了。"

她说道,那个时候,赫尔曼还是一个年轻的移民,在萨克拉门托的一家肉店当学徒。

"我不知道他是怎么弄到他的第一次投资的资金的,反正他很快就跟亨利·米勒不是为这块土地就是为那块土地打起了肉搏战,而且两人都大肆贿赂土地勘测员和估价员,把实际不是沼泽地的某块特定的土地说成沼泽地。米勒和赫尔曼在这个'沼泽阴谋'中变富了,但是赫尔曼得到了这个绰号。"

"有趣。"麦克将他的马口铁盘子放到一边,看到她目不转睛地望着他。

"现在该你说说了。"

"什么?"

"你来加利福尼亚的真正目的是什么?"

熊熊的篝火,舒心的晚餐,伴随着渐渐降临的夜色,联合起来战胜了他的沉默寡言。此外,世界上真的要是有一个姑娘值得信赖的话,那也是非内莉莫属。

"嗯,首先,我来这儿,因为我在宾夕法尼亚从来没有睡过一张干净的床,也从来没有穿过一件干净的衬衫。在煤矿那儿,空气太脏了,白雪下落一个小时之后就变黑了。那真是可怕的生活。我不想对你说那些会让你感到恶心的事情……"

她摇摇头,急切地示意他继续说下去。

"我看到我爸的朋友们从矿上回来吃晚饭,在饭桌上就咳出血来。我看到八九岁的孩子像老人一样一天之内有十二到十四个小时都在捡煤,我自己也那样被迫干了好长时间。我瞧着他们大约到了十二岁的年龄就下到矿井里,除了干完一天活,能活着出来,在黑夜里赶着骡子车回家外,前途一片渺茫。我看到那些矿主雇用的特别警察拿警棍敲断人们的腿,因为那些人想要组织人们争取缩短工时或者更加安全的工作。杰里·卡斯林,他是一个莫利·马圭尔社①的成员……"

---

①莫利·马圭尔社,又称莫利社,美国宾夕法尼亚和弗吉尼亚煤矿工人的秘密组织,其目的是为了反抗矿主的压迫,1877年被镇压。莫利·马圭尔是爱尔兰一个寡妇的名字,她曾在爱尔兰领导一些鼓动者反对地主的剥削压迫。

"那个秘密社团,我看到过有关资料。"

"那些特别的警察打杰里很狠,被打后他连他妻子和孩子也不认识了。他全部所能做的就是坐在窗户边,流着口水,小便……对不起,小便失禁。他没有办法,什么时候都把自己弄得脏得一塌糊涂,可怜的杰里。最后,有人喂了他一罐老鼠药,他才死了。没有人去问是谁干的,连神父也不去问。所以,我有很多理由来加利福尼亚,不过最大的原因是我爸。他是在淘金热中出来的,但他一事无成,后来就回去了,终身贫困潦倒。但是,他仍然对这个地方充满向往。爸说,一个人要是在他所在的地方找不到希望的话,那他在加利福尼亚就一定能找到。尽管他自己的生活很惨,但是他还是相信这个地方,而且因为他,我相信这个地方。我将永远相信这个地方。"

内莉被感动得说不出话来,她把一只手伸过火堆,抚摸了他的手一会儿。他腼腆地把目光移向了别处。

多么不同凡响的一个年轻人啊,她心想。真的不同凡响。

第二天,他注意到,她似乎对走向山区的道路都很熟悉。她说她小的时候经常走这些路。

"我跟着塞巴斯蒂安姨夫出来,他娶了我妈妈的妹妹阿尼娅姨妈为妻。塞巴斯蒂安是一个巴斯克人,牧羊人。他每个夏天都要带着他的羊群到高原牧场去,全家就跟着去。阿尼娅姨妈是一个吃苦耐劳的女人,她跟他一样拼命干活,他们的儿子托马斯也一样。我也干活,但那似乎总像一个假期。直到今天,在我所有的表兄弟姐妹中,我仍然跟托马斯最亲。"

一天快完结的时候,他们穿过了一个中国人的宿营地,那里曾经人满为患,但现在已经人丁稀少。为利瓦伊·斯特劳斯结实耐用的工作裤做广告的一块褪了色的广告牌在麦克的内心产生了一丝怪异的感觉。也许爸也走过这条崎岖山路呢。他经常说,他走遍了整个母脉矿区,寻找可以拥有的富矿。

他们已经在爬山了——麦克从凛冽稀薄的空气中可以感觉出来。但是他们还要往高处爬,她说,去寻找那个神秘的峡谷,她小时候她姨夫曾经带她去过的地方。

"约塞米蒂峡谷。这是一个古老的印第安人名字。那个原始部落阿瓦尼奇将峡谷取名为阿瓦尼,'绿草深谷'的意思。白人分别在 1818 年和 1851 年发现了这个地方。那是'美丽大百合营'的人。这支民兵正在追杀一些特纳亚酋长统治地区的印第安人,他们说,那些印第安人不断骚扰开金矿的人。你不会相信这个地方的,麦克。它的美丽会让你热泪长流的。"

在窄窄的杰克逊维尔山,内莉在一些更高大一点的松树中间的一个岔路口停了下来,并解释说,过去有很多装运金子的马车在这儿受到拦路抢劫。沿着图奥勒米河的支流行进的过程中,她教他如何念那个奇怪的美丽的名字。她沿着一条更小的路绕过去时,他看到了他平生从未见过的最奇妙的树。这些树呈浅浅的红褐色,令人难以置信地高大。

"红杉树。比人类记忆的年岁还要大,它们也许是地球上最古老的生物。"

红杉树下寂静无声,是那种适合在昏暗教堂的寂静无声。在离开图奥勒米小树林之前,他们驱车去了"死亡巨人"那儿,据内莉说,那是一个很大的旅游景点。那棵红杉树的顶冠已经不见了,但是它大约有两百英尺高的树干还遗留着,上半部分参差不齐地分成两个冲天的尖塔,如同动物的两只角。那条道路就从巨大的树干中央径直穿过。

"1818 年和 1878 年凿通的。"她说道,"直接穿过去了。"

正好让马车通过。他放声大笑。

"你说到游客,我没看到有什么游客嘛。"

"还早呢,要到夏天那个时候。去年,有两千五百人来约塞米蒂。总有一天,我们要为拯救这些地方而发生激烈战斗呢。我有一个朋友,一个苏格兰人,我小时候在这儿偶然结识的一个有点狂野的了不起的山里人,他早已经在战斗了。"

很快,他就看到了原因。一支由六辆平板大车组成的车队,每辆大车上都装载着用链条捆绑着的八根巨大的树干,轰隆隆地驶过他们停在那儿的岔路口。

"狗杂种。"内莉说道,"我们要是不制止他们,他们会把这个山区剥光的。"

他从那个白色的梦中醒来,挥舞着双臂,喊叫道:"爸?你在哪里?"

有人在拉他:"麦克,醒醒……"

他睁开双眼,感觉到了冷飕飕的夜风吹在他的脸上,闻到了野草和松树的芳香,看到了高高的夜空,星斗满天,银光闪耀……接着,他看到了内莉穿着她那件灰色的长长的法兰绒睡衣,赤着脚站在他跟那堆篝火中间。篝火已经渐渐熄灭,变成了灰烬,火星在微风中飘荡,像波浪般翻滚。

接着,他想起了他是在什么地方:一个她称之为克兰平原的一个小山村附近的一块地里。这块地的对面是一间木头房子的客栈,亮着黄色灯光的窗户在夜色中拼出像棋盘一样的图案。他坐起身来,睡眼蒙眬地揉着自己胡子拉碴的下巴,他的身上裹着他的铺盖,外加了一条毯子。他为她搭起了一个帐篷,自己则裹着这些东西睡在外面的地上。

她坐在一段木头上,法兰绒睡衣的下摆整洁地盖在她赤裸的脚踝后面,露在外面的只有她白色的双脚。然而此情此景,还有这夜的孤男寡女,令他的内心充满了痛苦的渴望。

"你在挥舞双手,大喊大叫呢。你差一点滚到火堆里了。你梦见什么了?"

"噩梦,自打小时候起就老做这种噩梦。总是一个样:白雪、黑暗、死亡……"他描述了他的梦,但是他感觉自己的描述肯定词不达意。

她坐在那里,双手托着下巴。等他说完,她站起身来,向他弯下腰去。她抚摸着他的脸,那样温情脉脉,那样亲密无间,已经超越了普通礼节所能允许的范围,更加温柔,更加亲昵。

"也许,加利福尼亚的太阳总有一天会把你的噩梦祛除干净。"

他凝视着她,接着抓住她抚摸着他脸颊的手腕。篝火的余烬在她褐色的双眸中闪耀。当她一想到,假如他们任其发展,也许会发生什么时,她那柔软的小嘴张开了。

他开始勃起,但是她突然俯身向前,在他的额头上吻了一下,她的双唇轻轻地一碰,像他的姐妹会做的动作。他感觉仿佛像一把烙铁烙了他一下。

"内莉,我……"

"晚安,麦克。我们明天得起早出发。"

她转过身,朝帐篷跑去。在她放下入口的门帘并将它系好前,她回头看了一眼,他看到她的目光在说她但愿能说出邀请他进入那个黑暗地方的话。

帆布门帘落下了。他心乱如麻,兴奋异常,想要跑到帐篷里去,然而又不敢造次。他裹在他的铺盖里和那床毯子里,瞧着天上的星星,整整一个小时。他感觉自己年轻无知、愚蠢透顶、缺乏经验、欲火中烧、愤怒至极——他恋爱了。

上坡在继续。来到金平原,她说他们已经来到了海拔七千英尺的地方。随即,道路再次开始变成下坡,这是一条从一座高山的山肩上开辟出来的路,很危险。在这条路上,他们可以欣赏到一些蔚为壮观的景色,脚下是林木葱茏的峡谷,前方高处有更加耸峙云天的花岗岩群峰。沿路浓荫蔽日的幽深处,原始的雪堤闪耀着银光。

在海拔五千六百英尺的金特里客栈和金特里村,他们付了内莉称之为"九曲十八弯"的一条道路的通行费。

"进入那个峡谷,十二英里。"

"上午只通上山的马车。"那收费员说道,"你们得等到下午。"

于是,他们驾车去了另一个岔路口。

"这个地方叫'展望角'……不过那些马车夫大多叫它'啊,我的角'。"

他明白的。在他的面前展现着一幅美景:一块块光秃秃的巨石赫然耸立在森林覆盖的峡谷。瀑布奔流,从巨石顶部跌落,一路向下,直达谷底。一群飞鸟从他们身边掠过,直插云天,那些鸟儿有数千只之多,扇动着翅膀,麦克惊叹不已。

"旅鸽①。"内莉大叫道。

那收费员将铃儿拴到拉车的马上,宣布他们可以下山了。麦克驾着马车行驶在从花岗岩上开凿出来的急转弯很多的危险道路上。

"这种活都是印第安人石匠干的。"内莉说道,"一项令人难以置信的业绩。"

"别老说话。"他呻吟着,拼着老命紧紧抓着缰绳,还不断地拉着刹车。轮胎都冒烟了,有的地方轮子距路边仅仅几英寸,尘土中飘来木头烫焦的气味。他们要是翻下路去,那就绝对活不成了。

除了周围模模糊糊的一团外,旖旎的风光已经不再。他们下午下山,以每小时两英里的速度,花了将近六个小时。他满身大汗,筋疲力尽,终于把马车赶到了谷底,将他们带到了水流很急的默塞德河边的一块林中空地上。他在那儿才敢抬起头来。

"上帝啊。"他轻声惊叹道。他寻思着,这是不是就是在"圣经时代"上帝在那个茫茫的旷野对他说话时的那种感觉。

阳光,日薄西山的阳光,像长矛一样从西面刺来,照亮了群峰,沐浴着森林,凡是阳光照不到的地方,便留下深蓝色的阴影。他们已经深入到了冰川期的河谷,中间有一条白练般的河流将其一分为二。峡谷的两侧,巍然耸立着奇大无比的巨石群。

"那是卡皮坦……体积是吉布拉尔塔的两倍……从谷底拔地而起,

---

①旅鸽,善于长距离飞行的鸽子,19 世纪初曾有亿万只旅鸽栖息于北美洲东部,由于人类猎取食用已遭灭绝。

足足有三千英尺高。那边,是'教堂岩群',远端是'半个穹顶'。约塞米蒂的瀑布群在左手那边,布里达尔维尔瀑布在右边……它们现在流量饱满,因为是在春季。"

他观赏着那些令人敬畏的瀑布飞流直下,映着晚照夕阳,跌破团团雾霭。那些瀑布,如惊雷轰鸣,不绝于耳,好一幅原始的场景。有什么东西再次令他的性器官颤动起来。

内莉沾沾自喜:"你有看到过这样的景色吗? 我很高兴我能成为第一个把如此美景展现给你的人。"

"我也很高兴。"他用一条胳膊搂住她,亲吻她。她将双臂伸过他的手臂下面,紧紧地拥抱他,并发出一声轻轻的快乐的呻吟。

一分钟之后,她拍拍自己的头发,接着拍拍自己粉红的脸蛋,轻声说道:"这样很危险。我觉得你还是继续驾车前进吧。"

峡谷有七英里长、一英里宽。在终端的冰碛那儿,最后的冰川早在两万年前就终止了生长,在冰碛的远处,默塞德河变成了一条有宁静的绿色池塘与河口沙洲的河流。他们避开那些简陋原始的架构住宅型小客栈,那些小客栈早就在忙着对付一些坐在暮光中门廊上的游客。他们在一块有一丛丛三角叶杨和桤木附近的草地上搭起帐篷。树木在寒冷的风中摇曳,树叶沙沙。内莉几乎情不自禁地一个劲儿指给他看那些东西:美洲寄生子属植物一簇簇地高高爬在黑栎树的上面,花岗石地衣给巨大的岩石群染上了黑漆漆的色彩,树林里面有闪闪发亮的眼睛在望着他们。

"灰熊。"她轻声说道,"要是有哪只灰熊前来要食物,别争辩……给它就是。"

目光凌厉的眼睛消失了。

在迟迟不愿离去的残存的光亮中,内莉跑到一块草地上红色的耧斗菜和金色的罂粟花中间,开始翩翩起舞。她像一个精灵,将她赤裸的双脚踢得很高。麦克和着她的节奏拍着巴掌。她的脸蛋变得通红,最后，她大笑着倒在他的怀里。他抱着她，超过了必要的时间。她推开他强健的手臂，很不情愿地抽回了身子。

籬火闪烁，麦克戴着手套，在一只很沉的铁锅中吱吱地煎着一片片咸牛肉。他喜欢握着铁锅的那种感觉，他喜欢咸牛肉飘出的芳香。

内莉站在他身边，说道："你在这方面真的有天赋呢。你要是到那家王宫大酒店去当个厨师会很优秀呢。"

"那行当挣钱不多。"他开玩笑道，"我喜欢烹饪。不过，有时候总好像觉得是女人干的活儿。"

"钱斯先生，你这个人在男人和女人作用问题上的态度太传统啦，虽然不能说你不开化。"

"我看这世界上好像大多数人都是我这样的……"

一个招呼声打断了他的话。有个穿着难以形容的衣服、背着一个背包、又高又瘦但很结实的人，穿过昏暗的草地，大步朝他们走来。他的头发披到了肩膀上，他的灰白大胡子又长又密，完全可以做不止一个鸟窝了。内莉挥着手，拔脚朝他走去。

"你认识那个人？他看上去像一个流浪汉。"

"从某种角度讲，是的。这是我朋友，约翰·缪尔。我不知道他也在这里。"

内莉跟缪尔热情拥抱之后，麦克跟缪尔握手，他的手是褐色的，很有力。他看上去五十岁年纪，他的眼睛蓝得惊人。

"很高兴认识你。"缪尔说道。他的"认识你"听起来像"认识伊"——他的口音中不只有苏格兰的颤音。

"你能在这儿过夜吗，约翰？"

"是。"缪尔将他的背包丢在地上，接着将他那顶褐色的锥形帽子扔到地上，"这儿已经有游客了。"

她点点头。

麦克说道："谁都想看看这个地方。"

"是啊,而且,我 1818 年第一次来这个峡谷,1868 年也来过,自那以来,我们所认识的游客来得还不少呢。我在这儿遇见过那个娘娘腔的弗里蒙特①,还有苏珊·安东尼②。"

"比兹塔特③画过约塞米蒂。"内莉说道,"马克·霍普金斯④在他逝世前来过。爱默生⑤、巴纳姆……一大串呢。"

缪尔坐下,仰天用两只手撑着身子,火光将他饱经风霜的皮肤映得更加红润。

"有的时候,游客们忘了尊重上帝和大自然放在这儿的东西。要是有足够多的人这样做了,那么你看好了,再来几代人,就什么也没有留下了。"

"约翰是这个峡谷的坚定保护者。"内莉说道。

缪尔叹了口气。

"这是一场战斗,永无尽期。"他向麦克解释说。

1864 年,林肯以十分前瞻的眼光,把约塞米蒂和附近一个名叫美丽大百合林的很大的红杉林通过签协议划归了加利福尼亚州。

"所以,这是一个保护区,但是保护的措施不够有力。我们这儿有未经训练的伐木工,还有该死的羊。去年夏天,那些羊在高原牧场上多达二十五万只呢。它们把青草或者叶子啃得精光,把土地劫掠得一无所有。我原先也在这儿牧羊,直到我发现了牧羊的危害。"

麦克给他咸牛肉。缪尔拣了两片到他的马口铁盘子里。

---

①弗里蒙特,即约翰·查尔斯·弗里蒙特(1813—1890),美国西部探险家,绘制中西部地图,征服并开发加利福尼亚,为淘金富翁,反奴隶主义者,曾被新共和党提名为总统候选人。

②苏珊·安东尼,即苏珊·布劳内尔·安东尼(1820—1906),美国女权运动倡导者,全美妇女选举权协会会长。

③比兹塔特,即艾伯特·比兹塔特(1830—1902),美国画家。

④马克·霍普金斯(1802—1887),美国教育家、道德哲学家,曾任威廉斯学院院长,提倡自我教育、密切师生关系、德育和智育并重及按基督徒持家精神发财致富。

⑤爱默生,即拉尔夫·沃尔多·爱默生(1803—1882),美国思想家、散文作家、诗人、美国超验主义运动的主要代表,著有《论自然》,诗作《诗集》和《五月节》等。

"那你怎么保护峡谷呢?"

"将它纳入内务部的管辖之下,像黄石国家公园一样,把它命名为国家公园;控制游客数量,接管全部自然名胜,这样,那些该死的贪婪的开发者就不可以掠夺它们了。"

"可是你瞧,先生,这儿有宝贵的资源。我听说,那些高山积雪场的雪水可以灌溉这整个中央谷地……要是修筑了管线,也许还能给沿海的城市提供水资源。"

"管线。老天爷呀,孩子,你还能允许其他什么呢?"

他的嘲讽令麦克气恼。

"这个观念有什么问题吗? 这儿的水资源可以让整个州繁荣昌盛。"

"这个观念非常可恶。"缪尔说道,"要是一点可以掠夺的话,那么所有的最终都可以掠夺。内莉,我的小姑娘,你的朋友好像是那种发展的鼓吹者呢,那些鼓吹者的意思就是要把这个地方变成一个留给个人谋利的地方。"

"我不赞同他的观念,约翰。"

麦克"砰"的一声将盘子扔到地上。

"该死的,我不是这个意思。"

"我反对任何会干扰大自然的顺其自然的发展。"缪尔声明道。

"我也反对。"内莉说道。

"你是不是为了表现你是独立女性才这么说话的?"麦克朝她厉声说道。

"你不喜欢那样吗,钱斯先生?"

"不太喜欢。"

"得,这正好表明你有多么愚……"她吞下了余下的话,接着一个转身飞快地向那个树林走去,以平静自己的情绪。麦克怒视着那堆篝火。

缪尔在他的老旧烟斗里装好烟丝,从火堆里拿了一根树枝点燃。

"我并不想在这个露营地引起争吵,一个人有权坦诚地表达自己的观点。都怪我对你所说的那个观念反对得太强烈了，先生。"

"我知道我自己都不相信我的每一句话。我刚来加利福尼亚，正在努力弄明白这些事情的含义。"

缪尔的蓝色眼睛在说，他会尽量豁达大度的，毫无疑问，那意思就是麦克还得再花几年时间来认识他的错误并纠正错误。

十分钟之后，内莉回来了。

"我并不有意想要发火。"

"我也不想。"

不过，这个晚上总归被毁掉了，余下的时间里，三个旅行者几乎没有什么话说，只留下长长的闷闷不乐的沉默。

第二天早晨，在灿烂的阳光中，每个人都似乎精神振作，前嫌尽释，除了麦克似乎仍然心存芥蒂。缪尔煮咖啡，麦克煎咸肉，内莉将发酵面团切成片，在火上烤得焦黄。缪尔无所顾忌地回答着麦克提出的有关他的问题。他出生在苏格兰的邓巴，随移居威斯康星州①的父亲长大。他出于道德准则拒绝参加内战，他说道，无论那事业有多么正义，战争总归是令人厌恶的东西。

"我什么都沾点儿边，钱斯先生。一个流浪汉，一个向导，一个牧羊人，一个印第安纳波利斯②马车部件厂的工人——那是非常好的职位。但是，户外的生活一直在召唤我。现在我是南部下面一个牧场的工人，是我的路易丝的丈夫，是我的万达和我的海伦的父亲。不过，我的老伴放我出来自由自在地漫游，因为她知道我一定要漫游的。"他放下咖啡，然后开始重新往烟斗里装另一斗烟，"最近，我开始写文章，并向一些人

---

①威斯康星州，美国北部的一个州，首府麦迪逊，1763 年由法国割让给英国，1848 年成为美国的第三十个州。
②印第安纳波利斯，美国印第安纳州首府。

作演讲,尽力保护像这种地方一样的一些地方。"

他们吃早饭的时候,一只有叉角的巨大驼鹿大摇大摆地走进那块草地。它在那儿只待了一小会儿,直到一个约塞米蒂客栈的一辆有帆布顶篷的敞篷公共马车驶入视线。马车长凳上,游客们大喊大叫,指指点点。有一个人一早就拿着一个瓶子喝酒,他喝干了瓶子里的酒,随手将酒瓶扔了。三个正在篝火边吃早饭的人清晰地听到瓶子砸在石头上粉身碎骨的声音,那只驼鹿闻声跳跃着逃离了他们的视线。

"你看到我关切的原因了吧,小伙子。"缪尔说道,没有责备之意。

麦克没有答辩的机会,因为一个观光者在马车往前驶去的时候随手将一个烟头扔到了地上。缪尔跳起身来,冲进草地。他来到那个还在冒着袅袅青烟的烟头落地的地方,重重地跺着脚,在马车后面喊叫道:"你们要是不能尊重这个地方,那就别来这儿。任何傻瓜都可以砍倒或者烧倒一棵大树,可是要再生长起这样一棵大树,得花上帝好多年的时光啊。"

这大喊大叫的布道一样的话音渐渐地听不见了,大笑声从掩隐在黄褐色尘土前面的马车上传来,缪尔迈着沉重的脚步走了回来。

"越来越多的人是这样,一直是这样。"他很不开心地说道,"我知道,我们没法凌驾在别人头上,决定谁可以来观赏这些奇观美景,谁不可以。我们阻挡不了这股潮流。但是,我们必须抑制这股潮流,尤其是在这儿。我告诉你吧。我走遍了南北卡罗来纳①秀美的萨凡纳②、萨凡纳河③和萨凡纳无树草原④,还浏览了佛罗里达群岛周边的蓝绿色大

---

①南北卡罗来纳,原为英国在北美洲的殖民地,1729 年分为北卡罗来纳和南卡罗来纳。
②萨凡纳,美国佐治亚州东南部城市,位于萨凡纳河河口,是佐治亚州最古老的城市,也是一个重要港口。
③萨凡纳河,佐治亚州东南部河流,发源于塔加卢和塞尼卡河在哈特韦尔坝汇合处,向东南流,形成佐治亚州和南卡罗来纳州的边界,流经 505 千米后注入大西洋。
④萨凡纳无树草原,萨凡纳河流域的广袤草原。

海。我爬过沙斯塔山①，是进入一个有冰川的山脉凹地的第一个白人，朝阿拉斯加的那条路，那种寒冷和静谧啊，就像凌晨的时光。我没有看到一个地方……绝对没有这样一个地方……可以与约塞米蒂峡谷相媲美的。这是上帝皇冠上的宝石之一。这就是为什么我想要使它成为国家公园……而且还要成立一个有献身精神的当地人组织，他们愿意为每一片旷野而奋斗，尤其是这个地方。"

他拿他那顶锥形的旧帽子拍打着自己的裤子。

"你是否会加入这样的组织，先生？"

麦克勇敢地面对着那双凶狠的蓝色眼睛："也许。这是我可以做出的最好承诺。"

"挺公平。"但是缪尔的话音露出失望，"内莉，我得走了。我还有很长的路要走呢，去深山野墺露营、爬山、思考。也许再画点速写，写点什么。我下次去城里时再去看你。"

"一定去，约翰。我想要加入那个组织。"

"好啊，我想你会的。"他吻了吻她的脸颊，将背包甩到自己背上，精神抖擞地走进峡谷明媚灿烂的阳光中。

内莉叹了口气："我真的不是想跟你吵架。"

他一声不响，那样子就是想吵架。

"麦克，对不起。我们可以有不同观念，但可以是朋友。"

"假如坦诚的想法会莫名其妙地被当作……犯罪一样，那就不可以。"

"好吧，昨晚我说话太尖刻了。这是一个坏习惯。"

"记恨也是我的坏习惯之一。"他清了清自己的喉咙，"对不起。"

"谢谢。这是一趟美好的旅行，但是我们只留下今天和明天了，然

---

① 沙斯塔山，加利福尼亚州北部喀斯喀特山脉的山峰，为高耸的双峰死火山，海拔 4317 米，山坡上的几处冰川使其成为著名滑雪场和登山区，1854 年人类首次登上该山峰。

后我们必须得赶回去了。让我们快快乐乐地度过每一分钟吧。"她伸出一只手,"休战?"

他握住她的手,脸上露出笑容:"休战。"

她没有把手抽回。相反,她紧紧握着他的手不放,含情脉脉、意味深长地望了他一眼,仿佛她知道,现在什么是不可避免的了。他也知道,而且他有点害怕。

他们徒步爬上一条条陡峭的小径,正午刚过不久,他们在镜子湖边吃了野餐。他们饭还没吃完,天上便开始乌云翻滚,又厚又灰又湿的云团遮住了山峰。浓云密布的天空,看上去即将下如瀑布般的暴雨。当晚,他穿着他带来的很厚的羊毛外衣睡觉。

几个小时之后,他醒来了,又冷又怕。他知道他不是在做梦,然而这就是噩梦啊。四处一片雪白……他的舌头舔着嘴唇,舔到了冰。冰在他的头发里融化了,他被正在下落的厚厚的大雪覆盖了。

他急急忙忙地从他已经湿透的铺盖里钻了出来,掀掉毯子,抖落身上大团大团的积雪。狂风呼啸,裹挟着纷飞的大雪,斜着狠狠刮来。他摸索着那堆木柴,牙齿咯咯直打战。他搅动着已经熄灭的余烬,颤抖得更加厉害了,冻得直哼哼。

"麦克?"

他转向帐篷,但是没法看见帐篷。然而不知怎么的,他知道她脸上的神情。她的话音很低,嘶哑,像是很着急的样子。

"你不能待在外头那儿了。进来,进来暖暖身子。"

第二天中午,他们向约塞米蒂瀑布的底部进发。水流从天而降,横冲直撞,声若惊雷,飞流直下,泼溅在花岗岩巨砾上,旋转着往下直冲岩石之间满是飞漩的池塘中。在其中一个掩隐得很好的池塘里,在松树和红杉中间,在阳光照耀的高高的团团雾霭的庇荫处,他们赤裸着身子沐浴,开始第二次做爱。

他亲吻着她的乳房,这对乳房又圆又坚挺,像两个鲜美的苹果。她哈哈大笑着突然逃了开去,弯腰掬起水,洗着她的双肩。他站在那儿俯瞰着她,那家伙如此巨大,硬得他生疼。她抚摸着他。

"要是有人来怎么办,麦克?满满一车的游客在下面的路上……"

"我不在乎。你在乎吗?"

她慢慢地用双臂抱住他,亲吻他,他将她拉向一边,直接拉进瀑布里。他将她从水里面抱出来,然后再次将她放下,徐徐地插进她湿湿的深褐色的阴毛处,接着插进阴毛里面那个不同的湿漉漉的地方。她用双腿钩住他的身子,浑身颤动着。他成了她的一部分,她成了他的一部分,这茫茫旷野的美丽成了他们俩的一部分,令他们亢奋无比,激动万分,几乎处于癫狂状态。

瀑布轰鸣。她紧紧抱着他的脖子,他们在水流的冲击下来回摆动着。最后,她轻轻地尖叫起来,咬住了他的身子。他将她凉凉的湿湿的颤动的身子贴到他身上,任飞落的瀑布浇在两人身上,浇在这春天狂暴的湍流上。

马车将他们再次载离了内华达山脉。山脚下,金色的罂粟花盛开在漫山遍野,跟约塞米蒂峡谷邂逅的热情慢慢消散,两人互相热恋的情感开始慢慢冷却,他们一直保持着沉默。内莉坐在马车上,头靠着麦克的肩膀,她的手跟他的手紧紧地握在一起。话语已经没有必要,况且也无法找到足以表达他们情感的词语。

她在那儿居然如此判若两人,活力四射,渴望被爱,急不可耐,百依百顺……完全不是那个冷若冰霜、尖酸刻薄、时髦现代、一开始让他捉摸不透的姑娘。在她一个人身上,有着不同的两个人。

哎呀,这难道不是他了吗?他爱上她了。但是,他来加利福尼亚不是来谈恋爱的呀!他是来继承并完成他爸爸的遗愿,来寻找那本指南上的前途的呀!他怎么才能把那个目标和这一新的情感结合起来呢?

一个闹腾的声音惊了两匹拉车的马,内莉站起身来,揉了揉自己的眼睛。两边大约相隔半英里,在覆盖着小山脚的令人窒息的滚滚尘烟中,像潮水一样的羊群咩咩叫着慢慢吞吞地将他们淹没在了路上,公羊、母羊、小羊朝高高的山区进发。飞扬的尘土、羊屎的臭味、羊群的叫唤以及六七个面带疑惑神情的羊倌一下子将麦克踢回到了现实中。

"一定有五千只羊。"她说道,一面咳嗽,一面朝尘土挥着手,突然,她一把抓住他的胳膊,将她的眼睛藏到了他的袖子后面,"我们怎么办呢?"

"那些羊?"

一个拳头轻轻地打在他的一条腿上。

"我们。我说的是我们。我爱你。我以前从未爱过任何人。之前有过一个,可是他……别提了,他不算什么。这个却很重要。我在赫斯特那儿有我的职业,你有你自己的雄心壮志……而刚刚发生的事情……刚刚发生的事情改变了一切。"

"怎么呢?"

"使事情复杂化了,令人难以置信。我的道路曾经笔直通畅,可现在……"

"我也在想同样的事情。"第一次说出这句话时他很紧张,"可是我爱你,内莉。"

"上帝啊,我们怎么办? 我们怎么办哪?"

他紧紧地搂着她,给她挡灰尘。一个拿着牧羊曲柄杖的羊倌瞪了他们一眼,继续迈着沉重的脚步朝前走去。全世界向他们挤压过来,充满了疑问和不确定性。这股力量太强大了。

他艰难地说出了他内心的话:"瀑布是怎么做的? 它去它该去的地方,就这样。"

"那不是答案。"

"我不知道别的答案。"

他们也找不到别的答案,一直回到城里都没有。

13

　　麦克和吉姆·科贝特一起走出奥林匹克俱乐部。麦克的左眼开始肿了起来,他的肌肉生疼。自打从约塞米蒂峡谷回来之后,他见过内莉好几次。她依旧深情款款,但是再没有重复在峡谷里面所发生的事情……仿佛他们之间有无言的约定似的。

　　那是6月的一个星期六,天气凉爽,西面低矮的山丘那儿有雾渐渐爬来。在离开俱乐部之前,这个年轻的拳击手仔细地扣好他那件棕黄色的细平布外套的角质纽扣,并花了一分钟时间整理他有条纹的活结领带和衬衫的燕子领。他那顶黑色的丝质帽子很有绅士风度地戴在头上,他的棕黄色裤腿套跟他的外套配合得天衣无缝。他看上去很精神。

　　"你进步挺快。"他们在斯波特大街转向东面时,科贝特说道,"你要是保持训练,很快就会成为一名职业拳击运动员的,而不仅仅是一个拳击手。"

　　这话里有某种怪怪的东西,麦克心想。

　　"我打算要保持训练的,吉姆。"

　　"好。我很遗憾我在这儿看不到这个了。我离开了银行,我要结婚了。"

　　麦克目瞪口呆:"我都不知道你订过婚。"

　　"结婚是临时起意的事情。"科贝特说道,他的脸上有一种奇怪的表情,仿佛他对走出这一步心里并没有多少底,"她是一个好姑娘。我们将住到犹他州①去。"

　　"祝你万事如意。你打算放弃拳击……"

①犹他州,美国西部的一个州,首府盐湖城,原为墨西哥的领土,1848年割让给美国,1896年成为美国的第四十五个州。

"除非万不得已我不会放弃。不过,在犹他州,没有多少竞争者。"

这一令人失望的情势转变令麦克又沉默了一个街区左右。他们往南穿过鲍威尔大街熙熙攘攘的人群,各种影子拉长了。在联邦广场,麦克认出了一个穿着黑色神父服装的粗壮的人,那人站在一只木头板条箱子上,四周围着七八个听众,大多数穿着破衣烂衫。一辆缆车驶过之后,这个演讲人的有些话传到了麦克和科贝特的耳朵里。

"……这是你们的权利,在每个商贸领域组织更加强大的工会。没有人可以否定这个权利。这个城市的资本家会竭力反对,但是我再次告诉你们,你们必须立场坚定。你们绝对不能允许……"

"我认识那个人。"麦克对科贝特说道。

"旧金山的所有人都认识马克斯神父。他的家族可以追溯到早期从西班牙前往加利福尼亚的探险者。你是在哪儿遇见他的?"

"在中央谷地。"

"他定期去那儿一趟。现在,他是范内斯大道上圣母马利亚大教堂的助理牧师。我不赞同他所鼓吹的那种激进蠢事。"

其他一些旁观者也不赞同。有一个人找到一块石头,扔了过去:"让你那该死的共产主义空话见鬼去吧,你这个肮脏的天主教徒。"

马克斯将平静的目光转向那个扔石头的人。

"说出我的良知要求我说的任何话,根据《宪法》,这是我的权利,根据上帝的指示,这是我的义务。今天,我的良知的声音跟我的教会的声音是一致的。利奥教皇写道,基督教会在劳资的关系上坚持施行基督徒的仁爱和争议。"

那个反对者吐了一口唾沫,走了。麦克注意到,附近有一个穿着制服的城市警察,他一面用那根山核桃木警棍轻轻地拍打着手心,一面紧盯着那个神父。马克斯的一个听众看见了他,便赶快溜走,几分钟之内,这个神父的听众全部走光了,除了那个警察。

那警察笑了,拿警棍轻触额头,也走了。

"稍等,我去打个招呼。"麦克对科贝特说道。

不过,他还没有来得及走到街道对面,马克斯便拿起他的箱子,沿着广场里面的一条沙砾小道走了。

在奥克兰,麦克发现奇宝正兴奋着呢。

"趁还有光亮,来看一样东西。"

他领着麦克沿着内港边上的一个烂泥滩涂,来到一个倾斜的码头上,整个码头的木板全被腐蚀了。码头的一端拴着一艘六十英尺长的汽艇,在滚滚波浪中起伏,铁链横过其甲板两侧的走道,驾驶舱铁将军把门。船尾横梁上有一个名字"格雷斯·巴顿"。宝在码头上乱转着,对她欣赏有加。

"赌博船。"宝说道,"两个人把她改装了,供在海湾里游览用。里面的红木酒吧间花费了两千美元呢。她出航过三趟。然后,一个合伙人因为钱的事情开枪把另一个合伙人打死了,自己逃跑了。她就要被卖了。一万五千美元。"

"她的状况看上去很好呢。"麦克说道,他注意到了她的油漆和那些发亮的金属部件,"但是你干吗把'天龙'号卖了买这个?"

"搞一条渡船。"宝说道,"把所有乘客从铁路的渡船上抢过来。我在算盘上算了好长时间。你、我,再加上一个驾驶员,我们可以把票价定得比铁路上的渡船低,准能赚到钱。五美分,从这儿到那儿。"他说着朝旧金山指了一下。

这个想法让麦克很高兴,但是高兴的时间不长。

"你没有码头场地啊。"

"我们可以使用公共码头。这儿,旧金山那边也一样。"

"南太平洋铁路公司还弄到了海港授权呢……"

"他们不可能把我们挤在外面的。"宝争辩道,"我们要是能买下这条船,就能挣到钱。"

一阵突然的强风刮过海面,夕阳画出城市群山的轮廓。

"我好像觉得你说的是我们。"

"我需要你。"宝严肃地点点头说道,"银行不愿意贷一分钱给不信上帝的中国佬,我不是一个有法定权利的自然人。我哪怕今天走进银行,明天再回来,他们也不会认识我的。"

这种痛苦很深,理由也很充足。麦克曾经听大牧场上的白人说过,中国人应该被登记注册,因为你不知道谁是在《排华法》颁布之前进来的,谁是后来偷渡进来的,所有中国佬看上去都一个样。

"你要是帮助我买下了这条船,麦克,我会给你我将近一半的股份。百分之四十。驾驶员拿余下的百分之二十,他不拿工资。"

麦克感觉再次涌动起一股希望之潮,根本不把所有的障碍放在眼里,沉浸在这胆大妄为行动的快乐之中。

"我愿意把那个铁路公司的双脚拴到火上。我会干的。我们要不要签一些协议?"

"不必,我的朋友。这就够了。"

他伸出他的手。

"向赫斯特先生借一笔钱。"当麦克描述了这个计划之后,内莉向他建议道。

"一万五千美元见鬼的是一大笔钱呢。"

"这就是你要在其中学习的基本课程之一。要是那些有钱的人不想让你借到款,那么一美元的借款都是个太大的数目。但是,假如你找到一个想要你借款的人,因为他可以赚到钱,那么得到五百万美元也就像你得到五美分一样容易。这就是金钱的运行之道。"

那艘汽艇"天鹰"号在马林县群山的避风处阳光灿烂的锚地摆动着。麦克从索萨利托港将船划到这儿,发现安布罗斯·比尔斯身着一套白色正装,加上白色的裤腿套,一副优雅的样子,在后甲板上的天篷下闲荡。岸上,星期天早晨的教堂钟声嘹亮。

"我出来是来听天方夜谭的故事的。"比尔斯说道,"不过头儿和泰茜还在,啊,在休息呢。"

他伸手在一只银色的台子上拿了一瓶酒。

"要喝点香槟吗?这玩意儿好极了。马德龙葡萄园……赫斯特参议员自己的葡萄园。"

麦克摇摇头。他坐在一张帆布椅子上,感到紧张。他捡起一份被扔在柚木甲板上的前一天的《旧金山考察人报》。

滨水区
令人惊讶的斗殴!

车夫对警察!
血流成河
伤痛遍地!

二十人被捕!
天主教神父
被抓!

麦克浏览了一遍这篇报道,百分之一百是马克斯神父。

"我认识他。"他对比尔斯说。

"别担心……教会的官员早就把他弄出来了。骚乱发生在星期五,马克斯参加了滨水区一个马车夫的户外集会,他鼓励他们成立工会。一些商店的老板叫来了警察,警察用警棍驱散了集会的人。"

"工人们组织工会是犯罪吗?"

"在旧金山不是。这个城市一直是一个强大的工人运动城市。不过,这儿和整个加利福尼亚有许多先生想改变这种现状。"比尔斯通过他的高脚酒杯的泡泡望着他,"马克斯是一个激进分子。你怎么会认识他的?"

麦克做了解释。比尔斯听后说道："他的战斗精神可以理解。在蒂哈查皮山的南麓有很多行政划拨的大牧场,马克斯家拥有其中之一。接着,那些英国人来了。他们家陷入了土地所有权事件的风潮中,丧失了他们所有的财富,只留下了最初的那座土坯屋子。马克斯的父亲疯了。他盯上了乡村,在那儿抢劫并杀害英国人,有六七年时间。最后,那些日耳曼部落社会武士一样的武装团体正式授权委派的先生盯上了他,并在洛杉矶外面他回到那座土坯房屋里时逮捕了他,他们像打死一条疯狗一样开枪将他打死了。据我所记得的,有五六十颗子弹射进了他的身体。对英裔美国人的公平正义和慈悲为怀的美妙称颂,你不这样认为吗——头儿……早上好。"

威利·赫斯特眨着眼睛,打着哈欠,赤着脚来到了甲板上。这个出版商穿着蓝色丝绒睡袍,看上去特别苍白和骨瘦如柴。他身后的门口,一个性感的少妇朝两位客人慵懒地微笑着。麦克知道她的名字叫泰茜·鲍尔斯。赫斯特学生时代就在坎布里奇①的一个餐馆发现了她,当时她在那儿当服务员。

香槟酒和一大浅盘生牡蛎让这位报业老板醒了过来。麦克阐述着关于运行五美分而不是十五美分的轮渡计划,他听着,一面像鸟儿一样快速地上下点着头。

最后,赫斯特往椅子里面沉得更低了一点,两只眼睛似乎在盯着一个大脚趾。泰茜悄悄地走到他的身后,用双手揉着他的项,睡衣松软的马里博翻领中间露出她的乳沟。接着,赫斯特往后靠去,闭上眼睛。

麦克在自己的两个膝盖之间紧紧地握着汗湿的双手。他一定表达得十分拙劣。

突然,赫斯特的头猛地抬了起来。

"我喜欢这个计划。一个一流的计划。它将炙烤他们的最痛处……他们的钱包。我可以借你启动所需的钱。"

_____

①坎布里奇,美国马萨诸塞州东部城市,哈佛大学所在地,旧译剑桥。

麦克想了一会儿。

"非常感谢你的慷慨,先生。但是,我们如果想要在这个行业站住脚,并开疆拓土,我认为我们需要有个良好的铁杆的银行关系……我说错什么了吗?"

赫斯特摇着头:"你在当地银行里贷不到一分钱的,他们全都跟铁路沆瀣一气。你要是愿意在纽约做这个买卖,那就另当别论了——我跟那儿的一些银行家关系很铁。你打算买的那条船怎么样?她的状况好吗?"

"我看她的状况是好的。我的合作伙伴,宝先生,对她赞不绝口呢。"

"好,我们在银行贷款上已经满足了一个关键因素……担保。"

麦克一听这话心跳突然加速。

"那么你是说我们可以弄到一笔贷款?"

"要是科·波·亨廷顿先生没有在你们拥有那艘船之前得到风声的话。他要是得到风声了,他就会像一只美洲狮一样前来搏斗呢。他在东部有自己的人脉关系,都是有权有势的人。他这个人我了解,他会多付好多倍的成本去买那艘船,就是为了阻断你们的计划。亨廷顿不喜欢有人妨碍他们,或者说不喜欢任何削弱铁路权势的事情。他还真有这个能力。"

赫斯特跳起身来,吓了泰茜一跳,接着用他特有的摇摇摆摆的步伐走到船栏边。他在那儿转过身来,猛地伸出一个指头。

"我们的希望在于动作要快。我今晚就回城里,起草一份电报,半夜之前就发出去。"

那个星期的星期四,瓦斯科在其中的一个围场里找到了麦克。

"州长请你到屋里去。"

"我一完成这个就去……"

瓦斯科一把从他手中抢过干草叉:"现在就去。"

麦克从这个巴斯克人这儿从来没有见到过如此生气的面孔,听到过如此唐突的话语。

很快,他便站在了起居室里利兰·斯坦福的面前。花边窗帘中间洒下阳光,光束中有灰尘在慢慢飞舞。这一次,州长的双眼里面显露出了情感。他身边的一张大理石桌子上,摊着一个文件夹,麦克看到了几张电报纸。

"年轻人……"他的说话声还是像以往一样缓慢而又深沉,但是语速因为生气而变得快了一点,"有一件事情……引起了我的注意……你,作为主要负责人……就是那个可能会称为……奥克兰海湾航运公司的负责人,在纽约市……申请一笔贷款……其目的是……用来购买一艘大汽艇。你还得到了……那个该死的满嘴谎话的小兔崽子威利·赫斯特的……那家报社的帮助。"

"先生,你怎么知道这件事情的?"

斯坦福像佛陀一样的眼睛注视着他。

"先生,你到这儿来……不是来讯问我的。银行法律部门的……费尔班克斯先生……提供的消息。"他那又粗又白的手指轻轻叩击着那些电报纸以及从电报纸下面微微露出来的手写的字条,"在东部的……亨廷顿先生的员工……征求他的意见……关于那笔贷款。你有什么话说?"

麦克挺起胸膛。他才不会被吓倒呢。

"我是为一个朋友申请的贷款,一个中国人,银行不愿意贷款给他,因为法律不允许。他是那个准备经营轮渡的人。"

"一个貌似有理的回答,先生。你介入了。你是想……还是不想……跟业已建立的……南太平洋铁路公司的轮渡服务……竞争?"

"是的,我想。州长,这就是你所说的,竞争。你不再相信竞争了吗?我猜你没有必要竞争了……大部分时间不需要了。"

利兰·斯坦福的一只手以突然的令人惊讶的飞快速度动了一下,敲打着那个打开的文件夹。一个里面插着绢花的小小花瓶从桌子上掉落,摔破了。

"年轻人,你很傲慢,傲慢……而且无礼。我坚信我将保护……我的利益和财产。我在这儿给了你……一个位子……充分信任你。你辜负了……我的信任。"

"我是要去找你的,向你解释,辞职……"

"哦,是吗?那为什么我……在那个虚伪的声明里面……听到的是谎言呢?你被解雇了。"

"别说我说谎。那只是……只是做生意。"

斯坦福像一条巨大的鲸鱼跃出水面一样费力地从椅子上站起身来。麦克觉得听到了门慢慢打开的声音,但是他的目光集中在了州长红色的脸上。斯坦福绝对不是一个滑稽的小丑,他的姿态中有危险的力量,他的目光里有暴力的迹象。

"滚……出去。滚出去,连同你那……幼稚的威胁……和你的什么胡扯的……生意。生意……真的的。这儿,我才是……生意人。你什么都不是,只是……一个肮脏的……自命不凡的家伙。你会看到……这个城里……谁有力量……是我的铁路……还是像你这样的……垃圾……"

麦克的脸变得一样红。

"我会走的,但是我们会打破你们那该死的垄断。"

"你……年轻的笨蛋。你会被打断脊梁骨。"

"利兰。"门口传来一个女人的说话声音。麦克转过身,从她身边走出门去,留下斯坦福像个辅助发动机一样呼哧呼哧地喘着气。大厅里,州长的夫人关上几扇门,跟在麦克身后。

"我丈夫在这件事情发生之前喜欢他所听到的有关你的一切。但是,在生意前面一切都不在话下。"

"就是金钱,就是财产。这是很好的一课。"麦克说道,他勃然大怒,冷酷无情。

她跟她丈夫一样也有一些生硬。她那双弱视的可怜眼睛不示弱地望着他。

"我们的确给了你一份工作和金钱、食物、住宿,还慷慨地允许你任何时间请假,只要你需要。背信弃义并非美德,麦克。这也是很好的一课……如果你有这个道德品质学习它的话。此时此刻,我怀疑你没有。请你离开州长的家。"

在去奥克兰的火车上,麦克两眼盯着沾满尘土的玻璃窗望着窗外,内心因负罪感而受着煎熬。简·斯坦福说的有些话是对的。他背叛了一位雇主。也许,是那位雇主给了他背叛的灵感,抑或甚至是那位雇主要求他背叛。尽管如此,他绝对不会再犯同样的错误了。

麦克走进宝的简陋小屋。卖主的代理人随时允许他们在得到贷款之前去冒无偿劳动的风险,所以,麦克和宝好多天都成天在"格雷斯·巴顿"上擦擦洗洗,补刷油漆,检查设备。

到了晚上,宝教麦克如何烹调中国菜。麦克的最爱是一碗糖醋羹,羹里有切成薄片的黑色蘑菇浮在上面,就像银莲花漂浮在金色的肉汤中。他还犹豫着要不要学习制作一道特别精致的美味佳肴——乳狗。

吃完饭之后,他通常在临近地方溜达。他喜欢这些能吃苦耐劳、心情愉快、充满活力的中国人。他们在他们肮脏的简陋小屋里点起纸糊的节日灯笼,在门口摆出柳条筐子和油漆得铮亮的托盘,出售一系列令人十分惊奇的东西:鱼干、鹅肝、新鲜蔬菜、鸦片烟斗、丝质拖鞋、一包包香粉和玳瑁梳子。

一天晚上,他在那些小巷里闲逛,品味着充斥着喊喊喳喳说话声和甜美芳香的夏日空气。突然,他听到有人叫他的名字。他看到内莉朝他跑来,兴高采烈地挥舞着一封信。

"纽约来的。好消息。"

7月份第三个星期的星期一早上,那艘重新被命名为"海湾美人"

号的渡船在奥克兰城市码头接纳了她的第一批乘客。

一开始，码头的官员坚持说这是非法的。麦克将他们在赫斯特的帮助下弄到的营业执照拿给他们看。接着，他们反对驾驶室有个中国人，麦克说宝是乘客，不是舵手。

"那是舵手。"他指着一个个子异常矮小的中年男人说道，那人有一张饱经风霜的脸，牙齿全掉光了。

"那是比尔·巴恩斯特布尔。"一位官员说道，"'威士忌比尔'。南太平洋铁路公司就因为他酗酒而开除了他。"

"在我看来他是清醒的。"麦克说道，一面继续将系缆墩上的绳索收紧，脸上明显地露出不客气的神情。私下里，他和宝也在担心巴恩斯特布尔——他是唯一一个愿意跟他们签订合同的海港舵手。

但是，衣冠楚楚的乘客们非常愿意乘这艘船。麦克和宝雇用了一些街头小男孩在火车站外面转悠，那里，南太平洋铁路的火车把上下班的乘客从海湾各地远离中心的地方运来。那些小男孩在那儿把传单发给他们，鼓动那些上下班的人来乘坐五美分的渡船。到早上八点之前，他们已经有十八位乘客上船了，而且他们只听到一次埋怨。

"我们很快就会有长凳的。"宝满脸堆笑地答应道。

巴恩斯特布尔拉响了汽笛，麦克则解开缆绳。早晨的清新空气令他精神振奋，而且这件事情似乎就是一个雄心勃勃的开始。一个扁扁的褐色小酒瓶一闪，巴恩斯特布尔船长赶紧将它藏了起来，这倒并没有让他感到担心，但是，当他注意到一个留着长长的红胡须的又胖又高大的男人瞧着渡船离港时，他感觉不太高兴。那人指着宝，对两个穿着破烂的陪同说着什么。

很快，这艘速度极快的小船便超越了铁路公司那艘更大的渡船"卡皮坦"号。巴恩斯特布尔让到对方的左舷边，拉响汽笛，准备超越。激动万分的乘客们拥到右舷，挥舞着帽子，朝大船上目瞪口呆的跟他们一样的乘客们大喊大叫着。

"让铁路渡船见鬼去吧！奥克兰海湾航运公司万岁！"

新的小渡船超越"卡皮坦"号后,在其身后留下一道俏皮的尾波。麦克可以看到她的舵手和船员怒火万丈的脸,也可以看到南太平洋铁路公司那些乘客惊讶和沮丧的神情。

"这家航运公司只收五美分。"

他们全都听到了。

当晚,他们在宝的简陋的小屋里数硬币和现金。

他们只跑了五趟,因为旧金山这边的码头官员在他们第二次停靠码头时耽搁了他们一个小时。巴恩斯特布尔不顾那些官员的阻挠,将渡船停在了码头,并且停泊了足够长的时间,好让麦克跳下船去,跑到《旧金山考察人报》那儿。威利·赫斯特派了他的一位律师来到码头,跟他们交涉,所有的手续都是齐全的,不能不让"海湾美人"号锚泊。那些乘客因此大发脾气,发誓下次再也不乘这家新的航运公司的渡船了。即便如此,到这一天结束的时候,两位老板仍然心满意足。宝忙乱地在算盘上拨拉,接着坐回来。

"九美元四十美分。大山开始产金子了。"

麦克感觉开心,感觉骄傲。

"这只是开始,伙计。"

他的棕褐色的手紧紧握住桌子对面那只黄色的手。

第一个星期给他们的感觉是他们的利润空间很大。"海湾美人"号每天来回十趟。乘客载运量在早上去城里和晚上返回时是最高峰。在此期间,他们很快推出了新的服务项目,开始吸引女人到旧金山去购物,然后,吸引在海湾的这边或那边从事各色工作的人们:用人、临时工、送信人、学生。那个星期,他们平均每趟来回大约有五十位乘客。

宝拨拉算盘子的速度快得惊人。当他拨拉完之后,他圆圆的脸容光焕发。

"十趟航运,二十五美元。六天里,一百五十美元。一个月,我们将有六百美元。"

"巨大的成功啊。"麦克惊呼道,一面拍着双手,"我们可以买第二艘船。"

"是的,我们很快就可以拥有很多船了。"

"我估计来自铁路的搏斗会更加激烈。"

"只过去了一个星期。我们必须得小心一点。"

这使他们做出了一个决定,将他们的渡船弄到渡口来,这样他们可以在夜里守护着她。麦克住在那幢简陋的小屋里时,将他的那本指南也藏在了那儿,但是在船上,被水损坏的概率太高了。他请求内莉把书藏在安全的地方。

她说道:"我当然愿意了。你这么看重这本书。我打算将来好好阅读一下。看看你这位海因斯先生是个什么样的人,他都干了些什么。"

宝保存着一本很细致的记录。他用一支头很尖的毛笔记下了一切:航运的次数、乘客数、所买煤的数量和消耗的数量……全都记在一本小小的米纸本上。很快上面便写满了中文字,他就开始写第二本。

在他们经营的第三个星期结束的时候,南太平洋铁路公司的反击开始了。

他们刚好在去旧金山的航道上,这是这天上午的第二趟航运。渡船的右舷,汹涌的白浪滚滚而来。巴恩斯特布尔船长走着"之"字形的线路,依次使船头和船侧呈四十五度角穿越浪峰。这样一来,航行安全了一些,但是速度慢了下来。

麦克跟船长一起站在驾驶舱内,欣赏着下面挤在甲板上的那些乘客。在原先作为牌室和酒吧的主交谊厅内,他安装了八张手工制作的长凳,那儿也塞满了人。"海湾美人"号在浪涛中稳稳地航行着,虽然这天风很大。

"……'金色星星'号爆炸沉没的那个晚上,斯特劳斯船长把他那个破鞋弄上了船,根本就没注意河里的状况。我是他的一个舱面水手,还只是一个小男孩。斯特劳斯介绍说那婊子是他老婆,我完全相信。"

巴恩斯特布尔喜欢讲那些陈年旧事,那时,萨克拉门托挤满了明轮船只,满载着那些追梦的人和梦想破灭的人来来回回于河上。麦克一直注视着从船头到船尾的海湾的交通状况,这个故事一时转移了他的注意力。突然,一位乘客大声喊叫着什么并做着手势。麦克扭头看向船尾。

一艘南太平洋铁路公司的渡船像一幢高房子一样,赫然耸现在他们渡船的船尾。这是"圣克拉拉"号。她的距离已经近到麦克和巴恩斯特布尔都看得清其驾驶员的脸了,一张气势汹汹的尖脸紧贴在他的驾驶窗上。

"她见鬼的要干吗?"麦克说道,"她太近了。"

巴恩斯特布尔一把抓住汽笛绳,拉响了汽笛以示警告。"圣克拉拉"号像巨人一样隆隆地行进,压了过来。一些乘客在其浪花飞溅的甲板上瞧着这一幕。那些在"海湾美人"号上的乘客则惊恐地喊叫起来。

"她必须避让通过。"巴恩斯特布尔吼叫道,"我们是在同一航向的航道上。这是航道规则。"

"她不打算避让。"

"上帝作证,我也不让。"他认识那个南太平洋铁路公司渡船的船长,朝他挥舞了一下拳头,"你要干吗,塞普蒂默斯,弄死我们吗?"

奇宝在船尾甲板上挥舞着双臂警告那艘更大的船别撞上来,但是她继续破浪前进,在他们船后不到五十码之遥了,撞击波浪对她没有多少影响,但是对他们这艘小一点的船有影响。宝快步冲上驾驶舱的台阶。一个大浪泼上船头右舷,打湿了那儿的乘客。他们大声喊叫着,骂着娘。

"转向。"宝大叫道,他实际上是在第二个浪峰中渡船突然上升的时候被摔进驾驶舱的。

"我就不。"巴恩斯特布尔回叫道,一面再次拉住汽笛绳。五声短促的汽笛声:撞船警告。

宝一把抓住他，将他摔到一边。他拉了两下汽笛绳，两声短促的汽笛声，表示渡船打算改变航线，靠向左舷。随即，他飞快地转动舵轮。

麦克差一点从一扇窗户里一个倒栽葱摔出去。巴恩斯特布尔船长踉跄着站立不稳，一面尖叫着："反了！"麦克听到"圣克拉拉"号轰鸣着从他们旁边疾驶而去，看到了那艘高高的大船上大副和船员充满恶意的面孔在他们的上头掠过。

接着，船头的波浪撞击到了他们。"海湾美人"号差一点突然横转，一声喊叫传来，一位乘客掉落到了舷外。麦克发疯一样地爬下湿滑的台阶，把一只救生圈扔给那个落水的人。他们安全地将他拉回到了船上，但是他即刻哇哇地吐开了海水。当他离船的时候，他扔下一句话，他要提起民事诉讼。

他们驶回奥克兰的时候，除了一个爱尔兰裔女佣，船上空无一人。那个女佣蜷缩在舱内的长凳上，一面拼命地拨拉着她的那串念珠。巴恩斯特布尔拿出一个棕色酒瓶偷偷地喝了一大口。奇宝抓住了他，一把夺走了他的酒瓶。他们三人这一天全都火气冲天。

一封手写的信送到了奥克兰第一国家黄金银行，他们每天的收入都存在那儿。这封信是从第四大街和汤森德大街送来的，信是写给"奥克兰海湾航运公司的业主先生们"的。上面有一段冷漠的法律术语一样的话，请他们开出他们这个航运公司及其所有资产的价码，并声明铁路公司愿意在加付百分之五的基础上予以收购并在三十天内结清款项，并说，请即回复，渴盼同意。麦克让宝看了那个签名："总法律顾问助理，沃尔特·费尔班克斯三世"。

宝忧虑的目光落在了那张印有抬头的精致羊皮纸信笺上，上面用镌版印着铁路公司的名字。

"认真地开战了。"他说道。

"他们这轮输掉了。"麦克撕碎那封信，将它扔进了"海湾美人"号的厨房炉子里，火焰即刻一口吞噬了它，"不卖。"

说完他还微微一笑。

当内莉来到船上共赴星期六晚餐的时候，她证实这场战争的确是严酷的。

"科利斯·波·亨廷顿今天下午登记入住了王宫大酒店……比他通常的半年度来访提前了六个星期。他对这个五美分的渡船急得像是发疯了一样。过去，亨廷顿从来就不允许有竞争存在，一旦发现，便立即取缔。他依然如故。"

"这事我们以后再操心，内莉。"麦克说道，"请坐。"

他围着一条帆布的厨师围裙。一瓶来自圣赫勒拿岛酿酒厂的深红色的梅鹿辄葡萄酒立在了餐桌上，瓶塞早已经被打开。

他仔细瞧着炉子上的长柄平底煎锅。

"正好。"接着，他将喷香的炒蛋加培根和煎牡蛎杂烩盛到三只粗陶盘子里，然后倒好酒，在自己的位子上坐下，喜形于色，"煎牡蛎蛋卷。开吃。"

"我听说过这道食物，但从未品尝过。"内莉说道。

"爸从矿区带回来的烹饪方法。据说是一个被判了死刑的人所要求的最后一餐饭中的一道食物。在矿区，要弄到培根和鸡蛋不太容易，更不用说牡蛎了，所以估计他们在把这个人绞死前得花些时间了。"

宝哈哈大笑起来，内莉则表示怀疑地咯咯笑着。

"你们成功地把那位大人物亨廷顿一直从大西洋沿海弄到了这里，而且还让他大为生气，你们俩的心情倒是很好啊。"

麦克举起他的酒杯。

"我们准备添置第二艘渡船，这是我们下午做出的决定。"

她"叮"地碰了一下他的酒杯："天哪，你还感觉兴高采烈啊。"

他是兴高采烈。他感觉喜气洋洋，感觉获得了成功，感觉对这个小个儿的聪颖姑娘充满了爱意，尽管从约塞米蒂峡谷回来之后，他们没有做过爱，也几乎没有亲吻或者拥抱过。

他对她讲述了费尔班克斯的那封信。

"收到这样的提议,足可以让一个人感觉像大卫①击倒了哥利亚②一样。"

"我希望你的故事结果跟《圣经》故事的结果一样。"她说道,"这个哥利亚可还没有死啊。"

她并非在开玩笑。

又一周过去了,铁路那边没有进一步前来骚扰。乘客数量持续稳定,而且他们开始装运一些商人的小件货物——那些商人听说他们的运输费比南太平洋铁路公司要低百分之三十。

两个合伙人急于购买第二艘船,但是找不到合适的。星期五晚上,麦克钻进他那张小床时一直在思考这件事情。宝早已在下铺打起了呼噜。又过了大约三分钟,麦克也让睡眠给拉走了。

半夜前后,一个声音把他弄醒了。一开始,在海水拍打渡船船壳的熟悉的温和的声音中,他听不出那是什么声音。他用双手捋了一下因为睡觉而弄乱了的头发,听着那个声音。听起来像是一艘船的引擎声,只不过把马力开到了最小。夜间的这个时候,还有谁会到这种地方来呢?

他通过旁边的舷窗望着外面,只看得到涟漪中映照出来的红的和白的舷窗口和桅杆的灯。他跳下床,摇晃着宝赤裸的肩膀。

"怎么回事儿?"宝问道,慢慢地醒了过来。

"不确定。我认为我们有客人来了,要么就是有人走岔方向了。"没有别的人将船锚泊在这个烂泥滩附近半坍塌的码头上。

麦克在黑暗中穿上他的法兰绒衬衣。此时此刻,他怪自己没有采

---

①大卫,古代以色列-犹太国国王,建立统一的以色列王国,定都耶路撒冷,据基督教《圣经》记载,系耶稣的祖先。
②哥利亚,基督教《圣经·旧约》的《撒母耳记上》中记载的非利士族巨人,为大卫所杀。

取预防措施,至少应该在"海湾美人"号上放一把手枪。他们头脑简单地想当然认为,南太平洋铁路公司将会激烈地进行竞争,但应该是正当的。

宝快速地穿上衣服,捅了一下麦克,示意他准备好了。麦克开始往升降口走去,一听到上面有响动,便再次停下了脚步。

一个脚步声。接着有很多脚步声,是人跳上船的声音。

他感觉有另一艘船碰撞了一下他们这艘船的船壳。

"谁在那儿?"他大声喊叫道,一面猛地推开门。

他在甲板上冲向前去,看见一个黑色的身影在朝驾驶舱的一扇窗户抢大锤。玻璃碎片"哗啦"一声往里面撒落,映照着右舷那盏灯的绿光,在下落时闪闪发亮。

只有四分之一的月亮在现场投下惨淡的雾蒙蒙的光亮。麦克数了一下,至少有八个人。他们来自一艘拴在边上生了锈的旧汽艇上。

领头的是一个高个子,有着一把熟悉的长长的络腮胡须,拿着一根撬棍,从船头到船尾做着手势进行指挥:"你们俩去对付发动机和舱底水泵,把这艘该死的船撕烂。"

麦克握紧拳头,冲向前去:"见鬼的滚下船去……"

他没有及时发现的一个人从左面冲上前来,用一支必须由两人操纵的两英尺乘两英尺的大桨扫向麦克的双腿。麦克倒了下去,前胸着地在甲板上滑了过去。宝扑向那个人,但是那个人转过身来,将那块木头劈向宝的肋骨,打得他噔噔噔地退到船栏处。宝捂着自己的肋部,用中国话吼叫着。

麦克拼命地大口喘着粗气。他蹒跚着站起身来,往驾驶舱的台阶爬去。那个红胡子就在里面,将他的撬棍穿进舵轮的轮辐之间。他快速一撬,四根轮辐顷刻间全部折断。麦克费力地走进门去,这时那红胡子用撬棍狠狠两下,便将舵轮的横舵柄敲得粉碎。

麦克向他扑去,但是红胡子一把将他推开,并开始拿撬棍猛击他。

一颗牙齿从麦克的嘴巴里飞了出去,鲜血从他的上嘴唇喷涌而出。

接着,红胡子将撬棍狠狠地捅向他的私处。麦克往后倒出门外。他伸手去抓台阶扶栏,但是没有抓住,仰天倒在甲板上,几乎跌昏过去。

红胡子爬下台阶,一脚重重地踩到他的身上。麦克痛得喊叫起来,拼命捂着自己的肚子。

"告诉你,我们不想中国佬在这个海湾里跟白人竞争。"红胡子说道,"现在明白了,是吧?"

他发出一个类似亲吻的声音,将一口痰吐到麦克的脸上,然后消失了。

麦克强忍着肚子疼,抓住栏杆,站起身来。他跌跌撞撞地走向前去,从一个正在用斧子毁坏船体的人手中夺过那把斧子。正当他用斧子柄重重地撞向那人的下巴并将他推到一边的时候,他听到有人用大锤将驾驶舱的最后一扇窗户砸碎了。

麦克感觉一阵晕眩,既因为惊吓,也因为愤怒。他的四周,影子一样的人挥舞着撬棍和斧头。宝东躲西闪,一面出拳攻击,一面躲闪别人的击打,一面还用中国话叫骂着。徒劳无益;他们人手太多。麦克听到舱内的长凳被砸碎了,在下面,还有金属被撬开、扭弯的声音,还有人在劈船壳。

他跟跄着来到船尾,发现一个人拿着一把刀正在割他装在那儿保护船尾露天甲板的新的天篷。宝猛地冲向那个人,一把抱住了那人的腰,凶猛地抓着他将他摔倒在地。那把刀在甲板上发出啪嗒啪嗒的声响。另一个人,那个拿着大桨的人,这时从黑暗中朝宝跑来。

"宝,当心后面!"麦克大叫道。

他拔腿跑上前去,但是时间仿佛液化了一样,流得太慢了。他无法足够快地跑完这段距离。他的双臂甩动着,他赤裸的双脚拍打着甲板。不够快呀……宝身后的那个人抡起大木桨,那速度似乎很慢,很慢。麦克不停地跑着,到不了任何地方……那木头劈中了宝的后脑勺,宝躬起身子,双膝跪倒在地上……麦克吓坏了,他瞧着鲜血从宝被打碎的脑壳里喷涌而出。宝抱住的那个人挣脱身子,哈哈大笑着。宝松开来的辫

179

子如同一条红黑相间的蛇一样扭动着。接着,宝惨叫起来,时光再次流动了。

麦克扑向攻击宝的那个人,从那人手中夺下大木桨。接着,他用大木桨打他的头,像剑一样刺他,逼得他直往后退。那人呻吟了一声"耶稣啊",接着翻过船栏,掉进水里。

麦克鲜血淋漓,浑身大汗,他抹了一把鼻子上流下来的黏液。他感觉船在倾斜,并听到了水汩汩流动的声音——船体被击破了。

他转过身,说道:"好啊,至少有一个狗娘养的人渣……"

另一个人找到他的刀子。他在宝的身子上弯过腰,回头瞧了麦克一眼,接着一刀捅进宝的胸膛,跑了。

"她完了,伙计们。干得好。我们走。"

渡船倾斜得更厉害了,左舷往水中倾侧,刮擦着码头满是硬皮和黏泥的木桩。暴徒们纷纷跳回到那艘生锈的船上,她的发动机轰鸣起来,载着他们驶走了。那艘船上没有航行灯。微弱的雾蒙蒙的月光下,麦克看到了她的白色尾波荡漾开来。红胡子的大笑声在水面上回荡。

麦克跪下身子,用双臂抱起他的合作伙伴的身体,将宝圆圆的肩膀拖到自己的膝盖上。

"奇宝,哦,上帝,奇宝。"他不敢把刀子拔出来,"我把你放下。我不能弄疼你。你躺在这儿,我去找人来帮忙……"

宝的双眼闭上了。他似乎认出了是谁在抱着他。他的声音微弱,干得像米纸本在沙沙翻动一样。

"金山……金山……如尘土。"

他微笑着,仿佛在说,这就是生活的法则,然后死在了麦克的怀里。

麦克将奇宝抱到码头上,将他放在月光下,"海湾美人"号在满潮中慢慢下沉。月光照在他溢满泪水的眼睛上。这不是终结。上帝作证,绝对不是。他知道幕后主使是谁,而且他知道在哪儿能找到他。

14

第二天晚上,科·波·亨廷顿在王宫大酒店第十七层楼长期为铁路老板们保留着的一个大套房里接见了沃尔特·费尔班克斯。等亨廷顿的手下被遣到隔壁房间并关上门之后,他们坐下来共进工作午餐:牛尾汤、有玻璃罩着的鹌鹑、香槟酒。

套房里还提供了所有奢华宾馆里都配备的同样的现代便利设施:十五英尺高的天花板、跟楼下服务台和一楼一个食品供应点连接的呼叫按钮、有多个喷气口的精巧的煤气灯(电灯马上要安装但还没有安装),还有一个装备有浴缸、盥洗盆、便池的完全私密的卧室。这种东西对亨廷顿来说已经习以为常。在他的世界里,他认为这些东西是理所当然的。

科利斯·波特·亨廷顿六十七岁年纪。他是一个北方货郎,来自康涅狄格州①,作为淘金者获得了他的第一桶金。在巴拿马地峡②,他认为他可以通过卖土豆、大米、食糖和同类日用品给像他一样穿越巴拿马地峡前来加利福尼亚州的人而快速地赚到钱。为了弄到货物,亨廷顿深入丛林,跟当地人做买卖。他徒步去了不知道多少趟,每趟行程总有二十到三十英里。他经受了发烧、壁虱、脏水的严峻考验,那种脏水喝了不仅会给身体带来伤害,身体虚弱一点的人还会送命。在那些年轻的日子里,他坚强得像铁棍一样。

后来,在萨克拉门托,他跟一个合伙人一起加入到了五金行业当中,组建了亨廷顿–霍普金斯与 K–L 大街五金公司。他经常飞奔到旧

①康涅狄格州,美国东北部濒临大西洋的一个州,首府哈特福德,美国最初的十三个州之一。
②巴拿马地峡,在中美洲巴拿马中部,加勒比海和巴拿马湾之间;用于广义是指整个巴拿马。

金山去,去察看到来的船只,收购炸药、铁锹和其他开金矿要用的物品。就是在那个五金店楼上的一个房间里,他跟其他几个后来成为了"四大巨头"的人第一次听到了年轻的工程师西奥多·朱达关于建设一条横贯大陆、穿越那个大山区的铁路的建议。亨廷顿绝对不是一个具有爱国精神的空想家,他喜欢这个想法是因为它可以垄断运输,快速地把货物运到内华达银矿矿区,将马车运输挤出这个行业。

他是一个高个儿,现在身上的肉已经渐渐松弛了。他维持着体面的商务形象,满脸胡子打理得较整齐,花白的头发,完全是一个谦谦君子,一个很容易让人过目就忘的人,除了他那顶黑色的丝质无檐便帽外,他戴这顶帽子是为了遮住他那令人难堪的秃顶。不过,当他惶恐不安的时候,他那双机敏的蓝灰色眼睛便会像着了火一样。人们要跟他对抗就得自冒风险,他的敌人说他"残忍得像一条鳄鱼"。

此刻,晚餐用毕,他不谈业务,却在向这位衣冠楚楚的法律顾问大谈特谈他的一些宏观理念。

"我对'运营成本'这个说法有广义的解释,沃尔特。修建铁路和添置车辆是合乎常规的成本,但我们在州议会或者国会的政治选票上花钱也是成本。我可以确切地告诉你,为了通过一个对我们有利的法案,我们在对立双方的团队那儿花了多少钱啊。我对支持我们的政治家出手真是不惜血本,对支持我们的报纸也一样,还有当地的联合媒体人,其他许多人。花钱产生控制,控制产生利润。"

"这真是个惊人的观念啊,亨廷顿先生。"

亨廷顿没有被他的马屁拍得飘飘然。

"我就是这样运作的。要是你想要在这家公司出人头地的话,你也最好这样。你的前程无可限量。你千万别让琐碎的小事儿给耽误了正事儿,耽误了难事儿。这就是为什么我想要把……"

有人重重地敲门。

"没有安排其他客人啊。"亨廷顿说道,他的目光中有怒火。

"佩德利!"他大叫道,"看看是谁在那儿,把他打发走。"

他的手下从旁边的卧室跑进门厅,亨廷顿等着,内心极度恼怒,敲门声继续响着。

在双扇门的另一边,麦克飞快地朝长廊两边瞧了一下。下面,一个大厅里,一支三人弦乐队在演奏着,四轮马车的马蹄声在大理石的路面上发出"嘚嘚"的声响。蒙哥马利大街的入口是一个半椭圆形,允许顾客坐马车进入这家大酒店。

麦克的脸上挂着彩,他的胸部、大腿部和腹部都很痛。他穿上了他的牛仔夹克,干净但是破烂,是一天上午一个奥克兰海港教堂送给他的,其他的赠品从衬衫到鞋子,应有尽有。他洗漱过了,还梳了头发,尽管如此,也没有人会认为他是王宫大酒店的客人。

在大酒店所在的杰西街上的那家理发店外面,他悄悄塞给了一个擦皮鞋的小男孩五美分镍币,了解到了亨廷顿套房的号码。接着,他悄悄溜过那个弹子房旁边的一条通道,从职员楼梯爬了七段楼梯,他不敢冒险乘坐镶嵌着镜子的电梯。

他再次敲门,他的目光紧盯着附近的那个食品室,他希望他能在那个男服务员送食品回来之前进到里面去。

门打开了。

"我想要见亨廷顿先生。"

那个戴着圆圆眼镜的大惊失色的工作人员挡住了他的去路。通过这个人的肩头,麦克看到一个戴着一顶便帽的满脸胡子的人,他通过雕版画和照片早就认识他了。

"没有事先约定,亨廷顿先生不见……"

麦克拿双手飞速地推了那个工作人员的双肩一下,轻而易举就把他推到了一边,接着走进门去,用脚踢上门。当他大步穿过门厅走进巨大的起居室时,早已跳起身来的亨廷顿怒火万丈地把一条餐巾扔到了地毯上。此时麦克看到了另一个人,令他大吃一惊:费尔班克斯。这个律师拿他的一根食指抚摸着他赤褐色的小胡子——一个紧张的动作。

"我要开了你。"亨廷顿厉声对客人说道,"我是这家大酒店的重要主顾,没有一个雇员敢随便闯进……"

"先生,他不在这儿工作。"费尔班克斯说道,"这就是五美分渡船的所有人之一。"

"什么?"

"这就是钱斯,先生。"

"我所拥有的只是现在已经一钱不值的百分之四十。"麦克说道,"那渡船沉到了内港的海底。"

亨廷顿从那张餐桌后面绕了出来,似乎不愿意把它当作一道屏障,费尔班克斯赶紧退后让开。亨廷顿面对着麦克。他比麦克要高出好几英寸。

"这么说你发生事故了……"他刚开口便被打断了。

"就是你和你那该死的铁路公司一手安排和雇人干的。"

"荒唐可笑。这是污辱。要讲道理,年轻人。"

"你听着。你们的暴徒干得很利索。他们沉了我们的船,你们的一个人砸开了我一个合伙人的脑袋,把刀子捅进他的身子,杀了他。这是一个有教养的无辜的中国人,他唯一想要的就是挣点钱的权利。你是一个刽子手,亨廷顿。"

费尔班克斯伸出一只被太阳晒黑的手钳住麦克的胳膊。

"这事我来处理。"麦克将费尔班克斯的手甩开时,亨廷顿说道。

费尔班克斯犹豫着,一时有点恼怒,但是亨廷顿根本没注意他。

"老天在上,先生。"他对麦克说道,"你认为,南太平洋铁路公司,或者我本人,会堕落到运用伤害人的暴力来对付你所说的这种事情,你是个疯子。我会跟你竞争,跟任何人竞争,合法竞争。我会运用我可以运用的每一项经营手段。但是,我不会容忍恶意的破坏或者谋杀……我也绝对不会准许有人干这种事情,而你则在指责我是这种人,我很生气。"

亨廷顿的慷慨激昂和他的自信令麦克少了些许底气。

"那是有人安排的。"他说道。

"把门打开,佩德利。"费尔班克斯说道,一面拨开一棵盆栽的棕榈树的叶子,开始向门厅走去,"我去找人来帮忙把……"

"我说了这事我来处理。"

费尔班克斯再次停住脚步。

亨廷顿走近麦克,两眼一眨不眨:"我还真熟悉你的名字,钱斯先生。你那艘破烂的小渡船我有大量的资料。我指示费尔班克斯先生以高价收购你们的航运公司……那个建议被你们轻蔑地拒绝了。现在,你到这儿来说我被迫诉诸雇用暴徒来解决此事。你的证据在哪儿?"

"我……"麦克感觉口干舌燥。

亨廷顿抓住他犹豫的有利时机。

"我来告诉你在哪儿吧。根本就没有证据,因为你所说的话是险恶的谎话,你不是对自己的感情失去控制,就是一个有犯罪动机的疯子。从这儿滚出去,你这个阴沟里的渣滓。"

麦克的脑子里突然闪过什么东西。他张开双手,扑上前去。

"上帝呀。"亨廷顿喊叫道,往旁边一个趔趄,伸手去抓身后的东西。

费尔班克斯飞一般冲到他们两人中间,狠命将麦克往后推去,这时亨庭顿的一只手抓住了桌布,将一大批水晶、瓷器、香槟酒瓶、上菜时盖食物的罩子、食物、饮料撒了一地。

麦克踉跄着靠到一张写字台上,接着站稳身子。费尔班克斯举着双拳冲向他,他那双戴着灰色金属架眼镜的眼睛里,有一种先发制人的恶毒目光。麦克及时将自己的双拳举到位,挡开了这个律师打来的右拳。

麦克竭力回想着科贝特教给他的一些招数。他往左面一晃,一个佯攻,费尔班克斯的第二拳也落空了。律师看上去很吃惊。麦克抓住机会,一拳击向他的下巴……拳头擦身而过……接着一个左摆拳。这一拳打得很结实。费尔班克斯的两眼呆滞了一会儿,躲了开去。

麦克没有追打他。他感觉像一个傻瓜,只想在这个起居室的中央

185

斗拳。

亨廷顿从旁边跑了过去,像看一只鼠疫老鼠一样看了他一眼:"你该死的,佩德利,走开。"

门"砰"的一声撞开了,大提琴的音乐和大厅里活动的低微的嗡嗡声传了进来。亨廷顿从七楼往下喊叫的时候,他的话音有一种空洞的音色。

"警察!赶快叫警察到这儿来!我是亨廷顿……我受到了攻击!"

麦克扫视了一下通向起居室的四扇门。他能从其中一扇门逃走吗?哪扇门?他太傻了,被悲伤和愤怒牵扯到了这个麻烦中。他想要得到什么呢……那个亨廷顿会跪在他面前,把什么都坦白出来吗?

他的眼角扫到了一个模糊的动静。麦克转过身来,朝向费尔班克斯,匆匆举拳防卫。但是,律师的动作比他预想的快,他的拳头瞄得很准,打得十分有力。麦克的头被打得往后仰去,他跌倒在地,扑通一声撞到了厚厚的地毯上,眼前天花板上煤气灯的煤气喷管像一匹旋转木马一样在转呀转。他身子下面的地板也在打转。该死的傻瓜,你什么时候才能学聪明呢?

他头晕目眩,听到了电梯停下来的声音,接着警察沿着走廊冲了上来。

麦克仰卧在石头地板上。这是他唯一可以躺下的地方。在卡尼街的那个看守所一个只能关押两个犯人的临时关押牢房里挤着五个人。牢房没有光亮,墙角落里,一只塞满屎尿的马桶臭气熏天。

一个扒手声称那铁床是他的,两个酒鬼语无伦次地争吵着,身形像公牛一样的迭戈·马克斯占据着唯一的一张凳子。当警察将麦克扔进这个拘留所牢房的时候,他惊讶地发现马克斯居然也在囚犯中。麦克向神父讲述了他跟他的渡船的不幸遭遇以及他去谴责亨廷顿的事情。神父认真地听着,他一声不响、一动不动地坐着,强有力的双手握在一起,放在他的衣服下摆里面。麦克躺在地上,拼命想理清自己的思路,在因为愤怒而产生的假设和幻想里究竟有多少真相。

他将双手放到自己的头下面,边思索,边说道:"也许亨廷顿说的是事实。滨水区有很多白人不喜欢那个中国人,尤其是一个成功的中国人。宝去红胡子的牡蛎海床那儿偷过牡蛎,我们跑渡船的第一个早晨我看见过那红胡子瞧着我们……"他换了一下位置,将交叉的手腕放到自己的额头,"我不知道往哪儿想好。"

"我认为你应该闭上嘴。"其中一个酒鬼咕哝道。

"见你的鬼去。"

那扒手从小床边蹒跚过来,响亮地在马桶里撒尿。马克斯松开双手,在凳子上稍稍变换了一下位置。通过牢房走道顶头栅栏门传进来的煤气灯光照亮了他眼睛四周的乌青——最近一次挨打的伤痕。

"我想我同意你关于亨廷顿的看法。"神父说道,"他很可能没有责任。他雇用政客驱赶竞争者,而不是罪犯。这太糟糕了,你永远不会有确凿答案的,但你也别去寻找。你知道铁路公司会竭力保守他们的秘密的。"

"我知道。"麦克叹了口气,他翻过身来,瞧着神父,"你还没说过你干吗再次进这儿来了。"

"今晚,我又在一个公众集会上发表演讲。警察反对。我拒绝下台……就这样进来了。"他的脸上露出一丝苦笑,"上一次,我被指控妨碍和平。这次更加严重……犯罪性质的工团主义。这是胡说八道。但是,在这个城市和这个州就是有人相信,最低限度地改善一下劳动者的命运就会对他们的财产构成直接威胁。那实在是误入歧途。一个工人加入工会,是作为一个人的天赋人权。罗马教皇也这样公开声明。但是,那些不喜欢这个想法的人们影响很大,在政府中有很多朋友……"

"我也这么听说。我还是不理解,为什么神父都会坐牢。你的上司不能把你保释出去吗?"

"他们能,他们会保释,只是要一点时间。我的工作在大主教管辖区范围内有争议。赖尔顿大主教对我宽厚为怀,但他是一个公正的人,所以他要听取所有派别的意见……支持我的派别相对比较少,反对我的数量要多得多。我不能鄙视那些反对我的神父。在教会内,他们是我的兄弟,是一些脑子守旧但信仰真诚的人。他们坚定地认为,那些老板是正确的,而劳工运动是一股危险的恐怖力量。"

他再次握住自己的双手,这次放到了下巴下面。

"他们不明白这场战斗的不公正性质。穷人和受压迫的人们几乎没有多少资源,他们的权利必须得到维护……必要时,不惜动用激进手段……这样做还有更加充分的理由,因为那些更富裕的阶级拥有财富,拥有影响,可以保护自己,可以改善自己的状况,不费吹灰之力。这一基本规律决定了我终生事业的发展方向。不过,有时候,我内心有一个强有力的声音说,假如我不穿戴这个领子,或者说不用基督徒的克制精神对付我的敌人的话……少点约束的话……我的斗争效果可能会更好些。当我看到他们是怎么对待我父亲的……在他失去一切之后以杀人犯的罪名将他击毙……我就感到悲伤和愤怒,但是看到他最后几年徒劳无益的努力,我放弃了那些想法。我选择了信仰基督教,因为我认为上帝的荣耀可以比我父亲的枪更加有效地改变现状。所以,我就来这儿了,我不去惩罚那些反对我的人,但是为他们的觉悟而祈祷。"

"我要为他们的失败而祈祷。"

马克斯露出怪相,咯咯地笑着:"是的,我认为你会的,钱斯先生。"

这是一个表扬。

走廊尽头的铁门打开了,一个看起来矮小又愚蠢的看守拖曳着脚步走了进来,打开临时牢房的门。他挥舞着他的警棍。

"钱斯。"

麦克用双手撑起身子,高兴坏了,连各种各样的疼痛和伤疤都几乎忘了。

"是不是有人来保释我了?"

很有可能是《旧金山考察人报》,他们的警察部门专访记者按惯例会浏览新抓来的人的名单的。

那看守说道:"哦,当然,当然,一切都安排好了。"

"好消息。"麦克走出去时,马克斯说道。接着,那看守拿警棍从背后狠狠地击打麦克的肾脏部位,麦克被打得迎面撞到对面空牢房的栅栏上。他旋转身来,鼻子上渗出了鲜血。那看守咧嘴笑着,一面在手上拍打着他的警棍——一个施虐狂一样的小小引诱动作。

"让你保释?想都别想。有一个侦探想跟你说句话。朗·科格伦——'老银牙'。最暴力的家伙,'银牙'。有你的好日子过了。"

朗·科格伦侦探穿着一件漂亮的条纹马甲,一根粗大的银表链跟他的头发和牙齿十分相配。他所有的上排牙齿全部往外突出,那颗银色的右门牙最为醒目。这颗银牙像啮齿动物的牙齿一样尖。

科格伦将他的银发留得很长,梳理得十分漂亮,但是多年来的廉价威士忌在他黄瓜一样的红鼻子上写下了沧桑。他比麦克矮半个头,他将麦克推进一张椅子里,椅子放在一盏噼噼啪啪响着的煤气灯下面,煤气灯被调到了最暗。

房间里有一股潮湿的味道,什么地方有微弱的流水声。大块大块的灰泥跌成了碎末,落在了老鼠屎中间。没了灰泥的那一个个小小创口,没有人来补上。另一个侦探交叉着双臂站在门口。

科格伦绕着麦克的椅子转了一圈又一圈,说道:"赫斯特那破烂玩意儿那里有人了解到你在这儿,所以我们很快将放你出去。亨廷顿先生也不会提起诉讼。"

麦克简直不敢相信自己有这样的好运。而且,他也没有过……从来没有过。

科格伦的银牙闪烁,反射着煤气灯的火光。

"我跟在王宫大酒店逮捕你的警官谈过。我听说你指控亨廷顿先生弄沉了你的船,杀了你的伙伴。"侦探俯下身来,一脸笑容,"你真的干过这样的事情吗,小老弟?"

"这你早知道。"

科格伦打他。

这一拳让人猝不及防,势大力沉,打在了他的胸骨下面。他被打得直往后缩,胃里恶心欲呕,嘴里几乎透不过气来。他没有掉出椅子,因为科格伦把他的双手反绑在了身后。

"我知道,而且该死的很让我义愤填膺,因为科利斯·亨廷顿先生是一位诚实的爱国的遵纪守法的绅士。这是我个人的观点,我要你明白。他没有让我说这个话,但我是被派来负责这个案子的,所以,我想你得听听我的意见,嗯?"

麦克眨着眼睛,大口大口喘着气:"我……想我会的。"

科格伦打他。

"响一点,小老弟。我听不见。"

"我说……"红色的口水沿着麦克的下巴流了下来,下排牙齿上的一颗犬牙在牙龈上摇动,"我会听的。"

"这就好多了。"

科格伦再次表现得和蔼可亲。麦克浑身紧得像一根绞紧的电线。侦探继续绕着椅子转起来。

"在这个城里,你一钱不值,钱斯,而且,要是你认为你可以往南太平洋铁路公司脸上抹黑而全身而退的话,你也是一个笨蛋。我有两个表亲……正派人,基督徒,都有很大的家庭……在铁路上工作,我告诉你,他们要是听到你在指责亨廷顿先生的话,会把你撕个稀巴烂呢。当亨廷顿先生和他的合伙人建造铁路之后,他们就把我们这个伟大的国家连接了起来。铁路为生意人和农场主们做了很多好事……为加利福尼亚这个州做了更多的好事……比你和你的这些像贼一样的斜角眼的同伙生活一百年所干的事情还要多。"科格伦停了一下,让他的说话声渐渐消失。

"还有。那狱卒在这儿对杰基说……"科格伦指着另一个侦探,"你跟那个共产主义的神父关系很好。这是真的吗?"

"我认识他。这犯法吗?"

科格伦打他。

这一拳将他打倒在地,他连同那把椅子全都倒在了地上。他差点发出一声喊叫,又咬住自己的嘴唇,硬生生憋住了。科格伦响亮地咂着他的那颗银牙,示意杰基过来帮他把椅子扶正。

"别对我说唐突无礼的话,小老弟。你没有资格问问题。"

麦克怒目而视。科格伦咯咯笑着——他喜欢这样。

"你要是认识马克斯,那就让我明白了你的很多事情。我们不想让你这样的人在这个城市里。我到这儿来就是要让你绝对明白这一点。"

这几句话说得那么轻柔,麦克都起了鸡皮疙瘩。

"我要让你留下深刻印象,我们不想要也不能容忍像你这样的激进分子来搅乱局势,来威胁和侮辱我们的公民领袖们。我要把那个展示给你看,这样你就长记性了。"

他伸出他的右手,掌心向上。一枚尾戒上嵌着一大颗闪闪发亮的人造钻石。

"杰基,把指节铜套给我。"

他将指节铜套套到右手指头上。麦克盯着这黄色金属隆起的边。

"这还是小小地教训你一下,钱斯。我感觉,你小子挺聪明伶俐,立刻就能领会的。我们把你放出去之后,给你二十四小时离开旧金山。费尔班克斯先生说服了亨廷顿先生不要起诉你……主要是为了避免在公众中产生很多无用的负面影响……其前提条件是得到警察局的保证,我们把你赶出城去。"

他用左手一把抓住麦克的头发狠狠一拉。麦克咬紧牙关,眯拢双眼。他身体的各个部位似乎都在痛,都在耗尽他的生命力。

"明天午夜之后,要是警察局的任何人发现你还在城里的任何地方,那你就会再次回到这个房间里来。从此以后,你就什么地方也去不了了。"

"你个该死的猢狲。"麦克喘着大气,"你要是让我逮着你一个人,咱们公平决斗,看我不宰了你。"

他的话语在空中回荡,渐渐消失了。等科格伦从惊讶中回过神来之后,他换上了一副和蔼的面孔。

"这话不中听,鲁莽而且恶心,小老弟。那样的话,你接受教训的时间要长一点。"科格伦说罢打他。

沾了鲜血的指节铜套闪着光芒。科格伦欢乐的眼神证明了他温柔话音的虚伪。门口,杰基挠着他胯下的痒痒,微笑着看热闹。

坐起来,麦克在内心深处呼喊着,他的脑袋嗡嗡直响。别喊出声来。他想要喊叫,他想要尖叫。

科格伦再次打他。

麦克被打得跳起身来,带着那把椅子跳了有六英寸高,接着又重重地落到了地上。科格伦的拳头举起,落下,举起,落下,实施着他对麦克的教训。

"开始明白我的主要意思了,是吧?"科格伦气喘吁吁。麦克的眼皮肿得几乎没有缝了。这个侦探的身影慢慢地模糊了,科格伦变成了两个人,接着又合成了一个人。

"我没听见你说话呀,小老弟。"

麦克吐他口水。但是口水落到了他自己的两只脚中间,血红的口水。

科格伦再次打他。

两个警察将他架出去,把他扔到马路边上。当雨水模糊了建筑物和有光晕的路灯时,闪过一抹蓝白色的光。麦克摸索着去抓路边石,没有抓牢,脸朝下一头栽进了路边的阴沟里。

他拼命抬起头来,吐着口中的秽物,污水洗掉了他脸上一些干了的血迹。一道闪电,一个霹雳,惊到了一匹拉着一辆出租马车穿越街道的马,那马拼命嘶鸣起来,在空中刨着蹄子。

出租马车的门飞快地打开了,车上跳下来一个女人,紧接着是一个男人。麦克挣扎着,雨水从他的眉毛上、鼻子上、下巴上流了下来,他们踩着水穿过一个个水洼跑了过来。在又一道闪电中，麦克认出了比尔斯。

"救世主啊。这个城市简直是一个道德麻风病殖民地了。"

"别装模作样了，赶快帮帮我，安布罗斯。"内莉用力把麦克的胳膊从阴沟里拖出来。他们把他弄到出租马车里，那几个警察则在看守所门口的棚子下面瞧着，挺开心的。

"他们打破了你的鼻子。"一个上了年纪的大夫说道——内莉在凌晨两点钟把他弄醒了。麦克小心翼翼地坐在这个大夫的手术室的煤气灯下的一张椅子上。他赤裸着上身，遍体鳞伤，青一块紫一块的，惨不忍睹。他的两眼肿得只剩下两条缝，几乎看不见。

"至于内伤，据我观察，好像没有，但是，我们得等到对你再次进行检查后才能下结论。"

麦克想到了科格伦的最后期限。

"这些伤口恢复要好长时间。"大夫继续说道，"一个月左右，你看上去好像跟吉姆·科贝特打了三十个回合嘛。"

"而且打输了。"麦克说道。

唯有比尔斯笑了，他靠在一个悬挂着的骨骼标本旁边的那堵墙上。

"把账单送到《旧金山考察人报》去。"内莉说道。

"我要他三天以后再来。"

"好的。"麦克说道，他的嘴唇破了，很肿，"谢谢你的帮助。"

他在内莉的套间的起居室里醒来了。内莉的套间不大不小，坐落在俄罗斯山的山坡上。白昼阴沉沉的光亮照进被暴风骤雨洗刷过的一扇巨大的凹窗，在麦克遭到严重损毁的脸上投下奇怪的移动的阴影。每一条胳膊，每一条腿，每一个关节部位，都有不一样的疼痛。

他睡在一张紫貂皮、海獭皮等毛皮制成的床垫上。内莉不喜欢杀害野生动物。他纳闷，这些毛皮是哪儿来的呢？起居室里还有其他非同寻常的特征。跟时尚潮流不一样的是,这个起居室里的家具很少,只有四张简陋的硬背椅子、一张桌子和一个餐具柜,这几样东西看上去全都旧了,是手工制作的。壁炉架上悬挂着三个镜框,里面是三个神色严峻的黑眼睛男人,其中一个人戴着一顶很大的圆圆的毛皮帽子。地板擦得很光亮,没有铺地毯,但到处都散布着毛皮。一个墙角处摆着一只四足的俄式茶炊,上面装饰着精致的花边。内莉曾经热情地告诉过他,她是一个美国人,她的俄罗斯祖先只留存在她的记忆中。他怀疑不是这样。

内莉给他端来一碗金色的肉汤。

"你看上去太可怕了。"

"我得感谢沃尔特·费尔班克斯。"

"至少你不必去蹲大狱。"她坐下,他用调羹喝汤——他下咽都很困难,"我给你准备了一只旅行包,在卧室里,还有一些干净衣服。"

"内莉,我不愿意逃跑。"

"你没有选择。他们拥有警察机关。我不是说有钱能使鬼推磨,只不过是南太平洋铁路公司就有这么强大的力量,就是这样一种现状。赫斯特先生要是没有参议员的财产和声望还有那份报纸作强大的后盾,也是不敢反对那些人的。"

"那些人该死的太强大了,他们全然是一些专横的人。"

"很多加利福尼亚人都这样认为。亨廷顿先生及其合伙人确立他们自己的地位将近二十五年了。这只'章鱼'你一个人杀不了,我也不能,甚至连赫斯特先生要单枪匹马干也不行。所以,要让这样的事情发生需要时间,而且还需要本州各地人民的大量英勇的努力。与此同时,铁路公司操控各种事情。眼下,他们就在操控你。我也不想让你离开,但是,你如果不离开,就不安全。"

"这像懦夫。"

"这是理智。"

在针刺一样的疼痛中,他告诉了她他离开之后需要干的事情——

从奥克兰银行里取钱付给巴恩斯特布尔船长。

"还有布卢多恩的煤场也需要付钱。"

"这两笔钱我都会去付的。"

"我在韦尔斯-法戈银行有二十一美元存款……"

"这钱不管。还有吗?"

"没有了。我所拥有的一切全随着'海湾美人'号沉没了。"

"除了这个。"她从壁炉架上拿过那本 T.福勒·海因斯的书,用手掌擦拭着书的封面,"我想你会想要带上它的。我对此也感到好奇。"她从书页里拉出卡拉的那条金色围巾,"这很贵的。"

他飞快地动了一下脑筋——她仍然不知道有关卡拉的事情。

"我母亲的。"

"哦,非同一般。要我猜呀,看颜色,这是年轻女人的东西。"

要在别的时候,他也许会被逗乐的,为她吃不知名的竞争对手的醋而感到开心,但是她放下了心来,没有追问下去。她重新将围巾放回去,把那本指南递给他。

麦克在自己的手里翻着那本书,摩挲着书页,看了几句。

一块从未向世人展开其全景画卷,更美丽、更热情好客的土地!

他摇摇头。

他的手紧紧握着 T.福勒·海因斯这本书的书脊。

"我再过一年左右就会致富了。刚要穿过那扇金色的门……'沼泽怪'赫尔曼第一个当着我的面关了这扇门,接着是费尔班克斯,是奥克兰码头上的那些人渣,是科格伦……"他的内心深处有什么冷酷的暴戾的东西在升腾,他在毛皮垫子上将身子坐得更直了,"这次他们把门关上了,但是门不会永远关闭在那儿的。他们可以闩上他们该死的门,并在上面钉上一百个钉子。但我还是会回来的,我会把门踢下来,把它砸碎了当柴烧。我还要对你说……"

他挣扎着跪起身子,吓了她一跳。

"当心,麦克,你还没有……"

"下次,"他抓住她的双肩,打断她道,"下次,内莉,我不会搭乘一条小渔船偷偷摸摸溜进旧金山来。我将坐着你从未见过的最大最长的汽艇直接上南太平洋铁路公司的码头的……"

"别说了。"她轻轻说道,将一只手按到了他的嘴唇上,她的两眼泪光闪闪,就像猛烈地洒在凹窗上并隐去了马林县群山的倾盆大雨,"请别说了。你只会让你自己感觉更加糟糕。"

"你不认为我能这样做。"

"我认为你应该在午夜前离开旧金山。你有去的地方吗?"

"没有。我想我最好到其他城市去试试……洛杉矶。我遇见的一个人说,在那些牧牛县,土地买卖会很兴旺。"

他将双手轻轻放到自己的双腿上,跪在那儿。她走到窗口,交叉着双臂,接着松开双臂,显得焦躁不安、忧心忡忡。

"内莉。"

她瞧着他。

"你有可能一起去吗?"

她屏住呼吸,竭力想掩饰自己的感情,但是她话音中的嘶哑背叛了他。

"没有。"

他知道她的本意是想说"是的",有可能,她想去。她身材纤细,弱不禁风,但是,麦克望着她,认为她很可能是他平生所遇见的最坚强的人。这使得她更加让人喜欢。

"没有。"她更加强有力地重复了一遍,"我在这儿有工作要做。我有一个能发表自己意见的地方,也许能起重要作用。"

"你该死的差不多跟我一样有雄心壮志啊。"

她没有否认这话。

他向站在凹窗里面的内莉走去，浑身疼痛，走得很慢，然后抚摸着她的秀发。

"我不想离开你。我不完全了解你，我对你关于妇女的那些想法或者她们应该如何对待自己人生的事情也不敢十分苟同，但是自从去了约塞米蒂峡谷之后……也许就在那天我跳入水中坏了你的好事之后……你对我就意味着很多。"他弯拢满是伤痕的手，用手掌托住她的下巴，用他手指的内侧抚摸着她的脸颊，他感觉热泪盈眶，"现在依然如此。"

接着，她的乌黑双眸中有一股凶猛的风暴在涌动。他看到了她眼中的混乱情绪，但不完全理解为什么。她抬起手，紧紧握住他贴在她脸颊上的手。

"哦，上帝呀，麦克。我要是从来就不认识你，那该多好啊。"

"我也许该说同样的话，可是我不能。就像我们做爱地方的瀑布一样，情感的湍流已经越过边界，因为没有其他道路可走。没有办法阻挡这股力量……"

"你是一个奇怪的复杂的年轻人。不顾一切。"

"你没有不顾一切？"

"是的，但没有想过要戴上婚姻的桎梏。我这一生有太多的事情要做。"

"谁说过……"

她很勉强地从他身边走开，再次交叉了双臂。

"当两个人互相爱恋……当他们互相有了感情之后，心里头就有想法了。你得了解我是什么样的人，就是这样。然后，你了解了，你还想要我……"

他们四目相对，雨天的光亮将移动的影子投在他们身上。

"你要是回来的话，我还会在这儿。"她补充道。

"我会回来的，来打开那扇门。"

"我相信你，我相信你。"

他张开双臂抱住她,但是他们俩究竟是谁更加迫切地想要拥抱对方,这很难说。内莉的亲吻急不可耐,同时也伤心欲绝。他不顾自己的伤痛,尽可能紧紧地把她抱在怀里。当他们倒在毛皮上,滚来滚去地亲吻连连时,他知道做爱会带来剧烈疼痛。她停了下来。

"这会把你弄痛的。"

他听到了她的真正意思。这也会把她弄痛的,不同的痛法。她说这话的时候,话音虽软,但内核很硬。他没有生气。

后来,她很少说话,只是坐在那儿,将双腿屈起来,双手紧紧地锁在她的裙子外面。她瞧着他装旅行包,将包锁上,接着走了。她听到他的脚步声在外面的台阶上慢慢地消失了,雨声很快便彻底淹没了脚步声。她低下头,哭了。

15

来自西北方的一股强风吹凉了夏日的晚上,云被吹散了,露出一片星光闪烁的夜空。旧金山的群峦,闪耀着点点蓝色、白色和黄色。

麦克在半岛上沿着通向南方的印满车辙的道路一瘸一拐地走着。他不时地将旅行包交换到另一只手里。大约十一点半的时候,他停下来休息。

他再次凝望着这个城市。匆匆穿越市场街南面的旧金山第一批上层人士住宅区时,他感觉到了自己的渺小和一钱不值。那些炫目的灯光加剧了他的这种情感,就像他的疼痛,就像宝的死、把他击倒的费尔班克斯、那警察的布告激起他的情感,使他变得更加狂暴和缺乏理智一样。他既感到失望,又感到愤怒。但是接着,他想到了那个熟悉的噩梦——这么多年全都是在寒冷的白色的冬季的宾夕法尼亚。他想到了爸,想到了那些承诺,这个州代表了成千上万人的希望和他的希望。

他们在旧金山城里打败了他,但是加利福尼亚还有很多地方。他将在南方重新开始。他将在那儿让他的梦想成真。而且届时，他将回来。

"绝对不能再贫困潦倒。绝对不能再饥寒交迫。①"他像在教堂祈祷一样背诵着这两句话，支撑着自己。

他望了这个城市最后一眼，拎起旅行包。他的身躯还在抗拒，但是他的精神感觉焕然一新了。他抓着口袋里的那本指南，一瘸一拐地走进黑暗中。

---

① 作者在本书原文的第 1 章第 7 节里首次出现这两句话时，为"Never be poor again. Never be cool again."，但在此处为"Never be cool again. Never be poor again."，疑为作者笔误或出版社印刷错误，为使整体一致，此处仍然照此前的译。

第三章

在『埃斯克罗印第安人』中间生活 1888——1889

波尔西温库拉河的圣母——洛杉矶女王的村庄……我们的天使女王圣母马利亚。

1781 年，西班牙总督菲利普·德·尼夫在洛杉矶河畔建立了一个普韦布洛式村庄，目的是为沿海那些宗教机构和要塞生产谷物。一帮来自锡那罗亚州①的意志坚定的移民……三十四个结了婚的军人和二十四个结了婚的平民，包括一些印第安人和黑人……是第一批居民。

该城市发展很慢——1820 年，洛杉矶仍然只有六百五十个居民。那些日子里，她是一位文静、质朴的女王，更没有丝毫的粗俗。但是，淘金热中英国人的大量涌入改变了她，她变成了那些无法无天之人和凶残暴戾之人的一个避风港，斗殴、抢劫、凶杀、死刑成了生活的常态。旧金山人嘲笑她是堕落的天使之城。

1871 年，该城很少的中国居民里有两个人吵嘴，当一位警察介入来调停的时候，他被杀死了。四百多个洛杉矶人起来发生了骚乱，导致桑切斯大街的中国人居住区内和周围有十九人死亡。这种事情丝毫无助于改进这位女王粗俗不堪和让人讨厌的名声。

有很多商人目无法纪，甚至也许有更多的人跟养牛业的衰落有关，他们感觉引入铁路将使他们跟外部更加文明的世界建立更加强有力的联系。南太平洋铁路公司很愿意将铁轨铺到洛杉矶，但是他们要求的回报是得到一笔合适的补贴。就是用这一简单的计划，铁路公司将铁路往南修建，穿越了圣华金河谷。社区赞赏铁路公司的善举并很快给了他们相应报偿，也看到了铁路穿越地平线而来。洛杉矶以特别估价的形式付了补贴，总计六

---

①锡那罗亚州，墨西哥西北部的一个州，临加利福尼亚湾，首府库利亚坎。

十万美元。另外一些像圣贝纳迪诺①的不太开明的社区，看到铁路选择了一条更替的线路，常常离城市有数英里之遥。

第二股同样存在的力量加快了加利福尼亚州南部的文明进程，也增加了那儿的人口。到了1872年，一位名叫查尔斯·诺德霍夫的纽约记者出版了《加利福尼亚》，称加利福尼亚州为"健康之州"、"快乐之州"、"宜居之州"。这首赞颂气候与机会的颂歌使许许多多的人拥上了西去的列车。没有其他的书在黄金州有如此影响力的。

一波同样汹涌的宣传热潮滚滚而来——淘金热以来，宣传还没有出现过这样的鼎盛时期。与此同时，南太平洋铁路公司在1876年将铁路修到了洛杉矶。铁路公司总是煞费苦心地编织自己的网络，他们很快决定让第二条铁路——一个竞争者——进入加利福尼亚州南部，为它迂回曲折的目标服务。1885年，南太平洋铁路公司将其默哈维-尼德尔斯分段卖给了艾奇逊-托皮卡-圣菲铁路公司②，以保证自己在其他某些地方不会受到竞争。从铁路巨头到小商小贩，每个人都想要并需要更多的生意。他们需要旅客，但也需要常住人口。所以，南太平洋铁路公司削减了票价，圣菲公司以牙还牙。从大陆中心地带到太平洋沿海，七十美元。接着，五十美元。接着，十五美元。接着，五美元。接着，在某些让人头晕目眩的日子，从堪萨斯城③到洛杉矶，一美元。

每个铁路促销部门的工作劲头前所未有：从东部组织特别的跨国旅游或者团体旅游，粗制滥造大量广告和宣传品，赞美加利福尼亚州的生活方式。洛杉矶市的神父们用他们自己的广告添砖加瓦。每个市民都变成了积极的支持者，利用一切机会向每一个新来者宣传南加利福尼亚。很快，旅游的列车便没日没夜地穿越内华达山脉，将许许多多兴致勃勃的游客送到了洛杉矶的阳光下。每个月数以百计，后来则每个星期数以百计，然后

---

①圣贝纳迪诺，加利福尼亚州西南部城市。
②艾奇逊-托皮卡-圣菲铁路公司，美国早期的铁路系统，成立于1860年，20世纪90年代被收购，改名伯灵顿北方-圣菲公司。
③堪萨斯城，美国密苏里州西部城市。

数以千计。热切的房地产商等待着他们，破产的大牧场提供了丰富的土地资源。

洛杉矶的繁荣方兴未艾。这位女王扔掉了她过去的破衣烂衫，信心百倍地面临着未来。再也没有人称她粗俗、懒惰、落后了。她幡然醒来，她时髦现代，她热情洋溢地大步迈向前方。

16

麦克在一个炽热的秋日——1888 年 10 月的第二个星期一来到了洛杉矶。

他从夕阳西下的大海这个方向前来,骑着一匹驮骡从西往东前行,这驮骡是他在蒙特雷干了三个星期的活挣来的。东家本来准备一枪毙了那骡子,于是,麦克用它代替了他一半的工钱。

他发现,这骡子身上还大有潜力在,还有一种要证明它自己还不准备死的决心。麦克喜欢这种决心。

从蒙特雷出发,他经过一条宽阔的蔚为壮观的海岸线,巨浪拍岸,惊涛轰鸣,撞击着陡峭的悬崖下巨大的岩石。有几天,他看到有游客;有几天,他看不到游客。要不是偶尔有小镇出现,要不然,这海岸线真可谓是一个美丽的荒无人烟的旷野。

在圣路易斯-奥比斯波,一个小客栈的老板告诉他说,查尔斯·克罗克今年 8 月份死了,在蒙特雷铁路公司自己的德尔蒙特宾馆因糖尿病发作死了。四大巨头有两个走了,一个时代正在终结。

然而,当麦克缓慢地往南进发的时候,他发觉自己一直在追溯过去的时光。偶尔看见的牧场工人的棚屋或者那些搭建起来的简陋小屋使他想起的不是现代化的文明的旧金山,而是他徒步旅行走过的西部。这是边疆,荒凉而又壮丽。

与此同时,在繁荣兴旺的圣巴巴拉附近,他开始注意这块土地的不同风貌。阳光似乎更加明媚。植物跟北加利福尼亚的大相径庭:这里有高大的棕榈树,有仙人掌,有蕨类植物一样的胡椒树。他骑着骡子穿行在柠檬小树林里,树林深处,涂成白色的一栋栋土坯别墅藏在里面。

他沿着一条小径翻越圣莫尼卡山,沿着下坡往太平洋走去。他的头发很长,现在已经搭到肩上了,他的淡褐色眼睛清澈明亮,再次洋溢着希望。他感觉身体棒棒的,十分强壮。他的鼻子正在痊愈,呼吸不再困难,疼痛感也消失了,但是他留下了挨打的永久性纪念:一条隆起的疤痕,像被太阳晒黑的山坡上一道小小的土埂。

当他到达海岸边时,他不禁欢呼起来,在闪闪发亮的沙滩上来回奔跑着,翻筋斗,倒立行走。他脱光身子,冲进波涛中,翻着泡沫的浪涛先将他高高地抬起来又让他低低地滚落,他开心得狂吼乱叫,在旧金山城里的失败被抛诸脑后。他喜爱这儿的阳光,这儿的大海,这儿加利福尼亚的新鲜的风貌。

露宿了一夜之后,他骑着骡子往东方走去,那儿,洛杉矶河蜿蜒前行,有一个城镇就坐落在河边。他看到劳作的人们在豌豆地和广阔的无花果树林培育作物。山脚下,他看见了怀亚特·保罗所描绘的土地经济繁荣的景象。有一大块平整的住宅建设用地已经被划了出来,周边种着矮小的胡椒树,表明街区。远处矗立着一座大厦,就像孤零零的庄园。一块白色的牌子上写着,这个小区块是"霍利·伍德①"。

透过秋日下午的雾霭,他第一次望见了这个城市,在一望无际的海岸平原上,那些框架型的和砖混型的建筑显得突兀,像一个大杂烩,并不讨人喜欢。走近了,他看到黄棕色或棕色的独栋建筑分布在中央区块那儿。城市的东南,河的那边,地势升高,变成了一系列低矮的高原。分开的一栋栋白色小屋小得像玩具小屋,表明那些是另外的小区块。之后,全部景象就是让人心悸的隐隐耸现的圣加布里埃尔山。

他轻轻踢了一下被取名为"铁路"的骡子,这头年迈的牲口十分尽职地走得快了一点。麦克感觉自己就像一个精于世故甚至颇有见识的加利福尼亚人了。

他二十岁了。

---

①霍利·伍德,即后来的"好莱坞"。

207

旧金山的居民嘲笑洛杉矶是原始的牧牛城镇,并非毫无道理。麦克几乎立刻就发现自己迎面遇上了一大群牛,一个一脸凶相的牧童赶着牛群。接着,他又遇见了一辆装有弹簧悬架的轻型货车,它的一只后轮陷在一个黑黑的坑里,坑里散发出一股柏油的恶臭。一个高大魁梧的人走到这摊黑乎乎的东西当中,准备用肩膀将那个轮子推出去。

"该死的沥青。他们干吗不把这些坑补补好?"

"沥青。"麦克重复了一下。

沥青是什么? 它有用吗? 他牢牢地记住了这两个字。他记得,他在这个地方看到过其他的柏油坑。

他开始朝城市的郊区走去,有证据表明,房地产生意活力四射,如火如荼。麦克看见围墙桩上钉着一块块牌子,凸现在一块块野草丛生的土地上,土坯房的墙上涂着粗糙的字眼。

近郊远足!

地块! 地块!! 地块!!!

边角地块—核心地块!

建筑地块! 投资地块!

"生活在富饶又健康的土地上"

推销员们希望这些广告能立刻引起人们的关注,并让他们前往那些无须昂贵旅费的富庶之地和温柔之乡旅行……圣莫尼卡、南帕萨迪纳、蒙罗维亚、里弗赛德。

他被这些言过其实的推销宣传弄得云里雾里,很快便来到了洛杉矶大街上,这是一条丑陋的通衢大道,两边是居间代理商的更加丑陋的仓库,那儿,农民们正在卸他们用马车运送来的农产品。他向左拐了一个街区,来到一条平行的街上,那条主要的商业街,其名字缺乏想象力,就叫"主街"。

这是一条对比明显的街道。穿着牛馆装束的人们靠商业区两幢精致的现代钟楼掌握时间。中国人急匆匆地赶路办事,墨西哥女人头裹黑巾悠闲地散步。有很多马车和牛车,川流不息,各种运输工具,从平板马车到双轮牛拉大车,应有尽有。他看到街道中央有马拉轨道车,看到了煤油灯,看到了丝绸服装,他还看到有更多的人公然随身携带武器,比他在北加利福尼亚所见的要多。

不过,最引人注目的是那些游客:男人、女人、孩子,年龄各异,身材不一,他们激动万分的表情十分醒目,苍白的脸,穿着黑黑的厚厚的衣服。他们坐在挂有旗子的马车里,踯躅在表明是房地产的店铺面前,坐在圣查尔斯宾馆外面的行李上注视着那块"客满"的牌子。这些游客让麦克想起了他在徒步穿越中西部那些州时所遇见的人们。他们的数量之多让他感到惊讶。

在主街和城市广场的角落里,他经过一幢气势非凡的三层楼宾馆,一排排高大的拱门面对着宾馆所在地街角的两边。门廊上有两堵石头三角墙①,每一堵三角墙都俯瞰着一条街,上面标着"比科酒店"。

来到广场上,他翻身跳下骡子,在一棵柏树的阴影下一个滴水的喷泉里喝了一点水。突然,远处四声枪响打破了下午的宁静,有奔马飞驰而去的声音。"铁路"竖起了他的耳朵,但是没有其他人对之给予高度关注。一位看不见的吉他手继续弹他的吉他。

一列鸣响着汽笛的火车吸引了麦克,他走过一个有钟楼的不讨人喜欢的小教堂。往火车站走去。一辆南太平洋铁路的客车刚刚到达,浓烟从它圆锥形蜂窝状的烟囱里不停地冒出,蒸汽从它的一节节车厢下面翻滚出来。乘客们睁大眼睛靠在车窗上,指指点点,狂吼乱叫,将这些空气吸入肺里。

一个獐头鼠目的年轻人跟着火车奔跑,一面挥舞着一块绑在一根棍子上的广告牌,广告牌上写着:"房地产机不可失!"

---

①石头三角墙,古希腊式古典建筑正面入口门廊顶上的装饰性三角形山头。

"就在这儿,老乡。"这个拉生意的人喊叫道,"先跟我谈吧。"

麦克受到了鼓舞。

"看上去这繁荣还方兴未艾呢,是吗?"他对"铁路"问道。

那骡子急于想讨好他,只可惜没法回答他。

在回广场的路上,麦克注意到有更多拉生意的人在跟游客搭讪。而且,房地产营业所挤在各个令人讨厌的场所里:用毯子分隔出的底层房间里,简陋的小木屋里,甚至有车篷的马车里。当然啦,在这股促销热潮里,他应当能够赚到一些钱的。

在尖峰屋那儿,他看到有一辆六匹马拉的满车灰尘的公共马车到达了。当门房忙着搬运行李的时候,他悄悄溜到了里面,发现有一个中央庭院,庭院里有一个喷泉,还有好几排鲜花,笼中小鸟叽叽喳喳。各色客人进进出出,或脱帽,或停住脚步,跟一位坐在一个凹室里的八十多岁的高贵人士打招呼,那个凹室可能是一个荣誉室。那个人身材高大魁梧,脑袋方方正正,皮肤呈古铜色,满头银丝纤毫不染,修剪得很短。尽管这天天气很热,但是他穿着一件镶了褶边的衬衫,系着很大的领带,外罩一件有丝绒领子和丝绒袖口的旧的短上衣。麦克数了一下,这人戴着六个形状各异的银戒指。这位老人有一股尊贵和威严的气势,他的脸使麦克想起了一本教科书上维克多·雨果的雕版画像。这个人对每个向他打招呼的人都礼貌、认真地用西班牙语回礼。

一个看门人气势汹汹地走上前来。

"不准在这儿闲逛。"

"对待陌生人不该是这种态度啊。"一位正要走出宾馆门的先生说道。这人身材细得像一根芦苇,而且肤色黝黑,蓄着蒙古人的那种小胡子,有一双闪光的乌黑眼睛。他穿着一件礼服大衣,戴着一顶帽冠低平的礼帽,捧着一摞法律文件。

那看门人皱了一下眉头,走开了。

"最公正和诚实的人。"那陌生人朝那白发老人点了一下头说道,说的是西班牙语。

"公正和……什么?"麦克说着跟着他来到大街上,"我的西班牙语不好,听不懂。"

"就是'最公正和诚实的人'的意思。皮奥·比科,加利福尼亚最后一任墨西哥总督。他是一个受人尊敬的人。是他建造了这个宾馆。不幸的是,他对他的投资管理不善。现在这宾馆不是他的了,但是大家都假装这是他的。"

他们来到门外拱门下的拱廊里,麦克解开他的坐骑。

"漂亮的骡子。"那陌生人说道,"他叫什么名字?"

"'铁路'。我给他取这个名字,因为骑他比坐南太平洋铁路的火车要好,他的价格公道,而且你绝不用担心他会骗你。"

陌生人哈哈大笑起来:"你这个人很有幽默感,先生。"

麦克没有想到秀幽默,但是他认为,在旧金山的悲惨遭遇之后,他的幽默回来了。

"你是新来的吧。"陌生人补充道。

"是的。"

"我们有很多新来的人。五年前我从杜兰哥①来洛杉矶的时候,这个城市还只有一万两千到一万三千人口。去年夏天,也许到了五万或者六万人,其中有整整两千是'埃斯克罗印第安人②'。"

"埃斯克罗什么?"

"这是给房地产推销商和开发商取的一个本地名字。一个贪婪和冷酷的部落,'埃斯克罗人'。"他说道,脸上再次闪过一丝微笑,"他们在诸如《洛杉矶时报》的奥蒂斯中校这样的热心支持房地产的本市居民的煽动下,时刻埋伏着准备袭击没有防备的来客。奥蒂斯渴望给我们

---

①杜兰哥,墨西哥中西部城市,杜兰哥州的首府。

②"埃斯克罗(escrow)",意为有待完成条件的契约或交由第三方保管的款项,此处可能意为地产的定金;由于印第安人多为流动移居之族人,故此处很可能比喻赚一票或者骗一笔款就跑的房地产商。

这个城市一些旧金山一样的荣耀和繁荣。每天,有三到五趟旅游客车穿越边界来到加利福尼亚。这对埃斯克罗人很好,对生活在这儿的其余的人很不好。不过,好景不会长的。什么事情过了头,就不可避免地使泡泡破碎。这早已经开始发生了。"

"这个城市看上去很拥挤。"

"这跟1887年没法比,那时是高峰。来吧,我指给你看。"

他指给他看的是一块"埃斯克罗印第安人"的公告牌,上面的价格和地点被擦了又擦,抹了又抹,所以最近的帖子就好像从一团白垩般的云罅里面露出来的一样。

美好的免费酒吧

安大略!

别墅地产狂跌价至125美元

园艺地产狠削价到95美元

其他地产大降价就在

蒙罗维亚—阿洛斯塔—加尔旺扎—

锡卡莫尔树林

在此咨询!

麦克早先的乐观主义开始衰减。

"有活儿吗?"

"还是这句话,没有去年多。"

"我认识一个当地的推销商,他也许有什么活儿。他告诉我,如果我到了这儿,就去找他。他的名字叫怀亚特·保罗。"

"我听说过他。在这个县的北部……我也说不准。我是一个律师,但我跟房地产不太搭界。我可以把你带到那个营业所去,那儿有人会有更多的信息。"

"你真是太好了。"

"没什么。"律师耸了一下肩膀,"你得知道,并非所有洛杉矶人都不喜欢游客们。我们这儿大多数人曾经都是游客。"

律师领着麦克沿着主街回去,走过那些商业街区,来到一个不太景气的区块。

"我们到了。"

麦克往一个又长又窄的销售营业所望进去,里面灰尘满地,幽暗阴沉。一块充作柜台的木板上,搁着一些卡纸和几堆脏分分的传单,用来招徕顾客。门的上方挂着一块牌子,牌子上,一轮灿烂的金色太阳正在从一个用柑橘堆积起来的金字塔上升起,表明这是"索思伍德之索卡尔房地产"。

"你要是需要法律服务,就来找我。"律师说道,并拿出一张名片,"恩里克·波特,在主街和阿卡迪亚街交界处的贝克街区。"

"麦克林·钱斯。谢谢。总有一天我会需要律师的。我要到这儿来赚钱。"

波特表示赞赏地望了他一眼。

"我相信你,先生。"他脱帽向他致意,说了声"对不起",便起身到附近斯普林大街的法院大楼办事去了。

麦克的肚子开始咕噜咕噜乱叫。他从一个用粗麻布袋上临时改制而成的马褡裢里拿出一块饼干。他一面狼吞虎咽,一面仔细瞧着那扇沾满苍蝇卵的窗户。各种各样的纸片乱七八糟地贴在上面,贴得没有一丝空隙。突然,在那些华丽而又俗气的杂乱东西中,有一个广告引起了他的注意。

一份传单,橙色的底版上印着黑色的字。页头提要上有"免费交通、免费午餐!每日快车加舒适马车旅游!决不强迫"的字样。吸引了他的注意力的是插图,这是一幅雕版画,上面画的是一扇给人印象深刻的拱门,拱门上,一个巨大的太阳跃然顶端。在拱门用涡卷装饰的顶部和底部之间是剪贴上去的字母,拼成了这个地方的名称。

圣索拉罗
"健康之城"

他找到了他在大山里救过的那个人的名字。

他冲进里面,惊动了一个靠在一堵灰泥剥落的墙上出神的房地产代理商。这位代理商火箭般地冲到柜台处,飞快地伸出他的一只手。

"你好,我叫索思伍德,牛顿·索思伍德。我的朋友管我叫斯威夫蒂。找斯威夫蒂做最快的买卖……哦。"

他把麦克看得更清楚了……他头发的长度、他穷酸的穿着、他的年轻。那代理商轻轻抚摸着他油光光的头发。他是一个油嘴滑舌的埃斯克罗武士,双眼精明狡诈,目光犀利逼人。

"我对房地产开发感兴趣。"麦克说道。

"我们这儿有六十五、七十个地块。海边、南方、山里……你尽可以挑。不过你得有钱。"他带着疑惑的目光补充了一句。

麦克指着那份传单:"就那个——'健康之城'。"

"远在圣克拉丽塔河谷呢。旅行只能从早上开始。你坐南太平洋铁路的慢车到纽霍尔,然后坐马车。开发商付三十五美分来回程交通费。"

"那橱窗里说,你们提供的是快车和舒适的马车啊。"

索思伍德递给麦克一本封面上印有拱门的小册子。

"开发商说得很多呢。你哪儿来的?"

"反正不是这儿。"麦克不喜欢斯威夫蒂·索思伍德先生。

"在洛杉矶,你可以该死地说几乎任何人,但就是别说索诺拉居民区的印第安人和外国人。至于我,我两年前来自克利夫兰。我现在赚不到我本想来赚的钱。"他指了一下大量的招贴画和宣传品。

麦克看到还有好多箱子的资料堆积在那儿,一直堆到这个筒子楼营业所的后部。

"这个馅饼切得太薄了,供远大于求。沿海地区全是这个状况,从这儿到圣迭戈,铁路上的票价降得很厉害。他们雇用了太多的雇佣文人写书。我们得到的仅仅是观光客,而不是购买人。"——麦克显而易见属于前者,"我得说对不起啦。"

他疲惫地走回到他的办公桌那儿,继续干埃斯克罗印第安人在没有抢劫路人的时候所干的任何事情。

"这儿有便宜一点的饭店吗?"麦克打问一个戴着一顶白色宽边帽、系着一根细领带的先生。

"我怎么知道?我来自威斯康星州。"

他问了很多人,最后被指引到了广场附近一条破败不堪、乱七八糟的贫民小街,这条街道直截了当地被称为"黑鬼小街"。他在那儿看到的大多数人是看上去凶神恶煞一样的流浪汉、牛仔,还有几个破衣烂衫的梅斯蒂索混血儿。

他身边只有一美元钱了。他在一家小酒馆买了一盘豌豆和一杯纯色的加热过的墨西哥龙舌兰酒,他以前尝过这种酒,喜欢它的味道。他坐在一个角落里看着怀亚特·保罗的小册子。小册子展现了圣索拉罗令人不可思议的舒适宜人,这是一个以南加利福尼亚的健康气候作为卖点的新型城镇。

遭受几乎任何疾病困扰的人们将会发现,圣索拉罗是一个有助于他们恢复健康的地方。劳力劳心过度的人们很快将会恢复体力和宁静的心境。被宣布无可救药的肺痨病人来到这儿,几周之后,卸掉了那种在东部因冰冻而引发的祸害。我们这个河谷对在高纬度地区心脏也许会受到威胁的人来说是安全的。简而言之,我们可以坚定地断言,在这儿,死亡是一个引人瞩目的事件。任何在这儿开业谋生的医生很快将会饿死!

在接下来的几页里,有一幅版画描绘了一条大街,两边是比洛杉矶的大多数建筑更高更坚固的建筑,其他的版画展示了别墅样板房、柑橘园,还有一条宽阔的河流里的一个码头上停泊着一艘班轮。麦克十分惊奇。

他花了二十美分在一个马厩的阁楼上谋得了一个睡觉的地方,给"铁路"弄到了一个马棚和一袋饲料。清晨,他买了一张早上八点往北行驶的南太平洋铁路的慢车火车票,前往圣巴巴拉和中间站点。他已经急不可耐地想要前去看看那个新兴城市——圣索拉罗了。

17

"我不相信这话。"麦克轻声说道。

他回忆着斯威夫蒂·索思伍德的话:"开发商说得天花乱坠。"

他站在大门口的拱门下面,拱门是用黑色的熟铁制成的,硕大无朋,豪华气派。光芒四射的大太阳像某个原始的雕像,当空俯瞰着大地,其力量之强大,给人有点骇人的感觉。这拱门跟小册子上展示的一模一样。

其他没有一点一样。这拱门在一大块干燥、无树的土地上洞开,这块土地位于一个小小峡谷的顶头。峡谷边,壁立千仞,群峦叠嶂,山坡上,遍地草枯叶败,满目地老天荒,呈现出干旱季节的典型特色。一条印满车辙的道路穿越这块住宅地,拱门那边,一块钉在一根木棍上的卡纸板指引着道路——圣索拉罗大道。

汗水从麦克的脖子上流下来。气温高达九十华氏度或者更高。裹着沙砾的热风刮得指引大道的卡纸板咯咯乱响。他穿过那扇拱门,看到这块地上到处都有同样的招牌,看样子一直伸展到峡谷的尽头,金色的山峦在那儿收拢。目力所及的范围之内,招牌上的用词夸张到极点,诸如"王室"、"帝国"、"极乐"、"天堂"。悬挂着彩旗的杆子标注出建筑的地块。在某些地块上还有巨大的招牌，表明是"圣索拉罗歌剧院"、"怀·詹·保罗商业区"、"避暑胜地及健康疗养地"、"建议建造一百个房间豪华宾馆的区域"。没有别墅，没有楼房，只有一间房子，沿着主道更远的地方，一座未上漆的木材搭建的平房，上方构筑着桁架，部分屋顶尚未竣工。

热风一阵一阵地刮着，刮得那些黄色、红色、蓝色的五彩缤纷的标志旗噼啪乱响。沿着圣索拉罗大道，麦克看到有五个地块标着"出售"。他转过一个十字街口，沿着一个箭头指引，向"圣索拉罗运河"走去。这条运河实际上是一条宽阔的浅浅溪流的溪床。溪床里的泥土因为太阳的连日炙烤已经变得坚硬。

麦克沿着溪岸走去，直到来到一个被选为"未来船埠"的地方。他怀着十分沮丧的心情，凝望着干涸的水道，目光顺着水道逶迤前行，最后消失在环抱的群山之中。他突然有一种强烈的冲动，想离开这个地方。最后他之所以留下没有走，仅仅是因为他急于想找份工作。

他抄近路走回到那条大道上，朝那幢毛坯木屋走去。大道尽头，一块油漆过的牌子标明，这是"火车站"。没有看到铁道。门边上挂着一块牌子，表明这是一个"临时销售处"。他迈步走上"火车站月台"，举手敲门。

有音乐吓了他一大跳……低沉的音乐，一个大号手和一个短号手正在演奏一段急奏。他走过那座房子的尽头，看到大约五十英尺远处，有一顶侧边敞开的杂耍帐篷，帐篷的帆布有黄白色的条纹，已经脏得一塌糊涂，上面写着："此处供应免费午餐！"

里面，一个头发花白、弯腰驼背的女人在一张临时搁板桌后面慢条斯理地干着活，搁板桌上，一种用包干酪的薄纱布做成的圆罩盖在食物上保护着食物。麦克看到有木头的啤酒桶，有盛冰的涂锌盆子，还有一排空的玻璃壶。四个穿着装饰着金黄色穗带的猩红色花哨制服的彪形大汉坐在摇摇晃晃的木头椅子上，一个人在看一本杂志，一个人在吸一根雪茄,还有两个人在演奏着乐曲。

那个秃顶的短号手注意到了麦克,也瞪眼瞧着他。他全然不管这些,鼓起极大的勇气——哪怕被认为厚颜无耻也无所谓……把本不存在的事情当作它存在……佯装微笑,敲了一下"火车站"的门,叫道:"怀亚特·保罗?"

在"候车室"靠墙的那张办公桌上,怀亚特恼怒地盯着他的这位客人,没有认出他来。他穿着白色的帆布裤子和白色的衬衫,袖子卷得很高,这样的白色使他的黑色皮肤变得生动起来。他那鲜亮的蓝色眼睛在拼命地搜寻着他的记忆,终于,他找到了那个正确的对象。

"钱斯,麦克·钱斯。在内华达山脉救了我的人。"他跳起身来,"你究竟是怎么到这儿来的?"

"先坐慢车到纽霍尔,再走路。"

"那有四英里路呢。哦,不过我忘了……你是从宾夕法尼亚走来的。但是,旧金山怎么样呢? 你到那儿了吗?"

"情况不太妙,关上的门太多了。"

"我告诫过你。"

"是啊。你还说,我要是到洛杉矶来,就来找你。"

"当然啦,肯定的……我不知道说什么好……我还是感到惊讶。但是很高兴见到你。是啊,真的。来,坐椅子上。"

他将一大堆小册子扔进旁边的一只箱子里,掸掉椅子上的灰尘。接着,他再次坐下,麦克坐到那张椅子上,稍稍有点紧张。

怀亚特·保罗还是那样帅气,不过他的呼吸里有一种粗嘎的声音。也许,他比他任何一位潜在的顾客都更需要这健康的气候。

"你想办法找到你的土地……"

"一千八百英亩。整个峡谷,廉价出售。我买下来了。"即便如此,麦克还是不明白,这位偷乘货车、身无分文的旅客从哪儿弄到必需的资金的。

"这太令人钦佩了。"他找不出更加实在的话说。

"还没有呢。但是你等着。"怀亚特充满热情地说。那位短号演奏家升起音高,那声音尖厉而又嘹亮。大量的平面图、概念性的别墅草图和各种销售文件挂满了几堵墙壁。就在怀亚特的身后,悬挂着一幅图画,画面上果树满坡,果树上果实累累,上面写着"未来的柑橘林——圣索拉罗城"。

怀亚特靠回身去,双手捋着他黑发的两鬓。

"那么你打算在这个地方永久性住下来吗?"

"我来这儿待一段时间。等我赚了钱,我要回到旧金山去。你说了,我要是需要工作,就来找……"

他最后的话让怀亚特增添了防备的眼神。他拿起一支钢笔,仔细打量着被干了的墨水弄黑了的笔尖。

"我是这么说的。问题是,眼下我人手够了。"

麦克抓住椅子扶手,准备站起身来。

"那么我最好还是……"

"不,就坐在那儿……让我想想,我们会想出办法来的。我正在这儿挣钱呢。"他用一只手挥了一道弧线,指着尚未完工的松木板墙上那些充满幻想的平面图和草图,"挣大钱。"

这话听起来不太对劲。通过"火车站"洞开的"售票窗口",麦克可以看到两个连在一起的房间,里面放着一只小铁炉,还有一只装满了已经有酸味的油脂的长柄平底煎锅。角落里摆放着一张尚未做好的床,一块木头充当一只脚支撑着床。

怀亚特看到他望着的地方,立马跳起身来,一把拉下奶白色玻璃的售票窗口。一丝光线的变幻一时在他的眼睛里闪现出奇怪的乳白色光焰。

麦克思量着他是否真的想要说出来。接着,他想到了在洛杉矶很有可能的选择:做装卸工、做清洁工。在这儿,什么也没有,眼下唯有片片焦土、块块荒地……也许将来有钱赚。他要是能说的话,就会这样说。

怀亚特这会儿抓住麦克的肩膀,恢复了他的愉快心情。

"迄今为止,我已经卖掉了三十九个地块。今天的一车顾客预计在中午前后到达。我雇了一个墨西哥佬,在城里的宾馆和营销处招徕顾客,陪他们坐九点半的慢车,然后用我们自己的马车把他们从纽霍尔送到这儿。来吧,我带你四处看看,直到他们来。"

麦克点点头,接着他注意到了那只箱子里的其中一份小册子。这和他在城里所得到的不是同一种宣传品。

"我可以要一份吗?"

"当然啦,老朋友。"怀亚特热情高涨地说,"我开始对我们的这次重逢有一种很好的感觉啦。"

销售处外面,麦克仔细看着那份小册子。

加利福尼亚气候的奇迹
惊人的益处和疗效
全在"健康之城"

封面上,版画艺术家还是用了那个大门口的拱门,但是在这个版本中,一轮光芒四射的太阳从拱门后面那座山的上面偷窥着人间。拱门下,一个健康的四口之家站在那儿,欣赏着这美丽景色。

他们开始走向峡谷的尽头。麦克浏览着小册子里面的内容,他张开嘴巴,放声大笑起来。

"有什么吸引你了,是吧?"怀亚特问道。

"啊,这……怀亚特,你保证你这个城里的气候能够治愈所有疾病,从神经紧张到消化不良到烦躁不安到夫妻不和?"

"对。我决定不包括癌症。"

"这些照片是怎么回事?这张你是从哪儿弄来的?你看上去像是马上要进坟墓了一样啊。"

麦克指着两张配成对的不自然的照相。右手边那张称为"后来",怀亚特看上去身心正常,可是"前面"那张快照却把他拍摄成另外一种形象,只见他眼眶凹陷,眼窝发黑,两颊消瘦,胡子很长,比内战时期一位将军的胡子还长。

"城里的一位艺术家为那张照相做了技术处理。我告诉他把我弄得尽可能难看。"

"它说明加利福尼亚完全治愈了你的痨病。我不知道你还患有痨病啊。"

怀亚特哈哈大笑着,他们抄近路走过那顶帐篷的一端。那个女人也好,四个乐手也好,都没有对他们的雇主展示出友好的神情,也没有向他打招呼致意。事实上,他们的面色都阴沉沉的。

他们沿着圣索拉罗大道走去。

"我看你准备建造一个避暑胜地。"

"那是当然。得有一个吸引那些单肺人的地方啊。所以,我就虚构了一幅蓝图。"

前面,他们左边的山坡上,麦克看见有六七棵二十英尺高的树,上面结着圆球一样的橙子。这些树看上去很特别,树叶离地面很高,成簇地集中在很粗的树枝顶端。

怀亚特沉思着说道:"麦克,我欠你很大的人情。所以,我要为你找一个位子。不过,如果我这样做的话,你得明白我们做事的套路。东部人来到这儿,他们的鼻子流着鼻涕,他们的肺里晃动着鲜血,他们的肠里梗阻着宿便,他们的鸡巴自去年7月4日①以来就死了,她们的阴道结满了蜘蛛网,却竟然颤动着等待来第二下呢。到加利福尼亚的沙砾里来喝一壶,他们想……喝一壶。'砰!'该死的奇迹就发生了。"

麦克的微笑僵在了脸上,浑身起了鸡皮疙瘩。

怀亚特用他那种装腔作势的动作做了一个手势。

---

①7月4日,美国国庆日。

"他们走下火车。阳光让他们炫目,空气温和宜人。他们处在迷乱之中。他们看到了他们想看到的东西……一个气候温暖、阳光灿烂的地方,摆脱了疾病的侵蚀,远离了寒冬的困扰……一个任何事情都有可能发生的地方……甚至改造他们肮脏的白色肌肤……"

他的目光停留在了天空中的雷暴云砧上,天空因为热霾而显出一片白色。麦克看见了他眼睛里的白色闪光。

"我恨我的父母,但是我从他们身上学到了一些有用的东西,尽管他们很蠢。母亲教导我,总是有一些傻瓜会气喘吁吁地追逐神奇的疗效的。你记得我说过的关于我家老头子的话吗?"

"说他想做房地产生意,后来失败了……是的。"

"有两件事情击败了他:一是良心,二是有太多的法律束缚了他。我认为,我不会受到良心的困扰,在这个天高皇帝远的地方,我也不必担心法律的束缚。加利福尼亚的美丽就在于此:自由。这就是它的魅力所在。这就是为什么我们都来到这里的原因。"

"怀亚特,加利福尼亚有很多法律呢。"

"我不是说那些琐碎细小的玩意儿。纽霍尔有一个法务秘书在为我处理那些事情。我是说忘了更高层级的法律。你不该欺骗你的顾客。你不该欺骗,那么你就会一直贫困。更高层级的法律。"他重复了一遍,那么迷人,那么美好,那么振奋,麦克差一点都要被说服了,认为他所说的话完全是对的。

差一点。

"无论如何,我的顾客自己欺骗自己。他们看了查利·诺德霍夫的书或者南太平洋铁路在他们家乡火车站的广告。他们都确信,他们将会生活得更好……感觉更好……就在加利福尼亚。我只是对他们说:'没错,你们得自己去创造奇迹。'哪怕这些奇迹都是虚构的。"

他带着一种快乐的表情,弯弯一根手指,示意麦克走到一条通往附近那座小山的小路上去。他拉起一根上面挂着一块"不得入内"的牌子的绳子。他们弯腰从下面钻了过去,爬上山坡。

"还带着折刀吗?"

麦克将折刀递给他。怀亚特伸手到最近那棵树一根高高的树枝上,割断一根细麻绳。一个橙子从一根弯弯扭扭的很大的树枝上掉落下来。树上的每个橙子都这样悬挂着。

"南方的骄傲。"怀亚特说道,用他的几个手指尖顶着那个橙子,"加利福尼亚脐橙。"

他将脐橙扔给麦克。

"这些是来自莫哈维沙漠①的短叶丝兰。这个把戏的原创者不是我,这一招我是从里弗赛德的一位开发商那儿学来的,在里弗赛德,你会发现有很多真正的脐橙果园。我用绳子系在上面,然后让顾客在下面大道上走,这就成了。"他拍着双手,猛地高举到自己的头顶上,"奇迹,他妈的奇迹!"

麦克一会儿着迷,一会儿反感。他不知道说什么好。音乐救了他,小军鼓和管乐器演奏的一首进行曲。怀亚特将手举到眼睛上方遮挡阳光。

大门口的拱门处,尘土飞扬。棕黄色的飞扬尘土中,一辆很大的马车出现了,车辕上撑着一个巨大的帆布篷。一个戴着草帽、脸色黝黑的人驾着马车。

"那就是从九点半的慢车上来的人。"他大声地数着。

两个男人、三个女人加上一对小孩子坐在马车的底板上。

"狗屎。我该把招他们来的那个小子给开除了。他太年轻,没有进取心,此外,是一个墨西哥佬。好一点的宾馆里的勤杂工和服务员都不愿意理睬他……等等,"他"啪"地打了一个响指,像个检察官一样指着麦克,"你会驾马车,是吧?"

怀亚特陪同这些顾客徒步观光,麦克就跟在身后,欣赏着这场表

---

①莫哈维沙漠,加利福尼亚州南部的一个沙漠。

演。怀亚特巧舌如簧,煽情有术,如同一位牧师在传道。这群人因为炎热和路上的尘土而有点烦躁,但是怀亚特的有趣笑话和连珠妙语很快引起了他们的注意,让他们忘掉了炎热和尘土……他们全都忘乎所以了,但有一个人没有。

索德·埃里克森和埃德娜·埃里克森来自明尼苏达州①。两位年轻的姑娘——一位腼腆沉静,另一位放肆吵闹得简直让人受不了,都是他们的孩子。索德·埃里克森说他种植玉米。他体重超重,脸色红润,满身大汗,但是他拒绝将他那件厚厚的黑色羊驼毛大衣脱掉,而且,怀亚特每说一件事情,他都要发出猜疑的咕哝或者躲躲闪闪地朝埃德娜发出嗤笑。麦克感觉不自在。

还有凯托·珀维斯先生和太太,来自伊利诺斯州②的丹维尔③,两个平淡无奇的人,同行的他妻子的妹妹也同样单调乏味。

赤日炎炎,天空发白,似乎要发出地狱般的炙热。怀亚特的脸上闪闪发光,如同在油里洗过一样。孩子们抱怨着,女士们拿手帕扇着风,但是什么也减小不了怀亚特的高涨热情。他一直口若悬河,谈论着他的生意经,有人问问题了才停一下。

"……这个问题是这样的,珀维斯先生,是的,一流的地块卖得很快。昨天我就卖出了四块。不过,我可以带您看看'城市广场'这儿的两个美丽地块。一百五十美元一个……每个地块还都拥有完全的用水权。"

索德·埃里克森拿一块印花大手帕擦了一下他那个三层下巴上的汗水。

"什么水?"

妻子埃德娜发出"咯咯"的声音:"好啦,索德,我们领受保罗先生

---

①明尼苏达州,美国中西部的一个州,首府圣保罗,1858年成为美国的第三十二个州。
②伊利诺斯州,美国中西部的一个州,首府斯普林菲尔德,最早为法国殖民地,后割让给英国,1818年成为美国的第二十一个州。
③丹维尔,伊利诺斯州东部的一个城市。

的好客,我们不能粗鲁。"

"什么是粗鲁?在挪威——那是我出生的地方,问题是问题,水是水。我没有看见有什么水嘛。"

"这个问题问得好,问得非常好,先生。我喜欢精明的顾客。"怀亚特说道——他当然不喜欢精明的顾客,麦克从他咬着牙齿的微笑中早就看出来了,从他牵强的友好口吻中早就听出来了,"这边请,我给您看答案。"

他们零零落落地走过一个"十字街口",走向一条干涸的河道。那个惹人讨厌的女儿拔起一根地块的标桩。

"请放回去。"怀亚特说道。

埃德娜·埃里克森只好训斥这个小顽童,她才乖乖地把标桩放了回去。

"目前,这块地有一口水井供水,对一个市镇来说当然不够。城市的用水将从这里流过,通过'圣索拉罗河道'。"怀亚特继续说道,他挥动的手在空中描绘出一条蓝色的奔腾激流,"每个地块都将有一条专用的灌溉渠供水,就像你们在洛杉矶盆地所看到的那种高效的木头水渠一样。圣索拉罗房地产开发公司打算加宽加深这条水道,以保证每个住户充足的纯净水供应,既可家用,也能灌溉农作物。"

麦克站在后面,暗暗发笑。天哪,这样口若悬河,蛊惑人心,看不见的水……

索德·埃里克森在胸前交叉着双臂。

"我再问你一遍,保罗。这水从哪儿来?"

"哎呀,先生,从大陆最大的免费水资源地来呀。"他举起双手,环抱着群山,"高山上的雨水,大自然可信赖的万有引力将它运送给我们。"

"你说的是将来的状况,我说的是现在。没有水。"

怀亚特咬牙切齿地说出了他的回答:"当然没有啦。严格地来说,现在还是夏季,加利福尼亚要到冬季才下雨。我们正在建造水库。"

"给我看看水库。"

"我会让您看蓝图的。建造尚未开始。不过,到明年,第一个水库就会竣工,连同我们初步的灌溉系统。"

"我怎么知道呢?"

怀亚特瞪得他不敢对视下去,他的微笑中透出冰冷。

"埃里克森先生,您可以得到我的人格保证,我的保证和我的承诺。"

埃里克森轻蔑地哼了一声以表达他的观点。

"而且我将很高兴把它作为附加条款放在您的销售合同里。"

"不会有任何合同。我不想买任何东西。"

"哦,索德,我喜欢这个漂亮的小峡谷。"他的妻子说道,"至少我们是否可以考虑……"

"不。"

其余每个人都一言不发,为现场的敌意而尴尬。徒步观光继续,这会儿顾客们变得克制了一点。

在挂着那块"不得入内"牌子的绳子附近的一个地方,那个调皮的小姑娘惊叫道:"妈妈,看,真的橘子树。"她向绳子冲去。

怀亚特飞快地伸出一只手,将她拽了回来。

"橘子树很娇贵的,小姐。你得看着牌子上的话。"

索德·埃里克森将女儿从怀亚特那儿拉走。

"我从来没有看见过一棵橘子树被藏得这么深。"他的目光挑战着怀亚特,再度让他感到紧张。

麦克心想,这可不太好。

"你很快就会看到数百棵的,埃里克森先生。圣索拉罗果园对生活在这儿的人们来说,既是美景也是财富的源泉。"

"很快?我认为,一棵橘子树要长果子,得有五、六、七年的时间呢。你这是玩的什么把戏?我上去看看那些树。"

怀亚特抢到他前面,一把将他推了回来。

"听着,游客老兄,我告诉你……"

埃里克森咆哮着,跟他扭打起来,他妻子则将两个姑娘紧紧地揽到自己的裙子边。麦克看到怀亚特的眼睛里闪出急剧升腾的怒火,连忙跑到两个男人中间。

他淡淡的影子映在埃里克森的脸上。这个农民眨着眼睛,吃了一惊。麦克友好地拍了一下他的肩头,并朝他温和而又亲切地微微一笑。

"喂,先生。任何一个好的城市对市民来说都有规矩。圣索拉罗有规矩,这就是其中之一:无论谁,居民还是游客,都不得骚扰橘子树。这明白无误而又公正公平,是吗?"

"明白无误的是这整个作业全他妈的是假的,我就是在浪费时间。马车什么时候离开?"

怀亚特大声说道:"我说离开就离开。"

"怀亚特,"麦克开口说道,将身子转向他,背朝着其他人,竭力挤眉弄眼地警告他。

他听到埃里克森的妻子在央求他,而埃里克森则说:"不,不。"那调皮的姑娘则哼哼唧唧地嘀咕着什么。终于,索德·埃里克森脚步笨重地离开了那条"街道"。他的家人跟在他身后,接着那对糊里糊涂、局促不安的珀维斯夫妇也跟了上去。怀亚特瞧着他们,气得浑身发抖,抖得很厉害,令麦克都感到害怕。

"该死的混蛋胖子……"

"怀亚特,别说了,冷静。这事让我来处理。待在这儿,就待在这儿。"

怀亚特似乎过于劳累了,什么也干不了了。他从口袋里掏出一块手帕,擦着脸上的汗水。他的目光锁定在埃里克森身上,目光中充满了恶意。

麦克飞奔在那些顾客的身后。乐队的乐曲飘过静止的空气,他吐出一口气,如释重负。他张开双臂,像一个牧羊人赶着一群羊。

"那首曲子响起,就表示他们已经准备好了快餐,女士们,先生们。到帐篷里,你们会感觉舒服些,那儿阴凉,还有冷饮。请往右走。"

珀维斯一家三口顺从地拖曳着脚步往麦克指引的方向去了。埃德娜·埃里克森紧紧抓着丈夫的胳膊，阻止他进一步发脾气。他们那个调皮的女儿嘀咕着要糖吃，他咆哮道："安静，要不我揍你。"

麦克将他们安排妥当，然后转身回到怀亚特那儿，怀亚特站在一个角落里，一脸失败的怨愤之色。麦克高兴地看到，他不再浑身发抖了。

"谢谢你解了围。"怀亚特说道。

"我得证明，如果你雇用了我，我总是有点用的。"

怀亚特强颜欢笑："如果。你挺肯定吗？"

"你需要一个帮手，我呢，需要工作。好啦，来吧，这些人离开之前你得陪着他们啦。"

怀亚特刚想要争辩，但改变了主意。显而易见，他狂暴的怒气已经过去了。他跟在了他的身后。

"白费劲了。今天我是卖不出去了，一只烂苹果坏了一整筐好苹果。我真想杀了那个找碴的狗杂种。"

麦克斜眼朝怀亚特·保罗飞快地瞥了一眼。听他的口气，他真的准备这样做呢。

飞蛾飞进"火车站"后面房间那扇开着的窗户，在两盏微弱的煤油灯的玻璃灯罩那儿扑棱着翅膀。怀亚特从他的盘子里拿起一块猪排啃着。麦克将靴子跟搁在那张疤痕累累的桌子上，凝视着两盏煤油灯。外面黑幽幽的山里面，野狗在吠叫。

"怀亚特，你打算如何把煤气照明弄到这儿来？"

"我也不知道。"

"你怎么把水引进来？"

"我不知道。雇一个专家，雇一个掌管灌溉渠配水的人——水利专员。你想成为这名专员吗？这见鬼的有什么关系？即便城镇没有建起来，任何在圣索拉罗买下大量地块的人都持有原始股。土地总是一项原始的投资。"

228

"说得对。但你是在销售一个城市啊，允诺中的城市。"

"我可以带你去十几个地盘，都在做完全同样的事情。是什么把你吸引到加利福尼亚来了？允诺啊。"

怀亚特从猪排的骨头上啃下最后一点肉。

"你他妈的真是一个好厨师。"

他将骨头扔到脏得一塌糊涂的木头地板上。接着，他拎起一盏煤油灯，悠闲地走过"售票窗口"，走进那个充当办公室的地方。等怀亚特一转过身去，麦克便将骨头扔到了窗外。接着，他走进另一个房间。怀亚特刚刚将钢笔蘸上墨水，这会儿转向墙上的一张纸，这张纸的头上写着"日销售量"。他在当日的方框里画了一个大大的"0"，其他有几个方框里填着"1"的数字。

突然，怀亚特将钢笔尖戳进那张进度表，将那张纸划碎了，并在上面沾上了点点墨迹。麦克屏住了呼吸。

"本来那对珀维斯夫妇也许出手了，都是埃里克森那个杂种坏了好事。"

麦克一言不发。

怀亚特慢慢地走到开着的大门口，将头靠在他一条举起的前臂上，凝望着外面的夜空。麦克试图将这种情感的温度降下来，于是再次坐下身子，将他的脚抬了起来。

"我不把它当一回事儿，我并不认为珀维斯夫妇有热情。我在城里听说，人们买地皮不像去年那个样子了。"

"这倒是。竞争激烈。所以你得加倍努力地付出和策划。"怀亚特走回来，从办公桌抽屉里找出一瓶红酒。他将红酒瓶递给麦克，麦克摇摇头。

怀亚特打开瓶塞，仰头喝了三大口。

"我们谈正事儿吧。"接着他说道，"你可以帮我大忙。在前台再有一张诚实的面孔非常重要。而且，有的时候，我会控制不住自己的脾气。今天就是这样，你插手了就好。而且要是那个农民不是一堆彻头

229

彻尾的烂狗屎,我们跟珀维斯家也许就成交了。所以我愿意雇用你,不过,有几件事情要考虑。那张进度表上的每一桩买卖都包含一份合同。换句话说,现款支付的数量很少,有时还不到百分之五。这些钱只能用于经常性开支——购买食物、雇用乐师、给火车三十五美分的人头费。我说这话的意思是,我没法付你工资。"

"我不会义务干活,怀亚特。以前没有过,以后也不会。"

"我不期望你义务干活。我只是告诉你,不可能有工资。"他停顿了一下,究竟是在脑子里想事情还是在引诱他做出反应或者让步,麦克不敢肯定。怀亚特那双明亮的蓝眼睛纯粹得像初生婴儿的眼睛,像姑娘一样柔软的嘴唇上,油脂在闪亮。

麦克等着他的下文。

"我将在圣索拉罗给你权益地位,在全部未出售的地块上、公共财产上……所有一切都拥有股权。"

麦克竭力掩饰着他的激动。这是一大步……非同小可的一大步,这事儿出乎他的意料。

"什么样的地位?多少百分比呢?"

又是一个长长的停顿。

怀亚特挑起他其中一支毛刷般的眉毛:"二十。"

"带完全水权?"

麦克可以看出怀亚特在仔细思考这件事情,他尽量让自己的脸毫无表情,可是他的眼睛背叛了他。怀亚特放声大笑起来。

"他妈的是的。我特此任命你为圣索拉罗的水利专员。"他再次打开瓶塞,喝起酒来,"你感觉住在帐篷里怎么样,专员?这是眼下我所能给的最好的住处啦。"

"没问题。我喜欢户外生活方式。"

怀亚特反复无常的脸再次发生了变化。那双蓝色的眼睛变得像小孩子的眼睛一样,天真单纯。但是,麦克现在明白,这是蓄意的,是一种保护性的策略。

"我要是给了你这个地方的股份,我想要有个保证,你能在这儿待上一阵子。我对你并不十分了解,所以我想还是要写点书面的东西为好。我起草一份短短的协议,载明你要是不再在这儿工作了,我有权以一美元的价格买回你的权益,你对此不得表示异议。"

麦克也玩起了怀亚特的把戏,等了一会儿才说道:"像那样的约定应该是双方的。"

这话令怀亚特感到惊讶。

"你的意思是万一我离开了,我就丧失了……"这次,他的笑容是嘲笑性质的,"绝不可能,他妈的绝不可能。"他的脸上闪烁着勉强的尊重,"不过,假如那些是你的条件的话……"

麦克镇定地瞧着他:"是的。"

"好吧。"怀亚特伸出他的手,"成交。"

他们握手。怀亚特将红酒瓶推给他。这一次,麦克有节制地喝下了一点酒精度较高的酸酸的红酒。怀亚特大口喝光了余下的红酒,用双手往后捋着他油光光、亮闪闪的双鬓。

"我会让纽霍尔的秘书起草这个文件,与此同时……这是什么?"

麦克弯下腰去,发现办公桌的一个角下面有一样白色的东西。这是一块女人的手帕,精致的亚麻布,镶有花边,淡淡地飘出柠檬香味。

"一位顾客掉下的吗?"

怀亚特诡秘地一笑,接过手帕。

"它属于我今年夏天遇见的一位女士。她不时地驾车从她在圣克拉拉的牧场过来,这个牧场在文图拉县。我要是他妈的在这个地方不这么忙就好啦……我可以更频繁地去看她。"他将手帕塞进一只抽屉,"她通常来吃晚饭,过一夜。我从来没有奢望会遇见一个能跟我上床的女人,但是我遇见了。"

麦克和善地哈哈大笑起来,尽管怀亚特吹牛的话语让他感到一种强烈的孤独,他想内莉。

"你刚刚想说什么……'与此同时'?"

"是的。在秘书起草我们的协议之际,你可以开始了解'健康之城'的行事规则。第一课:在洛杉矶,受骗的人不会自己从树上掉下来,我们得伸出手去把他们摘下来。从现在开始,这是你最初的工作。等那个墨西哥小子把我们那帮客人送到纽霍尔之后,我要解雇了他。"

"但我还没有受雇呢。"

怀亚特再次大笑起来。他歪过头,抚摸着麦克的一条胳膊。麦克可以感觉到,某样看不见的设备启动了。

"我知道你会同意的。我想要做什么事情,人就得做。"

"埃里克森没有。我要是拒绝呢?"

"你不会拒绝,因为那会让我生气的,非常生气。"

他还在微笑。

他们从仓库棚子里拉出一顶帆布帐篷,借着一盏灯的光亮,在干涸溪床边的那个地块上将它搭建了起来。帐篷又大又舒适,怀亚特找来了几床毯子给麦克用,等他们有钱了就买张小床。麦克请求借几张纸和笔。午夜前后,他给内莉写了一封长信。他发现自己在描述怀亚特。

> 他奸诈狡猾,不过,我估计其他的"埃斯克罗印第安人"也差不了多少。他诡计多端,胆大妄为,而且几乎可以迷倒所有人。但是他不正直,我不十分了解他,但我看出,他既不厚道也很危险……没有良知,脾气暴得像一只硝化甘油瓶,比我的脾气要坏得多。
>
> 我想要赚钱,赚很多钱。但是,我爸爸把我养大,让我相信,一个人要思量的,不仅仅是他要做的是什么,还有他怎么做的问题。我的感觉并不十分好,让自己陷入……

他在信上签上"你的亲爱的",然后躺下睡觉,睡得不踏实,野狗还在一个劲儿地吠叫。

18

准备免费午餐的女人给麦克找了一套适合日常穿着的深褐色细平布套装。怀亚特告诉他那个墨西哥男孩子在城里是如何干的,给了他十美分钱用于贿赂,然后留下他自己在那儿单打独斗了。

麦克最初的三趟去洛杉矶招徕顾客一无所获。第二趟当他空着两手回来时,怀亚特早就喝开了……天还不到正午呢……并把他骂了个狗血喷头。麦克转身走开了。

在早期那几趟去城里时,他唯一完成的事情是,其中一趟他将他的"铁路"带了回来。骑骡子赶路差不多赶了一整天,但是沿途风景绝佳,他大饱眼福。在纽霍尔附近一个两边山石陡峭的峡谷里,他发现有一个摇摇晃晃的井架。他沿着那峡谷走了一小段路,又发现了三个井架,这些井架的蒸汽机正在发出"嚓嚓"的声响。他当然听说过在宾夕法尼亚州的泰特斯维尔有石油资源,但是他不知道这儿也有同样的油井。又一个可选的项目。

他向怀亚特打听这些井架。

"好几年了,他们一直在从比科峡谷汲取柏油呢。我所知道的前提是,那个老的蒸馏厂就在纽霍尔附近。这是安德烈亚斯·比科将军和他那位州长兄弟的计划。灯油、药用油、车轴润滑油……你瞧瞧那有多好哇,是吗?皮奥·比科变成一个乞丐了。有钱浪费的人在这种地方钻井,但是什么也没有钻出来,除了沙子、水,还有不幸的结局。忘了这事儿。"

到第三个星期开始的时候,麦克对这个城市已经了如指掌。他把自己介绍给一些代理商,并再次造访了索斯伍德。他熟悉那些商务宾馆,跟在那儿工作的人们混得很熟,那都是一些领先一步就能得到回报的人。

他有一次坐火车,跟一个人攀谈起来,那人懂点石油知识。这人所说的进一步证实了怀亚特的话。是的,在加利福尼亚州南部到处都有油井……塔峡谷、塞斯普峡谷、奥哈伊……有些油井运用古老的中国弹簧杆冲击式凿井方法,实际上什么也钻不到。莱曼·斯图尔特,一个来自泰特斯维尔的"野猫"钻井人,已经在比科峡谷的"明星一号井"抽出了石油,而且今年年初,他和他的合伙人投产了一口真正的自喷井——"亚当斯峡谷十六号井",在圣保拉北面的文图拉县。那口井每天产出五百桶原油,斯图尔特和他的合伙人至此已经看到丰足的利润了。偶然的成功抵消了很多的失败。而且,如果说石油业的不确定因素太多的话,那么在南加利福尼亚这种情况就更甚。那人解释说,这个地区的地质情况、地底下的地质断层和岩石构造千变万化,使得钻探比在东部要困难得多。发现石油完全像瞎猫撞见死耗子一样得靠运气。

这是值得铭记在心的东西。

秋天来到了洛杉矶。白天依旧很热,但是晚上开始凉快,太阳每天下午沉入太平洋的时间早了一点。有少量的顾客,但是补给资源在明显地枯竭。火车站的一个行李搬运工报告说,有些火车完全是空车,没有一个乘客。在一条侧线上,麦克看到一节旅游平板车厢上装饰着各种各样的旗子,这种列车曾将希望带到遥远的地方。这节车厢闲置在那儿有一个星期了。

尽管如此,他还是下定决心并且愿意长时间地工作……直到精疲力竭,假如需要的话。第三个星期的星期三,他赶上了一班早上五点钟的火车去城里,他先去了比科酒店。

在繁忙的大堂里,他注意到那个双扇门的宴会厅开着。服务员正在清理一大群衣冠楚楚的人用过的早餐餐具。他朝门里望去,心里想,他的熟人赖利也许就在那儿干活呢。在一条写着"推出一个更加伟大的洛杉矶"的横幅下的讲台上,一个穿着有肩章和奖章装饰的蓝色军装的人正在跟大家讲话。他大约五十岁年纪,灰色的络腮胡,看上去很气派。他说话的时候,还用拳头敲击着演讲台,或者像击剑般在空手挥舞着手,显得劲头十足,怒气冲冲。麦克感到好奇,便慢慢地逛进门去,听他讲话。

"……繁荣期显然已经过去,我的好朋友们。当我们也许还不愿意在公众面前承认这一事实的时候,它已经成为了事实。我们的敌人,一个经济危机,正在向我们逼近,企图战胜我们。那么,我们的策略应该是什么呢?"

麦克浏览了一下这个会议室的四周,看见了赖利,这个戴着深度眼镜、高大魁梧的爱尔兰人正端着一托盘的盘子。赖利看到了麦克的手势并朝他点点头,然后消失在了厨房里。

"内战时期我在战场上的经验告诉了我这个问题的答案。当生活和财产受到威胁的时候,如果你希望拯救它们并打败你的敌人,那么你就不要投降,决不投降。"他再次敲击着讲台,"你要进攻。为了防止房地产快速衰落,我建议发动一场全面的战役。首先,我敦促建立一个商业会所,来推介这个城市和这个地区。我们可以提供廉价的土地和廉价的劳动力。为什么不理直气壮地说这一点呢?第二,我敦促你们每个人……的确,每个有责任感的商人……在我的报纸的引领下,宣布洛杉矶是一个独一无二的做生意的安全港。"

这个人的话音中有让人不舒服的尖厉声。麦克心里嘀咕,他如果拥有报纸的话,那他干吗穿军装呢?

"宣布它完全是一个只雇用非会员的企业的城市。这个城市没有受到工会运动腐臭的垃圾和烂泥的污染……而旧金山已经受到了污染。那就是敌人,先生们……工会运动,激进的外国政府和外国意识形态的马前卒,我们将不让长满脓包的癌症在这儿生长。决不!我们将在我们的边界外面把这个恶毒的敌人挡回去,永远把它杀死。那么,你们怎么说呢?你们愿意加入到我这场伟大的圣战当中来吗?"

人们欢呼雀跃,拍手称快。麦克想起了迭戈·马克斯,拿定主意他不喜欢这个人。

有人拉他的袖子。

"赖利。没看到你……"

"我从后面绕过来的。"赖利弯着大拇指示意,一面走到一道有花饰的帷幕后面,这些帷幕挡着他们,避免被接待处的人看到。赖利的目光射向麦克从口袋里掏出来的那卷钞票。

"说话的那个人是谁?"麦克问道。

"奥蒂斯中校。《洛杉矶时报》的老板。他是热心支持洛杉矶的大人物。"

"他干吗穿军装呢?"

"我猜他喜欢当兵打仗呗。奥蒂斯这家伙受过两次伤呢。他声称他是在南部邦联战线的后方做侦察工作的。几年前从圣巴巴拉来的,办了一份报纸之后又破产了。然后到《洛杉矶时报》工作,后来买下了一部分产权,再后来积攒了足够的钱买下了他的合伙人博伊斯的全部产权。他们相处得不好。"

"我想想他也不可能跟任何人相处得好。"

那服务员不置可否。

"他接手的时候,那报纸真的是不像一份报纸,接着就大发了。现在,奥蒂斯中校和他的那个发行经理亨利·钱德勒……他们出人头地了。我们都应该有这样的好运才是。"他再次贪婪地瞧了那卷钞票一眼,补充道。

"听那奥蒂斯的话他不喜欢劳动人民吗?"

"你听出来了。"这位老服务员充满仇恨地说道。他拿一条被鸡蛋和咖啡弄脏了的围裙擦着他的眼镜。他看上去一副惨败的样子,他的两眼湿漉漉的、红红的。

麦克用手指抚弄着那卷钞票:"今天你给我弄到什么了?"

“时来运转了。昨晚从圣菲运来了两车艾奥瓦州的'鹰眼人'①。”他把圣菲说成了"圣费"，"他们有一半人住在这儿。这些是他们的名字和房间号码。"

赖利将一张破碎的字条拿了出来。他再次飞快地扫视了一下大堂，将字条交给了麦克，麦克随即给了他一张钞票。

"给昌西一张，总台那儿。他给的名单。"

麦克给了他钞票，急匆匆地往楼梯走去。

麦克小心翼翼地四下瞧了一眼，轻轻地敲了敲 323 号房门。过道里弥漫着雪茄烟味和尘土味，他竭力忍着不打喷嚏，再次敲了一下门。

"来啦，我马上来。"一个模糊不清的声音应答道。

开门的是一位中年妇女，比索德·埃里克森还要胖，白白的皮肤上长着雀斑，一双圆圆的褐色眼睛因为睡眠不足而显得毫无生气。她穿着一件有羽毛装饰的女裙服，就她这个年龄和身段的人来说，雅致和娇柔得过头了点。

麦克微笑着："胡佛夫人吗？"

她还没来得及开口说话，他早已经飞快地将两张方方的薄纸板塞进了她的手里。

"您的票子，夫人？"

"我的……"

"去'健康之城'圣索拉罗观光的免费票子。观光包括免费的乐队和免费的午餐，看看美丽的加利福尼亚乡村……没有任何附加条件。天黑前您就可以回到城里，您会感谢我的。您是跟您丈夫一起出来的，是吗？"

"是的，他……"一个抱怨的咯咯声打断了她的话，是她的丈夫在问有什么事情。

---

①"鹰眼人"，艾奥瓦州人的绰号。

"请问我可以知道他的名字吗？"

"可以啊……奥斯瓦尔德。奥斯瓦尔德·胡佛。我叫雷巴。"她又加了一句，显出中西部人的坦诚。

麦克在一个小本子里记了点什么，然后又微微一笑："一个小时后我就在宾馆的前面等你们，南太平洋铁路去纽霍尔的慢车九点半准时发车。别迟到了。"

"不会。"胡佛夫人说道，那意思仿佛是说根本不需要担心迟不迟到的问题，她挥舞着她的票子，"绝对不会！"

麦克在房间号后面打了个钩，并脱帽致了个意。

十一个艾奥瓦人簇拥在温和的阳光下。怀亚特竭尽所能……温和友善，口齿伶俐，一会儿像个小男孩一样开怀大笑，一会儿像个经济学泰斗在回答问题前那样沉思默想。秋高气爽的日子以及这拨出乎意料的热情客人恢复了他的精神。

在所有的艾奥瓦人中间，雷巴·胡佛夫人的热情是最高涨的。她的丈夫是一个脸色苍白、患着关节炎病的人，没有什么话说。当胡佛夫人大步往前走的时候，他便默默地跟在队伍里面。在从城里出发的火车上，她冲上前去，确保她能坐到麦克身边。她巨大的身躯将他挤到了车厢壁上，可是他依然笑容可掬。她认真地倾听着他的话，她的两眼每分每秒都在放射出更加爱慕的光芒。等他们到达纽霍尔的时候，她穿戴着鲸须紧身褡的胸部已经紧紧地挤压在了麦克的臂膀上了。毫无疑问，她的兴趣不仅限于房地产。

此时此刻，偶尔会被飘浮过来的大团云朵挡住的明媚阳光下，雷巴·胡佛依然处于亢奋状态……发狂一样想要购买。

"奥斯瓦尔德的关节炎需要换个环境。医学界对这儿的气候有什么说法吗？"

"就健康来说，这是最好的，亲爱的夫人。"怀亚特的话音低沉而有回响，"在美国就是最好的——我喜欢这样表达。圣索拉罗是上帝自己在患肺痨、消化不良和衰老症的时候来疗养的地方。我还必须提一下我的表哥，他是哈佛大学的外科医学教授，他说东部的医学界领军人物都认为是这样。"

麦克退到后面，两手插在口袋里，强忍住没有笑出声来。怀亚特真是让人匪夷所思。他知道什么东部医学界人士的事情呢？什么也不知道。

"哦，好哇。我爱上了这个角落的地块。'爱'……就只有这个字能形容了"。她的双眸极度兴奋地滚动着，目光最后落到了麦克的身上。他假装在仔细察看他的鞋子。

"我们要建造一幢别墅，奥斯瓦尔德。"人群往前走的时候，她说道，"保罗先生，你说灌溉系统什么时候可以竣工？"

"他没说这个话。"一个人回答道。这是一个让人讨厌的胡说八道的人，是这群人里面唯一表示怀疑的人。

怀亚特蓝色眼睛的神采发生了变化，仿佛被一朵飘浮的云给遮挡了一样。上帝呀，千万别让他的脾气把这事儿给毁了，麦克心想。不过，怀亚特继续保持微笑，看上去平和安静。

"引水渠系统和第一个水库将在雨季结束之前竣工。圣索拉罗房地产开发公司的董事会一致郑重承诺是这样。这件事情是我们对许多早已经宣布打算选择这个城市作为他们永久的家的好人们的承诺。我们会让你们有水的。"

人群悠闲地慢慢往前走去。这会儿他们分成了两队，分别沿着那条大街两边的低洼地往前移动，麦克此前没有注意到这个地方。灰岩坑里都是闪闪发亮的黑色分泌物。

那个胡说八道的人说道："哟，你这儿水是没有，可是你早就得到某种液体啦。因为，这液体黑得像黑鬼一样。"

好几个人哈哈大笑起来。

胡佛夫人没有笑，她说道："那是什么可恶的玩意儿，保罗先生？"

"全都是油脂……我们的墨西哥朋友称之为沥青。柏油啦。这个地方到处都有这样的坑和池。"

"你甚至在洛杉矶的街道上也可以看见这些东西。"麦克说道。胡佛夫人用爱慕的目光将他全身扫描了一个遍。

那个"胡说八道"将一个手指尖浸到那分泌物里，然后扮了个怪相。

"太臭了。石油，是吗?"

"石油的一种。我就知道这点，不过我还知道它没有用处，而且挺让人讨厌。"

"我妻子差一点就踩到里面去，把她的鞋子给毁了。""胡说八道"说道，他说话的腔调暗示怀亚特对此负有责任。

"我们马上注意这个问题。"怀亚特打了一个响指，"钱斯，找一把铁锹，把那坑填了。"

轻风中飘荡着乐队演奏的乐曲。怀亚特踮着脚尖，如同浪涛般汹涌奔腾，他张开双臂以他柔美的心情拥抱他们。

"女士们，先生们，那是一个信号，就是我们的午餐已经准备好了。胡佛先生和胡佛夫人，请到那个大帐篷里跟我同桌用餐。那么对我们销售合同的条款表示赞同的还有两对夫妇在哪儿?"

手举了起来。

"好，好极了，我想邀请你们也到我的餐桌上来。"

他们扬长而去，聊着天，开心得像小孩子放学了，又恰逢一个好天气。麦克在他们的身后望着，脸上露出明显的不满。他不喜欢怀亚特对他颐指气使的态度，把他当奴隶一样发号施令。

接着，他看到了那位胡佛夫人挽着她丈夫的胳膊，却回头在瞅他。她挥舞了一下手帕。麦克立刻感谢怀亚特给了他一项任务。

他瞧着灰岩坑里像镜子一样的黑色表面。他蹲下身子，拿指尖沾了一点那种分泌物嗅了一下。柏油味儿，是的。他不断地擦着他的手指，沉思着。

怀亚特不认真考虑他不懂或者说他不关心的事物。麦克认为那样做是愚蠢的，一个人应该海纳百川。要是宾夕法尼亚州的"野猫"钻井人在这些河谷和峡谷里找到了石油,那么难道这些分泌物就不是一个迹象?另一种加利福尼亚金子的迹象?

在纽霍尔火车站,麦克说服了那些顾客就他们的选择在洛杉矶的报纸上发表一封感谢信。这是房地产开发商的一种标准技术手段,做个正面宣传。麦克准备好了文本:

> 我们,作为前一天圣索拉罗的旅行观光者,借此机会衷心感谢你们在整个考察期间对我们的悉心照顾和周详安排。尤其要感谢保罗先生和蔼可亲的接待和体贴周到的关怀。我们感觉,有这样的人做领导,圣索拉罗就有了坚实的基础,其前景一定光明灿烂。

胡佛夫人坚持在离开前一定要拥抱麦克。当列车开动时,她一直站在她那节车厢的走廊上,挥舞着她的手帕,用一种热切的目光望着他。他一开始并不完全清楚什么意思,直到几分钟之后他才明白过来。接着,他发现他的口袋里有一枚金属钥匙,还有一封字写着很潦草的信:

> 亲爱的人儿……
> 奥斯瓦尔德睡得很早,哪怕龙卷风也弄不醒他。我等你。
>
> 雷

麦克赶着马车沿着大路朝那个光芒四射的拱门驶去。上个星期,他给马车安装了一个帆布顶篷,像他在约塞米蒂所看到的一样,并将车身油漆成了让人心旷神怡的金色。马车看上去是又新又漂亮了,却把他弄得又沧桑又疲惫。

西边的山头上,高高挂在天上的积云装点出一幅壮美瑰丽的夕阳景色,鲜艳的金黄色幻化成了猩红色,接着又变成了越来越深的蓝紫色,可是他无心欣赏此美景。

当他赶着拉车的马迈着沉重的步子缓慢地在大路上行走时,他感觉到圣索拉罗有一种迷惘孤寂的景色。标志着地块的旗杆投射出长长的影子。在"火车站"上闪烁着幽幽光亮的煤油灯似乎在欢迎他的归来。严格讲,他哪怕不喜欢这个地方,也已经习惯这个地方了。他对加利福尼亚乡村的情有独钟是永远不会消失的。

当马车驶近时,怀亚特冲出门来,一面挥舞着几份文件,圣索拉罗大道的尘土中雕刻出一个小小的舞动的身影。

"签署了的合同,三份哪。4月份以来最美好的一天。我实际上是买下了十字路口店铺的全部产权。洗洗,我们要庆祝一下。"

"怀亚特,我挺累的……"

"洗洗。"怀亚特坚持,"我邀请了客人。"

二十分钟之后,麦克走进了"火车站"后面的房间,他新梳理过的头发上还滴着水。一看到那块白色的旧桌布上所摆放着的东西,他简直不敢相信自己的眼睛。

六瓶赤霞珠葡萄酒,一马口铁桶的牡蛎,一大罐奶油,半块圆圆的高德干酪,一条条用陈面团发酵的面包;一只盒子里面装着极其珍贵的冰,此时正在融化,里面栖息着六只烤鹌鹑;还有一块醋栗馅饼、一块苹果馅饼和一块葡萄馅饼。每一只碟子和每一个盖在器皿上的马口铁盖子都被搬出来装各种各样的食物了。这样的奢侈和铺张惊得他目瞪口呆。

"所有这些你是怎么弄来的啊?是不是哪个买家付现金了啊?"

"一分钱也没付……还没有付。我跟店老板商量了,赊欠。"怀亚特把手伸到炉子上试了一下,"炉子已经快热了。那个大罐里是奶油。炖牡蛎怎么样?"

"是不是先告诉我,我们为什么要把我们的利润吃光?见鬼,这顿饕餮大餐也许把我们今年余下时间的经常性开支都花光了。"

"麦克，你绝对成不了一个优秀的加利福尼亚人，除非你不要再扮演这种该死的道学先生的角色。"他的话音中已经露出锋芒。

"我是一个看着我们的利润进入了我们肚子的道学先生。"

"好啦，我商定的交易，这是我的庆祝。"这是公开挑战。麦克的怒火沸腾起来，但是他硬把它压了下去。他将手伸到炉子上面，默默地数着数。数到"八"，他感觉手被炙痛了，便赶紧缩了回来。数到"八"跟"十二"之间，炉子热量就已经足够。

他将一只锅放到炉子上，放进牡蛎，打开奶油罐的盖，声音弄得很响。

"那该死的盐和胡椒在哪儿？"

"别这样好吗，看在基督的分上？在架子上。"怀亚特在安装于"售票窗口"里面的一面三角形的镜子前弯着腰，梳他的头发，整理着他的领带。

麦克听到有马车驶近。怀亚特用一种孩子般的紧张语气大声说道："那是我们的客人。等着见她吧。"

"她？"奶油罐差一点从他的双手里掉落。

怀亚特跑过办公室，来到前门处，麦克跟在他身后。傍晚天空的火烧云下，一辆车轮被漆成黄色的漂亮的小小敞篷旅游马车歪歪斜斜地穿过拱门，以不顾后果的速度沿着大路轰轰隆隆地驶来。一只旅行箱在一个手握缰绳的女人身边的位子上弹跳着。这么说，这就是要在这儿过夜的那个人……

麦克的脸突然变得苍白。

驾驶敞篷旅游马车的女人就是卡拉·赫尔曼。

19

卡拉驾着敞篷旅游马车疾驶而来，驶入"火车站"前面的一个弯道处，她勒住马的缰绳，用她的马靴踩住刹车。尘土飞扬，她用一只戴着灰色手套的手拼命将尘土扇开。当她转向两个正在恭候她的男人，看到麦克时，她的脸僵住了。

"钱斯，你在这儿干吗？"

这下轮到怀亚特惊讶了，他一会儿望着这个，一会儿望着那个。

"你们互相认识啊？"

"是的，我们是老熟识了。"卡拉说道。她快乐怡人，而且美丽依旧。

"我在北方见过赫尔曼小姐和她的父亲。"麦克对怀亚特说道。

她伸出一只手，寻求下车的帮助。麦克赶紧走上前去，她跳下马车，跳进他的怀中。她哈哈大笑着，一面扶正她那顶漂亮的黑毡帽子。帽子上有辊轧的边，加上染成金色的卷曲鸵鸟毛，跟她那时髦的法式灰色套装里面穿着的定制的金色丝绸马甲一样跟她的头发十分相配。一个金色女孩，他心里想。这身装束肯定是精心策划过的，不过非同一般地适合她。

卡拉挽住他的胳膊，让他感觉到了她鼓鼓的胸乳。

"琼对我说他找了个合伙人。我怎么也想不到会是你。你为什么离开旧金山？"

"我在那儿都喝不到一口水。"

她纵声大笑。

"这一切我以后解释。"麦克说道，"我们在里面摆了一桌盛宴。琼是谁？"

"哎呀，我们的主人啊。"

"我中间的名字叫朱尼厄斯。"怀亚特说道。

"对呀，我忘了。但'琼'通常是女人的名字。"

"是吗？有时候它适合我。"他侧面站着，他的脸在霞光下显得十分清秀。有一会儿，他歪着的脑袋、他双唇的形状的确塑造出一个女人的形象。麦克再次认识到，他对这位老板加合伙人根本就不了解，或者说对他的多重人格根本就不了解。

怀亚特拴好卡拉的马,麦克则将她的旅行箱拿了下来。

她对怀亚特道:"你派来送请柬的长号手四点半才到。他迷路了。"

"他这样真不应该。"怀亚特说道,"我付了他五十美分,还把麦克的骡子借给了他呢。"

麦克有一种感觉,怀亚特很生气,因为卡拉不仅仅跟他认识,而且对他热情有加。

她走进"火车站"内,有手风琴式褶裥的裙子摆动着。当她见到餐桌时,不禁拍起手来:"真是一桌盛宴耶。"

"我还以为你不屑一顾呢。"怀亚特说着,狠狠瞪了麦克一眼。

她的反应是一个冷笑:"我不喜欢妒忌,琼。我不喜欢无聊的男人。请把酒瓶打开。"她将左手的手套一个指头一个指头地捯下来。

怀亚特用开瓶器钻开酒瓶。麦克走到卡拉前面,向炉子伸出手去,那双铭刻肺腑的深蓝色眼睛锁定了他的目光。

卡拉的目光表明,什么也没有变,她发觉他一点也不令人厌烦。

麦克加上调味品,煮着牡蛎。他很高兴一直将背对着他们。卡拉和被她坚持叫作"琼"的怀亚特一边喝酒一边闲聊,不时地,他们的交谈中会蹦出一些不友好的辛辣言辞。这让麦克紧张。

再次见到卡拉在麦克的内心深处引发了强烈的甚至令他恐慌的反应。尽管他在她身上发现了一些不太让人喜欢的特征,但是她仍然是一个强烈地吸引人的尤物啊……而且他羡慕怀亚特跟她的成功交往。卡拉让他的私处勃发起来。当那家伙明显地鼓出裤裆的时候,他连忙紧贴炉子站着,以便隐藏他的尴尬。

两个半小时过去了,吃完了烤鹌鹑、所有的炖牡蛎、一半的面包、四瓶烈性红酒之后,麦克的头嗡嗡直响。他塞得过饱的胃隐隐作痛,发出声响。不过,他感觉更加放松了。感谢上帝创造了红酒。

卡拉解开了她衬衫的白色丝巾——丝巾的两端挂在她那件敞开的

245

金色马甲外面。衬衫上面的纽扣也解开着,敞开的领口足以露出那一抹金棕色的乳沟曲线。她的上唇泌出一层细细的汗珠,闪闪发亮。

当怀亚特抓起最后一个馅饼时,卡拉抓着酒瓶又给麦克的酒杯倒酒。他摇摇头。她模模糊糊有点嘲弄性质地微笑着,给自己倒了更多的酒。

他们一面狼吞虎咽,一面聊着天。卡拉听他们讲麦克如何第一次遇见怀亚特。麦克了解到,那个大型舞会的一星期之后,她离开了旧金山,从此以后就一直在南加利福尼亚放松自己。

"然后你将在这儿待上一段时间?"麦克问道。

"也许吧。很多方面,我都觉得这儿比城里好,气候适宜。我不能说人适宜,全是一帮无聊的农民,当然有几个例外。"

这会儿说到了石油这个话题,麦克对此很感兴趣,在"沼泽怪"赫尔曼圣克拉拉谷的大牧场里有柏油池,他已经租赁给宾夕法尼亚州的"野猫"钻井人斯图尔特开发了。

"石油是个肮脏的玩意儿,只吸引肮脏的人。"卡拉说道,"一进入圣保拉,你就可能会觉得进入西部最狂野的地区了。每夜枪声不断,人们全都肮脏而又无知,样子就像一帮亡命之徒……"

"而在圣索拉罗,"怀亚特挥舞着酒杯并洒出一些酒来,说道,"我们彬彬有礼的。"

"而且能喝。"她说道。

"能喝。"他赞同道。

她重新斟满自己的酒杯,斟到杯子边沿上。

煤油灯调得很暗,给这个房间和三个就餐人一种宽容的柔和线条。要让麦克把目光从卡拉身上挪开是不可能的。她比他记忆中更加浑圆了一点,体重又增加了一点……一种性感的分量,臀部滚圆,双乳硕大。一个完美的维多利亚时代女郎,至少肉体上是这样。但是,她越喝,就越表现得像个码头工人一样。她一杯又一杯地跟怀亚特也就是那个琼干杯。

"要是这个地方那么粗野，"麦克说道，"那你一个人驾车来这儿安全吗？"

"要是有谁敢打扰我，我就告诉他我是赫尔曼的女儿。要是那也不行，那么我藏在旅行包里的东西会行的———一把袖珍的雷明顿①点二二口径手枪。我是一个神枪手，爸爸教我的。所以，小心点，钱斯。"

她瞧着麦克，那目光让他想入非非，她向他祝酒，然后一口将酒吞下。点点红酒洒落在了她金色的马甲上，如同殷红的血迹。她叹了口气，往后靠去。

"上帝啊，食物太多了，彻头彻尾的纵欲。"

"今天是一个伟大的日子。"怀亚特说道，他跟跟跄跄地走到"售票窗口"，从抽屉里拿出一个雪茄烟盒，"卖掉了三个地块。到年底前得把其余的都卖掉，用这些业绩捕获那些笨蛋，吞下所付的现款，然后走人。"

麦克的双手在餐桌下紧紧地按在自己的两个膝头上，竭力不让自己心神不定。

怀亚特摸索着雪茄烟盒的盖。

"繁荣马上要见底了。"

卡拉舔着她高脚酒杯的边沿，瞧着麦克。这一瞧令他再次兴奋起来。

"在城里，他们说早就是这样了，琼。"

怀亚特朝她眨着眼睛，耸了一下肩膀，拿出一颗很大的墨绿色雪茄烟，并在炉子上擦燃火柴。他在餐桌上方喷出一团青烟，扔掉火柴梗。麦克一脚将火柴踩灭。

"琼，这太卑鄙了。"卡拉说道。

怀亚特挠着他的裆部，他的一边嘴角上还沾着一点食物。

---

①雷明顿，即伊利法莱特·雷明顿（1793—1861），美国武器制造商、发明家，在美国内战期间由其子经营的武器公司向政府提供了大量的轻武器。

"古巴货,最好的。"

"它闻起来还是像在烧干草和狗屎。"

麦克的脸绷紧了。卡拉说话的同时越来越表现出醉态,跟怀亚特一样。很难区分谁喝得更醉。赫尔曼说过,酒精会让她发疯。

"把它灭了。"她说道。

怀亚特怒火迸发,但也就一小会儿。他向她深深地鞠了一个躬……他差一点一头栽倒……猛地将他的雪茄烟插进她刚刚给自己斟满的酒杯里。

"听你的,亲爱的。"他抚摸着她的手臂,他的指节紧紧压在她隆起的胸乳上,"全听你的。"

"琼,你这个蠢货,你迷糊了。"她倒转酒杯,将杯中的烟、酒全部倒在了他乱七八糟的盘子里。红酒流到了餐桌上,滴落到地上。

麦克从来没有听哪个女人说过这样的话——也许富家女是例外。但是,令人感到奇怪的是,这使她变得更加妩媚动人——至少在喝了很多酒的他眼中。

怀亚特弯腰用嘴往她的脖子里面拱。

"卡拉,听话。这是一个特殊的夜晚啊。"

她的嘴撇了下来,仿佛吃到了什么坏的东西。

她把他推开:"别这样。我累了。"

她从椅子上站起身来,避开他的手,走向打开的窗户。她的步子摇晃不稳,她所有冷漠传达的意思与其说是生气,毋宁说是厌倦。有一股情感在汹涌澎湃,也许一场暴风雨就要来临。麦克强忍住自己的妒忌,干咳了一下嗓子。

"我还得早起赶火车去城里。谢谢晚餐,怀亚特。很高兴我们这一天十分成功。"

怀亚特一屁股坐倒在他的椅子里,他的领带解开了,有几缕乌黑的头发落到了他的前额上。他猛地岔开过于瘦长的双腿,仅仅向麦克点了一下头,他的目光一直停留在用冷漠的眼神凝望着窗外的客人身上。

"赫尔曼小姐……很高兴。晚安,也许我会再见到你……"

她飞快地转过身来,她所有的醉态似乎一扫而光。在怀亚特正在点着的头的上方,她的双眼再次盯住麦克的眼睛,大大的深蓝色的眼睛充满了热情……内莉被忘得一干二净。

"这是肯定的,麦克。做个好梦。"

他来到门外,关上门,靠在门上,如释重负地舒了口气。他不愿意离开卡拉,可是他很高兴离开那个醉酒的场面。他揉着自己发困的双眼,听到了他们的说话声。

"请你把手从我身上拿开好吗,琼? 我头晕,我累了。"

"累了,累了……你就是这样报答主人的盛情的吗?"

"别哼哼唧唧,琼。哼哼唧唧让我烦死了。"

"你有时候真他妈的是一个自命不凡的婊子。"

"闭嘴。我要上床了。"

"你一个人吗?"

一段长长的沉默。

"把余下的那点可爱的红酒倒给我,然后我们再看。"

麦克内心五味杂陈,跌跌撞撞地走进了黑暗中。

20

尽管市场不景气,但是他们还是在纽霍尔签下了他们的协议。

那法律秘书说:

"记牢,钱斯,这个文件除了约定的条款外没有授予你任何权力。你对圣索拉罗的事情没有任何发言权,不可以接近公司的各种资料和其他机密文件,没有涉及银行的任何权利。我们要是对这些都清楚了,那么就在这儿签字。"

零的百分之二十还是个零,麦克心想。但是,他还是签下了自己的名字。

一天之内卖掉三个地块之后,怀亚特再也没有生意可做,连生意的气息也闻不到。

顾客越来越少。麦克在洛杉矶加倍努力,加倍拜访代理商,加倍塞小费给勤杂工和接待员。但是,坐火车的旅客越来越少,即使来了,也不买地块,哪怕是跳水价。随着房地产开发商的消失,规划的城镇和村庄也在消失,价格继续跳水。麦克带回来的顾客越少,怀亚特的脾气就越大。在一个顾客也没有的日子里,他就骂娘、酗酒、摔东西,麦克就离他远远的。

噩梦再次像瘟疫一样纠缠上了麦克:暴风雪的噩梦,还有奇宝躺在他怀里死去而"海湾美人"号沉入了海底的噩梦。他遭受耻辱和惨败的伤口虽然愈合了,那伤疤却永远也不会消失。

他一个晚上只睡四个小时,一个有雄心壮志的人不该将更多的时间浪费在睡眠上。从夜里十点到凌晨一点,他仔细研究所有圣索拉罗的销售合同——这是经怀亚特批准的。他阅读怀亚特搁在办公桌上但从来没有打开过的有关房地产的一本书的有关章节,他想要了解法律对买卖房地产的人有什么要求,他想要了解哪里有隐藏的危险。

10月一个阳光灿烂的早晨,麦克看见"沼泽怪"赫尔曼驾着一辆轻便马车行驶在洛杉矶的主街上。他一时兴起,朝那位德国老人打了个招呼,弄得赫尔曼在急转弯的时候差点把三个行人给撞了。

"哎呀,伙计,太意外了。离我的约会还有一小会儿,我不太喜欢这个约会。律师,呸。对那些律师,对大多数律师,我只是一条金子的矿脉,等着他们开采。上车,我请你喝窖藏啤酒。"

"赫尔曼先生,现在才早上九点半呢。"

“那又怎么样？早上喝啤酒有助于消化，我七岁开始就在早餐上喝啤酒了呢。别废话了……上来。”

来到“努南鸟笼”这个不太拥挤的酒吧，赫尔曼吹掉啤酒杯上的泡沫，仔细打量着麦克：“他们把你赶出来了吧。”

“是的，但不会永远。”

“好样的，伙计。在这儿赚到钱了吗？”

“一点点。”他撒谎。

赫尔曼叹了口气：“唉，有雄心壮志是好事儿，但我要告诉你，有些问题是钱解决不了的。钱治不好胃气病，也改造不了一个女儿。卡拉在南加利福尼亚，你知道吗？”

“是的，我听说了。”麦克谨慎地说。

“但愿她会离开。”

“为什么？”

“哦，她又让自己陷入一团乱麻中了，她又跟两个也许三个男人搅到一起去了。”

麦克的脸色变得苍白。

“我不知道他们是谁，除了一个人外，但这个人正是我所担心的。”“沼泽怪”说道，“巴迪·比维斯。莱昂内尔·比维斯，那个木材大王。听说过他吗？”

麦克摇摇头。

“他的脸像一条鲆鱼，但在楼下……博得女士欢心的地方……他们说他是一个十足的‘剑客’。一位剑客先生，如果你明白剑客的意思的话。巴迪起先不会对卡拉表示出一点兴趣。所以，很自然，她得去追他。该死的小傻瓜……巴迪·比维斯是一个有妇之夫啊。他们到边远蛮荒林区的旅舍里去过了几夜，但是又不小心谨慎，被人看见了。这可是一桩腐败丑闻啊，还在发酵呢。”

“你说他是经营木材的。在哪儿呢……俄勒冈吗？”

“不是，不过树都在那儿，他爸爸的树。巴迪在圣迭戈混日子，他们说他还在为她发狂呢。她对那些先生有那个作用的。"

麦克紧盯着他的啤酒。

"当然啦,到现在为止,卡拉只是玩玩而已,""沼泽怪"继续说道,"所以,她充其量把巴迪当作缘蝽①对待。如果你看到我女儿,别让自己陷进去了。穿过街道,快。"

11月的一个下午,他躲到圣索拉罗的"柑橘园"里给内莉最近寄来的一封信回信。影子在拉长,他背靠一棵短叶丝兰坐着,不时地抬起头来看一眼怀亚特——他正领着三位顾客穿越那条小道。怀亚特走得很慢,不见了他往日的激情。早些时候,麦克听了怀亚特的部分推销介绍。他用死记硬背的老一套搪塞,他的冷漠影响了顾客们,他们一开始就成了一帮伤心不已的吝啬鬼。又是倒霉的一天。

麦克皱着眉头,专心致志地写他的回信:

> 有一个令人烦恼的问题时时萦绕在我的脑子里。这块土地没有多少价值,但是显而易见,它需要一些成本。他是哪儿弄来的钱呢?

嘚嘚的马蹄声和辘辘的车轮声再次让他抬起头来。是卡拉的轻便马车来了,马车后面尘土滚滚。

她跟往常一样,驶得风驰电掣。她看到麦克坐在短叶丝兰下,便挥挥手,慢了下来。麦克将他没有写完的信藏进衬衫里面。

卡拉将马拴到一个地块的标桩上,弯腰钻过绳子,朝山上跑来。她穿着一件时髦的女式骑装,白色的麻纱裤子加上长袖夹克。她的头发梳向后面,扎着一条薄薄的金色头巾,跟他夹在那本指南里的一模一样。她的眼睛下面有黑眼圈,表明她又有好几个晚上没有睡好了。

———————

①缘蝽,一种南瓜和西瓜的主要害虫,底色黄,上面呈黑色,吸食植物根、茎等。

可是,她匆匆向他走来的时候,精神饱满,笑容满面。他既感到激动,又觉得紧张……卡拉给他的就是这样一种复杂的感觉。

"你在这儿干吗?怀亚特说你白天决不到这儿来的。"

"我有事,我在帐篷里吃的中饭。你不在这儿嘛。"这话明显带有强烈的性的意图。

"我在干另外一件事情——修理'火车站'屋顶上的一个破洞。不管我们有没有顾客,它总归是漏雨了。"

"唉,你的合伙人今天十分消沉啊。"她继续说道。

"每天如此,生意不好。"

她的目光飞速地望向他身后,去察看什么东西。他回过头去。怀亚特和那帮顾客正走在那条河道的堤岸上,几乎看不见了。卡拉放松下来,走进婆娑的树荫下。

"由于你那么沉默寡言,钱斯先生,所以我就被迫放肆一点。我找借口有事白天来,因为我晚上在这儿根本不能溜出来到你的帐篷去。怀亚特要是发现了,会大吵大闹的。"

"你是在为我着想还是在为你自己着想呢?"

她喜欢这反驳。

"我们俩,亲爱的。"她快乐地说,"该是你和我在一起独处的时候了。我们可以在哪儿安全独处呢?"

麦克的心跳得像斯坦福的某匹纯种马在比赛时的蹄子一样。

"卡拉……"

"我们选个日子。"她的话音刹那间变得嘶哑,"你可以不去洛杉矶,你可以去文图拉县。你可以说没有顾客。"

她对那个木材大王比维斯用的也是这样的手段吗?

他对她厉声说道:"卡拉,不,别做这种事。"

她感到吃惊,接着朝他恶毒地笑了一笑:"噢,我是不是错看你了?难道你一直在装腔作势吗?难道你内心讨厌女人吗?"

麦克的表情表明这话说错了。

她急忙后退了一步,然后伸出一只表示和解的手:"对不起……这样太贱了。是我不好。我只是不明白这样……不情愿是为了什么,我事实上来这儿就是为了请求……"

她的话音渐渐消失了。

麦克说道:"我可以解释我为什么不情愿,如果你说这是不情愿的话。"

他伸手去摘一个橙子。橙子已经干瘪了,已经失去了其鲜亮的光华。要换了……这也是他的工作之一。她轻轻拍着那个橙子。

"这个属于怀亚特。据我所知,眼下,你也一样。"

"那我该说,谢谢你了。"

"不客气,你们是情人嘛。你并没有保密啊。"

"露水情人。我厌倦他了。他倒是很迷人,但他不负责任。最近,他变得十分粗野。他似乎再也无法控制他的脾气了,什么情况下都不行了。"

她的目光再次投向远处河道边上的身影。在一棵短叶丝兰的掩映下,她走到麦克跟前,她的胸乳透过白色麻纱挤压到他的身上。

"而你,亲爱的,是一个几乎完全能够控制自己的男人。我想要打破这种控制。这不会是不愉快的事情,我保证……"

他想要吻她,但不知怎么的,他发现自己的内心在排斥她。

"我要是准备侵犯另一个男人的领地了,我会决定何时何处的。"

"你并不像我想要得到你那样强烈地想要得到我吗?"

"是的,在这样的情况下,是的。"

她的脸突然红了,她缩回右手,仿佛要打他一样。但是她没有打出去,而是强令自己的脸上露出一个冷笑:"你有非常独特而又老派的道义准则,钱斯先生。我告诉你……这对你没有好处。我极其欣赏你。现在你也许很贫穷,但是你不会永远贫穷,因为你矢志不渝地追求你想要的东西。"

他寻找着调情和虚伪的迹象,可是看不出来。

此刻,她加强了进攻。

"我跟你一样:我追求我想要的东西。而且,要是有人不让我得到它,我就会下加倍决心得到它。而且,我总是能得到它的,亲爱的。"她抚摸着他的脸,"总是能得到的。诚实的告诫是吗?"

她跑下山坡,跑向她的轻便马车,麦克望着马车疾驶而去。

该死的傻瓜,拒绝这么漂亮的一个女人,一个没有蔑视一个男人野心的女人……

他无法干其他事情……这就是问题所在。他骂了一声娘,抓住短叶丝兰上的一个橙子,抓得太用力了,居然把绳子也扯断了。

拂晓。12月。东边山峦上的灰色里,渐渐渗进淡黄色的亮光。麦克检查着马嚼子,喷出一团团白气。他在城里买的二手货羊毛外套太薄了。

"火车站"的门开了,怀亚特双臂抱在胸前,赤着脚,摇摇晃晃地走了出来。两天没有刮胡须的脸露出黑黑的胡碴,玷污了他英俊的容貌。他的紫色缎子睡袍,手肘部已经破旧,挂在他瘦长的身架上。至少,他似乎并不粗暴。天色太早。

"上帝,真的是冬天了。"他拍拍自己的肋部,再次将双臂抱在胸前。

麦克爬上车座。

"我以为南加利福尼亚不会这么冷的,不会有霜冻冻死橙子和柠檬的任何危险……"

"你又一直在看那本书。你该更了解的。"怀亚特咧嘴笑了,睡眼惺忪但心情很好。

麦克觉得怀亚特现在心情正好,适合问他一些问题,但是他不敢马上问那个重要的问题。

"怀亚特,我一直在嘀咕……这块地你花了多少钱啊?"

"十六美元一英亩。"

"一千八百英亩……那要将近三万美元啊。你哪儿弄到这么多钱的?"

怀亚特用鼻子吸了一口气,拿袖子擦了一下鼻子。

"从卡拉的父亲那儿借的。"

"奥托·赫尔曼?你从来没有提起过这事儿。"

"有原因的。很多人瞧不起赫尔曼。把他的名字跟圣索拉罗联系起来,会损害这个项目的。不过,赫尔曼先生是一个通情达理的人。当我说明了情势之后,他理解,他的股权我们就秘而不宣。即便有什么消息真的漏出去,我也只要否定就是了。"尽管他的口吻还是友好的,话音里却露出锋芒,"这你满意了吗,合伙人?"

"当然。"麦克说道,尽管他仍然对此颇为费解,刚刚说到这讨人喜欢的"通情达理"的赫尔曼听起来不太像他所知道的那个"沼泽怪"。怀亚特难道真的这么有说服力吗?

"你可以走了,要不会赶不上火车的。"怀亚特轻轻地拍了拍那匹正在喷着气的马,"带些有热情的顾客回来。"

"要是有的话。"

麦克驾着那辆有帆布顶篷的马车向拱门驶去。淡淡的光亮越过东面的山峦,那轮像熟铁一样的旭日放射出火焰般的色彩。他的目光久久地停留在它的上面。

太阳并不是在升起,而是在下落,很快地下落。

在比科酒店门可罗雀的大堂里,一个墨西哥服务员正站在梯子上往横梁上挂小小的有彩蛋画的彩罐①。圣诞节快到啦……麦克忘了。

他在热气腾腾的厨房里找到了赖利。

"没人。"赖利说道,"到现在为止三天没来过人了。"

"这很糟糕。"

---

①彩罐,一种通常为陶质或纸质的罐子,墨西哥人过节时将糖果、玩具等装于其中吊起,让小孩子蒙住眼睛后用棒子击破而获得其中物品。

"你以为我不知道糟糕吗?"老人说道,伤心地擦拭着他的眼镜。

"那服务员要来的。"斯威夫蒂·索思伍德说道,将一叠小册子整整齐齐地放到柜台上,并在另一叠小册子上吹掉灰尘,"我分发不掉这些东西。那金色的泡泡破灭了……"他"噗"的一声,并用手做了个手势。

"无论如何都要谢谢,斯威夫蒂。"麦克戴上他那顶宽边帽子,开始往外走去。

"下个礼拜也不必来了。我带着老婆去温哥华了,我们准备到我兄弟那儿去蹭一段时间的饭。在这个城里,我要饿死了。"

麦克行走在主街上,12月的天空已经没有了淡淡的柠檬色,低垂得像一块厚厚的石板。这条街道如此寂寥空旷,与10月份那个阳光灿烂的日子形成了天壤之别。在室外的大多数人都是当地的住户。宾馆外和房地产中介所外那一群群的游客早已销声匿迹。他走过一家中介所的铺面,招牌歪歪扭扭地挂在那儿,一端的链条已经断裂。越刮越大的风中,招牌来回碰撞着,发出"咯咯"的声响。积满污垢的窗户上写着几个白色大字——"出租"。南太平洋铁路的车站上,他发现月台空空如也,只有一个行李搬运工在那儿。冷冷的雨开始下落,麦克一阵战栗,赶紧竖起外套的领子,沿着月台走去避雨。

接下来这一周的星期一……圣诞节前两个星期……他再次一无所获了。天空不屈不挠地灰着,但是今天,风增大了,来自东方的风,增强了身上的不适感。这是一股奇怪的暖风,吹得飞沙满天,咆哮峡谷,横扫山峦,这是高原荒漠的呼吸。狂风翻卷,尘土飞旋,肆虐在圣索拉罗荒芜的"街道"上,吹动着条纹帐篷的帆布,吹得绳索发出"呜呜"的声响。这声音折磨着人的耳膜,考验着人的神经。

麦克坐在那顶黄色帐篷里面的一把木头椅子里,思忖着该干点什么。他是一点半回来的,并向怀亚特做了汇报,怀亚特这会儿早已经在

257

他的办公室里打开了一瓶红酒。他再也不注意自己的外在形象了，他至少四五天才用一下他的折叠式剃须刀。他对麦克简洁的报告没有任何回应，仅仅朝他投去谴责性的一瞥，然后飞快地翻动着一本账本，嘴里喃喃地咕哝着成本费用。

四位乐师正在默默地玩一个惠斯特纸牌游戏。那个负责食物的布里尔太太坐在那些搁板桌的后面，像一尊雕塑。昨天，那只羊腿上已经有一层紫绿色的东西。今天，她已经能闻到馊味儿了。狂风攫住了其中一个盖着食物的薄纱布圆罩，将它吹跑了。麦克瞧着她，她瞧着麦克，谁也不动一下。

突然，布里尔太太的眼睛睁大了，盯着外面的什么东西。麦克看到怀亚特跟跄着从滚滚尘土中走了出来。他的纸领子只有一端还连在上面，另一端在风中飘扬，他的衬衫下摆挂在外面。他捧着那本费用账本和几个小小的信封。

就在帐篷的里边，他停住了脚步。

"我准备让乐队走了。你也一样，布里尔太太。我把你的薪水装在这些信封里了，一天的酬劳。"

麦克感觉仿佛天崩地裂了一样。布里尔太太泪如泉涌。那些乐师扔掉他们的纸牌，撞翻了他们的乐器，站起身来。那个领头的，就是那个大号手，一个留着老式的连鬓胡子的大胖子，冲向怀亚特。

"你不能只付一天的酬劳，你也该提前一天通知我们。"

"不，没有，埃德尔曼，我拿不出钱。"他拿出那些信封，埃德尔曼怒目而视，拒绝收下这些信封，怀亚特将四个信封扔到泥地上。

"见你的鬼去吧。"他咕哝着，接着跌跌撞撞地朝布里尔太太走去。她接过了她的信封。

怀亚特在其中一张桌子底下翻找着，翻出一瓶红酒。那秃顶的短号手数着自己的钱，愤怒地挥舞着那个信封。

"听好了，保罗先生，我们四个人跟你签有协议的，一周正常工作六天，到1月1日。"

"开瓶器见鬼的到哪儿去啦?"怀亚特问布里尔太太。

她尽管还在哭泣,却用双手在桌子上摸索着。

"在这儿什么地方的。哦,我实在弄不清楚了……"

怀亚特不耐烦了,拿起酒瓶子的瓶颈在帐篷中间的柱子上一磕,磕断了瓶颈。

"保罗先生,我们有协议的。"那短号手重复道。

怀亚特拿起砸破的瓶子胡乱地喝着酒。

"文字协议。"他喝下几口酒后说道,"给我看文字协议。"

"我会给你看的,你这个该死的骗子。"那短号手吼叫着,朝他扑来。

麦克跳起身来,冲上前去,将他推了回去。

"利昂,好好讲。"麦克对那领头的大声说道,这时那短号手试图用拳头打麦克的腹部。麦克按住那人的前额,将他推开。这位乐师不是对手,麦克比他强壮多了,所以很快便紧紧抓住了那人的手腕。他不喜欢怀亚特的诡计,但是打架解决不了什么问题。

那短号手停止挣扎,放下了双手,泄气了。麦克放开他。利昂·埃德尔曼踩着重重的脚步来回走动着,一面烦恼地抚摸着他的连鬓胡子。

麦克说道:"瞧,利昂,我对待你们始终坦诚正直……"

"是,我知道。"

"我在城里物色不到顾客,就是说没有销售……没有钱。怀亚特说得对,我们收不抵支,繁荣期过去了。"

那些乐师是正派人,不是打架斗殴的人。那短号手骂骂咧咧地颓然坐回到他的椅子上,而埃德尔曼则将镶缀着饰带的猩红色帽子戴到头上。怀亚特在帐篷里面闲逛,一脸严肃表情。

埃德尔曼瞧着他,接着压低声音对麦克说道:"好吧,钱斯先生,但是我得对你说这话。你看上去像个聪明的年轻人,也诚实。所以,我不知道你跟着像他这样一个谎话连篇的奸诈之徒干什么,纯属浪费光阴。我可以明白告诉你,这儿绝对不会有什么城镇的。这是一块垃圾土地。他是一个人渣。"

麦克两眼盯着他,内心忧郁地想,这位乐师说得对。他自第一天来这儿就明白了这个道理,不是吗?

乐师们咕咕哝哝地互相责怪着,费力地拎着他们的乐器箱子,在五分钟之内离开了,布里尔太太也跟着他们一起走了,她还在啜泣。麦克站在空荡荡的帐篷中央,而怀亚特则站在帐篷的西边,望着外面,正在喝光酒瓶里的酒。他没有看到这些人的离去,也没有跟他们说一声"谢谢"和"再见"。

帐篷的杆子吱吱嘎嘎地响着,条纹帆布发出噼噼啪啪像手枪枪声一样的声响。被连根拔起的灌木在团团尘土中飞过。在麦克看来,这热热的干燥的风正在他眼前将圣索拉罗的土搬走。他可以相信那位老乐师的话。这是一块垃圾土地。

玻璃的叮当声令他回过头来。怀亚特正在装红酒的板条箱里摸索。

"耶稣啊,你能不喝了吗?"

喊叫声令怀亚特猛地抬起头来。此时此刻,他的双眼不再纯洁无瑕了——这是一双非常阴毒的野兽的眼睛。他的胡须显得很黑,很密,很脏。他皱着鼻子,像一条在嗅什么东西的狗,接着,他用双手举起那张放快餐的桌子,将它扔了出去。

盖着食物的薄纱布圆罩全部飞走了,盛食物的瓦罐和盘子全部跌落到了地上,摔破了。

"我不知道在加利福尼亚还有什么法律说一个人他妈的在想要喝酒的时候不准喝酒的。"怀亚特大喊大叫着,像一个精神错乱的牧师一样左右挥动着双拳,"我不知道有这样该死的法律。"

"就是有这样的法律,你见鬼的肯定也不会遵守的。"麦克回叫道。

狂风怒号。怀亚特蹲下身子,又扯出一瓶红酒。

"瞧,喝酒帮不了多少忙。"麦克说道,竭力使自己保持着冷静,保持着自己的耐性,"这个地方结束了。问题是,我们怎么办。趁损失不大马上住手。"

"我的损失。我的。"怀亚特大叫道，一面捶打着自己穿衬衣的胸部，"我们要做的事情就是忘了这事儿，就是暂时把这事儿忘了。"

他走出帐篷四处逛荡，连路上一张翻倒的椅子也没有看到，绊在椅子上差一点一个倒栽葱。他大声骂着娘，用空着的手一把拾起那张椅子，将它扔得又高又远。椅子掉落在了一块正在堤上滑行的很大的卡纸板招牌上，那招牌震动着，发出很大的声响。

"忘了这事儿。"怀亚特说道，挥舞了一下酒瓶。他是对着狂风说的。麦克根本就不存在。

怀亚特走进"火车站"，"砰"的一声关上门。接着，传来门闩闩上的巨大声音。

第二天，麦克没有耗神去城里，而是骑着"铁路"到纽霍尔去买一些日用品。他在邮局发现了一封信，是内莉写来的，这次是很长的一封信。

赫斯特先生给她加了薪水，与此同时，指示她到旧金山做卧底，那儿有一帮诱使妇女为娼的人，但证据不足。她要冒充一个从偏远的沙斯塔山区新来的不谙世事的姑娘。内莉对这个机会表示非常兴奋，因为可以再写一篇轰动性的报道。麦克知道，告诫她可能会有危险也没有用。

当天他没有见到怀亚特。天黑之后，他待在自己的帐篷里给内莉写信。从大山里吹来的风依然很大，哗啦啦地刮着帐篷的帆布，吹得他身边的油灯火苗也直飘忽。

> 我所能干的一切便是让他克制他的脾气。我究竟为自己干了些什么呀……除了学到用一些歪门邪道去开发什么房地产，去销售一个什么城镇……

"麦克?"

261

外面的声音令他跳起身来。就在他分辨说话的人的声音时，卡拉一把撩起帐篷的门帘走了进来。

看到这狭窄的内部空间和少数粗陋简单的家具，她皱起了鼻子。麦克已经脱掉了衬衫，好在裤子还穿着，感谢上帝。他拿手指梳了一下自己的头发。

"我来这儿是因为怀亚特和我上个星期就说好的，他在哪儿？"

"我估计在'火车站'里。"

"两扇门都闩上了。我喊了又喊，没有人应答。"

"那他一定还在睡觉，睡死了。昨天一天我们过得很糟。他不停地喝，又喝多了。"

她感到憎恶，她在小床边上的一张凳子上坐下。她穿着那套白色的麻纱女式骑装，但是这次没有那条金色头巾，她的头发因为风吹而有点乱。

麦克整理好他的毯子，孤男寡女，黑夜独处，他感到不太自然。

"怀亚特的状况不佳，卡拉。他只要卖出地块就好，可是在我们庆祝那天之后，他一个地块也没有卖出。圣索拉罗的土地几乎滞销了。等公司还不了钱的时候，你父亲恐怕得把这些土地拿回去了。"

"还什么钱？"

他皱起眉头。

"你父亲借给怀亚特的钱。他这才能买下这些土地的啊。"

"爸爸从来没有来过圣索拉罗。"

"但怀亚特告诉我……"

"爸爸不知道有这个地方存在，或者说怀亚特也不知道。我当然也不会告诉他。"

麦克不知道该怎么想，长时间呜呜叫的狂风消磨了他的精力。他骂着娘，大步走过她身边，赤裸的双脚踩着蓬松的泥地。他一把撩起门帘，看到外面除了飞扬的尘土，一无所有。

"上帝啊，这风真会刮得人发疯的。"

"说这话你不是第一人了。这是从荒漠刮来的风——'桑坦'。"

"什么?"

"'桑坦'。它发源于山区,但是荒漠吸干了它全部的水分,所以它就这么热和干。一年中,它通常不会这么迟来的,但不时地也会。印第安人把它叫作'恶鬼的风'。这种风刮来时,人们就会干可怕的事情。有时候他们互相杀戮。"

麦克望着地狱般的漆黑夜空,竭力想用他的双眼看穿这黑暗。除了滚滚尘土之外,他什么也没有看见。风声似乎经常在变,一会儿尖厉哀号,一会儿呜咽咆哮。接着,他听到他身后有轻轻的动作的声音,突然,他感觉卡拉的双手轻轻地抱住了他,紧紧地压在了他赤裸的肚子上。

"但是,当'桑坦'刮来的时候,大多数人以另外的方式失去控制。"她的右手开始慢慢地画小圈圈,双乳按压到了他的后背上,接着她的髋部也贴了上来。

"我们所有人全都跟野兽一起生活在里面。'桑坦'松开了它们的束缚……"

她的嘴唇贴在他的肩胛骨上,她的舌头舔着他的皮肉。

他想要转过身去,想要占有她,在小床上,在地面上,都无所谓,只要他能占有她。他想这样做都想得心痛。但是,他死死地压抑住自己的渴望,原因很简单,就像他以前死死忍住自己的欲望一样,当她将双手放到他的裤腰带以下的地方时,他将它们挪开了。

她退后一步。

"圣索拉罗仍然是怀亚特的财产。"他说道,"你也一样。"

"你什么时候才能丢掉这种一本正经的愚蠢……"

"回家去,卡拉。赶快回家去。"

他拍拍她的肩膀,但是她扭身躲开了。他叹了口气,向小床走去,没有注意到她脸上的表情——愤怒,接着是钢铁一样的决心。

她想说些尖刻的话,但是她还没来得及开口,目光落到了他用作床头柜的那只板条箱上。她一把抓起 T.福勒·海因斯的那本书,扯出那块金色头巾。

"这是我的,你还藏着。"

"那又怎么样?"

她将那丝巾团在自己的手里。

"这说明你的抗拒只是说说而已,这说明你真正想要的和我想要的是一样的,而且总有一天,你不会再胡说八道什么尊重怀亚特的权利的蠢话。他没有任何权利。那很简单。这也很简单:我需要你,你需要我。这就是证据。"

她举起丝巾,吻着它,深蓝色的眼眸望着他的眼睛。她的舌头舔了一会儿丝巾。接着,她哈哈大笑起来,这是带着胜利的欢笑,并将丝巾扔到凌乱的小床上。

帐篷的门帘在她身后落下之后,他站在那儿,呆呆地望着那丝巾。

"桑坦"呼啸,像野兽在洞穴里哀号。

21

"桑坦"卷起团团尘土,掠过洛杉矶的条条街道。麦克紧紧按着他的帽子,站在"索思伍德之索卡尔房地产"营业所的外面。钉在门上的牌子说,斯威夫蒂·索思伍德赴温哥华无限期度假。

他疲惫地朝广场走去。圣诞节的彩旗和苍松翠柏装点着家家宾馆和商店的橱窗。在一个充满希望的季节里,他在自己的内心世界里寻找希望,但是他找不到任何希望。这种事情以前从来没有发生过。

他不是一个信教的人,无论如何不是一个正式信教的人。他对天主教的教义一无所知。尽管如此,他还是几乎不知不觉地被吸引到了广场上那座教堂——洛杉矶圣母教堂饰有钉的两扇大门前。他在后排的长椅上坐下,将他交叉着的双手搁在前面的长椅上,两眼凝望着闪闪发光的圣坛,凝望着极小的红色玻璃器皿里的蜡烛,凝望着从十字架上俯视着下面的忧郁的基督。他在那儿坐了一个多小时,偶尔从他身边走过的上了年纪的神父们注意到了这个毫无生气的身影,但是没有打扰他。他在自己的内心深处寻找着在困难时期总是能提振和恢复他信心的希望。

不一会儿,外面狂风的呼啸声减弱了,离群独处的时光和这个神圣之地给人鼓励的力量使他恢复了正常。圣诞节给无家可归的人一种让人受不了的孤独感,他扛过去了,而且圣索拉罗也让他扛过去了,他继续往前走了。往前走是必需的,再也没有任何疑义了。

接着,轻微的说话声打断了他的思绪,左边侧廊尽头一扇门"咿呀"一声打开了。一个穿着白色教士服的神父跟一个穿着黑色牧羊人外套的人握着手。那神父消失在了门里面,另一个人则拎着一只旧的旅行皮箱,沿着侧廊朝面对着广场的进出口走去。

麦克认出了那大大的鼻子、忧郁的容貌、牛一样强壮的身架,急忙从长椅上站起身来。

"马克斯神父。"

"钱斯先生。很高兴在这儿相遇,完全出乎意料啊。"

他们走出门外。狂风平息了,西面太平洋上空,夕照穿过云层的裂隙照射下来。这个壮实的神父看上去很疲惫,已经没有了麦克所记得的那种活力。

"你来洛杉矶多长时间了?"麦克问道。

"一个小时。"

"到这儿中转一下吗?"

神父摇摇头:"三份晨报的老板跟他们工会的排字工和印刷工发生了激烈的争论。由于时势再次变得艰难,老板们想削减百分之十或者百分之二十的工资。据我了解,三份晨报已经停工停产了,不过《论坛报》和《先驱报》已经通过谈判解决了问题。但是《时报》的工人还在上街。罢工也许是一种有价值和必要的努力,但是罢工填不饱一家人的肚子啊。工人们需要鼓励。"

"你来这儿就是为了这事儿？"

"是的。"他严肃地补充道，"没有得到我上司的批准。真的，他们表示不赞同。"

"神父……"麦克吞吞吐吐地接近这个话题，"那三份晨报仍然全部都在出版呢。我今天就看到过《时报》。"

"这怎么可能？我接到的电报说，那些印刷工还在上街。我必须得到总部去……"

"我有马车停在附近的马厩里。来，我送你去。"

马车沿着斯普林大街颠簸着往南行驶。一家家商店里和一幢幢小楼里的煤气灯光使黄昏变得更加荒凉寂寞。他们驶过一幢土砖屋子，窗户里可以看到有一棵装点着蜡烛的圣诞树，听到一户人家生气勃勃地唱着《小城伯利恒》。

"距离我们在旧金山的拘留所见面到现在好长时间了。"

"而且发生了很多事情。"麦克应答道。

"变化像大海一样滚滚向前。但是，有些东西——不公正、攫取了财产的那些人的贪婪——它们没有变化。"马克斯咯咯笑了，"你也许理解，为什么我的名声在宗教界内部不断地变坏，而且我的地位每况愈下。"

"但是你总归来这儿了。"

"有一种召唤，人得响应。"神父说着，严肃地耸了一下肩膀，"事实上，这既是责任，也算是度假。当我们家丧失了大部分被赠予的土地之后，全家想方设法保住了那幢主屋，原先牧场的心脏。眼下我是其主人。等我唯一的侄子冈萨尔沃长大成人后，我希望他结婚成家，然后接管那房子。在这之前，它一直没人住。那是一个美丽的地方，在海边，面朝大海。我准备租一匹马，去那儿看一看。你想跟我一起去吗？我欢迎有个伴。"

麦克本想说"不",接着自忖为什么说"不"呢。怀亚特整天在喝酒。麦克因为职责所在前来火车站和宾馆巡察物色他知道他不可能物色到的客户的那天早晨,他还在呼呼大睡呢。在这个孤单的12月的黑暗中,神父的邀请令他兴奋。

"好的,神父,我想去。我有时间,而且我也从未见过原先的那种牧场。"

"请……别再'神父'、'神父'的啦。迭戈。"

麦克咧嘴笑了,以对"迭戈"的感情握了握手。

斯普林南大街上的一幢框架型小房子便是国际印刷工人工会洛杉矶地方分会的所在地。有六七个人已经聚集在办公室里,四周堆满了乱七八糟的宣传广告、传单和一份份的《时报》。尽管那些印刷工热情地欢迎马克斯,但是他们的脸上有一种心灰意懒的神情。

神父脱掉他的牧羊人外套,他里面穿着一件有牧师领的白衬衫。

他指着其中一个排字工头上渗出血迹的绷带:"这就是这次麻烦留下的吗?"

"是。奥蒂斯从圣迭戈和萨克拉门托弄来了一些暴徒,他们就是来替他破坏罢工的。我这伤就是他们的一个人留下的。就是因为这些破坏罢工的人,所以《时报》还在出版。当然啦,中校把他们夸上天啦……"

他递给马克斯一张传单。他浏览了一下,转手将它递给麦克。这华丽的文章将那些破坏罢工者称为"热爱自由的移民,忠诚的优秀人种的先驱,他们发誓要击败患了癌症一样、受国外煽动的工会主义瘟疫"。

"他们是一帮粗野的家伙,神父。"另一个印刷工说道,"敬畏上帝的人没有必要跟像他们那样的人大打出手。"

"但是还真的十分必要。"马克斯说道,"你们组成纠察队了吗?"

"是的,先生。"

"我想见见纠察队。"

第一大街和福特大街交界处东北角的《时报》编辑部外面，三个纠察队员在疲惫地走来走去。这是一座由砖头和花岗岩建成的坚固建筑，一边耸立着一座三层楼高的塔楼。一只展开双翅的铜鹰站立着守卫在塔楼顶端，一块铜匾上镌刻着房主的信条：

坚固阵地。坚定立场。
坚守信念。坚持真理。

马克斯在向纠察队员介绍自己，麦克则在这个时候拴好拉车的马匹。印刷机在大楼里面发出轰隆轰隆的声响，震得人行道直抖动。煤气灯照亮的门厅里一个门卫坐在一张凳子上怒视着新来者。

一个纠察队员说了什么，马克斯哈哈大笑起来，接着他向大门走去。

那门卫走上前来用一条手臂挡住了神父的去路。

"你要干什么？"

"我想要对你们印刷车间里的人说几句话。"

"来访者未经批准不得入内。这是中校的命令。"

"那么把中校叫下来，我跟他说。"那门卫没有动，"叫他来，我坚持。"

门卫"砰"的一声关上门并闩好。几分钟之后，奥蒂斯昂首挺胸地走了出来，他的袖子上套着衬衫袖箍，大拇指上沾着墨水，双目炯炯有神。他的身后跟着三个围着肮脏围裙的五大三粗的印刷工，不过他们站在了门厅里，眼睛瞅着纠察队员。

奥蒂斯在马克斯的面前停下，立正站着。

"你是谁，先生？"

"旧金山大主教区的迭戈·马克斯神父。"

"在此地有何正式职务？"奥蒂斯的话听起来像是一个军士在欺凌

一个列兵。

"没有。我是作为个人来的,作为我自己良知的信使来的。我想对新的印刷工人说几句话。"

"为什么?"

马克斯勇敢地面对着敌视的目光和恐吓的口气:"去告诉他们,他们这样做是错误的,他们是在帮助一项非正义的事业。"

"啊,原来如此。原来你是这种货色——共产主义分子。得了,先生,你也许可以在旧金山发动那些肮脏的攻击,而且没有遭受反抗……那个城市是一个道德污水池,一个激进民主党人的巢穴。但是,你在这儿试试,每个正派的公民都会站出来反对你的。别站在我的门口。"

马克斯吸了一口气。他看上去坚如巨大的磐石,由两条粗壮的短腿支撑着。

"我不会被轰走的,我打算进去。"

"来人!"奥蒂斯大声喊道,像挥动着一把无形的军刀,门厅里的几个庞然大物扑到了人行道上。马克斯转向一边,试图从两人之间溜过去。麦克大喊着让他当心,可是太迟了,一个人的拳头已经击中了神父的腹部,打得他弯下腰去,跪倒在地上。

奥蒂斯还在不停地叫骂,还在不断地下达语无伦次的命令,另一个印刷工跑上前来,从背后踢马克斯。麦克扑向那个人,一把掐住那人的脖子,将他拽过身来。那人吓了一跳,赶紧举起双拳保护自己。麦克虚晃一拳,晃得那人失去了平衡,然后用科贝特教他的左右开弓的拳法边防御边进攻。那人的双眼被打得变成了斗鸡眼,接着他在阴沟上弯下腰,窝着手掌,接住从他鼻子里喷涌而出的鲜血。

纠察队员拥到麦克和马克斯的身边保护他们。麦克飞快地向神父伸出手去,马克斯一把拉住他的手,站了起来。

"够了吗?"奥蒂斯吼叫道。

马克斯说道:"不。我会回来的,还走这条路。"

"后果自负,先生。后果自负。伙计们,他们任何人企图冲破我们的防线,侵入这座大楼的话,就用拳头对付。"他指着马克斯,"我记着你的脸。只要你在洛杉矶煽动无政府主义,我们就会发动全市人民来反对你。你会坐牢,你会受伤致残,或者更加糟糕……那个教徒领子保护不了你。"

"我们会剥了你们这些棕色外国佬的皮,把它挂出来晾干。"其中一个印刷工补充道,他俯过身来,朝马克斯的脸上吐了一口唾沫。

马克斯的双拳飞快地举了起来,但是他强行放下拳头,并竭力忍住自己的怒火。

那个印刷工哈哈大笑着,走回屋里。

神父转过身,紧紧捏了一把麦克的胳膊。

"谢谢你把那个人拽开了。勇敢的行为。"

那几个纠察队员决定夜间不再值班。

"我后天会回来支持你们。"当他们挤进那辆马车时,神父答应他们。

"那是圣诞夜呢,神父。"

"哪天更合适呢? 我们神圣的主本身就是一个正义的战士,经常反对那些盘根错节的强权统治。我们将在他的生日那天发扬光大这种精神。"

另一个人说道:"这是一个该死的令人作呕的乱局。这个奥蒂斯哪,他小的时候在俄亥俄的玛丽埃塔就是一个正式参加工会的排字工和印刷工……他现在却不准我们进厂,除非接受他的条件,还找了暴徒来对付我们。一个人干吗要这么干哪?"

"金钱。"马克斯回答道,"金钱和财富的魔力。它可以玷污宝贵的人格,它能摧毁所有人,除了最坚强的人之外。"

在地方工会办公处后面的房间里,麦克和神父交谈到午夜。马克斯在他的旅行箱里带来了三本翻得很旧了的书:一本杜埃版的《圣经》、一本马克思的《资本论》以及一本亨利·乔治①著的《进步与贫困》。

"乔治是《奥克兰文摘》的主编。有一天,他在山里面,突然有了一种灵感,有点像圣保罗②在大马士革走上那条道路时一样。他认为,在加利福尼亚,实际上在任何一个地方,造成贫富鸿沟的主要根源,是土地垄断。在土地上劳动的人仅仅是为了生存而付出体力上和财力上的很高代价。而拥有土地的人却不劳而获,积聚了巨大的财富⋯⋯以别人的付出为代价。要纠正这种现象,乔治提出了他称之为'自然增值③'基础上的单一税⋯⋯财富是由地租创造的,土地价值会不可避免地产生增值。"

"我不太赞同这个说法。"麦克说道,"我在某块土地上拥有股权,但同时我也拼命地工作。"

"那么你也许是个例外。你这一辈子是否⋯⋯唯有时间才能回答。"

"我不想要那种激进的税收政策来向我⋯⋯"

"别像奥蒂斯那样说话。而且,别谴责你不懂的东西。读读这本书。它于1879年出版,一直没有停止过再版。乔治现在在东部,他有很多的追随者。"

麦克将书的名字记在了心里,道了晚安,便滚到一床毯子里睡了。

当他迷迷糊糊地睡去的时候,神父还坐在一个角落里,就着蜡烛光研读《圣经》。

第二天一早,两个人在晴空下驾着马车往太平洋飞奔。他们跨越了通往雷东多的新的圣菲支线铁路。清风送爽,气温升高,两人都脱掉

---

①亨利·乔治(1839—1897),美国经济学家,主张征收"单一地价税",取消其他税,使土地增价收益全部归社会所有。主要著作有《进步与贫困》、《土地问题》等。
②圣保罗(约3—67),原名扫禄·大数,罗马帝国人,犹太血统,被耶稣感化后改变信仰,成为早期的基督教领袖之一。
③自然增值,指因人口增长等自然因素造成的土地等的自然增值或非劳动力增值。

了外套。

"我带了一些简单的食物,并从比尤纳维斯塔带了两瓶酒来。"马克斯说道,"哈拉兹赛自己的葡萄园。我们要像流浪者一样庆祝圣诞季。"他这是拿这事儿开玩笑呢。

两个人自由自在地聊着天,熟识开始徐徐向友谊发展。麦克讲述了他被迫离开旧金山的过程,讲述了他在洛杉矶的房地产事业中所遭受的灾难。神父阐发了他对自己的事业的担忧,他也担心他的事业在教会内部会给他引发越来越多的问题。

"啊,得了,就那样吧。"他总结道,"我不会再去其他地方,我将坚定地站在我洛杉矶的弟兄们一边。"

"那些印刷工说得对……那儿的形势可能会变得很险恶。"麦克说道,"奥蒂斯认为,只雇用非会员的企业将会吸引很多新的买卖,而且将是该城市发展的必要条件。"

"不管怎么说,他营造他的大都市,就一定会让工人们饿死。"他们来到一个十字路口。马克斯指着一条沿海道路,往南。

倒闭的和正在倒闭的房地产项目一个接着一个滚向他们身后。"巴洛纳河地产:毗邻宏伟的南部新海港的家!"

他们越过一座桥,桥下是潮水滚动的小河。

麦克指着海的方向:"他们在外面那儿疏浚呢,倒是真的在发展一个港口来代替威尔明顿呢。计划是好的,但是他们无论如何是失败了。"

他们穿过沃尔特利亚,那儿有两个中国人正在猛劈一块招牌,招牌上写着"地产亏本拍卖"。他们沿着被废弃的"新市场地产"的边沿驶去。他们穿过一个苹果园,那个苹果园里,为未来的居民们种下了五千棵苹果树幼苗,但是他们绝对不可能摘到他们的苹果,体验不到苹果的树荫了。

临近中午的时候,他们路过一块白色的分界石,上面刻着西班牙文。在右手边一丛丛棕榈树和海蓬子的外面,麦克听到了太平洋的拍岸浪涛。那晚了季节的"桑坦"停止了，代之以来的是生气勃勃的海风。不一会儿，马车便驶往了西南方向，在一个半岛上颠簸，并开始翻越一系列的山丘。在他们翻越过最后一座山丘之后，麦克收住了缰绳，他被眼前摄人魂魄的美丽景色惊呆了。

半岛伸展在太平洋里，蓝色的海面上，有千万束光线在跃动。麦克看到，半岛的四处分布着一幢幢小木屋，半掩半隐在低矮的丛林中间。擅自占地的人……也许是渔民。半岛的尽头，高耸着一幢土坯农家主屋，屋子位于一座小山冈的上面，居高临下，既可眺望大海，也能俯瞰一边的陆地。

"就那儿。"神父接着又用西班牙语说道，"太平洋帕洛斯·贝尔蒂斯庄园。"

他用一只黑黑的伤痕累累的手画了一个圈，从右至左，一百八十多度。

"你眼前和四周的土地，都属于既是西班牙又是墨西哥的马克斯家。我们已经驶过好多其他区块，几乎一个小时了。"

"你们在这个半岛有多少土地，迭戈？"

神父的眼睛里充溢着回忆。

"全部都是。"

布局凌乱的农舍由灰色的土砖、没有油漆的栎木和红木建成，呈巨大的 U 字形，两层。U 字的两条胳膊直指内陆，两层楼里都有环绕整幢房子的回廊。

马克斯带着麦克在屋内四处浏览。整幢房子总共有二十八个房间，这个房间里放着六座烘烤用的土灶，那个房间里安装着无声的织机——那是曾经用来织毯子和地毯的机器，有一个房间是用来贮藏数百瓶红酒的，还有一些房间是用于贮藏杂物的，其余部分都是这一大家子生活起居的地方。在大多数房间里，天花板的角落头挂满了蜘蛛网，硬邦邦的泥地上全是啮齿动物的屎。简朴的厨房、客厅和一个有三张很宽的床铺的卧室里,灰尘稍微少一点。

"这是一个自给自足的世界。"马克斯一边走一边解释道,"屋里的摆设你就可以看出一二。不过,还有很多外屋。一些马厩和牲口棚、几个剪羊毛的工作棚、一个制革厂兼油脂熔炼厂、一个用于贮藏大山里弄来的冰块的地窖。英裔美洲人闹革命前,曾经有一个时期,这幢土砖建筑里饲养着一万头长角牛、三千只羊、一千匹纯种马。新英格兰的轮船停靠到了沿海,我们忙着做油脂和皮革的生意……那时候,油脂和皮革被称为'加利福尼亚的银票'。东面,地里,我们种玉米、蚕豆、豌豆、兵豆……土砖屋需要的各种东西。井里溢出甘甜的泉水。现在,井里的水脏了,咸了,有臭味儿了。"

土砖屋的不远处,马克斯设了一个陷阱。不到一个小时,一只胖胖的长耳大野兔就被夹住了一条后腿,倒挂在了那儿。马克斯也不说一声道歉,将兔子宰了并将它拾掇干净,接着吩咐麦克找来砧板,从他的食品袋里拿出洋葱和胡椒剁碎。

夕阳西坠,悬在太平洋上,两个男人坐在回廊上结实的木头椅子里,四条腿放松地搁在栏杆上,悬崖下面看不见的地方,浪涛拍岸,惊雷阵阵,富有韵律。马克斯打开了第一瓶比尤纳维斯塔白葡萄酒。酒暖暖的,但清新可口。

神父在双手中滚动着他圆筒状的玻璃酒杯。他的目光凝视着红色的地平线,地平线上,一艘定期邮轮映衬着半圆的夕阳,转动着桨叶,往北驶去。

"我祖父就是在这个回廊里招待了那位来自哈佛的年轻水手理查德·亨利·达纳①。我父亲死在了这个屋里。在英国人以及他们的法庭和法官夺走了我们的土地之后,他的脑子始终转不过弯子来。"

---

①理查德·亨利·达纳(1815—1882),美国律师、作家,自由土壤党创始人之一,反对逃奴法,对被捕的逃亡黑奴给予法律援助。著有《两年水手生涯》以及有关海事法的《海员之友》等。

274

"旧金山的一个朋友告诉了我这件事情。"

"他成为了一个亡命之徒？令南部惊恐不安六年之久,杀那些英国佬?"

"是。"

血红色的光亮抹在马克斯的脸上。

"他们把他围在了这里。这座房子建在这座山冈顶上,就是为了大路上来陌生人的时候能够一目了然。为此,他们还将路两边的树和灌木丛都清理掉了。我父亲看见一群武装人员来了,数了一下,有四十个人,就将他的银色手枪藏了起来。他光着头皮,也没带任何武器,走进院子里,面对着他们。他们骑着马上来的时候,他站在那儿朝他们大声说话。他说这是我们家的房子……这是我们家的土地……他绝对不会放弃的……"

马克斯的话音变得十分低沉,麦克在浪涛声中几乎听不见他的话。

"他们将六十一颗子弹射进了他的体内,然后把他埋了。"

"发生这事儿的时候你在哪儿?"

"一开始我就在我的房间里。他们吩咐我藏起来,可是我悄悄溜了出去。我看到那些英国人骑着马在他四周转圈,我看到他们开的枪。他们大笑着,他们洋洋自得。我看到我父亲倒下了,可子弹还在射向他的身体。他的遗体弹跳着,在地上抽搐……"他咽了口唾沫,"我什么都看到了。"

悬崖下面,一只巨大的白色兀鹫盘旋着,突然消失在了视线之外。麦克被神父话音中强烈的震撼力感动了,他一句话也说不出来。

马克斯双手紧紧捧着那杯他一口未喝的酒,坐在那儿,望着那艘邮轮。邮轮越来越小,最后消失了。太阳落下了,云霞上的硫黄色映照在海面上,水波潋滟,闪闪亮亮。

"世界上有那么多的残暴,那么多的不公。我相信,我们的主耶稣基督的道路是正确的。然而……有时……经常……他的路走不通。如此世道,让我感到羞耻的是,我的愤怒升腾起来战胜了我的理智,我的信仰在动摇。我在动摇……"

他的话音破碎了。麦克看到,神父黝黑的宽宽的脸上流下了两行热泪。马克斯感觉到了他的目光,便将头转了过去,并很快喝起酒来。

马克斯打开厨房的百叶窗。窗户发出"吱吱嘎嘎"的声响,有一个生锈的铸铁铰链从土砖屋子上脱落下来。他伤心地瞧了一会儿那扇百叶窗,接着任其挂了那儿。

黄昏退去,夜幕降临。空气温和,太平洋的声音给人抚慰的感觉。第二瓶白葡萄酒竖在了他们之间手劈木板制成的桌子上。马克斯这会儿更加放松了,记忆的锐利边锋被酒磨钝了。

"味道好极了。"麦克说道,他叉起一些神父用洋葱、胡椒加上面粉和调味品炖的兔子肉,"我在旧金山有一个朋友,一位记者,她不赞成我喜欢这个。她不喜欢宰杀动物。"

马克斯对这句话并没有反感:"我在学会读书写字之前就学会了打猎。"

麦克再次提起神父最喜欢的话题——加利福尼亚州的劳工运动形势。

马克斯说:"不太理想,就是在人们称之为'劳工堡垒'的旧金山也不理想。事实是,阶级冲突已经将旧金山分裂了好几十年了。"

他说到了吉姆·达西及其追随者——那些被叫作"空地抓阄人"的人,因为他们可以把一块块空地整合起来。他提到了那个工人政党的丹尼斯·卡尼。

"这两个人都声称为工人说话,但是这两个人都是心胸狭窄的人,而且他们的组织机构都是保护主义者。他们如果想要完成他们的工作,肯定会损害那些他们认为比他们低等的人的利益。卡尼的口号直言不讳:'中国人必须滚蛋。'卑鄙。"他说着摇了一下头,"不过,我也许对人要求太高了,也许这就是为什么我对自己的事业那么没有把握的缘故。它是什么,它究竟应该怎么样……"

他叹了口气,倒酒。

"你怎么样,我的朋友?你还是坚定你的方向不动摇吗?用财富改善你的生活……我们见面的时候你不是这样说的吗?"

"那是绝对的。我想要在那儿挣些'玷污宝贵的人格'的钱和财产……你不是这样说的吗?"他看到马克斯在微笑。

"事实上,我想挣很多钱。"他继续说道,"等我有了钱,我不会吝啬的。我生来贫穷,我不会忘记贫穷是啥滋味儿。"

"值得赞美。"马克斯咕哝道,"只是有点不切实际。"

"你不相信一个人既可以有钱也可以大方?"

"你要是能成为这样的人的话,那也是极少数的人之一,麦克,非常非常少的人之一。"

他的眼神表明他并不真的相信这有可能。

当天晚上,麦克睡在三张床的其中一张位于角落的床上。他上方的一面墙上挂着一对巨大的墨西哥踢马刺,用银手工制作的,齿轮很尖,银色的海螺壳装饰在褪了色的旧皮革上。另一面墙的一个壁龛里,一座圣母马利亚雕像的一只手优雅地举着,注视着这个房间。这位神父非常贴切的两个象征,麦克心里想。

早晨,马克斯修好了百叶窗,他们便驾车驶回洛杉矶去。这似乎根本不像圣诞夜,那么暖和,而且风又起了,从大山里来,裹着沙,刮得很猛。

麦克眯眼望着狂风大作,飞沙走石,一会儿将平原上的洛杉矶展现出来,一会儿又将洛杉矶隐了去。

"我觉得我们在穿越'桑坦'呢。"

"但是大自然从未穿越过我们。也许它不会持续太久。一年的这个时候,这肯定不正常。人们会说这不是一个好兆头……一般当地人有传统的迷信思想。"

马克斯微笑着，一面不停地用自己的经历捅出一些笑话。麦克也在微笑。他喜欢这位神父，就是有一点他不喜欢，他老是想要拿自己的良知去为别人树立标杆。

"谢谢你陪伴我。"当他们驶近城市时马克斯说道，"我到时候得去那个地方看一看。有你在一起，路途就轻松多了。"

"谢谢你那顿美味的晚餐，哪怕你还的确宰了一只兔子。"

"我是一个地道的加利福尼亚人。圣诞快乐，我的朋友。"

"圣诞快乐，迭戈神父。"

"桑坦"怒号。两人坐在车座上，往前倾着身子，尽量在风沙刮得最猛的时候保护好自己的脸。空中，垃圾飞舞，尘土蔽日，天空暗得像某个邪恶的黄昏。

当天下午，怀亚特在那个办公室的地上醒来，对那气味感到恶心。突然，他的记忆回来了：前一天夜里，他喝光了所有的酒……然后就倒了下去，腿像橡胶一样了，脸先着地，一头栽进他自己吐出来的东西里。

他最近无节制酗酒，全都是纽霍尔那家商店的那个三寸丁谷树皮老板怂恿的。昨天深夜，他带着一个副手前来，坚持要把圣索拉罗的欠账清一清——已经有好几个月的赊欠了。怀亚特想用他的魅力打动那两位客人，但是不管用。商店老板说他要行使扣押权。这狗娘养的。

怀亚特踉跄着站起身来，靠到一堵墙上。他乌黑油亮的头发耷拉在眉毛上，他的衬衫再次挂在了裤腰外面。他身上还能闻到浓烈的酒气。酒气也许是真实的，也许是想象的。办公桌上，他看到了所有该死的文件和所需东西的信件——这些都不是想象的。墙上，他看到了他失败的嘲讽记录。他冲到那份销售记录表跟前，一把将它撕了下来，撕成了碎片，任碎片像雪花一样纷纷扬扬地落在了他的四周。

一个酒瓶在桌子下面闪着亮光，瓶底还有两英寸的深红色琼浆玉液，他贪婪地将它喝了个底朝天。墙上嘀嗒嘀嗒的时钟表明，三点半了。

怀亚特的目光再次落到了办公桌上,这些信件逐项记录着几个月前所购的物品,要求他付款,又是强调,又是威胁要采取法律行动。他一把将它们全部从办公桌上抹落到地下。

全都结束了。他知道全都结束了。他已经破产几个星期……几个月了……而且他也心知肚明。他向每个人隐瞒着这一事实,他向他的合伙人隐瞒这一事实。对这个合伙人,他有时钦佩,有时憎恨。他向卡拉·赫尔曼隐瞒这一事实。他在酒的帮助下,向自己隐瞒这一事实……

怀亚特的脑子开始从眼前回溯到过去。那些闪烁的场景——奥塞奇、堪萨斯,渐渐在他打开办公室的门的时候所看到的圣索拉罗的景色里模糊了。

上帝呀,"桑坦"又刮得这么狠了,把白天刮成了黑夜。可怜兮兮的地标旗子在狂风中噼啪作响。他绕过"火车站"的一个角落,发出一声号叫。他走进帐篷里,一动不动地站着,他看到了自己的母亲,她脸色苍白,一副虔诚的样子,默默地表现出慈爱的……

"走开!"他尖叫道。她消失了。

他在自己行将终结的梦里畅游过各条街道。鬼城啊,这就是那些埃斯克罗印第安人对那些破产地块的称呼。他看到母亲站在一个地块的标桩旁边。他再次朝她大声喊叫。她消失了。哦,是的,鬼城,他心里想。

沙粒开始在他的头发里积聚,在他的眉毛上落脚,开始沾在了他的嘴巴上。在两条"街道"的交叉口,他又发现了一个瓶子。他喜出望外地跑上前去,一把抓起那瓶子。空的。他狠狠地将酒瓶扔到地上,摔碎了。

一大块方方正正的卡纸板在他身后滑行着,挨擦到了他的双腿,卡纸板上写着"圣索拉罗歌剧院"。他扑向那块卡纸板,将它撕碎,狂风卷着碎片刮上高高的天空,然后,将它们刮得无影无踪。突然,他坐在了一个角落里。窗外,大雪纷飞,母亲用一些湿的床单裹着自己骨瘦如柴的赤裸身体。

"别管我。"

她不听他的。他感觉到母亲的双手抚摸着他的头,正在探究他的颅内结构:智力的碰撞、道德坚定性、罪恶、不良特性。他不停地朝她喊叫,一切都混沌模糊了,但是这次,她只是退到了那片橙子林里,她站在短叶丝兰中间,用她基督教徒的严肃神情凝视着他……

过往再次闪现到了他的眼前。他来到厕所里,痛苦地弯下身子,将肚子里的东西拉出来,他拉得很厉害,怎么也停不下,因为他强行塞进肚子里的东西太多了……胃蛋白酶糖浆、氯化亚汞、苦蓖麻油……

"健康和洁净才能讨上帝喜欢,怀亚特。我每天晚上祈祷,让你的身子永远洁净和健康,我可爱的孩子。把这个吞下去。"

她在橙子林那边呼叫着他,当他越过那根拦着的绳子,连滚带爬地摸向那些短叶丝兰的时候,她咆哮着。麦克没有换过橙子,他这个该死的。橙子都变成褐色了,都干瘪了。

怀亚特从树上扯下橙子,狠狠地将它们扔向四面八方。大多数橙子都滚到了"街"上,很快,山坡上满是橙子,弹跳着往山下滚去。

"我在这个地方浪费时间了。问题太多了,规则太多了。我想走更加容易的路子,不过,不在这儿,不在这儿。"他向所有用阴谋打败他的人们——麦克、母亲、卡拉、债主吼叫道,"不在这儿……让这个地方见鬼去吧。"

当他再次恢复正常的时候,他正站在那条干涸的河道中央。狂风卷裹着沙和泥土,像蛇一样在他的双脚旁边游了过去。母亲出现在河道更远的地方,她的手中拿着一瓶乳白色的氯化亚汞。她将瓶子递给他,那份爱怜,那份骄傲,就像一个人在服侍他吃一顿精美的饭一样。母亲说得对:健康是一切。你可以在加利福尼亚卖健康,但不是在这儿。圣索拉罗不健康。

"让这个地方见鬼去吧。你见鬼去吧。"

他的喊叫声发出奇怪的回响,蜿蜒着穿过狂风的哀号……或者说这些喊叫就在他的心里吗？他伸出手,企图扼杀它,镇压它,镇压他的敌人,镇压他的失败。他浑身泥土,浑身酒渍,浑身呕吐物,用双拳回击着老天的进攻。

他尖声喊叫着:"你见鬼去吧！你见鬼去吧！你见鬼去吧!"

第二天,圣诞节,下午将近三点钟时,风暴就像它突然开始一样又蓦地停了下来。麦克驾着马车慢慢地向那扇拱门驶去,驶进"健康之城",感觉自己极需洗个澡了。

圣索拉罗处在一片奇怪的宁静之中。它远远超过了狂风刮过之后的宁静。这是一种死寂。还有什么东西,让人惊恐的……

有人入侵了。

那些卡纸板的招牌不仅仅被风吹了下来,而且被撕烂了扔在地上。那些标志地块的旗杆被拔了起来,折成了两到三段。他迫不及待地沿着圣索拉罗大道驶去。在一个又一个地块上,有人毁掉了这个规划城市的标识。

"怀亚特?"

喊叫声没有得到回应,只有回声。

接着,麦克看到了那顶杂耍帐篷……倒塌了,胡乱堆在了那儿,白色和黄色相间的条纹跑向了四面八方。

"怀亚特?"他在遗落在四处的招牌和标识中间加快速度驶去。

在帐篷那儿,他发现了一条帐篷绳索,它的两端是用刀子割出来的。其他绳索也如出一辙。

他向那个"火车站"跑去,突然看到门上钉着一张纸,他停住了脚步。他将纸扯下来,简直不敢相信潦潦草草写在上面的话。难道怀亚特疯了？

这都是你的了。

一点没错,这是他合伙人的手迹。

麦克目瞪口呆的目光从这张纸跳到那个倒塌的帐篷,再跳到远处建房的地块上。没有任何地方保留着招牌和标桩。

都是你的了。

"就在圣诞节。"麦克说道,他的脸上洋溢着惊讶和不安。

22

文件一堆堆整齐地堆在办公桌上,每一堆文件用石头或铜砝码,或用小孩手工制作的小玩意儿压着。架子上,那些法律书籍看上去使用的频率很高。在贝克街区,恩里克·波特那个三楼的办公室,阳光明媚,有一种兴旺发达和效率很高的氛围。后面墙边的桌子上,陈列着一排排整齐的辩护状、信件和合同文本。一张嵌在相框里的照片上留存下了一个强壮的拉丁母亲和五个小孩子灿烂的笑容,他们的眼睛像他们的母亲一样黑,他们一起朝照相师微笑着。

波特吸着一根长长的雪茄烟,一面轻轻地拍着集中在他前面的那些文件。

"完全合法,钱斯先生。你有权利以一美元的代价获得你合伙人的股份。"

"只要他不回来。"

"觉得这有可能吗?"

"是的。怀亚特同意并订立了合同,将所有定金根据协议交给第三者代为保管,但事实上他没有这样做。他将所有的钱存在了农商银行的一个常规个人账户里。他在第三者代为保管的资金上瞒报了多少百分比,我丝毫不知道。我怀疑不是一笔小数目。我敢打赌他把我们的血放干了,因为现金抽屉里老是空的……我们从来就入不敷出。"

"你直到现在才知道这个私人账户吗?"

"是的。类似于这样的秘密,怀亚特一直守口如瓶。我来这儿之前去了银行。他们不肯透露账户里最终的收支情况,但是他们证实,怀亚特已经在圣诞假期之后银行一开门就把钱取光了。"

"他们不知道圣索拉罗房地产开发公司的资金从法律上讲属于第三方托管资金吗?"

"我回答不了这个问题。也许他们的看法不一样。"

"定金是现金吗?"

"大约有一半。"

"还有一半呢? 支票,是吗? 怎么写的? 划给公司? 暂交第三方保管的账户?"

"我从来没有看见过是怎么写的,它们一直都是直接开给怀亚特的。"

"你就没有想过那很奇怪吗?"

"我当时不懂,根本没往这方面想,波特先生。现在知道了,却太迟了。"

"我必须说,你对这件侵吞财产的事情挺镇静啊。"

麦克的淡褐色眼睛盯住他的眼睛:"我回天乏术,我所做的只能是吸取教训。"

这位来自杜兰哥的律师用越来越尊敬的目光望着他的客人。

麦克林·钱斯先生穿着寒酸,举止并不十分得体,但他绝对不是一个土包子。他的身上有一股冲劲,而且他毫无疑问有灵性。波特看得出,重要的事情,不用跟他说第二遍。

"你们那个房地产公司卖出了几个地块?"波特问道。

"只有三十八个。"

"什么价格?"

"那要根据地块的位置。内边最低洼的地块二百四十五美元。边角上的地块,沿河道的,五百五十美元。"

"通常的定金是多少?"

283

"怀亚特要求百分之二十,但有些地块他可以通融,百分之十,甚至百分之五就签合同了。"

"这么说,最高价格地块的定金全额是一百一十美元,我们所说的只是买家的损失。你的合伙人并没有携全部款项逃走。"

"再少也不该拿。"麦克严峻地望了他一眼,说道,"但他盗走的不只是定金。怀亚特有十七个地块是收了全款的,他在交付的时候坚持要现金。他说银行往往会打探这种事情,还有太多的规矩。"

波特脸上闪过一丝冷笑。

"那十七个买主倒不会有太大的麻烦。他们接受的契约的确有存在的地产。最需要担心的是那些失去了储蓄的顾客。钱的数目相对较小,但是那不保证你不会背债。人们对自己的金钱可是要死要活的啊。所以,这是第一件事情。你要是想要这块地的话,那你也得承担这个责任。"

"我要这块地。"麦克毫不犹豫地说。

律师将他的烟灰轻轻弹到办公桌下面的痰盂里,接着将他裤子上的一点烟灰掸掉。

"转移手续应该完全由法庭记录在案。你要是希望的话,我会处理好的。"

"费用多少?"

波特笑了:"真是一个精明的委托人。先问一位律师费用,而不是干完事情之后……那时费用有可能是四倍啦。十美元,外加县里的记录费用。"

麦克点点头表示同意。他坐在那儿,他的帽子夹在两个膝盖中间,还没有完全从怀亚特突然消失的震惊里恢复过来。圣诞节已经过去三天了,他坐火车一路来到洛杉矶,来寻找一些答案。最重要的问题是:接下去他怎么办?

这个问题波特想到了。

"你的债主……"

他刚开口便被打断了。

"我昨晚全部算了一下,一千一百七十三美元二十五美分。"

"算到美分,诚实的人。"

"也是穷苦的人。连美分都很少见到的人,就会学着数美分的,波特先生。仔细算了一下,大部分债是测量公司的。等我一有钱,就马上还他们。我不想让任何人把土地拿走。"

"涉及多少债主?"

"五到六个人。"

"给我一份名单,我来处理。"波特对麦克的反应微微一笑,"别着急……不收费。有时候,如果我觉得将来会有很多业务的话,我是不收费的。你给我的感觉就像是这样的潜在顾客。"

"好吧,谢谢。我可不敢肯定你的信念是否会成真……"

"假心假意的谦虚。你当然给我这样的感觉啦。"接着律师也哈哈大笑起来。

然后他再次变得严肃。

"我不知道你打算怎么处理圣索拉罗,钱斯先生。我的确不知道你可以怎么做。要处在盛世,它也许是一块有利可图的地产,虽然从你对我说的话里可以听出,你的合伙人的想法,对发展一个城镇实际所必备的东西来说仅仅是最粗的想法罢了。我们有些'埃斯克罗印第安人'就是那样,现在他们都走了。时世艰难。我在纽霍尔有一个当事人,所以我看到过你那块地产。鉴于圣索拉罗地处偏远,我说呀,那块地基本上是没有什么前途的,只能做个牧场。"

这静静的断言对麦克的打击很大。波特将协议交还给他。麦克从口袋里掏出 T.福勒·海因斯的那本书。他为什么要将它带在身边,他也说不出个所以然——他需要它在身边,就这么回事儿。恩里克·波特用不加掩饰的好奇心望着这本指南,但是麦克没有做任何解释。他将折拢的文件放到卡拉的头巾旁边,把书本放回口袋。

远方响起像鼓声一样的隆隆的雷声,把麦克的目光引向了波特的窗户。附近商业大楼的屋顶上,惨淡的冬日阳光已经被一方凶险的灰色天空遮住了。

"那块土地上有可能有一笔财富。"麦克说道,"贮藏着柏油。沥青……"

"啊,这倒有趣。你很可能就坐在石油上呢。你知道如何从地底下把它弄出来吗?"

"不知道。"

"鉴于你目前的境况,钱斯先生,这也许是个学习的好时机。"

麦克骑着"铁路"朝洛杉矶时报大楼驶去。相隔一个街区的地方,他经过一辆货运马车,车上堆满了新报纸。记者和其他人员在畅通无阻的报社忙碌地进进出出。四个精神不振的纠察队员在前面端着告示牌疲惫地兜着圈子。麦克认出了第一次来的时候看到过的那个人。

"下午好。你见到过马克斯神父吗?"

"他中午之前一直在这儿。有点麻烦。"

麦克感到不自在,便在马镫里调整了一下他的双脚。"铁路"往前扇动着它的耳朵。

"什么样的麻烦?"

另一个纠察队员吐出一缕雾烟。

"圣诞节后那一天,迭戈神父又跟奥蒂斯面对面干了一架。神父不让他走进屋里去,话说得很激烈,奥蒂斯就叫来了更多的暴徒。他们告诉他,一个神父没有权利走下布道坛,掺和到劳工纠纷当中。他们推搡马克斯神父,他也推还……"

"看样子好像要闹大,要流血了,但是没有。"第三个纠察队员插话道,"充其量只是一场混战。但是,他们放出了很多威胁的话。"

"有人指使他们的。"第一个人说道。

"是啊,但是你永远证明不了奥蒂斯跟这事儿有任何关系。"

"你们说什么呢?"麦克问道。

第一个纠察队员的脸色变得十分阴郁："今天早上，一个骑马的人匆匆来到这儿。昨晚马克斯家的土砖房子被人烧了。迭戈神父一个小时前走了。"

他在没有看到那个牧场之前就看到了浓烟。又长又细的烟柱升向空中，呈四十五度角映衬在天空中，天空黑得像约塞米蒂峡谷巨大岩石表面的花岗石纹的地衣。

麦克没有配踢马刺，但是他用靴子的脚后跟拼命地踢着"铁路"。骡子浑身大汗，长长的跋涉几乎让这牲口精疲力竭。任何时候都可能下雨，暴风雨已经在半岛上生成，就追在麦克所走小道的团团烟尘的后面。

他不在乎这个，他只关心他所看到的从太平洋帕洛斯·贝尔蒂斯庄园升起的滚滚浓烟。骡子爬上最后一个山丘，接着麦克停了下来，被他所看到的景象惊呆了。让他惊讶的不是他曾经在那儿住过一夜的土砖屋子，而是断垣残壁：倒塌的瓦砾遍布四处，烧黑的横梁横七竖八。中央烟囱孤零零地矗立着，像一块墓地的墓碑。到处都是浓烈的焦臭味儿。

"迭戈？"他一面呼喊，一面向那口水井跑去，"迭戈？你在哪儿？"

雨点开始下落，大大的雨点，分得很散，啪嗒啪嗒地敲打着烟尘，留下点点黑斑。他俯身在马鞍上，拼命在废墟中寻找着。什么也没有，唯有一缕缕黑烟从这个方形院子的四面八方升起。雨点突然变得稠密，接着这短暂的阵雨又蓦地停住了。雷声在东方轰响。

"迭戈？"他再次呼喊，又一下噎住了，因为神父突然从烟囱后面走了出来，爬上一堆堆瓦砾。他的一只手伸展着，仿佛随时会摔倒一样。他浓密的黑发在风中飘扬。

麦克跳下骡子，跑上前去见他的朋友。

"我在城里听说了这件事情。我想你可能需要人帮……"接着，他看到了马克斯的眼神，像地狱里的鬼一样，"上帝呀，迭戈，谁干的？"

"我不可能找到任何人的,或者说起诉对象。"神父说道,语气里充满了仇恨,充满了愤怒。

"你不认为这是奥蒂斯命令干的?"

"当然不是。奥蒂斯中校是一个'彼拉多①',没有必要让自己直接陷进去。这样他就可以洗清自己的双手⋯⋯那些暴民会为他干的。"

"我能干点什么?"

马克斯朝他摇摇手,接着蹒跚着走过他身边,嘴里喃喃地说道:"这就是他们如何惩罚那些胆敢发言反对他们的人的,他们不可能被彻底打败。这场战斗不变脸不可能赢得胜利,这场战斗只有以其人之道还治其人之身才能获得胜利。我不可能处在这种境地里来进行战斗。"

他飞快地伸出一只手,去扯他的牧师领子,可是那领子很牢。他的手背上暴出条条肌肉,接着那领子被扯了下来。他捏紧的拳头落在了身体一侧,领子的两端在风中飘荡。

马克斯两眼盯着麦克,他厚厚的嘴唇难看地撇着,似乎在向麦克示威,你敢批评我吗?或者说你敢谴责我吗?

麦克一阵哆嗦,因为他在神父的两只眼睛里看出了一种新的东西。这双眼睛不再显示内心的谦恭和同情,唯有野蛮的愤怒。

"你在说什么呢,迭戈?你打算怎么办呢?"

"怎么办?"马克斯重复道,话音中充满了恶毒的讽刺,他将那领子扔进灰烬里,不一会儿,一缕黑烟升了起来,"从这个时候开始,我将按照他们的条件而不是主的条件进行战斗。我将进行战争。"

冬日的雨再次开始下落,这次下得很坚决。倾盆大雨很快浇灭了余烬,当烧焦的横梁完全冷却下来之后,麦克将它们收集起来,用他的马鞍座毯当顶,搭了一间简陋的棚子。马克斯根本没去注意,只是在悬

---

①彼拉多,公元1世纪罗马帝国驻犹太巡抚,主持对耶稣的审判并下令把耶稣钉死在十
　字架上。

崖边上郁郁寡欢地溜达着。一度,麦克担心他也许会掉落到下面的岩石上去。

过了一小会儿,神父回来了。麦克给了他一些从马鞍袋里拿出来的饼干,但是马克斯不吃。他几乎不说话,麦克试着在这狭窄的棚子下睡觉,度过糟糕的一夜。马克斯蹲在露天,浑身湿透,两眼茫然。

早晨,他平静了一点。他紧紧握着麦克的手,紧紧捏着他颤抖的肩膀。

"多谢你的好意。但是我希望你别待在我这儿。"

"我不能就这样走了,丢下……"麦克打着喷嚏。

神父几乎笑了起来:"好啦,照我说的做。我不想你跟着死了,让我满怀歉疚。我还有其他事情要对付呢。"

雨水从麦克淋湿的帽檐上滴落下来。他凝视着马克斯的眼睛,试图探出他的意图来。他说的战争是什么意思?他会去哪儿?他将如何活下去?

"别管我。"神父再次说道。他的话十分坚决,而且冷冰冰的。

麦克愤愤不平地抱怨了一句,接着将一只靴子套进"铁路"的马镫里。

来到第一个山丘的顶上,他回头望去。马克斯跪在雨中倾斜的横梁中间和瓦砾上,双手紧握,低垂着头。不知怎么的,麦克不认为他是在向一个善良的或者说宽容的上帝祈祷。

23

第二天晚上在"火车站"的办公室里,麦克开始迅速地翻查怀亚特的办公桌。

他将所有东西都掏了出来:账本、未拆开的信件、怀亚特内心独白式的一些笔记。他在浏览这些笔记的过程中,开始发现怀亚特居然是一个如此复杂的人。有些笔记满篇写着推进圣索拉罗发展的想法……"月光游览"？"香槟晚宴"？这些设想怀亚特从来没有付诸实施过。账本已经被弄得污渍斑斑，字迹马虎潦草，而且账目的日期之间有相当多的空缺。有很多信件是债权人讨债的信件，怀亚特不予理睬。在一叠叠的文件中，幻化出了一个才华横溢、肆无忌惮、难以捉摸的形象。

麦克对怀亚特在颇深的层面有一种无以言表的了解。他不想对自己承认，他的合伙人既有危险的不确定性，也是一个罪犯。

连续不停的大雨声中，他听到了一匹马和马车的声音。他拿起煤油灯，高高地举在门口。

那辆有黄色轮子的四轮敞篷轻便马车在夜色中驶来。卡拉跳下马车，滴着雨水的阳伞并没有保护她——她的头发更加黑了，像厚厚的灰泥抹在头上。她浑身凌乱，但激动万分。

"我一听到消息就赶来了，这事儿在文图拉县传遍了。我估计，怀亚特逃走了。"

"没错。进来。"

瓢泼大雨像开了闸的水流一样哗哗地浇在屋顶上。卡拉甩着她的阳伞，一面将她湿透的衬衫从她的胸乳上扯开来。她一扯开衬衫，衬衫就再次粘到身上。

"你看上去像是睡眠不……"她刚开口便被打断了。

"我是没有睡好，不太好。我一直在费力地查阅这些东西。"他指着那几叠文件，"想找找看他都欺骗了哪些人。"

他拿拳头击打着办公桌。

"谁出的钱？这是个大问题。他见鬼的是如何弄到三万美元来买下这块土地的？"

"唉，你这样精疲力竭地折腾自己，这样大吼小叫，肯定找不到答案的。"她将阳伞放到一个角落里，整了整她的骑装下摆，"你打不打算表示一下礼貌，给我一张椅子坐坐？"

他指着一张椅子。她叹了口气，坐下。

"所有这一切的真正结局是什么，麦克？你是不是承担了他的债务？"

"我有一位好律师在为我处理这事儿……波特，在洛杉矶。如果债主同意，我准备还这些债务。"他坐在办公桌后面，终于感觉到了身心疲惫，不断的打击激发起了他旺盛的斗志，但斗志很快就消退了，再也激发不起来了。

他揉着自己的额头："对不起，我没有酒可以给你喝，也没有多少吃的。"

卡拉抚摸着自己的头发——一个下意识的女人动作。

"我不是来这儿喝酒吃饭的。"他很不舒服地看着她的深蓝色眼睛，听她把话说完。

"假如怀亚特走了，"她停了一下说道，"那么圣索拉罗的所有权归谁了呢？"

他解释了那个协议，而她则拍着自己的双手："那么你就是主人啦。什么问题都解决了，我就知道你会成功的。"

"那是当然。"他说道，有一种痛苦的神情，"现在我拥有了一钱不值的百分之一百，而不是百分之二十。"

她俯身向前。

"你需要用来应付危机局面、偿还债主的钱，不管多少……我都有，绰绰有余。那就是你的。"

"卡拉，我偿还债主的钱得是我自己挣的钱。"

她的双眸映照着煤油灯的火光。

"你要不是如此正直到荒唐可笑的地步，我倒是会生你的气呢。"

她向他俯过身去，在他的嘴唇上轻轻地吻了一下，湿漉漉的头发落到了他的脸上。他闻到了她皮肤上湿湿的麝香味儿。

"你就像老'沼泽怪'一样顽固，那个我们可以以后讨论。现在有更急的问题，需要很多个星期才能解决的问题。"

她再次吻他。这一次吻得更长，更坚决，而且是柔柔地拿舌尖轻轻地舔着。他尽管十分疲惫，但是他的身体起了反应。

"说真的，我到这儿来，因为我知道你是孤独一人在这儿。最后，我绝对不属于怀亚特，可是你好像认为我就是……"

她的舌头触碰到了他的脸颊，慢慢地逗弄性地舔着。

"所以现在，我要提醒你……"

她的一只手下落到了他的大腿内侧。她为自己所发现的情况低声笑了起来。

"怀亚特走了，没有人打搅我们了。这些文件可以等等，我们可以一整晚都在一起呢。"

"卡拉……"

"不，麦克。不要再反抗了。我想得到我想要的，我想要的就是你。"

她将自己的手伸到下面他们两人中间，抚摸着，挤捏着。终于，他崩溃了。他用双手捧住她的脸，用他终于释放出来的全部汹涌情感吻着她。

他吹灭两盏灯中的一盏。他将她抱在自己的双臂中，吻着她的脸颊、她的耳朵、她的嘴角。

"不在这儿。"他说道，"这是他的屋子。去帐篷里。"

"不，我等不及了，我等不及了。"

卡拉紧紧地抓着他的胸部。她分开两腿骑在他的身上，她的大腿部和肋部凹凸有致。麦克的左手紧紧抱着她的腰肢，他的右手揉着她的胸乳。他感觉她坚硬的乳峰就在他的手掌心里。

他们激情迸发，痛苦地折腾着自己。卡拉的头拼命往后仰去。她开始咬自己的嘴唇，开始甩动她飘散的头发。

突然，他紧紧抱住她的腰，掀起她的胴体，将她翻过身去。她仰天翻倒在了怀亚特的床上，发出一声既惊讶又激动的喊叫。他急切地将自己的一条腿跨过她的大腿。阳光将棕色均匀地散布在了她全身的每一个部位上。

他喘了一口大气，翻身跃到她上面，拼命地吻着她，不让她有争辩的余地。她摸索着抓住他的阳具，为他做着引导，她的深蓝色眼睛睁得又大又圆，充满困惑，但是困惑很快便被模模糊糊的理解所代替了。

她喊出声来，闭紧了双眼。麦克沉没在了她的香味里，她的柔软里，他吻着她的喉部。她揉捏着他的双肩，用自己的脚后跟击打着他的双腿。那激情的爆发如此强烈，使得他有一种痛的感觉。他抽插得更加狠，更加深了。他们就这样乘风破浪，直到达到高潮。

高潮过后，他搂着卡拉睡觉。

好长时间之后，暴风雨更猛了。倾盆大雨哗哗地浇在屋顶上，办公室的有些缝隙漏水了。一时电闪雷鸣，雨水冲刷着窗户。麦克犯的错无人知晓，他却对每一声雷声感到惊恐。

他轻柔地抚摸着她浑圆而又性感的胴体，轻轻地吻着她的肩膀。她醒来了，喃喃地说着话，接着感觉到了他的手在抚摸她，便笑了起来。

"等等，不过……"她挣脱开身子。

他用手肘撑起自己的身子。

"干吗？"

"你那块金色头巾还在吗？你藏起来的那块？这次我要为你戴上它。"

他再次进入她的体内，发现无比柔滑，无比炽热。大雨减弱了一点。他可以听到床在他们的身子下面飞快地发出嘎吱嘎吱的声响。她简直令人难以置信……柔软得像靠垫一样，丝毫没有做作，丝毫没有克制。她咬他，她抚摸他，她在他的耳边说着令人震撼的情话，她的情话令他变得更加凶猛疯狂。

当他们再次冲向高潮的时候，有一个新的声音在他们意识的边缘响起,一种什么东西奔腾的咆哮声。接着,他猜出了原委:河道里的水从陡峭的山上奔腾而下,在干涸的河道里形成汹涌激流,奔腾而去。

"上帝呀,上帝呀,我爱你。"她在湍流的咆哮中呼喊着。

灰色的天空翻滚着更加灰暗的云团,点点阵雨洒在满溢的河道里。雨水还在从小山上慢慢排出,形成急流,汹涌向前,汇集到了大门距离四分之三英里处已经扁平的河床堤岸那儿一个个巨大的池塘中。

空气凉爽而又清新。他们在河道的堤岸上散着步,卡拉亲昵地挽着他的胳膊。她将她的秀发推到了后脑勺,用那块头巾扎了起来。她的脸颊容光焕发,神采飞扬,没有施任何胭脂口红,也没有涂染任何睫毛膏。麦克此前从未见过这个女人这样的一面:满足,沉静,温顺。

他瞧着潺潺的流水,沉思着。

"你在想什么?"

"你会受到伤害的。"

"不会,告诉我。"

"我在想这件事情。"他跳下堤岸,落在齐膝深的流速极快的黄泥水中。这条河流实际上几乎像怀亚特的小册子的不诚实介绍。

"水!"他大声喊叫道,一面张开自己的双臂。他逆流大步走去,水花飞溅。他的目光来回扫视着,从黑云压顶的山峰到干旱缺水的河道。他记得马克斯说到过水的重要性,惠特维尔的印第安老人也说到过此事。

麦克用双手泼着水,泼出一扇扇水花。卡拉瞧着他,既开心,又惊讶。

"我们如果终年有水……在一个水库里,一个大坝后面……这块土地就不是毫无价值的。怀亚特向买家承诺这一点,但是他没有想到如何去实现这一点。我会想出办法来。"

他满面春风、浑身湿透地回来了,爬上堤岸,回到她身边。

"那天,我对你说了我心里想的。你受到了伤害,是吗?"

她还是十分开心，说道："只有一点点。我得到了我想要的，终于得到了。"

完全出乎意料地，她轻轻地爱抚着他的脸。她的目光变得十分急切。

"你喜欢那事儿吗，麦克？请对我说你喜欢的。我这个人其他方面没什么好的。"

不由自主地，内莉的形象出现在了他的脑海里。内莉对一个如此小看自己的女人会有何评价？她会怒火迸发。也许卡拉是情不自禁，她好像突然变得那么缺乏信心，那么脆弱，像个孩子一样。

安慰她并不难。

"我喜欢的。"他微笑道，"非常喜欢。"

"那么我们回去，再……"

"不，卡拉。今天不干了。我得看完那些该死的文件，我得想出办法，怎么开发这个地方。"

"我说了，你不用担心的。我有足够的钱供我们两个人花。"

"我已经从你那儿得到了我所能得到的全部。"

他的坚决破坏了她的温顺，原先那个熟悉的卡拉回来了，她的脸上浮现出一缕令人迷惑的阴谋家的微笑。

"暂时。"她说道，吻他。

他们沿着湍急的河道走回到"火车站"去。

"我什么时候能再见到你，麦克？"

"我不知道。也许等这事儿捋直了。"

她离开之后，他才恼火地意识到，她还戴着那条金色头巾呢。

1888 年，除夕，他看到了一份新闻剪报。

这是一个很大的破烂信封，办公桌上他最后检查的东西之一。跟这份新闻剪报在一起的还有一绺黑色的头发，用一块廉价的女人的手帕包着。一张堪萨斯州奥塞奇县的出生证，还有一张小小的椭圆形的照片,照片上是一个神色疲惫的年轻女人,有着一双浅色的眼睛,她的微笑有点僵硬,很明显是为了照相装出来的。新闻剪报来自《圣迭戈蜜蜂报》,日期是1887年11月:

耸人听闻的谋杀!

堂①

伊西多·斯滕斯的遗骸

在其住宅

被发现

久居本地的居民、受人尊敬的豪富堂伊西多·斯滕斯已经严重损坏的遗体,已于星期一上午在其巴伊亚牧场的主屋、斯滕斯家族已有九十年历史的住宅内被发现。

据当局报告,堂伊西多是被人以极其残忍的手段用大头棒重击致死的。这位堂是一个鳏夫,儿孙满堂,数不胜数,但他们分别定居在加利福尼亚州各地,他则单身独居于此。他虔诚信仰上帝,每逢礼拜日便会参加弥撒。当礼拜日他没有来做弥撒时,安塞尔姆·格鲁德神父怕他生病了,便在星期一一早骑马前往他的住处探视。格鲁德神父发现了那具可怕的尸体。没有暴力入侵的迹象。不过,当局发现了一只巨大的金属钱箱,钱箱上凹迹斑斑,擦痕累累。钱箱的锁已经被破坏,里面的东西被洗劫一空。堂伊西多是一个富有的人,在圣迭戈的街道轨道交通方面有大量投资,而且在伊莱沙·巴布科克土地辛迪加也有大量投资,该辛迪加建有豪华的科罗纳多宾馆,并开发了科罗纳多高地和南科罗纳多的一些地产。

①堂,西班牙人用在人名前的尊称,类似于“先生”之意。

麦克将那份泛黄的剪报扔到办公桌上,他的手有点不稳。

"你个该死的,怀亚特。你个挨千刀的。"

现在他知道这钱是从哪儿来的了。当然,他绝对不可能知道怀亚特是如何运用他的魅力混进屋去,见到了那个被他谋杀的人的。

1889 年的第一个工作日,麦克回到了洛杉矶,前去造访波特。他交给律师一个旧的信封,上面封了几滴蜡。

"你能不能把这个放进你的保险箱?"

"当然。这是什么?"

"一些个人物件。没什么要紧。"

波特先生点点头,在他面前将信封折成正方形。他满意地微笑着瞧着麦克。

"新年好,那么,这一年看上去比前一年要更加吉祥如意。"

"我不明白你怎么会这样说。圣索拉罗房地产开发公司欠下了那些人一屁股的定金……"

"是啊,但事实是,他们中有多少人住在附近呢?"

麦克经常浏览那份名单的。

"一个也没有。"

"那么,他们就得再次来这儿,或者说至少得雇个加利福尼亚的律师,来启动对你这位地主的诉讼程序。鉴于所涉及的钱的数量相对比较小,那样的事情肯定不会发生。但是即便发生了,我也可以想办法的,为你争取一些时间。"

"好吧,就这么办。我会把钱还给他们每个人的,加上利息。但还是有当地的一千一百七十三美元……"

"不,那六个债主的钱已经还清了。圣索拉罗眼下没有很急的负担。"

麦克以为他听岔了:"没有……"

"债。眼下,这桩地产是你的,你想怎么样就怎么样。"

"波特,见鬼的怎么回事儿?"

律师拉开一只抽屉:"除夕那天很晚了,一位年轻女士前来我处。一位很迷人的女士,来自文图拉县。她说她是你的合伙人,给了我一千一百七十三美元的现金。我没有提起另外的二十五美分。"

麦克没有注意这温和的玩笑,脱口而出:"除了怀亚特,我没有合伙人啊。"

"我也这样认为。不过,她坚持一定要帮你。为了保护你,我起草了一份短短的协议。协议只规定了这是一笔借款,无利息,无期限,无其他任何关联。换句话说,你可以明天就还给她,也可以永远不还。我本以为她不会签这样的协议的。"

他从办公桌抽屉里拿出那份协议,协议卷拢着,上面扎着那条金色头巾。

麦克一把抓住那份文件,扯掉头巾。卡拉龙飞凤舞的巨大签名在一小段文字下面赫然在目。

"奥托·赫尔曼的女儿。"波特说道,"给人印象非常深刻。"

"该死的,她不能这样做。"

"对不起……我还以为你会高兴呢。我早已经付给那些债主了。我没法再回去对他们说,我要把钱要回来,继续欠你们的债吧。我认为他们更喜欢留着现金的。坦率地讲,我不理解这样的反应。"

"个人事情。没关系。"麦克站起来的动作很猛,几乎把椅子撞倒,"请派人看护一下圣索拉罗。我要离开一段时间,去筹钱来还定金,然后开发这块地产。给你带来麻烦了,我会报答你的。"

"没有什么麻烦。我觉得这是对未来的又一笔投资啊。我们怎么联系?"

"我会尽快联系你的。"

"很好,钱斯先生。"

"你要真是我的律师的话,就叫'麦克'。"

波特乐了:"我可以问一下你打算去哪儿吗?"

"按照你关于石油的建议。"

"小心。那些石油城在西部是最粗野的地方。我劝你带上随身武器……"

他的当事人早已经冲出门去了。

麦克在"火车站"的两扇门上安上搭扣,在每个搭扣里穿上铁链,然后用挂锁锁好。他退回身子,端详着这座房子。1月的阳光穿过破碎的云团,照射在屋子上面,分外明亮。光和影的图案映在陡峭的山坡上,空气清冽而料峭。

他在他的马鞍上系上一只小旅行包,轻轻地拍着他的"铁路"。

"来吧,老儿子。我们要再次探险去了。"

骡子前前后后地扇动着它的耳朵。麦克爬上骡子背,上下颠簸着朝拱门走去,并再次瞧了一眼身后。一束阳光照亮了那片假的橙子林。

他已经越过了生气这条坎,但是他瞧不起怀亚特,居然将他牵扯到了一项用谋杀提供资金支撑的工程当中来。没有明显的证据证明是怀亚特抢劫和谋杀了那个圣迭戈的商人。但是,他为什么要将这份新闻剪报跟他其他的个人财物保存在一起呢? 是为了提醒他的"英勇无畏吗"?

当然了,确切讲,怀亚特没有邀请他加入进来,是他敲开的门。好啦,现在什么都不用干啦。圣索拉罗是存在的,但它已经物是人非了。他拥有了它。他不喜欢卡拉来插一手,但是他也没有办法改变这种情状。暂时改变不了。

他的精神再次振奋起来。河道是干涸的,但是他看到有水流经过了,水可以改变这个贫瘠的山谷。他拥有这条河道,此外,他还拥有一千八百英亩的土地。抛开怀亚特欺骗那些人所留下的那笔债务,他感到欢欣鼓舞。他是一个有地产的人了。

他已经在行动了。

他经过一个凹下去的沥青池……一个好兆头。他记起了波特说的到那些石油城去要带支手枪的话，便决定有机会就买一支。他出了铁的拱门，转向西方。

弯曲的杆子上那块扭曲的牌子上写着"赫尔曼"。

含有恶意的黑色天空威胁着要下雨，要从太平洋上刮来阴冷的风。麦克将帽子拉得很低，抵挡着满天的灰尘，也不明白他是否走对了地方。到了这个点上，大路上生出一条泥土小径，蜿蜒着越过一座小山，看不见了。小山上有牛在吃草，它们看上去都吃饱了。这一情况驱使他试着去走大路。

他在小山顶上看到了圣克拉拉河边上的那个农场。房子坚固，但并不豪华。主屋四周分布着几处厢房，主屋用褐色的灰泥粉刷，屋顶用的是半圆形红色瓦片。有几个牧童在牲口房和外屋四周劳作。

一个梳着黑色辫子、肩膀宽阔的女人听到敲门声，前来开门。麦克绞尽脑汁用西班牙语想好用词，然后对她说道：

"我想跟赫尔曼小姐说句话，请多关照。"

"赫尔曼小姐？"

他点点头。

"可是她不在这儿啊。"那印第安女人谅解他说不好西班牙语，便用英语又重复了一遍，"不在这儿。"

"她很快就会回来吗？"

"不会，她把什么都带走了。她去了巴黎。"

"巴黎，法国的？"

"还有另一个巴黎吗？"

他感到一阵失望。他想卡拉好几天了，每个晚上也都在想。她让人产生渴望，像毒品一样。他一次又一次地想到文图拉县来，但是总没有成行，因为他一次又一次地告诫自己：她美丽，但是她任性又危险。

他还是来了，他决定，像这样的来访……用礼貌的方式做一个了断,告诉她,他会还她的借款的,他们俩之间就是借贷的关系。她却不声不响地走了。他用双手转着帽子的边。印第安女人开始关那扇巨大的有浮雕的门。

"等等。我是来向赫尔曼小姐道别的。请把我的名字写下来……麦克林·钱斯。"

冷淡顿时变成了热情:"啊,钱斯。钱斯先生,她给您留了一个口信。"

"是什么?"

"她说要告诉您,她必须得离开一段时间……"

"必须?为什么?"

那女人不理睬他的问题:"她说她会再见您的,您尽管放心。"

她向他道了再见,关上了门。当他骑上骡子的时候,他看到西方有黑云在翻滚,暴风雨就要来了。他掉转骡子的头,迎着狂风驶去,心中完全被卡拉的突然离去弄得不知所措,也被自己的反应弄得莫名其妙。

两天之后,他在纽霍尔的一家理发店里等待的时候,顺手捡起了一份一周前的洛杉矶的报纸。

圣迭戈的
家庭暴力!

警察齐集
比维斯豪宅!
商界巨子被多处刺伤
住院治疗

妻子指控第三者插足导致夫妻不和
女继承人有名有姓

"一桩腐败丑闻。"这是赫尔曼说的。现在麦克理解了,他也明白卡拉的安排了。她或许是为了逃离麻烦,但是不可能永远……

您尽管放心。

他万分高兴,与此同时,他又畏惧那重逢的时刻。他很生气,脑子如此乱糟糟的,无法摆脱这件事情。有一点可以肯定的是,她会回来。

加利福尼亚金子 中

［美］约翰·杰克斯 著 董惠铭 译

CALIFORNIA GOLD

浙江文艺出版社
Zhejiang Literature & Art Publishing House

第四章

油井修建工　1889——1895

他们称之为"沥青"，这黑乎乎的玩意儿，在南加利福尼亚，凝聚在一个个的池中，暗示着下面石油的蕴藏量十分巨大。

有好长时间，几乎没有人加以注意。早期沿海的印第安人对沥青这种棕黑色的东西司空见惯了，可以用作独木舟和竹篮的防水材料，可以胶合一把把的丝兰纤维做成刷子，或者用来粘贴装饰用的贝壳。不时地，丘马什部落①或者约克茨部落②里会做生意的人会把这种东西运送到内陆去，交换给其他部族人，用来粘长矛的头和毛皮。它没有被认为有什么非同凡响的地方……部族人没有这样认为，早期的移民也没有这样认为。那些从大山上下来进入加利福尼亚的新来者，看到平原上有油渗出来，大火燃烧得很旺，而且他们在很偏远的很窄的峡谷里也看见了同样的大火。后来，他们中间有一些比较聪明的人把这种他们称之为"沥青"的东西收集起来装进桶里，用它来润滑他们的马车和农用机械的活动部件。

不过，到了19世纪50年代，加利福尼亚人才认真地进行了尝试，把这种黑乎乎的物质挖出来卖。即便那个时候，那些想要把土地卖给或者租给未来的"野猫"钻井者的人发现，他们也需要用促销的手段才能把土地卖出去或者租出去，而且还要雇用照例不可缺少的顾问。其中有一人非常有名，他就是耶鲁大学著名的化学教授本杰明·西利曼③。西利曼满腔热情而又信誓旦旦地写道，加利福尼亚的地下蕴藏着巨大的财富，包括他从来

①丘马什部落，加利福尼亚州西南部印第安族的一支。
②约克茨部落，加利福尼亚州圣华金河谷及其邻近的内华达山坡上居住的一个印第安民族。
③本杰明·西利曼(1779—1864)，美国地质学家、化学家，创办并主编《美国科学杂志》，曾任耶鲁大学化学和博物学教授，著有《化学原理》等。

没有涉足过的好几个地块。他对加利福尼亚的某些石油样本进行了质量分析，并对此大加赞赏。但是，某些竞争性质的学者，也许是因为妒忌教授高昂的咨询费用，证明那些样本被掺进了德沃的煤油以提高质量，德沃的煤油是东部的一个产品，在加利福尼亚的商店里随便可以买到，西利曼的名声一落千丈。

更有甚者，哪怕诚实的推销也无法恢复加利福尼亚石油的名声。早在1859年，E.L.德雷克上校在宾夕法尼亚州的石油河打出了那口著名的油井，并在那儿引发了一个石油繁荣期。宾夕法尼亚的原油是高等级的原料，它可以被精炼成优质的润滑油和照明用油。它能够产出黏稠度很高的优良油脂和优良的灯油，这种灯油燃烧起来干净、明亮、热量高，差不多无烟。几年之后，对加利福尼亚州随意生产的润滑剂和油品就没有这样的褒扬之词。

这个州的油料工业的先驱是个侏儒，而且是个羸弱不堪的侏儒。不过，加利福尼亚州的石油吸引了宾夕法尼亚州和其他地方的人，他们在本世纪后半叶迁徙到了西部，迫不及待地前来获取他们在家乡没有得到的财富。在他们到来之后，那熟悉的模式被再一次重复：就是这些外地人，这些新来者，他们不只对这里的地质有兴趣，他们将从地底下吸干加利福尼亚的黑金，让它生利。

24

1889 年春季,在文图拉县,麦克·钱斯在一位名叫马尔罗伊的钻探工手下工作。马尔罗伊的钱包很瘪。他寻找石油的方法是两千多年前的中国方法,用一种安装在一根弹簧杆上的钻探工具。一个小时又一个小时,麦克将杆子降到其支点上,接着放开杆子,让钻探工具重重地击到地上。这是一件不需要动脑子但累死人的活儿,每天仅挣一点五美元。那些不深的孔全部都钻在圣克拉拉河的南岸,每个孔都是一口干井。等马尔罗伊放弃了第六口干井之后,麦克断定,他学不到更多的东西了,便辞去了工作。

河流北面上游,圣拉斐尔山的丘陵里面,油砂展示着灿烂的利润前景,但是那些山坡太陡,传统的钻塔用不上。来自圣保拉的哈迪森与斯图尔特石油公司设计了山坡水平坑道。坑道完成后,注上水,渗出来的油便浮在了水的上面,然后,通过地心引力,顺着一系列的木头沟渠流到一个个很大的开口的储油罐里。

1889 年的余下时间,麦克就跟着这群人在萨尔弗山里挖这样的坑道。有的坑道有一千六百英尺长,比大多数深井还要深。为了给挖掘的人提供光亮,坑道的入口安装了镜子,调好适当的角度,把太阳光反射进矿井里面。这是一个巧妙的系统。有人对麦克说,非洲人很久以前就发明了这个东西。

麦克挖坑道一天挣三美元,他把大多数钱送往了洛杉矶的波特那儿,支付圣索拉罗的费用。律师曾答应,年末不管有多少缺额他都会帮他补上,而且写信给他说,迄今为止,只有一个买主采取了稍微有点威胁的法律行动。他处在深深的坑道里,浑身流淌着咸咸的汗水,每当想到波特先生,便会拿他的镐子更加努力地挖掘。既然律师这么信任他,那么他得证明给他看。

下班之后,他向年长的人请教,向管理人员请教,请教地下的石油构造(变幻莫测),以及加利福尼亚原油的特性(一个词——贫瘠)。

到了12月份,一条坑道坍塌,死了四个人。麦克眼睁睁看着那些松木棺材被放置到了一辆马车上,于是他断定,在萨尔弗山的作业中所能学的东西他都学到了。

他骑着"铁路"回到了圣索拉罗。大门口的拱门生锈了,野草和灌木已经长得齐膝高,但是"火车站"的挂锁完好无损。他到洛杉矶拜访了波特,波特正在用律师函的方式应付三位买主,模糊地允诺会付清所欠钱款。

接着,麦克离开城市,翻越那些大山,来到克恩县肥沃的土地上,但是他在那儿发现很难找到工作。一个月了,他没有找到任何跟石油有关的活儿,很快便落泊到一天只吃一顿饭的境地。终于,他在一个叫作阿斯帕尔托的十分偏僻的地方找到了第一份工作,一份十分苦的活儿。

阿斯帕尔托位于克恩县的西部,出产与其名字相称的东西——沥青①,用于糊屋顶和铺街道。一个个巨大的锅将原始的沥青煮上十二个小时,空气中永远弥漫着一股臭味儿,然后滚烫的沥青从沉积物上被倒入一个个砂石模型中,等成形、硬化之后,最后被运走。

要得到沥青,矿工们得在很大的露天矿井中作业。由于这种物质会损坏衣服,他们都是赤裸着身子干活。为期十二个小时的一个"工作班时"结束时……在油田里,"工作班"一定要加上一个"时"以便跟"小时"押韵。对此,麦克从来没有听到过任何令人满意的解释……一群拿着用来刮马匹身子的刮板的小男孩蜂拥到矿工四周,把他们身上的柏油刮下来,同时也刮到了他们的皮肤。然后麦克和工友们来到臭气熏

①沥青,其英文 asphalt 跟地名 Asphalto 相近。

天的石油蒸馏液中洗刷。他们一丝不挂地坐在食堂帐篷里,他们的胸部和肋部仍然因为石油蒸馏液的洗刷而闪闪发亮,仿佛喷上了漆一样。麦克发现,你永远有一种没有洗干净的感觉,而且他的第一餐饭吃好之后,他站起身来,发觉自己的屁股上粘了好几张很大的纸。

一天工作下来挣三个美元,因为这是一项不需要动脑子、既肮脏又孤独的活儿。一些粗俗的妓女游荡在阿斯帕尔托,但即使是她们这样的人也对浑身散发着恶臭而又黏糊糊的矿工表示反感。在就寝的帐篷里,男人们互相泻火。麦克常常睁着眼睛躺在床上,前臂搁在额头上,手握拳头,听着他们的响动,深深地思念着内莉,挣扎着压抑一个青年男性身体里的那种强烈欲望。

来了一个新的工人,他的块头大得吓人。他系着一条很宽的皮带,皮带上的搭扣嵌有一个个饰钉,他老是拿这玩意儿当武器,所以大伙儿都叫他"皮带"。一天夜里,就寝的帐篷外面,麦克发现这个"皮带"维戈利正跟一个胆子很小、名叫霍默的刮柏油的小男孩扭打在了一起。

"好啦,维戈利,别欺负那小男孩啦。"麦克说道。

"你坏人好事儿?"维戈利说道,一面摸着他的皮带搭扣。

"绝不是好事儿。只有霍默也觉得是好事儿,才是好事儿。看上去不是这样嘛。霍默,快从这儿出去。"

"好,霍默,我以后再找你。这位先生和我,我们有事儿要干。"

麦克和"皮带"维戈利,两个赤条条的汉子,摆好架势,四周围着一圈矿工,激动地打着赌。"皮带"用他的皮带,麦克赤手空拳。"皮带"的皮带抽中了麦克,抽得他的头和双脚四处皮开肉绽,鲜血淋漓,但是麦克的攻击十分猛烈又十分灵巧,十分钟之后,他打得那个块头比他大的家伙只有招架之功没有还手之力,最后把他打趴下了。"皮带"第四次被打倒之后,就再也没有站起来。麦克任其呼哧呼哧地喘着大气,彻底把他击败了。

第二天早晨,在麦克安顿"铁路"的马厩里,他发现那骡子一动不动地躺在那儿……被某种钝器重击而死。"皮带"维戈利早已消失。麦克受够了这个阿斯帕尔托,便在周末辞职不干了。

　　到了初秋时节,他回到了圣保拉。这是一个小地方,居民大约三百人,但是,一群群走马灯似的"野猫"钻井人、油井修建工、赌徒和其他附丽在石油工人身上的寄生虫,膨胀了这儿的人口。还有一些人,来这儿没有什么特别理由,除非他们是想躲开文明,也许就是躲避法律制裁吧。有许多临时工住在帐篷里或者装货箱改建的小棚子里,此种情形使得这个小镇平添了一种临时的氛围。圣保拉的一些粗野的人吹嘘,他们每七户人家就有一个酒吧。开枪射击是经常发生的事情。

　　麦克跟哈迪森与斯图尔特石油公司签订了合同,当油井修建工。哈迪森与斯图尔特石油公司很快将跟另外两个石油公司(一个叫塞斯普峡谷石油公司,另一个叫托里峡谷石油公司)合并,以组成一个更大更强的公司,名叫联合石油公司。

　　麦克总算用自己的工资买了一支手枪,一支六响、点四五口径的二手货,1873款"调解人"科尔特。这是一支典型的边疆武器,结构简单,制作精良,胡桃木的手柄,蓝色的油漆。麦克选择了更加符合城市派头的枪管较短的样式,即所谓的"店老板"样式。他将手枪插在枪套里,挂在屁股后面,就在右臀部上。

　　哈迪森与斯图尔特石油公司派他到河北面山里的一组工人那儿工作。在钻探一口新的油井的第四天,钻头翘起后卡在了孔里,怎么也顺不过来。麦克自告奋勇下去探查,这倒不是蛮干,而是他想弄明白这样的问题是否能够通过人工的力量解决。那丢失的钻头,油井修建工称之为"鱼"的东西,被卡在了二百四十五英尺的深处。

　　麦克脱掉衬衫。他们在他的双臂下面系了一根麻绳……他事先在腋窝下垫上了破布……在先放下一盏灯去试探是否有氧气之后,他攀下了狭窄的井孔。

　　他在黑暗中攀缘而下,在钻井架中用来升降抽泥筒的绞车的绳索上悬吊着。这种绳索通常用来放下吊桶,将被钻井工具打碎的岩石泥浆提取上来,钻井工具的工作管道是分开的。很快,麦克后悔自己的自告奋勇了。他在井里面几乎动弹不了,其直径大致上为两英尺。大约一百五十英尺长的很重的铁皮套管已经被放了进去,它擦着他的双肩,直到擦得鲜血淋漓。空气变得混浊,而且腥臭难闻,几乎无法呼吸。他继续往下走,往下走,直到上面的光线再也无法使他看到面前自己的双手。一种被幽禁的感觉,被活埋在一座小小坟墓里的感觉,每时每刻都在变得越来越强烈。

终于,他来到了被卡住的钻头上面。他没有空间可以弯腰,也无法伸出双手去够到那个钻头,只能稍稍抬起双腿来踢。他踢了有十分钟,踢得脸上大汗淋漓。空气极端缺乏,他以为他要死于窒息了。终于,他举起一只手,拽了一下绳子,示意伙伴们将他拉上去。他不愿意无功而返,但是看来要松动那个钻头已然不可能了。他发泄自己的恶心,最后笨拙地踢了一脚。

钻头从卡住它的隆起的板岩上脱落下来。麦克喘了一口大气……他随时都有可能晕倒了……狠狠地拉了一下绳子。蒸汽机驱动泥沙轮卷起麻绳。他被升了上来,升进了阳光里,俨然成了一位英雄。

公司的高管、股东莱曼·斯图尔特亲自嘉奖他,放假两个班时,工资全额照发。绳式顿钻价格不菲啊。

斯图尔特大约四十岁年纪,骨架子很小,外貌帅气,蓄着一把络腮胡子,戴着夹鼻眼镜,像个长老会执事。他行走在满口污言秽语的油井修建工中间,像个小学校长行走在一群吵吵闹闹但前途无量的小学生中间。斯图尔特眼下正在募集款项,打算在圣保拉建一个新的小教堂。

一小段赞扬的话说完之后,斯图尔特说道:"这额外的钱要节省着用,钱斯。大吃大喝挥霍掉可是魔鬼的游戏啊。"

行啊,好一个长老会教友。

麦克下井救钻具事件在圣保拉成了美谈。另一个"野猫"钻井人找到他。这是一个在一幢房子的一层楼的粗陋柴房里有几个办公室的人,这幢房子就坐落在那条主街上,主街的另一边是斯图尔特跟他的合伙人和一家叫"目标传输"的管道公司合用的粗陋的一层楼柴房。

贾森·普雷斯顿·丹弗斯是一个宾夕法尼亚人,基斯通石油公司的头儿。这家公司在这个丘陵地带租有土地,但迄今为止还没有打出油井。丹弗斯是个大胖子,戴着一副很大的眼镜,高高的大背头,一副苦大仇深和颓唐沮丧的样子,都是这环境给逼的。他像波特先生一样,在办公桌上放着一张全家福。麦克数了一下,有八个孩子,最大的仅十到十一岁。

"谢谢,丹弗斯先生,但我已经有这样一份工作了。"麦克听完那人的提议后说道。

贾斯·丹弗斯叹了口气——又一个失败。

"那么,你想要的是什么?"

"学习更多这方面的知识。我猜我唯一能做的也就是挪到钻具修理工这个位子上。"

钻具修理工在两人钻井组当中属于二号人物,负责根据所要求的直径打磨钻具,在钻塔铁匠铺里让这些钻头保持锋利状态。钻具修理工还干钻探工吩咐他干的任何事情。

"石油是让你感兴趣的事情?我的意思是,比目前的工作更上一层楼的事情?"

麦克点点头。

"但是我得承认,我不太懂石油地质学。"

"见鬼,在这儿钻井打孔的人十有八九也不懂啊。这有什么用?那些表面现象,那些不流动的池子,都靠不住。你要是以为地表有油,下面也有油,那就错了。地层是倾斜的,没有任何规则。你没法一目了然地把它们弄明白,像在宾夕法尼亚一样。即便你把原油弄出来了,质量也很差,链烷烃含量低……加利福尼亚润滑油和轴承润滑油可以像水一样哗哗流。关键是精炼……更好的精炼。这事儿我跟斯图尔特讨论过，他正在解决这事儿呢。"

"我觉察到存在问题，但……"

"你无法想象有多少问题啊。"丹弗斯打断他，道，"最大的问题之一是铁路。"

"那么，那些东西我也要学，不过得找到合适的工作。"

他坐在那儿等着，感觉到丹弗斯可能心有所动了。不一会儿，丹弗斯在他阴郁的眉毛下向他飞快地射出一束目光。

"我在盐沼峡谷有一个新的钻探工在那儿。钻塔刚刚在建。他也许会接收你的。"

"做钻具修理工？四美元一天？那是标准……"

"钱斯，我手头很紧。"

"我如果干这个活，我就得拿这个钱。"

"好吧，好吧。"丹弗斯疲惫地说，"你有个好名声。要是那钻探工同意，我就雇你。你去见见他。我给你写封引荐信。"

他在堆满纸张的办公桌上翻找纸张，过程中将一叠纸撞下了办公桌。

"上帝啊，有时候我真的不明白我干吗要陷入这个烂行业中。"

远在盐沼峡谷，钻塔的平面已经就位，钻塔装配工正在将四根剥去了树皮的树干从一辆马车上拖下来。这些木头就是支撑钻塔的四条腿。

"头在哪儿？"麦克问其中一位装配工。

对方指着一个个子很高、瘦瘦长长、其貌不扬的家伙，这人近四十岁年纪，有一个看上去又长又有力的下巴，他波浪状的头发早已经露出不少白发。他穿着机器加工的靴子和牛仔裤，一件工作衬衫齐肩剪掉了袖子，还有一块迎风飘扬的黄色印花大头巾。他的左臀部别着一支有枪套的像麦克那支一样的"调解人"科尔特，只不过枪身更长，价格更贵。

麦克走上前去介绍自己。

"我叫麦克林·钱斯。"他伸出一只手。

那个比他年长的人没有握他的手。他的皮肤被太阳晒得很黑,他的脸很粗糙,布满了沟沟壑壑,就像地上绕来绕去的道路。他的眼睛呈淡绿色,完全是三角叶杨新叶的颜色。

"约翰逊。昨天城里来的伙计说,贾斯会让你过来。知道在这种地方摆弄一口油井的事儿吗?"这人的话音中有很重的南方口音。

"我在这行的几个地方干了差不多两年。"麦克说道。

"这他妈的不算什么回答。我需要一个有经验的钻具修理工。"

麦克不喜欢他的直言不讳。

"我没有经验,但我可以学。你教我一次,问题就解决了。"

约翰逊轻蔑地哼了一声。

"自以为是的家伙,不是吗?唉,没办法啦。我看此地也没有其他候选人排队竞争。"他默默地算了一下,"一天三美元五十美分,供吃住。"

"四美元。钻具修理工的常规薪水。"

"你毫无经验。你说的。"

"我会用努力得多的工作来弥补这一点,每个工作班时都付出加倍的努力。"他故意说了"工作班时",他可以看出约翰逊注意到了这个细节。

"我们到我那富丽堂皇的庄园住宅里去仔细商量。"他指了一下钻井工地不远处那个山坡上的一间棚屋。从其招牌上可以看出公司的财务状况——用白色的涂料画了一块很不专业的基石和一个大大的"14"。

"我要去喝几口。"约翰逊又说道,"这儿太热了,这些小子自己可以对付一会儿。跟我来。"

麦克跟着他。

314

约翰逊将木头椅子靠到那棚屋的墙上。在那儿，他首先能看到搭建井架的工人正在对钻塔两条腿之间的斜撑柱上钉很大的钉子。那两条腿站稳之后，工人就会用同样的方法将余下的部分钉好。

约翰逊拿出一个褐色瓶子，但是麦克不想喝。钻探工便将酒瓶放到他自己的椅子下面，往后仰去，并开始用一块干净的布反复擦拭着"调解人"枪管上明显的污点。

这支枪是一件漂亮的武器，银色的金属上雕刻着精巧的图案，一颗很大的孤独的星星。扳机的前护圈被割掉了，以便更快击发。这把科尔特看上去不像是业余爱好者用的家伙。

"好枪。"约翰逊发现麦克感兴趣，便说道，"一百美元，新的，在沃思堡①买的。"

"你就是那儿的人？"

"是，也不是。我自己的名字叫休，'休息'的'休'。得克萨斯②牛仔，这个名字见鬼了，不是吗？我妈妈希望我长大后能成为一位绅士。我敢肯定，上帝会让这个亲爱的女人失望的。"

"你何时来的加利福尼亚？"

约翰逊的表情变得警惕起来。

"哦，几年前了。我以前是牛仔。然后，来自纽约的那些大牧场联合企业开始收购所有我工作过的大牧场，一个接着一个，而且开始削减工资。很快，我一个子儿也挣不到了。于是，我就从大山里出来，学了新的行当。"

他朝钻塔工地做了个手势。

"所以现在你是一名石油工……"

"要等光景好一点才能说这个话呢。我从来没有一样事情干得长

---

① 沃思堡，美国得克萨斯州北部的一个城市。
② 得克萨斯，美国南部的一个州，首府奥斯丁，1836 年从墨西哥独立成为共和国，1845年成为美国的第二十八个州。

的。也不知怎么的,我容易见异思迁。我估计在为贾斯·丹弗斯钻好这个孔之前是不会跳槽的。主啊,那个人一生痛苦缠身,不幸连连,一团罩顶的乌云啊,比冻得人发紫的强北风还厉害。"

"我看到了。"

"贾斯属于正派人,他爱他的家庭,想要改善家庭状况——我是这样对他评价的。这样一来,他就惨了。"约翰逊慵懒地抠着鼻屎,"这也是我不结婚的原因。很多人这样。"

"我也单身。"

"你到这旮旯来干什么?"

麦克平视了他一眼,两个男人坐在一点点阴凉处,往后面斜着椅子。一条头又大又肥的一英尺长的大蜥蜴在下面的阴凉处闲逛。显然,它不怕白昼或者人类,它朝两个人伸出舌头。约翰逊朝蜥蜴伸了一下舌头,它跑了。

"我的奋斗目标就是变得富有。"麦克说道。

"怎么变呢?"

"我力所能及的任何办法。我是宾夕法尼亚人,跟丹弗斯一样。我已经在洛杉矶县拥有了一些土地。"

"而且我恐怕得教你石油知识,啊?"

"我猜你最好是这样。"麦克画了一个圈,指着这陡峭狭窄的山谷和钻塔工地,"我看此地也没有其他候选人排队竞争。"

"上帝作证,你真是个骄横的家伙,钱斯先生。我觉得骄横表明一个人有胆量。我喜欢。不过,我不干。我是来这儿工作的,不是来开办学校的。"

好长时间的沉默,表明麦克遇到麻烦了。最后他冲动地说:"我还可以做饭,做牛排、美味的煎蛋饼、炒蛋……我是一个极好的厨师呢。"

"你被雇用了。"

25

麦克看到了运转的油井,也了解了一些油井的组成情况,但是他从来没有摸过一件标准的钻具装备,也没去钻过一口新的油井。这种设备很新式,跟马尔罗伊的弹簧杆大相径庭。

基本的钻具组包括一个挂在钻杆上的凿子形状的钻头和一根连接在二又四分之一英寸长的马尼拉麻绳上的铁条。一个烧煤的锅炉生产蒸汽,提供给那台二十匹马力的小小引擎。引擎转动带闸皮带轮,带闸皮带轮及其连杆安装在一根活动梁的顶端,在钻孔的上面推动着它上上下下。通过活动梁的运动,将钻具系列提起来又放下去,就是这样打的井。

约翰逊是一个粗鲁而又不耐烦的老师,但也是一个好老师。那台钻探设备上的活儿麦克没有不学的。他在煤炉边打尖钻具,爬到钻塔顶上解开缠在了顶端木头滑轮上的钻井绳。他和约翰逊汗流浃背地从一根根钢管里将搂在里面的套管拉出来。麦克身上还落了一个任务:用一把大锤敲套管的边,将其敲出凹口,这样没有铆钉也能连接得很牢固。套管比钻具要重,有其自身的滑轮组支持系统,由升降绳鼓轮传动。

麦克学习九股绳捻接,而且很快就把断绳修理得跟原先的一样,看不出破损的地方。他用戽斗舀出钻探留下的碎屑,从锅炉内部清理干净水垢,还做饭。

约翰逊保存着一本工作日志,记录每天钻探多少英尺,探查了多少英尺。个中窍门,唯有他知。"你这一天要是很顺,日志里面就把进度记录得快一点。这样的话,要是哪天不顺利,你就会有点余地,就有额外的英尺来弥补你的过错。"

这个得克萨斯人在钻井这儿还负责另一项重要的工作。一天下午,当那台小小的引擎停止了工作时,麦克发现了这个秘密。约翰逊脱掉衬衫,露出一条长长的钩状的刀疤,刀疤当初很深,现在已经愈合了,就在他的背部左侧。接着,他用扳手、钳子和撬棍修理引擎。他嘴里骂着娘,汗流浃背地干了半个小时,到头来,引擎响了一下,又死了。

"该死的新式机器。"约翰逊恶狠狠地说道,接着再修。

麦克在旁边看着,说道:"我很高兴你还是一个机修工,因为我不是。"

约翰逊吐出一口咀嚼过的烟草。

"我不是机修工,只是愿意干这事儿。在牧场里,我老是给他们修理流动炊事车,因为没有人愿意……"

他又做了一些调整,便启动了引擎。十秒钟之后,引擎看样子又要死了。他生气了,拿撬棍狠狠地敲了它几下。引擎被敲得砰砰乱响,接着它安定下来,运转顺畅了。

他们在盐沼峡谷倾斜得很厉害的地层中损坏了一个钻具。接着,他们钻透一层坚硬的岩石,钻进了泥沙层,但是新的钻具钻得太快,被卡住了,解脱这条"鱼"并使其恢复正常工作花了三天时间。

到了六百零五英尺,硫黄色的水开始往上喷涌。他们安装好一台水泵,抽了一个星期的水,没有任何油星子。贾斯·丹弗斯骑着马来了,他心情沮丧地检查了那口井,接着检查了工作日志,批准他们再往下钻一百英尺。他们钻到了更多的板岩。钻井绳断了,井道内陷,无法捞起钻具。贾斯·丹弗斯打道回府,心情比任何时候都要沮丧。

"我各方面的压力都很大,伙计们。一边压,一边拉,将要垮掉了。铁路费用快要了我的命了。'基斯通九号井'的产油量少得不能再少了……一天四十到五十桶……可我没法把这些原油运送到东部港口去。我将关闭这口井,我们将到峡谷更深处开钻'基斯通十五号井'。"

麦克和约翰逊互相交换了一下眼色,丹弗斯脸上的表情完全是一个濒临死亡之人的表情。

约翰逊喜欢麦克做的食物,也赞赏他毫无怨言的努力工作。友谊开始生长,尽管这种友谊有限度。一个星期日的夜里,吃晚饭的时候,麦克说道:"再讲点你当牛仔那些日子的情况,休。"

"别叫那个名字,我不喜欢。"

"那你该有个绰号。"

"叫绰号得有理由的。我有什么理由啦。"

"你在得克萨斯也没有什么理由吗?"

约翰逊的绿色眼睛半张半闭,露出一种提防的神情。

"没有什么好说的。就是一天到晚在马鞍上,骑得屁股生疼。别说废话了,吃饭。"

每隔一个星期六的晚上,两个人便骑马到圣保拉去。两个人都随身带着手枪,跟文图拉烧烤酒吧里大多数喝酒、吃饭、玩牌的人一样,文图拉烧烤酒吧成为了他们选择的避难所。楼上,半个小时的时间,一个名叫"天使"的墨西哥小姑娘让麦克暂时忘掉了内莉和卡拉。约翰逊喜欢大块头女人——他的固定妓女体重二百七十磅。

3月份一个星期六的午夜过后,麦克和约翰逊正靠在文图拉烧烤酒吧疤痕累累的桃花心木吧台上,两人之间放着一盘吃了一半的牡蛎,还有好几杯威士忌和黏糊糊的热饮。他们一边吃喝,一边闲聊着贾斯·丹弗斯的灰暗前景。突然,楼上传来很大的重击声,紧接着又传来一声尖叫。一扇门"砰"地打开了。

"滚出去,别碰我!他用皮带抽我,格特。"一个妓女歇斯底里地喊叫道。

一个大块头男人从楼梯上冲了下来。一看到他的脸,一看到他拳头上的一个个红点,麦克淡褐色的眼睛睁得又大又圆。

玩牌的人突然停止了玩牌,那个小提琴手也突然停止了拉琴。拽着皮带的人跟跟跄跄地朝双开弹簧门走去,两眼直视着前方,楼上继续传来哭泣声和叫骂声。

在他走过身旁的时候，麦克一把从他手中夺下皮带。

"'皮带'维戈利，你个狗娘养的……你在阿斯帕尔托杀死了我的骡子。"

维戈利轻蔑地哼了一声，转过身来，想来夺回他的皮带，可是麦克将它扔到了吧台后面。冲动之下，跟维戈利对着干，他要后悔也来不及了。他伸手到身后去抓他的"店老板"科尔特。

"我也要杀了你，混蛋。"维戈利接着说道，一面将一个膝头撞向麦克的裆部。

一阵剧痛袭来，传到两条腿上，剧痛让他的手松了开来。维戈利一把抓住科尔特，往后跳去。枪管对着麦克的胸脯。主啊，我成了。

维戈利傻笑着，他扣着扳机的手指开始发白。

休·约翰逊迅捷地从他的左臀部拔出他的银色"调解人"，那动作如此优雅，几乎没有一个顾客看见。第一颗子弹钻进维戈利的胸骨，将他击倒在地。维戈利的手一紧，也开了枪，枪弹穿进了天花板。他的身后，玩牌的人狂呼乱叫着，钻到了桌子底下。约翰逊将一颗子弹射进了维戈利的左肩，将另一颗子弹射进了他的右肩，朝着他的膝盖里各射进了一颗子弹，然后将最后一颗子弹射进了他的额头中央。维戈利的后脑勺一下子被击成了齑粉，撞到了地上。

约翰逊的点四五口径手枪归于平静。维戈利抽搐的身子渐渐地不动了。他的头部四周，洒着一摊黏糊糊的红色东西。麦克从血糊糊的地上抓起他的家伙，两只眼睛没法不看维戈利的尸体，胃里的东西直往喉咙口涌。

一个玩牌的人战战兢兢地瞧着约翰逊。

"你把六颗子弹射进了他的身子里，其中五颗是他倒下之后。"

"他要杀我朋友。你听到他这么说了。像这样的人，你得信他的话……你不能问他是不是当真的，或者让他用实践证明他是当真的。这是自卫。没有人不同意，是吧？"

约翰逊清澈明亮、冷酷无情的叶绿色眼睛令大伙儿异口同声地喊出了"是"。维戈利的尸体放松下来,他排出了秽物,臭味儿浓烈无比。麦克跌跌撞撞地向门口走去,在大街上哇哇地吐了起来。

他听到约翰逊在门里面说道:"找个人去叫一下警察。我不可能整夜待在城里。"

拂晓时分,他们骑着马回家去,没有受到指控,被放了。

这个世界让人感觉甜蜜又清新,猫头鹰发出最后的啸声,小鸟儿开始醒来……美洲食蜂鹟、朱胸朱顶雀、金黄鹂、金丝雀、白玉鸟、加那利雀就在通向盐沼峡谷的大路两边的桤木丛和柳树林中。随着淡紫色的天空变成了火焰般的橙色,一个山坡上,红色的牲口摇着铃儿,一个睡眼蒙眬的农民在他户外的蜂房中间挥着手。燕子开始飞翔,一只老鹰骤然俯冲下来,在露湿的田里捕食。身后的蓝色薄雾中升起叠嶂群峦。麦克再次被加利福尼亚的美丽震撼了,这样的美丽,让维戈利肮脏的死亡变得几乎不真实。

他也被一种好奇困扰着。终于,当他们缓步穿过枝丫错乱、长满蓝白色簧片一样树叶和教堂拱门似的桉树林时,他再也忍不住了。

"仅仅是一个牛仔,就这么回事儿?别逗了。你的故事也许可以解释你为什么是一个好骑手,但是没法解释你为什么能把六颗子弹射得这么溜。你有经验。"

"得,有一些。"约翰逊说道,接着又没话了,麦克的目光刺激着他,"听着,我无所谓,我他妈的烦了,我宁愿不……"

"休,得了吧。你救了我的命。那是一件特殊的事情。再也不是秘密。"

他们的马慢慢地走着。那只老鹰猛地飞向橙色的天空,喙上叼着什么东西。约翰逊用他那双绿色的眼睛评估着他的同伴,接着,他眼睛里的冷漠没有了,他突然低下了头。他的胡子已经清晰可见,又短又硬的灰色胡碴。

"啊,狗屎。我估计我们离得克萨斯太远了,没有太大关系了。"

他擤了一下鼻子,用一种奇怪的难以捉摸的眼神望着那蓝色的群山,似乎对他所要说的话羞于启齿。

"找不到活儿干之后,我就加入到了我的三个朋友当中……我们每个人都破产了,死光光了。我们在一个很宽敞的地方抢劫了一家很小的微不足道的银行。那个地方就是努埃西斯县的德里斯科尔。"

麦克不禁露出了惊讶的神色。

约翰逊斜眼瞟着他,也是在看他有没有责难的意思。他没有看到任何责难,于是便继续强调着说道。

"没有伤害一个生灵,上帝作证,你最好相信我的话。"他哼了一声,算是他费尽心力所发出的笑声了,"你知道我们所分的赃款是多少吗?九十七美元二十四美分。我们本该选择一家更大的银行。我在距离武装人员抓捕我还有四个小时的时候越过了边界。那年大部分时间我都躲藏在了科阿韦拉州①。这变化太大了,也太快了,差一点让我垮掉……"

他站起身来,贪婪地呼吸着甜蜜的空气,好像呼吸几口清凉的空气能够帮助他恢复精力似的。

"这个美国已经不是我小时候的那个美国了,完全不是同一个国家了,麦克。在我们老家,那些大牧牛公司直接吞并了家庭牧场。他们把像我这样的家伙推向了那些古怪的新行业:盲目钻探石油、落草为寇……"

"建造一条像南太平洋铁路这样的东西,你就可以偷走数百万美元,而且没有任何风险。"

"我觉得这倒是真的。只是这种变化太疯狂了,不适合我。"

他眺望着静谧的蓝色群山。

"就在此地,我几乎都相信这不像加利福尼亚。但是你一到那些石

---

①科阿韦拉州,墨西哥北部毗邻美国的一个州,首府萨尔蒂约。

油城里,到处都是那些愣头青,到处都是希望一夜暴富的不切实际的傻瓜……或者,你要是骑马在洛杉矶兜一圈,就会撞上吸毒鬼一样的骗子商贩,什么荒唐的东西都兜售,毒品啦,新设计的风车啦,然后你就会知道,加利福尼亚这个地方的变化比其他地方都大,都快。这个地方就像是刀刃,有的时候我不喜欢它。可是,我又不知道能到其他什么地方去,要么只有跑到太平洋里了。"

"别到任何地方去。你的秘密是安全的。"

"最好是这样。我被攻击的材料更多了呀。"

休·约翰逊的微笑表明,他们终于成为了朋友。

一周之后,麦克说道:"你知道,休,在隔壁那个县里,我所拥有的土地上到处都是沥青。作为合伙人,也许我们该辞去丹弗斯这儿的工作,自己干。"

"钻具组费用可不小呢。"

"多少?"

"一套完整的、高质量的也许要四万美元。不过有二手货。"

"感兴趣吗?"

约翰逊拿着干净的布在他的"调解人"雕着图案的枪管上反复擦拭着。

"现在不。我想走,很快就会走的。直觉告诉我,'基斯通十五号井'又将是一口干井。"

的确如此,而且"基斯通十六号井"也一样。到了1891年夏天,贾森·普雷斯顿·丹弗斯面临破产的危机。

"你给我运煤的费用比煤还贵啊。"丹弗斯对着墙上一部电话机的喇叭状话筒喊叫道。

麦克紧张地坐在一张没有扶手的单人椅上,约翰逊靠着墙,胳膊底下夹着他那顶沾满灰尘的帽子。丹弗斯红着脸,砰砰地敲着墙壁。

"不,不,我不相信你。这又是一个南太平洋铁路公司扼杀小微企业的例证。要是我是个大客户,你很快就会让步,你就会给我折扣,你私下里对那些大……"

只听到一声又响又粗的抗议声,接着一声很响的嘟嘟声打断了他的话。

"等等,等等!"丹弗斯大声喊叫道。

嘟嘟声继续。他挂了电话,一败涂地。

"昨天我有四个员工辞职了。"他说道。

"那么我很遗憾我们选择了今天骑马前来报告'基斯通十六号井'的情况。"约翰逊说道,"你想要我们继续坚持在那儿吗?"

丹弗斯一屁股坐倒在他的椅子里,双手捧着头。

"不,不。放弃它。把钻塔拆下来,所有能回收的木头都收好。"

这位石油商的体重减了很多。他的眼睛像发狂了一样,他说话的语速很慢。他被汗浸湿的衬衫袖子上罩着黑纱。他倒数第二个儿子伯纳德在上个星期三死于白喉。

"银行不愿意再承担我的设备贷款了,我得付贷款的钱了。那就是说,我得拖延工资了。"

"这就是其他人辞职的原因吗?"麦克问道。

丹弗斯重重地点了一下头,算是作答。他再次托住自己的头。

"我没问题的,"麦克说道,"只要我们最终能拿到工资。"

"那当然。"约翰逊说道,耸了一下肩膀。

"你们是好人,你们俩。"

"有一个问题。"约翰逊说道,"我要是拖延了吃饭,干活就不会那么利索。"

"丹弗斯太太会每周两次安排伙食,她会用马车从盐沼峡谷送来。"

"这对一个女人来说是一段荒凉的路啊。"麦克说道,"也不太安全。"

"没有其他办法了。"丹弗斯说道,"我已经走投无路了。"

丹弗斯祸不单行。秋天，另一帮人在钻探的"基斯通十九号井"开始产出原油，但是丹弗斯没有办法将原油运出去。他身陷设备制造商的债务，他们威胁要扣押设备，所有的钱都用于偿还那些债务了。

丹弗斯自己没有油罐车，也没有人愿意用赊欠的方式租给他油罐车。虽然哈迪森与斯图尔特石油公司悬挂在钢索上的、从纽霍尔到文图拉县的、像蛇一样逶迤前行的直径四英寸的输油管道有能力输油，但那也要付现金。丹弗斯向县里的每一家银行和洛杉矶的两家银行申请贷款，它们全都断然拒绝了他……再也没有贷款了。

11 月一个热辣辣、灰蒙蒙的下午，丹弗斯把所有的油井修建工人叫到了他的办公室开会。麦克和约翰逊事先谈到了这个会议的某种结果，他们的估计没有错。

"我破产了。"丹弗斯宣布道，"所有财产全被扣押了。本周五，我会想办法支付工资，但以后就不付了。"

"你说的包括以前的工资吗?"一个有大胡子的秃顶工人说道，"到上周五，你欠我七个星期工资呢。"

"加起来是八个星期。"另一个人说道。挤在办公室里的十九个工人差不多都是同样的情况。

麦克注意到墙上有一个长方形的影子，那地方的色彩比周围的浅，那就是原先挂电话机的地方。

丹弗斯至少瘦掉了三十磅体重。他的大背头曾经是那么油亮乌黑，现在成了白毛。他用深陷在眼眶里的眼睛环视着那些不开心的工人们。

"我只能付本周的工资，其他付不了。"

"耶稣啊。"休·约翰逊说道。他那双细长的眼睛看上去深得像祖母绿一样。

麦克走出人群。

"丹弗斯先生，我们信任你，支持你，相信你会全部付清的。"

"这个我知道,麦克。相信我,我已经一无所有,没有一分钱了。"

"有钱。"约翰逊咬牙说道,"在我听起来,像是你不懂如何处理这钱。"

大多数工人吼叫着表示赞同。办公室里再也没有了宽容,再也没有了同情心……只有饥饿、愤怒、上当受骗的工人。

丹弗斯站起身来,摊开双手,话音颤抖。

"我是一个诚实的商人,我把一切都献给了这个企业。纸牌叠整齐了。你们要责怪,那就去责怪银行以及他们那帮敲竹杠的南太平洋铁路公司的朋友。"

"啊,不干了,丹弗斯。"一个工人疲惫地挥了一下手,头也不回地朝门口走去。

另一个工人挥舞着一个拳头。

"你最好在星期五找到钱,要不我们很可能会找根绳子,把你捆到林奇法官那儿去。"

丹弗斯再次坐下,大汗淋漓。

"走吧。"约翰逊气冲冲地对麦克说道,"往奄奄一息的死狗身上捅刀子非大丈夫所为。"

街上,一辆四匹马拉着的圆圆的油罐车从他们身边驶过,这辆车是哈迪森与斯图尔特石油公司的,赶车的人穿着崭新的浅黄色背心。麦克的眼中露出极其羡慕的眼色,约翰逊靠在他们拴马的架子上。

"唉,就是这样,朋友。"

"你准备怎么办?"

"流浪一段时间。无论如何,我对这个活儿厌烦了。"

"你打算去哪儿?"

"可能去克恩县,那儿的任何地方。"

麦克耸了一下肩膀,然后说道:"蚕豆地,沥青厂,挺漂亮的印第安姑娘,热得要命的天气……我的提议怎么样……我们自己的公司,合伙人。"

"用丹弗斯先生给你的那点钱摆弄那玩意儿,是吗?"

约翰逊的讽刺逼得麦克拼命地寻找答案。他向内莉和马克斯吹嘘的牛皮也在讽刺他。见鬼,他根本无法挣到足够的钱,甚至都还不了怀亚特一个牺牲品的钱。他已经有好几个月没有翻开 T.福勒·海因斯的那本书了……理由十分充足。

沉默了几秒钟之后,约翰逊瞧着麦克,耸了耸肩膀,咕哝道:"对不起,我不该这样开你玩笑,但我还是要去流浪。"

"好吧,但是你如果改变了主意,就跟我联系。跟波特说一下,在洛杉矶的贝克街区。"

"你就在附近,是吗? 不放弃?"

"绝对。"麦克说道,可底气不足。他是在向约翰逊撒谎,很有可能,他在加利福尼亚完了。

星期五晚上,在老板的办公室里拿到工资之后,两个朋友分手告别。丹弗斯太太依次把一个个小小的信封交到他们手里,一面解释说她丈夫身体不舒服。

"因为羞耻而不舒服,我怀疑。"约翰逊来到门外后对麦克咕哝道。这不是谴责,而是在陈述一个事实。

麦克跟这个得克萨斯人在他们的马身旁握手。

"你教给了我很多,休。总有一天,我会报答你的。"

"当然,等我们都变富了之后。"约翰逊跨上马镫,骑上马,"你就是不愿意停止使用我不喜欢的那个名字是吗?"

"直到你有了另外的名字。好啦,记着……波特,在贝克街区。我等你。"

休·约翰逊触碰了一下他的帽檐,兜转马头。麦克瞧着这个得克萨斯人慢慢驶向远方,最后在一堵火墙一样的夕阳西照的群山的背景中变成了一个小黑点。他记得,在离开旧金山那个夜晚之后,他的情绪还从来没有如此低落过。

在圣索拉罗,他没有发现有意义的变化,唯有野草长得更高了。他在纽霍尔找了一个洗碗的工作。圣诞节前一周,一个他的孤独和失败感特别强烈的时刻,他捡起一份《旧金山时报》,头版上的一篇报道吸引了他的目光:

海岸边自杀?

溺水身亡,死因神秘
据说是石油商!

一天前,一具尸体被冲上了圣莫尼卡的海滩。是贾斯·丹弗斯。报道说,他是一个"石油公司的老板,最近陷入了严重的财政危机"。上个星期日,他带着他的妻子和七个孩子来到海边。当他们摆好食物准备野餐的时候,丹弗斯走到一块岩石后面,穿上他的泳裤。他整齐地将衣服折叠好,放在他妻子身边。他扑进太平洋,朝孩子们挥挥手,开始游泳。此后,再也没有人看见过他,直到一个渔民看到海水将他的尸体冲上海滩。

"可怜的杂种。"麦克说道,将报纸放到一盆酸臭的洗碟水上面的一个架子上。他知道,贾森·普雷斯顿·丹弗斯不是一个最好的管理人员,但是他心眼好,勤奋,诚实。

不太好。环境毁了他⋯⋯也是铁路毁了他。对丹弗斯来说,加利福尼亚梦破灭了。

麦克将一只粘了油腻腻的猪肉块的盘子浸到水里。两个服务员冲进厨房,吵骂着,互相用西班牙语威胁着对方。廉价的金属箔西班牙文招牌悬挂在饭店的门上,上面写着:"圣诞快乐!"

麦克望着那几个字,心想,我会不会是又一个丹弗斯?

26

1892 年的上半年,他换了一个又一个的工作,想方设法积攒了二十八美元。他再也没有翻开过那本指南,有时他还厌恶看到它。他满腹狐疑,慢慢相信,他正在步入他父亲失败人生的后尘。

每月一次,他用他当时的地址给波特写信,问有没有邮件。7 月,律师转来了一封内莉的信。她计划在 8 月初到洛杉矶来写一篇关于海港斗争的报道,这场斗争已经酝酿了两三年了。洛杉矶市需要在圣佩德罗建造一个永久性的深水港。南太平洋铁路公司以其惯常贪得无厌的自私心理,在当地和萨克拉门托大做工作,企图把港口建在圣莫尼卡……当然了,在那儿,南太平洋铁路公司拥有大多数现成的港口沿岸的土地。

"第一次,我发现自己站在那个该死的奥蒂斯的同一边。"麦克对内莉说道,他们驾着一辆轻便马车驶向太平洋。

他自从接到她之后几乎没有停止过说话。久别重逢,他激动无比,但内心也有一点伤感和妒忌——她发展得很好。他向波特借了十五美元,租了这辆马车,在饭店里买了一篮子食物作为野餐。最后一美元给了一位裁缝,将他那件棕色细平布衣服的袖子上一个撕破的口子补好。在她面前,他仍然感觉自己又肮脏又穷酸。

他到比科酒店去接她,她住在那儿的一个套房里,费用都由赫斯特负责。她跟以前一样,肤色棕黑,身材苗条,生气勃勃,穿着漂亮的白色亚麻布快艇服装,腰系一条海军皮带,脖子上围着有白色圆点花纹的薄软绸围巾,完全是一个成功的城市姑娘的派头。她的帽子是白色的,带着海军风格的帽舌,她的鞋子是白色的小巧的牛津鞋。她说这套行头是法式的。

她有很多新闻要说,所以像麦克一样唠叨不休,他们对此不禁哈哈大笑。她告诉他,缪尔已经在旧金山创立了森林保护社团——塞拉俱乐部①。小利兰·斯坦福大学已经在帕洛阿尔托开学,校长是来自印第安纳州的戴维·斯塔尔·乔丹②。关于迭戈·马克斯,她只知道一件事情。

"他跟主教团吵翻了,发表了一些令人激愤的话,然后离开了教会,消失在了峡谷里。他的有几个上司称他为'危险的无政府主义者'。这一事件媒体大肆炒作了将近一个星期呢。"

托潘加·马里布·塞奎特牧场是一个有二十二英里长的沿海上等地块,从文图拉县一直往南延伸到海边。当下的主人即未来的开发商是一个姓林奇的人,他用栅栏把这块土地围得严严实实,上面还挂了很多警告的牌子,"不准入内——违者法办!"虽然老百姓根本就不予理睬。麦克知道有一条僻静的牧场道路,可以把他们送往距圣莫尼卡不远的一个原始海滩。他在那儿摊开毯子,接着摆开大篮子里面的食品。这是一个风和日丽的日子,白浪翻卷,涛声阵阵,让人生机勃勃的空气中弥漫着咸味儿。但是,所有一切都勾起了他对丹弗斯悲惨结局的回忆。

他在杯子里倒好廉价的白葡萄酒。饭店用蜡纸包了很厚的三明治,里面有大红肠和调了胡椒粉的香肠,还夹着一片片很浓的干酪。内莉摘下帽子,松开她黑黑的秀发,继续喋喋不休。

"港口斗争看起来会很激烈。亨廷顿在华盛顿动用了能动用的所有人脉。他的口袋里有《华盛顿邮报》,所以他随便什么时候都可以编造有利于他们的故事。你朋友费尔班克斯在加利福尼亚操纵这场战役。他现在已经是那个公司的副总裁了,直接管辖政治局……另一个

①塞拉俱乐部,也译"峰峦俱乐部",美国著名自然资源保护者缪尔创建的一个社团,其主要目的是反对对西部内华达山脉地区的国家森林进行商业性开发。
②戴维·斯塔尔·乔丹(1851—1931),美国教育家、生物学家,斯坦福大学校长。

名字叫法务部。不要跟南太平洋铁路公司的文学局相混淆。"

"那是什么?"

"人们讥讽他们宣传机器的一个名字。他们贿赂编辑和作者,写有利于他们的文章。他们送现金,送免费车票,邀这些人到蒙特雷的德尔·蒙特宾馆去度周末……在旧金山,我很清楚,《简明新闻》和《呼唤》拿过他们的钱。你要是考虑到那个,还有所有他们所控制的州的立法者,再加上他们自己的铁路经理们……有的时候是选区头儿,有的时候是货运代理商……加利福尼亚州每个县都有……你不得不承认,沃尔特·费尔班克斯手握的权力比州长还大呢。"

麦克的脸上露出嘲讽的厌恶神情。

"至少那不会让他记着我了。"

她笑了起来。

"我不是想侮辱你,但是我觉得他们早已经把你和五美分渡轮的事情给忘了。把你赶出旧金山让亨廷顿满意了,可能也让费尔班克斯满意了。我估计不管什么时候,你想回去就可以回去了。"

麦克淡褐色的眼睛扫视着大洋的海平面。他看到了丹弗斯幽灵般的形象,正在游向死亡。

"我会回去的。但是在我没有挣到足够的钱,可以按照他们的规则认认真真跟他们玩游戏之前,我是不会回去的。"

"这么说,你一点也没有丢掉你的雄心壮志……"

"你丢掉了吗?"

"没有。"她打开一个包着的三明治,"当我有空余时间的时候,我就写小说。迄今为止,没有人出版过这样的小说,但是他们会出版的。"

"你在旧金山还是很开心吗?"

"是的,但赫斯特先生正在考虑把我派到其他地方去。"

麦克突然坐直了身子。

"他把《旧金山考察人报》办得风生水起,"她继续说道,"但是他想扩展到纽约去。他要是能在那儿创办或者买下一份报纸的话,他想要我去负责。那是美国最重要的城市啊,麦克。我怀疑我没法拒绝他。"

"那么这也是你所想要的吗? 把你的余生花费在办公室里?"

"主啊,好你个老顽固。我还以为你会有所改变了呢。

"我是一个男人,我还能变到哪儿去?"

"你的态度,先生,你简单粗暴的态度。你想要我干什么呢?"

他黑黑的头发在海风中飘扬。

"嫁给某个人怎么样?"

"谁呢?"

"譬如我。"

"你想要一个妻子,待在家里,满足于养养白白胖胖的孩子……嗯,是吗?"

"是的,我是这样想。"

"那么让我们换个话题吧。"她的话音变得严厉,甚至有一点愤怒,"你在这儿混得怎么样? 赚到钱了吗?"

"很多。"这时,他的回答十分简短。

"钱斯先生,为什么我明白无误的印象是你没有说真话呢?"她抚摸着他因干活而疤痕累累的指节,"请说实话。你知道我关心你……"

"我们吃吧。"

"你非常讨厌。"

"内莉,我爱你……"

顷刻间,她大惊失色,完全没有了自信。

"什么? 你说什么?"

他握住她的双手。

"我说我爱你,我一直爱你。可是,我除了我,不可能变成其他什么。"

她的脸上恢复了红润,接着她发出一声愤怒的"哦",将双手抽了回来。她用两只手掌揉着自己的双眼。

"你就是你……那是一个事实呢,还是一个借口?"

"我不想吵架,内莉。我等着跟你重逢等了好几个月了……"

"你要是不想吵架,"她用颤抖的声音说道,"那你最好再给我一个三明治,因为我立马要把这个扔到你的脸上了。"

这趟远足的余下时间里他们变得文质彬彬但是有点紧张,他们的肉体也没有多少接触,除了他把她送到比科酒店的门廊时她飞快地啄了一下他的脸之外。

"再见,内莉,照顾好自己。"

"麦克,等等……"

"不,我得把马车还回出租车行去,我已经超时了。"

"我离开洛杉矶前还能再见到你吗?"

"是的,我尽量。"他说道,他知道他不会再见她了。内莉正在她的世界里蒸蒸日上。而他不是沉沦,就是在原地踏步。而且,有的时候,她似乎不喜欢本质的他……一点也不喜欢。

她放下窗帘,站在套间的窗户边久久没有离开,渐渐变暗的阳光穿过旧的花边窗帘,在她的脸上描绘出图案。下面的街道几乎空无一人,但是她站在那儿好几分钟,期盼……不,渴盼……看到他驾着轻便马车飞驰回来。当然,他没有回来,只留给她一腔的五味杂陈。

她先是感到难过,因为他精神紧张,面容憔悴,再也不是跳下海湾救她性命的那个充满活力、粗犷莽撞的年轻人了。尽管他在矫饰虚荣,但是他的信心没有了。

当她想起他说"我爱你"那令人震惊的一瞬间时,她感到甜美温暖,但是她恨自己那傻乎乎的带刺的反应。她也爱他……她爱他,尽管他远非完美之人。

你也不是,罗斯小姐。需要我举几个具体例子吗?你跟那些粗暴强硬又愤世嫉俗的男记者们竞争得你死我活,你像他们一样说话行事:态度简慢,直言不讳。更加糟糕的是,你的所谓的标准该死的太高。你

333

对待一个恋人的方式就像对待老亨廷顿一样……当作你热衷于改变的对象。

这是真的。但是她又能怎么办呢？哪怕她想要改变,她现在能改变吗？真正的麻烦是,她不想改变,至少并非总是想改变,每当她面对这样的现实,而不是逃避这一现实的时候——就像此时此刻,痛苦和混乱便会将她撕得粉碎。

内莉一直站在那儿,暮色渐渐笼罩了下来,一只被太阳晒成棕色的手抚摸着老旧的花边,仿佛这是一件爱的纪念品。西下斜阳的缕缕光线照在她泪流满面的脸上,闪闪发亮。

9月下旬,波特先生邀请麦克到他家去共进周日晚餐。城郊西侧,柳荫深处矗立着一座巨大而又舒适的拉毛粉饰的房屋。这是又一个不成功的住宅小区,属于威尔希尔地产。这块地由一个叫 H.盖洛德·威尔希尔的人规划开发,他是一个从哈佛大学退学的学生、胡桃和葡萄柚果农,也是一个社会主义的倡导者。

波特的家又阴凉又大,前院长着一棵蓬蓬勃勃的柠檬树。午餐下午两点开始,波特全家做完弥撒回来之后,埃琳娜·波特准备了一顿丰盛的大餐,这是麦克这一年里吃过的最好的饭了。这位有着令人生畏的蒙古式小胡子的律师是一个既慈祥又严格的父亲,他不发话让五个孩子去玩,他们就都乖乖地坐在椅子里一动不动。

"把你椅子底下的面包屑捡起来,费利佩。"他们飞奔出去时他说道。

费利佩毫无怨言地回转身来。波特朝孩子微微一笑,轻轻地拍了他一下,把孩子开开心心地送了出去。

波特点上一根长得惊人的雪茄。

"麦克,我得说呀,你的脸色很不好。"

麦克折拢他的餐巾。

"我找的都是一个又一个烂活。我玩了五年,玩来玩去还是在玩一分两分的小游戏。我如果玩不了大赌注，那还是回东部去。"

"我很遗憾听到这话。我知道你是很想把加利福尼亚当作自己的家乡的。"

"也许从来就没有过这样的机会。"宾夕法尼亚暴风雪的幻影在他脑海中闪现，最近噩梦频仍，"要么我改变自己的命运……而且要很快……要么我就完了。"

波特在大拇指和其他手指间来来回回揉着他的雪茄。

"我承认形势不佳。我是想跟你讨论一下这个问题。你还记得洛伦和埃丝特尔·赫托吗？"

"赫托。"麦克说道，一面揉着自己额头的中央——那个地方突然剧烈地痛了起来，"有点熟，可我记不……等等，买主名单。"

"是的。赫托先生和赫托太太，来自俄亥俄州的伊利里亚。星期五那天，他们提起诉讼，要求公司归还他们的定金。我很有把握，我可以通过抗辩把时间往后压……对他们的诉讼时效从技术的角度进行反驳。假如法庭认为诉讼程序无效，那么赫托得重新提起诉讼，这样我们就赢得了时间。即便如此，麦克，我得如实告诉你，最后还是要结算的，最坏的估计是你将面临牢狱之灾。当然了，除非你能找到一些钱……马上。"

"我到哪儿去找钱啊，恩里克？我找啊找啊，但是河流里面再也没有该死的金子了，也许永远不会再有了。"

"我可以想办法跟赫托夫妇在庭外调解，然后让圣索拉罗上市出售。"

麦克很想要这样做，十分想，但有什么东西让他说出了："不，我还不打算走这一步。这块地产是我的全部所有了。"

他们透过波特的雪茄中袅袅上升的青烟，面面相觑。有拱顶的窗户外面传来孩子们在草地上玩耍的欢快声音和一只鸟儿在礼拜天的阳光下啭鸣的优美歌声，加利福尼亚的音乐……

麦克没有听见这些声音。

在接下来的几周里，麦克的精神状态一落千丈。他辞去了洗碗碟的工作，到一个贮木场找了份活儿干，虽然还是不体面的活儿，但至少可以让他有大量的时间待在户外了。10月初的一个夜里，他来到主街下街那家名叫多拉多的酒吧喝一杯。他在吧台边一个瘦而结实的人身旁安顿下来，这人看上去很强壮，三十五六岁年纪，白皙的皮肤上有淡淡的雀斑，蓄着浓密的八字胡，脸上有一条很大的疤。麦克注意到，他的脖子上挂着一个天主教的圣牌，臀部挂着一支手枪。

麦克要了一杯淡啤酒之后，看到那佩带手枪的人拿出一份跟白天的《论坛报》差不多的东西。

"请问，"麦克问道，"那上面是不是登着拳击锦标赛的消息？"

"就这儿。"那人指着一篇来自新奥尔良的报道。

"上帝作证，他赢了。"麦克惊叫起来。

他仔细阅读了那篇标题为"第二十一轮击倒对手"的报道，这使他感到骄傲，他的朋友吉姆先生击败了约翰·劳伦斯·沙利文[1]，获得了重量级拳王称号。

"是啊，而且是有拳击套的，三分钟一轮。他们叫这些新规则什么来着？"

"昆斯伯里侯爵规则[2]。"麦克喝了一大口啤酒，"科贝特是我朋友……他教过我拳击。"

"真的吗？"那个身子强壮、目光犀利、佩有手枪的人上下打量着他，包括他那支插在枪套里的"店老板"科尔特，"那你是加利福尼亚人？"

麦克尽管自己也不确定这点，但他还是发现自己很自然地表示了首肯。

---

[1]约翰·劳伦斯·沙利文(1858—1918)，美国职业拳击运动员，以出手动作和脚的移动速度快、发拳重而有力著称，曾获徒手拳击世界重量级冠军。

[2]昆斯伯里侯爵规则，现代拳击的基本规则，规定手套的使用、每场比赛中回合的划分等。

"知道这儿那些柏油坑的事情吗？沥青,石油沥青……还有什么名字?"

"是的,我知道。沥青是一种渗出来的石油,跟空气接触后变稠了。"

"我猜得很准。我第一天来到这个地方,就看到一辆马车载着一车这种东西。我问过一些问题,当地人拿它烧火。"

"代替煤,因为煤在洛杉矶要十到十五美元一吨。二三百年前,印第安人就用这种沥青作为防水材料用在篮子上和用来捻独木舟的缝。"

"你这些都是怎么知道的?"

"我在石油这行干过两年。"

"查利,注意啊。"那带手枪的人说着,拿手肘子撞了一下他的伙伴。接着,他伸出一只手。

"我叫埃德·多希尼。这位先生叫查利·坎菲尔德。"

"麦克林·钱斯。叫我麦克好了。你们是哪儿人,多希尼先生?"

"眼下,就是这儿的人。我到新墨西哥①待了一阵子,寻找金子。要致富,没门。"

"你对这行感兴趣吗?"坎菲尔德问道,"我们还需要一个人。"

"干什么呢?"

"寻找石油。"多希尼说道,"整个城市有那么多的柏油坑,我估计我们一定处在一个石油湖上。"

麦克忍住了告诉他们这表面现象常常带有欺骗性的冲动。

"我买了一块地,准备打一口井。"

"你的地在哪儿?"

"不远。第二大街外边。他们叫作西湖公园的地区。"

"你是说你打算在洛杉矶钻井?"

---

①新墨西哥,美国西南部临墨西哥的一个州,首府圣菲,最早为印第安人居住,后被西班牙占领,美墨战争后被美国获得,1912年成为美国的第四十七个州。

多希尼被激怒了。

"我打算挖井,我的朋友,像我家乡威斯康星的农民挖的水井一样的井。我拿不出最高档的设备,我哪怕能够添置那些设备,也不知道怎么用。查利和我花四百美元买下了那块地,我们几乎彻底破产了。你只要挥动镐子和铁锹就可以占一定的百分比,我们可以谈谈。"

麦克慢慢喝干啤酒,给自己一点时间思考。在城里找石油,这想法乍一听荒唐可笑,但稍稍一想之后似乎并非如此。他来到洛杉矶的第一天就曾看到过那些柏油坑。为什么这儿就不能像旷野里的油井一样容易地产油的油井呢?要不是冒险和希望,要不是为了实现那些疯狂的梦想,加利福尼亚还算什么加利福尼亚呢?再说了,他有什么损失呢?什么也没有。

也许是啤酒的作用,抑或是多希尼坚信不疑的固执态度,麦克在波特餐桌上如此低落的心情,几个月来第一次迅速地好了起来。

"百分之二十。"

多希尼用锐利的目光盯着他:"十。"

"十五。"

"查利?"坎菲尔德点点头,"你什么时候可以开始?"

"明天早上,我辞去贮木场工作之后再过五分钟。"

1892年11月4日,闹市区西面一英里处,埃德·多希尼、查利·坎菲尔德和麦克·钱斯开始用镐子和铁锹以及他们的力气挖掘一个四英尺乘六英尺的普通矿井。多希尼雇了一个有马车的小男孩,把泥土和页岩拉走。

几天之后,他们引来了很多旁观者,大多数人取笑在柏油坑里挥汗如雨的这三个人白费心机。这使多希尼十分生气,但不知怎么的麦克激动万分。

挖到地底下七英尺处,麦克突然看到了井壁上渗出了亮晶晶的东西。

338

"埃德、查利,快下来。"他大叫道。

当他们爬下梯子之后,麦克用手指摸了一下易碎的页岩,手指上是亮闪闪的黑色东西。

"渗出来的石油。"他说道,咧嘴笑了。

"找到了。"多希尼喘着气说,"上帝作证,我闻到了石油味儿……你们俩小子闻到了吗?"

"我闻到了金钱的味儿。"麦克说道。

接下去的那个夜里,干了几个小时的活之后,麦克拖着疲惫的脚步到四周查看了一下。几天之内,他利用一切机会单独进行了巡查,其目的他秘而不宣。他越来越肯定,他和他的合伙人脚下的东西令人难以置信。

多希尼和坎菲尔德搬出了宾馆,搬进了工地上的一顶帐篷里。第二天晚上,麦克疲惫地回到他所租住的房间去,结果发现那个有着打火石一样面孔的女房东正在等着他。

"你有麻烦了吗,年轻人? 有一位传票送达员带着一份法律文书在这儿等你呢。"

"麻烦?"麦克的心跳得怦怦的,"我不知道哇,夫人。"

"嗯,他明天会再来。同时,我要下周的租金……预付。"

"好的,当然,我明天上午首先办这件事情。"

一个小时之后,他将他有限的几件东西包进包裹,爬出他二楼房间的窗户,跳了下去。声响惊醒了女房东,她开了一枪,所幸没有打中他。他翻过后院高高的栅栏,趁着夜色逃走了。午夜前几分钟的时候,他钻进吓了一大跳的合伙人的帐篷。

几夜之后,他们听到油井工地附近有响动。三人出去一看,发现有一个人正在搬他们的镐子和铁锹。多希尼举起他的左轮手枪,一枪射穿了那小偷左小腿的腿肚子。

"你打枪还行啊,埃德。"后来多希尼在擦着他的枪时,麦克说道。

"我用它用得还挺多的。"爱尔兰人说道,他始终保持着一种谨慎,"在新墨西哥用它打死了一只攻击我的山狮。那家伙差一点要了我的命。"

他摸了一下那个让他变丑的疤。

"用它对付一个想杀我的人。"

"然后呢?"

多希尼"啪"的一声放下击铁,望了枪管一眼。

"他没有杀了我。"他说道。

11月一天一天地过去了,矿井不断地越打越深,有撑柱的井壁上开始散发出瓦斯的味道。到了大约一百五十英尺深处,那气味变得十分浓烈,麦克警告他们撤离。

"要是有一颗火星子,我们全会被炸上天。我们不能待在这儿挖了。"

"好,我连呼吸都呼吸不了了。"坎菲尔德说道,哽得连话都说不出来,"我们现在怎么办呢?"

"钻井。"

"你知道我们没钱添置钻具组。"坎菲尔德蹦出一句话来。

麦克拿他沾满油的手抹了一下汗淋淋的脸。

"那么我们用其他东西钻。"

他们找来的东西是倒在附近一块地上的一棵桉树。他们将它拖到油井边上,削尖一头,装上一个支撑的架子,将它钩到一台辅助发动机上,捅进矿井里面。这就是他们新的钻井。

看热闹的人继续聚集过来讥讽他们,不过,有一个其貌不扬、人高马大的女人几乎每天都来,而且兴趣十足地瞧着这个过程。麦克觉得好奇,因为这女人在一只货箱上一坐就是几个小时,两眼朝井里望着,那神情就像一个人望着她新的情郎那样专注。他跟她攀谈起来。

"我是爱默·萨默斯夫人,就住在那儿。我是肯塔基人,但我是在新英格兰音乐学校受的教育,我是一个钢琴教师。我从未见过这么让人激动的东西。"

麦克跟她开玩笑。

"这儿附近有很多柏油坑。也许你自家后院就有石油呢。"

她没有一丝笑容,回答道:"我正是这样想的,年轻人。"

麦克在夜里对邻近地区的巡查更勤了,一面警惕地关注着治安官的手下,他们也许会以某种方式碰巧找到他。他在一张张的小纸条上记着笔记,很快,小纸条就塞满了一只口袋。桉树钻一上一下、一上一下地钻着,一种单调乏味但坚持不懈的节奏。多希尼经常会连续向麦克问些问题。

"我们要是钻到石油了,会有多少收入呢?"

"目前大约一美元一桶。"

"市场很小,是不是?"

"没有那么大。"麦克同意他的话,他指着帐篷里的那盏煤油灯,那昏暗的火焰上持续地升起一缕螺旋形的黑烟,往帐篷的排气口飞去,"有一个原因。原油里碳含量太高,要更好地精炼才能解决这个问题,但改良煤油的质量扩大不了多少市场。"

"怎么样才能扩大市场呢?"

"把石油当作燃料。现在,基本上是穷人在使用它。但是你想想南太平洋铁路。我不喜欢那些狗娘养的,但是假定他们的机车烧的是油而不是煤呢?那些油井泵油再快也恐怕来不及呢。"

他们挖了四十天四十夜。到了第四十一天,气体冲上来之后,石油紧跟着从井底里潺潺地涌流出来。不到五分钟,桉树杆子削尖的头被浸没了。

十分钟之后,石油已经有十五英尺深了。

"我们是百万富翁啦。"多希尼大叫道,赶紧放下一只桶去舀起石油。

"百万富翁啊!"坎菲尔德附和着大叫道,"我可以跳个舞吗?"

他一把抓住麦克的腰,他们在空地上跳起了华尔兹,一面唱着歌,一面高声喊叫。多希尼提着一桶原油跑向他们。

"圣诞快乐!"他喊叫着,将原油泼到他们身上。

坎菲尔德呸呸地吐着口水,而麦克则笑得倒在了地上,他的头发上沾满的是石油,他的耳朵里流进的是石油,他的鼻子上滴落的是石油,他看上去像个滑稽演员,结膜看上去更白了。

他们整天都在舀石油,想办法拉走了七桶。油井里的油还是跟此前一样满,油平面在矿井里一直在上升。

麦克坐上最后一班夜班轨道车来到城市的西郊,接着从终点走路过去。到了凌晨两点半,他敲响了恩里克·波特家的门。

波特一直手擎着一盏煤油灯,另一只手提着一把枪,前来开门。

"我还以为是盗贼呢。上帝啊,你真臭啊。"

"我花了五美分洗过澡了呢,我洗不掉那个气味。"

"你见鬼的去哪儿了,麦克? 我还以为你死了呢,或者逃离本州了呢。我跟当局都急红眼了。有一张法院拘票等着你,而且圣索拉罗要扣押……"

"恩里克,恩里克,听着。这没有关系了,洛杉矶有石油了。现在让我进去吧。"

在厨房的餐桌边上,波特睡眼蒙眬、不太开心地瞧着他,埃琳娜在远处的房间里安抚着被敲门声吵醒了的孩子们,麦克从口袋里掏出揉成一团的小纸条。

"在西湖公园有好几块出售的建房用地。这是其中五块地的说明……很紧密地分布着沥青的地块,没有一块地超过五百七十五美元。明天上午,我要你为我把它们买下来。全部五块,用圣索拉罗做抵押。"

"你是在开玩笑吗？纠缠在法庭程序中，你不可能抵押财产的。"

"那么你自己贷款。你的信用很好，是吗？我会给你一张两千，不，三千美元的借据，作为额外的奖金。"

"从哪儿得到你的奖金，监狱里吗？我要是不小心行事，也可能陷到那里去……上帝啊，你倒是有胆量。我可是怕得要死啊。"

"恩里克，我知道这次行的。我知道行的！你说过，你认为我能成大事……好吧，我会的，但只是要你帮我。"

"等等，我不明白，你说得太快了。"

麦克竭力控制着自己让人头晕的激动，把语速放慢了一点。他向律师解释了当天的事情，律师丝毫不知道他跟多希尼和他的合伙人搅到一起去了。

波特听着，疑心越来越重。

"你打算在那些地块上打井？"

"不，我打算将那些地块保留六十到九十天，然后卖给其他想要打井的人。"

"你们的那口井假如是个侥幸怎么办？它假如明天就枯竭了怎么办？"

"那我就失去了担保的财产。"

"麦克，这风险太大了。我劝你……"

"把那些地块买下来，恩里克。我知道我是对的。"

绝对不能再贫穷了。

恩里克·波特沉思着看了他良久，但是，他一张一张地捡起了那些油腻腻的纸条。

麦克向后仰过身子，他的头因奇怪的醉醺醺的兴奋而有点眩晕。每一种感官似乎都变得更加敏锐，他听到户外夜间小虫的鸣叫声格外清晰。厨房壁炉架上有十分漂亮的彩绘瓷砖，上面油灯的光亮描绘出一幅令他永生难忘的图画。波特的旧睡衣、骨瘦如柴的胸脯、疲倦的有眼袋的眼睛……那些，也将都是他永世铭记的东西。

就是这一个夜晚,他带着情感的波涛浮想联翩。就是这一个夜晚,人生的大门开启了。就是这一天的夜晚,我发财了。

27

多希尼的油井每天产油四十五到五十桶,洛杉矶的石油业爆炸般地迅速发展。

麦克买下了全部五个地块。到了 1893 年 2 月,他将它们全部卖了出去,最低价一千八百五十美元,最高价卖到两千七百七十五美元。他还清了赫托夫妇和另外两个买主的定金,并付了他们百分之十的利息。在波特的帮助下,逮捕状取消了,对麦克的指控也解除了。麦克在买主名单的三个名字上画了一条线,然后用剩下的钱买下了更多的地块并保留着。地价在飞快上涨,尽管全国的经济危机带来了一些负面冲击。

2 月 24 日,那个伟大的费城-里丁铁路公司申请破产。整个 1892 年,一直有鼓声在隐隐约约地响着,带来了经济恐慌的警告,而现在,变成了一千只铜鼓在震耳欲聋地敲着,预示着最后的毁灭。到了 3 月 4 日,格罗弗·克利夫兰就任美国第二十四任总统,他和他的副总统阿德莱·斯蒂文森①所面临的国家和世界,已经处于金融混乱的边缘。

贝尔蒙特②、摩根③以及其他的金融家警告新总统,金融崩溃正在

①阿德莱·斯蒂文森(1835—1914),美国副总统、民主党众议员,曾任伊利诺斯州检察长、美国邮政局长第一助理,主张实行低额关税和纸币政策。
②贝尔蒙特,即奥古斯特·贝尔蒙特(1816—1890),出身于普鲁士犹太家庭的美国银行家和外交家,1837 年移居美国纽约,担任罗思柴尔德银行在美国的代理,后开办自己的银行并使之成为美国的最大银行之一。
③摩根,即约翰·皮尔庞特·摩根(1837—1913),美国金融家、铁路巨头,组建摩根公司、美国钢铁公司、国际收割机公司和国际商业海运公司,在化解 1895 年及 1907 年的美国金融危机中起过重要作用。

迫近,其责任全在于 1890 年的那个《谢尔曼白银收购法案》,那是一个对国家矿业老板的友好举动,现在却威胁到了推翻美国稳固的金本位制①。但是,这一警告来得太迟了。当 5 月 1 日哥伦比亚世界博览会在芝加哥开幕的时候,人们都拥到了那儿,忘记了外部世界究竟在发生着什么:更多的铁路公司正在倒闭,证券公司正在关门,银行正在发生挤兑,联邦黄金储备已经掉落到一亿美元以下,欧洲投资者正在抛售大量的美国股票和债券。

这是一场严重的经济恐慌。

洛杉矶石油业受到的影响是,原油价格每桶暴跌到四十五美分。但是购买土地和钻探油井的势头依旧,只是稍稍减缓了一点。

麦克在查默斯街区租了一个小房间,在小房间里摆上了一张办公桌。他买进卖出更多的地块,令他最初的投资迅速增长。他又付清了圣索拉罗另外九个买主的定金。波特摇着头,承认他以前过于谨慎,现在对麦克的吩咐欣然从命。尽管经济灾难像一个披着蒙头斗篷的幽灵蔓延全美,洛杉矶却迅速崛起。

每天,在西湖公园,麦克瞧着一群群的人连根挖起一棵棵棕榈树,刨开一个个院子的土地,推倒一幢幢房子,拉走瓦砾,很快竖起钻塔。街道上煤气味日益浓烈。附近地区的各个地方,人们的手上、脖子上、脸上很快便沾上了这样的气味。

马车川流不息,装来管子、钻具、木材,车轮将街道碾成了废墟。还有些马车,从新的油井拉着一桶桶原油的马车因为密封不太好而将石油滴落进同样的街道,软化了马匹的马蹄,填满了一条条车辙和一个个坑洼,一不小心碰到火星子,便会燃起火来。经常性地,有六七个小池塘会整夜燃烧,将公园变成一个红光满天、烟雾弥漫的地狱。加利福尼亚南部成了一个地球上的炼狱。

那位钢琴教师萨默斯夫人买进几个地块,竖起了钻塔。农场主、商

①金本位制,通货本位为一固定的黄金量或可按固定价格兑换成黄金的货币制度。

店老板、退休老人竖起了钻塔。至 1893 年末，已经有将近一百座钻塔竖了起来，满目尽为令人生厌的摇摇晃晃的散乱架子，充耳皆是时断时续的轰轰隆隆的嘈杂声响。有些人胆子太小，不敢去钻井，便只好蜷缩在被井架包围的屋子内。石油污了生长在院子里菜地上的卷心菜菜叶，哪个人要是一不小心把洗过的衣服晾到了外面，便会发现上面洒满了点点油污。

不可避免受到繁荣兴旺吸引的特定种类的人们很快出现在了圣莫尼卡大道上。他们搭建起简陋小屋，招徕顾客去台球台、法罗牌戏、大烟榻和他们的帐篷里。帐篷里，女人们出卖着自己的肉体，她们不在乎什么油不油，也不在乎一个男人肮脏的双手，只要这个男人手中捏着钱。

麦克不钻井。银行家们突然对他产生了信心，对他亲热有加，当他穿着新套装走进银行去办理新的交易时纷纷不带姓地叫他名字。他付清了余下所有买主的定金，在名单上的每一个名字上都画上了一条线，付给了波特他答应的奖金，将剩下的钱存到了银行里，将近三万八千美元。

一天晚上，开始挖掘多希尼那口油井将近一年之后，麦克在黄昏时分来到西湖公园。他没有骑马来，而是花了十八美元从辛格①的缝纫机公司买了一样漂亮的新的机械装置。辛格又开辟了一个新的副业，开始制造风靡一时的自行车。轮车，美国人这样称呼它。麦克所骑的这辆自行车是一种新的款式，三角形的安全车架，两个同样大小的充气轮胎。硬轮胎和前轮有五英尺高的自行车一去不复返了，这种改进的款式红极一时。

麦克喜欢骑他的自行车，一辆漆成鲜艳的金黄色的自行车。蹬自

---

①辛格，即艾萨克·梅里特·辛格（1811—1875），美国发明家、企业家，发明岩石钻机、金属和木料两用雕刻机，制成第一台改进型实用缝纫机，与克拉克一起创建了胜家制造公司；"辛格"又译"胜家"。

行车锻炼了他的双腿。他戴着一顶常礼帽,裤腿上夹着弹簧夹,防止裤腿卷到链条和链齿构成的传动装置上。

他蹬着自行车,穿行在乱糟糟的喧闹场面里。钻具砰砰地钻井,水泵嗒嗒地抽水,工人哇哇地骂娘,孩子满地玩耍,萨默斯夫人正在上钢琴课。坑坑洼洼的街道上,漂浮着凝固不动的石油,空气中凝聚着有毒的雾霾。一座座钻塔模模糊糊地赫然耸立在星空下,仿佛一只只蹲伏在那儿的史前野兽。有好几次,麦克差一点从自行车上摔下来。这些街道已经不适合骑自行车了。全国骑自行车的人们需要更好的路面,无论城镇还是乡村。

当他来到最初那口油井的工地上时,他发现多希尼已经换了一群新的工人在干活了,他不认识这些人。多希尼自己已经移驻其他钻井工地。他跟麦克分手了,但是两人成为了朋友。麦克的分红每周存储到了他专门在洛杉矶国家银行建立的一个特别账户上。他停好自行车,到这群新工人中间转悠了十分钟。一切进展顺利。

正当他大步朝他的自行车走去时,突然黑暗中传来一个声音:"嗨。"

他转过身来,又惊又怕。工地的边上,站着一个高个子,一动不动。

"皮带"维戈利……

当他飞快地向外套下摆伸出手的时候,他也在心里想,不,太荒谬了。侥幸的是,他的臀部没有佩带着有手枪套的手枪。他穿戴得像个商人,就没有带他那支"店老板"科尔特。

黑暗中的人走上前来。他戴着一顶黑帽子,穿着一件长长的礼服大衣,鲜艳的绿色扎染印花大手帕飘扬在热热的夜风中,他的礼服大衣也是鲜艳的绿色。油井的灯光照亮了他的脸。

"约翰逊。万能的上帝啊,没有人这样偷偷溜出来的。"

"我就是这样来无踪去无影的。快。省了治安官和戴绿帽子的丈夫的很多麻烦。"

"你吓着我了。猛一看哪,你就像那个死神站在那儿……"

"对不起。"休·约翰逊说道——这就是他全部的道歉了，"波特对我说你到这儿来了。我听说你干得不错。"

"挺好。"

"我厌倦了克恩县。我可以好好吃顿饭了，没有一个人能像你那样烧出那么好的饭。"

麦克笑了。

"你回来了吗？"

"要等我心里头又痒痒想漂泊再走了。你要是愿意，我准备跟你合伙干。"

"圣索拉罗？"

"圣索拉罗。"

"好啊，先生！"麦克说道，咧嘴露出了笑容，"我们去喝一杯，好好商量一下。有马吗？"

"当然有马啦。你以为我会骑那种女人骑骑的玩意儿，是吗？上帝呀，你还真像其他的加利福尼亚人一样迷上了那种新鲜玩意儿啦。"

麦克收起他的城市着装，穿上劳动布工装，佩好手枪，跟约翰逊一起，骑着马，翻越那些大山，驶向贝克斯菲尔德。约翰逊在哈伦-里卡德物资公司看到一套打水井的二手设备。他们买下了这套设备，将它运回了圣索拉罗。

在纽霍尔贮木场，他们订购了钻台板，决定自己建钻塔，节省费用。他们决定，在洛杉矶购买两千英尺的钻井缆绳和辅助连接绳索，他们确定由一个铁器商提供各种规格的套管。接着，他们来到了瓦因斯煤炭公司，几乎耗尽了麦克所有的钱。

瓦因斯长着两颗大门牙，是一个防御心理很重的人，给他们看了一份价目表。

"全在那儿，谁都一样。在城里，二十二美元五十美分一吨。送到你们工地，那就是三十二美元。"

约翰逊"啪"的一声将价目表拍到柜台上,问:"这里是煤场还是拦路强盗窝啊?"

瓦因斯生气了,说道:"这都是货运价格闹的。你不会以为南太平洋铁路运到纽霍尔是免费的,是吗?"

麦克说道:"我对你们这一行知之甚少,但我知道你们的价格太高了。你们的货运价格比煤炭本身还要高。"

"这事儿惊讶吗?"瓦因斯嗤笑着说道,"你要是经营一家大公司的话,南太平洋铁路公司就会给你优惠折扣。像这样的小公司……"他拍着那张价目表,"顾客就得付这个价钱。"

约翰逊从他的嘴角捉掉一点烟草屑,接着在他那条长长的海蓝色印花扎染大手帕上擦了一下手。麦克发觉,这种印花大手帕,他各种颜色都有——这是约翰逊唯一的时髦装饰。

"你觉得怎么样?"约翰逊问道。

麦克在脑子里盘算着。

"我们可以买两车,也许三车。"他对瓦因斯说道,"我们就在这儿运,可以省下额外的费用。我们有辆车。"

"装卸料斗在后面。"

两位合伙人离开办公室。麦克想起了科·波·亨廷顿在他的王宫大酒店的套间里享用饕餮大餐的情景。他想起了利兰·斯坦福在6月份去世,他把那广阔的大牧场留给了他的遗孀。他想起了沃尔特·费尔班克斯的漂亮服装和装腔作势。这一切再次让他怒火中烧。

"你知道,"当他们分别从马车前轮的两边爬上马车时他说道,"我算过了,接下去的两个月里,三大车煤就会耗尽我们所有的资金。我的红利上升速度有限,对付不了大额开支。"

"波特可以借你点钱,是吗?"

"波特已经帮过我一次,我不想再去恳求他了。"

"银行……"

"经济大恐慌已经吸干了银行借贷的钱,尤其是借贷给'野猫'钻探的钱。上周我去了洛杉矶国家银行,也想去敲定贷款。他们的态度已经不太友好了。等我们烧完最后一车煤,再没有钱买煤啦。"

"得有人收拾一下铁路上的那些骗子。"

"总有一天我们会的。走啦。"

一个清凉的雾蒙蒙的清晨的光线里……1894 年 1 月 1 日……他们钉好钻塔平台,搭建了皮带房。他们将油井的位置定在了一座小山的脚下,那儿有一个十英尺深的沥青池。木头、管道、一卷卷钻井绳索、有防水油布遮挡的煤车被胡乱地扔在了工地上。

约翰逊锯好一块木板,麦克在上面写上黑黑的字:

钱斯-约翰逊一号钻井

他们将木板钉到一根柱子上,退后站在那儿。冬日的暖阳穿透雾霭,照亮了死气沉沉、寂静无声的峡谷里陡峭的群山。大多数地块的标桩都腐烂了或者被风吹走了,除了远处他们住的"火车站"外,没有人在这儿居住的痕迹。

"印象非常深刻。"约翰逊对着那块招牌感慨道,"名字铿锵有力、掷地有声啊。"

麦克咧嘴笑了。

"那可不。今天是元旦,我建议我们开一罐酒,热一些牡蛎,庆祝一下。一旦开钻,我们就不会有节假日啦。"

"有一件事情我感觉不好。"当他们向"火车站"走去时,约翰逊说道,"我在这个项目里没有多少投入啊。"

"你的经验,你的汗水,你的陪伴。你想想我一个人在这儿能干得了吗?"

"听着,这只是你的理解……我们要是钻到油了,我只拿工资,我不期望更多的东西。"

"我不在乎你期望什么东西,不管石油公司挣到多少,三分之一是你的。我是凭百分比成为大人物的。我就是这样得到这个地方的,凭机遇。"

"你这个家伙真是疯了。也许这就是我喜欢你的原因。"

这次,是麦克记录日志。

1月9日……八又八分之五秒套管……下钻八十八英尺。

冬天的雨淅淅沥沥地落在纸上,把他刚写上去的字给淋糊了。他蹲在皮带房的背风面,望着乱云飞渡的天空,瑟瑟发抖。

1月22日……钻探了三百七十六英尺……钻得艰难……好多孔钻歪了。

一个小时又一个小时累积成了一天又一天,一天又一天累积成了一周又一周,送走黑夜,迎来白昼,艳阳高照变成了乌云满天,乌云满天又变成了艳阳高照。两个合伙人心照不宣,都知道急需一个油井修建工来接替他们一下,可是他们没有钱再雇人了,于是他们干完一班,接着再干,直干得他们的两只眼睛闭上为止,直干得他们的肌肉火辣辣地酸痛为止,直干得他们都忘记了究竟是怎么回事儿,走路时跟跟跄跄地走进什么东西里为止。许多个夜晚,他们干脆就没有回到"火车站"去,只是翻倒在钻塔工地的毯子下呼呼大睡。

2月13日……一千三百三十八英尺……穿过了石油岩层……遇上了硫黄色的水。

那台小蒸汽发动机坏了,约翰逊又将它修好了。

2月27日……抽了五天的水。还是硫黄色的水，但也有
两桶油。

钻到一千六百七十二英尺，南加利福尼亚让人无法预测的地质再
次辜负了他们。他们钻进了又一个黑色页岩层，继续钻了一百英尺、两
百英尺、三百英尺……钻井绳断了，钻具消失在了钻井深处。他们打捞
了三天，然后互相大吼大叫了半个小时，互相背对着，呼呼生气，待到冷
静下来之后，他们又走了回来，尴尬地互相道歉，然后考虑下一步怎
么办。

1894年3月10日，钱斯-约翰逊一号井废弃。

沾满了油脂和泥巴、弄得浑身肮脏的两个合伙人用手工操作一个
悬吊的钻头，在距第一个工地半英里远的地方，开始打一口新的井，钱
斯-约翰逊二号井。他们花了两个星期从废弃的干井那儿弄回了一些
木头，竖起了一个新的钻塔。接着，麦克背上的一块肌肉出了毛病。干
活的时候，经常会剧烈疼痛。
当他们在拼死拼活干活的时候，约翰逊做了一个鬼脸。
"关于这口井，我有一种直觉，一种好的直觉。"

1894年4月9日……废弃。损失二百英尺八又八分之五
秒套管。

约翰逊从煤车那儿回来之后，麦克从日志上抬起头来。三号井的
活动梁传动着钻具组不停地上上下下活动着。两个人双双受到了春天
温和天气的鼓舞，脱下了大多数衣服。他们穿着油腻腻的长衬衣干活，
纽扣一直解开到肚脐上。

约翰逊将一个在阳光下亮闪闪的东西抛了过来。麦克丢掉日志，赶快去接。这是一块煤。

"最后一车煤用掉一半多了。我们的运气他妈的还得大大改善一下呢，而且要快。"

1894 年 5 月 1 日。又一口干井。废弃。

麦克对四号井有一种强烈的感觉，那是在河道附近开钻的。这种感觉就像约翰逊对二号井的感觉一样：毫无缘由的信心，感觉这次他们会钻到油了。最早买来的煤只剩下四分之一了。但是，麦克极其有信心……也许是因为他们绝望了。

5 月 17 日……一千零五十五英尺。水……有一些油。除了休·约翰逊外，已经有三个星期没有见到任何人了。

"我认为这口井也不会回报我们了。"第二天夜里十点半的时候约翰逊断言——他们从清晨五点干到现在了。

"闭嘴。"麦克说道。他正在连接那根钻井绳。

约翰逊一时僵住了，便怒目而视，接着在胸前交叉着双臂，走开了。

5 月 18 日……一千一百零六英尺……又碰到了岩石。**狗娘养的**。

他划掉了那几个过激的词语。但是因为他本来写得很大，所以在地平线上苍茫的暮色中，那几个字依然清晰可见，这些字在默默地指责着他，令他的信心丧失殆尽。这是晚上十点四十分。

六个小时之后，在钻塔那些灯的微弱的光亮下，约翰逊擦了擦胡须里的汗水。两个合伙人谁也没有刮胡须，都好几天了，身上都臭气熏天。夜很静,钻井机器的每一个"嚓嚓"、"吱吱"、"砰砰"的声音都特别响。一道湿热的罪恶雾霾模糊了星空。约翰逊很不开心地瞪着他的印花大手帕,这是他比较好的一块手帕,黄油杯一样的黄色,让油污和汗水给毁了。

他骂了一声娘,将它扔到他丢在边上的帽子里。

"这些该死的地下岩层把我们弄得没办法。分水岭以西的油商没有一个弄得明白这些岩层究竟在哪儿,除非打碎钻头,损失钻具。"他打了个哈欠,昏昏沉沉地在一只油桶上坐下,使得他的连衫裤上沾了一大摊油污,"一定是快凌晨了。我们还是算了,去睡吧。这口井只不过又是一口干井罢了。"

麦克两眼瞪着油井,那神色僵硬而近乎疯狂。

"不。我们在前两个小时里一直有一些油采到的,我对这口井有一种预感。"

"主啊,你那么顽固。一定是因为我们在这儿快饿死啦。"

黎明来临,灰白色的黎明,宁静。瓦斯的气味在不断变浓。活动梁提起钻绳,又放了下去,一遍又一遍地重复着这一动作。麦克和约翰逊坐在那儿,瞧着这设备,目光中露出呆滞和疲惫,他们真正看到的唯有内心的失败幻象。

突然,井口一个不同的声音令麦克跳起身来。黄泥水从套管里冒了出来。

"约翰逊。"他轻声说道,两眼没看四周。那台小发动机固执地响着。接着,在大地深处,他听到了另一个声音——什么东西在地下急速奔流的声音。

麦克拿自己赤裸的脚趾踢了一下他的合伙人。

"约翰逊。"

休·约翰逊又累又脏,他抱怨着,终于挣扎着站起身来。他也听到了这一声音……急速的奔流声低沉了下来,变成了轰隆隆的声音。他两眼盯着麦克,他的绿色眼睛里写满了希望和怀疑。

"我不想变得太激动,因为万一它不是……"

液体喷出井口,很快在压力下形成了三英尺高的水柱。黄泥水流变成了黑色的液体,轰隆隆的声响变成了怒吼声。黑色液体喷射到上面,有六英尺高,接着蹦向空中,如同一门巨大的榴弹炮的黑色炮筒飞速升起,直指上帝。石油飞升到钻塔顶端的滑轮上,呈巨大的扇形飞散开来,飘回到地上。

"自喷井!"麦克大叫道,"我们钻到一口自喷井啦,休!"

"上帝啊,我想是的啊!"约翰逊对着怒吼着喷向一百英尺高的油柱喊叫道。

石油洒落下来,让他们脚下的木板变得滑溜溜的,石油先是一点点洒在他们身上,紧接着染黑了他们的连衫裤。约翰逊用双手捋了一下自己的头发,然后瞧着它们,黑得像漆皮。

他仰起头,像一只公鸡一样啼叫着。麦克歪过头,张大嘴巴,伸展双手,任石油淋湿了他的皮肤、他的额头、他的眼睑、他的舌头。

1894 年 5 月 19 日……四号井产原油二十七桶。

5 月 20 日……原油六十二桶。

5 月 21 日……一百十四桶。

第二天,蒸汽发动机停止了工作,油泵沉寂下来。煤耗尽了。

约翰逊带回来的一大块煤摆在两人中间的"火车站"办公桌上,它尽管外形粗糙,却很显眼。

约翰逊沉思着说道:"我们可以把贮油罐里的原油卖掉,再去买……"

"不。"麦克跳起身来,擂着办公桌,"不给一分钱。我们从瓦因斯那儿买煤,就是把钱倒进铁路的口袋里。我不想再肥了那些杂种。"

"得,我想我们总是可以用手把石油弄出来的,一勺一勺地……"

麦克不理睬他。

"应该有更好的办法。"

"那么祝你好运。我可是要去打个盹儿了。"约翰逊漫步回到后面那个房间，上了他的帆布小床。

麦克猛地打开前门，靠在那儿，咬着自己的指节，两眼望着陡峭群山上方的柠檬色夜空。他望着这个地块更后方的静默的钻塔，思索着，思索着那个更大的问题。

蓦地，他的眉毛竖了起来。

"约翰逊。"他叫道，话音有点怯生生的，"休·约翰逊，过来一下。"

约翰逊一面发着牢骚，一面在身上挠着痒痒，从后面拖曳着脚步走了过来。

麦克说得很慢，像是在接受测验一样把自己想到的点子说出来。

"我们可能把最显而易见的东西给忽略了。我对埃德·多希尼说过，这儿的穷人烧沥青，因为它便宜。我对他说过，油料市场除了煤油和轴承润滑剂外，还应该扩展另外一种产品。"他停顿了一下，"燃料。我们在井里面泵上来的是燃料，就像煤一样。我们为什么就不能烧油而不烧煤呢？"

"是啊，先生，干吗不呢？我可以告诉你干吗不。得有某种新的机械装置，可以让它恰当地燃烧。一种特殊的……我也不知道……特殊设计的火箱，也许？"

"那好，你是技工。"麦克说道，"把它造出来。"

约翰逊说动了纽霍尔的一位五金商，赊欠给他一只烧煤油的炉子。他很快就发现，黏稠的原油流动不畅，燃烧不易，便在底上配制了一个装有石块的金属盆子，用一个喷嘴稳定地将油滴到石块上面，但那样也不行。然后，他又是剪又是敲地随便制作了一个特别的喷嘴，宽宽扁扁的头，喷出的原油接近于雾状。当约翰逊擦燃一根火柴伸过去时，立马就产生了火焰，接着火焰熄灭了。

他兴高采烈。

"我要是能在压力下得到雾化的油——你不见到了吗……稳定的雾化的油……我想我们就能在那只煤油炉那儿烧起火来了。我需要工具和更多的煤。你得去向波特借点钱。"

麦克不情愿这样做,但是他做了,并且把更多的自尊吞到肚子里,去买了足够的煤供那发动机运转一小段时间。6月12日,约翰逊准备完毕。麦克点燃锅炉,发动了那台小小的引擎。约翰逊不无担心地蹲在这个新发明的边上。他擦燃一根火柴,接着打开一个阀门,油便哧哧地顺着一根管道流进了那个特别的喷嘴,这时的喷嘴已经隐藏在了被清理干净的煤油炉的炉膛里。当约翰逊将火柴慢慢送到炉膛边沿时,突然,"砰"的一声巨响,喷射的火焰吓了他一大跳。

"把阀门关小一点。"麦克惊恐地大叫道。

"谢谢,一点也没有想到会这样。"约翰逊咆哮道,一面摸着他的左眉毛,那后泄的烈焰将他的左眉毛烧得几乎一根不剩。他拧转阀门。

煤油炉炉膛口的火焰被调整到了恒定的状态。约翰逊跳起身来,用一块金属敲打出来的通风罩罩在煤油炉子上面,然后退后,等待祝贺。

"你成功了,休。"麦克咧大嘴巴笑着说,"一只顶级燃油炉。"

一双淡绿色的眼睛神采飞扬。

"这不,还产生了个顶级名字呢。"

麦克不解其意。

"顶级燃油炉①约翰逊。嘿,赫尔伯纳。再见了,'休'。"他发出一声反叛的呐喊,对他的新名字作了正式确认。

钱斯-约翰逊四号井日产原油八百二十五桶。很快,所有的木桶贮

---

①顶级燃油炉,约翰逊选用了麦克说的话"a hell of a burner"中的"hell"与"burner"合起来作为他的新名字"Hellburner",新名字音译为"赫尔伯纳"。

油罐全都灌满了，而且麦克跟莱曼·斯图尔特在圣保拉的能炼出一万四千桶精炼能力的炼油厂签署了一份临时合同，所有的原油这个厂全包了。斯图尔特亲自检查了约翰逊制造的那个燃油炉。他对这一发明十分感兴趣，跟麦克讨价还价了两个小时，最后达成协议，获得了一份特许合同。

接下来的这个星期，斯图尔特机械加工车间开始生产四十只燃油炉，作为对钱斯-约翰逊公司技术转让回报的一部分，麦克获得了十只燃油炉。斯图尔特对这些燃油炉得意非凡，他再次考察了圣索拉罗，报告说，他已让机械加工车间的技术员着手改造机车锅炉炉膛。

"我打算在南太平洋铁路的一辆机车上安装一个这样的燃油炉，让那些先生们瞧瞧，他们再也不需要用煤了。这要是成功的话，想想那市场有多大啊。"

"这我已经想到了。"麦克说道。

"你愿意跟我一起去销售吗？"

"不，我不愿意。"他没有解释原因，莱曼·斯图尔特也没有非要他解释不可——麦克林·钱斯素来享有古怪隐士独行侠的名声。现在，当然了，有了四号自喷油井，有了资金来源，他在整个圣索拉罗打了新的油井，一夜之间，麦克林·钱斯成了一个又有钱又有光明前途的人。像这样一个人，其性格上的这点小瑕疵是可以宽恕的。

"别动。"摄影师大声喊道。

他们穿着他们最好的服装，在四号油井的井架平台上摆好姿势，油井在间歇性地喷出原油。摄影师举起闪光灯的手柄，"砰"的一声爆炸。当洛杉矶《论坛报》的记者匆匆地完成了他的笔记的时候，麦克和约翰逊则抱在了一起。

"嗯，先生们，有一件事情。你们知道，我们是一家家庭机构。我不敢肯定我的主编是否会允许出现'赫尔①'和'伯纳②'这样的字眼。"

约翰逊用他那双叶绿色的眼睛像要刺穿他一样盯着他。

"连起来的:'赫尔伯纳'。你告诉他,他最好允许这个名字见报,否则我会不友好地前去拜访他。'赫尔伯纳'是我的名字,小子呀。我对此感到骄傲。"

他们添置了油罐车、拉车的马;他们雇用了车夫、钻探工、钻具修理工、油井修建工,还雇了一位厨师;他们建起了新的贮油罐,加固了旧的贮油罐;他们搭建了宿舍帐篷,创建了机械修理车间,打下了新的油井;他们将"火车站"涂上了新的油漆,将其一边扩大变成了一个更大的办公室。他们挖深了怀亚特最初的那口水井,开始建造一幢别墅,一幢供老板们永久居住的房子。麦克将它的位子选在了河道的边上,大门就对着干涸的河床。选址在那儿是一个信念的行为。总有一天,无论是谁坐在门口,流水声将会抚慰他的心灵。

麦克从来没有如此忙碌过,内心从来没有感觉这么好过。万事顺遂。接着,来了一封浸透了橙花香气的信:

> 我回来了,亲爱的。
>
> 你的,
>
> 卡拉

28

一个人有好运的日子,也有霉运的日子。他认为把他们自己的原

①赫尔,原文"hell"有"地狱"之意。
②伯纳,原文"burner"有"纵火犯"之意。

油作为燃料的那天就是好运的日子之一。好长时间过后,他把内莉的来访算作是最倒霉的日子之一。而现在,一切都开始吉祥如意。

已经是10月了,气候凉爽,阳光灿烂,让人心情愉悦。内莉在午前没多久驾着轻便马车穿过拱形铁门。她是坐火车来到纽霍尔,在那儿租了这辆车的。她在竖立在圣索拉罗大道上的巨大的招牌前勒住缰绳,瞧着那些华丽而俗气的字,虽然这些文字所代表的意思让她印象深刻:

钱斯-约翰逊石油公司
圣索拉罗油田

地面上分布着七口油井,全都在一片喧腾中喷着石油,蜂拥在工地上的工人数量令她感到惊讶。

"麦克?"她敲响了办公室的门。

他正在用曲柄摇着墙上的一部电话机。

"内莉。你在这儿干吗?"他赶紧"啪"的一声将耳机挂到电话机的钩子上,跑上前去拥抱她。他穿着格子花的马甲,里面是干净的白衬衣,袖子卷了起来,一根很粗的金链子挂在裤子的表袋上,看上去健康又富有。

她上气不接下气地张开双臂将他紧紧抱住。他将她抱了起来,离地面有五英寸,然后将她放下。

她说道:"我只是在报刊上随便翻翻,了解更多有关港口的消息,突然在旧金山看到了一份《论坛报》,上面有你、你的合伙人和你们自喷井的消息。有一口……"

"的确是的。四号井。"麦克一看到她,心头蓦然升起一种意想不到的澎湃情感,"你一定要见见约翰逊。他今天早上到圣保拉去了,带着一支油罐车队去那儿。这儿,坐下……"

她在他掸干净的一张椅子上坐下,浏览了一下办公室。厚厚的账本、卷宗、文件堆得到处都是。两面墙上用平头钉钉着地图、图表、报告、规划图。有一张很大的图表明了整个圣索拉罗的情况，上面有各种各样的点，有的点表明"正在产油的井"，还有一些点表明为"新的油井"。她数了一下，后者有十一个点之多。

"你干得那么风生水起……"她刚开口，便被办公桌一个角上的东西吸引住了，她认出了那本《加利福尼亚及其采金地之移民指南》。

她笑了。

"你终于成功了，是吗？"

"是的。我答应过你我会的。"

"我为你感到高兴……既高兴又骄傲。"她的内心突然涌起一阵情感波涛，她连忙摘掉她的淡紫色手套，过分注重细节地将它们折拢放到自己的膝头，来掩饰自己的情感。

麦克坐回到他的胡桃木办公椅上。他怎么看她也看不够，他意识到他有多思念她，他有多在乎她。

"你住在城里吗？"

"比科酒店，跟以往一样。"

"我跟你一起回去，我们一起吃个饭。"然后呢？他心里想，有一种渴望，而且突然有一种怕遭到拒绝的强烈的恐惧。然后，有可能有更多的东西吗？他希望如此。由于钱斯－约翰逊石油公司的事情已经理顺……他和赫尔伯纳·约翰逊一天只干十二到十四个小时了……他应该考虑钱财之外的事情了，比如成个家。

"今夜安排了一个听证会。"她说道。

"重要吗？"

"我不敢肯定。"

"那就忘了它。"

她看出了他的意图，脸红了，呼吸稍稍有点加快。她再次努力让自己镇定下来。

"我有一个迭戈·马克斯的消息。他出现在了谷地里。他离开教

361

会了,这你知道的,但他还在传道……向油田工人传道。这次是完全不同的教义,要激进得多的教义。"

麦克用一把小钥匙打开一个抽屉。他从一只钱箱里拿出一沓钞票,数了十张。

"你能否把这个带给他?"他问道,将钞票递给她,"当作捐赠。"

"我肯定能找个办法给他的。"她数了一下钱,"五百美元。麦克,你的经常性开支里能支出这么多吗?"

"这事儿让我来担心吧。"

她将钱放进她的网格包里。

"你是一个慷慨的人,这一面我以前没有发现。"

"以前从来没有钱可以慷慨呀。我父亲过去常说,你要是有幸变富了,你应该做些感恩回馈。"

"你的观念并非都守旧嘛,钱斯先生。"

"谢谢,小姐。"他假装斯文地说道。突然,他想到了约塞米蒂峡谷,当那双棕色的眼睛找到了他的眼睛,锁定了他的眼睛时,所有的记忆溢满了他的脑海。

麦克猛地从椅子上站起身来,向她伸出手去。他将她拉到自己胸前,她扬起她强硬的下巴,露出一只受惊的母鹿一样的表情,等待着。

他低下头,轻轻地将自己的嘴唇压到她的芳唇上,感受到了她热乎乎的急促呼吸,感受到了她纤细的身躯难以自制的微微颤抖……

接着,他听到一辆马车驶近了。

内莉赶紧撤回身子,既失望,又松了一口气,一面轻轻拍着自己的头发。

"有客人,麦克?"

麦克向门口走去,一看,傻了眼了——是那辆有黄色车轮的四轮敞篷轻便马车。一个麦克以前从未见过的男人帮助卡拉·赫尔曼走下车来。

"亲爱的,亲爱的。"卡拉扑向他,又是拥抱,又是紧贴着他的身子,又是上气不接下气地呼叫着。麦克礼节性地也拥抱了她一下,但是他的两眼一直望着内莉。她对卡拉这种情感表达的反应不好。

"你看上去太不可思议了。我从欧洲大陆回来之后,在旧金山待了六个星期。他们说的全是你在这儿的成功啊。"

"我怕不是吧。"

一想到她离开这个国家时的情形,他对她竟然有如此高涨的情绪感到诧异。比维斯的刀伤痊愈了,而且在家人的要求下,没有对他的妻子提起诉讼。而且据报道,这对夫妻到希腊的岛上欢度第二个蜜月去了。

"哦,是的,就连沃尔特也夸你干得不错。"她说道。

"费尔班克斯? 你经常见他吗?"

"当然。社交场合。他老是缠着我,真是烦死了。"

一提到费尔班克斯,他莫名其妙地生出妒忌。他知道,卡拉的装腔作势一定是装给内莉看的。

"我想要看看给你赚了那么多钱的那些油井,我想要亲自去看看。我有所有权的,别忘了。"

麦克的嘴巴撇紧了。

"这之前我本该把钱还给你的,可我不知道到哪儿去找你。"

"真是个心爱的人儿。答应我,什么都带我看看。"

"是的,当然。"他说道,退却了。

"还有我的朋友。这是克莱夫·亨利。克莱夫,麦克林·钱斯。"

终于,麦克正儿八经地看了卡拉的伙伴一眼。他的身高跟麦克差不多,大约同样的年纪,体重稍稍重一点。他的皮肤呈鲜奶的白色,因为面色的红润而显得更加白皙,红润的面色表明他有积极的户外活动。他的头发是黄色的,梳向后面,平展在他的头上,他的眼睛是淡淡的灰色。他神定气闲,十分放松,给人第一印象和蔼可亲,举止文雅。

他也时尚。他的法兰绒外套和裤子十分合身,戴着一顶平顶硬草帽,帽圈的条纹红白相间。他的蝶形领结也是相应的颜色,就像翻领上的饰带一样,饰带的下端挂着一副单片眼镜。

"非常高兴见到你,先生。"亨利说道,话音里有明显的口音。他的握手很有力,这使麦克感到惊讶,因为从他苍白的肤色看不出来他这么强健。

"亨利先生。你是一个英国人……"

"是的,先生,虽然现在我是加利福尼亚的永久居民了。"

"克莱夫种植柑橘。"卡拉说道,"在里弗赛德那边……他们叫那个地区大柑橘带和避暑胜地。"

"千真万确,我……哦,对不起。"亨利说道,几乎结巴起来。他的目光落到了内莉身上,内莉的脸色几乎像他的脸色一样红。

麦克赶紧向她跑去。

"内莉,对不起,乱了套了。赫尔曼小姐,亨利先生……罗斯小姐,旧金山来的。"

亨利摘下帽子,鞠了个躬,喃喃地说着一些得体的轻松话语。

"我知道大名鼎鼎的赫尔曼小姐。"内莉说道,态度十分礼貌,意思明白无误。她伸出一只手——她早已再次戴上了手套。卡拉握住她的手,握得并不热情,双方都在称对方的斤两。她们的目光交换着心照不宣的信号——两人互相都立刻感觉到了,对方是一个情敌。

麦克搬来椅子,但是没有一个人动。在紧张的沉默中,钻井的砰砰声更突出,房间里的情感升温了好几度。

麦克对客人们说道:"罗斯小姐是一位记者,以拉莫娜·斯威特为笔名给《旧金山考察人报》写稿。"

"当然啦……写伤感文章的女记者。"卡拉说道,"我读过几篇那种煽情文章。一个人把时光花在这上面,真是异乎寻常。跟那些人渣混在一起,恕我直言。"

"全都是工作需要。"内莉强忍着怒火说道。

亨利试图把话题往无伤大雅的方向转移。

"我想要说的是，我实际上并不是种植柑橘的，我只是拥有柑橘园罢了。所有的苦活儿都有墨西哥人在干。我父亲五年前把我送到这儿来的时候，我发现，一个人哪，既可以是一位果园主，同时也可以是一位绅士的。"

亨利满脸堆笑。麦克怀疑，这个人本不想让自己听起来像一个虚夸浮华的白痴，但实际效果就是这样。

卡拉猛地拽下她那顶小小的花呢帽子。她穿着跟帽子相配的宽松裙子和短上衣、高领的仿男式丝绸女衬衫、时髦的有纽扣装饰的森林绿高帮松紧鞋，鞋子上还装饰着棕色的牛津布，她这身行头完全是法式打扮，比内莉的服装要时髦多了。

"克莱夫的父亲是个准男爵。"卡拉对麦克说道，"位列第十四。再说一遍，在哪儿，亲爱的？"

亨利对她的无礼表现出了容忍的态度。

"丰塔纳霍尔。牛津郡①。"

"哦，是的。"她朝内莉甜美地微微一笑，"可是你把我吸引住了，罗斯小姐。坦率地讲，我从来没有遇见过一个……我该怎么表述呢……职业妇女。"

"表述吧……无论你选择什么样的表述，赫尔曼小姐。我肯定你无论如何会表述的。"

卡拉辛辣地瞥了她一眼："你喜欢这种……粗俗的生活吗？"

"还有写小说，除了这些我不会干其他事情。"

"那就更加放荡不羁啦！我真是无语了。我简直不敢想象，我们女性当中，会有人为生计而去工作的，虽然也听说过一些，而且还时常被逮捕……"

此时的内莉也变得同样辛辣，说道："娼妓和记者，在你眼里是同样的人，是吗？那好，告诉你，赫尔曼小姐，你会看到越来越多的女性，受

---

①牛津郡，英格兰中南部的一个县，由两个高地组成，中间有谷地。

人尊重的女性,将来会走上工作岗位。你会看到的,也就是说,你要是真的愿意花点时间到真正的人的世界里去的话。"

这一切全乱了套了。麦克不能再袖手旁观了,不能再让她们像耸着毛的猫一样互相打口水仗了。

他插到两人中间,抓住内莉的胳膊。

"对不起,让我们单独待一小会儿。"

他的手上稍稍加了力,拉着内莉朝门口走去,虽然她的双眼闪着愤怒的火光——她对卡拉不仅仅是看不入眼。

"我想说……晚饭……"麦克补充道。

此时他们已经来到了门外。他说"晚饭"这两个字的时候说得很轻,但是卡拉跟着他们来到了门口,偷听到了这话。

"是的,我们一定得吃个晚饭,更加热络热络。"她说道,话音悦耳动听,却十分恶毒,"最近,去海边的大道上新开了一家可爱的小餐馆,厨师是比利时人。我们大家可以驾车……"

"多谢了。"内莉说道,她的脸上也露出了恶毒的微笑,"我恐怕不能。我得到城里去参加一个听证会,就是一个普通的烟花巷女……"

卡拉的脸红了,从门口消失了。

"你说那听证会不重要啊。"麦克在咆哮,但是声音压得很低。

"刚才不重要,直到我看到我打扰你和你的伙伴了,它就变得重要了。"

"你对卡拉挺凶的……"

"是我凶吗? 天哪,你脑子里进了什么东西了? 不幸的是,我恐怕知道答案。"

"内莉……"

她从他的手里挣脱胳膊,她棕色的双眼溢满了痛苦与愤怒。

"再见,麦克。"她朝她的轻便马车匆匆走去。她抓起插孔里面那根长长的马鞭子,狠狠地抽了三鞭,接着就飞驶而去。

你个该死的,他心想。你要是就在乎这个……是的,那就再见吧。

马车的尘烟如同羽毛般慢慢升腾起来,优雅地在代表钱斯-约翰逊石油公司的新招牌前面飘荡。麦克眯着眼瞧了它一会儿,接着转过身,走进办公室里。克莱夫·亨利从另一扇门走了出去,可以看见他正在那儿上上下下地走着,一面拿他的草帽扇风,一面浏览着麦克的地产。卡拉正将她的手套摘下来,竖直她白色丝绸的领子。她没有看他——没有必要看他,他们俩都明白,这竞赛的结果是什么。

"哦,麦克,再次见到你,真是开心。你收到我的便笺了吗?"

"收到了,我深感意外。比维斯的诉讼案究竟是怎么回事儿?"

她还没来得及回答,红脸膛的亨利回来了,一回来便开始喋喋不休。

"我说呀,老伙计,这看上去还真的像个兴旺发达的企业啊。卡拉没有吹牛,半个加利福尼亚都在谈论你呢——油田里的年轻迈达斯①。他们说到你,都说能跟那个爱尔兰人多希尼同日而语了。"

"而且你要好看得多。"卡拉取笑道——她正好处在亨利的侧面,便伸出手臂挽住麦克的胳膊,并将乳房紧紧贴到了他的身上,她的深蓝色眼睛在频送秋波,"爸爸说多希尼先生名气很大。有人在私下传言说,他在西南部杀了一个人。"

"我对此什么都不知道。"

"你听起来在生气呢。是因为罗斯小姐吗? 我是不是搅了什么重要的事情啊?"

"我已经有一段时间没有见到她了,就这么回事儿。"

"你也有一段时间没有见到我了呀,亲爱的。"她尖刻地说。

"我告诉你啊,"亨利插话道,"你要是寻找地方用你的石油利润进行投资,那投资柑橘是最好不过了。到里弗赛德来,我会带你去考察的。"

"谢谢……也许吧。我还有一些问题先要解决。我们现在暂时把

---

①迈达斯,又译米达斯,希腊神话中弗里吉亚国王,贪恋财富,能点物成金。

原油运往圣保拉的炼油厂,但是我想自己把原油一路运到文图拉去。我要是在那儿销售,就能赚到更大的利润。"

卡拉轻移莲步,插到他们中间,一手挽住一条胳膊。

"跟我们说说,亲爱的。"热切的神情使她面若桃花。内莉完蛋了,今天她胜利了。她陶醉其中。

约翰逊四点半回来,他们便驾车去卡拉提到的那家小餐馆。每个人都喝了太多的酒,而卡拉喝得最多。

英国人和得克萨斯人几乎整餐饭都在互相交谈着。梅鹿辄葡萄酒流动得越快,他们的交谈就变得越闹闹嚷嚷,越语无伦次。快吃完饭的时候,趁着这两位新朋友继续互相大叫大嚷的当口,麦克跟卡拉有机会说点悄悄话。麦克再次提起了比维斯的诉讼案这个话题。卡拉实事求是地做了回答。

"'沼泽怪'劈头盖脸地把我骂完之后,雇用了洛杉矶的斯蒂芬·怀特法律公司。怀特的一位年轻律师,一个名叫厄尔·罗杰斯的名不虚传的强硬小个儿,说服了格拉迪丝·比维斯放弃指控。格拉迪丝在过去几年中自己也有一大串情人,罗杰斯威胁说那可能会被公之于众。她撤销了指控,怀特先生拍电报告诉了我这个消息,我就回家了。当然,我感觉很不好。巴迪被伤成那个样子,我估计是他说到了我的什么事情而引发了争吵。但实际上,我们几个月前就不再来往了。"

她的耸肩给他一种冷酷无情的印象。

"卡拉,那个人因为爱你而差点把命丢掉……"

"这是谁说的?'沼泽怪'?"

"镇静,凡看到过那件诉讼案报道的人都知道这事儿。我只是不理解你怎么会这么容易就摆脱了一种责任感。"

她怒目而视。

"我摆脱不了。你以为我那些日子手里老端着酒杯是怎么回事儿?"

"嗯,你是不应该。这对你不好。"

"哦,闭嘴。就闭嘴,这杯子里再倒点什么。"

他勉强地倒上更多的葡萄酒。她呷了一口,接着靠到他的一条手臂上,她一时冲动的愤怒过去了。

"我很想很想跟你睡觉。"她轻轻说道。

麦克凝视着这双深蓝色的眼睛,她的美貌跟以往一样让人无法抗拒……

克莱夫·亨利大喊大叫着,在摇椅里往后摇去。

"那就富了,赫尔伯纳。哦,我亲爱的家伙,这就选对了。"

当卡拉随意地喝光她酒杯中的酒时,麦克给自己的酒杯倒了一点酒。有些酒从她下巴上流了下来,就像从一个伤口流下来的血。她开始在桌子下面抚摸他的手,他的头嗡嗡响。见你的鬼去吧,内莉,他心想,伸手去抓酒瓶子。

麦克的头还在痛,肚子还在难受,冷静下来之后他悔恨交加,于是在第二天坐上了去洛杉矶的列车。他是个笨蛋。他本想去消除嫌隙,重修旧好的,但是他在比科酒店的总台被挡了回来。

"没有,先生,罗斯小姐不在这儿了。她今天一早就去旧金山了。"

接下来,麦克骑马来到了圣克拉拉河边的赫尔曼大牧场,给了卡拉一张一千一百七十三美元的支票。她请求他留下来过夜,以为他也愿意的。他编造了一个借口,说一口油井有事。他们只在一起吃了一餐中饭,吃饭期间,只听得她快乐地喋喋不休,有令他多少暗暗发笑的猥亵双关语,频频地赞扬他所获得的成就,还有好几次提到了沃尔特·费尔班克斯。这些话的意思是提醒他,他有竞争者,如果他想要她的话,那么他一定要争取主动。她对他的女性技巧有点敬畏,她在追求他的过程中,居然还在刺激他扮演追求者的角色。但是,他下定决心要走。当他从门廊下面骑着马慢慢跑出来的时候,内心有一个强硬的声音在对他说,你最好离那个女人远一点。

在回圣索拉罗的路上,他试图分析他这种情感的原因。他断定,他的内心有一部分很想要卡拉,因为她是那样柔情似水,那样热情似火,许多其他男人为了得到她,几乎不惜牺牲自己的一切——比维斯因为她差一点丢掉性命。但是,另一个方面,或许他天性中更深刻和更理智的一面是依恋内莉的,但是她一气之下愤然离去了。他或许能将她争取回来做个朋友,但是他不敢肯定他能将她争取回来做个妻子。他们观念相左,性格强势,心气高昂。不管怎么说,她再次走了,没有她,他感觉很脆弱。而且现在,他的内心深处又怀藏着一种深深的恐惧,他怕不知哪个脆弱和冲动的时刻,他也许会彻底拜倒在卡拉的石榴裙下。

29

埃兹拉·普拉斯曼先生戴着一个很僵硬的护领,脸上的表情更加僵硬。作为南太平洋铁路公司驻纽霍尔的货运总代理,他知道自己的重要性。

"我们从我们的车站运往文图拉的价格是一美元一桶,先生们。"

这是 11 月份,天气依然温和干燥。油井"吱吱嘎嘎"、"当当啷啷"的声响传进办公室里。约翰逊一听普拉斯曼的话,立马倾泻出一大串污秽的话语。这位正经的货运总代理被惊呆了……他是一位教会的长辈了……但是他没有被吓住。

"这是公开的费率,是经铁路委员们批准的。"

约翰逊将一些黑黑的液体吐进痰盂里。

"三个萨克拉门托的坏蛋。所有财富全都进了你们的腰包,我毫不怀疑。"

普拉斯曼对此话嗤之以鼻。

麦克办公桌上用来放 T. 福勒·海因斯那本书的一个角落被几张纸

占着了,他清理掉那些纸。他想揍普拉斯曼那张燕麦片一样的脸,但是他竭力用他所能用的通情达理的话音说道:"本公司从地下开采出一桶石油也不需要花一美元。"

普拉斯曼耸了耸肩膀。

"我对此无能为力。不过,生意人对生意人,我当然不想不讲道理。偶尔,我们的确也有更优惠的折扣。"

"偶尔?我觉得这是你们通常的惯例。"

"你挺精明,钱斯先生。你精明,你的伙伴粗鲁。是啊,对任何一个足够大的货运客户来说,通常肯定是有折扣的。"

"足够大是谁的标准呢?"

"我们的。我可以轻易判断你的货运量是否足够大,检查一下你的账本就知道。"

"我的……"麦克没法把话说完。约翰逊将搁在办公桌上的脚放了下来,重重地落到了地上。

"账本。"普拉斯曼重复道,"我得把账本带走。我过一两天就会把它们还回来。"

"钱斯-约翰逊石油公司的账本是保密的。"

"信息将保密,但我们在商量折扣前必须了解那些数据,那是南太平洋铁路公司的既定程序。许多其他的货运顾客,比你们要大,要有声望,也愿意并爽快地允许我们……"

麦克像一条蛇往一根杆子上爬一样从椅子上站起身来。

"滚出办公室去。滚出我们的地界去。"

普拉斯曼一把抓起他从纽霍尔带来的资料。

"你会从发火当中得到满足的,钱斯先生,但你其他什么也得不到,从我们这儿得不到的。铁路对把我们当作朋友的人是友好的。"

约翰逊从他的枪套里拔出他的"调解人"。

"你听到我伙伴的话了。你最好在我把子弹打进你的屁股前赶快跑吧。"

终于,有什么东西将普拉斯曼的镇定砸得粉碎。他退下办公室台阶时差一点摔跤。他回到自己的马车那儿,感觉安全了,便喊叫道:"我当然恭祝你们能有幸找到另一家铁路运输公司运送你们的石油。"

马车飞也似的走了。

约翰逊恨得咬牙切齿。

"我真该一枪毙了那只癞蛤蟆。该死的太厚颜无耻……居然要我们的账本……"

"我听说他们一直这么干的。我当时还不信。"

"就像我在煤场那儿说的那样,一帮拦路强盗。"

"他们比拦路强盗还坏。法律可以管住那些拦路强盗,南太平洋铁路公司拥有加利福尼亚的法律啊。这也是一个不易打破的垄断。但是普拉斯曼先生不是不可以打破的,我要想个办法让他吞下他的费率表。"他踢了办公桌一脚,"等着瞧。"

风儿吹过开着的门口,刮起河道底上的沙尘。白昼渐渐暗淡,展现出绚烂的红色射线和紫色云团。

约翰逊永远不变的工作是擦掉他手枪银色枪管上明显的锈斑。麦克坐在一把摇椅里,两眼凝望着外面干涸的河道。好几份科技杂志摆在他的身旁,有一本摊开在他的膝头。

"一定是本很吸引人的杂志。"约翰逊说道,"你时刻都要睡着了。"

"没有,我在想事情呢。"

"那是本什么破杂志?"

麦克给他看。刊头上赫然写着《灌溉时代》。

"看上去大概跟瞧着我奶奶的破袜子一样激动。"

"这是西部颇有影响的期刊,是一个名叫威廉·斯迈思的人出版的。斯迈思确信,科学灌溉可以使本州的这块土地像伊甸园一样繁荣昌盛。而且,所有的牧场主、农场主、工程师、城市建筑师也会一同兴旺发达起来。去年12月份他们有好几百人在洛杉矶的歌剧院召开了一个会议。这事儿我一点都不知道。"

"我们那时在忙另外的事儿嘛。"

"譬如,这儿有一篇关于克恩县的灌溉发展的文章。这儿有个公告,让大家去参观一下雷德兰兹地区的那些示范社区。这儿还有一篇文章让我感兴趣。"

他将杂志递给约翰逊,翻到一篇满是图表的文章。

"管道,啊?"

"引水的。也许这也是我们运输石油的答案。斯图尔特能行……我们为什么就不行?"他跳起身来,"你在这儿负责一个星期。我想我得去稍稍考察一番。"

萨克拉门托州议会大厦的圆形建筑是一幢漂亮、通风、宽敞的大楼,洒满阳光的空间,环绕着一根根巨大的大理石柱子,到处人声鼎沸,四面人来人往,全是议员、工作人员、院外活动集团成员、农场主、牧场主,各色人等。沃尔特·费尔班克斯三世不太显眼地坐在一根柱子后面,正在代表南太平洋铁路公司政治局进行非正式会谈。

费尔班克斯的赤褐色头发往两边分开,头发纹路梳理得十分清晰,他的小胡子修剪得十分齐整。他穿着一件庄重的黑色套装,配上灰色的领带,黑色的鞋子上覆盖着灰色的鞋罩。他的灰色眼睛掩饰着他对那位议员的轻蔑,议员来自约洛县的萨莫拉,崎岖不平的脸上写满了"贪婪"两个字。

"我很高兴你看好圣莫尼卡作为港口选址,勒莫因参议员。"

"这是我目前的考虑,是的,先生。"

"你会继续承受让你改变主意的巨大压力。"

"早已经如此了。"

"请你坚定立场,亨廷顿先生、赫林先生以及我们南太平洋铁路公司其余所有的人都会表示极其感激的。顺便……"他从衣服里面的口袋里抽出几个封了口的简朴信封,"这是你的年度乘车券。我们的所有线路都通用。"

勒莫因像抢夺一样一把抓住他的奖赏。

"我看到议院这里的所有办公桌上都有这样的信封,心想不知道什么时候才能得到我的呢。"

这个无耻的眼界狭窄的人对所受的贿赂垂涎欲滴。费尔班克斯微微笑了。

"因为你的资历和你跟我们的友谊,你的稍微多一点。信封里面有一封信,邀请你和你全家到德尔蒙特宾馆免费度假一周。那可是个豪华的疗养胜地……"

"我知道,我知道。那可都是最上等的人……"

"一点也不错。我们建那个宾馆原先是为了帮助招徕从旧金山开往南方的列车乘客,现在就是用来招待我们的朋友了。"

"把我算作那些人之一吧,费尔班克斯先生。是的,先生。"勒莫因将信封塞进外套侧面的一只口袋里,一只手紧紧捂在上面,似乎生怕遇见像他那样可耻的人。

他们握过手,勒莫因便走了。费尔班克斯在自己的裤子上擦着那只手,从柱子后面走了出来。

他突然停住了脚步。

麦克林·钱斯像漩涡中的一块磐石,巍然屹立在圆形大厅的中央。

尽管熙熙攘攘、喧闹连天,麦克还是一眼就看到了费尔班克斯。律师迈着从容的步子走来,一副身强体壮、春风得意的样子。麦克尽管穿着细平布服装,既整洁又体面,但是跟费尔班克斯极度合身的黑色套装相比,简直是破衣烂衫一件。

"啊呀,钱斯。真想不到能见到你。"费尔班克斯没有伸出手。

"我在寻找奥托·赫尔曼。"

"他在这儿——铁路委员会的费率听证会。"他朝麦克身后的一间会议室指了一下,"我听说你这段时间不搬运香槟,改钻探石油了。在洛杉矶也安居乐业啦。"

"不是永久性的。总有一天,我会在旧金山有生意的。有一些欠账要处理。譬如,在警察部门有一位侦探,他的名字叫科格兰。"

费尔班克斯没有流露出丝毫的惊讶,也没有表现出他认识这个名字的点滴迹象。他之所以能成为一位好律师,就是因为他的沉着镇定。

"赫尔曼来了。"他说道,一面抬起一只手指了一下。赫尔曼看到了他,便改变了方向。一个年轻的工作人员挡住了他的去路,他一把将他推开,还骂了一声娘。他跟以往一样,行为放肆,不修边幅,桀骜不驯。出乎意料的是,见到他,麦克十分高兴。

费尔班克斯不由自主地拨弄着他的珠灰色领带。是紧张吗?麦克心里嘀咕。接着,他猜到了原委——赫尔曼的女儿。

"你好,沃尔特。上帝啊,瞧瞧,这位香槟伙计,现在他可是石油老板啦。你好吗,家伙?"赫尔曼怀着真正的热情握着麦克的手直摇晃。

"挺好,'沼泽怪'。"

"我不喜欢这个名字。"

"我也不喜欢'家伙'。"

"对的,对的,我忘了。哈哈。"他那粗嘎的大笑声扰乱了圆形大厅,在这个圆形大厅里,只要犯罪者保持端庄有礼,任何罪行都是可以容忍的。赫尔曼拍着麦克的背,就像一个住在一起的兄长。麦克惊讶地发现,在他皱皱巴巴的外衣下面,挂着一支带枪套的"史密斯-韦森·斯科菲尔德"。

费尔班克斯问道:"奥托,卡拉怎么样?"

"我怎么知道?她不太对我讲她的事情,她只管拍电报向我要钱。"

"两个星期前我见过她,她挺好的。"麦克说道,"要不要我代你向她问个好?"

"你经常见到她吗?"费尔班克斯冷冷地问道。

麦克两眼直盯得他不敢再对视。

"经常。"

"那么请代我问个好。奥拓,愿意为您效劳。"费尔班克斯脸色发紫,转身昂首阔步地走了。

麦克总算露出了一丝微笑。

赫尔曼将他拉到圆形大厅的边上。

"是真的吗,伙计? 你在文图拉县经常见到我女儿吗?"

"见过几次。"麦克闪烁其词,在他骑马去那个河边大牧场之后,就再也没有跟她见过一次面,"她有一个固定的朋友,一个英国人。那人在里弗赛德拥有柑橘园。"

"哦,那个家伙。"赫尔曼从他的夹克衫里扯出一根雪茄。看他的神情,似乎是在留意是否有人在瞧着他,他咬掉雪茄的一个头,俯过身去,将它吐到那根柱子后面。

"你认识亨利?"

"是,当然,我见过他,侨居国外靠英国那边的汇款生活的人。"

"这什么意思?"

"就是那种靠家里给他定期汇款生活的人。要么是他们不想他回去,要么是他不能回去。亨利的老父亲,沃奇斯勋爵什么的,以前在这儿带了他一段时间。也许是克莱夫把他的'施万茨①'错放进了一个小姑娘的身体里,也许他侮辱了女王,也许他杀了什么人。谁知道而且谁在乎呢? 我们都有自己的隐私。在里弗赛德那儿,有一大帮像他那样的英国佬呢。"

"他跟卡拉好像互相喜欢。"

赫尔曼挥舞了一下他的雪茄。

"不会长久的。卡拉还是对你情有独钟。但是像我以前说过的那样……你一旦跟她搅上了,就会麻烦缠身。好啦,家伙,很高兴见到你。我猜我们最好还是各干各的吧。"

"我就是来找你的。"

---

①施万茨,原文为 Schwanz,意为"阴茎"。

"什么？怎么了？"

"我给你旧金山办事处的人拍了电报,他们说你在萨克拉门托,所以我就坐火车来这里找你了。"

"快点说什么事,家伙,我得回到听证会去。有时,铁路委员会的那三个白痴会忘了他们的朋友是谁。我要是一不小心,他们很可能给每个人像给我这样的优惠费率来运小麦。然后,还有谁会因为我卖得便宜来跟我做交易呢？没人啦。我得在这儿保护我的利益。"他嚼着他的雪茄,"你想要什么？"

"钱。"

赫尔曼的眼睛丧失了真诚友善。他摸着他的便便大腹,衬衫上两颗纽扣未扣,露出他鱼肚白的胸部。

"我听各方面说,你挣了很多钱。"

"是的,但我的日常开支很大。我要给七十个人付薪水。我定制了一些贮油罐,买了一个油罐车队……这些我很快可以付清了,但眼下我需要资金。"

赫尔曼咯咯笑了。

"性急的家伙。"

"我所有的原油都送给莱曼·斯图尔特进行精炼。他这个人很固执,价格上不肯优惠。我要是在文图拉的码头做交易,那就能卖到更高的价钱。现在就是怎么把石油运送到沿海去的问题。我想要建一条输油管,从圣索拉罗到文图拉,四十七英里长,八英寸的管道。比斯图尔特的管道大。"

"你对南部的石油生意信心十足,哈？"

"我对我所做的一切都信心十足。有时,会在危险的边缘感觉有点精疲力竭,但是我从来没有失算过。"

赫尔曼更加起劲地咬着他的雪茄。

"为什么不用文图拉的铁路运输呢？"

"就是跟铁路较劲。他们想用最高的费率压榨我。瞧,'沼泽怪',

你借我钱建造输油管道,五年内我运输每桶油时都给你管道使用费。"

"十年。"

麦克长长地吸入一口气。

"也许吧。"

"你想要钱,没有'也许'。还有事吗?"

"我将挖沟,从地下铺设管道。斯图尔特的管道是悬挂在地上的,难看死了,破坏了地上的风景。"

"挺敏感的,是吗?"

"这是一个美丽的州。我们要是把它弄得千疮百孔,那就绝对不可能再修复。"

"你有一些该死的激进想法,你知道吗?"麦克保持沉默,"你要多少?"

"至少二十五万。"

"我把钱藏在几个鞋盒里了。"

远处一个房间里小木槌的敲击声令圆形大厅里的一些人开始跑动。

"给我送一份计划来。"

"我到哪儿找你呢?"

"这儿,那儿,某个地方……你反正迫不及待,那就肯定会找到我的。"他挥舞了一下他的雪茄,便摇摇摆摆地走了,丢下麦克在那儿既被逗乐了,又感觉恼怒。

突然,赫尔曼好像想到了什么,回转身来。

"记着我说过的话,别跟你知道的那个人搅在一起。"

到了1894年底,钱斯-约翰逊输油管道公司通过购买或租赁的方式,获得了公共事业用地,并派出了测绘人员勘测了从山区到沿海平原的线路。

南太平洋铁路公司的埃兹拉·普拉斯曼急匆匆访问了圣索拉罗。

"我们听说你正在建一条通往文图拉的输油管道,钱斯先生?"

"的确是的。"

"你知道完全没有必要耗费这笔资金。南太平洋铁路公司的特别价格委员会上周讨论了你的情况。即便没有……啊……查验你们公司的账目,很显然,钱斯-约翰逊石油公司发展势头很猛。石油业潜在的巨头啊,容量巨大。价格委员会重新彻底审视了这件事情,我很高兴地告诉你,南太平洋铁路公司同意给你巨大的费率优惠。"

麦克往后靠去,两只手的指尖搭在了一起。他像一个很小的小孩子得到了一把折刀或者一只宠物青蛙一样微笑着。

"我早就估计到他们会的,普拉斯曼先生。"

接着,麦克将他撵了出去。

"沼泽怪"赫尔曼通过律师和银行,将钱交给了麦克,其方式就像普通人拿零钱买一份日报一样。麦克很快就醍醐灌顶,明白了内莉在旧金山试图教给他的既简单又让人惊讶的一课:获得或处置十美元跟一百万美元的问题实质上没有区别,仅仅是数量不同而已。他终于相信了这点,而且他知道他向前跨出了巨大的一步。

1895 年,钱斯-约翰逊石油公司开建输油管道。一百二十五个工人挖沟,接着同样数量的工人分段铺设管道,并用螺纹套管将各段连接。还有一些工人将在输油管道沿线建立泵站,这些泵站将用蒸汽加热原油,减弱其黏稠性,保持流动顺畅。

2 月一个天清气朗、阳光灿烂的日子,麦克跟赫尔伯纳·约翰逊在拱形大门外参加了一个简单的仪式。他们跟后续的工人们一起,集中在一条铺设了管道但还没有封土的沟的边上。管道上,"钱斯-约翰逊海岸输油管线"几个大字赫然在目。

麦克将一瓶马姆啤酒高高举起,阳光在绿色的酒瓶上闪耀。他朝他的合伙人微微一笑,挥动手臂,将那瓶酒扔进了沟里面,速度快得如同快速投掷棒球一样。酒瓶被砸得粉身碎骨,充满泡沫的淡淡的橙黄色液体从管道上往下流去。约翰逊从枪套里拔出他的"调解人",将所有子弹都射向了空中,一面号叫着。工人们欢呼着,吹着口哨,挥舞着一面面小小的美国国旗和装饰着公司名称首字母的三角旗。

"封土。"麦克说道。

铁锹飞舞,泥土泻落。麦克感觉仿佛在一条位于浪峰即将跌落浪谷的小船上摇晃一样。形势发展太快了,快得超越了他的梦想。

就财产来说,如果不算现金的话,詹姆斯·麦克林·钱斯是一个富翁了。他二十六岁。

两个合伙人去了位于圣佩德罗湾的威尔明顿。在一个码头的顶头,他们仔细察看了"圣迭戈的霍拉"号——一艘近海小轮船,一条铁链穿过上甲板两侧的过道,房舱上都挂着锁。闷热的春日天空,海鸥在懒洋洋地飞翔。一条捕鱼船从旁边突突地驶过,船舱里装满了一堆堆鲭鱼和鳕鱼,亮闪闪的恍如一个个钱币。

"我把你带到这儿来,因为我们在生意上好像早已经是铁杆哥们了。"约翰逊说道,"所以,我们绝对不应该听凭该死的运输公司的摆布了。假如我们自己想把原油运到旧金山或者圣迭戈……甚至绕过合恩角,我们需要自己的轮船。算术我不太在行,但是我正在学。我干力气活……"

那张纸是黄色的,上面用铅笔写着潦草的字。麦克将它拿过来。

"她的载重量是多少?"

"我让一些工程师计算了一下。她一旦改装好,大约可以装七千桶油。"

"改装要多少钱?"

"大约五万。"

"买轮船多少钱?"

"讨价还价之后是七万五千。律师说,他们六万可以拿下。我们应该买下来,麦克。真的,老天,我们应该买下来。"

麦克被逗乐了。

"你真的喜欢这行？"

"我喜欢的是不用拿手枪指着人家的脸就能富起来。"

麦克花了两分钟审视了一下这艘被废弃的"圣选戈的霍拉"号。她的甲板已经翘起来了，有些地方已经腐烂不堪。舱口张开着，舱盖不见了。他看到船壳上附着甲壳动物，驾驶室的每扇窗格上都是碎玻璃。

"买。"

上气不接下气的推销员朝那幅地图做着手势。

"那块土地眼下种着小麦，那不是说你就非得种那庄稼不可。不用犹豫，钱斯先生，这是圣华金河谷里最好的牧场。"

"我看过内容介绍。继续。"

"那个工头，一个十分优秀的人，答应再待两年……"

他满怀期待地等待着答复。

麦克挥挥手。

"到城里跟我的律师起草合同吧。"

麦克和恩里克·波特驱车外出去视察卡温加河谷那块九百英亩的土地。他们路过一些人家，那些房子既整洁又牢固，像中西部那些家道殷实的家庭，尽管如此，却给人一种金玉其外败絮其中的感觉。然而，柑橘园、西瓜田和甜椒地长势喜人。

在一棵巨大的胡椒树的浓荫下，他们停了下来，脱掉外套。

麦克说道："我最初到洛杉矶来的时候曾路过此地，我还记得那个叫'霍利·伍德'的地块。它本该好起来的，却一直没有好起来。在我看来，洛杉矶如果发展起来，它肯定是往这个方向发展，往大洋的方向，这似乎是符合逻辑的。这个地块什么条件都具备：这儿平坦，可以建别墅和农场；那儿……"

他指着圣莫尼卡山的一大片地方，那儿一幢幢孤独的小房子紧挨在小山脚下。

"蔚为壮观的地方,而且有进入卡温加山口的通道直通圣费尔南多。"他捡起缰绳,转向这段时间看上去变得更加富有的波特说,"把它买下来。等你忙这件事情的时候,再给自己买套新衣服,给艾琳娜买只银手镯,给孩子们买一袋玩具,把所有这些全都记在这个账上。"

恩里克·波特过分讲究地抚弄着他系得十分完美的领带,表示很乐意这么做。

"你学过科学地质学?"麦克问道。

"是的,先生,在耶鲁。"坐在宾客座椅上的年轻人回答道。

这是一个看上去精神饱满的小伙子,戴着一副眼镜,红色的头发好似被牛舔过一样,在前额一绺绺直往上翘。

"有我这样的一个名字,你一定会发现非同凡响的东西,不是吗,先生?"

"是的。"麦克感觉,跟这个来自康涅狄格州的申请人黑文·奥格·斯坦福德相比,自己显得老气横秋了。根据放在办公桌上那份卷宗里的一封介绍信看,黑文·奥格只有二十一岁年纪。

奥格有点紧张,极力想讨人喜欢,两只手一直在握了放,放了握。麦克伸手到一些账本下面拿出一块卡纸板。

"我们需要把这个公司放在一个科学的基础之上。我粗略地画了这个东西……"

他展示出一个简陋的广告设计:

钱斯-约翰逊

天然气——润滑油——沥青

最精密的机器与最优质的照明油

"这不是我在经营的公司,这是我想要创办的公司。有什么话要说吗?"

"是的,先生。照明油。无色透明煤油作为一个重要产品的时代已经结束了,现在全都使用电了。"

麦克在那几个伤人的字上面狠狠画了一条线,将卡纸板扔到奥格的膝头。

"是不是其余的你都能完成?创建一个炼油厂?无论什么?"

奥格将卡纸板抱在胸前,像一件贵重的物品。

"是的,先生。我不知道的东西……而且我肯定有很多……我会学。发展一家公司也许要花十年时间,但是只要有资金添置适当的设备,我保证这件事情肯定能做到。"

在这个年轻人身上,希望远多于经验,麦克心想。他喜欢他。

"不是十年,奥格先生。我给你五年。"

"我接受,钱斯先生。"

麦克、约翰逊、克莱夫·亨利以及一位代理商,骑着马,沿着不陡的道路爬上阿林顿高地。麦克没戴帽子,他的额头呈现出赤褐色的光泽。他穿着精致的马裤和英式靴子,臀部垂挂着那支"店老板"科尔特。

这是一个晴朗的早晨,空气中弥漫着柑橘和桉树的芳香。这位代理商的名字叫摩西·马威克,他一直不停地说话。

"里弗赛德是一个极好极其富裕的社区,几乎专门适合种植柑橘。诺思上校,这个在 1870 年发现了这个地方的人,买下了鲁比杜和茹鲁帕大块大块的古老土地。他当时展望丝绸工业有一个大发展。后来丝绸工业没有发展,但现在我们有好得多的东西可以发展。"

亨利被逗乐了,朝麦克看了一眼,似乎是在对这位代理商的热情表示歉意。一座平坦的平顶山在阳光下向他们的身后伸展,越过圣安娜河,直奔北面大山屏障。路两边的浓荫下,汗流浃背的墨西哥人和梅斯蒂索混血儿穿着深色的工作衣,戴着平顶的遮阳帽子,瞧着这四个衣冠楚楚的人在一团尘埃中骑着马驶向前去。

"甚至在蒂贝茨家种植最初从巴西的巴伊亚①引进的脐橙之前，种植柑橘曾经也风靡一时。那些枝条是农业部的人送到这儿来的，所以我们叫它们'华盛顿脐橙'。老一辈人会告诉你，当时蒂贝茨太太是用洗碗水浇灌小树苗的。"

他们转过一个弯，来到一块挂着"出售"牌子的地方，牌子上写着马威克的名字。地面上，一排排有着油亮的黛色树叶的树，顺着山坡，绵延起伏，伸向远方。

这位代理商一把摘下他的白色宽边帽。

"到了，先生们。新的住宅小区用地里最好的柑橘林，两百英亩。全都是原先的华盛顿品种，保证完全是霜冻地带以北的。土壤大多是花岗岩分解后变成的土壤，排水性能十分优越。一个先进的联合供水公司保证了所需的灌溉用水。而且这个果园已经成形并在产果子了，不需要再过五、六、七年等待首批收获了。"

麦克向一脸苦相、正在拿他的橙色印花大手帕擦汗的约翰逊俯过身去。

"你怎么认为？"

"我认为你可以做你想做的任何事情，但我不想来照管这些果树。"

麦克退回身子，大笑着。

"别担心，我会雇别的人的。"他掉转马头，离开大路，走到一条泥土小径上，"带我们四处看看，马威克。我有兴趣。"

一个小时之后，他签约买下了这块土地。

那位代理商离开他们，飞奔回去应付别的约会，他们三人则骑着马来到这块土地最南面的边界处。在这儿，地势渐渐往上抬升，最后形成了一座宏伟壮丽的圆形山丘，山丘在夏日的骄阳下，被晒成了淡淡的金棕色。麦克来到凉风习习的山顶，跳下马来。

---

①巴伊亚，巴西东部港口城市萨尔瓦多的旧称。

"多美的地方啊。空气甜美得像香水店里一样。"

"老兄，我们很高兴欢迎你成为这儿的新居民啊。"克莱夫·亨利优雅地跨下马，冷不防将单片眼镜的镜片撞落下来，"我们有两个俱乐部你会喜欢的，而且你一定要加入这两个俱乐部成为我的客人。成员中有很多是英国人，但也有不少你的同胞。绅士一样的果园主，每个人都是。"

亨利很快就变得十分亲切。麦克并没有太当一回事儿。他喜欢这个有教养但像小狗一样靠人养活的人，很难想象他会因为犯了足够严重的罪而被驱逐出境……也很难想象他对付得了卡拉，照他的说法，他只是把她当"朋友"。

"你要是喜欢骑马，在里弗赛德高尔夫和马球俱乐部，我可以介绍你参加一个一些小伙子从印度带回来的又刺激又粗野的游戏。"

"那是什么游戏？"约翰逊问道。

"哎呀，实际上就是那个俱乐部的名字里所说的，傻瓜，"亨利的单片眼镜在他挥舞着它的时候闪着光亮，"马球。"

"从来没有听说过。"

"也许没有，但是你的骑姿极好，我注意到了。我们或许可以把你发展为一个队员。"

"只要不让我去照管那该死的果园子。"

麦克再次哈哈大笑起来。

"在我开始干这事儿之前，我得设计并建造一幢房子，一幢大房子。"

他缓步走过下面有果园的金色山顶，头顶是加利福尼亚的蓝天，远方的朦胧中，群山绵延，果园飘香。来到山顶的最高处，他举起双臂。

"我说呀，就在这儿。"

他们在里弗赛德过了一夜，完成了各种文件，坐火车回到了洛杉矶，然后第二天回到了纽霍尔。他们在将近黄昏时分回到了圣索拉罗。

麦克对他这次购置地产感觉十分轻松而又万分激动,期待着一年中至少有一部分时间可以在里弗赛德县度过,并在那儿建造一座新的加利福尼亚风格的住宅,学习种植柑橘。他甚至或许会调查研究一下亨利所提及的那项运动。在里弗赛德拥有一幢豪华大宅以及与之相配的生活方式,也许可以引诱内莉脱离她跟随赫斯特的忙碌生活,尤其是引诱她摈弃前往纽约的诱惑。他想要那样,他已经有好几个月没有听到她的消息了,他经常思念她。

约翰逊在他们骑马行进的过程中闷闷不乐,他几乎没有说一句话。也许,形势的发展对他来说太快了,抑或也许,他想要再次流浪了。麦克没有去问。他正在享受他温和宜人的美好夜晚,正在欣赏那忙碌的钻井的全景画卷、熠熠闪烁的明亮灯光、富有节奏的机械运动,那景象,那音响,他爱恋有加。

他们从圣索拉罗大道转到一条通向河道边上那座别墅的小街上。两个街区远处,麦克看到一个人坐在后门口的台阶上抽着烟。在距别墅一个街区远的地方,他站在马镫上,希望是这昏暗暮光欺骗了他。但是没有。那人站起身来,没有多余动作。他瘦得像一根棍子,显然营养不良,而且衣衫褴褛。

约翰逊皱拢眉头。

"那见鬼的是谁呀?"

"我的前合伙人——怀亚特·保罗。"

麦克感觉浑身一阵透心凉。他们策马来到后门口,勒住缰绳。

怀亚特乌黑的头发肮脏不堪、毫无光泽,他的服装破烂得跟流浪汉的差不多。但是,他的蓝色眼睛还是闪耀着那种熟悉的能迷倒万人、掩蔽那么多内容的快乐单纯的光芒。

"你好,麦克。我听说你在圣索拉罗赚了大钱,我回来要我的份额。"

30

麦克介绍了怀亚特和约翰逊。然后,他请约翰逊今晚别在别墅里过夜。

"怀亚特和我有事情要谈。"

约翰逊显然不高兴,抗议说这也是他的别墅。他听说过这个怀亚特的一些事情,大多数都令人不敢恭维,而且,他不喜欢就这样被打发走。

"怀亚特是租赁给钱斯-约翰逊石油公司这块地的人。我们有很多事情要商量,私人性质的。"麦克厉声说道——他可以看出,怀亚特对他显而易见的不舒服很受用,"帮个忙。别争了,到其他地方睡一晚。"

约翰逊怒视着他的合伙人。

"狗屎。"他骂道,接着在两排牙齿间吐出一口唾沫。他拨转马头,回身朝大路走去。

"到里面去,怀亚特。"麦克说道,"你待不长久的。"

怀亚特拿火柴点燃香烟——一种麦克从来不碰的烟草。他将火柴轻轻弹到园子里,乐了。

"我们等着瞧吧。"他拉住后门,"你先请,合伙人。"

麦克几乎无法遏制他这种愤怒感觉,像是你刚刚拿了四张大牌,运气如日中天,而且下了最大的赌注,最后那庄家却给了你一张必输的三点的牌。他想要抓住怀亚特满是污垢的领子,将他扔出屋去。仅仅是良心抑制着他……良心和某种动物性的警惕。怀亚特·保罗不同于其他人。大多数时间,不可能指望他会理性行事。通常,麦克回到家里,都会卸下那把带套的手枪,今晚他没有。

怀亚特说他渴死了,麦克打开一大瓶佐餐红酒。这是一个错误。

一个小时之后,随着天色变暗,怀亚特还在狂饮那瓶酒,他们还在为同一个话题争吵不休。

"我再次告诉你,怀亚特,我坚持协议条件。我在洛杉矶的律师拥有那份文件。还有我欠你的钱……"

"我消失了,但那只是暂时的,合伙人。"

"别再像只该死的猴子那样喋喋不休了。"麦克猛地冲到门廊尽头,指着那些钻井的灯火,"你什么也没有付出,没有一分钱,也没有一滴汗水。"

"那个无知的牛仔付出了吗?"

"很多。"

"他从中得到什么呢?"

"他应得的份额。"

怀亚特举起酒瓶,将红酒滴进自己的口中,然后用袖子擦了一下下巴。

"我付出了。建那些油井的土地是谁的,麦克?"

"这话你还要听多少遍? 你消失了,你就放弃了圣索拉罗。你卷了信任你的买家给你的所有定金跑了,你他妈的差一点为此把我送进监狱。现在,你再次走进来,仿佛这事儿从来没有发生过。看在上帝分上,你甚至都不说一声你到哪儿去了。"

"墨西卡利①、圣卡塔利娜岛②、夏威夷。哪个地方都不怎么样。"

装修整洁的门廊里的灯光照亮了怀亚特的眼睛,使它们呈现出一种朦胧的光泽。

"我对这次交谈的印象很坏,麦克,一种你想把我推出去的印象。我猜我看错你了。"他停顿了一下,"我曾以为你这个人有良心的。"

麦克向他扑去,接着控制住了自己。

---

①墨西卡利,墨西哥西北部城市。
②圣卡塔利娜岛,加利福尼亚州西南部岛屿。

怀亚特丝毫没有退却,反而哈哈大笑道:"这话切中你的要害了。"他拍打着自己的大腿。

麦克大步走下门廊,走到河道边上。他用双手擦着自己的脸颊,他可以感觉到这一天的长途旅行所留下的尘埃,感觉到受挫,感觉到愤怒。他强压心头怒火,拼命地想着。原先跟怀亚特签的那份协议经受得了考验吗?是的。波特向他保证过没问题。那么就有答案了,一个老套并且可靠的方法:百分比。

"好吧。"他再次走近门廊时用沙哑的声音说道,"我给你钱斯-约翰逊公司净利润的百分之十。"

"别侮辱我,合伙人。"怀亚特喝了一大口酒。

"百分之十二点五,该死的。"

"我让你不舒服了吗,合伙人?你一个劲儿地骂娘。没门。"

"十五。"麦克又心疼又不情愿地说道。

怀亚特想了一下,然后笑了。

"十七点五。"

"好吧。但有一个条件,你在洛杉矶的一家银行拿支票。你离这儿远远的。"

好长一段时间的沉默。怀亚特将酒瓶重重地放到门廊里,"砰",发出很大的一声响,接着他蹒跚着走下门廊台阶,走进星光里。他的声音压得比之前低得多,怀着一种真正的敌意。

"为什么?"

"因为这是一桩生意,一桩有利可图、经营良好的生意。我要是能保持这个势头,我们两人就都能赚到钱。"

"你的意思是我保持不了这个良好势头啰?"

"不谈这个,怀亚特。"

"不,都抖出来。"

沉默。

"都抖出来,麦克。"

他们互相都瞪得对方不敢再对视下去。

"圣索拉罗现在正在产生收益,大的收益。我要是能把水引到这儿来,那么它将产出其他东西……你对我们的房地产买主撒谎时提到的水。它将促成一个城镇的诞生,一个名副其实的城镇,不是你纸上谈兵的那个城市。一条假的河沟里是不会有轮船的。但是这儿将有商店、家庭、学校、教堂、真正的街道、真正的人。这就叫作进步,怀亚特。这跟不劳而获完全无关,与免费午餐完全无关,与轻易获得的钱财完全无关。但是,你要是在这儿转悠,惊扰了哪个银行家,说不给贷款了,或者说惊扰了任何一个碰巧对一份订单有疑问的承包商,那么这个城镇的蓝图就不可能实现。"

"我不知道你把我看得这么扁。"

"看在上帝分上,别说了。你有很多天赋和魅力,可是你浪费了这种天赋和魅力,你没有把它利用好。"

怀亚特跑上门廊,一把抓住酒瓶,在门廊的一根柱子上将它砸得粉碎。

"你什么时候才能明白? 我来加利福尼亚不是来挨训的。"

"闭嘴……该死的,你嚷嚷什么。"

"不,先生,不……我要说这个话。你今晚该死的挺直言不讳。那好吧,你听着,麦克。直率坦诚可能是危险的,有时它会毒害友谊,很长久地毒害友谊。你明白我的意思吗?"

"如果这算是威胁,那么见你的鬼去吧。你是想要那百分之十七点五,还是不要?"

"我要。那是我该得的。"

"那么就在洛杉矶拿。我的律师叫波特,他会做出安排的。"

"我们会一同做出安排,今晚我就睡在这儿。"

麦克浑身发抖。他想要拔他的"调解人",却拔出了他记忆中的东西。

"那个姓斯滕斯的人跟你什么关系? 堂伊西多·斯滕斯,巴伊亚

390

牧场。"

怀亚特呆住了,纹丝不动,一声不响。他的话音变得理智,但是非常微弱。

"我不知道斯滕斯这个姓。"

"那就怪了。你离开之后,我在你的办公桌里发现了有关堂伊西多·斯滕斯很长的一条新闻剪报——圣迭戈附近有关他被谋杀的报道。有人杀了他,抢了他很多钱。"麦克口干舌燥,做了一个吞咽动作。

他踮着脚尖行走在一道无形的悬崖上,这道无形的悬崖可能安如磐石,也可能土崩瓦解,将他送入地狱。

他继续说道:"钱的数量跟买这块土地的钱差不多,我估计。他们没有找到杀人犯。你居然保存着一份你不知道的人的剪报,真是滑稽。"

"你是说……"

"我是说这很滑稽,怀亚特。而且我是说,你并不是从奥托·赫尔曼那儿弄到的钱,那是谎话……别管我是如何知道的。这就是我要说的全部意思……此时此刻。"

十秒钟过去了。夜风送来那些油井富有节奏的抽石油的声音和远处群山中一只猫头鹰的啸叫声。

怀亚特毫无预兆地扑向麦克,麦克立刻拔出他的科尔特,打开枪机。

"别雪上加霜了。"

"我要那份剪报。"

"不。它锁在银行的一个保险库里。"

"那么你想干什么?"

"我想要你滚蛋,就是不要再回到这儿来。波特会跟你接洽的。"

怀亚特站在那儿,屋里的灯光照在他的脸上。麦克瞧着他迷人的微笑不知不觉又回来了,那种迷倒万人、虚情假意的微笑。他的眼睛里没有任何幽默,只有恶毒。

"随你怎么说吧,合伙人。我就睡在你的长沙发上,到明天早晨……"

"我要你现在就离开这个地方。我会找个人驾车把你送到纽霍尔去。"

怀亚特想了一下,然后漫不经心地抬了一下自己的一个肩膀,表示同意。他的这个动作做得那样轻松自在,那样放松自如,那样舒心惬意,不知怎么的,这比怀亚特的大叫大嚷还要让他感到害怕。

"当然……我走。不过我期望这不是我们互相的最后一次见面。确切说,你等着瞧吧。让我们去找那个马车夫吧,合伙人。"

31

开往南方的横贯大陆的列车慢了下来。

麦克"啪"的一声合上金怀表的盖子。这是 1895 年 6 月一个星期五的凌晨一点零几分。他将他的便笺簿放到一边,朝车窗俯过身去。外面一片漆黑……看不见一点灯光。

他坐回身子,思量着,居然坐着他所憎恨的火车旅行,真是莫大的讽刺。这座位够舒适惬意的。他坐的是一等卧车,跟普尔曼的那种车厢差不多。拉这趟列车的是一辆马力巨大的九十吨 2-8-0 机车。他在上车之前仔细看过这辆机车。这是在萨克拉门托的公司工厂生产的机车之一,有直立的烟囱……燃煤……上面还有带着名字"红狐"的漂亮装饰。投资建造"红狐"的那些人太糟糕了,他们缺乏他们的引擎所具有的那种简单明了、完全彻底的真诚。

那位上了年纪的列车员蹑手蹑脚地穿过通道。其他的乘客进了有帘子遮挡的铺位,两个面对面的座位构成一个铺位,但是麦克请列车员不要整理他的铺位,他不打算睡觉。

这位列车员是一个大腹便便的人,两只眼睛下面有正在发黄的眼袋。他注意到麦克在朝车窗外看。

"今晚有大雾。我们在蒂哈查皮弯道减了速度。"

麦克点点头，列车员走了过去，走进黑暗中。这个弯道是加利福尼亚的工程奇迹之一。在那个四千英尺长的山口以北十英里，通向莫哈韦河的斜坡的起始点上，铁路穿过崇山峻岭。在一个点上，一辆火车咔嚓咔嚓地驶进隧道，弯道就是以此隧道命名的，出来的时候就直接在入口点的下面了。要是火车足够长的话，乘客们可能就会看见火车的一部分在反向而行呢。

麦克的衬衫领口敞开着，马甲的纽扣没有扣上。他对面的座位上摆放着他的读物：约翰·缪尔的新书《加利福尼亚的山》、几期《灌溉时代》杂志、最近出版的新创刊的《阳光之地》——一份介绍南加利福尼亚的插图期刊、一份"尖酸刻薄"比尔斯称之为"在美洲大陆风靡一时的月刊"的文学杂志《陆路月刊》、《弗雷斯诺共和党晨报》——上面的头版头条刊登着联邦最高法院关于维持对尤金·德布兹①执行禁止令的裁决，这位铁路劳工领袖去年让美国的铁路运输陷于瘫痪，直到联邦军队镇压了罢工为止。

麦克将所有书刊都放到一边，一本也没有拿起来过。他正在费尽心力写一封信。他已经撕掉了六张纸，开了六个头，此刻又将铅笔对着第七张新的纸。

亲爱的内莉：

　　我这是在从中央谷地驶往南方的列车上给你写信。我刚刚在那儿买了一些农田，弗雷斯诺附近一块一万四千英亩的肥沃土地。那本旧指南上所展示的前景终于梦想成真了。我

---

①尤金·德布兹，即尤金·维克托·德布兹（1855—1926），美国劳工领袖，曾任美国铁路联盟主席，协助建立美国社会党，1905 年参加建立世界产业工人联盟，晚年遭迫害入狱，1921 年因总统令被释放。

正在获取比我想象的更多种类的金子……

空气制动器嗞嗞地叫唤着,铁轮碾磨着铁轨,发出"吱吱嘎嘎"的声响。客车再次慢了下来,可能是进站了。车厢一顿一拉地摇晃着。在一个上铺的帘子后面,有人烦躁地咕哝着。

但是我要告诉你的是,我很遗憾,你上次来访居然以那样的方式结束。我跟你所遇见的那个女人没有任何瓜葛……

他的眉头皱了起来。他不喜欢撒谎。为内莉值得这样做吗?是的。

而且从来没有跟她认真过。你能否向赫斯特先生请几天假,到这儿来交换一下这件事情的意见?我想要让你看看某个地方,我选择了用来建造一幢新的……

更多的摇晃……更多的咯咯声,列车缓慢地往前爬行。他皱着眉头,往外望去。远方,星星点点地分布着几盏灯在黑暗的朦胧中闪亮,雾中的灯。雾浓了,确凿无疑。

突然,一个剧烈的摇晃震得安装在他头顶上方的修剪得很低的煤油灯芯乱晃。其余的乘客纷纷醒来,开始互相询问怎么回事儿。车厢里弥漫着沾满灰尘的地毯的气味、床单的气味和煤油灯里煤油的气味。

列车员在两节车厢连接平台上的阴影里轻柔地叫喊道:"蒂哈查皮峰。车站就是蒂哈查皮。"

麦克决定去伸伸腰,呼吸点新鲜空气。他路过一个铺位,是一对斯堪的纳维亚夫妇,带着女儿一起旅行。他听到妻子问道:"你看到什么了,内尔斯?"

"该死的雾,就这玩意儿。"

麦克打着哈欠,爬下车厢台阶,来到一个简陋的客车站的月台上。他从未见过如此浓的雾,又湿又冷的大雾让车站里面的电灯都变得朦胧了。车站空无一人。他望着玻璃窗里沉默的电报电键。为什么没有人值班?

那位有眼袋的列车员拖着沉重的脚步从机车那儿回来了,一面摇晃着他牛眼一样的灯,那斜斜的光线像一把大砍刀一样切破浓雾。

"要到雾小一点才能走啦。"他说道,"在这些大山里面,这可真是大祸之源啊。司机们估计要一个小时左右雾才会散。"

穿着睡袍或者皱巴巴衣服的人们纷纷从一等车厢和二等车厢里探出头来。有一个人爬下车来,盯住列车员。

"我们是在主线上,是吗? 我们不该到支线上等吗?"

"这儿只有一条线。夜里的这个时候,没有其他列车的。"

麦克看到了列车后面的什么东西,一种让他感觉胆战心惊、毛骨悚然、凶险万分的东西。铁道旁,信号灯的前后透镜闪着绿光。

"列车员,即便没有其他列车,那信号灯是不是也该是红色的?"

那对斯堪的纳维亚夫妇出现了,妻子戴着一个大得足以捕捞鲑鱼的发网,丈夫穿着一件精致的缎子睡袍———一种衬衫式长睡衣,脚下拖着一双有尖头的土耳其拖鞋。

麦克瞧着那位列车员。出什么毛病了,而且这个人知道出什么毛病了。他企图掩盖这个事实。

"哦,是某个机械问题,就么这回事儿。我让司闸员去看看……"

黑暗中,一列列车鸣响着汽笛,又响亮,又刺耳。麦克的心怦怦乱跳。那列火车就在他们的身后啊,咔嚓咔嚓地沿着那个斜坡疾驶而来。

"耶稣啊,圣母马利亚啊。"列车员轻声惊叫道,一面在自己身上画着十字。乘客们开始四处乱转和惊叫,着急慌乱霎时变成了惊恐万状。

"那是开下来的列车……"

"就在这条轨道上。赶快散开!"

"柯丝廷。"那妻子大叫道,"内尔斯,柯丝廷还在睡觉……"

她丈夫浓重的斯堪的纳维亚口音跟她的话音重叠在了一起。

"其他人也……"

"把他们都叫出来,列车员。"麦克大声喊叫道。

列车员瞪着两眼,举起那盏灯,瞧着麦克,他的嘴巴无声地嗫嚅着。看不见的列车奔腾呼啸的声音越来越响。

丈夫内尔斯朝后面跑去,一面挥舞着双臂。

"停车,停下……"他丢失了一只拖鞋,接着又丢失了另一只拖鞋,"停车!"

一道宽阔的白色光束在车站前面的最后一个弯道处横扫过来。火车头灯在反光镜的作用下显得更加明亮夺目,灯光犹如洪水般淹没了月台和停在那儿的列车,猛烈的强光仿佛一道霹雳闪电,刺目耀眼。奔驰而来的火车出现了。麦克只瞥了一眼那气球状的烟囱,一把推开呆若木鸡的列车员,冲上台阶,一脚踢开车厢的车门。

"大家都出来……要快!"

俯冲下来的列车的司机拉响了一声惨烈的汽笛,宣告即将来临的灾难。麦克沿着车厢跑着,一面摇晃着帘子,一面喊叫。

"醒来呀,没一分钟时间……"

猛烈的撞击。强大剧烈的动能挤压、冲击着列车和车厢,狠狠地将它撞向前去。麦克座位上面的煤油灯破碎了。油罐里的火热煤油飞溅开来,开始燃烧。一个女人从她的铺位上探出头来,看到了火,便哇哇惊叫起来。

麦克张开手掌,拍了她一下。

"安静,出去,逃命……"

他听到身后又传来一声恐惧的喊叫。接着,他感觉车厢开始在铁道上歪斜。到处都是跳跃的火焰,到处都是扭动的影子,到处都是木头折断的噼啪声,到处都是金属被拧弯的吱嘎声。尤为惨烈的是,到处都是人的惨叫声。

最尖厉的喊叫来自那位斯堪的纳维亚姑娘所在的铺位。显然,她被困住了。他拼着老命朝车厢的另一个尽头走去,徒劳无益,因为车厢正在倾侧。他失去平衡,跌进他曾经坐过的那个敞开着的位子里。缪尔的书和其他读物全都着火了。

麦克猛地往下面撞去,撞到了车厢壁上,实际上是车厢侧翻之后这儿变成了底部。他的头狠狠地撞上了破碎的车窗,他的喉咙差一点被尖利的碎玻璃刺穿。

几块坐垫上燃烧着的火焰舔着了他衬衫的袖口和他的马甲。他挣扎着站起身来,扑灭火。浑身血污的乘客们惨叫着,爬的爬,蹒跚的蹒跚,朝车厢尽头移动。列车上下,一片惨叫声。

最惨烈的还是那姑娘的喊叫声。她叫什么名字来着……

他大声喊叫出了她的名字。

"柯丝廷!"

"在这儿!是谁呀?我被困住了……救救我!"

他要到达她那儿不容易。令人窒息的浓烟已经充满了走道。他只好爬,爬过一个个铺位,这些铺位现在都成了车厢的底部。他撕下那姑娘铺位的帘子,发现她蜷缩在一团乱七八糟的床单里,双手紧紧地捂着自己的喉部,两只蓝色的眼睛睁得圆圆的,露出疯狂的光芒。他使劲拉着床单,直到将那几床床单松开,将她解救出来。真正将她困住的是她自己的惊恐。

"伸手,双手抱住我的脖子。快。"

她服从了。他咳嗽着,将那姑娘抱出铺位,蹒跚着,试图做出判断。走车厢的顶头?不,从他座位上烧起来的火已经蔓延到了走道上。他发现,那姑娘的铺位跟旁边的铺位之间出现了一道裂缝。

"柯丝廷,抓住这边的车厢壁。"

"别把我留在这儿,哦,求求你别把我留下。"

"我不会……安静。"

他扯下走道那边那个铺位的布帘——那铺位现在已经在他的上方了。他站稳身子,接着爬进那个铺位,用手肘砸车窗玻璃。湍流般的红

397

色浓烟几乎舔到了他下面的姑娘。他再次砸向玻璃。

再次砸向玻璃。

再次砸向玻璃……

车窗被砸碎了,他赶紧去捂自己的眼睛和脸,但是迟了一步,碎玻璃划过他的脸颊,在他的额头划开了一道长长的口子。一点碎玻璃进入他的左眼睑下面,他感到一阵被针尖刺中一样令人难以置信的疼痛。

"哦,基督啊。"他眨着眼睛,眨了又眨,感觉眼睛里涌满了泪水。接着,谢天谢地,那针扎般的刺痛消失了。

此时此刻,火势蔓延很快,照亮了车厢内部。

"柯丝廷,抓住。我把你拉上来,把你从这儿推出去。"她看到车窗框架四周锯齿状的碎玻璃,退缩了。

"过来。"他大叫道,一把抓住她的手腕,抓得太狠了点,把她抓痛了,骨头断了都不管了,这是性命攸关的事情。他固定住自己的身子,也不知怎么的竟把她抓了起来。接着,他用一只手托住她的臀部,猛地将她推了出去。

"外面有谁救救这个姑娘!"

有说话声,接着是沉重的脚步声,一个人沿着侧翻的车厢跑了上来。

"是的,来。这儿,姑娘……"

不一会儿,柯丝廷安全地落到了那个人的怀抱里,外面那儿,火光照亮了黑暗。麦克大口大口地吸入甜蜜的潮湿空气,听到了人们发疯一样地问着各种问题,听到了大火燃烧的噼啪声,听到了受惊人们和受伤人们的号啕声。他穿过危险的尖利牙齿般的碎玻璃口子,抓住什么东西,探出身子,落到了安全之处……

他听到了一个声音,一个微弱的女人的声音。还有人被困在里面。

救自己的命要紧,有什么东西这样对他说,但是他没有听。浓烟十分刺鼻,而且几乎混浊不清。他拿手绢捂住自己的鼻子和嘴巴,再次听到了那个悲伤的微弱声音。

"我动不了。我估计我的腿断了。"

麦克满头大汗。那喊叫声来自车厢的另一头,来自大火那头的一个铺位,大火此时已经越过走道,形成了一道又热又亮的屏障——那就是他此前坐的地方。我不想这么干,他心里想。

他用指节揉揉自己的眼睛,从一个铺位上拉过一块毯子,将它折拢,裹在自己的头上做保护。

接着,他屏住呼吸,向火墙冲去,冲过了这道大火屏障。

麦克在别墅的双人床上歇着。他在卧室的床边设计了一扇宽大的窗户,这样,他一醒来就能看见那些从地下抽着钱财的油井。

他的双臂和双肩包扎着棉纱布,里面敷着氧化锌软膏和吗啡醋酸盐,后者是为了缓释疼痛。棉纱布外又包着绷带卷。他很幸运……烧伤没有超过一度,而且烧伤的面积有限。大山里面一位技术高超的年轻大夫,通过让他在马槽里用冷水浸疗的方法,然后用家用的糖蜜敷在伤口上,将烧伤损害减少到了最低程度。

他的眼睑直往下垂——那是鸦片酊所起的作用,当地的大夫开给他镇痛用的。麦克很难为情,当着客人的面,自己什么也干不了。伤病就是这么让人变得柔弱。

内莉坐在一把椅子上,比尔斯站在她的身后。他们没有事先通知就突然冒了出来。内莉看上去很疲惫,而且脸色非同一般地苍白,可比尔斯还是那样风度翩翩,穿着一尘不染的象牙色套装和马甲,系着流线型的蝶形领结。

比尔斯将一本小小的书放在床罩上。

"等你恢复了,也许可以博你一笑。"

麦克拿起书本一看:《士兵和平民的故事》。

"你写的?"

"是的。跟往常一样,有几部分情节惊悚,语言辛辣。当你憎恨这个世界的时候,可以一读。"

"不是现在就读。"麦克说道,他感觉自己有些大舌头,也有点麻木,"谢天谢地,我还活着。"

"你成了一位英雄啦。"内莉说道。他救出了那个名叫柯丝廷的姑娘,然后又救出了一个被困在铺位中的男人。内莉的话音中流露出骄傲。

"你要是不这样认为的话,威利叔叔的部下会确认的。"比尔斯说道。

"你们俩是不是来写这次事故的报道的?"

"自然是啦。"比尔斯说道,"坐另一辆人们所钟爱的南太平洋铁路公司的特别列车奔赴现场。坦率地讲,这倒是一次放松。好几个星期了,我一直在抨击那桩'世纪犯罪'。这是我们老板说出来的:伊曼纽尔浸礼会一个下三滥的小小的主日学校①校长杀死了他的两个女学生。我发现,再没有比谈论死者的内衣更耸人听闻和摄人心魄的事情了。我们是从蒂哈查皮过来的,看看你怎么样了。富有恻隐之心的内尔一定要来。"

她的脸红了,有点不好意思。比尔斯全然不管她。

"那是一趟临时安排的工作列车,你知道,开火车的司机又没有经验。更有甚者,当列车开动的命令用电报沿线拍发下来的时候,蒂哈查皮居然没有人接电报。那值班人员装病,到哪个低级酒吧去了。"

麦克靠着垫枕,抬高了一下身子。

"我注意到了,车站里面空无一人。我还发现本该是红的灯仍然是绿的。"

"他们仍然对乘客的安全毫不在乎。我们将用通常的十字军征战一样的气势来严厉批评他们。"

"这并不是说会有很大作用。"内莉说道,"费尔班克斯早已经在给乘客发钱了。唯一死亡的那个人是他们的工人。"

---

①主日学校,又称星期日学校,指星期日对儿童进行宗教教育的学校,大多附设于教堂。

"那个列车员。"麦克说道。

"是的。车厢侧翻的时候压住了他。他的遗孀在旧金山提起诉讼，要求赔偿，但我们今天上午收到电报，说她撤诉了。"

"她为什么撤诉？"

比尔斯叹了口气。

"你这个人真是太天真了，麦克。我估计，她明白了，保持沉默，抚恤金会更多。"

"狗杂种。"麦克伸出手去拉内莉的一只手，"我之前对你说过，总有一天，我要帮助你把他们揪住不放。"

她没有让他拉到她的手。她紧张地望了比尔斯一眼，清了清自己的嗓子。

"我希望能到纽约去做一项好得多的工作。"

麦克的胃蠕动起来。

"你要走了？"

"不会马上走，但我已经做出了决定。赫斯特先生带着特西到欧洲去了。他走之前，派我们的业务经理查利·帕尔默前去纽约进行初步谈判。那儿有四份报纸要出售：《纽约时报》、《纽约商业广告》、《记录者》、《晨报》。赫斯特先生打算在欧洲买些艺术品，然后回来，去买一份那种办不下去的报纸。"

"哦，务必买那份《晨报》。"比尔斯声明道，"那份报纸多便宜啊，又很有特色。他们把它叫作'家庭女仆的乐事'。向前也好，向上也好，总是新闻业的光辉旗帜。"

"什么时候成行呢？"

内莉说道："年底之前，我想应该是。赫斯特先生想要我成为写伤感文章的记者，而且要时刻注意亨廷顿要什么伎俩。眼下，除了港口的事情之外，亨廷顿其他优先要考虑的事情是铁路欠政府的债。那要回溯到 60 年代的铁路建设时期。亨廷顿想要国会取消债务，或者大幅度削减债务。那将是一场极高等级的欺诈。真是令人恶心。"

"就是那个亲爱的南太平洋铁路公司啊。"比尔斯拍着他的各种口袋,"这儿一个议员,那儿一个议员……很快,你就完全得到了你想要的东西。"

"安布罗斯,"麦克说道,"你能否让我们单独相处一会儿?"

惊讶代替了冷笑。

"你说什么?"

"我要跟内莉私下谈谈。"

"当然。要是让我听到肆无忌惮的淫欲声,相信我也能保持谨言慎行的。"

他转身走了。

内莉看到他穿外衣的背影时有一种明显的绝望。她不想单独跟麦克在一起。

比尔斯不满地哼哼着,关上了门。

麦克没有浪费时间讲客套话:"内莉,忘掉纽约吧。"

她轻轻抚摸着自己又短又粗的小小鼻子……一个紧张的没有必要的动作。她不属于那种一有事情就显露出焦躁的女人。但是,此时此刻,他在她的眼神中看出了这种神情。

"那干什么呢,麦克?"

"嫁给我。我在里弗赛德买了一块很好的土地……"

"财富又增长了?"她笑着,笑声空洞,"你变成一个挥霍者了。"

"我有钱了,我在进行投资。别转移话题。那块地在一个名叫阿林顿高地的住宅区的一座小山上,柑橘林几乎遍布那块土地。只要大夫一允许我离开这张该死的床,我就带你去看。"

她交叉着双手,静静地坐在那儿,竭力控制着自己。

"怎么样?"他问道,"你在想卡拉·赫尔曼吗?她要是对我很重要,我会向你提出这样的建议吗?"

内莉摇摇头。

"事过之后，我对自己的行为感到挺惭愧。我当时一时发火，走了，因为我真的很在乎你，深深地在乎你。你的建议很温情，很美好……"

"一个人身上涂着这种白色的黏糊糊的东西，还要服用鸦片酊，不会太温情和美好。"他停顿了一下，"但他是真心的。"

她内心挣扎着说出了接下来的话。

"我知道我马上要说的话会让你不高兴。不，更厉害……你很可能会蔑视我。我真的很抱歉，但我得说实话。当你要我嫁给你的时候，你是把我降到了比在赫斯特先生手下工作更低的地位。"

"我是在献出我的一生啊，该死的。"

"是的，但是以牺牲我的一生为代价。"

"这样看待爱情，真是见了鬼了。"

"我认为……"她的双眼溢满了局促不安的泪水，此种情形完全不像她的行为，"哦，我认为，你要是真的理解我的话……要是那也是爱的一部分的话……你就根本不会提出这样的要求。"

"我的上帝呀……是的，我是不理解你那些疯狂的想法。是谁把它们塞进你的脑子的？是谁？"

大喊大叫声令她站起身来，她的脸红了。

"这个世界，麦克……这个世界。现在已经差不多是20世纪了，不是那个黑暗时代①了。"

他竭力控制着自己的脾气。

"别说了。所有的事实是：我不爱其他任何人，我永远不会再爱其他任何人。"

"我也一样。但你也爱你自己的观念。这些观念荒诞不经，传统守旧。你所爱的是你在你所崇拜的那些拙劣小书中所描写的东西。你瞧你，在每个州马不停蹄地四处奔忙，抢购农场、果园，花钱如流水，仿佛

---

①黑暗时代，指欧洲中世纪的早期，大约5世纪至11世纪，被认为是愚昧黑暗的时代，现在也泛指欧洲中世纪。

明天早晨你就要寿终正寝一样……"

他在床上坐直身子。这一动作弄得他身子很疼，但是不会超过他由此产生的愤怒。

"那见鬼的雄心壮志错了吗？我知道人们赞许男人的雄心壮志。"卡拉就是一个。

"雄心壮志没有错，麦克，除非它被放在万事之首……除非它砌起了一道墙。"

"那你的雄心壮志呢？纽约呢？"

她悔恨的微笑表明他击中要害了。

"两道墙。"她伤感地微微摇了一下头，"我不知道，麦克。我们俩都是对的……绝对是对的……但同时，又都是错的。"

"内莉，别这么干。"

她冲到他的床边，弯下腰去吻他。在他们的嘴唇相接触的一刹那，他一把抓住她的双肩。她侧身翻倒，她的臀部落在了床上，一条腿支撑着，心甘情愿地和他拥抱在了一起。

"哦，你会弄痛你自己的……"

当他更加凶猛地吻着她的时候，她浑身颤抖，闭上了眼睛。

精神失常一样的亲吻继续着，扫荡了所有的争论和不同意见。

但是好景不长。当内莉抽回身子喘气的时候，麦克看到了那昂起的下巴和坚定的眼神，他记得在码头上第一天也见过这样的眼神。他放开她，双手垂落下来。

"对不起，麦克。报社本地的新闻部……"她站起身来，"他们在等着今晚的电讯稿。安布罗斯和我跟那位速写画家有个约会。到纽约来看我。"

麦克淡褐色的眼睛紧紧地盯着她的眼睛，他冷酷的怒目而视表明，这样的事情绝对不可能发生。

"麦克，求你……"

什么也没有。除了怒目而视，什么也没有。她静静地离开了房间，他听到她跟比尔斯在小声地说着什么,接着有大门关上的声音。不一会儿,便是"嘚嘚"的马蹄声和轻便马车在熟悉的油井抽油的响声伴随下辘辘远去的声音。他转头朝向阳光照耀下的窗户,那些油井在他的视野中完全消失不见了。他从来没有感觉自己如此多余,如此凄惨,如此愤怒,如此泄气。

32

7月初,赫尔伯纳·约翰逊在墨西哥的下加利福尼亚游荡了一个月之后回来了。他骑着马穿过那道拱门,发现他的合伙人正在"火车站"扩张出来的办公室里。在办公桌上通常放着的账本、报告、合同和备忘录等东西中,还竖着一瓶打开的肯塔基威士忌,一只小杯子里盛着一英寸高微微闪光的液体。

约翰逊拍着条纹裤子上的灰尘,瞪着两眼,视线从威士忌移到他的合伙人身上。

"一天的这个时候?"

"一天的这个时候还是什么时候,有什么关系吗?"

约翰逊拿舌头"嗒"地发出一个声音,离开了。在跟油田一些工头和修理工的交谈中,他发觉这已经不是什么秘密。自从麦克下床以来,他就一直抱着酒瓶不放,喝得很凶。

哈里森·格雷·奥蒂斯中校来访。

麦克下午在办公室里接待了他。奥蒂斯拿着一根马六甲白藤做的轻便手杖,他的翻领上别着一枚不知道什么类型的玫瑰花形军功章。几年之前,他曾编辑过《共和国大军》这本杂志,而且在那个名叫内战老兵的组织里仍然十分活跃。

中校被麦克胡须满面、不修边幅的外貌给弄得不知如何是好。对一个习惯谨小慎微、讲求风纪的人来说,这样一种云里雾里的表情是让人不快的。

"没想到哇,太好啦,中校。"

"你远离洛杉矶哪,先生,一个很难找到的人。我们是不是以前见过?肯定有点熟……"

"有可能。"麦克没有醉到忘了那场争吵,当时是他驾车送马克斯去的《时报》社,"要跟我一起喝吗?"

"不,先生。但你要是想喝的话,喝一杯。"

"是的,我还要喝一杯。"他拉开抽屉,打开瓶塞。奥蒂斯用他的轻便手杖轻轻拍着他的一个膝盖,用进行曲的节奏。

麦克两眼蒙眬地望着他。

"我不总是在白天喝酒的,你知道。我只是感觉像要死了一样才这样。"

这大大的幽默没有触动奥蒂斯,让他放出笑脸来。

"你在蒂哈查皮事故中受了伤。我希望你已经痊愈了。"

麦克举起满满的一杯酒。

"创造了奇迹呢。"

"钱斯先生,要是这个时候不方便……"

麦克挥了一下手,表示没有关系。一些威士忌泼洒到了办公桌上的纸张上。

奥蒂斯的反感之情愈加溢于言表。

"我长途跋涉到这儿来,先生,因为你在洛杉矶的商界留下了深刻印象。你正在证明自己是本地最精明的企业家之一。另外,我在赫斯特先生那份低劣的旧金山报纸上看到,你在蒂哈查皮表现得十分英勇,尽管你并不是铁路的支持者。"

"在加利福尼亚的几乎每一个地方,南太平洋铁路公司都实施垄断。我不喜欢那种束缚。"

"正是。这就是我来这儿的原因。我想要得到你的支持,你的参与和资金支持,我们将继续跟铁路的云谲波诡作斗争,确保港口建到圣莫尼卡去。我邀请你加入商业会所的行列。我请求你把你的精力奉献给建设一个更加伟大的洛杉矶……一个更加伟大的南加利福尼亚……一个完全没有丑恶共产主义的工会运动污染的地方。"

麦克将他的酒杯放下。他的双眼似乎清澈了起来,他的口齿也变得清楚起来。

"我并非所有的工会都反对。老板和工人应该互相支持,互相鼓励,而不应该剥削对方。这样,每个人都可以赚到钱。"

奥蒂斯呆若木鸡,仿佛麦克拿一只手套扇了他一个普鲁士风格的耳光一样。

"我发现你这些观点让人极度反感,先生。瞧瞧去年普尔曼大罢工期间的骚乱和谋反。吉恩·德布兹的那些奴才们把萨克拉门托变成了一个暴民统治的地方。帕迪州长只好派出几个团的民兵乘着轮船溯流而上,防止出现混乱、纵火和大屠杀的状况。"

"得了,中校,情况没有那么糟。"不过,也够糟的了,麦克不得不承认,罢工者破坏了一座铁路桥,一列列车一头栽了下去,火车司机和第五炮兵团的四个士兵丧生。

"糟,先生?是十恶不赦。那是对自由商业原则的反动。任何人,雇用参与工会活动的劳工……跟工会活动有瓜葛……或者甚至同情工会活动——像你这样显然是——就是洛杉矶正派公民的敌人。"

麦克酒喝多了,忘了这个人的权势。他靠在办公桌的一个角上,眯眼瞧着,他希望他的目光很凶。

"我有一个朋友,中校,他姓马克斯。迭戈·马克斯。他是不是你的敌人?"

奥蒂斯的反应仿佛麦克召来了撒旦一样。

"那个神父马克斯?马克斯什么也不是,只是一个低贱的社会主义杂种狗。他背叛了他神圣的誓言……背叛了他的教会……背叛了上帝本身。几年之前,他企图渗透到《时报》的城堡中来,但是我被赶走了……"奥蒂斯倒吸了一口冷气,"等等。我就是在那儿见过你,那天晚上跟马克斯在一起。"

"不错,中校。"麦克假笑一声,再次举起小酒杯,喝完了威士忌。

奥蒂斯猛地站起身来。

"你的声誉欺骗了商界,我要让其大白于天下。"

"在我们丢开马克斯这个话题之前……他支持印刷工人那会儿,是谁烧毁了他的牧场?你的那些朋友吗?"

奥蒂斯挥起那根轻便手杖。

"要我就不会这样做,中校。"

那根手杖在颤抖,跟他那只长满黑斑、青筋暴突、抓着手杖的手一样。哈里森·格雷·奥蒂斯好不容易将他的手杖放下,放到自己的身侧。

"我收回我的邀请,钱斯先生。"

"那我也收回我对你的宽容。从这儿滚出去。"

"很高兴,很高兴哪!"

奥蒂斯快步向门口走去。一会儿之后,他的轻便马车便辘辘地驶走了。

好哇,麦克心想,这下我在洛杉矶也有敌人啦。他斜过瓶子,又倒了满满的一杯酒。

那天下午,风向转了,吹来了东风,又热又干燥。到了傍晚,天空红得像高炉的炉膛一样。麦克坐在别墅的门廊上,脚下又放着一瓶酒。他扪心自问,毫无疑问,内莉跟他分道扬镳了。他越来越清楚,他们之间已经所剩无几。

大约七点半,约翰逊大步绕过屋角走来。他踩着重重的脚步踏上门口台阶的时候,朝麦克与他的酒瓶厌恶地扫了一眼。一丛连根拔起的野草从边上飞了开去。

"桑坦。"约翰逊说。

麦克喝干杯里的酒。风吹入了他的内心深处,触碰、刺激、用血污染了他的神经。"桑坦"是一种杀人的风,让人发疯的风。当它刮起来的时候,人们就会失控。他正在失控。

得克萨斯人嗤之以鼻:"我没有闻到晚饭的味道嘛。"

"自己解决。"麦克将杯子扔到院子里,开始朝大路走去。

约翰逊一把抓住了他。

"你去哪儿?"

他甩开约翰逊的手。

"去我该去的地方。"

33

麦克的马沿着大路狂奔,马鬃飞扬,根根直立,它的两胁和两条后腿处汗如泉涌。

当麦克狠狠拉着马的缰绳转向右边时,那马突然逡巡不前,差一点把他甩下马背。但是,在他不耐烦地踢了一阵子之后,它便蹿上了那条泥土小径,经过那块扭曲的牌子,牌子上写着"赫尔曼"。

团团尘土模糊了外屋。一个牧童跑上前来躲避,他的双手抓着头上的那顶宽边帽。狂风将一座牲口房顶上正在旋转的风向标吹断了,吹得它飞旋着往上升去,吹进云的中央并消失在了那儿。牲口房里,发疯一样的马匹嘶鸣着,狂踢着它们的马厩,那些牧童们则用西班牙语高声叫骂着。

麦克来到门廊上,跳下马来,狂风撕咬着他外套的后下摆,甩动着他的头发,一层层沙尘循着他的裤管直往里钻。他没有费心去拴好马匹。这匹牡马太害怕了,害怕得都不敢逃跑了。

他重重地敲了两次那个巨大的门环,接着一脚踢开大门。

"卡拉?"

他甩上两扇门。有一扇没有锁住，狠狠地撞到了墙上。狂风旋转着刮过高高的昏暗大厅，使得一个装饰用的葫芦从钉子上飞了下来，在瓷砖上砸得粉身碎骨，那声音响似步枪射击。

"卡拉，你在哪儿？"

他爬上三段楼梯，来到一道拱门处，拱门通向一个巨大的起居室。起居室的一面墙壁几乎被一个突出的砖砌壁炉给占满了，其他墙上全都装饰着条纹很宽的五颜六色的挂毯。擦得铮亮的黑色椅子排列在墙边，就像昂首挺胸的士兵，皮坐垫和一张巨大的卧榻构成一个马蹄形，坐落在壁炉附近。

入口对面的第二个拱道里，那个印第安女人守候着，她睁大眼睛，看到了麦克这一副头发凌乱、衣冠不整的样子。不管她想说什么，也全都憋死在了喉咙里，她转身逃走了。

他撞翻一把椅子，发出一声惊天动地的"哐啷"声响。

"卡拉，回答我！"

狂风怒号，穿过开着的大门，他能感觉到，疾风在房间里横冲直撞，翻飞旋转。屋子的每一扇百叶窗都关得严严实实，抵挡着狂烈的风暴。

第三个拱形入口开在一堵墙里，墙的对面是那个黑黑的壁炉炉床，她出现在门道里，注意到了他这一狂躁不安的情状，脸上浮出的笑容僵住了。

"我很难相信你会来，我亲爱的。"她说道。

"所以，我让你惊讶了。你有什么喝的？"

"听你的话音，你早已经喝下不少啦。"

"那是不是说我不受欢迎啊？"

她慢慢走下那段短短的楼梯，舌头舔着自己的下唇。她虽然未涂口红，但芳唇依然鲜红，仿佛被咬了一样。

"我没说这个话。"

他蹒跚着走到卧榻那儿，伸开四肢躺着，双臂伸展在两边，头懒懒地靠在榻上。卡拉在楼梯脚下瞧着。她穿着半透明的白色丝绸宽大长

410

衣,长衣下面是紧身胸衣,胸衣上有着粉红色的凸花纹,沿着汤匙式紧身胸衣的轮廓,镶着蕾丝褶边。紧身胸衣罩在亚麻布做的无袖宽内衣上,内衣的褶边装饰着花边,下面露出黑色的长筒袜子,袜子的顶端卷着边。她金发垂肩,云鬓凌乱。

她抚摸着丝绸衣服。

"我正在脱衣服准备洗澡,根本没有想到会来客人。"

"你看上去挺好,慷慨得像个五十美分的妓女。"

"上帝啊,你酒气熏天。"不过,她乐了,"我不跟你吵嘴。我终于在我想要你的地方得到你了,你归我一个人了。"

他朝另一道拱门挥了一下手。

"我看到你那个印第安女人……"

"我会关照她的。"她轻移莲步,穿着长筒袜子的双脚走过凉凉的棕黄色瓷砖地面,"你想要什么?"

"香槟。"

"我有。唐培里侬香槟王,我有一地窖呢。"卡拉在她乳房的下面轻轻地摩挲着双手,"我有酒,够我们喝一整个晚上呢。"

不一会儿,她带着香槟和两只水晶笛形酒杯回来了。

"我把伊内兹打发回她的住处了。她可高兴了,把自己关在房间里过一夜。这风太吓人了,外面几乎都看不清三英尺远的东西。"

她拿出那瓶酒。

"你能把它打开吗?"

麦克从她手中拿过酒,费了好大劲开那软木塞。他打不开酒瓶。他将她推到一边,走到凸出墙面的一个壁炉角上,在角上砸了一下酒瓶的瓶颈。他的手上洒满了香槟酒的泡沫,滴落到了地板上。

"这倒是一个办法。"卡拉说。她伸出细长的酒杯。

他将两只酒杯倒满,接着,他抓着自己的酒杯,在她还没来得及啜饮第一口之前,一口吞下了杯里的酒。他的双脚已经摇晃,他淡褐色眼睛的目光悄然爬上了她紧身胸衣挤出来的圆圆乳房中间的深深乳沟。

卡拉舔着酒杯的边沿。

"天哪,不难弄明白你脑子里在想什么嘛。"

"你不喜欢?"

她再次慢慢地舔着酒杯,舌头滑向一边,然后再滑回来,留下湿漉漉的痕迹。

"我说这话了吗?"

麦克将酒杯扔进壁炉里,踉跄着走到她身旁。他一只手抱住她的腰,另一只手捏着她鼓得高高的被花边覆盖的乳房。

她丢下酒杯,倒在他的怀里,说道:"哦,上帝啊。"

那声音,既有激动,又有害怕。他吻她。她张开嘴巴,他尝到了她乱动的舌头。

户外,他们头顶上方的天空,"桑坦"撕走了屋顶的红色瓦片。罡风呼号,声若有人在朝这幢屋宇开枪。暴风刮起瓦片,飞速地旋转着将其摔到被太阳晒得热乎乎的地面上。牲口房的墙板被扯松了,刮走了。"桑坦"在树木中间穿行,刮得较小的树枝吱吱嘎嘎直叫唤,一个劲儿地弯腰摇曳;刮得较大的树枝噼噼啪啪乱响,像抛向空中的石弩上的石块。一根尖利的树枝刺伤了一匹从牲口房脱缰跑出来的母马,她跌倒在地,在狂风和黑暗中哀号。没有人知道她死了。

卡拉很快脱光衣服,在她那张巨大的床上仰面躺下。她的闺房黑魆魆的,每一扇百叶窗都发出"咯咯"的声响,漏进在狂风中劲舞的尘埃。麦克探寻着她的那个地方,她引导着他。"桑坦"尖啸,他们也变得疯狂,疯狂于他们的淫欲。她浑身燥热,蜿蜒扭动,急不可耐地想尽快让他进入她的体内。

卡拉醒来。

她的两眼轻微地颤动着睁开了,目光露出慵懒,一时还有点糊涂。床边一张小桌子上,一根蜡烛的火焰在跳动着。小桌子的边上,乱七八糟的书籍堆得山一样高,没有读过的报纸撒得遍地都是。

她看到了麦克淡褐色的眼睛,吃了一惊。视线清晰了,他赤裸着身子伸开四肢躺在她的身旁,床上用品全被挤到了一块儿,高的高,低的低,弄得乱七八糟。他的左肩上,她看到有牙印,这令她笑了起来。

狂风啸鸣,一如既往。卡拉举起丰腴的前臂抹着自己的眼睛。她的胴体闪闪发亮,因为性爱而变得粉红和湿漉漉的。

"什么时候了,亲爱的?"

"近午夜了。"他伸下手去,从床边又拿出一瓶香槟酒,这瓶酒的软木塞已经打开了,"还是想喝。"

她发出像一只小动物一样的声音,表示她也想喝。

"瞧。"他说,"不用太长时间。"

她往下看去,他那家伙又勃起来了。

她抹开额头几个散落下来的金色发卷,微笑着,用双手捧住酒瓶,贪婪地吮吸着酒,接着,她将酒滴到自己的乳头上,滴进自己那金色绒毛覆盖的淫乐窝里。

他从她手中拿过酒瓶,想把它放到床边的地板上,结果将酒瓶打翻了。有香槟酒流出来的声音,接着,响起了更大的声音——大床吱嘎吱嘎乱响和摇晃的声音。

黑暗中,一根火柴擦亮了。他重新点上被一阵风吹灭了的蜡烛。过了一会儿,卡拉醒来了,嘴里咕哝着,发出轻柔的抱怨声,她的双眼仍然闭着。他下了床,又去拿了一瓶香槟酒来。她喝,然后他喝。她再次抓着酒瓶的瓶颈,爱抚着它。

他哈哈大笑,喝醉了。内心深处的什么地方,一小朵理智的火苗像那根蜡烛一样被吹灭了。他也将那个酒瓶从她手中拿开。她抚摸着他,发出一声睡意蒙眬的淫荡大笑。

"你贪得无厌。"

她徐徐地滑到他的身子下面。

413

外面的黑暗中,一匹马嘶鸣着,踢着马厩。

夜闻到了那死去的母马的血腥味。

狂风在继续肆虐……

　

他醒来,感觉嘴巴里仿佛有一层棉花,他闻到了香槟酒和汗水的味道。

卡拉还在熟睡。他摸了一下她的乳房,冷冷的。他尽可能安静地翻转身。像被切成条一样的光线在地板上画出图案。

卧室又乱又脏:摔破的酒杯、落地的床单、翻倒的家具……如战场一般凌乱不堪。一张有很厚的皮坐垫的精致的古色古香的西班牙风格的椅子被搬到了床脚边。他模模糊糊地记得,他们有一次做爱就是在这张椅子上进行的。

他挠着自己的肚皮,小心翼翼地站到了凉凉的瓷砖地板上。他的两条腿摇摆着,虚弱得不可思议。房间里,到处都是绿色的酒瓶。他找到一个还有半英寸的变了味的香槟瓶子,一饮而尽。

他小心翼翼地避免被碎玻璃刺到,放轻脚步走到最近的一扇百叶窗跟前,拉起金属窗闩,将百叶窗往里拉开。红色的亮光刺入他的眼睛,令他不由自主地呻吟一声,退了回来。他关上百叶窗,闩上窗闩。

床上,卡拉动了。他一阵头晕,竭力忍住。她的深蓝色眼睛睁开了,眼神中有奇怪的猫一样的严肃。那么多的亲吻和拥抱折腾下来,她的肌肤看上去红红的。

他触摸了一下百叶窗。

"早晨了。"

"不……下午了。"

"什么? 你确定?"

"早晨我起来过了。我们在这儿差不多一天一夜了。现在是下午五到六点钟。"

她坐起身来,在自己的胸乳上交叉着双臂。她像一幅油画中的古典裸体仕女一样臃肿:粗大浑圆的金色大腿、逐渐丰满的肥腴腰肢,硕大沉重的双乳将会提前好多年变得跟那些主妇一样下垂。她曾是一个理想的女人,身材高大,凹凸有致,恍如莉莲·拉塞尔①。全世界都热爱莉莲·拉塞尔……

卡拉抚摸着自己的双腿,哆嗦着。

"我从来没有经历过这样的性爱,从来没有。"她颤抖得十分厉害。

"我也一样。"

他在房间里四处寻找,直到找到一瓶满满的香槟酒,然后用力拔着软木塞,直到塞子"噗"的一声跳了出来,弹到一根天花板的梁上又弹飞了。他将酒瓶递给她。

"不要,我不想要其他东西。我想要的就是你。我们两个人在一起,永远。"那双深蓝色的眼睛似乎变得巨大,引诱着他,"娶我吧,麦克。"

他一声不响,他目瞪口呆。百叶窗的外面,白昼的光亮在消退。风停了。

"麦克,你听到我的话了吗?"

他想到了内莉,可是她走了。他做了个吞咽动作,接着将瓶口塞进自己嘴里,大口大口吞着酒。

她的脸上露出奇怪的脆弱的柔和神色,她说:"至少你可以回答我啊。"

"好的,卡拉,是的。男人需要老婆。任何男人要是有你这么美丽的老婆都会感到骄傲的。我要在里弗赛德为我们建造一座漂亮的新房子……"

胜利洋溢在她的脸上,宛如黎明,她的双眸神采飞扬。

"我绝没有想到能听你这么说,我绝没有想到我能得到这个世界上

---

①莉莲·拉塞尔(1861—1922),美国女歌唱家、演员,善演轻歌剧,曾随同一滑稽剧团在英国和美国演出。

我最想要得到的东西。过来,过来……"

她张开双臂,蠕动着手指。他又吞了一大口酒,接着将酒瓶放到一边,朝大床走去。当他赤裸的一只脚踏上其中一张报纸时,他低头望去,看到了报头有"日报之王"的字样。一个标题映入了他的眼帘:

蒂哈查皮
悲剧!

南太平洋铁路
玩忽职守导致
新的受害者!

本报流动记者
比尔斯先生
和
斯威特小姐
独家报道

忘了她。她已经走了。他压着嗓子含糊不清地骂着娘。

"麦克?亲爱的?怎么啦?"

"没什么。"他将自己的一只脚踩到那份报纸上,踩得它皱了起来。报纸被撕碎了。

他跪在床边,双手撑在卡拉的肩头上面,俯下身去,吻着她。

她湿漉漉的嘴唇紧贴着他的嘴唇。

"再来一次,亲爱的……你行吗?签署这个协议吗?"

内莉啊,为什么不是你啊?他心里想。一座无形的悬崖赫然耸现,他已经处在悬崖的边缘。

"麦克?我亲爱的老公?来呀。"

她的双眼再次睁开了,她发出抽抽搭搭的期盼的低低诉说声。尽管很累,但是他的身子有了反应。他抓着卡拉赤裸的身子,拉着她的身子贴到他身上。当她举起双腿,以便让他进入她的体内时,他有一种疯狂的感觉,感觉自己落入了深渊。

1895 年 7 月 30 日,詹姆斯·麦克林·钱斯在洛杉矶以世俗婚礼方式迎娶卡拉·玛丽·赫尔曼为妻。休·约翰逊作为他的朋友和合伙人出席了婚礼。这个得克萨斯人显得彬彬有礼,但是他的态度奇怪地有所保留。

这个州的第二大地主将新娘交给了新郎。此后,在一家宾馆大堂的接待处,赫尔曼说道:"再给你一句忠告,家伙,这次你最好记牢。你老婆喝酒的时候,最好躲到离她一百英里远的地方。她会变得幼稚不堪。这都是我作的孽,我给惯的。我太忙了,忽略了这些事情。当她喝太多酒时,简直就是一个疯子。"

"好吧。"麦克说道,他的笑容很奇怪,"她在这方面并非独一无二。"

他举起他的香槟酒杯祝酒,弄得他的丈人老头如丈二和尚摸不着头脑。

第五章

里弗赛德的绅士们　1895 —— 1899

柑橘在来到加利福尼亚州之前，就已经具有悠久、丰富而又神秘的种植历史了。传说中，在某个文明的摇篮，柑橘就已经在一个欣欣向荣的花园里枝繁叶茂、硕果累累了。有人称之为"赫斯珀里得斯①的金苹果"：太阳的金苹果。

贝都因人②的王公贵族们十分喜爱品尝柑橘，罗马帝国的皇亲国戚们在宴会上啜饮柑橘汁，中世纪的西班牙人便开始种植这种果树。哥伦布在他的第二趟航行时将这种果子带到了新大陆③，那些征服者将它普及传播，发扬光大。到了 1750 年，加利福尼亚州大多数耶稣会④的神父们都在他们的教会土地上种起了柑橘树。

在那个时期的早期，加利福尼亚的柑橘普遍皮厚、肉酸、核多。其巨大的价值直到它吸引了那些好冒险的新来者的目光时才被认识到。这果子本身得以改良。

1841 年，一个名叫威廉·沃尔夫斯基尔的来自肯塔基的前捕兽猎人，在洛杉矶的中央大道和东第五大街边的一块土地上种了两英亩的地中海蜜橘。虽然他的邻居们嘲笑他，但是沃尔夫斯基尔逐渐将他的种植果园扩大到了七十英亩，直到 19 世纪 70 年代，这个原先的捕兽猎人开始炫耀，说他的利润达到了每英亩一千美元。这就足以吸引其他农场主了。新的果园开始如雨后春笋般涌现，而且新的品种开始出现，柑橘的味道更加适合

①赫斯珀里得斯，希腊神话里为赫拉看守金苹果园的众仙女。
②贝都因人，在阿拉伯半岛、叙利亚和北非沙漠中游牧的阿拉伯人。
③新大陆，指西半球，即美洲大陆。
④耶稣会，1534 年由罗耀拉的圣依纳爵所创立、1540 年经教皇保罗三世批准的天主教男修会。

大众口味。

　　然而,真正的拐点出现在1873年。那年,来自巴西的无核甜橙剪枝通过美国农业部来到了加利福尼亚。里弗赛德的一对夫妇,卢瑟·蒂贝茨和伊利莎·蒂贝茨,种下并培植了这种剪枝。跟许多加利福尼亚人一样,蒂贝茨夫妇一开始打算在其他地方发家致富,但是到最后发觉他们居然在这个太平洋的山坡上安家落户,获得他们生活的回报了。不久之后,大伙儿全都想要"华盛顿脐橙"剪枝了。卢瑟·蒂贝茨以每株芽五美元的价格卖了出去。

　　1876年,美国建国一百周年,巴伦西亚①的柑橘从西班牙来到了本州。巴伦西亚柑橘在夏季成熟,而脐橙是在冬季产果,于是,柑橘便形成了整年的产业链。

　　现在所需要的一切便是全年的市场,老沃尔夫斯基尔帮助创建了这个市场。1877年,他将一整个货车的柑橘运送到了圣路易斯②。这个车皮运送了一个月,但是当车皮到达之后,中西部的人们打开大门,站在它所装载的礼物面前,发出了由衷的感叹:这果子像阳光一样鲜亮,它来自常年翠绿的果树,来自一年四季无雪的土地。甚至过了一个月,这果子依然可以食用,依然美味可口。

　　较古老的酸的品种得到了改良,果园的数量如雨后春笋。实践证明,里弗赛德-雷德兰兹地区是脐橙的理想种植之地,而巴伦西亚柑橘最适合在新建的奥兰治县的部分地区生长。南加利福尼亚同样适合来自西西里岛和西班牙的鲜黄色柠檬的生长,它们在圣巴巴拉县、文图拉县和圣迭戈县的一些地区生长特别良好。

　　1887年,第一批加利福尼亚的柑橘来到了纽约,当时只用比较通风的棚车装运,到了1889年,人们发明了冷藏车厢。受到那么多人诅咒的铁路很快将一项地方性的行业发展成了全国性的行业。及至1890年,南加利福尼亚已经有一百多万棵柑橘树;五年之后,这一数量已经达到了三百万

―――――――――――

①巴伦西亚,西班牙东部港口城市,巴伦西亚省的省会。
②圣路易斯,密苏里州东部港口城市。

到四百万。游客们乘坐特别旅游列车来到里弗赛德、雷德兰兹和其他新的柑橘城市，就是为了一睹那些柑橘园的风采，就是为了拍摄柑橘园的照片。

那些从未梦想过拥有猪猡或者土豆地的绅士们发觉种植柑橘居然是一门十分合适的行业。他们添置了大块的土地，建起了豪华的大宅，创立了那条标语所概括的传统："有柑橘就有健康，有加州就有财富。"

于是，再一次，美国西部的一个神秘花园里，长出了赫斯珀里得斯的金苹果。

34

在小山顶上,那位果园子先生建造了一幢两万六千平方英尺的大宅。

这幢房子融托斯卡纳柱形别墅和加利福尼亚教堂风格于一体,1895 年秋季由阿瑟·佩奇·布朗的旧金山公司设计。布朗是奋兴布道会的高级神父,以新方济各会的风格结合加利福尼亚的特色,从中获得灵感,并将其风格发挥到极致,充分体现了在芝加哥举办的哥伦比亚世界博览会上加利福尼亚州建筑展馆里最受大众欢迎的风格。位于旧金山的新的南太平洋渡口终点站建成之后,也将是这样的一种风格。查尔斯·拉米斯是《阳光之地》的编辑,竭力提倡这种风格。南太平洋铁路公司将当地的很多火车站都建成教堂模样,私有住房主也紧跟潮流,将他们的私人圣殿建成了加利福尼亚的旧时风格。麦克也满腔热情地随波逐流。

这幢有三十八个房间的屋宇将满目锦绣一览无余:叠嶂的群峦、市镇、鲁比杜山、圣安娜,还有那平原上的柠檬树林和更抗寒的巴伦西亚柑橘。麦克和卡拉的卧室将有四十乘六十英尺见方,麦克的办公室比他们的卧室每边长度再加二十英尺,里面有各种各样的贮藏角落和放书空间。这是将暖色的棕黄色砖石工艺跟裸露的横梁、装饰性的盖瓦和红色的屋顶结合起来的设计,创造出了一座有明显光影效应的建筑。那些建筑师保证,即便在冬日不太出现的光线灰暗的日子里,这幢房子看上去也犹如沐浴在阳光之中。屋子内外,将有大量装饰点缀。麦克坚持要用实心的砖石拱形门道,而不是空心的灰泥和板条拱形门道。他额外追加了两万两千美元,准备将电引上山顶。建筑师们明确要求,装饰用的瓷砖要从墨西哥和意大利进口,而不能用洛杉矶仿制的产品。他们不赞同他在屋子后面安装外楼梯的要求。他们说,这将会糟践了他们的设计,而且毫无意义。但是,麦克觉得,在有财有势的人们中间,一个住家没有外楼梯,就不会被认为是一幢豪宅。外楼梯安装了上去,但在他的背后引来了很多笑话。

受圣索拉罗的启发,将有一扇铁制大门来欢迎客人进入蜿蜒的山脚车道,车道整整有四分之三英里长。大门跟屋子一样,麦克设计了一个椭圆形的卷边匾牌,里面含有三个词的首字母"JMC①"。他构想这一图案,是为了表明对自己的成就的骄傲,所以他看不出这东西有什么虚荣和愚蠢的地方,但是赫尔伯纳·约翰逊对这玩意儿嗤之以鼻,只把它当作又一头牲口上的记号而已。

"有时啊,你该死的也太直率了,赫尔伯纳。"

"你不喜欢,我时刻可以走人的。"

"你准备走了总归是要走的。"

"那倒是真的。所以你跟那该死的记号一道别来烦我,听到了吗?"

在查尔斯·达德利·沃纳写加利福尼亚的畅销书中,麦克读到了这样的话:

> 它展现在那儿,我们的地中海区域,在蔚蓝的大海之滨,
> 四周被花岗岩的屏障守护着,这些花岗岩的屏障跟北方……
> 我们的意大利……有着千丝万缕的联系。

他决定以此为喻,将他的新屋取名为"地中海别墅"。他没有征求卡拉或其他人的意见,他只是将一个完成的事实奉献给她和这个世界就可以了。到目前为止,他一直决心,犯错误就让他一个人犯吧,不要再祸害其他人。

---

①JMC,即麦克的大名 James Macklin Chance。

这幢豪宅是一项庞大的、过于奢华的工程,兴建速度缓慢。在这幢大宅计划于 1896 年秋季建成之前,麦克和卡拉在马格诺里娅大道……里弗赛德的时尚居住区……顶头租了一幢华而不实的宅邸。在马格诺里娅大道的这个家里,麦克吃晚饭的时候会喝一点加利福尼亚红酒。自从他向卡拉求婚那一刻以来,他再没有碰过比红酒更烈的酒。

在他们到夏威夷度蜜月之前的那几个月是一段幸福的时光。卡拉在床上热情似火,在其他时间充满柔情蜜意,经常笑声朗朗。除了偶尔会内疚地想到内莉外,麦克没有理由对他的婚姻感到后悔。

他有许多权益在齐头并进。处理所有这些事务耗去了他巨大的精力,也导致了他没日没夜的工作,但是他不在乎,而且他估计卡拉也不在乎,她鼓励他的雄心壮志。

再一次,那本指南占据了他办公桌一个特别的角落。他比以往任何时候都更加坚定地相信它所描摹的前景,而且他感觉,在一分又一分的时光中,在一个又一个的项目中,他正在把他的生命奉献给把他带到加利福尼亚来的梦想。的确如此,他发现,他有不止一个梦想要实现,他有许多梦想要实现。每当一个希望一实现,就又会有一个目标到来,同时还会有一个目标出现。伴随着卡拉的热情和乐观,这一切给他的生活带来了勃勃生趣。

麦克从来没有打消过杀回旧金山的念头。为了达到这一目的,他始终关注着那儿和全州的政治形势。

在旧金山市成立了一些强力反对铁路垄断的联盟。食糖大王克劳斯·斯普雷克尔斯跟 1894 年被选为市长的平民党党员阿道夫·苏特罗联合起来,反对坐南太平洋铁路的火车。而且他们联合起来带头成立了一个新的铁路组织——旧金山和圣华金铁路。这就是所谓的"人民铁路",一条不受亨廷顿及其帮凶控制的铁路。这条铁路于 1895 年在斯托克顿①开建。麦克买了价值二十五万美元的股权。

在南部的平原上,他买下了四千五百英亩业已建成的巴伦西亚柑橘园。由于它们是在夏季成熟,而华盛顿脐橙是在冬季采果,所以柑橘行业的买卖让他一年四季忙到头。他需要两拨劳动力打理,一拨在果园,另一拨负责刷净、清洗、分类、包装,并在打包棚将柑橘装箱。

1895 年下半年,他在他的办公室里接待了一位来自墨西哥的先生的来访。办公桌上,摆着从一个装柑橘的箱子上摘下来的最终图片,上面印着粗糙的黑色文字:

华盛顿脐橙

钱斯果园

里弗赛德,加州

麦克觉得想象力不够,他在竭力寻求更好的方案。一块模板印刷的木版画下面压着一块牌子,上面有小小的草图和被划掉的名字。

他的客人是一个身材修长、肤色晒得很黑、颇会甜言蜜语的人。他自我介绍说他叫阿方索·维森特·布拉斯。

"能认识您真是莫大的荣幸。"他说的是西班牙语。

"我也一样。"麦克说道。到目前为止,他的西班牙语已经可以进行简单交流了。

布拉斯不请自坐。他架起二郎腿,裤管皱得很厉害……他穿着白色的套装,似乎有表现一下他是一位重要人物的意思……而且对麦克说他可以叫他"方索"。

麦克回应道:"我能为您做点什么?"

"我听说您的果园需要劳动力。"

---

①斯托克顿,加利福尼亚州中部的一个城市。

"是的。我雇了一些，但我需要更多。"

"我可以帮您找。"布拉斯大声说道，心情好得不得了，"我是代理，老板先生。您就跟我打交道……我将为您寻找您所需要的所有劳动力。"

"我自己雇用劳动力，布拉斯先生。"

"不，不……叫我方索。"他的笑容已经有点僵硬，"您就跟我打交道。一个合同……就什么麻烦也没有了。"

"我为什么要有麻烦呢？"

"您会雇上那种不合适的人，碰得不巧的话。"

麦克听说过这些劳动力承包人。大多数人很狡诈，他们向果农要得很多，付给劳工的很少，这差额就收入自己的腰包中。

"您是说，有人人为地让这种事情发生，布拉斯先生？"

"您知道，1893 年有过严峻考验。很多暴乱是因为不满。现在，我们有自己关照自己的墨西哥劳动力。闲季时他们会回到自己在墨西哥的家里去……您根本不用担心。"

"我什么都不担心，我只是担心我的时间，您就在浪费我的时间。对不起。"

布拉斯放下他的二郎腿。他的笑容并未消失，现在却有了又僵又硬的品质。

"您这太傻了。我是一个重要的人物。"

"从我的土地上滚出去。"麦克说。

为了寻找他所需要的工人，麦克亲自赶赴里弗赛德那个小小的唐城。布拉斯提到的 1893 年的麻烦，就是白人将中国人赶出很多果园的事件。里弗赛德的中国人都急于想回来……尤其是当他们听说了麦克主动给出的薪酬数时。

约翰逊答应暂时负责此项工作。他和麦克一起学习这门行业。令约翰逊感到惊讶的是，他发觉自己很喜欢柑橘种植。这是一个费力的活儿,但这个活儿可以让他待在户外,而且瓦伦西亚柑橘树和华盛顿脐橙树是树中贵族,果园主则是农业世界的贵族。事情要不是这样的话,为什么会有那么多的游客千里迢迢从圣菲到里弗赛德来观赏果园呢?

结婚六个月之后,麦克跟卡拉的关系开始发生变化。他们做爱的次数开始减少,她的热情开始消退。她笑得没有以前频繁了,她变得越来越疏远了。当她不得不跟他说话时,态度通常很粗暴,抱怨他老是不在马格诺里娅大道的家里。

在一个这样的场合,他发火了。

"正是你表扬我的雄心壮志并鼓励我努力工作的啊。"

她的笑容稍稍有点恶意。

"你总是相信我说的每一句话吗,麦克?"

她踢着她身后的裙子,走出了房间。

"厌烦"这个词再次进入到了她的交谈中。她对持家不感兴趣,他认定,她早先的努力是装出来的。家里的仆人完全是根据他的总体要求,自己在料理事务。

为了逃避这日益加剧的紧张,他甚至加长了自己的工作时间,而她呢,则踏上了购物的路途,从来没有预先告知一声,也没有留一张便条做出解释。他明白,仆人们增添烈酒的频率提高了。

当他们在一起吃饭的时候,她总是没精打采、沉默寡言,有的时候还会在公共场合生气。他开始想方设法寻找理由到其他地方去。要是果园里工作之余有间歇时间,他就会把自己关在办公室里打发这些时间,翻阅一叠叠的报纸杂志,都是一些流行的和技术性的报纸杂志,寻找点点滴滴也许会有用的信息。他知道这样做会形成恶性循环:他忙碌,卡拉变得厌烦,便喝酒;她变得越难伺候,他就越不愿意待在她身边。这是一个令人不安的趋势,而且是一个无法与任何人商量的趋势,哪怕约翰逊也不行。他藏匿着一个使人忧郁而又不切实际的希望,那就是,假如他不理会当前所发生的事情,那么所发生的事情就会自行消失掉。

但是,到处都能够看到卡拉心神不宁的证据,哪怕是在本该快乐的场合。经克莱夫·亨利的斡旋,他们夫妇俩很快就加入了"不列颠侨民区"的社交生活之中——里弗赛德有的时候被称为"不列颠侨民区"。卡拉接受了邀请,参加那个卡萨布兰卡网球俱乐部,并努力学打网球,但是她打得不好。让男人们感到赏心悦目的略显发胖的身材给她的运动带来了障碍,她很快就放弃了,宁愿坐到球场边上的帆布凉亭里,一面聊天,一面喝着两场球赛间歇期间所提供的上好的英国茶。麦克尽量不去想她的父亲反复提醒过他的话。但是,面临婚姻生活的突然转向和漂移,他没法不去想那些警告。

克莱夫·亨利建议麦克加入里弗赛德高尔夫和马球俱乐部,马球俱乐部的会费是十美元。亨利教麦克和约翰逊这项古老运动的基本原理,并对约翰逊精湛的马术和击球天赋留下了深刻印象。这跟用子弹射击一个人有关吗?

约翰逊对麦克说,他对马球的迷恋跟对柑橘园的迷恋一模一样。他感到惊讶,约翰逊居然会喜欢上这种一开始给他一种娘娘腔的印象的运动。克莱夫·亨利透露说,在东部,长岛①,有些运动队早就花钱请有经验的骑手了。

"我听说呀,北方的伯林盖姆俱乐部也在这样做。"亨利补充道。

约翰逊将这件事儿思考了两三天,接着要求付他一点薪酬。

"可是,我亲爱的赫·约啊,"亨利说道,"我们只是自己玩玩。我们还得跟其他俱乐部比赛。问题是,加利福尼亚没有多少这样的俱乐部。"

"这无关紧要……我是职业运动员,我骑马不免费,除非我离开。每月一美元。"

---

①长岛,美国纽约州东南部的岛屿。

430

俱乐部成员同意了,收集了一大把零钱,并将此事作为笑谈。很快,里弗赛德队拥有一个真正的得克萨斯牛仔这件事成为了美谈。

逐渐地,麦克弄到了六匹马球运动用马,这是一个骑手参加六局球赛需要用到的最少数量的马。其中有一匹名叫"火球"的马,十五岁了,辜负了这个好名字。另一匹马名叫"狂欢",则是麦克的骄傲。她是一匹小巧玲珑的西班牙马,高一米六,速度快,力气大,动作敏捷。他花了四千五百美元从帕萨迪纳①的饲养场买来的,而其他的马每匹仅花了不到五百美元。

俱乐部答应为约翰逊配备马匹,但是他自己买了两匹:一匹叫"醉鬼";另一匹跑得飞快、脾气十分凶暴的小黑马,他将其取名为"萨姆·休斯敦②"。

麦克加入了南加利福尼亚水果合作社,一个非营利性的合作组织,这个组织由早先的一些群体发展而来,他们组织起来就是为了规避那些在包装和运输柑橘及柠檬上乱敲竹杠的独立代理商。合作社以成本价提供服务,并在洛杉矶和里弗赛德设立了办事处。由于它的运输量有一定规模,所以南太平洋铁路公司和圣菲铁路公司给予了优惠运输价。像亨利这样的果园主丝毫不隐瞒他们对铁路的热情。用铁路将柑橘运往东部,戏剧性地扩展了柑橘市场,使得加利福尼亚的果园主能够跟佛罗里达州的一争高下了。

麦克还参加里弗赛德园艺俱乐部的各种会议,也捐献了好几百美元给俱乐部研究果园高温的问题。

他尽管很忙,但还是有时间参加放松的社交生活,而且他竭力怂恿卡拉参加。每周一次,他们在安克雷奇大酒店或者在弗兰克·米勒的

---

①帕萨迪纳,加利福尼亚州西南部的城市。
②萨姆·休斯敦,即塞缪尔·休斯敦(1793—1863),美国扩张主义者,得克萨斯共和国总统,得克萨斯并入美国后任美国参议员、得克萨斯州州长。"萨姆"为"塞缪尔"的昵称。

格伦伍德酒店聚餐。在洛林歌剧院，麦克订了一个季节包厢。他们观看一个巡回剧团演出的《威尼斯的船夫》……吉尔伯特①和沙利文②是英国殖民地的偶像……观看由海伦娜·莫德耶斯卡③主演的有关卡米拉④的一个作品，这个波兰侨民爱上了加利福尼亚，在阿纳海姆⑤的艺术家聚居区生活了一段时间。当詹姆斯·奥尼尔带着他的招牌剧目《基督山伯爵》来到这个城市的时候，一次演出后，麦克在马格诺里娅大道的家里举行了一个招待会。奥尼尔用清凉的嗓子为客人们朗诵了一首坡⑥的《乌鸦》。只是卡拉比那个男演员喝得还要多。

每年的 3 月，里弗赛德在位于主街和第七大街交叉口的展览馆都要举办一个柑橘交易会。1896 年，正是在这儿，卡拉告诉麦克，她怀孕了。

他确切地记着那一刻。他们当时正站在克莱夫·亨利的货摊边很宽的走道里，亨利在那儿展示着他的优质"尤里卡"柠檬和冬季成熟的里斯本柠檬。卡拉就是在那个时候，当着许多出席交易会的人的面，又是紧紧拥抱，又是亲吻，十分激动地将这一喜讯告诉了麦克。

到了第三个月月初，她流产了。

"哦，麦克，对不起。"大夫一允许他见她，她便说道，"我知道这让

①吉尔伯特，即威廉·施文克·吉尔伯特爵士（1836—1911），英国剧作家、诗人，以与作曲家沙利文合写的轻歌剧闻名，作品有《泰斯庇斯》《魔法师》《大公》等，开创了讽刺时弊的艺术风格。
②沙利文，即阿瑟·西摩·沙利文爵士（1842—1900），英国作曲家，与剧作家吉尔伯特合作，创作了大量具有英国特色的轻歌剧，作品有《陪审团的审判》《男巫》《日本天皇》《艾凡赫》等。
③海伦娜·莫德耶斯卡（1840—1909），波兰裔美国女演员，扮演过二百六十个莎士比亚戏剧和现代喜剧角色，尤以悲剧角色朱丽叶、喜剧角色比阿特丽斯等著称。
④卡米拉，古罗马神话传说中的女勇士。
⑤阿纳海姆，加利福尼亚州西南部的城市。
⑥坡，即埃德加·艾伦·坡（1809—1849），美国诗人、小说家、文艺评论家，现代侦探小说的创始人，主要作品有《乌鸦》《莉盖亚》《魔格街凶杀案》等。

你失望了。"

"这不让你失望吗?"

"是啊,恐怕是的。"她脸色苍白,说话有气无力。

当他抓住她的手再说话时,情况尤甚。

她说:"我痛,我痛死了。我不喜欢这样。"

也许她总归是不遗憾的,他心想。但他立刻为自己的这一想法感到内疚。

大夫要求卡拉卧床休息十五天。赫尔曼来访了一次,来看看卡拉怎么样。那天晚上吃完晚饭之后,他对麦克说道:"听着,我有一个问题。卡拉有说到我吗?"

麦克一言不发。

"得了,告诉我吧。这不是街头小贩在问你啊。我可是你岳父,家人。对吗?"

"是的,她的确说到过你。她说她但愿你能爱她,她说这事还得追溯到她母亲……"他停下话头,皱起了眉头。

"说下去,说下去。"赫尔曼请求他说下去。

麦克告诉他这些话,总感觉心里很别扭。

"她说,你认为她母亲……道德败坏。"

"你是指妓女。她是这么说的,是吗……妓女?"

麦克没有否认。

"她说,你认为她遗传了她母亲的很多性情。瞧,我原本不想说这种……"

"没有关系。"赫尔曼咆哮道,接着他的双眉皱到了一起,话音变得十分低沉,麦克差一点听不见他的话,"我不说卡拉母亲的事情。就我来说,她根本就不存在。你要想继续做我的朋友,就别提这个话题。"

"是你问的这个问题啊,看在上帝分上。"

"所以这次我原谅你了。就这一次。我睡觉去了。"赫尔曼站起身来,离开了房间。

麦克坐了一会儿,弄不懂一说到卡拉很少说到的那位母亲,这老头子怎么会有如此奇怪的反应。赫尔曼对这个女人肯定压抑着某种不好的情感,而且这种情感延续到了他女儿身上……或者说她认为是这样。也许,这是解释卡拉行为的一条线索。他无法完全理解这件事情,但是这件事情促使他尽可能在她恢复期间表现出温情和体贴。

可是,卡拉并没有应和。她似乎变得十分冷漠,而且当她再次能够下床时,她再也不刻意掩饰自己对里弗赛德的感受。

"这个地方太卑劣了。"一天晚上她在吃晚饭时说道。

她坐在那张巨大的长餐桌对面一端,手中跟往常一样端着酒杯。

"卑劣、粗野,跟教堂一样乏味。如果不理会克莱夫的说话口音,他算个什么东西? 一个农民。他们其余的人都是这样。"

"还有我吗?"麦克愤愤不平地说道。

她一面喝酒,一面飞快地瞪了他一眼。

他红着脸将盘子推到一旁。

"卡拉,你有一百次说得明明白白,到其他地方你会更加快乐。但是,我究竟能怎么办呢,离开吗?"

"哎呀,当然不啦,亲爱的。"她甜甜地微笑着说道,"你有你的生意,但或许有一天我会离开。"

"基督啊,你省省吧,少来这种威胁。"他说道,走了出去。

年轻的地质学家黑文·奥格在钱斯-约翰逊石油公司干得风生水起。他所负责的资产现在已经包括一百九十二英里的输油管道和在纽霍尔、圣保拉和文图拉的大规模储油罐,还有在文图拉的一个小型炼油厂、三艘油轮、九十节油罐车皮、用于当地运输石油的三十五辆六匹骡子拉的运油车。钱斯-约翰逊石油公司不仅在圣索拉罗拥有产油井,而且在圣巴巴拉东南面新开发的萨默兰油田、惠蒂尔、弗雷斯诺县的科林加、迪亚夫洛山脉北侧,也都拥有了产油井。很快,奥格将亲自率领一支勘探队进驻圣华金河谷东边克恩河附近的丘陵地带。

麦克看到公司的利润数据,十分惊奇,到了 1896 年中,他将黑文·奥格提升为总经理,并大幅度提升他的薪酬,从而使得奥格有钱娶了媳妇并在纽霍尔建造了一幢房子。

石油热仍然在消耗着洛杉矶。五百多口油井使得这个城市又脏又吵又丑,但是那些正在变富的人不在乎。其中有一个人就是爱默·萨默斯夫人,她现在已经自己在钻井了,而且还将生意拓展到了原油经纪业,她的钢琴学生早就被她抛到了九霄云外。人们称她为“石油女王”。

石油市场迅速发展。光滑的黑色沥青铺到了洛杉矶的很多条街道上。莱曼·斯图尔特说服了南太平洋铁路公司选择油作为燃料,它所有的机车正在逐步从烧煤和木柴转向烧油。于是,麦克将他精炼出来的燃油卖给了南太平洋铁路公司。他感觉自己正在跟魔王打交道,为了抵消这一感觉,他买进了更多的人民铁路公司的股票。

石油对麦克来说是重要的,但柑橘是他的工作。他长时间地研究果园主的“圣经”《加利福尼亚水果及其种植方法》,这是位于加利福尼亚大学伯克利分校的威克森教授写的。麦克在这本书的页边做了很多评注,使得有些书页变得模糊不清,于是他只好又买了一本。

他自学了有关嫁接和冷藏车的技术,跟那些中国工人一起在梯子上爬上爬下,修剪他的防风林枝条,而且学习观察吹绵介壳虫的迹象。这是一种可怕的虫害,60 年代不小心从澳大利亚引入的。这种虫的虫囊一度染遍了整个果园,使果树罩上了一层白色的囊膜,使树叶枯黄,使果子萎蔫,最后将嫁接的芽杀死。19 世纪 60 年代,这种介壳虫的病害几乎要毁灭整个行业。接着,到了 1889 年,一位被派往澳大利亚进行研究的农业部科学家意外发现了这一问题的解决办法。一种名为“澳洲瓢虫”的瓢虫喜食这种吹绵介壳虫。这种瓢虫的引进拯救了加利福尼亚的柑橘树,尽管吹绵介壳虫的病虫害只是得到了控制,没有彻底消灭。

接着,来了霜冻。

在被称为"无霜带"的山腰上,柑橘树被认为是安全的。不过,克莱夫·亨利和其他的人警告麦克要防着点。要是零摄氏度以下的夜晚到来,需要供暖时,再订购设备和燃料就来不及了。麦克购买并贮藏了数百台2.5加仑①的金属薄板加热器,并贮藏了好几桶钱斯-约翰逊石油公司的原油作为燃料。这是一笔巨大的开支,那些设备有可能空置不用,但是如果一位果园主要面对未必会出现但也不是不可能出现的冰冻的夜晚这一现实情况的话,这是无法避免的,冰冻会把果树给毁了的。

一天清晨,天还没亮,麦克没有弄醒卡拉,便悄悄溜下了床,穿上旧衣服,将一把折刀和一卷钱塞进口袋,离开了马格诺里娅大道的家。他跟好几位果园主在一家咖啡馆有一个很早的早餐会。路过这个城市的一个旅行推销员,将去展销一个新发明的果园加热器。

在这幢租屋的外面,他停下脚步,瞧着在第一缕拂晓的阳光里这座房子的一大堆黑乎乎的塔楼和山墙。他从未想象,他能住在如此漂亮的房子里,更无法想象他正在建造的那幢豪宅。他并不经常停下来细细品味他所有的劳动和他的金钱给他带来的部分报偿。

空气清凉,芬芳四溢,他沿着大道信步走去,任思绪回到了他自己的生活这一主题上,任思绪回到了自从那天夜晚他遇见多希尼以来发生在他身上的那些令人惊奇的事情上……那些数字……那些钱财……随着他的决心和那次邂逅,滚滚而来。

现在他有多少身价了?他花了一点时间将记在脑子里的账册翻阅了一下……一页是圣索拉罗(亏损),一页是钱斯-约翰逊石油公司,还有几页是房地产、柑橘园、股票证券投资等。他对数字很敏感,所以算出总数不难。目前,他已经拥有五百五十万美元资产,进进出出有数十万美元。这一数字还在不断增长,这就带来了另一个问题。多少算足

---

①加仑,容(体)积单位,1加仑(美制)等于3.785412升。

够了？金钱是他衡量自己成功的标准。所以，多少才算足够了？这个问题对他的余生是一个压力。

他思索着这一问题，突然发现自己离那家咖啡馆不到一个街区远了，黎明中，咖啡馆的窗户透出黄色的灯光。在走得更近的地方，他所在的街道这一侧，从弗龙蒂埃面包店开着的门里飘来不可思议的酵母芳香。一个头上罩着一块破烂披巾的小姑娘站在那儿，她的脸紧贴着窗户。

她听到了麦克走在人行道上的脚步声，便转过身来，警惕地仔细端详着他，接着微微笑了。他吃了一惊，不仅仅是因为这位姑娘只有七到八岁，浑身褴褛，而且还因为她十分引人注目。她的相貌完全是东方人的特征，但是肤色是深巧克力色。他从来没有看到过这种混血儿。这给她带来了一种异乎寻常的纤巧的美，但这种美很有可能在经年累月的贫穷和劳累中烟消云散。

但是今天早晨，她在笑，在沾沾自喜，在贪婪地吸入从弗龙蒂埃面包店开着的门里飘来的面包芳香。

"这味道那么香。"她对已经停下脚步的麦克说道，"天堂一定是这样的味道，您说是吗？"

他点点头，并指着一些早已经堆在窗口的新鲜面包："我最喜欢弗龙蒂埃先生的黑麦面包。"

她仔细看了一下那些黑褐色的面包。

"我从来没有吃过那种面包。我从来没有吃过这家店里的任何东西。"

"为什么？"

"我没有父亲，他死了。只有母亲和一个哥哥在工作，养活我们六个人。"

麦克不由得从口袋里掏出那卷钱，拿了最上面的那张钞票。

"给自己买些面包当早饭。"他说道，将钱递给她。

那姑娘用两根手指抚平卷拢的钞票。突然间，她对他稍稍有点怀疑。

"您干吗给我这个？"

"因为我从中得到快乐。"

"可是我知道这是多少。十美元哪……"

她看错了那张钞票上一百的数字，他朝她微微一笑。

"没关系，拿去吧。"他突然涌出一个想法，"钱就像面包，我总是能做出更多来的。"

接着，她脸上的惊讶消失了。她赶紧跑进面包店，生怕他改变主意。

一辆轻便马车辘辘地驶进视线，停在了街道对面咖啡馆前面一根拴马的横档边。从马车里出来的果园主挥着手，麦克穿越大街。他很满意，他对他突然想到的问题有了答案……也许并非是最开心的路子，但肯定是不可避免的路子。多少才算足够？对他这样的人来说，足够将永远是不足够……

1896年11月初，麦克和卡拉从马格诺里娅大道搬到了山顶豪宅。在感恩节那天，他们邀请了里弗赛德和周围地区的三百人参加了一个盛大的自助餐宴会。

对这种美国式聚会没有特别感觉的日本花圃工，在客人们坐着各种各样的四轮大马车到来的时候，正在蜿蜒曲折的车道两边种棕榈树和意大利松树。麦克觉得把棕榈树跟松树搭配在一起很奇怪，但是风景设计师向他保证，这一搭配的效果是"纯粹的加利福尼亚风格"。

地中海别墅乍一看是个巨大的成功，别墅的主人自身是获得巨大成功的人士。他们富有，而且钱斯先生是一位广受欢迎、朝气蓬勃的果园绅士。女士们羡慕地仔细端详着那一个个银盘，上面有椭圆形的卷边浮雕图案，中央是"JMC"三个字母。在那些亚麻制品上，麦克放上了小一点的椭圆形卷边图案,上面有字母"CHC①"。戴着单片眼镜的先生们不停地握着他的手摇晃,对他称赞说"这一切太好了"。

看餐桌也是如此。宾客们品尝着蓝点牡蛎、绿甲海龟汤、煮加利福尼亚鲑鱼、跟栗子一起烤的野火鸡片。有鹅肉、鹌鹑、鹿肉、牛杂焖蘑菇、柑橘馅油炸面团、牡蛎炸丸子,有麦克在中央谷地自己的地里种植的芹菜和生菜,有五种马铃薯,还有一大碗一大碗浇着调料的蔬菜。有法国香槟酒和加利福尼亚红酒,有荷兰球形干酪和罗克福尔色拉调味酱,有马拉加葡萄、碎肉南瓜馅饼、俄式奶油布丁,当然啦,还有用白兰地沙司做调料的英国葡萄干布丁和大堆大堆的新鲜柑橘。

麦克最近没有时间烹调,他很想一试身手。他宁愿今天这分布散乱、闹闹嚷嚷的屋子里聚集的是一些朋友,而不是这些仅仅是相识的熟人。约翰逊在人群中混了一会儿,吃得很少,说得很少。接着,他跟一个胸部丰满的年轻寡妇攀谈起来。她微微笑着很快就离开了。二十分钟之后,约翰逊也跟着走了。

麦克和卡拉各自在宾客中间周旋。她向好几个英国人卖弄风情,这令麦克恼怒,但他什么也没说。他注意到,她喝下了大量的香槟酒,也喝下了大量的干红葡萄酒。到了下午三点半,她消失了。他没有费心去找她,他知道她醉了,回到他们的套间卧室去了。他希望她睡着了。

当晚,在客人们坐着马车驶下山去,宅邸里只剩下那些仆人收拾打扫的声音之后,麦克发现卡拉穿着宽大的丝绸长衣,一副小睡之后无精打采的样子,手中端着一杯新倒的红酒。

"你干吗偏偏选择今天睡午觉?"

"因为我厌烦了。那些愚蠢的乏味的人让我厌烦死了,里弗赛德让我厌烦,这个臭气熏天的大房子让我厌烦。"

"这幢新房子?这房子让你厌烦?"

---

①CHC,Carla Hellman Chance(卡拉·赫尔曼·钱斯)的首字母。

"是的,是的,十分厌烦。"

她那双深蓝色的眼眸在举起的酒杯上面,公然对他表现出蔑视。她几大口就将所有的红酒吞了下去。

于是,他们婚姻生活最初的一年半,像交织着丝丝缕缕的花毯,在里弗赛德的这家织机上完成了它自身编织的过程。麦克觉得,他抓住并控制了几根单独的毛线,但对更大的图案则毫无感觉。他继续将他的时间填充到他的工作中,看书,运动。他骑着"狂欢",在位于杰斐逊大街的马球场上往来驰骋,用他的球棍和软木球练习后部击球和尾部击球。他好几个小时单独行走在他的果园里。他一面做空拳攻防练习,一面想念他的朋友——那位重量级冠军科贝特。他冥思苦想着怎么解决卡拉的厌烦问题,她已经在用越来越强烈、越来越直率的语言表达了这种厌烦。他竭力不去回想"沼泽怪"所说的话,"沼泽怪"曾经非常准确地预言过这一结果,也很少来访。

事情到1896年新年前夕达到了无以复加的地步。

35

一整天北风呼啸,即便到了正午,天地间依然寒风阵阵,阿林顿高地光闪闪的树叶和正在成熟的果子摇曳着。

气温已经下降了二十四个小时了。在山顶的果园中,麦克戴着苦力帽,穿着很厚的棉衣,跟一群中国人并肩干活。当他们从骡子拉的车上将金属薄板加热器搬下来时,个个冻得浑身发抖。约翰逊去了平原地区的果林,负责同样的工作。

一组组的工人将桶里的原油注入加热器里。两个人抓着一台加热器奔跑,将它放到定点的地方,每两棵树之间放一台。寒冷的阴天,他们举目望去,眼露焦急的神色,他们的眼睛看上去都闪烁着白色。有几朵薄薄的卷云往东飘去。要不然,天空算是明净的,蓝白色,就像新结成的池塘里的冰一样。

麦克竭力想忘掉那天晚上他的义务,但是,当他在果树之间来回走动,在需要的地方帮忙时,这件事情一直困扰着他。当他看到有薄弱的地方时,他便告诉工人们额外加上一筐筐装得满满的烟煤或者引火柴,那些筐子都是用金属丝编织而成的。果树受寒导致的损失意味着比季节性庄稼的损失更大。如果严重的话,严寒会摧毁树干。价值数十万美元的果树就会毁于一旦,重新栽培果树,等它们第一次长出果子,那就需要等五年到七年的时间。

一整个下午,他拼命地干活,那些工人们也拼命地干活。到了五点钟时,所有的加热器和筐子都点上了火。麦克拖着疲惫的身子爬上他的"摩根"鞍子,策马沿着蜿蜒的道路往山上的地中海别墅驶去。

冬日惨淡的白色光线斜斜地从西方照射过来,长长的清晰的影子平卧在高地上。他超过了两辆马车,马车上堆着高高的油桶,费力地往山上驶去。燃料够吗?温度究竟会降到什么程度?

麦克对今晚的事情做出了决定,而他这是在自找麻烦。

他在毗连办公室的走入式衣柜里换了衣服。他坐到办公桌后面,想要研究一下12月份的成本报告和生产报告。但是不行,他集中不了注意力。

他听到狂风在屋顶的瓦片上阵阵呼啸,他抬起头来,瞧着天花板上黑黑的横梁。麦克虽然还不到三十岁,鬓角却已经染上几缕水平的白霜。今晚,他的双眼流露出沮丧疲惫的神色。

他听到她来了,听到她的无带轻软舞鞋叩击门厅地板所发出的声响。这是硬木地板,不是更穷的人家那种软软的杉木地板。

她也不敲门,径自闯了进来。他不得不承认,她美艳绝伦,摄人魂魄。怎么会不呢?她花了一整个下午沐浴、打扮。她的紧身连衣裙是黑色的缎子,跟她的金黄肤色相得益彰,金色的丝绒装饰缎带从紧身胸衣的两边垂落下来,一直拖到裙子的褶边处。黑色的羽饰使她的秀发倍增生动,黑色绒面革的手套一直长到她的手肘以上,直到黑色缎子裙上面的黑色花边网眼的泡泡袖上。她的左手拿着一把色彩鲜艳的饰有流苏的扇子,她右手的无名指上手套的外面戴着一只价值一万五千美元的翡翠戒指,宝石呈长方形,如同剪影作品,镶嵌在黄金底座上……这是他的结婚礼物。

"麦克,我是不是有必要提醒你今天是除夕?晚餐七点开始,我们必须在半个小时之内起程。玛丽亚已经把你的晚礼服摊开了。"

"她没有必要找这个麻烦。"

卡拉踢了她身后宽大的裙子一脚,连衣裙里面的衣服发出窸窸窣窣的声响,他发现这种声音非常女性化和诱人。

"你说这话什么意思?"她问道。

"我的意思是我去不了了,我得待在果园里。我们将面临严重的霜冻。那些柑橘树是我的生活啊。"

"可笑。明天你可以再购买十个柑橘园哪。"

"这也是男人的生活。我得到那儿去,不能放弃它们。"

"这可是一年中乡间俱乐部最好的舞会啊,克莱夫是这样对我说的。每个人都会去那儿……"

"去那儿的只是一些在柑橘行业没有投资的人,还有那些厨师、服务员和乐队。你不会有很多舞伴的。"

"我会找一个男人跟我跳舞的……别担心。"这话隐含的意思是他也许不是一个男人。

他皱着眉头,从她跟前走过。他闻到了她身上很浓的橙花的香味儿,在这种香味中还有威士忌的气味。他打开天花板上的两盏精巧的吸顶灯,这种电灯上面有喇叭状的玻璃灯罩,除了电灯,还有煤气灯,这是必要的,因为电力公司常常没有预告就停电。

"你打算彻底不把我当一回事儿了吗,麦克?"

他继续带着满腔怒火保持着沉默,打开可以俯瞰里弗赛德的百叶窗的窗闩。天空呈现出寒冷的深蓝色。山下有灯光闪烁，宛如秀美动人的宝石镶制的一个个图案。多奇怪呀，如此美丽的一个夜晚，却有可能失去数百万美元的财产。

他推着那些窗户，发出"嗡嗡"的振动声。窗玻璃古色古香，是他所能获得的最精致的玻璃了，上面满是清晰可见的波纹。每块玻璃都装饰着一个铅制边框，里面是长方形的红玻璃。这又是一个富裕的象征，红玻璃要用金粉制作。

"麦克，我在等着呢。我非要你带我去俱乐部不可。"

"不，我走不了。"

"我的感受对你来说不重要？"

"当然重要，但是……"

"我要是早知道，跟你结了婚后，你的表现会是这样……"

"你完全知道我是什么样的人。如果你想要别的男人，那为什么想要嫁给我？"

她绽放出一缕甜甜的笑容。

"是你骗的我，亲爱的。"

"上帝呀。"他一屁股坐进他特别喜爱的那张皮椅里，将一只伤痕累累的脚搁到有软垫的搁脚凳上，"你是一个美丽女人，卡拉。但有时你也是一个脑子醒龉的醉鬼。"

"哦，那我们可不就是呱呱叫的一对啦。"她再次踢了一下裙子，紧紧地咬着他不放，"我们可不就是真正……"

他的左太阳穴凸起一根血管，一只手紧紧抓着椅子的扶手。

"我还是想知道……你为什么要嫁给我？"

她俯身向前，厉声说出了那几个字："这是必须要做的事情。"

他怒目而视："我相信你。"

"你为什么要娶我？因为你在那个给报纸工作的小婊子那儿碰了壁吧？"

他跳起身来。

443

"哦,我看到你瞧她的目光啦。我没有看错,你看我就没有那样的眼神。脑子醒醒醒的醉鬼……这是你说我的话吗?"

"卡拉,对不起……"他伸出双手,试图平息她的怒气。

他感觉无助,她喝了酒之后就会变得十分爱争辩又不讲道理……

"对不起,我发脾气了。请你去舞会吧。"

"真是慷慨。"

"阿兴会驾车接送你的。"

"我不想要该死的无知的中国佬陪我去,我要老公陪我。"

那血管涨得像一根绳子。屋子外面,他听到了弯弯曲曲的车道上有马车的声音。

"我会等着马车回来,我们开一瓶香槟酒。"他朝她走去,"尽量让自己过得快乐点。我会找机会弥补的。"

他贴上去吻她的脸,但是她退后几步,不让他吻。他陷入了她身上威士忌的气味之中。她又朝他摆出那种甜蜜、恶毒的微笑。

"再见,亲爱的。"她说。

"那么,明年见。"

"谁知道呢,希望这样吧。"

她第三次将她的裙子往后踢了一下,仪态万方地走了出去。她的无带轻软舞鞋叩击着硬木地板,发出清脆的嗒嗒声。

接着,清脆的嗒嗒声渐渐消失在了其他更加沉重的脚步声中。这是约翰逊的脚步声,他迈着非同一般的大步走进门来,表明他的情绪焦虑不安。他穿着很脏的工作服和皮马甲,还有他通常扎着的印花大手帕。具有讽刺意味的是,这条手帕是鲜艳的橙色。

"所有的加热器都在工作了吗?"麦克问道。

"是的,我们弄好了每一台。但是要照应巴伦西亚柑橘园,连一半都不够。"

"温度怎么样了?"

"大约三十华氏度。还在下降。"

444

麦克一把抓起办公桌上的宽边褐色帽子,约翰逊尾随着他下楼,来到灯光昏暗的大厅里。

"这儿出什么问题了,麦克?卡拉穿戴得比皇后还漂亮,但她的样子看上去像是能喷出子弹。"

"没什么问题。她一个人去舞会罢了。"

"听着,你在这儿天气也不会暖和起来。赶快换上漂亮衣服,陪她一起去吧。"

"我不能这样做,今晚不行。"

他啪嗒啪嗒地走下硬木台阶。约翰逊跟在他身后,他脸上本来就很深的皱纹变得更深了。

北风继续冷酷无情地呼啸着,星星闪烁,那层薄薄的卷云不见了。当他们拴马的时候,约翰逊注意到了这一情况。

"没有云了,该死的一点也没有了。"云层会缓和这寒风的作用,这寒风凛冽得就像北极的风一样。

在山顶的果园里,一组组中国人蜷缩在加热器的附近。麦克和约翰逊从树下走过时闻到了浓烈的原油味儿。他检查了每一台加热器,并对几台加热器的通风装置做了一些调整。

要给加热器增添燃料,工人们点上了火把和黑乎乎的烟熏炉,在金属丝编制的筐子里烧了更多的烟煤和引火柴。浓烟滚滚,刺得眼睛生疼。

"风太大了。"麦克说,"把热量吹走了。"

"这个我们也没有什么办法。"约翰逊说。

麦克将他的双手插到羊皮外套的口袋里,抬头望着寒冬的天空。

到了十一点,他在一棵树下伸展开腿脚,约翰逊在他身旁打盹儿。朝着山脚地带的整个平面望去,可以看到加热器和烧煤的筐子……那些果园先生的营火……

麦克思量着,卡拉是否过得很愉快。再过一个小时,新的一年将开始了。他们的关系会改善吗?除非他采取什么措施,否则不会。他得采取请求理解之外的措施,要她理解是不可能了。

约翰逊醒来了,检查了一下他身边的一只马口铁提桶,接着递了出去。

"喝啤酒吗?"

麦克喝了一些啤酒。

"见鬼,啤酒是今晚唯一暖和的东西。气温怎么样了?"

约翰逊查看了一下绑在一根树枝上的温度计。

"二十六华氏度。"

"不过风小下去了。"这倒是真的。烟熏炉和煤筐的烟不再是立刻就消散了,加热器的热量可以感觉到了。

"下面那边的那些柠檬树可能最难过了。"约翰逊说道,再次蹲了下来,"上面这儿,也许我们可以对付。你应该去参加那个盛大舞会。"

麦克没有作答。他们听到有几个工人在轻声地争吵,接着听到了用麻将牌赌博的咔嗒声。麦克想起了奇宝,这使他的感觉更加不好。

约翰逊喝完啤酒。

"跟我说说吧。到目前为止,你结婚差不多一年半了。你觉得幸福还是不幸福?"

麦克那淡褐色的眼睛对上了一台加热器闪烁摇曳的蓝白色火焰:"我该告诉你这他妈的跟你没有任何关系。"

"只是作为朋友问问。"

麦克哈着自己的双手。

"要是幸福就是挣钱,那我很幸福。"

"那完全不是我的意思。"

"我太忙了,没顾得上注意其他。"

那双淡绿色的眼睛盯着他。

"我可以理解你为柑橘树发愁的心情。尽管如此,女人也的确需要

446

关照一下的。我还没有婚姻的束缚,但是我从中学到了很多。"

"当然,我知道,可是……"

蓦然间,他厌烦了遮遮掩掩,他需要找个朋友一吐为快。他坐直了身子。

"远不是为舞会吵嘴那么简单,卡拉正在不知不觉地回到她原先的生活方式。最初的几个月她很好。现在,每当我竭力放低姿态用一些小小的建议讨好她时……譬如到乡下去骑马,去野餐……她都不感兴趣。她感到厌烦了,她想要其他什么刺激了……聚会、旅游,总是要有一些别出心裁的东西。'沼泽怪'警告过我。"

"今晚的事情似乎挺清楚的,她所要求的就是你们俩按照计划好的一同去舞会嘛。"

"那么是我不愿前去吗?"

"嘿,啊,你为自己找到理由了,很好的理由,但你总归是待在了家里。别把所有的责任都推给卡拉。"

"谢谢你的教诲。"

约翰逊叹了口气。

"你这个人一旦被惹火了,就会变成一个卑鄙的混蛋。吵架也有好的地方,但是对婚姻没有多少好处。"他停了一小会儿,"听好了。过了今夜,有些事情我得跟你说说。"

"别的什么事吗? 现在就说。"

约翰逊不理睬他的讽刺。

"早上,要是我们还活着的话。对不起。"

他蹲下身子,背靠果树,用帽子遮住自己的眼睛,准备睡觉。

麦克瞧着缭绕的烟雾塑造出一个个图形。他站起身来,将双手伸到加热器附近。加热器温暖了他的皮肤,但是温暖不了他的灵魂。他不知道如何对付一个像卡拉这样被宠坏了的富婆。他的动机是好的,但是他的火暴脾气,还有她的异想天开的怪念头,将他的好动机抵消得一干二净。

午夜,远处的一个果园里有什么人开了一通枪,迎接 1897 年的到来。也就是这样庆祝一下罢了。他期盼阿兴一两个小时之后就会把卡拉接回家了。

这寒冷孤独的夜惩戒了他。约翰逊说得对:卡拉的恶劣行为不能成为他自己恶劣行为的借口,他有一半的责任。到了早晨,他要尽力弥补她。

麦克醒了。他两条腿下面的地面十分寒冷,他背后的树干很硬。他记不得自己睡着了。

约翰逊刺耳的鼾声刺穿了他的睡意。约翰逊没有离开那棵树,但是他的帽子掉到了地上。东方,晨曦微露。

麦克呼吸时喷出团团白气,跟加热器中冒出来的好多直直的烟柱混合在了一起,仿佛这果园子里掩藏着一整个小区的有烟囱冒出烟来的低矮房子一样。麦克的其中一个最好的工人,一个名叫卢金的年轻中国人,打开加热器的盖子,检查里面的燃油量。

“油快没了,钱斯先生。”

“最好把它们加满,感觉又会是很冷的一天。”

卢金点点头,赶快走了。麦克站起身来,伸伸懒腰,活动了一下发僵的膝关节。他查看了一下温度计:二十四华氏度。他摘下一个柑橘,将它擦净,用大拇指的指甲剥开橘子皮,吮吸着果汁。

他用一只脚轻轻推了一下约翰逊。

“我觉得我们挺过去了。”

约翰逊打着哈欠抱怨着。几分钟之后,麦克认定他的工头已经完全醒了。

“好啦,今天早上你要对我讲的究竟是什么事情?”

“不安生了,就这么回事儿。”

“你是说你又想出去浪荡了?”

"想这样，到了春天，大概。"

"那马球俱乐部会不高兴的，我们需要你。我绝对不会玩得像你这样好，你是我们最强的骑手。"

他们还专门从全体会员中选人组建球队。麦克期待着总有一天跟另一个俱乐部比赛呢。

约翰逊咯咯笑了起来。

"是啊，我不得不承认，我喜欢场边上那些女士的掌声，跟得到报酬一样。从未想过一个极端贫困的得克萨斯小屁孩会玩上这种高级运动。尽管如此，我的确还是渴望……"

"你知道我少不了你。"麦克说道，"但那个前提永远不变。你要走，始终是自由的。现在依然如此。"

"那这一摊子怎么办呢？"

"我让比利·比格斯塔夫来负责，直到你回来。"

"如果我离开一段时间，你不会有什么事吧？"

"没事……绝对没事。"麦克很快点了一下头说道。他的朋友能看出来他是在撒谎吗？

半个小时之后，麦克拖着疲惫的脚步向山上的地中海别墅走去。巨大的屋宇一片寂静，冷彻骨髓。当他爬上主人套间的台阶时，他感觉又脏又累。他小心翼翼地打开那扇雕刻的门，不发出一点声响。

巨大的房间一片漆黑，所有的百叶窗都关得严严实实。他听着。

万籁俱寂。

他焦急不安地向床边走去。木地板发出轻微的嘎吱声。

"卡拉？"他轻声呼唤道，"新年好……"

没有呼吸声，什么声音也没有。

在大床她睡的这边，他拿一只手抚摸了一下床单。床铺得完美无缺，床上空无一人。

他来到楼下喝咖啡。厨房里，那位男管家，一个名叫罗多尔福·阿门达里兹的神气活现的老墨西哥人，给他看了一瓶竖在一只银制提桶里的穆姆香槟酒。提桶里的水深六英寸。

"这是那瓶香槟酒，先生。半夜里的时候我按照您的吩咐送出去过。"

麦克忘得一干二净。他是在去果园之前对鲁道夫说过……等卡拉回来之后准备小小地庆祝一下。

"那冰已经融化了，先生。"

"我看到了。给其他人喝吧，任何人。今天早晨不庆祝了。"

麦克睡了三个钟头，接着吃早饭。这又是天清气朗、万里无云的一天。但是风停了，寒风不再像之前那样凛冽。

他看了一下他的怀表，十点一刻。他步行来到这个地势较低的边沿，检查了一下那些新搭建起来的临时工房。两层楼高的房子已经砌好墙，盖好顶，就是尚未油漆，被挡在一道防风林的后面，寻常看不见。他建造这排房子，是为了给他的一些工人提供干净舒适的住处，像卢金这样的一些年轻的单身汉，他们还没有钱从那些唐人街或者家乡娶个新娘成个家。

他在果园里走了一会儿，跟正在加注燃油的疲惫不堪的工人聊天。昨天一夜大风，地上有一些落叶，但是树皮没有因为树汁被冻住而在形成层造成开裂。

他靠在一棵树上。感觉像是下午了，他再次掏出怀表：十二点半。

他望着弯弯曲曲的道路，只看到他的两个中国工人在行走。

他漫无目的地走了一个多小时。终于，他走进马车房前面的泥地院子。一个中国小伙子正在用油腻腻的双手拿着一把扳头拧紧麦克那辆新的安全自行车的前辖辘。他看到老板，笑了。

"全都修好了，麦克先生。现在车轮跑起来顺溜了。"

"谢谢。星期日，自行车俱乐部要进行二十英里骑行，还有……"

山上一辆四轮马车的辘辘声打断了他的话。

"谢谢。"他大声说道,这次他的声音饱含热情,接着他跑走了。

阿兴停下马车,两眼不敢直视麦克的眼睛。当麦克打开上面雕刻着金叶"JMC"的椭圆形图案的车门时,卡拉拿浮肿的双眼瞅着他。她还没有从新年前夕的狂欢中恢复过来。

"这么长的聚会,已经两点多了。"

"我稍微喝多了一点,一些朋友让我过了个夜。"

"什么朋友?"

"哦,现在我有责任向你说明,是吧?"

她衣衫凌乱,口红全消。他竭力按捺住自己因为吃醋而产生的愤怒。

"不,卡拉,你从来就不必的。"

她猛地拉上车门,重重地捶击了一下车厢的前壁。

"阿兴,你个该死的,走啊。"

阿兴抖抖缰绳。马车突然向前一动,她一下子撞到了靠垫上,痛得喊了一声。她用双手紧紧捂住自己的太阳穴,两眼闭得紧紧的。

四轮大马车驶过他身旁,任他站在滚滚的尘土中。

天黑之后,气温再次降到三十二华氏度以下,但是一夜无风。麦克一直在果园里待到午夜,接着在办公室的长沙发上睡了一宿。早上,他装好马鞍,跑到山下的平原上。虽然多多少少造成了一些损失,但是大多数柑橘树安然无恙。

克莱夫·亨利的柠檬园情况就不一样了。它简直像一个战争地带,一片狼藉破败、惨遭践踏的景象。工人们操作着斧子和锯子,将光秃秃的大枝砍掉或锯掉,有的树一直被砍到了树干。一组组拉车的马干脆用铁链条把一些树整棵拉出了果园。

麦克不喜欢看到这样的景象。他不喜欢看到生物活生生地死去。此外,这果园使他想起了他的婚姻。

36

那天晚上，他再次睡在了办公室。第二天，卡拉假心假意地表示了道歉，并请他回到他们的床上睡觉。他回去了，但是她拒绝了他的晚安拥抱，于是他睡到了一边，背对着她。到了第二周的周末，她打点好行李，前往她父亲那儿住几日。

与此同时，麦克坐圣菲铁路的火车来到了洛杉矶。他在比科酒店的套间里跟波特商量了一些有关工作的事。然后，第二天下午，他轻快地步行到了位于斯普林大街和富兰克林大街交叉口的菲利普斯街区，那儿，七十七号和七十八号便是南加利福尼亚水果合作社的办公地点。

路上，他看到三个画招牌的人正在将三个医生新的营业招牌挂到墙上。他在《柑橘图》上看到过一篇社论，上面骄傲地宣称，加利福尼亚早已有了比其他州更多的医生来保护其居民的身体健康……跟怀亚特因为没有人生病或者死亡所以没有几个医生的说法大相径庭。医生们想要在这儿开业，因为他们的病人很多；奥蒂斯和他在商业会所的好友通过鼓吹这儿的气候就是病人的良药这样的说法而把病人吸引到了这儿。对那些潜在的新居民，这个会所大肆做广告，说洛杉矶将是"未来几年中世界上最负盛名的疗养胜地"。

在合作社的办公室里，有大约二三十个来自这个地区的果园主集中起来在开会。麦克唯一比较熟悉的就是克莱夫·亨利，他是坐早班火车过来的。那天下午最热门的话题是柑橘箱子的成本。过去一年中，其价格已经从十一美分上涨到了十二美分。包括麦克的果园在内的大多数果园每箱柑橘的成本价是大约五十美分。要是箱子的价格继续上涨，那么成本的价格也会上涨，这样的话，没有一个果园主吃得消。

"那是箱子板料的成本。"一个果园主说，"我们没有办法，市场价是多少就得付多少。"

"如果我们有自己的木材,就不用这样。"麦克说道。

"你是说合作社应该涉足木材行业吗?"

"完全正确。我们应该拥有所有生产成品所必要的东西。"

人群中嗡嗡声四起,有抱怨,有讽刺,有叹息,大家对这一激进的想法普遍抱反对态度。

麦克耸了耸肩膀。

"好吧,你们想怎样就怎样吧。反正今天早晨我已经授权我的律师买下了拉森县一万英亩一流的木材基地。一年之后,我将有自己的板材供应。"

会议之后,他们簇拥到了他的四周,想要知道合作社能做出什么样的安排。

麦克和克莱夫·亨利坐夜间的早班慢车回里弗赛德,一路上谈论着那位刚刚当选的总统麦金利①。麦克和克莱夫都是共和党人,在麦金利跟布莱恩②的竞选中投了麦金利的票。不过,克莱夫和其他很多里弗赛德的共和党人都认为,麦克过于自由化。

麦克推测着即将来临的科贝特和鲍勃·菲茨西蒙斯之间的冠军争霸战,菲茨西蒙斯是一个强有力的竞争者,拳击赛定于3月份在内华达州首府卡森城举行。他们也谈到了古巴以及反对西班牙的民族叛乱,赫斯特和他在纽约的竞争对手普利策③双双成为了反叛者的热情支持者。不少评论家严厉批评赫斯特是一个战争贩子,目的是借此扩大他的报纸发行量。

---

①麦金利,即威廉·麦金利(1843—1901),美国第二十五任总统,共和党人,修订关税,提高税率,发动美西战争,吞并夏威夷,对华提出门户开放政策,后被刺杀。

②布莱恩,即威廉·詹宁斯·布莱恩(1860—1925),美国国会议员,曾三次竞选总统,均告失败,后任国务卿,主张和平外交,因对第一次世界大战严守中立遭反对而辞职。

③普利策,即约瑟夫·普利策(1847—1911),美国报业主、新闻工作者,出生于匈牙利,当过记者、编辑,创办《快邮报》,购进纽约《世界报》,捐款创办哥伦比亚大学新闻学院,设立普利策奖金。

作为加利福尼亚人,他们不可避免地谈到了铁路。仅仅早几天前,国会解决了那个债务问题,拒绝减免债务实际上给亨廷顿带来了一个巨大的打击。吉姆·巴德州长是一个民主党人,宣布全州放假一天庆贺。

克莱夫对南太平洋铁路公司和圣菲铁路公司总是更加友好,所以他对此表示了不满。他又提起了那个众所周知的论点,铁路通过开辟东部市场为柑橘园主们创造了繁荣。

"但是这究竟跟债务有什么关系呢,克莱夫?或者说跟假日有什么关系呢?我通过电报祝贺巴德。"

通过整场交谈,麦克有一种感觉,克莱夫脑子里还有其他的想法。这个英国人不像他平常那样轻松自在、和蔼可亲了。他温和的灰色眼睛里流露出了警惕的神色。

列车员宣布到科尔顿了。麦克说:"我们很快就到里弗赛德了。我认为你最好还是直截了当把真正要说的话题说出来吧。"

克莱夫的脸上升起了红晕。

"哦,上帝,我这个人不善于掩盖自己的情感,是吧?"

麦克笑了:"是的,你是这样。好啦,什么事?"

"嗯,啊,他们要我……实际上是委派我……跟你谈谈。因为我们是朋友。队友们……"

"你是受委派的。谁委派的?"

"哦,其他几个小伙子……果园主……里弗赛德。"他的话音中有窒息一样的声音。

克莱夫"啪"的一声摘下自己的单片眼镜,紧张地在自己的白衬衫袖口上擦着。

"你想要说什么?"

"你的,啊,劳动力。"

这时,麦克开始明白了。

"我的中国人?"

"是的,老伙计,的确是的。你知道,啊,四年前的麻烦吗?"

"我知道好几伙流浪汉……白人……威胁并恐吓很多在果园里的中国人,就因为他们想干他们的活。"

"是这样,但情况要糟糕得多。那些天朝人在大街上受到抢劫、殴打,被赶出他们居住的小屋和商店。有一群暴民烧了雷德兰兹的唐人街。我们有州民兵在巡逻,还有二百名特别安全检查员。我们不想让那种事情重演。"

"是的。"麦克说,并等着他下面的话。

克莱夫咳嗽了一下,在他的位子上扭动着。

"可是麦克……可以两全其美啊,白人也应当可以在你的果园里干活啊。"

"就因为他们是白人,还是因为他们愿意干同样的活但只拿中国人所要求的一半的薪水?"

"是啊,这是个问题……一天七十五美分加膳食跟一美元四十或五十美分是有很大区别的,老伙计。其他的外国佬和那些混血的印第安人,他们还愿意拿更低的薪水呢。"

"我需要最好的工人,而不是最廉价的工人。中国人和日本人生来就擅长种植。瞧瞧几年前那个奥林奇县的沼泽地……全都是流浪者的临时聚居地,穷人们挖蓑草的根,因为他们没有马铃薯可以挖。然后,两三个有胆量的农场主雇用了一些中国人试着种芹菜。现在,他们每年都能把好几千车芹菜从那些沼泽地里运出来。每英亩十五美元的土地涨到了五六百美元。日本人创造着同样的奇迹,他们种加利福尼亚芦笋、罗马甜瓜、生菜、甜菜。东方人对土地、对种东西有一种特别的才能、特别的本能。我想要有这样才能的工人。"

"但是当你付高工资的时候,对我们其余的人来说很糟糕啊。它导致了骚乱和动荡。我们可能不得不付更高的工资。"

"雇用你想要雇用的任何人,克莱夫,能付他们多少就付多少。我还是会使用我已经雇用的人。"

"但是,我的朋友,我跟你讲,这不仅仅是我的立场啊。我是代表整个里弗赛德果园主社团说的这些话。"

"你是说我被排除在外了吗?"

"是的,差不多。"克莱夫露出一丝畏怯的笑容,说道。

"对我说实话。我要是拒绝做出改变,会让我丧失你的友谊吗?"

这一问题使他滔滔不绝起来。

"哦,我亲爱的小伙子,不会。我说这话,也是极其不情愿的,大伙儿一定要我说才说的。我们永远是朋友。事实上,我觉得我也许可以帮你一个忙。这个地区不时地还有一些流浪汉……"

"是的,我看到他们在一些道路上安营扎寨了。"

"他们在饿肚子啊。他们也许不愿意和平地接受你的立场。然后,当然了,还有布拉斯。"

"方索·布拉斯,那个承包人?"

"是的。他来造访我了。"

"我这儿也来了。那是一年多以前吧。我把他赶出去了。"

"布拉斯上个星期到我这儿来。他对你非常排斥。他暗示要把事情,啊,弄到像1893年的那场骚乱那样。"

克莱夫·亨利是在用他的目光、他的姿态、他的全部庄重的绅士风度请求他呀。

上帝,我不需要这个。麦克心想。

"对不起,克莱夫……回答是'不'。至于布拉斯……我不喜欢他。没有人能够威胁我。"

2月下旬一个星期六,在他的办公室里,麦克写了一封热情洋溢的信给洛杉矶印刷公司的总裁,赞扬了该公司的艺术部,订购了一个箱子的标签,标签要用彩色石印术印刷,用石片拼制,有六种色彩。他一直在冥思苦想,想为他的柑橘园取个名字,设计一个好的标签,但是他所想到的一个个名字和一个个图标都被他否定了。只是到了两个星期前的凌晨三点钟,他突然醒来,一个想法形成了。上床前,他跟卡拉就喝酒的问题和通常的冷漠狠狠吵了一架,就在那个悲惨的午夜,他的脑子里突然冒出了一个完美的标签图案。

标签是一幅华丽的水彩透视图,就放在那本指南的旁边,上面画着一个胡须满面、坚强不屈的老加利福尼亚探宝人,面露俏皮的笑容,用一只挖煤盆捧出鲜美多汁的柑橘。那标签上写着:

黄金加州

牌

华盛顿脐橙

倒霉时光产生好主意,这样的事多久才发生一次? 他不知道。但是,这个标签完美无瑕。

他很快写完信。后来,他就一直在期盼"沼泽怪"的来访,他很少来访,来了也只过一夜。

赫尔曼坐火车从他在圣克拉拉的大牧场过来。一辆租用的马车在里弗赛德的火车站等他。他女婿本来想去接他,但是"沼泽怪"说不必。财富带来了独立自主的好处,而且"沼泽怪"喜欢这种好处。不过,他的旅行倒总是有他的"史密斯-韦森·斯科菲尔德"、他的"杰西·詹姆斯"手枪陪伴,放在他的铰合式手提旅行包里。加利福尼亚仍然充斥着无法无天的牛仔、阴险恶毒的外国佬、愚蠢粗鄙的野蛮人以及其他不良分子。

一顶漂亮的白色牧牛人帽子遮挡着"沼泽怪"眼睛上方冬日的暖阳。他的白色套装是上个星期四才定制的,还崭新着呢,但早已经沾上了污渍,弄得皱皱巴巴的。当他驶近位于左边的麦克领地的边界石时,他慢下四轮单马轻便马车,朝一条人行道驶去。许多中国人在果园里卖力地干活。真是一帮勤奋的小家伙,"沼泽怪"心想。他欣赏勤奋的人,勤奋使人富有。

前面大约五十码远处,右边一块林地上,他看到了不太让人开心的景象:一帮愚蠢粗鄙的野蛮人,有二三十人,临时安顿在桉树中间。一缕乱七八糟的炊烟升起来,玷污了天空。他们有的在炊火四周闲荡,有的还在肮脏的毯子下面睡觉,全都有着衣衫褴褛、胡子拉碴的外形。

当"沼泽怪"的轻便马车驶近时,他们中有三个人晃晃悠悠地走到了路边。路的正对面,防风林的末端,几个中国人正在搭一些梯子,准备修剪树枝。

"沼泽怪"挠着他粗大的鼻子。他不喜欢这些愚蠢粗鄙的野蛮人,尤其不喜欢他们对那些中国人指指点点、胡言乱语。那些工人不去管他们,有两个人手拿锯子,爬上梯子。

正当他"驾驾"地赶着那匹老马准备加快马车速度的时候,路边有一个流浪汉捡起一块石头,向路的对面扔去,扔得很狠。石头击中梯子,吓了爬梯子的中国人一大跳。那人差一点掉落下来,好在他稳住了脚跟。

"继续,跳吧,你个小杂种。"其中一个流浪汉大声喊道,"也许能摔断你的脖子呢。"

他的两个伙伴哈哈大笑起来。其中一人拔出一把很大的折刀,打开四英寸长的刀刃之后,开始在他的指甲下面刮擦,那些中国人不可能漏掉这个细节。"沼泽怪"的马车来到他们跟前,他朝这帮粗野的家伙狠狠地瞪了一眼。他能闻到他们脏衣服上的臭味儿。呸。

拿刀的流浪汉说道:"你他妈的看什么看,大爷?"

那长长的刀刃在阳光下闪闪发亮。

"沼泽怪"突然停住马车。

"你,先生,从我女婿的土地上滚出去。"

"你是说那果园子吗?我们没在果园子里呀,我们在这儿哪。这是空闲的土地啊。"

听到他们的交谈,其他流浪汉也朝他们走了过来。"沼泽怪"用一只脚将他的旅行包钩近了一点,但是他们没有继续朝他走来,于是他抖了抖缰绳。很快,他穿过那扇铁大门,驶入了弯弯曲曲的车道。

"沼泽怪"抵达之后,麦克想要给他看他的标签。但是这德国老头脑子里在想着别的事情:一杯薄荷味的德国烈酒,还有那些流浪汉。

"那帮丑八怪,家伙。"

"他们在那儿安营扎寨三天了。"麦克穿过起居室,找到德国烈酒。他不喜欢这种酒,但是他为他岳父藏着这种酒。

"他们见鬼的要什么呢?"

"有一个人来过,说要找工作。我告诉他我要找的人满了。他发出一些威胁。我派了一个人每夜在大路口站岗,直到他们离开。那人有一支步枪,可以鸣枪报警。"

"从里弗赛德来的路上,我看到有一帮看守的人在果园里。不过,没有步枪。"

"那是为了防止游客进果园,防止他们从树上偷果子当纪念品。那些游客比蝗灾还要糟糕。我这儿阿灵顿高地倒没有这问题,到目前为止没有。"

"那些蠢货找上你有什么特别原因吗?"

"他们不喜欢中国人。我跟一个劳力承包商吵了一架,我不想要他的服务。我估计只要他一两句话,那帮家伙就会游荡回城里去的。别管这事儿了。把酒带到厨房来。"

"晚饭吃什么?"

"狐鲣。"

"那是鲭鱼,是吗?"

"金枪鱼,昨天从沿海弄来的。"

"我会喜欢吗?"

"你最好喜欢。我去煮鱼。"

"沼泽怪"咯咯笑了,摇摇摆摆地跟在他身后,一面晃动着杯中的德国烈酒。有一些酒洒到了他白色套装的袖口上，但是他没有注意。

"卡拉在哪儿？"

"午睡呢。"

"她跟我们一起吃饭吗？"

"我不知道。"麦克回答的声调很平。

"沼泽怪"嗤之以鼻。他在又一个前线闻到了火药味。就此而言，他并不感到诧异。

他们在那张长长的餐桌上吃晚饭，麦克坐在头上，"沼泽怪"坐在尾端，卡拉坐在两人之间。头顶上方，链条上悬挂着锻铁的环状枝形吊灯，吊灯上燃烧着三十六根蜡烛。这盏灯有一百年的历史了，也是这幢屋子里唯一一盏不用煤气不用电的灯具。麦克喜欢它柔和的光线，它给了这个巨大冷漠的房间一种古老修道院的氛围。

卡拉拿着一只脚很长的酒杯喝着红酒，但是她的食物丝毫未动。而她的父亲，却是咂巴着嘴巴，风卷残云般几大口便消灭了他的鱼。

"好吃，家伙。卡拉，你在烹饪上得好好向你老公学学。"

他女儿拿饶有兴味的讽刺目光望着他。

"真的吗？为什么？我们有仆人啊。"

"是的，但烧茶煮饭是女人的本分啊。"

"你省省吧，'沼泽怪'。"

这个绰号刺激了他。他朝麦克倾过身去。

"她从来就不想学。她甚至都不会磕鸡蛋，是吗？"

麦克没有作答。卡拉的脸上一副恶毒相，她推开椅子，一口喝干杯中的红酒，接着走到餐具柜那儿。

麦克拿刀敲击着他的盘子。

"你不认为四杯已经够了吗？"他的话音有所控制……不是生气，只是有点紧。

"多少才够，我会决定的，谢谢。"她给自己倒酒。

"沼泽怪"惊愕地瞧了麦克一眼,接着在自己的座位上坐好,因为此时一个墨西哥女仆正轻轻地走上前来,上另一道烤鱼。

"你知道,家伙,我担心那些个蠢货。他们看上去很凶恶。像你这样的生意人,不需要这样的麻烦。雇用一些,弄一些脏活给他们干干,把事端平息下去,不是更容易吗? 你可以解雇几个中国佬,腾出一些位子来。"

"我的工人不喜欢这个叫法。我不用这个叫法。"

"哦,对不起。""沼泽怪"说,一双眼睛骨碌碌地转了几下。

他抓起他的啤酒杯,大口大口喝着,喝得声音很响,接着抹掉嘴巴上的泡沫。

"有时我弄不懂你。为什么每个人都恨那些黄皮肤的小坏蛋,你却跟他们打得火热?"

麦克竭力忍耐着他的恼怒。

"我跟他们打得火热,奥托,因为他们是好工人。我不会任人指使,拿那些白皮肤的流氓顶替他们。果园会遭殃的。此外,这样也不公正。"

麦克一清二楚,卡拉还在餐具柜边,背对着他们,一个劲儿地喝酒。

"我还是弄不懂。""沼泽怪"说,又咕嘟咕嘟地喝了一些啤酒,"你为什么总是为那些弱势群体担心来担心去?"

"我猜就因为我也是一个从弱势群体中来的人。你不是吗?"

"是,当然啦,但我成为人上人了。那情况就不一样了。"

外面传来一个分散注意力的声响,中止了他们的争论。一秒钟之后,麦克听出这是赫尔伯纳·约翰逊在喊叫。得克萨斯人冲进屋来。麦克看到"调解人"绑在他的一条腿上,他油光光的脸上满是惊恐。

"到处是流浪汉,麦克。他们在放火烧临时工房。"

那支"店老板"科尔特挂在他办公室的墙上。他跑到那儿,猛地从枪套里拔出手枪,塞进他的衬衫里面。

屋子前面,约翰逊早已经骑上了马。麦克在他后面跳上马背,约翰逊两腿一夹,那马飞也似的奔下陡峭的山路。麦克闻着果树香甜的气味,也闻到了浓烟更加刺鼻的气味。他抱着约翰逊的腰,看到了远处的火光,便狠狠骂着娘。

"为什么没有报警的枪声?"

"我不知道。"

"那保卫怎么了?"

"别对我大喊大叫啦。我也不知道。抓牢。"

约翰逊兜转马头转过一个弯。他们跑的是一条边路——防风林旁边的一条泥路。在路的尽头,麦克看见了巨大的火光映照下那些乱转的人的剪影。大火早已经吞噬掉了一半两层楼的临时工房。

在尚未烧着的工房的一头,那些流浪汉拽着拼命挣扎的中国人往园子里拖。他们颠簸着沿路驶去,麦克看见两个流浪汉猛推着一个中国人强迫他跪下。他身后的那个人将他按住,割下了他的辫子,另一个人则踢他的肚子和阴部。他大叫着,他身后的那个流浪汉又朝他的腰部踢了三脚。那中国人一头栽倒在地上。

麦克从衬衫里拔出科尔特。整个园子里,流浪汉的数量比工人多,所以工人们任由他们摆布。他们打他们,踢他们。其余的白人拿着工人们的东西从临时工房里冲出来,将它们扔进了大火里。

约翰逊勒马停步太急,麦克差一点摔下马来。一个中国人从烧着的区域跑了出来,他的棉衣已经烧着了,他在离大路不远的地方慢慢消失了,黑暗中的火光犹如一颗飞向地球的彗星。麦克跳下马来,落地就跑。

麦克朝一个正用一只手掐着一个工人的脖子,另一只手拿刀狠狠刺他的流浪汉奔去。他往边上一闪,找到一个更好的射击位置,赶快瞄准,开火。那流浪汉抱着自己的腿惨叫起来。那中国人号叫着跑了开去,刺进他一条胳膊里的那把黑黑的刀上下摆动着。

麦克没有冒险再开枪。他的四周,人们跑的跑,叫的叫,骂娘的骂

462

娘,挣扎的挣扎。火光和浓烟使得他很难分清哪个是攻击者,哪个是受害者。这种场面,约翰逊懂。他费力地挤进混乱的人群中,用左手抓着"调解人"的枪管,凶猛地左右开弓,狠狠击打着任何一个够得着的流浪汉。他击中一个人的下颏,那人用手从上往下来抓约翰逊的眼睛。他跳回身子,但那流浪汉的指甲抓破了他的脸。接着那人企图用他自己的印花大手帕勒约翰逊的脖子,约翰逊用枪柄把流浪汉的鼻子打开了花。

有人抓住了麦克的胳膊,扭得很凶。他还没来得及转过身来摆脱那个攻击者,一块石头重重地击中了他的太阳穴。他往后一个趔趄,狠狠地坐倒在地上。那流浪汉哈哈大笑着,扑向前来,他的黄胡须里闪着点点汗珠。麦克听到远处传来一个粗嘎的声音,但是没有时间去弄明白那是什么声音。在那流浪汉再次砸他的脑袋前,他将一颗子弹射进了那个人的大腿里。

流浪汉的右腿顿时像一根突然折断的棍子一样瘫了下去,他爬着逃走了。麦克挣扎着站起身来,火光灼痛了他的脸。四面八方,那些中国人跑来跑去,尽可能抢救他们的财物。有几个进行了抵抗,但是大多数人不愿意跟那些因恨而发疯的攻击者对抗。

约翰逊凶猛的击打很快将他周围的流浪汉赶了开去,他低着头站在一块空地上,下巴上滴着血。他被大火照亮的眼睛里有一种兽性的光芒。防风林的那个方向,喊叫声更响了。喊叫的不是英语。麦克听出了"沼泽怪"的德国话。

突然,他看到了地上有一个熟悉的身影:那个年轻的单身汉卢金,捂着自己的肚子滚来滚去。他的脸上和额头有乌青和流血的伤口。麦克跑上前去,弯下腰,准备将他从场地的中央拖出去。

刚在弯腰的时候,他听到约翰逊大叫道:"当心左面!"

他一回头,绊到了卢金伸出的一条腿上,他跌倒在这个年轻中国人另一边的时候,那把科尔特从他手中飞了出去。一个流浪汉拿双膝跪到麦克的背上,麦克的下巴狠狠地撞到了地上,震得他的牙齿咯咯作响,撞得他头晕目眩。

那流浪汉举起右手,如同某个先知在献祭的圣坛上一样,一把轻轻抖动的剖鱼刀上闪耀着火光。流浪汉的手变得苍白,剖鱼刀开始往下刺来……

约翰逊的子弹击中了那流浪汉的两个肩膀之间。剖鱼刀从他的手中飞了出去。流浪汉倒下了,麦克爬了开去,捡回自己的左轮手枪,踉跄着站起身来。就在此时,麦克看到卢金挣扎着站了起来,朝黑乎乎的大路跑去,他的辫子在他身后晃荡。

"沼泽怪"赫尔曼快速地冲过院子,累得满脸通红。他挥舞着他点四五口径的"史密斯-韦森·斯科菲尔德"。

"你们这些该死的流浪汉……你们这些人渣……滚出这个地方。"

他转身面向距他最近的那个流浪汉,一枪将他撂倒在地。一时间,那人竟然好像要迎着火光逃跑一样。

许多流浪汉看到了这一幕,听到了那人倒下去时的惨烈喊叫声,这样一来,他们崩溃了。他们扔掉石头和那些血糊糊的截面为两英寸乘四英寸的木板,朝防风林逃去,朝黑暗处逃去。约翰逊抓住一个人的领口,但是他咬了他的手一口,逃跑了。

麦克快速来到正在四面乱转、寻找目标的"沼泽怪"跟前。

"你不该来这儿……"

"别弄错了,家伙。"老头儿呼哧呼哧地喘着大气,"我是为了你,不是为了那些中国佬。"

"坐下,要不你要倒下了。"

"沼泽怪"的脸上显露出不祥的紫色。

"坐下!"麦克大叫道,推他坐下。

"沼泽怪"突然气短,而且因为气短而吓得瞪大了眼睛。他乖乖地坐下。

麦克绝望地望着正在燃烧的房子。当下又没有水……水泵房也着火了,那水泵早已经被大火吞没……最近的贮水罐有四分之一英里远。

麦克冲到那又高又亮的火墙前,仿佛他满腔的愤怒可以像瀑布一样把大火浇灭。

约翰逊横过胳膊,使劲推着他的胸部。

"退后。工房马上要倒了。"

"该死的,我就要站在这儿……"

"好吧,站吧。"约翰逊走到他前面,"无法挽回了。"

很多噪音在慢慢变小……喊叫声,痛苦的哭喊声……唯有大火的呼啸声依旧。此刻,大火已经在吞噬着整幢房子。麦克的双肩垂落下来。约翰逊走了开去,将他的"调解人"插进枪套里。

"好在没有风。大火会自行熄灭。它不会伤到果树。"

这倒是真的。满是火星子的火头直直地往上蹿,四周空地较大,火星子落下来也没问题。

麦克前去寻找"沼泽怪"。他看到他像一个双腿肉嘟嘟的婴儿,穿着那套精致的白色套装,就坐在泥地上,腿上搁着他的"史密斯-韦森·斯科菲尔德",不禁松了一口气。他还在喘大气。

防风林那边有什么响动引起了他的注意。他看到三个中国人蜷缩在一起,望着这大火。麦克朝他们跑去。

"你们可以回来了,他们全都逃走了。回来吧,你们安全了……"

那些中国人一看见他,便都往防风林那儿逃去,很快就不见了踪影。

麦克停在了泥路的中央,浑身的力量和斗志消失殆尽。大火怒号,大火的怒号声中又加进了新的更加响亮、更加刺耳的声音。他直到二层楼坍塌了才转过身来。

麦克安排人提防万一突然起风加剧火势,之后,约翰逊过来告诉他,站岗的人找到了。麦克拖着沉重的脚步跟着得克萨斯人来到那儿,往下瞧着这个躺在路边界石附近的年轻的中国人,他的步枪不见了,一把空酒壶搁在他的怀里。他也许睡着了。他们再也不可能弄明白原因了,因为有人将他一侧的头砸开了。麦克此前从未见过一个人的脑髓。他喉咙口的酸水直往上涌,他赶快走开,双眼噙满了愤怒的泪水。

早上,一个代理人带走了麦克的报告。麦克浑身肮脏,疲惫不堪,看着那人朝门口走去。这时正好约翰逊回来了,得克萨斯人看上去同样又累又脏。

麦克倒了两杯咖啡,约翰逊一屁股坐倒在椅子上,靠在那儿。

"我让比利·比格斯塔夫去那儿收拾了。他带了几个男仆去。"

"那些流浪汉怎么样了?"

"他们有的爬走了,有的被扛走了。大路那边的宿营地空了。我打死的那个流浪汉被丢下了,他的口袋里有这个东西。"

他将一张折拢的脏兮兮的纸片递给麦克。

麦克看着这简短的几个字,嘴巴闭得像一条线,一副狰狞模样。

"有人答应,假如他能把我处理掉,就给他一笔钱。这人所签署的首字母'F'。就是方索。"

"沼泽怪"走了进来,手里照常捧着一杯晨间啤酒,他的脸色再次变得正常了。

麦克朝他点点头打招呼,接着对约翰逊说道:"我们的中国人还留下多少?"

"一个不剩了。他们全都走了,我估计还在路上奔逃呢。你怪他们吗?这让我恶心。他们都是好小伙子。"

麦克重重地捶着办公桌,捶得那张纸和那本指南都掉落到了地上。

"沼泽怪"在一张椅子上坐下,吹着啤酒上的泡沫。

"约翰逊,我给你一些你不愿意听的忠告。你对一个有资产的人的态度是错误的。你关心坏人,这样会让你烦恼不断的。"停了好一会儿,他补充道,"总有一天可能会让你丢掉性命的。"

麦克只是瞪着他,一脸蔑视。

约翰逊啜饮着咖啡,伸开双腿。

"我觉得我是时候离开这儿一段时间了。"

那天晚些时候,他整好行装,装备好一匹马,然后就消失了。

发生骚乱的那个夜里,卡拉一宿未醒。麦克估计,她喝醉了。这无关紧要。在她醒来之后,她对临时工房的事情敷衍了事地表示了遗憾。他也敷衍了事地表示了感谢。

那天下午,他挎上他那支短枪管的科尔特,骑马奔向里弗赛德。他问了几次路,然后往西驶去,来到圣安娜一个灰尘漫天的河湾里的一座小小的土砖屋前。他重重地擂着那屋子的木板门。一个高大肥胖的中年墨西哥人打开了门,接着他认出了他,便很快地退后一步。

麦克用西班牙语问话:"我在哪儿可以找到阿方索·维森特·布拉斯,先生?"

"走了。"那人如释重负一般地脱口而出,"去看他在墨西哥城的亲戚去了。"

"不过,他住在这儿。"

"是的,先生。我是他的一个表哥卡洛斯。"

"你能带个信给方索吗?"

这大块头将他紧紧抓着门框的手放了下来。

"啊,我,"他虚情假意地微笑着说,"你想要雇人?"

"我想告诉你表弟,别再回到里弗赛德来了。他要是回来,我就会一枪毙了他。"

方索从此再也没有回到这个地区来。

一个星期之后,麦克再次驱马来到城里,在路边看到了六七顶破破烂烂的帐篷。他想也没想便将手伸向他的腰带。但是他通常是不带枪的。当他朝那顶破旧肮脏的帐篷驶去时,他的嘴巴闭成了一条线。突然,他看到两个小孩在那儿来来回回地滚铁环,他紧张的神经放松下来。

一个憔悴的老人,胡须雪白,皮肤苍白,拖着脚步来到路边,有气无力地挥手打招呼。麦克点点头。那人开始咳嗽,不是很轻的咳嗽,而是那种很深的含痰的咳嗽。他咳嗽着,将一团闪闪发亮的东西吐到草丛中。

其他非法栖居在这儿的人像幽灵一样一声不响地从他们的帐篷里走了出来。老人捂着自己的肚子,咳个不停。铁环倒下了,孩子们任其倒在那儿。他们静静地站着,像大人们一样,两眼流露出凄凉的神情。甚至一条缓步进入视野的黄狗,看上去也有气无力。直到现在,麦克才亲眼目睹这些曾经听说过的帐篷栖居地,住满了生肺结核的人,他们是慕加利福尼亚有疗效的气候之名而来的,但是没钱住疗养院,也没钱住客栈。他们中有多少人会死去,会幻想破灭,会继续病魔缠身?

这些患肺痨的人站了好长时间,默默地瞧着这个健康的人骑马走了。

麦克骑着马快步跑过界石,跑上小山脚下的道路。路两边的果园里,白色皮肤和棕色皮肤的新的工人们正在阳光下劳作。比利·比格斯塔夫很快就招来了新的工人,效率很高,又省钱。麦克踢着他的马,疾驶而去。他一脸冷酷,双目直视前方。

3月17日,麦克跟克莱夫·亨利一起前往卡森城,观看那场拳王争霸赛。克莱夫对那场大火用丰富的表情表示了慷慨的同情。

"我必须得承认哪,你新的,啊,劳工安排,大伙儿都觉得挺好哇。"

"挺好,但我真的不在乎。我做生意只是为了赚钱,不是为了交朋友。"

克莱夫只好剪了一根新的雪茄,来掩饰他的失望。

这个室外的竞技场,背衬蔚为壮观的雪山,能容纳两万多观众。他们坐在吉姆先生的后面。麦克对这场比赛很是兴奋,而且对架在拳击台外面那三台四四方方的照相机几乎表现出同样的兴奋劲儿。

"摄像机。"他对克莱夫说道,"我看到过有关资料。"

"摄像机到底是个什么玩意儿啊?"

"一架能在一卷移动的胶带上拍下很多图像的照相机。这是开先河性的,他们将会录下一场职业拳击赛。"他指着拳击台。

面对那些摄像机的拳击台边上,醒目的彩色大字写着:"版权归摄像机公司所有。"

克莱夫突然"啪"的一声拿出他的单片眼镜擦着。

"等等。他们要拍的是普通照片吗?"

"是,也不是。"

"得啦,我亲爱的小伙子,究竟是什么?"

"这种摄像机拍下一系列连贯的静止图像。但是当胶片被冲印出来之后,通过一台西洋镜那样的机器放出来,就像爱迪生的活动物体连续照片放映机一样,你就看到了动的图像。图片动了……或者说看上去动了。几年前我看到斯坦福州长演示过基本原理……"

"扫视这个,扫视那个。听上去很奇怪的,老伙计。稀奇古怪,没有用处。"

拳击双方在雷鸣般的掌声中进入拳击场。科贝特重一百八十磅,菲茨西蒙斯一百七十二磅。绅士吉姆的支持率以十比七高于那个康沃尔郡人,而且就看样子,也可以预料结果。菲茨西蒙斯,秃顶,膝外翻,像个小学生一样满脸雀斑。科贝特在沿着拳击台轻捷绕圈的时候,菲茨西蒙斯却在那儿拖着脚步蹒跚。在最初的两轮中,他几乎连科贝特的边都没有沾上,科贝特却一个劲儿地用左刺拳击打他。

五轮结束的时候,菲茨西蒙斯的脸被打破了,流血不止。铃响之后他低垂着头站着,只听得他的妻子罗丝在鼓励他:"打他的肋部,鲍勃。"

对面,科贝特的经理,来自奥克兰的老德拉尼,正笑容满面、沾沾自喜地轻轻对他的选手说着什么。

到了第六轮,科贝特将菲茨西蒙斯击倒了,但是康沃尔郡人紧紧抱住了科贝特的双腿,裁判没有马上开始计数。

罗丝·菲茨西蒙斯尖声喊叫着："起来，鲍勃！"

终于，菲茨西蒙斯在裁判数到九的时候蹒跚着站起身来。科贝特怒不可遏，大叫着数数已经可以数到十五了。裁判不予理睬，拳击继续。

到第十三轮结束的时候，菲茨西蒙斯显然已经绝望了，笨手笨脚地击打科贝特的头部和躯干，但很少有打到有效部位。到了第十四轮，绅士吉姆一度疏忽了，菲茨西蒙斯突然一个左勾拳击中他的上腹部。这一拳打得科贝特跪倒在地，裁判数到十，结束了比赛。此后德拉尼称这一拳为"心窝拳"。科贝特的粉丝们摇着头离开了竞技场。显而易见，他们的选手得分远远超过对手，而且在前面十三轮中几乎没有被对手碰到，直到这最后一轮。

大酒店里面本来要举行的庆祝会变成了守灵般的活动。科贝特和他的第二任妻子，一位金发碧眼、胸部丰满的年轻姑娘，像突然死了亲人的人一样垂头丧气地走过人群。当这位前冠军看到麦克时，他飞快地捏了一下他的肩头。

"谢谢你来这儿，这对我来说很重要。我很遗憾，结果会是这样。"

"你尽力了，吉姆。"

科贝特避开他的目光，仿佛在说事情不是这样。

"哎，等你歇够了，觉得可以了，我想要你和你妻子到里弗赛德来做客。"

"我们再看吧。"科贝特咕哝道，并没有太大的热情，"再次谢谢你。"

他继续往前走去，一个失败者的样子。麦克认识这种现象，因为最近，他有同样的心情。

37

赫尔伯纳·约翰逊离开了两个月。

"去了死谷①。"他在回来的那个下午说道,"那儿的淘金热曾经如火如荼……兰兹堡、若堡、阿托利亚。但是我的上帝呀,那个荒芜啊。那种很大的尖塔一样的东西,他们叫'泉华'。你会以为你是在月球上呢。把它从你想去的地方的清单上划掉吧,因为你不会想去的。"

"实际上,我没有计划过要去那儿啊。"

约翰逊没有在意他这唐突草率、几乎不屑一顾的回答。

"老婆怎么样了?"

"就那样。她本周在圣路易斯-奥比斯波,在纽科姆矿泉疗养浴场的烂泥和硫黄里做美体。你急于回来工作了吗?"

"你会发现并非如此的。不过,我急于回来小玩一下马球。"

"好……马球队需要你——我们星期六有一场俱乐部内部的比赛。卡拉应该会回来看这场比赛,而且我朋友吉姆·科贝特终于答应过来小住几天。"

"带着他的老婆吗?"

"不,她来不了,她正在整理行装呢。她和吉姆试着去纽约待一段时间。自从菲茨西蒙斯将他打败之后,他自己也不知道如何是好。"

约翰逊将一小块烟草塞进嘴唇下面,拿它在嘴里转着。

"失去那个头衔对他来说一定他妈的挺难受的。"

"失去你所在乎的任何东西都是难受的。"麦克带着一种强烈的内疚,在他的遐想中看到了内莉。

---

①死谷,美国西南部内华达山脉东侧南北狭长的谷地,是世界最低和最干旱的地区之一。

麦克在马球场上飞驰,四周喧闹阵阵,尘埃滚滚。他听到了红队和蓝队粉丝们在露天座位上发出的喊叫声。他不予注意,俯下身去,拼命地挥动着球棍。他生生地截住了快速运动的软木球,将它往一个红色球门射去。在第六局也就是最后一局中,红队和蓝队各进四球,打成了平手。

麦克肮脏的脸上大汗淋漓,位于杰斐逊大街上的马球场变成了阳光照耀下模模糊糊的一团,他看到的全都是各种赛马来回驰骋的影子。还剩下多少时间?肯定只有几秒钟了。他踢着他的"狂欢"。这匹赛马总是在最后一局表现出非凡的神勇。

软木球像火箭一般滚过被踩踏得一塌糊涂的草地。接着,蓝队的埃里克·波特菲尔德干净利落地掉转坐骑,将球往另一个方向击去。球飞过麦克、约翰逊、克莱夫·亨利、邦尼·邦索恩和其他红队队员的身边,直奔蓝色球门。

麦克急忙掉转"狂欢"的马头,飞驰而去。他驶过约翰逊的身旁,约翰逊为这场球赛专门戴上了红色的印花大手帕,其余的队员都用有颜色的臂环加以区别。"快,'狂欢'!"他对着赛马的脖子大喊道。蓝队的杰里米·弗里普推着球向前冲去,然后回头望去。他看到麦克双眉倒竖,飞奔而来。麦克是一个令人恐惧的运动员,不是因为他的技术有多好,而是因为他的奋不顾身和不计后果,尤其是在胜负难定的比赛中。

麦克操纵着"狂欢"撞向杰里米的马,成败在此一举啊。杰里米和他的坐骑蹒跚着斜向一边。这时,麦克追上了赛球,旋转他抓着球棍的手臂,狠狠地往后一击,赛球倒过头来,飞向另一方的球门。红队的粉丝们欢呼起来。

约翰逊、克莱夫、麦克并驾齐驱往赛球冲去。邦索恩稍稍胆怯了一点,落下了。赛马睁着双眼,鬃毛飞扬。热热的风拂过麦克的面颊,汗水从他的帆布头盔下洒落下来,头盔是他唯一的防护措施。忽然,蓝队的奇特伍德像一辆重型货车一样气势汹汹地向他撞来。麦克不得不猛地拨转"狂欢"的头,改变了方向。奇特伍德没有控制好他的赛马,差一点撞得他人仰马翻。

麦克骂着娘,驶离了球滚动的线路,约翰逊快速将球击进了两根门柱之间。接着,他从马上站起身来,举起他的球棍,发出一声欢呼。麦克让"狂欢"放慢速度,呼啸声四起。克莱夫·亨利高声呼叫着:"希普,希普①。"

奇特伍德跑向前来,连连道歉。

"这该死的马失控了。我并不是有意要撞你的,老兄。"

"就只是要我的命吗?"

奇特伍德看上去很惊愕。

"没事了。"麦克拍拍奇特伍德的肩膀。他不计较这差一点的碰撞,因为对方的确是一个骑术不精的选手。

八名运动员慢慢跑向白色的边线,互相致贺,互相奚落,这时,麦克扯下令他十分难受的头盔,胡乱塞进他的皮带里。克莱夫举起一只手挥舞着。

"他妈的跑得太好啦,老朋友。"

运动员们来到边线上,观众里穿着时髦的女士和绅士正从边线旁的露天座位上站起,纷纷拥进那顶有条纹的帆布大帐篷里。那儿,还有一些女士正在准备茶饮。

"这比赛太彬彬有礼了。"约翰逊正儿八经地说道,"我们到时候应该玩一次粗野的。你们听说过他们东部俱乐部玩球吧,他们已经玩了二十多年了……有些俱乐部雇用懂得很多卑劣小动作的运动员。我们应该未雨绸缪,对付那种玩意儿。"

"哦,我说呀,赫尔伯纳·约翰逊,你不是真的要我们降格以求,去

---

①希普,西方人为大众齐声欢呼喝彩所发出的信号,一般由带头人连说两次,然后大众齐声欢呼"乌拉"或"万岁"等。

玩那种下三滥的比赛吧?"说话的是波特菲尔德,这是一位年轻的果农,性格刻板,但骑术精湛,"我们是绅士。我们玩马球只是为了娱乐。"

"要是我们遇见一个不是为了娱乐的俱乐部怎么办?"麦克问道,"赫尔伯纳说得对……我们如果碰上粗野的战术,就是新手。"

"我们决不参加那种比赛。"杰里米·弗里普说。

"那如果我们参加,我们就得准备好了。"克莱夫说道,"只要有勇气,就能战无不胜,老兄。"

麦克对此抱着怀疑态度,但是他没有争辩。他听到过赛场上一些恶意竞赛的行为,比如故意使坏,伤害赛马或者运动员。他也听说过赛场上的死亡事故。处在赛场外,马球看上去是一项需要力量和速度,但没有多少危险的运动。麦克玩球,感觉兴奋,但也感觉危险,运动员有意带着赛马冲向对方去控制球或者抢球的时候,发生可以置人于死地的身体撞击的可能性很高。迄今为止,里弗赛德的这个俱乐部还没有发生过不测,但是这并不意味着以后不会。

不过,今天下午没有理由对此感到担忧。红队赢了,该是社交的时候了。他看到卡拉陪着吉姆·科贝特来到帆布大帐篷里。他注意到,她紧紧地抱着他的胳膊……紧得科贝特感觉不到其他,只能感觉到她的胸乳。

他皱拢眉头,跳下马来,然后亲切地拍拍"狂欢"。她美丽、勇敢、跑得快。他喝完一杯咖啡之后,将马上下洗刷得很干净。

有些男士还在对他们的女伴解释着这项运动或者这项运动的历史,她们大多数眨巴着眼睛,表示不解。内莉绝对不会如此精神错乱般地假装不懂,麦克心想,接着又责备自己再次去想她。

"……一直可以追溯到波斯人呢,亲爱的。他们玩这个游戏是为了训练他们的骑兵的速度。哎呀,他们说甚至连那个蒙古人老成吉思汗[①]也玩这个游戏……用割下来的囚犯的头当赛球使。哈哈。"

---

①老成吉思汗,本书原文为"Ghengis Khan",疑为 Genghis Khan 之误。

麦克解开他的球棍扣带,走在约翰逊和波特菲尔德的前面,进了大帐篷。他们在谈论着俱乐部位于范布伦大道和维多利亚大道之间的新球场。俱乐部在那儿临时租了两块上好的空地,但是他们在筹集建造运动员更衣房和露天座位的资金方面遇到了点麻烦。会员们意见不一,究竟是用提高会费的手段还是用增加会员的方法来筹集资金,像波特菲尔德这样的一部分俱乐部里的势利小人坚决反对这种做法。

卡拉给科贝特端来茶的时候,她的蓝色眼睛顾盼生辉。她穿着一条裙子,上身是上等细麻布做的白色衬衫,看上去精神饱满,清新脱俗。衬衫的领子又硬又高,胸部的褶裥绣着一朵朵小小的橙色花朵。她将她白色的草帽、打了褶裥的夏季披风、长及手肘的手套和丝绸阳伞丢到一边。白色适合她,将她被阳光晒成棕色的皮肤衬托得十分醒目。

麦克在朝他妻子和客人挤过去的路上,不时地停下来摆出笑脸,接受人们对胜者的恭维。克莱夫先来到卡拉跟科贝特跟前。

"科贝特先生,真的很荣幸,能有您这位重量级世界拳击冠军亲自来观看我们的一场练习赛。"

科贝特端着那只精巧的茶杯,看上去不太舒服。

"我很高兴我朋友麦克·钱斯邀请我来。不过我是前冠军,留在记忆里了。"

"祝贺你,亲爱的。"卡拉对麦克说道——这是她向别人道贺时惯用的冷冰冰的腔调,并非真心向他道贺。

"谢谢。"麦克紧拉着科贝特的袖子,想让他振作。

到目前为止,这个周末过得既难受又别扭。科贝特不再是麦克记忆里的那个热情洋溢的年轻人了。他情绪消沉,沉默寡言。麦克一直在想方设法让他开口说话。

"告诉我们实话,吉姆。你对你所看到的怎么评价?"

"我认为挺好。你们应该跟一个湾区①队赛一场。伯灵格姆地区俱

①湾区,加利福尼亚州包括旧金山等城市在内的一个地区。

乐部有一支优秀的球队。"

"那个俱乐部是不是就是南湾新开发房地产的组成部分?"卡拉问道。

"是的,伯灵格姆公园。天价地方,昂贵又奢华。俱乐部成员吹牛说他们的马球场比纽波特的还要好。那个球队雇用了两三个运动员。"

"肯定没有我们这位元勋级的得克萨斯牛仔好。"有人拍着约翰逊的背说。

"吉姆,这儿热死了。"卡拉说道,"我们要不要去散散步,你再给我说说伯灵格姆的事情?"

她拿起他手中的茶杯,接着重新挽起他的胳膊。

科贝特不是一个老于世故的人,但是他隐隐感觉到了这儿有一股深深涌动的潜流,尤其是当他看到主人的妻子瞧她丈夫的样子,那笑容居然如此甜蜜豪爽,近乎假笑。

他结结巴巴地回答道:"我想……也许……我最好还是去看一下火车。我不想把所有整理行装的事情留给薇拉……"

"哦,我挺失望。那你可以留给我几分钟吗?你当然可以啦。我父亲提到过伯灵格姆,而且我认识的一位绅士费尔班克斯先生也属于那个俱乐部。我一定要了解所有情况……"

她用手臂勾着吉姆先生昂首阔步地走出了大帐篷,一面用指尖在他的脸上逗弄着,还悄悄说着什么话。拳击冠军脸红了。

邦索恩的妻子梅维丝是一个臭名昭著的饶舌妇,她拿杯子在碟子上敲得咯咯乱响,目的是把那些女士的注意力吸引到她这儿来。麦克侧耳听到了她的话:"各位亲爱的,她嫁给了谁呀?麦克还是科贝特先生?陌生人也许是弄不明白了。"

"表演太出色了。"他面色通红,说道,"你实际上是在向他献媚。"
"我没有。你像乡巴佬一样,说我献媚。"
他拽着她离开了那顶大帐篷,走到了露天座位的远处。天空乌云翻滚,迅速遮住了太阳,其他的运动员和观众正回到他们的轻便马车或四轮马车上。

"我不管……反正我不喜欢你那样调情卖俏。每个人都看到了那一幕,至少在梅维丝拿她喇叭筒一样的嗓音公开散播这事儿之后,他们都看到了。吉姆都觉得尴尬。"

"他没有这么说。"

"他这人太有礼貌了。"

科贝特十分钟之前离开了,由约翰逊驾车送他去圣菲车站。

"你一整个周末都让你朋友的情绪处于烦躁不安的状态。"卡拉说道,"我只不过是尽量想让他快乐一点。"

"但看上去远不只是这样呢。吉姆是一个已婚男人。你别去勾引已婚男人。你一个劲儿地围着他转,又是悄悄话,又是抚摸他……"

她哈哈大笑起来,松散的头发在风中飘扬。

"你有的时候居然一本正经得要死。我以为你根本就不会注意,别的时候你几乎都没有注意我。"

"这就是你做这种事情的原因吗? 你臆想着我冷落了你,所以你要对我进行报复吗?"

"天哪。竟然让你的无辜如此受伤。"

"看在上帝的分上,卡拉,别再做这种愚蠢的游戏啦。"

"谁在做游戏? 你在吃醋。吃醋,下流。"

麦克一把抓住她的手腕。

"卡拉……"

"见鬼去吧。"她说着,挣脱他的手,沿着赛场的白线冲过他身旁。

"克莱夫。"她喊叫道,"克莱夫,亲爱的,等等……我必须跟你谈谈。"

那天夜里十点半的时候,麦克离开办公室。地中海别墅已经安静下来,晚上的电灯熄灭了,煤气灯的白炽灯罩也被调得很暗。在马球场上，当他在洗刷"狂欢"和照顾他其他的赛马时，卡拉说服克莱夫·亨利驱车将她送回了家。她晚饭也不吃。据他的侍女说，她在睡觉。

麦克沿着楼上昏暗的过道朝他们的套间的双扇房门走去。他从紫色的丝绸睡衣口袋里抽出手来，转动门把手。

门开不了。

他轻轻地拍拍门。

"卡拉？"

没有声音。

他再次敲门，敲得更响了一点。

"你把门打开好吗？比赛之后我累了，我发脾气了。我知道那都是无伤大雅的调情。我想道歉。"

外套、鞋子、内衣散落在床上和地毯上。旅行箱和手提箱有的空着，有的装了半箱，遍布在卧室四周。卡拉坐在床上，瞅着锁住的房门。她金色的头发散乱地挂落下来，丝绸和花边制成的睡衣敞开着，露出两条又粗又圆的大腿。她用一只摇晃的手在他的杯子里又倒了一点波旁威士忌。

稍微迟了一点，是吗？你总是该死的一心只想着你自己的天地，你的马球、你的石油、你的柑橘树……所有跟你生活有关的该死的东西，就是把我排除在外。我怎么才能引起你的注意呢？

"无伤大雅的调情，你是这样说的吗？"她吞下波旁威士忌，酒从她的下巴流下来，流进她的双乳之间，"别太肯定，亲爱的。"

她的话音嘶哑又混浊。他感到恶心。她又在喝酒了，他听到了酒瓶的叮当声。

"别该死的太肯定。"她重复道。

他抓着门把手，咔嗒咔嗒地拉着。

"卡拉，这是小孩子的做法。"

回答他的是一段更长的沉默。这使他的脸上涌起一阵潮热。

"我说开门，该死的。"这次他不是轻轻地敲门，而是重重地擂门。

大滴大滴的泪珠默默地将黑色眼膏从她的眼睫毛上洗刷下来，流下她的脸庞。你这个杂种。你为什么不能爱我？我难道那么一钱不值吗？她难道比我好得多吗？

他再次重重地擂门。

"你要我把门踢下来吗？"

她哭着突然向前冲去，将酒杯狠狠地扔到门上。酒杯爆裂的力量如此之大，小小的碎片飞散回来，刺到了她的脸上。她一把捂住脸上的皮肉。当最后几块碎玻璃丁零当啷地散落到地板上、波旁威士忌在雕刻着图案的实木地板上流淌的时候，一滴像完美无瑕宝石一样的鲜血从她的两个手指间慢慢渗了出来。

一听到酒杯破碎的声响，他吓得往后一跳。接着，他用手掌使劲地拍着门。

"卡拉。"

没有回音。

他将耳朵贴到木门上，听到了类似咕哝声和无声啜泣的声音。这些声音加上酒杯摔碎的声音击败了他，他将双手插回到晨衣口袋里，沿着黑乎乎的走廊离开了。

在办公室里，他在阅读角点亮一盏煤气灯，阅读角是一个四四方方的凹室，里面排列着高高的书架。这是他休憩的地方，是他藏身的地方，是他汲取灵感的地方。

围着那把又大又深的椅子的是各种各样的书籍、杂志、最近四天洛杉矶的所有报纸，还有好几份一周两次邮寄来的《旧金山考察人报》。

在一个角落里，他收集了有关蒸汽游艇的文章，全都是描述美国最负娱乐盛名的一些游船的。威廉·范德比尔特①的"阿尔瓦"号，摩根的"海盗二世"号，那个报纸出版商戈登·贝内特②出资建造的那艘二百二十七英尺长的美丽游艇"纳莫纳"号。他拥有整整一公文柜的"纳莫纳"早期家具、壁炉、牙雕和装饰品的版画。她是一座水上大厦。这些描述和图片渐渐形成了他自己梦想中的游船。他已经画了草图，做了大量的笔记。

另一个角上堆满了他收集的有关非马拉车辆的报道和图片。它们是未来的东西，这是毫无疑问的。但是，发明者和设计者对最好的能源是什么还在争论不休。汽油？电池？蒸汽？而且这样的车辆你叫它什么？报纸上进行着没完没了的争论……尚无普遍能接受的名字。有时说"自动车"，有时说"石油车"，还有说"摩托车"、"汽车"、"摩托自行车"的，不一而足。

麦克只知道他想要一辆。他特别喜欢的消遣之一是一遍又一遍地重读1895年感恩节在芝加哥举行的那场大赛的长篇新闻报道。就在一场凶猛的暴风雨过后的那一天，六个英勇的车手驾驶着他们的车辆，从杰克逊公园出发，一路上在车辙里漂移，沿着海滨来到沃基根，再回来。一辆电池车、一辆斯特奇斯电动车跟杜里埃兄弟③的"汽车"、德国人制造的三辆"本茨④"车比赛。他们以平均每小时七英里的速度进行了八个多小时的比拼之后，杜里埃汽车获胜。麦克有的时候会闭上眼睛，想象着自己戴着手套的一只手操纵着方向杆，另一只手不是按着雾

<hr/>

①威廉·范德比尔特，即科尼利厄斯·范德比尔特（1794—1877），美国航运和铁路巨头，经营渡船起家，创建航运公司，经营从纽约到旧金山的客货运输业务，后又拥有纽约-哈莱姆铁路及纽约中央铁路等。

②戈登·贝内特，即詹姆斯·戈登·贝内特（1795—1872），美国报人，1835年创办小型廉价报纸《纽约先驱报》，标榜不参与政治的办报宗旨，重视记者工作，首创使用图片等多种报道方法。

③杜里埃兄弟，即查尔斯·埃德加·杜里埃（1861—1938）和詹姆斯·弗兰克·杜里埃（1869—1967），他们于1893年发明并制成了第一辆实用汽车。

④本茨，即卡尔·弗里德利克·本茨（1844—1929），德国机械工程师，设计并制造了世界上第一辆内燃机汽车，即现在我国通常称为"奔驰"的汽车。

喇叭就是按着铜喇叭，在冰天雪地中歪歪斜斜地前行。他想要有一辆非马拉的车子，新的发明创造令他激动。他渴望第一个尝试这种新发明，拥有这种新发明，炫耀这种新发明。而且，他开始有足够的钱使之成为可能了。

唉，今晚可没有心思遐想非马拉车子了。一份单调乏味但又非常重要的法律文件摆在那张皮椅上。他开亮煤气灯，坐下来阅读这份有七十七页的为圣索拉罗灌溉股份有限公司准备的内部章程和公司条款，这是一个根据《赖特法案》组建的联合水利公司。麦克最终计划扩大城市范围。波特起草的这些条款规定组建一个社区水利区域，其业主为未来的居民……每一个住宅地块各占百分之十的股份。

他费力地看着干巴巴的一段段文字，脑子老是开小差，回到卡拉身上。到了大约一点半的时候，他听到走廊里有脚步声。他跳起身来，但是他带着期盼的笑容很快消失了。脚步声太重……难道是哪个仆人的脚步声？

随着一声轻轻的敲门声，约翰逊探进头来。

"看到有灯光。怎么回事？睡不着？"

"有活要干。"麦克说。

约翰逊打着哈欠，从容地走进门来，跟往常一样两膝内翻。他双膝的关节咯咯响着，他的胡茬已经清晰可见，跟他的卷发一样呈现出灰色，等着早晨的剃须刀呢。

"我自己一个人去转悠了一下，蹦跳了一下。决定去遛一会儿弯。"他自己倒了两指麦克最好的田纳西威士忌——不必征求同意，他们是朋友。

"随便拉张椅子坐吧。"

他谢过之后拉了张椅子坐下，接着很快就脱下他的靴子，品尝起威士忌来。

麦克为自己倒了点威士忌——好长时间了，他这是第一次喝烈酒。

"你在看什么？"

"那个水务公司的章程。得把它审查完,可是我宁愿画游艇的设计草图。"

约翰逊咯咯笑了起来。煤气灯在他绿色的眼睛里照射出快活的光芒。

"向上帝保证,麦克,再没有人对试用新奇玩意儿有你这样的热情啦。"

麦克放松下来,将双脚搁到一堆书上。

"似乎对这儿的气候还适应。"他啜饮着威士忌。威士忌暖和着他的肠胃,却暖和不了他的心。

约翰逊瞧着他。终于,他说道:"这几天你情绪不是很好嘛。"

麦克两眼望着酒杯。

"自从那场大火以来……"

"哦,不是大火吧。那一关我们已经过了。你不得不雇用几个低智商的白人,自尊心受到了点伤害,但是比格斯塔夫和我正在带他们呢。是别的事情。"他停顿了一下,"什么事情?"

麦克摇摇头。

"你对我太了解了,休。"他慢慢地说道,心中不舒服,"自打我走下内华达山脉,环顾了一下四周,说,上帝作证,我成功了,我来到加利福尼亚了……自打那时起,我缺失过很多东西。有时是夜间的栖息地,有时是食物,有时甚至会有这样的日子,我怕自己小命都不保了。但是,我从来没有缺失过希望。我不断地打开那本指南,我从未缺失过希望。直到最近,我发现我缺失希望了。"

办公室里的时钟响亮地敲着。约翰逊慢慢地在他的两个很硬的手掌之间搓着他的平底酒杯。他认为还是让麦克一吐为快好,要是他愿意吐的话。

"卡拉的状况不好……"麦克开始诉说。

"这不奇怪,对不起,说了这话。"

"没事,但我似乎也解不开那些结。屡试屡错。"

"也许是你近来太辛苦了,像个容易激动的毛头小子第一次骑马一样。"

"好你个直言不讳的家伙。"

约翰逊耸了一下他瘦削的肩膀。

"如果你想要说的全部事情就是东拉西扯,那我睡觉去了。"

"不……别走。就是……唉,就是反省自己,承认自己失败,很难。"

"也许这不完全是你的错,麦克。你说过赫尔曼警告过你她不适合嫁人。不管怎样,过不长。"

"的确如此。她厌倦了,我是在度完蜜月后的六个月时开始发现的。"

"所以,她在今天下午球赛之后就立马让女仆收拾她的行装……她厌烦了?"

麦克坐直身子,大惊失色。

"她在整理行装?"

"我闲逛来这儿之前到厨房喝了一杯咖啡。是那个奶子很大的小东西告诉我的。农西娅……我经常弄上床的那个。农西娅说夫人早上去洛杉矶,打算待在那儿购几天物。"

"我这是第一次听说。"

麦克感觉一阵轻松。一度,他担心她会一去不复返。但是,轻松的感觉很快被侮辱所取代,她连仆人都告诉了,就是他这儿不说。想到马球场上的情形,他觉得这也难怪她。

"我认为你可以赶快上楼去阻止这事儿。"

他想了一想,接着说道:"不,我很可能把事情弄得更糟。让她一个人独处几天也许对她有好处,能让她冷静一下。我可以等,然后去城里,做点弥补。再给我倒一杯酒。"

38

五天之后的一个早上,麦克坐圣菲铁路的火车去城里。他先去了洛杉矶印刷公司,在那儿,工长带来了画有那个老探宝人形象的黄金加州箱子标签的清样让他过目。清样有好多版……红色的、粉红色的、深蓝色的、浅蓝色的、黄色的、黑色的……还有六种颜色混搭的。

他们讨论了修改意见,接着,麦克话音中透露着热情,签下了修改版方案,便匆匆去了贝克街区。他在那儿花了两个小时,跟恩里克·波特商量水务公司文件事宜。

等他们商量完,律师说道:"你认识的那位神父在城里设了一个办事处。只是他再也不是神父了,教会开除了他的教籍。他跟一个姑娘住在一起。"

麦克问清了地址。这地方位于城南,是一个很烂的街区。他在温和的阳光下信步往那儿走去,再次为洛杉矶的变化感到惊讶。从他第一天看到洛杉矶的样子到现在,变化日新月异。大多数土坯房和临时的正面墙面不见了,代之以花岗岩和砖头建造的更高建筑。沥青街道中央,头顶有杆子的整洁的有轨电车在窄窄的铁轨上飞驶而过。此情此景,完全是一个蓬勃发展的城市形象,而不是一个牧牛城镇了。要不是有那叠嶂群峦,要不是在明媚阳光中的壮观景色里拔地而起的数以百计的井架正在商业区的北部和西部泵石油,人们很可能误以为这是东部的一个城市。麦克很久以前就认为,这些井架太丑陋了。但是他喜欢这些井架……也许是因为它们瘦长难看的样子象征着企业,象征着金钱,象征着冒险,加利福尼亚的一切对他来说都具有特定意义。

很快,他离开了这些永远游荡着一群群游客的比较拥挤的街道,他们中大多数人脸色苍白,有些人不断哧哧地吸气和呼哧呼哧地喘气。他所在的这个区域很糟,英国裔和墨西哥裔的下等人从小酒吧里望着他。他留意着,但是并不担心。短管的科尔特就紧贴在他的臀部,他外衣的后下摆下。他不需要它,他的双目和他的风度就足以令他前面的人行道空无一人。

他爬上一段破破烂烂的楼梯,沿着一条虫豸在烂泥里乱转的通道走去,发现了一扇上面钉着一块纸板的结实的门,上面写着"洛杉矶劳工联合会"。

他试了一下门把手,但是门锁着。他敲了一下门。

"谁呀?"西班牙语,是马克斯的声音。

"是我,麦克·钱斯,迭戈。"他也用西班牙语回答道。

他听到了脚步声,接着门闩打开了。

"我的朋友。"马克斯惊叫道,张开双臂抱住麦克。

他们互相紧紧拥抱,拍着对方,麦克闻到了汗水、大蒜和衣服因为穿得时间过长所发出的霉味儿混合在一起的气味。

一个姑娘徘徊在这位前神父的身后。她赤着脚,乳房很小,有一种举目无亲的胆怯,看样子缺衣少食。她发如细丝,直直的,褐色中带有几缕黄,她明亮的棕色眼睛望着他,带点犹豫,或许还有点害怕。她的相貌让他感到震惊,就像这个凄凉的小小办事处让他感到震惊一样:两个房间,外间被一张巨大的廉价办公桌挤得满满当当。一扇从来没有擦洗过的窗户俯瞰着一个院子。院子里,两只猫在一大堆垃圾里觅食。通过一扇半掩半开的门,麦克看到了一只环形轻便煤气炉、一堆堆小册子和一张大得足以供两人睡觉的地铺。

麦克微笑着,竭力掩饰他的惊愕。迭戈·马克斯总是那么魁梧结实,长了三十或者四十磅肉,大多数都在他皮带上面的腹部,将他那件破旧白衬衫的纽扣绷得紧紧的。衬衫的前襟上沾满了红酒渍。他也让胡子恣意地生长,很大的扇形胡须,黑得发亮,尖端有点白色。他穿着绳索编的凉鞋,脚指头很脏。

"很高兴见到你,迭戈。"

"我也一样。"马克斯笑得很欢,"风度翩翩,锦衣绣衫,百万富

485

豪啦。"

"不敢当。"他瞥了那姑娘一眼。

"啊,对不起。"他用西班牙语对姑娘说道,"费利西娅,这位是詹姆斯·麦克林·钱斯先生。一个好人,正派人……尽管他的外形是资本家。你能不能跑到街角去给我们买瓶红酒来?"

他给了她一个硬币,她像一只顺从的幼犬一样溜了出去。马克斯在她身后小心翼翼地闩上门。

麦克将他那顶乳白色的牛仔帽丢到那张堆满了字条和一些版头上有"宣言"两个字的印刷品的办公桌上。墙上挂着一幅本州的地图。中央谷地和洛杉矶四周的地区,布满了各种不同色彩的圆点、箭头和让人费解的题词。

"你是在哪儿遇到这位姑娘的,迭戈?"

"在谷地,弗雷斯诺附近。我当时正在组织从事弯腰劳动的工人。她继父是个瓜农,对待他的工人像农奴一样,比对待农奴还要差……比对待猪猡还要差。费利西娅今年十九岁。那人九年前娶了他母亲,没多久就把费利西娅也糟蹋了。他发誓,假如她跟我搅在一起,一支地方武装部队就会私刑处死我,但这全是吓唬人。她帮助我开展工作,而且她现在的生活比以前好多了。此外,我禁欲多年,我有许多许多要补回来呢。"

他那双猪鬃似的眉毛下的眼睛里闪烁着一束光芒,隐含着一个警告:该说的我都说了,别再问更多的问题了。

马克斯给他端来唯一的一张椅子,恭敬不如从命,麦克坐下。这位前神父说,他经常变换总部所在地,哪里需要就到哪里去,每当工人们有足够的勇气敢冒被他们的雇主枪击、威胁、暴力之风险时,他就前去组织他们。

"我还有一项不固定的任务,不过比起以前要小众得多。那么,你……你干得很好吧……"

"还过得去。我结婚了……你知道这事儿吗?"

"哦,是的,我听说了。洛杉矶还是一个小镇,而你在这块土地上已经是一个大人物了呢。"

"我拥有一些柑橘园……"

"里弗赛德。"马克斯点点头,"所以说现在啊,黄金从树上掉落到你的怀里,同时,黑金又从油井里一个劲儿地往外流。棒极了。我们遇见的那天,你说你的目的是致富。我祝贺你。"他的话音中既没有嘲弄也没有指摘。

费利西娅回来了,买回了一陶罐的红酒。她将红酒放到桌子上,一只手搭住马克斯的肩头,踮起脚尖,吻了一下他的脸。她朝麦克微微一笑,喃喃地说了一句话,便走进内室,关上了门。

这个时候,麦克不想喝红酒,但是他倒了半杯,举起酒杯。

"我的律师告诉我,你在洛杉矶设了一个办事机构。"

马克斯仔细瞧着两只猫在垃圾堆里寻找食物。

"进行一场战争的司令部,不敢让人恭维,是吧?但是我们没有多少钱……我说'我们',指的是这项运动……我们所有的钱更多的是花在宣传品和租会场上。"

"为什么这个时候到洛杉矶来?"

这位前神父抓起一份《时报》。

"因为在南加利福尼亚,除了奥蒂斯,没有更大的'撒旦'了。他是工人的'敌基督'。几乎没有一天不会发生攻击事件,通常是无缘无故的……"他翻过几页,找到他想要找的版面,大声朗读道,"'共产主义阴谋集团的肮脏人渣和落泊暴徒再次潜藏到了我们中间……'"

麦克哈哈大笑起来。

"无论如何,这是他的表达方式。"

"这事儿虽不能说有多少危险,但要不是如此卑鄙,倒是有点滑稽。他会在这儿赢得这场战斗。你知道他们开始怎么称呼开放企业的这个堡垒吗?奥蒂斯城。"

马克斯将报纸撕碎,扔到地上。

费利西娅轻声地用西班牙语唱着一首摇篮曲。马克斯瞧着内室的门,脸色温和下来。麦克将酒杯放到办公桌上,将手伸进外衣内侧。

"我想给你一张银行支票,资助你的工作。"

"为什么? 我不再做向富人销售赦罪券的买卖啦。"

"这话他妈的伤人。"麦克站起身来似要离开。

"是的。"马克斯皱着眉头说道,"是的,恐怕是的。我道歉。我太习惯于把每次意外遭遇当作冲突了,或者说怕它会成为冲突了,我已经失去了教会的风度。"

他将一只大手放到麦克的肩膀上。

"我很高兴接受捐赠。匿名还是不匿名?"

"我想还是匿名的好。"

这话似乎让马克斯感到失望,但是他什么都没说。麦克在支票上填了一千美元。

"谢谢。"马克斯接过支票,平静地说。

接着他看了一下那个数字。

"谢谢你……圣母啊。好大一笔赞助。放心,一定会用到刀刃上的。"他飞快地折拢支票,将它塞进自己的衬衫口袋中,仿佛这奇迹也许会突然消失一样,"你是一个好人,麦克。我再次为刚才诋毁的话表示歉意。我听说你勇敢地维护中国工人的利益。"

"我猜我那样做太傻了。所有的果园主都反对我,因为我付的是基本生活工资,到了 1893 年也没变。大火之后,我再不敢雇用一个中国工人了。"

马克斯反剪着双手,沉思着看那份彩色的地图。

"这个州有很多方面是高尚的,充满了光辉灿烂的希望和机会。但是,有些人在加利福尼亚发了财之后,就不想让别人来分一杯羹。他们尤其不愿意让肤色跟他们不一样、语言跟他们不一样的人来分享……"

"迭戈,我得走了。"

马克斯两眼一眨不眨地盯着他。这是一个怪异的时刻,这位前神父猛然醒悟过来。

"你看上去面色憔悴、疲惫不堪,我的朋友。并非所有的事儿都如意吗?"

他想要撒个谎,但不知怎么的,在这个人面前,他无法不诚实。

"是的,我自己输掉了一场小小的战争。"他完全被痛苦和窘迫压垮了,"我是来洛杉矶寻找我的妻子的。我们正在闹别扭……"

"找到她不难。事实上,我昨天还见到过她。一个漂亮女人,每个人都认识她。我相信她就住在比科酒店。"他再次将一只大手放上麦克的肩头,向他表示同情并祝福他顺利找到妻子。

"谢谢,迭戈。照顾好自己。"

"你也一样。愿万能的主别让我们在某个战场上遇见。"

"你在等待更多的战斗。"

"多得多的战斗。上帝与你同在。"

"是的,先生,她当然在宾馆里啊。"比科酒店的接待人员说道,"不到十分钟之前,她到餐厅去了。"

麦克飞快又急切地向那位毕恭毕敬地站在餐厅门口的优雅的领班走去。听着弦乐的演奏,他的情绪高涨起来。他一心想要博取卡拉的欢心,想要恭维她,想要让她感觉看到他很高兴,然后跟着他回到里弗赛德的家里去。他也许还能试着让她对游艇的计划感兴趣呢。她可以在内部装修上帮点忙,选择一些家具什么的,到欧洲去采购,她想花多少钱随她喜欢……

"哎,先生,您好。"领班说着,鞠了一躬。

"我叫麦克林·钱斯。请问我妻子是在这儿吗?"

那犀利的目光实际上已经给了他提醒。

"可不是嘛,钱斯先生。您这边请,好吗?"

紧张的轻轻一声咳嗽伴随着灵巧的转身,他昂首阔步地穿过拥挤的餐桌,不再将一个角落里一张舒适餐桌的视线挡住了。卡拉坐在那儿,但不是一个人。她正跟沃尔特·费尔班克斯在一起吃饭聊天。

麦克顷刻间兴奋程度大减,但是决心大增。卡拉先看到他,她脸上的懊恼转瞬即逝。

"麦克,亲爱的。我不知道你今天会来洛杉矶。"

"我来波特这里办事儿。"他摘下帽子,冷冷地瞅了卡拉的这位男伴一眼,"费尔班克斯。"

他发现自己的双手在转着帽子的边,显露出了他的紧张和愤怒。

"你好,钱斯。"费尔班克斯的心中老大不情愿,他望着那服务员的眼睛,"再来一张椅子。"

服务员从邻近的餐桌边搬来一张椅子,但是麦克依旧站着。他注意到一只银色的桶里有一个墨绿色的红酒瓶,空的。他们的酒杯也是空的。这也解释了卡拉的脸色潮红的原因。

"哎,坐下嘛。"她说道。

"我实在是不想打扰……"

这位律师冷冷的灰色眼睛所表达的意思是,他就是打扰了。麦克坐了下来。

沃尔特·费尔班克斯还是那样健康优雅,他的小胡子非常干净整洁,完美无瑕,也许是染过的。他的鸽灰色帽子、相应颜色的手套和他的银头文明棍,摆在餐桌旁边一个窄窄的壁架上。

卡拉的双眼飞快地在两个人身上转来转去,似乎生怕他们发生争斗,抑或希望他们发生争斗。费尔班克斯捻了一个响指,又要了一瓶霞多丽酒,再要了一只杯子。那三人弦乐组演奏着《皇帝圆舞曲》。

"我到城里来办事。"费尔班克斯说,"我想不到会邂逅任何老朋友。"

他将敷衍的笑脸转向卡拉,不过注入了热情。

"我们在主街相遇,纯属偶然。你妻子正好从服装店出来。后面跟着两个黑人小男孩,他们的双手举得这样高呢。"他将他的手举过头顶

490

示意。

卡拉抚摸着麦克的手臂。

"等你看到来自克劳丁小姐服装店的那些盒子后,你会骂我呢,但是不要太小气啊……好吗?"

服务员打开酒瓶,展示了一下瓶塞,给费尔班克斯倒了一点,费尔班克斯尝了一下,耸耸肩膀:"挺好。"麦克仔细端详着妻子,如此令人意外地欢快和亲切。这种和睦是装给沃尔特看的,脆弱又虚假。

服务员斟满三个人的酒杯便退下了。他们三个人各喝了一大口,卡拉这一口比两个男人还大。

费尔班克斯说:"我听说你还在往谷地里那条愚蠢的铁路上投钱。"

"竞争有什么愚蠢的?"

"体育竞争,没什么,我喜欢。但是……"

"在旧金山至圣华金河谷的铁路竣工之后,"麦克打断他道,"农场主们和小商人们就不会被敲诈了,不会因为你们董事会定多少价就得被迫付多少钱了。他们就有选择了……你们的铁路还是人民铁路。"

费尔班克斯傲慢地微微一笑:"多么伟大的一个名字啊。我可以理解支持这样一个计划的是阿道夫·苏特罗这种疯狂的外国佬而不是克劳斯·斯普雷克尔斯。他已经完全美国化了,他自称在旧金山还有一些地位。"

麦克哈哈大笑起来:"上帝作证,沃尔特,你太贪得无厌了。你和你的老板们已经拥有本州四分之三的议员,还有你们在华盛顿的那些走狗,现在,你是说加利福尼亚的每个富翁都得俯首称臣了?"

"这倒不完全是你说的俯首称臣的问题。我是指望某个阶层的人们会明智地维护自身的利益并进行合作……如此而已。有实力的人们,血统好的人们……"

费尔班克斯说漏嘴了。击中他要害了,麦克心想,他很开心。他没精打采地坐在椅子里,抓住酒瓶……服务员赶快走上前来,太迟了……他再次给自己的杯子续上酒,竟然倒出了一些酒。

"得,正如你长期以来所知道的,沃尔特,在你的心目中,我够不上你们的资格。从来就够不上,将来也够不上。"

接着他一下子喝掉那杯酒,喝得光光的,就像一家位于主矿脉的酒馆里一个酒瘾大发的矿工。

当费尔班克斯发怒的时候,卡拉激动极了,她靠到餐桌上,她的胸乳挤着桌子的边沿,她的双眼大得像一个入迷的孩子。这是什么……让一个男人跟另一个男人相斗的激动吗?

服务员端来了卡拉和律师的食物,将银制的圆盖从炸鸡上揭开,并将那银盖举得高高的。

"好极了。"费尔班克斯说,没有丝毫热情。

"吃吧……别让它凉了。"麦克说道。

卡拉拿起刀叉,但是费尔班克斯没有碰他的食物。

"卡拉对我说你在玩马球。"

"是的。"

"队里有一个得克萨斯牛仔,还有几个靠国内汇款接济的英国佬。"他叹了口气,"我的天哪,这项高尚的运动啊。"

"我的队友都是绝顶好手。"

"不过,绝对好不过我们伯灵格姆队。"

"你在伯灵格姆队打球吗?"

"是的。"

"我们将很高兴检验一下你刚才所说的话,你说什么时候就什么时候。"

"这主意太好了。"卡拉开心地大声说道,"里弗赛德迄今为止只是在俱乐部内玩玩。他们急于想进行一场正式比赛呢。"

费尔班克斯靠回到椅子背上,下意识地轻轻抚平他赤褐色的头发。这完全没有必要,他的头发像他的小胡子一样,油光光的,完美无瑕。

"这倒也许是很有意思的事情,把我们的赛马弄到这个牧牛县来,

492

给你们这些家伙演示一下这项运动是怎么玩的。"

卡拉的脸变得绯红绯红。

"哦,你们一定要安排这场比赛。里弗赛德这个队真的是太粗俗了,沃尔特。我这个亲爱的老公很古怪,就是喜欢那种人。"

"嗨,钱斯?你对你新得到的财富有负罪感吗?或者说你对跻身绅士行列还感觉有点不自在吗?"

麦克小心翼翼维护着的礼貌荡然无存。他把椅子往后推,站起身来,猛地把椅子推回到那张还没有客人的餐桌边。

"如果你准备走了,卡拉,我去叫辆出租马车把我们送到火车站去。"

"请让我把饭吃完。"

这话中有独特的锋芒。他提醒自己做出的决定,要改善状况。

"当然,想吃多久就吃多久。我在酒吧间等。"

他让人意想不到的温和似乎令她很受用。

费尔班克斯拿出一只小皮盒,抽出一名片,拿食指和中指夹着,递给他。

"这是俱乐部在伯灵格姆的地址。让你们的球队经理写信给我们球队经理,定个日子。"

"你可以把你们的赛马弄过来?"

"哦,我想可以安排一个专门的货车厢啊。"费尔班克斯说道,仿佛麦克是一个笨蛋。

他想要扇这位律师的耳光。

"那么,我就在赛场上期盼你光临啦。"

"我更盼呢。"费尔班克斯的话语冷若冰霜。

麦克戴上那顶很大的牛仔帽,故意神气活现地将它戴歪了。

"我再次渴盼你回家,我寂寞难耐,卡拉。费尔班克斯。"

他简单又缓慢地点了一下头,算是道别。

费尔班克斯怒视着他的背影。麦克在门口付那个领班小费的时候看到了他怒视的目光。

唉,这混蛋干吗不怒目而视呢?餐桌上的交谈宣布了一场没有挑明然而大家都心知肚明的战争。卡拉看出来了,十分钟之后,她急匆匆地出来了……没有费尔班克斯的身影。她热情洋溢,温柔亲切,仿佛他们从来没有产生过龃龉一样。

一个侍者将她的行李和所有采购的东西——整整十六盒——一一搬了下来。当晚回到家里,她说她对自己在马球赛场上的行为表示歉意,他也同样道了歉,于是他们在一个小时内做了两次爱。

此后,当她蜷缩在他的怀里时,麦克在内心思忖,她的热情似火与讨人喜欢,是不是因为他愿意挑战另一个男人,而她则把她的赞赏作为一种奖励。

39

随着主动轮的轰隆声、车轮刺耳的尖叫声,火星飞溅,看不见的赛马发出嘶鸣,伯灵格姆球队来到了城里。

一辆调车机车将南太平洋铁路公司的两节牲畜车厢牵引到一条安全侧线上。麦克和约翰逊瞧着这些赛马从牲口坡道下来,跺着蹄子,搅出金色的尘埃。

"天哪。"约翰逊悄声感叹道,"他们带了多少来啊?"

更多的赛马嘚嘚地走下坡道,总共有二十六匹。

"我知道,费尔班克斯想赢。"麦克说道,"我不知道他那么想赢。"

星期六马球比赛前一晚的招待会上,主人们招待他们的对手。费尔班克斯跟当地人相处融洽,打得火热,他球队的其他成员却不太善于交际,他们穿着套装,戴着硬邦邦的领子,很不自在。比利·罗迪恩,发似白雪,脸如哈巴狗,个子矮小,一副粗野的样子。佩蒂克拉克,一个瘦而结实的年轻人,漆皮一样的黑发从正中分开,一张脸因为孩童时代的毛病而坑坑洼洼的。第三个人是罗斯科·伊格尔,身材魁梧,双膝内翻,鼻子很大,像是出了什么毛病。他看上去像是一个牛仔跟大平原印第安人①的混血儿。他说他来自俄克拉荷马②,这是他说过的唯一一句话。

"老兄,我闻到这儿有一股臭鱼的味道。"杰里米·弗里普跟麦克咬耳朵道,"就是说,我闻到了铜臭味儿。"

"你指什么?"

"这三个家伙如果是俱乐部会员的话,那我就是维多利亚女王啦。你那位好友带了三个雇用的队员来。"

伯灵格姆六个人——三对——坐星期六早上的火车来了。这是一个完美的秋日,秋高气爽,温暖如春。俱乐部搭建了两顶大的敞开式帆布帐篷,中午前后,观众携带着便携式桌子、装午餐的大盖篮、银制的红酒桶、新摘的鲜花和女用阳伞,开始陆续进场。赛场上弥漫着尘土的味道和马粪的臭气,还有香水的气味和听装龙虾的味儿。

里弗赛德队有二十四匹赛马……只要没有发生大的灾祸,实际上足够了……挤满了用绳子临时围起来的畜栏,就在一组球门柱的后面。伯灵格姆队在赛场的另一边用了同样的畜栏。麦克戴好他的帆布头盔,内心有一种不安的感觉。那些雇来的对手是一帮冷漠不善、不苟言笑的家伙。

费尔班克斯在开幕式前走了过来,喜洋洋地甩动着他的马球棍。麦克紧着"火球"的肚带,"火球"是他第一局的赛马。

---

①大平原印第安人,旧时居住在北美洲大平原上的印第安人。

②俄克拉荷马,美国中南部的一个州,首府俄克拉荷马城,1803 年作为路易斯安那购置地的一部分从法国获得,1907 年成为美国的第四十六个州。

"挺棒的新赛马,麦克,真的很漂亮。我不知道如何对付你们这样的球队。"

他表达这种嘲讽,脸上毫无表情。控制住,麦克告诫自己,愤怒正是他所需要的。

"我敢肯定,你会找到办法的,沃尔特。你的那些朋友看上去像是真正的马球名门望族啊。"

"嗯,他们热衷于这项运动罢了。"

"他们是在拿到钱之前还是拿到钱之后才最热衷呢?"

费尔班克斯吃惊地瞧了他一眼,接着他的目光变得不怀好意。

"你这个虚情假意的小暴发户。"

欢迎和介绍双方球员的仪式结束之后,两位骑马的裁判上场,接着双方球队上场。埃里克·波特菲尔德打一号位,麦克二号位,约翰逊三号位,克莱夫四号位。伯灵格姆与他们对应的位子分别是佩蒂克拉克、伊格尔、费尔班克斯和罗迪恩。其中,约翰逊跟费尔班克斯可能是最优秀的运动员了。

赛马喷着鼻息,焦躁不安,急于跑动。哨声一响,观众们欢呼起来。边线裁判将软木球扔进场内,交战双方向它冲去。由于马与马、人跟人的距离太近,规则规定只能用半挥棍的方式将球击飞。费尔班克斯用了绕圈的全击,没有击中,却打着了克莱夫的膝盖。克莱夫骂了声娘,勇敢地咬牙坚持。

裁判没有发现这一犯规动作。满脸麻点的佩蒂克拉克在他的赛马脖子下面一击,将球击了出来,直接传向伊格尔,伊格尔在他的右侧往前一击,快速将球直线击过赛场一百六十码。

这么说来,球赛就得这样玩了,麦克骑在"火球"上在追逐的这帮人中飞驰时心里想道。不择手段赢球。好吧……他得提防着点。

伯灵格姆这些人都像拼命一样,冷酷无情,蓄意污辱,企图犯规。距七分钟一局的第一局结束还有一分钟时,伊格尔冲过克莱夫和埃里克·波特菲尔德身边。他飞奔到左后方,一个巧妙的后击,球应声直奔二十四英尺的球门而去。第一局结束,伯灵格姆一比零领先。

他们照惯例休息四分钟。人群变得更加安静。伯灵格姆的技术和过于蛮横的打法,里弗赛德的人们历历在目,所以他们对结果不抱乐观态度。当球队换上新马出来时,约翰逊一脸狰狞。

两支球队交换了场地。前两分钟里,他们在这个三百码长的赛场上往来驰骋,谁也没有占得先机。费尔班克斯的确是一个快骑手、好球手……这点麦克不能否认。

麦克抢到了球,准确地往前击了两棍,将球送往他的球门。跟着球路的这个选手领先于其他选手,没有人能够干扰他。这是从理论上讲的。费尔班克斯可不是尊重这种理论的人。当约翰逊接过球的时候,费尔班克斯在他前面十英尺远的地方来回拦截,这对全速飞奔的赛马来说距离太近了。约翰逊高声喊叫着让他转向,但是费尔班克斯就是在他正前方奔跑。猛然间,费尔班克斯勒住他的赛马,约翰逊的赛马向他撞过去。

克莱夫义愤填膺地大声警告着。约翰逊失败了,眼看着往前倒去。顷刻间,麦克发现,跌倒的赛马会把约翰逊甩向前去,然后重重地砸在他的头上,而费尔班克斯飞奔而去,全身而退。但是,约翰逊身子往后一仰,拼命地把正在往前跌倒的赛马的缰绳往后拉,硬生生地凭力气将马头拉了起来,他一直拉高马头,直到赛马站稳脚跟。所有这一切全都发生在几秒钟之内,麦克喘着大气,怀疑他看到的这一幕是不是真的。

约翰逊怒不可遏的脸色表明他所看到的是真的。得克萨斯人骂着费尔班克斯,裁判终于吹了犯规。

"卑怯。"克莱夫对麦克说道。

接着,他对慢跑在他身边的罗迪恩重复了一遍:"卑怯……比赛中那样摔倒最危险,这你知道。"

白头发的比利·罗迪恩咧嘴笑了,说:"滚你妈的蛋,英国佬。"他继续小跑着向前。

裁判们判给里弗赛德队距球门三十码外的一个直接任意球。埃里克·波特菲尔德主罚，没有射中球门，比赛继续。费尔班克斯像战场上的将军一样，对他的队友颐指气使地嚷嚷着。说什么这不是运动啦，而是一场处于危险中的了结恩怨的复仇赛啦，事关声望、名誉啦，上帝知道还有什么。

这一局结束，比分依旧。

第三局。

午后的阳光炙烤着赛场，尘埃飞扬，灰土密布。里弗赛德队拼得很凶，但是不知怎么的，他们无法突破进球。费尔班克斯汗淋如雨的脸终于展现出了一丝微弱的笑容。比赛就是这样了。

克莱夫狠命一击，将球击向前去，接着约翰逊又是一击。麦克骑着一匹名叫"风流少妇"的四肢修长的小枣红马，嘚嘚嘚嘚地从球门那边跑了回来，准备发出可以让球转向的一击。他骑在马背上，双腿伸出，都没有贴着他的坐骑。费尔班克斯从左面冲了过来，他的肩膀拼命撞向麦克。麦克打了一个转，避开了冲撞。接着，这位律师猛地从马镫上抽出右腿，从下面钩住麦克的左腿，并用手肘狠狠撞向麦克的肋骨。这一来分散了他的注意力，使他失去了平衡。

突然，费尔班克斯举起他的右腿，企图将他踹下赛马。天空、赛场、费尔班克斯闪闪发光的眼睛，顷刻间都变得歪斜了，麦克连忙用左手拼命抓住马鞍，才没有掉落马下。他挣脱费尔班克斯的腿，根据地上的情况判断自己的前行速度；他几乎是呈四十五度角悬挂在"风流少妇"上。接着，他看到了球。他对这种犯规动作气愤至极，便挥棍向下击去，一个反击，这一击又狠又猛。球飞向空中，飞向两根球门柱之间。

在最大的那个帆布帐篷休息室里，卡拉猛地跳起身来，撞翻了五杯红酒。她拼命地拍着手，汗水从她很厚的胭脂里渗了出来。梅维丝·邦索恩用一只手遮着嘴巴,满腹狐疑地对她的几个密友评论着卡拉的掌声。她是为她丈夫进球而鼓掌,还是为那个漂亮的律师差一点把她丈夫从马上踹下来而鼓掌呢?

这局比赛还有四十秒就结束了,双方一比一打成平局。

他们在中场休息了十分钟。里弗赛德队的马倌们给予了队员那种鼓舞人的陈词滥调,但是没有一个骑手认真地把它当一回事儿。他们现在全方位地领教了伯灵格姆队;约翰逊在本赛季早先就警告过他们,这是一个不择手段要赢球的球队。

哨声吹响。他们来来回回僵持了两分钟,接着约翰逊对伊格尔犯规,伊格尔在裁判警告他退后之前挥动球棍向他打去。伯灵格姆队被判拥有球权,裁判将球扔进场地中央。佩蒂克拉克一个进攻性的后击,将球击向罗迪恩,罗迪恩再把球往前传向费尔班克斯。麦克截住了来球,俯下身去,用一个不地道的外侧后击,将球击向他的球门。

球在他的右面蹦蹦跳跳地奔向前去。费尔班克斯似乎喜欢从近侧进行攻击。他再次在麦克身后这样冲来,近在咫尺。麦克稍稍转过头去,看见了费尔班克斯的赛马上下起伏的头。

律师拨转马头,猛地从右面呈九十度角撞向麦克的赛马,赛马的佩勒姆马勒衔①撕破了麦克的衬衫,刮破了他的背。费尔班克斯哈哈大笑着,马头一转,轻松地避开了一场会被撞下马的事故。这一局余下的赛程里,麦克一直策马奔跑着,只感觉到他的腰部有热烘烘的鲜血在流淌,鲜血从他马裤的腰部流到了臀部。

"上帝啊,伙计,你满身鲜血啦。"埃里克·波特菲尔德在这局双方都没有得分的比赛结束时惊叫道。

麦克俯身向前,双手按在膝头上,感觉疼痛。

"我们让杰里米替补你,老兄。"克莱夫说。

①佩勒姆马勒衔,连接大勒衔与小勒衔的马勒。

"我要比完比赛。"麦克说道,"撕件衬衫,弄块布条,什么都行,包扎一下。"

"但是老兄,你假如退出比赛的话,没有人会小看你的。你看这样子,这个疤很可能会延续好几个月呢。"

"别朝他唠叨了。"约翰逊咆哮道,"他说比赛就比赛。"

别的队员刚想表示抗议,但是有什么事情阻止了他们。麦克转过身来。迎着耀眼的阳光,他看到费尔班克斯大步向他们走来。麦克简直无法相信还有这样厚颜无耻的人。

"钱斯,对不起,马勒衔把你刮成这个样子。我的赛马意外地转向了你。"

麦克擦了一下他眼睛里的汗水。

"当然了,费尔班克斯。意外。"

"从这儿滚出去,你这个卑鄙小人。"约翰逊说。

费尔班克斯退了出去,假装感到委屈,感到惊讶,再没有说一句话就离开了。

到了第五局,比分依然是一比一,麦克和约翰逊再次肩并肩。费尔班克斯试图反击,但是没有击中,却故意让他的马球棍摆动幅度过大。麦克发现了,急忙闪身躲避,球棍击中了他的帆布头盔。他痛得要命,但是至少他没有被击瞎一只眼睛。

两分钟之后,麦克跟伊格尔肩并肩奔跑着,追逐着滚向伯灵格姆队球门的球。两位运动员同时高高地举起了球棍,准备着下一击。伊格尔快速落到麦克后面,伸过自己的球棍去钩麦克的球棍。

麦克一声大骂。由于皮条绑着手腕,所以他放不开球棍。伊格尔轻蔑地哼哼着,将他的赛马往左边转。麦克的右臂带着球棍被迫举过头顶,他翻身落马,他的赛马"皇室成员"也倒下了。

麦克狠狠地摔到了尘烟蔽天的地上,撞得他血肉模糊的后背旧伤上又添了剧烈的新痛。比赛停了下来。人群中爆发出更多的骂娘声和反责声,伯灵格姆队再次遭到处罚。麦克对费尔班克斯再也没有疑问;他就是唯一的那个人,这个律师想要他的队员通过犯规赢得比赛。

"皇室成员"挣扎着站起身来,她的蹄子有点跛了,但事实证明是暂时的。麦克吞着尘土,又骂出一连串的脏话,然后爬起身来。他疼痛难忍。

约翰逊快步跑上前来。

"听着,你最好别比了,否则⋯⋯"

"裁判,我要换马。"麦克大声喊叫道,嗓子此时已经沙哑。一个肩膀很宽的影子来到他和炽热的骄阳中间。

"对不起⋯⋯我不知道是怎么一回事儿。"伊格尔咕噜了一声便跑了开去。

在最后一局之前,费尔班克斯厚着脸皮走到里弗赛德队用于最后一搏的赛马近前仔细观察。麦克的"狂欢"引起了他特别的注意。麦克检查着他的马鞍,狠狠地瞪了这个律师一眼。他换了一件借来的衬衫,但这件衬衫也被鲜血渗透了。费尔班克斯很快就清点完了里弗赛德队的赛马。这个队没有多余的赛马。他匆匆朝他的队友走去。

费尔班克斯感觉疲惫不堪,而且不只是一点点绝望,他本希望伯灵格姆队可以摧枯拉朽般打败对手的。现在,他制定了他的战略。要是能让麦克退出比赛,那再好不过。但是如果他不能如愿,那么就得把那匹极好的赛马逐出赛场。一旦麦克的这匹赛马倒下了,那么他就只好用第一局时用的那匹早已熄了火的羸弱老马来打完比赛。这样一来,就足以让伯灵格姆队赢得先机,再得一分。

他把其余三个队员叫到身边。

"先生们,我们把话说清楚。你们若摆脱不了这场比赛的困境,那么就卷铺盖滚蛋。"

佩蒂克拉克擦拭着他的头盔,朝地上吐了一口痰。

"我们拿什么钱干什么活,你个傻乎乎的狗娘养的。"

"我们是职业运动员。"罗迪恩愤愤不平地说。

"那么证明一下。否则,你们在伯灵格姆队的日子就完了,而且其他地方也不会要你们。这事儿我会盯到底的。"

最后一局,球被扔进场内。费尔班克斯等待着他的时机,他需要一个万无一失的机会。这种机会始终没有到来,直到只剩下最后两分钟。

克莱夫·亨利击中了球,而比利·罗迪恩则用一个很专业的尾击,重新将球抢了回来,麦克与约翰逊双双追了上去。费尔班克斯落在后面,准备着使出最后的杀手锏。

罗迪恩的第二记击球,从斜角将球击向球门。费尔班克斯在球的行进路线的左侧追逐着球,而麦克则飞驰在他的右边准备进行阻截。费尔班克斯知道那个目标是关键。他有目的,但看起来是无意的。他无情地踢着赛马,直到赛马稍稍冲到麦克的前面,接着,他在自己大脑急速奔涌的弥天沉寂里做着准备,本能和经验告诉他何时可以出手打击。

他凶猛地驶离本该行驶的线路,挥出一个猛烈的全击。这一击没有击中球,却击中了"狂欢"的前腱。

赛马一声惨叫,跌倒在地,麦克再次滚落马下。哨声响起,比赛暂停,一阵突然的安静。费尔班克斯勒转马头,策马朝正向"狂欢"跑去的麦克走去。西班牙小马侧身倒在地上挣扎。费尔班克斯满心欢喜,发现他击得很准。"狂欢"的比赛生涯终结了。

赛场上,棕黄色的团团尘烟四面飘舞。麦克跪在"狂欢"身边,抚摸着她。她一直挣扎着想要站起来,一面发出痛苦的惨叫嘶鸣声。

费尔班克斯说:"钱斯。"

淡褐色的眼睛冷酷地盯着他。

"这场比赛运气变得太差了。"费尔班克斯说道,"我没有看到你在后面……"

"放屁,你没看见。你毁了这匹马。滚开,否则我用同样的方法对付你。"

费尔班克斯还想回答点什么，想了一下觉得还是不说的好，于是便摇着头走开了，他希望这个摇头带点难过的味道。他骑着他的赛马转了一圈，傻了眼。他所有的队友都在怒视着他，他们脸上的表情令他目瞪口呆。罗斯科·伊格尔的脸色最难看，他棕色的双眼写满了厌恶。

"我喜欢马。任何以损毁赛马来赢得比赛的人都是人渣。"

"闭嘴。"费尔班克斯轻声喝道，"闭嘴，挣你的钱，否则你就一辈子去打扫马厩吧。"

"我宁愿打扫马厩。"佩蒂克拉克说。

比利·罗迪恩说道："我也一样。"

他们一个接着一个拨转马头，顾自策马走开了。

比赛暂停了十分钟，马夫们弄来了帆布吊带，在"狂欢"身上缠好，将她拖出赛场。比赛本身和观众已经全无了竞赛的快乐。帆布帐篷里，几乎鸦雀无声。

麦克骑着"火球"回到赛场上。那三个雇用选手这会儿似乎玩得更慢了，甚至玩得很笨拙。费尔班克斯喊叫着，威胁着，但是无济于事。在还剩下大约一分钟的时候，罗迪恩犯规，球被扔给了里弗赛德队一方。埃里克·波特菲尔德接过球，但是球很快被传回到里弗赛德的场地上。麦克在他们这一群人中接过球。他们还有两百五十码的距离才能进球。

麦克将球往前传给约翰逊，得克萨斯人一个漂亮的猛击，一百五十码。费尔班克斯低低地伏在他的赛马上，拼命去追，一边回头瞄了一眼。佩蒂克拉克、伊格尔、罗迪恩全在他身后，显而易见，一个也没有想要帮忙的意思。

见他们的鬼去吧，费尔班克斯暗暗骂道，全神贯注地想要对球进行关键的一击，一切就指望于这一击啦……一个反击，将球击向边线，这样就得重新组织加时赛了。

他在约翰逊的边上飞奔,约翰逊瞧他的眼神,那种要杀人一样的极端狰狞,他在人身上从来没有看到过。大汗淋漓的得克萨斯人身后飘扬着他的柠檬色印花大手帕。两个人都运用各自手段要去击球,但是约翰逊骗过了或者说愚弄了对手,他没有去击球,却斜过他的赛马,撞向费尔班克斯,将他撞出了比赛。

费尔班克斯发出一声刺耳的喊叫,霎时连他的赛马也控制不住了。麦克全速驶向前来,挥出致命的一击,马球洞穿了球门。

费尔班克斯还没来得及勒转马头,哨声响了。

里弗赛德队二比一战胜伯灵格姆队。

约翰逊跑向费尔班克斯,一面用脏兮兮的印花大手帕擦着自己的脸。

"算你运气好,你只是输了比赛,先生。换了我,天黑之后可不敢待在城里啦。"

在帆布大帐篷里,欢庆气氛受到了压抑,甚至有点沮丧。香槟冒泡,喜形于色,都是为了这一场胜利,但是他们都不热情。伯灵格姆队来的那几个人找了些借口准备马上离开了。

沃尔特·费尔班克斯本不想到人群里来。但是,他认为,最好的辩护就是强调借口,强调任何严重犯规和人仰马翻都是意外。所以他走进人群,用目光将怒视着他的所有人压倒。

他的眼角处被太阳晒黑的皮肤上,显露出细小的劳累皱纹。他开始感觉额头疼痛,像是一枚铁钉钉在那儿。明天上午,他就会病得不想吃东西。任何种类的失败令他感到自己像是被毁了一样,一场重大的失败使他在铁路上的人生失去了平衡。这次,他怪罪于钱斯。

至少,卡拉没有蓄意回避他。她的脸那么红,在将他拉向一边的时候说话的语速那么快,费尔班克斯断定她要么喝多了,要么淫欲大发了,要么既喝醉又淫欲大发了。他像一个士兵一样僵直地站着,一只手啜饮着香槟,另一只手将湿漉漉的衬衫从他的皮肤上拉开。

"你打得太好啦,沃尔特。"

"比赛稍微有点失控。"

"不是你的错,意外总会发生的。我印象非常深刻。"

她走得更近了,他注意到了洒在她紧身胸衣上的新鲜香槟酒渍。她的双眸有一种热辣辣的神色。

"请听我说。"她悄声说道,一面用一只戴着手套的手抚摸着他的手腕,"你再次到洛杉矶来办事的时候,一定要告诉我。"她的目光飞快地扫向他身后,"我们可以去一个更加私密的地方。"

这个提议让他感到惊讶。接着,突然地,这件事情消除了他失败的重负。现在有一条赢得一场更重要的比赛的路子。他笑了,他的一部分魅力和自信恢复了,接着他向她祝酒。

"谢谢你的邀请。我当然会尽力接受邀请的。"

她捏了一下他的手腕,接着当她发现梅维丝·邦索恩在注视他们时,便放开了他的手。

香槟酒让费尔班克斯恢复了活力。这些土包子暴发户对他怎么看算得了什么?

"顺便问一下,你丈夫在哪儿?"

"他说他不过来了。'狂欢'受了重伤。麦克恐怕对赛马的关心甚于对他妻子的关心……"

手枪的枪声像惊雷。交谈停了下来,一个女人的喘气声滚过帐篷,枪声回荡在赛场上空。大帐篷长长的影子伸展在枯草败叶上。天黑前,费尔班克斯坐上前往洛杉矶的慢车离开了里弗赛德。他将装着给队员的酬金的信封交给了马夫,他的队员早已经连影儿都看不见了。

40

麦克光着背趴在他们的床上。梅林杰大夫赛后治疗了他的背伤,缝了两针,包扎了伤口。他累坏了,什么也不想干,就想睡觉,就想把什么都忘了。赢了比赛也没有多少味道,就因为"狂欢"给毁了。

他瞧着卡拉在房间那边两个肩膀的动作。她穿着一件缎子睡衣,坐在她的化妆镜前,在脸上涂脂抹粉。整个晚上,她的神采非同一般地飞扬,仿佛比赛的激动久久地挥之不去。该死的太奇怪了。

"卡拉?"

"什么事?"她回应他,但没有转过身来,还在一个劲儿地揉她的脸蛋,揉去她想象中的岁月的皱纹。

"鉴于比赛结束了,我准备晚秋的时候去一趟纽约。"

"你要去多长时间?"

"我不知道……一两个星期吧。我需要去看看一些灌溉设备,而且有一家土木工程师公司我想联系一下,然后我得去看看我正在北部购买的那三个大牧场的筹款情况。"

她转过身来面对着他。

"加利福尼亚的那些银行再也不管用啦?"

他无法想象她居然会关心这件事情。但是他客气地做了回答,他不想再吵一架。

"你知道我有许多企业。开办企业和发展企业都需要资金,我得跟纽约的银行建立信贷关系。"

她开始拂开脸上的黄色长发。

"你请便。就是别指望你走了之后我会孤孤单单地留在这儿无所事事。"

麦克比他心里想的还要坦诚地说道:"我再也不对你抱任何指望了。"

她扔下梳子,他们互相怒视着对方,没有丝毫的善意。

他愤怒地说:"晚安。"

说着,他滚过身子,趴在床上睡了。

41

烂泥,煤烟,噪音。正在修筑中的高架道路。马车的轮毂挤着轮毂,在百老汇、第五大道和穿过城市的街道上来回奔驶。时而也有汽车,不过这是很稀有的现象。一个小男孩在第四十二大街上赶着几头猪……这种情景倒不罕见。电线杆和水槽数不胜数,到处都是干了的褐色大便,臭气弥漫在冬日的空气中。

这就是纽约。到达那儿一个小时之后,麦克就开始热切地想念加利福尼亚的明媚阳光和整洁景象了。

在沃德洛兄弟土木工程师公司,他见到了公司的主要负责人——出生于萨凡纳的一对双胞胎兄弟,每个人都有一个粉红色的秃顶和像托钵修会修士一样的一圈白发;他们使麦克想起了坦尼尔①画笔下的特威德尔德姆和特威德尔迪②。

"先生们,"麦克说道,"我已经去拜访了莱康特教授,他去年已经在伯克利从他的位子上退休了。"

"乔·莱康特是一位杰出的地质学家和自然科学家。"克莱蒙斯·沃德洛说。

"一个基督徒和一个声名卓著的佐治亚人。"他的弟弟科尔说道,

①坦尼尔,即约翰·坦尼尔爵士(1820—1914),英国插图画家和讽刺画家,以为《笨拙》周刊所作的政治性连环漫画和为刘易斯·卡罗尔的《艾丽丝漫游奇境记》所作的插图而闻名。
②特威德尔德姆和特威德尔迪,英国刘易斯·卡罗尔所著小说《艾丽丝漫游奇境记》中的一对兄弟。

"年轻的时候,我们跟他一起抗击过那个魔鬼谢尔曼①。"

"他称赞你们俩是美国最好的水利工程师。我想请你们为我修建一个灌溉工程,在一个新的城市里。"

"在加利福尼亚?我们对加利福尼亚一无所知。"科尔·沃德洛说道。

"这显然是个问题。"他的哥哥插话道。

"我想要你们到那儿去,"麦克说道,"长期待在那儿,研究和了解沼泽、峡谷径流系统……整个环境状况。然后,我想要你们最好的建议,并想要你们来负责这个工程。"

克莱蒙斯犹豫不决,说道:"那得要投入相当长的时间啊。"

"有一个问题?"科尔问道。

"一个新城市的系统,你是这样说的吗?有挑战性。兴许我们可以调整一下我们的计划。不过,钱斯先生,你有没有考虑过可能会产生的我们的差旅费用和咨询费用?"

"另一个问题。"科尔点点头,"所费不赀。"

麦克将一捆一百美元的钞票扔到办公桌上。

"没有考虑过,那不是问题。我是想要两位先生到圣索拉罗来,今天你们不答应我就不走了。"

威廉·伦道夫·赫斯特浑身洋溢着独特的活力,大喊大叫着冲进办公室。

"麦克!内莉对我说你要来。她正在开一个会……她马上就来这儿。你这样子真精神啊。跟当初把我们的姑娘扔进海湾的那个一文不名的流浪汉判若两人啦。"

---

①谢尔曼,即威廉·特库姆塞·谢尔曼(1820—1891),美国内战时期联邦军将领,曾参加布尔溪、维克斯堡等战役,率军横越佐治亚州,攻克亚特兰大,晋升中将,任陆军总司令,著有《谢尔曼回忆录》。

508

"的确。"麦克笑着说道。他经过了精心打扮,希望给他们留下一个好印象。他的礼服大衣是价格昂贵的有天鹅绒领子的暗纽长大衣,他的帽子是黑色的霍姆堡毡帽,帽檐上镶着缎带。

赫斯特现在已经三十多岁年纪了,还是跟以前一样又高又瘦,两只眼睛很突出。看到他时,麦克找回了旧时的那些美好情感。

"你好吗,威利?"

"从来没有这么好过。欢迎到报社来。现在有晨报版、晚报版、德语版了呢。"他重重地拍击着整齐地摆放在内莉的办公室内一堵墙的架子上的报纸。

办公室在三楼,俯瞰着帕克大街和云杉大街的印刷厂广场。广场上,白雪在本·富兰克林雕像高贵的黄铜头部四周缓缓飘荡。这是1897 年的圣诞节三天之后。

赫斯特伸手摊足地坐在一张椅子上。

"我们已经开始胜过了乔·普利策了……你能想象吗?"

"我能想象……鉴于你所喜欢的那种报道,以及你所雇用的有些记者。"

赫斯特咧嘴笑了。

"威利的'黄色同伙'。我知道这是一种侮辱,可我喜欢。我从未忘记那个人我在家乡第一次把他想象成是我的典型读者。其中一辆缆车上的那个工作人员,没受过多少教育,也许,但是天资聪颖,而且具有好奇心。那人在醒着的大部分时间里都感到烦闷。他想要刺激……"赫斯特从内莉整洁的办公桌上抽出一份报纸——《日报解开斧头谋杀案之结!》——他拍着那个标题处,"令人瞠目结舌的感觉。"

走廊里的脚步声使麦克的脉搏加快,接着内莉走进门来。

"你终于来啦。"赫斯特大声说道,他走上前去,很快拿一条手臂亲切地抱住她,"还是我最好的记者之一,麦克。"

麦克屏住了呼吸。她穿着一条黑色的裙子,上身是有着橡实形南瓜那种丰富色彩的长袖衬衫,看上去苗条、漂亮,具有非同一般的城市气派。但是她被太阳晒黑的肤色不见了，她的皮肤呈灰黄色，像大多数他所看到的纽约人一样。此时此刻，她那白色的脸颊上升起了红晕，她飞快地几乎紧张不安地瞧了他一眼，这目光跟她老于世故的样子很不协调。他们并非完全无可挽回，她依然感觉到了什么，想到这里，他欣喜若狂。

她将几份稿子扔到办公桌上，快步走上前来跟他紧紧拥抱。

"我听说你到大楼里了。对不起，耽误了那么长时间……我被布里斯班先生缠住了。"

麦克微笑着摇摇头说这没有关系。他的手掌心发热，他的嘴巴干渴。蓦然间，他怀疑自己究竟该不该来。再次见到她令他心生痛苦。

内莉来到窗户跟前。

"我们早在圣诞节之前就盼你来呢。"

"我知道我在信里说过。没办法，三次推迟起程的时间。事情太多。"

"钱斯……加利福尼亚的百万富翁。"赫斯特满脸堆笑，"你说你要成为富翁。你做到了。"

内莉站在窗边，望着皑皑白雪，似乎不愿意太长久地看着他。他有一种令人断肠的渴望。这种渴望暴露出来了吗？

"大伙儿怎么样？比尔斯怎么样？"

"还在华盛顿大肆攻击呢。"赫斯特从架子上抽出另一份报纸。

头版的卡通画就表达得极具讽刺意味，将老亨廷顿的双眼画成了两个铜钱。他将双手深深地插在显而易见是山姆大叔①的口袋里。

"正当我们迫使那老魔鬼狼狈奔逃……利用债务问题击败他……的时候，我将要失去这位年轻的女士啦，正是她的新闻稿使我们达到了目的。"

---

①山姆大叔，指美国政府或美国人，源于美国 1812 年战争时对军邮邮戳上"U. S."两个字母的戏谑称呼。

"你是说我们的内尔?"

"好啦,等等,还没有定呢……"她刚开口便被打断了。

"是的。"赫斯特插话道,"罗斯小姐也许还没有意识到她是必然要离去了,更不用说是马上就会离去的,可是我意识到了。我看了她的小说。"

"小说啊。"麦克惊呼道,"你一直说你要写一部小说。"

"而且写得好极了。"赫斯特说道,"内莉,休一天假。带我们的加利福尼亚商界巨贾看看大城市是个什么模样。"

"是,先生,很高兴。"

她再次转身瞧着麦克,站在窗前的她,身后映衬着纽约如同冬季被褥的黑白屋顶,在他眼中美得如此令人陶醉。她是多么特殊的一个女人啊,他心想。她的长袖衬衫配着完全松垂的领口飘带,鲜艳夺目,宛如加利福尼亚的阳光。

可是,比起她的明眸,那衬衫的鲜亮程度又何止相差千里万里。

她带着他游览名胜古迹,包括他特别想看的那个胜景:坐落在纽约港的巴托尔迪①的巨大的自由女神铜像。他们冒着小雪在炮台公园手挽着手慢慢走着,瞻仰着这尊铜像。

接着他们去了位于赫勒尔德广场、临第三十四大街的科斯特和比亚尔音乐厅。在天光渐黑的音乐大厅里,他们观赏着二十四英尺银幕上光影闪烁的图像。急浪滚滚,撞向英格兰多佛尔的海滩。一个怪异的滑稽演员跳着舞蹈,突然跌倒在地。一个有着长卷发,眼睛又黑又大,穿着纱罗裤子的女子摇摆扭动,跳着土耳其闺阁式舞蹈。百老汇的明星梅·欧文和约翰·赖斯长时间地恣意进行着富有幽默感的热吻,男主角戴有喝汤网罩的小胡子轻拂着女主角的脸蛋,刺得她直痒痒。

①巴托尔迪,即弗雷德里克·奥古斯特·巴托尔迪(1834—1904),法国雕塑家,其名作有纽约港自由女神铜像和坐落在法国贝尔福市的《贝尔福之狮》。

尽管有富有幽默感的音乐,这种接吻的长度还是激起了教士们的抗议,并发起了"警察干预"的呼求。

这种维太放映机放映的高潮是一个火车头直对着观众冲了过来。午后看演出的大多数人都惊恐地尖叫起来,连麦克也下意识地抓住了内莉的手。他张大嘴巴,坐在那儿,迷失在黑暗中。

后来,他们在内莉最喜欢的一家餐馆吃了饭,餐馆名叫"德国花园",就在印刷厂广场的对面,从市政厅转角就到。他向她介绍了纽约银行家的情况,介绍了沃德洛兄弟的情况以及伯克利的莱康特教授的情况。内莉曾经研究过莱康特,很敬佩他。"他是约翰的塞拉俱乐部的创始成员。"

她也向他介绍了报纸的情况。

赫斯特在最近的总统竞选中支持布莱恩,她便跟随着总统候选人跑遍了全国,成为历史上第一位沿着竞选路线报道新闻的女性记者。

"你无法想象我睡觉的地方。白天整天听那些雄辩的演说,晚上整夜遭臭虫折磨。"

赫斯特先生继续相信伪科学和性的文章的力量,所以她写了很多那种题材的文章(《海怪会威胁我们的海岸吗?》、《共和党人在情人幽会处被擒》)。《日报》的发行量以此类耸人听闻的噱头继续保持着增长,尽管此时有些文章涉及的范围大得多了,已经衍生到了国际舞台:

"几乎每天,我们都要刊登一篇有关古巴叛乱的报道:西班牙拘留营俘虏遭受非人道待遇、神父遭到毒打并被活埋、修女惨遭蹂躏后被扔进哈瓦那港喂鲨鱼……我很高兴没有卷入到我们的国际新闻当中。大多数报道都是编造出来的。"

"为什么?"

"赫斯特先生想要战争。就在这条大街北面的《世界报》的乔·普利策想要战争。他们俩都在竭力证明谁最想要战争。"

"是为了道义,还是为了发行?"

"不好笑。"她说着,拿手去戳他的头——这是以前他们之间的习惯动作。她的手意外地碰到了他的手,她吓了一跳,并皱起了眉头,接着便重新集中注意力去吃她盘子里的炸小牛肉片。麦克对自己突然的性冲动感到内疚,好在那红白相间的台布遮住了他的狼狈。

内疚,但是并不惊讶。上帝啊,他爱她。

内莉的那间小套公寓房俯瞰着东河①与罗布林②设计并建造的通往布鲁克林的大桥。这并非一个凌乱无序的地方;事实上,给人的第一印象是空闲和空间。然而,它有一种放荡不羁的文化品质,再加上一堆堆的书籍和一叠叠的书稿、一把有挂在脖子上用的五颜六色缎带子的吉他、那熟悉的毛皮垫子、她的银茶具。从加利福尼亚带来的很多纪念品装点着墙壁:鲜艳的印第安毯子、那张她的戴着圆圆的毛皮帽子的亲戚的照片、一张让他想家的海湾的平版印刷品。

夜色渐浓,东河沿岸灯光闪烁,从三扇巨大的拱形窗户望向室外,雪越下越大。好在到了室内,麦克坐下来看摆在壁炉里苹果木柴火前面的内莉的手稿——《加利福尼亚的女儿》,描述的是淘金热之后英国人接收这个州的情况。故事说的是一个富有的年轻姑娘、一个住在加利福尼亚的早期西班牙籍人,不顾父母和朋友的反对,爱上了一个大胆脱俗的美国冒险家。这个美国人真正想要的不是这个姑娘,而是这个家庭的大牧场。他娶了她,根据《财产法》,她的居于次位,据此他将大牧场据为了己有,之后,他便将她抛弃了。这部短篇小说以姑娘跳海自杀为结尾,这部小说有一部分讲述历史,有一部分是对妇女权利的论述。小说笔触犀利,像一篇新闻报道,不过它更催人泪下,更尖刻。他在小说中听到了比尔斯的声音。这部作品的总体风格勇敢坚毅,趋向自然主义风格。由于作者的博学多才,审视的角度广泛深刻,所以读者

---

①东河,纽约州东南部一海峡,位于曼哈顿岛同长岛之间。
②罗布林,即约翰·奥古斯塔斯·罗布林(1806—1869),出生于德国的美国土木工程师,设计悬索桥的先驱,是纽约布鲁克林悬索桥的设计者和总工程师。

从来没有像这个女主人翁受到欺骗一样被这个浪漫故事所误导。

一度,内莉的电话铃响了,稍稍干扰了一下。接线员接通之后,她轻声说道:"不,弗兰克①。不,亲爱的,今晚不行。我有朋友。是的,星期五。按照既定计划。是的,我答应。是的。再见。"

她挂好耳机,也不作说明,顾自到紧连着阁楼的敞开式厨房内忙活去了。这么说,她并非独身,并没有过着未婚妇女的生活而痛彻心扉地怀念着他。他为什么自欺欺人地总是以为她也许会怀念他呢?他恨那个素未谋面的弗兰克。

他看完最后一章,将稿子弄整齐。

"内莉,我并非评论家,但我认为威利说得对,这是一部强大的作品。"

"谢谢。我崇拜埃米尔·左拉②的作品:《小酒店》、《萌芽》。当然啦,你所看到的所有英文版的全都是经过删改的。不过,我希望我已经向他表示了敬意。"

"我写一封业务上的信件……都挺费力的。看你写的,都不费啥力气。"

她哈哈大笑起来。

"为了达到那个效果,你根本无法想象那付出的时间和痛苦。"她端来盘子,放到中间那扇窗户边被烛光照亮的小桌子上。

"它马上就要发表了,是吗?"

"是的,阿普尔顿出版社。明年春天。"

"太好了。祝贺。"

---

①弗兰克,即本杰明·弗兰克林·诺里斯(1870—1902),美国小说家,美国的第一位接受自然主义的重要作家。诺里斯的小说带有浪漫化的倾向,但它们描绘了那个时代生动可信的加利福尼亚生活景象。
②埃米尔·左拉(1840—1902),法国作家,自然主义文学的代表。主要作品有系列长篇小说《鲁贡玛卡家族》二十部,曾为犹太人法国军官德雷福斯冤案辩护,发表公开信《我控诉》。

她拿来一个绿色的瓶子放到桌子上。

"我买这个有好几个星期了,期盼你来嘛。"

"米拉维尔酿酒厂,纳帕霞多丽葡萄酒。如此款待,如何敢当啊。"

他站在她的近旁,他的手去抚摸商标的同时,碰到了她的手。她被火光映红的脸上掠过一丝不安的神色,她连忙走开。风刮着窗户,发出"呜呜"的哀鸣,他感觉窗玻璃上传来一丝寒意。但是当他们坐下时,两人之间的气氛又有些变化。

"你自己的事情,你还真的对我讲得很少呢。"内莉在他们开始吃饭时说道。

"没有什么可以说的。我就是不停地忙,我就是不停地挣钱。"

"你妻子好吗?"

"好,卡拉挺好。"他一把抓起他的葡萄酒杯,一饮而尽。雪落得更快了,此时他几乎看不见那座大桥,而且布鲁克林的那些山也完全消失在了视线外。

他望了一会儿大雪。

"昨天夜里,在阿斯特旅店舒适柔软的床上,那个暴风雪的噩梦又回来了。当我今天早上出门时,天下起了同样的大雪。我知道我为什么要生活在加利福尼亚了。"

她微微笑了。

他品尝着她加了少许油醋汁制作的凉拌蔬菜。

"这些鳄梨味道不错。"

"是来自家乡的,像餐后水果橘子一样。"她指着厨房长台面上的一碗橘子。

"你这儿能买到加利福尼亚脐橙吗?"

"是的,拐角的杂食店里就能买到。"

"那些脐橙很有可能是我的,你知道吗?"

"瞧,你发现了? 铁路毕竟并非一无是处——请别告诉赫斯特先生我说这话。现在我想听听你打算买的游艇的情况。"

"实际上，我还没有委托制造商制造。但是我跟设计师们在商谈这件事情，而且要什么样的游艇我已经明确了。两百英尺长，至少。"

"那不是要一大群船员吗？"

"我估计要四十到五十个人。我雇得起。我告诉过你，我要风风光光地回旧金山去。"

"而且你准备好了。"

"快了。"

"我真的很高兴，你干得很成功。你一定很满足了。"

"满足？我不知道……"她再次端起葡萄酒杯，深深地感受到了凉意，这是冬天透过窗玻璃渗透进来的无形的寒气。

他站起身来，走到壁炉跟前。苹果木柴燃烧着，发出阵阵芳香，火光映照在那碗脐橙上面，照得它们像一块块圆圆的黄金在闪闪发光。

"总是有更多的财富可以挖掘，总是有更多的金矿可以找到。有的时候，我感到遗憾，太忙了，连跑到阿拉斯加去投资新的产业的时间都没有。"

"可是你成功了，而且幸福……"

他转过身来，悔恨地哈哈大笑起来。

"千万别向已婚男人提这样的问题。"

"我并不是想要窥探你的私生活，或者……"

他大步走到餐桌边，坚定地将酒杯放到桌子上，吓了她一大跳。他从上面握着她的双肩，将她从椅子上转过身来。

"不，我不幸福。我努力想要跟卡拉一起营造幸福，可是不成功。"

"麦克，请……"她去扳他的右手，她的脸上呈现出率真的几乎是害怕的表情。

"如果是你，情况就会不一样。"他继续说道，"这就是我来纽约的真正目的。来说这句话。"

她灵巧地从他手下脱身。她站在最靠近她的椅子的窗户边说道："卡拉给我的印象是一个聪慧的女人。我估计她知道你的感受。"

他紧跟在她身后,他的机制靴子在地板上发出"啪嗒啪嗒"的声响。他将椅子挪了个地方,从后面握住她的双肩。

"忘了卡拉。"

他吻着她领子上面的脖子。黑色的秀发毛茸茸的,很暖和。他的嘴唇往左移动,移向他肩膀的曲线,他的右手悄悄地绕过去摸向她的乳房。

她松弛下来,紧紧地靠进他的怀里。

"哦,上帝啊。"她将自己的双手紧紧捂到他的双手上。

他放开她,让她有足够的时间转过身来,她拿双臂圈住他的脖子,嘴唇稍稍张开,亲吻着他。她甜蜜的舌头倾诉着约塞米蒂峡谷的回忆,瀑布在他们四周轰鸣,同样的欲火燃烧在他们的体内……

正当他开始抱起她的时候,美梦破碎了。

"不,麦克。"她静静地说道,但是十分坚定,一把将他推开,并坚定不移地说出一个"不"字。

"为什么? 没有人会知道啊。"

"我们会知道。"

"内莉,我爱你。"

"我爱你。那没有什么区别。会引起混乱和痛苦的事情绝对不值得做。它会伤害每一个人,甚至那些没有直接关系的人。"

他感到震惊,他明白她在承认某些事情。他的话音中不免透出恼怒。

"你是一个专家了,是吧?"

她在炉火边镇定了一下。

"是的,不过千万别在意我的处境,那都过去了。我来这儿之后很快出现了这样的情况,我现在还认为我过去一直在努力越过你这道坎。无论如何……我们要是干了我们俩都想要干的事情,最终我们都要陷入痛苦之中的。你,和我……还有你妻子。"

"我怀疑她并不是需要过于介意的对象。"

517

"对不起，麦克。回答是'不'。"

她将金色的衬衫下摆重新塞进裙子腰部，然后将它抚平。他几乎可以看到她用理智和意志做成水泥墙壁，将激情包裹了起来。

"我们必须顺其自然，面对生活。我有小说等着发表……你有旧金山要征服……在那本指南里翻过另一页。你还保留着那本指南吗？"

"就在里弗赛德，我的桌子上。"

"海因斯……就是这位作者。我一直期望总有一天可以去拜访他。"

"你在转移话题。我想要谈谈……"

"不，那事儿就那样了。我高兴你能来做客，很高兴。但一切的一切就只能是这样。做客而已。"

"该死，你那套完美崇高的主义，内莉……"

她急匆匆往厨房走去，态度变得生硬，似乎要缩回到自己的天地里。

"你还要在纽约待几天吗？"她问道，端着那碗脐橙从厨房里出来。

"下午早些时候我是这样想的。"他停顿了一下，他的目光变得冷峻，"但我发现没有什么事情可干了。我赶明天的火车回去。"

"那你除夕夜还得赶路啦。"

"是啊，我的庆祝很可能只是瞧着一堆堆大雪在车窗边飞驰而过，在上帝都遗弃的地方，像艾奥瓦州或者内布拉斯加州。无所谓了。"

他十分生她的气，他从来没有对一个人爱得这么深过。

内莉递给他那碗脐橙。

"你想要吃个脐橙吗？"

"不，谢谢。回到家里我有的是。"

麦克离开两小时后，暴风雨变成了暴风雪。内莉听到大楼在嘎吱乱响，她跌跌撞撞地从又硬又窄的床上爬起身来，凝视着窗外。她几乎看不见那座大桥，也看不见其他东西，唯有狂风呼啸下白茫茫的一片。

518

她一直睡不着。她感觉内心的伤口绷得紧紧的,她感觉双脚冻得发僵。她将所有的毛皮垫子都堆到了床上,但是毫无用处。她多么希望他能在这儿为……

不,她绝对不能这样想。今晚她差点就范……就差一点。现在,他已经是一个已婚男人。但是,他在她的生活中依然具有强大的力量,当她在办公室里第一眼看见跟赫斯特先生在一起的他时,就目瞪口呆地发现了这一点。她在凛冽的暗夜里匆忙回到床上,在那些毛皮垫子下瑟瑟发抖,一面回忆着他的模样,回忆着他如何抚摸她,回忆着所有他说的那些小事情,他就是为了博得她的开心,她内心也的确感觉开心……

让你那套道德标准见鬼去吧,内莉。他也说了这个话。

"哦,上帝,是的。我但愿我能,我但愿我能。"她喃喃自语着,将自己泪水涟涟的脸转向枕头。

1897 年的最后一天,卡拉外出去帕萨迪纳市。火车里挤满了旅客,她对他们的喧闹和欢乐愤懑不已。她心中唯一想着的事情就是麦克如何在圣诞节前一个星期将她抛下而只身去了纽约。

我也是一个干抛弃勾当的人啊,我的朋友。咱们走着瞧。

"玫瑰花比赛"这个名字是经过精心挑选的,用来向受暴风雪围困的东部的男女和他们的子孙们传达一个信息,这是我们引以为豪的这个"终年阳光灿烂之地"的快乐源泉之一。

摊在她膝头的那个官方的游行布告是这么说的。这是 1898 年的 1月 1 日,在圣加布里埃尔河谷,一个阳光灿烂的早晨。卡拉穿着名贵的服装,看上去甚至过于奢华。拥挤在位于橘园大街的这家上等客栈阳台上的女士们全都一个样。这家客栈属于帕萨迪纳银行的一位副总裁,一个跟卡拉的父亲有生意往来的索然寡味的小个儿男人。

自 1890 年除夕开始以来,这项赛事就成为了南加利福尼亚的日历上一项重要的活动。一个当地的旅行家和发起人说服了河谷狩猎俱乐部赞助游行的车辆,接着是下午的一系列游戏和音乐会。这个发起人还记得他在地中海游历时看到过五彩缤纷的花节,便建议,凡进入游行队伍的都要携带花饰。这一活动犹如一剂解毒剂,振奋了人们自 1888 年地产泡沫破裂之后所带来的低落情绪。现在,这一活动已经由一个民间社团承办,每年吸引了更多的游客。

十点半,阳台上的客人们听到从科罗拉多大道上传来的音乐声,便纷纷放下手中的潘趣酒①和香槟酒,放下一盘盘的新鲜西瓜和奶油草莓,蜂拥到栏杆边,等待第一批游行队伍从南面过来,走上橘园大街。卡拉腻烦透了,不过,她也加入到了他们的队伍中,假装热情高涨。

跟在护旗队后面的是城市乐队,他们吹奏着苏泽②的《怒吼者进行曲》,接着是河谷狩猎俱乐部的人,他们的翻领上别着红色花束,红色的玫瑰花饰物令他们骑着的纯种良马的笼头熠熠生辉。有徒步的队伍,也有骑自行车的队伍。一个十人合唱团乘着双轮马车驶过,他们高唱着《我的肯塔基老家》。但是,最响亮的掌声留给了那些装饰精美的花车,花车上覆盖着厚厚的玫瑰花、老鹳草花、康乃馨花、万寿菊花、葵花、菊花,有花毯,有花环,有花枝。每个轮子都扎着鲜花,每个挽具上和马笼头上也都扎着鲜花。用菝葜拧结起来的一条条绿色链子点缀在鲜花丛中,两者相得益彰。卡拉很快被如此斑斓的色彩弄得目不暇接。

参赛者从朴素到豪华排列,分成不同类别,一开始设有得兰矮种马拉车、山羊前后排列的羊拉车和小毛驴拉的车。宾馆酒店和工商企业用来参赛的是由职业驭手驾驭的一缰四马和一缰六马的道路大马车。在这些光彩夺目的马车顶上聚集着咯咯笑个不停、挥舞着手的姑娘,都

---

①潘趣酒,一种用酒、果汁、牛奶等调和的饮料。
②苏泽,即约翰·菲利普·苏泽(1854—1932),美国作曲家,曾任美国海军乐队指挥,改良大号为苏萨号,著有《星条旗永远飘扬》等进行曲一百余首,编有《世界各国人民爱国和典型曲调》。

是可以找到的最漂亮的姑娘了。每一类车子上，分别用蓝、黄、红三色的三角旗装饰，表示参赛者所获得的一、二、三等奖。

撒迪厄斯·洛教授在内战时期曾经经营过联邦气球兵团，由六辆车子代表。洛和他的家人坐在第一辆车上，一辆乔治四世四轮敞篷轻便马车。教授算是当地名流，他经营着一条通往一座山峰顶部的窄轨景观小铁路，这座山峰的命名有点老套，叫洛山。

卡拉的男主人和女主人看到了她。

"玩得开心吗，亲爱的？"银行家的妻子问道。

"哦，是的，这太美了。"她憎恨此情此景。

"午餐后我们驾车去公园。"那银行家说，"那儿有自行车比赛、职业拳击比赛、小毛驴比赛……挺令人激动呢。"

谁要是为小毛驴比赛而激动，准是个白痴，卡拉心想。她微微笑着。

"我当然想跟你们一起去。可是我这儿痛得要命。"她紧紧按着两条眉毛之间的一个地方，"我有时就会这样痛，会持续好几个小时，有时一整天呢。"

他们理解女人有女人的事情，便体贴地收回了成命。游行结束的时候，她谎称自己不舒服，回到了位于格林公园宾馆的她的套间内。她要了一份简单的午餐，吃完，洗了个澡，便安顿下来等他。

十点半。他们赤裸裸地躺在黑暗中皱得一塌糊涂的床单上。

"我很高兴你给我拍了电报，钱斯夫人。"

"而我也很开心你能安排出时间前来观看这场比赛，费尔班克斯先生。"

"你肯定你丈夫还在纽约吗？"

"是的。你可以不受任何干扰地办理你所有的紧急事务。"

他哈哈大笑起来，一面紧紧地抓住她高耸的胸乳。他有点急，甚至有点粗鲁，但是他的肌肉跟男人的气味令她亢奋。她拿一条手臂抱住他的脖子,像一只贪婪的野兽,张开了嘴巴。很快,他便深深地插入她的体内,急速地上下抽动起来。她紧紧地抱着他的脖子,想象着假如让麦克看到这一幕,他会是什么样的脸色。

接着,她受不了了,便猛地将头往后仰去,叫出了声来。

费尔班克斯在几个小时里干了她三次。之后,在她的坚决要求下,他又干了她一回。凌晨四点半,他悄悄溜出外面,关上房门,调整了一下那块"请勿打扰"的牌子,回到了他自己住宿的宾馆。

42

2月15日,战列舰"缅因州"号在哈瓦那港被炸毁。三百五十名水手中,有二百六十人遇难。

每个人都怀疑是一枚西班牙水雷,战争的狂热像流行病一样开始蔓延。逡巡不前的麦金利总统,在其共和党同事和黄色报刊的逼迫下,一步一步退却,退而采用军事干预。赫斯特和普利策声嘶力竭地为军事干预辩解,要求采取军事行动,牢记"缅因州"号。

地中海别墅似乎跟这一切十分遥远。一本《加利福尼亚的女儿》寄来了,扉页上的亲笔签名充满了爱意——"内"。麦克决定不让卡拉看到这本书。

他回到家里的时候,卡拉让人诧异地表现得和蔼可亲,甚至热情洋溢。4月初的一个晚上,他们坐着一辆边上镶着雅致的金色细条的黑色双轮轻便马车驶向平原地带,他们沿着一条泥路,穿越正在成熟的巴伦西亚柑橘园,向前驶去。暖暖的微风中,深绿的树叶沙沙作响,柑橘树芳香浓郁,令人陶醉。

卡拉请他把轻便马车停下来。她的脸色明显苍白,她揉擦着自己的双臂。

"我很高兴春天来了。"

"你感觉好吗？你最近好像脸色不太好。"

"就是有时有点乏力。"她的双眼凝望着五彩缤纷的晚霞,很难讲,她是心神不宁,还是仅仅因为心中的渴望。

"有原因的,麦克。"她最后说道,并将自己的一只手放到他的手上。

麦克从钩子上一把抓起听筒,摇了两下曲柄。上帝呀,他们什么时候才能安装不需要摇曲柄的新式快速电话机啊?

"总机。"

"哈里特,我是钱斯。请转接梅林杰大夫。"

"钱斯先生,已经八点过五分了呢。我正要关机回家啦。"

"该死的,哈里特,是急症。让他接听。"

古斯塔夫·梅林杰大夫来接听了电话,他说话时永远带着怒气冲冲的日耳曼口音。麦克厉声大叫道:"大夫吗?我是麦克·钱斯。你明天早上能否一起床就过来?你需要来看看卡拉。她又怀孕了。"

之后,他们四臂相交拥抱着睡下。

"这是个让人高兴的消息。"他说道,"但是我弄不明白我们是什么时候……"

"总是你回家之后的哪个晚上。孩子的预产期是 10 月份,我想。"

"你对此开心吗,卡拉?"

她沉默了一会儿。

"说老实话,我从没打算再次怀孕。爸爸对你说过,我不属于那种专注照顾家庭的类型。但是,我不想冒生命危险,去洛杉矶哪条黑巷里面的哪个肮脏的接生婆那儿。我想顺其自然吧。"

"是的,是的。"他说道,一面擦着她的一只手帮她取暖,"从现在开始,情况会有所好转。"

她微微地苦笑了一下,轻轻地拍着他的脸:"你总是那么乐观。"

"不是，我感觉如此。我肯定如此。"

他想要表现得热情一点。但为什么这么难？

4月19日，国会通过决议，宣称古巴不应该受到外国势力控制。它授权总统把这个消息告诉西班牙政府，并用相应的武力进行干预以保证决议得到实施。麦金利第二天就签署了这一决议。

到了第二周的周末，麦克和约翰逊穿过平原上的柑橘包装厂，例行他们周五晚上的巡查。麦克的两个包装厂也是可供参观的地方，厂区通常十分干净，全是用电灯照明。

工厂很忙，而且今年春季的收成看上去异乎寻常地好。对这项季节性的工作，麦克雇用的大多是年龄较大的工人、已婚的妇女和年轻的姑娘，至少有三分之一是墨西哥人。他们在一些互相连接的大工房里干活，最后加工的流水线笔直地穿越那些拱门。没有玻璃的窗户敞开着，大量的新鲜空气可以进入到厂房内。

麦克和约翰逊从分类传送带开始巡查。用手放到传送带上的柑橘早已被擦得干干净净，然后再用水洗净。接下去，传送带两边的男工和女工将滚动的柑橘捡起来分别放入三个溢流通道，每个通道一个等级。他们干得很快，他们戴着白色棉手套的双手飞速舞动，仿佛像无数只饥饿的鸟儿在啄食。

麦克在一个块头很大的女工肩上倾过身去，从通道上捡起一只柑橘。

"这样的是标准级，不是特级，玛格丽塔。"他宽容性地捏了一下她的肩头，她回以一个抱歉的微笑，于是他跟约翰逊继续往前巡查。

麦克拿大拇指指甲剥开一个柑橘的皮，接着吸了一下果汁，吃了一点果肉。约翰逊盯着那些电灯。看他今晚的样子有点心烦意乱，一直不停地使劲在拉他的天蓝色印花大手帕。

麦克突然想到了什么。

"我要在这里放上凳子，说服合作社让每个地方都这样做。"

524

"果园主干吗要花这个钱呢？"

"这些工人干吗要站九个小时累断筋骨呢？"

当他们进入另一个大工房时，约翰逊的绿色眼睛又游移到了天花板上，或者说天花板之外的什么东西上。

麦克说道："你今晚的脑子上哪儿去了？不在这儿嘛。"

"我估计到得克萨斯去了。那是我要去的地儿。"

"回家？沃思堡①？"

"圣安东尼奥②的伍德兵营。伦纳德·伍德③和罗斯福，那个贵族出身的小兔崽子原先在海军部，他们联合组建了第一志愿兵骑兵团。这个团的情况我全都了解，他们需要擅长骑马的人。是牛仔，又是马球运动员……这两样我齐全。"

"那个团可能会参加战斗吗？"

"太对了。把那些该死的美籍西班牙佬赶出古巴去。"

"休，四十六岁去干那个太老了。"

"我只有四十五岁。我会用鞋油把头发里的白发染黑，再他妈的撒个谎。我见识过很多美景奇观，可就是从未经历过战争。我下午就去买火车票。"

麦克突然感到沮丧，继续往前巡查。在这个工房里，有溢流通道的宽阔传送带被分成了三条独立的包装带。每条包装带上，女工们用鲜艳的橙色包装纸将水果包裹好。包装带的前面，其他女工……经过麦克精心挑选的最好的女工……飞快地将包裹好的水果装进分隔成两个空间的箱子里。特级柑橘箱子的一面贴上印有那个老探宝人的"黄金加州"商标。较差等级的柑橘的箱子上有不同的商标名称，那标签也不好看一点。

---

①沃思堡，得克萨斯州北部的城市。
②圣安东尼奥，得克萨斯州南部的城市。
③伦纳德·伍德（1860—1927），美国将领，当过军医，曾任美国志愿兵骑兵团司令，参加美西战争，后任古巴总督、美国陆军参谋长、菲律宾群岛总督。

包装工们在干活的时候谈笑风生。许多人具有农妇黝黑粗糙的肤色。这个工房甚至比分类工房还要热闹。每当装满一只箱子时,一个包装工就会喊:"满箱!"于是,一个劲头十足的搬运工就会跑上前来。搬运工通常是身强体壮的年轻小伙子,因为这是最艰苦的一项活儿。一箱满箱的柑橘重达七十磅呢。

麦克注意到,一个小伙子扛着箱子跑过的时候,他的大拇指在流血。箱子粗糙的木板常常将手掌和手指划破。麦克从衬衣口袋里掏出一支铅笔和一张纸。

"去告诉比格斯塔夫,他们这儿需要手套。"他将纸抵到一根柱子上,在上面写着什么。

"听着,我又要出去闲荡了,你有反对意见吗?"

"没有,我之前对你说过……你想要走了,随便什么时候都可以走。"

"我要是走了,等你的孩子降生时我就不在你身边。我是说……万一你需要帮助。"

他们从一扇边门走出厂房,走进暖风习习的黑夜中。

"你哪怕是在这儿,也他妈的帮不了我太大的忙。"

"要是可能的话,我会逗你开心。你始终就根本没有'咔嚓'一声立正面对即将出生的下一代。"

工棚里的电灯灯光照在麦克冷峻的面孔上。

"我对这事儿有一种负罪感。我不知道自己为什么会有这种心情,也许……"他将双手胡乱塞进屁股后面的牛仔裤口袋里,两眼凝望着沙沙作响的果树林,"也许是因为这整个婚姻无足轻重吧。"

约翰逊将烟丝袋里的烟丝撒到香烟纸上,然后将它卷起来。

"唉,结婚的事儿你挺冲动的。不过那时,冲动也是你的优良特质之一。不像那个硬领子的律师费尔班克斯,也不像我所见到的其他人。"

"我不敢肯定卡拉想要这个孩子。"

"我估计她也不想要，根本不想。她是一个漂亮女人，但她天生不是顾家、顾柴米油盐的那种人。你看，听我的意见，让你背上了双重包袱。"

"那倒没有。"

约翰逊在他的裤子上擦燃火柴。

"太糟糕了……你总归是就范了。"

他点燃叼在嘴上的香烟。

"你有时完全把你老婆忘了。你一天十八个小时、二十个小时都在忙……你到纽约待了好长时间，其实只要几个生意电话就行了。就是那个给报纸工作的姑娘，是吗？写书的那个人？"

"别提她了。她跟这事儿毫无关系。"

约翰逊不信，但是他没有再争辩下去。

"好吧。我只是再次提醒……如果卡拉烦躁不安的时候，千万别再对她太狠。你没有必要一天到晚对她献殷勤。尽管如此，对马上就要来到这儿的小孩子来说，这没有丝毫的关系。你是爸爸，所以你得担当起爸爸的一份责任，也许卡拉也得担当起她的一份责任，你们都想好好抚养这个孩子吧。"

"你以为我还会有其他做法吗？不管卡拉如何想，这个孩子将得到很好的照顾。"

"哎呀，那是肯定的。"约翰逊柔声说道，"我只不过是提醒你一下。"

美国在两条战线上的小战争中取得了辉煌的战绩，战争持续了一百零五天。在加勒比海，沙夫特将军的远征军击败了古巴的帝国主义者，迈尔斯将军在波多黎各①也击败了帝国主义分子。在菲律宾，海军准将杜威、韦斯利·梅里特将军和菲律宾的反抗者包围了马尼拉警卫

---

①波多黎各，位于拉丁美洲的大安的列斯群岛东端，是美国的一个自由联邦，实行自治。

部队。6月30日，麦金利命令西班牙投降，并提出了条件。8月份的第二个星期，西班牙便停止了抵抗，同意将波多黎各和关岛①拱手相让，并同意美国占领古巴和菲律宾。胜利者所付出的代价是五千条生命，其中百分之九十死于黄热病和痢疾。

8月下旬，赫尔伯纳·约翰逊军士从战场回到了家里。拂晓前一个小时，大约有二十个人聚集在里弗赛德的火车站，等候他乘坐的火车到来。麦克驾着那辆黑色的轻便马车，穿越包裹着城市的潮湿浓雾。火车的前灯刺穿雾霭，列车咔嚓咔嚓地进站了。当列车员帮助约翰逊走下火车时，欢迎的人群鼓起了掌。约翰逊摇摇头，大为惊讶。他用左手拎起手提箱，拿一根前臂拐杖支撑着他右边的身体。他的右脚已经被软木替代，在月台的木头地板上拖行。

7月1日，在向埃尔坎尼那个山顶村庄发起攻击时，一个西班牙狙击手击中了他。

"一点也不像那种毛瑟枪的子弹。你听到它们穿过棕榈树飞过来，'吱'……你如果听到它们'咔嚓'一声，那就一定是它们击中谁了。我听到'咔嚓'一声，低头一看，是我。"

他在坦帕的一家医院里治疗了一个月。考虑到他得了这样的终身残疾，他的精神状态算是好的了。

"教我大摇大摆地前去参加战争，像去赴一个派对一样。得，我从来就不喜欢跟女士们跳舞，直接把她们弄上床不就得了。"

关于他们这个团，他满肚子的故事。

"给报纸工作的那些小子们都弄不明白该怎么称呼它。'泰迪恐怖分子'是一个名称。'泰迪阔少帮'……那是又一个名称。最后确定了一个名字：'莽骑兵'。"

①关岛，西太平洋马里亚纳群岛中最大的岛屿，为美国西太平洋的重要海军、空军基地。

528

关于副司令的故事："真正指挥这支部队的是泰迪。他是个花花公子，戴着一副镜片只有十美分钱币那么大的眼镜。"

关于内莉的故事："罗斯福上校读了她的书。迪安，哈佛大学的橄榄球四分卫，他随身带着那本书。斯蒂芬·克兰也一样，一个记者小伙子。他说内莉出名了。"

"是的。"麦克承认道，"那本书很畅销。今年秋天将在欧洲出版。"

约翰逊也有问题。

"卡拉怎么样了？"

"身体很好。她的肚子很大了，她不喜欢那样。她老是卧床。我睡在另一间卧室。她想要这样。"

9 月 27 日夜里，麦克度过了他没有任何庆祝活动的三十岁生日的十天之后，卡拉开始分娩。将近二十四小时之后，古斯塔夫·梅林杰大夫走出主卧室。麦克原本坐在椅子上打盹，立刻跳起身来。梅林杰大夫还没来得及关门，麦克便听到了一声啼哭声。

"大夫，一切都还……"

"很好，我的孩子。你儿子很好，你妻子的表现也很好。"

麦克一下子靠在了墙上。自从前一晚夜间守护开始以来，他一直在熬夜，睡得很少。他那皱巴巴的衣服已经有味儿了，他的肌肤有湿冷的感觉。尽管这副样子，但是他的精神提起来了。

"跟我说说他的情况。"

"他体重六点五磅，肺活量很大。你可以去看看他。你的奶妈早已经把他洗干净了。"

德国老人站到一边，做了一个"请进"的手势。麦克将他的马甲往下拉了拉，将衬衫塞进裤腰。当他将一只手握住门把手的时候，梅林杰捏了一下他的肩膀，给了他无法理解的敏锐的一瞥。祝贺，抑或某种同情？

他还没有看到他儿子时便听到了轻柔的稚嫩的哭声。奶妈将他包裹在柔软的棉毯里。奶妈的名字叫安吉利娜·奥利瓦。她三十五岁年纪，就在上个月失去了她的第一个孩子，一个小男婴。她那个一生潦倒的丈夫几个月前就离家出走了。她蓄着长长的辫子，长着一双富有同情心的眼睛，一对巨大的乳房包裹在帐篷一样的衬衫里。

"钱斯先生，你看这孩子多棒。"她说的是葡萄牙语。

带着新晋父亲的悸惧不安，麦克揭开外层棉毯的一个角。一看到这一奇特的景象，他不禁喘了一口大气：小小的红色脑袋，上面覆盖着一层像帽子一样的金黄色绒毛，一双细细的眼睛，一张调皮的嘴张开着。他抚摸了一下一个小小的拳头，还是湿的。渐渐地，像黎明来临，儿子奇迹般的出生令麦克容光焕发。

小男孩再次开始啼哭。安吉利娜·奥利瓦将孩子抱在她胖胖的怀里轻轻摇着他，并朝麦克点了点头，示意他到床边去。

梅林杰大夫选择了在煤气灯光下接生，他将煤气灯调得很暗，昏暗的灯光朦胧了用来接生的一些粗陋的附属工具：一个角落里的一些脸盆，脸盆里装满了粉红色的水和血迹斑斑的衣服。

在被褥凌乱的床上，卡拉坐在那儿，她乱七八糟的头发披散在肩头的睡衣外面。她深蓝色的双眼看上去像两个巨大的月亮，一时间有点茫然失措。她脸色苍白，满脸汗水，麦克从来没有看见她如此狼狈的一面。他拉住她的一只手。她嘴巴的线条一直奔拉着。

"孩子很好。"

"我知道。"

"你好吗？"

"痛。上帝呀，痛。我从来没有经历过如此不舒服的事情。"

"我们给他取个什么名字呢？我们曾经讨论过，但一直没有定下来。我想要给他取我父亲的名字。"

"你想要给他取什么名字随你便。"

这样的生硬态度令他发愣,但是他竭力不将情绪露在脸上。卡拉在枕头上将脸转了过去,不再对着他。他突然感到茫然不知所措。

"你想再抱抱他吗?"

"不。我已经尽了我的职责。现在要你照顾他了,就像你其余的财产一样。"

于是,他肩负起了照顾儿子的职责。他将儿子取名为詹姆斯·俄亥俄·钱斯二世,并从洛杉矶订购了特制的毯子。每张毯子的角上,都有着漂亮的刺绣,女裁缝绣了好几个一模一样的椭圆形图案,上面都有首字母"JOC①"。

43

晚秋时节,沃德洛兄弟土木工程师公司的工程师们在圣索拉罗搭建了一个现场办公室。麦克雇用了一个土地规划师公司,并会见了洛杉矶的那些房地产商。圣诞节前夕,他跟一个名叫威廉·哈泽德的成功的经纪人签订了一份合同。哈泽德的日落海房地产公司将会成为这个新城市的第一家代销商。

1899 年 1 月,科尔·沃德洛和克莱蒙斯·沃德洛兄弟俩走下南太平洋铁路的火车,抵达洛杉矶,而且他们立马投入到了水利系统设计的研究和准备当中。这兄弟俩既不喝酒也不抽烟。他们在放松时就阅读《圣经》。他们一周工作六天六夜。星期日,他们去一个浸礼会教堂做礼拜。

快到月末的时候,一个上面没有地址的皱皱巴巴的信封给麦克带

---

①JOC,即 James Ohio Chance(詹姆斯·俄亥俄·钱斯)。

来了一张从"日报之王"上撕下来的纸。1月15日,《旧金山考察人报》刊登了一首诗,名叫《扶锄人》。报纸用装饰性的边将这首诗框起来呈现给读者。在底边处,麦克发现了几个手写的字:一首描写社会主义良心的优秀作品。旋风已经来临。马克斯。

诗人埃德温·马卡姆①从米勒②的著名画作中得到灵感,现在这幅画为克罗克家收藏。最初几行诗便描绘了一个栩栩如生的形象。

> 他弯腰弓背,驮着几个世纪的重压
> 他靠在锄头上,凝视着土地……

在诗的主体部分,马卡姆将愤怒发泄到了领主——土地所有者的头上,那些领主迫使扶锄的人在忍无可忍的艰苦劳作下生活。

> 啊,所有土地上的奴隶主、地主、统治者,
> 难道你献给上帝的这幅杰作,
> 这一骇人听闻的主题被扭曲和灭绝了灵魂吗?

这首诗如同燎原大火在一份又一份的报纸上广泛传播。美国民众把它当作一个轰动性的文学事件。不过,"沼泽怪"赫尔曼并不喜欢这首诗。在一次周末的来访中,他看到了那张撕下来的纸,便向麦克抱怨道:

"这是垃圾。这个马卡姆,他算个啥?来自纽约的一个左倾无政府主义分子。"

"一个老师。奥克兰人,据我所知。"

---

①埃德温·马卡姆,即查尔斯·埃德温·马卡姆(1852—1940),美国诗人,其受米勒的画影响而作的诗《扶锄人》最为著名,主要作品有诗集《林肯及其他诗篇》等。
②米勒,即让-弗朗西斯·米勒(1814—1875),法国画家,巴比松画派代表人物,作品多取材于农民的劳动生活,画风质朴,主要作品有《簸谷农夫》、《拾穗者》、《扶锄人》等。

"他们在奥克兰也准备了处死他的绳子。你知道亨廷顿先生对此是怎么说的吗？他说,任何有锄头的人都应当表示感激之情。"

"得了,马卡姆说得对。有太多的富人剥削穷人了。我喜欢这首诗。"

"你凡是激进的东西都喜欢。你是个疯子,你这个阶级的败类。我不知道你是如何得到这么好的一个儿子的。给,我给他带礼物来了。玩具枪,跟真的科尔特一模一样,'砰','砰'。外面有一辆萨里式游览马车,你可以套到矮种马上。他可以在你的庄园里到处驾车兜风。"

麦克哈哈大笑着。

"等他可以坐起来的时候再说吧。你非把他惯坏不可,'沼泽怪'啊。"

"我有这个权利,我是他外公。"

真是一个奇怪的老土匪,麦克心想。

马克斯写到了,工人中间,期望值越来越高,旋风正在形成。要是这股旋风攫住"沼泽怪"的话,他该怎么办？事实上,他自己该怎么办？

沉默了几个世纪之后……
当这个无言的讨厌鬼起来审判世界的时候……
那些王国和国王们该怎么办？
那些置他于如此境地的人们该怎么办？

到1899年3月份,圣索拉罗那个老的"火车站"处所被改造并扩大了。一个因碧水在河道荡漾而变得完美无瑕的新城的水彩透视图和石膏模型展示了这个未来居住地的诱人景色。麦克亲自给倾向于买最早地块的所有人写了信,描述了新的水利系统,阐明了他建设一个真正社区的计划,鼓励他们考虑到圣索拉罗来建个家。他收到了三个回复,是三对临近退休的老人,他们说他们将满怀热情地考虑这件事情。

当钻井在用唧筒抽油的时候,木匠们敲敲打打,搭建起了四幢连成一排的样板房。这些样板房重现西班牙教会式建筑风格,整洁的小小家居,墙壁用拉毛粉刷,屋顶由红瓦覆盖,中间是院子,看阳光照射,闻鲜花芬芳。麦克在脑海中设想了未来买家的定位:很想到南加利福尼亚来工作或者颐养天年的殷实的稳定的中产阶层人士。他不想让一个城市成为类似于乡间俱乐部这样的地方,也不想让它成为"候鸟"们的栖居地。

他的大多数工作日都在圣索拉罗,而照管阿林顿高地果园的事情就交给了约翰逊。这个得克萨斯人扔掉了他的拐杖,不再瘸得很明显了。每天一次,他在镜子前面练习走路,每次都要用他的木脚保持平衡好几分钟,或者就简单地站在那儿,瞧着镜子中的形象,看他的两个肩头是否保持水平。"我不想让那些农业工人当我是个二等公民。我也不想放弃我光荣的马球生涯。俱乐部那些家伙,他们开始以为我是个瘸子了,他们很可能会投票把我选下去。这不公平,不过,人们就是如此对待像这样的伤者的。"

麦克每周五回到地中海别墅,长时间地陪伴在他儿子身旁,他喜欢叫他儿子"小吉姆"。卡拉通常不在家,她若在家,对小宝宝也丝毫不感兴趣。另一方面,麦克的兴趣倒是无穷无尽。每一个新的发展……一个"咯咯"的笑声,骄傲的父亲会当作孩子在说话;牙龈上的一个肿块,麦克会以为是长出了一颗牙齿……都值得他惊叹一番。安吉利娜·奥利瓦把孩子照顾得很好,她也从来不说一句他母亲的坏话。

4月,建筑工程开始在圣佩德罗的一条防波堤上展开。经过多年的进进退退,科·波·亨廷顿最后放弃了那场海港战争。麦克竭力在脑子里想象着亨廷顿的脸……很可能像蜡像一样,阴沉着,显示出老态龙钟的疯癫——他快八十岁了。麦克也在想象着费尔班克斯的形象。怀有如此的恶意是可耻的,但是他完全乐在其中。

几天之后,日落海房地产公司的人开始从洛杉矶带来了潜在客户。麦克要是有时间,就会亲自带他们参观这个住宅开发区。一个星期四的下午,他带着一对来自密歇根州①的夫妇沿着河道闲逛。

"……所以,你们要是在这儿建一个家,绝对可以放心,这儿有永久的淡水可以供应。圣索拉罗灌溉股份有限公司,这个建起来就是为业主所拥有的公司,刚刚完成了从这儿到卡特峡谷之间所有土地的供水谈判。卡特峡谷的径流将是基本的水资源。沃德洛兄弟土木工程师公司正在设计一条两千英尺的隧道,在沙砾层的河床下面堵水引流。我们还将建一堵将水流改道的大坝和所有必要的管线,把水引到这儿来,引入一个社区的水库。清洁的淡水将用管道引入每个地块。清水也将注满这条河道,虽然这条河道主要是供观赏用的。沃德洛兄弟是全国最好的水利专家。他们此刻正在你们看到的临时办公室里工作呢。作为圣索拉罗灌溉股份有限公司的普通合伙人,我将出资建造整个系统,根据你们的建筑用地的情况,你们将持有十股股份。当然啦,前提是你们决定购买这儿的地块。"

"我已经决定了。"那位先生说道——这是一位退休的银行高级职员,"我喜欢这个规划布局。而且我喜欢你这样类型,钱斯先生。坦诚。"

麦克想到了怀亚特·保罗的夸张,便笑了。

"嗯,我尽量使每个承诺都有根有据。"

"我倒是真的还有几个问题,关于……"那人说到一半停住了话头,他看到一个人从沃德洛兄弟土木工程师公司的办公室出来,急匆匆朝他们走来。

那人将麦克拉到一边。

"奥利瓦太太刚刚打来电话。她请你马上回家去。你儿子在发高烧……一百零三或一百零四华氏度。他从周一晚上开始就在发烧,大夫也没办法把体温降下来。"

---

①密歇根州,美国北部的一个州,首府兰辛,1783 年由英国割让给美国,1837 年成为美国的第二十六个州。又译密执安州。

535

"钱斯夫人干什么去了？她在那儿,是吗?"

那人尴尬地点了点头:"是的,先生。可奥利瓦太太说……唔……她说你夫人不愿意被打扰。她吩咐奥利瓦太太打电话给你。"

麦克向那对退休老人道了个歉,马上就离开了。他的生意也丢了。

他坐慢车花了大半个下午和一部分晚上的时间才回到家里,到达里弗赛德火车站已经是九点半了。一个仆人带了两匹配好鞍的马在接他,他们向高地飞驰而去。麦克因为这段旅途而浑身肮脏,而且筋疲力尽。长长的旅途让他心神不定,让他处在没完没了的担心之中。

他三步并作两步,冲上那间大保育室。梅林杰大夫迎上前来,给了他一个鼓舞人心的消息:小吉姆的高烧大约在六点左右退了,现在正在舒适地睡觉。

卡拉在楼下的起居室里,说话口齿不清,目光像笼罩着一层薄雾。她喝烈酒有多久了?

"卡拉,照管吉姆也是你的责任。我不可能老是待在这儿的。"

她轻飘飘地挥了一下手,开始朝餐具柜走去。

"那么让别的什么人来照管。我受够煎熬把他生了下来,这就够了。"

他插到妻子和烈酒瓶之间,一把从她手上夺过酒杯。

"听着。足足六个月了,你几乎都没有看过孩子一眼。你让另一个女人给他喂奶……"

"是啊。"她耸耸肩膀,"就这个想法使人反感。"

"……而且你强迫安吉利娜整天照管他,每天照管他,除了我回到家……"

她推着他的一条手臂。

"走开。我要喝酒。"

"别这么大声。除非我说可以,你甭想再喝一杯酒。我也许永远不会说可以。"

536

"该死的,你可以操控其他任何事情……你绝对操控不了我。"她用双拳打他。他避开了,将空酒杯扔到一张椅子上,他抓住她的双腕,轻而易举就将她制服了。她想去踩他的脚。

"卡拉,冷静,听我说。我再次告诉你,你对孩子负有责任。"

"为什么? 我本不想要他的。我不爱他。"

麦克再次放开她。他退后一步,怒视着她。

"这是我所听到的最恶心的事情了。"

"这是事实。"她用拳头捶打着自己的腿,开始哭泣,"我警告过你我应付不了婚姻生活,爸爸也警告过你。我在蜜月之后六个月的时候就厌烦了婚姻生活。可是我一直在努力,我一直希望跟你在一起情况会不同。可是,那时没有不同,现在也没有不同。"

"我该死的才不……你对那个孩子负有责任。"

"责任? 见鬼去吧。我生来就不是负什么责任的。我擅长的是喝酒,擅长的是性交,擅长的是像你在拍卖画廊拍得的一幅画那样把自己展示给你的朋友。但不擅长负责任,麦克。什么他妈的责任。他妈的。他妈的。"

她冲过他身边,去拿烈酒。这次,他没有阻拦她。

他听着玻璃器皿的叮当声,听着她的哭声,竭力想把这一切捋清楚。对她这种不幸的状态,他的情感在愤怒和同情之间来回摇摆。他该如何对付这局面?

他得先让她冷静下来。他抚摸着她的一个肩头,尽可能温柔地说道:"我们去散散步吧。今晚很美。我们谈谈。我们可以想出解决办法的……"

她的反应像是一头狂野的牲口。她一下子转过身来,闪身躲开他的手,将满杯酒泼到他的脸上。波旁威士忌刺痛了他的双眼,酒气直冲他的鼻子,酒水从他的下巴上滴落下来。

"我们什么也解决不了,麦克,什么也解决不了。"

他听着她退去的脚步声,像一首疯狂的断奏乐曲。一扇门"砰"的一声关上了,还插上了门闩。他闭上双眼。

接着,他自己伸手去拿威士忌。

他醒来了,火热的光线斑斑驳驳,照在他的脸上。

他眨了好几次眼睛,才让自己的脑子弄明白了这斜阳的含义。阳光通过办公室半开着的百叶窗板照射进来。

他的嘴巴里像含着羊毛和烂泥。他滚了一下身子,没有意识到自己实际上已经接近这张皮质长沙发的边缘。他掉落到擦得铮亮的地板上,跌得很重,彻底把他跌醒了过来。办公桌后面的时钟显示现在是十点十五分。他捡起长沙发底下的空酒瓶,将它放到那本指南旁边的办公桌上。

他出现在拥挤的厨房里,引来了一阵突如其来的安静。

"安吉利娜? 小吉姆……?"

"很好,钱斯先生。高烧退了。我来吃饭,艾梅尔达在照管他。"她的一只棕色的手有点歉意性质地悬在一盘玉米饼上。

麦克瞧着厨师们在炉子和砧板旁忙碌着。罗多尔福·阿门达里兹,那个优雅的男管家,正在品尝在壁炉钩子上炖着的汤,他的眼睛避开了这个主人的目光。他的白色山羊胡子跟他丝绒短夹克上银色的镶嵌图案十分相配。

"钱斯夫人在楼下吗?"麦克问道。

男管家紧张地瞧着他,接着将那只长柄汤勺交给了一位厨师助手。

"罗多尔福,出什么事了?"

这个年长的墨西哥人紧紧抓着他的夹克衫翻领,严肃地回答道:"先生,您夫人天刚亮就驾着马车离开了。她自己驾车走的,她一定要这样。"

"去哪儿了?"

"先生,她没有告诉我们。"

"她有没有喝多？"

男管家再次避开他的目光。其中一个厨师将她的厨具弄得咯咯乱响，这就是最好的回答。

喝多了，精神错乱一样发疯了。该死的。该死的。

他两眼圆瞪，跑上楼去，一把推开他们这间套房的房门。空空的抽屉扔得满地都是，那只高高的雕刻着图案的衣柜空空如也，什么都搬走了。他朝衣柜走去，感觉自己又傻又笨，仿佛有人狠狠地击中了他一样。他关上衣柜的一扇门，接着关上另一扇门。前面的镜子照出没有铺好的床……还有一张折拢的纸条。

他一把从枕头上抓过那张纸条，在他几乎还没有辨认出那个潦草的字迹之前，便知道那上面写的是什么了。

　　现实让人无法忍受。我要跟你分手。

第六章

权力与荣耀 1899——1903

到了本世纪末,旧金山已经发展成一个大城市了。她的人口已经接近三十五万,作为一个商贸港,其地位仅次于纽约。富丽堂皇的新建筑代替了那些破败不堪的房子,这些新建筑中甚至有摩天大楼。佩奇·布朗的有着二百三十五英尺高的钟楼的新轮渡大楼赫然耸立在那个内河码头,新的市政大厅在竣工之后将会十分富丽堂皇。

旧金山也因为有着足够长的发展历史,传统的个人世仇出现了。这种世仇在政治的黑色土壤里生长发育,在容忍老式的美国暴力的风气里,在被宰杀的人的鲜血浇灌下成长。

1859 年,美国的一个民主党参议员戴维·布罗德里克和同为民主党人但属于坚定的保守派——"骑士派"的戴维·特里法官互相攻讦。结果,特里对布罗德里克提出挑战要求决斗。他们相约在默塞德湖边一决雌雄。布罗德里克不熟悉决斗用枪,他过早扣动了扳机。特里获得了天赐良机,他小心谨慎地瞄准布罗德里克,将子弹射进了布罗德里克的胸部正中央。

不过,禁止决斗的新法律没有发挥它的作用。1879 年,《纪事》的编辑查利·德·扬在出版物上批评一个政治候选人,那个候选人立刻回击,公开揭发"扬的母亲曾经开过一家妓院"。查利·德·扬立马开枪将他击中。那个候选人活了下来,但是他的儿子在 1880 年的一天走进《纪事》编辑部,开枪将查利打死。五年之后,那个食糖巨头阿道夫·斯普雷克尔斯对报纸对他的人身攻击忍无可忍,于是闯进编辑部的办公室,一枪击中了当时的主管查利·德·扬的弟弟迈克。接着,一个机敏的簿记员也开枪击中了斯普雷克尔斯先生。这次,两人都受了伤,但幸免于死。

在世纪末颓废的旧金山准备进入大概将是更加文明的新世纪的时候,

人们或许会想当然地认为这种原始的边疆暴力将会终止。

　　但事与愿违。到了这个时候,这种暴力已经成为了一个传统,而且将会有更多的此类暴力出现。

44

同一年，即 1899 年秋季的一天，麦克跟赫尔曼在洛杉矶相见，共进午餐。三个星期里，这是他们的第三次午餐，卡拉的离去让他们俩之间缔结了一个新的联盟。他们颇似赤着脚在火热的沙地上忍受了好几英里行军的苦楚，最后活着缅怀那痛苦遭遇的外国军团成员一样。

他们一直吃到两点半。赫尔曼说他肠胃胀气，他们便出去散散步以消除胀气。卡拉的父亲已经快七十岁了，他对他的年龄讳莫如深，尽管他坚持别人为他庆贺生日。他的头发早已褪尽原先的金黄，肚子已经变得巨大，走起路来直晃荡。

这老土匪穿着一套皱皱巴巴的窗玻璃格子一样的彩格呢套装，棕色里面夹杂着另一种颜色，就像黄疸病病人的脸色。为了美化一下他那双白色鹿皮和棕色皮革制成的夏季用鞋，他套上了黄色的亚麻布鞋罩。他的鞋罩上点缀着街头的纪念物，他敞开的马甲和衬衫上挂满了用餐过后的纪念品。麦克穿着整洁合身的毛料夏装，高领，活结领带，他总是被赫尔曼的炫目打扮给逗乐。

他们沿着斯普林大街往南溜达，赫尔曼拿他的草帽给自己扇着风。温馨的微风送来了油井泵油的咔嚓声。麦克决定，该是把那个消息告诉赫尔曼的时候了。

"卡拉提出了离婚申请。我昨天收到了一封信。她雇了一个旧金山的律师，沃尔特·费尔班克斯的一个前合伙人。"

"什么理由呢？"

"她指控我有通奸行为。"

赫尔曼眨着眼睛，几乎一脚踩到十字路口的一堆馅饼一样的马粪上。

"跟谁呢？"

"纽约的一个女人。这不是真的。"

"那么你得对此提出抗诉。"

"不。她想要结束婚姻。而且她信心很足,可以在法庭上赢得官司。我的名声已经很坏了:跟被免去圣职的神父沆瀣一气,雇用中国人,反对奥蒂斯将军……"

在最近的一场战争中,奥蒂斯在菲律宾指挥志愿军;他被授予陆军准将军衔,而且他让谁都没有忘记这一点。

赫尔曼摇摇头。

"那个姑娘。她是个人物。你应该为自己喝彩啦,伙计。我现在可以对你说,她跟你一起生活了很长时间。比我估计的要长啦。"

麦克转动了一下他的手杖。他身体里的某些震惊和痛苦的情绪已经自行焚毁了。他再次睡得很酣,只是偶尔做个噩梦。

"你收到过她的信吗? 我没有,自从她出走以来,没有直接收到过。"

赫尔曼挠着大鼻子的痒痒。

"我上个月收到她的一封信。她在欧洲,卡尔斯巴德,喝香槟酒,洗矿泉浴。假如事情往另一个方向发展,倒是更好的。"他擤了一下鼻子,"我想过剥夺她的继承权,但那样的话只是把她逼回来而已。你儿子吉姆……没有她会成长得更加健康……好啦,别用这样的眼神瞧着我。我对你说过很多次……我爱卡拉。可是,我对她里里外外了解得一清二楚……嘿,这是个什么疯狂的地方?"

麦克转向一间熟悉的店面。华丽俗气的招贴画盖满了大部分玻璃,黑色的颜料将其余的玻璃涂得透不进光亮。他知道这个地方,斯普林南大街三百三十一号。每当有时间时,他都会走进这里。他用他的手杖指着那儿。

托马斯·塔利
留声机和维他格拉夫商店

令人惊叹的新颖"电影放映机"

和

爱迪生之"活动物体连续照片放映机"

有益身心健康……富有教育意义……完全适合

家用！

赫尔曼皱拢眉头。

"这些东西就是我曾经在报纸上看到过的活动图片吗?"

"没错。活动物体连续照片放映机是一种能够切换图片的机器,新泽西州①的爱迪生实验室发明的。电影放映机是一种竞相匹敌的机器。塔利私下里弄到了爱迪生的维他图像机。维他图像机能把活动图像投放到一个很大的屏幕上。爱迪生用他的名字命名那架投影机器,但是我认为他并没有怎么看重这一合成效应。"

"聪明人。我听起来并不怎么样嘛。"

麦克推开门,他们往里面看去。这些机器排列在一条长长的走道两边。有一位顾客,那人戴着一顶布帽子,弯腰趴在一架电影放映机的目镜前。后面,一个工作人员坐在一张凳子上,正在懒洋洋地翻着一份报纸。后面的墙被有门帘的门廊和一块涂了油漆的隔板分隔开了,木板上钻了七个猫眼一样的孔。座位面对的是三个较低的孔。一块招牌鼓吹此乃"奇大无比的投影维他图像机"。

"看上去也并不怎么样啊。"赫尔曼说道,"他们放映的是什么图片,胡奇库奇舞②?"

那工作人员认识麦克,便朝他挥挥手。

"还有其他东西呢。全是些挺平淡无奇的玩意儿,真的。花十五美

---

①新泽西州,美国东北部位于大西洋沿岸的一个州,首府特伦顿,最早为荷兰殖民地,1664 年割让给英国,1787 年成为美国最早的十三个州之一。
②胡奇库奇舞,一种色情的女子舞蹈。

分租一架走道边上的机器看一下。里面的胶片十五英尺长。一台小的马达连续转动一个位于投影灯泡跟一个旋转的镜头之间的圆圈……"

"你在这个玩意儿上还真是个专家呢。"赫尔曼说道,那腔调仿佛麦克宣布他支持炸掉华盛顿的总统官邸一样。

"这是一个令人激动的合成效应。后面的那个房间甚至比这些机器还要好。那儿,你就坐在黑暗中一块大银幕前,那效果……哎呀,令人惊叹。不过,人们不愿意回到那儿去。塔利只好安装了那些孔,让他们通过孔观看。即便那样,你也可以看到他吸引了多少顾客。"

"肯定的,你不会吸引正派人上那儿去。"

"如果你指的是一家人,那没错。我从没看到过一家人到那里去。"

"可是你到里面去过。"

"经常去。移动的图像真是太精彩了,就是得有人想个办法把它们应用到正道上。也许可以用来讲故事。然后,他们得让这些故事有格调。"

麦克将门开大了一点。

"来吧……你可以看看我朋友科贝特是如何输给菲茨西蒙斯的。这段影像放了两年了。"

"到那里面去?不,先生。我有自己的原则。"

麦克哈哈大笑起来,耸了耸肩膀,朝里面喊叫道:"对不起,内德,改天吧。"

那放映员头也没抬地再次挥了挥手。

赫尔曼噔噔噔地飞快走开了,仿佛在逃离哪场瘟疫似的。

"你怎么会接受这种疯狂的新奇思想?它们只会把这个世界颠覆掉。"

"'沼泽怪',新的方式不颠覆旧的东西,这个世界就永远不会进步。"

"这种东西太多了。"老人大声叫嚷道,"他妈的太多了,比我所看到的其他任何地方都多。"

"这就是加利福尼亚优良和稀有的品质之一……新观念层出不穷，没有很多的旧的禁锢。人们喜欢这样。"他想起了费尔班克斯，简直像博物馆里一尊冷冰冰的大理石半身像，"我接受这种状态。并非每个人都喜欢这种状态。但是我喜欢。"

"我一直在说这话……你是我所遇见的最疯狂的富翁了。"

麦克在街角处停住脚步。

"我要告诉你一件真正疯狂的事情。我刚刚在贵族山买了一幢房子……三层半高，四十个房间。它占了半个萨克拉门托和克莱街区，就在吉姆·弗勒德的宅第背后。我就是因为它隐蔽而买的。"

不太容易震惊的赫尔曼对此感到震惊了。他瞪着两眼，说道："你是说你终于回来了？"

"看起来正是时候。我有钱，而且在里弗赛德也没有多少牵挂。比利·比格斯塔夫是一个能干的经理。"

"你那位牛仔朋友怎么样了？"

"溜到阿拉斯加去看那个准州去了，淘金去了。"

麦克举起他的手杖，将它搁到自己肩上，抓得这么紧，手指节都发白了。他两眼直视着他岳父那张淌着汗水的粉红色的脸。

"我要回来，我要让他们吃不了兜着走，'沼泽怪'。"

12月1日，皮尔斯·诺海姆船长将蒸汽游艇锚泊到了圣卡塔利娜岛。这艘游艇从长岛出发，绕过合恩角，来到这儿，她只是在去年春天才在长岛被交付给主人奥斯瓦德·亨利·兰福德三世的。

此后没多久，兰福德的妻子发现丈夫在一家宾馆跟他的情人幽会，便开枪打死了他，也打死了那个歌舞杂耍剧场的姑娘，然后饮弹自杀。这是一桩很大的丑闻，这桩丑闻也将兰福德的这艘豪华的蒸汽游艇送上了市场，其建造成本为八十五万美元，有现成的船长和四十三个船员，目前他们全都失业在家。诺海姆船长六十岁年纪，极富航海经验；自从十四岁他在家乡哥本哈根踏上航海之路以来，几乎就连续不断地航行在大海上。

经过从很远地方雇来的船舶经纪人和保险公司专家详尽的检查评估，麦克买下了这艘游艇。这艘游艇，不说比别的好，至少跟摩根、德雷克塞尔[①]、惠特尼[②]、范德比尔特家……在航行的游艇可以相提并论。她全长二百五十英尺，船体较低，船身修长，船首呈流线型。船体中央，两条留存的桅杆中间，凸起一根高大烟囱。她的内部装修精致奢华，多姿多彩。楼梯上铺着厚厚的地毯，扶手精雕细刻，天花板用花格镶板装饰。房间与房间，镶嵌物与装饰线条变化无穷，各种穷奢极华的橡木、樱桃木、槭木、栗木，令人叹为观止；各样千姿百态的奇彭代尔式、法兰西第一帝国流行式、路易十五式风格，让人目不暇接。一个大理石壁炉欢迎宾客们进入就餐厅堂。愿意去书房的客人们可以去一个较小的房间，那儿让人感觉舒心惬意。大约有七百九十盏分开的电灯从下面的一个发电设备获得能源给予光明。她每年所付的工资是五万美元，她每年的运行成本是十七万五千美元，煤炭的消耗量巨大。那又怎么样？他的身价已经有九百万到一千万美元，而且，这笔谨慎经营的资产还在不断产生效益。不过，正如摩根总裁喜欢说的，如果你要问使用一艘游艇的成本是多少，那么你是用不起游艇的。

在光洁明亮、造型优美的船首，精美雅致的金色大字标明了她的名字："汉普顿女王"。

"把这个弄掉。"麦克第一次见到这个身材瘦削、双目冷峻的丹麦船长时便说道。

"我会的，先生。但新名字是什么呢？"

---

①德雷克塞尔，即安东尼·约瑟夫·德雷克塞尔（1826—1893），美国银行家、慈善家，其投资银行专门经营公债、筹办铁路、开发矿山、买卖城市房地产；捐款建造德雷克塞尔大学。

②惠特尼，即阿莫斯·惠特尼（1832—1928），美国制造商，1860年和普拉特一起创立普拉特惠特尼公司，最初制造卷线机，后制造枪炮、缝纫机、排版机和测量仪器，现在还制造飞机发动机和太空推进系统。

"'加利福尼亚·钱斯'。我要让主人的旗帜高高飘扬,用这个图案。"

他轻轻拍了一下一张有"JMC"字样的椭圆图形的图画。

"我要在每个房舱的门上面看到这个图案,我要在瓷器上和床单上看到这个图案,我要在任何地方都看到这个图案。"

当年的最后一天,"加利福尼亚·钱斯"号驶过阳光照耀下的大海,时速十五海里,起伏不平的海岸线在冬季呈现出枯黄色,游艇的右舷缓缓滑过。阳光洒在麦克的身上,海风和咸味儿令他精神倍增。

他凝望着海岸线,淡褐色的眼睛里露出沉思的神情。内陆的某个地方有一条道路,几年前,他就是沿着那条道路跌跌撞撞地走来,丢尽脸面地逃向南方。游艇流线型的船头直指北方,碧波冲击着船头,以欢快的涛声庆贺着旧时失败的终结。浪花飞溅在他的脸上,他以胜利者的姿态品尝着咸咸的海水。

他站在上层后甲板区的天篷下面诺海姆船长和舵手的后面,两手背在身后。信号三角旗和主人的旗帜在没有其他用处的桅杆上飘扬。四千匹马力的蒸汽发电设备似乎在震动着柚木甲板,将富有节奏的搏动传向他稳稳站立的双腿,重塑着新的希望,剔除着旧的记忆——那一场考虑欠周并已经彻底消亡的婚姻。

他回忆起那句旧的箴言——绝对不能再贫困潦倒,绝对不能再饥寒交迫——而且又加了一句:绝对不能再当无名小卒。

他期待着在这个城市的公共意识方面确立这样的事实。

麦克精挑细选了他的服饰:白色的鞋子、白色的法兰绒裤子、藏青色上装,上面绣着那个椭圆形图案,类似于装饰在表袋上的纹章。他戴着一顶鸭舌帽……帽子上也饰着那个常见的纹章……他的脖子上围着一条新式的领带,从英国进口的,叫阿斯科特宽领带。领带上也有那几个首字母。谁也没有询问过为什么证明他身份的标记无休无止地出现在他的服饰上和私人物品上,谁也没有拿它开过玩笑。麦克总体来说是一个脾气很好的人，但有些事情超越了脾气的范围，或者说超越了可以讨论的范围。

在他的身旁，安吉利娜用她那强壮有力的双臂抱着詹姆斯·俄亥俄·钱斯，不让他在倾斜的甲板上蹒跚学步，以免遇到危险。小男孩穿着一套儿童水手衫，深蓝色的底子，白色的条子，这是麦克给他买的。他不停地用力扯着红色的绒球，想把那顶布帽子拽下来，安吉利娜则不断地将帽子给他戴回去。最后，她屈服了，大声说道：“钱斯先生，风太大了。他不愿意戴帽子。”

麦克揉着他儿子的金发。

“没关系……新鲜空气和阳光对他有好处。此外，当我们驶进海湾时，我想要他跟我在一起。还要多久，诺海姆船长？”

这个蓄着长及胸部的白胡子的丹麦人“啪”的一声打开了一架望远镜，扫视着沿海。那儿，几艘渔船在小海湾里上下起伏，白色的小房子像一块块方糖，整整齐齐地栖息在小山坡上。接着，他看了一下罗经柜上的一张航海图，并征询了一下舵手的意见。

“我估计到海湾大约还要一个小时稍稍多一点。”

“好极了。”麦克说道，阳光照耀下，他的眼睛里有一种严厉的神色。游艇上下起伏，她航行的动作震颤着他的脉搏。他不会晕船，哪怕是在最汹涌的波涛里。诺海姆说他是一个天生玩游艇的人。

不过，当涉及小孩子的事情时，安吉利娜才不管麦克有多少财富，其身份有多重要，有时脾气有多坏。

“时间太长了。”她宣布道，“我要带他下去。”

“那么，注意时钟，瞧着舷窗。当我们进入海湾时带他上来。等他长大后，我要让他知道，我们回来时他就在那儿。”

她离开甲板。“加利福尼亚·钱斯”号劈开大海碧波，往北疾驶，海面上闪烁着星星点点的清晨的金色亮光。

45

麦克发现,旧金山发生了巨大的变化。

他发现,一个新的城市地标——轮渡大楼拔地而起。巍然耸立在海滨的闪闪发亮的钟楼是塞维利亚大教堂近乎完美的摩尔式尖塔的翻版。

他发现,坐落于拉金大街和麦卡利斯特大街之间的街角的市政厅,经过二十九年的建设,耗费了八百万美元巨资之后,终于已经竣工。欣赏它的人说这幢有着高高穹顶的法兰西科林斯式①建筑十分美丽。冷嘲热讽的人说那么多的角都被砍掉了,要是被一个重一点的喷嚏喷到,它就可能轰然坍塌。

他发现,城市持续不断地朝着大海的方向扩展,在城市西面的规划区,荒芜的沙地被开拓成了新的住宅区。

他发现,市场街南侧的区域……那个狭窄通道的南侧——那是街道里面一个通行缆车的名副其实的狭窄通道……比他记忆中的要拥挤得多,而且破败得多。

他发现,一位新的市长吉姆·费伦已经入主市长办公室。那个古怪的平民党党员苏特罗已经死了两年了,他的大多数改革计划都没有完成。费伦是那种非同寻常的人物,一个富有的民主党人。作为一个受过耶稣会教育的显要人物,他竭力夸耀自己的理想主义,公开表示厌恶南太平洋铁路和市政贿赂。

他发现,一个文学艺术社区正在迅速崛起,因年而异的社交聚会在旧金山和卡梅尔的向风别墅之间来回更替举办;内莉在那儿租了一幢

---

①科林斯式,源于古希腊的一种建筑风格,追求华丽和雕饰。科林斯为古希腊的一个奴隶城邦,以淫靡奢华成风闻名。

这样的房子,而且很快将回到那儿去了。这个消息是她从罗马写来的一封信里透露的。她极其欢快地报告说,有一个旧金山人,她的朋友弗兰克·诺里斯……"帅极了……唉,就是已经结婚了"……正在写一部鞭挞铁路的小说,取材于真人真事,其背景就是马瑟尔沼泽的屠杀①。

麦克发现,关于旧金山的年轻的记忆,那些美好的记忆,几乎抵消了其他的记忆:那个费尔班克斯,那个在星光灿烂的夜晚死去的奇宝,那个戴着无檐便帽的亨廷顿,那个银牙科格伦,还有那个充满了痛苦和失败的又臭又潮的房间。他在无意中发现,他早就深深地爱上了旧金山湾边上这个灿烂辉煌而又素净淡雅的城市。这种情结发生于何时何地,他说不上来。可是,现在他知道了,他的心中充满了他不敢向任何人透露的甜美的深情的快乐。

麦克不声不响地度过了 1900 年最初的几个月,经营他各种各样的企业,雇用工作班子,在赫斯特东西部沿海报业集团的报纸上刊登广告招聘助手,购买更多的旧金山不动产。他找了一位当地的律师,雷特·哈弗斯蒂克先生,这人相貌堂堂,个儿高大。哈弗斯蒂克是一个老资格的旧金山民主党人,祖籍在南卡罗来纳州②,具有南方人与生俱来的优雅风度,但是毫无南方人偶尔会表现出来的傲慢。

麦克在加利福尼亚银行建立了好几个资金充裕的账户——他不愿意跟费尔班克斯信托银行发生任何关系。有一个银行工作人员建议他加入奥林匹克俱乐部,哈弗斯蒂克也表示赞同。他被选上了,虽然哈弗斯蒂克告诉他,费尔班克斯后来说,要不是会员委员会举行会议时他因为南太平洋铁路公司的公务出差离开了旧金山的话,他本来会竭力阻

①史称"马瑟尔沼泽悲剧",1880 年 5 月 11 日,当地居民与南太平洋铁路公司因土地所有权在加利福尼亚州的汉福德西北九公里处的一个农场发生冲突,导致七人死亡。
②南卡罗来纳州,美国濒临大西洋的一个州,首府哥伦比亚,1663 年有英国人居住,1729 年从北卡罗来纳州分离出来,是美国最初的十三个州之一,1860 年第一个宣布脱离联邦,从而引发美国内战。

止这场选举的。

麦克那座有角塔的城堡面临萨克拉门托大街,从后面临克莱大街的一边望去,旧金山湾的旖旎风光一览无余。麦克让石匠在房屋入口处竖了几根柱子,在混凝土里浇筑了一对椭圆形图案,并雇用了一家公司临时装修了一下房子,他计划要全部重新装修过,一进门就是舞厅。他决定把顶层的整个内部彻底改造,重新装潢,他要创设一个旧金山从未见过的有私人办公室、私人会议室、私人贮藏室的最宽大、最奢华的套间。

逐渐地,旧金山较上层的一些人士了解到了他的存在。他知道,那些社交界的领袖们会认为他是一个暴发户,他准备用简单的方法扭转这一局面:他将用金钱打通他们接纳他的路子。

此时的简·斯坦福夫人年岁已高,但是精力之旺盛一如既往。他的另一位客人是戴维·斯塔尔·乔丹博士,斯坦福大学的校长。乔丹五十岁左右年纪,六英尺多身高,面色红润,是一个喜欢户外运动的铁杆分子。他是攀登马特洪恩山①的首批美国人之一。

乔丹谢绝了简·斯坦福的茶,并对这些会产生兴奋作用的饮料的危害发表了一小段尖锐的说教。麦克要了茶,接着向这位州长的遗孀捐赠了一张十万美元的支票。

"这真是太慷慨了。"斯坦福夫人满怀深情地说道,"也真是意想不到。"

"我信仰教育的力量。加利福尼亚对我有恩,而且我永远不会忘记是您和州长给了我第一份体面的工作。"他怀着使人释然的真诚态度补充道,"我还希望,它能冰释一点五美分轮渡的前嫌。"

"怎么可能去记着那事儿呢,钱斯先生?大学是我最牵肠挂肚的事情……利兰已经作古,这是我唯一的牵挂。"

---

①马特洪恩山,位于瑞士和意大利交界处,海拔 4477 米,属于阿尔卑斯山脉。

乔丹笑了。

"她全心全意地关照我们的福祉,跟菲比·赫斯特关照伯克利的大学一样。"他仔细看了一下那张支票,显然十分高兴,"多亏有您这样的赞助人,斯坦福大学的捐款才继续远超像哥伦比亚大学和哈佛大学这样的学校。我从印第安纳州的校长职位上来到这儿的时候,一些媒体预言我将没有运转资金,没有教职员工,甚至没有学生。他们说,许多年了,我只能孤零零地在那些空空荡荡的大理石大厅里教书……也许永远如此。现在我们继续证明那些持否定态度的人是错误的。谢谢您帮助我们。"

"再来杯茶吧,钱斯先生。"简·斯坦福说,"而且我不该说欢迎回家吗?"

"我们可以把您放进波希米亚俱乐部,如果你想要的话。"雷特·哈弗斯蒂克说道,"这家俱乐部三十年前创立的时候,就像其名字所包含的意思一样,完全是一个新闻工作者和画家聚会的地方。现在,它是一个商界人士和政界人士的群体,最上流与最有权势的人们。要是事情发展快速,您甚至可以进入夏令营地呢。"

"他们会让我进去吗?"

"当然,我们必须再次防止我们的朋友费尔班克斯从中作梗……"

"他是成员,是吗?"

"恐怕是的。至于其他成员……我估计会很热情地表示欢迎的。您知道城里各处人们对您的评价。"

"不,我不知道。"

"'钱斯太富有了,没法对他置之不理的。'"

麦克微微笑了。

装潢的人们带回了设计师的一个计划,敲掉门厅天花板以及上面那层楼的天花板。"我们的建议是做一个让人印象深刻的三层高的入口,屋顶用蒂法尼①最好的彩色玻璃。"

麦克研究了一会儿这个设计。

"多少钱?"

"不到三十万美元。"

他再次沉默了一会儿,盘算着贮存在他脑子里的账本,梳理着账本上的数字。接着他说:

"做吧。"

波希米亚俱乐部接纳了他,费尔班克斯投了唯一的反对票,但那已经不足以把他挡在俱乐部外头了。他接到了一个参加仲夏狂欢的邀请,这样的疗养每年举行一次,今年将在俱乐部位于俄罗斯河畔红杉林的新的野营地举行。

由于生意关系,他跑遍了全城,接触到了旧金山市更多的头面人物。有一些拒绝跟他合作……那些跟费尔班克斯信托银行和南太平洋铁路公司高层有关系的人,还有那些跟《旧金山考察人报》的主要竞争对手《纪事》有关系的人。出版人迈克·德·扬在市场街一幢新的十层大楼里统治着他的这个帝国。虽然他是麦克所加入的共和党的坚定分子,但是每当他们见面时,他给予麦克的总是冷冰冰的一个点头,再没有更多的表示。任何被认为是赫斯特的朋友的人得到的待遇都一个样。

有一个本该是他的敌人的人倒是对他挺热情友好:亨利·亨廷顿,科·波的哥哥索伦的儿子。亨利侄儿的外号叫埃德,早在1881年就在南太平洋铁路公司谋得了一个职位。现在,他在经营这家运输公司的旧金山有轨电车子公司。他是一个耿直的人,五十岁左右年纪,他跟麦

①蒂法尼,即路易斯·康福特·蒂法尼(1848—1933),美国画家、玻璃工艺家、装饰设计家,新派艺术代表人物,发明"法夫里尔"彩色玻璃,曾为墨西哥城美术馆制作巨大的彩色玻璃屏幕。

克互相敬重,也许是因为他们发觉彼此具有一些共同的特征,其中主要在于他们都有不变的雄心壮志。

周末,麦克醉心于户外活动。他沿着原始的大瑟尔①海岸远足,他在内华达山脉的山脚下猎鹌鹑,打恶狼,逮野羊……但是他最倾心的是一架伊斯曼②所发明的有黑盒子的柯达相机。

他如饥似渴地读完了克拉伦斯·金的《攀登内华达山脉》,开始喜欢上了攀登这项运动。他攀登狂风浸淫的沙斯塔山的火山山峰,从圣赫勒拿山的山顶眺望苍翠欲滴的纳帕和索诺马的葡萄园,其名字是一位俄罗斯总督的妻子取的。在康特拉科斯塔县,他越过漫山遍野的野花,穿过悬铃木和松树林,登上迪亚夫洛山的山顶。在海拔将近四千英尺的高度,四面八方几乎有上百英里的广袤景色他可以一览无余:太平洋、旧金山、诺斯海岸、中央谷地,以及远方的内华达山脉。一个夏日的午后,就在那座山峰上,他俨然成为了加利福尼亚的王,成为了世界的王。

无论他干什么,他每天晚上总有一个小时陪伴小吉姆。小男孩快两岁了,蹒跚学步,使用新的词语,一不小心就把摆得不当的东西一把拽下来。小吉姆的眼睛保持了深蓝色——卡拉的眼睛的色彩,浓密的金发像帽子般覆盖在头上。毫无疑问,他像他母亲,奥利瓦太太也承认。

有些周末,麦克会带儿子到金门公园散步,或者带他到"加利福尼亚·钱斯"号的甲板上观赏博迪加湾怪石嶙峋的海岸。小男孩顺从地参加这些游览活动,但是好像并不感兴趣。

---

①大瑟尔,加利福尼亚州西部太平洋沿岸风景区,有长约160千米的崎岖美丽的海岸线,为著名的旅游胜地。
②伊斯曼,即乔治·伊斯曼(1854—1932),美国发明家,伊斯曼-柯达照相器材公司创办人,发明干片照相法、胶卷、柯达照相机和彩色照相法,曾捐赠巨款给麻省理工学院。

"我说不出个所以然。"当麦克提起这个问题时安吉利娜·奥利瓦说道,"也许,像他的相貌一样,他的性格像他母亲吧。"

上帝呀,但愿别这样。麦克心里想,一阵恐惧袭上心头。

那年夏天,格罗是波希米亚俱乐部在俄罗斯河畔新获得的一块地,这个地方第一次迎来了它的宾客。当麦克携带着他的装备来到分配给他的那间小屋时,他的脸上有一种难得的腼腆,他在他的小屋里见到了参加本周狂欢的野营同伴:亨特·范,一位重要的辩护律师;奥斯卡·希梅尔,一个经纪人和货栈老板;还有乔·斯内尔,一位南太平洋铁路公司控制的有轨电车运输公司官员。他们跟麦克打招呼,热情程度各有不同;希梅尔过于自负,过于武断,他们之间并没有真正的友情。

乔·斯内尔说他是跟他的朋友和俱乐部伙伴埃德·亨廷顿一起来的,麦克在第一个夜晚的营火会上向老科利斯的侄儿问了好。亨廷顿跟其他大多数人一样,穿着靴子和伐木工衬衫。他热情地跟麦克握手。火星飞溅的巨大火堆那边,麦克看到有人在注视着他们。是费尔班克斯,他的四周,围着那些波旁威士忌已经喝高了的狐朋狗友。律师朝他点点头。

麦克跟其余的人一样,在唱歌的时候喝威士忌。他们手挽着手,在明亮的灯笼的照耀下,来回摇摆,统统像许多小男孩被管了一天,突然被放了出来一样。

不过,并非每个人都能丢下每天的事务不管。亨廷顿说到他喜欢看书,接着说到他也喜欢有轨电车。

"我有个理论,钱斯。地方运输公司可以在本地干中央和南太平洋铁路在本州所干的事情。他们可以在扩张城市的过程中同步塑造未来。服务业一定要快速,一定要清洁……也许可以把电线架到空中去。不过,我坚信这个想法是对的。我总有一天会在洛杉矶试一试的。"

后来,在一条回那间小屋的泥土小道上,他遇见了正嘻嘻哈哈地跟一个朋友一起下来的费尔班克斯,河水在附近流淌,小虫在夜色里鸣叫,小道很陡,也很窄,不够他们交叉通过,一个人得让到小道外才能让另一个人通过。

麦克在一盏纸糊的灯笼下停住脚步,灯笼发出微弱的红光,照亮着小道。费尔班克斯也停住了脚步。

"嗯,钱斯。我恐怕欠你一个欢迎,欢迎到波希米亚俱乐部来。"

"你不欠我什么,沃尔特。"

费尔班克斯用他的小指揉搓着他的八字胡,讥讽地问道:"你在人民铁路公司的股份怎么样了?"

"我在铁路出售之后就套现了。"

这是他的痛。旧金山和圣华金铁路到1898年的时候已经到达贝克斯菲尔德①,然后,很突然地,董事会经过谈判,将铁路并给了圣菲铁路公司。麦克跟其他一些有实力的股东试图阻止出售铁路,指责董事会这是欺诈,但是他们没有成功。

"太可惜了。"

"我们都会失败几轮的,沃尔特。港口、债务……"

费尔班克斯不咬钩。

"所有那些都无损于公司的强大地位。"

"也许是这样。但是总有一天,沃尔特,你们不可能再操纵加利福尼亚。总有一天,人民将当家做主,晚安。"

麦克突然往前走去,竟吓了费尔班克斯一大跳,赶紧往后一退。接着他明白他干了什么。他的额头像螺丝钻进去一样疼痛起来。

"那是谁呀?"麦克消失在小道上之后他的朋友问道。

"当时机成熟的时候,我要除掉的一个狗娘养的。"

他们垂钓、唱歌,懒散地打发着灿烂的夏日时光。他们自编自演传

---

①贝克斯菲尔德,加利福尼亚州南部的城市,濒临克恩河,地处圣华金河谷地,石油工业发达,盛产葡萄和葡萄酒。

统的户外剧,举行"烦恼的火葬"。他们开心、放松,到一周结束的时候,他们回到了城里,但是听到了一个令人震惊的消息。科·波·亨廷顿离开第五大道的宅第到他在阿迪朗达克山脉的拉奎特湖的营地度假。在8月的炎热中,这个老人死了,享年八十差一岁。

四大巨头的最后一个陨落了。"冷酷得像一条鳄鱼"。"日报之王"上的讣告说。一个时代结束了。

这一点在葬礼上得到了最明显的印证。其中有一个悼念者是爱·亨·哈里曼[①],一个在铁路投机方面发现了自己专长的经纪人。哈里曼身居联合太平洋铁路公司执行委员会主席的高位,正在全国各地获取多条铁路的控股权。

"他们说他早就跟埃德·亨廷顿进行谈判以获取他的股权。"一个朋友对麦克说道,"那是真的完了。"

"我相信不会。这只'章鱼'还要附在本州身上苟延残喘呢。"

在工具的叮当声中和骂骂咧咧的工人的喧闹声中,麦克跟助理岗位的第十七名申请者进行了交谈。

他对这个年轻人并不满意,就跟其他的申请人一样。他个儿很小,仅有五英尺一英寸或两英寸高,一双手颇为纤细,两只脚相当娇小。他的头发过早地发白……他大约二十八岁或二十九岁年纪……夹鼻眼镜厚厚的镜片只会让人们对他湿漉漉的弱视眼睛更加注意。他的肤色那么苍白,让人怀疑他是否终年不见太阳。他的脸上布满了不自然的斑斑红点。

他握着麦克的手,仿佛是在握一根油泵操纵杆。

"您好吗,先生?我叫亚历山大·马勒。我是瑞士人,来自苏黎世

①爱·亨·哈里曼,即爱德华·亨利·哈里曼(1848—1909),美国金融家和铁路大王,曾为纽约证券交易所经纪人,后成为西部铁路大发展的主要组织者和建设者之一,拥有若干铁路公司的控股权。

561

州①。原先我姓'穆勒',我把它改成了'马勒'。我想成为地地道道的美国人。"

在这个年轻人的微笑后面，麦克感觉到了这是一个有动力的人。亚历山大·马勒尽量向前弯着身子，仿佛一只鸟儿在潜心地寻找可口的虫子。

"你一点也不了解我的生意，马勒？这是我对每一个候选人所不满意的地方。没有人像我一样了解我的生意。"

"也许你选人的标准是错误的，先生。"

"你说什么？"

"哪个人有可能像您那样了解您的事情？经过一段时间以后……是的，也许。但是，这需要好多年勤奋努力的工作。不过，某些其他的素质可以使其成为候选人。譬如，数学方面的才能。我在一家银行担任了三年职员。我对数字很敏感。我勤奋。我一心一意要在加利福尼亚闯出一番天地来。"

"为什么呢？你离家很远。"

"离那条名叫利马特的河流的堤岸很远，我小的时候曾在那儿流浪……是的。但是您知道，先生……如果要让您雇用我作为一个可以信赖的人，我就不能说谎……我在阿尔卑斯山区的某家医院里待过两年。我小的时候，得过痨病。"

"得过什么？"

"肺结核，先生。现在没问题了，永远不会再有问题了，因为我来到了世界上伟大的医院和疗养院加利福尼亚。"

"这你相信吗？"

"跟数以百万计的其他欧洲人一样，我相信，先生。"

用一个肺痨病人当助手？麦克不知道他是否喜欢这样。但是，他认定，他挺喜欢这个异乎寻常、弱不禁风、满头白发的少年老成的小

①苏黎世州，瑞士东北部的一个州，首府苏黎世。

伙子。

　　"再对我说说你自己的情况。你有家室吗?"

　　"没有,先生。父母亲已经亡故。"

　　"有妻子吗?"

　　"没有,先生。"

　　"有女朋友吗?"

　　"没有。我唯一的恋人是我的工作。"

　　"嗯,这挺美国化的,好吧。你会挺适应这儿的。"

　　麦克雇用了他。

　　到了夏天,麦克重拾了另一个老嗜好——烹饪。随着门厅和舞厅按计划装修竣工,他决定在除夕举办一个盛大的聚会来庆祝新世纪的正式开启。晚宴将安排在舞会之前,而且他至少得准备一道主菜。不过,他对葡萄酒不满意,于是他跟亚历克斯·马勒带着一背包的现金来到乡下。三天之后,麦克拥有了索诺马河酿酒厂。

　　麦克的忙碌生活并没有将他的生理需求排除在外。他还年轻,也绝不是个隐士,所以,每当有需求时,每当有渴望时,他发现有一个很方便的现成解决渠道:到某个所谓的法国饭店去一趟。

　　这种法国饭店是旧金山市特有的习俗。全市有二三十家,分布在一些穷街陋巷,最早起源于淘金热的时候。没有人能够确切地解释为什么它们叫法国饭店;其饭菜并不能证明它们具有法国特色,总体档次较高,但就是平常的菜肴。其主人也并不是法国人。也许人们给它取了这个名字,是因为大多数美国人认为,法国人在看待性事问题上相对比较开放,而且性在菜单上是确定无疑的。

　　每家法国饭店一楼的布局是这样的:一个餐厅,而且完全是一个体面的餐厅,经常光顾的大多是那些最为保守传统的商界人士。不过,到了二楼,你可以到私人包间享用晚餐,可以单独用餐,也可以请一个居住在这儿的文静素雅的女性伴侣陪同。没有一个包间没有一张足够容纳两个人睡觉的舒适卧榻。想要放松时间长一点的,三楼有叫作晚餐卧室的小小套间,那些套间你可以租一整个晚上。

麦克试了两三个法国饭店,然后定下了一家他最喜欢的拿破仑小居,挤在奋兴布道会的北边、狭窄通道的南边。他在那儿吃第二顿晚饭期间,跟这家饭店的女老板攀谈了起来,因为她的年龄和得当的风度激起了他的好奇心……她还只有二十刚出头的样子。她的名字叫玛格丽特·埃默森。他打心底钦佩她的事业心和显而易见的聪慧。没有一个普通的烟花巷女能够如此惊险地打法律的擦边球而经营这样的场所,她却显然办得十分红火。他跟玛格丽特很快成为了朋友。

玛格丽特·埃默森是一个体态稍稍性感的年轻女人,生有一双褐色的大眼睛,赤褐色的头发,鼻子上和脸颊上长着一些雀斑。她的下巴过于长了一点,她的脖子也过于长了一点。她以女主人的身份在餐厅里上班招待客人的时候,总是保持着庄重的态度。她身穿适合于年龄大一点的人穿的黑色外套,将秀发卷成发髻,高高盘在头上,显得高贵典雅,她用脂粉将雀斑盖住,使其庄重的气度有增无减。

玛格丽特只要将她的嘴巴闭着,就像一个年少的阿姨,或者像一个长老会教派执事的妻子。但是,在她微笑的那一刻,便会发生令人难以置信的变化。她会秀出满嘴的牙齿,洁白无瑕的牙齿。这样的微笑和她那双褐色的眼睛,能让别人忘记她的年龄,也让她看起来并不严肃,于是她就成为了一个永远不老的小精灵,充满了迷人的魅力。但是,在餐厅里的客人面前,她小心翼翼地隐藏了她的这一面,也许她认为,因为楼上所发生的事情,所以楼下绝对有必要显示出正派体面的风度。

很快,她跟麦克·同外出远足。在阳光灿烂的周末,他们带着从拿破仑小居的厨房里带来的野餐篮子,骑着自行车穿越金门公园。有一次,他带着她坐"加利福尼亚·钱斯"号巡游,在上面过了一夜。他用许多鲜花装点了那间最大的特等客舱,而且在诺海姆船长的水手们解缆开航的时候,卖弄性地向她献上了房舱的钥匙。她饱含深意地向他投去飞快的一瞥。他想要她的陪伴,但不是床上的陪伴,那种陪伴他可以在拿破仑小居的楼上找到。假如说当时她的脸上闪过一丝遗憾的话,那么麦克根本就没有注意到。

近海岸的巡游持续到最近的星期日,获得了极其令人满意的成功,他们分享过往的历史,他们纵情喜笑颜开。到他们回到锚泊码头的时候,他们已经超越了一般朋友之情,他们成了可以倾诉衷肠的知己。

麦克认识玛格丽特好几个月了,突然想到,她应该是一个除夕之夜的理想宾客和伙伴。当天晚上,他前去拜访,并递上了请柬。她那双褐色眼睛表明她很想去,但是她没有说出口。她说:"要是有人认出我怎么办?"

"我看他们未必会。但我想也有可能认出来,你一直对我说总是有政界人士和商界人士来造访的。"

"那通常是从后门进来的。他们绝对不会承认那种事情的。你是在冒险。"

"我需要一位女主人。我想不出还有谁更漂亮更迷人的。"

"很好。我接受邀请。"

1900 年的除夕之夜,一百位客人递上名片,踏进那个用蒂法尼彩色玻璃制成的屋顶、上面有电灯照明的三层楼高的门厅。绅士淑女们在一些公共房间里互相攀谈了一个小时,一支乐队在舞厅里演奏。九点半,大家云集到了宽敞的餐厅里。

玛格丽特坐在麦克的右侧,头上戴着他作为圣诞礼物送给她的蓝宝石冕状头饰,显得珠光宝气。巨大的马蹄形餐桌闪耀着白色的亚麻布台毯,银色的餐具交相辉映,精致的水晶酒杯晶莹剔透。他选择了光线柔和的煤气灯,而没有用更加刺目的电灯。就餐开始前他站起来做简短的致辞时,他那件前胸上浆的白衬衫,宛如高山上的白雪,熠熠闪亮。

"女士们,先生们,欢迎来到我家,来庆祝新的世纪。我并非出生在这个州,但现在我是一个地地道道的加利福尼亚人了。"

掌声和嗡嗡声对他的讲话报以认可;早在宴会开始前,宾客们就不停地享用着无限量的克雷斯塔·布兰卡香槟酒,这是本州最好的酒。

"所以,你们马上将享用的晚餐是加利福尼亚的晚餐,每道菜肴都是本州的土菜。你们很快将得到一份印制的菜单。与此同时,我希望你们会特别喜欢烤鹌鹑的填料和卤汁……那是圣华金河谷土著的鹌鹑。烹饪是我的一个爱好,填料和卤汁这两样东西都是我准备的。我承认,我以前从来没有为一百号人烹饪过菜肴。那花了我很多时间在厨房里。"

众人大笑。

"葡萄酒也是加利福尼亚的。今晚,我们不仅是庆祝新年和 20 世纪,而且也是庆祝我们热爱的这个州。"

他举起倒满酒的杯子。

"为了加利福尼亚,也为了你们的健康,干杯!"

先生们纷纷站起身来干杯,一溜优雅的黑色翻领和白色领带。我成功了。他心里想,陶醉在奇迹和骄傲之中。

玛格丽特象征性地抿了一小口香槟酒,然后交叉着她戴着白手套的双手,搁在膝头,就像所有夫人里最循规蹈矩的一位夫人。在煤气灯光的映照下,她的明眸迷人可爱,她的脸颊熠熠生辉,如同一个充满深情的孩子的脸。

麦克向在通向厨房的走道里排着一路纵队的侍者做了个手势。

"请上菜单。欢庆开始。"

第一道菜,托马利斯湾牡蛎:半个牡蛎壳装着的托马利斯湾牡蛎,每个牡蛎都包裹在精心折叠过的亚麻布餐巾里,旁边放着木犀草花香的佐料。

第二道菜,主人家豪宅清汤:鸡肉鲍鱼清汤,盛在杯子里,每人一杯,上面薄薄地浇着搅打起泡的奶油,奶油上撒着肉豆蔻,在上来之前似有玻璃状的薄膜覆盖。

第三道菜，炒鳎鱼片：比目鱼，加利福尼亚最好的鱼，切片，嫩煸，再摆上一块块的楔形柠檬。

第四道菜，鹌鹑，麦克亲自用糙米、干果、干杏配置了填料，整盘菜上浇着由橙汁和索诺马河酿酒厂的葡萄酒调制而成的腌泡汁。

按欧洲人的习惯，这些主菜之后是色拉。时鲜蔬菜色拉：帕萨纳迪色拉由绿叶菜、一块块的葡萄柚和橙子——橙子是黄金加州牌橙子——以及鳄梨构成。色拉上薄薄地浇了一层甜甜的加了油醋的汁。

在装着各种各样奶酪的一只大盘子边，麦克对坐在他附近的客人说，这种优质的法国风味奶酪是索诺马县出产的，已经好几年了……之后，侍者排着整齐的队伍走了进来，喜气洋洋地端上了甜点——孔代梨：他的一个河谷农场里出产的梨，整个梨子挖去梨心，和在加了糖的葡萄酒点心里，底面是深色巧克力酱，上面撒着碾碎的蛋白杏仁甜饼干。

最后……黑咖啡，半杯。

十一点半，波希米亚俱乐部的乔·斯内尔先生提议，为感谢主人的盛情款待干杯。

有人没有干杯，却开始鼓起掌来。麦克感到惊讶，一看，原来是扬所办《纪实》的写伤感文章的记者。他之前没有注意到她，无疑是因为他没有料到她会来。他送了请柬，是因为扬的报纸太重要了，没法忽视。

她跳起身来，喘着大气，泪流满面，而且有点醉态。

她带头鼓起了经久不息的掌声。

此后很久在旧金山，他们都念念不忘那个夜晚。这是一个传奇的开端：钱斯晚宴。在美国，没有什么能比这些晚宴更独特了，那些享有特别的荣幸受到邀请的人说，他们没有忘记向那些没有受到邀请的人津津乐道地夸耀，后者包括了沃尔特·费尔班克斯。

凌晨三点半,麦克跟玛格丽特跳最后一支华尔兹。

她在他的怀中柔媚亲昵,她浑圆的小小乳房散发出脂粉和香水的芬芳。他们在撒满五彩缤纷纸屑和一面面三角旗的地板上跳着舞,她轻轻拍拍他的肩膀。

"成功,绝对成功,麦克。"

"是的,我也这样认为……你帮了很大的忙。"

她捏了他一把,冒着遭受非议的危险将自己的脸贴到了他的脸上。

"我很愿意留下来过夜,如果你想要的话。"她柔声说道。

他想到了内莉。她现在睡着了吗?在哪儿呢?跟谁在一起呢?

"谢谢,但我累了。我肯定你也累了。亚历克斯会驾车送你回家的。"

她好不容易掩饰住了自己的失望。

46

赫尔伯纳·约翰逊从缆车上一跃而下。缆车继续沿着加利福尼亚大街往前驶去,他在街角停住脚步,大口大口地呼吸着从旧金山湾吹来的带有淡淡鱼腥味的和煦春风。

站在那儿的这个得克萨斯人的情状引得路过的车辆上的人们纷纷转过头来。一顶耳扇被扎起的很大的麝鼠皮帽子栖息在他的头上,帽子吊儿郎当地倾斜着,他那件在极寒地带穿的老棉袄挂在手臂上。他背着一只鼓鼓囊囊的帆布背包,背包里装着一双雪鞋。他的背包里还藏着挂着手枪的皮带,皮带裹着一卷现钱,数量达四千五百美元……这笔钱是他用站在诺姆海滩外的大海里面淘洗的金子换来的。

约翰逊从来没有来过旧金山,只是在他乘坐一艘近海轮船去阿拉斯加,旧金山滑过右舷时看到过。最后的十八个月给他留下了强烈的印象:锡特卡教堂的洋葱形穹顶,缪尔冰川晶莹剔透的冷光以及当他行走在冰川上时冰的气息的亲吻。他从斯卡圭长途跋涉去了奇尔库特山口。他成为了十四英里长的上坡上的人群的一部分，第一天汗水湿透了他的红色法兰绒内衣，第二天他又在冰岩上紧紧抓着抓手的地方。

"神造的最该死的土地。"后来他诅咒道，"蚊子大得像子弹，到了8月份河流里面还是烂糊状的冰。"

道森市是一个在沼泽地上兴起的凄凉城市，一年中大部分时间处于洪涝之中。他从小心翼翼地藏在那儿的一只袋子里拿出洋葱咀嚼，以防止患上坏血病，但是他看到了数以百计的罹病者，人们关节肿大，牙齿松动，脸颊软化，直到一根指头随便就可以戳通皮肤，仿佛湿的新闻纸一样。在道森的码头上，数以百计的新来者很快就排着队再次赶紧往外冲去……一直沿着流入白令海的蜿蜒曲折的育空河而下，到诺姆去寻找新的运道。

那是他的最后一站，诺姆……一个黑色海滨沙滩上搭满了白色帐篷的喧闹城市。他在那儿幸免于两次抢劫，带着满脑子更多的记忆回来了。而且，就这一次，他回来时变得更有钱了一点。

当他行走在贵族山上的时候，他视觉中的那一切往往会消失。旧金山是一个极其漂亮的城市，山上一排排漂亮的房屋鳞次栉比，旧金山湾在远处闪耀着湛蓝的光芒。然而，给他印象最深的是那些百万富翁的豪宅。当他转向右边，接着在萨克拉门托大街再转向左边，在一张纸上查看着一个地址时，他发现了一幢房子，其规模和装潢令其余的房子相形见绌。

巨大的柱子排列在入口的两旁，每根柱子上都装饰着一英尺高的水泥浇筑的椭圆形图案，令其增色不少。詹·麦·钱斯公开展示着他的牌子。约翰逊惊诧地摇摇头。他从衬衫口袋里扯出一条祖母绿的印花大手帕，轻轻擦去他嘴角上的一点烟草渍，然后推开那扇铁制的大门，往台阶上走去。

"钱斯先生这会儿没时间。"那个患颈强直病的男管家说道。

约翰逊情不自禁地呆呆望着三层楼高的蒂法尼天窗里洒进来的阳光。

"请再通报一下。到后门,商务人员入口。"

"你这个笨蛋。我是他的合伙人。带我到他办公室去,马上,要不,我会让你瞧瞧藏在这个背包里面的科尔特枪口是个什么样儿。"

心惊胆战的男管家领着他往上走,往上走,再往上走,穿过奇幻仙境般的一道道木雕栏杆扶手、一盆盆青枝绿叶的盆景、一块块阳光照耀下的地毯,来到顶楼平台一个双扇门的门口……椭圆形的图案再次装饰在每一扇门上,用樱桃木手工雕刻,呈大奖章形状……而且这两扇门通向一套有很多房间的富丽堂皇的套间。约翰逊穿过好几个房间,包括一个放着一张长桌子,长桌子四周摆着十二张椅子的一个房间。最后一个房间最大,比里弗赛德的办公室要大要豪华。麦克就在一张巨大的办公桌后面训话。他的身后,镶着铅条的橱窗里的三幅相连的图画展示着俄罗斯山、旧金山湾和马林的全景图。

麦克正朝一个瘦得皮包骨的高个子挥舞着一支铅笔,约翰逊认为那人很像一个殡仪员。旁边一个戴着滑稽眼镜的小青年守候着,头上的灰色长发让他看上去很像一个老大爷。

"……西班牙要塞旁边的那些大楼超过六万五千美元我不要……"

约翰逊将他的背包扔到地毯上,发出了声响。

"赫尔伯纳!上帝啊。我还以为你永远留在阿拉斯加了呢。"

"差一点。极其美丽的地方。并不是有意打扰……"

麦克跑上前来,紧紧地拥抱他。

"不,不。我们今天上午已经差不多了。坐,坐。"

麦克满脸堆笑,充满活力,蹦蹦跳跳地回到自己的办公桌前,飞快地合上那些文件。

他看上去瘦了,约翰逊心想。他的两鬓已经有不少白发。没有女人他怎么过的日子?那个孩子没有妈妈如何生活?他在心里嘀咕。

麦克将他介绍给了那个高个子的哈弗斯蒂克——他是一位律师，还将他介绍给了那个滑稽的小外国佬亚历克斯·马勒，这家伙到处忙碌着，打开贮藏橱，查看办公桌上的卷宗，就像这个地方属于他似的。哈弗斯蒂克架着二郎腿，坐在一张椅子上，其角度正好将入口看得一清二楚。突然，哈弗斯蒂克朝那个方向点了点头。

"来客人了，麦克。"

麦克抬起头来，看见了小吉姆。麦克的儿子穿着诺福克上衣和花呢灯笼裤。他的黑色长筒袜子跟他的鞋子十分相配，一条小孩子戴的活结领带系得十分整齐。是其他什么人给打扮的，约翰逊估计。一个彻头彻尾的小纨绔子弟。这副样子哪能允许他弄脏呢？

这小男孩毫无疑问像卡拉。孩子肉嘟嘟的，他站在那儿，用一双深蓝色的眼睛望着他父亲，神情严肃，也许还有一点害怕。难道这仅仅是约翰逊自己的想象？

"那是我的儿子。"

麦克跳起身来，连忙向他走去。

"今年两岁，马上就三岁了。"他对得克萨斯人说道，他一把从地板上抱起儿子，紧紧拥抱着他，"吉姆，十二点半了，是吃午饭时间呢。到厨房找安吉利娜去。"

"你过来，爸。"

"不，我不能去。"

"爸，来嘛。"

"我不能。"麦克说道，语气严厉了一点。

他放下孩子，轻轻拍拍他的屁股。

"今天晚些时候我再来看你。"

小吉姆的嘴角挂了下来，但是他什么也没说。他最后看了他父亲一眼……麦克早已经大步往他的办公桌走去……他绕过会议室，走出会议室，再穿过那边几个很大的房间。他尽管还很小，但是看上去绝对有一种凄苦的神态，约翰逊断定。一种孤寂和被遗弃的神态。

麦克的儿子像一个恭顺的小士兵,径直朝楼梯走去,约翰逊瞧着他有着金色头发的小脑袋沉没在了地板平面下。

麦克飞快地浏览了一下亚历克斯为他准备的上午的工作日程。

"我们干完了。西班牙要塞那块地是最后一项……"

墙壁上的电话机铃响了,亚历克斯一把抓起听筒。

"洛杉矶的波特先生。"一会儿之后他对麦克说道。

"是的,先生。"麦克说道,他听着,"绝对不。决不延期。我们在三十天之内商定那个地块的交易,否则就中止交易。告诉他们。"

他挂上电话,并在一本拍纸簿上记了点要点。看上去真他妈的兴旺发达啊。约翰逊心想。一条金表链装饰着麦克的马甲前襟,而且有同样的金属制成的东西在他的嘴巴里闪着光芒。毫无疑问是最好的。

"就这样了,先生们。谢谢你们俩。"

雷特·哈弗斯蒂克扣上法律文书箱子的搭扣。

"约翰逊先生,欢迎。很高兴终于见到你了。"

"二楼为你准备了一个很大的套间客房。"麦克说。

亚历克斯·马勒打开他的怀表。

"先生,您得在十五分钟内到奥林匹克俱乐部那儿。"

"银行家们。"麦克说道,无可奈何地朝他的朋友笑了一笑,然后抓起一个架子上的外套。

"叫马车。"

亚历克斯飞快地冲到安装在墙壁上的通话管跟前。

约翰逊舔了一下香烟纸,将它粘好。他将香烟叼到嘴上,在他的靴子上擦燃火柴。

"奥林匹克俱乐部。听上去挺高雅的。"他开始感觉格格不入,大约就像一条米诺鱼在大海上遇上了飓风袭击那样不舒服。

"你应该会说,旧金山最好的。"麦克穿上外套,"亚历克斯,河谷里几个大牧场的数字怎么样了?"

这个外国佬从很厚的夹鼻眼镜后面眯眼看着。

"在您的办公桌上了,先生。跟那个葡萄酒厂的产量评估放在一起。"

"我今晚再仔细看。"

约翰逊的下巴落了下来。

"葡萄酒厂?"

"我无意中捡的一个特别好的玩意儿。"麦克咧嘴笑着说,"索诺马河上游几英里处的一个乡间。我开始周期性地举行晚宴。自己有佳酿,要省好多好多钱呢。"

"我猜那就是富人如何变得更富的道理。"约翰逊喃喃地说道。他在椅子里往下溜得更低了一点,一面眯眼透过袅袅上升的青烟望着,这时麦克正低声跟那小屁孩说着什么。

接着,麦克朝他的朋友挥挥手。

"跟我一起到楼下去吧。"

约翰逊跟他到楼下,但是他感觉别扭,而且他没有隐藏他的别扭。

"到了这儿,你就能抽出全部时间说说话了吗?"

"哎,对不起。我很高兴你回来,但今天真的太忙。他们现在都很忙。我们今晚一起吃饭,好好弥补一下。"

"这地方是个宫殿,麦克。"

"对我来说太大了。但它给人印象深刻,有助于生意。"

他们嗒嗒地走下宽阔的楼梯,走过二楼的楼台,楼台大得足以停下一辆有篷的大马车。

"有听到卡拉什么消息吗?"

"离婚以后什么也没有听到过。"

"你儿子看上去肯定像她。"

蒂法尼天窗上的彩色图案透过阳光,在门厅的大理石地板上投下阴影。男管家鬼怪一样地悄悄赶了上来,将帽子、手套和手杖递给麦克。

"吉姆这孩子很沉静。我好像没法很好地跟他沟通。"

"养孩子需要花时间的。"麦克飞快地扫了他一眼。

狗屎,他听不得批评意见。约翰逊心想。

他很快地加了一句:"我是这么听说的。"

这话让麦克的态度温和了一点。

"主啊,我一直想着你。你该死的这么长时间在干吗?"

"在冷得要命的北方寻找金子啊。有的地方冷得连我这该死的木脚也生冻疮了。我在那儿遇到了一个我估计你会喜欢的年轻的家伙。事实上,他是一个奥克兰小伙子。从某种角度讲,像你这种类型,一个客厅里的社会主义者,你不知道……"

麦克的脸上露出宽容的微笑,表示他同意他所说的。男管家打开前门,他的表情表明,约翰逊打扰了这幢屋子里面的正常事务。

"他也写小说……像内莉一样。他的名字叫杰克·伦敦。我有他的住址,我要把你介绍给他。"

"敢情好。"麦克快步跑下台阶,朝等着的大马车跑去。这是一辆双悬架型布鲁厄姆车,车身漆成墨绿色,闪闪发亮,里面是绿色的摩洛哥皮。马车夫在麦克身后将漆了油漆的车门关上。阳光照在涂了瓷漆的"JMC"徽章上,闪闪发亮。

马车夫飞速地攀上轮子,坐到座位上,麦克探出身子。

"那么我要把你介绍给我的新汽车。"

"你的什么?"

"汽车。那是他们给不用马拉的车子取的名字。我买了一辆蒸汽机的,八百五十美元。"

布鲁厄姆马车驶走了。约翰逊眼前一闪,只见麦克往后仰过身子,点燃了一根雪茄。约翰逊以前看到他抽过雪茄烟……很便宜的又粗又短的那种……但这根大家伙是绿色的,全长有约翰逊的那支"调解人"的枪管一样长。

得克萨斯人举起双手惊愕地挥动着。就这样了,完了。他心想。布鲁厄姆马车离开了贵族山,它的身后腾起一溜烟尘。

星期六,麦克、约翰逊和伦敦在索诺马河酿酒厂小小的餐厅里共进午餐。

伦敦比麦克小八岁,是一个喋喋不休的人,头发呈亚麻色,指关节很大,身板高大结实。他光顾着自己唠叨,几乎没有给其他人说话的时间。他对他们说,他了解达尔文、赫胥黎①、斯宾塞②等作家的每一件重要事情。还有卡尔·马克思他也了解。

"这些小伙子我一个也不认识。"约翰逊正儿八经地说道,"我以为我所需要的所有谎言都是从报纸上和关于野牛比尔的廉价小说里面得到的呢。"

伦敦的眼睛闪闪发亮。

"那些'小伙子'说的是真理,就像我一样。"

"当然了,杰克。吃你的午饭吧。"

吃到一半,麦克跳起身来,戴上一双很厚的驾车用的防护手套。他拿着一把火钳跑到炉子跟前,小心翼翼地打开炉子下面的那扇门,钳出一个 U 形的烧得通红的钢管。

"那见鬼的干吗?"伦敦问道。

"烧铁。点炉子用的。不能停下来说话,得保持它火热。"

他跑了出去。

"他没有回答我的问题嘛。"伦敦说道。

"那自动行驶的车子不是用汽油驱动的。我们驾车前得让蒸汽升上去,大约需要半个小时。那烧铁是点炉子用的。"

---

①赫胥黎,即托马斯·亨利·赫胥黎(1825—1895),英国博物学家、教育改革家,首次提出人类起源问题,并首次提出"不可知论"一词,著有《人在自然界中的地位》、《进化论与伦理学》等。

②斯宾塞,即赫伯特·斯宾塞(1820—1903),英国哲学家、社会学家,认为哲学是各学科原理的综合,将进化论引入社会学,提出"适者生存"说,著有《综合哲学》、《生物学原理》、《社会学研究》等。

"我要是真的卖掉足够的小说变成一个腐败的资本家的话,我他妈的才不会去买这种复杂的自动行驶的车子呢。"

"我也一样。四条腿加一条尾巴我就满意了。"

他们听到了院子里辞藻华丽的谩骂声。一会儿,麦克走了进来。那烧铁变成灰色的了。

"还不够热。得重新开始。"

下午起了一层薄薄的雾,他们直到下午三点才离开酒厂。但是等他们离开之后,约翰逊不得不承认,这是一次令人兴奋的经历。

"蒸汽上来了。"麦克大叫道,"水的储量足够跑二十英里啦。我们走。"

自动行驶蒸汽小轿车是一个绝妙的东西,是马萨诸塞州的沃特敦那家工厂所能提供的最好的蒸汽小轿车了。她有一个很宽敞的乘客座位,外面涂着一层亮闪闪的红漆。在前面的仪表板上,约翰逊发现了那个"JMC"。这玩意儿看得有点令人烦,因为你随时随地可以看到它。

麦克解开他棕黄色风衣的纽扣,扯下他的护目镜,整了整帽舌很硬的帆布帽子。他为他的乘客们也配备了同样的装备。他们挤在那个座位里上路了,他们离开用土砖建造起来的酒厂,驶过坚硬的泥土小道,经过那些棚架,驶上主道。自动行驶的小轿车没有噼啪作响,没有摇晃,没有碰撞,也没有发出任何噪音,只有蒸汽漏气的一点很低的咝咝声。约翰逊和伦敦紧紧地抓着座位,麦克则操纵着方向杆。他就像一个在玩玩具的小孩子。

麦克熟练地驾驶着小轿车绕过一辆农民的满载着西瓜的大车,一条绸带一样的蒸汽飘荡在他们身后的薄雾中。那农民一面咒骂着蒸汽小轿车,一面安抚着他受惊的马。他们快速地穿过一个由高大的桉树结成的如大教堂拱顶一样的地方,麦克大声说道:"我不必去做提前点火、调整齿轮这些蠢事了。有很多人推荐蒸汽车。"

"你是个魔鬼司机。"约翰逊大笑道。他喜欢在乡间道路上不计后果地飞驰,也暂时忘却了他不喜欢麦克对物质的鬼迷心窍。

"我总有一天要参加汽车比赛。"麦克信誓旦旦地说道。

突然,他们发现自己来到了一群受惊的鸽子中,那些鸽子猛地在他们面前飞了起来,翅膀拍打着他们棕黄色的风衣和移动的汽车。麦克驾驶汽车避开鸽子,撞到了路边一道栅栏边的野草上,他赶紧猛地一拉方向杆,将他们拉回到了路上。自动行驶的小轿车加快速度,毫不犹豫地冲上了有三十度角的一个斜坡。

"它是一个了不起的爬山高手,不费任何力气,看到了吗?"

他们继续向索诺马河上游高低不平的地带月亮河谷①驶去。

"我总有一天要在其中的一座山顶上拥有一幢自己的房子。"伦敦大声说道。

"我的朋友内莉·罗斯用她所写的书赚了很多钱,没有理由你不能啊。"麦克大声说道。

"她见鬼的真是一位优秀作家。"伦敦大声说道,"他们称她为'女左拉'呢。"

"我知道。"麦克大声说道。

"嗨,麦克,"约翰逊大声问道,"要是风吹灭了这个马口铁罐里的火,那怎么办?"

"我们走回家去。"

十五分钟之后,他们真的走回家去了。

5月一个临近傍晚的下午,麦克跟哈弗斯蒂克相约在银行会所——旧金山一个富人和有权有势的人特别喜欢的矿泉水疗养地——喝酒。哈弗斯蒂克要了一杯马提尼,麦克要了一杯"蓝色火焰"。马提尼是一种由杜松子酒和苦艾酒混合而成的鸡尾酒,是那个传奇般的酒吧伙计——西部大酒店的托马斯"教授"发明的。当哈弗斯蒂克道了声对不

---

① 月亮河谷,加利福尼亚州的索诺马河谷。

起,挤过人群前去跟那位辩护律师亨特·范说话时,麦克便全神贯注地瞧着杰里在苏格兰威士忌里搀进少量的糖浆,加了开水,并在酒上擦燃一根火柴。蓝色的火焰摇曳着,有人捅了一下麦克的手肘子。

"海·黑兹尔顿。冰川制冰公司的总裁。"

麦克打量着这张汗津津的圆脸。他勉强地跟他握了手。

"麦克林·钱斯。"

"哦,谁都知道您是谁。我需要跟您谈谈,生意人跟生意人。您拥有大量的货栈……"

"三家。"

"那运输量很大呀。一天到晚车水马龙,进进出出。"黑兹尔顿的小眼睛闪闪发亮。

小心,这又是一个十字军战士。但目的是什么呢?

"在旧金山,我们不需要工会的车夫,钱斯。我们不需要任何工会企业①。我们需要自由的劳动力市场,就是奥蒂斯将军在南部创立的那种。当地的有一个社区头面人物的雇主联盟都赞成这个想法。我想亲自邀请您……"

"不,谢谢。我对破坏工会的事情不感兴趣。工人们有权组织起来捍卫他们自己的权利。"

"这可是个错误的态度。工会运动是个恶性肿瘤,我们已经让它在旧金山生长太长时间啦。"

"黑兹尔顿,对不起。"麦克不太高兴地微微一笑,"我花钱买了这杯酒,我想好好享用它。"

这位制冰巨头海·黑兹尔顿嗤笑一声,摇摇摆摆地走开了。杰里在"蓝色火焰"里加了一点柠檬片,麦克端起火热的酒杯,抿了一口。在哈弗斯蒂克回来之后,麦克跟他说起了刚才的交谈。

"我听说过雇主联盟。"哈弗斯蒂克说道,"你无法确定那里面都有

①工会企业,根据劳资协议按工会认可的程序雇用工人的商店、工厂等企业。

谁……他们都是保密的……但是街头有传言,说这个联盟在今年夏天将引发一场冲突。"

"什么样的冲突?"

"我听说是反对雇用加入工会的车夫。你得运用你在滨海地区的所有关系,提高警惕呢。"

"我可以告诉你为什么它们叫'法国饭店'。"麦克说道,他是在回答约翰逊的问题。两个人在紫红色的黄昏中走下贵族山。市场街上,安装了电灯的房子的窗户在闪亮。一条交叉的街道上传来一辆汽车球状喇叭的嗡嗡叫声。变化,麦克心想,那么多的变化。

"有体面人物去这种场所吗?"约翰逊问道。他穿上了一套新的黑色套装,戴了一条狭领带,而且为了此行将头发弄得油光光的。

"一直有。去一楼。"他解释了一下楼上的事情。

黄铜的电灯和一块油漆了三色的匾牌装饰在拿破仑小居的入口处。几对夫妇和一大家子早已经在餐厅落座,那餐厅传统得像任何饭店的餐厅一样。波拿巴的石膏半身像在角落里怒视着,约瑟芬皇后那张毫无生气的脸在一个涂金的镜框里俯瞰着众生。一盏小小的电灯在每张餐桌上投下桃红色的光,电灯上安装着有流苏的灯罩,灯罩是用半透明的丝绸做的。蓝边的陶瓷餐具又沉又坚固,地上一条很厚的地毯可以消除噪声。

约翰逊仔细看了一下他的菜单,菜名手写在一张皮封面反面的羊皮纸上,皮封面上印着那种法国旧时的王室纹章。麦克点燃一根枪管般长的雪茄烟,约翰逊故意挥了一下手,扇开那缕青烟。麦克咧嘴笑了,依然吞云吐雾。

麦克点了一瓶赤霞珠葡萄酒,等一个秃顶的侍者拿走了单子之后,约翰逊注意到了一段从屋子后部的凹室通向楼上的楼梯。

"你去过楼上吗?"

"是的,我去过两三次。我主要是喜欢这儿的食物,还有玛格丽特的陪伴……她来了。"

当她走出厨房门的时候,麦克微笑着举起一只手。约翰逊伸长脖子转了一下,看到一个男孩似的苗条的年轻女人。只见她穿着一件上过浆的白色长袖仿男式女衬衫,脖子上扎着一根白色领带。她的海军蓝裙子在她快速朝他们的餐桌走过来时发出"唰唰"的声响。她也许一直在经营妓院,但是她可以在任何舞台上扮演女教师或者来自托莱多的某个唱圣歌的童女之类的角色。这种伪装把约翰逊逗乐了。

"麦克,晚上好。"

他站起身来,吻了一下她的脸。她飞快地捏了一下他的胳膊,但是他好像没有注意。接着她笑了。

主啊,瞧他们的牙齿。约翰逊心里嘀咕。

"玛格丽特·埃默森,这位是我的朋友和合伙人赫尔伯纳·约翰逊。"

他们得体地握手。

"欢迎来到拿破仑小居,约翰逊先生。麦克总是提到您……"

"没有说我好的,我估计。"

"恰恰相反。麦克对您说了我们上面两层楼的事情了吗?"

"他的确说了。上一段楼梯,据我所知,我可以坐下来吃饭。上两段楼梯,我就可以躺下来吃甜食了。"

玛格丽特哈哈大笑起来,尽管她飞快地扫了那一家子一眼,看看他们有没有无意中听到这段谈话。

"说得好。"她说道,门上面的铃"叮当"一声响了,她再次抚摸了一下麦克的肩头,"你们好好玩吧,先生们。请原谅我失陪了。"

她迅速走上前去迎接两位客人,麦克认识他们,是旧金山市的管理人员。这会儿,她的双唇闭得很紧,几乎有点古板。小精灵的一面隐藏了起来,唯有一个女老板引导着两位先生走向一张餐桌。

"她来自很远的地方,一个年轻女人不容易。"麦克说道,"她的父母是养猪的农民,在萨克拉门托三角洲,极其贫困。我们那些景况稍好一点的市民叫这样的人为'派克佬①',因为他们之中很多人都来自密苏里州的派克县。玛格丽特的父母也是。她十二岁的时候离开了自己的家。"

"听起来好像你对她挺了解的。"

"不是你指的那种状况。她是一个聪明伶俐的姑娘,有雄心壮志。我在她身上看到了我的很多品质,也许是因为这个我才喜欢她。"

那秃头侍者又回来了,麦克点了小牛排,约翰逊点了鹿排。

"你好像总是喜欢那些进取心十足的女性。"约翰逊将菜单递出去之后评论道。

"那我得说卡拉不属于这种类型。"

"是的,而且也许正因为如此,你们才分道扬镳。"

他越过麦克的肩头,看到玛格丽特站在收银员柜台前,假装在检查顾客的账单,但目光老是往麦克这儿瞟。她发现了约翰逊在瞧她,脸上便腾地升起了红晕,并连忙把头转了过去。这瞬间的失态证实了他早就看出来的事情:玛格丽特·埃默森感兴趣的是比友情要重得多的东西。

麦克对着雪茄若有所思,接着他在烟灰缸边上轻轻磕了一下。

"我觉得玛格丽特跟内莉在某些方面有相似之处,之前我从没想到过这个。"

"这不,内莉回来了吗?"

"上个星期。"

"她在这儿吗? 在城里?"

"没有,她马上去了她在卡梅尔租的地方。她想要在那儿完成她的一部新小说。"

"你见过她了吗?"

麦克的淡褐色眼睛在丝绸灯罩电灯的光线下灼灼闪亮。

---

①派克佬,此为美国方言,意为流浪汉、贫穷的白人、窃贼。

"下周。我们打算到大山里去故地重游。"

约翰逊瞧了一眼那张因失恋而憔悴的脸，接着又瞥了玛格丽特一眼，她这会儿正忙着拿笔在账本上写着什么。

可怜的姑娘，他心想。她可以一直努力到九十岁，但是她不可能跟他在一起的。不知道她知不知道这个底子？

47

驮骡队选择沿着默塞德河前行，麦克骑着一匹马，走在队伍的后面，内莉走在队伍的前面。他们的左面，约塞米蒂瀑布在森林中发出阵阵惊雷般的声音。哪怕瀑布勾起了她的回忆，她的脸上也丝毫没有表露的迹象。

他们在柯里营停下，柯里营是一个料理得井井有条的小小聚居地，由二十四顶白色的帐篷构成，位于冰川峰的脚下。这是一对来自雷德伍德市的年轻夫妇——中学教师戴维和珍妮·柯里在 1899 年开办的营地。柯里夫妇是移居的山地人，毕业于印第安纳州的学校，戴维·斯塔尔·乔丹曾经在那儿用他对户外运动的热爱激励过他们。乔丹鼓励麦克到那儿一游。

一顿由营地厨师鲍勃太太准备的丰盛的午餐之后，戴维和珍妮骄傲地向他们介绍了他们的一项新的事业——在一个国家公园的第一个商业野营地。

"他们是好人。"他们道了别向自己的宿营地进发之后内莉说道，"我就是不喜欢鼓励游客。他们来得太多，会把这地方糟蹋掉的。"

"那你打算怎么办呢？竖一块牌子，上面写上道德跟智商标准，规定哪些游客适合来此地？你所面对的是全美最美丽的景点之一。每个人都想来这儿看看。"

"我不知道我打算怎么做。"内莉说道，有点恼恨，"我只知道我们在这儿有个问题。"

峡谷里春光烂漫。啄木鸟在嗒嗒地敲打着树木,飘荡的云彩将卡皮坦一会儿变成白色,一会儿变成紫色,一会儿又变成白色。他们大约在三点钟开始建营地,麦克搭营设帐,内莉捡柴生火。从海边过来的长长旅途气氛友好,甚至十分亲密,但是除了极端偶然的接触外,他们没有任何肌肤之亲。

他们也许只是一对亲兄弟罢了,他内心极端失望地想。

他捶下最后一个帐篷的桩子,用绳子将帐篷的角扎牢。内莉昂起她深褐色的脸向着天空,宛如一块天然磁石在寻找着磁极,接着,她突然从林中空地跑向草地,背向着他跳起舞来,她的辫子在她的双肩四周跳动。她就像一个天真无邪的孩子。

她跑了回来,满脸通红,激动万分。

"哦,麦克,我太爱这个地方了。"

"有足够的德国城堡和罗马大体育场吗?"

"足够一生享用的了。我回到加利福尼亚居住了。"

她站在不到两英尺的地方,他明显地可以感觉到她呼吸的热度和力量。阳光穿过新生的树叶,洒在她擦洗得很干净的脸上,像一幅图画。现在正是时候。抓住她……

他犹豫了太长时间。一个有节奏的声音打破了宁静,内莉踮着她穿靴子的脚尖转过身,额手望去。

"瞧那儿。"麦克大声叫道。

从柯里营的方向,一辆敞篷汽车载着四位乘客,在蓝色烟尘中颠簸而来。

护目镜闪亮,有人挥舞着一个绿色酒瓶。坐在前排的一个乘客将什么东西扔进了野草丛中。这辆汽车像一辆没有马拉着的四轮敞篷轻便马车,麦克认识这种款式。

583

"那是一辆进口的戴姆勒①。一种他们叫作'双连坐款式'的车型，因为第二个位子在驾驶员的后面。"

那辆戴姆勒沿着一条弯道驶近他们。后座上，两位头上戴着阔边花式女帽，脖子上围着围巾的女士大声喊叫并挥舞着手帕。坐在方向杆后面的男人驾驶着咔嚓咔嚓飞奔的车子，一会儿开进车辙，一会儿开出车辙。内莉剧烈地咳嗽起来……有点假装的，麦克心想，那汽车的蓝色烟雾还远在大路上呢。

"那不是约塞米蒂的第一辆汽车。"她说道，"几个月前，我看到一张图片，一辆蒸汽汽车在冰川峰上。既然峡谷是国家公园了，约翰·缪尔希望内务部禁止那些金属怪物进来。"

戴姆勒驶了过去，排出一串烟雾，留下有害的尾气。这时麦克也吸入了一点这种气体。

"我明白为什么了。"他说道。他也开始咳嗽。

第二天，他们徒步前往森提讷尔穹丘之顶。在东面山肩的最后二百码需要花力气攀登，快接近顶峰时，麦克抓住内莉的手，帮助她攀越一个陡峭之地，她紧紧地握住他的手足足有半分钟。

她穿着矿工衬衫和牛仔裤，看上去既整洁又合身。他们爬完余下的路，接着，在悬崖峭壁上一丛矮小的松树中间，他们在风中静静地站着，尽情享受着峡谷的旖旎美景。

麦克拿一条手臂揽住她的身子。爬山的时候抓住他的手已经将她推向了极限——这样未免太过分了。继续走吧……别在这儿停留。她的内心在呼喊。接着，她骂自己太懦弱，她感受到了他紧紧搂着她的强壮臂膀，控制着自己微微的颤抖。

---

①戴姆勒，即戴姆勒汽车公司生产的汽车，戈特利布·戴姆勒（1834—1900），德国工程师、发明家，研制了高速内燃机和汽化器，1889 年成功设计四轮汽车，翌年创办戴姆勒汽车公司。

她感受到了他的紧张,有点不悦,但是她没说什么。接着,她小心翼翼地尽量不去看他,将自己脱出身来。

　　他们骑着骡子沿着老蒂奥加路攀登。这是一条被废弃的采矿小道,到达图伦尼草甸子有大约十五英里的路程,这么高海拔的区域麦克从未见过。

　　在他们继续往前赶路的时候,他感觉天气变得越来越冷。一大块一大块的春雪遍布在洼地里,黏附在背阴的山坡上。内莉指出,雪松和美国黄松已经让位给了冷杉、山松和美洲落叶松,树身上还残留着早期开辟小道的先民的痕迹。路边上暗沉沉的树荫里,偶尔可以看见窗户残破的空置小屋,在诉说着某种未酬的希冀向往,在倾吐着某个放弃的加州梦想。

　　在草甸子里,风儿舞动着大片大片的黄龙胆和淡紫色的雏菊。两只黑熊在远处从容漫步。它们越过潺潺流淌的图伦尼河一个 U 字形的河湾。内莉说,这条河流再奔腾二十英里,就来到了一个名叫赫奇·赫切的峡谷。

　　“我跟随缪尔去过那儿一趟。它跟约塞米蒂一样秀美,而且还处于原始状态。”

　　他们在一片枯树林里选择宿营,这些高山铁杉被雷电劈中烧毁了。

　　“我们把那块帆布拉起来挡风。”她说道。

　　“干吗?这天热得要命啊。”

　　“整个大白天,你得跟黑蚂蚁和蚊子打仗,但是一到了太阳下山,你就会冻僵的。我们已经到了海拔八千六百英尺高度了。我不想为得肺炎死去的人承担责任。”

　　他哈哈大笑。

　　“帆布在哪儿呢?”

　　他们挖了一个小坑,供烧火用,并在小坑的两边面对面搭好帐篷。

麦克的双眼不断地睃向内莉这边；不管她是否注意到了，反正她没有任何表示。她是一个强壮的女人。她干活很卖力，身上冒出了很多汗，而且他发现，在她敏捷柔韧的动作里，处处透露出魅力和可爱。她喉部的线条，她额头的细小汗珠……她所有的一切都是那样别具一格，那样妩媚动人。

他定义的所谓的妩媚动人部分是生理性的……他已经有很长时间没有跟女人睡过觉了。但这仅仅是部分。他所感觉的东西——爱情、需要——拽着他的心，拽着他的智，那样强烈，那样持久，跟他的生理渴望一样。

他瞧着她撩起并系好她的帐篷的门帘，就在这个时候，一只雌鹿和它的幼鹿小心翼翼地慢慢走过枯树林附近的草甸子，他多么渴望能找到某种方法抓住并留住那个一闪即逝的图像——内莉、雌鹿和它的孩子、草甸子，将它永远留住。

影子渐渐拉长，变成了紫色和蓝色，可以感觉到天更冷了。稀薄的空气随着呼啸的风吸入他的肺内，产生了高山眩晕。暴风云团从北方涌来，夕阳淹没在了突如其来的纷纷扬扬的春雪中。为了点火，他得抹掉木柴上一层白白的雪。

天黑之后，他们穿上了厚厚的外套。篝火产生令人舒适的暖意和明亮。麦克很饿，厚厚的肉块、罐装的豆子、很硬的饼干，味道好得像他豪宅里的盛筵。他拿着叉子和马口铁盘子蹲在那儿，他的生理需求再次反应强烈，好在他的外套掩盖了一切。

大雪变小了，云团飘走了，此时此刻，晴朗的夜空中，弦月清晰可见。当他再也无法忍受他的需求时，他将盘子扔到了一边，伸手抓住内莉的手。

"再没有比直截了当说这种话更……"

"麦克。"她的话音半是恳求，半是警告。

"过来跟我生活在一起吧。嫁给我吧。"

她的双眸睁得更大了，眼角蒙上了模糊的泪水，仿佛他想要的也正是她所想要的。他用他更加强健的双手抚摸着她那只小巧的手。但是,她抽回了手,而且就像在森提讷尔穹丘上那一刻一样,这一刻也消逝了。

"这是一个美好又令人向往的想法,麦克。我并不是说不想考虑这件事情或者说这是一件不好的事情,可是我告诉你我不能做这件事情。"

"到底是为了什么啊?"

"我有自己的计划……就像你一样。噢对了,T.福勒·海因斯在哪儿呢?还在里弗赛德吗?"

"是的,那对他来说好像是永久的家。"

"我终于看了一些写那位坚韧不拔的先生的东西……"

"别转移话题。你要是嫁给了我,就再也不需要工作啦。"

一阵风吹过,从火堆里吹起点点火星。小小缎带一样的白雪在帐篷四周舞动。内莉的大笑声银铃般回响在寒冷的空气中。

"我真的听到这个话了吗?是的,恐怕是这样。我不得不再说一下,这样你就不会再次误解。我喜欢你,我非常喜欢你,但我不是一个维多利亚时代的女人。我不会恭敬顺从,唯唯诺诺,或者不具备很多在大多数男人和很多很多女人看来或许应该具有的美德。哎呀,太糟糕了。我是内莉·罗斯,是纳塔利娅·罗切夫,不是别人。我还有很多书要写,一辈子也写不完的书。我将永远工作下去。"

"可你终归是一个女人啊。你绝对没有必要为了养活自己……"

她拍拍自己的膝盖,站起身来。

"你实在让人受不了,有时我想应该用'无可救药'这个词。你听到过我说过的话吗?一个词?"

事情再次变得糟糕。他不知道该如何应对,他怒火迸发。

"是的,但是让它见鬼去吧。我不懂。我怎么也弄不懂卡拉,我也不懂你。"

"一点不错,亲爱的。"她的话音很轻,但无法掩饰其中突如其来的痛苦,"也许这是全部的麻烦所在,你没有去试试弄懂它。"

他抓住她的双肩。

"我今天晚上就在试啊。"

她再次挣脱自己的身子,他骂着娘,他的呼吸喷出来,形成一团白气飘荡在火堆边。他将双手插进口袋里,绕过防风的帆布,来到枯树林的边上。

他背着身,说道:"我会整理好我们明天早饭要吃的东西,挂在那儿,让熊够不着就是。这样的话,我们就可以一早下到峡谷里去。"

"好的。这样最好。这儿变得太冷了。"

他绕过防风帆布,来到火堆边。她早已走进帐篷,系紧了门帘。

麦克扣着大衣的纽扣,走进台球房。约翰逊坐在台球桌的一边,边上,小吉姆站在一张凳子上,弯着腰,灯光照在他身上,光亮来自有绿色玻璃灯罩的电灯。约翰逊在球台上从右手边击中一颗红球,球滚向他的左面。

"一个。"小男孩大声叫道。

麦克在阴影里观看着。他儿子看见他了,脸上容光焕发。约翰逊将一颗白球撞到他的左边。吉姆跳上跳下地拍着手。

"两个。"

约翰逊揉着吉姆的金发。

"这小家伙聪明绝顶。他轻而易举就数到十了,数到二十也只要稍稍想一想就行。"他缓步走到麦克跟前,"你应该在边上多待一会儿看看。"

小男孩将球滚过台球桌面,一直朝他父亲投去胆怯而又亲切的目光。

麦克压低声音:"我一有时间就陪着他啊。"

"都是在一天快完结的时候,他都累了,陪他一个小时,也许不够。尤其是他快三岁了,长得很快,变化很快,就不够。"

"你凭什么在如何做父亲的问题上当起这样的专家来了？"

"我自己当过小家伙啊。"约翰逊说道，同样不耐烦，"一个科曼切人①作乐一样一枪打中了我爸，我还不到两岁就失去了他。一个小孩子在这种状态下长大是很痛苦的。"

"我尽力吧。"麦克说道。

他蹲下身子，张开双臂。小吉姆向他跑去。

"晚上好，儿子。上床去吧，休息了。"

麦克拥抱了他一下便离开了。小男孩望着他的背影，好长时间。

他转进那条从杰西大街延伸过来的通道。大雾翻滚，浓密阴沉，白茫茫一片，裹住了旧金山湾一艘渡船的鸣叫声。在后门廊一盏暗淡的电灯下，麦克回头望了一眼，然后敲响了门。敲到第二下时，有人在里面打开了门闩。

"麦克。"她说着，往后退了一步。

"晚上好，玛格丽特。"他走进弥漫着油炸物味儿的暗沉沉的小小门厅，盘子"叮当"的声响从过道的另一头传了过来，"我觉得今晚需要你好好招待我一下。"

"那么你打算上楼吗？"

"是的，而且我不在乎别人看见。"

这使她感到惊讶。以前他总是从前门进来，而不是后门，那些姑娘和有些顾客开玩笑地把后门称作"老公门"。忽然间，他体面的社会地位成为了他的负担……而且显然还有其他一些事情。他看上去疲惫不堪，形容枯槁到了极点。他的话音中有一种极不典型的刺痛。

玛格丽特示意他上楼，尽量把话音放轻松。

---

①科曼切人，美国西南部北美印第安人肖肖尼人的一支，游牧部落，骑术高超，强力抗击白人移民，联邦政府曾派兵征讨，但未成功，后签订条约。现有四千多名科曼切人居住于俄克拉荷马州。

"我们总是要为我们主顾的姓名保密的。直接往前走。我们今晚不忙,我来为你做选择。我会记到你的账上的。"

他点点头,爬上楼去,很快就不见了身影。

一个姑娘抽着一支香烟穿过楼台,身上的孔雀蓝宽大长衣在丰满浑圆的白大腿上飘动。隐隐约约的欢笑声和撞击声传下楼去。玛格丽特一只手握成拳头,紧紧按在从来不用口红的苍白双唇上。

"是的,继续走。"她说道,"这个地方,你可以点任何一个女人,要是你能知道这一点就好了。"

48

在旧金山,这是一个麻烦不断的夏天,即哈弗斯蒂克预测的麻烦。

爱泼沃思同盟会全国代表大会7月份在城里召开,雇主联盟通过车夫委员会的操控,弄到了该联盟大量的行李搬运合同,交给一个不属于工会的公司经营。

"所以,该联盟的第一目标是马车夫。"哈弗斯蒂克说道。

这儿的工会成立还不到一年,但是已经是劳工联合会的强有力成员。

不属于工会的车夫们发现他们根本来不及搬运爱泼沃思同盟会数以千计的代表们的所有行李,于是他们发出紧急呼吁,请求援助。当工会的车夫们拒绝响应时,雇主联盟发表声明,禁止所有工会的车夫们进入工厂,并进一步声明,停止运输业中只雇用工会会员的企业营业。

工会号召在滨海地区举行大罢工。跟马车夫们一起,商船的海员上街了,码头工人、货栈工人……旧金山湾两岸大约有一万五千工人罢工了。港口的贸易陷于瘫痪。

但是,来自河谷地区的农产品仍然源源不断地运往奥克兰,腐烂了。调车场停满了货车车厢,货轮全部抛了锚,等待卸货。麦克尊重罢工,罢工期间付给他的货栈工人一半工资,并坐山观虎斗。

河谷地区的农场工人来到了海岸山脉地区,开始搬运积压在铁路调车场和货轮上的农产品。伯克利的学生们也被招募来充当夏季装卸工。不可避免的结果是暴力冲突……扭打、扔石头。有人将煤油倒到二百箱西瓜上,将它们毁于一旦。一个属于希梅尔的货栈在一个夜里遭到了肆意破坏,希梅尔是波西米亚俱乐部在格罗夫地产举办狂欢活动时麦克的营友。

没有多少人支持罢工者。只有一家报纸《旧金山考察人报》支持罢工者。赫斯特的编辑汤姆·威廉斯写道:"雇主联盟破坏马车夫工会的企图是一个犯罪性质的邪恶行为,在旧金山史无前例。"

警察局长沙利文并不这么看。沙利文在 1894 年是民兵团的一名上校,他残酷地采取行动镇压萨克拉门托的铁路罢工者。他命令军队开枪,于是得到了一个绰号"开火洛"。

"开火洛"沙利文说,非工会会员的马车夫得工作,马车应当毫无障碍地行驶。为了确保此事,他雇用了所谓的"特别警察"。

"前罪犯和失业的西班牙裔美国老兵。"麦克怒气冲冲地对约翰逊说,"他们登记的住址全都是宾馆的空房间。你知道是谁提供他们手枪和警棍的吗?就是那个雇主联盟。"

麦克认识并钦佩的吉姆·费伦市长似乎对这些事件束手无策。以维持秩序需要为理由,他批准起用那些受到特别委派的编外警官。这样一来,激怒了工会方。接着,他拒绝动用州警察部队,那样一来,又激怒了那些商人。本州最优秀最受大众欢迎的市长之一突然间发觉自己失去了所有的拥趸。

这个麻烦的夏天成了一个死亡的季节。9 月 6 日,在布法罗的泛美博览会上,一个精神错乱的无政府主义者开枪打中威廉·麦金利总统,八天之后,总统死了。约翰逊在古巴的指挥官罗斯福成为了美国的第二十五任总统,再过三周他将度过他的四十三岁生日。

591

"泰迪这人不错。"约翰逊宣称,"稍微有点幼稚,但勇气多多。只要你需要山姆大叔的帮助,我会毫不犹豫地去敲响他的大门。"

9月29日,好几个下了班的特别警察走出卡尼大街上的一家名叫塔利亚的低级酒吧。他们已经喝了好几个小时了。几个路过的人认出了他们是破坏罢工的家伙,便嘲笑奚落他们。也不知从什么地方又冒出了一些人,握紧拳头,举着棍子,飞奔过来,那些特别警察拔出了手枪。正规警察拒绝对暴乱警报做出反应。

麦克在报纸上看到了那些被枪杀和受伤的人的名字,脸色变得刷白。有一个人名叫阿朗索·(朗·)科格伦,是以前曾经在旧金山干过侦探的特别警察,他被一颗子弹击中了左腿。

作为对塔利亚暴乱事件的反应,工会在都会大厅举行了一个群众大会。四千名工人高唱歌曲,高呼口号,挤满了每一个座位,有的就蹲坐在通道里。麦克捐赠了一半的租金,并在后台瞧着这个群众集会。

年轻的社会主义作家伦敦发表了措辞激烈的演讲。接着轮到了旧金山大主教区的彼得·约克神父。这名神父是一个爱尔兰人,来自戈尔韦①,他用轻快的英语讲述了这个伤心的故事,并不断地敲着讲台。

"他们招来大学生,声称这是自由企业制②。但是他们是富人的儿子,他们来干活并非是为了挣钱,而是为了反对普通民众……"

人群中爆发出欢呼声和跺脚声。地板在震动,煤气灯在摇晃。

麦克突然一惊。在对面的侧厅里,他认出了迭戈·马克斯,只见他衣衫褴褛,两眼眼神稍稍有点发直,费利西娅挽着他的胳膊。

"他在这儿干吗?"麦克悄悄问伦敦。

"我听说他是约克的老朋友。他想发表演讲,但是他们不让他讲。

---

①戈尔韦,爱尔兰共和国的一个郡,该郡的首府也叫戈尔韦。
②自由企业制,指政府很少干预私营企业的经济活动并允许其自由竞争的制度。

对这群人来说他也太极端了。"

"……一个富人的联盟企图镇压穷人的一些联盟。"约克发出雷鸣般的吼声，并挥舞着双手，"但是他们不会成功。因为我们强大无比，我们坚定不移。不会有折中，不会有谈判，不会有退却。"

每个人都发出吼声。麦克见迭戈在望着他，便举起手向他示意。马克斯将费利西娅紧紧地抱在自己身边，前后摇晃着。喝醉了吗？他呆滞的目光遇上了麦克的目光，躲了开去。麦克理解。马克斯是因为他们拒绝让他演讲而感到无地自容。

一会儿之后，当麦克再次望去时，马克斯和那姑娘不见了。

倾盆大雨浇在码头松垂的木板上，装货码头上方斜屋顶上面五英尺高的招牌上，水流潺潺。

钱斯农产品公司
旧金山——萨克拉门托——奥德斯托——福雷斯诺

货栈凌乱地坐落在一个码头边上，码头像一根手指一样突出在海湾里。码头临街的一面仅有一半属于麦克，那更像是一个内河码头。靠外边的货栈属于奥斯卡·希梅尔。要到达那儿，马车夫们得经过麦克的那幢房子。

麦克的装货码头的前面，六七个湿漉漉的纠察队员在那儿绕着圈子，阻断了码头的路。雨水淋湿并模糊了卡纸板做的标语牌，上面写着："工人们团结起来；不干有伤痕的活；工会装卸工罢工去。"

突然传来了铁制车轮和马蹄的声音，四辆马车出现在了码头尽头。一个纠察队员跑上码头楼梯，冲过几只空箱子边，一把推开门。

"他们来了，钱斯先生。"

塔利亚暴乱事件两天之后，麦克从哈弗斯蒂克那儿得知，他将是一个遭攻击的目标。他匆忙穿上外套，冲到外面，那支"店老板"科尔特就插在外衣后下摆下面的枪套里。

他跑到下面的码头上，这时第一辆两匹马拉着的马车来到了近前。除了马车夫，车上还有三个乘客，穿着雨衣，戴着常礼帽，一脸凶相。他认出了一个人，那人就站在马车夫的身后，一副罗马战车御者的傲慢模样。他的名字叫巴克·弗洛特。他在麦克这儿干过三个月，曾经是一个美西战争①的老兵；他抱怨战争使他变得神经质，并以此为借口老是旷工。一个星期五，他失踪了，再也没有回来，虽然麦克早就决定要解雇他了。巴克·弗洛特是一个块头很大的人，两条眉毛呈金黄色，鼻子像一个成熟的糖萝卜。他穿着肮脏的风衣，戴着驾驶汽车用的帽子。

除了雨点声，只听见车轴滚动的吱吱声、铁轮碾轧地面的嘎嘎声和马蹄敲击木板的嘚嘚声。麦克看不见任何武器，但是他肯定那些特别警察带有武器。

他大步走到码头开口的那一头。海水发绿，油腻腻的，漂满了果皮和废纸。这个码头跟下一个码头之间正好有足够的空间停泊一艘小船。码头的头上，麦克看见一个人在观察着，那人个儿很小，穿着大衣，戴一顶软帽。除了一蓬毛糙的小胡子，他的脸一团模糊，但是麦克觉得，单凭他极小的身材，他就认出了他。那人走进一间小屋的阴影里，并在那儿继续观察着那些行进的马车。

麦克行走在那些忧心忡忡的纠察队员和第一辆马车之间。马车夫勒住两匹马的缰绳，用一只脚踩下了刹车杆。雨水沿着一个特别警察的帽檐流下来，那人的一只手插在亮闪闪的油布雨衣下面。等等，且再等等……

"码头上不通车。"麦克说道，"我们尊重罢工。"

"走开。"巴克·弗洛特说道，"这些马车是奥斯卡·希梅尔的，我们到他的货栈里装一票货。我受委派负责保护希梅尔的财产。"

---

①美西战争，指 1898 年美国与西班牙之间的战争，这次战争起源于古巴争取民族独立的斗争，结束了西班牙在美洲的殖民统治。

"这无关紧要。回头吧。"麦克说道。

雨水顺着他的脸流下来,雨水也积在他的头发里,使他痒得简直要发疯。他想抬头看看装货码头屋顶上的招牌,但是他不敢。

随同巴克·弗洛特一起来的那些人站了起来。弗洛特的风衣被风吹起,麦克在他的风衣里面看到了一支插在一个旧枪套里的镀镍手枪,巴克·弗洛特使劲地想将它拔出枪套来。

"钱斯,谁都知道你跟那些肮脏的共产主义分子沆瀣一气。但是希梅尔先生不会允许你侵犯他的权利。我们正式受到委派,我们希望你别阻拦。"

"别煽风点火,巴克。我跟你再没有什么利害冲突,我跟这些人中的任何人也没有利害冲突,我只跟雇你们的人有不同意见。"麦克的手心感到刺痛,害怕令他的肚子疼痛,"和平地离开。我不想制造麻烦。"

"但是你已经制造麻烦了。"巴克·弗洛特兴高采烈地说。

他的一只手从风衣里飞了出来,手中握着那支镀镍手枪。麦克朝他右手上边做了个手势。

"屋顶上的那些人也不想制造麻烦,巴克。"

马车夫和那些特别警察齐刷刷地转过头去。两个货栈工人端着两支滑膛枪稳稳地埋伏在斜屋顶上那块高高招牌的两边。他们一直隐藏在那块招牌后面。

雨点打在屋顶上,接着流了下来,溅落在码头上,然后沿着缝隙漏了下去。一匹拉车的马忙着翘起尾巴拉屎。巴克·弗洛特将他的镀镍手枪举到齐肩高,瞄准屋顶上的一个人。麦克一把拔出他的科尔特,用双手稳住手枪。

"别。"

巴克·弗洛特将枪管降低了一英寸左右,在枪的准星上仔细打量着麦克。

"我不相信你有胆量扣动那个扳机,钱斯。"

"你试试。来吧。"

"我回去了。"第一个马车夫脱口而出，"我不想为希梅尔或者其他富豪把命丢了。坐下，巴克。"

巴克·弗洛特恨得咬牙切齿。

"巴克，该死的。我走啦。"

弗洛特骂着下流话，猛地将他的镀镍手枪放下。

麦克将他的左轮手枪降低到腰部。那马车夫在麦克的装卸场地里兜了一个大圈子，路过其余三辆马车旁边，那三辆马车也一辆接着一辆地在码头上绕了回去，这时屋顶上的人仍然坚守着他们的阵地。麦克让自己的双肩放松下来。他的肚子痛得厉害。

他朝屋顶上的人挥了一下手，示意他们下来，然后步履艰难地朝门口走去，他的鞋子吱吱乱响，进水了。他忘了那个依然站在那间小房子的阴影里观察着的小个子男人。

"倒是挺不错的一个平局。"第二天一早约翰逊说，"所有的报纸都报道了这件事情，大多数都不是赞美你的。"

"这我已经习惯了。"

"你要是该死的不把保密工作做得那么好，我倒是会跟你一起去那儿的。"

"我不想任何人受到伤害，尤其是我的朋友。"

"彻底击败了那帮人，你好像不是太高兴呀。"

"没有谁击败谁。我们只是用上了膛的枪和伏兵让他们回去了。我被迫无奈，可我不喜欢那样。用和'开火洛'沙利文同样的伎俩，我有负罪感。那解决不了任何问题。"

约翰逊耸了耸肩膀说"也许吧"，接着从他的马甲口袋里掏出一张字条。

"你跟亚历克斯在楼上时，我到楼下接了个电话。那个先生姓鲁夫。他请你到珀普饭店见个面。我记下来了。"

他拿出那张字条，上面写着："珀普饭店……下午七点……鲁夫。"

"鲁夫……就是他。"麦克惊叫道。

"怎么回事儿?"

"昨天码头上有一个人一直在观察。从远处看,我想我认识他。阿贝·鲁夫。"他说了一下那个姓氏如何写,"他是一个律师。你对当地的政治不了解……"

"鬼才去了解呢。政客就是挺着硬领并有着教士身份的拦路强盗。"

"某种程度上讲是这样。"麦克赞同道,"鲁夫倒是颇有点身份的。他是共和党人,或者说曾经是。"

"老是吮吸后面那个奶头的那些小子之一,是吗?"

这倒是真的,旧金山的政治受民主党人和热衷于改革的无党派人士控制多年。

麦克解释道:"鲁夫在共和党里干了很长时间。今年春天,他采取了一个行动,摆脱了克里明斯和凯利的控制,组织了一个小派别——共和党人联盟。该联盟在8月的初选中败北。我投了他们的反对票,因为他们给我的印象是一帮机会主义者。鲁夫很快又开始推出一个新党派。在我看来,他主要就是为了推出他自己。"

"什么样的党派?"

"劳工党。鲁夫和伊齐·莱斯是理发师工会的人,他们也是劳工党的发起人。他们已经吸收了大多数服务员、出租马车夫、厨师和啤酒装瓶工。鲁夫说,他们将在秋季的选举中推出他们的候选人。他是一个坚韧的小杂种,对这个城市十分了解……他是在这儿长大的。他父亲在市场街那儿创办了梅耶·鲁夫纺织品公司。鲁夫去了伯克利,上了黑斯廷斯法学院。我不知道他找我干什么?"

"你不认为可能是要钱吗?"约翰逊慢吞吞地拉长调子说。

珀普饭店就在市场街过来的斯托克顿街上。麦克在七点十分的时候走进那儿。这家小饭店人头攒动,热闹非凡。电灯灯光照耀在贴着白色瓷砖的墙壁上和地板上,烟雾弥漫的空气中充斥着雪茄烟味儿和鱼腥味儿。围着长围裙的侍者托着小山一样高的盘子,推推搡搡、大吼小叫地在厨房里进进出出。柜台后面,两个巨大的银咖啡壶看上去像一幅奇怪的扭曲的壁画。

亚伯拉罕·鲁夫在后面一个角落的餐桌上瞧见了麦克,他通常在那儿接待他的仰慕者。他将一个坐在那儿的警察小队长打发走,然后在麦克走近时站起身来。鲁夫大约三十五岁年纪。他穿着一件漂亮的单排纽扣套装,戴着一条深色条纹的活结领带。他的好几个东西一下子给麦克留下了印象:他的高卢人鼻子、他生机勃勃的活力、他的如同紫貂毛皮的炯炯有神的棕色眼睛。他的身材比麦克记忆中的要小。

鲁夫突然伸出手。他浑身散发着喷香的古龙香水味儿。

"钱斯先生。能再次见到您真是太高兴了。"

"谢谢。我也一样。"麦克将他的手杖和霍姆堡毡帽放到桌子上。他要了一杯清咖啡,鲁夫又要了一片樱桃馅饼。

这小个儿政客朝这家饭馆做了个手势。

"我希望这种嘈杂没有让您懊恼。我喜欢这儿的活力。我在这张桌子上办的事情比在我的律师事务所里还要多。"

鲁夫的笑容十分亲切,也挺吸引人。麦克一下子就想到,他就是从巴黎的一条林荫大道上走下来的。鲁夫的祖先事实上是法国人。他在翻领上别了一朵康乃馨,使他越加显出逛巴黎林荫大道常客的风采来。

鲁夫用幅度很小的雅致动作拿叉子叉着馅饼,麦克则在一只很沉的有柄白色大杯子里搅着咖啡。

"昨天我在您的货栈外面看到了那场小小的龃龉。"这位政客说道。
"我看到您了。"

"每个人都知道这是迟早的事情。我想看看您是如何处置的。"

"然后呢?"

"您处置得极妙。不过,您还是牵涉到了奥斯卡·希梅尔的权利。"

"我只不过是尊重罢工罢了。"

鲁夫一直笑容可掬,但是他的言辞尖锐得像检察官。

"得啦,先生。码头本身……入口通道……那些都不属于您的。"

"罢工者占用了其他的公共道路。"

"违法的。"

"但坚持了更高的法律:'你们不应该从比你们弱势的兄弟身上榨取鲜血。'"

"我喜欢这样。我是在希伯来的《塔木德经》①……那些宗教首领和先知……的教导下成长起来的。我欣赏那些对正义有热情的人们。我问您这些问题是在考验您。"

"是在盘问,我说呀。"

鲁夫哈哈大笑起来。他提到了宗教,这是麦克预计到的。这是一个善于左右局势的人。

"那么说正事儿吧。关于共和党的职能,我们很少交换意见,几乎不到十句话。我想我们应该谈谈,因为您支持罢工,没有多少有您这样有钱有地位的人会冒这个险。"

麦克一直在搅拌他的咖啡,等待着他的下文。

鲁夫飞速地扫了一眼四周,然后倾过身子。

"我可以秘密地告诉您,盖奇州长准备干预,结束罢工。"

"这是个坏消息。亨利·盖奇可是受制于沃尔特·费尔班克斯、威廉·赫林和南太平洋铁路公司政治局的。"

"不过,那些工会组织根本不可能胜过雇用来的破坏罢工的人和警察。我感觉和解势在必行了,而且我力主和解,尽管对我们这边不会有利。"

这么说现在是"我们这边"了。麦克的警惕有增无减。

"我几乎跟您一样不喜欢这种局面,钱斯先生,但是继续罢工是鲁

---

① 《塔木德经》,关于犹太人生活、宗教和道德的口传律法集,为犹太教仅次于《圣经》的主要经典。

莽的,跟您对付那些暴徒一样鲁莽。要是发生流血事件怎么办？流血事件解决不了任何问题。我们必须控制那个机制,用选票赢得工人斗争的胜利。"

"您是在说您的新党吗？"

"没错。联合劳工党。您知道尤金·施米茨吗？"

"我在哥伦比亚剧院看到他指挥过管弦乐团。"

"那么再向您透露个秘密。施米茨将是我们竞选市长的人选。"

麦克几乎要大笑起来。

"他是一个演奏小提琴的,管理一个城市他懂什么？"

鲁夫有点不高兴,说道:"他什么都会懂的,因为我会教导他。吉恩①是一个理想的候选人,父母分别是德国人和爱尔兰人,信天主教,一个有家有室的人。音乐家工会跟其他工会比起来给人感觉威胁性小一点。而且,他在讲台上形象很好……他们叫他'帅哥吉恩'是不无道理的。他将成为旧金山工人中最出类拔萃的人物。他将在我们权力的殿堂里代表他们,就像加利福尼亚的阿贝·鲁夫参议员总有一天将在华盛顿代表他们一样。经过好多年,我悟出了一个道理,你如果想要把事情做好,首先必须把做这些事情的权力抓到手。权力就是阿基米德的杠杆,权力就是一切。"

电灯灯光在鲁夫的棕色眼睛里闪闪发亮,他假装快乐地拿一条手臂伸展在麦克的椅子上方。

危险的人。麦克心想。

"我听到您说的话了。"他直白地大声说道,"可是我不明白您为什么要约我见面。"

"因为我们有共同的目标,我们俩都想要为旧金山最重要的选区争取权力。"

"这么说您真的抛弃共和党人了？"

---

①吉恩,尤金的昵称。

"我也想利用他们，可是不行。他们大多数都是地位稳固的豪富，缺乏勇气。您是例外。联合劳工党正在物色杰出的人物，有勇气支持吉恩·施米茨成为候选人的人物……用他们的选票……还有他们的支票。"

这就是了。麦克靠回到椅子背上。

一个侍者横冲直撞地从边上走过："该死的，借光。"

"我恐怕不是您要物色的人物。您那个联盟输掉了初选之后，您又效忠于其他地方了。一夜之间。我不赞成支持工人，我对剥削他们也不感兴趣。"

这小个子政客露着白森森的牙齿的笑容变得冰冷。

"这可是目光短浅的观念啊。让我来告诉您我对旧金山未来的看法吧。我预计，将来总有一天，没有联合劳工党的准许，没有它精挑细选出来的市长和管理者，我们的码头上将什么都动不了，我们的政府将无所作为。您也可以相信这点，等到我们掌控了权力，我们将帮助我们的朋友，也将记着那些蔑视我们友谊的人。"

我不喜欢这个人。麦克心想。他在椅子上坐直身子。

"换句话说，公开资助金钱就保证能得到庇护？"

鲁夫扔下他的餐巾。

"我不认为我喜欢这样。我可以报出某些其他明智、进步的先生的名字，他们不会以如此玩世不恭的态度对待友谊的。他们资助本党，更重要的是，他们付定金定期聘请我将来在市政厅里代表他们说话。"

麦克站起身来。

"鲁夫，我不付敲诈勒索的钱，我尤其不预付敲诈勒索的钱。"

这位小个儿政客的八字胡在瑟瑟发抖，他刚刚刮过胡须的脸白得像瓷杯一样。

"这话是个错误啊，钱斯先生。"

"我们等着瞧。失陪。"

"当然。我们会再见面的。"

他的目光表明,那样的见面将不会是友好的。

在盖奇州长的干预下,罢工结束了,和解的条件秘而不宣。参加工会的马车夫们只不过是重新振作精神,回去工作了。麦克的货栈工人不想谈论这件事情,只是说工会企业在旧金山偃旗息鼓了。

阿贝·鲁夫亲自为帅哥吉恩·施米茨写了词汇量减到不能再少的五分钟演讲稿。他对这个候选人进行了反复训练,施米茨到处发表这篇演讲,由于他在剧院的工作经历,这样的演讲自然非常浮夸。很快,观众里的女人们发出叹息并绞着自己的双手,而她们的丈夫则跺着脚,吹着口哨对待大伙儿的新偶像。

罢工的凄惨结局对竞选产生了影响,促使工会的人们努力工作,争取政治胜利。他们得到了那些一般政党的普通候选人的帮助。共和党人推举了一名政党专职人员,即市里的审计员。民主党人推荐了乔·托宾,一个很有钱的年轻区长,他的机会因为费伦市长的不得人心而大大削弱。"日报之王"对整体情势不敢恭维。

那些市长候选人是经过南太平洋铁路公司和市场街铁路公司以及斯普林峡谷水利公司的代表精心挑选的。被选中的那些人肯定会执行主子的命令,会无所顾忌地漠视公众利益。

1901 年 11 月 5 日夜,在共和党总部,麦克看着他们用粉笔记下了票数。

托宾——12000 票。
韦尔斯——17000 票。
施米茨——21000 票。

"得,"他说道,"狼入羊栏了。"

49

那年冬天一个冷雨霏霏的晚上，麦克到玛格丽特那儿吃晚饭。她烧了猪肉，并在豆角里加上火腿片和红糖，使其味道更好。他则将金黄色的甜椒和洋姜切成薄片，这些都是从他自己的货栈里带来的。她拿出了一瓶别的酒厂生产的香味馥郁、几乎像糖浆般的梅鹿辄红葡萄酒，他对这酒发表了自己的见解。

玛格丽特最近开始每周一次都要为自己和麦克准备一顿晚餐，只要他的安排允许的话。她住在拿破仑小居隔壁的一个套间里，但是中间厚厚的灰泥墙上没有开连通的门，仿佛她一旦走进那些体面的维多利亚式房间之后，便能够隔绝她跟她生活中的某一部分的关系似的。那些体面的维多利亚式房间里，摆设着必然会有的三条腿桌子、绿色植物的盆景、古老的罗杰斯组合泥塑以及其他各种各样的小摆设。

麦克右手拿着刀，将豆角扒拉到他左手的叉子里。这是欧式吃法，玛格丽特教他的。他的领带松开着，领子没有扣纽扣，马甲敞着，袖子卷了起来。在仿制的蒂法尼玻璃电灯下，他们坐在一起，十分放松，几乎有一种家人般的亲密无间。当他在吃饭的时候，她织补着一块黄色花边台布上一个撕破的小洞。她从来不吃多……她说是为了保持体形。

"我对阿贝·鲁夫不太了解。"麦克喝了一点红酒后说道，"但是去年秋天我对他的印象不好，而且一直不好。我从来没有见过有谁这么快飞黄腾达的。他们在珀普饭店奉承他拍他马屁，一直到午夜甚至午夜后。"

鲁夫的政党不仅仅当选了市长，而且有三人在十八个政府成员的候选人中胜出。这是一个强势的开端。

"我对他稍稍有点了解。他每月一次到隔壁吃饭，总是用法语点菜,他对他所说的所有语言都感到骄傲。他从来不上楼。他们说他的野心太大,没有时间找女人。"

"这是一个挺常见的毛病。"麦克说道,一脸怪相,"雷特·哈弗斯蒂克对我说,鲁夫到处在招徕主顾,有太平洋电话电报公司、帕特①·卡尔霍恩的联合铁路公司。雷特声称,鲁夫每个月从每家公司那儿收取五百美元。"

"会发生什么事儿呢?"

"如果让他就这样得逞的话,那么什么事儿也没有。施米茨是一个无足轻重的人,但他是一位杰出的演员,而且鲁夫又有点死皮赖脸的魔力,所以人们喜欢他们俩。"

他推开盘子,伸了个懒腰,拍拍自己的肚子。他开始感觉肚子有点肥大起来了。

"你这个厨师不错。"

"朋友嘛,不值一提。"

她一心一意在干针线活,但很快针就扎在了手指上。

接着,她避开他的目光,问道:"你今晚去隔壁吗?"

"不,我就是想放松一下。这是旧金山最好的安乐窝,比我的那些俱乐部好。在那儿,总是有人向你索取什么东西,通常是捐款。"

他叹了口气,享受着他少有的满足。客厅里壁炉架上一口镀金的时钟敲响了一刻钟的钟声。他从旁边的衣服口袋里掏出一个银质的雪茄烟盒。

"你说你准备再次去南部……"她刚开口便被打断了。

"几天之后。我倒是能够晒一些太阳的。"他点燃雪茄,开始吞云吐雾。

外面,雨下得更大了,使得他们这座弥漫着亮光的小岛变得更加安逸舒适。

---

①帕特,帕特里克的昵称。

"这是一块漂亮的老台布。"

"爱尔兰花边。"她举起台布给他看图案,"这是我母亲仅有的还过得去的遗物。我一直珍藏着它,因为可以怀念她。它也可以提醒我,一个人没必要永远待在一个地方喂猪。"

"你的成长过程很艰难,是吧?"

她的头在她那可爱的长脖子上转了过来。天鹅一样的脖子,他在内心赞叹。在她那张成熟的年轻女人的脸的后面,仿佛朦胧地出现了长着雀斑的悲伤的孩子的脸。

"加利福尼亚那些上流人士,也就是比我父亲早二十年来这个三角洲落户的人们,并不完全欢迎那些自耕农。'派克佬'并不是用来称呼朋友的。"

"所以你就离家出走了。你是怎么得到这个地方的?"

"我干的就是这个活。"她瞧着他,等他做出反应,接着补充道,"在其他人开办的地方,就像拿破仑小居那样的房间。我告诉你,教会大街不会是我的最后一站。"

"你想要什么样的生活,玛格丽特?"

雨在下,敲打在掩隐在厚厚丝绒窗帘后面的凸窗上。远处,一辆轨道车在市场街上当当地敲着铃铛。她将台布摁在大腿上,她的顶针亮闪闪的,宛若一块银子。她小小的乳房明显有点紧张地颤动着。

"总是要更好一点。我想要比这好得多的生活。"

她的目光表达了余下的意思,这使他感到不舒服。他将燃着的雪茄放到烟灰缸里,走到她身边,拿一只手慈父般地抚摸着她的肩头。她叹了一口气,她的紧张消失了,并将她的目光转移到了那块宝贵的台布上。

"我最好还是回家去了。"

"走回去吗?"

"我不在乎雨。那空气对我有好处。"他拍拍她的肩头,"我一回来就来看你。同时,谢谢你美味的晚饭。"

"我没有你有钱,能准备那样的晚餐。我也没有这个天赋。"

他哈哈大笑着,毫无邪念地吻了一下她的鬓角。她高耸的赤褐色秀发有一股温暖的清香。

"你是一个了不起的厨师,一个了不起的朋友。"

她的右手猛地抬起来了横过身前按到他的手上。他站在她的身后,在一只很大很沉的旧餐具柜后面的镜子里看到了她痛苦的脸。

很快,她松开了紧按的手。

"唉,无论如何,我已经感激不尽了。"

他离开之后,她锁上门,接着靠到门上,将台布摁在自己的双乳间。她闭上双眼,任热泪滚滚而下。

他一直到凌晨还没有睡着。最近这种情况越来越常见。一串串的数字流动在他的脑际,一系列的事情有待完成。

他在床头板的顶端雕刻着"JMC"的这张富丽堂皇的特大床的床边放着一本拍纸簿。他在黑暗中写字已经很有经验了,尽管到了早晨那些要点该死的很难辨认。

两点左右,暴风雨肆虐,旧金山湾上空雷声隆隆,这又高又黑的屋子似乎在喘气,在颤抖。玛格丽特的脸打破了他内心的宁静。他知道她想要什么——他永远不能给予的东西。

楼梯吱吱嘎嘎响了起来。他打开房门,看到了亚历克斯·马勒的眼镜上两块闪着光的圆圆镜片。这个年轻人穿着睡衣,擎着油灯,正往楼下走去。他在咳嗽,这声音就像鞋底刮擦着水泥地面。

灯光消失了。楼下很远的地方,亚历克斯还在咳嗽。麦克在拍纸簿上写了点什么,接着将双手枕在后脑勺上,闭上了双眼。

毫无用处。让人忧心的事情太多了,就像雨一样下个没完。留在记忆中的东西太多了。过失太多了……

今晚,那个让人牵肠挂肚的玛格丽特首先破坏了他内心的宁静。

当麦克大步走进漫溢着阳光的办公室时，亚历克斯马上从角落里的办公桌边站起身来。

"准备好了吗，先生？我也好了。行装全部打点好了。"

上午十点半。三台自动收录机发出"嗒嗒"的声响，吐出印着股票交易所最新行情的纸带……旧金山、加利福尼亚、太平洋。麦克还安装了一根私人电报线、电报电键和第二台电话机。

"我得跟吉姆说声再见。他在外面吗？"

"不，先生，在书房里。"

"像这样的上午？"

他跑下三段楼梯，一把推开书房门。小吉姆坐在红色丝绒的椅子里，双脚晃荡在地板上方。约翰逊跪在他身旁，瞧着小男孩玩一种玩具。

麦克冲进门去。黑沉沉的书房里飘来尘土和皮封面的气味。

"你究竟在那儿摆弄什么，吉姆？"

他儿子高高举起那件东西以便让他看个究竟。这是一把中国算盘，用油漆漆得发亮。算盘架上，手绘的小龙互相追逐嬉戏，口中喷火，鼻孔冒烟。

"你是哪儿弄来的？"

约翰逊站起身来，他的膝关节发出"咯咯"的声响。

"厨房里的金·勒克发现的。亚历克斯说吉姆在数字上极具天赋，他学这个东西真的快。吉姆，演示给你爸看看。五百〇七怎么弄？"

小吉姆仔细看了一会儿那把算盘。接着，他的小手在从右面数过来的第三根杆子上拨下一颗被当作"五"的算盘珠，"嗒"的一声贴到那根分隔栏上。他在第二根杆子上没有拨算盘珠，而是在第一根杆子上拨了一颗被当作"五"的算盘珠下来，接着又从下面拨上了两颗各被当作"一"的算盘珠。他骄傲地给他们看算盘。

"算盘。"他说道。

"那是这东西的中国名儿。"约翰逊说。

"阳光灿烂的日子你瞎弄这东西干啥?"麦克一把夺过算盘,"到外面玩去。"

"我不想到外面去玩,爸。我想算数。"他伸手去拿算盘。

麦克不让他够到算盘。

"我说了到外面去,去呼吸点新鲜空气。"

吉姆的小小双手握成了拳头。他大步走出书房的时候,伸出下巴,屏住呼吸,满脸绯红。

"吉姆?"麦克叫他。"我一两个星期后再回来看你……"

回答他的是"砰"的一声书房门关上的声音。

麦克将算盘扔到桌子上,接着一把拉开窗帘。阳光流泻进来。

"这地方简直像坟墓一样闷得慌。"

"你好不了多少。你责骂那孩子太凶了。"

"我不想养一株温室里的百合。我想要他跟加利福尼亚的所有人一样享受户外生活。"

"也许他不喜欢这样。也许骑马、野营和所有你喜欢的东西不对他的胃口。他是一个沉静的孩子,但是他聪明。他早就能在报纸上认字了。"

"我想要他到户外去,每天。"

"见鬼了,他只有三岁啊。他还不需要攀登沙斯塔山……"

"别来教训我该如何养我的儿子。"麦克走了出去。

约翰逊叹了口气。

"那么见你的鬼去吧。"他嘟哝着,"耶稣啊。"

麦克看见小吉姆沿着屋子靠着萨克拉门托大街的一边走着,拿一根棍子在栅栏上拨拉着,发出"啪嗒啪嗒"的敲击声。

"你在这儿啊。我走了,拥抱我一下。"

小男孩将他的棍子贴到自己的衬衫上。

"来呀,吉姆。我不是想大吼大叫。新鲜空气对你有好处啊。"

在室内待的时间太多,小吉姆的脸色非常苍白。加利福尼亚的气候对麦克来说很适宜,他想要自己的儿子得到同样的好处。

他坚持不懈地蹲在地上,张开双臂。小吉姆犹豫不决,将棍子折成两截,侧着身子慢慢挨进麦克的怀中。

"我会想你的。"麦克说道。

"当然,爸。再见。"

麦克感觉到了小男孩的生硬。他在退缩,他对他有怨恨。该死。

亚历克斯驾着轻便马车绕过墙角。麦克在离开的时候瞧着小吉姆站在那儿,脸上没有笑容。在加利福尼亚的阳光下,他沉闷无趣得像个小老头。

坐火车旅行,亚历克斯带了一小背包的商业文件和函件。麦克的旅行包里带着同样的一叠文件和一些书:内莉的朋友弗兰克·诺里斯写的《章鱼》——这部书他还没有看过、威廉·斯迈思写的《征服美国干旱》,还有一本书,他很快就埋头于其中,也不管亚历克斯多次请求他商量一下工作。阿普尔顿出版社两周前出版了内莉新的小说。《阳光的山脉》实质上又是一个浪漫故事,不过也是一个灰暗和痛苦的浪漫故事。麦克在他的铺位上大半夜没有合眼,他被这部小说迷住了。

故事说的是一个约塞米蒂的宾馆老板的故事,他受贪婪的驱使,被一个说是要买下他的宾馆并将其规模扩大三倍的旧金山开发商的哄骗。这个宾馆老板是一个年龄较大的人,早先带了一个年轻的妻子到峡谷里。起初,大自然的美景将她的注意力从没有爱情的婚姻里转移了出来。当内莉写到她的时候,她正处于焦躁不安和灰心丧气的状况。

一个年轻的巴斯克人在峡谷里非法牧羊,成为了她在夏季的情人。有一个情节里,他们在约塞米蒂瀑布幽会。他们很快发现自己成为了同盟者,跟那个旅店老板的贪得无厌和资产阶级心态展开了一场斗争。内华达山脉巍然耸立,四处都是阳光,这种纯粹的感觉仿佛在嘲笑他们在峡谷阴暗的地面上的偷情行为。

终于，他们决定冒险在光天化日之下相会。他们将在阳光下一起攀登高峰……就一次。当丈夫的了解到了他们的计划，便偷偷跟了去，在他们到"白云之家"幽会期间，他开枪将他们双双打死，然后自己在下山途中意外坠崖死亡。

这一事件并未影响宾馆的扩张计划。那个开发商接管了这份资产，进行了改造，将宾馆办得十分红火，吵吵闹闹的人群在新的酒吧里整宿不停地唱歌、狂吼乱叫。在最后几页里，一个喝醉的客人踢到了酒吧里的自动钢琴。客人们散去之后，那钢琴还在一个劲儿地演奏《蓝色多瑙河》，而且节奏越来越快，音量越来越大。那钢琴自己开始抖动，抖成了碎片，琴弦绷断，发出"砰砰"的声响，音乐变得愈加疯狂，愈加难听。乐声从开着的窗户传出，淹没了牢骚满腹的宾客的说话声，并沿着峡谷隆隆向前。内莉最后的那些生动描写似乎是诸多征兆。文明的音乐在继续演奏，惊恐万状的鹿沿着黑乎乎的河岸奔逃，受惊的小鸟发疯一样地飞越满月的脸庞。

他合上书本。评论家们也许永远也猜不到，为什么这位"女左拉"会描绘出这对恋人如此黑暗的画面。他知道有一个可能的答案。

抑或他是在自我恭维？

这对他并没有什么好处，她远在卡梅尔……也许跟其他人在一起了……他则在这儿，在一个闷热的铺位上，咔嚓咔嚓地穿越加利福尼亚的黑夜，孑然一身。

"淫秽。"《洛杉矶时报》发表社论。

我们绝对不能再进一步让罗斯小姐、诺利斯先生或任何一个自诩为艺术家和忠实的加利福尼亚人的人格低下、离经叛道的狐朋狗友的淫秽散文和外国思想大肆泛滥了。让他们到堕落的欧洲那些阴沟里去做他们的买卖吧。

尽管有奥蒂斯将军为捍卫其他人的道德标准的英勇奋斗，但是《阳光的山脉》在出版一周之内便销售一空。

它在全国范围内成为最畅销的书。每个识字的美国人都知道了内莉·罗斯这个名字。

狂风大作。黄沙遮掩了高山,冲击着人的眼睛。麦克前倾着身子,咬紧牙关,按住帽子,一头扎进沙尘暴中,亚历克斯紧跟在他身后。麦克要长途跋涉去英戴奥那儿展示他最近的计划,选择了这个倒霉透顶的日子。

"这儿是界碑。我买了一百英亩。五十英亩用于种海枣,还有五十英亩我们将建一个营地。"

"营地,先生? 什么样的营地?"

"肺痨患者的营地。那些需要热带干燥气候但又无力住到那些地方去的人们。"

遮天蔽日的黄沙隐去了亚历克斯当即做出的反应。

麦克从里边的口袋里掏出一张折拢的纸,呼啸的狂风几乎将它吹跑。

"这儿有细节和数字。我们将先搭建帐篷,然后建造正规的宿舍。我们将引进奶牛和鸡。付得起费用的病人每周收三美元费用。如果他们家境贫困,那就不用付费。我们至少雇用一个医生和一个职业经理。我们建这个营地将以非营利为基础。"

"您为什么要这样做,先生?"

"因为我从加利福尼亚得到了很多,所以我想回馈一些。数以千计患肺结核的人来到这儿,他们一无所有,但是希望维持生命。我们帮助不了全部,但我们可以帮助一部分人。"

亚历克斯原本强大的意志力终于崩溃了。他哭了。

"上帝保佑您,钱斯先生。您是一个好人;一个品格高尚的好人。"

在里弗赛德,麦克视察了果园,检查了账本。他花了一个晚上跟比利·比格斯塔夫、这位经理的妻子以及他们的七个孩子一起度过,但是他们的吵闹声和其乐融融的氛围令他感到心情抑郁。

他带着黑文·奥格到文图拉待了两天,然后又去了圣索拉罗,在那儿,沃德洛兄弟公司完成了水利工程,而且哈泽德的房地产公司已经引进了二十三户人家。一幢幢别墅正在兴建,清澈的淡水正在河道里流淌,油井继续从地底下汲取着石油。

回到地中海别墅,他和亚历克斯跟恩里克·波特在星期六上午会面。律师这几年已经稍稍有点驼背,肚子也开始往外鼓突,他拿出洛杉矶地区一个地块的示意图,上面标有红线,从中央辐射到外围。

"这是亨利·亨廷顿已经宣布过的另外两条城际间的线路。这一条连接你在雷德兰兹外面所拥有的土地。这一条直接穿过你在惠蒂埃的地块。太平洋电气铁道公司的房地产部门上周前来跟我接洽过了。"

麦克往后靠回去,看着自己的手。一阵暖暖的春风吹得桌子上的文件沙沙作响。T.福勒·海因斯的书占据着它通常所在的角落。

"我买下一些这部分地产,因为我肯定城市要扩张的。"他向亚历克斯解释道,"你只有走到如此远的西面,才能挣到大钱。在波希米亚俱乐部的地产——格罗夫,埃德·亨廷顿说到电气铁道的事儿,我就是在那个时候开始买进更多土地的。他去年合并了东太平洋铁路公司,他的动作比我料想的要快。"

麦克摸着自己的卜巴。

"有时,这样挣钱让我感觉内疚。我像南太平洋铁路公司的贪婪狡诈之徒一样,通过事先知道要修建铁路的地方牟利。"

"土地以四倍的速度增值的情况倒是治疗内疚的良药。"波特说道,"此外,亨利·亨廷顿又没有强迫你购买土地;你这都是自己主动购置的。别对我说南太平洋铁路公司的贪婪狡诈之徒的买卖这样的话。"

麦克哈哈大笑:"好吧。你知道我每个项目的最低价,别往下面去就是了。"

波特在他的标准拍纸簿上打了几个钩。麦克更换了一下文件。

"卡胡恩加河谷那块新的地皮怎么样了?"

律师碰了一下一个文件夹。

"在这儿呢。他们接受了你的建议。所有的文件上记着的都是那个合成一体的名字——'好莱坞'。"

"干得好。你们俩处理余下的事情。"麦克离开办公桌,从架子上拿下一顶精致的白色斯泰森毡帽①。

"你见鬼的也太急了。"波特说道。

"平原上有一场速度赛车表演。我不想错过了。"

亨利·福特的"999"号赛车风驰电掣般驶过平原,留下公鸡尾巴一样的一溜尘烟。那轰鸣声令人畏惧。这位来自底特律的年轻的汽车魔法师,在有一百〇九英寸的轴距、漆成铁锈红的底盘上,创造了一台野兽般的机器,并为了增加速度减去了汽车上的所有负载。没有引擎罩保护四缸八十匹马力的发动机。司机在一个仅能容得下一人的十分危险的座位上用方向杆操纵汽车。

大约有三百人聚集在里弗赛德西面那条道路的两侧。有些人是坐火车从洛杉矶来的,有些人是坐大马车来的,有五个人是开汽车来的,其中有两辆是电动汽车。有一辆汽油汽车属于麦克。

他喜欢这带有操纵杆的灵活敏捷的小轿车,三个排挡(两个前进挡和一个倒挡),一匹马力的发动机安装在单个座位的后面。这辆汽车是奥尔兹②汽车制造厂生产的,所以被命名为"奥尔兹汽车",它有漂亮弯曲的挡泥板,黑色的油漆,红色的内部装饰,流线型的黄铜乙炔灯。最高时速二十英里,对他来说,这还不够快。

当"999"号赛车沿着赛道转过弯,开始返回,在试验英里加速时,观

---

①斯泰森毡帽,美国西部牛仔戴的一种宽边高顶毡帽。
②奥尔兹,即兰塞姆·伊莱·奥尔兹(1864—1950),美国发明家、汽车制造商,设计奥尔兹汽车,首创流水线装配法,创建奥尔兹汽车工厂和里俄汽车公司。

众们惊叫和欢呼起来。麦克在兰塞姆·奥尔兹小轿车的座位上跳起身来,跟着其他人一起狂吼乱叫。

"999"号赛车咆哮着冲过终点线,司旗员来回挥舞着绿色的旗子。"999"号赛车不是一辆最容易驾驶的汽车,它沿着路肩行驶,渐渐慢了下来。雇用来的驾驶员没有再试一圈,而是踩下了刹车。在高高的木头台子上的计时员仔细看了一下他的秒表。

"实测英里时间……一分十一又五分之一秒。刷新了福特九分九十九秒和来自托莱多的魔鬼司机的纪录。"

现场一片欢腾。

驾驶员停下赛车,摘下护目镜和皮头盔,跑向蜂拥而来迎接他的人群。去年,年轻的巴尼·奥德费尔德还一直在俄亥俄州参加自行车比赛。他嘴里叼着一根雪茄烟头,费力地慢慢挤过人群,给人签着名,陶醉在众人的欢呼和赞扬声中。

麦克离开他的奥尔兹小轿车,花了好几分钟仔细研究那辆"999"。福特用纽约中央铁路公司的一流火车命名这辆赛车。飞快的速度令麦克激动。他需要一辆速度更快、马力更强大的汽车来代替那辆自动行驶的车子和那辆奥尔兹。不是蒸汽车,也不是电动车——它们很快就输给了内燃机。他该买什么呢?那样的一台德国汽车?

他沿着灰尘满地的道路往回走,一面想着这件事情。突然,他注意到了有三个人走近前来:一个男人,左右两臂各挽着一个女人。男人英俊的面容闪现出来。

麦克有一种强烈的冲动想避开他们,但是他没有,反而大步迎了上去,强装出一副欢欣的笑脸。

"怀亚特。看在上帝分上。"

怀亚特·保罗停住脚步,他的女人也顺从地停住了脚步。每个女人各抱着穿着白色亚麻布套装的怀亚特的一条胳膊,他的这套衣服裁剪得十分特别而又朴实无华,还有一条白色的领结和美国新教圣公会教服的领子,一条白色丝手帕将表袋塞得鼓鼓囊囊的。怀亚特·保罗看上去像一张照相底片上的神父。

"天哪,我的合伙人。"

怀亚特笑了,阳光一度在他的眼睛里闪耀出蛋白石似的光芒。麦克缩回自己的手,感到恼怒——怀亚特满不在乎地拒绝跟他握手。

他们互相打量着对方。怀亚特的肤色比以前晒得更黑了,但是他看上去并不健康。他还是瘦得皮包骨头,耳朵上方涂着润发脂的黑发里已经有两扇像小鸟翅膀那样的白发。令人奇怪的是,他的双唇似乎比之前厚,红得像女人的嘴唇。这种样子令他具有一种娘娘腔的特质。

那两个女人都十分健美活泼,像小孩子等待着吩咐一样瞧着怀亚特,她们的高领外套很紧,以至于麦克可以看到下面胸衣的线条。她们的紧身胸衣紧紧地束在腰上,已经紧得不能再紧了,这样一来,可以更加突出她们的胸乳。尘土粘在系着巨大的丝绒宽边帽的雪纺绸面纱上,宽边帽上装饰着鸵鸟毛。尽管她们如此盛装打扮,但是看上去还是妓女的样子。

"女士们,这就是我敬重的合作伙伴,来自圣索拉罗,詹姆斯·麦克林·钱斯。这是马撒执事。这是玛丽执事。我对两位女士说你就住在这儿附近。"

"阿林顿高地。"麦克点点头,隐隐约约有点不舒服——怀亚特跟他保持着联系,"我估计银行定期给你汇你的份子钱了吧?"

"一点不错。我在教堂的会计们把它们寄给我,而且每月给我送一份报告。"

麦克摘下他的斯泰森毡帽,擦了一下额头。

"你刚才是说'教堂'?"

"是这样。全能太阳神教堂。我们刚刚搬进了我们新的圣所,在帕萨迪纳附近的山麓丘陵里。十英亩土地,一幢非凡的建筑。是一个八角形的建筑……窗户多,墙很少。一个姓福勒的人大约在五十年前建造过一些八角形的房子。他说这种设计很神秘,有治疗作用。当然啦,这种设计没有流行起来。他太超前了,他需要面对的是普通大众……

但我们知道那意味着什么。"怀亚特说道,有点得意地笑了一笑,"受骗上当的人、乡村傻瓜、唱赞美诗的⋯⋯还有妓女。无论如何,一幢八角形的房子对我们来说十分完美。它培养开放性⋯⋯这种自由可以摆脱我们赞同和鼓励的因循守旧。"

"这么说你现在是一位牧师?"

"我更喜欢'老师'这个说法,或者叫'精神领袖'。"

麦克听到了光滑的老旧齿轮在啮合,魔力的机器开始研磨。

怀亚特甩开女伴的手,让自己的双手垂到身体两侧晃动着,一面说道:"我创立了一个你也许会称之为世俗的信仰。我们崇拜并研究以太阳为象征的自然之力。"

"健康⋯⋯治疗⋯⋯康复。"马撒执事尖声尖气地说道,一脸单调乏味的笑。抑或她是玛丽执事?

"我们相信,男人在生理方面享有正当的至高无上的权益。"怀亚特说道,"我们培养这种幸福感。我们坚持认为,强健的体魄和绝对自由地表达生物学冲动的能力是最高的道德标准。"

"这样的话,你的教堂应该很受欢迎呢。"

这样的冷嘲热讽令怀亚特的脸上生起愠色,但是另一个执事尖声尖气地说道:"噢,是的。我们已经有超过九百个教友啦。"

麦克渐渐地不再感到惊讶。他为什么要感到惊讶呢?怀亚特一直以来就野心勃勃、道德败坏、穷凶极恶、巧舌如簧。加利福尼亚是各种奇怪邪教的温床,这些邪教像春天的青山,总是有规则地时而出现,时而消失。

"女士们,到大马车里去等我。"怀亚特说道。

"可是,琼⋯⋯"一个女人说道。

"照我说的做,亲爱的。"他微笑着抓住她的胳膊。她的双膝弯了下去,麦克意识到他弄疼她了。她们匆匆离开的时候,另一个姑娘扶着她,她们雅致的防尘褶裥饰边拖在泥土里面。

麦克仍然感到不自在,说道:"你要是对汽车有兴趣的话,那你一定是大发了。我很高兴。"

"你高兴。真是太宽宏大量了。事实上，我们从艾奥瓦州和中西部的其他州吸引了很多有钱的教友。他们发现这儿的气候跟我们的教义挺让人舒坦。"

突然，怀亚特靠近他身边。他身后的太阳看起来像他脑袋四周的一个光晕。

"卡拉还跟你在一起吗？"

"没有。我们离婚了。"

麦克退回身子。

"你把她从我身边抢走，利用了她……然后你又一脚把她踹了，是这样吗？"

"得了，怀亚特。那都是多少年之前的事情了。"

"令人不快的记忆往往挥之不去的，我的朋友。"

"我们不是朋友，所以别假惺惺的。卡拉做出了她自己的选择；我没有强迫她。至于你说的后来又把她一脚踹了……是她离开我的。而且我可以说，她很急迫。那应该会让你幸灾乐祸吧。我想我们已经说了所有我们该说的话了。"

他掀了掀他的斯泰森毡帽致了个意，便走了。

"巴尼！巴尼！"奥德费尔德摆着姿势让一个将头伸进黑色布帘里面的摄影师拍照，那些粉丝则不断地欢呼着沿着大路回来了，"奥德费尔德，万岁！"

微风吹拂着怀亚特满是褶皱、此时因为乡村的尘土而变得肮脏的白色裤子，不加掩饰的仇恨令他漂亮的脸蛋变得丑陋不堪。

在宾馆的双人床上，玛丽执事的脸枕在他的左臂上，轻轻打着呼噜。马撒执事则起劲地在怀亚特的两腿中间工作着。

"朱尼，你不喜欢这样吗？嗯……朱尼。琼？"

他抚摸着她的头发，但是他的注意力不在这儿，他的思绪飞向了远方。该死的麦克把这一天给毁了。怀亚特无法原谅他将卡拉抢走这件事情。

麦克的成功让他妒忌得满腔怒火。不对……麦克的成功还不如他的公众形象令他恼火。詹姆斯·麦克林·钱斯这个名字经常可以在加利福尼亚的各大日报上看到。詹·麦·钱斯不仅仅是一个百万富翁，而且是一位公众名人。

好啦,该死,怀亚特·朱尼厄斯·保罗也正在向同样的顶峰攀登。他正在聚集在他们教会周围的那些傻瓜中开采黄金。他正在他自己创造发明的大浪的浪脊上冲浪。默默无闻地长期在不堪回首的黑暗中摸索之后,他终于又见到了太阳。难道不能……

当他离开圣索拉罗的时候,他以石油开采使用费的名义分得了一杯羹。这杯羹使他的生计完全无忧,但生计无忧是不够的。他想要拥有巨额的财富。甚至,他想要成为加利福尼亚家喻户晓的名人。

人人崇敬的名人。

人人热爱的名人……

但是,如何成为名人呢? 好长时间,他找不到答案。在圣迭戈,他遇见了一个患肺结核的寡妇并娶了她。他求婚的时候喝多了,当他们站在治安法官面前时,他已经醉得不省人事。怀亚特帮助那女人开了一家廉价的疗养性质的旅店,这样的旅店在本州有数百家,旨在为那些单肺的人群提供服务。她糟糕的身体状况,以及这家小旅店,开始让在他进退维谷的困境中逐渐找出了一个解决方案。

那女人很快就死了,就像他希望的那样,于是他变卖了小旅店,用所得资金先用瓶子装了一千品脱①的"阳光健康含药糖浆"。购买这种液体的跛子和疑难病症患者声称,他们恢复了活力,振奋了精神。他们该死的怎么能不好呢,因为他调制这种液体时加进了劣质酒精和辣

---

①品脱,液量或干量单位:用作液量单位时等于 1/8 加仑,英制等于 0.568 升,美制等于 0.473 升;用作干量单位时等于 1/2 夸脱,美制等于 0.5506 升。

椒粉。

这一药膳的非凡成功,使他迈向了一个更加精心计划的杰出成就。他住在圣巴巴拉海边的一幢小别墅里,建造了他的第一批"高山吸入治疗室"。每间售价一千美元。他制造并销售了十一间,赚钱了,但是他依旧名不见经传。他想要自己要么臭名远扬,要么拥有像詹·麦·钱斯那样的显赫声名。

一天夜里,由于他在波浪中游了好长时间的泳,冻坏了,发烧了,睡去之后,梦见了他在堪萨斯州奥塞奇的母亲,她疯狂的宗教信仰,她同样疯狂的关于健康的想法,上帝呀,他多想把她硬塞到他嘴巴里的所有燕麦粥和粗面粉饼干全都吐出来啊。

他在拂晓前醒来了,倾听着太平洋的涛声。高烧令他极度亢奋。但是,他突然产生了一个想法,令他激动万分,要达到他的目的,有一个干净、简捷、完美得像一把剃刀的刀锋一样的途径。他兴奋极了,便打开了一瓶贮藏的白兰地。到太阳升起的时候,他已经喝醉了,醉而欣喜若狂。他可以把他母亲两种偏执结合成一个计划,这一杰出的计划,顺应地利,顺应天时,顺应气候……适合所有远道而来、喘着大气从肺里吐出一口口血痰的白痴。

一个教会……并非是宣扬另一个世界的教会,而是歌颂现实世界的教会。领头的不是哪个宣传神性的野蛮的希伯来人,而是一位聪明绝顶的智者。一个不是在来世给予某种虚无缥缈的彩色梦想的教会,而是给现世提供更加长久、更有生机的物质的教会。一个健康教会。

该受到诅咒的麦克·钱斯,今天那种样子,可恶的神情,可恶的话语。该受到诅咒的麦克·钱斯,居然转过身走了,穿着那么精致的套装,戴着白色的地主帽子,如此体面,如此傲慢。

而且,该受到诅咒的麦克·钱斯,最恶毒的是抢走了卡拉。

"令人不快的记忆往往挥之不去。哦,是的,的确是这样。"

"你说什么呀,朱尼?"

"我说我爱你,马撒执事。"

"朱尼,"她咯咯笑道,"有时候我觉得你就像疯了一样。"

他猛地扯了一下她的头发。

"你个猪脑子的母狗。把你的头低下来,干活。"

50

1903年春天,麦克跟奥林匹克俱乐部的弗里蒙特·奥尔德在闲聊。奥尔德是旧金山《简明新闻》的执行主编。他的文字充满血性,人们是这么说他的。他从基层干起,当过临时印刷工、记者,崇拜赫斯特,也欣赏赫斯特那耸人听闻的风格。他身材魁梧,蓄着掷弹兵一样的八字胡子,两只眼睛目光如炬,衣着讲究,也特别喜欢抽雪茄,秃顶的头崎岖不平。城里那些爱说笑的人说,他头上的那些疙瘩都是在他办公桌后面的墙壁上碰出来的。为了一周的头版头条或者一个语法不当的错误,他就要碰他的头。他对市政当局的腐败深恶痛绝,因此他要碰他的头。有时候,因为整体形势窝囊,他要碰他的头。

"我喜欢你写的有关施米茨的社论。"麦克介绍自己后说道。

"谢谢。很高兴听到这样的话。来杯酒,抽根雪茄。"

麦克接过一根雪茄,道了谢。

接着,奥尔德说道:"这么说你也认为这个政府腐败了……"

"自打珀金斯选举以来,这股恶臭总是阴魂不散。"

为了将乔治·珀金斯送回美国参议院,南太平洋铁路公司政治局被迫跟阿贝·鲁夫协商,他掌控着珀金斯要重新获得参议员位子所必需的萨克拉门托四张关键性的选票。

"那只是这个痼疾的一个症状,一个小小的症状。整个城市已经有罪恶的疾病在蔓延,钱斯先生。我热爱旧金山。我不想看着它受到毒害,任它死亡。"

"真的有这么严重吗,奥尔德先生?"

"我会告诉你坏到什么程度。阿贝·鲁夫把市政厅变成了一个市场，在那儿什么都可以买卖：许可证、选票、优惠政策。施米茨是个傀儡，无足轻重。鲁夫操纵着一切……从他的律师事务所到珀普饭店再到他屁股后面的口袋。到了时候他扔一根骨头给那些工会，其余的时候根本不把他们放在眼里。那些公司则舔着他的屁股，每个月偷偷塞给他一两千美元，以确保他们的特权和市政当局的合同。现在，他正在操纵黑社会。"

"那个我倒不知道。"

"那些酒馆到哪儿做广告也要他告诉他们。他们不到《新闻公报》做广告，千真万确。他还在插手卖淫业。这事儿十分隐蔽，普通老百姓很难发现得了，但是危害无穷。"

"你准备拿它怎么办呢？"

"我已经在行动，还要继续……撰写社论，曝光。挖掘事实很难。鲁夫跟一些大人物沆瀣一气，我已经受到了威胁，我们的出版商克罗瑟斯先生也受到了威胁。"

"好，继续这样做。我喜欢你们所做的事情。"

"写封信给我们，就这样说。有良知的人们必须得为这个城市正本清源。要么这样做，要么让那些野蛮人称王称霸。"

装饰华丽的巨大电灯在豪宅的棋牌室摊着绿色台布的桌子上投下一圈光亮。桌子的两边面对面摆着雪茄烟和大杯的高泡沫啤酒，麦克和赫尔曼在玩两人玩的尤克牌戏①，十分一盘。巨大的黑暗中央，唯独他们这一块亮堂堂的。

赫尔曼自上个星期开始一直跟他前女婿待在一起。他似乎再也没有热情去操心他的房地产和大牧场的股权了，这些全由别的人在帮他

---

①尤克牌戏，一种取一副牌中 24 张或 32 张大牌、由 2 至 4 人同玩的牌戏，以定王牌方在 5 墩中获得 3 墩以上为胜。

打理。他的头发已经几乎掉光,他的双眼老是湿淋淋的,他经常犯肠胃气胀病,爬楼梯已经十分吃力。想到这些,令人伤感,它提醒麦克,他也在渐渐变老。

麦克用王牌十赢了最后一墩,便得意扬扬地胡乱哼起了一支进行曲。他一盘又一盘地阻止对手获胜。

"一盘,'沼泽怪'。洗牌。"

老人家洗牌,但洗得没精打采。

"我有一个新的故事。一个客人走进那个在精神病院的汽车主的病房,他什么人也没有看见。'怎么回事啊?'他问医生,'病人到哪儿去了?''噢,'医生说道,'他们都在床底下呢,在安装齿轮。'"

麦克喝完啤酒。啤酒有点走味儿。

"你没笑啊。"赫尔曼说,"你以前听过这个故事?"

"实际上,我第一次看到汽车时就听到过了。"

赫尔曼洗着这刀二十四张的牌,接着突然把牌放下了。

"我们玩这个玩了四个晚上了。玩厌了。"

麦克伸手拿过纸牌,洗了起来。

"你的话听起来像你女儿一样。"

"你知道她已经从纽约回来了吗?"

"不知道。"

"唉,我知道她不会跑来告诉你的。她跟着那帮附庸风雅的人士在卡梅尔跑呢。画家、作家、社会党人、自由性爱人士……一帮腐败分子。"

纸牌在麦克的双手之间连贯地啪啪流动着。

"并非全部。"

他送出纸牌。赫尔曼切牌。

"她怎么样……"他搜肠刮肚地寻找礼貌的字眼,"身体?"

"你的意思是不是她酒喝得太多,把命喝掉了?我就是这样听说的。"他拿起他的雪茄,雪茄烟灰掉落到了地毯上,他没有在意,却愁眉苦脸地注视着他的前女婿，"你是卡拉勾引的唯——一个好男人。"

"哦，我不知道。那还有她父亲呢。"

他们面面相觑。共同的情感缓释了他们的无聊、凄凉和寂寞。约翰逊一个月前去了南美洲。

麦克给两人各发了三张牌，接着又各发了两张。

"黑桃是王牌。"

门开了，在小地毯上映出一个长方形的亮块，小吉姆站在亮块的中央，穿着衬衫式长睡衣，赤着双脚。他的头发闪闪发亮，像是一顶金色的帽子。

"进来，儿子。"

"我是来道晚安的，爸。"

麦克窝着手托着小男孩的下巴。他的手又硬又黑，跟孩子的脸形成了鲜明的对比。

"瞧瞧你，白得像牛奶。你待在屋里的时间还是太多啦。"

小吉姆到秋天就五岁了。他正在长个儿，身材细长，但很壮实。

"我喜欢在屋里，爸。我喜欢坐在那儿看书，做算术。"

"这不，我还真不知道哇。"赫尔曼轻轻地拍着他说道，"吉姆今天下午真让我开眼界啦。我外孙用那个中国的什么东西加数字，要我说比凯撒·比尔还快呢。"

麦克的鼻子上方皱出恼怒的线条。

"我要你每天到户外去两到三个小时，吉姆。告诉你什么……明天我们驾车去斯坦福。足球队开始春季训练啦，我们去看他们分组训练。足球是一项该死的……见鬼的激动人心的运动。你会喜欢的。"

吉姆十分严肃地说："我打赌我不喜欢。"

"得了。"麦克说道，尽量不表现出他生气了，"等你长大了，你将成为一个优秀的足球运动员。"

"不。"

麦克举起一只手："别顶嘴……"

他看到赫尔曼有不悦之色。接着，他放下了自己的手，说道："去睡觉。"

小吉姆像一名士兵执行命令一样大步走了。门关上了，黑暗再次笼罩了房间。

麦克叹了口气，然后猛地坐到自己的椅子上，坐得更加低了一点。

"主啊，这孩子可真难管教，我说什么也不管用。要么可能是我不懂怎么说吧。"

"不过，他长得很漂亮，一点也不像你，像卡拉，行为也像卡拉。"

"我就担心这点。"

"发牌。我们玩完这盘。"

早晨，安吉利娜·奥利瓦说："孩子今天不能跟你一起去，先生。他胃痛得很厉害。"

"他是在装病吗？"

"钱斯先生，你这想法太可怕了。当然不是啊。"

"好吧，安吉利娜。"他仍然不信。

我做错了什么呢？他匆匆走下楼梯去应付这一天的重要事务时心里直嘀咕。

4月一个晴朗的日子，沃尔特·费尔班克斯将他那辆闪闪发亮的"波普-托莱多"停在了麦克的豪宅前。这辆马力强劲的汽车让他很受用，他是在比较了本-赫、勒克瑟、利兰之后才买下的。"波普-托莱多"的黑色油漆色泽富丽而又传统，比较适宜。

一看到柱子上有着"JMC"字样的椭圆形纹章，他感到恶心，但是他竭力控制住自己的情感，按响了门铃。到这座房子里来寻求支持，费尔班克斯感觉很不舒服。不过，这项任务超越了个人情感范围。

一个仆人将他领到三楼。麦克跟以往一样埋头在文件和备忘录当中。客人的秘书打电话跟他联系约会事宜的时候，他跟他的客人一样感觉不舒服。亚历克斯也感觉不舒服,无意识地将他的转椅一会儿往这边扭动几英寸,一会儿又往那边扭动几英寸,他预计完全有可能发生一场大吵。

"我怎么会有如此乐事,沃尔特?"

费尔班克斯将他擦得锃光瓦亮的手杖搁到两个膝头上,并用右手轻轻握着。

"正如你可能知道的,我在那个委员会里,正在为下个月罗斯福总统的来访做安排。吉恩·施米茨准备在 5 月 12 日举行宴会。那将是旧金山的一个庆祝活动,也将是黄金州的一个庆祝活动。王宫大酒店答应我们用金色瓷器、金色器皿、金色台布覆盖餐桌……"

"价格是二十美元,金色的,每客。请柬就在这儿什么地方。"

麦克漫不经心的倨傲态度激怒了费尔班克斯。疼痛的小虫开始咬穿他的前半个脑壳。他曾激烈地争辩了好长时间,认为还是派另外一个人前来请麦克比较好。但是,他争辩得越凶,其他人越坚持要他来。鲁夫想要钱斯出席宴会,而且他强令费尔班克斯前来邀请。

"你没有送回执?"

"我不打算送。"

"麦克,你是一个杰出的市民。请重新考虑一下。市长渴望我们向总统展示旧金山超越党派的团结。"

"我十分崇拜泰迪·罗斯福。但是,恐怕我的崇拜不足以压倒我对你们那些新朋友的厌恶。"

"你在说什么呀?"

"我在说乔治·珀金斯回到华盛顿的事情。他的东山再起就是南太平洋铁路公司促成的,买到了鲁夫在州参议院控制的那四张选票。我可以说,你们现在跟鲁夫老板结成了联盟,沃尔特。"

"那跟为美国总统举行宴会有什么关系?"

"都有关系。一只手洗另一只手,大家都紧密勾结。嗯,老话说得好:'如果你不想沾上柏油,就离柏油桶远远的。'我不想在 5 月 12 日涉足王宫大酒店。"

收报机嘀嗒嘀嗒地吐着纸，一只海鸥掠过阳光照耀的窗前。亚历克斯的椅子扭动得更厉害了。

"你是一个傻瓜，竭力反对亚伯拉罕·鲁夫。"费尔班克斯说道，他的脸上出现了小小的红点，"他的组织已经十分强大了。"

"这个我当然清楚。我要看着它在把这个城市毁掉之前被摧毁掉。"

费尔班克斯跳起身来。

"上帝啊，你太狂妄了。"

麦克用冷笑避开他的锋芒。

"从某种角度讲，你说出了最糟糕的话，沃尔特。"

"你有成见……"

"你说对了。你在里弗赛德毁了一匹精良的马，你毁她是为了赢得一场该死的马球赛。我鄙视任何做这种事情的人。"

费尔班克斯颤抖得很厉害，连话也说不出来。他一把将帽子按到头上，朝门口冲去，还没冲到门口，他的脾气就发作了。他转过身来，挥舞着他的手杖。

"你就这样有恃无恐吧……对抗管理着这个城市的人们……你所涉及的每一项生意都可能遭受损失。你会大受伤害。"

"不会受你的伤害，沃尔特。我打败你了，记得吗？亚历克斯，送费尔班克斯先生出去。"

六百个宾客出席了王宫大酒店的金色宴会。罗斯福总统圆滑老练地跟市长谈起了音乐……不谈其他。

当尤金·施米茨站起来说话时，客人们心里有点发愁。他们本不必担心的；讲话稿是鲁夫起草的，英俊的吉恩也恪尽职守，已经背熟了。最后的掌声十分响亮，也很真诚。大伙儿都很高兴，施米茨顺利过关，没有让自己出洋相，也没有让旧金山出洋相。

在场的人里面那些头面人物注意到，詹姆斯·麦克林·钱斯早一天便离开了旧金山，前往他的慈善健康营——位于英戴奥的海枣林的永久性宿舍参加落成典礼去了。

11月选举前的一个星期，麦克写了一封信，弗里蒙特·奥尔德将其刊登了出来。信中提到指控施米茨政府贪污贿赂的事件越来越多，敦促人们投票反对施米茨再次当选市长，信的结论是，假如投票支持这位现任市长，实际上就是投票支持鲁夫这个政党组织。

阿贝·鲁夫看了这封信之后，脸色铁青。

"放出话去，就说这个人是一个反闪米特人①的人，一个迫害犹太人的人。"

"但阿贝，他不是啊。"

"那有什么关系？就这么说。"

当这一谣言传到麦克耳朵里的时候，他立马到萨特大街的伊曼纽尔神殿拜访了拉比②。

"我从来没有因为任何人是什么人而反对过他，我只反对他所做的事情。我该如何处理这事儿？"

"钱斯先生，少安毋躁。我不知道阿贝·鲁夫先生这个虚假的宗教信仰居然对他的声望产生了些许正面影响。我得向你承认，犹太教众对他有不同看法。很多人看到他平步青云很开心，很骄傲。其余的人跟你的感觉一样。我也是一个……我不喜欢也不信任鲁夫先生。坚持你的原则，遵循你的原则。你的朋友不会相信有关你的谣言。那些相信的人们无足轻重。"

---

①闪米特人，主要指阿拉伯人和犹太人，古代包括希伯来人、巴比伦人、腓尼基人、亚述人等。
②拉比，指犹太教负责执行教规、律法并主持宗教仪式的人员或犹太教会众领袖。

尤金·施米茨以及他的联合劳工党候选人轻易赢得了选举得以连任。麦克写了第二封信,这封信中对施米茨和鲁夫老板的敌意增加了。

11月12日是一个欢快的日子,晴空万里,凉爽宜人。麦克工作了一个上午,仍然感觉精神焕发,精力充沛,他的眼睛老是瞄向时钟。不过,亚历克斯好像心烦意乱。麦克最后迫使他说出了缘由。

"先生,就是最近的那封信。我朋友海迪·迈耶的表亲在那老板的法律事务所工作。我听说鲁夫气得要命。"

"你惊讶吗?他知道我对他的感觉,而且他花了整整六个月的时间养精蓄锐……自从我抵制了那场金色宴会并决定把我的感觉记录下来以来。"亚历克斯看上去并没有放下心来,麦克拿一只手抚到他的肩上,"好啦,阿贝·鲁夫由我来担心吧。老实讲,我认为我怎么说怎么写都无关紧要。他不会来惹我的。他连收那些想在市政厅获得好处的人两三千美元的聘用定金都忙不过来呢。"

"我希望情况就是这样。不过……恕我直言,先生……我认为你低估了自己在旧金山的声望。"

这话令麦克感到惊讶,也把他逗乐了。

"我吗,现在?"

办公室的门打开了。

"爸?我感到不舒服……"

"胡说。这么美丽的秋日,对你有好处,对我们俩都有好处,到外面去。斯坦福大学队对加利福尼亚大学队是一年中最大的比赛了。"他抓起自己的外套,轻轻推了一下小吉姆,"我们出发前,你可以帮我检查一下汽车。"

亚历克斯帮腔道:"我听说那比赛的确激烈。球迷很激进。有时还发生暴力冲突呢。"

麦克咧嘴笑了:"对,橄榄球就是这样。"

他拉住儿子的手。小男孩早就学乖了,知道他父亲处于这种兴致十足、粗鲁狂暴的情绪中时,跟他争没有任何用处。

在楼上的楼梯平台,亚历克斯离开了他们。小男孩多严肃啊,除了他那双非同一般的蓝眼睛外。那儿,亚历克斯看到了强烈的怨恨。

51

麦克推开车库的栅栏门。里面,新的 1903 款的凯迪拉克敞篷小轿车闪闪发亮,像一块金属或宝石。

吉姆盯着他映在漆成森林绿的挡泥板上的倒影,伸出了舌头。那倒影也伸出了舌头。吉姆哈哈大笑起来,麦克心中浮起一丝希望。但是,好景不长。吉姆的笑脸渐渐消失了,他望着父亲,那眼神是不自在的,甚至几乎是不信任的。

麦克开始进行每个谨慎的车手都熟悉的例行检查。他检查了滑脂杯、加油器、曲轴箱、散热器。他在油舱上加了保护层,连着油舱的是一个特制的汽油箱,油鞣革将汽油箱裹得很紧。在商店里买的汽油往往不够纯净,里面尽是点点杂质……甚至连钱斯-约翰逊石油公司出产的汽油也是如此。

他一面检查,一面对儿子说着话,希望使他高兴起来。

"今天天气很好。那将是一场激动人心的比赛,他们把它称作'大赛'。斯坦福队跟伯克利队以前赛过十二场……斯坦福队赢了五场,输了四场,平了三场。那个教练,一个名叫吉姆·拉纳甘的人,是新来的。你知道教练是干什么的吗?他告诉球队怎么踢球,什么时候带球,什么时候过人,什么时候传球……"

麦克演示了一个传球动作。吉姆看着,一脸茫然。

麦克将双手垂落到臀部两侧。

"我说的东西你有一点儿懂吗?"

五岁的小吉姆摇摇头。

这都要怪你自己。你对他唠叨个没完。他又不是一个小老头,他只是行为像个小老头而已。

他检查了一下边灯的煤油数量,接着查看了一下他的工具箱、千斤顶、气泵和备胎,确认了一下自己是否带上了补胎用的所有器材装备,这些必需品藏在汽车后门用螺栓固定起来的座位下面。他决定留下为更长距离旅行准备的装备——可拆卸的皮革顶篷、边帘、防风暴围单、防滑链、铁锹、滑轮组、橡胶高统套鞋、帆布桶、一卷卷的绳子和金属丝。在加利福尼亚车辙满地、卵石遍布的路上,驾驶汽车是开拓者的消遣。

他从百宝箱里拿出一顶小孩子的帽子和护目镜。小男孩不情愿地戴上帽子,接着玩弄着护目镜上有弹性的带子。

"吉姆,把护目镜戴上。"

麦克自己也感觉到了自己的严厉,便怪自己不该这样。他跪下身子。

"来吧,我来帮你。你今天将会过得很快活呢。"

小吉姆戴上护目镜,就像一只令人忧伤的猫头鹰。他的表情顽固不化地表明,不可能过得很快活。麦克将他抱到车座上,接着他发动了凯迪拉克。他喜欢这辆敞篷小轿车的运动感,但不喜欢它的发动机。这辆利兰和福尔科纳公司生产的"小赫拉克勒斯"参加赛车动力不够。麦克驶出一楼车库,左转弯往西驶上克莱大街时,早已在考虑买其他车子了。

一个在克莱大街和梅森大街之间的拐角处看报纸的胖子瞧着凯迪拉克在秋日的阳光下噗噗地开走了。这人穿着一套绿色的彩格呢套装,戴着一枚有着台球弹子一样大小的粉红色人造宝石的戒指,一眼就可以看出这人不是贵族山的。

他折拢报纸,在梅森大街上往南跑,步子很快,但是摇摇摆摆的。他跑过半个街区,有两个人在一辆旧马车里等着,马车的顶是平的,边上的帘子卷了起来扎在上边。这是一个穷苦人的一辆载客马车,已经用了二十年了。有些地方凹凸不平,一块块青豆绿瓷漆已经剥落,显出了原先的黑漆的色彩。

"他刚走。"胖子对坐在后排座位上的那个人说道。

那人侧身坐着,伸展了一下有点发僵的左腿。

"我不知道你是怎么猜到这事儿的。"

"闭嘴,平基,把你的胖屁股放到那个座位上去。我从来不干猜测的事儿。我干侦探这行干了十八年。麦克林·钱斯给了斯坦福很多钱。他热爱那所学校,他热爱那支红队。今天是场'大赛',结论是显而易见的。斯利姆,走……我不想失去他。"

"是,先生,科格伦先生。"

斯利姆是个一脸凶相的年轻人,他抽了一下马,将马车转了一百八十度的弯,差一点撞倒一个推着婴儿车的女人。朗·科格伦移动了一下他的腿,在塔利亚暴乱中受的那个枪伤之处有点抽痛。即便如此,他也感到轻松自在又信心满满。他长及衣领的头发已经不再像他的右门牙那样银光闪亮了,而是变成了白色。多年的嗜酒习惯令他的鼻子变得更粗了。他皮肤上的毛孔大得简直就像红红的瑞士干酪。

"他在那儿。"平基在他们走到了克莱大街时说道。

"跟上他,但不要跟得太紧。"科格伦说道,"我们要挣到钱,但我们不想去蹲班房。我们只能等到机会来了再下手。"

斯利姆有点紧张,说道:"我是想早点把这事儿搞完算了。我不喜欢白天干这种活儿。"

"银牙"科格伦将双臂伸展到坐垫上。

"白天干这种活儿挺好的,只要你够聪明的话。这将是一件快乐的事儿。"

拉斐特公园以西两个街区的地方,一声很大的爆炸声震了凯迪拉克一下,小轿车的左前端突然下沉。麦克骂着娘,将汽车驶到路边。

"爆胎了。"他说道。

他很生气,因为他安装的是他能买到的最好的轮胎——固特异充气胎。但是没有一个轮胎能驶过一千英里……此前已经爆过好多次胎了。

吉姆在边上看着,他则干着这费力气的活儿,这种活儿对任何一个有钱购买汽车并对其怪异行为有足够耐心的富人来说都再熟悉不过了。拆卸被刺破的轮胎花了十分钟,撬铁胎弄得他一个劲儿地咕噜,并且流了很多汗水。轮胎被刺破了,不过没有撕裂。

"该死的,吉姆,我们要迟到了。"

"我怎么办呢,朗?"斯利姆大声嚷道,有点惊恐。

"别超过他,看在基督分上。在这儿左转弯。我们不能在一条忙碌的大街上做掉他。直接到里士满运动场去,我们在那儿等他。他可能会在比赛的时候到达。一万五千到两万人将在那儿欢呼,有可能是分散注意力的好机会。我说,形势对我们不利呀。"

11 月的日子依旧凉快,但是麦克弄得浑身大汗淋漓,终于用锉刀和砂纸摩擦轮胎和补丁,然后将补丁贴到内胎上。他等了十分钟,等胶水胶合,然后安装内胎和外胎……花了更多的力气,发出更多的抱怨……最后他用手泵给轮胎打气,等打足了气后,他们再次上路。

这一切浪费了他们四十五分钟的时间。等他们颠簸着沿着莱克大街行驶时,麦克窝着一肚子的火。路过第五大道,他们转向停车区,停车区毗邻位于第六大街的里士满运动场。

透过洒满阳光的树丛,他看到挤满了人的露天座位,加利福尼亚大学队蓝色和金色相间的校旗在这一边,斯坦福大学的红色校旗在那一边。一个老头从一只位于停车场入口的箱子上站起身来。

"请付五美分。"

麦克站起来,从马车和分散在那儿少量的汽车顶上望了一下。

"还有地方吗?"

"一车道,左拐,走到顶头靠那片小树林的地方。"

"你知道比赛进行得怎么样了?"

"再过几分钟就半场了。斯坦福领先,六比零。"

"谁进的球?"

"达切·班斯巴赫,那个四分卫。在中场一个假动作传球,然后往左面包抄,跑了四十五码。萨维奇·多尔又得了一分。要是得分了,我侄儿霍勒斯就会从看台上跑回来告诉我。否则的话我就不干这该死的寂寞的活儿啦……哦,对不起,孩子。"

麦克继续往前开。他按照老人说的左拐弯,颠簸着朝小道顶头一片浓密的小树林驶去,小道上的野草已经被踩平了。

平基站在露天看台最高一排处正在为加利福尼亚大学队持球触地得分而歌唱的球迷中间监视着。他看见了那辆凯迪拉克,便朝下面的某个人吹了一下口哨,接着挤下台阶。

麦克转进左面的最后一个车位,熄火,还在为迟到而恼怒。小吉姆摘下帽子和护目镜,他看上去疲惫、烦躁。麦克轻轻拍拍他。

"来吧,还有很多事呢。"

他从车子的一边绕过来走向人行道这边。这是一个凉爽宜人的美好下午,天高云淡,地上投射出轮廓分明的长长影子,这就是秋天。他微笑着举起双手,帮助他儿子从车上下来。

他的身后,三个脑袋在马车和汽车中间时隐时现。他们行走的速度很快,但是没有发出一丁点儿声音。"银牙"科格伦的激动让他暂时忘记了枪伤的疼痛。他将一只手伸进外套里,抚摸着那些金属指节套。

麦克拉着吉姆的手,开始朝靠近加利福尼亚大学露天座位的售票亭走去。看台上入目皆是蓝色和金色,人群中滚动着一句呼喊声:"奥弗拉尔! 奥弗拉尔!"奥弗拉尔是一个四年级的学生,踢悬空球的明星。

麦克听到"砰"的一声,奥弗拉尔一脚正中橄榄球,球迷们跳起身来,爆发出雷鸣般的欢呼声,一支铜管乐队奏响了一支进行曲。

"钱斯。"

麦克环顾了一下四周。没有人。

"这边。"

他们在他左边有一段路的地方,球场边上那片浓荫蔽日的小树林里。有三个人:一个胖子,穿着一套花哨的套装,戴着一个闪闪发亮的粉红色戒指;一个年轻人,一副肮脏下流的样子,像巴巴里海岸区的贼;他们俩中间,有一个人像老朋友一样绽放着笑脸,他微笑着,露出一颗闪闪发亮的银牙……

麦克的嘴巴里像是塞满了沙。他们是从哪儿来的?为什么而来?他们怎么知道他在这儿?他们一定是猜测到了他可能会来这儿……一个斯坦福的铁杆球迷嘛。

这是蓄谋已久的,那么,不是不期而遇……

吉姆抓紧了他的手,不确定发生了什么事情,麦克绕过孩子身边,让他来到自己的右侧,隔开那些人。一看到虽然上了年纪但仍然一脸傲气的科格伦,他内心的全部爱恨情仇被勾了起来。他竭力控制着自己的情感。过去的算不了什么……唯有吉姆。

科格伦在树荫里拿自己的圆顶高帽扇着风。

"你看上去见鬼的比上次要风光得多了嘛。过来。我有话对你讲。"

麦克估量着到售票亭的距离。

"对不起,我看球赛已经迟到了。"他轻轻推着吉姆,他们走得飞快,在停在那儿的马车之间窄窄的通道里径直往前走去。

"拦住他!"科格伦大叫道。那年轻人从树荫里冲出来,冲进印满车辙的最近的通道。

"快跑,吉姆。"

麦克和吉姆冲过隔壁那条通道,挤过另外的两辆马车。斯利姆从他们左面追了过来,像一个从后场带球进攻的队员,在车辆之间摇摇晃晃地往前奔跑。科格伦和那个戴着粉红色戒指的"去势公牛"从后面追了上来。

麦克和吉姆又穿过了一条通道,那些拴在铁柱上的马匹因为这突然的骚动而惊得直往后退。正当他们跑过右面一辆马车跟左面一辆整洁的进口菲亚特①之间的地方的时候,斯利姆跃过菲亚特的引擎罩,像一只飞扑的鸟儿一样落到了地上,堵住了他们的去路。科格伦切断了这狭窄空间的另一头。

这位侦探将右手插在外衣口袋里,轻松地溜了上来。麦克对那个有水流过的地下室房间里的金属指节套记忆犹新。

科格伦微微笑了,露出他那颗银门牙,麦克交叉了双手护着吉姆,让他紧贴在他的腰间。

"你们见鬼的想干什么?"

"我们来传达一个口信。城里的某些人不喜欢你发表在奥尔德那破报纸上的东西。假如你不干了,这不失为一个好主意。"

露天座位上人声鼎沸,夹杂着铜管乐和响弦鼓的声音。一朵乌云遮住了太阳,将他们笼罩在了阴影里。麦克冲动地将他儿子推倒在地上。

"从地上爬过去。"

吉姆害怕,但是没有逡巡不前,也没有争辩,而是爬到了那辆马车下。

"抓住那小孩。"科格伦对平基狂喝道。

那胖子笨拙地走到另一边。

"过来,你这小鬼。"他一把抓住吉姆的头发,将他拖了出来。

当科格伦弯腰去看时,麦克不顾一切地用膝盖从下面狠狠地撞向科格伦的下巴。

科格伦的头撞到了那辆马车,发出一声号叫。麦克猛地将科格伦的

---

①菲亚特,意大利菲亚特汽车公司生产的菲亚特牌汽车。

手从衣袋里扯出来,摘掉那些金属指节套,把它们扔了出去。科格伦扑向他,接着发疯一样地用勾拳砸向麦克,但是麦克低头弯腰,左躲右闪……

平基拉着吉姆朝最近的一条通道走去,小男孩拼命想挣脱出来。平基扑向前来,吉姆低下头,撞向那人的裆部。

麦克晃动着自己的身子,一面发动佯攻,一面寻找机会试图给科格伦的下颏重重一击。蓦地,他听到有人冲了上来,他还来不及转过身去,一根包着皮革的金属棍棒击中了他耳朵的后面。他靠着那辆马车下面的踏脚倒在了地上,科格伦拿脚踢着他的后腰部。

"救命,来人,救命!"吉姆大叫道。

"闭嘴。"平基说,他的一只手揉着自己的裆部,一只手紧紧抓着他,将他拖向那条满是车辙的通道中央。

麦克的手撑着马车的踏脚试图重新站起身来,他愤怒得满脸通红,看平基的脸有点失真。

斯利姆向他发动猛攻,但是麦克将一只脚缠到他的两条腿中间,绊倒了他。他看到朗·科格伦这时已经跪了下来,在寻找他的金属指节套。麦克一把拽住科格伦的长发,将他的脸狠狠地撞向马车轮子巨大的轮毂。侦探的鼻子被撞破了,鲜血喷涌。他像个女孩子一样尖声喊叫起来。

小小的通道里,吉姆勇敢地踢着那个抓他的人。平基用双手抓着吉姆的双腿,将小男孩从地上拎了起来。于是吉姆用指甲抓他的脸,抠他的一只眼睛。

平基将他仰天扔到地上。

"你这个恶毒的小兔崽子。"

他抬起穿着高帮鞋的脚,平头钉钉满了鞋底。他一脚踩到吉姆的左脚上,小男孩痛得尖叫起来。

麦克在斯利姆再次用大头短棍击中他之前拿手肘子往后面重重地捣中这个年轻暴徒的肋部。斯利姆跟跄着往后退去。麦克跳上那马车,从另一边跳下,直扑平基,可是太迟了。平基踩着吉姆,第二下,第三下。

售票亭那儿，有几个人看见了打斗，便报了警。不一会儿，一个穿制服的警察出现了，他的警笛声像是在给赛场上传来的又一阵欢呼声加上了标点符号。斯利姆发疯一样地挥着手。

"警察。"

麦克蹒跚着向正在地上翻滚的儿子跑去。这时，一个身影从边上闪过……平基，他逃向那片小树林，肚子在他的衬衫里面晃荡。

麦克再次听见了警笛声，有人跑来救助。他喘着大气，追逐那胖子。平基环顾着四周，他那张臃肿的脸上淌着大汗。麦克的双臂和双腿急速摆动着。再有三步，他就抓住他了，就搋断他的……

一个轮胎槽绊了一下他的左脚，他像个橄榄球阻截队员一样往前滑倒。这一冲击让他的两排牙齿咬到了舌头，他的双唇间顷刻淌出了鲜血。他倒在地上，头晕目眩，而平基、斯利姆和科格伦则像马戏团的小丑一样互相争抢着往马车上爬，拼命想第一个爬进停在树荫里的那辆破旧马车里。科格伦的脸上依然血流如注。他一把从斯利姆手中抢过缰绳，马车摇摆着驶走了，平基挂在马车边上，他那双有平头钉的鞋子拖在草丛中，嘴里一个劲儿地号叫着。

"哦，上帝啊，可怜的孩子。"

麦克昏昏沉沉地从地上爬起来。他看到警察跪在吉姆身边，小心翼翼地抬起小男孩被鲜血染红的裤脚翻边。他朝警察和围在那儿观看的人群跑去，感到极度震惊。鲜血渗透了吉姆左脚的鞋子和裤腿。有白森森的东西戳出外头。

"吉姆，坚持住!"他朝人群喊叫，"叫救护车!"

一个人跑去叫救护车。

吉姆喘着大气，他的头在褐色的草地上滚来滚去。

"哦，爸，疼。好疼。"

麦克在他身后跪下，抱住他的头。头发垂挂在他的眼睛前面，汗水顺着他的鼻子往下淌。吉姆浑身颤抖，哭喊着。麦克抚摸着他儿子的双肩,两眼盯着戳出外头、边端尖利的在阳光下闪闪发亮的森森白骨。

麦克在手术室外面徘徊着。一块药用棉纱布用胶布贴在他耳朵后面一个耳朵大小的肿块上。穿着慈光会修女服装的修女从身旁走过,脸上露出同情的神色,安慰着这个心烦意乱的父亲。麦克不是天主教徒,但是这并不妨碍她对他表示怜悯。

一个修女停住脚步问道:"有人告诉你比赛的结果了吗?"

"没有,修女。"

"他们踢成了平局,各得六分。"

"谢谢。修女。"

让球队下地狱吧,他才不管呢。

一辆马拉着的救护车急匆匆将吉姆从里士满球场送到位于林肯山的圣母马利亚医院。一个负责检查的医生立刻打电话请来一位专家,西奥多·斯坦芒德大夫,"太平洋沿岸最好的矫形外科专家"。

斯坦芒德跟小吉姆在手术室里面已经有两个小时了。麦克一直在来回走动。一会儿,他又累又愁,便在附近找了一张长凳。他刚坐下,手术室的门终于打开了。斯坦芒德大夫走了出来,他身上穿着有马甲的三件套套装,袖子卷了起来。他关上门,避开了麦克的目光。他职业性的缄默令人生气,接着令人惊恐。

"我要见他。"麦克说着,开始走过他身边。

大夫的一条胳膊挡住了他的去路。

"等等。护士还在做后续工作。我得先跟你谈谈。"

52

飘动的雾隐没了金门和马林之间的海岸。12月的风刮过潮湿透顶的旧金山湾,白色的巨浪吐着泡沫,冲击并淹没了混凝土广场。

两个男人从深绿色的公园里不同的地点走了出来,在滨海广场上像两个决斗者一样走向对方。麦克穿了套鞋①,围着一条围巾,将他的丝绒外衣领子竖了起来。不过,这没有什么用处。海水飞溅,打湿了他的脸和衣服。要保暖是不可能的,在九十华氏度的太阳下面,他不可能保暖。他的灵魂已经冷彻到底部。

夜晚,他难以入眠。白昼,无论走到哪里——他的办公室、他加入的某个俱乐部、他其中的一个货栈、他在河谷里的某个大牧场——那些场景一直闪烁在他的脑海里,像断断续续的彩色电影放映机。他看到了医院的壁龛里的绿色植物,他跟斯坦芒德就坐在那儿。他看到了墙壁上一幅彩色石印画上基督的流着鲜血的红色的心。

麦克和亚伯拉罕·鲁夫面对面站在广场上。鲁夫清了清他的嗓子。

"我无法确定你是否收到此次会面的邀约信了。你不屑给我回信啊。"

麦克瞪着他。

"我很感激你选择前来。首先我必须说明我想要对你说的几句话,跟你见面并非对我有利。你要是谈论这次会面或者透露交谈的内容,我会全部予以否认的。不过……"

麦克怒视着他。浪涛破碎,发出巨响,尽管他们两人站在广场靠陆地的边上,但是海水在他们双脚的四周打转,狂风卷起扇形的水花,将他们淋得透湿。鲁夫拿一条白色的手帕抹了一把脸。他戴着很紧的皮手套,他的手小得像小孩子的手。

"不过,"他再次清了清自己的嗓子后重复道,"我向你坦承,我其中的一个手下,在我完全不知情的情况下,也在我根本没有批准的情况下,派了那几个暴徒到你家去。他们自作主张地跟踪你到了里士满球场。众所周知,你是斯坦福橄榄球队的粉丝嘛。"

———————————

①套鞋,指套在皮鞋外面用来防水或者防寒的鞋子。

那次事件之后，麦克很少出门。原先被太阳晒黑的脸在渐渐变白。此时此刻，那褐色似乎彻底被过滤掉了。

"我大老远跑到这儿，不是来听你闲聊橄榄球的。"

鲁夫听出了他压抑着的愤怒，连忙举起一只手。

"很抱歉。请听我说。"

麦克倒是听到了斯坦芒德那天下午所说的那些支离破碎、令人恐惧的词语。那些词语，他到今天也仍然不懂。或者他其实已经理解得很透彻了。

……中跗骨断裂错位。中足部和前足部分离。血液循环不畅。背部和腹部动脉受到干扰……

"这件事情，啊，发生之后，我进一步发现，那三个人受到我的下属指使，目的是给你个口头警告，也许是想把你弄脏点，但没有其他目的，绝对没有其他目的，我敢发誓。攻击你儿子是他们自发的，意外的，不过当然是不可原谅的。"

他信鲁夫的话吗？这又有什么关系呢？

……特别关键的部位。每个执业医师都害怕病人这儿骨折性脱臼……

鲁夫说得十分真诚，充满激情，就像一个辩护律师在向陪审团作总结性辩护一样。

"你和我有不同观念，这点不是秘密。但是我跟对手较量一向公正公开……"

该死的撒谎者。这又有什么关系呢？

"我不容忍……今后也不会容忍任何形式的暴力。科格伦先生和他的胖子同伙几天前乘着从奥克兰来的客车离开了。他们住到本州很偏远的地方去了。没有人会回到旧金山来了。他们要是违抗我，不流亡的话，我会严厉地处置他们。第三个攻击者我拿他没办法，他自己消失了。"

鲁夫的说辞对听者坚如磐石般的愤怒不起作用。小个儿的政客再次用白色的手帕擦了一下脸,他的汗水跟浪花汇聚到了一起。

"看在上帝分上,我竭力想要告诉你我真的感到很难过。我愿意竭尽全力来弥补这种状况,对你孩子所遭受的痛苦给予某些补偿。"

……以后的事情,我无法指望……我不能保证他……

麦克思忖,是否有另一个梦已经堆积在了斯坦芒德和医院的记忆里。他无法相信他所看到的情形:亚伯拉罕·鲁夫脸上那种迟疑不决、缺乏信心的神情。鲁夫将手伸进外衣口袋,掏出钱来,一大沓钱,几乎有一英寸厚,用一条缎带扎着。最上面的一张表明这是一沓一百美元面额的钞票。

"给,拿去吧。也许这能付医疗……"

麦克像一只龇着獠牙的野兽咆哮着,他紧握的拳头一把敲下鲁夫手中的钱。绑带断了,那沓钱飞向了空中,一百美元的钞票旋转着,飞向四面八方。

"你这个卑鄙的狗娘养的。你这个人渣。我会看着你下地狱的。"

"钱斯,钱斯,我尽量想……"

"我会让你死无葬身之地,鲁夫。你,还有你那个该死的党派。"

鲁夫害怕了,连忙后退,但是麦克比他更快。

麦克一把抓住鲁夫的外衣翻领,将他拎得踮起了足尖,对着他吼叫道:"我儿子再也不能正常走路了。他瘸了,他会经常遭受疼痛,一辈子好不了了。"

鲁夫只会低声地嗫嚅。

"哦,上帝啊,上帝啊。不,我不知道整件事情……"

麦克想要把他扔下广场,扔进白浪滔天的大海中,站在那儿等他淹死。

他浑身颤抖着,放开他。

"在我杀了你之前滚吧。"

鲁夫张开嘴巴,最后试图说服他,试图缓和……

麦克的目光让他相信他最好别这样,于是他拔腿就跑。他回头恐惧地望了一眼,急匆匆跑下被海水淹没的广场,消失在了黑漆漆的松树林中。几分钟之后,一辆汽车发出咳嗽般的声音,车子发动了,发出"噗噗"的声响,然后逐渐远去。

一团团被风搅动的雾气在麦克四周流淌,风像刀子一样割着他的脸。撞碎的海浪扬起被浸湿的钞票,抛向空中,有几张掉落到了广场上,在海水中漂浮着。麦克捡起七张一百美元的钞票,将它们撕碎,扔进了旧金山湾。

约翰逊在穿越了雨林,完成了一千英里的旅行之后,从亚马孙河畔回来了。

"这么说你要拿下鲁夫。"

"是的。"

"你怪他让吉姆变成了瘸子。"

"见鬼,是的。还有谁呢?"

"没关系……忘了我问的问题。"

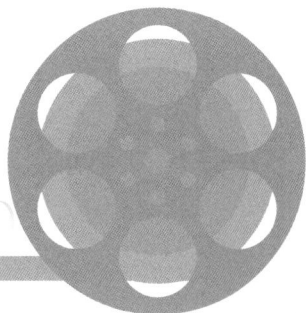

加利福尼亚金子 下

〔美〕约翰·杰克斯 著 董惠铭 译

浙江文艺出版社
Zhejiang Literature & Art Publishing House

第七章　走进大火　1904——1906

旧金山发展迅速,但是发展得不够完美。她的一只脚站在旧的时代,另一只脚却跨入了新世纪。

坚固的商贸大楼如雨后春笋;城里的大宾馆——王宫大酒店、费尔蒙特大酒店、圣方济各大酒店——豪华优雅尽可以跟纽约和欧洲的任何大酒店媲美。公民领袖的热情同样给人印象深刻。费伦市长将重要人物汇聚到了一起,组成了旧金山修葺联盟,这个团体雇请了丹尼尔·赫德森·伯纳姆①,一位著名的建筑师,为现代化的旧金山描绘了一张综合性的蓝图,就像巴伦·奥斯曼②为拿破仑三世③皇帝改造旧巴黎、建设新巴黎一样。

伯纳姆将在1905年或者1906年完成他的工作,向那些城市的管理者献出他的蓝图。与此同时,旧金山依旧陷入了现代和过去的维谷。在贫穷的地区,没有砖砌建筑,没有优质花岗岩。只有一排排的木头房子,拥挤不堪,摇摇欲坠,肮脏透顶,就像1849年12月1日在那场大火中被焚毁的房子一样……此后几年中,又有五次被大火烧毁。进步伴随着贫困。市场街上,有人在行走,也有人驾着农用马车;有各种普通的和精美的车辆,有轨马车穿梭往来,缆车在由中央机械传动的狭槽里上下奔忙。不时地,有几辆汽车驰过,把所有其他车辆甩在身后。

每个人都充满了热情,充满了信心——这是旧金山这个十年的大趋

①丹尼尔·赫德森·伯纳姆(1846—1912),美国建筑师和城市规划师,他制定的芝加哥城市规划是美国城市规划中的一个经典范例。
②巴伦·奥斯曼,即乔治斯·尤金·巴伦·奥斯曼(1809—1891),法国行政官,第二帝国时期负责巴黎大规模的市政改建工作。
③拿破仑三世(1808—1873),拿破仑一世之侄,法兰西第二共和国总统、第二帝国皇帝,普法战争中战败投降,被废黜,著有《政治沉思录》、《拿破仑观念》等。

势,这个大趋势就这样无忧无虑地横跨在大自然最不可预测、最冷漠无情的其中一支力量之上,潜伏在六百五十英里圣安德列亚斯断层线①的灾难性力量里。

———————

①圣安德列亚斯断层线,由加利福尼亚州向西南部延伸的地壳活动断层,长约966公里。

53

大大小小的事情充满了 1904 年的每日每夜、每时每刻,不过此种情形年年如此。麦克拿起他到纽约出差时买的海泡石烟斗。他在纽约的时候,在第五大道那间书房里跟皮尔庞特·摩根讨论政治,坐着静静地欣赏约翰·辛格·萨金特①的画,萨金特应麦克之邀从伦敦坐船前来待了一个月。

麦克穿着一套黑色的套装请萨金特为他画肖像。在腰部高处,他用右手的手指掂量着一个橙子,仿佛他拥有并藐视着它。微暗背景里的闪光使人联想到一个股票行情自动收录器的圆盖。萨金特要花好几个月才能完成这幅肖像;等肖像画好了,麦克打算将它挂到萨克拉门托大街上的那幢屋子的书房里。

他继续尽心尽职地照管他的各项事业,但是让他最满意的是英戴奥的海枣林。他对第一幢宿舍进行了改造,扩大了疗养院:五十幢小小的私密住屋,围着中央一幢大楼,大楼里有餐厅、阳光房、办公室和医疗室。他任命亚历克斯·马勒为执行经理,全权负责疗养院的一应事务,来疗养院的人现在已经在排队等候了。这项工作给本来就已经担负着重要工作职责的亚历克斯带来了新的巨大的工作量。但是他没有任何抱怨;他哪怕余生不睡觉不休假地工作,也赶不上他的雇主那样辛劳。

那年为了消遣,麦克读了理查德·哈丁·戴维斯②的书和《荒野的呼唤》——一部轰动性的文学杰作,这是约翰逊在阿拉斯加认识的朋友

①约翰·辛格·萨金特(1856—1925),美国画家,长期侨居伦敦,以肖像画著称,后致力于壁画和水彩画,作品有《某夫人》、《康乃馨、百合、蔷薇》及波士顿博物馆壁画等。
②理查德·哈丁·戴维斯(1864—1916),美国作家和报人,曾任《费城记录报》记者、《哈泼斯周刊》主编,主要作品有小说《加莱尔及其他故事》,剧本《兰森的蠢事》、《独裁者》等。

杰克·伦敦的小说。他宴请了这位作家,这位"克朗代克河的吉卜林^①"出席了宴会,但没带他的新婚妻子。每当他被介绍给谁时,他总是说:"叫我'狼'吧。"他侃侃而谈即将到来的社会主义革命,把客人们吓坏了。第一道菜上来之后,他已经烂醉如泥。

1904 年,麦克的头发变白了。这是一头又密又长的气度不凡的头发,但是陌生人猜詹姆斯·麦克林·钱斯已经有五十岁年纪了,不知道他才三十六岁。

那一年里,奥利瓦太太学会了在麦克为她买的辛格电动缝纫机上进行机械缝纫。她很喜欢这台机器,称它为"新世纪的奇迹"。亚历克斯也有了一台新机器,一台布里肯斯多弗打字机,他学会了在那机器上打字,速度很快,而且错误很少。他雇用了一个年轻姑娘做助手,兼职操作这台机器。她也被叫作"打字员"。

内莉继续写作,开始吸土耳其香烟,而且积极参加主张扩大妇女参政权的活动。一天,她来到市场街上一家名叫朗德豪斯的饭店,坐下来以后要菜单。他们将她赶了出去,提醒她,跟许多机构一样,他们只服务男性。第二天晚上,她又来了,这次她拒绝离开。警察逮捕了她,她在拘留所里直待到天亮。接着,她写了一篇文章,《旧金山考察人报》头版头条发表了这篇文章:《跟罪犯关在一起:她的恐怖之夜》。

1904 年的头五个月赫尔伯纳·约翰逊待在了里弗赛德,经营黄金加州的业务。然后,他回到了旧金山,参加了一个志愿消防队,而且办了一张嘉宾卡,在奥林匹克俱乐部鬼混几个小时。

———————

①吉卜林,即约瑟夫·拉迪亚德·吉卜林(1865—1936),英国小说家、诗人,作品表现了大英帝国的扩张精神,有"帝国主义诗人"之称,著名作品有《丛林故事》、长篇小说《吉姆》、诗歌《军营歌谣》等,获 1907 年诺贝尔文学奖。

"在打马球前,我一点也不知道我生来就是一位绅士。我喜欢那个俱乐部。没有女人,没有狗,没有民主党人。给男人呼吸的空间。"

一旦回来,他就几乎在任何一个方面都像父亲般对待麦克的儿子,只差没有法律关系。

"我也有和你一样的苦恼。"他喜欢这样提醒吉姆,一面拍着他的软木假腿,"这并没有很糟。你如果不去惦记着它,就啥事也没有。"

吉姆似乎并没有老是惦记着它。事实上,在他身上和在他父亲身上都发生了奇怪的倒转。吉姆现在想要尽可能多地到户外活动,麦克则想要他待在家里,躲在家里。

约翰逊不理睬麦克的愿望,带着孩子去远足,到旧金山湾去乘船,甚至去爬一段迪亚布洛山,尽管爬得很慢,因为吉姆的左脚每走一步都非常费力。

小吉姆对户外活动的热情并没有减少他对学习的热情。左脚的残疾令他更加强烈地想要加强他的脑子。他五岁开始学习认字之后,就不断地看书阅读,而且他做算术时就像某种又快又让人惊讶的机器。

麦克请了一个又一个家庭教师,但是没有一个让他满意。然后,到了1904年初,来自俄亥俄州的皮德蒙特的洛伦佐·洛夫教授根据广告前来应聘。假如他闭嘴不说话的话,人们只觉得这是一个个儿矮小、极其普通、让人印象不深的人,但是他一旦开口说话,便吸引了每一个听众,他嘹亮的嗓音就像一架教堂的风琴。

他说他是奥柏林①学院的毕业生。他没有任何文件可以证明这一点,但是你一听到那"风琴声"便无话可说。他对教育充满了热情,满嘴都是警句格言。

————————

① 奥柏林,即让·弗雷德里克·奥柏林(1740—1826),法国基督教信义会牧师,致力于慈善事业和教育改革,关心教区内信徒福利,开办农村学校等,美国俄亥俄州奥柏林学院即以其姓氏命名。

"每个州的基础是年轻人的教育,钱斯先生。只要启蒙人民,那么身心的禁锢就会像黎明时的恶鬼一样消失。"

"这是谁说的?"

"我说的,先生。首先是引用了第欧根尼①,其次是引用了托马斯·杰斐逊②。"

洛夫教授是逃出来的。"俄亥俄州哥伦布③的生活太枯燥,那儿还有某个女性,一心强迫我去军队服役,烦死了。"他说他一踏上加利福尼亚的土地,一个治了好长时间都治不好的鼻子上的毛病就好了。他是一个讲究细节的人。

"奥斯卡·王尔德先生认为关注细节是不雅的,孩子。其实并非如此。生活中的失败者跟成功者的区别在什么地方?对细节的关注度。平民百姓从艰难困苦到成功的顶点的桥梁是什么?问有钱人,问你父亲。细节,细节,细节。请重新把你的领带系一下,它没有系好。"

洛伦佐·洛夫是一个一出口就没有好话的人,也是一个过分注重细节的人。但小吉姆喜欢他。

1904 年的夏天,在麦克的通信录里面,已经可以发现一千零十二个加利福尼亚熟人的名字了。他至少每个星期增加一个生意伙伴的姓名和地址,如果他们有电话的话还会记下电话号码,这些他都是小心谨慎地手写记录的。有的时候,他翻阅着这本通信录,浏览着所有的名字,发现他真正的男性朋友仅两人而已——约翰逊和他的前岳父。马克斯也许在不同的情况下也算得上是朋友,但是他再次消失在了中央谷地里。

麦克每月一次前往那儿的大牧场,找个借口去看看身体日渐衰弱

---

① 第欧根尼(约前 412—前 324),古希腊哲学家,犬儒学派的代表人物。——编者注
② 托马斯·杰斐逊(1743—1826),美国第三任总统,《独立宣言》主要起草人,民主共和党的创建者。
③ 哥伦布,美国俄亥俄州首府。

的赫尔曼。这个老人已经搬进了萨克拉门托一家家庭旅馆的有三个房间的套间里。

麦克力劝他到旧金山来。

"你应该有比这更好的条件,你肯定负担得起。我给你找个套房吧。"

"也许将来某个时候。"赫尔曼疲惫地摇了摇手说道,"现在呀,我太累了。"

麦克用他的敞篷凯迪拉克载着他前岳父去兜风。在从旧金山去萨克拉门托的途中,汽车两次抛锚,这种情况似乎经常发生。

他们沿着三角洲的乡间小道咔嚓咔嚓地行驶。墨西哥人在水稻田亮晶晶的齐膝深水中干活。一个十字路口,他们遇见了两个与众不同的人,麦克以前从来没有遇见过这样的人:骨瘦如柴,肤色棕褐,衬衫宽松,头上包着头巾,他们恭敬地朝汽车鞠了个躬,然后急匆匆走了,仿佛谁会阻挡他们的去路并盘问他们似的。

"什么人哪,'沼泽怪'?"

"那些小个儿棕色的家伙吗?印度人。"

"在加利福尼亚吗?"

"是呀,今年我已经见到不少了。我猜他们是从加拿大过来的,找田里的活儿。"

"在弗雷斯诺,我在一家亚美尼亚人经营的饭店里吃饭。整个州到处都是外国人了。"

"你说话的时候也开始老气横秋了,家伙。你说话听起来开始像费尔班克斯或者其他某个纯种的自以为是的土生土长的本州人了。"

"但愿上帝别让这样的事儿发生。"麦克惊叫道。但是,他意识到,赫尔曼是对的。这事儿他可得提高点警惕。

1904 年夏末,麦克终于看到了《火车大劫案》。埃德温·波特的电影短片在去年冬季由爱迪生电影公司公开发行,而且立刻受到了欢迎。

一天下午,利用会议的间歇,麦克花了五美分躲进了内维尔电影院。

这部电影在他的脑子里引发了巨大的震动。他从来没有经历过这样的事情。最后一个巨大的特写镜头推出了巴恩斯这个亡命之徒的首领,他举起左轮手枪,近距离对准观众开火。麦克从座位上跳了起来。两位女士吓得昏了过去。

他撇开他的日程安排,又去看了四次。

"它有故事的,一个真实的故事。"当天晚上他对约翰逊说道,"如果这一观念流行的话,这电影倒可能有点意思。"

他带约翰逊去看了这部电影。

"对一帮消沉的东部人来说,表演倒是不赖。"事后约翰逊说道,"吉姆会喜欢的。"

"不……太毛骨悚然了。"

有轨电车战争起始于 1904 年。

帕特里克·卡尔霍恩先生,著名的南卡罗来纳州主张脱离联邦分子约翰·卡尔霍恩①的孙子,拥有旧金山的联合铁路,而且他认定,将他所有的车厢都跟头顶的电线连接起来,把好多街道上乱七八糟的马拉轨道车系统和缆车系统淘汰,对他有好处。卡尔霍恩保证,交通服务将得到改善,而那些愤怒喊叫的敌人则断言,新的城市将会变得难以置信地丑陋,会被电线给勒死。

卡尔霍恩首先想要电气化的是萨特大街。他的人在市政厅参加竞标,而且这也不是什么秘密,他聘请了亚伯拉罕·鲁夫先生提供"市政援助和咨询"。

阿道夫·斯普雷克尔斯邀请麦克到太平洋联合俱乐部共进午餐。阿道夫是一个正直的人,头颈又短又粗,五十岁左右年纪,是那个冷酷

---

①约翰·卡尔霍恩,即约翰·考德威尔·卡尔霍恩(1782—1850),美国副总统,共和党领袖,主张每个州都有权拒绝接受国会法令,极力维护奴隶制。

无情的老普鲁士人克劳斯·斯普雷克尔斯的第二个儿子,老斯普雷克尔斯在西部创立了一个食糖王国。有人说,克劳斯去了夏威夷,而且在一次扑克牌游戏中赢得了那位部落首领面积十分巨大的甘蔗地。

阿道夫在旧金山经营着他的家族企业。他有三个兄弟。约翰是哥哥,住在圣迭戈,并在那里掌管他所拥有的财产。鲁道夫和被叫作"格斯"的克劳斯·奥古斯塔斯,在跟这个老人为夏威夷的一些种植园土地进行了一番激烈的争吵之后,选择了自己创业。

吃中饭时,阿道夫有礼貌地用上过浆的餐巾捂住了一声咳嗽。

"这个有轨电车业务……"

"你兄弟鲁道夫正处于最紧张的阶段呢。"麦克说道。

"你认识鲁道夫,我估计。"

"是的,我到他家去吃过好几顿饭。他第一次讨论到萨特大街改造俱乐部,准备同头顶的电线进行斗争这件事情时,我也在场。"

"鲁夫,那小个儿犹太佬……"麦克的脸部肌肉抽搐了一下,"在对每个人说,鲁道夫反对卡尔霍恩是因为萨特大街的电线要经过他们家前门。"

"每个人都会受到伤害的,阿道夫。这还是一件值得为之奋斗的事情。我资助了那个俱乐部一千美元。"

阿道夫·斯普雷克尔斯目光如电,倾身靠近前来,仿佛他们正在策划一个阴谋似的。他从外衣口袋里掏出一个普通的信封。

"我想捐一笔款。请把这笔现金带去,汇票写你的名字。我弟弟和我在很多事情上观念相左……譬如,他是一个热情的直率的改革者,而我呢,宁可默默无闻……我肯定你明白的。"

麦克点点头,虽然他不明白。诸如斯普雷克尔斯家族这样传奇式的争斗令麦克感到匪夷所思。没有关系,钱总是好的,而且将用于一个好的目的。有两三个场合,麦克曾经跟阿道夫的弟弟鲁迪[①]谈起过旧金

———————————

①鲁迪,鲁道夫的昵称。

山需要进行大刀阔斧改革的事情。随着时间一周一周地过去,改革的需求似乎越来越迫切。

每隔一个月左右,麦克总要到海滨的卡梅尔去看望内莉。她居住在一幢完美的孟加拉式的艺术家小平房里,四周有松树环绕,远离喧嚣凡尘,但是能把海风习习的蓝色海湾尽收眼底。麦克从来不过夜,而且两人通常会发生争论……关于贿赂,关于有轨电车,关于旧金山的水的状况。为了打破斯普林峡谷水利公司的垄断,前州长费伦曾经把目光投向远距离的水资源:塔霍湖、沙斯塔山、萨克拉门托河。费伦政府的后期,他的水利顾问建议,为了旧金山的利益,只有在赫奇·赫切河谷确定所有权。

费伦采纳了这个建议。根据联邦的《通行权条例》,旧金山提出在该河谷建一座大坝。内政部长反对通过这个提案,从此以后,该提案便纠缠于不休的争论之中。

"这也是一件好事情。"内莉说道。

"这是你的观点吗,还是你朋友缪尔的观点?"

"你怎么啦,麦克? 如果你在那个河谷筑坝拦水,你就等于永远把它给毁了。"

"那城市的供水呢? 根本就不够啊。与此同时,人口又一直在增长。"

"这不是我的错。设置门槛嘛。"

"哦,伟大的民主党人又一下子变成排外主义者了。"

"不,我不是指……"

"内莉,旧金山有一个大问题。可是,你和那些自然社团的所有人都想要忽视它。"

"自然社团? 哦,上帝啊,这太恶毒了。"她将一本书扔了过来。

这样的交谈导致的结果是,近来他大量的时间都跟玛格丽特·埃默森待在一起。

麦克原谅了内莉的暴躁脾气。她旧金山的同事弗兰克·诺里斯突然死了，两年前悲剧性地死于腹膜炎，经他的遗孀同意，她试着续写《狼》——他的《小麦史诗》三部曲的最后一部小说。她的运气不佳，性格也变得毛糙了。

"昨晚我再次看了《章鱼》的一些章节。"她对麦克说道，"安尼克斯特在拂晓看《小麦史诗》，那些精彩的段落。我在每一句里面都听到了我朋友的声音，但是我不能鹦鹉学舌。我极力这样做，但是失败了。我以前从来没有在任何事情上失败得这样惨过。"

于是，麦克竭力原谅了他们的争吵，甚至对这些争吵付之一笑。内心深处，他感到愤怒和挫折，因为他没有办法用某种方法让他们的关系发生转移。

由爱而生的很多的同类型的挫折也损害了他跟他儿子的关系。

他也在一些小事情上得到了满足。加利福尼亚的这些地名，他喜欢这些名字，而且在他记忆的一个角落，他把这些收藏起来。

皮金角、加利西哥、多拉多酒吧。

福仑利夫、德雷克斯湾、赫迪高迪。

中国营、马利布、莱克利。皮斯莫、乔奇拉、哈维拉、丁基河。拉夫和莱迪、塞瓦斯托波尔、贝尔耶萨、奥沃温泉。

阿瓦隆、阿赫瓦尼、凡当戈、圣胡安-卡皮斯特拉诺。天使营、科斯戈尔德、尤贝特。拉米拉达、尤凯帕、尤里卡、格伦多啦。菲德尔汤、莫德斯托、佩特卢马、苏珊维尔。

雷伊斯角、死谷、马尔帕索峡谷、莫凯勒米河、马雷岛、锡格纳尔希尔、千顷棕榈、维西泰迪恩、胡帕谷、蒂布龙、波托拉、卡利斯托加、拉莫纳……

啊，加利福尼亚！

一年之前，在布什大街米尔斯大厦的五楼，钱斯-约翰逊石油公司开设了一个办事处。麦克的竞争对手联合石油公司在两段楼梯之间找了个地方。1904年秋季的某一天,麦克在那儿跟黑文·奥格和另两位地质学家会谈了三个小时。将他们送走之后,他迎进了弗里蒙特·奥尔德。

他们点燃雪茄,身心放松地坐在一扇仰望贵族山的窗前。这是一个凉爽的金色下午,没有海风吹拂,真是少有的时光。没有风的时候,从数以千计的烟囱里冒出来的烟煤雾霾萦绕在屋顶,甚至一直飘到街上。那雾霾就像一汪灰色的大海,有巨大的眼科专家和啤酒的广告牌荡漾其间,恍如彩色的鱼遨游水中。

"关于水的事情,我有一些消息。"奥尔德说道,"那个开明的鲁夫赞同联邦政府的观点。我们绝对不能在赫奇·赫切河谷筑坝。与此同时,我们绝对不能让斯普林峡谷水利公司恶毒地卡住我们的脖子。"

"我们怎么办呢?"

奥尔德露出一个玩世不恭的假笑,说道:"我们将引进一个竞争对手——'海湾城市'。"

"比尔·特维斯的公司。"

"同一个公司。"

特维斯是一个旧金山人,从他父亲劳埃德那儿继承了大约两千万美元的资产,他父亲是本州19世纪又一个土地和养牛大亨。

"那个公司在美国河的南支流与科苏姆尼斯河的北支流拥有水权。我潜伏在市政厅里面的内线告诉我,那位老板肯定要依赖海湾城市的特许权利。"

"他是特维斯的朋友吗?"

"不是,但是我知道特维斯的组织机构里有人提出要培养一下友谊。"

"稍微弄点东西指什么?"

"一百万美元。"

"上帝呀。"麦克说道,"事情越来越糟糕了。"

"的确是这样。在市政厅里，几乎很难找到一个诚实的人。他们都如饥似渴地受贿，他们要把屋子的油漆都吞吃了。我们得揭露鲁夫，将他揪出来，也将他的受贿对象揪出来。"

"怎么揪，弗里蒙特？鲁夫比以往任何时候都受人欢迎。所以告诉我，我们怎么办。"

他们抽着雪茄，在一个雾霾渐渐消散的下午，面面相觑。

麦克、约翰逊和小吉姆走下渔人码头。这是暮光中的一个星期六。当他们走上这长长的简易码头时，吉姆紧紧拉着他父亲的一只手。

装备齐全的蒙特里小渔船纷纷进港过夜，它们红色的风帆已经收拢，但是那些渔民，一个个晒得很黑的人，用意大利语和葡萄牙语交谈着或大喊大叫着，还有很多事情要做呢。他们将一筐筐活蹦乱跳的庸鲽和海蟹吊上码头，将他们沉重的渔网摊开挂到舷栏上。其中有一个左耳朵戴着金耳环的年轻渔民揉了一下吉姆的头发。

三个人走到码头边上。黄昏的海湾里，红红绿绿的航行灯在一些小汽艇和一艘往外行驶的太平洋轮船上闪烁。轮船巨大的汽笛鸣叫着，小男孩瞧着她翻腾着尾波，驶向夕阳。

"她驶到哪儿去，爸……中国？"

"很有可能。"

"我将来要到那儿去。"

"好的，但现在我们得回家去。天凉了。瞧，那雾滚过来了。"堤坝就横卧在金门的外边，晚霞突然被金门一口吞进了嘴里。

"我想待一会儿。"

"不，天太凉了。我不想让你感冒了。"吉姆想要说点什么，但是麦克拍拍他的头，"别争了。"

"瞧，"约翰逊对小男孩说道，"他们又捕了很多活的蟹。"

这话一出口，便吸引了吉姆。两个大人瞧着他一瘸一拐的步态，听着他慢慢拖曳着左腿的可怕声音。约翰逊的鲜黄色印花大手帕在风中噼啪作响。

"听着。你对待孩子就像对待温室里的百合花,你还说不想这样对待他呢。"

"你又来瞎管闲事了,休。"

"得了,我认为我最好管管。他是你的骨肉,可是你片刻时间也不给他。好不容易把他带出来了,你却把他当作哪个小姑娘的瓷娃娃。"

麦克忍住自己的怒火:"我之前对吉姆的要求跟现在对吉姆的要求是两回事儿。他是个跛子。"

"他不是个怪物。他是个健全人,年轻气盛地成长着。每次你溺爱他,就等于是在提醒他,他是个有毛病的人,而不是说他是个健全人。他不喜欢那样,我认为也不是他的错。"

"他得容忍这一点。我只有一个儿子,我是想要照顾他。"

"你照顾得不合适……"

"我不需要你的劝告,我也不想要你的劝告。"

约翰逊将他那顶得克萨斯牛仔帽拉到他浓密的灰色眉毛上,踏着沉重的脚步从码头往回走。

"我猜现在我们不得不回家去啦,吉姆。"他大声喊叫道,"这不是我的主意。"

当麦克来到吉姆的卧室道晚安时,小男孩一句话也不说,几乎有点愠怒。麦克一定要和他拥抱一下,吉姆不得不依从他,用他的小臂做了一个弯曲动作,一个敷衍了事的拥抱,让麦克知道他不喜欢麦克的规矩。

没关系。小男孩身子骨脆弱,瞧他在里士满运动场那么容易受到伤害。麦克不想再冒这种险了。总有一天,吉姆会理解并且感激他的。

当他走上楼时,远处电话铃响了。亚历克斯·马勒急匆匆跑过来找到他。

"奥尔德先生来的电话。"

"什么事,弗里蒙特?"麦克回电话时问道。

电话线那端传来的声音微弱而又刺耳。

"看样子,《新闻公报》刊发鲁夫及其党派的报道太多了。大约一个小时前,我们的老板在街上受到不明身份暴徒的袭击。"

"强盗?"

"他们没抢什么东西,他们拿铅管打了克罗瑟斯后就逃走了。克罗瑟斯的命能否保住还是个问题。"

1904 年 11 月,麦克投了西奥多·罗斯福的票,而且跟内莉就全国和地方那些候选人的功过是非进行了辩论。她特别追捧奥尔顿·帕克法官,那是麦克不喜欢的一个民主党人。他有些恼火地说,她很可能就会投民主党的票,哪怕该党是从墓碑上摘了一个名字参加竞选。

她说道:"哦,够了。等你那傲慢的大男子主义允许我讨论投票的事儿后,我会很高兴再讨论这事儿的。"

此话一出口,他们的交谈立马就偃旗息鼓了。

让每个人感到惊讶的是,《简明新闻》的 R. A. 克罗瑟斯幸存了下来。这一事件使得鲁夫那个党派跟那些敢于抨击和藐视其权威的人们变得更加剑拔弩张。新年即将开启的时候,这场斗争的焦点聚集到了那些法国饭店的问题上。

早在 1904 年春,警察局局长赫顿发动了一场打击旧金山特有的特别机构的运动,宣称那些法国饭店是让人幽会的公开处所,危害公众,有伤风化,提出撤销他们的供酒许可。

好几个月,警察局的另外三个成员拒绝合作;赫顿这种自成一格的清教徒式生活标准并不适合一个好懒散、图安逸的海港城市的风格。但是,临近 1904 年年底的时候,情况发生了变化。厨师和服务员工会的成员们试图找最大的饭店之一托托尼饭店开刀。工会的业务代理们雇了两个人到那儿吃完饭,然后要求把他们介绍给在楼上工作的女士们。有人检举揭发了在托托尼饭店所发生的事情,警察局的成员现在被迫采取行动了,而且他们拒绝给托托尼饭店更换营业执照。到了1905年1月初的时候,警察局又拒绝给另一家法国饭店德尔莫尼科饭店更换营业执照。

"关于这事儿,今天早上六点钟我接到了一个电话。"玛格丽特对麦克说,"是马钱德饭店的皮埃尔·普列特打来的。他害怕我们都要歇业了。其他人也吓坏了……贵宾犬饭店的托尼·布兰科、小狗饭店的琼·洛皮、海湾州饭店的马克斯·阿德勒。他们想要成立一个法国饭店老板协会。每个成员将支付一定费用,然后协会将雇用一位专家来治疗这个疾病。"

"专家?你在说什么呀?"麦克说道——他们正在她位于拿破仑小居隔壁的住处仿冒的蒂法尼玻璃灯罩的电灯下吃饭。

"我引用的是皮埃尔的话。他实际上是在瞎扯。我们所有人恐怕得捐足够的钱,马上凑齐五千美元,明年再凑齐五千美元。目的是为了付鲁夫博士的聘金。这是皮埃尔给他的称呼——'博士'。"

"上帝呀。你说什么?"

"我对皮埃尔说见你的鬼去吧,我才不会因为一张本来就合法的酒类营业执照而去贿赂他们呢。"

"你这种想法很危险呢,玛格丽特。"

"我开办一家饭店,来光顾的是旧金山最上层的一些人士。市政官员在这儿吃饭。他们只要眨一眨眼睛和露一个笑容就可以上楼去。你想想我会受一帮突然认定我是贿金来源的伪君子的威胁吗?回答是不。我在信中就是这么说的。"

麦克的叉子敲着盘子。

"你把那些话写在信里啦?让我瞧瞧。"

"不在这儿。今天一早我把它寄给《简明新闻》了。"

"我马上打电话给弗里蒙特……"

"麦克,坐下。我简单说吧,市政厅就是在生意人身上勒索钱财,而鲁夫就躲在幕后。"

"在旧金山,你别说这种事情,玛格丽特。别公开说。这些人有权有势,而且报复心很强。瞧瞧发生在我儿子身上的事情。还有发生在克罗瑟斯……"

"我不管,更何况,已经来不及了。信已经寄出了。我拭目以待。"

"我赞赏这一态度,但是你冒的风险实在太大了。"

她轻轻拍着他的一只手,手指磨蹭着他的手。他皱着眉头,太忧心忡忡了,根本就没注意。

"你这样关心我,真是太好了,太让人高兴了。"她说道,"我觉得没有必要的。他们可能会骚扰我,但也就如此而已。在这个城里,女人还是安全的,即便是像我这样的女人。"

54

福特汽车公司的 A 型小汽车转过拐角,驶上教会大街,前灯在夜的雾中开掘出两条光的通道。这辆八匹马力的小轿车有一个可以折叠的顶篷,顶篷下面只有一个座位。小轿车漆成了黑色,像一辆装了发动机的四轮单马轻便马车。第二辆同款的福特小轿车出现了。穿越教会大街去拿破仑小居的一男一女痴痴地凝望着这两辆汽车,这个时候汽车还没有被广泛使用,容易引起人们的注意。

第一辆 A 型车停在了玛格丽特·埃默森的那套公寓前。第二辆车停在了它的后面。每辆车里面都有两个男人,身量一样的男人,好不容易挤在单个车座里。他们戴着常礼帽,穿着丝绒领的外套,打扮得像绅士一样。

第一辆 A 型车里面的乘客是领头的。他的身躯巨大笨重,蓄着大胡子,胡子尖上涂着蜡。他跳下车子,朝另一辆车里的人打了个招呼,接着快步跑上通向玛格丽特的套间大门的台阶。他试了一下门把手，接着再次发出一个信号。第二辆车子上的两个男人在套间前面站好位置，第一个男人及其司机快速地走向那家法国饭店的入口。

领头的那个男人仔细察看了一下雾蒙蒙的大街。一辆出租马车从旁边驶过，发出辘辘的声响，闪着幽幽的光。没有其他车辆。

"我们进去。"他说着假笑了一下，掩饰他紧张的状态。

门上的小小铃铛响了。玛格丽特中断了跟后面桌子边客人们的交谈，手中拿着菜单，轻移莲步，往前面走去。在这个天气颇为恶劣的夜晚，只有三张桌子上有客人；她很高兴有更多的顾客光顾，于是满脸堆笑地迎上前去。

"先生们，晚上好。两个人吗？"

第一个人一把摘下他的常礼帽。他的身材高大结实，那张圆圆的脸使她联想到了屠夫和酿酒的人。他乌黑的眼睛闪闪发亮，亮得跟他涂蜡的八字胡一样。

"我们就在这儿执行我们的公务，埃默森小姐。"

玛格丽特的手掌心感到刺痛。第二个人一直在望着那扇前门。怕有人干扰？

"我不认识你们，先生们。能否麻烦你们告诉我你们的名字？"

有八字胡的人走近她身旁，近得都蹭到了她白色的衬衫式连衣裙的袖子。不知怎么的，这一触碰总有一种不干净的感觉，尽管这人的呼吸里喷发出浓浓的杜松子酒香气。

"这么说吧，我们是代表警察局来的。"

她的心跳加快。一个服务员从厨房里走了出来，一只托盘里放着两份晚餐。尽管她竭力用目光警告他，但他还是一心一意地服务着他的顾客，他送上两盘食物，又是鞠躬又是微笑。

"我可以看一下证件吗？"

"那没有必要。"蓄着八字胡的人说道，"我们要检查你的酒类营业执照。"

"你知道眼下我没有。我对最后一个到这儿来索要贿金的人说了，要五百或者五千美元买一份执照，我不干。"

"没有执照你不能营业。"

"你是说我不贿赂鲁夫就不能营业？我拼命工作所挣的钱不是用来行贿的。"

"行贿这个说法太难听了。"他抓住她的手腕，"你在报上发表的那封信里面用了很多难听的措辞。"

她挣脱他的手，坐在附近的两三个人从他们的盘子上抬起头来，面露紧张忧愁之色。

玛格丽特轻柔地说道："从我的饭店里滚出去。"

"你是说你的窑子吗？你最好付让你付的钱，埃默森小姐，而且你该死的最好别再在满篇谎言的信上面签上你的名字。"

玛格丽特感觉自己的喉咙口有一阵奇怪的害怕的震颤。执照的事情只是虚晃一枪。这两个人来这儿另有企图，她无论说什么或做什么对他们来说都无济于事。她感到惊恐，叫住那个服务员，他这会儿正匆匆向厨房走去。

"雷德，请到后屋去打电话……"

她止住话头。打电话给警察吗？他们永远不会有反应的，不会及时反应的。

"不，算啦。"

那服务员犹豫着，表示莫名其妙。

"这事儿我很遗憾，埃默森小姐，这只是命令。"有八字胡的人用虚情假意的怜悯语气说道。

他挥了一下手，她第一次注意到他戴着很紧的灰色皮手套。

"布鲁诺，干活。"

另一个人从他的大衣里抽出右手，玛格丽特看到一把蓝色的金属手枪闪着光芒。

663

"大伙儿小心啊。"她朝她的主顾们喊叫道。

第一个人抓住她的一条胳膊,将它像绳子一样扭过来,把她撞向一堵墙壁。有镜框的约瑟芬画像掉落下来,玻璃砸碎了。接着,他用拳头重重地击向她的后腰,玛格丽特被打得跪倒在地,喘着大气。

布鲁诺端平他的左轮手枪。那服务员扔掉托盘,发出打铁一样的当啷声响,吃饭的人急忙从座位上扭过身子,发出惊恐的喊叫声。布鲁诺双手握着手枪,开始朝桌子上方的电灯射击。

玛格丽特的脸擦到了墙上,她的头旋转着,背疼得厉害。她听到了那个小铃铛的声音,接着又听到了八字胡的喊叫声。

"把斧头给我,然后到隔壁干活去。"

隔壁?

玛格丽特咬着嘴唇,从墙壁上推开身子,接着又头晕目眩地跌倒在地。布鲁诺还在开枪。碎玻璃落到了餐桌上,那些用餐的人连忙蹲到了桌子底下。有人从前门递进来一把斧子。八字胡劈着门,直到把门劈成碎片。接着,他挥动斧头,狠狠地将拿破仑半身塑像从基座上劈落下来,半身塑像分裂成了数百片小小的碎片。

服务员冲进了厨房里,留下了半开半掩的门给那两个人留下了充足的光线。布鲁诺再次装上子弹,朝天花板射击。楼上有一个姑娘惊叫起来。八字胡攻击着没有人的桌子,用那把消防斧头砸碎瓷器、杯子和桌面。

隔壁那门。玛格丽特在脑海中惊呼道。她朝那扇门爬去,拼命站起身来,推开了门。那小铃铛再次响了起来。充满雾霭的冰冷空气一下子裹住了她。

"那婊子逃出去了。"布鲁诺大叫道。

她喘着大气,脚下打着滑,跌倒了再爬起来,好不容易来到了她那套间外面有顶棚的小小门廊上。洞开的门里溢出电灯的光芒。她听到了他们在屋里砸东西的声音。

早些时候,玛格丽特准备在这个夜晚结束的时候好好休息一下,便在壁炉里点了火,接着小心翼翼地在壁炉前放了一块挡板。在她的套间里还有两个男人,穿着同款大衣,戴着同款常礼帽的男人。他们将那块挡板扔到了一边,他们其中一人拿着一根棒球棒。

她冲进客厅的一刹那,他正抡起球棒,砸向壁炉架上那口镀金的时钟。弹簧松开了,时钟的零件飞得到处都是。

"你这个杂种,别碰我的东西。"她用双手抓住那人的领子。

他回身打过来,打得很重。她在裙子外头抓着自己的一个膝盖,倒在了一张椅子里,她的头发松开了,愤怒的眼泪从眼睛里面喷涌而出。

她感觉最清楚的是那声音和他们巨大的如同噩梦般的身影。在厨房里,第二个人推翻一张桌子,然后来回扳着一条桌子的腿,直到将它扳松。他"啪"的一声扳断桌子的腿,摆好姿势,故意让她看见,然后拿桌子腿砸向仿冒的蒂法尼玻璃灯罩。

电灯泡躲过了这一击,但是彩色玻璃的碎片四散飞落,在墙上映照出点点彩色亮光。扭曲的铅条从灯上挂落下来。又有几块碎玻璃掉落到地板上,叮叮当当,叮叮咚咚。

那人在寻找着其他可以砸毁的东西,将手伸向桌子下面,扯出那块精致的花边台布,接着像一块破布一样用力将它撕成了两半。

玛格丽特的脑子陷入到了混乱当中。她挣扎着从椅子上站起身来,举起一只手。

"求你,别把它毁了,那是我母亲的东西,我可以把它们缝合的,只是求你别……"

她感觉到了,也听到了她左边有响动。壁炉架那边的那个人挥动棒球棒,较粗的一端狠狠地击中了她的腹部。她的裙子里面没有紧身胸衣保护她,那疼痛来得突然、巨大、致命。她挥动着手臂往后倒去,撞到了断层式橱子上,她疯狂挥舞的双臂击碎了玻璃,撞落了瓷器。她再次摔倒在地,碎玻璃割破了她的手腕,鲜血顺着她扣着纽扣的白色衬衫袖口流了下来。

"还有什么特别的东西吗?"厨房里的那个人说道,他手中抓着那块撕破的台布来到客厅里,"没有了。"

他将台布扔进壁炉里。玛格丽特痛苦地尖叫着。

他们很快就结束了。客厅里和厨房里每一件重要的和有价值的东西都被毁了。他们匆匆离开的时候,她听到了鞋子剐蹭人行道的声音,接着有一阵汽车轰鸣的声音。

壁炉里,台布开始燃烧。

她双膝跪地,朝壁炉爬去。碎玻璃散布在地毯上。她头晕目眩,浑身凌乱,几近昏厥,但是她,咬着下唇,坚持爬着,根本不顾碎玻璃割破她的手掌。

到壁炉的距离似乎有一英里之遥。碎玻璃割破了她的衬衫,割碎了她的膝头。她在地毯上留下了一道血痕,但是终于,她感觉到脸上有了热量。她闭上双眼,不顾即将到来的疼痛,猛地将双手伸进炉膛里,生生地止住了即将脱口而出的喊叫。她拖出燃烧的台布,用浸透了鲜血的已经脏得一塌糊涂的衬衣盖住台布,接着她扑倒在台布上,想把火扑灭。

她被发现的时候,还维持着这一姿势,但已经失去了知觉。

在医院里,他们对她进行了治疗和包扎。她的髋骨已经碎了,扁平的肚子上留下了一个很大的紫色伤疤。两名候诊的医生一致认为,也许有严重的内伤,但是他们现在还无法确诊。

当她能够开口说话时,她请求叫麦克来。麦克火速来到她的病床边,待了十二个小时,仅仅在上盥洗室或者给警察局打电话时才离开一下。

他打了九次电话。当然,侦查员们没法找到犯罪分子,甚至他们是谁都没法确定。

1905 年 3 月的一个星期六,"加利福尼亚·钱斯"号穿越金门往外驶去。诺海姆船长根据主人的指示,选定了一条距海岸十英里的航道,在那儿以一个长长的不间断的椭圆形慢慢航行。

船尾甲板上白色的天篷下……一个上面标有"JMC"字样的椭圆形装饰的天篷……麦克的三名中国船员摆开了有牡蛎、馅饼和其他美味佳肴的午间快餐。这一天,阳光灿烂,令人心旷神怡,一个在大海上航行的极好日子。但是,没有一位客人真的在意这个。

麦克邀请了三位客人:弗里蒙特·奥尔德、前市长吉姆·费伦和比麦克小四岁的鲁道夫·斯普雷克尔斯。鲁道夫是一个个儿高大、身强体壮的小伙子,额头很高,他是几个兄弟里面最英俊的一个。而且他知道自己英俊,于是便下意识地表现出一种王子一样的傲慢派头,懒洋洋地倚靠在他的白色帆布椅子里,穿着白色法兰绒裤子,架着二郎腿。麦克跟鲁道夫有交往,但是并不特别喜欢他。他倒是对鲁道夫的财产和姓氏十分敬重……而且,他可以忽略任何人格缺陷,假如这个人格缺陷者对鲁夫这个政党组织的憎恨足够深的话。

"他们把什么都毁坏了。"午餐后他们开始交谈时麦克说道,"加利福尼亚·钱斯"号在平静如镜的海面上只微微地留下一条潺潺的波浪。海鸥的影子在天篷上来回追逐。

奥尔德嚼着他的雪茄:"这我知道。我发表了这篇报道。"

"你没有发表有关她母亲的台布的任何细节。台布被撕碎了,被焚烧了……被毁了。"

"我说呀,她还算幸运的,逃过一劫,只受了点小伤。"鲁道夫说道。

"小伤?"麦克点燃一支雪茄,将火柴扔到船舷外,"人们受伤有不同方式,鲁迪。那块爱尔兰花边台布对玛格丽特来说差不多比她生命还重要。我可以帮助她重建她的家——我愿意。但是金钱无法修复那块祖传遗物,金钱无法抹去他们对她所做的一切的记忆。我们坐在这儿生气、争论,与此同时,那个政党组织的暴徒们却在为所欲为。他们从生意人那儿勒索钱财,他们攻击一个正派的女人。"

"哦,得了,麦克。"鲁道夫·斯普雷克尔斯说道,"很多人会对你使用'正派'这两个字质疑呢。"

"上帝作证,她是一个正派的人。他们简直像野兽一样地对待她。别像个该死的伪君子一样。你就从来没有去过妓女那儿?"

鲁道夫走了开去,只管瞧着海面。

"好啦,好啦。"吉姆·费伦说道,"我们不是敌人,我们的立场一致,到这儿来私下里商量对策。"

"说得对……对不起。"麦克说道。

"是的。"鲁道夫咕哝道。

"问题是,我们如何才能除掉这个团伙?"麦克说道,"他们几乎想插手任何事情,并且从中捞金。水利、商业许可……现在是有轨电车这锅粥……"

"这是一锅粥,对的。"鲁道夫说道,"我听说,这位老板通知联合铁路公司,说每月定期的一千美元聘金不够了,如果不加钱,他就无法确保自己做出对他们有利的决定。帕特·卡尔霍恩不得不额外给予津贴。"

奥尔德咬住他的雪茄:"多少?"

"二十五万美元,现金。"

"救世主啊。"费伦说道,他站起身来,抓住船尾的栏杆,"我当市长的时候,从来没有这样腐化堕落的。当然了,我知道有一些小恩小惠——时不时地在桌子底下塞十美元。但是没有这样的恶性肿瘤。"

奥尔德说道:"我提醒你们,先生们,你们如果想要清除这个恶性肿瘤,就必须操起锋利的刀。"

大家沉默不语。蒸汽游艇在水中轻快地滑行,她大大的烟囱里袅袅升起一缕细细的羽毛一样的白烟。服务员们再次斟满酒杯,他们穿着浅口便鞋,行走时跟海鸥的影子掠过天篷一样无声无息。

麦克倾身向前,张开双手。他再次蓄起了胡须,虽然他将它们修剪得很短。胡须像他的头发一样白,而且令他感到绝望的是它们开始变得越来越少。

"我们说来说去说到了改革运动。说了必须开始行动的,但是我们早就错失了时机。"

"那么现在我们处在什么时机?"鲁道夫问道。

"我们需要一个结盟的改革组织。"

"我们这个组织的核心已经在这儿了。"奥尔德说道。

"是的。"麦克说道,"所以我们不得不提出这个问题。我建议我们应该在认真而有条不紊的基础上开始收集证据。我们怎么干呢? 我不是一个职业侦探,你们也都不是。我们需要一两个知道他们在干什么而且不会被收买的调查人员。我们需要有足够的钱雇用这样的人。"

他收回身子,饮了一口杯中的高泡沫啤酒。

"我们需要一笔专款。"

鲁道夫·斯普雷克尔斯仔细打量了麦克一会儿,接着无精打采地示意服务员再给他倒满酒。

"我保证个人捐款二十五万美元。"

奥尔德重重地拍了一下鲁道夫的背,吉姆·费伦则差一点失手将一个牡蛎丢到身边的地上。

接着,麦克说道:"我也捐同样数目。"

他们激动了仅仅大约一分钟。接着奥尔德抽完他的雪茄,皱着眉头将烟头扔进大海。

"好吧,我们有钱了。拿着这笔钱,我们很可能可以雇用到不会被收买的调查人员。但是,我们也需要诚实的检察官,还有法官。这些人你们在旧金山是找不到的,你们得从联邦政府请。"

"那么这也是我们必须要干的事情。"麦克说道。

傍晚,"加利福尼亚·钱斯"号再次往东驶去,驶向蓝白色的模糊不清的海岸线。这些先生戴上了主人提供的游艇帽子。他们所有人都喝足了香槟酒、葡萄酒、啤酒或者威士忌,他们对他们的目的已达成了共识。

"我知道有一个人我们可以招募。"奥尔德在他们友好地站在暮色中时说道——甚至连鲁道夫那傲慢的有魅力的外表也似乎意外地与此情此景格格不入了,"弗兰·赫尼,又名弗朗西斯·约瑟夫,就出生在狭窄通道的南面,黑斯廷斯的法律学位。他在华盛顿,担任司法部部长助理和联邦特别检察官。他只有大约这么高,而且他留着二分头。他看上去愚钝,也温和,但是,他咬住了就不放的,而且令人信服。"

"我对他非常了解。"吉姆·费伦说道,"一个廉洁正直的人。"

"那他一定早就离开这个城市了。"鲁道夫说道。

"他真的很硬吗?"麦克问奥尔德。

"赫尼在亚利桑那州①从事了一段时间的法律工作。一个涉及他的其中一桩案子的人不喜欢他,拿着凶器跟着他。"奥尔德的双眼变得像两片小冰片一样,他那又大又硬的双手握成杯状,用火柴点燃一根新的雪茄,"弗兰出于自卫朝那人开了枪。他们说他杀了他,居然还没有弄乱他自己的领带,也没有弄乱他自己的头发。这对你来说够硬吗,麦克?"

55

麦克大步冲上三楼的楼台。

"内莉?我有一个重要电话。再等我两分钟。"

"会议十分钟后开始。"

但是他早就不见了身影。

内莉在门厅里踱着步。年轻的日裔车库服务员从萨克拉门托大街

---

①亚利桑那州,美国西南部毗邻墨西哥的一个州,首府凤凰城,1912年成为美国的第四十八个州。

跑了过来。他问:"那辆凯迪拉克已经在路边上等了半个钟头了,钱斯先生还要用车吗?"

内莉将她的书本抱在胸前,这是约翰·缪尔题赠的书《我们的国家公园》。

"谁知道呢,吉。我相信那位大人很快会让我们明白的。"

吉笑着跑开了。

内莉在那扇天窗下转了一圈又一圈。她最近庆祝了自己的四十岁生日,尽管已经名声赫赫,她却过得从容自在。她跟往常一样看上去既漂亮又精神饱满,她的头发留得更长了,用一个发垫卷成了一个高卷发型。为了跟她有褶裥的彩格呢裙子和仿男式衬衫相配,她穿了一件男式的长袖海军羊毛衫。她的长筒袜子是朦胧的淡蓝色,袜子下穿着一双有缎子蝴蝶结的无带浅口轻便鞋,鞋子上方漂亮地展现出她的脚踝。有人认为这种新式鞋子的样子太不正式,甚至具有拙劣的特征。

约翰逊肩上扛着一根台球杆溜达了进来。

"早上好,内莉。美好又凉爽的一天哪。"

"让人振奋。我是从我的套间走过来的。"

她在俄罗斯山有一个住处,尽管她还保留着她的卡梅尔别墅。

约翰逊现在已经有很多白发,几乎像麦克一样多。光阴似箭,新的世纪翻过日历的速度比内莉所喜欢的要快。续写诺里斯的小说的事儿停滞不前,而镜中那张黄褐色的脸上每日都在平添新的皱纹。她喜欢她的独立,但是她不喜欢一个人睡觉。问题是,她想要夜里睡在她身旁的仍然仅有一个男人。总而言之,四十岁让她感到沮丧。

麦克再次冲进了她的视线,一面拼命往他的短上衣里塞着他的两条胳膊。他跑到第二个楼台上,一把将吉姆从奥利瓦太太保护性的怀抱里抢了过来,拥抱他,拉着他的手将他往楼下带去。麦克显然想要跑,但是吉姆每一级台阶都跨得很慢,跨得小心翼翼,他的身子歪斜着,为了支撑身子,他的一只手从一边扶手转向另一边扶手。

"电话是杰西·塔博克斯打来的,我的一个工头。"麦克解释道,他从架子上一把抓过帽子，"我的两个工人昨夜在弗雷斯诺县被打得死去活来。"

"谁干的？"内莉问道。

"一些优雅的年轻白人，他们认为墨西哥人不配干那些活。"

"你知道，"她看上去十分难过，"亨利·梭罗①曾经评论说，美国人到加利福尼亚来的经历意味着什么都不是，仅仅是距地狱近了三千英里。有时候，我真的相信是这样。"

他脸部的肌肉抽搐了一下；这不能叫作笑。接着他拉住她的手臂："走吧，让我们瞧瞧，要是我说出我的观点的话，你的那些朋友是否忍得住他们的怒火。"

"问题是你能忍住你的怒火吗？"

吉姆一瘸一拐地来到约翰逊身边站着。得克萨斯人拿一条胳膊抱住小男孩。

"等你们俩跟那些'自然保护主义帮'夸夸其谈的时候，我和吉姆认为我们还是去租两匹骑用马，到金门公园里去跑马比较好啊。"

"一定要给他弄匹温顺的马，跑慢点。我不想让他摔跤，那只脚承受不起的。"

"不，承受得起的，爸。我很强壮呢。我想要一匹厉害一点的马。"

"这事由我来定吧，年轻人。"

"就像你定每一件事情一样。"吉姆冲口而出。

麦克一把抓住他儿子。

"好啦，好啦。"约翰逊说道。

他伸出一只手拦在他们中间，用手掌的边抵住麦克的胳膊，麦克退了回去。吉姆走到身材魁梧的得克萨斯人身边。

———————————

①亨利·梭罗，即亨利·戴维·梭罗（1817—1862），美国作家，超验主义运动的代表人物，主张回归自然，代表作《沃尔登或林中生活》，反对蓄奴制和美国侵墨战争，其《论公民的不服从》一文影响巨大。

他倒是真有种,内莉心想。麦克什么时候才能醒悟啊,像在他的生意上那样把自己的全副身心倾注到他儿子身上?一个月前,在卡梅尔,她试着这样对麦克说起过这事儿。她从未见他发过那么大的脾气。

洛夫教授听到了说话的声音,便连忙从书房里走了出来。他挥舞着一本数学课本。

"上午没上完课,绝对不可以跟约翰逊先生去玩。蹉跎的人总是会挣扎于毁灭的边缘——这是赫西奥德①说的。"

约翰逊做了个手枪状的姿势,把大拇指当击铁啪地放倒。

"赶快上完,吉姆。"

"是,先生,赫尔伯纳,马上。"吉姆跟着洛夫走了。

约翰逊将他的球杆靠到墙上,随同麦克和内莉走出门去。

"那小男孩是对的,麦克。"

"违抗我是对的? 不。"

"我一直在对你说……你不该把他当作温室里的花朵。"

麦克刚要开始反驳,但是约翰逊的绿色眼睛对上了夏日早晨的阳光,一眨不眨。过了一会儿,麦克的目光看向了别处。

"祝开会顺利啊。"约翰逊冷笑着说道。

麦克换挡,从鲍威尔大街上驶下山去,说:"你知道今天一早我看到什么报道了吗?说军队仔细研究了一些汽车,最后认定它们对他们没有用。他们说,那只是富人的玩具而已。马和骡……那才是他们所需要的。愚蠢的杂种。"

麦克超越了一辆滴着水的运冰马车,肆无忌惮地驾驶、刹车、鸣笛。内莉紧紧抓着座位两边的扶手。

"你为什么又生这么大气?"

---

①赫西奥德,公元前8世纪的希腊诗人,牧人出身,作长诗《工作与时日》,歌颂劳动,介绍农事知识,劝诫其弟改恶从善,另作长诗《神谱》,叙述希腊诸神的世系与斗争。

"我受不了吉姆。我试了一次又一次,但总是失败。"

"听起来像我和我的小说一样啊。"

"我没心思开玩笑。"他朝一个抱着一大包待洗衣服穿越大街的中国老人鸣着喇叭。那中国人踉跄着后退,那包衣服掉落到了阴沟里的流水中。

内莉皱起了眉头。麦克这些日子如此暴躁,如此固执己见,有时候她寻思她为什么还继续跟他见面。当然,有一个答案,但是,她大多数时间都将它埋在了心底。不过,此时此刻,她所厌倦的不仅仅是这些想法,她所厌倦的是他。

塞拉俱乐部的会议十一点钟开始。俱乐部在米尔斯大厦的三楼拥有几个房间。麦克即使在钱斯-约翰逊石油公司和联合石油公司当地的办事处下面那个"自然保护主义帮"召开的会议里发现有什么令人啼笑皆非的事情,也不做任何评论。

大约有六个人分成一排坐在简陋而又色调灰暗的房间的硬椅子里。麦克和内莉的确迟到了,当他们在最后一排坐下时,引来了不满的目光。那射向麦克的目光显而易见是敌视性的。

讲台上俱乐部的旗帜下,老约翰·缪尔正在滔滔不绝地发表演讲。他的神情跟以往一样,他那像长满悬钩子一样的长发和胡须垂在一件破旧的褐色外套上,外套外面紧紧系着一根腰带,下身穿着一条灯笼裤和一双高筒的旅游靴子,那样子既狂暴又粗野。内莉跟他咬耳朵道,缪尔刚刚从亚利桑那州威尔科克斯附近的一个大牧场回来,他在那儿娶了他所钟爱的妻子路易,路易得了肺结核,已经病入膏肓。他现在多大年纪了?麦克思忖。近七十岁了,肯定的。

不过,他的脸色多么生动啊,像大山一样古老,如冰川一般悠远。那双天蓝色的眼睛曾经浏览过世界上大多数自然的奇迹:喜马拉雅山脉、西伯利亚的大草原、尼罗河的大瀑布……

现在,不仅仅是一些加利福尼亚的人知道他,全世界都知道他了,他的文章定期在《大西洋月刊》和其他期刊上发表。他借助报刊,怒斥陋习;他现身说法,大声疾呼。他跟泰迪·罗斯福在约塞米蒂一起宿营,严厉斥责总统捕猎并杀害生物。

今天上午,他又发出了惊雷般的轰鸣。

"……对赫奇·赫切河谷的威胁依然摆在我们面前。被认为是我们的联邦政府的那个政治泥潭里的某些蠢货继续考虑要推进那个工程。我们必须站在一起,坚决不能屈服,因为在赫奇·赫切河谷建立大坝是对那个原始而又美丽的河谷彻头彻尾的亵渎。这不是城市百姓的需求,也不会给城市百姓带来好处,只是有人借此名头而已。这是房地产开发商和垄断资本家为他们的一己之私盘剥原始旷野的一个阴谋。"

靠近前面的一个地方,一个人站起身来。

"缪尔先生,可以打断一下吗?"

"假如你非要打断不可的话,请便,费伦先生。"

麦克轻声说道:"我之前没有看见吉姆嘛。"

"我感觉我不得不打断你了,缪尔先生,因为我丝毫不同意你的见解。我钦佩你的勇气和理想,我钦佩塞拉俱乐部保护加利福尼亚森林和河流的热情。但是在这件事情上,恕我直言,你谎报了事实。"

听众里面传来让人不快的窃窃私语。

"有关赫奇·赫切河谷的事情并非哪个人的一己之私,而是为了大众利益。连接上一根足够长的管道,在内华达山区的一个水库就可以经年累月地保证旧金山清洁纯净的饮用水。施米茨政府所倾向的另一个方案——又一项特权,给予海湾城市公司的又一项特权——才是一个垄断和剥削的方案。那市长和他的管理人员跟你站在一起反对建造赫奇·赫切河谷大坝的方案,因为海湾城市公司贿赂了他们。"

费伦的话引来了一片"不"、"坐下"的叫嚷声。麦克发现自己的脾气比以往任何时候都急。他想要站起来争辩。

"我不接受这些断言。"缪尔反驳道,"无论你怎么解释,原始的荒原一旦遭到糟蹋,就彻底毁了。你可以保留你该死的大坝计划。"

掌声四起。内莉正对前方坐在那儿,也加入了其中。

麦克跳起身来。

"约翰……女士们、先生们……吉姆·费伦恰恰说对了。"

费伦满脸绯红但心里高兴,在地板上挪了一下身子坐下。麦克转动着帽子的边,他用那个动作掩饰了他所有的紧张,将他的话音保持得清晰而又响亮。

"旧金山迫切需要新的足够的淡水供给……"

"现在供给已经足够,老弟。"

"不,约翰,你错了。在我提供一些证据之前,我想要清楚明白地说,我跟这个大厅里的每一个人一样热爱约塞米蒂和那些山地……"

"怎么可能呢,先生。你的话像那种最坏的房地产开发商一样,怎么可能呢?我们不需要任何以次充好的发展。我们再也不需要病歪歪、饥肠辘辘的移民涌入这个州……"

"我的印象是,大多数加利福尼亚人都曾经是病歪歪、饥肠辘辘的移民哪,约翰。"

"……那样的人我们不能再要了,我说,如果他们对我们的资源带来决定性需求的话。我们再也不能对上帝赐予的自然奇迹施加凶猛的压力了,哪怕再以一些宾馆房间、饭店、纪念品商店的名义,这些地方给步履沉重的一群群游客提供了华而不实的东西。"

"发展并非问题所在,约翰。那个方面,我不敢苟同我朋友费伦市长的观点。"

"够了……坐下!"人们喊叫道。

麦克的脸色变得像墨西哥菜肴中填了馅的红辣椒一样。

"等我把话说完。"

老缪尔举起一只手:"是的,让他说完。他误入歧途了。"

"我没有误入歧途。"麦克说道,"旧金山的用水问题已经十分严重。周末,我看到一份火灾保险商全国理事会的报告。报告说,每天汲取三千六百万加仑的水对如此规模的一个城市来说是不够的。我们需要更多的水，新的水龙头……一个全新的系统。要是我们面临紧急情况怎么办？50年代那些肆虐的大火六次把旧金山焚为平地，要是遇上这样的一场大火怎么办？或者遇上一场毁灭性的地震怎么办？"

"笑话。"一个戴着深度眼镜的年轻女士嘲讽道，"我们有好几十年连哆嗦都没有过一个。"

"说得对。"

"是啊。"

"1868年以来就没有过。"

"让他闭嘴。"

"听我说。"麦克的话音压倒了众人的声音，"沙利文队长在西部管理着最好的消防部门。但是没有水有什么用？好多年了，这位队长试图建立一个海水应急系统或者说在街道下面重建蓄水罐，但是他哪个项目都没有钱。我们在这儿招来灾难，这让我感到害怕。我关心这个城市……"

"你关心你的房地产。"

"这是谁说的？我关心我儿子和我朋友们的生命，我关心真理。你们这些人不关心。"

有人喊叫道："胡说！"一个女人"嘘"了他一声。麦克发觉自己傻乎乎地在吃力地爬山。但是，他的内心深处，有愤怒的大海在汹涌澎湃，冲垮了所有的克制和理智。

"我研究过这场辩论和其他类似辩论的哲学基础。你们声称你们这边拥有所有的权利。你们没有。有一个引起广泛关注的水利原则，叫作'节约资源，服务公众'。赫奇·赫切大坝与其政策契合得天衣无缝。"

缪尔声嘶力竭地发表着他的演讲："那个原则不是我的原则，钱斯。它不是我们的原则。这么说你到这儿干吗来了？你站在哪一边呢？"

"站在道理一边，我希望。站在折中一边……"

"不会有折中。绝对没有。"

677

麦克一把将帽子按到头上："那么我不属于这里。"

他冲动地走进走道。在四周一片争辩、叫嚷和指指戳戳当中,他期望内莉站起身来跟他一起走。当她没有站起身来的时候,他做出了反应。

"我们走。"

"你疯了吗？别命令我干这干那。"

缪尔大声喊叫道："我要对钱斯先生、他的朋友和他的大坝说这话。我要说不,永远说不。我要说,大坝该死,大坝该死,大坝该死！"

疯狂的掌声。俱乐部的成员们站起身来,内莉站起身来。费伦闷闷不乐地颓然坐下。

麦克针对这喧闹的场面大声说道："你们这些人没有任何答案。你们只有一个问题……还有这种眼花缭乱的表演……你们没有答案。"

"正是……一切都结束了。"内莉说道。

他飞速来到她跟前,已经失去了控制。

"这是事实。你们什么也没有,唯有狭隘的议程和像被长矛刺中的猪一样吱吱乱叫的天分。"

"你这个共和党的资本家杂种。从这儿滚出去。"她像个情节剧中的演员一样朝大门做着手势。

一个男人欢呼着激励她："罗斯小姐万岁。"他领头再次鼓掌。

"滚出去。"她几乎语无伦次,"滚出去,从这儿滚出去,麦克。你太卑鄙了……我不想再见到你。滚出去。"

"上帝作证我会走的。"

吉姆·费伦用肩膀推搡着穿过拥挤的走道。

"我也走。该死的一帮野鸡一样的伤感主义者……"

他们到前厅没有几步路,麦克在那儿关上双扇门,将威胁和嘘声关在了里面。他靠在门上,浑身发抖。

"约翰·缪尔大多数时候是对的,但是他并非都是对的。"

"完全不讲道理啊。"费伦同意道,"他们宁可看着旧金山被烧为灰

678

烬,也不愿意损失一棵树。"

渐渐地,颤抖止住,麦克冷静了下来。他后悔他说话的语气,但不是内容。他虽然尊敬塞拉俱乐部,但是他真的相信那些成员在大坝的问题上是错误的。他也认识到,在内莉的心目中,他的表现太可恶了。费伦开始朝楼梯走去。

"等一下,吉姆。"

麦克打开右边的门。会议室里已经安静下来,缪尔再次耐心地发表着他的演讲,他用一支红色蜡笔描绘出了内华达山脉的地图。

"内莉?"麦克像在舞台低语般说道。

她依然坐在最后一排,两眼直视前方。她的身子十分僵直。

他再次叫唤她的名字。当她终于转过头来看的时候,她的目光说明了一切。

他关上门,跟随费伦走下了楼梯。

整个下午和晚上,他都在拨打她在俄罗斯山的套间的电话。第一次她接了。他一说"喂",她就挂断了。接下去的十分钟里,他听到的就是铃声。电话交换机关闭之后,他走进黑乎乎的夏日街道,走了好几个钟头。他在玛格丽特重新装饰过的那套房子的一张扶手椅上度过了一个长眠般的夜晚。

56

1905 年 11 月 4 日的夜晚,弗朗西斯·约·霍尼在机械展馆为一个竞选集会发表演讲。这个集会是由那个所谓的"联合票"团体组织的,这是一个共和党和民主党候选人联合起来跟施米茨以及工会遴选出来的无用之辈作斗争的同盟。霍尼清理了一下他的日程安排,从华盛顿长途跋涉前来支持这个联合团体。

麦克和弗里蒙特·奥尔德坐在第二排。从那个低视角,他们几乎看不到讲台后面的这位小个儿律师,但是他们能听到他的话。

"我亲自了解到,亚伯拉罕·鲁夫先生贪赃舞弊。我期待着这个时候,我可以在法庭上被允许证明这一点,而且我很高兴这样做。如果尤金·施米茨及其像强盗一样的同伙重新被选上再统治这里两年,那么贪污受贿的情况将会变得忍无可忍,以至于旧金山的人们将会要求我回来将他们以及鲁夫先生关进他们应当去的监狱里!"

11 月 6 日,鲁夫老板发表了一封给弗朗西斯·约·霍尼的公开信,声称律师的说法是谎言,并且谴责他在亚利桑那州是一个杀人犯。第二天,旧金山投票。

麦克在简明新闻大楼弗里蒙特·奥尔德的办公室里等待选举结果。这位编辑的妻子科拉从他们在王宫大酒店的房间来到了这儿。她知道这次选举对她丈夫意味着什么。她是一个亲切又本分的女人,有人误以为她的腼腆是势利的表现。她和麦克尽量有礼貌地交谈着,但是没有一个话题能够谈上一分钟。

二楼奥尔德的任何人都可以进进出出的办公室外面,记者们有的打字,有的对着电话大声说着什么。麦克瞧着本地新闻部办公室的黑板,上面公布的工会候选人的票数越来越令他感到紧张。八点半的时候,奥尔德探进头来。

"我一直在到处打电话。全城看上去形势不妙。"

十点差几分钟的时候,麦克意识到喧闹的活动突然安静了下来。奥尔德再次走进门来。

"拿好东西,科拉。结束了。"

麦克透过玻璃看着那块黑板。麦克看到的是一团模糊而不是数字,直到他眯拢双眼。该死的,现在最要紧的事情是,他得配副眼镜了。

"施米茨?"他问道。

"施米茨第三次当选,很可能超过四万张选票。这是他有史以来得到的最多的选票了。至于他提名的名单……就看看吧。那十八个马屁精和江湖骗子全都选到了管理岗位上。这个城市出什么问题了?人民堕落了,居然以为被强奸和劫掠是顺理成章的。"

科拉·奥尔德帮助她丈夫穿上夹克衫,接着用双手抱住他,抱了一会儿。当麦克从架子上拿起他的帽子的时候,他听到了大街上有喧闹声。他跑到窗户边。

"有一伙暴民来了。"

他们瞧着最先的几排人像波涛般拥过拐角,鲁夫的铁杆支持者们又是欢呼又是歌唱,占满了两条人行道之间的整条大街。他们的火炬在一幢幢建筑上投下巨大的晃动的影子。

他们中有很多人喝醉了,踉跄着。他们挥舞着砖块、短棍和有四个面的箱子旗,吹着铁皮哨子和铁皮喇叭。他们推翻了一个收破烂商贩的手推车,拦住了一辆驶向牲口棚的马车并使劲摇晃着它。他们中有些人围住了简明新闻大楼楼下的大门。

"我们现在不能回宾馆,弗里蒙特。"科拉说道。

"我们当然可以回去。我不会让那些乌合之众干扰我们的。"奥尔德戴上他的霍姆堡毡帽,麦克则注意到了下面有新的骚动,暴民中央出现了一个旋转着的人的旋涡。核心是鲁夫,他光着头皮,骑在人们的肩头。

鲁夫向上伸出两条胳膊,做出很大的 V 字形。有人看见了麦克和奥尔德在二楼的窗户前,接着便有别的人扔出一块砖头,未击中目标,一楼一扇窗户被砸碎了。

人们扔出更多的砖头和石头,一楼更多的玻璃被砸碎了。奥尔德抓起他的文明棍,冲了出去。麦克紧随其后,后面跟着一个劲儿表示抗议的科拉。

这位编辑跺着重重的脚步走下楼去,脚下踢着遍布在门厅里的碎玻璃。他径直朝大门走去,一把拉开大门,麦克站在他身边。推推搡搡、拖拖拉拉的暴民中间的人们发出威胁并咒骂着他们,火炬在冒烟,箱子旗在上下起伏并旋转,一会儿显出鲁夫严肃的脸,一会儿显出鲁夫微笑的脸。

外面那儿,人群的上方,那老板往下一沉,突然消失了。他纵声大笑着,气喘吁吁地被再次举了上来。他看到了报社门口的人们。鲁夫指着他们。

"那是弗里蒙特·奥尔德。他不是一个主编,他是一个胡言乱语的无政府主义者。"

暴民们不出所料地勃然大怒,当人们将鲁夫抬起来的时候,他汗淋淋的脸激动得红光闪闪。一个女人朝麦克吐了一口唾沫。麦克将口水从自己的鼻子和脸上抹掉。接着,一个人猛地冲向奥尔德。

"你身后的那个婊子是谁?"

奥尔德拿他的文明棍扫向那人的头,刚刚擦头而过。那人转身就逃,嘴里奚落着他。

暴民里的一些人点燃罗马焰火筒,将哧哧作响、五彩缤纷的火球射向高空。其他人在人群中央点燃一个个小爆竹和一串串小鞭炮,或者将砖头掷向一楼窗户上最后几块完好的玻璃,"乒乒乓乓"地将它们砸得粉身碎骨。

"你们再这样胡闹,会把这个城市烧成平地的。"奥尔德吼叫道,"我要回到王宫酒店去了,去喝个痛快。科拉,挽住我的胳膊。"

"这边挽住我的胳膊。"麦克说道。

他们将科拉夹在中间,踩着映照着火光的碎玻璃,走出门去。暴民们继续嘲讽着他们,威胁着他们,但是逐渐地退开,留出了他们行走的空间。

他们沿着市场街走了两个街区,发现沃尔特·费尔班克斯正在观看庆祝活动。等他认出了麦克和奥尔德夫妇之后,他满脸堆笑,仿佛他是他们最亲密的朋友一样。绿色和粉红色的罗马焰火筒哧哧响着,飞出一道明亮的抛物线,将他灰色的眼睛映照得五彩缤纷。

"晚上好,弗里蒙特,奥尔德太太,钱斯。这一回你们输了。"

"我们输了这场战斗,而不是这场战争。"奥尔德态度生硬地说道。

"还在比赛吗,沃尔特?"

费尔班克斯用一根食指快速而又焦虑地抚摸着他稀稀拉拉的八字胡。

"这是习惯,改不了了。晚安,诸位。"他掀了掀自己那顶丝质的帽子致了个意,便转身朝梅森大街走去,很快便消失在了酒吧和靠近大街那些宾馆的辉煌灯火中。

旧金山的闹市区声浪嘈杂,有铃声、喇叭声、铁皮哨子声、醉汉的歌声。有人拿枪开了一梭子火。奥尔德顷刻间脸色苍白,浑身乏力。

"我做出了一个决定,科拉。过几个星期,我要离开你一段时间。该是我买张火车票去华盛顿的时候啦。我早就想这样做了。"

"买两张火车票。"麦克说道。

费伦、斯普雷克尔斯、麦克和奥尔德在大学俱乐部一个隐蔽的餐室里举行他们改革委员会的会议。麦克很快表达了他对弗朗西斯·约·霍尼的关切。

"他是一个理想人选,但是我们一旦请了他,我们得认识到,那桩杀人指控会被用来攻击他。"

"那个案子已经十四年了。"奥尔德说道,"我有一个手下参与了图森的调查。事情是这样的:某个大夫的妻子想要离婚。那个大夫是个畜生,脾气极坏。他声称,哪个律师要是接受他妻子的案子,他就开枪打死他。霍尼接受了那个案子,那大夫就在公开场合攻击他。在扭打当中,枪响了,那大夫死了。霍尼很快被宣告无罪。有五十个人亲眼目睹了那次枪击,我的记者带回了签了名的声明。"

"那么一个问题解决了。"麦克说道。

"还有一个更大的问题。"费伦说道,"没有联邦犯罪的证据,你就没有办法跟联邦政府接洽。"

"我已经在着手准备这件事情。"奥尔德厉声说道,"你们都知道,来自东半球的姑娘被带到了这个城里卖淫。她们被卖到唐人街,每个人两千到三千美元。我最好的员工中有两个人在这桩买卖上挖掘到了一些东西。这些姑娘正在办理移民手续,谎称是中国裔美国公民的妻子。那些结婚证书就是在格兰特大道伪造的。我已经弄到了两份公证过的书面陈述,上面签了名,有日期,有事实。"他靠回身子,"我们掌握了一项联邦罪行。"

斯普雷克尔斯感到欢欣鼓舞,但是麦克没有像他那样欢欣鼓舞。

"你能够把这件事情跟鲁夫联系起来吗?"

"应该能够。"奥尔德耸了一下肩膀说道,"他已经陷入到了卖淫业当中,至少他手下的人陷入了其中。我不认为非得证明有什么联系不可,我们只要用这一证据将霍尼弄到这儿来即可,想方设法让他被任命为特别检察官。然后他就可以从每个方面去追踪鲁夫。整理好行装,麦克。我买了今天上午的火车票。"

1905 年 12 月 3 日,西奥多·罗斯福总统在他的书房里接见了他们,这是总统官邸里重新装修过了的顾问团办公室。

火在壁炉里熊熊燃烧,仿佛在欢迎客人的到来。室外,一场雪不期而至,柔软而又潮湿的雪,宛如糖霜一样,足足有三英寸厚,装点在光秃秃的树上。暴风雪咆哮着将来来往往的货运车和有轨马车搅得一团混乱,并将这一团混乱带向了这个实际上属于南方的城市。

麦克感觉,四十七岁的罗斯福像是生长在炉火前面的一棵粗壮的橡树。他大约五英尺八英寸高,鼓鼓的胸脯,浑厚的上腹部。两位客人感觉到了他极其旺盛的精力,看到了他那扎着缎带的眼镜后面那双蓝灰色眼睛的炯炯光芒。总统不停地咬着牙齿,他的牙齿很大。

罗斯福花了五分钟时间和他们进行了社交性质的寒暄和交流。他赠送给他们签了名的自传《莽骑兵》,给他们看了一张他珍藏的照片——他专门在人像照相馆拍的自己的肖像照,那上面的形象要年轻得多,只见他穿着一套奇形怪状的牛仔服装,手中拿着一支温切斯特连发步枪和一把刀,摆出一个勇武的姿势。

"瞧那身打扮。"他用高亢的嗓音说道,"为《一个大牧场主的狩猎之旅》拍的促销照片。荒唐的全套服装。普特南坚持要这样。促销……对那些出书的家伙来说,什么都是促销。我希望他们总有一天会解决那个问题。"

麦克提到了约翰逊向总统表示问候。

"休·约翰逊中士。"罗斯福高兴地回应道,"高高瘦瘦的家伙,血气方刚的战士,那个得克萨斯人,在埃尔坎尼受了重伤。代我问候他。好啦……谈正事儿吧。"

奥尔德作了概括说明。接着,他说道:"总统先生,旧金山已经是一个被俘虏了的城市。亚伯拉罕·鲁夫控制了市长,控制了整个市政管理层,而且眼下,还控制了地区的检察院。威廉·兰登,那个新来的地区检察官是个新人,还没有太腐败,他以前做过几所学校的校长。鲁夫强行要求他调查遭到排斥的六个有经验的律师。那位老板将会对他施加压力,那是肯定的。所以,我们在那儿所面对的,阁下……除了我所说的联邦移民违法之外……是一个等同于市政妓院一样的东西。实际上,政府的每一个人都可以用于买卖。"

"我知道那儿的腐败,先生。最早在那次盛大的金色宴会的时候有一些先生告诉我了。如此规模的腐败腐化了加利福尼亚的道德本质。实际上,它也污染了整个国家。"

麦克对这个人的气质以及他的职位印象深刻,不过他说话冷静,几乎没有多少紧张情绪。

"阁下,我们的改革团体已经无能为力……"

"你们表明了立场,钱斯先生。你们做出了道德的选择。我不认为这是无能为力。"

"谢谢,总统先生,但我指的是具体的步骤——法律行动。"

"是的。明白。继续说。"

"我们筹集了将近六十万美元的特别资金,用来雇用侦探和租用办公场地……但是仅此而已。我们需要有能力和有权威的人来花这笔钱,进行调查和起诉。"

"你们的行动大多数都是秘密的吗?"

"是的,阁下。我们不想在有进攻计划之前就摊牌。"

"哦,但他们知道我们是谁。"奥尔德说道,"我们在调查他们,他们知道得很清楚。在这儿的钱斯先生、前市长费伦、斯普雷克尔斯……我们全都时时受到监视。麦克跟他儿子还受到了野蛮的袭击呢。"

"是的,我知道。这事儿很抱歉。继续说,钱斯先生。"

"我认为最要命的是我们都被诬蔑成了反犹太人的人。"

罗斯福一把拿下他的夹鼻眼镜。

"有什么事实吗?"

"绝对没有。"

"那完全是侮辱。"奥尔德说道,"对我们来说,对那些诚实的犹太人来说是这样。那个矮子……鲁夫先生名义上是一个天主教徒……一个穆斯林……一个霍屯督人,但他就是一个坏蛋。"

罗斯福在背后紧握着双手,瞧了一会儿落雪。接着他回到他的办公桌前,给他们看了一份大卷宗。

"你们已经基本详细地给我写了这些事。我请司法部拿出了一份报告,核实你们的指控。"他紧紧地握着那份卷宗,"你们所说的大多数事情属实。中国女人这件事情给了我行动的理由。我如果出手就不会轻描淡写,先生们。你若可以避免出击,就千万不要出击。但如果你不能避免出击的话,那就绝对不能手软。我给你们两个我最得力的干将。"

"两个?"麦克惊叫道。

"是的,先生。霍尼先生是你们所要求的,还有我的财政部特工处的头儿,比尔·伯恩斯。"

"威廉①·J.伯恩斯,那个侦探?"奥尔德问道。

"同一个人。每个检察官都需要有一个高明的侦探,来为起诉和审判查获证据。我已经通知他们两人明天上午在威拉德宾馆跟你们会面。"

奥尔德神采飞扬。他们绝没有想到竟然会有如此慷慨的大单。他跳起身来,走向前去,紧紧握着总统的手摇晃着:"阁下,无以言表……"

"等等,等等。"罗斯福说道,"我说放霍尼和伯恩斯去你们那儿的命令还得等他们完成了他们手头的工作之后才能生效,听了这话你们也许会泄气。伯恩斯必须完成几个案子。弗朗西斯·霍尼正在起诉米切尔参议员和其他几个人,他们在俄勒冈州窃取我们的土地,目的是为了掠夺这些土地上的木材。"

麦克掩饰了他的失望。他有一种迫不及待的感觉。不时地,每当时钟的嘀嗒声和电话铃声归于寂静的时刻,他都可以听见小吉姆在萨克拉门托大街上那幢大房子里移动的声音,听到小男孩遭到严重损毁的跛脚摩擦地面的刺耳声音。在那些时刻,他总是幻想自己对阿贝·鲁夫的身子实施暴力攻击的情景。每当他跟吉姆在一起待一个小时,瞧着他为了走路得付出多么大的努力,却毫无怨言时,这种冲动就越强烈,他就越耿耿于怀。他在那样的时刻产生了血腥的幻想:鲁夫站在绞刑架上,脚下的地板门突然被抽走,鲁夫被枪弹击中了要害,倒在血泊中扭动挣扎……人们会说,这是多么可耻的想象啊。见他们的鬼去吧。

"等霍尼和伯恩斯到达旧金山的时候,可能是春天了。"罗斯福继续说道,"我向你们保证,这样的等待是值得的。他们将带着棍子对付那些盗贼、那些贪污受贿者。是的,先生。棍子。"

他拍着他们的背脊,同时坚定地将他们领出门去。

在宾夕法尼亚大道的威拉德宾馆,他们初次见到了伯恩斯并再次

———————————

①"比尔"是"威廉"的昵称。

687

见到了弗朗西斯·霍尼。比尔·伯恩斯是巴尔的摩当地人，有着爱尔兰人的坚强性格。他年轻的时候就热爱警察这项工作，他父亲曾经是俄亥俄州哥伦布的警察局局长。

"我办案子的方法是这样的。"他对他们说道，"全力出击，不允许提什么问题。我所调查的人就是有罪的，除非他能提供无罪证明。"

"这个方法有效是有效，但几乎是不合法的。"霍尼乐了。

"你对付法庭，弗兰西斯。其余的由我来对付。你那套客厅礼节是抓不到坏蛋的。坚硬的指节铜套，那个才能派上用场。对那些杂种就只能用坚硬的指节铜套，不能同情。我们将把这个鲁夫送到圣昆廷①去。等着瞧吧。"

麦克睡在一列西去的普尔曼列车的卧铺上，梦见自己快要淹死了。他感觉自己正慢慢地沉入一个山地湖泊清澈的钻蓝色水中，既不能呼吸，也无法往上蹿。他下沉到被阳光照亮的深处，那儿有死去的东西在漂浮……许多死去的鸟儿、许多死去的狐狸、一只死去的灰熊、一只鹿茸上挂着用死去的野花编织成的花环的死去的成年牡鹿。水中有数以百计的淹死的东西跟他在一起。它们轻柔地、慢慢地移动着，一圈又一圈地、无声无息地在阳光的照耀下翩翩起舞。

他醒来后浑身大汗，尽管车厢外面的大草原上一场暴风雪正呼啸着让飞驰的列车咯噔咯噔地打着冷战。除了孩提时代的那个噩梦，没有其他噩梦能让他感到如此恐惧，或者能让他的心灵那么长时间地被噩梦攫住。

他认为他懂那个梦，而且他思量了他该干的事情。一回到旧金山，他给正在他的马丁内斯的大牧场的约翰·缪尔写了一封信。他说他改变主意了：旧金山还是需要新的供水资源，但是他将寻找其他的办法；

①圣昆廷，加利福尼亚州的一个监狱，已经有一百五十多年的历史，坐落在旧金山湾区三面环水一面背山的最美丽的一块土地上。

688

他将对修筑大坝的决策投反对票，因为赫奇·赫切峡谷会被淹没。

"再过一两个月我全力以赴到这儿工作的时候，我打算开办一个律师事务所。"弗朗西斯·霍尼在奥尔德的办公室里对麦克和奥尔德说道，"带上一个合伙人，乔·德怀尔。一个硬汉子，一个好律师。他同意跟兰登商量，把我任命为地方检察官的特别助理。"

奥尔德抽着雪茄，一边倾身靠近俯瞰着大街的窗户。

"兰登软得像奶酪。鲁夫会逼迫他拒绝的。"

霍尼露出一个讥讽的微笑。

"我们可以用这些逼迫得更厉害。"他轻轻拍着奥尔德办公桌上那几份卷宗。

那是1906年4月初的一个星期三。麦克急于想结束这次会面，开始一个短短的假期。

"伯恩斯早已经在收集一些令人震惊的信息了。"霍尼从那堆卷宗里挑出一份，"拳击信托。一个小小的承办团体据说付了一万八千美元，来确保他们是唯一可以被批准举办职业拳击赛的团体。举报人说，鲁夫和施密茨瓜分了那笔钱。"

他抽出另一个卷宗。

"公共煤气和能源公司，我们可敬的公用事业公司。有人指控他们用两万美元说服了市政官员不要降低煤气费率。"

他抽出又一份卷宗。

"据指控，帕克赛德房地产公司付了三万美元的合法聘用定金之后，鲁夫便保证他们获得了他们在西区想要的有轨电车的特许……"

"我的上帝呀，你们的举报人说话几乎没有什么保留嘛，是吧？"奥尔德说道。

麦克耸耸肩膀。

"他们也许是在吹牛，而不是在告密。他们知道那个党派控制了警察和法庭，他们知道鲁夫一伙不会被告发。"

霍尼撇了一下嘴。

"他们现在会了。"他收起那些卷宗,"你们俩有谁今晚可以跟我共进晚餐?我要去见海勒姆·约翰逊。我想要把他招募进我们的审理团队中。"

"你真的是信心百倍啊,弗朗西斯。"麦克说道。

"信心百倍。我们要对旧金山进行全面清洗。"

"嗯,关于晚餐嘛,我恐怕……"

"上帝在上。"奥尔德惊叫道,差一点把他的雪茄咬成两半,"我相信不会是那个小个儿盗贼吧。过来,快。"

麦克和霍尼连忙来到窗户边,刚好看见一辆黑色的敞篷跑车驶过街道。亚伯拉罕·鲁夫像坐在王位上一样坐在驾驶员的身后,身体两侧各摆着好几只薄纸板衬衫盒子。鲁夫尽情地享受着温暖的阳光,尽情地享受着他这个幸福的世界。麦克觉得这位老板一面抚摸着他的衬衫盒子,一面将目光扫向了简明新闻大楼楼上的窗户。敞篷跑车在一辆马车后面咔嚓咔嚓地驶出了他们的视线。

"你知道那些盒子里装的是什么吗?"奥尔德问道,"就是五万美元的现金,派特·卡尔霍恩想要获得头顶有轨电车线路,他二十五万美元行贿这是第一部分款项。我们在前天就得到这个消息。东方公司有人拍电报给造币厂,然后卡尔霍恩的一个手下去把钱拿了过来。他在费尔班克斯信托银行用黄金兑换成现金。鲁夫夸耀说今天上午他要亲自去提现金。"

"到哪儿提?"霍尼问道。

"卡尔霍恩那个有轨电车公司的办公地。"

麦克那双淡褐色的眼睛像罩上了一层黑雾。

"恬不知耻的杂种。"

"一个人的权势大到了这个份上,有的时候会误以为自己是不可战胜的。"霍尼说道,"这样的话,也许能让我们的任务容易一点。"

"别低估了阿贝。"奥尔德说道,"他是一个有脑子的卑鄙骗子。我偶尔意志薄弱的时候,还挺佩服他呢。"

"我可不。"麦克说道,他的眼睛里依然有那层黑雾一样的东西。

弗朗西斯·霍尼紧紧捏着他的肩膀。

"我们会把他清除掉的。也许要几个月,甚至几年,但是阿贝·鲁夫将会完蛋。"

"我信任你,弗朗西斯。但是要让我真正相信,我得亲眼看着他们把鲁夫送进圣昆廷监狱。"麦克伸手去拿帽子。

"你真的不能跟我一起去会见海勒姆·约翰逊了吗?"

"这次不行了。余下这周我要到蒙特雷去。"

奥尔德滚动着他的舌头。

"内莉·罗斯住在那儿,是吧?"

"我也是这么被告知的。"麦克微微一笑回答道,"事实上,这趟旅行的首要目的是试试我的新车。"

奥尔德一把从嘴上拿下他的雪茄。

"你又有一辆新的了?"

"一个绝妙的家伙。她是星期一从利物浦用船运来的。我是在那儿的奥林匹亚汽车展上看到了一篇关于这款车子的报道。我在曼彻斯特的场外交易中花了一千英镑,天晓得这海运要多少钱。她闪闪发亮,像今天的早晨。亨利·罗伊斯①制造的,他把她叫作'银色幽灵'。"

心中的企盼让麦克整夜辗转反侧。六点钟,他跳下床。正当他在剃胡须的时候,小吉姆走了进来。父亲和儿子双双穿着睡衣,但是两个人丝毫不像;吉姆一年比一年更漂亮,更像他的母亲了。

"你今天要去哪儿,爸?"

"到海岸去。我希望能见到内莉。"

---

①亨利·罗伊斯,即弗雷德里克·亨利·罗伊斯爵士(1863—1933),英国机械设计师,和罗尔斯共同创建了罗尔斯-罗伊斯汽车公司。

吉姆想了一下这事儿。沉默了一会儿之后,他严肃地问道:"内莉是一个妓女吗?"

麦克刮破了自己的脸,骂了一声娘。他将一块热毛巾捂在出血的伤口上。

"不,她不是妓女。谁教你的脏话?"

吉姆仔细瞧着他赤裸的脚。

"哦,一些小男孩。"

"什么小男孩?"

"我在街上见到的小男孩。"

"嗯,别跟他们搅到一起去。别再说那两个字了,明白吗?"

小吉姆伤心又冷冷地瞪了他父亲一眼,离开了。

"他入了歧途呢。"吃早饭的时候麦克对约翰逊不满地说道,"那种坏小子。"

"那叫他干什么呢?不坏的人大多数时间不在他身边。此外,到大街上经历一点风雨无伤大雅。"

"见鬼。他还不到八岁呢。"

"那又怎么样?我的朋友杰克,七岁的时候就在奥克兰码头上横行霸道了,还喝高度烈酒呢。"

"杰克·伦敦是个酒鬼。此外,他是一个作家。作家说的话,你一半都不能信。我要叫安吉利娜约束他。必要的时候,强制性约束他。"

"哦,麦克,上帝呀……"

"而且你也记住这话,要是看见他离开屋子的话,就紧盯着他。我不想让他像个孤儿一样在旧金山到处流浪。"

"他是一个聪明的孩子。而且从他的角度看,他很强壮。他能照顾好……"

"你听见我的话了。你如果是我的朋友,就照我说的做。"

约翰逊瞧着硕大餐桌对面的那个男人。

"我是你朋友。但有时啊,你让这活儿变得忒艰难了。"

57

一百英里的汽车旅行占据了星期四的大半天时间,但是这趟旅行与其说是试验倒不如说是玩乐,多亏了这辆硕大的银色汽车。她车身长十五英尺,重三千二百磅,六缸的发动机提供了四十到五十匹马力的动力,而且可以坐七个人。她银色的轮子是木制的,轮胎可充气,她有四个前进挡,外加一个倒挡。

这辆汽车是在前排右面位子驾驶的,但是麦克发现,一旦习惯了也没有什么大的不方便。他不断地处于激动之中,他能感觉到通过转向杆传到方向盘上的动力,方向盘的外面包裹着崭新的优质木头。这辆汽车跟制造商所声称的完全名副其实;她的确声音小得像一台电动缝纫机或者一口可以走八天的时钟。

星期四黄昏,他将汽车开到内莉那幢别墅附近一条印满车辙的小道上停下。他匆匆摘下护目镜和帽子,接着跑完余下的路程。他一面敲门,一面轻轻叩着一只脚。

别墅窗户上的窗帘拉拢着。他再次敲门,这次敲得更响。敲过五次门后,他徒步绕着别墅走了一圈,接着木然地站在那儿,一副垂头丧气的样子。

不一会儿,他踏着沉重的脚步走向他的罗尔斯-罗伊斯轿车。远处,激浪轰鸣,一种孤独的声音。他是个白痴,事先都没有写信或者联系内莉。他生怕事先告诉她说他要前来造访会遭到拒绝,他指望到了她的门口能当面说服她。现在,他得长途跋涉回到旧金山去,他实在不愿意面对这样的结局。他再次感觉到了生理上的急迫需求。这个周末,他应该得到点什么,不能仅限于这样的结局。

突然,他记起来了,附近有东西:德尔蒙特宾馆暨度假胜地。见他的鬼……干吗不在敌人的营地欢度一段时光呢?

南太平洋铁路公司建造第一家德尔蒙特宾馆是在 1880 年。主导这件事情的是乔利·克罗克,他坚持认为在蒙特雷的大海附近打造一个社交胜地可以吸引游客,让列车满员,因为那些日子里,跑来跑去的列车几乎都是空的。他是正确的。通过人工种植花草树木,开拓僻静小道,布置古典雕塑,这块占地一百二十六英亩的稀树草原档次大大提高,德尔蒙特宾馆很快便吸引了旧金山顶层人士的到来。

它是一幢装饰奢华的奇妙的三层楼建筑,白色的墙壁微光闪闪,绿色的百叶窗镶嵌其间。房子的外部,楼梯盘旋,角楼耸立,尖顶上飘扬着美国国旗、加利福尼亚州州旗和铁路公司自己的旗帜。事实上,这是第二家德尔蒙特宾馆了,另一家一模一样的德尔蒙特宾馆在 1887 年被大火毁于一旦。宾馆的主人们没有能够左右他们的成功。

麦克将"银色幽灵"停到停车场,给了服务员二十美元,以确保没有人碰它,并订了三晚的套间。服务员没有认出他来,这倒是挺好;要是让人看见他在铁路公司旗下的宾馆里度假也许会他妈的很尴尬呢。

他的心情忧郁,告诫自己不要喝得太高。他换了一件深蓝色上装,穿上一条白色的法兰绒裤子。他拉直他纯金的怀表链条横到他的马甲前,并用一个像他的大拇指一样大的装饰别针别住领带。

草地上,他在一把伞下面的一张白色的铁桌子上吃午餐。宾馆很忙,喜笑颜开、穿着昂贵的女士和先生摩肩接踵。他婉拒了一个一群人玩草地滚木球的游戏的邀请,坐在那个巨大游廊上一张白色的柳条椅子里,那儿,一个巴伦伯格社交乐队的演奏小组正在演奏当下流行的乐曲:《可爱的阿德林》、《在我快乐的奥尔兹汽车里》、《喂,总机,给我接天堂》、维克托·赫伯特①的《玩偶世界》。赫伯特的作品突然引发了他

①维克托·赫伯特(1859—1924),爱尔兰裔美国作曲家、大提琴手和指挥,曾致力于订立版权法的斗争,作品有小歌剧《小夜曲》、《情侣》等四十余部。

的伤感。他在干什么呀，在一群游手好闲之徒中间浪费时间？

宾馆里面，在总台那儿，一位很难缠的先生正在订去海滨、柏树林、卡梅尔西班牙教堂遗址的火车票。麦克一面仔细研究着一份关于十七英里景观车道的小册子，一面跟让他想起了卡拉的一个金发碧眼的丰满女人聊起了天。她是来自丹佛的弗朗茜·豪厄尔小姐，最近刚刚离了婚。到了五点半的时候，他和豪厄尔小姐就已经在他的套间里大汗淋漓地做起了爱。

当晚一起吃过饭之后，他们来到舞厅里，再次在巴伦伯格社交乐队的伴奏下跳起了华尔兹，只不过乐队成员把军服换成了燕尾礼服。他们见到了三个穿着蓝色军服的年轻海军军官，并跟他们聊天；这些军官的战舰就停泊在旧金山湾。

那天夜里，他们再次做爱。第二天，当他们吃过早餐后玩槌球游戏时，麦克发现豪厄尔小姐还是一个顽强的对手和内行的投手呢。他得非常努力地跑过拱门才能击败她，输给一个女人是令人无法想象的。

他在宾馆商店买了一条游泳裤。豪厄尔小姐早就买好了自己的游泳衣——一件非常大胆的有条纹的巴黎式紧身套装。当他们来到一个温热的海水池中游泳时，这身泳装引来了一些别的客人惊骇反感的目光。正派的女性泳者穿着比较检束的衬衣、长及脚踝的裙子和长筒袜子。麦克在有浓汤一样的热水的水池的一边游着，豪厄尔小姐在另一边游着，一道很厚的网隔开了男女两边。

事实证明，这个周末，即便有违他的初衷，也依然是一个让他放松的周末。星期日早上，他的伙伴还在他身边沉沉酣睡，他却醒来了，他决定不能再浪费一个小时了，并打算早餐后就动身返回。这个离了婚的女人热情似火，但她不是内莉。而且，旧金山总是萦绕在他的心头，他有处置不完的工作。

他有关心不够的吉姆。

他知道如何处置他的工作；但是他越来越不懂得如何对付他的儿子。他竭尽所能、用心良苦地所做的事情似乎都在激怒他儿子，而且反过来,吉姆的反应和沉默寡言也激怒了他。答案在何方?

躺在南太平洋铁路公司所拥有的床上,他找不到答案。他吻了一下豪厄尔小姐的脸,开始穿衣服。

麦克驾着"银色幽灵"沿着弯弯曲曲的车道驶去。一路上,古柏林立,硕大无朋,浓荫蔽日,空气清新,稍带咸味。一缕阳光穿过柏树枝丫间,照耀着一辆沿着车道开过来的个头挺大的墨绿色汽车的两盏铜灯。他认出了这是一辆怀特蒸汽机汽车。

而且他认出了开车的人——先是认出了他护目镜下小小的八字胡,接着认出了他晒得很黑的脸。

车道不够宽,容不得两辆汽车交会。每辆车都得让一点儿,接着两辆车肩并肩停了下来,各自右面的两只轮胎都陷落到了路面外。那怀特车发出"噬噬"的声响,身后喷出一缕烟雾;"银色幽灵"则像是隔壁房间正在静静运转的织机上的梭一样,只听到咔嚓咔嚓的声响。

两个驾驶人互相倾过身子说话,麦克的位子稍稍不利,因为他是在右边驾驶。费尔班克斯摘下鸭舌帽,捋着他赤褐色的头发。

"我听说你在宾馆里。和我们势不两立的改革家、铁路公司的敌人公然住到德尔蒙特宾馆来了。遗憾的是我们没有把照片拍下来。你驾驶的是什么车啊,马口铁面包箱下面安装了四个轮子吗?"

"一款新式的罗尔斯-罗伊斯。"

"啊。英国货。美国汽车对你来说不够好了吗? 看上去速度慢得像大象嘛。"

"比那煤油锅炉车要快,沃尔特。"

"你愿意找个时间拿那玩意儿来试验一下吗?"

他说得又急又严厉,那凶猛的样子逗得麦克纵声大笑起来。

"你是不是一直埋伏在那儿等着发出这份邀请哪? 是啊,你一直埋伏在那儿。自从那场马球赛以来,或者说更久。是吗,沃尔特?"

费尔班克斯被说中了,便重重地拍着他的方向盘。

"行还是不行？"

"当然。你说什么时候就什么时候。"

"下个星期天。那是 4 月 15 日。我会再次到这儿来……"

"我可以安排。"麦克说道。也许内莉会回家了。

"就是你的车和我的车。我的秘书会把地点和时间等细节传达给你的。同意吗？"

"当然。"麦克靠回身子，让零星的阳光温暖着他的脑门。他突然感觉极佳，比他整个周末的任何时候都佳。

他情不自禁地咧嘴笑了，它刺激到了费尔班克斯。

"我很高兴，事实上。你就等着你的屁股挨揍吧，沃尔特。"

接着，一个挥手，一阵排挡的铿锵声，他疾驰而去。

费尔班克斯靠在他的驾驶座靠背上。在一团阳光照耀的气流中，他瞧着麦克顺利通过了下一个下坡的弯道。

在这个庄园远端的边沿，道路变得狭窄，成了一条小道，小道穿过跨越了一个装饰用的咸水池的一座石桥。麦克驾着"银色幽灵"，轻快地穿过狭窄的空间，然后加速驶向前方笔直的道路。费尔班克斯瞧着他绝尘而去，突然的痉挛掠过他的五脏六腑，腹内一阵绞痛。

星期五下午，一个闷热多云的日子。麦克开亮汽车库里的电灯。他从早上八点开始就一直在摆弄他那辆"银色幽灵"。

吉·冈田已经卸下了竖立着附在右踏板上的备胎。这样一来，他便可以打开它下面固定在车上的一只工具箱。左面也有一只同样的工具箱，吉已经将两个盖子都打开了，正拿着一份清单核对里面的东西。他一个小时前就已经脱下了衬衫和汗衫。汽车库里弥漫着油和汗的气味。

麦克的前额湿淋淋的。他坐在驾驶座上，正在检查和试验每一个控制装置。他踩着离合器，然后踩着刹车，刹车跟变速器由同一只脚操作，有助于驾驶。右侧一根很大的控制杆用来对后面的两个轮子进行制动。

他伸手去摸换挡杆,换挡杆位于边上车门和刹车之间,从一挡换到二挡,然后推上去换到三挡,最后推上去到四挡。他试了一下磁电机开关,甚至按了一下那个球形的喇叭。

吉跪在左面工具箱的边上,抬起头来,咧开嘴笑了。麦克看得出来,他累了。他决定,他们最好收工,这天余下的时间就用来休息了;明天他们要开一整天的车呢,吉要开着那辆凯迪拉克,带着备胎、工具和一桶桶的汽油跟着他。麦克自己内心早就在紧张了。他对这次比赛的重视程度有点过分。但不知怎么的,他情不自禁。

“你把限速器分离了吗,吉?”

“没有,先生,这个我是在临赛前再分离的。”

“那么我们差不多就全都……”

话音未落,他听见从上面一楼下来的后楼梯上传来了一种熟悉的声音。吉姆的左脚拖曳在楼梯踏板上。

小男孩走进汽车库,以一种敬畏的表情凝视着这辆巨大的银色汽车。

“你好,儿子。”吉姆朝他微微挥了一下手表示回应。

“吉姆先生。”吉亲切地打招呼道,他在一块棉布上擦着自己油腻腻的双手,“今天好吗?”

“挺好,吉。”小男孩又朝汽车库里面走进了一点。在满是泥土的地上,他那只脚的拖曳声并不响,但是在它拖曳过的地方留下了一道拖痕。麦克在方向盘后面望着那道拖痕。此情此景令他心痛。

吉姆在一箱备用的火花塞上坐下。

“爸,我可以跟你一起到蒙特雷去吗?”

“不,我认为不行。”

“我想要看你比赛。”

麦克打开半扇形的车门,跳下车来。凸起的银色椭圆形图案在罐头形状电灯的灯光下闪闪发亮。

"我要离开几天。比赛之后，我要回到卡梅尔去看望罗斯小姐。她上个星期不在，而且我真的渴望见到她。"他伸手去抚弄吉姆的头发，"我答应你，这是最后一趟外出……"

吉姆一甩头躲开了麦克的手，麦克变了脸色。小男孩飞快地绕到箱子后面，接着往开着的汽车库大门走去。他凝望着阴沉沉的天空，没有离开，但是尽可能保持着跟他父亲的距离。

吉的黑眼睛在麦克和小男孩之间游动着。他看了一下那块棉布，擦完自己的双手，清了清嗓子。

"我马上回来。对不起。"他跑上楼梯，跑进大房子里。

吉姆不开心地望着麦克。

"你不介意我想要看到你赢得比赛。"

"我当然介意，吉姆。"麦克拿起吉用过的棉布，擦起了他手指上的一些油污，"可是你得跟洛夫教授上课啊。我走之后，安吉利娜会好好照顾你的。她一直在好好照顾你。"

小男孩固执地问道："你为什么不想要我跟你在一起，爸?"

麦克对这样一个直截了当的问题丝毫没有准备。他走近他的儿子，紧紧盯着，看他有没有生气和退缩的迹象。

"吉姆，我之前解释过。我想要给你最好的……到像斯坦福那样的优秀学院接受良好教育。那就意味着你不可以旷课。"

"我不喜欢那些课。"

"什么? 你一直喜欢看书和做算术题的。发生什么变化了?"他非常清楚答案是什么;他喜欢什么，吉姆就不喜欢什么。

小男孩顽固不化地保持沉默。

"好啦，"麦克说道，"不管你对你的学习感觉如何，这些学习都是必要的。"

他不是要让他接受这个答案。他是在吉姆因生气而噘起的嘴和那双突然溢满泪水的深蓝色眼睛中看到了这个答案。西方，很远的地方，雷声隆隆。

"你所有那些理由都是编造出来的，因为你不想让我跟你在一起。"

"这不是真的。涉及你的教育、你的未来，我指的是每一个……"

"谁跟你一起到蒙特雷去？"

"吉。你帮我来维护这车子。"

"埃默森小姐去吗？那个妓女？"

麦克的双手垂落到身体两侧，握紧了拳头。

"我早就对你说过。别说那种坏话，尤其是像那样的字眼。"

"埃默森小姐就是一个妓女。"

"吉姆，闭嘴。而且别哭啦。你这样顶嘴，老是这样反抗，我讨厌得要命。我不允许再发生这种事情。"

"这就是你感兴趣的一切，围着一些妓女转。"

"你让我生气了。"

他突出下巴。

"妓女。"

"吉姆。"麦克抓住他摇晃着他。

小男孩上下跳跃，使劲挣扎，想从麦克的手里挣脱出来。

"妓女，妓女，妓女，妓女。"

麦克放开他，给了他一巴掌。

吉姆被打得噔噔噔倒退到一根墙壁立柱上，将他的头撞了上去，几乎坐倒在泥地上。他的眼泪似乎瞬间干涸了。他紧紧抱着那根立柱，两眼望着他父亲，仿佛无法相信、无法理解他的父亲会如此残忍。

麦克顿时后悔了，他伸出了双手。

"过来。我不是想要发火和……"

吉姆拖曳着他的一只脚，尽快从他的双手下面跑了过去。麦克听到了他上楼梯的声音，那是挣扎……那是逃离。

麦克捡起一把镀银的扳手，转动了一下。突然，他将扳手扔了出去。扳手撞击在一根立柱上，留下了一个很深的凹痕。

他走到汽车库门口，瞧着暴风雨在屋顶上方集结。狂风刮起垃圾沿着阴沟飞奔。吉踮着脚尖走了进来,他们继续干活,干完活,谁也不说话。

　　赫尔伯纳·约翰逊听着暴风雨的声音。

　　一盏孤零零的有灯罩的电灯在他黑乎乎的起居室中央清晰地投下一圈光亮。约翰逊用润发油将他波浪形的灰白头发梳理了一番,他穿上了他最好的蓝色棉布旅行衬衫,戴上了他的狭领带。一件折拢的外套、一条深蓝色的灯芯绒裤子搁在一只皮箱上,皮箱放在光圈的边上。

　　家里的状况有点乱套。麦克打吉姆的事情不胫而走;显然,吉姆没有对此表示沉默。与此同时,麦克气呼呼地走了出去。自从晚餐时间开始,约翰逊就在这幢被暴风雨猛烈袭击的房子里等着他。

　　他坐在电灯灯光的边上,再次试图将注意力集中到他的朋友伦敦给他的那张纸上。那位年轻的作家知道约翰逊喜欢旅游,便抄录了一些他想要用在他将来的小说里面的想法:

> 　　你有的时候是否有一种感觉,如果你不去了解那些山的那边有什么东西,也不去了解那些山后面的其他山的那边有什么东西,你是不是就会死去?地球上所有的地方都等着我去造访,去发现呢。

　　约翰逊经深思后明白,那肯定符合他的本性和他现在的心情。他再次看了一遍那段文字。闪电扫过窗户。雷声消失后,他听到了楼梯上熟悉的脚步声。

　　他折拢那张纸,塞进衬衫口袋里藏好。接着,他伸手去拿他的灯芯绒外套和外套下面的东西。

　　"吉姆?"麦克轻轻地叩门。

　　"吉姆,回答我。"他再次叩门。他的鞋底被水浸湿了,连裤脚边也湿透了。他光着脑袋,竖着领子,双手插在口袋里,漫无目的地走着,撞上了倾盆大雨。他思前想后,试图想出矫正他跟儿子的关系的办法。他一定得矫正,而且他不再怀疑,此事非同小可。

敲门声不断,小男孩没有回答,于是他试了试门把手。

门锁上了。

一个脚步声吓了他一跳。约翰逊从两边墙壁上的电灯之间的阴影里慢慢走了出来。电灯灯光照着下面,留下了巨大的黑影空间。麦克立马注意到了他这位合伙人油光光的头发、新换的衬衫和黑色的狭领带。

"别去打扰他,麦克。"

约翰逊的话音使他发愣。

"什么?"

"我说别去打扰他,直到你能够正确地对待他。我听到你干了什么,我在晚饭前找吉姆谈了这件事情。尽力想让他感觉好点。但是没有用。"

"我打了他一巴掌。我不该……"

"这倒是的,你确实不该。打小孩子的屁股是一回事儿,可你打的是……那太凶恶了。你最好别再那样干。"

麦克目不转睛地盯着那双绿色的眼睛,看到了他的反应。他用一只手臂搂住约翰逊,将他从吉姆的房门口拽开。他感觉到了自己的弱势和失败。这两种感觉,坦率地讲哪一种他都不习惯。

"他想要我怎么样,休?"

"这不难揣测。他就想要一个父亲,而不是一个该死的所有的时间都忙于他的大牧场,忙于他的石油,忙于他的房地产,忙于他的改革委员会的父亲。还有他的女人。甚至还有跟哪个势利律师的个人恩怨。你和费尔班克斯难道是校园里两个流着鼻涕,为了几颗玻璃弹子而争吵不休的小孩子吗?有的时候,你的行为狗屎的真像是那样。"

麦克在楼梯上停住脚步,看着下面的大厅。上面,一阵阵的瓢泼大雨狠狠地撞击着天窗。他有一种刻骨铭心的负罪感，一种像罪犯暴露在光天化日之下一样的感觉。几句平平常常的话，约翰逊剥下了他跟费尔班克斯长期以来不和的伪装，将它的荒谬曝光了。

拨乱反正的光亮。

他不愿意承认这一点，所以他闪烁其词，避开了这个话题。

"你看起来衣冠楚楚嘛。"

"又要走啦。"

"你事先没对我说嘛。"

"见鬼，麦克，你老是不在家，谁都没有办法告诉你任何事情。他们要是告诉你，你也不会听。我赶午夜的火车去东部，然后也许会坐一条运输牲口的船去法兰西。近来，我不喜欢住在这儿。"

他走到他的合伙人面前，拿一根手指戳着他。

"我走之前还得对你说些话。你依然是我的朋友，可从某种角度讲，你他妈的根本不当我是朋友。你之前曾经说过，你不想要培育温室里的花朵。然后，你立马一个一百八十度转身，吉姆受伤之后就完全当他像温室里的花朵一样培育了。脑子一发热，就弄出了这个该死的愚蠢的比赛……"

"这个周末我就待在旧金山好了。我会打电话给费尔班克斯说我不能……"

"别插嘴。"约翰逊挥了一下手，"吉姆现在不愿意跟你说话，我估计得等你回来后他才会冷静下来。然后，你可以试着修复那些损失。你最好这样，你最好开始好好照顾这个优秀的聪明的小男孩，要不，等我回来，我对你不客气。"

他几乎是带着一种女性的矜持，轻轻地摸到他蓝色灯芯绒外套的左面下摆并将掀它起来。那支象牙手柄上有单颗星星浮雕图案的"调解人"显眼地挂在他的腰带上面。他再次放下外套下摆。

"你想要跟什么人打架，我可以让老费尔班克斯看上去像个新手一样。千万别给我理由。你在这儿有大量的工作要做。再见。"

小吉姆听到了发动机的突突声，一下子从床上爬了起来。一整夜，暴风雨肆虐，他几乎没有睡着。他的内心深处，一场更加狂暴的暴风雨在肆虐。

他赤着脚跑到凸窗那儿。曙光照亮了花边窗帘。他撩起窗帘，靠在窗台上。那双深蓝色的眼睛下面，脸颊因为哭泣而变得浮肿和发红。

他瞧着两辆汽车驶过萨克拉门托大街和梅森大街之间的十字路口，朝南方驶去。四个提着午餐饭桶的男人站在路边上指指戳戳，评头品足。他爸爸驾驶的是那辆"银色幽灵"，那上面早已溅满了泥巴。他将帆布顶篷升了起来，吉姆看不到他的脸，只能看到他裹在防尘外衣内的一边的肩膀和戴着防护长手套的右手，这只手操纵着刹车和变速杆。

小男孩的脸上涌动着情感的湍流：怨恨和痛苦、愤怒和屈从……泪水再次溢满眼眶。他恨泪水，几乎就像他恨他爸爸一样。

那辆凯迪拉克跟着"银色幽灵"驶过十字路口。旧金山闹市区坚固的建筑上空，波浪般起伏的云团朝东的曲折边沿映出清晨的红色亮光。多美的一个春日啊。

一个美好的日子，他要去干他计划了一整夜的事情。吉姆放下花边窗帘。他低着头，一动不动地站着，然后深深地吸了一口气，鼓起勇气。他一瘸一拐地来到那个庞大笨重的有镜子的桃花心木五斗橱那儿，拉开一只抽屉，瞥了一眼走廊门的门闩。门依然闩着……不会有人来打扰他。

他拿出一件他最喜欢的衬衫，扔到床上。他又拿出一件衬衫，接着拿出一条皮带、一条牛仔裤。他从衣柜里拿出那双最重的鞋子。接着，他想起了什么事情，便急忙来到他的写字台前，在他的课本下面翻找着什么。他抚摸着那面算盘上的油漆。他喜欢那些喷着火的龙围着自己转。他拨拉着两颗红色和黄色的算盘珠，做了一个吞咽动作，然后抚摸着自己的脸。他要表明给爸看。

他将算盘跟衣服放在一起。不能把他最喜爱的东西留下，是吗？

58

宏伟壮观的桉树为驾驶员遮着阴。他们将汽车停在了海滨大道东侧的小树林里,两车相距大约二十码;他们想要私下里检查和调整他们的车子。

费尔班克斯带来了发令员,一个过分殷勤的年轻人,来自发展异常快速的南加利福尼亚汽车俱乐部新开办的旧金山办事处。他跟他的棕色套装、白色衬衫、可拆卸的领子和袖口一样乏味。他开着一辆同样乏味的棕色卢维恩。

星期日,洛沃斯峰山脚下的海滨大道人烟稀少。这条大道距太平洋海岸稍稍有点距离,曲曲折折,车辙很深,一头逶迤向南,走向蒂哈查皮山;一头蜿蜒往北,通往蒙特雷和他们设定的终点线。现在是上午十一点,这是4月一个清新的日子。

麦克穿着他的防尘外衣,戴着驾驶帽,浑身冒汗。吉抬起引擎罩,正在给吸入管加注燃料,发动汽车。

"好了,钱斯先生。"

"油箱空气阀开启。"麦克喜欢在发动时大声喊出各个步骤,这有助于高度集中注意力。今天,集中注意力比往常要难;从旧金山一路来到这里,他的思绪老是转向吉姆,还有约翰逊的警告。

他把手伸下去操纵手泵,然后盯着仪表针。

"燃料压力每平方英寸一磅,每平方英寸一点五磅。现在让汽化器动起来,吉。"

日本人关上引擎罩并将它锁好,接着抓住汽车头部下面的发动曲柄。他哼哼着转动曲柄,响亮地数着数。当他数到"八"的时候,麦克戴着手套的双手突然往前一伸。

"接入线圈。接入磁电机。点火。"

"银色幽灵"今天上午已经跑了一阵;它的车身很热,所以第一下点火就发动起来了。他哆嗦了一下,靠到座椅背上,准备出发。

发令员朝两个驾驶员挥着手。

"先生们,请听我说。我们已经迟了六分半钟了。"

费尔班克斯换挡,将白色的蒸汽机汽车驶出小树林,将车子停到大道上的一条横线的一边。

麦克将他的"银色幽灵"驶过白色汽车旁边,停到左侧,并简慢地朝费尔班克斯点了一下头,示意可以开始了。费尔班克斯回了一个非同寻常的几乎是沾沾自喜的微笑并微微挥了一下手。

发令员举起一支空包弹手枪。

"这次比赛的规则很简单……"

"等一会儿。"费尔班克斯打断他道,"我想等等我的声援小队。那儿。"

麦克听到汽车从蒙特雷方向开过来的声音。当它蹦蹦跳跳地越过一个低矮山丘进入视线时,他一时还无法辨认出车子的型号和坐在车里的两个人。车子的油漆是鲜黄色,它跳跃着,砰砰作响,声音又尖又细。一个穿着制服的男人驾驶着汽车,坐在他身边的是一个女人,只见她穿着米色的防尘外套,戴着更适合男人戴的很大的长手套,头上戴着一顶有很硬的帽舌的帽子,帽子牢牢地扎在一个金黄色的面罩上方,面罩系成蝴蝶结状,面罩的末端飘扬在她的肩头。

不可能。那辆小汽车慢慢地停到了起点线附近,麦克认出了这是一辆"野牛",然后,毫无疑问,是卡拉。

她变得更胖了,半月形下巴上的脂肪在面纱后面时隐时现,她的表情模糊不清。那个驾驶员把车开到路边停下,关掉发动机,跑着绕到乘客一边。卡拉将她穿着黄色鞋子的脚搁到踏板上,但是滑下了踏板的边沿。她尖叫一声,跟驾驶员撞了个满怀。他来不及扶住她,她从车上掉落下来,双膝跪倒在地上。

驾驶员赶紧去扶她起来,一面忙不迭地说着道歉的话,可是她不想去扶他的手,只是朝车子挥着手,仿佛这是一只令人讨厌的苍蝇似的。喝多了,这么早就喝多了。上帝帮帮她。

到这个时候她还没有往这边瞧。他估计,是故意的。费尔班克斯从车上下来,麦克感觉自己也不得不这样做。拿着手枪的乏味的发令员仔细瞧了一下他的怀表,脸上装模作样地表示担心。

麦克摘下他的帽子和护目镜,就在此时,卡拉看到了他。

"早上好,麦克。"她涂着口红的嘴巴弯出一个微笑。这是一个自我满足的微笑,类似于费尔班克斯刚才的微笑。他们私下里有什么样的玩笑在分享呢?

"卡拉。这倒真的出乎意料。"

"我一路从宾馆赶来祝你好运啊。不过当然啦,我更祝你的对手好运。"她挽住律师的胳膊。

原来如此。一对新的姘头。他在城里没有听到人们提起过这件事情。不过,"沼泽怪"没有跟他女儿保持联系,而且麦克也没有刻意去了解费尔班克斯的私生活。费尔班克斯一直想要卡拉,但是麦克怀疑他是否真正了解他得到的是什么。令他感到惊讶的是,突然,他对这位律师产生了一种短暂却真诚的同情。对他自己,他只是再次感到一种解脱,就像一个做过囚犯的人感觉自由是多么甜蜜一样,因为在他的记忆里,被囚禁的感觉是什么样,他清清楚楚。

麦克有礼貌地微笑着,掩饰着他的这种感情,并努力善意地开着玩笑。

"你要是为沃尔特喝彩,那你肯定不会祝我好运的。"

"哦,亲爱的,我有好多要给你呢。"

那双深蓝色眼睛里的仇恨令他浑身冰凉。他戴上护目镜,跳进"银色幽灵"。

"我们走。"

卡拉将一条戴着手套的手臂甩上费尔班克斯的脖子抱住他亲吻。所有的男人都看到她张开了嘴巴。费尔班克斯的拥抱似乎有点僵硬,但是麦克看到了他的白眼。这个规矩的男人对这厚脸皮的亲吻感到不自在。

费尔班克斯将自己挣脱出来,转过脸去,遮遮掩掩地跟卡拉说着悄悄话。麦克听到了"亲爱的"和"到宾馆吧"这两句。接着,费尔班克斯大步绕过那辆蒸汽发动机汽车的引擎罩,跃进车内。

卡拉退后,脚后跟踩到了一块半埋在地里的石头上。要不是那驾驶员一把扶住了她,她又会跌倒在地了。她含含糊糊地表示了一下感谢,连看也不屑看他一眼。

发令员走到在阳光下闪闪发亮的两辆汽车的引擎罩前面。

"我相信你们两位先生对这条大道很熟。一条直路,一路向北,驶向内陆,然后到德尔蒙特。全程十英里。先到达宾馆和前面那个公园的是胜者。听到我的发令枪一响就出发。你们还有什么问题吗?"

"没问题了。"费尔班克斯说道。他驾驶汽车不戴帽子,但戴着护目镜。卡拉给了他一个飞吻,像个多情的中学女生一样热情地挥舞着手。费尔班克斯好像喜欢这样。他喜气洋洋地也挥了一下手,然后开始用双手的手指轻轻拍打着方向盘。此情此景让他显示出一种轻松自在、几乎有点闹着玩的样子。

"我们这样就可以了吗?"麦克脱口而出。卡拉的出现令他紧张不安。他不爱她,但是她曾经属于他。这件新的风流韵事对那种亲昵行为是一种亵渎。

他胡乱地摆弄着他的护目镜,松紧带太紧了。接着他抹了一把汗津津的脸。吉一直在路边观察着这段插曲。他了解这位前钱斯太太的外表和名声,他也知道麦克的焦虑;他脸上的表情表明他有点担心。

一阵微风吹动着费尔班克斯赤褐色的头发。当发令员匆忙跑到一边时,麦克的双手平稳地握着方向盘和外侧的变速杆。

接着,发令枪响了。

费尔班克斯高速驾驶着他的蒸汽发动机汽车越过起点线,立刻转向了左面。

"看在上帝分上，沃尔特。"麦克大声喊叫道。蒸汽发动机汽车撞上并擦过"银色幽灵"前挡泥板高处的前端。

怀特车驶回到路中央，加速。麦克在尘土里咳嗽，接着从他的座位上欠过身来观察受损情况，不可避免地掉下了速度。挡泥板向下折弯，距那只邓禄普①轮胎仅有几英寸的距离。银色的金属像刀子一样威胁着橡皮轮胎。

所以，这就是费尔班克斯想要玩的比赛。好吧。

麦克扭动着那几根杆子，松开了挡风玻璃的上半部分，并将顶端的那部分挡板使劲扯了下来，狠狠地击中了下面部分，砸得玻璃也裂开了。他的帽子被吹飞了，尘土撞击着他裸露的面孔。这样一来，倒是吹醒了他，使得他前所未有地集中起了他的注意力。

巨大的银色汽车在空旷无垠的乡间追逐着那辆绿色的蒸汽发动机汽车。蒙特雷县的公路几乎名不副实。它像搓衣板一样高低起伏。灰尘包围了两个驾驶员，麦克脸上的汗水将灰尘变成了一层薄薄的软乎乎的泥巴。

他的速率计显示，时速为三十九英里，而且速率计上面的里程计表明，他已经行驶了两英里半。汽车马达轰响，飞速前进，距那辆蒸汽发动机汽车仅仅落后一个车身的距离了，道路太窄，无法超越。意想不到的泥坑或者浅浅的横沟让汽车颠簸着，将驾驶员弹得像牛仔骑在没有被驯服的野马背上。麦克咬紧牙关，咬得生疼。这样比张开嘴巴，冒着磕断牙齿的风险要好些。

道路突然穿行在了葡萄棚架之间，一些在修剪葡萄藤的墨西哥人目瞪口呆地瞧着这两辆马达轰鸣的汽车。蓦地，一个尖厉的爆裂声让

---

①邓禄普，即约翰·博伊德·邓禄普(1840—1921)，英国发明家，发明橡胶充气轮胎，获得专利，1890年开始商业性生产。

麦克的一只手赶紧去拉刹车。后鼓形制动器发出了"嘎吱"的声响并冒出了青烟。他在怀特车冲下路基的一刹那与它擦身而过,避免了跟其相撞。怀特车的右后轮胎扎穿了。

沃尔特·费尔班克斯朝着劲风和灰尘骂出一串脏话,麦克则轰鸣着飞驰而去。

他舒适地坐稳身子,准备慢悠悠地驶完余下的路程,去德尔蒙特宾馆。他简直不敢相信,他会赢得如此轻松,这一轮胎漏气事故至少会耗去费尔班克斯十分钟的时间,这一耽搁是不可能弥补的。

他在一个摇摇晃晃的货摊那儿停了一会儿,从一个老妇人那儿买了一个苹果。他浑身尘土,肮脏不堪,他的头发全变成了灰黄色,这突然的胜利让他觉得饥肠辘辘。

里程计显示,他已经跑了六英里。

又驶了半英里地,他驶出了一片被大风吹得东倒西歪的柏树林,来到一个长长的看不清前路的弯道处。当他一转过弯时,前面路中央便出现了一个很宽的水坑。他要是降下车速到安全速度,那么就会损失这股动量,不过这比折断一根车轴要好。决定是本能性的。他踩了刹车,然后一头撞进了泥坑。他感觉到发动机受了损伤,两只前轮在空转……

"银色幽灵"左右摇晃着两只前轮驶出水坑。两只后轮却"哗啦"一声掉进了水坑,旋转着向前,接着退了回去,陷在了那儿。

麦克捶打着方向盘。怎么会有这么大的水坑?最近那场暴风雨过后,从旧金山到蒙特雷县的整条道路都是干的,完全是干的。

接着,他注意到,一个穿着肮脏工作服的男人正坐在路左边一幢简陋小木屋前面的一张摇椅里。

那人慢吞吞地走到罗尔斯-罗伊斯的边上,像两颗棕色泥丸子一样的两只眼睛一个劲儿地打量着麦克,脸上露出不加掩饰的幸灾乐祸的

710

神色。

"看样子你撞得不轻。"

"你能帮我弄出来吗？你有马吗？"

"有两头骡子，就在那边的牲口棚里。"

"我会付钱的。"

"当然。"那人说道，"一百美元。"

"我想你是一个农民吧，不是黑巴特①吧。"麦克咆哮道。

"你嫌价格太高？那就待在这儿吧。"那人耸了一下肩膀说道。

麦克知道，大自然母亲并不会让水淹没路中央的泥坑，让外出兜风的汽车司机陷入其中。麦克看到过这类报道，此种伎俩就是用来对付那些有钱人及其玩物的。

他生气至极，说道："我给钱。去弄骡子吧。"

套骡子花了十分钟时间，将它们赶到路上并在它们跟汽车前轴之间系上铁链条又花了十分钟时间。那农民在赶骡子之前就要报酬。麦克递给他一张一百美元的钞票，第一次，那农民的脸色好了一点。他将钞票塞进工作服上一只肮脏的口袋里，举起了短鞭。

"驾，格兰特②将军。驾，李③将军。"

麦克在链条上叉开两腿，用曲柄启动引擎，接着跳进车内重新点火。在骡子的力量和发动机马力的共同作用下，他猛轰油门，将"银色幽灵"的两只后轮弄出了泥坑。汽车的后挡泥板也弯了下来，弯得跟右

---

① 黑巴特，即查尔斯·E.博尔斯，又名查尔斯·E.博尔顿（1829—1917），加利福尼亚州臭名昭著的强盗。

② 格兰特，即尤利西斯·辛普森·格兰特（1822—1885），美国第十八任总统，共和党人，内战时任联邦军总司令，总统任内，对南方实行宽大的重建政策，曾颁布《大赦法令》，赦免内战中叛乱的奴隶主。

③ 李，即罗伯特·爱德华·李（1807—1870），美国内战时期南军统帅，原为北军将领，参加南军后受命任南军总司令，以出色的战略战术多次击败北军，最终失利投降，战后致力于教育事业。

前轮的挡泥板一样；现在有三把"钩刀"威胁着三只轮胎了。

麦克再次跳出车外。那农民咧着嘴给了他一个傻笑，确信他巧妙地挫败了这个城里来的家伙。

"这活儿干得不错。"麦克说道，"我还要再补你点东西。"

"哎呀，你真是太好啦。"

"那当然。"麦克说道，一拳击在了他的脸上。

那农民会骂很多粗俗下流的话语，他骂着这些话语。麦克并没有被吓住，他从那人的口袋里掏出那一百美元，接着将他头朝下按到那个泥坑中。

他跳回到"银色幽灵"里，这时费尔班克斯刚好从那看不见前路的急转弯转了出来，一面喊叫着，一面做着手势。费尔班克斯全速冲过那个看不见前路的急转弯。那农民站起身来，一面呸呸地吐着唾沫，一看那辆怀特汽车赫然逼近，吓得一声尖叫，连忙跳出了泥坑。

费尔班克斯刹车刹得太厉害了，刹车片都冒出了青烟，结果在距泥坑一码不到一点的地方停下了车子。他对着那农民狂吼乱叫着威胁的话，命令他赶紧走开。麦克开始给罗尔斯－罗伊斯加速，在费尔班克斯对着那个泥坑咆哮不停的时候，回首望了一下。他的速度比麦克要快，他的运气也要好些。怀特车一头扎进泥坑，浑身震动着，开始下陷，但是接着猛地一歪，蹿了出来，泥水从轮毂里哗哗地往外流。麦克只领先了一点点距离。

现在，里程计表明，已经行驶了八又四分之一英里。大路变宽，并转向了东面，已经见得到前面蒙特雷东倒西歪的屋顶了。驶过一个弯道，麦克再次在他的左后方看到了那辆怀特车。即便在路很宽的地方，费尔班克斯也靠得很近，他突然一打方向盘，将他的汽车撞向"银色幽灵"。

"轰隆"一声巨响，怀特车撞得"银色幽灵"的后门飞了起来。它像飓风中的一扇金属百叶窗那样响着。费尔班克斯猛打方向盘，再次撞了过来。这一次，麦克掉转方向躲开了，飞速越过一条浅浅的小沟，冲进路边的野草丛中。

正前方赫然耸立着一棵巨大的桉树。当松垂车门的铰链断了，那车门像一枚银币在空中旋转着飞走之后，麦克放慢速度，绕过桉树，然后再次出发，在那辆蒸汽发动机汽车身后的灰色尘土中追上前去。他闻到了"银色幽灵"的后刹车、离合器和马达过热的气味。

费尔班克斯弓着背俯身在他的方向盘上，像一个疯狂的妖怪。麦克将"银色幽灵"开到了他的极限速度，在滚滚尘埃中追逐着费尔班克斯。

在距德尔蒙特宾馆不到一英里的地方，道路变得更加宽了。当麦克稳稳当当地逼近蒸汽发动机汽车的时候，费尔班克斯有两次差一点让两辆旅游车冲进灌木丛中，蒸汽发动机汽车已经开始喷出更黑的黑烟。"银色幽灵"浑身颤抖，发出"哐当哐当"的声响，好似马上就要散架了一样，但是那超乎寻常的引擎一直让她飞奔着，很快，麦克驶到了和怀特车并排的地方。

这时，他朝前望去，呻吟起来；他忘了宾馆地块边上的那个陷阱，咸水池上面那座装饰用的拱形石桥。其宽度允许一辆车子通行。仅仅一辆。

两辆车子在滚滚尘土中发出尖锐刺耳的咔嚓咔嚓声响，肩并肩地飞奔向缩小成仅供单辆车通行的车道瓶颈处。费尔班克斯突然撞了过来。

麦克没有防备，他没想到比赛到这个阶段了还会发生这样的事情。他没有咬紧牙关，这一冲击让他的牙齿跟舌头磕在了一起，顿时鲜血喷涌。但是，他牢牢地把控着方向盘，仿佛是融化在了上面一样。桥的那边，有车辆停靠在路边，观众们一个劲儿地挥着手欢迎两位赛车手。一团团肥硕的黑烟翻卷在蒸汽发动机汽车的后面，它的发动机发出咳嗽般的声音,在震颤中转动着,麦克稍稍领先在前。

那瓶颈处飞速向他们逼近。费尔班克斯再次擦边撞击他,撞得麦克右手边的后视镜"啪"的一声掉落下来,前挡泥板挂得更低了,其边沿在橡胶轮胎上切下了一条刨花一样的薄片。

费尔班克斯第三次撞击"银色幽灵"。观众们目睹这下三滥的行为,纷纷跳起身来,大声谴责。鲜血沿着麦克的下巴流下来,溅落在他的防尘外套上。两辆汽车并排着驶向那瓶颈处和那座桥。麦克紧闭着两片带血的嘴唇,俯下头,径直往前驶去。他可以感觉到那辆怀特车就在距他几英寸的地方,狭窄的隘口就在前面三十码处。

接着二十码。

十码……

麦克拒绝让开,终于,费尔班克斯的精神崩溃了。麦克在轮胎的哀号声中听到了一声盛怒的诅咒。怀特汽车驶离了直线。

就在弯折的挡泥板切进轮胎导致爆胎之时,麦克飞速驶上了那座桥。"银色幽灵"的右边撞上了石头栏杆。弯曲的右挡泥板剐擦着用砂浆砌合的石块,擦出一溜火花和青烟,麦克死死地控制着方向盘。那些观众开始惧怕地大声喊叫,纷纷从他们的车上跳了下来。

"银色幽灵"轰鸣着驶下石桥,因为爆胎,驾驶汽车像在地狱里一样困难。麦克回望了一眼,看到那辆怀特车没有驶上石桥,但迅速地往前冲去,汽车头部前翘,越过窄窄的水池,"哗啦"一声巨响,一头扎进了另一边的芦苇丛中。

蒸汽发动机汽车的两只后轮在漂浮着绿色水藻的浅水中沉没下去,那些鸭子惊慌地嘎嘎叫着四散飞逃。汽车冒着水泡,发出"咝咝"的声音,蒸汽大团大团地翻腾出来。费尔班克斯昏昏沉沉地爬进水中,一面按摩着他的脖子,接着泼溅着水花朝芦苇丛走去,并迅速摘掉他的护目镜。

麦克松开油门。即便减速了,那"银色幽灵"依然很难驾驭。木头轮辋已经裂开破碎了。

他驶过鼓着掌的观众身旁,以两英里的时速爬行在弯弯曲曲的车道上,"银色幽灵"在坡道上用尽全力,发出咔嚓咔嚓的喘息。她几乎没法走完宾馆前面的那段车道了,但是麦克请求着她,爱抚着她,于是她驶向那个游廊的顶端,停了下来。到了那儿,她似乎叹息着浑身发软地瘫倒在了嘎吱作响的弹簧上。

她的下面,像一个致命的伤口在流血,火热的油飞散在火星飞溅的由碎石和牡蛎壳铺就的车道上。

麦克一瘸一拐地沿着车道朝石桥走去。暮色将他的头发染成了奇怪的黄褐色,防尘外套和防护手套上的鲜血早已变成了褐色。他舔了一下干得结壳的嘴唇,心里嘀咕,费尔班克斯在最后一刻屈服,不知道是什么感觉。

由于他是步行的,所以他来到石桥边比那辆凯迪拉克、卢维恩和闪闪发光的黄色"野牛"驶入那个窄道的另一边仅仅早了几分钟。卡拉命令他的司机停下车子。她跳下车,踩着水花越过那个浅浅的水池,而在水池的这一边,费尔班克斯正狂躁不安地踏着小步来回走动。一位从一辆帕卡德双排座开合式顶篷四轮马车上下来的肥胖男士不停地拍着麦克的手向他表示祝贺,麦克满脸都是血,露出扭曲的表情,人们几乎很难想象这是一个微笑。卡拉一把摘掉她的面纱、帽子、长手套,将它们全扔在了绿色的水中。费尔班克斯走到下面,仔细检查着那辆怀特汽车。

卡拉来到他身边。

"亲爱的,亲爱的……你还好吗?"

麦克站在被"银色幽灵"撞出一道长长疤痕的石桥栏杆边,接着他舒适地坐下身子,感觉精疲力竭。如同往常一样,卡拉戴着很多戒指——蓝宝石戒指、祖母绿戒指、巨大的椭圆形钻石戒指——她轻轻地抚摸着费尔班克斯的脸和肩膀,麦克则麻木不仁地凝视着那闪闪发亮的东西。

"你受伤了吗,亲爱的?"

"我想我没有受伤。"费尔班克斯回答道,"这车子是彻底毁了。"

"别担心,别牵挂,亲爱的。"她亲吻着他肮脏的脸,"我可以给你买辆新的。我可以给你买好多辆新的。这是我可以为我丈夫所做的最起码的事情。"

她知道麦克在石桥上休息,可以听到她的话。

费尔班克斯拿一条胳膊抱住她。他们站在绿色的水中,朝他微微笑着。麦克记起了在那个房间里跟科格伦在一起的感觉,许多年以前了,他被打得几乎失去知觉。他再次有这样的感觉。费尔班克斯在比赛开始之前就赢得了他的胜利。

"祝贺你,钱斯。"费尔班克斯大声说道。

"也祝贺你和卡拉。我不知道你们已经结婚了。这好事发生在什么时候啊?"

她目空一切地微笑着,让她丈夫回答。

"两周之前。在洛杉矶,非常私密。"

"是的。是啊,挺意外的。祝你们两位白头偕老。"

麦克怀着一种疲惫不堪的怪怪的恶心的感觉,走过一声不响的观众身旁,走回到大路上。

59

赛车后好几个小时里,麦克一直感觉疲惫不堪,并深感浑身不爽。他让吉开着罗尔斯-罗伊斯回了旧金山,说他想单独待一两天。他丝毫不知道他想去哪里,但是他答应第二天会打电话给亚历克斯·马勒。黄昏来临的时候,他驾驶着凯迪拉克发现了一个幽静的乡间小旅店。

星期一,他在蒙特雷中央电话局打了一个电话给萨克拉门托大街。电话线路有点问题,接线员没法接通电话。第三次试拨之后,他放弃了。没有发生实质性的损害，他的各种公司短时间内没有他不会倒闭的。

星期二，他开车去了卡梅尔。内莉拿海鲜杂烩浓汤和啤酒给他当午餐。那天天气阴沉，她在那幢舒适的红杉木屋里点亮了煤油灯。她既没有电灯也没有电话。

孤身隐居似乎对她并无好处。她的户外肤色消退了，苍白得像一块瓷片。过度劳累在她的眼睛四周留下了木炭一样的黑圈。她幽默全无，几乎不吃东西，只是不停地抽着土耳其香烟。

他说他在赫奇·赫切峡谷这件事情上改变主意了，说他已经写信给了缪尔。有些问题，他期盼得到热情的回应。她心烦意乱地说了一个"挺好"，仅此而已。

他们默默地清理了餐桌，接着她穿上一件羊毛衫，领着他沿着蜿蜒的小道走向那些白色的沙丘。大雾遮蔽了一切，唯有五十码处的灰绿色大海。到处散落着大块大块奇形怪状的木头。有一块木头让麦克联想到一个驼背的人在跪着祈祷。

他们在昏暗中慢慢走着，小心翼翼地不要碰到对方。一些鹬在他们走近时逃了开去。一个长着扇形胡须、像一个幽灵一样的男人在四分之一英里处朝内莉打着招呼。他背着画架和颜料盒在海滩上匆匆走过。内莉对他的挥手也显得无精打采。

他向她介绍了这次比赛的经过以及这场比赛带来的"花絮"。卡拉和费尔班克斯结婚的消息令她感到吃惊。

"你除此之外还见过他们吗？"

"没有，他们结婚没多久。这该死的真是奇怪，内莉……车赛一结束，我发觉自己对这事儿再也无所谓了。打败他又有什么好得意的呢。我们的所作所为就像约翰逊所说的那样——如同校园里的两个十八岁中学生。"

她低着头，两手插在裙子口袋里，说道："有的时候，成年人一生都在玩那样的游戏。他们将它当作买卖、政治和体育。你成熟了，不再需

717

要这东西了。"

激浪拍岸,白沫飞溅,绿水荡漾,宛如玻璃,从雾堤中滚滚而来,一艘轮船在很远的西面鸣响着孤独的请求。麦克的白发在海堤上的风中飘扬。他想要抱住她,安慰她。

"该说说你啦。"他说道,"你看上去不太好。"

"哦,我的身体很好,就是心境不佳。雾浓起来了,但是情感浓不起来。我的情绪从来没有这么低落过,有生以来没有过。"

"你还在写吗?"

"没有,我甚至连笔都懒得拿起来。我一直拿头撞着弗兰克的书,直到撞到受不了为止。所以我就不写了。现在我看书,成了海滨流浪汉……我失败了,麦克。我就是失败了。"

"失败是难免的,你知道。"

一丝苦笑浮上她的面孔,在那儿停留了一会儿。

"我是不是听到伟大的詹·麦·钱斯承认人无完人了?"

他纵声大笑起来。

"你不能拿这话嘲弄我。你想要讨论失败吗?我来告诉你什么叫失败。"

他对她讲了吉姆的事情。

最后他说道:"约翰逊在这件事情上的观点也是对的。"

这一番话似乎将她从自身的阴影中拽了出来。他们坐在一段废弃的木头上,凝望着雾的深处。那些鹬们迈着快速的步子在浅水处走过。

风吹动着她的一头青丝,她拂了一下飞动的几缕头发。

"你对自己的事情坦率得令人惊讶。"

"我告诉你,有很多事情我是在宾馆里想明白的。但那又有什么用呢?我不知道该怎么办。"

"哎呀,赫尔伯纳就有一个答案啊。把买卖忘掉一段时间,把精力集中到吉姆身上,多陪陪他。无论一开始会有多尴尬,会有多难……"她凝望着大雾,"你不想犯在费尔班克斯先生的新妻子身上所犯的同样

718

的错误吧。"

"现在听好了。关于卡拉，我们结婚后，我尽力……"

他说到这里停住了。他这是在说大话，是一种习惯性的防卫。他自己都不再相信了，为什么还要别人来相信呢？

"是的，你说得对。"他最后说道，"我忽视她，她就躲开；她躲开，我就更加忽视她。这个模式被重复了吉姆身上。我昨天开始朦朦胧胧地认识到了。我估计你看得很清楚。你是一个聪明的女人。"

"哦，是的。谁的问题我都一清二楚，唯独自己的问题不清楚。"她用手舀起一把沙子，恶狠狠地将它扔了开去。

接着，她站起身来，漫不经心地朝水中走去，带着一种绝望的神情，令他感到吃惊。他连忙跟了上去，扶住她的双肩，将她转过身来。风将她的头发吹向前来，分散在脸的两边，像一双看不见的手戏弄着他的皮肤。

"我不喜欢看到你感觉这么不好。"

"我自己也不喜欢。加利福尼亚所有的希望到哪儿去了？上帝呀，我需要一点点啊。"她把脸转到一边，闭上双眼，哭了。

麦克拥抱着她，感觉她贴着他皱巴巴的赛车服的身子在颤抖。她慢慢地用双臂抱住他，双手紧紧地抓着他的背。

他们互相紧紧地拥抱了一会儿。接着，他仰起头，望着他。她的嘴唇白得像象牙。他亲吻她，吻到了咸咸的泪水。

她的头发被风吹来，贴着他紧闭的双眼，他将嘴巴凑到她的耳朵跟前。

"没有其他人能完全像你那样照顾我了。我一离开正道，你就把我踢回来。跟我一起生活吧。我爱你。"

她用炽热的激情亲吻他，来回摇摆着自己的头，寻找着他的舌头。他的手掌抚摸着她穿着羊毛衫的背脊，感觉她的双腿紧紧地缠绕着他的双腿。他吻着她前面的脖子。

"我们回去吧。"他说道。

"不行,我不能。"她的话音变得强硬,"我处于这种状态,不行。我得让自己恢复过来才行。然后……我们再看。"

"该死的,内莉,我该死的太想要你了……"

她推着他的胸膛……推得不重,但很坚决。

"你儿子需要你。你要是真关心他的话,现在正是可以表示的时候。"

"我今晚回不了旧金山啦。"

"现在出发,你早上就可以到那儿了。"

"让我留下吧。"

"上帝,我受到诱惑了。但是……不行。"

他亲吻着她的耳朵、她的眼睑。

"你想要我想要的。我知道的。"

"求你了,麦克。去吧。你不知道我有多脆弱啊。你要是今晚待在了这儿,我就会要求你待一周,一年,永远。如果再让你不必要地跟吉姆多分离一个小时,我就会恨我自己。"

"这倒是很无私啊。"

"哦,别挖苦人了。"

"你见鬼的想要什么呢?你是再次在赶我走啊。"

"你又发脾气了。等事过之后,你会明白我是对的……"

"非常无私,而且让我感觉像是在地狱里一样。"

"唉,我的感受也好不了多少。不是对你,是对我自己,对任何事情。走,走,走。"

她跑了开去,跑过那个沙丘。他站在那儿,绝望地沉想着。激浪奔腾,隐藏在雾中的雾喇叭发出哀鸣声。

该死的女人……顽固得跟以往一样。他径直走回到凯迪拉克那儿,连她的门也不敲就开走了。

60

破旧的小房子俯瞰着半月湾。患了黄疸病一样的棕黄色油漆从墙板上剥落下来,一盏昏暗的电灯照亮着门廊上的一块招牌:

海滨咖啡馆　葡萄酒啤酒烧酒

麦克在灯光下飞扬的尘埃中费力地看着那块招牌。他关掉所有开关,走向咖啡馆。他累坏了。他不停地驾车疾驶,只是在需要加油时才停下来。

店老板,这个地方唯一的人,正在打扫卫生。他是一个高大魁梧、脖子很粗的人,穿着一件有蓝色竖条的衬衫。一盏有灯罩的电灯照亮了酒吧的后面,三只盘子靠在一个窄窄的架子上,架子下面摆着瓶子,那是当作纪念品的盘子,盘子的瓷釉颜色华丽而又俗气。一只盘子上画的是悬崖屋,另一只盘子上画的是1894年仲冬金门公园露天游乐场的摩天轮,第三只盘子上描绘的是在日本茶室里的可爱游客。

他噼啪噼啪摔抹布的声音表明,他不喜欢麦克全身凌乱不堪的服饰和落拓不羁的神态。

"打烊了。"他说道,"看到钟了吗?十点半啦。"

"我想要些威士忌。"麦克在兜里掏钱,"看在基督的分上,你可以花点时间卖一品脱威士忌给我,你可以花点时间卖些汽油给我。"

那人仔细打量了一下摆在吧台上的钞票。接着,他哈哈大笑起来,像一只猪发出呼噜声。

"二十美元吗?那我可以的。我可以很有派头地把所有东西都卖给你。"

他朝舷窗一样的窗户下面的松木板桌子做了个手势,那扇小小的窗户差不多已经不透光了,被油烟弄糊了。

"假如你想要去睡觉的话,那就去吧。只要把车子灌满汽油,留下威士忌就行。"

"多少品脱?"

"你有多少品脱?"

麦克抬起头来,脸部肌肉抽搐着,发出呻吟。

他的嘴巴里满是胃里翻上来的胆汁的味道。他用自己的手掌根揉着眼窝。三品脱威士忌摆在他的面前,一品脱已经空了,酒瓶翻倒在了那儿,一品脱还剩下四分之一,一品脱尚未打开。

"上帝呀,"他呻吟道,"什么时候了?"

他的怀表掉落到了地上,他在桌子底下摸索着捡起来,"啪"的一声打开:五点零几分。

早晨了吗?

那儿,那扇油腻腻的"舷窗"外,凯迪拉克闪耀着湿漉漉的光芒。它的那头,半月湾绵延无垠,沉闷而又泛着灰色,尽管有点点粉红在其间闪亮。有三艘小渔船正在升帆。

"早晨了。"他难过地摇了一下头说。他被内莉的拒绝影响了心情,喝了这家咖啡馆的劣质威士忌,喝得醉倒了或者睡着了。

不过,很可能既醉了又睡着了。昨天,他把自己弄得疲惫不堪,没办法驾驶着车子跑更远的路。尽管他喝多了,但是他感觉稍稍好了一点;他的脑子清醒了。他厘清了跟吉姆的那些事情,然后厘清了他跟内莉的那些事情……就其现状。千万不能忘记 T.福勒·海因斯的教导:希望永远存在。

他从桌子边站起身来,渴望到室外去观赏黎明的曙光。不过,当他朝大门走去的时候,那地板仿佛在摇晃。他听到了隆隆的巨响,仿佛远处发生了爆炸。天花板上的灰泥撒落下来,落到了他的肩上。

接着,楼上传来重重的撞击声和咒骂声。地板在不停摇晃。后面吧台上的瓶子撞得叮当乱响,滑到了边上,掉落下来,摔破了。一只装饰用的盘子骤然跃下了架子,将茶室里的观光客摔得粉身碎骨,悬崖屋轰然倒塌,摩天轮倾覆爆裂。

涂着涂料的天花板上飞速裂开了一条缝,接着又四散着呈手指状开裂,麦克听到了研磨声,便惊恐地瞧着……

接着,一切归于沉寂。地板终于不摇晃了。他判断地板摇晃了三十秒钟左右。远处,有人敲响了火警的钟声。楼上一扇门"砰"的一声打开了,店老板跌跌撞撞地来到楼台上,毛茸茸的肚脐眼上方,红色法兰绒内衣连纽扣都没有扣。他捋着自己早晨起来还没梳理整齐的胡须。

"耶稣啊,我掉到床下了。这才醒来。"

"这到底是什么? 地震吗?"

"是的。感觉好像是大地震。"

"嗯,但至少持续时间不长……"

大门摆动起来,再次摇晃,突然天花板开裂了,电灯掉落下来,接着灰泥和板条噼里啪啦地一块儿往下撒落。麦克一脚踢开大门,冲到外面,海滨咖啡馆轰然倒塌,将它的主人埋在了里面。

小吉姆差不多跟他父亲同时醒来。

他闻到了垃圾的臭味。他临时栖身过夜的那条小巷顶头的牛奶车上方,一盏路灯熄灭了。

吉姆靠着屋子坐着,他冻僵了,将他的包裹紧紧捂在自己的胸口。他是在星期天的黄昏离开萨克拉门托大街的。他花了那么长时间才找到机会。亚历克斯、奥利瓦太太、洛夫教授终于都出去了,而那些仆人在忙碌。

此时此刻,他睡意完全消失了,心里想,我要回家。一个人过了三个晚上之后,想要离家出走的愿望削弱了。星期天和星期一,他睡在金门公园里,浑身冻得冰凉。他吃完了从厨房里偷来的最后一个苹果和最后一片面包。星期一夜里,一个不修边幅的男人来到他跟前,解开裤子的纽扣,露出那个家伙。吉姆连忙逃走,那家伙却一个劲儿地喊着脏话,挑逗他。

昨天夜里,四处游荡之后,他发现了这条窄窄的垃圾遍地的通道。他靠着巴伦西亚大街客栈的墙睡着了,这客栈是一个低档处所,就在市场街南面。

爸不喜欢他。爸是一个奇怪的人。可是他孤身一人挑战冒险已经冒够了。他手脚僵硬,浑身冰凉,饥肠辘辘。家里比这儿要好,哪怕需要忍受爸……

一个声音分散了他的注意力,他把目光转向小巷的另一头,远离大街的那一头,看到了一个人在破晓的曙光和房屋的影子中走来。这是一个高个儿,穿着一件长及脚踝的奇怪的外套,上面补着一块块从破被子和破地毯上取下来的布。这人戴着一副连指羊毛手套。

一度,吉姆害怕这是金门公园里来的那个可怕的陌生人。但不是,这人有一头乱蓬蓬的头发,披散在肩头。哗哗的水流声。这人在撒尿。

在较近通道的这一头,巴伦西亚大街那儿,送牛奶车的马开始甩动着它的头并踩着蹄子。接着它发出嘶鸣,似乎感觉到了或者看到了什么可怕的东西。

我要回家去。马上。

小吉姆爬起身来。

"嗨,那是谁?"那个鬼怪一样的人大声喝问道。他沿着小巷朝吉姆走来。

吉姆朝另一个方向跑去。跑了六七步,他就来到巴伦西亚大街了。拉牛奶车的马想挣脱挽绳,抬起马蹄,它疯狂的嘶鸣声表明依然有看不见但令它恐惧的东西。

接着,天空中传来隆隆声,就像一辆飞速行驶的列车的声音。吉姆往左右看了看,但没有发现声音的来源。几个上早班的工人疲惫地走来,突然停住了脚步,四下里张望着。接着,街道像一条抖动的地毯一样呈现出波浪状。吉姆张大了嘴巴。咆哮声越来越响,混杂着四周摇摇晃晃的框架型房屋挤在一起的"吱吱嘎嘎"、"噼噼啪啪"、"轰轰隆隆"的研磨声。巴伦西亚大街客栈的楼上,客人们醒来了,大呼小叫着,蓦地,似乎旧金山每一座教堂的钟声都响了起来。它们大声鸣响,但是没有节奏,也没有音调,只有那狂野的钟声在空中回荡。

一块巨大的檐口板像一颗流星一样飞落到吉姆的面前,跌落到大街上后砸得粉碎。他大叫一声,赶紧退后,将自己的脸靠在客栈的墙上,檐口板的碎片落在他的脸上和耳朵上。一块碎片擦伤了他的眼睑。

一只戴手套的手抓住了他的一侧肩膀。

"孩子,发生什么事情啦?"

吉姆惊恐地尖叫着。他看到一个陌生人俯视着他……头发很长。就是那个穿着补丁外套的人。

"让我过去,小鬼。让老乔克瞧瞧……"

那匹拉车的马嘶鸣着猛然弓背跃起,客栈的一个客人跑到了大街上。巴伦西亚大街另一边一幢两层框架型楼房烟囱的砂浆涂层出现了一条条裂缝,接着轰然倒塌,两三块砖头砸到了送牛奶工人的身上;他手上的铁丝筐掉落到地上,那些软木塞盖啪啪地飞了出去,他滚倒在人行道上,他的鲜血流进了牛奶里。

屋顶撕开了,又有一根烟囱断了,火星子旋转着蹿向天空,形成了火星旋涡。大街如同大海一样波涛起伏。吉姆吓坏了,紧紧抓着那个浑身肮脏的高个儿男人不放。

"耶稣,上帝,审判日到啦。"那人喊叫道。

那似乎将永远存在的一刻发生过后,震颤停止了。

"是地震。"那人气喘吁吁地说道。

人们从摇摇欲坠的房屋里和巴伦西亚大街客栈里跑了出来。一根断裂的烟囱里升起长长的火舌,接着火舌缩了回去,房子下面的一些窗户后面冒出黑色的滚滚浓烟。天空中依然有钟声在鸣响,但是钟声的速度不知怎么的慢了下来。有将近十秒钟的时间,清晨似乎再次变得清新、温和、宁静,天空中阳光灿烂,虽然倒塌的房屋上有灰尘升腾,朦胧了阳光。市场街的南面,吉姆听到了水流的声音,消防龙头爆裂了,冒着泡沫的水柱喷得有两层楼高。接着,他看到了又一个消防龙头爆裂。

吉姆低着头,紧紧拉着那高个儿的一只手。接着,又一阵震颤来临。大街再次开始波澜起伏。在街区中,有十码长的路面拱了起来,形成了一个小山丘。巴伦西亚大街客栈往前倾倒,街道对面,仅仅一瞬间,三座连着的房屋就歪向了南面,歪成了一个四十五度角。

巨大的声响再次充斥了吉姆的耳朵。有木头朝他落了下来。

"喂,小孩,当心。"那人大叫道,一面飞身扑过去用自己的身体护住吉姆,不一会儿,整座巴伦西亚大街客栈解体碎裂,在他们头顶上轰然倒塌,瓦砾如雨点般落下。

麦克像一个疯子一样驾驶着凯迪拉克往北疾驶。

石块啪啪地击打着挡风玻璃。他的白发飞扬,那件肮脏的防尘外套的袖子飘动着。他实际上是趴在方向盘上,竭力想让噼啪乱响并已过热的发动机释放更大的马力,跑得更快一些。

他的身后,半月湾伸展在那儿,彻底毁了。差不多所有的框架型建筑和码头都倒塌了。大约在五点半的一个余震将躲过最初地震的很少的几幢建筑全部夷为平地。到了六点半,麦克和几个邻居将小山一样的瓦砾清理干净,救出了那个咖啡店店主,他还活着。他们让那个人平躺在汽油泵旁边的几床毯子上。

他的前头,一堵像防御土墙一样的云团巨浪般汹涌奔腾,塞满了地平线,并延展向他左手边的太平洋,再越过他右手边的半岛,这表明,一波巨大的地震即将来临。

他的左面,朝向大海,他看到有半英里的铁路线沉没了,看不见了。

他的右面,一个人正在一堆倒塌的断垣残壁前挥舞着双手。那堆杂物上面,搁着一块剥落的招牌,上面写着:"朝鲜蓟!鳄梨!新鲜!"

"停下,回去吧。"那人一面挥手,一面大声喊叫着,"什么都完了,通信断了,我刚刚一直在尝试着给帕洛阿尔托打电话……大学成了废墟……"

那个人和那堆瓦砾模模糊糊地在他的身后闪现。

麦克眯眼看着。在一英里高的灰尘和浓烟的屏障中,还有新的闪亮的色彩:红的,黄的,粉红的。

他看不见旧金山,只看见了其南边的几条入城道路、城市周边的几座小山。但是,从这冲天的鲜红色彩里,他可以确定,这四个小时之前的地震所带来的破坏不只有财产损失,远不只有财产损失。

"吉姆。"他捶打着方向盘,"吉姆。"

1906 年 4 月 18 日上午 9 时 15 分,麦克·钱斯驶进了旧金山。

旧金山已经一片火海。

61

"特别警察。"那平民打扮的人说道。

他站在停泊于第十大街跟布赖恩特大街之间十字路口的凯迪拉克前面,在引擎罩上面伸出一条胳膊,他那支巨大的蓝色科尔特直指麦克的前额。

十字路口飘浮着烟雾。正东方,市场街的南边,一团团巨大的浓烟滚向天空,烟雾深处闪耀着橙色光亮。每隔几秒钟,麦克就听到窗户被炸飞的声音。

"谁委派你的?"

"施米茨市长。我,还有其他一千个人呢。"

"你的证件在哪儿?"

"就在这支枪的旋转弹膛里。"

"走开。我住在贵族山。我叫麦克林·钱斯。"

"哦,钱斯先生。是的,先生。刚才没有认出您来。我见过您的照片好几次……"他从汽车前面走开,"走吧,但是小心点。而且要当心这个。"

他从口袋里掏出一份传单。

与此同时,麦克的目光集中在了一处街角的消防龙头上。它打开了,它的底座四周有一摊烂泥。

"这水怎么啦?"

"没有一滴水了。整个城市就是一个烂泥塘。"

"地下的主要管道破裂了吗?"

"他们就是这样认为的。还有,市场街糟得一塌糊涂。看热闹的人、扒手、拼着老命抢救东西的人……该死的就像一个疯人院。别采取让人质疑的行动。这纸上面说的话是算数的。"

麦克瞧着这份声明,上面签着市长的大名,几个黑体字跳入眼帘。

所有抢劫或者犯任何其他罪行的人,格杀勿论。

"连问也不问就杀? 施米茨怎么可以下这样的命令呢?"

"怎么可以发生这样的事情呢?"

那个特别警察挥手让他继续上路。

他驾车绕过一大堆砖头,这时一根烟囱倒在了街道上。在一座房子的废墟上,一根弯弯扭扭的管子里咝咝地喷出蓝色的火焰。市场街的北面,一辆普通的消防车向东面疾驶而去,拉车的马鬃毛飞扬。没有水,消防设备有什么用啊?

一个穿着一件长法兰绒睡衣的瘦长个儿在汽车边上跑着,请求搭个车。

"我正在中央急救医院休养。我们就看着它倒塌了。我得去找我的妻子……我恐怕她离开了我们在诺斯海滨的那套房子了。"

"上来吧。我带你去市场街。"

麦克驾车奔驰,那瘦长个儿唠唠叨叨地说着话。

"可怕,太可怕了。赫斯特那幢大楼烧光了。歌剧院完了,还有所有的歌剧院的舞台布景全都完了,有八辆车呢。你知道,昨天晚上卡鲁索还在那儿演唱《唐贺塞》呢。他就住在其中的一家宾馆里。他们说他死了。哦,上帝呀,我真的太担心我妻子了。"

"你想她会上哪儿去呢?"

"到月亮河谷去了。我妻子的所有亲戚都住在月亮河谷。"

麦克就在市场街不到一点的地方停下。

"祝你好运。"那人谢过他,下了车。麦克惊讶地摇摇头。

中央急救医院早已撤离了所有的病人,包括精神病人。

他从市场街拐向右边,那些惊人的情景让他备受打击。

此时此刻,市政厅的穹顶只剩下了一个残骸,歪在那儿,十分危险。

到处都是士兵。从梅森堡来的士兵,从普雷西迪奥来的士兵,从派因大街骑兵营来的士兵,有骑兵,也有步兵,全都荷枪实弹,有的枪上还上了刺刀。

前头,向东望去,紧靠市场街南侧,好几个街区的房屋在燃烧。市场街的北侧,在一个看上去像是滨水地区的地方,又有一团浓烟升腾起来。那是农产品批发区。浓烟在市场街上空翻滚,有时,将大多数稍高一点的建筑都遮掩了去,像第三大街南侧十八层楼高的呼唤大楼。呼唤大楼尚未影响到。

也是在那个方向,他看到一大群人在乱转……穿着普通服装、戴着常礼帽的男人,撑着阳伞的女人。他们正在观光呢。不可思议……

他小心翼翼地慢慢将凯迪拉克开向前去。在如大潮般的人流中,这辆汽车犹如逆向行驶的一叶金属小舟。数以百计的旧金山人正在往西逃窜,逃向公园、海滨。他们拖着扁扁的行李箱。他们推着上面堆着很多物品的割草机和缝纫机。他们用小提箱和枕头套装着他们的细软。两个男人推着一架立式钢琴从旁边走过,钢琴上堆放着衣服、一个驼鹿头、一只班卓琴和一个女装人体模特。

到处弥漫的烟雾开始刺痛麦克的眼睛,而且他不断地咳嗽着。他注意到,穿蓝军装的人越来越多,戴高帽盔的人越来越多。德里南局长有六百人的这支警察力量也一定跟那些士兵和特别警察一样,每一个人都被派出去执行任务了。

"让开。"一个骑着马、戴着卡其色帽子的陆军上尉挥舞着他的马鞭,驾驭着他的战马穿过奔逃的人群飞奔而来,"战士们,跟上。"

六个步兵端着上了刺刀的步枪,在后面快步行进。那个上尉和他的战士包围了凯迪拉克。

"我们征用这辆汽车了。"

"等一下,上尉……"

"出来。这是命令。"

麦克急忙跳下汽车,站到大街上,愤怒极了。

"我想军队拿富人的玩具派不上什么用场。"

"我不知道你在说什么。我们正在用汽车运送死者和伤者。征用每一辆车。这些大街,什么也过不去的。二等兵艾伦……开走。"

他用马鞭指了一下东面。麦克站在蜂拥的人流中,瞧着一个戴着卡其色帽子、咧嘴笑着的二十岁年轻士兵驾驶着他的汽车离开了。

他疲惫地继续向前走去。那些街道的边上,他看到了死亡的马匹。路面上,因为主要水管爆裂,一片汪洋大海。每个酒吧都关门了。告示上写着:"根据市长命令。"市场街两头有两处大火升起滚滚浓烟,飘向天空。麦克再也看不到太阳了。

市场街上一幢屋子的门口,一个女人躺在地上,她的裙子翻了起来,她的双手死死抓着她上方的门框。她上下起伏着,像个受伤的孩子一样发出尖叫声,她前面的人行道上,蹲伏着一个男人和另一个女人。

麦克看见,他们正将一个血糊糊的新生婴儿从她分开的两腿间拉出来。

六个男人在他身后追上了他,三个人推着手推车,车上装满了帆布袋子,上面印着的字是"费尔班克斯信托银行"。另三个人扛着带着拉推枪栓式装置的猎枪。

"你们那儿是什么东西?"麦克问道,朝最近的一辆手推车走去。

"一百万美元的无记名债券。"其中的一个武装人员说道,一面拿枪瞄准了他,"你想要走近来看吗? 那你会没命的。"

"不,谢谢,我信你的话。"

麦克让到一边,他们便继续沿着市场街推着他们的手推车快速走去。去哪儿呢? 去渡运大楼吗? 去奥克兰吗? 轮渡还在继续航行吗?

他认识一个正在指挥交通的警察小队长,便上前打听具体情况。

"哦,钱斯先生,这是一场灾难。"那警察用他亲切和善的爱尔兰口音说道,"除了能从贮水箱和海湾里抽到水之外,没有一滴水了。没有一个火警起作用了。在唐人街警报站的所有电池瓶都在地震中震坏了。可怜的丹尼斯·沙利文在总部大楼倒下来时受了致命伤……"沙利文是消防队长,一个二十六岁的老兵,也就是请求拨款改善供水系统的那个人,"……指挥消防人员,谁也比不上他灵敏和机智。我们的第三场大火,太厉害了,就在海斯河谷那儿。"

他指着麦克的身后。

"哪个该死的笨蛋女人想用一个损毁的烟道做早饭。这是上帝的审判,我想。这是一个作恶多端的城市,这个城市,除了妓女就是鸡奸者,除了鸡奸者就是妓女……"

"贵族山怎么样了?"

"迄今为止安全。谁知道能安全多久?"

麦克瞧着这浓烟,这恐怖的景象就像世界末日一般。在滚滚的浓烟中,那幢呼唤大楼像一座冰山一样矗立着。

谁知道能安全多久？

他费力地来到距呼唤大楼一个街区之内的地方。那儿人群最拥挤；好几千人挤在市场街上，从路边到路边，有的问着问题，有的提着建议。麦克来到他们中间时才发现，他们不是典型的观光客。他们并非无忧无虑，他们提心吊胆。

"我觉得呼唤大楼要完了。"

"绝不会。这大楼是防火的。"

"克罗克大楼也是防火的。它完了。"

"王宫大酒店还矗立着。你瞧它的旗帜还在那儿飘扬呢。"

"那老王宫真是太伟大了……"

他们中有些人鼓起掌来。

各种各样的声音混杂在一起，令人不可思议：市场街南面大火如同万马奔腾的呼啸声、窗户的爆裂声、士兵和警察的喊叫声、小孩的啼哭声、汽车载着死伤人员穿过熙熙攘攘的人群在乱七八糟的路上行驶时的喇叭声。看不见的屋子继续在倒塌。

麦克掏出他的怀表，已经快中午了。有人一声呼喊，只见呼唤大楼顶层的一扇窗户里喷出一股浓烟，清晰可见。一扇扇窗户开始破裂，碎玻璃如同倾盆大雨般倾注到街道上。麦克四周的人们推推搡搡地喊叫着开始逃跑。一块三角形的玻璃飞过来割破了他的脖子后部。

那个警察的说法非常贴切：灾难。旧金山的心脏尚未完蛋，但是它正在完蛋。

他转向格兰特大街，接着再往西，想快速浏览一下联邦广场。广场上人山人海，到目前为止尚未受损。广场的边上，他邂逅了他在波希米亚俱乐部认识的一个人。

"钱斯。你是安全委员会的成员…你知道这事儿吗？"

"不，我不知道，我刚刚回来……那是什么委员会？那委员会是干什么用的?"

"市长成立该委员会是为了做好消防工作,办好急救医院……反正什么都管。这个城市最富的五十个人。吉姆·费伦任主席。他们已经向奥克兰的莫特市长和萨克拉门托的帕迪州长发出了求助。他们在十点钟公布这个委员会时我看到了你的名字。他们恐怕马上就要开会了。"

"哪儿呢?"

"不确定。我听说他们离开了司法大楼前往新的费尔蒙特……"

"谢谢。"他说完,继续推推搡搡地往前走去,前往杜威纪念碑,纪念碑顶上有希腊胜利女神塑像。

广场边的吉尔里大街上,一个人挥着手大喊大叫。

"去奥克兰啦。游艇去奥克兰啦,第十三码头。"

"多少钱?"有人大叫着问道。

"五十美分。"

"你那是趁火打劫。"

但是,其他二十个人匆匆跟在了那生意人的身后。

麦克继续在摩肩接踵中挤向前去,朝广场北面的波斯特大街挤去。又有一大群人的喊叫声突然让他转过身去。呼唤大楼上面的四层楼着火了。大楼后面,上升的烟雾足足有两英里多高,染黑了天空。西南方向,同样的黑烟表明,海斯河谷的大火,那场由那个女人烧早饭引发的大火,还在蔓延。房屋崩塌不断发出的猛烈声响使人感觉像是处在战争时期。

麦克越过波斯特大街,回到鲍威尔大街上。突然,他看见亚历克斯·马勒在圣弗朗西斯大街的入口附近。亚历克斯没戴帽子,外套也没穿,低着头急匆匆穿过波斯特大街,走进麦克刚刚离开的广场。麦克回过头,前去追他。

"亚历克斯。"他大声喊叫道,一面挤过人海,一面挥着手。

亚历克斯听到了他的名字,回过身,在昏暗的日光中微微抬起头来。

"钱斯先生。"一看到他的雇主,他看上去似乎局促不安。

亚历克斯被汗水浸透的衬衫肮脏不堪。他卷起了袖口,一直卷到他黑色的袖箍下面。亚历克斯从来都不露袖箍的,也从来不穿脏衬衫外出的。

"先生……我不知道你在哪里,也不知道你何时能回来。市长的委员会……"

"是的,我听说了。你是跟其他人一样来看看情况吗?"

"不,先生。我到这儿来是希望……就是说……先生……你回过家了吗?"

"还没有。"

"你不知道你儿子的情况?"

在明显能感觉到的从南边和东边逼近的大火的热辐射中,麦克感到浑身冰凉。

"吉姆受伤了吗?"

"先生,并不完全是这样。星期天晚上,教授、安吉利娜·奥利瓦和我,因为每个人都有事,全都出去了,出去了几个钟头。我是第一个回家的,将近十点一刻的时候。由于安吉利娜·奥利瓦要到星期一早上才回家,我就去检查吉姆的房间,看看是不是一切都好。我找不到他。显然,他在晚上的什么时候偷偷溜出去了。"

"你见鬼的究竟什么意思,'偷偷溜出去了'?"

"对不起,先生,抱歉……"他带着一种愧疚的神情脱口而出,"离家出走了。"

"哦,耶稣啊,不。"

"我们想方设法联系你,先生。我们不知道你的确切位置。德尔蒙特宾馆说你离开了。吉告诉我们说星期一你会打电话来,可是一直没有电话,延误了。然后……星期一晚上……我们请求地方当局尽量联系这儿以南的其他执法机构。我得直说了,每次一提到你的名字,我们就得不到最好的合作……"

麦克目瞪口呆,居然对这话也没有什么反应。

亚历克斯继续说道:"自从地震把一家人全都震醒以来,我一整个上午都在外头。我希望也许能在哪个地方找到小吉姆。那么多人在外面,我感觉他一定还在城内……"

"你肯定他是离家出走吗?"

"他带走了他房间里的很多东西。床铺仍然铺得……"

"你们星期天夜里报警了吗?"

"当然报了,立刻报的警。我们向他们详细描述了吉姆的情况。"

"该死的,一个七岁的瘸腿小男孩,就那么难找吗?"

"不难,先生。昨天夜里,一个步行的巡警在市场街看到过他,但是在人群中又一下子找不到他了。今天上午……嗯。你自己也看到了,警察没有时间了。"

不知什么地方,又一幢大楼轰然倒塌,变成了废墟。麦克浏览着天空,浏览着联邦广场和人群,愤怒和愧疚的泪水开始夺眶而出。他竭力控制着不让眼泪掉下来。

"上帝呀,他在哪儿啊?"

一声爆炸的巨响,盖过了其他声音,完全不同的声响,震动了路面。人们惊恐地尖叫着,推搡着,赶紧伸出双臂抱住自己的头。

"又一场地震……"

"不,不……他们在爆破。军队在爆破,设防火带……"

第二声巨响传来,接着是第三声。

"先生,"亚历克斯说道,"我是否可以建议……"

麦克一个急转身,一把推开挤在他身边的一个男人。他的思维杂乱无章,他只是拼命地奔跑。

他急匆匆跑上很陡的鲍威尔大街。他的身后,狭窄通道以南的大火正沿着一英里半的街面,从旧金山湾一直烧到第六大街,从福尔瑟姆大街烧到市场街。大火焚烧着第三大街上的整栋呼唤大楼的内部,并气势汹汹地烧向位于蒙哥马利大街的王宫大酒店。农产品批发区的大火也在肆虐,而海斯河谷的大火正朝着那个机械展馆和市政厅的方向蔓延。一副堪称地狱的全景图像。

麦克逃离了这个景象,沿着鲍威尔大街,往家里奔去。

他跑过一个小姑娘身旁,那小姑娘扎着小辫,抱着一个碎布做的玩偶,在那儿游荡。

他跑过一个中国老太太身旁,那老太太坐在门口,两颊泪水闪亮,一只撕破的黑色裤管处,戳出一根白森森的骨头。

"断了。"她在麦克跑过时对他说道,"哦,断了。"

他跑过一个印第安人身旁,印第安人推着手推车,车上装满了乐谱。

他跑过一家咖啡店,那儿有两个特别警察抓住了一个贼。一个警察正从那人的外衣口袋里掏出银器,另一个警察则用短棍在打那小偷。

麦克奋力爬上小山顶,朝加利福尼亚大街跑去,他的胸中,如同被一把钻子深深地钻进去,疼痛异常。数个小时的饥饿、震惊和体力的消耗终于要给他带来伤害了。他将额头靠到那家新的但尚未开张的费尔蒙特宾馆冷冰冰的花岗石上。意想不到的是,他突然想到了玛格丽特,想到了她在教会大街上的餐馆和住所。毁了,肯定的。她安然无恙吗?

他抬起头来,他的白发在热风中飞扬。他太累了,想就地躺下。但是,他得继续前进。往那幢豪宅前进……

但是,他干吗要如此匆忙呢? 要是吉姆走了,还有什么可干的呢? 谁还能在四散奔逃的数千难民中找到一个孑然一身的小男孩呢?

接着他想到了那个委员会……

他向一个保卫人员表明了一下自己的身份,走进了费尔蒙特宾馆。

前市长吉姆·费伦在麦克从大堂的一扇后门进来时看到了他,大堂里还有一股很浓的油漆味。他在前面一张摊着桌布的桌子那儿说道:"麦克,欢迎。你这模样太怪了。"

"从卡梅尔开车过来的。我在半月湾碰到了地震。"

"我们正在想如何拯救这个城市。"鲁道夫·斯普雷克尔斯说道——他坐在委员会的成员中间。

"为时已晚。"这是费尔班克斯的声音。

他的话激怒了费伦。

"别说这种丧气话。旧金山人也许在很多事情上负罪太深,但是他们不是懦夫,他们不会坐下号啕大哭。我们继续开会吗,先生们?"

那些温度高达两千多华氏度的大火很快吞噬了所有的街区。花岗岩的柱子熔化了,收缩了,冷却后变成了奇形怪状的石头。一根根钢梁弯曲得像热水中的通心粉一样。铁制品折叠缠绕,宛如装衬衫的纸板箱似的,砂岩如同窗玻璃一样噼啪爆裂,混凝土铸件碎成了颗颗沙粒。

下午一点钟的时候,军队开始炸毁市场街的北段。农产品批发区的大火正在往西蔓延。

下午三点钟的时候,王宫大酒店顶上的旗帜在烟雾中消失了,这幢伟大而又古老的旅店等待着它的末日。

到下午八点钟为止,太阳下山之后,一道怪异的并非真的白昼光亮照亮了旧金山城。紧张纷乱的消防队员瞧着农产品批发区的大火向西蔓延,接着意识到不能让大火烧到鲍威尔大街来。

市场街南段的大火已经越过了第八大街。

第三处大火,就是那个不知名的女人烧早饭引发的大火,已经迅速从机械展馆向市政厅蔓延。有人将这处大火命名为"火腿鸡蛋之火"。它跃过市场街,烧到了第九大街,跟南边的大火会合,形成了一场新的大火……一场更大更致命的巨大热带风暴一样的大火。大火向西突袭,烧向教会区。

跟其他地方一样,在费尔蒙特宾馆,电话断了,被征用来的汽车带着有关大火位置的各种信息、命令、报告来来回回地奔跑。安全委员会将一切可以调派的物资急速地调派到金门公园,准备帮助数以十万计的无家可归的人过夜。一个从奥克兰来的信使说,一辆急救列车早已带着医生、护士、食物和医疗设备从洛杉矶出发了。

到了夜里十一点,可以确认唐人街正在被焚烧。其一万居民全部从家中和商店中逃到了早已满是逃难者的大街上。

麦克整夜都在工作,仅仅喝了一杯冷咖啡,吃了半个不新鲜的面包卷。快凌晨三点钟的时候,他听到客厅外面的走廊里有跑动声。

"我们得撤离宾馆了。"有人喊叫道,"大火跳跃到鲍威尔大街的这边了。"

"麦克,你最好回家去。"费伦说道,"尽量抢救些东西出来。"

正式的防火带向西延伸到范内斯大道。农产品区的大火沿着布什大街和派因大街燃烧,烧着一幢屋子,烤热下一幢屋子,直到将其点着,将其焚毁,然后蔓延至下一幢。大火中的多米诺骨牌一个接着一个倒下,唯一受到干扰的是风向。

在大火吞噬了鲍威尔大街西面的布什大街和派因大街之后,风将大火转向了北面,烧往梅森大街方向,烧往铁路巨头和餐具巨头的那些木头建造的华而不实的豪华大宅。

萨克拉门托大街上的那幢豪宅受到了地震带来的严重损害。那巨大的蒂法尼玻璃天窗不见了,其残骸散落在三层楼下的门厅里。麦克卧室的地板倾斜成了三十度。

他在办公室里用一只装黄金加州橙子的箱子满满地装了一箱账本和文件。到凌晨三点四十分的时候,大家开始撤离这幢屋子。奥利瓦太太搬出了一幅宝贵的圣母马利亚画像。洛夫教授搬出了他的巴特勒特[1]的书和其他一些书籍。那些仆人则搬着铰合式手提旅行包、茶壶、《圣经》和相集。

---

[1]巴特勒特,即约翰·巴特勒特(1820—1905),美国出版家和编辑,以编纂出版《常用妙语词典》及《莎士比亚戏剧诗歌语词索引大全》而闻名。

吉驾着"银色幽灵"绕过墙角,其乙炔灯的光线刺穿了烟雾。她已经缺失了被毁坏的挡泥板和备胎,而且身上坑坑洼洼,但是奇特的是,她看上去十分豪华、鲜亮,像一块金属疙瘩。吉将她停在了大门口,头朝西方。

麦克此时没穿外套,搬着那只箱子跌跌撞撞地走下台阶。接连不断的打击使他精疲力竭,使他处于一种麻木的梦游状态。但是,他不断地往前移动,一只脚跨到另一只脚的前面。仆人们担心地瞧着他。

在火光和阴影中的一片混乱中,他撞上了肩上扛着萨金特绘制的那幅巨大画作的亚历克斯。

"别管这个。"

"先生,这是一幅珍贵的艺术品啊。"

"我宁愿找到我儿子。"

"我知道,先生。我就选择抢这么点东西出来。"

他的肩上仍然扛着麦克的那幅肖像画,快速地走出了大门。

他们所有人除了亚历克斯和麦克外,全都挤进了那辆罗尔斯-罗伊斯里,就像一幅杂耍剧场的招贴画上的一群滑稽演员,只能坐七个人的车子挤上了十一个人。车子下陷,但是她的弹簧还坚持着。

麦克转身瞧了最后一眼。他第一次看到左手边的那根柱子断裂了,塌了下来,留下了椭圆形图案上那几个首字母。

这是上帝的审判,我觉得……

大火蹿上了费尔蒙特宾馆的屋顶,并在其窗户后面舞动着。吉焦急地瞧着。

"钱斯先生?"

什么狗屎的傲慢自大。麦克心想,开始向那根柱子走去。真是愚蠢至极啊。这是对他的惩罚。

吉姆是对他的惩罚。

"请快一点,先生。"亚历克斯催促道。

麦克的脸抽搐着。他奋力一掷，将那只箱子扔回到了大门里。文件撒了遍地，账本四散飞扬。头顶上方，一阵阵大风卷起烧红了的木屑和瓦砾。有一些落到了大宅的穹顶上，一小缕白烟飞散开来。

"烧吧，该死的。"

他转过身去，大步走了。

他站在"银色幽灵"前面的两盏乙炔前灯之间，脸色苍白，面目狰狞，那神情像疯了一样。他猛地剥下撕破的马甲，将它扔到街上。坐在汽车里的人们看到了那支"店老板"科尔特插在他右臀部的枪套里。

"跟着我，吉。"

他开始走路。汽车爬行着，亚历克斯跟在后面。他的肩上，画上的麦克那双清心寡欲的眼睛恬淡地凝视着费尔蒙特宾馆的熊熊火焰。

虚假的"太阳"照得麦克的颈部热辣辣的，照亮了前面的路。他带领着这辆负重的汽车慢慢地走下贵族山，将这座小山留给了它的征服者。

第八章

废墟 1906 —— 1908

当大火肆虐逞威的时候，旧金山城双膝跪下了。大火从星期三一直烧到星期四。在西面范内斯大道的防火线上，士兵们泼洒着煤油，将房子烧掉，人工开辟出一条防火带。更多的爆破闹出很多声响，但是专家们说，这样做几乎没有什么效果，或者说没有什么用。

坚守范内斯大道的代价很大。人力集中到了那里，烧向东北方的大火越过了华盛顿大街，吞噬了俄罗斯山和诺斯海滨的部分房子。东面，大火烧到了哥伦布大道，然后继续烧往滨水地区。

到了星期五，大火的威力自行衰减了下来，消防员们获得胜利。消防艇帮助拯救了旧金山湾里的大多数码头。西面的大火越过了范内斯大道，但是那儿，防火带守住了阵地。然后，到了星期六，下雨了，然后，评估开始。

死亡人数接近五百。没有人知道有多少人在倒塌的房子里失踪，后来被焚毁殆尽了。过火面积达到两千八百多英亩，摧毁了四百九十个城市街区和二十五万幢住宅。大火燃烧的面积和损毁的财产是 1666 年伦敦大火的六倍。即便是 1871 年的芝加哥大火，也仅为本次大火规模的三分之二。

那些巨大的地标性建筑，那些银行和剧院，全都化为灰烬。市政厅的所有档案、那些公共图书馆的所有书籍、贵族山上四大巨头的所有豪宅，全都化为灰烬。轮渡从来没有停歇过，但是那些缆车无限期地停业了。

旧金山的人们以令人震惊的胆识和勇气作出了回应。他们以前曾经战胜过灾难，他们也将战胜这场灾难。安全委员会立刻建了一百五十个救济站，分发赖以生存的食物和水。来自远方城市的州用火车皮装载着食物和毯子，飞速向西部运送。

小学生们进行募捐。别的国家捐赠钱款,光日本人民就捐赠了将近二十五万美元。总共九百万美元的赈灾救助款注入到旧金山,让其无家可归的人们有房子住,有东西吃,巨大的帐篷营地搭建在可以被利用的每一平方英尺的城市绿地上和海滨地带。

等天变蓝之后,有些曾经笑容可掬地给旧金山的动产和不动产提供保险的公司就不太慷慨了。现在,还有青烟挂在天上,他们有些公司就背信弃义。火灾导致的损失高达五亿美元,很多诚实的公司许诺予以全额赔偿。十二家美国公司就是这样做的,也因此破了产,但是好多家欧洲保险公司要不就是只赔百分之二十五,要不就是全部赖账。

灾难的损失逐渐浮出水面,极端到令人无法正常思考的程度。旧金山远不只是仅仅伤亡惨重。在北面和南面,地震还导致了长二百英里、宽四十英里的地面塌陷。北达布拉格堡,南抵萨利纳斯市,铁轨像太妃糖一样被软化,竖起来,又冷却成过山车轨道一样的一座座小山。有目击者称,人行道竖起,像电梯升到二层楼停下了一样。开着口子的断层线沿线的土地移动的距离长达二十一英尺。在索诺马县,闹市区圣罗莎被夷为平地。在帕洛阿尔托,半岛上,那所大学蒙受了巨大损失。圣何塞的大多数区域变成了瓦砾场。

这场灾难,从一个方面看,是一个无以言表的噩梦,但是从另一个角度看,它变成了一项成就。除了加利福尼亚人,谁还能在这样一场大地震中幸免于难,谁还能在人类历史上最恶劣的这场大火中苟延残喘,谁还能在如此境地中表现出这样的勇气、精神和柔韧性?正是在这样的气氛中,旧金山开始抖落她的震惊和绝望,很快就展示出她的特别之处——迷人,同时也自大。英俊的吉恩·施米茨宣告:"我们漂亮的城市躺在了废墟中。但是作为你们的市长我要说……这些废墟是地球表面人们所能见到的最该死、最完美的废墟。"

清理工作开始了。士兵们端着上了刺刀的枪巡逻,维持秩序。城市政府在市场街的惠特科姆宾馆继续开始办公理政。建筑师们终于宣布了他们实施伯纳姆规划的意向。上帝已经为他们清理了地面。

人们一面吃着通过铁路从芝加哥、丹佛和泽西城运送过来的食品,一面分享着住所、食物,分享着美好时光的回忆以及那九死一生的记忆。一度,人们忘却了对南太平洋铁路公司的憎恨。

　　不到三年,实际上旧金山城商贸中心和闹市区的每一个街区都得到了重建,仿佛那儿从来就没有发生过地震,从来就没有过那场大火。时间的魔力早已经将灾难的基体金属转变为传奇黄金。此后好多年,旧金山依旧以"最该死、最完美的废墟"自夸。

62

哪怕在大火熄灭之前,麦克也一直在东寻西找……公园里,海滨沙滩上,到处乱跑。他用帕迪州长签署的证件表明自己的身份。他一次又一次地对营地指挥官、端着上了刺刀的步枪的士兵和难民说:

"我儿子七岁,快八岁了。他最明显的标记是瘸腿;他的左脚是跛的。他个儿高,就这个年龄来说算是成熟的。他有一头金色的头发,两只眼睛是深蓝色。我没有他的照片,可是他看上去跟《奥克兰论坛报》这幅照片上的女人长得一模一样。你们见过他吗?"

星期六这天下雨,他来到警察临时指挥部,斯塔尼安大街上的公园警察局这儿。这地方一片喧闹,警官们来来往往,心烦意乱的亲属们又哭又叫。麦克的名字使他很快便走进了德里南局长的办公室。德里南知道他儿子失踪这件事情,但是没有新的报告。他咕哝了几句表示同情的话,麦克觉得他只不过是在敷衍罢了,德里南让他去见马尔维希尔侦探。

"艾克·马尔维希尔。"那侦探说道,一面意气消沉地握了一下麦克的手。

他的办公桌看上去像是有人在上面倾倒了好几筐垃圾一样。

"坐吧,坐吧。"马尔维希尔朝一张粗制滥造的椅子做了个手势。他身形瘦长单薄,头发灰白,两只眼睛下有眼袋,一件衬衫散发着酸酸的味道,一条领带上溅满了无数杯咖啡的咖啡渍和无数杯啤酒的啤酒渍,看上去很沧桑。

"恐怕是关于你儿子的事情吧。"马尔维希尔说道,一面漫无目的地翻着一些文件,"我们有他的长相描述,但是没有找到过他。在这种情况下,不足为怪。失踪的人仍然数以百计,先生。我说的数以百计毫不夸张。但是我告诉你,先生,因为你没有提供这个孩子的照片,所以我们寻找起来更加困难。"

"我有两张照片的。两张全都跟房子一起被烧掉了。我当时关心的是让我的人赶快逃出来,而不是私人物品。我相信那不会妨碍你们处理这件事情的吧。"麦克开始挖苦他。

"等我们有时间有人力的时候吧。"马尔维希尔说道。

也许他是累了……筋疲力尽了……所以他似乎表现得冷漠无情,他耸了一下肩膀,这一来,麦克爆发了。

麦克重重地捶打着他的办公桌。

"就现在,侦探,不是下周,也不是下个月。"

"别对我大喊大叫,钱斯先生。你不会是到这儿来大喊大叫的吧。我忙得不可开交呢。"

"你以为我们都不忙吗?我想要你们做点什么。"

"别用这种口气跟我说话。别忘了你是跟谁在说话……"

"你也别用这种口气跟我说话,该死的。我是纳税人……"

"但你不是这个城市政府的朋友。"马尔维希尔一下子蹦出了这话,一面飞快地瞪了他一眼。

他再次开始整理那些文件,这次动作很快,两只眼睛一个劲儿地盯着那些文件。

"我很忙,钱斯先生,你可以发现,所有这些都是跟你儿子一样的失踪人员。我们会尽力的,就像我们为每个市民所做的一样。我们如果有什么线索,就会马上通知你。你住在哪儿?"

"我们住在金门公园锅柄状区域的营地。"

"好的,再见。"马尔维希尔说道,头也没有抬起来。

麦克走出去的时候,狠狠地甩了一下门。这并没有让他的感觉好点。

离开警察局,他脑子里突然产生了一个新的想法。考虑到马尔维希尔的年龄,他毫无疑问是朗·科格伦的同事。也许甚至还是朋友呢。

上帝啊,局面太糟了。

在公园里宿营的四万人中间,麦克跟从那幢豪宅来的人在一溜两排的白色帐篷里形成了自己的一个小小社区。他们轮流去排队领取食物和水。一开始的几天,水全部来自奥克兰,用水罐车从大型平底船上运送过来,穿越已经是一片废墟的城区,全副武装地被押运过来。

他们的帐篷社区发展异常快速。雷特·哈弗斯蒂克带着他的妻子和五个孩子找到了他们。玛格丽特带着她的两个服务员和一个腼腆的黑人妓女吉塞拉找到了他们。拿破仑小居彻底完了。她在出院后几个月停了餐饮业,带着几个姑娘又经营了一段时间。虽然她对麦克坦言,她对经营这一行再也没有多少热情,但是最终她不得不重操旧业,因为这是她唯一懂行的生意。

玛格丽特的服务员搬来了一架立式钢琴。没有人问他们这是哪儿弄来的。到了晚上,大伙儿就都围在四周欣赏钢琴演奏。吉塞拉自弹自唱;她有一副漂亮的女高音嗓子。他们最喜欢的那首歌是人们在地震和大火之后所认可的《今夜老城激动时刻》。吉塞拉用强烈的摇滚节奏演绎这首歌。不过,有的时候她演唱得很舒缓,像一首挽歌。这时,所有的女人都哭了。

大火熄灭后的星期日,他到闹市区去,向陌生的人们描述吉姆的长相,给他们看卡拉的照片。数以百计的人们漫步在阳光下,观光。除此之外,当时也没有多少事情可做。被雨淋湿的废墟上蒸汽在飘荡。穿着卡其布军装的年轻人端着步枪,守卫在每个街区,防止人们偷盗抢劫。马特洪恩山和沙斯塔山一样高的遗弃物品赫然耸现在一个个街角,这些堆在那儿的东西就是被清理的物品的一部分。画着红十字的敞篷汽车载着食物、毯子和衣服咔嚓咔嚓地从身边驶过。被焚毁的房子的断垣残壁投下一道道长长的影子,像一个个墓碑。幸免于大火的连排房屋向人行道倾斜,看上去很危险,但是没有倒塌。

人们的感知能力扭曲了。显而易见的地标消失了,天空似乎变低了。旧金山城看上去变小了,闹市区的交叉路口显示出荒原的景象。你走一段路,看上去像有三个街区,但实际上只有一英里地。

正当麦克脸上挂着悲伤的表情,站在内部遭到毁坏的赫斯特大楼外面之时,一个身材圆润、文质彬彬的小个儿中国人走上前来。他朝麦克微微一笑,在他肩头轻轻拍了一下,说道:"别担心……迟早,所有的一切,我们都会新建的。"

麦克给他看了《奥克兰论坛报》上的那张照片,但没有得到他想要的回应。

在又一个街角,一个不修边幅的男人站在一只肥皂箱上,向六七个稍稍有点好奇的听众挥舞着一本《圣经》。

"巴比伦被摧毁了……罪恶之城巴比伦被摧毁了!上帝打击了她涂脂抹粉的妓女和趾高气扬的离经叛道之人。上帝将酒吧和游乐场夷为平地。上帝对数千冷漠的罪人给予严厉惩罚……"

麦克摇摇头;许多狂热的传教士都把惨遭如此蹂躏的责任推到旧金山道德败坏的传统上。那些传道士们从来没有提起过供水系统不足这个问题。

在轮渡大楼附近,麦克撞见了杰克·伦敦。这个时候,伦敦以作家和演讲家的身份而闻名,却因为他的性丑闻和他的社会主义政治见解而受到攻击。这位作家穿着宽松的蓝色套装,戴着一顶巴登-鲍威尔帽子。他告诉麦克,他是从他在格伦埃伦的大牧场来的,正在写他的感受。

麦克照例描述了一番他儿子的相貌。伦敦摇摇头。接着他说道:"我告诉你,我从未见过旧金山人如此友善,如此谦和。在这种大灾大难中,我认为社会各阶层将会互相鼓舞。我本以为我们将会有战争的。"

"你听上去有点失望啊。"

伦敦平视了他一眼。

"不。感动。但是,记住这个,我的朋友。古老的弗里斯科①——那个富豪们的城市——消失了。新的旧金山将会属于狭窄通道南面的人们。工人,穷人。瞧,没有私有财产了。我希望你找到你儿子。"伦敦拿手指碰了一下他大帽子的帽檐,继续往前走去。

麦克对这近乎侮辱的话感到不快,心里不明白,假如伦敦对旧金山城的贫困如此癫狂、如此感动,那么他为什么一赚了些钱就立马把家搬到乡下去了呢。

在后来的交谈中,洛夫教授说他认为伦敦的社会主义理论是疯狂的,但他的小说有着独到见解,令人激动的,而且,他关于这场灾难将催生出最好的结果这番话是对的。

"Animus tamen omnia vincit②. '勇气战胜一切'。这是奥维德③说的。"

金钱什么也买不到,没有什么东西可以买。麦克跟那些律师、银行家、社交领域的有身份的女性、女仆、砌砖工人、搬运灰泥砖瓦的小工、记者、女帽设计师、扒手一起排在领取食物的长长队伍中。

他跟宿营地的其他人一道挥动着铁锹,挖掘他们的公共厕所,然后清扫公共厕所。他很快就习惯了臭味儿。这毕竟是生活的臭味儿啊。

人们在特别的室外公告牌上用粉笔进行交流:

J.福克斯太太在奥克兰,安全。

安杰洛·法努奇,找到你的家人了,在二号宿营地。

小男孩西利格森的亲属请联系市陈尸所。

---

①弗里斯科,即旧金山。
②拉丁语,大致意思为"勇气战胜一切"。
③奥维德(前43—约17),古罗马诗人,代表作是长诗《变形记》,其他重要作品还有《爱的艺术》、《岁时记》、《哀歌》等。

马尔科姆,你要是看见这个,周五中午在此会面,诺拉。

麦克差一点写上他自己的话。
"吉姆……你在哪里?爸。"

有些人很快便抓住了这个时机。一天,麦克陪同雷特·哈弗斯蒂克到公园的邮政局分局去。邮政局几乎是在大火熄灭之后就建立了帐篷分局。

麦克没有邮件,但是律师收到了一张他在洛杉矶做房地产经纪人的一个表兄弟寄来的一张无耻的明信片。他用巨大的黑体字写着让大伙儿都可以看清楚的内容:

我们这个地区在地震中完好无损。你为什么不考虑将来到洛杉矶来呢……或者向朋友推荐洛杉矶呢?这儿可以买到很多优质商品。谨致问候,菲尔。

詹姆斯·费伦在一次露天召开的会议上对安全委员会的成员发表讲话。

"关于供水问题,我们是对的。淡水严重短缺以及大火期间供水系统的状况证明了建造赫奇·赫切大坝和水渠的紧迫性。我们必须保持对联邦政府的压力,让它批准这项工程。我们决不能再受到自然社团那些伤感主义者的进一步阻挠了。"

在一次户外的天主教弥撒上,亚历克斯·马勒遇见了索菲娅·卡迈内利,一个身体羸弱、其貌不扬但聪明伶俐的姑娘。她将这个年轻的瑞士人介绍给了她的父母和八个兄弟。两个星期之后,亚历克斯在一个晚间歌会的时候寻找麦克。麦克照例坐在他自己帐篷旁边的一只箱子上。他从来不跟其他人一起唱,只是坐在那儿听,两只眼睛里露出呆滞的目光。

亚历克斯对他的雇主说,他求婚了,而且索菲娅·卡迈内利答应了,他们准备等形势恢复正常后就结婚。

在一个阳光明媚的星期六,一个德高望重、满头银发的商人在一个难民营里向一群人发表演讲。

"我的同胞们,你们都知道我是谁,帕特里克·卡尔霍恩,联合铁路公司的总裁,你们的有轨电车公司。我正在往各个营地发布消息,保证提供救济款项,个人并代表我的公司,总数为十万美元。"

响亮的掌声经久不息。弗里蒙特·奥尔德站在后面一棵大柏树浓密的树荫下,对麦克说道:"你觉得那些城市元老们会被帕特里克的人道主义感动而让他把电线架起来吗?"

5 月 14 日,被鲁夫老板俘虏了的那些领导人批准了头顶的有轨电车法案。

麦克每天在新组建的救济委员会工作几个小时,该委员会负责分发一车车的食物、床上用品、衣服、马的饲料,这些全都是从全美各地汇总到奥克兰之后再源源不断地运送过来的。

麦克对每一个提出问题、需要鼓励的人说:"我们当然要重建旧金山。"这听起来好像是他最先考虑的事情。但他真正最先考虑的事情几乎很少提起:吉姆。

大火熄灭之后最初的三个星期里,他去过六次警察局,但每一次去都比上一次更令人灰心丧气。回答总是相同的:没有新的线索,没有人见到过他的儿子。马尔维希尔已经不再负责此案,因劳累过度住院了。那个新人,一个油腔滑调的年轻侦探,看上去甚至比马尔维希尔还要漫不经心。

所有没有倾倒的建筑里无限期禁止明火烧饭。当居住在麦克帐篷社区里面的人们能排队领到一些牛肉时,他们喜欢将它拿到户外烹饪,放到搁在砖头上的很大一块废旧铁板上烤。哈弗斯蒂克是一名优秀的厨师,将这种户外烤炉称作"户外烤肉餐"。他说户外烤肉餐正在全城风靡一时,而且预言其他加利福尼亚人将会喜欢上它。

街道和人行道厨房在各处出现了。有些是用救济金搭建的,人们在这些露天提供膳食的厨房搭起长长的木头架子,常常就在巨大的废墟中央。救济厨房早餐提供玉米粥、牛奶和面包。午饭,有土豆泥、蔬菜和面包。晚饭,有汤、杂烩和面包。没有人抱怨。有钱的人要付十五美分,那些掏不出钱的人则凭红十字会发的票子免费领取膳食。

私人企业家们也开办了商店,提供花样更加繁多的饮食。一天下午,麦克从旧金山湾对面开完一个救济工作会议回来,走向他的货栈。从旧金山湾抽上来的水拯救了钱斯农产品公司。在距货栈一个街区远的地方,他惊讶地看见了一个新的街角厨房——一个货摊和一只轻便烤炉——货摊上用粉笔写着"罗斯咖啡"。

"内莉。"

她正在那块铁板上炖着的一锅食物旁抬起头来。有两个满脸胡子的人正耐心地等在那儿。她的气色再次好了起来。将食物端给顾客之后,她在围裙上擦着自己的双手,接着领着他绕过货摊的另一边。那儿,她用粉笔写着一天的菜单,还有一条横幅:

吃了喝了,心情好了,因为明天我们可能不得不去奥克兰了。

"我无法坐在卡梅尔无所事事。"

"你来这儿多久了?"

"五天。这让我的脑子开了窍。前天夜里,我开始写一篇小说。"

"你那俄罗斯山上的房子幸存下来了吗?"

753

"是的,大火没有把它烧了。你怎么样?"

当他给她讲了吉姆的事情之后,她哭了。他发觉自己竭力在控制自己不动感情,只是为了帮助她恢复平静。然后,他告诉了她几乎同样不让人开心的事情。

"我再次改变主意了。要是找不到令人满意的可替代水源,我将支持建造赫奇·赫切大坝。"

内莉的中篇小说《火灾区》在年末被《星期六晚邮报》买走,主编声称,她从来没有写过如此好的小说。威廉·伦道夫·赫斯特听说了这件事情,从纽约写了一封亲笔信向她表示祝贺。

麦克对寻找吉姆越来越感到绝望,他找到了在火灾后首批重新开张的零件印刷商的其中一个,印刷了一份他早先绘制的小传单;标题就是"高额悬赏,渴求信息"。在长长的一段正文中,他尽可能生动地描绘了吉姆的形象。弗里蒙特·奥尔德帮助他作了修改润色,并且建议他插入一行意在诱使那些机会主义者暴露他们自己的文字。报酬本身,放在底边,用黑体印刷,二万五千美元现金,但是麦克打算,如果有必要的话,加倍,或者四倍。收件方就是哈弗斯蒂克正在使用的他的法律事务所的邮箱。

麦克吩咐印刷两万份传单,并分批运送到了他手下的各个经理手中,请他们按要求将这些传单分发到报社、警察局和县治安部门那儿,并张贴到公告牌上甚至本州人口最稠密地区的电线杆上。他在一封信中交代他的经理们,在接下来的几个星期中,分发这些传单是他们的第一要务,不得有丝毫松懈。任何拙劣的借口都将是被解雇的理由。

将近5月末的一个温和的夜里,麦克和玛格丽特在一起吃饭,他们坐的地方跟别的人有一点距离。麦克将干干的多筋烤牛肉煮了一下,还烧了嫩菜豆;他们这个小小社区的人轮流做饭。

"肉很入味。"玛格丽特说。

"我把豆子烧焦了。"

"我瞧着你在烤炉边，又是皱眉，又是咕哝……在这种情况下，你不喜欢烹饪，是吧？"

"在这种情况下，我什么都不喜欢。"

过了一会儿，她说道："我决定重建饭店。"

"哦，我是想问你是否会重建。我会借你钱的，要多少借多少。"

"你真的很慷慨。你的那些银行及时地把资金和凭证抢救出来了吗？"

"有些抢救出来了。譬如，我在意大利的皮特·詹尼尼银行有四万美元。皮特把他的现金和账本放在他的马车上，亲自驾着马车把它们带到圣马特奥。那些现金被烧了的银行正在提供证明。你拿一份证明到造币厂，换一份同等价值的金币；造币厂的金子平安无事。"

玛格丽特又咬了一口牛肉。麦克只是坐在那儿，瞧着他膝盖上的盘子。

"麦克，你看上去不好。是吉姆的事吗？"

"是的，恐怕是的。我不知道。"他泄了气，"我每天睡八个、九个、十个小时，可是起来还是精疲力竭。我头疼，疼得很厉害，几乎失明，就这儿……"

他在靠近双眉的地方揉着额头。

"疼痛随时发作，随时结束……捉摸不定。我花了好多时间琢磨，究竟为什么我还费心在这儿苟延残喘呢。"

他想了一下。

"你有很多时候感觉伤心吗？沮丧吗？"

他点点头。

"都是因为吉姆。"

"也许不全是。我在营区的其他人那里听到过同样的抱怨。其中有一个人说她的牧师告诉她，那是痛悔。"

"什么？"

"痛悔。因为我们挺过来了，而有那么多的人没有。"

"我们对此有负罪感吗？"

"我想是的。你能睡着几个小时，可我一点也睡不着。而我仅仅失去了一部分财产，不是失去了儿子。"

麦克的脸扭曲了。

"你的那些熟人有没有说过这样的痛悔能持续多久？"

"没有，我没有听说过。"

"好吧，我会告诉你我的痛悔预计会持续多久——永远。"

她想要责备他，让他不要过分自怜自哀，但是他目光无神，面色苍白，脸颊凹陷，她不忍心说出口来。他将盘子放到一边。那多筋牛肉他只咬了两三口。

她抚摸着他的胳膊，吞吞吐吐地说：

"麦克，你不应该感到……"

"不，我应该。我的儿子跑了，我有责任。我累了，玛格丽特。我想我要上床睡觉去了。"

他走进他跟亚历克斯和洛夫教授同住的那顶帐篷，但是他睡不着。他的鼻梁上方又痛了起来，一会儿便转移到了两边。那些古老的话语再次在他的脑海里唱响。

绝对不能再贫困潦倒。

绝对不能再饥寒交迫……

他想起了自己从内华达山区走出来进入加利福尼亚的春天的情形，充满了希望。现在，在这个倒霉的地方，希望在哪里？

火光照亮了帐篷的帆布。他猛地拿前臂遮住眼睛，试图缓解他脑海里的痛楚。他鄙视他的懦弱。以前，他一直是强大的，信心满满的，可以克服挫折和悲伤的。

这次不行了。

在传单开始分发之后的头十天里，哈弗斯蒂克收到了九封信和两份电报，全都是来自"某个"索要权利的人，说他们知道吉姆的下落。

"其中有六个显然是骗子。"当他跟麦克讨论这事儿时，他摇晃着其中一封信，声言，"这六个人全都通过跛脚和他右脸上形状像蝴蝶一样的胎记认出了小男孩。"

麦克阴郁地朝他点了一下头；这胎记是故意插进去给骗子设下的陷阱。

"我估计发传单不是个好主意。"

"不一定的，不过哪怕是有一点希望的答复也必须得仔细调查。你不能事必躬亲啊……"

"警方见鬼的肯定不会干这事儿。"麦克说道，"他们什么都不干。"

"也许你应该雇用一个私家侦探。你干吗不找比尔·伯恩斯谈谈？"

麦克猛地抬起头来，他的表情生动了些许。

"我会的。"

伯恩斯推荐了一个洛杉矶侦探，一个平克顿①侦探所的侦探，大北方战线的前侦察兵，"野蛮比尔②"·弗莱沙克。

"我觉得他给自己取那个名字是因为他绝对不是个'野蛮比尔'。"伯恩斯说道，"'野蛮比尔'是一个兢兢业业、埋头苦干的人。这人可靠又兢兢业业。此外，他的真名叫塞尔温。老乡们要是叫我塞尔温·弗莱沙克的话，那倒是宁可叫其他名字。"

麦克给弗莱沙克拍了电报，他答应等手头案子一了结就马上到北方来跟麦克会面。

---

①平克顿，即艾伦·平克顿（1819—1884），美国私人侦探，创建平克顿全国侦探事务所，专门侦破铁路盗窃案，著有《侦探生涯三十年》。
②野蛮比尔，即詹姆斯·巴特勒·希科克（1837—1876），美国边疆保安官，以神枪手闻名，美国内战时在联邦军队服役当侦察兵，经常赌博滋事，后被一醉汉枪杀；"野蛮比尔"是其绰号。

5月糊里糊涂地变成了6月。在此期间，麦克和哈弗斯蒂克调查了对悬赏的传单作出看起来是诚实答复的一些信息。他们用短途出行和电报相结合的方法，调查核实，那些答复指认的都是另外的男孩。有一个答复来自圣巴巴拉，是一个女人写来的明白易懂的信，她信誓旦旦地说，麦克的儿子就住在他们家隔壁。那个跛脚"小男孩"结果是一个三十七岁的人，而那女人进进出出精神病院已经好几年了。

"我们收到太多这种东西了。"哈弗斯蒂克最后处理掉这封信之后叹了口气，"问题是，我不知道如何终止这件事情啊。"

麦克太失望了，也就不置可否。

他参加了很多会议，有些会议他并不喜欢，但是必须参加。他参加了那个新成立的重建旧金山四十人委员会。等一有空，他依旧在宿营地到处转，问问题，尽管到了此时，那些问题从他嘴里出来已经十分空洞。时过境迁，好像谁也没有对他的询问进行过超过一分钟的思考。地震和大火发生之后的那几个星期里，损失太大了，人们的情感被消耗得太多了。每个人都得以某种方式重建自己的生活。尽管，世事沧桑，人情淡漠，但是，麦克还在继续寻找。

一天晚上，他沿着金门公园的那条帐篷走道走去，突然撞见了胳膊底下夹着一卷图纸的亚历克斯。亚历克斯了解他雇主的心境，便竭力掩饰着自己开心的状态，至少不公开表露自己的开心情绪。他十分爱索菲娅，所以这样做很难。

"有消息吗，先生？"

"跟昨天一样，跟前天一样，跟上个星期一样。没有人见到过他。"

亚历克斯清了清自己的嗓子。两个小男孩滚着铁环从旁边跑过。

"是啊，先生……嗯。我一直在焦急地等待着你回来呢。"

他们继续沿着帐篷之间人们踏出来的小道走去。有三顶帐篷空了。麦克让大多数仆人走了；在一个新地方，他不需要他们了，他们离开去找其他活干了。他付了每个人六个月的薪水。

亚历克斯指着一顶搭起来作为临时办公室的帐篷。

"哈弗斯蒂克先生有一揽子紧急事情需要你关注，尤其是保险索赔。"

"雷特明白我的态度。要是那些保险公司给我的索赔金额少算一个百分点，我就会没完没了地把他们告上法庭。旧金山的人们支付保险费多少年了，而且很讲信用。现在他们中有些窃贼回过头来要诈骗我们了。"

"是的，先生，这个方面是有问题。我们跟哈特福德的埃特纳公司合作得很好。但是汉堡-不来梅保险公司就背信弃义。"

"告那批杂种。"麦克凶恶地说道，将两只手插进口袋中，"到德国去雇最好的律师。我有钱代表所有没有实力的人们跟那些赖账的家伙战斗。还有什么？"

"这些，先生。"

他迟疑不决地打开那卷图纸。

"斯塔尔先生今天早晨的时候扔下了这些。"

"斯塔尔先生见鬼的是什么人？"

"金斯利·斯塔尔先生，先生。斯塔尔-梅尔德伦公司的人，原先设计你那幢房子的设计师。"

"那幢大宅？"

"是的，先生。斯塔尔先生看到这个城市到处都以惊人的速度在重建，就估计你会要……"麦克那双疲惫不堪的呆滞眼睛盯住他，令他说话结巴，"他……唔……把原先的图纸带来了，还加了一些他建议改进的草图。"

麦克还是一个劲儿地盯着他。亚历克斯再次清了清他的嗓子。

"当然了，先生，那建筑师一点也不知道你儿子失踪了呀。他只是想提供点帮助。"

麦克凶恶的表情缓和了下来，他伸出一只手。亚历克斯如释重负，将图纸给他。

"告诉雷特，我明后天见他。"麦克说道，"我要去睡一个小时。然后我要到景观港口去一下。我已经有一周没去那儿打听了。"

"好的，先生。"

麦克离去，接着发觉亚历克斯还在尾随着他。

"还有其他事情吗？"

"只是，先生，那个……我可不可以说……我们全都沉浸在你所蒙受损失带来的悲伤之中。但是，我们相信，吉姆还活着，一定会找到的。"

"谢谢，亚历克斯。我也坚信。它不可能有其他结果。"

在黑乎乎的帐篷里，帆布上有一条明亮的又长又宽的阳光投下的树叶的影子，麦克凝视着这些图纸。重建那个地方？现在？他想要纵声大笑，或者将这些图纸扔进烤炉里烧了。安吉利娜·奥利瓦扮演着女管家的角色，照看着这个烤炉。他没有这样做，而是将那些图纸扔到了他的小床底下，躺倒在了小床上。他睡着了，梦见了吉姆，并再次梦见了暴风雪。他突然在倾盆大雨中和几乎把帐篷吹倒的怒号着的狂风中醒了过来。他的脸被惊惧的泪水淋湿了，很快，他的眼中又涌出了新鲜的愧疚的泪水。

"野蛮比尔"·弗莱沙克是一个不讨人喜欢的人。他不修边幅，举止粗鲁无礼，说话时会不时冒出讽刺的话来。他与其说是在吸雪茄，不如说是在嚼雪茄，而且老是吐出一点点绿色的外卷烟叶。

"平克顿事务所会需要你儿子的一张照片，钱斯先生。"

麦克解释了为什么他没有照片。

弗莱沙克吐了一口唾沫。

"你是说你本来有两张照片的，可你连一张也没有抢出来？你抢救出了你自己的油画，我注意到了。"

"抢救油画的不是我……算了。你是要讨论我的缺点还是这桩案子？你所需要的全部东西就是一张我前妻的照片。这种照片有的是。吉姆酷似她。"

"没有一个人的相貌完全像另一个人的。""野蛮比尔"·弗莱沙克说。

"看在基督的分上，你是找还是不找？"

"看在你所付聘金的分上，我们连圣彼得①和所有的天使长都愿意去寻找，并与犹大为伍。"

"等你们找到他之后，除了既定的酬金，我还会付一笔相当可观的奖金。"

"如果，钱斯先生，如果。我追求我妻子十六年。我追求她，我请求她，我买礼物给她，自己都一贫如洗了。到了我四十三岁生日那天，她同意嫁给我了。正当我们在我们的小木屋里度蜜月的第二天，雷电劈中了外屋，把她也劈死了。在这个世界上，没有什么东西是能够确保万无一失的……尤其是在这种情况下走失了这么长时间的一个小男孩的生命。"

63

慢慢地，生活开始有点恢复正常，市政府再次开始行使职能。不可避免地，鲁夫党派及其敌人之间的善意的休战，灾后一开始的日子里首先要考虑的是合作和生存，因此休战成了主流……现在却不可避免地再次被丢到了爪哇国里。伯恩斯安排特务挖掘素材。弗朗西斯·赫尼通过支持他的有影响力的人物，向地方检察官兰登施加压力，兰登同意在适当的时候任命赫尼为地方检察官助理。

①圣彼得，原名西蒙(Simon)，基督教《圣经》故事人物，耶稣十二使徒之一，耶稣死后，为众使徒之首，在罗马殉教，被追封为第一代教皇。

麦克决定,他不能永远生活在公园里,不能永远在公园里做生意,便开始寻找一套大一点的套房租用。他很快发现,根本就没有房子可以租,于是他在格林尼治大街上买了一幢两层楼的房子,这里位于俄罗斯山靠旧金山湾这一边,大火没有烧到。地震摧毁了房主的一个酿酒厂。他的妻子是一位唯灵论者,严肃地向麦克解释说,死亡的人竭力想从地底下逃出来,在断层线冲开了地层,所以引发了地震。夫妻俩再也不想住在旧金山了。他们用现金达成交易,卖了这幢两层小楼,当天就搬了出去。

房子是框架型的,前墙有很大的凸窗。麦克把底下一层作为办公室,生活起居在上面一层。房子有号码可以辨认,但是外面没有名字,也没有名字的首字母。

亚历克斯将萨金特画的麦克的肖像挂在麦克办公桌后面的墙上。麦克不想将它挂在那儿,或者说不想将它挂在他四周的任何地方,但是不知怎么的,亚历克斯认为将它挂起来非常重要,所以他也就没有坚持自己的想法。

麦克选择了单独居住。奥利瓦太太早上七点过来,晚上七点下班,每天来烧饭和打扫卫生。他为她找了一间小房子,在海边一条被风刮得黄沙遍地的街上。亚历克斯·马勒住在一间寄宿舍内,正在申请住到公园的难民屋去,目前有五千六百座难民小屋正集中在那些公园里。冬天很快就将来临,寒冬和雨水,有帐篷也无济于事。那些丑陋不堪的小房子令人生厌地一排排矗立着,中间的间距几乎还没有一英尺宽。有些房子有两个房间,有的有三个房间。亚历克斯和索菲娅打算在圣诞节前结婚,作为一个家庭,他们有资格租用这样一座小房子。

洛伦佐·洛夫教授也住在寄宿舍里。他无事可干。麦克知道一直付这位家庭教师薪水的做法愚蠢至极,但是他这样做是基于一种迷信,好像只要洛夫不走,吉姆就能找到。

麦克刮掉了他的胡须,并最终配了眼镜,一副金丝边的圆眼镜。他卖掉了"银色幽灵",买了一辆小小的黑色奥尔兹汽车。他没有在汽车上再贴上那个椭圆形纹章;再也没有什么能够承载那个徽章了。

7月下旬的一天,哈弗斯蒂克打给麦克一通非常激动人心的电话。

"有一封信你应该看看。署名看不清楚,寄信人也没有提什么报酬,只提到了那份传单。但是描述贴切——我指的是十分贴切。"

麦克驾着汽车飞向那个重新开张的律师事务所,差一点把汽车都撞毁了。他一把推开等候室栅栏的大门,引得一个正从贮藏室里出来的速记员一声尖叫。麦克实际上是一把从他的律师手中抢过了那个上面写满了潦草的字的信封。信封上模模糊糊地写着中央河谷维塞利亚的一个地址。

你寻找的人跟伦道夫家住在一起,
维塞利亚的野马路……

接下来是一段完整的描述,没有提到那个假的胎记。一波巨大的希望的浪潮不禁在麦克心中升起。

"你打电话给弗莱沙克了吗?"

"没有,他到恩塞纳达的边疆那边去了,勘查又一个死者去了。"

"好。我自己去维塞利亚。"

"哦,要我就不这样做,麦克。你无法肯定这不是又一起……"

"这次我有感觉。我有感觉。是吉姆。我要去。"

他在一辆被煤烟污染得一塌糊涂的列车里瞧着车窗外,一夜未眠。一年中的这个季节,河谷里通常十分炎热。第二天傍晚,他将一辆租来的马车停到了一条满地尘土的黄色侧道上,从岔道后面看,这条侧道标记的应该是"野马路"。那条侧道太窄,马车无法通行,所以他拉着马车在宽阔平坦的田块之间走完了最后的四分之一英里,他的防尘外套里面已经汗流浃背。

在黄泥小道顶头的地方,当他看到那可怜的木板棚屋时,他稍稍有点失望。一只生病的公鸡在地上刨食,在他走近时逃走了,而且他闻到了猪圈里面猪的臭味儿。他记起了他说要亲自走一趟的时候哈弗斯蒂克的那种表示怀疑的表情,于是他开始产生一种感觉,他可能会情绪失控。不过,哪怕有最微小的一丝可能……

他敲响了那扇东倒西歪的门,他的心怦怦直跳。

一个穿着褪了色、打着补丁的印花布服装的头发灰白的老妇人打开了门。她的肤色呈蓝黑色。

"找谁?"

此时,麦克的心沉得像一块石头。他用汗水涟涟的双手从侧身的口袋里摸出那封信和那份传单。

"这是不是……就是说,我在寻找伦道夫……"

"是的,这是伦道夫家。"

"我是旧金山来的。我收到了这封信,说……就是说,有一个小孩子失踪了,你瞧。一个白人小男孩,金发,腿跛得很厉害。他是我儿子。这信说他住在这儿。"

她的两眼突然流露出同情的神色,她开大了门。

"先生,我看不懂这信,我也不会写信,可是在这儿的唯一男孩是我孙子莱斯特。在那边。"麦克看见了一个跟吉姆差不多年纪的黑人小男孩,他的左臂下支着一根自制的拐杖。

"耶稣啊。"麦克说道,泪水无法控制地溢满眼眶,"耶稣啊,为什么有人写这样的信啊?"

"是有什么人不喜欢你吗?"那妇人轻柔地说道,"世界上有很多残暴的人。如果他们中有一个人想要伤害你,我真的很难过。"

谁呢?他心里揣测。卡拉?不……太荒唐了……她不可能那么堕落。那么是费尔班克斯?还是在维塞利亚有亲戚的旧金山警察局的哪个人?有人发现了假胎记这个伎俩,就想着买张邮票寄封信开个有趣的玩笑?麦克知道,他永远不可能找到答案。耶稣啊,上帝啊,她说得对……外部世界哪种卑鄙的人渣没有啊?他心想,一面摇着头,竭力不

764

让热泪长流。

那妇人望着他，露出关心的神情。他振作了一下自己，轻轻地捏了一下她的胳膊。

"对不起，打扰你们了。我很抱歉……"他转过身，蹒跚着脚步离开，听到门在他身后关上了。

他的心里依然有愤怒和失望在翻江倒海，但是他已经有足够的定力将一张一百美元的钞票压在了一块石头下面，一目了然，就在院子中央。接着，他继续往他的马车走去，他脸如死灰，表情木然。

回到旧金山城，哈弗斯蒂克对这件事情表示同情，但是也直言不讳。

"你得预计到会有这样的事情。"

"那种恶意？"

"是啊。瞧吉姆原先是怎么致残的。你既不温和，也好争论，麦克。你树敌太多。这件事情刚好给耿耿于怀的人可乘之机。你对很多事情也耿耿于怀。对不起，但这是事实。"

此后有好多天，麦克依旧感觉麻木不仁。正是在那个时候，第一次，他开始在自己的内心深处承认，弗莱沙克关于很难找到吉姆的警告，尤其是随着越来越多时间的流逝，也许……只是也许……是对的。

那年夏天，旧金山的政治斗争死灰复燃。南太平洋铁路公司不喜欢现任州长乔治·帕迪，感觉他不够友好，不够配合。铁路公司通过他们的代言人赫林和费尔班克斯宣布他们支持来自第一选区的国会议员詹姆斯·吉勒特作为共和党的候选人，他是南太平洋铁路公司总裁哈里曼先生亲自选中的。

共和党的提名会议将于9月份的第一个星期在圣克鲁斯①召开。

①圣克鲁斯，加利福尼亚州西部城市。

765

阿贝·鲁夫控制了旧金山代表团的全部成员,他们反过来也能根据老板的指示通过集团性投票左右提名。估计鲁夫将会支持吉勒特,但是让每一个人都感到惊讶的是,他在代表大会召开前夕放出风来,说他想要提名J.O.海斯,《圣何塞信使报》的出版商。

"即便是像鲁夫这样的贪污腐败分子,这个选择也太愚蠢了。"麦克说道,"海斯是一个彻头彻尾无足轻重的人。"

"冷静。"弗里蒙特·奥尔德说道,"鲁夫并非真要提名海斯,他只是在玩一个把戏。你和我都清楚,老板想成为美国参议院的一员。谁能够为他做出这个安排? 就是在萨克拉门托控制着选票的那些人。沃尔特·费尔班克斯、比尔·赫林……南太平洋铁路公司的那些先生。所以,我预计,天上将会落下一缕巨大的阳光,老板将突然改变主意,慷慨地将他的代表团转向支持铁路公司的候选人。等着瞧吧。"

在圣克鲁斯的海滨宾馆,这位老板的确令人吃惊地改变了他的心思,旧金山代表团的选票全都转为支持提名詹姆斯·吉勒特。

当晚,州委员会主席弗兰克·麦克劳克林在他位于海滨地带的家里举办了一个宴会,包括他尊敬的客人吉勒特和鲁夫。麦克劳克林突然想到,所有这些光临的客人也许会想要一份晚上的礼品,一份旧金山党派和本州抑或西部……也许全国……最大最强的公司胜利结盟的纪念品。他带来了一台照相机。这些已经喝高了的重要客人没有发现有什么不对的地方。小个儿的阿贝坐在中间,简直像一个拥戴国王登基成功的人。吉勒特站在他的身后,一只同志般的手搭在鲁夫的一个肩头。两边醉态各异、姿势无双的是南太平洋铁路公司推选做副州长的波特、铁路公司法律事务部的费尔班克斯和麦金利、两位法官,还有公司各种各样的政治操盘手,包括其首席院外活动家乔治·斯·巴顿老将。

每个人在拍这张照片时都快乐无比。后来,鲁夫将这张照片印发给朋友时也没有人看到有什么不对的地方。鲁夫还题赠了好几张给爱好收藏的人。

然后,反对派报纸获得了这张照片。"日报之王"为其加了标题——《哈里曼的内阁》。弗里蒙特·奥尔德将其称为"加利福尼亚的耻辱"。在加州的历史上,这也许是独一无二的政治照片了。而且,它在小心翼翼收集起来的改革运动的引火柴上扔进了一根火柴,收集这些引火柴付出了一些代价,然后在地震结束后的一段时间内几乎被人们遗忘了。

共和党代表大会以及"加利福尼亚的耻辱"令改革者们震惊得采取了行动。1906 年 10 月 21 日,星期日,地方检察官兰登在这个城市的报纸上公开表态,宣布对贪污受贿的情况进行调查,并请弗朗西斯·赫尼和威廉·巴恩斯参与调查。他声明,特别警察已经跟踪了鲁夫及其他几个人好几个月了,他们收集证据,而且保证将起诉他。同一个星期的晚些时候,一场新的大陪审团选拔开始了。

像一只落入陷阱的白鼬,鲁夫开始反咬那些攻击者。被拉下水的那些管理者发布了命令,中止兰登的地方检察官职务,并任命亚伯拉罕·鲁夫为地方检察官。反对派立刻提出了一项遏止命令,辩解称地方检察官是一个县级官员而不是一个市级官员,所以不是管理委员会可以罢免的。高级法院力挺兰登继续履职。白鼬被逼得走投无路了。

吉姆在暴风雪中拼命挣扎前行。雪片在他的眼睑上融化。他好冷啊。

他在一个大雪堆前双膝跪地,往下挖,试图找到那条小路。他一挖开一个洞,暴风雪很快就又将它填满。这奇怪的大雪像水一样会流动。

稍远一点的地方,麦克光着脑袋,挣扎着艰难地朝他接近。他知道吉姆就在前头的什么地方,但就是无法到达他身边。怒号的狂风一个劲儿地撞击着他,让他往后退,一粒粒飞舞的冰块让他什么也看不见。

"吉姆?是爸。我来了。坚持住……"

麦克在飞雪的间隙中看见了一些黑乎乎的影子……山坡上的简陋

小屋,矿井水平巷道的上半部分建筑。他知道这个地方。为什么就是找不到路呢?

突然,帷幔一样的大雪中又一道裂缝中露出了他儿子发疯一样在挖雪的情形。麦克扑向前去,再次呼喊着吉姆的名字。小男孩抬起头来。他的皮肤发灰,他的嘴唇发蓝。

"爸,爸,我在这里……"

麦克扬扬得意地哈哈大笑。仅剩二十到三十英尺了,他将会抱着孩子,将他带回家了……

地里面的摩擦声让他往下看去。雪堆颤动起来,裂开了,一条巨大的冰的裂隙出现了;它有半英里深。

雪在麦克的脚下崩溃。在裂隙扩大的同时,吉姆向他父亲伸出了两条哀求的手臂……

他们的手指几乎要碰到了。接着,麦克落入了蓝色的冰的深谷之中,仰天重重地摔到了地上。

那是在格林尼治大街的地毯上。

微弱的秋日阳光漏过花边窗帘,在他的脸上照出了图案。麦克揉着自己的头,使劲扯了一下裹着他两条腿的丝质睡衣。他眨着眼睛,并扶正了一下滑到他左耳上的眼镜,在摊了一地的昨夜看过的报纸中间爬起身来。现在他记起来了:他喝下了两瓶红酒,接着就躺下打盹了。

有人敲门。他踉踉跄跄地朝客厅走去。在楼台上,奥利瓦太太如释重负地舒出一口大气。

"钱斯先生,你还好吗? 我听到很大的'砰'的一声。"

"我在沙发上睡着了。我掉了下来。"

安吉利娜·奥利瓦拧着她的围裙。

"我担心死了。两个多小时,我一直想把你弄醒。"

麦克将他胡子拉碴的脸转向几扇透出柔和光亮的窗户。

"多晚了?"

"先生……十点半了。"

麦克呻吟着，揉着自己的太阳穴。睡懒觉已经成了习惯，一种逃避。

街上有辘辘的马车驶过。市政机关的工作人员没日没夜地工作着。奥尔德说，他们正在清理的砖头差不多有六百万到七百万块。

奥利瓦太太还站在门口。

"嗯?"麦克问道，"还有事吗?"

"有一位先生在楼下。再次回家的一位老朋友。"

"赫尔伯纳?"

"是的，先生。就是他。"

"把咖啡壶烧热。我去洗把脸，马上下来。"

他消失在了通向后面房间的通道里。安吉利娜·奥利瓦留意到了他的脚步。就这一次，她的雇主走路不像乌龟爬了。啊，但是在他淡褐色的眼睛里面……那儿，她没有看到什么变化。在他的眼睛里面，他死了。

楼下的客厅已经改造成了麦克的办公室。它像楼上的那些房间一样黑暗，散发着霉味儿，只不过这儿塞满了柜子和办公桌。

麦克拖曳着脚步走了进来。约翰逊站在他的旅行包旁，手中转着那顶宽边的帽子。他穿着一件牧羊人的外套，扎染印花大手帕是必不可少的，不过这次是黑色的。他的手指捏紧了帽子的边。

"主啊，上帝啊。我听说你的状况不好，看上去还没有听说的一半好啊。"

"你好，休。欢迎回来。"

麦克慢慢地走向他的办公桌，一面用手掌抚平他未经梳理的头发。安吉利娜·奥利瓦端着一只托盘，上面有两杯咖啡，并很快退了下去。麦克坐下来，瞧着他的合伙人。

"你要是真的回来的话。"他又加了一句。

"是的。"约翰逊将那顶高高的白帽子扔到一张黑色的用马毛填塞的沙发上。遮挡着凸窗的窗帘也是黑的。

约翰逊脱掉他的外衣,将它扔在一边,接着一屁股坐倒在一张椅子上,伸手去拿咖啡。

"不管怎么说,回来一段时间。"

"我住在楼上。有三个空房间,你可以自己挑一个。"

约翰逊点点头表示认可。

"发生了那么大的事情之后,我肯定闹不明白这个城市了。"他吹掉咖啡上的热气,"你知道我不擅长言辞。但是我要告诉你,我有多难过……"

"别着急。吉姆活着……在哪个地方。"

麦克离开办公桌,飘飘忽忽地走过房间,走向一个橱子边。

"你如果想加点烈酒在咖啡里,这儿有威士忌。"

约翰逊拿另一只手捂住咖啡杯。

"主啊,可不敢这么早喝酒啊。"

"我要是加点,你千万别介意。"

他打开橱门。约翰逊看见了一瓶一瓶的索诺马河酿酒厂的葡萄酒。麦克从一块搁板上找出一只杯子,拿出一瓶打开的红酒将杯子倒满。接着,他两大口将红酒吞了下去,就像喝水一样。

"贵族山上的那房子怎么样了?"约翰逊问道,"我没有路过那儿……"

"被烧成空地了。"

"准备重建,是吗?"

麦克再次斟满酒,关上橱门。他从一个书架上拿起一卷图纸。

"斯塔尔,原先的那个设计师,觉得我应该重建。玛格丽特也觉得我应该重建。每个人都觉得我应该重建。"他将图纸扔回到书架上,"对不起。"

他很快地又几口喝完了一杯酒,接着拖曳着脚步再去倒酒。约翰逊啜饮着咖啡,很不高兴地瞧着他的朋友倒了第三杯酒。他不知道如何帮助麦克。也许在这种状态下,谁也帮不了他。

64

11月初的一个星期二,下午三点半麦克回到了他在格林尼治大街的套房。脚手架上,三个人正在隔壁的凸窗窗框上刷着灰色的油漆。街角的那家烟草店里,有人在用榔头敲打着什么。旧金山到处都可以听到榔头敲打的声音。

麦克戴着一顶褐色的常礼帽,穿着一套有褐色条纹的套装,外面罩着一件完全是褐色的轻便大衣。套装和大衣是在伦敦定做的,虽不能说着全套行头单调乏味,但是样式传统。它给人的感觉是泄气而不是鼓气。

麦克将他的手杖挂在手臂上,打开前门的锁。亚历克斯从客厅里蹦了出来,脸红彤彤的,眼神中总是有一种急切的神色;他依旧沉浸在浪漫爱情的云霞中不能自拔。他抚着一张大理石桌面的桌子上的一叠文件夹。

"这些是哈弗斯蒂克律师事务所的一个信使送来的。哈弗斯蒂克先生五分钟前亲自打电话来提醒你,这些石油租约需要马上处理。"

麦克将他的手杖扔进一个陶瓷架里。

"它们等一下处理。"

亚历克斯连忙退后,他雇主简短失礼、几乎貌视的回答令他有一种挫败感。

他指着办公室的门:"你还有一位客人……马克斯先生。"

麦克恬淡寡欲的脸色突然生动起来。他走进门去,发现迭戈·马克斯正跟约翰逊一起坐在那儿。虽然凸窗上厚厚的窗帘已经拉开扎起,但是,这是秋天了,又是下午,客厅里好像比以往要昏暗,而且满是

771

灰尘。

马克斯吃力地从马毛沙发上站起身来。他胖得几乎有点臃肿了，而且穿戴得比以前还要破烂。他的胡须已经长及胸部中央，变成了灰白色，有点那种族长的风度。他走向麦克，步子有点摇晃，像是有痛楚的样子。痔疮，麦克怀疑，不是痔疮就是其他的老年病。

"迭戈。"麦克伸出手，"欢迎。费利西娅还跟你在一起吗？"

"没有了，费利西娅离开我了，怀上了一个大牧场主儿子的种。这是个讽刺，是吗？"他伤心地稍稍耸了一下肩膀，接着说道，"我认为，这是难免的。一直贫困潦倒，被人瞧不起，不断受到威胁……这不是一个年轻姑娘应有的生活。理想主义在空空如也的肚子的胃酸里会溶解的。这种事儿没有必要进一步讨论。还是让我对你失去儿子的事儿表示深深的痛惜吧。"

"暂时的，只是暂时的，迭戈。我们吵嘴……他就离家出走了……他会回来的。我已经雇了平克顿的侦探在寻找他。坐吧。你想要喝点威士忌吗？还是喝点红酒？"

他不想喝。麦克自己喝了起来。

"找我有什么事吗？"

马克斯理了一下思绪，然后说道："我一直在中央谷地工作。在弗雷斯诺南面，离你的大牧场挺近。"

"在干弯腰的活的劳工中间做工作？"

"是的。他们必须得到经常的帮助。他们必须得接受教育，这样他们才能维护他们的权利。不仅仅是公平的薪水……足够的食物、过得去的住所。你知道吗？有些老板甚至都不愿意为一百个男人、女人、孩子提供一间厕所。不过我很高兴地说，你的领地上没有这种现象。"

"那你找我干吗？"

约翰逊架着二郎腿，对麦克如此唐突的问题不高兴了。马克斯也皱起了眉头。这不是个好兆头。

"我是来为某个没有人愿意雇用的工人群体说句话……就像那些

772

牧场主曾经不愿意雇用我，或者不愿意雇用日本人和中国人那样。现在在弗雷斯诺附近地区，这样的人数以百计……"

"你说的是谁？"

"印度斯坦人。"

"啊，印度人。我见过。"

"他们大部分来自印度西北部的旁遮普邦。他们是一些农业高手，擅长种植棉花、甜瓜、无花果、玉米。可是他们找不到工作……甚至最卑微、最低工资的工作也找不到。"

"他们要是这么好的话，怎么会找不到呢？"约翰逊问道。

"因为他们肤色太黑，和我们有很大的区别。我们喜欢鼓吹，加利福尼亚是一扇提供机会的金门，为所有人敞开着。不幸的是，你要是没有白皮肤，那就对你不适用了。"

麦克死气沉沉地望着他。马克斯倾身向前。

"我直接了解到，有七个印度斯坦人快要饿死了。你如果可以带个头的话……雇他们几个，哪怕只是试用一段时间……"

"我是一个生意人，不是一个社会先驱。雇人是我工头的责任。"

"麦克……我是以友谊的名义在恳求你。"

麦克一把抓起立式电话。他似乎被利用了，有点恼火。

"我会跟那个工头说一下，但决定权是他的。"

在中央谷地，气温依旧高达八十七华氏度，热辣辣的耀眼阳光流泻在杰西·塔博克斯的办公室里。满是灰尘的窗户外面，亮晶晶的扇形水花雨点般洒落在低矮的葡萄架上，葡萄架上爬着修剪得很短的紫红色葡萄藤。

塔博克斯是一个瘦瘦的脸色苍白的人，皮肤很容易被太阳晒红。至于服装，他喜欢身上穿着的那些服装——棕黄色的马裤、棕色的马靴、卡其色衬衫。他浑身大汗，一天换两到三次衬衫。他的妻子有时会抱怨，但是他用笞杖揍她一两下便让她闭上了嘴。

塔博克斯是一个山地人,在一个私立学校任教十六年之后被开除了。他暴戾的性格毁了他;他用笞杖打一个学生,打得太过分了,而且那年轻人被打到骨折的前臂没有长好。此后,他就在堪萨斯州和科罗拉多州流浪,学习农务,积累经验。终于,到了五十七岁的时候,他获得了一个他喜欢的岗位。在这儿,他可以尽情地使用他的笞杖,还免于惩罚。

墙上的电话铃响了,塔博克斯赶紧去接。弗雷斯诺的电话总机给他接过来的是旧金山那边。

"我是塔博克斯。"他紧张地说。

这些日子,他的雇主变成了一个难弄的人……喜怒无常,性情难料。

塔博克斯听着。

"好的,先生,你想要听听我的意见,那么我的意见是:别雇用那些戴包头巾的人,绝对别雇用。他们看上去像黑鬼……在城里,他们到处游荡,把那些女同胞吓得半死。有些牧场主声称他们是好工人,可是我不相信这话。要我说呀,别去惹他们这个麻烦。"

"谢谢,杰西。一切都好吧?"

"好的,先生。"

麦克说了再见,便挂了电话。塔博克斯将听筒挂到叉头上。外面的棚架里,那些水泵发出"咝咝"声和"喀嚓喀嚓"的声音,巨大的金色扇形水帘出现在空中,星星点点地洒落在亚历山大麝香葡萄上,使它们闪着晶晶莹莹的亮光。

塔博克斯一动不动地盯着那电话机。麦克林·钱斯给的薪酬很高,但是杰西·塔博克斯不喜欢他。塔博克斯憎恨所有比他优秀的人,也不喜欢那些比他低劣的人。这样一来,他看得上眼的他自己这个层面的白人就寥寥无几。

门一下子被推开了,一个个头过于矮小的墨西哥人冲了进来,将他那顶草帽紧紧按在他被汗水湿透的工作服上。

774

"先生,抽水机房的管道破了,而且水漫金山啦。"他说的是西班牙语。

抽水机房的管道破裂是个问题。可是,塔博克斯觉得有一个问题更大。他用西班牙语说道:"阿奎勒,我告诉你多少次了,不先敲门千万别进来。我不得不用你能记住的方法提醒你啦。"

他微笑着伸手去拿那根笞杖。

麦克将电话机推到办公桌的角上。

"我的工头说不行。当地的人们不喜欢那些印度斯坦人。"

马克斯突然愤怒地站起身来。

"这是你的回答吗?"

"没错。"

"我认为几年前我所遇见的那个人不会这样回答的。他会自己决定。我听说,你儿子失踪这件事改变了你。我不明白竟会变得如此彻底。"

"迭戈,我不需要你的道德说教。"

"对不起,麦克,假如你是那些我要帮助的人的敌人的话,那么你也是我的敌人。"

麦克耸耸肩膀。

"随你怎么说吧。"他转过头去,仿佛对他四周沾满灰尘的一堆堆信件产生了兴趣。

约翰逊和那个高大魁梧的人互相交换了一下同情的眼色。然后,马克斯捡起一顶像他的那些农业季节工人戴的那种破草帽,头也不回地走了。

等门一关上,约翰逊吹了一声口哨。

"你对一位老朋友太粗暴了。"

"那是你的观点。"

"不是观点，是事实。"约翰逊朝麦克摇晃着他的手卷香烟，"现在正是时候，眼前那些处境艰难的人，你该站出来帮帮忙啊。"

"基督啊，你的话听起来像选戈。他给你上了牧师培训课吗？"

"别对我蛮横无理，内莉要是在这儿的话，就会有三个人来告诉你该这么做。"

"得了，内莉到欧洲去了，写一部新小说去了。你很可能在回家的牲口船上跟她擦肩而过呢。你管好你自己吧。"

约翰逊叉开两腿站在办公桌前。

"我当然会的。我有话要说。"

"照例，我不想听。"他打开一份来自圣索拉罗的销售报告和建筑报告的文件夹。摘要页上写着，永久性居民已经达到一千零三个人了。

约翰逊一把抓过那个文件夹，将它扔了开去，文件落得一地都是。

"听好了，麦克。我知道你内心非常痛苦。对此我很难过。但是，这不能给你借口，让你表现得像个狗娘养的一样。"

麦克猛地冲出他的椅子，开始捡那些文件，仿佛它们是珍宝似的。

"我想我们以前谈过这事儿。那时我不喜欢这话，现在也不喜欢。你要是看不惯现状，休，那么大门就在那儿。大门永远开着。"

得克萨斯人轻轻地长长地吸了一口气："我想我还是识时务点。整理好我的旅行包，赶快离开这儿，一劳永逸的好。我真是个大傻瓜，还想着回来。你可以待在这儿，关上窗帘……自哀自怜……对自己的痛苦数落个不停，喝酒无度，像只疯狗一样汪汪乱叫。我不必坐在这儿无所事事，不了解的人还以为我认为这很有趣，还称许这种事情呢。"

他走出门去，将门甩得很重很重，墙上的一幅画被震得掉了下来。这是一幅装了镜框的圣索拉罗那扇拱形铁大门的照片。玻璃砸碎了，照片晃晃悠悠地飘到了踢脚板上。麦克任其躺在那儿。

十分钟之后，他听到了约翰逊的双脚在楼梯上的不规则节奏声。"砰"的一声，这是他瘸了的右脚，两三分钟之后，又是"砰"的一声。他听着临街的大门关上了,接着,他看见约翰逊那顶高冠帽子的顶部飘过凸窗。

麦克揉着自己绯红的脸颊。他不喜欢这个自以为是的得克萨斯人。他不喜欢他的傲慢,尤其是因为约翰逊了解真相——他这个光鲜富有的世界正在土崩瓦解。

他又打开一瓶索诺马河酿酒厂的红酒,试图忘了这一切。

在那个中央谷地的时候,赫尔曼在家庭旅馆的楼梯上一失足崴了脚。女房东说,他摔跤是因为他年纪大了,看不清了,但他又太虚荣,不肯戴眼镜。麦克一听这个故事,哈哈大笑起来;他知道得太清楚了。

他开着汽车到萨克拉门托去,发现他的前岳父卧病在床一个月了。老人家的光景让麦克很伤心。赫尔曼发誓,他跟以往一样健壮又充满活力,接着一句话还没说完就睡着了,最后那几个字从他嘴巴里出来的速度很慢,就像他嘴角流下来的口水。

“他年事太高,不适合一个人居住了。”麦克回到旧金山城时对亚历克斯说道,“给他找个地方。我要亲自把他接过来,如果有必要的话。”

教会大街上弥漫着泥土和新木料的味道。麦克和玛格丽特站在南边一块空地的角上。两个浑身泥巴的工人在将这块空地一分为二的深沟里的一条破裂的主要管道上施工。一台辅助发动机在突突地响着,从沟里往外排水。

麦克和玛格丽特是在观察街对面的那个地块。那儿,木工们正在安装一座新房子的第一个门框。阳光在讨好着玛格丽特,将她赤褐色的头发映照得更加红艳。她穿着紫红色的丝绒连衣裙,戴着有花边的手套和一顶很大的宽边花式女帽。帽檐的阴影里,她神采飞扬,开心得像个小孩子一样。

麦克抽着一根雪茄,表情几乎看不出有什么变化。

她挽着他的一条手臂,他们继续散步。

"我的店铺到 3 月份时就可以开张了。承包人昨天告诉我的。"

"好。"他说道。他的目光消失在了一堵没有窗户的砖墙上面的某个地方，消失在了被微风吹动着的厚厚云朵中。

她停住脚步，抚摸着他的下巴。

"你什么时候才能从这种痛苦中摆脱出来呢？"

"警察或者平克顿侦探事务所找到我儿子的时候。"

"有没有什么……"

"什么也没有。"

他们继续散步，秋日的云在天上飘浮，他们一会儿暴露在阳光下，一会儿躲进阴影里。在街角，有两匹挽马僵硬地躺在血泊中，血已经凝固。每天都有马在现场倒下，在清理工作中，他们的劳动强度太大，大得会让他们的心脏突然破裂。工作人员就会在夜间把他们拉出来扔掉。

玛格丽特闻到了臭味儿，几乎窒息，接着又难为情地表示歉意说："猪的味儿更厉害。现在你知道我为什么要从农场里逃出来了吧。"

他们朝北往市场街走去。某处，一个清理废墟的人的球破碎机①撞到了一堵墙上。市场街的中部，一辆小型的南太平洋铁路公司调车机车正在拉着三节装着瓦砾的无盖货车厢。这条临时铁路是新建的，专用来清理建筑垃圾。

球破碎机再次撞击前，一个报童响亮的尖叫声传来。

"是关于鲁夫的消息。"麦克说道，突然表现得有生气了一点，"我听不太清楚……"

他们急忙走向前去，看见一小群人正围着一个正在叫卖刚出版的《旧金山考察人报》的小男孩。赫斯特已经下令为那些新的报纸找一座新房子，但是即便如此，这份报纸也得在奥克兰编印几个月。

"卖报，最新报纸。阿贝·鲁夫和施密茨市长受到犯罪指控。"

---

①球破碎机，挂在吊车上供拆房等用的铁球。

778

麦克挤过人群。他跟一个皮肤灰黄色的人抢最后一份报纸。麦克的速度更快。他给玛格丽特看了那个"二十四点①"的惊人的大字标题：

　　鲁夫、施密茨被起诉！

这正是改革团体等了好几个星期的大陪审团发布的消息。

"五项敲诈勒索罪。"玛格丽特飞快地浏览了一下，惊叫道，"贵宾犬饭店……德尔莫尼科饭店……马钱德饭店……麦克，他们掌握了证据。数量、交钱的日子……"

"伯恩斯和他的侦探干得很出色。法国饭店的案件只不过是个开始。"

她拍着双手。

"哦，天哪。终于见天日了。这不是大好事吗?"

是大好事，他心想，但是还不够。

"尖酸刻薄"·比尔斯从华盛顿给他送来了一张便笺。

　　内莉关于地震的小说发表在了《星期六晚邮报》上。我那被墨水污染了的胸中翻腾着妒忌的愤怒。她继续获得成功，而我呢，还在为那位威廉·伦·胡说八道大帝②大砍大删，我不喜欢他那种低劣的黄色新闻报道，不过他的薪金支票不知怎么的总是迸发着那种让你沦为奴隶的力量啊。

12月6日，弗里蒙特·奥尔德为麦克弄来了媒体证件，两人在那次

---

①点，表示铅字规格，每点等于1/72英寸。
②威廉·伦·胡说八道大帝，指威廉·伦道夫·赫斯特。

对鲁夫、施密茨的传讯中挤进了记者群。由于地震和火灾的破坏,审判室的空间很小。麦克觉得这是一个很好的讽刺,这个诉讼程序被临时安排在了一个犹太人度过安息日的学校的房间里。

在朗读起诉书的过程中,美男子吉恩·施密茨站在长凳前,烦躁不安。老板还是坐着,架着二郎腿,用谦恭有礼而漫不经心的眼神望着天花板。

这对邓恩法官来说太过分了。

"被告必须站起来接受指控。在本法庭上,没有人可以受到特殊对待。工作人员重新开始。"

鲁夫立马站了起来,真的感到震惊了。

圣诞节前一个星期,"野蛮比尔"·弗莱沙克造访了格林尼治大街。室外,黑暗正在降临。报告十分简洁。

"还是没有任何踪迹。"

"那些小传单有什么消息吗?"

"有五条线索,全都没用。"

麦克敲了一下办公桌。

"弗莱沙克,我花钱雇你不是要你坐着火车到这儿来陈述你的失败的。你应该在这个案子里投入更多的人力。"

"钱斯先生,等一下。我们早就在利用每一个可以利用的……"

"那就找到他。平克顿是全国最好的侦探机构吧。"

弗莱沙克猛地将他的雪茄烟按进一只玻璃碟内,折断了雪茄,将它毁了。

"我愿拿我的个人名誉保证平克顿侦探事务所在这个星期任何一天都是尽心尽力的。你只不过是没有面对某些现实罢了。"

麦克在暗淡的电灯光下发作了。电灯是黄铜的,上面有一个绿色灯罩,电灯的光亮照在弗莱沙克的麻脸上。

麦克狠狠地瞪了他一眼:"譬如?"

"平克顿侦探事务所是一家私家机构。我们没有警察部门的丰富资源。他们没有给予我们任何帮助,尤其是在这儿。你在这个城市的政府那儿并不受欢迎啊,钱斯先生。"

"你以为这种情况我不清楚吗?这事儿见鬼的跟这个案子有什么关系呢?"

"大着呢。"弗莱沙克反驳道,"这个城市的大多数警察不喜欢你,或者说至少他们不愿意帮助你。这不只是你反对鲁夫的问题,还可以追溯到朗·科格伦。好多年来,他在侦探队可是个勇士啊。"

"直截了当。有什么关系?"

弗莱沙克不喜欢被大声斥责。他的反应是脸色发红,接近发作的边缘。他的话音实际上已经有点颤抖。

"我不喜欢我们在警察那儿得到的合作,全州范围内,所以我在这儿的警察部门安插了一个线人。地位很低,但是他看见的和听见的很多。我知道,关于你的那些小传单,有一些电话打给了本州的其他一些主要部门。圣迭戈、洛杉矶、中央谷地……没有明显的违法不作为,你知道,只是怠工而已。小传单从警察局的公告牌上被撕了下来,我的特工的调查表不是丢了就是归错了档……没有什么大动作,也不弄得沸沸扬扬。但是它的效果很好,像是一块石子扔进了一个池塘一样。"

"是不是阿贝·鲁夫唆使的?你是要告诉我,他要以我儿子为代价进行报复吗?"

"我不是说鲁夫直接参与了。鲁夫的朋友。鲁夫的合伙人,市政府里面的。他们在整个加利福尼亚都有关系,对你和你们这个改革群体反感至极。这全都有点像月光。你不能把它拿到法庭上当证据,但它就是在那里。它是真真切切的。"

"这就是找不到吉姆的原因?"

"这是原因之一,是的。"

"你在给我找借口。"

弗莱沙克跳起身来。

"我给你的是我所看到的东西。我还可以给你我不干了的事先声明，马上。"

这一严厉态度突然令麦克冷静下来。

"不，不，对不起。我相信你所说的话。我希望你继续负责这个案子。坐下。"

弗莱沙克装出一副不情愿的神态，也许有点夸张，不过还是坐了下来。他仔细检查了一下那根被毁了的雪茄，哼了一声，又点燃了一根。

"钱斯先生，我也想要对你说些抚慰性的好话，给你一些承诺，但是坦率讲，我开始觉得我们正在往山上撒尿呢。我所提到的这些地下的活动，它们很管用，但是比起其他事情来，还是次要的；现在早已是12月了。你骂了警察，你钉了数千份的小传单，而八个月之后，你儿子还是找不到。我们至少必须承认这孩子可能已经在地震中死了，或者在后来的大火中丧生了。"

"不。他没有死。你找到他。"

"加利福尼亚是一个大州。在这样一个广袤的范围内去搜寻一个也许是藏匿起来了的小孩子……"

"找到他。"

弗莱沙克怒目而视，接着忍住了。一个轻轻的动作，他从他那套查尔克条纹套装里面的口袋里掏出一张纸。

"我带来了本月的账单。你想要我给马勒先生吗？"

"马勒先生正在度蜜月。放在这儿吧。"

侦探"啪"的一声将那张纸拍到办公桌上，接着捡起他的旅行包。

"作为一名委托人，我得说你真的不好对付，钱斯先生。"

"是的，但是金钱好……对吗？"

弗莱沙克好不容易发出一声笑声，接着麦克送他到门厅；他们的怒气都消了下来。

弗莱沙克环顾了一下四周。

"你连圣诞节装饰都没有啊。"

"还有理由装饰吗？"

"嗯……恐怕是没有……"弗莱沙克的双肩明显地垂落下来，"我明白你的意思了。无论如何，圣诞快乐。"

他摘掉他的常礼帽向麦克致意，当他走进黑暗中时，麦克在他身后使劲地关上了门。

65

1907 年，美国又陷入了一场金融大恐慌。股票价大幅跳水，银行纷纷倒闭，失业率急剧攀升。皮尔庞特·摩根致电全国各地资本家，担保私人贷款，以稳住摇摇欲坠的银行和信用系统。麦克拿他的私人财产担保了七百万美元。

航空学和飞机开始悄然进入新闻报道。莱特兄弟在 1903 年驾驶"小鹰"号飞上天空，但是，那些有身份的保守的人嘘嘘地对飞行表示反对，就像他们在 19 世纪 90 年代对汽车表示反对一样。他们认为，任何挺认真地喜欢上了飞行的人都属于精神不正常的边缘分子。麦克位列其中。

内莉从意大利的佛罗伦萨写信来说，她的小说快完成了，每天憋出九百个词，用铅笔写在书写纸上。她说，这部书"科利斯·亨廷顿的后嗣和他的财产受益人一定不会喜欢，还有马克·霍普金斯大叔的那些后嗣和财产受益人也不会喜欢"。

麦克有事到纽约出差，回加利福尼亚的时候坐轮船去了巴拿马的科隆。他穿越巴拿马地峡，视察了地球的这些像在发炎一样的巨大创口，那儿，数以千计的工人正在用人工挖掘和炸药爆炸的方法挖凿这条

"泰迪的大沟①"，连接两大洋的运河。在回旧金山的近海轮船上，他读了厄普顿·辛克莱②写的《丛林》。

威利·赫斯特正在加利福尼亚度假，便带着麦克到他的皮埃德拉布兰卡大牧场去骑马，这是一块很大的地产，在圣路易斯奥比斯波县境内。威利的父亲，那位参议员，早在1865年时在西班牙就买下了最初的四万五千英亩土地。威利已经结婚了，成了三个儿子的父亲，他正担任第二届由纽约市选举产生的美国国会议员。但是他很少谈及华盛顿和他的家庭。当他和麦克沿着太平洋原始的海岸在马背上驰骋的时候，他对加利福尼亚的美丽倒是谈得很多，尤其是这块地方。这儿，他说，他总有一天要来兴建他梦中的城堡。

麦克听说诞生了一个新的激进的劳工组织——世界产业工人联盟③。有些人把这个联盟的会员叫作"沃伯利④"。在公开的声明中，他们说他们的目的是教育"被压迫的工人阶级"，作为"世界范围内革命"的序幕。在一篇报道里，他看到了迭戈·马克斯的名字，报道列举了世界产业工人联盟的在维塞利亚的街头发表演讲时被逮捕的成员的名单。

麦克将其前岳父从萨克拉门托接到了远在隆巴德大街上的舒适的家里，并雇用了一个护士和一个厨师。赫尔曼体弱多病，心绞痛和双腿

①泰迪的大沟，即巴拿马运河，位于中美洲巴拿马中部，穿过巴拿马地峡，接通太平洋和大西洋。
②厄普顿·辛克莱，即厄普顿·比尔·辛克莱（1878—968），美国小说家，以创作"揭发黑幕"的小说闻名，主要作品有《屠场》、《石油》、《龙齿》等，《屠场》一书迫使美国政府通过《美国洁净食品暨药物法》，《龙齿》获得1942年普利策奖。
③世界产业工人联盟，本书的原文为International Workers of the World，但这是一个1982年在奥斯陆成立的欧洲工联主义劳工组织，作者在这里所指的应该是1905年成立于美国芝加哥的Industry Workers of the World（世界产业工人联盟），简称IWW，也称Wobbly。"世界产业工人联盟"为译者对Industry Workers of the World的译法，《汉英大辞典》对该组织的参考译法为"世界产业工人组织的会员"。
④沃伯利，原文为Wobbly，美国英语对Industry Workers of the World的缩写IWW的讹音拼写式。

的静脉扩张令他苦不堪言，而且他的记忆力也在衰退。他不认为他需要任何人的帮助，虽然他一直在依靠麦克。

洛伦佐·洛夫教授已经没有耐心再等待找到他的学生了，便接受了贝克斯菲尔德一个女子学院的职位。当他道别的时候，他对麦克说，他祈祷吉姆总有一天会回来。但是，如果事情不是这样，他知道麦克将会活下去。

"李尔[①]说：'我被绑在了火刑柱上，我必须承受这一经历。'朗费罗[②]写过，受苦过后变得强大是令人崇敬的。"

"洛伦佐，那是废话，这你知道。"

两人拥抱。

"把小男孩弄回来，钱斯先生，把这个优秀的小男孩弄回来。"

弗莱沙克定期带来报告，尽管没有什么新的线索。1907 年年末的一个夜里，麦克彻夜难眠，辗转反侧，望着黑暗，心中完全被这个冷漠而又客观的事实笼罩了。

没有任何希望了，吉姆不在了。

与此同时，那些贪污受贿起诉案进展顺利。1907 年 3 月，大陪审团正式宣告，拳击赛受托案中的六十五起受贿和诈骗指控成立，汽油费率案中的十七起受贿和诈骗指控成立，电话特许经营案中的十三起受贿和诈骗指控成立，联合铁路公司有轨电车线路案中的十七起受贿和诈骗指控成立。特别检察官赫尼将鲁夫关在菲尔莫尔大街 2849 号一间很安全的房子里跟他谈判。老板同意承认指控，以换取有限豁免。

6 月，鲁夫作证他的密友施米茨在法国饭店案中有罪。大陪审团裁定：敲诈勒索罪。施米茨终于被驱逐出了市长办公室，被判在圣昆廷监

---

① 李尔，莎士比亚悲剧《李尔王》中的主人公。

② 朗费罗，即亨利·沃兹沃思·朗费罗（1807—1882），美国诗人，曾任哈佛大学近代语言学教授，主要诗作有抒情诗集《夜吟》，长篇叙事诗《伊凡吉林》、《海华沙之歌》等，还翻译了但丁的《神曲》。

狱服刑五年。

这一年对涉及这一控告案的朋友们来说并非没有危险。麦克收到三封邮件，都是匿名的死亡威胁。而鲁道夫·斯普雷克尔则在一天深夜接到一个电话，警告他说他们将炸毁他的家。弗里蒙特·奥尔德出差去南加利福尼亚的时候，他乘坐的火车停靠在一个车站时有三个人企图绑架他。那些人全副武装，还带着逮捕奥尔德的逮捕令，可是奥尔德大声喊叫说这是伪造的，火车站的雇员和旅客们帮助他赶走了这些绑架未遂的歹徒。

1907 年和 1908 年初，至少每周一次，麦克都会驱车前往隆巴德大街，带上赫尔曼，将他带到法庭去观摩一天的庭审。赫尔曼尽情地为他这个同胞的欺诈行为表示幸灾乐祸。麦克估计，他对其他的人也像他曾经那样老奸巨猾这件事很高兴。

1908 年 4 月初，帕克赛德房地产案开庭审理。帕克赛德是一家房地产开发公司，其总裁之一便是威廉·克罗克——克罗克银行的总裁和乔利的儿子，乔利属于四大巨头之一。帕克赛德密谋极力推动出售一个海滨地块，用于一条新的有轨电车线路。有轨电车线路需要特许经营权。一项特许经营权意味着要向鲁夫行贿。这一审理注定是错综复杂的，因为鲁夫亲自帮助他们告发了帕克赛德的那些职员，在大陪审团做出有限豁免决定之前便进行了指证。在这一时间和开庭审理之间，鲁夫和检察官在不断地争吵；赫尼想要鲁夫指证他不愿意说的东西。结果，豁免安排流产，赫尼及其手下再次对老板在各个方面展开了追猎。

"他们现在很难找到陪审员。"麦克在帮助他的前岳父走下隆巴德大街的台阶时说道。赫尔曼在穿越尚未铺好路面的人行道、走向那辆奥尔兹汽车时费了老大的劲儿。

"今天就那码子事儿吗，选拔更多的陪审团成员？"

麦克点点头。

"加拉格尔家被炸让这个贪污受贿案又掀起了一个头版报道的高

786

潮,那种骇人听闻,那种催人泪下呀。所以要寻找不带偏见的陪审员他妈的很难。"

他说的是两个晚上前的一件事情。前市政府领导人詹姆斯·加拉格尔的住宅前面发生爆炸。加拉格尔在豁免的条件下提供了蒂雷·福特案的证据,蒂雷·福特是联合铁路公司的一位官员;加拉格尔是鲁夫的中间人,负责将福特的贿赂金送往市政厅。加拉格尔及其家人在那场爆炸袭击中奇迹般地幸免于难。

赫尔曼在麦克帮助他进入汽车的时候气喘吁吁,满脸痛苦。

"谢谢,家伙。我不中用啦。"

麦克绕过车头。

"这些日子,赫奇·赫切有什么消息?"

"还没有决定下来。"麦克一面说一面爬进车里,"还是没有结论。"

当他伸手去松刹车时,老人家抓住他的手臂。赫尔曼的手呈现出红色,有皮肤屑掉落;他患有恶劣的皮疹,散发出浓烈的以焦油做的软膏的气味。

"听着,我从来就不会说好话。可是我得告诉你,我感激你为我所做的一切。为我找了这个地方,为我找了那个屁股圆圆的非常好的小保姆。你那么忙,又每个星期开老远的路到这儿来接我去看庭审……"

"那是一个真正的狂欢嘉年华。我知道你喜欢那儿。"

"观看他们油煎那些坏蛋比观看那些光屁股的小姑娘跳胡奇库奇舞要有趣。我毕竟是上了年纪了。"

赫尔曼的笑容总归有点苍凉,是那种一个人清晰地意识到自己离死亡不远的伤感笑容。麦克也感觉自己老了。

"这没什么。"麦克终于说道。

"才不是没什么呢。自从那些大牧场的事儿太多,我再也管不了然后搬进那个家庭旅馆之后,卡拉就不太来了。现在,她根本就不来了。"

"这我知道。"

"而且你知道为什么。她跟我们其余的人一样,年纪也越来越大了。她成事不足，就一天到晚跟那些她结交的娘娘腔的男孩子艺术家喝酒欢闹。可是，她爸……哦，不，她不想去看他；他会显示给她看，人真会老的。她不想在这方面得到提示。"他眯眼望着明媚的阳光，他的双眼闪闪发亮，仿佛有泪水在流淌，"我会永远爱那个姑娘，家伙。但是我很不喜欢她。"

麦克一言不发；他有同感。

弗朗西斯·约·赫尼走近长凳。证人席上坐着从临时陪审团再次召回来的一个人，这人长着一头难打理的黄灰色头发，一部很大的八字胡，一只外斜视的眼睛让他看上去稍稍有点疯狂。法庭里的旁听席上，大约三十个人分散坐着。亚伯拉罕·鲁夫花了大价钱雇用的三位辩护律师——肖特里奇、阿赫、费拉尔——用手挡着嘴巴交换意见，这时，法官说道：

"莫里斯·哈斯昨天被接纳为帕克赛德房地产案庭审的陪审员。现在你对此有疑义吗，赫尼先生？"

"是的，法官大人。"赫尼递上一张很硬的纸，"这个证据是新的。我们的起诉人员发现的。"

当法官在仔细研究那张照片的时候，莫里斯·哈斯汗流浃背，局促不安。

赫尼说道："我请求准许将证据提供给哈斯先生看。"

"准许。"法官点头说道。

赫尼大步走到证人包厢跟前。

"哈斯先生，我给你看这张来自囚犯部的二十年前的照片。照片里，这个人剃着光头，穿着横条囚服。"

哈斯的双眼鼓突着，汗水从他发面团一样的脸上流了下来。

"照片里的人不是你吗？你当时不是因为挪用公款在昆廷监狱服刑吗？"

赫尔曼在第二排他最喜欢的位子上扭过头去轻轻说道："那小个儿

788

赫尼是个硬家伙。我可不想让他对我十五到二十年前所干的事情产生兴趣。"他翻滚着自己的双眼。

赫尼重重地敲着证人包厢。

"哈斯先生。请回答。"

"州长批准了我的赦免令。"哈斯大声说道,"完全恢复了我的公民权……"

"那么你不否认这个证据吗?"

"是的,我不否认这个证据。我怎么否认呢?它就在那儿。但是我还了债务。我回到旧金山,成了家,养了四个孩子。你没有必要再次把这些都刨出来。"

赫尼冷若冰霜:"恕我不能同意,法官大人,检察当局不能接受一个有可能受到不适当的压力影响的陪审员,不管理由如何。一份隐匿的犯罪记录肯定会让一个人成为极端压力的潜在目标。我们的调查人员发掘出哈斯先生的这些事实,我很遗憾将这些事实公之于此。但是我必须请求,他不可以……"

"你该死的,赫尼。"哈斯咆哮道,走下了证人席。他的个儿很小,至多五英尺六十英寸。

法官敲着小木槌让他安静。

"哈斯先生,坐下。你被驳回了。"

哈斯朝赫尼扑去,赫尼早已转过身去,但是一个副治安官强力将他从检察官身边拉开了,而且检察官的警卫员福利将他撵出了分隔律师和观众的那道栅栏的门。一个上唇汗毛很黑的又胖又高大的女人哭着跑到哈斯跟前。

"我不会善罢甘休的。"当法警和那个女人将他推往法庭大门时,他吼叫道,"你在旧金山毁了我……你会付出代价……"

"疯子。"赫尔曼说道,一阵颤抖。麦克刚要发表评论,突然,大厅里的那个警卫人员悄悄走到他身边的空位上。

"有位先生在找您,钱斯先生。他去了您家,您的助理把他送到这儿来了。"

他递给麦克一张镂版印制的名片。麦克感到迷惑不解,仔细瞧着那张名片,接着他发现赫尔曼伸长着脖子想看,便将名片给了他。

"你看得清吗?"

"我当然看得清。"赫尔曼对这些苦楚有一种防御心理,他将名片拿到距鼻子三英寸处,"狗屎。上面写着什么?"

"吉尔伯特·J.安德森。埃塞内伊电影公司,阿盖尔大街,芝加哥。"

"没听说过他。去吧,去见见他。我没事的。"

麦克匆匆沿着走道走去。很长一段时间里,这双淡褐色的眼睛里第一次闪耀出兴趣的火花,这是由名片上的一个装饰图案激发的:一条画法粗糙的电影胶带。

在距法庭两个街区远的新戈尔康达酒吧里,麦克要了两大杯啤酒。吉尔伯特·安德森是一个身材粗壮、打扮朴素的年轻人。三十左右年纪,麦克估计。他有一双柔和的睿智的棕色眼睛,有一个适合于政治家的动人鼻子。他的穿着单调乏味得像 个银行工作人员。

"埃塞内伊……"他指着摆在他们两人之间的名片,"那里面的'S'指的是乔治·斯普尔,我的合伙人;里面的'A'指的是安德森。① 乔治管生意上的事情,生产归我负责。"

"你是在说电影吧。"

"是的,先生。我很感谢您花时间讨论这个话题。我听说您是一个不怕新观念的投资人。"

麦克将烟草填进他的海泡石烟斗里。他是在浪费时间吗?安德森既没有活力也没有说服力。相反,他看上去挺腼腆。然而,少了世故,便是真诚,而且莫名地获得了他的信任。麦克点点头示意他继续说

---

① "埃塞内伊"的英文 Essanay 里包含有"s"和"a",大写为"S"和"A"。

下去。

"我是一个舞台演员。"安德森开始叙述,"就是说,原先……"

"来自纽约吗?"

"是的,但我出生在阿肯色州①的派恩布拉夫。"他仔细打量着麦克,似乎断定了他可以信任麦克,"吉尔伯特·安德森是我为上舞台起的艺名。它比……啊……马克斯·阿伦森更能让人接受。有些剧院老板不喜欢犹太演员。有些剧院的家庭旅馆不愿意出租给犹太人。"

"这世界到处都是愚蠢的人,安德森先生。我是否可以理解你放弃了舞台改做电影了?"

"没错。我一直在整个西部游荡,正在为埃塞内伊拍摄一些单盘影片②。我甚至已经在洛杉矶的西湖公园完成了两部。但是我们在这儿需要一个永久性的基地。我想要买地,创建一个电影制片厂,充分利用这儿终年明媚的阳光。不幸的是,埃塞内伊的每一美分利润都投到了开办芝加哥的电影制片厂上。我得寻找额外的资本。"

"你想要生产什么样的电影?"

"赚钱的电影。"

麦克哈哈大笑起来:"最好的种类。"

"您喜欢电影吗?"

"我喜欢电影。"

安德森倾过身来,非常迫切,差一点把他的啤酒杯打翻。

"事实上,我对反映西部的电影最感兴趣。古老的西部差不多已经一去不复返了。汽车、市际交通车辆、现代化的道路……以及所有那些美国中西部的人,他们带着他们的房地产公司和旅游野营小屋来到了这儿……他们把它埋葬了。"

"我有一个合伙人跟你的观念一模一样。"

①阿肯色州,美国中南部的一个州,首府小石城,1836 年成为美国的第二十五个州。
②单盘影片,指放映二十分钟左右的动画片、新闻短篇等影像。

抑或我也一模一样？约翰逊跟麦克的儿子一样消失得无影无踪了，他的石油开采分红继续在他洛杉矶的账户里迅速增加，而且一分钱也没动过。

安德森满腔热情地说："人们依然热爱西部，钱斯先生。部分原因是因为它已经消失了，但还有部分原因是因为它简单、开放……诚实。而且，也非常令人激动。您看过波特的《火车大劫案》吗？"

"很多次。"

"我就在火车上。我就是听凭那些歹徒摆布的一个乘客。"

"哦。"麦克抽着烟斗，竭力想表现得圆滑一点，"我肯定见过你嘛。不过那时我不认识你。"

尽管他表现出来的失望并不明显，但是安德森像是受到了很大伤害一样。典型的演员，麦克心想，乐了。他喜欢这个热爱西部的家伙，虽然他看上去几乎不像一个西部人。安德森解开他那件便宜的普通短上衣的纽扣露出了一个规模相当大的肚子。

"我只是一个临时演员。"安德森承认道，"我原先被雇去演其中的一个火车大盗。但是波特碰巧问我是否能骑马，我不能向他撒谎。事实上，我得到那份活的时候，正好厌倦了纽约，准备放弃舞台演艺生涯呢。波特的电影改变了我的人生，它也改变了电影。"

"因为它有故事。"

"您说得对。那本电影包含了十四个情节。当我们在新泽西州的荒野杀青的时候，我认为它根本没有什么。然后，我去看了正在放映的制作完成的影片。我站在第十四大街伊顿电影院的黑暗中……太令人惊讶了。当那些强盗抢劫列车的时候，人们跳起身来，高呼：'抓住他们。'电影放完后，他们大声喊叫：'再放一遍，再放一遍。'这部电影在非闹市区也上映了，百老汇大街的哈默斯坦电影院。我无法相信伊顿电影院观众的反应，所以我到哈默斯坦电影院去了，估计那些观众会以为自己很高雅，表现出冷漠。知道发生什么了吗？"

"他们喊叫'再放一遍'了吗？"

"就是这样啊!"安德森很快地饮了些啤酒,忘了将他嘴唇上的泡沫擦掉,"他们看不够。我当时就心里想,安德森,就是这个。这就是你的电影业。"

"现在你想要制作描写西部的电影。"

"一个系列,塑造一个角色,一种好心肠的坏人。我将扮演那个角色,为了给我们省点钱。"

麦克的脸上掠过一个怪异的表情。他敢肯定,经济不是安德森想要扮演这个角色的最初理由。理由是这个人的巨大热情。

"你找到适合你的电影制片厂的地块了吗?"

"是的,先生,在东湾……奈尔斯峡谷。离最重的雾区有相当一段距离。"

"现在这个问题非常重要:你学会骑马了吗?"

安德森纵声大笑起来:"还过得去。我要是掉下马来,我们总是可以去第二趟的嘛。电影的魅力就在这儿。"

青烟从麦克的烟斗上袅袅升起,他若有所思地望着烟雾。保守的人对诸如此类的计划是无动于衷的。没有关系。他有一种直觉,一种冲动。他以前也有过同样的感觉……而且赢了。

令他感到惊讶的是,他意识到,有什么非凡的事情发生了。就在这儿,在这个死气沉沉、弥漫着锯木屑气味的酒吧里,一个陌生人不显山不露水地引导他走出了沮丧的阴霾。这是一种别有韵致的感觉。

"我必须得回到法庭去了,安德森先生。给我送一个方案来,告诉我你需要多少钱。"

66

帕克赛德房地产案的审判以陪审团之间势均力敌的结果画上了句号。检察当局不顾困难,坚持审判老板本人,指控他代表联合铁路公司贿赂市政官员,尤其是 J.J.富里监督。富里将跟鲁夫所谓的中间人加拉格尔一样,在豁免的前提下作证。

这一次,要建立一个公正的陪审团甚至更加困难,而且审判程序拖了七十二天。鲁夫的首席顾问亨利·阿赫气势汹汹地对陪审团横挑鼻子竖挑眼。他不接受任何看过《呼唤》的候选人,他不接受任何订阅《新闻简报》的候选人。

"他很快就不能接受那些早上起来第一件事情是撒尿的人啦。"赫尔曼气得直发牢骚。

亨利·阿赫继续砍掉名字,反对,拖延,直到一千四百多个陪审员被筛选了一遍。

与此同时,在 11 月 3 日这一天,全国投票开始。麦克将他的总统选票投给了陆军部长威廉·霍华德·塔夫特①,塔夫特是由罗斯福亲自挑选的,作为他的继任人。这是共和党人的一场胜利,对疲惫不堪的老平民党党员威廉·詹宁斯·布赖恩②来说是一次可耻的失败,民主党人已经第三次在绝望中将他拉出来了。

11 月 6 日,联合铁路案陪审团终于宣誓就任,审理开始。

11 月 13 日——13 日正好是星期五——傍晚时分,威廉·劳勒法官宣布短暂休庭。木匠大厅的法庭座无虚席……挤了二百个人或者更多。他们将有着很大穿堂风的大厅那些沿边的阳台挤得满满当当,将主楼层记者席后面的座位塞得严严实实。麦克和赫尔曼坐在紧挨着走道的地方,主楼层第二排。他们一直在听辩护律师阿赫盘问詹姆斯·加拉格尔这个明星证人。

小木槌落下,人们离开座位的时候,麦克听到了呼噜声。赫尔曼那

①威廉·霍华德·塔夫特(1857—1930),美国第二十七任总统,共和党人,总统任内建立邮政储蓄体系,推行反托拉斯法,实行金元外交政策,后任耶鲁大学教授、联邦最高法院首席法官。
②威廉·詹宁斯·布赖恩(1860—1925),美国国会议员,曾三次竞选总统,均告失败,后任国务卿,主张和平外交,因对第一次世界大战严守中立遭反对而辞职。

圆圆的微微凹陷的下巴搁在他的衬衫前襟上。他那套黄褐色的彩格呢套装有点倒人胃口,上面斑斑点点,这是他们中饭吃的蛤蜊的红色酱渍。最好赶快把他弄回家去,麦克站起来时心里想道。

一个小个儿男人撞了他一下。麦克以前见过他,但记不起是在哪儿见过的了。那个人显然狂躁不安,拼命挤过人群,往律师的桌子挤去。

叽叽喳喳的交谈声充斥着法庭。麦克急于去呼吸点新鲜空气,便推推搡搡地朝后面的门走去。突然,他的脖子刺痛起来。他记起了撞他的这个人有一只坏了的眼睛。一只外斜视眼……

"他要干什么? 这个人要干什么? 哦,上帝啊,他有一支手枪。"

那个女人的声音变成了尖叫。麦克急忙转过身来,心中有恐惧的感觉。这个眼睛外斜视的家伙脸上写满了他的内心活动。仇恨……还有明确的目的。他刚才只是没有注意到罢了。

更多的喊叫声。接着,一声枪响。

麦克从一张椅子上跳起身来。此后一辈子,他永远对那一幕记忆犹新。弗朗西斯·赫尼脸朝下倒在了那张起诉桌上,他右耳朵前面的一个伤口血流如注。那陪审员候选人穿着肮脏的大衣站在那儿,一支蓝色的小手枪在他手中青烟缭绕。

第二排,赫尔曼醒了过来,哆哆嗦嗦地站起身。除了那女人的尖叫,整个法庭一片死寂。接着,每个人异口同声地爆发出叫喊声。

一个副治安官和赫尼的警卫员福利朝莫里斯·哈斯冲去,哈斯往后退。赫尔曼又激动又困惑,在走道上哈斯身后四英尺的地方踟蹰着。

赫尔曼要是对什么东西没有明白,往往便会大喊大叫,这是他的习性。此时此刻,他就在大吼大叫,对着哈斯。

"发生什么事啦,先生? 见鬼的打枪干吗?"

"别挡着我。"哈斯大叫道,但是赫尔曼没有动,接着哈斯又开了两枪。赫尔曼那件华丽而俗气的短上衣上,出现了蛤蜊酱渍般的巨大污点,他往前扑倒在了走道上。

"'沼泽怪'。"麦克大叫道,冲向前去。他奋力推开挡住他的人群,这时,副治安官已经抢过了手枪,打得哈斯趴倒在地。

"他怎么样了?"第二天夜里大约十一点的时候,比尔·伯恩斯在电话里问道。

"不太好。"麦克说道。

"在医院里吗?"

"没有。他想要他自己的床。夜里我一直陪着他。赫尼怎么样?"

"糟糕透了。他死不了。大夫们觉得,子弹击中他的时候,他的嘴巴是张开的,也许是在笑呢。子弹射进了他左耳下面的下颌肌肉里。再进去四分之一英寸,他就完了。他得养很长一段时间伤……这是一个重大的挫折……但是他会康复,而且他们别以为他不会发声。"

"嗯,好。"麦克疲惫地说。

"事实上,我打电话来是要告诉你一个关于哈斯的消息。他死了。"

"怎么死的?"

"自杀。"

"在监狱里?"

"对。他们在他的手中发现了一支大口径短筒小手枪。他是在自己的小床上的毯子下面自杀的。他们把他关起来的时候,他身上没有那支枪,这是肯定的。有人偷偷塞进去的。"

麦克浑身一阵鸡皮疙瘩。

"比尔,我不喜欢看到到处都是这种阴谋。但是这件事情让我匪夷所思。哈斯显然是一个精神病人。也许有人指望以此一搏。"

"你指的是谁?"

"指派他来刺杀赫尼的人。"

"你认为他是受人指派的?"

"很有可能。他们可以使用炸药,为什么就不会使用行刺手段呢?也许他们认为哈斯已经疯到事后还可以帮他们一个忙。我指的是结果自己,在极其恐惧、极其沮丧的情况下。只要他有一支手枪。"

伯恩斯沉默了一段时间之后说道:"有趣的看法。我们永远不会知道,是吗?"

他挂断了电话。

67

汽车头灯刺破隆巴德大街的黑暗。闪着亮光的长长的"波普托莱多"停了下来,汽车司机打开了车门。麦克被汽车的声音所吸引,来到前面的窗户跟前,看到卡拉跌跌撞撞地走了出来。

她的晚间外衣拖在满是灰尘的人行道上。它由淡紫色的丝绒制成,装饰着黑丝绒的领子,外加了金银线镶边……金色的带子、金色的丝线、金色的流苏。

他打开门。他穿着衬衫和旧的背带裤子,脸色阴沉。

"早该来了。我三天前就在你伯灵格姆的家中留了信息。"

卡拉望着他,模糊的视线中似乎有一点紧张。她的脸变得如此圆,如此白,如此肥胖。今晚,这张脸上堆满了脂粉口红,黑色的睫毛膏玷污了她眼睛下面的皮肤,让它变得坑坑洼洼。

"沃尔特在华盛顿,我在卡梅尔。仆人们不知道到哪儿找我。"

他在她身后关上门,他闻到了她的香水味里面有更浓更香的味儿。

她将她的外套扔到客厅的地毯上。她是从一个聚会上来的,穿着金色的缎子晚礼服。黑色花边做成的花边宽领足够透明,显露出她鼓胀的胸乳。她戴着宽宽的珠饰项圈,整个项圈上结结实实地缀满了钻石,在昏暗的电灯光的映照下,满室生辉。

"你看了报纸吗,卡拉?"

"在卡梅尔没有看。当时有一个周末聚会……"

"他们在哪儿举办的聚会,杜松子酒的桶底吗?"

她举起一个拳头。

"你个杂种。你这么不友好。"

他将她的拳头推到一边。

"我是不友好。他们取出了一颗子弹,但是还有一颗子弹他们找不到。他快要死了。你该早点来的。"

他们走过长长的过道。过道像矿井的巷道一样漆黑一片,唯有尽头的门下面露出细细的一条光线。麦克将门打开了几英寸,卡拉突然一把抓住他。

"哦,我的上帝呀。"

赫尔曼的卧室里的几盏电灯关了。但是,有一丝光亮,圣坛的光亮。挨近床头柜两边的一些桌子上和茶几上,祭奠蜡烛燃烧着……也许有一百根之多,在小小的红色和蓝色玻璃杯里闪烁摇曳,青烟袅袅。

赫尔曼躺在床上,两眼紧闭,他的脸埋在一个圆圆的靠枕里。他穿着灰色丝绒睡衣,他的双手紧紧握着一个粗糙的木头十字架。

一个肩膀很宽的保姆坐在靠近床边的一张椅子里。

麦克说道:"他一恢复知觉就要求蜡烛和十字架。我从来就不知道他是天主教徒。"

"爸爸生来就是天主教徒。他是在桀骜不驯中长大的,他说那些德国修女冷酷无情地打他。他十六岁的时候离开了教堂。他一直对人说我们是新教徒。"

麦克将门开大。卡拉仔细端详着他的脸,上面没有怜悯。她深吸一口气,走进门去。她的一个脚踝摇晃了一下,一只脚脱离了缀满珠子的浅口便鞋。麦克急忙走上前去,扶住她防止她跌倒。

"看在上帝分上,站稳了。"

保姆恶狠狠地瞪了他们一眼。响声吵醒了赫尔曼。

"谁啊?"他的眼睛睁开了。这是一双混浊的眼睛,几乎看不清东西,首先看到的仅是几个移动的影子而已。

接着，这双眼睛凝视在了床边那些金光闪闪的东西上。

"卡拉？我的孩子。卡拉。"

麦克关上门，身子靠在门上。卧室需要新鲜空气。里面全是陈腐绷带的气味、尿壶的气味。死亡的气味。

"爸爸。"卡拉呼唤道，声音破碎，跪倒在床边，将脸埋在了毯子上。

她的双肩起伏着。

"爸爸。哦，爸爸。"

赫尔曼的鼻子看上去像一个萝卜。不知道是谁……也许是那个保姆……梳过了他的白发，将头发从中间分开了。他的样子像是一具由殡葬师整理过的尸体，如同涂了蜡，也很整洁。他的一只手摸索着，摸到了他女儿的头，接着抚摩着她纤维一样的金色头发。

"我的小卡拉。上帝在上。你身上的气味像个酒吧。"他慈爱地说道，一面轻轻地抚摩着。

"你会好的，爸爸。"她的话音像个孩子，"我们要尽力给你最好的护理。"

"我已经得到最好的护理了，有加利福尼亚最好的医生……"一阵猛烈的咳嗽使他浑身震动起来。

他将十字架紧紧地按到他穿着睡衣的胸前。显然，说话让他耗神，耗神而又疼痛。

他不断地抚摩着卡拉低着的头："我有我的前女婿在照顾我。你那个新丈夫，叫什么名字啊？那个妄自尊大的家伙。他也许是一个有冲动和进取心的人。但是现在麦克，他……"

又是一阵咳嗽。他的脸上突然冒出亮晶晶的汗水。保姆走上前来，拿一块擦手巾轻轻地拍着他的眉毛，从他的嘴唇上揩掉了一点绿色的痰。赫尔曼瞧着她，仿佛她是一个蛇蝎心肠的人一样，她退了下去。

"麦克是曾经爱过你的最好的男人。你没有在乎。你拥有了一切，但是你又把它扔了。你是一个该死的傻瓜。"他昏昏欲睡，说话含糊，"抛弃了他，真是一个该死的傻瓜。"

卡拉抬起头来。祭奠蜡烛的光亮在她的眼睛里闪耀。她的睫毛膏流了下来,将她的脂粉变成了一道道色带。她瞧着麦克。

"我知道,爸爸。"

"这么一个傻瓜……却是一个美丽的姑娘。美丽的姑娘,就像你妈妈……她也很美丽……"赫尔曼叹了口气。

他闭上了眼睛。

"爸爸?"

保姆摸了一下赫尔曼的脉搏,接着摸了一下他的眉毛。

"不要紧,费尔班克斯太太。他只是又睡着了。请让他休息吧。"

卡拉蹒跚着朝门厅走去。麦克关上门,脑子中留下的图像就是赫尔曼睡着了,手中握着那个十字架,保姆握着他的一只手腕。

她重重地靠在墙上。

"我还以为他……"

"还没呢。大夫们说就是这几天的事情,也许两天,至多。有内出血,他们止不了。"

"哦,麦克。"她扑到他的怀里,浑身颤抖,接着悄悄拿一条手臂抱住了他的脖子。

麦克闻到了她头发里的香水味,感觉到了她身体的温度和硕大的突出部位。他望着她身后的壁纸,仔细端详着壁纸的图案。

她说道:"我需要喝一杯。请别说我,就给我吧。"

"就喝一点白兰地吧。就喝这个,在客厅里。"

他使劲将她的手臂扳下来,沿着黑黑的过道走去。

来到客厅,他将面向街道的窗帘拉上。没有必要让那个汽车司机注意费尔班克斯太太及其前夫。

他在一只矮脚小口大肚杯里倒了半英寸拿破仑白兰地。她两大口就将酒吞了下去,然后又伸出酒杯。他摇摇头。

"'沼泽怪'和我说到过他的遗嘱。"麦克对他说道,"你继承所有财产的一半,还有一半等我们的儿子找到以后留给他。"

她给了他一个怪怪的卖弄风情的微笑。这令他感到吃惊,也让他感到厌恶。难道她早就烂醉如泥了? 他们是说过,有些酒鬼只需要一小口就会失控的。

"爸爸说得对,我的确是疯了,以为能找到更好的男人。你无论在哪个方面都是最好的。在床上,你也是最好的。"

"这不是谈论这种事情的时候。"

"为什么不呢? 我们都是过来人……我们之间不必有矫揉造作的东西。"她利索地插上门厅大门的门闩,接着抚摩着闪闪发亮的木门,动作慢而淫荡,一面微微笑着。

他的胃在翻江倒海。

她拿一只手在花边翻领上抚摩着,揉她胸部的曲线。

"你是最好的。有时候我健忘。"她蹒跚了一步,"我倒是想铭记在心,我倒是想被提醒一下……"

"卡拉,看在基督分上……"

她一把抓住他的一只手,用大拇指在他的手掌心揉着。他往后退去,但是她紧逼不放,再次拿胳膊抱住他的脖子。她用舌头舔他的脸,接着舔他的耳朵,浑圆的双乳挑逗着他的胸膛。他感觉到了她的紧身马甲。

"你知道我在下面穿了什么吗? 巴黎买的紧身胸衣,织锦缎上有花纹、有花边。还有吊袜带。你不想看看吗?"

他将她的胳膊狠狠地拉下来。

"住手。"

"我爱你,麦克。我始终是爱着你的。我离开你是因为我驾驭不了你,没法让你干我想要干的事情。我不喜欢那样。可是我从来没有停止过爱你啊。"

"我记得,你也不想对吉姆承担起责任。"

"那是个错误,离开你是个错误。我们可是很好的爱人哪。"她伸手去揽他的腰，"让我回味一下嘛。"

他抓住她的手腕，将她的手挪开。

"不，谢谢。唯有我们结婚的时候我才有这个权利。我瞧不起你丈夫，但是我该死的不能给他戴绿帽子。"

"麦克……为什么不呢？"她张开双臂，做出请求的样子，前后摇晃着，踉跄着，开始朝他傻笑，"为什么不呢？亲爱的，为什么不呢？"

"你最好走吧。如果你父亲的情况有什么……我会打电话到伯灵格姆的。"

"麦克……"

"走。"

断然的拒绝平静而又坚决，毫无余地。她垂下双臂，浑身发抖。

"你这个自命不凡的家伙，你这个傲慢伪善的杂种。有好几十次我都比你好。又爽又好。哪怕我们结婚之后，你也好不到哪儿去。我有情人，不只一个。"

他走了开去，腻烦透了。

"我并不奇怪。我想你喝多了，卡拉。要么喝多了，要么因为这些事情而精神失常了。去睡吧，睡醒就好了。"他捡起她晚间穿的外套，披到她的肩上。

"别对我指手画脚。"她一把将有流苏装饰的晚间外套扔到客厅中央，"你以为你很高贵，总是你说了算。我告诉你，有一次你说了不算。1898 年元旦，你到纽约去看那个会写书的婊子。你记得我在哪儿吗？"

一块冰冷的厌恶的石头落到了他肚子的底部。

"帕萨迪纳。"

"没错。但我不是一个人，沃尔特也在那儿。我叫沃尔特到帕萨迪纳去的。我让他进到这儿来了，麦克。就这儿，你在看吗？元旦那天，他进到了我里面，而且不只一次。他喜欢用这种方式对你进行报复，我也一样。"

她朝他俯过身去，她的心也扭曲了，扭曲得她脸上带着微笑，两眼却泪如雨下。

麦克将那件晚间的外套扔给她。

"滚出去。"

但是她将刀子捅进了他的心里。

"等我再告诉你一些事情后自然会滚的。你以为吉姆早产了一个月。不,他是足月的。你从纽约回来的时候,我早就怀上啦。吉姆不是你儿子;吉姆是沃尔特的儿子。"

"你撒谎。"

卡拉突然仰起头嘲笑他:"痛,是吗? 好,好! 没错。你离开之后,沃尔特是我的情人。你养育了他的儿子,爸爸则叫我傻瓜。"

"你该死的撒谎。"他反手给了她一巴掌。

卡拉一声喊叫,往旁边跌倒,将头撞到了沙发上。麦克盯着自己的右手,仿佛这手是别人的……他打了吉姆,现在他又打了女人……

"你这个懦弱的杂种。"她转过身说道,一面伸出一只手支撑着自己站了起来,"别碰我,别碰我,否则我叫警察抓你,你这个该死的会打女人的魔鬼。"

他再次伸出手。

"卡拉,对不起,我并非……"

卡拉猛地将他推开,冲过他身旁,冲向门厅。她的呼吸急促,她的金发松散下来,坠落到她的肩头。那钻石的项圈发出亮光,星星点点地映在麦克的脸上,她一把抓住门的边。

"我很高兴把这事儿告诉了你。让它痛吧,你这堆冷酷的狗屎。我希望它让你痛到你死去的那一天。"

她走了,将钻石的光亮播洒在了墙壁和天花板上,如同彗星和恒星飞行在星球的某个大灾变中。临街的大门"砰"的一声关上了,疯狂的苍穹再次变成涂了石膏的天花板。

年轻的路德教牧师在 11 月的寒冬中冻得脸红扑扑的,不过他热情地祈祷着。

"上帝啊,值此时刻,我们将汝之仆人奥拓·阿道弗斯·赫尔曼托付于汝,请汝给予永久之关怀。"

大海中升起来的灰色薄雾随风飘过救世主墓地,弄湿了一块块的墓碑和枯黄的百草。

"汝将一个一个及时救赎所有人类之灵魂,如同汝救赎他一样。"

麦克站在敞开的墓穴的末端,他的悲伤目光落在了那具铜棺材上。昨天,纪念碑公司竖起了那块方尖碑,高高的粉红色大理石塔尖顶上栖息着一只普鲁士鹰,基座上有着"赫尔曼"三个字的浮雕,有十英寸高。赫尔曼的生卒年、月、日为名字的四分之一大小。

"汝将将他净化,直至如同孩子一样纯洁,其灵魂如同黎明般明亮清纯,其心脏时刻准备着接受汝之永久关怀。"

有四十个人围在墓地四周吊唁。除了麦克之外,其他所有人都跟赫尔曼各种各样的房地产企业有关系,经理、工头、银行家、保险公司代理人。其他人都来了;卡拉没有来,她丈夫也没有来。他们只是献了一个直径五英尺的早已经枯萎的花圈代表他们。

"接受他吧,万能的天父,现在和永远……阿门,阿门。"

一段合适的沉默之后,牧师用眼神示意,仪式结束了,吊唁的人们静静地散去。麦克戴上常礼帽,握了握牧师的手,给了他一个信封,里面装着他的费用。两个感到腻烦的墓地工人旋转曲柄,让用带子吊着的棺材往下降去。

薄雾已经变成了雨。麦克快速往上坡走去,不跟任何人说话。来到坡顶,好几辆黑色汽车排成一行在那儿等候。一尊石头制的天使像后面突然走出了一个身着黑色羊毛外套、戴着一顶黑色大帽子的女人,他吓了一跳。

"我想之后你可能需要有人陪伴。"玛格丽特说道,一面挽住他的胳膊,"他死后你那么糟糕……这一打击一定大得可怕。"

麦克一言不发,他的表情一成不变。她本以为他儿子的失踪已经使他的情绪落到了谷底，但现在他的情绪更加糟糕。麦克的肤色正在发黄，眼睛下面显现出一个个巨大的黑圈。詹姆斯·麦克林·钱斯，四十岁年纪，看上去却像一个风烛残年的老人。

停着的汽车附近，一个戴着布帽子的男人正在一个三脚架上调整一台方镜箱照相机。他打开镜头盖，举起闪光粉的杆子。

"钱斯先生？到这边来，假如你不在意的话。"

麦克朝他跑去，一脚踢翻三脚架，并将泥土涂到镜头上。他和玛格丽特坐上黑色奥尔兹，绝尘而去。

68

"亚伯拉罕·鲁夫，你听到本案陪审团的裁定了。因此，你以贿赂罪被判到圣昆廷的州监狱服刑，最高刑期为十四年。"

劳勒法官敲了一下小木槌。

老板一把抓住他的辩护律师亨利·阿赫的胳膊。该案子的审理两周前就结束了。加拉格尔的证词毫无疑问地确定了鲁夫的罪行。

"这是肆无忌惮的恶行……我们要上诉。"阿赫大叫道。

记者像短跑比赛选手一样冲向法庭后部，麦克从走道座位上站起来时有好几个人撞到了他。兴高采烈的弗里蒙特·奥尔德用拳头击打着麦克的一个肩膀。

"逮住他了，上帝作证。我说过我们会的。"

接替赫尼工作的身体强壮、脸色红润的萨克拉门托律师海勒姆·约翰逊开始用干净利落的动作收拢并叠齐他各种各样的记录和证词。人们兴奋地握住他的手摇晃着。三个穿着蓝色制服的人包围着鲁夫老板，拥着他飞快地往一扇边门走去。鲁夫在监狱来来去去，总是有大量的警察护卫。

麦克戴上他的常礼帽。老板看到了他，停下脚步。其中一名警察命令他继续往前走。鲁夫不理睬他，快步走过来，在一张空的记者桌上俯下身来。他的两眼湿漉漉的，闪闪发亮。

"好啦，我们了结了吗？"

"如果这事儿由我来决定，那我会判你一百年的监禁。"

鲁夫看上去像受到了侮辱。接着，警察强行将他拉走了。

麦克走下格林尼治大街住房的台阶。他整理好了一只旧旅行皮包。奥利瓦太太就站在客厅的边上，紧张地绞着她的围裙。她瞧着麦克的脸，努力想看出一点"缓期执行"的表情来。

可是没有。他将一只信封塞进她的手里。

"这是圣诞节的礼物。亚历克斯会跟以往一样每周给你寄薪水。"

亚历克斯和妻子已经在三天前就去了里弗赛德。

"你什么时候回来，先生？"

"我不知道。我讨厌这个城市。"

冬夜的月光下，麦克驾车驶过圣何塞的郊区。路边一家小酒店里一对狂欢的人蹒跚着走出来，挥舞着手大叫着："圣诞快乐，圣诞快乐。"但是，麦克没有回应他们。他在红色和绿色的灯光中穿越这个小岛。圣诞夜没有什么特别的，就是一个将更多的里程抛在汽车后面的夜晚，一个在高低不平的道路上驾驶着汽车狂奔，累了将汽车停到路边，用手握着他大衣口袋里的"店老板"科尔特手枪睡上一觉的夜晚。

在路上出了两次故障之后，元旦那天，麦克那辆车身上溅满泥巴的奥尔兹汽车发出咳嗽般的声音，费力地驶完最后几百码弯弯曲曲的道路，来到了地中海别墅。

仆人们兴高采烈地欢迎他，但是他一言不发的反应让人感到震惊和气馁；他们的雇主形容枯槁，灰头土脸。

麦克将旅行包交给他们，打开了办公室的门。显然，亚历克斯之前就在这儿。文件和卷宗叠在那儿,上面有他手写的清晰小字标注着,表明了每一批优先要处理的事情。

他打开百叶窗的窗闩。冬日的阳光顿时照亮了他的办公桌,照亮了那本《加利福尼亚及其采金地之移民指南》。麦克拿起书本,吹了一下封面,尘埃随即升起。突然,他猛地将书本扔向了墙壁。

他拖了一张椅子到窗前,坐在阳光下,朝外面望去。凝望内心深处,他一直在跟卡拉交锋。

那一幕上演着,不断重复着,像是他脑子里五美分电影院银幕上的一部电影。有的时候,他会定格某个形象,将它冻结,以便在卡拉告诉他那件事儿的那个时刻更好地审视她的脸。他想要找出任何欺骗和虚假的痕迹。可是他跟她一起生活过,他可以看出来……没有这样的迹象。他看到的只是歇斯底里和赤裸裸的恶意。吉姆的事情她没有撒谎。她捡起了她最长最锋利的刀子,捅进了他的五脏六腑,直到刀柄没入。他感觉得到它就在那儿,他永远也无法将它拔出来了。

第九章

摧毁那架机器　1909—1910

电影迅速传向了西部。它们从新泽西州的荒原，迅速传向了西部；从纽约第十四大街上的由钢琴陈列室改建的诸如拜奥格拉夫电影制片厂这样肮脏简陋的电影制片厂，迅速传向了西部。它们冲破了寒冬的禁锢，穿越了没有阳光的无尽的日日夜夜，迅速传向了西部。它们甚至以更加轻捷的动作超越了托马斯·爱迪生的愤怒、智慧和他的律师，迅速传向了西部。

爱迪生几乎跟这种电影摄影机和放映机没有太大的关系，只是笼统地嘲笑它们都是些不起眼的小玩意儿。但是，他是一个精明的生意人，总是愿意将他的名字租给那些能赚到钱的发明创造，而且，当无声电影的制片人开始仿制爱迪生的设备的设计，制造出复制品，甚至当作自己的东西销售的时候，这位发明家简直要发疯了。他声称，他的马达设计和圈状电影胶卷设计被剽窃了。他无法声称电影是他发明的……那是伊斯曼①发明的……但是他坚持认为那些胶卷输送孔②是他的专利。

1907 年，芝加哥的一家联邦法院认为那个独立制片人威廉·塞利格侵犯了爱迪生的照相机专利权。如同其他许多早期的制片人一样，塞利格"长官"是一个好斗分子，他不喜欢耸耸肩膀接受失败。他组织了一个生产单位，并将它派往了他认为的爱迪生的律师追踪不到的地方：加利福尼亚州落基山脉的那一边。

其他的独立制片人吸取了塞利格案子的教训。他们要是公然抵抗爱

---

①伊斯曼，即乔治·伊斯曼(1854—1932)，美国发明家、伊斯曼-柯达照相器材公司创办人，发明干片照相法、胶卷、柯达照相机和彩色照相法，曾捐赠巨款给麻省理工学院等。
②在电影胶片边缘的孔，该孔与链齿啮合，以此驱动电影胶片旋转。

迪生,不难设想将来会有无穷无尽的麻烦事——无穷无尽的对生产和利润的干扰。在强大的拜奥格拉夫电影制片厂的带领下,他们中有七家电影制片厂联合起来跟这位著名发明家和解。他们将付给他专利权使用费,反过来,他们也将是使用他的设备的独家许可人。非此小团体成员的制片人将不得在任何情况下使用这些设备。

于是,电影设备专利公司诞生了,这是一家垄断企业,而且很快便获得了"专利托拉斯"的绰号。1908 年,这一公司的出现将一大帮独立制片人送往了西部,塞利格也去了那儿。但是,专利公司的打手们侦查到了他们在加利福尼亚西南部的秘密地址,并对生产进行了干预;他们喜欢将子弹砰砰地射进摄影机,就是确保不让电影能够拍摄成功。

最终,依据《谢尔曼法案》反托拉斯的精神,这家专利公司寿终正寝,这个法案将其棺材盖给钉上了。但是在其鼎盛时期,专利公司将一大批电影制作人驱赶到了加利福尼亚州,而其他舒舒服服地成为了那家托拉斯的成员的电影制片商,诸如拜奥格拉夫和埃塞内伊、维他格拉夫和卡勒姆,也都来到了西部,借着终年好天气的有利条件,寻求更高的生产率。各种各样的制片公司对人们到加利福尼亚州来过冬已成为每年的惯例这一结果感到欣喜万分。

到了 20 世纪 20 年代,南加利福尼亚成为了这一工业永久性的基地。电影,也挖掘到了加利福尼亚金子的矿脉。

69

1909 年 11 月一个阳光灿烂、空气清新的早晨,麦克和亚历克斯·马勒骑着驯良的马沿着那座山麓小丘在慢慢跑着。

麦克穿着一条牛仔裤、一件褪了色的劳动布衬衫和一件皮马甲,脖子上围了一条红色的围巾。在南加利福尼亚的几个月,他的脸色恢复了。他喜欢这些马背上的晨间会议。亚历克斯可不喜欢;跟以往一样,他骑在那匹花斑马上,看上去一脸懊恼。他的神色还有点古怪,骑在马上,却穿着正装,穿着马甲,系着领带。

他们的身后,地中海别墅呈现出变化不定的外貌。铁器工人将有"JMC"字样的椭圆形图案的匾牌从大门上扯了下来,并填补好了那个窟窿,石匠们已经将那些图案从屋子上凿了下来,修补并漆好了墙壁的粉饰。

前方,清晨的明媚阳光照耀在橙色的小树林上,就在树梢上方,显露出铅笔线条一样的袅袅青烟;前一天晚上,听说有早霜的威胁,那些加热器就已经安装使用了。此时,麦克的那些白人工人和墨西哥工人正在睡意蒙眬地将那些加热器搬回到马车上。

"先来什么?"

亚历克斯拿出一份他为马背上的会议准备的写得很工整的议事日程表。这些天,他住在鲁比杜山山脚下的一幢别墅里,他已经是一对双胞胎儿子的骄傲的父亲了,只不过稍微有点疲惫罢了。

"我们收到了一封弗林特曼先生的来信,就是教堂的那个会计。他对我们最近的石油开采权使用费提出了质疑。我仔细看了报表。他就是误解了一个数据,所以我打电话给他,纠正了他的误解。他对那个错误懊恼极了。我看哪,他说起话来就像把三便士钱放错地方都会耿耿于怀的那种人。"

麦克哈哈大笑起来。

"太阳崇拜那事儿怎么样了？我没有任何消息。"

"据我所知，那座教堂是整个南加利福尼亚最大的跨教派的教堂了。"

"别把它叫作'教堂'。它是一个邪教，一个该死的诈骗机构。总有一天，他们会把怀亚特给抓起来的。"

"与此同时，他生活得像一个'拉甲①'。"

"他会的。下一个是什么？"

他们驱马走进两排树之间的一条小道上。那个经理比利·比格斯塔夫和两个墨西哥人朝他们打招呼并挥着手。麦克朝他们回礼，亚历克斯则低着头看他的文件，以至于他的头不断地碰到六英寸高的树枝上。无论如何他都看不见那树枝。

"诺海姆船长请求离开，如果你没有计划为游艇造一间干船坞的话。"

"没有。让他走吧，多给他点钱。"

"很好。这事我会处理好的。安德森先生经常写信来，请你早点在方便的时候去看看那个新的电影制片厂。"

麦克在位于东湾的埃塞内伊电影制片厂投入了五万美元。他也跟意大利银行的詹尼尼共享了这个机会。这个精明的小个儿银行家会见了安德森，然后投进了一万五千美元。詹尼尼对电影的热情不亚于麦克。

"等我回北边去的时候会去的。我是说假如。"

"你是主要股东啊，先生。你难道不想去视察一下你的财产吗？"

"我信任安德森。我喜欢他上个星期寄来的单盘电影脚本。他把他的西部角色叫作布朗乔·比利。"

亚历克斯未理解那是什么意思。他的注意力太集中了，所以他瞪

①拉甲，指印度的酋长、王公或贵族，也指马来西亚、爪哇国等地的酋长、首领等。

着夹鼻眼镜后面的两眼。一条绿色的蛇正在两匹马之间蠕动爬行。亚历克斯热爱加利福尼亚，不过他宁愿在室内享受其自然风貌，两眼盯着具有立体感的幻灯机看。

他再次看了一眼那张纸。

"沃德洛兄弟公司。星期一，他们将会拿出弗雷斯诺县新的灌溉系统最后的简图和成本估算。"

麦克沉思了一下。

"我恐怕得先算一下。这项支出所费不赀啊。新的水库、新的河道、新的大坝、新的溢洪道……"

"不过这个系统将会使大牧场成为谷地里观光游览的名胜。"

麦克的话音变得冷酷起来："我向谁展示这个名胜呢？"

亚历克斯挨了批评，赶紧低头去看那张纸。

"塞尔温·弗莱沙克的助手从洛杉矶的平克顿侦探事务所打来了电话。"

"然后呢？"

"没什么报告，只是按要求例行的每周电话。"

麦克不再亲自接这种电话了。8月份，弗莱沙克将打这种电话的事儿委派给了他的一个下属。平克顿侦探事务所几乎把这个案子降格到了失效的地位。谁还能责怪他们呢？没有人喜欢失败的。

"有一个小小的好消息。"亚历克斯充满希望地说道，"埃默森小姐昨晚打电话来。她元旦过后不久将到这儿来度假。"

这话似乎稍稍让麦克恢复了一点活力。

"我一整年都在邀请她。我很高兴见到她。我们完了吗？"

"是的，先生。只是得提醒你，今天下午两点你还有两个约会。林肯-罗斯福同盟的先生们。"

"见鬼，我忘了。我不想见他们。我说让他们来，只是礼貌起见。"

这三位客人是白人，属于共和党，打扮得衣冠楚楚。他们的鞋罩、领带以及扣上纽扣的马甲跟起居室的意大利–西班牙氛围格格不入,与主人的衣着形成了强烈的反差,麦克看上去像一个下等的牧牛工人。

年轻诚挚的多里安·斯廷森是一名受过哈佛大学教育的律师,麦克通过恩里克·波特跟他有一面之交。他们曾经有过一小段时间的交谈,当时麦克作为客人出席了一个名为基督教社会主义经济同盟的组织举办的一个会议,而斯廷森是那个会议的发言人。那是约翰·伦道夫·海恩斯①大夫在洛杉矶的组织。海恩斯是一个复杂的知名人物,麦克很佩服他,因为他可以是一个热情的费边②社会主义者,也可以拥有一个牟利的外科医疗机构,并且是一个获得巨大成功的房地产投机商。

第二位客人马克斯·马戈利斯是一个纺织品企业巨头,从文图拉到圣迭戈,有十七家商店,而且在洛杉矶的亲政府团体中具有影响力。第三个人,兰德尔·努恩,《莫德斯托通报者》的主编。

麦克倒上威士忌之后,他们便刻意地说些幽默诙谐的事情……多好的橙树林啊,多富丽堂皇的豪宅呀,坐火车来里弗赛德多有趣哪……都是斯廷森代表客人说的。

“你知道共和党人在全加利福尼亚成立了一个林肯–罗斯福俱乐部同盟,钱斯先生。”

“是的。”麦克说道。

“我们这样做只有一个目的,就是从本月开始的一年之内,我们必须把我们的州还给人民。我们必须通过实行改革,通过彻底击败南太平洋铁路公司所推荐的每一个候选人,来达到这个目的。”

“最重要的是,我们必须选出一个州长。”努恩说道。

①约翰·伦道夫·海恩斯(1853—1937),美国医生,加利福尼亚州著名的社会主义者,直接民主联盟的创立人。
②费边,即费边社,1883 年至 1884 年间成立于伦敦的社会主义团体,其宗旨是在英国建立民主的社会主义国家,其名字来自沉着避敌、善于以弱胜强的古罗马将军费边·马克西穆斯,早期的成员有萧伯纳和韦布夫妇,他们协助建立了一个独立的政党,该党在 1906 年成为工党。

斯廷森在高大的壁炉前来回踱着步,显然对自己的说服力信心满满。

"海勒姆·约翰逊已经同意参加竞选。他在弗朗西斯·赫尼康复期间代替赫尼的工作,干得非常漂亮。等到鲁夫老板最终进圣昆廷监狱服刑之后,鉴于其能力,约翰逊很有可能成为检察官。"

马戈利斯说:"他要是当不了检察官的话,那他妈的就太丢脸啦。"

麦克靠在棕黄色的墙上,从一扇高高的窗户射进来的一束阳光照在他的白头发上。

"加利福尼亚有很多优秀的律师。"

"你有权利冷嘲热讽。"斯廷森说道,"拖延和规避令人愤慨。但这是既定程序,程序一走完,鲁夫就倒了。鲁夫将去坐牢,这我保证。回到正题上吧,如果我们可以的话。海勒姆·约翰逊,他是一个理想的候选人,他是我们这个同盟的州副会长,一个坚韧不拔、富有经验的人。"

兰德尔·努恩说道:"你只要了解海勒姆做出这一决定之后个人所付出的代价,就可以衡量出他献身精神的深度。你知道他的父亲格罗夫在萨克拉门托有一家很大的律师事务所,但他是亲铁路派。格罗夫对他儿子火冒三丈,但是海勒姆依然我行我素。"

"我们也一样。"斯廷森说道,"去年,有六个月,我们在萨克拉门托答辩,争论,进行疏通,最终立法机构勉勉强强地使这个直选的初级系统成了法律。初选将会从腐败的州政党代表大会的手中夺过提名程序,州政党代表大会通常是被南太平洋铁路公司控制的。这是第一步。第二步是这样的:赢得 1910 年的选举。那就需要候选人,也需要支持他们的优秀人士。我们到这儿来就是想请你成为后者的一员,钱斯先生。我们需要你加入林肯-罗斯福同盟。我们尤其需要你在旧金山的影响力。而且……我就直言不讳了……我们需要你的钱。"

"可是我住在南加利福尼亚。我没有打算回去啊。"

斯廷森像个辩手一样在麦克前面摆好架势。

"恩里克·波特说我要说服你不容易。但是请你在拒绝前仔细考虑一下。十年前，加利福尼亚的居民们战胜南太平洋铁路公司获得了具有重大意义的胜利——关于洛杉矶海港定点的决定，关于挫败亨廷顿免除债务计划的阴谋。但是，这只'章鱼'仍然很大……而且力气也仍然很大。"

"该死的也很傲慢。"马戈利斯说道，"他们将大多数脏水泼到亲政府团体身上，嗤笑讥讽，称我们是'政治改良派'……"

"这无法容忍。"斯廷森说道，"这种事情我们不会容忍。再也不能容忍了。"

"斯廷森先生……诸位先生……我钦佩你们的热情，而且我不反对你们的观念。我相信你们的每一句话。但是你们也必须得相信我。我经历了太多战争。我厌倦战争了。"

三个坚定的共和党人垂头丧气地互相交换了一下眼色。努恩——那名主编说道："你的朋友鲁道夫·斯普雷克尔斯是我们中间的一员。吉姆·费伦也是。"

"我钦佩他们这样做。这不会改变什么。"

斯廷森的热情骤减，问道："我的理解是你是不是拒绝了？"

"这就是我在说的意思。旅途愉快，先生们。"

70

玛格丽特·爱默森坐卧车从旧金山来到了这儿。她走进灿烂的阳光和滚滚的蒸汽中，俨然一幅巴黎风格的图画。她的旅行装是深棕色的毛料衣服，一件胸前有褶裥和一个很紧的高领的米色衬衫，使她本来就优雅的长长脖子的线条显得更加优雅。棕色的手套，棕色的丝质阳伞，有着棕色羽毛的棕色草帽……一切都是匹配得天衣无缝。

她扑进麦克的怀中，久久地拥抱他。

"见到你真是太高兴了。"

"我还以为你永远不会理睬我的邀请了呢。很高兴你接受了邀请。"

"你怎么样?"

"老样子。这边请。"

他们走出月台的屋檐,她瞧着阳光突然照射到了他的身上。他的身体看上去好了不少,但是那双眼睛依然像死了一样。玛格丽特内心充溢的兴奋变成了痛苦。

他将她的旅行箱放进他新买的汽车的后部,这辆汽车像是游艇上装了四个轮子,帕卡德双排座敞篷汽车,鲜亮的黄色油漆,黑色的挡泥板,黑色的内部装饰,六角形的毂盖。

"我想我们今天就去观光,然后驾车去雷东多比奇①过夜。我在那儿预订了两个房间。"他不假思索地补充道。她明白其意思。

麦克驾着敞篷帕卡德飞速地离开了南太平洋铁路火车站。几分钟之后,他就穿行在了闹市区的繁忙车流中。他飞速地绕过城际交通系统的红色太平洋电车,闹得电车司机防御性地把铃铛敲得当当直响。玛格丽特紧紧抓着她的草帽和坐垫,喘着大气。

"你是个魔鬼。限速是多少?"

"闹市区时速六英里,其他地方三十英里。这么慢我受不了。"

帕卡德穿过玛格丽特认为不可能穿过的空隙。麦克是一个优秀的车手,从来不会危及行人。尽管如此,他还是在那个大方向盘上弓着背,仿佛某个无形的东西压在他的肩头。

"我这是第一次来洛杉矶。"她说道,"它那么大。我原来想象这儿都是土坯房子,牛群满街乱跑。"

"我在 80 年代看到的就是那个样子。现在已经有三十五万人口

---

①雷东多比奇,加利福尼亚州三个海滨城市之一,位于南湾。

了,也许还要多。每天都有大约十几个人下火车来这儿。"他驾车驶过时报社,现在其总部是一幢很大的深红色的建筑,顶上是砖砌的塔楼和围有雉堞的平台,"这是奥蒂斯城邦的非正式'首都'。这位'将军'在菲律宾的任职经历冲昏了他的头脑。看到前门那儿的岗亭了吗?他把这个地方叫作'堡垒'。他的家是个露营区。他们在里面藏了五六十支威力强大的步枪。"

"干什么用呢?"

"防止哪一天工会那些疯狂的无政府主义者起来攻击啊。"麦克说道,并眨了一下眼睛。

他驾车驶过一条条街道,街道两边排列着整齐的小小住家,住家的后院有井架在泵石油,声音很响。他带她看了他为"目前本州最富有的人之一"多希尼所挖的油井。接着,他指给她看他自己的一些油井。傍晚时分,他带她来到了埃科帕克湖边。阳光洒在厚厚的一层五颜六色的油上。

"总有一天,这些油会烧起来的。"

他带她看了"天使空中旅行",这是一条攀登邦克山①的缆索铁路。当他建议带她去看看东边的短吻鳄养殖场时,她婉言谢绝了。

"好吧,不过你要是不看看一些异乎寻常的东西,那就不算完全领略了南加利福尼亚的风采啊。告诉你是什么吧。在你离开之前,我们要去帕萨迪纳,我要带你去看一个邪教总部。我对你说起过我的老合伙人,是吧?"

他们在布朗开在联邦广场的自助餐馆吃了猪里脊、蔬菜、土豆拌肉卤,自助餐馆是一种新型饭店,不是坐在餐桌边点菜吃饭。他们推着托

①邦克山,旧称布里德山,1775 年 6 月 17 日美国历史上一场著名的战役发生于此,史称"邦克山战役"或"布里德山战役",这是美国独立战争初期殖民地人民取得的第一次重要胜利。

盘沿着一个架子走,架子的后面整齐地摆放着一大盘一大盘的食物,你只管挑自己喜欢吃的菜肴,然后到队伍的最前面向收银员付钱即可。

"又一个加利福尼亚新观念。"他说道。他的话很难让人听得见。

密歇根社团正在附近的几张桌子上开会。那人的缎子腰带表明,他是一个"大狼獾①",他颂扬他以及他所有的听众逃离的加利福尼亚州。每当提到密歇根州的时候,听众们便纷纷跺脚、拍手、拿银餐具碰撞玻璃水杯。

"我猜他们不需要铲雪,所以他们就热爱雪。"

他们驾着汽车奔赴华盛顿大道和格兰德大道。

"拜奥格拉夫正在那儿拍电影。我们将所有工作人员全都从纽约弄到这儿过冬了,利用我们这儿的阳光。他们正在拍摄的电影叫《在旧加利福尼亚》。他们想在圣加百列教堂放映,还想在我所拥有的好莱坞群山里的某个地产上放映。"

麦克没有说里弗赛德的大多数人都认为他疯了,把钱投到电影业上,或者说跟电影沾上边。

"还只是个新奇的玩意儿,毫无价值的东西。"克莱夫·亨利说道,"这是一个由纽约来的犹太人在经营的行当。手套商人。拾荒者。肮脏卑鄙的犹太人,他们那帮人。"

"你的偏见和势利暴露无遗啦,克莱夫。"麦克回击道,"而且你的背上长青苔啦。"

克莱夫嗤之以鼻:"你要是跟犹太人纠缠在一起,跟那些下流的女演员纠缠在一起,可别到我这儿来抱怨你被传染了什么病。"

克莱夫的本意是想抒发点幽默,可是他说出来的话十分粗鲁。麦克已经不再十分喜欢他了。他也不喜欢老是被里弗赛德的那些富翁攻击,他经常受到这种困扰,因为他固执己见,不愿意随大流。也出于这个原因,他退出了马球俱乐部。

---

①狼獾,为美国密歇根州人的别名。

他们发现拜奥格拉夫公司正在一个贮木场边一块空地上的一个有木头墙的拍摄台上工作。那儿好像很乱。男女演员们扮演小姐、托钵修会修士、西班牙贵族,在四间简陋的木头小屋跟拍摄台之间来回奔跑。麦克将一张名片递给玛格丽特。

"我要见的就是这个人,迈克·辛诺特。"

"这里说是麦克·森尼特嘛。"

"他们都有职业性的名字。辛诺特是导演助理,也演个小角色,负责写电影脚本。无论如何,他在电话里是这样说的。"

他们走上那个拍摄台,突然沉浸在了吵闹的交谈声以及木匠锤子叮叮当当的敲打声当中,他们正在建造一排简陋的套房。这些套房代表的是西班牙风格大庄园的内部景象。拍摄台的屋顶还没有盖上,阳光满室,但是有长长的亚麻布条挂着以帮助散射光线。

"辛诺特在吗?"麦克问一个捧着一大堆修士服的姑娘。

她指了指一个五大三粗、光着头皮、手臂长得像类人猿、相貌粗野的男人。他正在跟一个小个儿男子谈话,那小个儿男子戴着帽子,长着很高的鹰钩鼻子,年纪三十五岁左右。那高个儿给人的印象并不帅,但是一下子就吸引了人们的目光,因为他穿着一套正装,围着一条领带,戴着一顶草帽。其余每个人都穿着旧衣裳或者穿着戏装。

戴草帽的先生靠在那架摄影机的大盒子上,嘴里抽着香烟,手势动作像某个无精打采的花花公子。他周围的那些人全神贯注地倾听着他的话。

"一定是导演。"麦克说道。

会商结束了,辛诺特脱出身来。麦克介绍了自己,并从外衣口袋里掏出一份文件。

"我的律师波特先生在外景合同上有一两处小修改。我草签了那些修改,而且签了合同。我希望本周末可以得到那一百美元的费用。"

"对啦,钱斯先生。您和这位女士想要见见我们的主要演员吗?"

他将他们介绍给了一位名叫杰克·皮克福德的年轻英俊的男演员和他的妹妹玛丽①,一个天真无邪的少女,美得十分出众,大约十五六岁芳龄。接着,他将他们介绍给了那位戴帽子的小个儿男子——他是摄影师比策,还有导演格里菲思②先生。

"欢迎来到拜奥格拉夫摄制现场,钱斯先生,爱默森小姐。"

麦克听出了格里菲思的话音中有南方口音。

"我们全都倾心于好莱坞那个漂亮的外景地。"辛诺特向他的老板建议道,"我跟钱斯先生十分钟就把这协议搞定了。"

"麦克跟迈克当然应该友好相处啦,是吗?你是哪儿人,先生?"

"此刻,里弗赛德。你呢?"

"我出生在肯塔基州奥尔德姆县的一个种植场里,距路易斯维尔③大约二十英里。我可以骄傲地说,旧时南部邦联④的血流淌在我的血管里。我父亲在肯塔基第一骑兵团为白人而战。他在贝德福德·福雷斯特⑤和乔·惠勒⑥麾下驰骋疆场。你呢,爱默森小姐?"

"北加利福尼亚。"

导演抚弄着玛格丽特的下巴,一副很熟的样子。麦克对此很恼火,也让璧克馥小姐像个妒忌的情人一样噘起了嘴巴。

"瞧你们笑的熊样。"格里菲思说道,"你们要是哪个晚上想去跳一

①玛丽,即玛丽·璧克馥(1893—1979),美国女电影演员,早期无声电影明星,曾因主演《风骚女人》获奥斯卡最佳女主角奖。
②格里菲思,即戴维·沃克·格里菲思(1875—1948),美国早期电影导演和制片人,主要作品有《一个国家的诞生》、《党同伐异》等。
③路易斯维尔,美国肯塔基州中北部的城市,也是肯塔基州最大的城市,烈性威士忌和纸烟的主要产地,美国南北战争期间是联邦军的军事总部和给养库。
④1860年至1861年间美国南北战争时南部十一个州组成的南部邦联,全称 the Confed-erate States of America。
⑤贝德福德·福雷斯特,即内森·贝德福德·福雷斯特(1821—1877),美国南北战争时南部邦联将领,自行招募骑兵,顽强抗击北军,大肆屠杀黑人,战后成为三K党魁首。
⑥乔·惠勒,即约瑟夫·惠勒(1836—1906),美国内战时南部邦联将领,战后任联邦众议员,美西战争中曾指挥骑兵部队参加圣地亚哥战役;乔为约瑟夫的昵称。

曲华尔兹,就留个信在斯普林大街那儿的亚历山德里亚宾馆里。"

这是一个轻松愉快的表面看是一个带有玩笑性质的邀请。但是,格里菲思的目光尽情地停留在玛格丽特的身上。

玛丽·璧克馥甜甜地说:"格里菲思夫人会让你出去吗,戴·沃?"

格里菲思飞快地扫了她一眼。

"我也爱你,玛丽。"他说着,将背朝向了那个卷发小姑娘。

杰克·皮克福德用力扯着他的修士服装,在一旁窃笑。

格里菲思再次散发魅力,他握着麦克的手,朝玛格丽特微笑着:"护着她啊,钱斯先生。你要是不护着她,有人会把她偷走的呢。"

他吻了她的手,一个漂亮的向后转,拍了三下手。

"好啦,女士们,先生们。杰克、玛丽、沃利……请排练。"

他们看了一个小时。玛格丽特被那些男演员、那有序的骚乱、有手摇曲柄的摄影机以及格里菲思对每一个细节绝对权威的命令迷住了。这位导演在每个连续镜头前面都要经过仔细商讨。他跟比策争论,但是很少有让步的时候。作为指挥一支大胆脱俗的军队的将领,当他工作的时候,他是不转弯抹角的,要是出现了什么差错,他甚至会咬牙切齿,跟一见到玛格丽特便脱帽致意、一个劲儿讨好她的彬彬有礼的南方绅士判若两人。

"真是一个迷人的男人。"他们离开那个平台时她说道。

"我不喜欢他的那个笑话。"

"是的。但是你有没有注意到那个可爱的璧克馥小姑娘?她对他着迷得很呢。"

"我看到她跟其他三四个姑娘都在为他神魂颠倒呢。婚姻好像挡不住他跟别的女人发生暧昧关系。"

"你的话听起来像一个坏脾气的老古董。婚姻也干扰不了我的顾客到拿破仑小居来,他们来了就不在乎婚姻。"

"或者是因为婚姻关系。"

她笑了起来，可是他没有笑。

1月的下午变得很冷，影子拉得长而清晰，阳光渐暗，变成了金黄色，令人沮丧。在去大海的路上，他在一块五彩缤纷的告示牌附近的路边停下车子。当他抬起可折叠的顶篷，将它锁到挡风玻璃处时，玛格丽特仔细瞧着那块告示牌。色彩鲜艳的飞行器出现在天空中——奇异古怪的飞船、装有吊篮的飞艇、单翼飞机、装有半透明的有肋状物支撑的机翼的双翼飞机。

美国首创
航空盛会
洛杉矶1月10—20日

"什么航空盛会?"他们发动汽车时她问道。

"一个大型展览会，有比赛、表演等活动。赫斯特发起的。格伦·柯蒂斯①将带来他的'金色飞鸟'的复制品，他驾驶着那架飞机在兰斯赢得了戈登·贝内特杯。路易斯·波朗②将从法国赶来。看样子将是大事件啊。"

"关于飞行机器的报道我看过很多。我绝对不会去乘坐一个飞行机器，可是我想去看看它们。我们能去吗?"

"我认为可以的。我们还是去吧。你到这儿来，我也没有家人需要跟你聚会。而且，也没有任何密友需要跟你见面。"

"你有赫尔伯纳的消息吗?"

①格伦·柯蒂斯，即格伦·哈蒙德·柯蒂斯(1878—1930)，美国航空事业先驱，曾为飞艇"加利福尼亚之箭"号设计制造发动机，后又发明水上飞机和飞船，他的NC-4型飞船在1919年第一次飞越大西洋。
②路易斯·波朗，即伊西多尔·奥古斯特·马里·路易斯·波朗(1883—1963)，法国航空先驱，因1910年从伦敦飞到曼彻斯特而获得第一个"每日邮报航空奖"。

"自从他离开之后就没有过。"

麦克驾着那辆帕卡德沿着泥土公路飞快地驶去。他赶上了一个骑自行车的人,并鸣着喇叭令他让开了道。

玛格丽特皱起了眉头,而且一直皱着眉头。很快,她再次喘着大气,双手紧紧抓着任何可以抓手的东西,脸色刷白,心跳得怦怦的。

她以盖过汽车的响声惊叫道:"假如我能躲过一劫,那这趟度假倒是太精彩了。"

雷东多旅舍的服务员不加评论地将他们带到两个套间那儿。麦克很快就注意到,有一扇连通的门。

他们打开旅行包取出东西,换下落满灰尘的衣服,来到圣莫尼卡湾的海滨。银色的水中倒映着橙色的冬日天空,巨浪滔天,水花飞溅,声若雷鸣,扑向湿漉漉的沙石海滨。两个年轻人穿着紧身泳衣,踏着像船头一样的板,在飞速推进的浪峰上保持那种实在是由不得自己的平衡。

"他们究竟在干吗?"

"这玩意儿叫冲浪运动。这儿哪,新奇的东西总是层出不穷。"

他们瞧着浑身被浪花溅湿的冲浪运动员,只见他们不停地左右倾斜滑板,并张开双臂保持身体平衡,笑声里传递出他们年轻的力量。玛格丽特将手挽住麦克的胳膊,他能感觉得到她滚圆的乳房贴着他的身子。他没有抽身脱开。

他们在旅舍有木头护墙板的舒适的餐室里用餐。麦克惊讶地发现,旅舍提供的数量不多的窖藏酒里面,居然还有索诺马河酿酒厂的葡萄酒。他们一边吃着鲍鱼一边喝了一瓶,接着又喝了一瓶,他们准备就寝的时候,两人都有点摇晃了。玛格丽特礼貌地在他脸上印了一个晚安吻,拿着自己的钥匙走向她的房间门。

他喝得太多了,衣服也没脱,脸朝下趴在床上就睡着了。过了一段时间,他听到连通的门上有轻轻的敲门声。他打开门,看到玛格丽特端

826

着插在黄铜灯座里的床头边小蜡烛;这家旅舍还没有用上电。她的睡衣白如新娘婚纱,她的乳峰黑黑的,大得如同两枚硬币。

"玛格丽特……"

她用手掌堵住他的嘴巴。

当他安静下来之后,她亲吻他,而且他闻到了她秀发和皮肤的芳香。他急匆匆地脱掉衣服。她吹灭了蜡烛,很快便分开两腿跨到了他的身上。

他们睡了一会儿。当他们醒来之后,他将她拥入怀中。

"玛格丽特。"

"嗯?"

"我们千万不能再这么干了。永远不。"

"好的。可是我必须得干一次。"

她亲吻他,她的赤褐色的头发翻滚下来垂落到他赤裸的肩膀上。

"谢谢你,亲爱的。"

她离开凌乱又温暖的床铺,不一会儿,连通的那扇门关上了。早上,她神清气爽,他们一起去吃早餐时,她还哼着小曲儿。

"多美的一个梦啊,麦克。我梦见你和我做爱。我们在之前还达成了一个小小的协定。如果你肯带我去看那些航空器的话,我就陪你睡觉。昨天,感觉你的热情一点也不高。我原以为你喜欢新的发明创造。"

"我喜欢啊。"他用令人惊讶的力度说道。

他的脸刮得精光发亮,他的身上穿着新的亚麻布衬衫。尽管他喝了很多酒,但并没有宿醉。几个月来,他第一次感觉自己恢复了。

"好,就这么定了。"

她对服务员说道:"请在阳光下给我们准备一张桌子。"

71

每过一百二十秒,就有一辆三节车厢的太平洋特别电车到达多名盖兹联轨站。从那儿,沿着一条泥泞的道路行走半英里路程,来到多名盖兹山平坦的山顶。空中大会的组办方已经搭建了一个巨大的看台,足可容纳两万六千名观众,还有一道三英里长的铁丝网围栏,用来保护观众,而且在看台的后面有一个很大的展览帐篷的区域。特别的电话线连通着现场和《洛杉矶考察人报》的本地新闻部办公室。租地营业商摊排列在车道两侧,直通山顶。组办方将这条道路命名为"航空公园大道"。

开幕那天,近两万人前来观摩,但是到了周末前,前来观摩的人一跃攀升到了每天四万人。星期日那天,一个小男孩和一个老人在闹市区挤上了其中一趟太平洋特别电车。小男孩的左肩在他每次将身体重心放到左脚上时会明显地往下歪斜。那老人因为患关节炎而移动僵硬,所以用了一根拐杖。老人的个儿很高,那个有着漂亮脸蛋、金色头发和深蓝色眼睛的十一岁小男孩也很高。两人好像都是瘸子。人们都以为他们是亲属。

那小男孩的名字叫吉姆·戴维,这位长辈问他怎么称呼他的时候他首先想起的就是他自己的名字。那人的名字叫"乔克·斯普鲁",不过这不是他的真名。

"我在东部弗吉尼亚①有过各种各样的名字,都跟譬如'玩藏豆赌博戏骗子''贪图钱财之徒''刷白的坟墓'等有关。我的全名,我很遗憾地说,叫阿林顿·阿维德·默撒·斯普鲁。"有一次当吉姆问起这个

---

①弗吉尼亚,美国东部的一个州,首府里士满,1607 年欧洲人首次在北美大陆建立永久性居住点的地方,美国最初的十三个州之一。

问题时他说道。

乔克就是那个高个儿男人,那些至今令他记忆犹新的时刻,给他留下了多么恐怖的印象,那是在那条小巷里面的巴伦西亚大街客栈轰然倒塌、那堵墙壁压到他们身上之前。乔克本能地扑到了吉姆的身上,当时已经变得更加机智聪明、在流浪汉的丛林里十分坚强有力地过着一种艰难生活的他,在那些条板、灰泥、墙板、地板、屋顶甚至一张床掉落下来将他们埋葬的时刻,保护了吉姆。

吉姆被砸中了,晕了一下子,醒来时四周一片黑暗,而且全是呛人的尘土,身体上面是乔克和瓦砾的分量。

"喊出来,孩子。"黑暗中传来乔克沙哑的声音,"喊出来,祈求上帝有人听见。这是地震,而且是大地震。"

他们高声喊叫:"救命! 这儿下面,来人,救命!"

好像过了好几个小时,其间听着一些越来越响的刺耳的声音:火的噼啪声、客栈客人受伤或者行将死亡的呻吟声和求救声、人们的跑动声、恐惧的喊叫声。终于,吉姆感觉他再也叫不动了,并喘着大气说他叫不动了。压在他身上的那个看不见的男人正在苦苦地摆动着从他身上爬下来,千方百计想抓住他的一个肩膀将它紧紧捏着……一阵钻心的疼痛。

"别说这样的话,别对我说你要放弃,你要把你的嗓子喊破,你要一直喊叫到死去,否则我们就无法从这儿出去。"

吉姆大声喊叫。

终于,他精疲力竭得准备哭泣的时候,听到高个儿男人惊叫道:"外面有人。"接着,他听到了第二个声音,远处有更多的说话声音:

"不,哈里,回到这儿来,回到小巷里那个床架下面来。我清楚地听到有人声。"

两个满身灰尘、汗流浃背的旧金山警察在另外一个人的帮助下,将他们挖了出来。乔克说他的背脊扭伤了,但是在警察问他姓名的时候,他几乎毫不费事地直起了身子。

"阿瑟·琼斯。我们感激不尽,警官。"他说道,赶紧拉着吉姆走了。

他们走进市场街的噩梦中,大火很快地烧向南面,远处旧金山湾边上也有其他大火在燃烧。但是,他们活着,吉姆吓坏了,也十分感激,丝毫不敢违抗高个儿男人的话,他跟他咬耳朵的时候,那长长的头发总是会蹭着他。

"拉住我的手,孩子。乔克既然救了你,就会照顾你。别问我问题,也不要斜着眼睛看,因为我得扒几只口袋,弄点钱,买两张去奥克兰的船票。希望上帝保佑那渡船还在摆渡,因为旧金山湾的这边看上去像是一个地狱了。毁灭了。"

市场街上,在团团乱转的人群中,吉姆觉得自己一度看到了他爸爸。他几乎要叫出声来了,但是人群移动得十分快速,他不敢肯定那是不是麦克,而且,既然他活着,尽管被压在瓦砾下面,浑身有许多青肿,有许多地方被划开了口子,他也不敢肯定他是否想要跟麦克回去。此外,乔克戴着无指手套的一只手像一把老虎钳一样紧紧握着他的一只手,确保他们在混乱中不会被拆散。

那天早晨在市场街,吉姆了解到了流浪汉非同寻常的技术之一。乔克成功地偷到了五美元钱……竟是从一个正在观光的女人的钱包里偷的……那女人没有察觉到,接着他们坐午班渡船逃往了奥克兰。

就是在渡船上,乔克问他姓名,然后他就杜撰了吉姆·戴维这个名字。他对乔克说,他的亲人都死了。

"你这是说说的吧。"乔克回答道,露出歪歪扭扭的牙齿微微一笑;他的牙齿很白……吉姆后来才了解到,他每天刷一次牙,哪怕是用一根树枝就着水……但是他的前门牙缺了一双。

"你如果是一个街头小叫花子,你的脸应该是日晒雨淋的,你的手也应该是结了硬皮的。可你都没有。不过,假如你是离家出走的,我也无所谓。我们不去深究这事儿。我比你稍大一点的时候,也干同样的事情。"

他在惊魂未定的人群中靠在船栏上，瞧着渐渐变得模糊的城市上空的烟雾和火光。

"我跟两个小男孩骑过杆①，但是他们俩哪一个也比不上你，你的身手好像又快又利索。那么我们说个约定。你要是企图逃跑，我会把你抓回来，揍你。你对我真心，我会好好照顾你。我从来不会很重地伤害我的小男孩，也不会用很龌龊的方式伤害他们的身体。事实上，我从来不动他们一根指头，除非要做一点小小的规矩……或者说也许要施加一点必要的影响。"他补充道，一面抱住吉姆的肩头，"有那么点儿像爸爸，你不知道吧。"

他说得很轻柔，在拍打的浪花声和突突的发动机声中，吉姆几乎听不见他的话。

"我想我们会相处得很好的。"后来，乔克断然说道，"你得为我跑跑腿儿……我已经不再年轻啦，而且这个该死的关节炎痛苦极了……但是你会定期地多多少少有饭吃，你会有安全的地方睡，大多数时光不会风餐露宿，而且在流浪汉丛林中，我们偶尔遇到某些品性不太好的同道时你将会比较安全。老乔克，他会保证做到这一点，吉姆·戴维。"

他再次捏了捏小男孩。他的袖子外面在巴伦西亚大街的瓦砾里沾上了灰泥，所以吉姆的肩头留下了一道白色的污痕，像是一道标记。可是吉姆没有看见这道标记，而且他丝毫不反感落入了这帮古怪、邋遢但奇特地让人喜爱的流浪汉当中。

他们在奥克兰调车场的附近住了两个星期，实际上，他们在一节空的货车车厢里非常舒适暖和地住了五夜，这节车厢的两边各写着一行铭文。

艾奥瓦各族人民敬赠加利福尼亚州的难民

---

①骑杆，指藏身于车厢下的牵引杆上无票搭乘火车。

不过,最后,乔克宣布,他们必须继续前进。

"我本以为我们可在地震之后找些上好的财物,但是到处都有太多当兵的。该是到气候更加暖和一点的地方去了。我的关节炎迫切需要阳光。"

于是,他们开始往东方进发。乔克所采用的旅行方式很刺激,但也很危险。这个老流浪汉教吉姆如何在列车缓慢开动时攀上货运车的技术……并没有像看上去那么容易;吉姆第一次尝试时扭伤了胳膊臼,伤得很厉害,差一点掉进货运车厢的轮子下面。乔克挂在车门上,一只手将他拉了上去。

乔克教他如何骑杆,那是在锁住门的车厢的底部跟下面飞速掠过的铁轨之间的地方啊,躲在那儿,一掉下去就是死亡。他教吉姆如何拔偷来的鸡的鸡毛、如何煮流浪汉杂烩、如何躲避那些总是想要驱赶你的铁路警察。吉姆学得很快……学得不快就是死亡……他付出双倍的努力掌握这个老流浪汉的课程,因为他生怕拖后腿;他的瘸腿自然而然地使他的行动比乔克要迟缓和笨拙。不过,乔克从来不抱怨,只是鼓励他并偶尔纠正他的动作。

他们一路前行,来到了靠近墨西哥边界的墨西哥湾,接着继续往东穿越得克萨斯州的那些养牛牧场和棉田,然后继续跨越路易斯安那州①和南方的乡村,进入到了佛罗里达。他们一度流浪在原始的大西洋海滨,在拍岸的激浪里游泳嬉耍,捕捉大西洋的大蓝蟹当晚饭。他们无论走到哪里,都靠地吃饭,实在没办法了便偷……

"人哪,只有在不得已的情况下才偷,吉姆,千万不要闹着玩儿……"

---

① 路易斯安那州,美国南部的一个州,首府巴吞鲁日,最初指法属密西西比盆地的广袤地区,1803 年由法国卖给美国,现在的路易斯安那州为其一部分,1812 年成为美国的第十八个州。

而且,乔克信守承诺,在铁路沿线的流浪汉宿营地,偶尔会遇上性饥渴的流浪汉,他保护着吉姆。

吉姆发现,乔克是一个令人愉快的伙伴,也是一个很机敏的人,尽管他缺少正规教育。他读任何他能找到的旧报纸,一字一句地读。

"……穷人的大学,你千万别忘了……"

而且,他对美国的各个地方都有一点了解,好像是这样。至少,当某个流浪汉在摇曳的火堆边编造他去过的某个城镇的故事的时候,他总能说上几句。

"你是说布法罗①吗? 我去过那儿,一起去的还有两位先生,叫西尔弗希尔斯船长和格雷·斯帕茨·基德。布法罗哪,你就是讨价五美分也没人买的地方……太冷了。他们也不喜欢我们这些道路骑士到那儿去。那个很有名的作家杰克·伦敦在布法罗坐过整整一个月的牢。当时他跟这儿的吉姆一样是个小流浪汉。他们说,他亲眼目睹了那些囚犯在布法罗惨遭虐待的情形,这一经历在他脑子里点燃了一盏明灯。从此以后,他积极地捍卫穷人的利益。"

终于,他们厌倦了流浪生活,两人一致决定他们应该再次定居下来。他们选择了加利福尼亚州,具体地点就是洛杉矶,因为那儿的气候好。至此,吉姆已经长高了不少,而且在两人的关系中也几乎没有主仆之分了。他们是朋友、伙伴、替代性的父与子。

到了洛杉矶,吉姆找一些零星的工作,帮助付房租和买食物。他既勤奋又伶俐,就很少有缺活干的时候。乔克可以工作的时候也工作,但是他的关节炎开始折磨他,使他瘸得很厉害,所以吉姆就更加努力地工作。现在,他已经十分喜欢乔克了;除了乔克不是他的生身父亲这一事实之外,他爱这个老流浪汉,几乎就像麦克跟他翻脸之前他爱麦克一

①布法罗,纽约州西部的港口城市,是纽约州驳船运河的终点,现为圣劳伦斯航道的主要港口,是美国通往加拿大安大略省多伦多-哈密尔顿工业区的主要门户,也是教育和医学研究中心。

样。至于妈妈，吉姆很少想到她；他在报纸上看到过她的一些照片，他知道她很美丽，社交场上的风云女性，仍然住在加利福尼亚的某个地方。但是，麦克对他说得很清楚，吉姆的妈妈，把他们抛弃了，追逐她自己的东西去了，对吉姆来说，她是一个遥远的冰冷的存在，几乎像博物馆里的大理石雕像一样。当然，那大多是想象的，因为他从来没有走进博物馆过，只是在报纸上看看罢了；乔克比较喜欢台球室。

偶尔也在报纸上，吉姆看到过他爸爸的名字。看到这个名字，他的悲伤和愤怒远比他见到他妈妈的任何照片时要多得多。他爸爸为什么不喜欢他？因为他自身的缺点？他感觉就是这样，尽管他还太小，没有办法弄明白这些缺点的性质是什么、他该如何努力去改正它们。但是，这几乎没有什么关系了。他有了新的生活，自由自在的生活。他早就做出决定，再也不回原来的那个家了。

现在，就在太平洋特别电车将他们载向航空嘉年华的这一天，吉姆和乔克都在帕萨迪纳的近郊找到了很好的工作。吉姆喜欢到阳光下去，摆弄南加利福尼亚那些有异国风情的乔木、灌木、鲜花，增长见识。终于，他感觉，对他来说，生活步入了正确的方向。到秋天，他就十二岁了，但是因为他的身高和相貌的成熟程度，他看上去比这个年龄要大两到三岁，而且有年轻姑娘开始向他投来感兴趣的目光了。他还没有大到喜欢姑娘的程度，可是对她们的这种反应，他感到惊讶，也模模糊糊地有点受用。当他对乔克谈起这事儿时，这个老流浪汉咯咯地笑着说："是啊，我晓得你现在对这事儿丝毫不敏感，但是过一段时间……你会为此发疯的。相信老乔克。"

"你晓得我信的。"吉姆咧嘴笑了，一面紧紧捏着他一只粗糙的手。

太平洋城际电车徐徐开进那个两百英尺长的月台，月台是专门为这个航空展建造的。吉姆拉着乔克的手，帮助他走下车来，必要的时候还用手肘子顶一下和推搡一下。人们喧喧嚷嚷，急急匆匆，互相冲撞得很厉害。吉姆感觉有必要保护乔克，因为每次身体的粗暴接触都会让

834

他的关节生痛。

这是一个阴冷的有风的早晨。吉姆将手挡到眼睛上方,接着指着山顶。

"瞧,乔克,有几个氢气球升起来了。你不认为很壮观吗?"

"我认为我想先把这事儿弄弄完。"老流浪汉说道。

为了外出,吉姆已经修剪过乔克的头发了,而且乔克还穿上了他唯一的一套套装。不过,这套衣服的膝盖处和手肘处都已经发亮了,所以他看上去仍然邋遢。

"上帝没有要求乔克·斯普鲁进到一只挂在充气袋子上的篮子里离开地面,也不到诸如此类的任何东西里去。明白我的意思了吗?"

吉姆哈哈大笑起来,紧紧抓着他的手,拉着他离开了月台。一辆特别列车鸣着汽笛,响着铃铛,"咔嚓咔嚓"地驶进一条侧线,一辆机车和六节平板车厢装载着用铁链固定的闪闪发亮的汽车。穿着时髦的男男女女坐在汽车里。一节平板车厢上的一条横幅上写着:"圣迭戈航展列车"。列车尚未停稳,这些汽车的车主们便开始解开铁链,参观航展,他们迫不及待。

是啊,他何尝不是如此。整个洛杉矶也何尝不是如此。人们称其为"航空热"。吉姆一直钟情的最爱的连环画里,小尼莫就是坐着他自己的飞船遨游天空的。在去换市际交通车辆的路上,他们路过了一个沙龙,沙龙上有"空中列车"的广告:

尝试一趟空中列车——拥有一次心灵升华

年轻的詹姆斯·俄亥俄·钱斯二世——现在的吉姆·戴维——满怀着期待,拉着老人沿着泥泞的道路往山顶走去,也不管老人的抱怨。

行路十分艰难。一是最近的一场冬雨使道路变得泥泞;二是汽车排着长长的队伍往山上爬,但是因为烂泥而很难爬。有三个人赶着骡子在路边干活,进行有偿服务。

徒步的人们和骑自行车的人们加剧了拥堵的情况。两边的路肩上,小贩们在帆布的售货摊上一边叫卖一边做着手势。人们可以买咖啡和炸面圈、廉价的双筒望远镜、太阳镜、飞机形状的汽车散热器罩。吉姆没有受到诱惑。他通过精打细算,从他的薪水中抠出钱来买入场券……一美元供两个人进入大看台……十美分买一张节目单。

"注意。"一个临时在肥皂箱上安顿下来的人喊叫道,"马上要来的那架飞机会把空中的鸟儿驱逐干净。各种各样的鸟儿都将会因为这个机器瘟疫而绝种。"

"莱特兄弟来了吗?"一个坐在汽车里的人问道,那辆汽车陷在了烂泥里。

他的伙伴说没有来,说他们拒绝参加。

吉姆拉着乔克,比他想要走的速度要快。像黏胶一样的棕褐色的泥巴粘满了他们的鞋子。远处传来断断续续的爆炸一样的声音,吉姆跳上跳下,紧紧抓着乔克畸形的手。

"那是发动机,他们在启动发动机了……我们得赶快。"

"玩骑杆我还更开心一点。"乔克说道。但是,他奋力跟上小男孩的步伐。

数吨木屑被撒到了展览区的烂泥地上。展览的飞机上都有帐篷遮挡,而且有特警在守卫,防止飞机被破坏。

格伦·柯蒂斯带来了四架双翼飞机,此外,除了两架法曼①双翼飞机外,还有三架也是来自法国的布莱里奥②单翼飞机。一个帐篷里面配置着氢气球的供气设备,有一大堆神秘复杂的气罐、气泵和管道。附近

---

①法曼,指法国由法曼兄弟创立的飞机制造公司。
②布莱里奥,即路易斯·布莱里奥(1872—1936),法国飞行家、航空工程师,1909年驾驶自己设计的XI型单翼机飞越英吉利海峡。

的空地上,一个热切的年轻人正在讲解他的扑翼飞机,扑翼飞机就像一辆安装了肋状骨架的有翼独轮车。那年轻人将人群清理干净,将两条手臂穿进机翼的带子里,然后坐上自行车车座一样的座位。他开始扑动机翼,扑翼飞机开始往前行驶,驶出大约两英尺,然后一头撞到了边上。

"看见了吗,吉姆?人类决不可能飞起来的。火车已经够完美了。"

"哦,得了吧。"小男孩咧嘴笑着说道,"我们还是付钱找个位子坐吧。我不想错过柯蒂斯。"

麦克花了九牛二虎之力将他的帕卡德从泥泞的车路上开了上去,并花了一美元停好车子。人们也可以在自己的汽车里观赏空中表演,但是他花了两美元买了一个大看台前排的包厢。大约十二点半,他陪着玛格丽特走进包厢,打开一只有盖的大篮子,仆人们在里面装了小吃和两副德国双筒望远镜。

场地是六角形的。有一条直道就紧挨着铁丝网围栏,跟铁丝网围栏平行,另一条直道在场地的对面。十英尺高的塔台顶上飘扬着标志航向的噼啪作响的旗子,每个塔台脚下,一个携带着手枪和步枪的保安骑在马背上。一个小孩子跑进了场地,其中一个保安便催马前去拦截他。小男孩从保安的马下面冲了过来,对他嗤之以鼻,接着,没等那保安下马,他又从围栏下面钻回到了安全的地方。玛格丽特哈哈大笑,人群中响起热烈的掌声和口哨声。

一个身材庞大、有三百磅重的男人走近围栏,双手做成喇叭状。

"长滩①的霍顿先生。"麦克说道,"人称'人体喇叭'。"

"女士们,先生们,""人体喇叭"发出隆隆的声音,"我要求你们把注意力转向飞机场。格伦·哈·柯蒂斯先生将用他著名的'金色飞鸟'

---

①美国有两个长滩,一为纽约州东南部城市,一为加利福尼亚州西南部港市,此处指后者。

837

比赛飞机复制品绕着这条航道进行新的飞行速度纪录尝试。"

看台上欢声雷动。一架包裹在卡其布里的双翼飞机滑行到了机场上，六十匹马力的发动机震颤着发出突突的声响。这架飞机充其量也就是有两只翅膀、几根肋骨、几根支杆的一个架子，还有一个匣子形状的尾巴、三轮脚踏车一样的传动装置和一个驾驶盘。飞行员没有任何保护装置，只有安装在下面机翼上驾驶盘后面的一个小小座位。柯蒂斯就坐在露天处，他的双脚扎牢在两个踏板上。他穿着皮衣，围着围巾，戴着护目镜，用驾驶盘操纵着双翼飞机的升降舵和方向舵，用踏板控制着制动器和油门，通过安全肩带控制着翼梢的副翼。

麦克调整了一下自己的汽车帽子，以便挡住这冬日的阳光。柯蒂斯向人群挥了一下手，接着加快了发动机的转速；双翼飞机在地面上颠簸着、弹跳着，然后突然升向了空中。

人群一片欢腾。附近包厢里的一个女人晕了过去，麦克的双臂泛起了一阵鸡皮疙瘩。这是一幅令人激动的景象。他对他第一次见到的南加利福尼亚记忆犹深：农村、灰尘、边疆。而现在，穿越在加利福尼亚、穿越在全世界的是汽车、城际电车和飞行机器，所有这些，已经离那个尘封的过往的记忆越来越远。

柯蒂斯的双翼飞机在塔台上方爬升，开始沿着航道飞行。当双翼飞机突然在头顶上方下降，沿着更近的直道飞来时，连那些很刚强的男人都低头躲避。发动机呼啸着，巨大的影子在仰面朝天的脸上疾速闪过，一个新世界的先驱来了。

当天下午，柯蒂斯没有创造新的纪录，但是无论如何，他受到了经久不息的欢呼。当他降落到地面时，麦克站起身来，拍着手，拍得手都痛了。

路易斯·波尔汉第二个起飞。波尔汉原先在一个马戏团表演走钢丝，也当过巴黎沃伊森飞机制造厂的机修工。一年之前，他创下了令人目瞪口呆的距离与持久纪录，花了两小时四十四分钟飞行了八十四英里。

波尔汉的法曼双翼飞机甚至比卡蒂斯的飞机还要难看,它的翅膀和尾巴像灰白色的箱形风筝,它的起落架由两只轮子和起落撬组成。一台五十马力的气冷式诺姆发动机为它提供动力。今天,波尔汉还带了一名乘客。"人体喇叭"走向前来。

"跟随波尔汉先生一起飞行的是美军的芬格中尉。他们将表演可能的空战。"

人群安静下来。一个穿着卡其布外套的男人用带子将自己绑到驾驶员旁边的机翼上,他的双腿就悬挂在机翼的前缘。

"我不知道波尔汉愿不愿意带我上天。"麦克说道。

"你当真愿意冒这个险吗?"

"当然。飞机不是一时的风尚;它们将永久存在下去。总有一天我们都会经常飞上天去的。"

他可以从玛格丽特的表情中看出来她不相信……而且担心这是不是真的。

法曼双翼飞机轰隆隆地驶向前去并起飞,飞机在机场上空爬升,接着绕了回来,沿着两条并行的直道之间的航线飞来。芬格中尉弯过腰,扔下一个纸袋。纸袋掉落到地上,爆裂开来,扬起一团白色粉笔灰。

"模拟扔高爆炸弹。""人体喇叭"解释道,"波尔汉先生确认,他的飞机可以携带三百磅的炸药。"人们唏嘘不已。

法曼双翼飞机侧着机身转弯。芬格又扔下三个纸袋,它们一个接着一个击中目标,留下三个重叠的白圈。人群再次安静下来。风儿卷起部分白粉,撒落到了一块很大的地面上。麦克意识到,要是飞机扔下的是炸弹而不是粉笔灰,那么被击中的区域几乎什么都不会留下。

"五十美元?"麦克说道。

"一百。"波尔汉说道。

他是一个快乐的年轻人,二十五岁左右年纪,一双黑色的眼睛十分灵动,有一丛完美的高卢人小胡子,胡子尖上封了蜡。他那个丰满漂亮的妻子西莉斯特以及他的机械师迪迪尔和埃道尔德跟在他的身后。

"成交。"麦克开始数钞票。

"你保证这是安全的吗?"玛格丽特问道。

"哎呀,我昨天还把赫斯特先生带上天了呢——他还活着嘛。"波尔汉说道,"把你自己绑好,钱斯先生。"

一切都发生得太快,麦克连害怕都来不及。他将帽子留在了玛格丽特那儿,戴上了护目镜。两名机械师转动着推进器,诺姆发动机发出的声响震动着他的耳膜,地面在他的身子下飞速滑过,他紧紧抓着很容易损坏的机翼上的支杆。冷风撞击在他的脸上。波尔汉已经拉起法曼双翼飞机,直插蓝天,麦克的胃直往下坠,翻江倒海。

他瞧着大看台迅速远去,渐渐消失,田野缩小成了一块块方方正正的图案。波尔汉向西飞去,飞往大海。麦克的双手依然抓得很紧,但是他的恐惧感渐渐消失。多么奇妙的感受啊。天使一定是这种感受。

他们飞过农舍,飞过果园,飞过城际电车线路,以令人难以置信的速度飞向波光粼粼的大海。麦克看见了陆地和海洋呈现出全新的风貌,但是,那每时每刻都显得让人如此激动的情景——发动机的轰鸣、迎面扑来的劲风、双翼飞机不时的倾斜和颠簸——使得他没有时间去有意识地仔细体会自己的感觉,他只是在体验它们。

"两千英尺。"波尔汉迎着狂风大声说道。

麦克指节发白的双手紧紧地握着机翼上的支杆。法曼双翼飞机像弹弓里的石子一样迅速飞离了海岸线,他朝下看去,有一种新的眩晕的感觉。海面——完全是鱼鳞一样的深蓝色波浪图案就在下方……

波尔汉斜着飞机往南转弯,指向一艘驶向大海的小渔船,然后下降了法曼的高度,随着飞机的下降,麦克的胃也在下降。他们在小渔船头顶五十英尺的地方飞过,那渔民挥舞着手,波尔汉摆动了一下翅膀。接着,飞机再次倾斜,麦克正面看到了加利福尼亚海岸线的全景画:激浪、海滨、绿地、玩具一样的房子、远方的群山。这使他想起了他从内华达山脉下来的那一刻。这是一幅令人震撼的景象。

波尔汉留意到了他这位乘客的痴迷表情,集中注意力飞行。

"这是我有生以来最不可思议的经历,玛格丽特。"麦克拿一条胳膊拥着她穿过人群走去。飞行过后,他冻坏了,便拉着她去找咖啡摊。

"你有没有想过你会掉下来摔得粉身碎骨?"

"当然想过,每分钟都在想。但是我不在乎……"

突然,在租地营业商摊帐篷之间的通道上,麦克的手臂从她的腰肢上放了下来。他的目光盯着小道的前面。

"什么呀?"

"有个人看上去很熟。"他急忙向前冲去,"就等在那儿。"

他有时推搡有时侧身地挤过人群,他的目光盯着那个正在全神贯注看着陈列在那儿的锦旗纪念品的高个儿男孩子。阳光照耀在小男孩像大奖章一样的脸上。小男孩金发碧眼,容貌俊美,比卡拉最黑的时候还要黑一些。可是他的相貌酷似卡拉,十分显眼。

"吉姆?"麦克大叫,他的心跳得怦怦的。

小男孩转过头来,看到了他。有一种快速涌上来的情感,麦克看得不太懂……惊讶、困惑,也许是害怕。

"吉姆……该死的,别挡道。"麦克用力推开一个正在吃棉花糖的胖子,那人一个趔趄,撞到了他,那黏糊糊的糖粘到了他的身上,耽误了他十秒钟。终于,麦克绕过他,朝那个锦旗展跑去。

"那小男孩去哪儿了? 刚才站在这儿的那个?"

货摊的摊主指着他的货摊和下一个货摊之间的小道。

小道空空如也。

吉姆喘着大气,竭尽全力在大看台下面一瘸一拐地向前跑去。他不断地扭头朝后看,他深蓝色的眼睛里流露出惊慌的神色。

"小心……让一下……让我过去。"

他不敢肯定,他丝毫不敢肯定,他所看到的脸模糊得不能再模糊了。接着那个白头发的人叫他的名字。当然了,世界上有好多个吉姆。但是,他不想等在那儿让那个人逮个正着。假如那是爸爸的话,他可不想跟他产生任何关系。

他上气不接下气地冲进阳光里,跑上大看台的台阶。他一把拉住老流浪汉的手,像拧着刚从地里挖掘出来的一段树根一样。

"乔克,我们走。"

"什么? 你在说什么呀?"

"走吧,乔克,马上走。我的肚子难过死了,我的肚子疼得可厉害了,痛得像要死了一样。我们去坐火车吧。我想要回帕萨迪纳去。"

乔克没有反对。他们坐着一辆空荡荡的红色太平洋特别电车逃离了那个地方,再也没有见到那个白头发的男人。

对麦克来说,航展彻底毁了。等玛格丽特明白发生了什么之后,她时刻准备着同意马上离开。

"我把你放到一家宾馆待一小时。"麦克说道,"我要到当局去,然后再驾车去里弗赛德。我知道,这是我儿子。"

他重重地捶打着方向盘,丝毫没有仔细考虑他的措辞。他承认,完全有可能,费尔班克斯是他的生身父亲。但是,吉姆依旧是他的儿子。

傍晚时分,那个昏昏欲睡的副治安官一听到麦克的名字,马上醒了过来。这人比旧金山的那些警察要友善好多,但是他的情绪并不令人鼓舞。

"是的,你说得对,跛脚是个明显的特点。可是我们不能派人挨家挨户去查呀,钱斯先生。所以,要是那个男孩不想被发现……他要是安分守己,没有引起别人的注意……那么他很难被发现。我们会尽力,不过请别指望有奇迹发生。"

他不想轻易让人泄了气,便给平克顿侦探事务所打了电话,让值班的人给弗莱沙克留个信。然后,他拍了一个电报给亚历克斯·马勒,吩咐他更新那份旧的悬赏传单,印刷一万份。

72

上了锁的铁大门的拱顶上,竖着一个黄铜制的太阳雕塑,斜照在帕萨迪纳峡谷里的阳光照耀着这个黄铜制品,折射出耀眼的光芒。

大门外面,麦克和玛格丽特坐在麦克那辆时髦的史蒂倍克①马车里,挤在一条旅行毛毯下,拉车的四匹油光闪亮的枣红马喷出一团团羽毛状的白气。长长的铁栅栏和蜿蜒的泥路笼罩在阴影里。即便在他们观看的时候,太阳的角度也在发生着变化,那旭日暗淡了下来。

"全能太阳神教堂。"麦克没有掩饰他的反感,他用他长长的马车鞭子碰了一下那个门锁,"显然,并非每个人都受到欢迎的。"

"这真是一个奇怪的教堂。"

"这不是一个真正的教堂。据我所知,他们的确每周做礼拜。就在那儿,那幢八角形的房子里。"

那座房子坐落在阶地上,沐浴在阳光下。房子的整体装饰以白色为主,墙板呈柔和的奶黄色——户外阳光一样的颜色。

从大门沿着一条泥路逶迤向上,穿过长满青草的山坡,就可以到达那座教堂。房子的两层楼均有窗户环绕,像打着信号的镜子一样反射着阳光。两个穿着白色长袍、个子小得像玩偶一样的女人从屋子里走了出来,沿着一条小路朝一组更远的小屋走去。这地方绿树成荫,井然有序,可以看见六个园林工正在修剪白色的杜鹃花丛和清除花坛的杂草。

"但是他们也做买卖。"麦克继续说道,"各种秘方、小型的健身器材、冒牌医生的药品。他们从新来的人身上骗取数千美元,那些新来者

---

①史蒂倍克,即史蒂倍克家族,美国汽车制造商,其公司当时是马车制造业和汽车制造业的龙头企业。

一是被灿烂的阳光迷醉，二是受我那个前合伙人巧言令色的诱骗。这整个玩意儿就是他开办的。他称自己为'保罗修士'。那个旭日是他从我们圣索拉罗住宅区偷来的。"

"显而易见，你并不认为他做的一切都是虔诚的。"

"哦，是的。如果说怀亚特还有一件事情是虔诚的话，那就是赚钱。"

"我的意思是说，你根本不相信这个教派能做什么好事。"

"阳光的确能让人感觉好点。实际上有时它有助于治疗疾病。难道这事儿还要你付了钱才能知道吗……好像这是某种新的绝对真理似的？我不这样认为。怀亚特是一个骗人的老手，一个坏蛋。"他捡起缰绳，"看够了吗？"

"是的，当然。"

麦克对着四匹枣红马吹响了口哨，马车轻快地沿着道路驶去，马车后面扬起一片沙砾和棕黄色的灰尘。

在八角形屋子附近的山坡上，那个年轻的园林工听见了马车跟马的声响。他正跪在一条蓝石板铺成的人行道上，清除一个花坛里的杂草，花坛里的栀子花等到温暖气候来临便将盛开怒放。

吉姆抬起头，仔细观察着离去的游客。一个男人和一个女人，他能看清的，如此而已。没有什么特别；他们这儿有很多游客。人们向客人们展示帕萨迪纳时，总是驾着车带他们到这个教堂来走马观花一下。

他瞧着马车消失在通向峡谷主道的路上。接着他又花了十分钟干完了他的活儿。在多名盖兹山侥幸逃脱之后，生活再次恢复了正常。吉姆过着一种平静的隐居生活，而且他喜欢这种生活。他开始努力自学，在公共图书馆里读书，而且他很少看见教堂之外的人。他和乔克每三到四个星期去一趟帕萨迪纳，那已经足够了。教堂里面的生活是一种抚慰，跟他记忆里他爸爸家中暴风雨般的生活截然不同。

太阳在峡谷后面消失了，往上射出一缕缕金色的光芒。阴暗的山

844

坡突然呈现出一种寒冬的萧瑟。他将他的棉工作手套塞进牛仔裤口袋，浑身哆嗦着，沿着小道往那些小屋走去。

十四幢小屋分布在一片很大的桉树林里。小屋的那边，是一个牲口棚、几间仓库和一个小小的餐厅。工人们住在那些小屋里，吃在餐厅。那厨师的厨艺不错。根据一份这个教堂的创始人编写并将其兜售给教堂成员的小册子，这倒是值得注意的。在《加利福尼亚阳光饮食》里，"保罗修士"所推荐的合适早餐是一碗玉米粥、冷的泉水或者井水。中饭和晚饭，吃峡谷里生长的水果和蔬菜，喝更多的水，作为特殊待遇，可以吃一个橘子或者一个葡萄柚。吉姆喜欢吃橘子，这挺好。但是一想起其余的饮食，他几乎感到恶心。在餐厅里……他偷偷地得到了更多的实打实的食物：煎牛排、滚上面包屑后油炸的肉片、煮得像皮革一样硬的鸡蛋、沉得像一把渔网铅坠一样的小圆饼——正常的健康食品。

教堂的创立者占着八角楼的全部顶层。夜里，整个楼层常常电灯通明。有一次，吉姆睡不着，便发现，已经凌晨四点半了，那里的电灯还亮着。他走到那屋子附近，听了一下。在那些紧闭的窗帘后面，他听到了女人抱怨的尖叫声和男人粗暴的大笑声。

他相当肯定那儿所发生的事情；早先他跟着乔克流浪的时候这种事儿听得太多了。他感到疑惑，这种行为对一个教堂来说是不是有一点点不合适。不过，假如这种事情对所有每周一次驾车远道而来、脸孔红扑扑的崇拜者来说都无所谓的话，那么他为什么要费神去管这种事情呢？

吉姆对八角楼的熟悉也就仅限于他在一楼所观察到的情况；他从来没有走上楼去过。他也不想上去。"保罗修士"是一个喜怒无常、脾气暴戾的人。

乔克有好几次说起过这位创立者用水烟壶吸食广东鸦片的事情。

"用烟斗吸的。他要是让你吸，千万别去吸。那玩意儿，杀死你比梅毒还快。"

只要"保罗修士"所付的薪水丰厚，吉姆估计这位创立者想要干什么事情,他都可以随心所欲的。

会议室占去了这幢房子一楼大厅的一半,"保罗修士"和他的兼职人员的办公室占据了其余的空间。其中有一个办公室属于以利户·弗林特曼,一个住在科维纳附近的老家伙,他到这个教堂来是因为他老婆一定要他来,来做志愿者性质的会计。弗林特曼属于那些经营教堂的长老理事会。他抱怨理事会根本就没有权力。

弗林特曼的老婆种植玫瑰花。吉姆有一小部分时间在她的花园里干活。他认识了弗林特曼……更确切地讲,是受到了他的监视;弗林特曼想要每一个美元都具有活力……于是这名会计了解到,吉姆很喜欢算术。当弗林特曼在教堂里特别忙的时候,就会把吉姆带到他的办公室里帮几个小时的忙,计算数字,复核账本数据。吉姆乐在其中,不过,他发现弗林特曼爱挑剔,而且不易相处。

他沿着小道走上去时,看见乔克在其中的一座小房子四周捡小树枝。乔克不太擅长园林活儿;他动作太慢,而且弯腰不便。吉姆最后都要帮他干很多活,但是他不在乎。

乔克夸张地呻吟一声,直起腰来,然后将他的耙子靠到一棵桉树上。

"累。"

"我们去洗洗,准备吃晚饭。来,靠着我。"吉姆将乔克的一条手臂放到自己的肩上,扶着他走上通向那些小屋的小路。

接下来的星期六,吉姆和乔克套好马车,来到帕萨迪纳购买几袋肥料。吉姆乘机去了公共图书馆。马车在装货,乔克等着他,溜达时碰巧路过了贴在电线杆上面的一张小广告,"悬赏"两个字映入了他的眼帘。他停住脚步看了起来。

他脸色发白,左看右看,看这条灰尘覆盖的街道。一辆牛奶车吱吱嘎嘎地驶了过去。当它消失在一个街角时,乔克将那张小广告撕了下来。

在回教堂的路上,吉姆驾车。马车底板上放着几本书:马克·吐温的、狄更斯的、詹姆斯·费尼莫尔·库珀①的。乔克先是自顾自哼着曲子,然后,他清了好几下嗓子,终于说道:"喂,我在电线杆上发现了一样东西,你该看看。"他拿出那份小广告。

"我不知道他们干吗要加上那个胎记。"看小广告的时候吉姆说道,"要不就完全是你了。是吗?"

吉姆将小广告捏成一团,扔了出去,目光紧盯着前方的道路,他的双手紧紧抓着缰绳,紧得手指都发白了。

乔克仔细观察了他一会儿,接着说道:"你没有告诉我一切,是吧?有人在寻找你。你不想见的什么人。"

吉姆没有回答。

突然,乔克的眼睛睁得更大了。

"这不。我敢打赌你在航展上看到了那个人,我敢打赌你当时根本就不是肚子痛。"

"乔克!"吉姆用一种警告性的语气大声叫嚷道。

"是谁,吉姆,亲属吗?"老人坚持刨根问底,"是不是,你真的是在哪个地方有亲属……就像我一直怀疑的那样?"

"别问了。"吉姆轻声说道,两眼直视前方,"你如果是我朋友的话,乔克,就别再问了。"

乔克想了一下,拿舌尖在他掉了牙的其中一个豁口里扭动着。

"我是你朋友,所以我不问了。我有一种难以解释的想法,你也许会说出这样的话来的。"他从另一只口袋里掏出一小卷纸来……外加两张小广告,"这就是为什么在你从图书馆回来之前我把我所看到的所有其他的小广告都撕了下来的原因。"

---

① 詹姆斯·费尼莫尔·库珀(1789—1851),美国小说家,开创了美国文学史上三种不同类型的小说,即美国革命历史小说、边疆冒险小说和海上冒险小说,代表作为《皮袜子故事集》。

在火车站月台上，玛格丽特给了麦克一个大大的拥抱。

"我度过了一个非常愉快的假期。谢谢你。"她戴着手套的一只手的手背抚摸着他的脸，"尤其是第一晚。"

他将目光挪向了别处。

她心里酸楚地说："你有一两天非常开心，可接着……"

"接着我看见了我儿子。我看见他了，却又把他丢了，甚至平克顿的侦探们花了双倍的力气，仍然没有人能够找到他……"

"烦请您上车了，小姐。"乘务员在车厢踏板上催促道。

"好的，稍等。麦克……你很快会找个时间到北边来吗？"

"我对奥尔德说过，等鲁夫去圣昆廷监狱的时候我会去的。"

"等那个时候，你也许会等好几年呢。你不需要去看看远在奈尔斯的安德森先生吗？"

"恐怕会的。"他说道，又是那种让人不明就里的耸肩。

他在她脸上给了她一个兄长般的吻。

"这事我会考虑的。"

她仔细端详着他再次死气沉沉的脸。接着，她用力捏着他的手臂。

"我真的不在乎你会提出什么样的理由……我只是认为看看那个城市也许会让你发生一种好的变化。人不能将余生消耗在那些错误上。"

"会的，假如错误太大的话。"

列车员发出抱怨声，不断催促她上车。玛格丽特抱住他的脖子，再次紧紧拥抱他，她紧闭双眼，睫毛上泪光闪亮。她拥抱着他，分担着他的痛苦，然后放开了他。

当"特快日光"号列车慢慢开出车站时，她在特等车厢的座位上透过车窗注视着他。麦克举着右手，一动不动地站在蒸汽中。慢慢地，他消失了。可是，他焦虑不安的脸色一直停留在她的脑海中。

73

　　穿着牛仔裤和红色方格衬衫的姑娘狠狠地踢了踢她的牡马,她低头躲避着追她的人啪啪射来的枪弹。她惊恐地扭头看了一眼。他们追了上来,八个骑着马紧追不舍的歹徒。领头的是一个又高又瘦的亡命之徒,戴着一顶有蒙大拿帽舌的牛仔帽,宽宽的边遮挡着他上半部分的脸,脸的下半部分隐藏在了一条叶绿色印花大手帕里。他骑在一群肮脏、强壮、滑稽的家伙前面,他们每个人都有两把手枪。

　　那些歹徒在一个林木茂密的山区盆地一条乡间道路上追逐那个姑娘。为首的土匪嘴里衔着缰绳,用双膝控制着他的黑色牝马,拿一对镀银的史密斯-韦森美式点四四口径手枪射击着。其他歹徒也在开枪,他们的枪口喷出阵阵白烟。

　　不过,令人惊奇的是,这连续不断的射击并没有伤到那个马背上的姑娘。她惊恐地圆睁着双眼,催促她的马跑得更快一点,但此时,那个戴着有蒙大拿帽舌帽子的歹徒已经追到了距她不到二十英尺的地方,并不间断地开着枪,显然毫不在乎他的枪弹。

　　突然,右边的小山顶上,姑娘看见了另一个骑马的人,只见他穿着很像蝙蝠翅膀的羊皮护腿套裤,戴着高高的帽子,上身一件牛仔马甲,脖子上飘扬着印花大手帕。他估量了一下情势,一把拔出了他的"调解人"科尔特。

　　姑娘挥舞着手尖叫道:"哦,比利……救救我,救救我。"

　　单身骑者咬紧牙关,用踢马刺刺着他的马,沿着灌木丛生的路堤飞奔而来。他像那个歹徒的头领一样咬着缰绳,又从枪套里拔出一支"调解人",在他的马跑下山坡时开枪射击着。他用枪管将帽子敲向后面,阳光刹那间照在了他的脸上。他的下巴向前突出,表明他已经打疯了。

　　处于危险中的少女、追逐她的人以及她的救星全都在道路的拐弯处奔向一片都是拱形树木的树林。单身骑者射中了一个歹徒，接着射中了第二个，每个坏蛋倒下时都装模作样地举起了他的枪，都一把抓住穿着衬衫的胸口，都发出一声撕心裂肺的惨叫。歹徒的头领愤怒地瞥了几眼被枪击中、倒在路边的瘦弱助手。其中一人坐起身来，掸掉身上的泥土，咧嘴笑了。

追逐着的人们轰轰隆隆地奔向小树林。在斑驳陆离的树荫下，十几个男男女女中有两个人大声喊叫着，挥着手，催促几个骑马的人继续往前飞奔。就在悬垂于道路上面的一根大树枝下面，反向戴着布帽子的摄影师蹲在那架四四方方的挺大的电影摄影机后面，发疯一样地摇着摄影机的曲柄。电影摄影机的传动装置发出很大的声响；它听起来就像一台出现故障的绞肉机。拍电影的时候，摄影机的齿轮插进链齿孔，一小方格一小方格的胶带便从底下的一根管道里吐了出来。

一个穿着马裤、绑着护腿的男人通过一个喇叭筒高声喊叫着。

"加油，多拉。你的脸上要有希望。比利来救你啦……"

多拉用缰绳抽着她的马，这时布朗乔·比利已经来到了斜坡的脚下，只见尘土滚滚，他的两支"调解人"还在继续射击。有一个歹徒从马鞍上摔了下来，因为落地很重，便骂着娘。

导演挥舞着他的喇叭筒。

"谁也别往后看……他没事儿……继续往前跑。"

麦克在树荫里跳上他原先坐着的高高的凳子，一面抓着他头顶的大树枝，现在能看得更清楚了。

"看上去挺好。"当几匹马飞奔到距小树林八分之一英里的地方之后，导演大声说道。

站在右边斜坡的第二个摄影师停止了摇曲柄，他拍完了。工作人员们激动地欢呼起来。一次完美的成功镜头。

距摄影机二十码的地方，多拉的牡马突然绊了一下，发出一声尖厉的嘶鸣，一个斤斗往前翻去。多拉从马头上方飞向前去，落在了道路另一边一丛高高的灌木丛里。布朗乔·比利还在射击，面朝着另一个方向。

导演在满地尘土的道路上跳跃着。

"哦,耶稣基督啊,停,停下。比利,多拉摔倒了。"

其余的"歹徒"全都勒住了他们的坐骑。吉尔伯特·安德森对导演的喊叫做出了反应,连忙驱马小跑向摔落在地的女演员。负责化妆的姑娘们、置景师们、摄影师和导演全都从他身后向前跑去。

麦克放下他的望远镜,也往那个方向跑去。他的头痛得厉害,几乎痛得令他失明,都是弗莱沙克最近的报告给害的,报告再次完全是负面的消息。他没有注意到那帮"歹徒"的头领突然在路的中央停住了他的马。那顶有蒙大拿帽舌的帽檐下面,一双吃惊的眼睛注意到了这个客人——现场唯一一个穿套装的人。

麦克和其他人来到了摔落在高高灌木丛中的多拉跟前。"歹徒"的头领将弹夹已经全部打空的镀银手枪插进枪套里,掉转他黑色母马的马头,沿着道路慢慢跑去。

多拉坐起身来,痛得皱起眉头,一面抓着她的一条腿。安德森脱下她的靴子,试探性地抚摸着她的脚踝。接着,他愤愤地叹了一口大气,站起身来。

"很遗憾,你受伤了。本来应该在那匹卡尤塞马上用特技替身的。"

"我可以坚持……"

"不可能。你休息。"

安德森拿他的斯泰森钻帽拍打着他的羊皮护腿套裤。

"巴斯特,把马车弄过来。送到奈尔斯去,找克莱博大夫。你们弄几个人临时搭个棚子,别让多拉暴晒在阳光下。赶快。"

埃塞内伊电影公司正在拍摄《布朗乔·比利的追捕》,拍摄地点就是在离电影制片厂两英里处的奈尔斯峡谷出口的一条荒芜道路上,电影制片厂反过来离城市倒是有四英里路。这是 1910 年 3 月的一个早晨。麦克早一个星期便回到了他在格林尼治大街的套房,在这天早上太阳升起的时候出发,驱车一个多小时,来到了奈尔斯。

他和安德森一起从小树林走回去。

"投资人第一次探访,就见鬼的遇上这种事儿。"安德森说道。

"你准备怎么办呢,比利?"大伙儿都这么叫他,安德森已经颇有牛仔的风范。他最早的三部"布朗乔·比利"系列单盘影片轰动一时,全国各地的交易所呼声日益高涨,渴盼更多这样的作品。

"暂时停机,直到我们确定多拉还能不能拍。我估计她拍不成了,我看她的腿断了。"

午后,麦克的头依然痛着,他在埃塞内伊电影公司安德森的办公室内等着决定性意见。电影制片厂的布局效用很高但是简陋,只有一个木头搭建的很大的拍摄台,拍摄台的屋顶是用玻璃做的,地点就在一块被遗弃的苜蓿田的中央。有许多加利福尼亚风格的平房围着这个拍摄台,其中最大的一座房子里有少量廉价的家具,那便是安德森的办公室和宿舍。从窗户望出去,麦克可以看到有三头牛在铁丝网围起来的一个牧场里吃草。

安德森依然穿着牛仔戏装,走进门来,重重坐下。

"腿断了。她不行了。见鬼的怎么办哪?我们得按时间表完成这几部电影啊,每三天一部。我要是周五前拿不出这部电影,乔治·斯普尔就会不停地用电报剥我的头皮呢。"

"你不能找人替补那姑娘吗?"

"当然,下周。我需要明天上午就有人替补她啊。"

麦克轻轻叩击着他膝头霍姆堡毡帽的边沿。

"有没有必要找个新的姑娘试试?"

"只要她有呼吸,骑在加利福尼亚马鞍上的时候能笑,我就心满意足啦。我们可以在重拍快结束追逐这段的时候给她找替身演员,在酒吧斗殴时也可以找替身演员。"

"我认识旧金山的一个姑娘。她不是一个演员,不过她是一个漂亮的人儿,笑起来像个天使。洛杉矶拜奥格拉夫的一位导演认为她是一个绝色佳人。"

"哪个导演?"

麦克好不容易才想起来。

"格里菲思。"

"见鬼,戴·沃可是个鉴赏女人的行家呀。他认可了,那她一定是个美人儿。明天上午你能把她弄到这儿来吗?"

"我可以试试。"

"排练是七点半。"

"比利,那可是要坐车长途跋涉的呢。她没有多少时间睡觉啦。"

"她是想上电影,还是不想上?七点半准时到。"

赫尔伯纳·约翰逊靠着拍摄台的边沿坐着,拍摄台就在长着蓬蓬萋萋的苜蓿的农田中央。他的膝头放着那两支镀银的史密斯-韦森美式手枪——他不喜欢的一款左轮手枪。他的双腿伸展在阳光下,一只菜粉蝶仔细观察着他靴子的后跟。

墙的另一边,敲击声和喊叫声不断。一个与埃塞内伊电影公司签了约的喜剧演员正在拍摄《一夜浪荡》,一部单盘电影,说的是一个醉汉在城里游荡,出了很多洋相的故事。

约翰逊打开一只装空包弹的卡纸板箱子,用大拇指将空包弹撅进第一支左轮手枪的旋转弹膛里。他默默地想着那个画面,感到很有趣。作为"歹徒"的首领,在追逐中,他很可能在每一次拍摄中要射出三十五发到四十发子弹。

他很高兴自己能坐一会儿。他今年五十七岁了,骑那匹很难骑的该死的马差一点要了他的命。他觉得自己几乎像在巴拿马的医院里发烧又康复时的状态一样虚弱不堪,当时他患肠炎,腹泻了三个星期,而且,他还做了很多倒霉的噩梦。

说到噩梦真是好笑。远处这个穷乡僻壤,在吉尔·安德森手下干活,他绝对没有想到自己居然会撞见他的合伙人。

他听到一辆汽车在农田边的路上开了过来,便安静下来,将他的帽檐斜到很下面,连鼻子也碰着了。等帕卡德发动机的声音消失之后,他重新将帽子推回到上面。好在,麦克匆匆离去了,给了他一点喘息的空间。他是想要再次见到麦克呢,还是不想呢?

拍摄台边上的门打开了,那喜剧演员冷不防地走了出来,这是一个小个儿、黑眼睛、卷头发的年轻人。

"本·特平在吗?"

"不在这儿。"约翰逊说道。

"珀维安斯小姐呢?"

"没见到她。"

喜剧演员的鼻子像兔子一样皱了一下。

"中暑了吗,约翰逊先生?"

"屁股酸痛,卓别林先生。"

"是啊。好。继续休息。"

他又皱了一下鼻子,关上了门。

不知天高地厚的小英国佬。歌舞杂耍的家伙。他就认为他是一个滑稽的人,绝对成不了大气候。约翰逊就是这么想的,一面继续往他的两支左轮手枪里面装空包弹。

帕卡德颠簸着在海沃德通向奈尔斯的道路上行驶。一只长耳野兔在汽车前面纵身蹿过马路,麦克疯狂地打着方向盘。玛格丽特发出一声喊叫,接着靠回到座椅上,浑身发抖。

"再来几个这样的震动,我在到达那儿之前要晕过去了。"

麦克目光坚毅,一脸无情,不作回答。群山之巅,有一丝鱼肚白,树林深处,鸟儿醒来了。他大半夜没有睡,劝说玛格丽特去干那事儿。她一同意,他便将她塞进汽车里。他们在天远没有亮之前就离开了旧金山。

"麦克,我好紧张啊……"

"不要紧张。安德森会辅导你的。这不是高深的艺术……这是单盘动作片。你一直在说你不想一辈子经营法国饭店。我是当真的。"

"好吧。我尽力。"她轻轻地拍着自己的头发,动作有点发紧,"至少,你好像再次对某件事情产生兴趣了。"

他驾驶帕卡德转过一个弯。

"我要是不这样才怪呢。"他笑了起来,"不知不觉中就这样了。"

玛格丽特一声惊叫。麦克赶紧往左狠打一把方向盘,差一点撞上一头在路中央红色的牛。

玛格丽特在他们到达奈尔斯的时候已经镇静下来。她像一位公主一样带着一种孤傲冷漠的优雅跨下帕卡德来,伸出一只手,让激动不已的导演范·赞特·摩根握住。("这不是他的真名。"麦克早先就对她说过,"他的真名叫锡德·摩根斯顿。")她对他露出了微笑。

"哦,上帝啊,好极了。"摩根大叫道,像祈祷般地握着自己的双手。

七点半,一辆平板马车飞快地将玛格丽特送到那块苜蓿田附近的一块林中空地上。木匠和油漆工差不多已经搭建好了一座只有正面墙壁、侧面墙壁和半个屋顶的小屋,所用的材料全都是帆布和条板。小屋坐落在一条波光粼粼、奔腾不息的林地小溪的岸边。

摩根神气活现地四处踱来踱去,眼睛瞄着太阳,不断变换着安装在三脚架上的薄纱柔光屏的位置。玛格丽特坐在一张帆布椅子里烦躁不已,一个女化妆师正在往她的脸上扑粉。她已经穿上了一件有泡泡袖的高领方格布外套。麦克和安德森站在一边,瞧着那化妆的姑娘将一个很大的适合女学生戴的蝴蝶结戴到玛格丽特赤褐色的头发上。安德森穿着他的布朗乔·比利的马甲,戴着羊皮护腿,佩着六响左轮手枪。

"我欠你的情,麦克。这姑娘太漂亮了,她身上有一种非同凡响的青春活力。她以什么为生?"

麦克拿一块白手帕擦着他的眼镜。

"经营一个家庭小买卖。"

"我希望有人经营那个买卖。我可能还要用她。"

"你还没有看过她演戏呢,比利。"

"我看过她微笑。嗨,摩根……小溪的反射光线太强烈了……"说罢他走了,靴子的后跟深深陷进地面上一堆腐叶里,他的牛仔马甲下面,大肚子在微微颤动。令人吃惊的是,短短几个月时间,这个有着一个鹰钩鼻和一双牛眼睛的普通人竟然变成了一个极受欢迎的当红电影明星。

麦克掏出他的海泡石烟斗和烟草袋。他的脖子开始发痒,他环顾了一下四周,看是否有人在注意他。他的目光碰上了一个男演员的目光,那人靠在一棵树上。

立刻,好几样东西引起了他的注意:白石灰色的印花大手帕、不动声色的绿色眼睛、波浪状的灰白头发……

"上帝呀,是休吗?"

两人在一方雾蒙蒙的阳光下见面了。约翰逊不露声色地伸出一只手。

"你还好吗,麦克?"

他们握手,麦克退后一步,依然感到惊讶。

"你究竟在这儿干吗?"

"想法挣口饭吃。"

"得啦。你又不缺钱。"

"那么,消磨时光吧,演演我在得克萨斯的真实生活。"

"你是怎么到这儿来的?"

"看到广告来的。你挺了解我们这帮'歹徒'吧? 这真是奇怪了。那边那个杰斯珀森,他是一个真正的硬汉子,因为抢劫火车两次在亚利桑那州立监狱服刑。然后,我们得到了那两个家伙。"

他指的是紧靠着站在一起、像一对情侣一样在窃窃私语的演牛仔的男演员。一个人在抚摸着另一个人的一只手。

"让所有人大跌眼镜,是吧?我是在西部长大的,留下的也就这点陋习了。演员装扮好,在零零碎碎的一小段一小段硝化胶带上留下一点点图像。整出这玩意儿,挺有趣的。"

"你看上去挺好,赫尔伯纳。"

"有一段时间不好。在巴拿马,他们那儿其中的一个热带疾病差一点要了我的命。"他三言两语叙述了一下他在一群挖运河的劳工中挥锹干活的经历,"你比我上次见到你时气色好了一点。警察或者平克顿侦探事务所找到吉姆了吗?"

"还没有。但是他活着,我见到他了。"麦克向他讲述了经过。

"我挺抱歉,麦克。更抱歉的是我还大发脾气,离家出走。有时,我性情坏到有点可怕。单身一人生活太久啦,我想得找个老婆教教我礼貌了。"

麦克听到了这样道歉的话,也就释然了。他蹲坐到了蓓蕾初绽的悬铃木树荫里,在烟斗里装满了烟丝并将它们压实。

"我觉得应该道歉的是我。那天我的行为太卑劣了。"

"得了,你当时被伤得太厉害了。"

"这不是理由。我很惊讶你还肯再次跟我说话。"

"见鬼,我们不仅仅是合伙人啊。我们是朋友,就像这儿这个瘸腿朋友一样。它痛得你死去活来,但你绝对不会拿把斧头把它砍下来。"

"这话说得绝了。你觉得我们这位女演员怎么样?"

"美艳绝伦。"约翰逊正儿八经地说道,"这个工作比她在干的事情要令人敬重些,但不会令人敬重太多。"

麦克咧嘴笑了:"好啦。我要回旧金山的家待一段时间。等星期五安德森结束之后来做客吧。"

赫尔伯纳·约翰逊在风吹日晒而发红的脸颊里面滚动着他的舌头。

"哎呀,我是有可能去的。好的,先生。谢谢。"他简练的回答实在无法掩饰他的开心。

一个星期之后,暮光朦胧中,麦克和约翰逊走出费尔蒙特宾馆。麦克品味着旧金山湾的微风,咸咸的,清新而又凉爽。他感觉很好,在仅接待男人的酒吧里两大杯啤酒外加几个生牡蛎是原因之一,就像他的朋友来这儿也是原因之一一样。

他们躲开一辆头上有着耀眼头灯的长长的黑色德莱内·贝尔维尔旅游车,它正转上宾馆半圆形的车道。费尔蒙特宾馆的花岗岩外表经受了大火的考验,内部已经重新装修,用了红色长毛绒的豪华装饰,宾馆在1907年的春季正式开业。

他们向北面慢慢往前走,走向萨克拉门托大街。约翰逊穿着一套合乎体统的城市套装,不过他不愿意放弃他的印花大手帕,白色的丝绸看上去极不协调。他跛了的右脚看上去并不明显。

“内莉有消息吗?”

“她预计下个月从欧洲回家来。她的第三部小说刚刚由她那个名叫斯克里布纳的出版公司出版发行。”

“不知道这事儿。那书得看看。”

“你会发现它跟她其他的小说不一样,很有趣,但也很犀利……像马克·吐温。其中有一位评论家称她为真正的美国天才。我听说沃尔特·费尔班克斯及其一伙想要把她的手脚钉在十字架上处死她呢。”

“天哪,天哪。她弄出了一部极端的作品,我们的内尔。她依然是个小姑娘,但她这个框子对你来说太大了。”

他们转身沿着萨克拉门托大街走去,很快便站在了那幢豪宅的瓦砾前面。西面的红色阳光照在断垣残壁上,像一场被人遗忘的比赛所留下的一堆垃圾。约翰逊小心翼翼地走进曾经是前院的地方,翻开一块很大的石头。一只棕色的老鼠跳过他的双脚逃走了。

“你打算重建这烂摊子吗?”

“建筑师们在地震后马上就送来了图纸。”旧金山人用一种简单的新日历保存着他们跟过往的联系。说一件事情,就说它是发生在地震前还是发生在地震后。

麦克捡起约翰逊移动的那块石头，将它扔到了一堆更大的瓦砾上，寒冷的微风中，一阵尘土荡漾开来。

"我把它们锁在了柜子里。"

"也许你应该把它们拿出来。这地方看上去像一个该死的垃圾堆。"

"我的邻居们也写来好多信，表达了同样的想法。"

约翰逊擦干净一块掉落的大理石石块，坐下。他开始卷一支香烟。

"我很高兴你让玛格丽特跟布朗乔·比利搭档演那个角色。这不仅仅是对她好……对你也好。玛格丽特说，这表明你又回归真实世界了。你游离在那些黑暗的地狱里太久了。别怪我说你，不过你听了太多那种劝，所以也听不进去了……你总不能躲在那种地方一辈子啊。"

麦克表情忧郁，也坐了下来。就这一次，他没有一听到约翰逊的劝告便跳起来。也许，经历了最近一段时间的几次打击之后，这成了一种倦怠，一种无可奈何。

约翰逊在他的裤子上擦着火柴，点燃他那根弯弯扭扭的手卷香烟。

"我可以理解你为什么会受到这么大的打击。我要是找到一个合适的女人，给我生一个儿子，我会像你爱吉姆一样爱他的。"

"吉姆并不……"

风吹过碎石，发出沙沙的声响。贵族山上，已经重建的家的电灯光温暖着窗户。隐隐约约的奔跑声说明瓦砾下面有老鼠在肆虐。

"并不什么？并没有回来？"

"我把这当作是一种可能。不，不只是可能。你知道，我绝对肯定我在航展上见到过吉姆，那就是说……"麦克犹豫了一下，重重地揉着自己前额中央的一个地方，那儿突然痛了起来，"休，这说明他彻底背弃我了。那天，他是见到我逃掉的。他不想我找到他。哪怕被找到了，他也很可能不会回来。"

约翰逊看到他朋友的痛苦，也犹豫了一下，然后说道："嗯……别灰

859

心。也许倒了那么多的霉之后，会时来运转的……"

麦克摇摇头。

"瞧瞧已经进行的搜寻。司法官员、平克顿侦探、成千上万的小广告……还有最近统计的四十多起假线索。什么结果也没有。更有甚者，就快9月28日了，吉姆就要十二周岁了。他长大了。他离家之后变化一定很大。也许他真的是自愿躲藏了起来？也许他辛勤工作，过着一种平静的普通生活？也许他已经改名换姓？那就会几乎彻底让线索模糊。唯有他的跛脚是确凿的有说服力的标识，那他也可能会学着走得稍微直一点。你就是这样。"他轻轻拍着他的双膝，"全都是空谈，这还有什么关系呢？这就是结论。我很可能再也见不到他了。"

约翰逊沉默了一会儿。接着他叹了一口气："估计你说得对。这真的有可能，而且让人很难承受。但是，你不能老是想着这事儿。你在这个世界上有事情要做呢。"

麦克淡褐色的眼睛对他的话提出了质疑："什么事情？"

"有一件事情，今年秋季的选举。那个律师海勒姆·约翰逊……好名字啊……他看上去像是改革派准备推荐参加州长竞选的人。"

"又不是新闻。"

"不是新闻，但我在今天的《旧金山考察人报》上看到也许是新闻。南太平洋铁路公司说，它将竭尽全力阻止这儿的改革派人士选举约翰逊。铁路上已经开动该死的全部机器了，今天他们宣布了这项工作的领头人的名字。"他噘起嘴唇，让烟从鼻子里慢慢飘出来，"你那个好友沃尔特。"

"他领头？"

"是的，先生。"约翰逊咯咯笑了起来，"我估计这事儿会触动你的。你要是问我的话，这将是一场麻烦的殊死搏斗。加利福尼亚州吃那该死铁路的苦头将近四十年啦，有好多人对它反感至极。《旧金山考察人报》上说，铁路公司将会殊死挣扎。马上就要全面开战了。"

此时，红色光亮已经从天空滤去。麦克朝早已损毁的大门柱子走去,两眼望向宾馆明亮的窗户。冷风吹拂着他的头发,吹动着约翰逊的牛仔围巾。麦克感觉到了一种古怪的激动,仿佛他刚从沉睡中醒来。

"也许你是对的,休。也许我是应该从地窖里爬出来了,尽我所能把沃尔特以及他为之效力的那些杂种钉上历史的耻辱柱了。"

"我觉得你会这样看问题的。"约翰逊走上前来,来到麦克身边,拿一条胳膊搭上他的肩头,"唯有真正的深仇大恨才能让一个男人热血沸腾。"

在格林尼治大街的家中,麦克洗了一个热水澡,穿上他的晨衣,在他当作书房的房间里他特别喜爱的椅子旁开亮了一盏电灯。凌晨三点,他第二遍看完了内莉的小说。

《〈亨特沃西的数百万美元〉,或者,〈一美元正当的钱〉》是一个喧闹凶残的故事,残酷无情地描绘了一幅关于太平洋岸边一个不知其名的西部州里一条不知其名的铁路的创始人和盗贼首领克莱蒙斯·帕斯法尔·亨特沃西的生动画卷。

内莉将这个流浪汉的冒险故事分为两部分。在第一部分里,为了建造他的铁路,亨特沃西撒谎、偷盗、诈骗每一个人,从轻易信赖他的合伙人到林肯总统。在他家乡所在的州建立了他的强权之后,花钱买到了美国参议员的位子。在赴华盛顿的前夕,他跟他的妻子阿斯福德尔又爆发了一场那种恶狠狠的满口污言秽语的争吵。

阿斯福德尔·亨特沃西原先是一个一字不识的悍妇,一个母脉矿井的洗衣女工,为亨特沃西洗长内衣,当时亨特沃西太穷,雇不起中国人为他干这个活。吵架十分激烈,内莉用了破折号来省略那些淫秽的话语,而且占了多于两页半的篇幅,最后的半页里只是用了些加了引号的破折号。最后,亨特沃西精疲力竭,心脏痉挛死亡。

小说的第二部分说的是自负的阿斯福德尔,写她在旧金山社交界的显赫地位,以及她嫁给来自纽约市的身材修长、彬彬有礼的年轻装潢匠的故事。沃利斯·弗卢默费尔特比阿斯福德尔小二十八岁。按照她的要求,他来到西部,重新装修她那宫殿似的豪宅。他是一个达特默思人,可爱、温柔又亲切……直到他把戒指戴到阿斯福德尔的指头上为止。然后,他露出了真面目,完全像她的前夫一样卑鄙无耻,背着她耍尽花招,最后将铁路收入自己囊中。她的结局像开始一样,双臂浸在加利福尼亚一个名叫"再试一下"的已经没落的采矿城镇的一只洗衣盆的热水里洗衣服。

埃德·亨廷顿不喜欢这部小说,给麦克写了一封措辞激烈的信表达这个意思。同样地,不喜欢的人还有那些对马克·霍普金斯大叔怀有好感的人,霍普金斯的遗孀嫁给了她旧日的证券经纪人。

麦克非常喜欢这部小说,为内莉野性的妙语连珠所折服。他太想见到她了,想把这一切告诉她。

他想要告诉她,他对儿子的真正感受是什么,在他前面很远的地方,他依然因为其他因素保持着希望的曙光:吉姆活着,在哪个地方,但是几乎可以肯定的是,现在他找不到他了。他想要告诉她,尽管有着这一切磨难,但是他已经迈出了回归现实世界的第一步。而且,他想要告诉她,他爱她。不知怎么的,在所有他想要的东西中,这是最难实现的。

74

4月的一个星期四,在奥林匹克俱乐部的一个密室里,四个人在一起吃饭:麦克、鲁道夫·斯普雷克尔斯、弗里蒙特·奥尔德和从洛杉矶过来的多里安·斯廷森。当麦克说到为什么把他们邀请到这里来之后,斯廷森差一点把他的汤都泼了。

"钱斯先生……麦克……这是个绝妙的消息。你能加入我们,我太高兴了,无以言表。我们打算提出一份非常豪华的候选人名单,由海勒姆·约翰逊领衔。这个改革派的平台简单而又清楚——把铁路踢出政治领域。"

斯普雷克尔斯鼓起掌来。麦克说道:"我完全赞同这样一个纲领。我会倾囊相助。"

"你自己准不准备介入呢?"奥尔德问道。

"也会尽力。"

"所有消息里最棒的消息啦。"那位主编宣称道,"我们需要你。我们需要每一个人。竞选会十分激烈。铁路公司知道我们的目的是……"

"铁路会孤注一掷。"多里安·斯廷森说道。

南太平洋铁路公司董事会的会议室安排在很隐蔽的位于市场街和鲍威尔大街交界处那些临时普通办公室的三楼。一幢崭新、豪华的总部大楼已经有图纸了,但是建设尚未开始。

会议室里最引人注目的是科利斯·亨廷顿的一幅等身肖像画。画上这位老恶棍的目光瞪着下面有灰尘飞舞其间的一束束阳光,那一束束阳光正在擦得铮亮的木板饰面的长长桌子上晃动着。十八个人围着桌子坐定,十八位可敬的冷静的公司人员。他们所有人,包括坐在桌子头上的那位董事长,全都把注意力集中在了坐在桌子另一头的一个人——沃尔特·费尔班克斯身上。

会议的主席是威廉·赫林,南太平洋铁路公司唯一一个权力比费尔班克斯更大的律师。赫林是一个温和派,给人的假象是很率真。他没有笑容,但是也没有表露出不友好……仅仅是性子有点直、有点严肃罢了。

"沃尔特,当我说我们把你当作同事敬重、当作朋友珍视这话时,我是代表董事会的全体成员说的。自从你加入本公司以来,我们政治局跟本州和地方关系的全部工作几乎就一直是你在指挥和协调。你十分努力,成绩斐然。但是在当前的形势下,这种分量恐怕还不够,无法应付局面。我们为了本州的领导权,已经孤注一掷。南太平洋铁路公司为加利福尼亚带来了好处……为工业带来了好处,为农业带来了好处,为一千个小村庄里的普通老百姓带来了好处，如果没有我们的公共事业用地庇护他们的利益，他们也许早就尸骨无存、烟消云散了。但是，总还是有一些人——外国人、犹太人、不怀好意的记者、他们这个阶级的离经叛道的富人——一帮疯狂的人，在竭尽全力诋毁这些事实，在竭尽全力剥夺我们的权利，对我们关上权利的大门。我们正在政治上面临着一场生死存亡的斗争。所以，那么，引申开来讲，你也如此。"

费尔班克斯灰色金属一样的眼睛眨了两下。他不是一个轻易就乱了阵脚的人，但是这次他乱了阵脚。在他的肚子深处，他突然感到一阵刀戳一样的疼痛。

"我明白，比尔。"

"希望是这样。在这次危机中，执行委员会不能也不愿意原谅失败。但是我们对你有极大的信心。"

极大的信心。前提是我不能失败，一旦失败，你们就会把我五马分尸，把我活烤了。我知道这个公司的运作模式。

"你的挑战是攻击并摧毁海勒姆·约翰逊以及整个撒谎的改革派。约翰逊是一个恶棍。他代表着工会的残渣余孽，旧金山的卡车司机、汽车司机、仓库工人和佣工国际工人兄弟会会员，八年之久。他证明了鲁夫有罪。他是一个冷酷无情的机会主义者，而且他的支持者正夹着社会主义的立法公文包等在门口呢。民主党人推荐的人你熟悉，纳帕的西奥多·贝尔。他说他是一个伍德罗·威尔逊①民主党人，而且是一位当之无愧的改革人士。我们不喜欢他，但是我们将支持他与约翰逊抗衡。那实际上就是我们的纲领。我们想要你把这个纲领贯彻好，就当把你的工作和未来全押在这件事情上。事实上，沃尔特，他们也是这样押的宝。"

---

①伍德罗·威尔逊，即托马斯·伍德罗·威尔逊（1856—1921），美国第二十八任总统、民主党人，领导美国参加第一次世界大战，倡议建立国际联盟并提出"十四点"和平纲领，获1919年诺贝尔和平奖。

"比尔,你是在说……"

"约翰逊及其一伙在11月份必须输。必须。舍此别无选择。"

75

重建的王宫大酒店庭院大门口,一长列轿式汽车①驶了进来。记者们带着照相机和镁光灯拍摄着这些前来参加舞会的名人显贵。这是9月份。

麦克在八点半的时候驶进这里。他不想出席,但是这项事业太有价值了,不容忽视。他从那辆配有司机的租用汽车上下来的时候,对那帮摄影师们面露不悦之色。他的脸色并没阻止他们拍照。

他的装束是一套正式的黑色精纺毛料晚礼服套装,裤子下面有丝绸镶边,马甲和领带由白色凹凸织物精制而成。衬衫袖口和上过浆的衬衫前襟缀着珍珠饰纽,他的黑色漆皮浅口轻便鞋和夜礼帽闪闪发亮。他携带着一根文明棍,戴着白色的小山羊皮手套,一条白色丝绸围巾垂落在他的肩头。飘逸的银发配上圆框眼镜,生生地雕刻出一个惹人注目的形象。他感觉自己像一个傻瓜。

"十一点来这儿。我会随时恭候。"他对司机说道,然后汽车开走了。

他的身后,一对中年夫妇跨出他们的轿车。这是迈克·德·扬,《纪事》的出版人。他是一个才华横溢、精力充沛的人,有荷兰和犹太血统,旧金山有头有脑的人物,尽管还不是麦克的挚友。这些天里,这位出版商对待麦克比以往更加亲切。虽然威利·赫斯特的报纸依然是这个城市的重要组成部分,但是威利本人早就作古,这个原因,再加上阅历带来的稳健老练,德·扬对赫斯特那些朋友的愤怒似乎冷却了下来。

---

①轿式汽车,旧时可乘坐三至五人、车顶朝前突出覆盖驾驶座的汽车。

他跟麦克打招呼,那种方式等于认可麦克是旧金山城里那个独特富豪小群俱乐部的一员了。

"你能前来为本场义卖捧场,太好了。"这时他说道。他的翘八字胡上涂着蜡,在灯光下闪闪发亮。

"德·扬艺术博物馆值得每个人支持,迈克。"

他向德·扬的妻子致了问候,三人开始往宾馆里面走去。

"我很高兴你这样认为,因为我们迫切地需要一幢新的大楼。"德·扬说道,"仲冬义卖会留下的那个砖头堆已经撑不下这个展览了。老地方的经营预算每年一定会上涨,直到我们得到一个新的博物馆为止。有这些需要,我们甚至愿意接受赫斯特的友人们的捐赠。"

"那没什么,迈克。我看《旧金山考察人报》,也看你的报纸。我认为老话说得好:每个故事都有两个方面……"

德·扬将他妻子送到衣帽间。

"本州的选举怎么样了? 那也有两个方面吗?"

"不。那只有一个正确的面。改革派一面。"

"这点,我们所见略同。"德·扬紧紧捏了一下他的胳膊,"很高兴你跟我们站在一起。谢谢你能来。"

舞厅里,飘来一支巴伦贝格交响乐队演奏的音乐,他们轻松活泼地演奏着《照耀吧,获月①》。麦克穿过门厅,走到衣帽间那儿,将他的夜礼帽、文明棍、手套交给服务员。当他将寄物牌放进口袋的时候,他注意到有一对男女正从二楼的楼梯上走下来。

沃尔特和卡拉。她穿着一件桃红色缎子女式礼服,外面披着一条白鼬披肩,还有与之相配的手套和花边露肩领。花边上绣着小小的缎子蝴蝶结,这对她这个年龄的人来说并不合适。她头发上的白鹭毛跳跃着,麦克寻思着,为了她出席这个社交活动的打扮,不知道有多少水

①获月,指9月22日或23日秋分后两周内的第一次满月。

鸟命丧黄泉了呢。

卡拉摸索着走下楼梯,一只戴着手套的手始终抓着栏杆。她丈夫的目光扫了一遍门厅里的人群,然后又扫回到了她的身上,极其害怕她会出洋相。

当她的银色浅口无带软鞋从一级楼梯踏步竖板上滑落时,就差一点出洋相;要不是费尔班克斯突然往前一冲的话,她准会摔倒了。他们互相说了什么话。卡拉的脸红了,猛烈地摇了几下头,接着甩开费尔班克斯的手,自己一个人走下了最后几级楼梯。

"沃尔特……卡拉……晚上好。我听说你们住在宾馆里。"

费尔班克斯轻轻拂着他稀疏的小胡子。

"我们不在伯灵格姆的时候。"他飞快地扫了几眼麦克的身后。

他紧张得像一根金属丝,麦克心想。这令他有一种恶意的快感。

卡拉满身香气,飘然而至。她刚要开口说话,但是一个胸部大得像战列舰一样的胖女人一把拉住了她。

"卡拉,最亲爱的,一定要来见见克劳兹利·巴兰坦,画家。"

卡拉左摇右晃地走了,被介绍给了一个年轻人,他有一张古怪的脸,棕色的头发留了个二分头,梳成角状挂落到两边太阳穴上。他的翻领上,一枚珍珠别针别着一朵金色的加利福尼亚罂粟花。

"看到你很意外,沃尔特。"麦克和蔼地说,"我还以为你不在城里,在你那些县政治局的领导下拼命工作呢。选举为时不远啦。"

费尔班克斯从衣服内侧的口袋里利索地掏出一只银色的盒子,拿出一支香烟,并在盒子上轻轻叩着,叩的时间过长了一点。菜色代替了他通常那种红润的脸色。

"偶尔也是需要休几天假的,我们打败你们这帮人没问题。"

又来了,原先那种自鸣得意的态度。上帝呀,麦克太瞧不起他了。他竭力按捺住想要还击的冲动。

"别太自信。别忘了那马球比赛是怎么回事,还有那场汽车赛。"

费尔班克斯"啪"的一声折断了正凑到香烟那儿的木头火柴,燃烧的火柴头掉落到了地毯上。

他一脚踩住火柴头，然后降低话音说道："你这个傲慢的杂种。改不了吃屎，是吧？你是个人渣。第一天，小溪边，赫尔曼就该一枪把你崩了。"

麦克还是笑脸相迎，无所顾忌地笑，但是笑得很刺耳。

"你究竟想要从我这儿得到什么，沃尔特？没有丝毫战斗吗？没有丝毫竞争……所以你们就绝对不会冒失败的危险吗？好啦，恐怕不会的。尤其是这一次。这一次可是个大买卖。而且，你们输定了。再次输定了。"

费尔班克斯脸色青灰，又擦燃了一根火柴。在他的目光深处，或者说是麦克这样认为的……有一种害怕的情绪，害怕麦克也许是对的。

你真是个笨蛋，这样去刺激他，只能让他更加恨你罢了。

卡拉一头扎进他们两人之间。

"如此文雅的一个年轻人。富有才华。喔。"她眨着眼睛，碰了一下麦克的袖子，"太让人高兴了。我的现任丈夫跟我的前任丈夫。你好，我的前任。"

她冲到麦克跟前，稍稍倾身，刹那间，他的眼前便只见肥肉，鼻子里钻进的尽是她身上飘来的香水味。她是在香水里面洗了个澡吗？

费尔班克斯咬着牙吐出一声抱怨，可是她早已经搭在了麦克身上，拿两条胳膊紧紧抱住他的脖子。她找到了他的嘴巴，便张开自己的嘴巴。他闻到并尝到了威士忌的气味，烈性的威士忌。

他竭力挣脱着走开，费尔班克斯则抓住卡拉的手腕。

"看在上帝分上，别出丑啦。"

"亲爱的，我只是在欢迎我的前……"

他强行使她挽住他的一条胳膊，来表明他心中对此事的想法。接着，他硬让她转过身子，朝向舞厅。这小小的一幕上演在门厅的一边，但是麦克发现，有很多对男女用心照不宣的目光瞧着费尔班克斯先生和费尔班克斯太太。损害已经产生，而且费尔班克斯心知肚明。他狠狠地将她拽到自己身边，架着她朝那些高高的金色大门走去。

她转过一次身，很快。麦克在那模糊的目光里所看到的东西令他感到震惊和悲伤。他看到了一种渴望，他在"沼泽怪"躺在那儿奄奄一息的那个夜里所看到的同样的渴望。

他悠闲地移动于排列在舞池四周的桌子中间，最先停留到了主人是阿道夫·斯普雷克尔斯跟他妻子阿尔玛的一张大桌子边。鲁迪的这位兄长对麦克来说还是太循规蹈矩、太拘谨刻板了，但是麦克真心喜欢阿尔玛，一个漂亮、乐天、过于肥胖、年龄比她丈夫小二十四岁的女人。在1907年她五十岁的时候嫁给阿道夫之前，她就是一个普普通通的阿尔玛·德·布雷特维尔，一位艺术家的模特儿，背景也不确定（她自称她的祖先是法国和丹麦贵族）。她公开说，她在豆蔻年华时就被一个克朗代克的矿工夺去了童贞，但是她把那个畜生告上了法庭，令他赔偿了一万美元。大伙儿都说她是联邦广场纪念碑顶上的胜利女神的模特，对此，她没有否定。

嫁给阿道夫·斯普雷克尔斯让她一夜之间上升到了社会名流的行列。每周二，旧金山一些贵妇会邀请她的朋友圈子在圣弗朗西斯饭店吃午餐，她是其中最年轻的一位。她献身于文化活动，尤其是筹建又一个博物馆时，就直接跟迈克·德·扬竞争。对抗异常激烈；今晚，斯普雷克尔斯的这张桌子跟德·扬夫妇的那张桌子远得不能再远了。

麦克在阿尔玛出嫁之前就跟她有一面之交，而且从某些角度讲，体面的社会地位并没有改变她丝毫。她说起话来依然尖声响亮，言辞辛辣，口无遮拦，一点也不矫情。

"看在基督分上，麦克，你难道不打算邀请我跳舞吗?"她站在桌子边说道。

麦克咧嘴笑了："我最好乖乖地请你跳，要不你会把我骂得狗血喷头呢。"

客人们有礼貌地开怀大笑起来，可是阿尔玛的笑声像驴叫。阿道夫噘着他的嘴巴，他表现欢乐的方式就是这样。

麦克伸出一只手。

"谢谢，亲爱的。"阿尔玛大声说道，一面由他领着到舞池里跳华尔兹，"埃德那些朋友中有一些讨厌得像死人一样。"

人们纷纷回过头来；她不为所动。她十分得体合意地被揽在他的怀里；她的丰满身段是男人们称之为朱诺[1]型华贵美丽、仪态万方的身段。

"告诉我，亲爱的，今晚为什么不带个伴侣来？"

"我本想邀请玛格丽特的，可是她正忙着拍'布朗乔·比利'系列的又一部影片。"

"我敢肯定，现场有很多女士很愿意让你分享她们的舞蹈表演和败坏的德行呢。我要是还没结婚并忠于亲爱的埃德的话，我也会呢。"

有一个窒息一样的喊叫声，接着一阵骚动。音乐声过去后，接着沉寂下来。阿尔玛踮起脚尖。

"哦，我的天哪，卡拉·费尔班克斯倒下了。"

麦克看到她在挣扎着要往一边倒下去了，有几对男女无动于衷地赶快走开，正好让他看到了这个场面。她长长的裙子被撩到了膝盖上，她的吊带袜子和白色缎子衬裙暴露无遗，她的舞伴克劳兹利·巴兰坦颤动着双手，不知所措。

"帮帮她，看在老天分上。"一个胖乎乎的男人对那画家咆哮道。

卡拉抓着巴兰坦软绵绵的手，站起了一半身子，接着又失去控制，她圆圆的屁股"砰"的一声坐倒在地上。麦克想要躲起来。像那样子坐下，倒是十分惯常的事情。可是，在这么多人中间，你不能这样做啊。

"哦，我的天哪，太尴尬了。"阿尔玛的话音响若铜管乐，"又喝

---

①朱诺，罗马神话里的天后、主神、朱庇特之妻，主司生育婚姻等，相当于希腊神话中的赫拉。

多了。"

费尔班克斯横冲直撞地穿过那个宾馆套间,"啪啪"地开亮一对枣红色的电灯,灯泡上有雕花玻璃葡萄装饰。卡拉一瘸一拐地从门厅里走了过来,随便地甩动着她的毛皮围巾。壁炉架上一只有爪式底脚的金色时钟表明,凌晨三点十分了。

费尔班克斯脱掉自己的外套,接着解开他的白色领带。他不解马甲的纽扣,一把扯断纽扣的线,两只纽扣飞旋着穿越过电灯光,在那块手织东方地毯上蹦跳着。卡拉神情恍惚地走过他身边,打开卧室门,开亮了电灯。

费尔班克斯试图打开那只银色的香烟盒,他的双手在颤抖。他听到橱门响了,接着听到了酒杯的叮当声,他猛地扔下香烟盒,将香烟撒了一地,然后冲进卧室。

他推开卡拉,用一个膝头"砰"的一声猛烈地将橱门顶上。

"你今夜绝对不能再喝了。"

"滚开。"

"卡拉,你喝够了。"

"你倒是让我烦够了。"

她佯装往左走去,可是他没有上当,而且,他用身子挡着橱门,一面抓着她的手腕。她的唇膏再次抹了开来;一个红色的钩装饰在她一边的脸颊上。今晚,她已经补了两次妆……仅他所知是两次。

"坐下。"他说道,一面猛地推着她。

她失去平衡,仰面倒在那张双人床上,发出一声轻微的喘息声。费尔班克斯赫然站在她身边,犹如一个愤怒的父亲。

"我受够了这种行为。你该死的一整夜就在那个可恶的同性恋身边摇尾乞怜,他甚至连在舞池里扶你都做不到。"

卡拉仰靠在她的双手上。

"他比你更男人。"

"就面对面这样交谈一番,是吗?"

"你的脾气恶毒而又卑劣,亲爱的。滚吧。你让我厌烦。"

她往旁边一滚,滚下床去,踉跄着走回到客厅里。费尔班克斯注意到那桃红色缎子女式礼服上有一圈圈的污渍。是什么东西洒到了她的全身?在谁面前洒的?他在她身后追了上去。她听到他在她身后,便猛地脱下一只银色浅口无带软鞋,企图拿鞋子的后跟打他。他一把抓住鞋子,将它扔了出去,打碎了面朝市场街的一扇窗户的玻璃。丝绒的窗帘绳在来回晃荡。他的头嗡嗡作响。

"听好了,卡拉。不,该死的,别嘻笑,别转过身去。你那被宠坏的傲慢,我一次也不想被搪塞了。你在楼下丑态百出。一开始跟钱斯,但他仅仅是个开始。舞会上有很重要的人物,必须在选举中对他们施加影响的那些人物。你让我下不了台,这是最后一次了。在选举期间,这是……最……后……一次。"

"天哪,哦,天哪。"她咯咯笑了起来,"我很少看到你如此情绪激昂,当然绝对不是在床上。"

他再次用力推她,将她推倒在一张土耳其皮革的沙发上。令他感到惊诧的是,她纵声大笑起来,仰起她污渍斑斑的脸,哈哈大笑着。他脑子里的嗡嗡声变得更响了。

"卡拉,我的警告说话算数。你最好别再让我出这种洋相了,直到11月份,否则,你会付出代价的。"

"哦,他害怕了吗?我相信是的。亲爱的小沃尔特,加利福尼亚未加冕的王子,害怕……"

"我的未来全押在了这次选举上。"他大声喊叫道,"不仅仅是我的职位,还有我的声誉。"

她哈哈大笑,再次拿刀子捅他。

"你为什么这么害怕,小甜心?因为你要斗的对象是麦克·钱斯吗?"

突然间,一阵让人畏惧的死寂。一辆汽车在市场街上鸣着喇叭。

872

远处,在旧金山湾,一艘渡船响着铃铛。费尔班克斯摇晃着一根指头警告她,然而他的警告有气无力,没有任何勇气。

"你最好听从我的话。你如果不听,你会后悔的。"

"如果我还在这儿的话。"她猛地跳起身来,捡起她的白鼬毛皮围巾。

"你去哪儿? 回到他那儿去吗?"

"也许。为什么不呢? 他比你好,你永远不可能成为他那样的男人。他一直都在赢你,他甚至抚养了你的儿子。"

"我的?"

他的嘴巴张开着,他油光光的头发如同他的舞鞋一样闪闪发亮,散乱地耷拉在他的额头。此时此刻,他完全像一个在黑暗树林里迷了路的孩子。

卡拉靠在贴了光彩照人的墙纸的墙上,双手背在她身后的腰间。她浑圆的乳房在上下起伏,这是唯一表明她激动的迹象。接着,她温和地刺出了第二把刀子,温和得几乎有点柔软。

"是的,我说是儿子。麦克不是吉姆的父亲,你才是。那个新年,在帕萨迪纳。日子是我算出来的。我十分肯定。"她的微笑里流露出恶毒,"可是你瞧,我想要麦克抚养他。我知道他这个父亲更称职。"

"更称职? 麦克的孩子逃跑了,看在上帝分上。这事儿全城闹得沸沸扬扬呢。"

"嗯,是啊……出状况了,但那不会改变任何事情。我是他母亲,我可以做出选择。我作了选择。只不过是又一个你输给最好的男人的小小竞争罢了,沃尔特。"

"你这个荡妇。"他抓住她的双肩摇晃着她,"你这个肮脏的恶毒的荡妇。"

他在墙上重重地撞着她,她喊叫着倒下了。

卡拉看到费尔班克斯将双手握成了拳头,便伸手去抓一张写字台的活动书写板。活动书写板往下转动,她的体重将写字台拖翻了。墨水从墨水池里泼洒出来;钢笔掉落在地上;印有王宫大酒店抬头的奶白色信笺和信封散了一地。

"我要杀了你,可是你不配。"费尔班克斯声嘶力竭地说道。

他捡起一顶霍姆堡毡帽和一件大衣,一会儿之后,门"砰"的一声关上了。卡拉弯下身子,闭上双眼,将脸靠在翻倒的写字台上。

第二天下午四点半,加斯珀·勒德洛轻轻地敲了敲密室的门。

勒德洛是法律部门的副部长。他毕业于加州大学伯克利分校的商贸专业,被南太平洋铁路公司雇用三年了,是一个善于溜须拍马的年轻人,总是面带微笑以博取别人欢心。上一个感恩节,他通过将一本林肯·斯蒂芬斯①的书放到他的顶头上司的办公桌上这样的办法创造了一个空缺。那人被解雇,他得到了提拔。

"进来。"

费尔班克斯穿着衬衫在那儿工作,正在一张印有平行线的黄色法律用纸上写着什么。这名职员不太习惯于看见这位法律总顾问不穿外套,或者说不太习惯于他竟然会使用铅笔这样的俗气事情来。费尔班克斯一直到九点半才来这里。当时勒德洛在另一层楼上。当他回到本部门的时候,其他人正在窃窃私语这件事情。沃尔特·费尔班克斯三世是一个守时的人;这也是他完美主义的体现。

好几个职员告诉勒德洛,他的头儿好像生病了,而且他看上去的确病了。他的脸苍白得像一碗冷燕麦,而且形容枯槁,他将那张黄色的纸递给勒德洛。

"这是一个离家出走的孩子的描述……反正这是我所能提供的全部描述了。我不知道这个男孩会用什么名字,不过他很像费尔班克斯

①林肯·斯蒂芬斯,即约瑟夫·林肯·斯蒂芬斯(1866—1936),美国新闻记者、演说家,曾任《麦克卢尔杂志》总编辑,以揭露企业家收买政治家的黑幕著称,著有《城市的耻辱》、《自传》等。

874

太太。他的左脚跛了,走路一瘸一瘸的。他今年应该十二岁了。估计他是在地震前从旧金山离家出走的。他也许已经死了,他也许已经离开本州了。要是这两者都不是的话,那么我一定要找到他……个人原因。将这一描述传送给跟我们友好的加利福尼亚所有县治安官和警察部门。"

勒德洛立马得出结论,这是一项徒劳的任务。不过,在南太平洋铁路公司,你要是跟你上司的意见相左,就别想获得成功。

"过去几年里我们花了足够的钱来确定那样的人有很多,先生。我坚信我们很快就会有一些良好结果的。"

费尔班克斯用一种病态的表情望着他,仿佛他再也不坚信什么了。

76

9 月最后一个星期的星期四,热得令人窒息的一天。以利户·弗林特曼驾着他的轻便马车从科维纳远道而来……他不喜欢这些新奇的汽车,也不喜欢其他靠不住的现代风尚。尽管天很热,但是他依然穿着他最厚实的套装——单排纽扣的黑色礼服,再加上黑色的蝶形领结和浅顶软呢帽子。他看上去比大多数牧师还要像牧师。

弗林特曼跟千千万万的其他人一样,从美国中西部移居到了加利福尼亚州。他心脏病发作过后,便从俄亥俄州齐尼亚农商银行副总裁的岗位上退了下来。他有浓浓的眉毛和一把大扇一样的络腮胡子,酷似查尔斯·狄更斯,尤其是扉页上那些生硬的画像。精神上,他是斯克卢奇①先生的同类。

八角楼的外面,已经有一位客人的轻便马车被拴在了那儿。弗林特曼将马车赶到那辆马车旁边,并且像往常一样注意到了那组园林工

①斯克卢奇,英国作家狄更斯小说《圣诞颂歌》中的人物,为受人憎恨的老吝啬鬼。

在地里忙活着。弗林特曼瞧不起全能太阳神教堂，尤其是因为其铺张浪费和矫揉造作，包括这遍地白花、灌木以及将总部大楼装饰得艳丽无比的黄色和白色涂料。

然而，弗林特曼的妻子威诺娜崇拜这个地方。她崇拜那位创始人，弗林特曼则认为他比骗子好不了多少，而且很可能是一个精神病患者。以利户·弗林特曼不屈服于任何男人的权威，在威诺娜面前则是另一码事；他对她百依百顺，有时候也有抱怨，但是事情照做。他志愿照管教堂的财务，因为她非要他加入不可。

弗林特曼是这个教堂第一个训练有素的会计。"保罗修士"不想要他，但是那个选举产生的长老理事会认为这是一个好主意，并坚持要这样做。原先是这位创始人管的财务。弗林特曼接触到的账目粗制滥造，一塌糊涂，到处都是涂涂改改，污痕遍布，到处都是重新填上去的数据，于是他进行了一次类似于秘密"十字军东征"的活动。弗林特曼可以肯定这位创始人偷窃了很多教友们存在教堂里的钱，于是他正在寻找铁证，以便提供给长老理事会，尤其是要给威诺娜看。

他穿过通风的游廊往磨砂玻璃的前门走去。八角屋像囚车一样的房间全部跟一个中央门厅毗连，你只要直接从入口处往后面走就可以到达那儿。教堂的装饰风格是典型的后维多利亚风格，笨重家具，盆景棕榈，每一寸空间总归要放上点什么东西。墙壁上，这位创始人委托一些不知名的画家绘制了一系列阳光照耀下的加利福尼亚风景。这些廉价的画作挂得到处都是，此外还有一些缩小版的金属制太阳雕塑。

距门厅有一段距离的咨询室的门半开着，弗林特曼看到门里面一块空间那边的办公桌后面坐着那个胸部丰满的罗伊娜执事。她正在那儿接待有可能成为主顾的人：两个退休的老人，穿着他们最好但依旧破烂的衣服，充满着希望的脸上显示出岁月的崎岖陡峭。弗林特曼同情他们，因为被太阳晒得很黑的年轻的罗伊娜执事正在他们面前展开一条约五英寸长的分段的帆布带子。

"这是阳光长寿带。创始人亲自研发并认证的。你会看到这八个段子,与教堂的八角形相辅相成。每一段都会在其特殊的蜂窝巢室里吸收并贮存太阳的热能。蜂窝巢室会把能量徐徐地舒服地输送到身体里去。所以我想我告诉你们这些之后,你们会同意我们提出的价格——三百美元——这个价格不高:结合'保罗修士'的健康理念和阳光理疗,这条带子可以十分有效地治疗很多种类的恶性肿瘤。我们将发给大家这种小小的介绍手册,里面有一些完全治愈的加利福尼亚人的感谢信。"

布满青筋的苍老的手急切地伸向小册子。罗伊娜执事的目光急速地转向了门口,感觉有人在那儿,于是弗林特曼赶紧继续往前走去。他不是一位科学家,不过他可以断定这根带子毫无价值,而且那些感谢信都是骗人的。

会计打开办公室的门。他的临时助手已经坐在了桌子的左边。阳光从一扇窗户照射进来,照亮了他的头发,宛如一块天然的金子。他是一个英俊的小伙子,个子也很高。他的前面,摆放着发票、账本和他那面边上绘有龙的图案的算盘。

"早上好,吉姆·戴维。"

"早上好,弗林特曼先生。"

会计将他的浅顶软呢帽挂到一个钉子上。突然,他看到一本账本下面隐约露出了什么东西。吉姆被逮了个正着,脸红了。弗林特曼抽出三本封面设计得十分怪异的三十美分一本的廉价小说,其中两本分别为《勇气与运气》和《干事与成事》,还有一本是《汽车故事》。

"在这个办公室里不可以这样,吉姆。"弗林特曼说道,一面将那几本廉价小说扔进了垃圾桶。

"这是一些好故事……"小男孩刚开口便被打断了。

"它们是垃圾,尤其是那些荒唐的故事,什么小男孩们看见一个陌生人的硬礼帽在第五大道上被风吹落了,他们捡起来之后发现他是纽约最富有之人,而且膝下无子,提出动机完全不明确的强烈要求,想要跟一个青少年分享他赚钱的秘密,于是他们挣得了几百万美元。垃圾。"弗林特曼再次强调了一遍"垃圾"后,坐下,"你今天早上干了什么?"

"检查了银行存款。我又发现一处错误。"

"给我看看,给我看看。"

吉姆将一本打开的账本递给他。

"'保罗修士'的每周存款账户上多了一个额外的零。不是一千八百美元,而是一万八千美元了。"

"两个月里,这样的错误已经是第二次了。"弗林特曼"啪"的一声合上账本,"我要让他注意这事儿。他在这儿吗?"

"不在,先生。他参加赛马去了。比阿特丽斯执事说,他要傍晚才回来。你可以等他,到楼上去见他。"

"晚上不能干这事儿。太忙了。此外,我从来不上楼。我是他的会计,不是他的密友。"关于创始人的那些房间里的活动,教堂里流言蜚语传得沸沸扬扬。弗林特曼从不冒险去那儿,不过此时此刻,他觉得他或许应该上去看看,或许他得搜集证据来证明那些传言。尤其是当下,威诺娜喋喋不休地要求改写他们的遗嘱,要把将一大笔遗产捐赠给教堂写进去。

"我要按照合法的程序面对他,我的孩子,但是没有任何用处。他会一笑了之,说这是一个疏忽,只不过是又一个疏忽。这座教堂里很多老实和真诚的人已经对'保罗修士'的疏忽厌烦极了。"他一本正经地撇了一下嘴唇,"你对数字很敏感,吉姆·戴维,也是一个好工人。我很高兴每周一次能从斯普鲁先生那儿意外地把你借过来。"

"是的,先生。"

会计充满正义感的脸色稍稍缓和了一点。

"斯普鲁是你继父吗?"

"不是,他只是照顾我。"

"你在加利福尼亚没有家吗?没有妈妈吗?"

"我从来就不知道她。"

"爸爸呢？"

吉姆的目光移向了被扔到垃圾桶里的廉价小说上。他凝视着小说，竭力隐藏着他的痛苦。

"有过，但是再也没有了。"

他低下头，继续干他的活。

10月1日下午四点半，一辆帘子拉得严严实实的旅游小客车驶进教堂大门。当这辆黑色的汽车往小山上驶来的时候，一只戴着珍珠灰手套的手撩开后面的一扇窗帘。

沃尔特·费尔班克斯靠近车窗，仔细打量着这幢坐落在小山上的黄白色的八角楼。他听到很多有关这个地方的传言，眼前的景象却令他产生了一种掠过全身的犯罪冲动。

司机停下车子。

"我不知道需要多少时间，桑切斯。停在那儿等我。"

司机说道："是，先生。"一面为他的乘客打开了车门。

费尔班克斯飞快而又紧张地扫视了一下四周……他看到有几个园林工、许多植物和远处的一些小平房……紧接着三步并作两步跃上台阶，走进屋去。

他本以为会见到异乎寻常的陈设；他实际发现的却是传统的家居装饰。但是接过他名片的年轻女人倒远非传统风格……肌肉发达，肤色黝黑，两只乳房滚圆。她带着名片上楼，没过几分钟，怀亚特·保罗便走下楼来。

他的亚麻布套装和牧师假衬衫闪耀着白雪一样的光泽，他伸向费尔班克斯的手是棕色的，指甲修过。他的头发里都是一缕缕白发，梳向后面，如同北欧海盗头盔上的两只角。他清澈的蓝眼睛看上去极度兴奋。

"费尔班克斯先生。很高兴认识你。你能一路赶到帕萨迪纳来，真是太好了。"

"那是你在电话里一定要我来啊,保罗先生。"

"这是一大笔捐款哪。我觉得我有资格向竞选运动的顶级人物亲自捐献。"

"是的,完全有理由。"费尔班克斯连忙说道。他不敢失去这么大的一笔捐款。

"顺便说一下,这儿的教友叫我修士,不叫我先生。"怀亚特轻轻拍了拍那个胸部丰满姑娘的一条手臂,"谢谢你,海伦执事。如果我们的客人需要什么东西,我会叫你的。"

费尔班克斯被那个年轻女人离去时蒙眬的目光弄得心神不定。那目光尽管十分简短,但是仿佛在说,假如客人需要她特殊照顾,她乐意效劳。

"来吧,看看我们的高坛吧。我必须得说呀,费尔班克斯先生,你看上去像是日子不好过呀。"

"我早餐的时候会见了工商的人——工商协会——当时我们得到了一个灾难性的消息。"

"灾难性的?"

"你不知道? 时报大楼今天清晨被炸。靠百老汇大街一边的一条过道里,安放了六十到七十条炸药。不知道死了多少人,至少有二十人吧。有的被炸死……有的被活活烧死……"

"太可怕了。谁干的?"

"奥蒂斯将军指控是正在罢工的金属加工工人。"

"我不知道发生罢工了。"

"本市历史上最大的罢工。自 6 月以来,有一千五百人上街。"

"我怕是很难踩上尘世间那些事情的脚步啦。"

"对我们这些生意人来说,这可不是尘世不尘世的问题。"费尔班克斯稍微有点恼火地说,"这对这儿只雇用非会员的企业来说是生死存亡的问题。旧金山本地工会投入了大量的金钱和职业鼓动者。这就是后果——无政府主义和谋杀。奥蒂斯称这是世纪之罪恶。他发誓要把罪犯绑到行刑队前。"

"我当然希望他能成功。这边请。"

费尔班克斯因为怀亚特的魅力情绪稍稍缓和了一点,他跟着他穿过圆圆的门厅。怀亚特徐徐地将雕刻着图案的大门关上,接着走出门厅,走上一个露天平台,朝一个面朝半圆形的一排排长椅的布道坛走去。费尔班克斯环顾四周,又看到一个巨大的金属旭日悬挂在他头顶上方的铁丝上。

"这就是我宣讲阳光疗法原理的地方,涉及身心健康。顺便说,你会在这儿过夜的,是吗?我在我住宿的楼上有一个宽敞的客房。"

"不,我恐怕不能,保罗先……保罗修士。"

"你是在拒绝我吗?"怀亚特清澈的蓝眼睛蒙上了一层古怪的蛋白石一样的辉光,"今天天色晚了,回到城里路途又远……"

"可是在市中心有一个支持海勒姆·约翰逊的集会。那个激进作家内尔·罗斯将发表演讲,我必须得去听听她说些什么。一旦发现她在造贝尔及其候选人的谣,我们就可以还击。对不起……职责所在,没法逃避。"

怀亚特显然不耐烦了,说道:"可惜了。我的晚间……啊……教友联谊活动,有一些执事是很特别的。"

他停顿了一下。

"也很私密,如果你有这个担忧的话。"

费尔班克斯明白"保罗修士"所说的意思,而且他的双膝也有点发软。这么多星期下来,坐着南太平洋铁路公司的火车,奔波于一个又一个城市之间,会见那些卑鄙龌龊的商人和农场主,向一群群人发表演讲,乞求大家捐款,直到弄得自己两眼发黑为止,他的确该找个伴侣稍稍放松一下了。可是,他不能休息,不能松懈,直到这件事情结束,直到他们获得胜利。

"谢谢。保罗修士。我真的必须回去。罗斯小姐预期八点半开始演讲。"

"支票要到九点钟才能准备好。"怀亚特说这话时很尖锐；费尔班克斯过分了。"你要是真想做这件事，打个电话给洛杉矶，另外派个人去盯着那女人就行了嘛。"

"行。当然。"

"保罗修士"再次兴高采烈。他懒散地用手圈着费尔班克斯的肩头，这一举动对这位律师来说太亲密了一点。

"好，我们至少可以到我那些房间里去喝一杯。或许你喜欢先休息休息，洗漱梳理一下？"

费尔班克斯感觉不知所措。他要是失去了这笔捐款而且让理事会知道了怎么办？这些日子，他感觉自己像一个走在悬崖边上的人。也正是这个原因，他一个人驾着汽车，穿越一个又一个小镇，在当地商会的晚餐上一遍又一遍地重复着枯燥无味的讲话，一个夜里只睡三到四个小时，饿了就啃很硬的面包卷，渴了就喝酸酸的清咖啡，把胃都吃坏了，好不容易挺到现在。他必须得赢。没有中间道路可走。他这一辈子，几乎没有在什么中间道路走过，而这一次绝对没有退路。

"保罗修士"再次凝视着他。费尔班克斯支支吾吾地说出了他的回答。

"对不起……好的……多谢了。我打个电话，然后我休息一下。这一天太难受了。"

令费尔班克斯感到惊讶的是，他打了个盹，一个很长时间的盹。他在二楼那个维多利亚风格的卧室里的大床上醒来，穿戴完之后，急忙看了一下怀表：九点过五分了。他的目光跳向窗户。天黑了。

他在镜子前面抚平头发，整了整领带。他听到远处有音乐声，一个女人在唱歌，声音稍微有点尖细，仿佛她是在某根有回声的污水管道里面唱歌一样。

教堂的房间既安装了电灯，也安装了古色古香的煤气灯，煤气灯已经点亮了，而且被调得很暗。费尔班克斯循着歌声，来到屋子后部的双扇门前,正上方就是那个圣坛,他敲了敲门。怀亚特兴高采烈的声音请他进去。

费尔班克斯再次有一种负罪的紧张感。他的掌心在冒汗。他悄悄打开门,尽量不让自己的眼睛睁得太大。

怀亚特的住处十分宽敞,但是堆满了深色的家具。他只穿着那条白裤子,懒洋洋地靠在一张躺椅上。他的胸部没有毛,结实而又扁平,晒得很黑。他的身边坐着海伦执事,她的眼睛里有一种古怪的蒙眬的神情。她已经换装了,换上了一件白色的晨衣,怀亚特的一只手就插在她的领口里面,悠闲地揉捏着她硕大松垂的乳房。

"晚上好,费尔班克斯。"怀亚特提高了说话的音量。

一个台子上,一家维克多牌唱机播放着柔和清澈的小号乐音。唱针刮擦在红印章牌的唱片上,那歌唱演员正在唱着《蝴蝶夫人》中甜美却让人痛苦的高音符。费尔班克斯数了一下,小地毯上有四个深绿色的葡萄酒瓶,其中两个已经喝空了。

"一定要来喝一杯。"怀亚特继续说道,"是不是九点早就过了?"

"刚过九点。"费尔班克斯一脚踏上白色小地毯,吓了一跳。他的一只脚刚好踩到了一个被塞得满满的北极熊的头,只见它张开巨大的爪子,两只玻璃眼球放射出如炬的闪光。

怀亚特一看他这副窘相,便哈哈大笑起来。

"你还是紧张。我认为你还没有完全放松。喝点这种酒会好的。"

费尔班克斯注意到了其他一些细节:一个雕花玻璃烟灰缸里有好几个粗粗的绿色香烟蒂,一张移动小几上还摆放着吃剩的晚餐,一些啃咬过的牛排骨头扔在一只大浅盘血红的汤水里。他乐了,有点愤世嫉俗的感觉;打盹前,他浏览了一下客房里的一本《加利福尼亚阳光饮食》。

黑暗处,一道帘子分开了,又一个年轻女郎揉着双眼走进房间。她个儿矮小,留着金色的长鬈发,其特质甚至比海伦执事还要令人惊叹。她的长衣漫不经心地敞开着,露出两只上下跳动的乳房和阴部的峰丘。

费尔班克斯喘不过气来，几乎窒息了一般。

怀亚特乐了，用一个开瓶器打开一瓶葡萄酒，然后将一只干净的银酒杯倒满。

"这很特别。"

费尔班克斯喝了酒，甜美的芳香飘进他的鼻子。他原本以为是普通的葡萄酒，然而这红酒度数很高，有一种古怪的催眠味道。

"好极了。这是什么酒？"也许是他的想象，但是他感觉立刻给他带来了一种抚慰的效果。

"马里亚尼葡萄酒。它含有特制的可可叶汁。这是一个年轻的科西嘉人发明的，而且将它运到了世界各地。他甚至得到了赫·乔·威尔斯①、罗丹②、沙皇和威尔士王子的支持……教皇甚至还颁给他一枚金质奖章。"

怀亚特将葡萄酒倒进酒杯，酒花四溅。他把酒递给两名执事，新来的姑娘用双手捧着酒杯，咕咚咕咚地喝了起来。

那么，这不是一般的葡萄酒。它含有药物。费尔班克斯在一张长毛绒的椅子边上坐了下来，一面在手掌之间搓着那只银酒杯。他想要跑到那个新来的姑娘身边去，那种性感、那种慵懒，他真想把她按倒在地，趴到她身上干她。就在他想入非非之际，负罪感也在折磨着他。不是因为他是有妇之夫……对卡拉是否忠诚几乎再也不算什么……而是仅仅因为他身体的一部分实在不想听他使唤。唯有无产者和堕落者才会有那种行为。他的肠胃开始发出咕噜声，肚子开始作痛。

"保罗修士，我真的不想成为一个不礼貌的客人……"

---

①赫·乔·威尔斯，即赫伯特·乔治·威尔斯（1866—1946），英国作家，主要作品有科幻小说《时间机器》和《星际战争》，社会问题小说《基普斯》、《托诺－邦该》及历史著作《世界史纲》等。

②罗丹，即奥古斯特·罗丹（1840—1917），法国雕塑家，善用多样绘画性手法塑造生动的艺术形象，主要作品有《青铜时代》、《加莱义民》、《思想者》、《雨果》等，著有《艺术论》。

"但是你非走不可。到你来的时候,我不知道是不是会过了约定时间啊。身处让人陶醉的欢乐窝,很容易时过境迁呢。"

他分开海伦执事腰部以下的长衣。费尔班克斯瞧见了她被太阳晒黑的强壮双腿。他什么都瞧见了。

"瞧瞧她们这些身子,费尔班克斯先生。金色身躯啊,加利福尼亚身躯啊。因为这神秘的阳光,才造就了这样的强壮和活力。"

一个冰冷的小小的结缠绕在费尔班克斯的脑子里,他突然对这个黑沉沉的房间感到害怕,对这种甜美香醇的葡萄酒感到害怕,对这两个双眼蒙眬的陌生女郎感到害怕。他内心邪恶的那部分想要他沉浸在这个世界里,沉溺在这个风月场中,忘掉所有压在他身上的责任。可是,一个更大的占统治地位的部分知道,他必须得马上离开。"保罗修士"那些学生的眼睛大得如同夜里的猫眼。费尔班克斯有能力对付一般人,但是这个人非同一般;这个人的脑子不正常。

他十分不得体地引出了话头。

"我真的很欣赏你愿意为我们的竞选捐款……"

"这是正确的一方啊。"怀亚特大声说道,"自由贸易的一方,这才是加利福尼亚的精神。那些改革派一旦得逞,会把各种各样的限制性法律强加到我们身上,让我们去养活我们的那些同胞。得……"

他拿起银酒杯喝着,马里亚尼葡萄酒从他的下巴上流了下来。

"我得养活我自己。有时候也得养活我的这些妹妹。"

他往上伸出手去,摸进海伦执事岔开的两腿之间,抚弄个不停。她咯咯地笑着,伸出她的酒杯。另一个没人要的姑娘抬起正在唱片的边沿刮擦的唱针针头,然后消失了。

费尔班克斯站起身来,他内耳的脉搏跳得又响又快。那葡萄酒令他飘飘然。

"保罗修士……"

"哦,好吧。不过你这人太扫兴了。"

怀亚特打开躺椅边上一张三足圆形小鼓桌的门,在里面翻找着。

一张新的新闻简报掉了出来,接着掉出来一张银行支票。他捡起两样东西,将银行支票递给费尔班克斯。

这该死的,他很可能下午就准备好了支票。他让我等就是为了显摆显摆他自己罢了。

"我的个人资金,三万美元。"怀亚特说道,"但要匿名。这你明白吗?"

"完全明白。"费尔班克斯赶紧折拢支票放进口袋里,仿佛它马上会融化掉似的,"这将是极大的帮助。"

"但愿是。"怀亚特的话音听上去像是喝多了,他挥舞着那份新闻简报,"我不想让这些狗娘养的候选人获胜,哪怕多一票也不行。"

费尔班克斯受到了那份新闻简报的诱惑,很想仔细看看。在专栏的头上,麦克和海勒姆·约翰逊在一幅照片里凝视着外面的世界。这并非一幅奉承讨好的麻面的双人照。

"詹·麦·钱斯陪同改革派候选人游说河谷地区。"

费尔班克斯的手掌再次变得汗津津的。

"你认识麦克林·钱斯?"

"太熟悉了。二十年前,他骗去了我们共同拥有的石油开采权和土地。而且,他还偷去了其他属于我的东西——一个女人。"怀亚特在他的嘴角抹掉一小滴亮晶晶的口水。

费尔班克斯的脖子开始发痒。一个骇人的疑惑涌上心头的一刹那,他那收缩的肚子收缩得更加厉害了。

"我认识那个女人吗?"

怀亚特凝视着他,但是这会儿,他耸了一下肩膀,将他的目光转向了别处。

"哦,我想不会吧。"一丝微笑在他的嘴上浮现了一会儿,"她很有名的,不过……不,我想不会的。她的名字并不重要。重要的是我对她的感觉。我想要她他妈的下半辈子给我当老婆。可是他把她抢走了,这就是为什么我要麦克林·钱斯先生永远隐退的原因。不幸的是法律不让我谋杀他,所以我只好退而其次,用金钱跟他斗争。"

费尔班克斯转换成了小心翼翼的法庭模式。

"我发觉,钱斯在加利福尼亚有很多敌人。"

怀亚特抚摸着海伦执事露出在外的大腿。

"但是没有一个人像我这样,费尔班克斯先生。绝对没有一个人像我这样。"

费尔班克斯可以清楚地感觉到这种刻骨仇恨,非同凡响,居然还有比他更恨麦克的人,恨到想要杀了他的地步。

"保罗修士,再次谢谢你的款待。"

怀亚特耸了一下肩膀。

"你没有好好享受,要命的,总是那么紧张,安排得那么满……"

"我们必须赢得此次选举啊。"

"那是。你自己出去认得路吗?"

"当然。"

费尔班克斯关上门之后,被吓了一大跳,他在楼梯尽头意外看到了一个若隐若现的人,一个手中拿着纸张的满脸胡子的人。

这人看上去既震惊又愤怒,但是费尔班克斯认为这跟他没有什么关系。接着,他意识到,也许他已经看到了没有穿衬衫的"保罗修士"和他身边的海伦执事,就是在他走上来时,即费尔班克斯打开门准备离去时。

这人狐疑地飞快向他扫了一眼,转过身,匆匆走下楼去。当费尔班克斯来到一楼时,那中央门厅已经空空如也。

他来到室外,弄醒正在前排座位上呼呼大睡的司机。隐隐约约,透过一层层包裹着的玻璃和金丝绒,《蝴蝶夫人》的女高音传来。突然之间,咏叹调被另一个女人的尖声大笑给淹没了。沃尔特·费尔班克斯一头钻进汽车后排座位。

"离开这里,桑切斯……快。"

77

摄影机飞快地转动着，发出"啪哒啪哒"的声响。一个身材细长的骑者骑着一匹帕洛米诺马在奈尔斯峡谷的大道上飞奔，裙子被提到马镫之上，赤褐色的头发飘扬在身后。突然，长长的头发往上飞扬起来，随即飘然飞进路边的草丛中。

"剪掉，剪掉。"范·赞特·摩根大叫道，一面将他的遮阳帽扔到地上，"化妆师，该死的，你难道不能把假发扎得牢一点吗？"

那个穿着连衣裙的懊恼不已的男人勒住帕洛米诺马。安德森骑着他的白马慢慢跑上前去安慰那目瞪口呆的替身演员，他本来是要在最后一刻策马冲进这开枪现场的。安德森似乎并没有太烦恼不安，倒是那导演表现得像是小孩子被抢了糖果一样。

麦克坐在树荫下玛格丽特身边的一只木头箱子上，她的椅子的帆布靠背上写着白色的字："玛格丽特·莱斯莉。"她穿着一条适合边疆妇女穿的朴素的棉布连衣裙，跟那个正清理沾在赤褐色假头发上的东西的骑者穿的连衣裙一模一样。

"竞选进行得怎么样了？"

"看起来我们在蒂哈查皮以南的地方比在北部要强。我估计这是因为改革派基本上是共和党人和新教徒，而这样的人在南部占大多数。旧金山更具备国际性。我们正在谷地赢得对我们有好感的人群的支持。我预计可能会有一场很大的胜利。"

"你一直陪着海勒姆·约翰逊在外面，是吧？"

"是的，而且我明天又要出发了。我是坐船从萨克拉门托过来的，来跟哈弗斯蒂克商量一下生意上的事情。有一个下午的空，所以我来探探营，看看我投资的事业怎么样，也来看看我特别喜欢的女演员。她怎么样？"

"她夜里八点以前就在她的小平房里睡觉。这项工作很辛苦。"

麦克拍拍她椅子上白色的字。

"这是新的嘛。"

"比利的主意。他选的名字。"

"我喜欢这个名字。"

"我也喜欢。下个星期新的'布朗乔·比利'上映时,演职员名单上出现的就是'莱斯莉小姐'。比利一直向我保证,莱斯莉小姐的演艺生涯将会很长。"

"我也这样认为。"

他沉思着平静地说出了这句话。有一种伤感攫住了他。也许是季节的缘故……10月下旬……甚或是太阳快要下山了。

范·赞特·摩根也留意到太阳快要下山了,便拍着手。

"抓紧,抓紧……不一会儿我们就要在黑暗中瞎忙了。"

麦克两眼一眨不眨地盯着夹在他两个膝盖之间的霍姆堡毡帽,玛格丽特则下决心要聊起这个话题。

"昨天晚上我看完了内莉·罗斯的小说。太精彩了。"

"铁路可不这样认为呢。"一说起内莉的小说,他明显地打起了精神。

"她在哪儿呢,还在参加竞选运动吗?"

"我觉得她基本上结束了,她回到卡梅尔了。"

"你见到她了吗?"

"我想见她,很想见她,但没有什么实质性的动作。"

"可是你应该有。"她将一只手放到他的手上,"让我向你吐露一个秘密,钱斯先生。我在爱上你的那一刻就知道……"他的头猛地抬了起来,"……我知道我还是赶快放弃的好,因为在你的世界中,没有其他女人,只有内莉。"

"这倒是挺坦白的。"

"并不十分令人惊讶,是吧? 多年来,你知道我的感情是怎样的。"

"是的。"他似乎有点尴尬，"但是如果你说的是真的，那么这么长时间地把内莉置于我的世界之外，我肯定是耗尽心力了。"

"你知道原因吗？"

"哦……很多原因。其中之一是观念不同。我们在主要问题上很难统一思想。而且，她不只一次谴责我过于膨胀的野心。我呢，也可以这样说她。"

"这听起来像是男性特有的傲慢说法。"

"好啦，等……"

"请让我把话说完。傲慢极其有害，麦克。它会伤害我们所有人。我们不应该允许它存在。时间太宝贵了。瞧这个美好的日子……几乎就快过去了，一年也是这样。秋日的天气让我想到，我不再像曾经那样年轻了。你也一样，亲爱的。别再因为傲慢而浪费你的余生了。"

"玛格丽特，我有很多愚笨的观念，这我承认。我有很多时候都是错的，尤其是在向内莉表述某些事情的方式上。关于她的工作……我真的尊重和钦佩她的工作，但我不敢确定，一个女人应该穷其一生趴在写字台上。"

"你更喜欢什么呢？生儿育女？我不明白。你没有找到适合她的事业，不过你倒是鼓励我从事这个行业。为什么有两个标准呢？是因为你断定内莉应该嫁给你吗？"

麦克一时脸红耳赤，接着他避开她的责备。

"我鼓励你是一念之间。我在埃塞内伊电影公司有投资……安德森又急着要找一个女演员。"

"那么生活就是如此变幻莫测吗？一念之间的事吗？真是让人不抱任何幻想了。"她嘲弄性质地叹了口气。

接着她说道："别当真啊，我并非不开心。"

"我希望如此。你的前途一片光明。"

"是的。比利几乎已经说服我了，保险点，还是把那个'小居'卖了。不过我们也在谈论詹·麦·钱斯呢。"她紧紧握住他的一只手,"忘了跟内莉的争论——你们的那些不同观念。你退一步,先放下男子汉的尊严,别对不符合你观念的东西耀武扬威。去找她吧。"

"她很可能再次拒绝我。"

"她也有可能不会。"

他的表情是表示怀疑的表情,但他想要相信这话。

"麦克,在我认识你的这段时间里,你变了很多。你愿意检讨你对大多数其他事情的想法。尝试新的……摈弃旧的……你难道不能这样处理跟她的关系吗?你难道从来就没有想过内莉或许也已经改变了吗?你应该弄清真相,先迈出第一步。你要是傲慢到连这些都不肯做,那么你就会永远失去她……"

"请准备,莱斯莉小姐。"摩根的助手用一个喇叭筒大声喊叫道。

他凝视着这位如此平静而又漫不经心地承认自己的爱情的女人,就像某人在说一杯清咖啡的味道是怎么样一样。她在此前从来没有如此直率地说出来过,哪怕在雷东多旅舍里的那个夜晚也没有。她的直率令他的内心产生了一种新的更加强烈的内疚感。玛格丽特这个人很特别,她也需要同样的一个人来做她的伴侣,来陪伴她度过一生。他不可能是那个男人。这点她知道,所以她宽宏大量地鼓励他去她知道的他想要去的地方。

金色的阳光斜穿过群山,在一天的近黄昏时分变得微弱和暗淡。安德森牵着他的白马朝他们走来。他那庞大的影子横横地压在了玛格丽特的裙子上。他看到他们在进行很严肃的谈话,便带着歉意的口吻说道:

"我们得准备了。"

玛格丽特站起身来,轻轻抚摸了一下麦克的脸。

"很久以前你也许的确将她赶跑了。但那都已成了过去。亡羊补牢,麦克。改变自己。你要是不能为你所爱的人改变自己的话,那么你比最初的你还要笨。为你,我可以改变,即使你对我吹胡子瞪眼睛。为你,我可以穿破衣烂衫。为你,我可以在暴风雨中去爬沙斯塔山。为你,我可以做任何事情。这就是爱情。"

她在他的嘴唇上像是初吻般地亲吻了一下,接着双手撩起裙子,跑向了她那个莫名其妙的老板。

他们跨越圣华金河,很快,那辆红色的汽车咔嚓咔嚓地驶进曼蒂卡车站。麦克要是没有记错的话,这个火车站是南太平洋铁路公司建造的,而且是以附近地区的一家乳品厂命名的。

在城镇的边上,他们路过一块广告牌,一张放大的巨幅照片便是那位"加利福尼亚的耻辱",它的标题是《投票给改革派》。约翰逊竞选团队让这种广告牌遍布整个州。

在炎炎赤日和滚滚尘土中,红色汽车将乘客放下,这些乘客在路上走了很短一会儿便满身大汗,浑身肮脏。麦克、海勒姆·约翰逊和驾驶员全都不在乎,因为在这场竞选运动中,他们有一种巨大的勇往直前的动力,一种胜利的预感,这使他们激情无限。

在曼蒂卡灰尘遍地的闹市区,他们停好汽车,按照既定安排开展工作。麦克和司机摇着牛铃,在不同的街道上奔忙。

"海勒姆·约翰逊,西部的'泰迪·罗斯福'——你们的下一任州长,到这儿来啦。十分钟后来听一听改革派候选人的演讲。找到那辆很大的红色汽车就行,它就停在五金商店前面。"

四十四岁年纪、精力旺盛、身材肥胖的约翰逊摆出他在每一个点都一模一样的外表。他脱下外套,摘掉金丝框眼镜,松开领带,卷起衬衫袖子,跳上那辆敞篷汽车的后座。他在那儿大肆抨击反对派,不管他的听众是两个还是二百个。他是一位极其优秀的无懈可击的演说家,嗓子洪亮。

今天,大约有三十五个听众到场。麦克坐在珀森五金店前面阴凉处的长凳上,一页页地翻着前一天的《斯托克顿号角》。他对约翰逊的政治演说早已熟稔于心了。

"我的朋友们,我们将在加利福尼亚再塑一个诚实的政府。我们将把那些钱币兑换商从人民的神殿里驱逐出去。我们将通过选出值得信任的官员、制定三项重要的改革法律而达到这一目的。"

出乎意料的是,麦克在人群的后面,看到了一个熟人:迭戈·马克斯。

"第一,我们将修改州宪法和地方法令中关于公民立法提案权条款。这就是直接把立法权交到你们手里。你们可以联合起来制定新的法律和修改不公正的法律。萨克拉门托将不再有任何在南太平洋铁路公司的后裤兜里面扭动的立法者可以阻止你们实施这个正当权利。"

有两个农民鼓起掌来,麦克的目光却一动不动地落在马克斯身上。他眼镜的镜片更厚了,长须几乎拖到了他的便便大腹上,而且他已经有好长时间没有理发了。巨大的伤痕贯穿了他的前额和左脸;有人对他的观念表示过异议。

麦克折拢报纸,紧紧盯着这位前牧师。他可以肯定,马克斯见到他了,但是拒绝目光交流。

"第二,建立公民复决制度。这项改革会让加利福尼亚的公民走向投票箱,否决任何腐败或者错误的立法。它将向萨克拉门托传递一个强有力的信息,挫败那些老是无耻地攫取私利而不为公共利益着想的立法者。第三也是最后一点,罢免权。假如其他的都失败了……假如南太平洋铁路公司的那些走狗和其他拥有权力的人不愿意倾听人民的意愿……你们的意愿,我的朋友们……那么他们是可以被罢免的。这些就是改革派纲领的三大重点。我请求你们投票支持他们……支持我……支持在加利福尼亚开创正派政府的新纪元。"

约翰逊充满激情的结束语震动了他们:每个人都长时间地热烈鼓掌。麦克瞧了候选人几分钟,接着将目光再次投向人群。马克斯不见了。他本想找这位前牧师谈一谈,想知道马克斯是否喜欢这一纲领,但是他没有时间去寻找他。他们在太阳下山前还有一站要去,沿公路下去到萨利达。

人群开始散去，约翰逊跳出汽车，跟他们握着手，麦克则快速地翻阅完余下的报纸。一条关于旧金山群众集会的加了框的广告吸引了他的注意力；内莉的名字放在显要地位。他仔细看了一下日期。

"海勒姆，我要离开你两三天。"当他们沿着泥土公路奔驰而去的时候，他说道，"我得回趟城里。这很重要。"

他找不到一个座位……数百人挤在大厅中，蹲在走道里，靠在边墙上……于是他站到了后面的黑暗处。一幅巨大的肖像就是约翰逊，他以高举着双臂，摆出胜利的姿势被拍下了这张照片，内莉就在这幅肖像下面向聚集的人群发表热情洋溢的演讲。

"在林肯当政期间，第一任陆军部长，在斯坦顿[①]先生之前，名叫西蒙·卡梅伦[②]。卡梅伦来自宾夕法尼亚州，是一个强势的政治老板，有人说他贪赃枉法……他操纵着国家机器。有一次，有人请他对诚实的政治家下个定义。'这很简单。'卡梅伦回答说，'一朝被收买，永远被收买。'"

人们纷纷大笑起来。等安静下来之后，她继续说道："我的朋友们，加利福尼亚吃尽'诚实政治家'这个瘟疫的苦头好儿十年了。改革派想要用公民立法提案权、公民复决制度和罢免权来改变这种状况……以这三项制度来遏止某些我们选举产生的官员肆无忌惮的贪欲。再者，我们的政党保证要为社会福利而工作，为保护我们的森林而工作，为改善医院和监狱的条件而工作，为禁止非法雇用童工和开办不加管理的城市酒馆而工作。我们要直接选举产生美国的参议员，而不允许那些

①斯坦顿，即埃德温·麦克马斯特斯·斯坦顿（1814—1869），美国律师、陆军部长，主张对南部重建采取严厉措施，与约翰逊总统发生争吵，诱发弹劾总统事件，因弹劾失败而被迫辞职。

②西蒙·卡梅伦（1799—1889），美国政治家，几次经商致富后进入美国参议院。作为宾夕法尼亚州共和党的领导，他于1860年帮助林肯获得总统竞选提名，并于1861年被任命为陆军部长，但很快便因为在授予军队合同中滥用裙带关系而被解职。

政治密友提名……也不允许在南太平洋铁路公司董事会的会议室里秘密投票产生。我们要求设立劳动妇女的最低工资线。我们要求建立一个具有实权的公共事业公司,不依附于任何人。我们要求建立一个铁路委员会以确定公平合理的价格,然后强制执行……它不是一个傀儡委员会,也不是一个委员会本身想要制约的那些人的宣传部。"

在那个因为那张巨幅照片而显得狭小的巨大舞台上,她依旧吸引着每一个听众的注意力。

"作为一个女人,我被禁止给海勒姆·约翰逊或者其他改革派候选人投票。这本身就是一项罪恶,是一件丑事。"

在正厅前座和走廊里的那些男人发出了嘘声。

内莉用犀利的目光扫视着黑压压的一大片听众。

"我再说一遍:一项罪恶,一件丑事。不过,我们总有一天会赢得这场战斗的胜利的。"

前排的一个男人窃笑起来。笑声先是在一时的寂静中显得很突兀,接着大厅中爆发出哄堂大笑。

内莉敲打着演讲台,声若枪响,而且她随后的话语一直飞向最后那几排座位。

"是的,我们将赢得这场战斗的胜利……先生们……把我们的投票权原则写进《宪法》,不管你们赞成还是不赞成。不过,我们当前的首要任务是在 11 月 8 日赢得胜利。所以我要说:打倒铁路及其政治俘虏。打倒那些扭曲真相、嘲笑道德、操纵立法机关和我们的法庭的唯利是图的所谓'诚实'政客。现在,四十多年之后,那种暴虐的统治到了该结束的时候了。选举之后的那一天,加利福尼亚将再次属于你,属于我,属于她所有的人民。好啦,感谢上帝,感谢上帝。感谢你们,晚安。"

内莉高昂着头,舞台灯光照射在她的脸上。一度,那张脸宛如灿烂辉煌的多彩浮雕宝石,华丽夺目,镇得全场一片寂静。接着,第一排的人们开始跺脚,开始欢呼,掌声如雷鸣。麦克拍着手,直到手掌拍得生疼。在昏暗的大厅后方,他的脸上洋溢着骄傲与爱。

差不多有五分钟,那些政治家、表示良好祝愿的人围在她四周。然后,主席敲着小木槌让大厅恢复了秩序,并介绍了当地的两位候选人,请他们开始演讲,两人都讲得很精彩,但是与内莉相比显得逊色很多。麦克坐立不安,急于想让群众集会早点结束,以便可以去找内莉。现在该是冰释前嫌、重温鸳梦的时候了。

结束语之后,乐池里的管弦乐队奏响了一首进行曲。麦克在走道里迎着从对面拥来的喧闹的热情的人们,往前挤去,跑上舞台右侧的台阶。

他看到她在舞台的侧面,穿着晚间穿的外衣。她朝着一个穿着小礼服的胖乎乎的看上去和蔼可亲的陌生人冲去。这人年纪已经比较大了,秃顶,皮肤晒得很黑,他短上衣的领子外面围着一条昂贵的丝绸围巾,围巾白得像他下垂的八字胡。

内莉双目闪耀着亮光,扑上前去,抱住那人的脖子,吻他,拥抱他。他们手挽着手走了出去,谈笑风生,像是密友。麦克目瞪口呆,随即转过身,离开了舞台。

11月5日,星期六,选举的前夕,怀亚特面对着教堂的长老理事会。

发了一天的通知,他们才召开了这个特别会议,长老们邀请了所有教友参加,以利户·弗林特曼通过电话亲自向加入了电话网的那些人传播消息。上午十点钟,怀亚特在这个圣所里面对着所有的长老和大约二百七十名教堂成员。

怀亚特坐在布道坛后面的一张高靠背椅子里,局促不安,他的权威受到了冒犯。高高的窗户里,长矛一样的阳光照进来,尘埃飞扬。他将目光扫掠过全体教徒。多么卑鄙无耻、愚昧无知的一帮家伙啊,他心想。印第安纳州的农民新来到加利福尼亚,身上的皮肤因为晒了太阳还是又粗又红。患颈强直病的丑陋女人,乳房干瘪,满脸起皱,还带着一副自以为公正善良的表情。他恨死他们了……而且因为他们居然这么容易受骗上当,所以他便恨上加恨。

不过,今天上午,他注意到,那些来到蹩脚的平房里度过余生的小市民脸上的表情有了重大变化。以前,他在这些脸上看到的是对他诚挚的支持和钟爱之情,而现在,他看到了厌恶,甚至是赤裸裸的仇恨。这是一种纯粹的仇恨,他们好不容易才慢慢弄明白自己上当受骗了……

弗林特曼走上前去主持会议,显然对这一机会很受用。他拿出银行支票进行指控,那张银行支票在他手中挥舞着,恍如在太阳底下晒得过久的一条死鱼。

"我请你注意这笔三万美元的捐款,保罗先生。"

"保罗修士,假如你不在意的话。"

弗林特曼立马对他怒目而视。

"你把这笔钱用来支持民主党西奥多·贝尔的竞选。我让你看看正面本州竞选组织的名字,再让你看看背面的签字。支付支票的银行让我注意到这种反常的情况。"

"什么反常,看在上帝分上。"

"我们马上说这事儿。"

"他们没有权利,弗林特曼。银行交易是私密的。"

"是的,银行违背了私密规则。但是这是为了遵守更高的法律……"

"什么狗屎法律。"怀亚特嘀咕道。第三排的一个女人听到了他的话,但是他瞪得她不敢对视下去。

"他们提请注意这笔捐款,因为这是不允许的。"

怀亚特猛地从椅子上站起身来。

"你这是什么意思,不允许的?"他说话的声音又粗又响,他寻常的那种风度荡然无存。

弗林特曼先是在前天下午四点钟给他看了那张已经付讫的支票,弄得他彻夜难眠。

"为什么?我问你。那钱是我私人账户上的钱。"

"这不是真的,这是明目张胆的撒谎。这张支票上写的账户并非你的私人账户,而是教堂的公共账户,所以银行才引起了注意。我指控你拿教堂的资金用于私人目的。这是严重的违法行为。我们这儿并非所有人都希望南太平洋铁路公司的候选人被选上。"

大厅里,响起了"不""他们是骗子"的喊叫声。基督啊,这帮自鸣得意的愚蠢家伙的脸太令他恶心了。他看到了坐在第二排的威诺娜·弗林特曼,那瞧着他的目光仿佛他是一个害虫似的。他真想找一支手枪打飞她的眼珠子。

怀亚特朝布道坛扑去;弗林特曼退后一步。

"你是在告诉我政治捐款谁可以捐,谁不能捐吗?"他企图用冷嘲热讽的口吻贬低这种荒唐可笑的想法。

但是,弗林特曼与他针锋相对:

"就这件事情而言,是的。是什么误入歧途的思想促使你这样做,我不知道,我也不想知道。我只是在陈述一个无可辩驳的事实。你把教堂的资金用到了私人的事情上。"

"我就是教堂。你们只是些无足轻重的家伙。狗屎。一钱不值!"他咆哮道,被激怒得完全不讲道理了。

义愤填膺的目光和言辞激烈的喊叫表明他可怕地错误地估计了形势。他将指甲深深地掐进自己的手中,疼痛帮助他恢复了理智。

弗林特曼看到怀亚特大发雷霆,很开心,此时正一脸假笑、乐不可支地瞧着这位创始人。

"你的意见在这个布道台上已经无关紧要,先生。在这里,你不是最高当权者,你不是一个可以发号施令的人,不过或许因为我们宽厚的忽视和忍让,使你产生了这种错觉。你已经对这个教会的成员和具有统治地位的长老背信弃义了。"

截至此时,怀亚特才知道,才真正知道,此事已经坏到无法收拾的地步了。这个满脸络腮胡的杂种是要置他于死地。一种恶心欲呕的感觉攫住了他。他当然不会允许他们赢得胜利。他绝对不能。他继续发动攻击，一把抓住布道坛，吓得弗林特曼又往后退了一步。怀亚特用他侵略性的姿态和恶狠狠的目光，公然藐视他面前这些紧闭的嘴巴、这些邪恶的猪眼睛、这些微不足道的脑瓜子。

"具有统治地位的长老？这跟具有统治地位的长老有什么关系？看在基督分上，你知道'具有统治地位的长老'这个说法是谁发明的吗？是我。是我起草了这个组织的章程……我，亲自起草的。那时候，他们什么也不是，现在，他们依然什么也不是。"

"不，先生，律师早已仔细审查过那些条款了，告诉我们，它们完全可以执行，并鼓励我们遵照那些条款行事。我们正在明确执行的那个条款上说，教堂的所有成员将都是道德高尚的人，必须无可指摘。你欺骗了我们，保罗先生。你篡改了其他的财务记录。你沉湎于道德败坏的堕落行为，我亲眼所见。"

怀亚特继续摆着笑脸，像一盏电灯。

"以利户，朋友。我们别晒那些荒唐可笑的……"

"你是一个无耻之徒，先生。"弗林特曼用一只颤抖的手指着他，"一个嫖客，一个骗子……一个大骗子。"

威诺娜·弗林特曼往前伏下身子，用戴着手套的双手掩住面孔哭了起来，这时，大厅的四面响起了愤怒的嘀咕声。怀亚特再次站在那儿，张大嘴巴发呆。他的攻击失败了，丝毫没有将他们吓回去。他的耳朵里充满了奇怪的嗡嗡声，他看到了两个弗林特曼。

"明天中午起生效，"弗林特曼说道，"长老理事会解除了你在这个教堂的所有权力。你没有追随者了，没有教堂了……而且，在银行的配合下，我们已经安排妥当，教堂的账户你捞不到了。你再也偷不了我们的钱了，保罗先生。"

怀亚特猛地向他扑去。

"我要拧断你这该死的脖子。"

弗林特曼大叫着，拼命拉着怀亚特掐着他喉咙的双手，接着突然向一边扑去。他在布道台的边沿一脚踩空，掉落下去，狠狠地摔倒在第一排的长椅前。每个人都听到他的头撞在了长椅的座位上。威诺娜·弗林特曼尖叫着翻过长椅的靠背。

"我丈夫的心脏很衰弱啊。"

教友中的男人们朝布道台奔去，围住了怀亚特。他唾沫飞溅地咆哮着，用手肘子猛烈地撞着他们的肚子。

"抓住他，看在上帝的分上。"

他们都上了年纪，没有他强壮，但是他的凶暴行为惹得许许多多男人从听众中站了出来，几分钟之后，他被人夹在中间。他骂着娘，用脚踢着，直到一个更响亮的声音镇住了他……这又是一个长老的声音。

"让他走吧，杰夫瑟、唐纳德、克利夫……放开他。他被打败了。"

怀亚特气喘吁吁，狠狠地抹开自己额头上乱七八糟的头发。他们弄皱并弄脏了他雪白的外套，扯下了他的牧师领，将它踩在了地下。

以利户·弗林特曼摇摇晃晃地站起身来。他的脸上有一块乌青，额头的一个口子淌着鲜血，但是他浑身透出一种正义的力量。他摇摇晃晃地走向那个布道台，用手指着。

"明天中午。二十四小时。离开你的住处，离开这个地方，除了你的衣服，什么也不准拿。否则，将会有一个县治安官带着逮捕状来逮捕你。"

星期日，以利户·弗林特曼和吉姆在财会室里一直从下午一点钟忙到天黑，搬出教堂的每一本账簿和每一项记录，列出清单，准备将这整个地方交给律师们来处理。弗林特曼口授着有关情况，吉姆拿钢笔用漂亮的大写字将它写下来。

弗林特曼沾沾自喜，喜不自胜，虽然他的美好感觉偶尔也因他严重的心绞痛和对威诺娜的担心而有所减弱。前天那次可怕的会议结束时，怀亚特一面歇斯底里地用最恶毒的语言咒骂着，一面昂首阔步地走了出去，之后威诺娜就崩溃了。弗林特曼火速将她送到了帕萨迪纳医院，她患了神经衰弱症，在那儿服用镇静剂治疗。

吉姆遵照吩咐一声不响地干着活,没有问任何问题。他没有被准许出席会议,但是他知道,一群长老和一名县治安官的副手在十二点零五分的时候陪同"保罗修士"离开了这个地方。这位创办者走了,吉姆感到如释重负;"保罗修士"总是让他感到害怕。他只是希望,他和乔克能继续有工作可做。

八点左右,正当他拿手捂着嘴巴开始打哈欠并寻思着自己敢不敢问一下弗林特曼是否该吃晚饭了的时候,他听到有人迈着轻轻的脚步穿过游廊走来。接着,轻轻的"咔嗒"声表明前门打开了又关上了。弗林特曼埋头处理那些支票,没有抬起头来。

"看看谁在那儿,吉姆·戴维。"

吉姆恭顺地离开了办公室。罗伊娜执事、海伦执事和其他人在星期六夜里的某个时候打点好自己的行李离开了。会不会是他们中的一个人回来拿什么东西?他一瘸一拐地从中央门庭走过楼梯,大吃一惊。"保罗修士"正在楼梯中间。

"弗林特曼先生。"吉姆大叫道。

"你这个小无赖。""保罗修士"猛地向他扑来,双手飞快地伸过扶栏。吉姆往后一跳,但是他那只跛脚扭了一下,"保罗修士"的手擦过喉结处。

以利户·弗林特曼笨拙地从办公室走了出来。

"喂,你在干什么?犯了错还不够,再加上偷盗吗?"弗林特曼冲上楼梯,不过他最后的几步明显地放慢了速度。

他一把抓住怀亚特的胳膊。

"从这个地方滚出去。吉姆,打电话给县治安官。"

"保罗修士"拿一个胳膊肘狠狠捣向他,弗林特曼踉跄着,退下了三级台阶,两眼鼓突着直喘气。吉姆挣扎着用最快的速度冲过这个会计的身旁。

"你伤着他了。"他狂叫道,一面向怀亚特扑去。他的一只手抓住了怀亚特的胳膊,接着怀亚特怀亚特一拳击中了他的下巴。

吉姆的牙齿磕破了他嘴巴里的皮肉。他吐出一口带血的唾沫。有几滴带血的唾沫溅到了怀亚特的羊毛衫上,这样一来,那人便被逼得像是发疯了一样。他一把抓住吉姆的金色头发,一面踢他的两腿中间,接着将他的身体狠狠地掼到了楼梯下面。

吉姆重重地摔到了楼梯上,直往下滚。怀亚特往下跑的时候,弗林特曼伸出手去抓他。

"你……魔鬼……"

怀亚特转过身来,狠狠一拳,击中他的腹部。会计被打得喘不过气来,瘫倒下去,赶紧伸手去抓扶栏。他脑袋上的双眼直往上翻。接着,他像一个布娃娃一样"扑通"一声跌倒在地。

怀亚特的脑子燃起了愤怒的熊熊大火,他对处置这两个家伙感到意外满足。他飞速冲下余下的楼梯,在吉姆俯卧的身子边停住了脚步。

他即便以前见过吉姆,现在也已经没有印象了。有人说,每个人在世界上都有一个长得酷似他的人;那么这个孩子就酷似卡拉。太不寻常了。他多么像一位正在睡觉的美丽的撒拉弗天使①。

啊……

怀业特那梦幻般的微笑消失了,他恶狠狠地拿脚踢吉姆的头。小男孩的头被踢得倒向一边。怀亚特跑向一扇凸窗的窗帘时,他听到了他微弱的喊叫声。怀亚特咧嘴笑着,将窗帘从窗帘环上扯下来,接着他将窗帘的一个边拿到煤气灯上,直到将它烧着。

乔克·斯普鲁坐在小屋外头阴凉的黑暗中,突然,他看到八角屋那边出现了浅玫瑰红色的火光。他大声喊叫着,两个园林工被他惊醒了,飞快地跑了过去,比一个患关节炎的人要跑得快。他们跑到教堂跟前,这时大火已经蔓延到了门厅里。他们发现弗林特曼的两条腿仍然搁在

---

①撒拉弗天使,基督教九级天使中级别最高的天使,其本性为"爱",象征着"光明""热情"和"纯洁"。

楼梯上,他蓬乱的灰白头发落在了擦得锃亮的地板上。两个园林工将他的尸体扛到了外面,接着将头搁在血泊里的吉姆救了出来。

到九点钟的时候,大火已经将教堂基本焚毁殆尽。到了九点半,最后几根大梁在瀑布般的闪亮火星中彻底崩塌。老乔克在夜风中瑟瑟发抖,没脑子地念叨着说,这火光像太阳一样明亮。

78

卡拉在一点半的时候离开了那个聚会。

聚会?简直就是一个葬礼。她喝完了满满的两瓶香槟酒,第三瓶又喝掉了一半。可是她依旧感觉心情抑郁,还想再喝。

十一点过后,沃尔特几乎没有对她说过一句话,他就是坐在那儿,瞧着黑板上增加着的一个个数字;他就是坐在那儿,手中捧着满满的一杯酒,脸上挂着一条生病的狗一样的表情,电话里,一个个总数被报到了圣弗朗西斯饭店。大约十二点半,她跟一个矮小的好色的保安队长溜进了一间衣帽间。他关上衣帽间的门,站着跟她做了一次。等她回来的时候,约翰逊依旧领先两万票。沃尔特根本就没有看到她消失过。

她摇摇晃晃地走出波斯特大街的入口,被雨声吓了一大跳。天下着瓢泼大雨,冲刷着入口处的天棚,淹没了人行道。她的左面,有汽车头灯移近前来,沃尔特那辆跟往常一样漆黑的最新的"波普托莱多"慢慢地驶出停车位,停在那个天棚附近。卡拉穿过人行道的时候,她的狐狸毛皮拖到了雨水里。

司机将卡拉弄进车里,然后沿着 U 字形路线转过弯,在波斯特大街上往西驶去,接着到梅森大街,拐往南面。雨点如同锤子一样敲打着汽车的金属顶篷,宛如尼亚加拉瀑布一样在车子下面飞流直下。卡拉靠在座位上,闭上双眼。沃尔特让南太平洋铁路公司大败。上帝。接下来怎么办?

汽车在奥法雷大街的十字路口慢了下来,她睁开眼睛。前面一堵砖墙上,她看到有两幅巨大的招贴画在雨水中经受冲刷。一幅是一部电影的广告,上面画的是一个牛仔高大英勇的形象,他手上的一支六响左轮手枪正在开火。一幅椭圆形套印小图展示的是一位有着赤褐色头发和美丽微笑的年轻姑娘。

埃塞内伊电影制片厂

献映

布朗乔·比利的英勇无畏

美国

"西部恋人"新的主演

玛格丽特·莱斯莉

可是,吸引卡拉注意力的是另一幅招贴画:"选举海勒姆·约翰逊"。不喜欢这个想法的人在这位新州长照片的正中央撕下了长长的一条。

"停车,海恩斯。"

"费尔班克斯太太……"

"我说就在这里停车。"

"太太,您先生给我的命令是直接从聚会把您送回王宫大酒店。"

"见你的鬼去吧。"她拼命推着拉手,"哪个政党。该死的让政治僵尸还魂……"

没料到,车门被她身体的重量撞开了,她差一点一头栽进街沟里。突然银光一闪,她的那只有珠子的包里掉出一样东西,落在奔流的雨水中,像一条银色的鱼,她的毛皮堆在了上头。她踉踉跄跄地走到招贴画跟前,雨水淋湿了她的长衣和头发,冲毁了她的妆容。她在海勒姆·约翰逊的肖像前面前后摇晃着,朝他吐唾沫,然后用她的指甲向他发动攻击。

"我呸,你个约翰逊……该死的伪君子……我呸,你和你们这一帮自以为公正善良的……"

"喂,住手。"角落里有一个声音喊叫道。

一秒钟之后,那司机发出了一个警告。他就蹲在汽车的灯光里,他精致的制服被淋得透湿。

卡拉根本没有注意那两个声音,凶恶地撕着那幅画。一个指甲破碎了,接着又一个指甲破碎了,可是她不停地咒骂着,不停地撕着那张纸上的脸。突然,一道强光照得她的眼睛都快瞎了。

"别拿这该死的光照着我。"

一个穿着雨衣、戴着鸭舌帽的年轻警察大步走上前来。

"太太,我不知道您是谁,可是损毁政治招贴画是非法的……即使选举之后也不行。我得拘留你,并且……"

卡拉朝他脸上吐口水。

那警察眨眨眼睛,拿袖子擦了一下自己的下巴,接着一把抓住卡拉的一条胳膊。

"听着,女士。"

她用另一只手抓他的下颏,留下了三道带血的伤痕。

他骂着娘,吹响了警笛,这样一来,她更加怒火万丈。

司机恳求着,试图插到两人中间,但是那警察发怒了,而她呢,精神错乱了,对那警察拳打脚踢,用拇指抠他的眼珠子。蓦地,传来了跑动的脚步声,雨水在脚下飞溅。

搏斗着的警察听到了脚步声,用一只手掌掐着卡拉的下巴,掐得她动弹不得,一面喊叫道:"弗兰克,看在上帝分上,帮我抓住这个婊子。"

第二个警察年纪要大一点,高大魁梧,将卡拉摔得撞到了砖墙上。她照样向他吐唾沫,接着企图踢他的睾丸。他反手狠狠一个巴掌;这一巴掌干脆利落,非常专业,没有丝毫仇恨。她的眼睛变得模糊,身子开始沿着砖墙往下滑。一件金属制成的东西一闪,接着"咔哒"一声锁上了。

卡拉用力撑住双腿,睁开两眼。她将前臂伸到汽车的前灯下,看到了自己手镯上的钻石闪亮炫目,但是手铐的链条几乎同样闪亮炫目。链条连接着那个年纪较大的警察手腕上的另一个手铐。

"我知道这是谁,汤米。"他说道,"我们带她到警察局,然后我打电话找她丈夫。"

她如五雷轰顶般骤然清醒。卡拉像一头困兽一样用疯狂的眼神望着两个警察。

凌晨三点钟,费尔班克斯推开位于菲尔莫尔和布什大街之间交叉口的警察局的大门。他几乎是将卡拉拖下了台阶,拖进倾盆大雨中。

当看到两辆黑色的"福特"汽车前后停在路边时,他吃了一惊,但是他依然摆出镇静的脸色,走下最后三级台阶。

前面那辆"福特"上跳下两个人来,后面那辆车上又跳下一个人来。最快的那个人戴着一顶浅色软呢帽,穿着一件有腰带的外衣,飞速向费尔班克斯走来,手中拿着一本摊开的记者拍纸簿。

"我是《检察人报》的里夫斯,费尔班克斯先生。我想问……"

费尔班克斯一个大抡拳,将他击倒在"福特"车的踏脚板下。

费尔班克斯走出他们在王宫大酒店套间的豪华浴室。一团团热气弥漫在热水浴缸上方,模糊了金色水龙头的光辉。他尽量不去想他在警察局外面自己脾气失控的那一幕。

他穿过卧室,朝起居室走去。卡拉无精打采地坐在她沾满泥巴的华丽服装里,她的头滚来滚去。她张着嘴巴,哼着一首不好听的小曲。

"起来。"

他差一点忍不住要揍她,而她,似乎知道这一点;她没有反抗。费尔班克斯像拽一个奴隶一样将她拽过卧室,接着粗暴地一把将她推进那团翻滚的热气中。

"把衣服脱掉,醒醒啦,你这该死的。"

卡拉难过而又敏锐地瞧了他一眼。她的妆容花了,她看上去像一个讨厌的马戏团的小丑。她点着头,关上了浴室的门。

大雨从窗户上浇下来,在他的脸上投下了一个斑驳的影子。卡拉睡在旁边的一张床上,睡得很不安宁,嘴里嘟哝着什么。费尔班克斯一直没睡,双臂抱在上了浆的睡衣外面。

他的目光凝聚在黑暗中某个遥远的点上,他的脑子在竭力勾勒出未来很可能成为事实的路线。他不知道确切时间……清晨四点半还是五点。他睡不着;胃绞痛在把他撕成碎片。

卡拉推着她的枕头,嘟哝着什么。费尔班克斯厌恶地看着她。她摇着自己的头,接着再次说出那句话来。

"你说什么?"

她重复了一遍。他猛地将双腿撂出床外,走上前来,俯下身子。她从侧身变成仰天,在梦中苦恼着,接着将毯子掀了下来。

这下,他听清楚了:"麦克,麦克。"

卡拉的舌头慢慢伸了出来,舔过自己的下嘴唇。她的臀部稍稍拱起一点,她的双手摸到肚子上的肥肉。她紧紧地捂着自己的身子,仿佛在竭力压抑着自己的疼痛抑或其他什么感觉,然后再次呻吟起来。费尔班克斯几乎不用去猜测这个梦。

他赤着脚走到窗前。他站在那儿,凝望着大雨滂沱中凄凉的市场街,听着卡拉辗转反侧的声音,听着她的呢喃咕哝。费尔班克斯看着卡拉起伏的臀部,盘算着杀人计划。

海勒姆·约翰逊以十七万七千票对十五万五千票赢得本州的胜利,最大的差数在新教徒控制的加利福尼亚州南部。

在旧金山的庆祝会中,麦克喝酒,跟玛格丽特跳舞,一直闹到天亮,然后驱车爬上贵族山。他带她看了老宅。老宅地基已经被清理干净,铺上了草皮,还稀稀拉拉地种了几棵树。

"不过我没有重建的计划。"

来到格林尼治大街，他做了早餐。她问他是否见到了内莉，他告诉她内莉已经有了新的爱人。

"你肯定吗？"

"我见到他了。你的鸡蛋里要加香槟吗？"

费尔班克斯像一个被判了死刑的人，本周余下几天里就在等死。接着，星期一上午十点钟，在改革派横扫全州的胜利之后，他被召唤到了董事会的会议室里。

旧金山城的这个上午，阴沉沉，雾蒙蒙，灰色的灯光照得费尔班克斯的脸更加苍白，更加像个鬼一样。

"沃尔特，我感到深深的遗憾，这……"赫林刚开口便被打断了。

"省省吧，比尔。我知道你需要一只替罪羊来祭献。"

另一位行政官不高兴了。

"没有必要说这些带有情绪的辞令，沃尔特。我们事先对失败的后果表达得很清晰。"

赫林清了清嗓子，再次把控住会议。

"你妻子被捕以及所有伴随而来的舆论使得这个决定不仅仅更加令人不快，而且，很遗憾地说，甚至更加必要。"

费尔班克斯的灰色眼睛里有一种赤贫者的神情。他尽管精神不振，却还在竭力昂首挺胸，竭力保持良好姿态，他站起身来。

"是不是真的有必要这样拖时间？我会停止业务，给你们一份辞职书。"

"既然这样……"赫林用让人惊讶的友好态度说道，"没必要，没必要这样拖时间。谢谢你的理解，沃尔特。"

"当然。"费尔班克斯说道，突然有一种苦涩涌上心头。

他像一个优秀的士兵一样昂首阔步地走了出去，尽管没有控制得最好；他狠狠地甩上了门。

来到会议室外头,他便低下了头,用双手捂住了自己的眼睛。他听到一个秘书沿着走廊走过时裙子的沙沙声。她走过他身边,瞧见了他的耻辱与狼狈。他感到惊讶,他居然是那么无所谓。

加斯珀·勒德洛在他的办公桌那儿找到了双手抱着头的头儿。

"消息传遍了大楼,先生。我为法律部门的每个人他妈的鸣不平。"

费尔班克斯慢慢地将手放了下来。

"多好的安慰啊。"

他知道,这个獐头鼠目的家伙很可能已经在到处乱转,去亲吻那些排着队想接替他的工作的人的屁股呢。

勒德洛紧张地拿出一张黄色的薄纸。

"至少我有一条好消息。"

费尔班克斯两眼茫然地瞧着这个职员。

"南部有一个奇怪的邪教组织在周末把他们的头儿撵走了。那人后来回到教堂,烧毁了那个大本营。一个会计人员在试图阻止纵火的时候心脏病发作死亡,一个名叫吉姆·戴维的年轻园林工头部受伤。园林工在一家当地的医院接受治疗。我们从帕萨迪纳警察局得到了所有细节。他们正在找那个园林工谈话,其中一个警官记起了我们传给他们的寻人启事。那寻人启事还放在他的办公桌上……"

费尔班克斯还是一个劲儿地盯着他。勒德洛"哗啦哗啦"地挥舞着那张薄纸。

"先生,医院里的那个小伙子的外貌跟寻人启事描述的很一致。金发碧眼,左脚残疾……十分吻合。"

费尔班克斯一动不动地坐了大约十五秒钟,接着他一把抓过那张薄纸,用双手将它抚平。他看了两遍,一把抓起电话,"咔嗒咔嗒"地上下按着挂钩。

"尤妮斯?尤妮斯?该死的,接电话呀。"

他不断地按着挂钩。勒德洛差一点要打断他,再向他报告一些从帕萨迪纳来的电话告诉他的其他事情,当时他接到了那家医院的地址后打电话进行了核实。帕萨迪纳告诉他,那个将小男孩与南太平洋的寻人启事联系起来的警官,还记起了另一则寻人启事,这则寻人启事几个月前来自平克顿侦探事务所。但是那意义似乎并不重大,所以他决定扔下那事儿不管。

"尤妮斯?你见鬼的到哪儿去啦?我是费尔班克斯先生。打电话给总售票处,我要订明天去洛杉矶的'特快日光'号列车车票。"

飞驰的特快列车西面的沿海群山闪耀着蓝色和白色的光芒。费尔班克斯将前额靠在冰凉的窗玻璃上,看着连绵的群山。很久以前,他研究过达尔文,近来,他研究了那个能力非凡的社会主义者杰克·伦敦的理论。看了这些书,加上他的成长历程以及他长期以来跟身居高位、有权有势的加利福尼亚人的交往经历,他形成了自己应该如何生存和作为的观念。这个地方——加利福尼亚,呼唤着人们来征服它。那绝世无双的自然美景刺激了一些人,但是其他的人,像他这样,觉得受到了它的嘲弄。它的广袤无边激起了他的挑战欲望,他要跟它竞争,他要征服它。他了解像乔利·克罗克这样的人,克罗克砍倒树木,挖掘泥土,钻通隧道,炸开大山,建成了中央太平洋铁路线,向每个人证明,他比上帝亲手制作的人还要强大。费尔班克斯深有同感,他需要证明他是自己时空的主宰。但是在这方面,他最近的努力付诸东流,其失败之惨重,在他之前的哪一段生活里都是无法令人想象的。他失败了,像一条街头的恶狗一样被一脚踢开了。费尔班克斯的眉头紧贴着冷冷的窗玻璃,在阳光下做着白日梦,觉得他仅剩一个大机会了,一个弥补他巨大损失的机会,可以证明自己是正确的,能够赢得胜利。

一个机会。

79

"那儿,先生。"

护士长指着阳光明媚的病房里那条通道右面最远处的一张病床。费尔班克斯脱了一下帽子致意,然后快速走了过去。虽然,四面的墙壁刷白了,巨大的拱形窗户还有新鲜空气溢了进来,但是他不喜欢这气味:敷料的霉味、鲜血的腥味、强力去污溶液的刺鼻味。

他突然停住了脚步,一个端着一托盘药杯的护理员差一点跟他撞了个满怀。费尔班克斯咕哝了一声对不起,心想他的脑子是不是出毛病了。

躺在最后一张病床上的分明是卡拉嘛。一个更加年轻的卡拉,脸上没有那么多的肉,但五官和卡拉一模一样,那像帽子一样的鲜亮的金色头发和卡拉一模一样。

他的病床对面一扇高高的窗户有阳光照射进来,照到了小男孩的身上,也照到了一棵棕榈树微微摆动的影子上。小男孩估计十二岁,可是他的肩宽和脸的成熟程度使他看上去有十四到十五岁。一块纱布在他的后脑勺上突出着,用橡皮膏粘着,周边的头发被剃干净了。

费尔班克斯用他的金头文明棍轻轻敲着病床下位于床一端的金属栏杆。

"早上好。你是吉姆·戴维,是吗?"

小男孩放下他的廉价小说,将床单拉高了一点,盖到他那件粗糙的棉布病号服上。他的眼睛很大,跟卡拉的一样蓝。费尔班克斯触景生情,难以自制。

离开旧金山之前,在激动之余,他告诉了卡拉小男孩的假名,并提到了帕萨迪纳。令他感到惊讶的是,卡拉彻底崩溃了。她哭着请求他,一经确认是否是他们的儿子之后,马上打电话给她。这令他感动,他有好长时间没有这样感动过了。他轻轻拍着她并安慰她,答应他会打电话的。

小男孩没有直接回答这个问题。

"你是谁?"

"让我介绍一下我自己。沃尔特·费尔班克斯三世。我是一个律师。"他脱口而出自己的身份——不说律师他就是不完整的,"我从旧金山过来看你,有一件私事。"

他拿文明棍指着被推到了床底下的一张凳子。

"我可以坐下吗?"

吉姆还是疑惑未定。

"可以吧。"

凳子很矮,费尔班克斯坐在上面,感觉不雅观,也觉得减小了他的权威性。他平视的视线就在小男孩的臀部。

另一张病床上的一个病人痛苦地喊叫道:"护士长。护士长,我可以要……啊……那个便盆吗?请快一点,护士长。"

费尔班克斯将注意力集中到他的儿子身上。

"我跟帕萨迪纳的那个教堂也有点熟,也了解一点创办它的那个人一把火把它烧了的情况。我很遗憾你受伤了……"

吉姆耸耸肩膀,不置可否:"我的头很厉害地痛了三天。现在不痛了。他们说星期一拆线,然后我就可以跟乔克一起回家了。"

"谁是乔克?"

"一个朋友。他照顾我,差不多是这样。"吉姆紧紧盯着这个客人,等待着比到现在为止他所得到的解释更好的解释。

小男孩的深蓝色眼睛迷住了费尔班克斯。那是一双男人的眼睛,老练而又警惕。太非同一般了……也太奇怪了……这是他的亲生后代。

"现存的记录表明你的名字叫詹姆斯①·戴维,但这并不是你的真名,是吗? 你的真名叫詹姆斯·俄·钱斯。"

小男孩的眼睛后面有一道幕帘拉上了。

"你是谁? 这是怎么回事儿?"

"对不起,这……"费尔班克斯伸出一只戴着灰色手套的手,一个哀求者的模样,他修剪整齐的八字胡里面沁出蓝宝石一样的汗珠,"这个问题我很难回答。你瞧……"

他再次犹豫不决。他跟人交往缺乏技巧,也没有那个杂种钱斯那样的魅力。面对自己的儿子,他尤其感觉自己不善辞令。

猛然间,吉姆的脸上露出了敌意。

"直截了当回答。"

"我是……"费尔班克斯像一个演说家一样清了清嗓子,"我是你真正的父亲。"

好长好长时间的沉默。

"哦,护士长。我用好了那个……啊……便盆。"

吉姆卷起那本廉价小说,紧紧握在双手里,指节都捏得发白。

"你在对我说什么呀?"

"我知道你可能难以理解这样断然的话……"

愤怒的眼泪涌了出来。

"用我可以理解的话,好吗?"

"对不起,对不起。"费尔班克斯脱口而出,话音冲得很高。他做着紧张的手势,试图用微笑来稍稍缓解这尴尬的情形,"我是一个律师,你知道……习惯于使用某些正式的……"

基督啊,我把事情越弄越糟了。

"是的。嗯。我说的话是真的。我会对有关情况做出解释的,该花多少时间就花多少时间,但是我告诉你的是事实。请相信我。你的母

———————————

①詹姆斯,吉姆的正式名字,吉姆则是詹姆斯的昵称。

亲是卡拉·赫尔曼。你出生的时候,她还是旧金山和里弗赛德的詹姆斯·麦克林·钱斯的妻子。但是钱斯并不是你真正的……也就是说……"吉姆表示不相信他的表情在暗暗破坏着他的信心,他再次犹豫不决,他的话音渐渐低了下来,"请给我个机会证明我所说的话。你能下床吗?能跟我一起到院长的办公室去吗?我会打电话给你母亲。你可以跟她说话,她会证实一切……"

这句话也渐渐消失了。没有作用。小男孩两眼瞪着他,公开表示不相信他,甚至有害怕的神情。费尔班克斯伸出手去抚摸他。

"吉姆,你是我的儿子……"

吉姆挣脱那只表示请求的手。

"我不明白这种事情。不过我也不想明白这种事情,先生。"费尔班克斯听出了小男孩的话音中有一种新的东西……一条正在冲向地表的地下深处的情感暗河,"我的父亲是把我养大的那个男人,詹·麦·钱斯。他有的时候对我不好,但他是我父亲。我不能改变这个事实,你也改变不了。"

费尔班克斯跳起身来,动作之快,竟把凳子也掀翻了。

一个一只脚正在做牵引治疗的病人喊叫道:"我想要在这儿休息啦。"

"你离开他了,吉姆。"

"这关你什么事?也许有原因呢。"

"可是你从来没有回到他那儿去过……"费尔班克斯一把抓住他的手腕,"你是我的儿子。麦克林·钱斯把我打得一败涂地……他不可能再在我的亲骨肉这件事情上把我打败……"

"放开。走吧。"

费尔班克斯没有松手,但是他的自制力正在瓦解。小男孩拧着他被太阳晒黑的强壮手腕,但费尔班克斯还是紧紧抓着不放。

"该死的,放开,先生……你疯啦。"

律师灰金属色的眼睛里有一种奇怪的疯狂光芒。

"哦,吉姆,我请求你……"

"护士长?"吉姆朝费尔班克斯的身后喊叫道,"护士长!"

我的亲生儿子怕我。瞧他,那么害怕。这都是钱斯干的。

费尔班克斯放开吉姆的手腕,一直走回到走道上。他的手伸向自己的领带。领带不需要捋,可是他还是捋着。他飞快地瞧了一眼,看到那个护士长急速地走了过来,裙子飘飘,身后跟着一个脖子又短又粗的护理员。

"先生,你不能到这里来打扰……"

"对不起。"沃尔特·费尔班克斯说道。他一把推开那个护士长,然后避开那个护理员伸向前来抓他的手,飞速地从她身旁冲了过去,冲出了病房。

他跑下吱吱嘎嘎乱响的木头楼梯,脸部发烧,一脸屈辱。他跑过那些站在门口往外瞧、一头雾水的雇员身旁和有一个出纳员的窗口。他跑出医院,他失败了。

80

三个晚上之后,天黑了,费尔班克斯走进百老汇大街北段那个肮脏的中国人聚居区一条名叫"三狗巷"的小巷里。

费尔班克斯通常是一个有控制力的人,可是在这三天三夜里,他失控了,胡乱地喝酒,然而又保持着足够的清醒,先是想出了这个主意,然后提出质疑。他在一家连锁的费尔班克斯信托银行兑现了一张很大的支票,带着这笔钱,他放松了自己的舌头。

是啊,有一家酒馆的老板说,在城里好像见过那个人。另一个喜欢传播小道消息的人说那个人喜欢吸毒。第三个人将他送到了一家香洲公司控制的茶馆里,香洲公司是洛杉矶最大的犯罪帮会。一个左耳朵上戴着一只镶钻石的耳环、眼皮水肿、凶恶而又油滑的中国人,咧嘴笑着,蠕动着他的手指,示意还要加钱……五十美元不够。他将第二笔五十美元放进口袋里,耸了一下肩膀,然后说费尔班克斯也许可以到"三狗巷"的汤姆·孙·勒克的店里试试。不敢保证。

费尔班克斯在这次一个接着一个的无节制的狂热行动中的某个时候,想起了他妻子的请求,便打电话给旧金山。他没有透露在医院遭受失败的细节,只说这个小男孩在南加利福尼亚已经有了新的生活,不想再回到他的旧生活当中去了。

"哦,告诉我……他长什么样?"她问道。

"漂亮。"他说道,说完他挂了电话,将自己的头靠到电话边的那堵墙上,"你该死的,钱斯。"

所以,他没有将全部情况告诉他妻子。没有说他在哪儿花天酒地——清除他痛苦的必要措施,净化并明确目的的必要措施。他当然不会说他到地狱一样的那个名叫"三狗巷"的小小肮脏角落去做过一番考察的事。

洛杉矶虽然已经暖和了,但是他依然穿着一件大衣遮住他精致的服装。你总不想在这种犯罪的阴沟里炫耀自己的地位、显摆自己的富裕吧。奇怪的外国人从那些阴暗的简陋棚屋的窗户里朝他眨着眼睛。一个入口处一盏漂亮的纸灯笼的光亮下,一个十二到十三岁的姑娘解开她的衬衫,向他展示出像小小的梨头一样的乳房。一个咧着嘴展现出白痴一样的笑容、满口无牙的老年妇女抚弄着他的胳膊。

"你喜欢男孩子吗,先生?"

费尔班克斯继续往前走去。一只肚子两侧长着皮癣的短毛狗蹲在他的前面拉屎。费尔班克斯朝狗踢去,它则回过头来朝他汪汪地吠叫。

他走了大概一个街区,可是这一个街区似乎有好几英里长。终于,按照写在一张皱巴巴的纸上的提示,他找到了汤姆·孙·勒克的店,门柱上写着几个汉字,汉字下面涂着几个阿拉伯数字。

汤姆·孙·勒克先生是一个稀奇古怪的混血儿:白种人的皮肤,东方人的相貌。他已经有相当年纪了，一副甜言蜜语、与人方便的样子。他戴着一顶圆帽子，穿着一件破旧的丝绸长衫，陪着费尔班克斯沿着一条两边挂着一个个门帘的泥地走廊，朝他的地窖走去。走廊里弥漫着浓重的白色烟雾，有一股水果香味儿。汤姆·孙·勒克先生将他领到走廊顶头一块珠子门帘跟前，并用他四英寸长的手指擦了一下那门帘，弄得门帘哗啦哗啦直响。

"就在那儿。现在你付钱。"

费尔班克斯将十美元塞进这个奇怪家伙的手中，他的手指像是一个有弹簧的夹子一下把钱夹紧了。

"我跟他在一起，别来打扰。"

"当然，好的，大亨先生。"汤姆·孙·勒克拖着脚步走进了黑暗中。

费尔班克斯分开门帘，走进门去。一只板条箱子上放着一浅盘油，一根灯芯在里面忽闪着微光。这是这个四面泥墙的小房间里唯一的照明设备。

怀亚特双目紧闭，侧身躺在一张用中文报纸当床单的木头床上。他穿着肮脏的深色羊毛衫和裤子。他的右手悬垂在床边，板条箱子的附近，散乱地堆放着一些个人的随身物品：一只小小的蛤蜊壳，蛤蜊壳里放着一枚长长的钢针和一小团褐色的鸦片；一盏酒精灯，这会儿熄灭了；一根用象牙箍起来的竹竿烟管，有象牙的咬嘴和很大的四四方方的"幸福"牌烟斗。

他走近那张龌龊的床铺，他的鞋底踩到了什么东西，嘎吱嘎吱乱响，也许是干了的老鼠屎。怀亚特睁开双眼。

"你好，保罗修士。你还记得我吗？"

怀亚特穗花状的白发有一种油腻腻的暗淡光芒，他曾经的帅气脸蛋肮脏不堪，十分憔悴。他眨着眼睛，费力地将头抬起了几英寸。

"我记得。"他咕哝着，费力地将左手肘伸到左侧身体下面，将自己的身子稍稍撑高了一点，"没有捐款啦。我现在不再是保罗修士了。"

多么拙劣的玩笑。多么可怜的人儿。

"我知道。我花了很长时间才在这个洞穴里找到你啊。我估计你极端缺钱了。"

怀亚特睁大了的双眼透出一丝兴趣。

"我有钱,钱有来路。不过钱再也不够了,永远不够的。"

"我打算付你一大笔钱,但你得为我……"费尔班克斯舔了一下自己的嘴唇,"做一件事情。"

"这个好。多少?"

"足够买很多这种东西的。"费尔班克斯指着那根烟管,"未来很长时间里。"

"这个好。"怀亚特再次咕哝着,"你想要什么?"

"我想要把某个人……"

就像他在医院里的时候那样,他犹豫了。这一步的量值使他想到了法律学校那些教授的陈词滥调。这使他停顿了一下,直到他想起他遭受的所有不公待遇。

"我想要把某个人……除掉。那个话怎么讲来着? 干掉。这是不是更清楚一点?"

怀亚特突然将他的双腿挪到了床下,坐起身来。他用手指捋过两鬓斑白的头发,从太阳穴往后抚平。他的指甲里积满了弦月形的污垢。此时,费尔班克斯已经适应了弥漫在地窖里的鸦片气味,于是他便闻到了另一个更加令人作呕的气味。怀亚特的衣服臭得像个厕所。

"你是说杀人吧。"

费尔班克斯咽了口唾沫:"是的。"

"妙极了。为什么?"

费尔班克斯飞快地分开稀里哗啦乱响的珠子门帘。黑乎乎的地窖里空无一人。他回到床铺边。

"你要是干了这件事情,我的名字绝对不能跟这件事情有任何关联。永远。"

"这倒是可能的。"怀亚特说道,"只要有代价,任何事情都是有可能的。"

他对这位来访者微微一笑。

"是谁呢?"

他要是开了弓,那就没有回头箭了。得了,那又怎么样? 首先是在愤怒中盘算的这件事情本可以手到擒来,因为这个人渣已经绝望了,也因为这笔交易天知地知。费尔班克斯并不会为这件事情涉及的道德底线所困扰,让他困扰的是事后他个人的安全。

"我问你呢,是谁?"

"我会告诉你的。等你听完我的话后,我相信你会更急着想要帮助我呢。"

第十章

加利福尼亚金子 1911

1905 年,芝加哥,一种新的不一样的工会组织开始崛起。历史悠久的美国劳工联合会①是一个工匠联盟,这些工匠态度傲慢,以技术自居,不想让未经训练的普通工人加入进来。但是,尤金·德布兹、"大比尔"海伍德②和其他社会主义者认为,那种排斥性的傲慢是危险而且错误的。工会运动的发展和新的世纪要求建立更好的组织,世界产业工人联盟应运而生。

新的工会计划一视同仁,按产业而不是按行业,将有技术的和无技术的工人组织起来。世界产业工人联盟首先在西北太平洋地区的伐木区推进此项工作。很快,震惊的居民们和愤怒的老板们听到了一个说法,这个说法鼓吹工人的天堂"天上掉馅饼",认为假如有必要的话,可以对资本主义带来极端的破坏并发动革命加以打倒。

人们的反应是可以预料的。奥蒂斯将军将世界产业工人联盟的盟员称为"罪恶的工团主义人渣",讽刺他们是"沃伯利"。这个名字十分流行。

随着本世纪第一个十年过去,那些"沃伯利"密切注视着加利福尼亚的金色田野与河谷里的城镇,那儿,庄稼大丰收,人口大集聚,大量的移民人口可以被工会招募。"沃伯利"们开始逃票,搭乘火车从米苏拉、斯波坎、丹佛来到了河谷里。他们在诸如贝克斯菲尔德、布劳利、斯托克顿和维塞利亚这样的地方跳下火车。

---

①原文 A.F.of L.,可能指 American Federation of Labor,成立于 1881 年,是美国影响较大的一个劳工组织,按行业组织起来的技术工人的各个工会的松散联盟。

②海伍德,即威廉·达德利·海伍德(1869—1928),美国劳工领袖,1905 年主持世界产业工人联盟成立大会,并负责组织工作。后因反对美国加入第一次世界大战而被控犯有叛国罪,判处二十年徒刑,1921 年趁保释时前往俄罗斯。

他们的方法总是如出一辙：通过群众集会和街头演讲，鼓动情绪，提高阶级觉悟，促进工人团结。他们很少谈到具体的工会组织。相反，他们怒斥当地的"资产阶级"代理人通过"奴隶劳动力市场"操纵和欺骗田间工人。当然，对抗的手段是组织起来了，但是在"沃伯利"的总体设计里，这是后来的事情。

为了保证他们不会太快地被逐出城镇，"沃伯利"们发出了第二个呼声——"言论自由！"这是一个狡猾的策略，因为言论自由恰恰是憎恨"沃伯利"的当局为了镇压工会而不得不禁止的东西。不过，警察和市政当局越狠地推进这件事情，"沃伯利"的反抗就越强烈。每一次他们受到严重威胁的时候，他们便将申诉送往全国各地的工会成员们。

1910 年秋，"沃伯利"们响应他们的报纸的最新战争呐喊而奔向西部："言论自由的战斗如火如荼！"

的确如此。"沃伯利"们在弗雷斯诺发动了战役。有两个月的时间，那儿的警察只是零零落落地骚扰他们一下，但是接着，到了 12 月份，该城市爆发了战斗。弗雷斯诺的理事会一致同意通过一个法令，部分内容如下：

> 在以图拉姆尼大街、M 大街、英约大街和 D 大街为界的四十八个街区范围之内的任何公园、任何街道、任何小巷，任何人召集、举办任何有人参加的集会并发表演说，任何人向公众发表任何演讲，任何人举办或参加任何公共场所的辩论，无论现在还是将来，都将被视为非法，特此通告。

这一法令当然等于是废止了"宪法第一条修正案"。"沃伯利"们再次公开呼吁："言论自由需要你的帮助！团结起来！大家一起上车到弗雷斯诺去！"

81

冬雨霏霏。整天整夜,大雨倾泻到地中海别墅的红色瓦片上。麦克在梦中听到了雨声。

1月的日子在一连串的昏暗中流逝。他工作了一个小时后便厌倦了,他的双手持续不断地痛着。指节肿大……这双手像是一个老人的手。在每一面镜子里,那个老人都在嘲笑他的苍苍白发以及给男校长戴的圆眼镜后面的晦气的双眼。有什么东西死了……也许就是追逐梦想的力量。

T.福勒·海因斯的书依然摆放在他办公桌的一个角上。一天下午,麦克随意地翻到了前言:"我从来没有看见过像这个阳光的天堂这样的地方,我将高兴地在这里永久性定居。"

"撒谎。"麦克叹了口气,合上指南。1911 年 1 月的倾盆大雨潇潇而下。他四十二岁了。

比尔·伯恩斯侦探造访了里弗赛德。

"洛杉矶市的市长雇用我调查'《时报》案'。我们很快将调查清楚这个案子,将那些爆炸分子送上绞架。让我告诉你我到哪儿去寻找了,麦克:印第安纳州的印第安纳波利斯。那是桥梁与型铁工人工会的总部所在地。我知道你对工会的人感情很深……嗯,不是搞谋杀的那些工会的人;我不是在指责你这个事情……不过你总的来说还是偏袒这项运动的,这你无法否认。所以我就跟你实话实说,直截了当,光明正大。这次,我们是对立面,家伙。"

他们握手,麦克祝他一切顺利。

一个刮风天,大团大团的乌云在天空聚集,阳光也给人冷飕飕的感觉,纽约第二十一大街克朗马电影制片厂(包含了三位创始人克莱恩、朗、马里恩的名字)一个名叫雅各布·斯坦韦斯的人来到漂亮的小城圣索拉罗。他发现麦克正在圣索拉罗公园音乐台的背阴处仔细检查一些建筑图纸。

斯坦韦斯并没有口头介绍自己,而是递上了一张名片。他充其量二十五岁年纪,是一个办事十分认真但看上去还是在忍饥挨饿的家伙,一片炫白的牙齿,笑起来带着容光焕发的天真。麦克认定,一个人依赖天真是没有办法对付电影的,就像他无法依赖天真对付其他事情一样。斯坦韦斯必须得有些其他的品质。

有一个显而易见的特征是热情。当麦克让他在音乐台的一张长凳上坐下时,他摇着头,整个身子在他棕色的小牛皮鞋子上快速地来回移动着。尽管斯坦韦斯很可能没钱添置这样的行头,但是他的穿戴完全像一位英国绅士,一套棕黄色精纺毛料的旅行套装,一条提花棕色活结领带,一顶棕黄色的常礼帽,一副棕黄色的手套,一双棕黄色的鞋罩。不知怎么的,他的活力让麦克乐了,同时也让他有一丝伤感。他想起来了,当他遇见机会时也有同样的感觉。

"先生,"斯坦韦斯开口说道,"我在电影方面很有经验……当锡德·奥尔科特的助手有三年了。我在新泽西悬崖上拍摄了很多西部片。有一部单盘影片,我是锡德的导演助理……"

他停住了话,没法继续说下去了;他的嘴巴发不出声音了。

"斯坦韦斯先生,怎么啦?"

这个年轻人满脸绯红,似乎浑身紧张,全身哆嗦。他发出奇怪的含漱似的声音。终于,他蹦出了声来。

"没……没事儿。"他脸上的红色消退了,"我那个什么稍稍有点问题……"又是很长时间一阵窒息般的沉默,"结巴。我指的那本电……电影就是……"终于,那个名字爆了出来,"《宾虚》。"

"我看过。"麦克对他说道,"不错。"

斯坦韦斯垂下头,一听到对方的赞扬,很在乎,却又太局促不安了。

麦克喜欢他坦率承认自己缺点的品质。他再次请他坐下,这次,斯坦韦斯感激地一屁股坐倒在一张长凳上。

"做个电影人不太容易,况且是一个……"又是一个痛苦的停顿,"一个犹太人,而且还是一个结巴。三棒好球啊,就像那些棒球运动员说的那样。另一方面,一个人面临的障碍越多,就越能给他带来挑战,使他竭尽全力去争取成功,您说是吗?"

"是的,那是肯定的。不过,你来这儿有何贵干?"

"我起初来加利福尼亚是因为我看到了更多的……机会。不过,我的余生不愿意为别人干了。我在寻找……地产,建个埃默里·斯通电影制片厂。这个名儿比斯坦韦斯更悦耳动听,您说是吗?"他这会儿放松了下来,说话也少了点麻烦,"我已经得到保证,可以有一笔贷款,如果我找到一块合……合适的地的话。我在好莱坞的山脚下发现了一百英亩地。很理想。请把它卖给我,钱斯先生。"

"什么地块,确切讲?"

"这儿,我指给你看,我带了一份土地测量员画的草图来。"斯坦韦斯展开草图,麦克戴上眼镜,"我仔细研究过您,钱斯先生。好几个星期了,我一直在干这事儿。您有大量的地产。您不会因为没了这一百英亩土地而感到遗憾的。请出个公道价吧,我会付钱的。就把这地卖给我,让我建个电影厂。给我一个实现梦想的机会吧……"

一段紧张的沉默过后。

"在加利福尼亚。"

麦克没有表态便结束了这次会面。

"让我好好想想,然后会通知你的。"他说道。

斯坦韦斯微微笑着,握过他的手,说出了一个完美清晰的"谢谢您"。但是,他看上去心碎了。

一个星期之后,来自好莱坞城的两位先生通过亚历克斯安排了一个约会,拜访了在圣索拉罗的麦克。他们代表了一个名叫"安分守己居

927

民委员会"的组织。这两人属于脸色苍白、过目便忘的类型。赛拉斯·里布纳没有提及他的职业；乔·休斯是做房地产生意的。

"我们是基督徒和新教徒，钱斯先生。"休斯说道，"我们知道您也是。好莱坞是一个基督徒社区……很有前途的社区，到处都是积极向上的人。但是我们不喜欢这帮来自东部的电影人。我们不喜欢他们来租房子，我们尤其不喜欢他们永久性安顿下来。所以我们就组织起来。我们委员会得到风声，说那个纽约的小犹太人想要买一块您的土地。我们请求您帮助我们，我们希望好莱坞依然是一个属于基督徒的平安、清静的社区。别把地卖给他。"

"你们大老远赶来这儿反对一个人，就因为他是一个犹太人？"

里布纳先生的怒火腾地升了起来。

"一个弄电影的犹太人，双重地不受欢迎。你会看到的，肯定。"

"我可以看到你们俩都是心地狭窄的人。"

"钱斯先生。"休斯大声喊叫着跳起身来。

"从屋里滚出去，别等我亲自把你们扔下楼去。"

他们气愤地离开了。

两个晚上之后，十一点半，麦克接到了亚历克斯从里弗赛德打来的一个电话。

"我刚刚得到好莱坞当局的消息。你知道斯坦韦斯想要买的那块地上那些废弃的破旧谷仓吗？今天下午有人放火把它烧了。"

第二天晚上，吃过晚餐，麦克又接到了一个电话。

"犹太佬的情人。"远方一个陌生的声音说道，然后挂断了电话。

"上帝啊，我不喜欢这样。"麦克说道。

要在以前的日子里，要在心情较好时候，他完全有可能跳起来跟休斯和里布纳以及他们所代表的好莱坞市民打上一架。他不喜欢这样的人。他们令他想起了费尔班克斯，令他想起了他在 1887 年第一次迈着艰难的步履走出大山的时候想要在他面前将门关上的所有其他的人。

不过,现在,情形不同了。他的心情,因为最近的这一些事情,因为冬天,因为持续不断的失败感,笼罩了一层阴影。他失去了吉姆,他很久以前就失去了内莉……他似乎也失去了对生活本身的掌控。要不是有像亚历克斯·马勒、恩里克·波特和雷特·哈弗斯蒂克这些值得信赖的出色助手为他排忧解难,谁知道他还会失去多少东西啊。

斯坦韦斯至少每天来一个电话,催促他有个定论。麦克凝视着这些简短的来信,他的敌意与其说是聚焦在那些自诩为好莱坞的基督徒身上,还不如说是聚焦在斯坦韦斯身上。滚出加利福尼亚,斯坦韦斯。滚回家去。我不需要你的钱。我不想要你给我找麻烦。

2月初写给斯坦韦斯的短信里有这样的话:"我考虑了你的建议。眼下,我看不清楚……"

冬天似乎永无尽期,2月份一个阴沉的下午,麦克在两点半便结束了工作,一个人前去开车兜风。帕卡德汽车颠簸着驶下下山的车道,雨水将车道冲刷得坑坑洼洼。他来到山脚下,正要转向通往里弗赛德的主道,突然听到很响的"啪"的一声。

是逆火了吧,他心想。但是他感觉汽车的左侧震动起来。他停下车子,走下车来仔细检查帕卡德的黄色油漆。他所看到的情形令他毛骨悚然:乘客一侧的车门上钻出了一个圆圆的黑黑的洞。

他飞快地扫视了一下路对面的小树林,看到有一些人在干活,但是他们的距离太远,都无法看清楚。他还听到了什么地方有一个骑手,但是看不见人影。

他将一根手指探进那个洞里,一直伸到汽车内部。接着他看到了车子的地毯上有一个灰色的烂东西:一颗枪膛里射出的子弹。

他想到了那个好莱坞的"安分守己居民委员会"。

"我的天哪,肯定不会的吧。"

"但是还有其他什么解释呢?"当天晚上吃晚饭时他对赫尔伯纳·约翰逊说道。

约翰逊是坐下午五点的慢车过来的。由于安德森急匆匆赶往芝加哥跟斯普尔协商扩大获得巨大成功的"布朗乔·比利"系列电影的发行事宜,他在埃塞内伊电影公司得到了一个星期的休假。下一部戏里,约翰逊将被提升为城市警察局长,一个主要角色。

"不晓得,麦克。"约翰逊说道,"你在年轻的时候树敌颇多,有可能是其中之一。只要你没有'接受',是谁在那儿'施予'见鬼的有什么大关系吗?"

麦克从办公室壁橱里的钉子上摘下他那支点四五口径的"店老板"科尔特。他给手枪上了油,现在无论走到哪里都把它带在身上,外衣口袋里还沉甸甸地装了不少备用的子弹。有的时候,这可以杀人的"调解人"能让他放心。但有的时候,他更为现实。要是哪个疯狂的加利福尼亚人想在灌木丛后面将他击毙,有很多放在枪套里的好用的左轮手枪都可以完成任务。

卡拉见到他挺突然的,他的脸在冬日阳光的照耀下,鲜亮得像一枚硬币。他正在攀爬一架梯子上,给一棵巴伦西亚橘子树喷洒化学制品。

"开到路边,在这儿停下。"她拍拍司机的肩膀说道。

司机驾驶着旅游小轿车来到路边。

"不要停得太远。"

当汽车小心翼翼地行驶到一块很高的招牌边上时,她大声说道。招牌上大言不惭地写着"雷德兰兹柑橘合作社"的字样。司机踩下刹车,汽车的尾端离那招牌还有不少距离。

卡拉一直纠缠着她丈夫,直到他透露他在什么地方见到了那个小男孩。他只说了"帕萨迪纳",就再也不愿意说什么了,于是她动用自己的私房钱雇了一家私人侦探机构。

"别想从我这儿得到更多细节,等你知道他在哪儿之后,就马上回到我这儿来。"

他们从帕萨迪纳警察局开始,花了七个星期的时间。他儿子是某项罪行的目击证人,尽管犯罪分子消失了,但是小男孩被要求留下一个联系得上的地址,以备万一那人被抓获并受到指控了。当侦探们赶到那儿的时候,那个地址已经没有用了,但是房东说,他让吉姆与他的伙伴抑或是监护人跟他的一个亲戚联系上了,即雷德兰兹的一个果园主,他总是需要一些好工人的。他儿子在那些果园里干活,跟那位长辈一道住在雷德兰兹郊外的一间小棚屋里。他显然没有刻意隐瞒自己的行踪。得了,他为什么要隐瞒呢?

惨淡的黄色阳光沐浴着那辆汽车,车窗反射着阳光。司机点燃一根香烟。卡拉将她的车窗摇下了几英寸。

好几个工人注意到了这辆黑色的长长轿车,都在望着它,但是吉姆只是瞥了它一眼,回头继续干他的活。即便如此,卡拉也赶紧缩回到了汽车后座的阴影里……仿佛哪个人可以看见她似的,其实她用面纱将自己的脸遮掩得严严实实的,面纱是金色的丝绸,薄如某种会发光的昆虫的膜。面纱遮住了她脸上不由自主的泪水。

他是一个多么漂亮的男孩啊。经过风吹日晒,他皮肤变黑了,身材细长,穿着劳动布裤子和旧衬衫,看上去体格强健。这是她身上掉下来的肉啊。一看到他,她感觉心一下子柔软了下来,浑身洋溢着爱的柔情。她想要知道他安然无恙,她想要知道他能照顾好自己。他看上去肯定能照顾好自己……高大,强壮,能干。一个小伙子了……

"费尔班克斯太太?"司机抽完香烟说道。

"还没呢,等一下。"

"水。"乔克吆喝着,一面拉着手拉车穿过果园,"水来啦,小伙子们。"

当果园的工人们围住他的手拉车时,他将从两只水桶里舀满水的勺子递给大伙儿。

这个果园的老板是一位好心人，有意帮助他。这也是吉姆坚持他们留下来的原因。

冬日的下午有一种淡淡的柔和的色泽。雾蒙蒙的阳光一束束地穿过树丛，土地和空气散发出甜美而又湿润的气息。远处，一列列车鸣着汽笛飞驰而过，但是真实的世界似乎遥不可及。乔克拉起手拉车的柄，拖着疲惫的脚步向这排树的尽头走去。吉姆刚刚拿着他的喷雾器从梯子上爬下来。

"你好，乔克。"吉姆说道，"给我一些水，好吗？喷这玩意儿臭死了。"

乔克因为有关节炎已经不能在树上干活了，但是他可以干些零星活儿，诸如拉拉水车之类的。他跟吉姆在一起挣的钱足够他们体面地生活，他们平平淡淡地打发日子，没有丝毫野心，只要有食物吃，有地方睡，偶尔能够喝上一小桶①啤酒，足矣。在八角屋里经历过了"保罗修士"的折磨，这样的生活对吉姆来说已经很好。

乔克将勺子递给另外三个工人，接着舀了满满的一勺给吉姆。乔克现在穿着普通的牛仔外套和裤子……不再是较为古怪的流浪装束了。雷德兰兹的一个理发师每月给他理一次发，每次收取十美分；吉姆非要他这样做不可。在将水勺递给吉姆的同时，他看到了一辆汽车，汽车的一部分被果园边上合作社的那块招牌遮挡住了。

"你看到那辆汽车了吗？"乔克问道。

吉姆点点头。

"内部有人监视我们，还挺厉害的呢。"

吉姆转过身，看到了一个女人戴着一顶很大的帽子，还罩着金色的面纱。她看到他在瞧她，便从车窗边退了回去。

"只是游客罢了。"他耸了一下肩膀说道。

汽车发动了引擎，排出一团废气，开走了。

---

①原文为 growler，液量单位，约等于 3.94 加仑。

卡拉的双手在她的膝头紧紧握着。她庆幸有这个面纱,司机就看不到她的眼泪。她竭力忍着不哭出声来。

多么英俊的一个小伙子,那是她的儿子啊。他像她,明显地像她。她希望他在情感上和心理上不像她;那会毁了他的。

在那儿的时候,一度,她想迈出车去,跑到他身边,将他紧紧拥在怀里。

"你好,吉姆……我是你妈妈。"

太可笑了。她知道她是谁。干吗要去毁了他的生活呢?

汽车在乡间道路上颠簸,驶向雷德兰兹。

2月份的最后一个星期,玛格丽特驾着汽车从旧金山城驶往蒙特雷半岛,为了防止不测,她在座位下面放了一支五响的手枪。没有人骚扰她,尽管她不得不换了一只轮胎,后来又过了一夜。在卡梅尔,她向人打听内莉在海边的别墅怎么走。她见到了衣冠不整的内莉,只见她卷着衬衫袖子,领口敞开着,胸前留下了斑斑铅笔污渍。玛格丽特穿戴得十分漂亮昂贵。她朝内莉伸出一只戴着淡紫色手套的手。

"请你务必原谅我擅自登门拜访。你这儿没有电话,所以我没法事先跟你联系。"

内莉打开门,一度看上去有点恼火。不过这会儿她已经不恼火了,变得和蔼可亲。

"请进来,莱斯莉小姐。我认识你的模样,我看了你最近的电影《布朗乔·比利和孤儿》。你演得很好。"

"谢谢,真的非常感谢。"

"这部电影广受欢迎……"

"美国喜欢比利。"

别墅里弥漫着咖啡的芳香,内莉给玛格丽特看了一张阳光照耀下的写字台,还有很多被丢弃的大裁书写纸。

"我正在为威廉·伦·赫斯特写一篇文章。我已经不太做这种事了,但是他说我写什么他都接受。他的主编们经常给我来信,他们想要我再次写新闻报道。我只是偶尔写一篇吧。"

"你当然不需要……你已经是一个非常有名和成功的作家了。我非常喜欢《亨特沃西的数百万美元》,简直无以言表。"

"谢谢。"内莉从沙发上拿开几只靠垫,"请你坐下好吗?"

一开始的轻松幽默开始逐渐走向尽头,内莉乌黑的眼睛好奇地盯着她的客人。

"我们能不能到海滩上去走走?"玛格丽特接着说道,"我听说很美。以前我一直没有足够的幸运来卡梅尔一趟。"

"那么这次倒是个特别的机会。"内莉伸手去拿一块披肩,"不过,我真的一点也不知道你这趟来访的目的,莱斯莉小姐。"

"跟你谈谈事关我们两人的一个男人——钱斯先生。"

她们越过那个沙丘,朝着以前麦克与内莉走过的那个沙滩走去。今天下午,这儿的景色要美丽得多:长长的白色卷浪翻滚前来,大海如同一件深色的海军衫,在明媚的阳光下熠熠生辉。晴空万里,视野极好。地平线也仿佛只有一百英里之遥。

她们交谈了一会儿之后,内莉在一段漂流木上坐下。她将自己的下巴搁在双手的手掌里,两眼凝视着大海的远方,咸咸的海风吹拂着她直直的黑色头发。天,她像个粗野的女子,而玛格丽特——有着天鹅颈项般脖子的玛格丽特,穿戴着漂亮服饰的玛格丽特,洋溢着贵族般气质的玛格丽特——真好像是一个能够在圣弗朗西斯饭店参加社交午餐的女人。玛格丽特有着高贵典雅的气质;作为美国一个虽然稍稍有点桃色新闻却受到广泛赞赏的新的电影明星阶层的成员,这种气派是合适的。

"你说的这些事情真的让人高兴,莱斯莉小姐……因为这些变化,我实在是应该对麦克刮目相看……"

"他的确有变化,在很多重要的方面。我再说一遍我们刚刚走到这儿来的路上说的话。麦克鼓励我到埃塞内伊电影公司去发展。他从来就没有因为我是一个女人而打击我。"

内莉玩世不恭地做了一个小小的怪相。

"显而易见,他对不同的人有不同的规则。"

"嗯,我肯定,他对你有特别的规则。你是他唯一真正关心的人,胜过他已经失踪的儿子。"

"你为什么要这么做,为他进行这次'十字军东征'?"

"因为我爱他。"

"你……"

"爱他,很可能爱得像你一样深。"

"听我说,我绝对不敢肯定我……"

她停住了话头,她的一个手肘支在膝盖上,她手腕的背面对着她的额头。

"见鬼。这是谎话。我当然爱他。"

玛格丽特笑了,接着轻柔而又体谅地说道:"你还解除了一个可怕而又可笑的误会。"

"麦克从来没有问过我那位来自北加利福尼亚的客人的情况。我那天晚上甚至都没有见到他,他就带着自己的臆断走了,生气了。"

"他是一个易冲动的人,他有可能会非常没脑子。难道这意味着你要一辈子拒绝他吗?如果真是这样,那么你就不像是在你的书中展现出闪亮的智慧的聪明女人。"

"你还真是直言不讳,"内莉的两片嘴唇闭得紧紧的,"对不起,我也是。当直言不讳用到自身的时候,它可以深深地刺痛自己。"

"那是肯定的。"玛格丽特表示赞同。

她发现内莉防备心太重,又具有太多不确定性,于是她决定有必要猛击她一下。

"我很快就得离开。在我走之前请你再明白一件事情,我不是一个利他主义者。我要是有一丝一毫的机会能把麦克·钱斯从你那儿夺走的话,我立马就会的。我没有得逞,他没有回应我的爱。我认命了。我有了自己的生活,也打算顺其自然。麦克深爱着的是你。两个相互爱着的人不应该为一些琐事而劳燕分飞。"

"这话听起来十分在理。可是我告诉你,我这人不太容易承认过去的错误。"

"他也说过同样的话。"

"那就是了。"内莉做了一个无助的小小手势,"死胡同。"

"假如你选择的话。"

"假如我选择的话?"

"是的,我认为是这样。现在是 1911 年了,从你跟麦克最初相识以来过了很长时间。他有缺点,但是他不失为一个了不起的勇敢男人,这一点,我没有一刻小觑过。不过,像麦克那样的男人不会形单影只地度过他的余生,他终究会找到另一个女人。更有可能的是,她会来找他,她将会对他的高尚道德表现出满腔热情,而且完全愿意原谅他的最大错误。他会做出反应。总有一天,当他厌倦了一个人生活的时候,他会对那个女人做出反应。要是这个人不是你,而是其他人,那么这将是一出悲剧。"

"我能干什么呢?"内莉大声说道,"我就是我啊。"

"我是在贫穷中长大的,罗斯小姐。但是,我们有一个邻居,一个农场主,他很富有,他在他的土地上种了很多柳树。我喜欢那些柳树。我看见,哪怕有暴风骤雨,它们也都能生生不息。它们可以弯曲,但是它们不会折断。风雨过后,它们依然美丽,它们依然挺拔……它们依然保持着这样的特征。"

内莉望着她。玛格丽特再次微微一笑。她伸出她戴着淡紫色手套的手,内莉握住这只手,看上去有点茫然。

"谢谢你的款待,罗斯小姐。我希望我的坦率没有冒犯你。"

"没有。"内莉说道,尽管她的眼睛里又有一种奇怪的心烦意乱的光。她凝望着大海,凝望着卷浪,凝望着盘旋的海鸥。

"没有。"她再次说道,听上去底气不足。

玛格丽特越过那个沙丘,离开了她。

内莉坐了好长时间,双手捧着头。这是一个失败的姿势,不符合她的性格。可是,这个来访者用她意想不到的坦诚击溃了她的防御工事。

"她是对的。"内莉心想,"我做了那么多的错事。我的野心是对的,他的则是不对的。我有多少东西需要弥补啊……"

玛格丽特给在里弗赛德的麦克写信道:

> 她的"恋人"是她最亲的表兄,托马斯——就是在她小的时候陪她去约塞米蒂峡谷的那个表兄。她说她几年前对你说到过他。你是一个白痴,钱斯。我原谅你,因为愚蠢总是难免的……你是一个男人。
>
> 爱你的
>
> 玛

82

他们在一家美国餐馆吃了午餐。店老板对这项运动持友好态度,所以没有人来找他们的麻烦。

他们交谈不多。弗雷斯诺的工会运动在8月份开展得如火如荼,但是此后热情便渐渐消退。运动变得混乱,而且愿意不顾一切参加运动的人的数量在减少。今天,人数已经下降到了三个。

此时,他们一声不响地离开了饭店,马克斯扛着那个临时演讲台,这位工会第六十六地方分会最基层的强硬领导人弗兰克·利特尔,则扛着那面旗帜。戈帕尔·缪克吉跟在后面,拿着一些《产业工人》,准备分发给前来听演讲的人们……要是他们能够设法在 2 月下旬的这个周末召集到听众的话。

缪克吉是一个瘦小强壮、看着棕色皮肤的小伙子,二十二岁年纪。他的眼睛小而明亮,他有一张深色的漂亮的脸。他来自旁遮普省贾朗达尔附近的一个村庄,十九岁时越过加拿大边界,历尽艰辛来到加利福尼亚。他的英语水平还过得去,肚子里装着很多近乎下流的故事,他很喜欢用印地语把这些故事讲给来自他家乡的其他工人听。

他们在通常活动的地点——马里波萨大街和 I 大街之间交叉口的那个街角做好准备。马克斯摆好临时演讲台。他是一个名副其实的"沃伯利";一股狂热的激情正在耗尽他的生命。在弗雷斯诺监狱的三天监禁和一夜水刑之后,他病倒了。自从工会运动开始以来,他这是第三次被关起来了。弗兰克·利特尔展开红旗,然后将旗杆插到临时演讲台一个角上的孔里面。他用那只完好的眼睛扫视了一下两条大街;他的另一只眼睛呈乳白色,已经没有用了。在他插旗杆的时候,他的一个衣角翻了起来,露出一支塞在他裤子里的左轮手枪的胡桃木柄。有很多"沃伯利"实施他们的"消极抵抗";弗兰克·利特尔认为这不仅仅是懦怯的,而且是愚蠢的。

戈帕尔·缪克吉将自己安顿到了临时演讲台的旁边,脸上摆出动人的笑容。他穿着一条二手裤子,上身是一件洗了又洗的蓝色棉布衬衫,头上包着一块一尘不染的白色包头巾——他的宝贝。一位头戴常礼帽的衣冠楚楚的先生停下脚步,朝脚下吐掉从雪茄上咬下来的东西,缪克吉微笑着给了他一份他的报纸。这位先生用他的手杖敲打着报纸,大步走掉了,嘴里还念叨着什么无法无天。缪克吉还是一个劲儿地微笑着。

一辆有轨电车过去了,铃声响起。在这个有两万五千人口的城市里,马里波萨大街和 I 大街的交叉口是一个繁忙的闹市区。各个街角有维多利亚风格的华而不实的建筑,有有轨电车的铁轨,也有有轨电车的电线；有现代化的汽车，也有农用马车；有行人，也有骑者。这些"沃伯利"已是这个城市一道熟悉的风景；他们所引发的仅有的一点点注意也大多是沉默，大多是仇视。

马克斯将一只脚搁到临时演讲台上。他鞋子的头部已经破了，露出脏兮兮的袜子。他那套沾满污渍、皱巴巴的黑色套装很像一位神父穿的衣服，但是他的衬衫是红色的丝绸衬衫。缪克吉发现马克斯衣衫褴褛，让人讨厌。他像大多数印度斯坦人一样，要是可能的话，他每天都要洗澡，并认为个人卫生几乎像一个人的宗教一样重要。

"你肯定没问题吗。迭戈？"弗兰克·利特尔问道。

他那只完好的眼睛不时地望着四周，观察是否有潜在的危险。

"那当然。不是我还能是谁？"马克斯说道。

他长长的络腮胡子上面的面孔油光闪亮，仿佛涂了油脂一样。

有时候，马克斯感觉这项运动毫无意义。秋天，有许多同志来到了弗雷斯诺，从丹佛、盐湖城、芝加哥偷扒火车过来的。但是，他们中有很多人现在都走了，被吓跑了，被肖局长属下的警察的警棍，被半夜在城市西部"沃伯利"帐篷放的一把大火，被《共和党晨报》和《萨克拉门托蜜蜂报》耸人听闻的社论，被以流浪罪为名义的逮捕，被判决法官好战愤慨的爱国热情，被仅有面包和水做餐食、还有水刑的野蛮的监狱等吓跑了。许多同志在县城公园耙树叶服完刑之后就逃走了。还有的人认罪之后得到了假释，条件是离开这个城市。

尽管如此，马克斯拒绝放弃。去年 12 月 20 日，弗雷斯诺当局一致通过了反演讲法令。马克斯下决心要考验它，考验它到他们将它摧毁，或者这项运动将他摧毁。

这种情况，鉴于他模糊不清的脑子和火辣辣的皮肤，是有可能的。

他登上临时演讲台。十字路口呈四十五度角倾斜了，晃晃悠悠的，看不清楚，他的肚子颤动起来。接着，十字路口又慢慢地回到了水平位置，然后朝另一边倾斜成四十五度。最后，十字路口恢复了正常。一阵轻风舞动着红旗。

"女士们，先生们，我再次就言论自由这个主题向你们发表演讲，这是《美国宪法》向我们保证的权利。"

这位前神父的听众包括他的两个同志和一家烟草商店外面一个涂了油彩的木头印第安人酋长。戈帕尔·缪克吉的笑脸显得很诚挚，拿他的报纸向空中挥舞着。马克斯旋即开始了他的标准演讲。

"我们所发动的战争正在全加利福尼亚如火如荼进行中。世界产业工人联盟争取言论自由的斗争正在旧金山、贝克斯菲尔德、布劳利和许多其他地方展开。"

他赞美《宪法》第一条修正案，谴责弗雷斯诺当局将它禁了。在这些临时演讲台上的演讲中，他不直接说劳工的事情，而是作为基本权利的卫道士，作为坚持在大街上可以畅所欲言的卫道士，这是世界产业工人联盟策略的一部分。这个范围当然包括在公园里和广场上组织集会，从而将铁路工人和河谷城市里的田间工人组织起来。世界产业工人联盟及其敌人都知道这个情节梗概，尽管街头的大多数听众不知道。

马克斯用过于浮华的手势，在空中连枷般地挥舞着手臂，热情洋溢地演讲了五分钟。他吸引了三个听众：一个脸部皮肤粗糙的农妇带着一个少年，一个穿着格子花呢马甲的花花公子，他一边听一边用一根金牙签剔着牙齿。接着，马克斯听到了警报声。在远处，但是来得很快。

戈帕尔·缪克吉的棕色眼睛飞快地扫向弗兰克·利特尔，只见他抹开自己的外套，解开马甲的纽扣，将他的手枪暴露在光天化日之下。

那个年轻印度斯坦人的双眼睁得圆圆的，他的微笑慢慢消失了。他曾经来过弗雷斯诺，参加过运动，只是一个星期。他以前没有在大街上遭到过驱逐。

有金牙签的先生飞一般地冲进一家干货店里。

那农妇说道："我们要迟到了，鲁珀特。"

正当那辆警车在 I 大街上跟在一辆干草马车后面歪歪斜斜地出现在视线里时，她急匆匆地领着那笨头笨脑的少年走了。

马克斯用他的手指尖揉揉自己的眼睛，竭力想看清楚一点。

"记着,戈帕尔……他们如果抓你的话,就没精打采地倒在地上。"

"我记住了,迭戈。"缪克吉重重地点点头说道。

他的英语像贾朗达尔地区教他的那个白人老师那样,有一种清脆快速的上流社会的口音。

"你可别害我倒下后就被抓住了。"利特尔说道,"我一次也不想再进监牢了。"

马克斯耸了一下肩膀:"随你便。"

他站在临时演讲台上那面飘扬的红旗旁边。帆布顶篷放下的黑色警车吱嘎叫着停到路边。街对面已经聚集了一小群人。

五个弗雷斯诺警察穿着上有着黄铜纽扣的哔叽制成的蓝色制服,像追逐喜剧片的单盘电影里的警察那样挤出警车。马克斯的心跳加速。这些戴着高帽、留着八字胡、八字胡上戴着喝汤的过滤网、带着警棍的家伙可不是闹着玩的。他以前差不多就遇见了他们中的一个。

"从那儿下来,马克斯。"警察小队长说道,一面威胁性地挥舞着他的警棍,"你违反了反演讲法令,上个星期二也一样,上上个星期也一样,之前的星期也一样。"

马克斯继续站在临时演讲台上。

"拉米斯小队长,我在行使言论自由的权利。我拒绝离开。"

拉米斯是一个块头很大、健壮如牛、慈眉善目的人,每个人都叫他"大叔"。

他叹了口气:"你被捕了。"

戈帕尔·缪克吉有礼貌而又严肃地说道:"小队长,我是否能指出某些事情……"

"哦,我们这儿有一个新的'沃伯利'了。"另一个警察说道,"一个'包头巾①'。"

"看在基督分上,戈帕尔。"弗兰克·利特尔轻声说道。

---

①"包头巾",指穆斯林或锡克教徒。

缪克吉没有被吓住。

"先生们,这个伟大共和国的《宪法》保证所有人有自由表达的权利而不受干扰。"

"这是事实吗,先生?"拉米斯小队长说道,侧身慢慢向他靠近,"我没有发觉站在我前面的是一位自以为了不起的见多识广的贵宾嘛。一位十足的街头律师,我们在这儿遇见的是不是这样一个人啊?"

"不,先生。"缪克吉误把他的讽刺当作真话了,"我是戈帕尔·缪克吉先生,一个田间工人。很感激你让我表达一下我的观点。"

"耶稣啊。"弗兰克·利特尔发出哼哼声,一面悄悄地溜进了那家商店前面的阴影里。

拉米斯咧嘴笑了:"哎呀,当然啦,穆斯林。啥时候都行。"

他的一条胳膊猛地举了起来,他的警棍狠狠扫向缪克吉的鼻子。鲜血喷射出来,印度人惨叫着。拉米斯尽管到了这个年龄,有这样的块头,动作却出奇地快,他向边上一闪,缪克吉的鲜血便飞溅到了马克斯的裤子上。一个警察挥起警棍,打中马克斯的脊梁骨,他被打下了临时演讲台。

两个警察抓住马克斯,开始用他们的警棍痛下杀手,另两个警察抓住缪克吉猛击。马里波萨大街和Ⅰ大街的街角回响着警棍的声音。那一小群看热闹的人中有一位先生鼓起掌来。

"别跟他们对打。"马克斯大声说道,一个警察的双手紧抓着他,他看上去毫无力气。

他用双手抱着头,没有做任何反抗。蓝色的裤腿和背脊挡着他的视线,他看不见缪克吉,缪克吉自己也被团团围着。拉米斯不断地踢着缪克吉的肋骨。商店前面的阴影里,弗兰克·利特尔将左轮手枪拔出了一半,然后放了回去,沿着大街溜走了。他在前面逃,后面传来了缪克吉的惨叫声和警棍击打皮肉的声音。

登记人员问他们的姓名。缪克吉此前得到过指点。他有礼貌地微

942

微一笑。

"约翰·多伊,先生。"

问到马克斯的姓名,他回答道:"哈里森·格雷·奥蒂斯。"

"我总有一天会杀掉这些混蛋中的一个。"拉米斯小队长在他们身后咕哝着。

警察将他们跟其他三个"沃伯利"一起关进了一间小牢房,那三个人登记的姓名分别为伍德罗·威尔逊、利兰·斯坦福、约翰·劳·沙利文。由于马克斯明显是病了,所以那些"沃伯利"们便在唯一的床铺上给他腾出了一点空间。

缪克吉愁眉苦脸地在一个角落里坐下。考虑到他们蓬头垢面的样子,考虑到他们在这儿已经被监禁两天了,考虑到那些狱警普遍凶神恶煞的情状,威尔逊先生、斯坦福先生、沙利文先生的情绪还算是好的。他们唱起了一首"沃伯利"的赞歌《红旗》,立刻鼓舞了两个新来的囚犯。

> 然后把红色的旗帜高高举起,
>
> 在这面旗帜下,我们将活着、死去。
>
> 尽管有懦弱者退缩,尽管有背叛者嘲笑,
>
> 我们将永远让红旗飘扬在天际……

"里面,闭上你们的臭嘴。"拉米斯小队长轰隆隆地喊叫道。

他沿着走道脚步笨重地走了过来,衣服脱得只剩下一件汗背心,嘴里叼着一根雪茄。他看上去不太像一个慈祥的大叔,倒更像大伙儿的一个凶恶的亲戚。

拉米斯拿警棍敲击着栅栏。

"欢迎来到弗雷斯诺监狱,小伙子们。你们中有四个人以前也来过这儿,不过今天我们有一个新人。到这儿来,'包头巾'先生。"

缪克吉警惕地服从了。被打得乌青的鼻子下面,鲜血干成了褐色,他的右眼四周也有一个很大的又紫又黄的伤痕。

"先生,那是一个侮辱人的称呼。"他站在拉米斯的警棍够不着的地方说道,"我们维护我们的权利,也要求一名律师到场。"

小队长狂暴地嚼着雪茄烟头,用力地用警棍击打着铁杆。

"哦,你要求,是吗? 好吧,'包头巾'先生,我来告诉你我们是怎么处置那些到弗雷斯诺来惹是生非的脑子发热的家伙的。我们用一个叫作水刑的小小玩意儿让他们冷静冷静。"

那个把自己叫作伍德罗·威尔逊的骨瘦如柴的人走向前来。

"拉米斯,马克斯神父病得很重。你们要是再给他上水刑……"

"他不再是神父啦,他是一个该死的共产主义鼓动分子。"拉米斯打断他道,"水刑是必需的。"

伍德罗·威尔逊抓着铁条。

"你们很可能杀了他。"

拉米斯把自己的手掌放到伍德罗·威尔逊的脸上,猛地推了一把。

"好啊。那就少一个'沃伯利'啊。埃尔默? 让我们把这儿的消防水带解开,再找两个小伙子来。是时候给'包头巾'先生一个弗雷斯诺监狱的欢迎仪式啦。"

消防水带像蛇一样游进牢房区域,其起始端在监狱后门外头的一个消防栓上。一个狱警打开消防栓的龙头,机关炮一样的水柱冲得毫无提防的缪克吉摔倒在地。其余三个因犯蹲在马克斯四周,竭力保护他。可是,时间长了,没有丝毫作用。

这些"沃伯利"被喷了十五分钟的水,接着给了他们半个小时的喘息后再喷水。拉米斯和狱警们一整个下午就是干这事儿。其他警察不时地进来闲逛一下,他们大多数人都穿着黑色的橡胶套鞋;监狱的牢房没有设计排水系统。到下午七点钟时,走道里和所有的牢房里已经有一英尺深的积水了。

到了八点半,拉米斯小队长说了声对不起便走了;他的妻子和六个孩子等着他吃晚饭呢。他走出去时喊叫道："继续，小伙子们。时间越长越好。"

戈帕尔·缪克吉蹲在水里面。他已经摘掉了他的包头巾，将它塞进了衬衫里面，竭力保护它，他棕色的前额上耷拉着几缕头发，他的脸已经丧失了那种和颜悦色的纯真。他凝望着监狱的走道，既震惊又愤怒。人怎么可以仅仅因为行使正当的权利就遭受如此残忍的迫害啊？那是这个美丽的州的全体居民得到保证可以享有的一项权利啊。

那个名叫埃尔默的狱警在走道的尽头打开了三扇很高的窗户，刺骨的夜风刮了进来。戈帕尔·缪克吉浑身湿透，开始哆嗦，他的牙齿不由自主地打着战。在他的身后，马克斯在床铺上说着胡话，几乎没有了意识。

一个警察将水龙头塞进铁栅栏。

"再洗个澡吧，你们这些虱子。在我们完蛋之前，我们要把你们彻底清除干净。"

水从喷嘴里射了出来，冲得戈帕尔·缪克吉直踉跄。一个角落里，伍德罗·威尔逊、利兰·斯坦福和约翰·劳·沙利文紧靠在墙上。

"别喷啦。我受够了。"当水流冲击到他身上将他弄得伤痕累累时，利兰·斯坦福哭叫道。

戈帕尔·缪克吉透过这呼啦啦飞射的水流怒视着他。他不会这么贪生怕死的，他要跟这种凶暴残忍的行为作斗争。不是用消极的方法，实践证明消极的方法徒劳无用。

泥路呈东西走向，炙烤在骄阳下。路的东端坐落着鲍尔斯①，西端是那个小村落雷森。一个个果园伸向北方和南方，伸向雾蒙蒙的远方。戴着草帽、穿着宽松的白色服装的人们在藤蔓间劳作。

戈帕尔·缪克吉扶着马克斯，蹒跚着往前走去。这位前神父的服

---

①鲍尔斯，美国的一个人口普查指定区域。

装已经脏得令人难以置信,缪克吉的也好不了多少。汗水从马克斯的脸上淌下,他近于瞎了的眼睛对着太阳的强光眯成了一条缝。拉米斯小队长亲自打碎了马克斯的眼镜,并将镜框也扔掉了。

突然,马克斯双腿一软。

"哦,天哪。"缪克吉一声惊叫,拼命想将他搀扶住。

他的分量太重了,马克斯一跤跌倒在地,往路边的沟沿滚落下去,滚到了半当中。

缪克吉吓坏了,跪倒在他的同志身旁。他松开满是污渍的包头巾的边端,将它解开到足以够到马克斯的脸的长度,然后擦干他脸上的汗水。他能够感觉到他的同志已经病得很厉害。

缪克吉直起腰,蹲坐在地上,朝平坦的河谷和绵延无际的棚架投去凄凉的目光。默默干活的工人们看到了这两个人,但是没有走上前来帮助他们。戈帕尔·缪克吉重新升起愤怒和哀伤。他是怀着那样宏大的希望来到了这个地方,现在却孤独地迷失在了这块残忍的土地上。他不知道怎么办……

一个身影落在了马克斯油腻腻的脸上。站在那儿的这个人大约七十岁年纪,身架瘦小,结实强壮,有一张黑黑的粗糙的脸,一双因劳作而变得又大又硬的手。他摘掉草帽,注视着倒在地上的人和缪克吉。

"你好,先生。我是拉蒙·奥布雷冈。"他说的是西班牙语。

"对不起,我听不懂,只懂英语。"

"我说我是拉蒙·奥布雷冈。这些人归我管。"他朝附近的田间工人点了一下头,"这人怎么啦?"

"他在弗雷斯诺发表演讲。他们把我们关进了监狱,给我们上水刑。他们两天前放了我们。"

"两天,你们只走到弗雷斯诺的南边?甚至还不到十英里呢。"

"我知道,可是他走不快。走几步,他就站不稳。他发烧了,现在又闹肚子……这些病把他击垮了。"

"是的,闹肚子,我能闻到这股味道。"

拉蒙·奥布雷冈蹲下身子,拿草帽在他两个膝盖之间轻轻摆动着,一边望着这火热的银色天空。

"河谷的这个地方,向工人发表演讲没有用。没有用,他们只能说,'是,先生。'"

"我已经领教了。"

奥布雷冈摸了一下马克斯的额头。

"基督救救我们,额头烫得像块烧红的煤啊。"

"是的,先生。我担心,他要是再不看医生、吃药,怕是会死的。"

"你说得对,我觉得。"这个上了年纪的墨西哥人再次望了一眼雾蒙蒙的平原,"我这个农场的老板不会去为他请医生的,这我知道。不过我们可以在我们的临时工房里为他找个地方。最多只能这样了。你到那边去,帮我把他扛起来。"

架构型的临时工房占着一个很大的光秃秃的院子的一边,炙烤在热辣辣的太阳下面,院子距鲍尔斯-雷森路一英里地。奥布雷冈和缪克吉一起架着马克斯穿过院子,路过一个饮水槽,饮水槽的顶头有一个直立的水龙头。奥布雷冈的目光警惕地来来回回观察着。

远处,晶莹剔透的一扇扇水花哗哗啦啦地从水泵里流出,浇灌着果园。再远处,一辆巨大的哈特-帕尔牌拖拉机突突地翻耕着一块休耕田,它高大的钢铁轮子不时地溅起水花,在阳光下闪烁着银光。马克斯的眼睑颤动着。他意识到有人在帮助他,便试图用自己的脚走路,不料一下子滑脱了缪克吉的手,侧身跌倒在黄土中。

"把他扶起来……快。"奥布雷冈悄悄说道,"老板每天大致都会在这个时候骑着马来巡查这块地的。绝对不能让他看见他。你也一样。他会把你们赶出去的。"

"不。"缪克吉说道。

"你说什么?"

"我说,不,他不能把我们赶出去。"

"你肯定,是吗?"奥布雷冈恼火地说。

"是的,我肯定。你瞧,这个人曾经是罗马天主教的神父。一个献身于上帝的人,充满着基督徒的爱。他教导'沃伯利'们要顺从,受到攻击时不要反抗。我很快就认识到他是错的。我们离开弗雷斯诺前,我去了我们的朋友弗兰克·利特尔先生那儿。他给了我一样东西。"

戈帕尔·缪克吉解开他已经被汗水湿透的衬衫的两颗纽扣。惊讶的奥布雷冈看到了一支小小的左轮手枪,就贴身藏在这人的肚子前面。

"我还有子弹。"缪克吉说道,"谁也不可以动迭戈,直到他身体好一点。"

奥布雷冈用一种新的热切的赞赏神情望着这个印度斯坦人。接着,一条小路上冒起一团尘烟,一看到这个,他惊醒过来。

"是老板,塔博克斯。我们把他弄到屋里去;我们以后再争论。"

他们将迭戈·马克斯拖到临时工房的门廊上,那儿一个高大肥胖的黑发女人和两个赤着脚的小孩用有点惊奇的目光看着这一举动。奥布雷冈示意她打开那扇沉重的门。随着渐渐清晰的马蹄声,他们将马克斯从炫目的阳光下用力拖过阴凉的门廊,拖到又清凉又黑暗的屋内。女人从外面关上门,身子靠在刷成白色的墙板和油漆的木头招牌上,招牌上,一个褪了色的标有"JMC"的椭圆形图案下面写着西班牙文的"临时工房"字样。

83

3月6日,弗里蒙特·奥尔德造访格林尼治大街。麦克于2月底来到了北方。这会儿他在一楼的办公室里接待他的朋友

"不再延缓,不再上诉。日期定下来,是明天了。"奥尔德说道,"阿贝·鲁夫终于要去圣昆廷了。"

"这拖得够长的。"

"我说也是。我就想你会想要来县监狱看看这次转移的。车队十二点半起程。"

"什么意思,车队?"

"这事变成了一个该死的庆祝活动。记者们受到热情友好的邀请。大名鼎鼎的阿贝即便是要被关到昆廷去,也是个最有名的罪犯。他的狱友已经迫不及待地想要一睹他的风采了。他们早已经在那家黄麻厂给他安排了一个舒适的工作。"

"我要是可能的话就去那儿。"麦克匆匆写下一个备忘录。

隔壁房间里,电话铃响了。他可以听到亚历克斯·马勒闷着声音在接电话。

奥尔德轻轻拍着客人座椅的扶手。

"告诉你转移阿贝这件事情并非我来访的唯一原因。我想要对你,对鲁迪,对改革团体中的每个人襟怀坦白……"

"襟怀坦白什么?"

"只要他表现好,鲁夫的十四年刑期可以减到九年。现有的法律表明,一个囚犯没有服满一半的刑期是不可以假释的。我打算发起一场运动,废止这一法律。我要充分利用《简明新闻》这一资源。"

麦克向后靠去。

"我不相信我会听到这样的话。"

"阿贝·鲁夫已经受到审判,已经被判有罪。他是一个废人了。他的政治机器已经被摧毁……他绝对不可能再获得权力了。为什么还要羞辱他呢?"

"因为他是一个该死的坏蛋,榨了这个城市好多年的血。"

"那我们也榨了他的血。我们没有必要在这里面打滚。"奥尔德从一个名片夹里拿出一张折拢的纸,他将纸递给麦克。

"这是什么?"

"一篇社论的要点。"

麦克费力地辨认着奥尔德的字。

949

一个人需要有强大的自以为的正直才能握得住另一个人的牢房钥匙。一个人应该对自己的正直无私十分肯定才能对阿贝·鲁夫的耻辱产生一种站在道德至高点的快乐。

"弗里蒙特,这是什么? 怎么回事?"

"交易,麦克。正在进行的是交易。我昨天去了鲁夫的牢房,跟他达成了一桩交易。等他一在监狱里安顿下来,他就开始写他的回忆录。在《简明新闻》独家刊发。"

麦克不知不觉地张开了嘴。首先,他感觉义愤填膺,并准备提醒奥尔德正是鲁夫雇的人让吉姆成了瘸子。然后,一通悲伤心酸而又愤世嫉俗的退堂鼓消弭了他的冲动;吉姆已经不在了。

"你的角度是什么呢?"他反而这样说道,"'老板忏悔录'吗?"

奥尔德不理睬他的讽刺。

"正是。"

"善良的主啊。"麦克摇着头。

亚历克斯·马勒猛地拉开门,急匆匆撞了进来。

"先生? 是杰西·塔博克斯来的电话。十万火急。"

"对不起,稍等。"

麦克走后,弗里蒙特·奥尔德趁机从前门溜了出去,几乎没有发出一丁点儿声响。

"今天上午发现他们的。"杰西·塔博克斯说道。

他坚韧的脸被太阳晒得绯红,晒出了一个个水疱,衬衫的腋窝部分和背部全都被汗水浸透了。他拿骑手短鞭在自己的大腿上笃笃地敲着。

"两个人,从弗雷斯诺逃出来的'沃伯利'。一个是疯子一样的'包头巾',另一个是一个美籍西班牙人,名叫马克斯。那'包头巾'还带着一支手枪。"

他听着。

"事实上,是我的助手基特先生发现他们的。"

不远处门口,霍默·基特懒散地站在那儿,一面挠着自己的裤裆。他有一头沙色的头发,是一个乡巴佬,嘴角衔着一根可以做扫把的稻草。

"我们尽力不声张……要是让这儿附近一些激进分子知道了,天晓得他们会干出什么事情来。"

很可能先把我浇上柏油、沾上羽毛呢。

"问题是那个'包头巾'带着枪,而且他说我不可以碰一下那个美籍西班牙人,因为他病得很厉害。最主要的是,他是一个神父。或者说,他曾经是。你能想象吗,一个'沃伯利'神父?"

他听着。

"没错……是马克斯。"

他听着。

"不,先生,我没法简单地命令他们出去。我试了。"霍默·基特轻蔑地哼了一声;他就是那个带着要这两个'沃伯利'出去的命令,被派到临时工房内去的人。

塔博克斯继续听着。

"该死的,钱斯先生,这不公平。这不是我让这一切发生的。我最好的工头奥布雷冈发现了他们,把他们弄来的。我是想把奥布雷冈的皮给扒下来,可是他有十八个亲戚在临时工房里啊。"而且他们每一个人都让我害怕。

他听着。

"我知道这是我的责任,可我不知道究竟该怎么做。"他大声说道,"所以我就打电话来了。"

他听着,一面拿他的马鞭拍打着他的马裤。

"好吧,先生。是,先生。我静等你来,可是要快一点儿啊。是,

951

先生。"

杰西·塔博克斯漫不经心地挂上听筒,可是听筒从挂钩上掉了下来,连着电线的听筒"砰"的一声撞到了墙上。当他想要把听筒再次挂上去的时候,他把挂钩给弄断了。他骂着娘,任听筒晃荡着。

"我不晓得干吗要为那个不知天高地厚的杂种干活。"

"因为他给的美元最多,这就是原因。"

"他要亲自过来。"

"我估计是。"

"明天某个时候到。"

"嗯,他最好抓紧点,因为我们有五十个外国佬住在临时工房里呢,你不能指望他们的嘴巴都闭紧了。附近地区谁要是发现我们在这个农场里藏了两个'沃伯利',我们就摊上事儿了。"

"狗屁,我对他就是这样说的。"杰西·塔博克斯说道。

他扬起马鞭,重重地抽到办公桌上,吓了霍默·基特一大跳。

麦克仔细看了一下时刻表。接下来几个小时里的火车都是慢车,所以他决定还是开着帕卡德过去,快一点。一度,他在路上花的时间比预期的要少,但是来到斯托克顿的南面之后,刚刚穿越斯塔尼斯劳斯县的边界,一只轮胎爆了。帕卡德的头灯猛地歪向左边,汽车颠簸着驶下路肩的当口,麦克使劲拉了一把方向盘,避免汽车掉进沟里。汽车的尾部猛地扭了过来。他踩紧刹车,熄了火。

帕卡德最后颤动了一下,安静下来。一大团棕黄色的尘烟在紫红色的暮光中慢慢升起。他听到远处有丛林狼在嚎叫。他见鬼的开这辆车来是错的。他要么换胎继续前进,要么走到最近的火车站去等火车。他当然不想走很长的路去等火车。

麦克将他的浅顶软呢帽扔到旁边的车座上,将前额靠到方向盘上。清亮的晚风吹拂着他的脸。几个小时的车程,他感觉浑身肮脏不堪,肚子也饿了,可是他没带食物。再往前半英里左右,他看到有奶牛棚,他不知道是否能讨到一杯牛奶或者一块面包。

但首先他得更换轮胎。他爬出车子,脱掉外套,解开领带。西边的阳光在他的"店老板"科尔特已经发蓝的金属上闪烁着亮光。延误并没有改善他的心情。

扳头和轮胎上的螺母不断地从他患关节炎的手中掉落。他总共花了半个钟头才换好轮胎。等他最后到达那个牛奶场的时候,他买了一夸脱①的牛奶和半条面包,并得到允许钻进一堆干草里躺了一个小时。接着,他在满天繁星的夜空下继续上路。他有一种强烈的感觉,心中有一股暗流在冲击着他。

来到横贯默赛德县的默赛德河边,他发现道路被阻塞了,木匠们正在修桥,有几段桥面被采石场来的一车石头给压塌了。麦克骂着娘,只好离开原来线路,兜了好几英里路,来到斯内灵。他在那儿驶上了一艘将他渡过那条河的平底大驳船。

已经下午十二点半了,这个3月太热了一点。风沙有一种干巴巴的味道,仿佛是8月了一样。他满身大汗,没有休息,饿着肚子,不停地向着南方驶去。

在距乔奇拉不到一点的地方,一个马德拉县的治安官从一条小路上飞驶而来,还啪啪地朝空中开着枪。麦克停下车子,治安官以不计后果的速度为罪名逮捕了他。

麦克表明了自己的身份,接着说出了他在本州的一些朋友和社会关系……没有用。那个乡下的地方行政官和治安官从来没有听说过他。

他想到了阿贝·鲁夫。他会如何处理这种事情?他给了那个地方行政官和治安官各一百美元的贿赂,于是他们的态度发生了一百八十

---

①夸脱,容量单位。

度的大转变,变得亲切友好,变得乐于助人,治安官领他到一家体面的咖啡馆去喝咖啡,行政官邀请他到他前走廊的那个秋千上放松一下。麦克生生地忍住自己的满腔怒火,谢绝了。到下午三点半的时候,他已经到了精疲力竭的边缘,可是他继续往南进发。

帕卡德在落日的红色余晖中轰隆隆地驶进满是尘土的院子。结束了一天的田间劳作,各家各户都聚在了一起,赤着脚的孩子们围着水槽和水泵追逐嬉戏,一个赤身裸体的婴儿在地上爬来爬去,一只健壮的公鸡在徒劳无益地啄食,一条瘦而结实的猎狗在无谓地瞎忙乎,一面汪汪地叫着。空气中飘溢着热热的泥土气息和香香的饭菜味。

好一幅错杂凌乱的图画。麦克快速地从帕卡德上下来,大步走进临时工房里。大多数田间工人都认识他,女人们腼腆地微笑着,男人们用指关节叩击着自己的额头。麦克发怒了;他估计这种俯首帖耳的态度一定是塔博克斯造成的。

这座建筑由干净简朴的生活区域组成,排布在一条长长的走道边上。有一些生活区域含有三个房间,有些供单身汉居住,便只有一个房间。什么都刚刚刷白,顶上还安装了电灯。二楼一模一样。

来到楼上走道中间,麦克看见有一位头上包着一块头巾的年轻人站在一个门口。他的皮肤呈棕色,但不是一个墨西哥人。麦克径直从他身边走过,注意到了他警惕的眼神,然后走进了一个由两个房间组成的生活区域。一看到迭戈·马克斯的样子,他大吃一惊。他躺在床铺上,浑身发肿,肤色灰黄,病魔缠身。麦克闻到了他被汗水湿透的棉睡衣的臭味儿。

他跪倒在这位老熟人的身边,用手掌摸着他的额头。一个上了年纪的墨西哥人出现在了门口并走进门来。

"我是拉蒙·奥布雷冈。下午好,先生。"他说的是西班牙语。

"我是钱斯。"

"噢,我……我看到过您的照片。"还是西班牙语。

他们握手的时候,那个年轻的印度人正从奥布雷冈肩头望着他。马克斯发出呼哧呼哧的声音,他的头来回滚动着。接着他安静下来,开始张着嘴巴打鼾。

麦克继续用西班牙语说道:"他的体温一定有一百零四华氏度了。"

"这样已经有好几天了。"奥布雷冈说道,"我估计他快死了。他不肯死。他是一个大块头,很强壮的,像一头公牛。"

"但他像这样是挨不下去的。我到这儿附近找个医生来。"

"那敢情好。"缪克吉说道,他的英语那么纯正,麦克倒是始料未及,"迭戈是一个优秀的人。可是在弗雷斯诺,他们十分憎恨他,就像他们憎恨所有的印度斯坦人一样。"

"你就是那个把他带到这儿来的人吗?"

"是我,先生。"

"他怎么会变成这样的?"

"他因为演讲而遭到逮捕。他们在弗雷斯诺监狱里整夜用消防龙头在我们身上浇冰冷的水。迭戈以前也被浇过一回,他早已经病了。是我把他带出城来的。"

"我在那条主路上发现了他们,就把他们弄进来了。"奥布雷冈解释道。

"你不该管这种事情,也无权管这种事情。"麦克说的话很辛辣,既因为疲惫,也由于想尽快了断这件事情。

奥布雷冈的脸上明显地升起失望的神色;他听说的詹·麦·钱斯不是这样的。

"无权,也许。"他静静地回答道,"但有义务。"老人的目光里显露出的是不卑不亢。

麦克退了一步。

"好吧,无权,但有充分理由。我马上开车去塔博克斯的办公室,打电话找个医生来。我们不声张这事儿。我不想要其他的农场主们来找我的麻烦。就现在这个样子,他们都以为我太激进了呢。"

这话给奥布雷冈的脸上带来了一丝疲惫的笑容。

"我明白。建这些临时工房用了合适的木地板而不是泥地是激进，提供了合适的厕所而不是露天的大坑或者什么也没有是激进。让你的人在这儿有屋住而不是通常的挤在帐篷里和茅舍里是激进。的确是激进，先生。"

麦克跟这个老墨西哥人互相瞪着眼睛，最后默默地和解了。

马克斯在睡梦中呻吟着。窗外，红色的夕阳渐渐消失了。缪克吉往上伸手拉住有马口铁灯罩的电灯开关线，"啪"的一声打开了电灯。

麦克走下楼梯，来到院子里，这时四周已经一片黑色。长长的旅途，他的身上还残留着泥土和汗水的臭味儿，便不禁皱了一下鼻子。整个情势还是一团糟。他不喜欢庇护"沃伯利"，不管他们是谁。

他拖着脚步走向那个水槽，感觉自己的身子沉得像花岗岩一样。他打开水龙头，避开泼溅的水花，装满水勺。水很清凉，甜甜的。他歪过水勺，倒了一些水到自己的下巴上，接着又泼了一些水到自己的额头，并舔着从鼻尖滴落下来的水。

当他睁开眼睛时，他看到那个印度人在门廊的电灯下。那人快速地朝他走来。

"钱斯先生，先生。您离开前稍稍耽误您一下。我是戈帕尔·缪克吉先生，先生。在旁遮普省我们那个叫钱德珀的村子里，我学习成为了一流水平之中最好的农民。我坐船到了加拿大，在那儿收割过小麦。然后我来到了加利福尼亚，这儿也有我那个地区来的同胞在工作。我非常喜欢这个地方，除了我在弗雷斯诺看到的仇恨外，我要成为一个加利福尼亚人。"

麦克再次感到厌烦和恼火，不知道这个外国佬是什么意思。

"我这会儿说不动话。"他说道。

"对不起，就再耽误您一分钟，先生。我是一个很优秀、干活很卖力的人，对各种各样的庄稼都再在行不过，包括麝香葡萄和麝香紫红色葡萄,我看你这儿种了很多。"

"看在上帝分上,缪克吉,现在不是谈……"

"为什么呢,先生?我饥不择食,勤劳而又诚实。给我一份工作吧,先生。"

麦克靠在水泵上。

"哎。他们不喜欢你这种人在河谷里。弗雷斯诺不是给你上了这一课吗?他们也不喜欢雇用印度人的人。我在屋里说过了,我再说一遍……我不想找更多的麻烦;我的麻烦已经够多的了。你必须到其他地方去。"

"可是,先生,我保证,你会发现我是一个极其有能力的最好的人。我可以为你在这个农场卖力地干活,你说一天干多少时间就多少时间,等我赚到足够的钱,就把在钱德珀望眼欲穿的妻子带过来。我怀抱着很大的希望,我们能够在加利福尼亚大发的。"

"你得到其他地方去。现在到屋里去吧,别让我看见你。"

"先生……"

麦克拿水勺在水泵上敲得当当响。

"没有工作。"

麦克挂好水勺,转身向他的帕卡德走去时,印度人怒视着他。接着,缪克吉从挂钩上摘下水勺,拧着水龙头。这不知怎么的做过头了。麦克旋过身来,一把打掉缪克吉手中的水勺。水勺掉落到地上,涂了锡的金属闪烁着银光。

"该死的,我告诉过你……到屋里去。"

"先生,难道先喝口水也不行吗?"

院子里仿佛骤然变得一片死寂。两个人都站在离门廊有一段距离的地方的黑暗中,电灯光几乎照不到他们身上。一丝窄窄的黄色和白色的亮光显示出沿海群山的轮廓。

麦克看不见周围的一切,他只在一条蜿蜒曲折的棕色溪流中看到了一个满怀着希望的流浪汉。他看到了马背上的"沼泽怪"赫尔曼,拒绝给予那个闯入者一点简单的必要的东西……

"先生？"

麦克抹了一下自己的嘴巴,接着走过去,捡起那个掉落到地上的勺子。他怀着一种无意识的庄重,将它递给了戈帕尔·缪克吉。

两个人互相对视了一下。

戈帕尔·缪克吉拧开了水龙头。

我到底是怎么了？我怎么把这么多东西忘却了呢？是年龄的缘故吗？是金钱的缘故吗？是挫折的缘故吗？是悲伤的缘故吗？

无论什么缘故,麦克都感到羞耻。

水哗啦啦地流进了水槽里,杰西·塔博克斯骑着马沿一条泥土小路飞奔而来,冲进院子。他满脸通红,激动万分,一面勒住缰绳,一面拿他的短马鞭在头顶上挥舞着。

"霍默·基特看见你驾着汽车来了,钱斯先生。主路上有好多车灯呢。整个他妈的一大群汽车。"

麦克全速朝那辆帕卡德冲去,跳上后面的保险杠,接着跳上行李箱。从这个高度,他可以望见田野那边的鲍尔斯-雷森路。千真万确,汽车的灯光上下跳动闪烁着,刺破滚滚尘烟。麦克数了一下,五、六、七对灯光,一路纵队,从东方疾驶而来。从弗雷斯诺公路疾驶而来。

塔博克斯驾驭着他那匹紧张腾跃着的母马朝汽车走去。

"吁,萨尔。安静,你该死的。"那工头拿缰绳凶狠地抽着母马,血都抽出来了。

"你为什么突然招待起客人来了,杰西？"

"一定是有人到城里说了。"

戈帕尔·缪克吉跑向帕卡德,自说自话地站到了保险杠上。他对麦克说道:"我不会被赶走的,先生。我的朋友加同志不康复我是不会走的。"

他一把从裤子中拉出自己的衬衫，将一支小手枪握在了手中。

万能的主啊，所有的一切都在崩溃啊。

塔博克斯的话音几近歇斯底里，说道："七辆汽车，说明有很多人啊。他们也许会把我们烧得精光的，也许会杀人的。你为什么不把这两个人交出去啊？"

麦克也很想这样做。他但愿这场风波早点过去，但是它不会轻易过去的。

"你为什么不闭上你的臭嘴，杰西？骑上马到办公室去，把我的猎枪拿来。"

他从车上跳回到地上，将他的外套脱掉，从臀部拔出那支"店老板"科尔特。麦克打开旋转弹膛，检查了一下子弹，然后又跳回到帕卡德的前保险杠上。现在，他不仅看到了车队，而且听到了声音。那些汽车咆哮着、喧嚣着，一辆接着一辆地驶进通向这块土地心脏的车道。

麦克等在水槽边。他再次派塔博克斯回到办公室去，命令他守候在电话机旁。他将手枪套从左面拉到右臀部，这边可以快速拔枪。他的一个臂弯里，抱着那支大牧场猎枪，一支两根枪管上都配有枪筒颈部调节器的八号伊萨卡。

一路纵队的汽车浩浩荡荡地朝院子驶来，车前部的灯光刺破滚滚尘埃。对处于疲惫状态的麦克来说，它们的声音听起来就像饥肠辘辘、性情凶狠的美洲狮。

第一辆汽车的灯光让他盲了一下子。这辆福特 T 型车上挤着四五个人。它先是从左边驶进院子，接着再次转到右边，车子停下的时候，其前灯的灯光就照耀着工棚的正面。

其余六辆汽车一辆接着一辆并排停在一起。麦克紧紧盯着这十四盏前灯。他将两个膝盖叠在一起，以防止他的两条腿瑟瑟发抖；他不想让他们看见他有多害怕。

车门快速地打开，穿着工作服和廉价套装的人纷纷拥了出来……

弗雷斯诺县瘦而结实的红脖子农场主以及戴着常礼帽、有着高衣领的城市商人。他们大多数人麦克都认识，包括警察部门的那个菲尔·拉米斯小队长……没有穿制服……和走在前面的那个人——一个名叫彼得·斯莱奇曼的秃了头的大腹便便的小麦农场主，仿佛他是领头的一样。

斯莱奇曼走到水槽跟前，目光警惕地望着麦克，其他人列队在他的身后。麦克很快地数了一下，有二十三个人，因为干活而变得十分粗糙的双手紧紧握着斧头柄和二英寸乘四英寸的木条子。他没有看见有枪。

麦克朝这个发言人点点头打招呼。

"皮特①。"

"麦克。"

"我能为你干什么？"

"我猜你知道。你窝藏着两个我们要的人。"

麦克圆圆的眼镜在汽车的强烈灯光下闪烁，他的头发白得像新棉一样，闪闪发亮。临时工房里传来叽叽喳喳的西班牙语声。他命令每个人都待在屋里，远离打开的窗户，他希望他们都完全能遵守他的命令。

"我说你有两个我们……"

"不要着急，皮特，我听见你的话了。你是要他们呢，还是要我？"

斯莱奇曼冷笑着。

"啊，是啊……这话倒也是。你从来就不随这周围的人的大流。总是让你的邻居显得很坏，总是不合拍。就拿这个临时工房为例。帐篷对这些干弯腰活的劳工还不够好……"

"没错，不够好。还有什么，皮特？"

"这两个赤色分子。把他们交出来，我们相安无事。"

---

①皮特，彼得的昵称。

"把他们交出来？为什么？到监狱里再去受一次水刑，还是这次是准备了死刑绞索？"

"别拖延我们的时间，麦克。我们知道他们在屋里。拉蒙·奥布雷冈的一个表亲在城里灌多了龙舌兰酒，早就说漏嘴了。"

"我不否认他们在这儿，可是你们不能把他们带走。我给他们住的地方，这关你们这些家伙什么事？我感谢你们记着这是我的土地，皮特。我要你们离开这儿，马上。回家去。冷静一下。"

另一个农场主卡尔·卡斯走到他那辆里奥车的大灯前面。卡斯的脖子真的很红，这都是他在西瓜田里干活所致。他嚼着烟草，工作围裙上沾满了污渍。麦克曾经借给卡斯五百美元，当时他的小女儿克拉丽斯生病，急着要付医疗费用。卡斯像蛇一样恶毒的怒视表明这事儿他全忘记了，他大声呵斥的话音也表明这事儿他全忘记了。

"你疯了，钱斯。你干吗要保护一双赤色分子，他们很快就要抢走你的金钱，还要抢走你的土地哪？"

人群中有些人咕哝着说"是啊"或者"告诉他，卡斯"。

"听着，卡尔，"麦克说道，"我对'沃伯利'的态度跟你一样。我并没有多喜欢他们，但是演讲没有伤害到任何人。我记得有什么规定，美国人想要在哪儿演讲就可以在哪儿演讲，喜欢讲什么主题就可以讲什么主题，这是允许的。假如这个观念还不能说动你的话，那么试试这个理由。我很久以前就认识这两个人中的一个。他正在发高烧，很可能是肺炎，已经奄奄一息了，我要是再不去请个医生来，他可能就要死了。一个人的生命比金钱和土地更重要。"

一个靠在闪闪发光的绿色挡泥板上的农场主发出一声窃笑。

"什么时候开始的？"

"是忘了医生还是其他什么人吧。"斯莱奇曼说道，"我们在路北面的半英里处停了一下，莱恩·萨德爬上电线杆把电话线剪断了。我们还派了一辆汽车关了车灯到后面那条路上。有几个好小伙子正埋伏在这个地方后面的田里呢，以防万一有人想从那个方向逃走。"

麦克的肚子里好似有一把刀在拧着,他的嘴巴变得干渴,唾液全无。

斯莱奇曼拿他的舌头舔着他难看的黄牙,接着戴紧了一点他那顶破旧的草帽。

"我认为你最好还是让我们把那两个人带走,麦克。"

他绕过水槽,朝门廊走去。

麦克抬起猎枪的枪口,对准斯莱奇曼的腹部。斯莱奇曼停下脚步,其他人的咕哝声也停了下来。

"皮特,我不想开枪,但是你要是逼我,那我会的。你想要把那两个人带走,你得先把我带走。我保证,我也会让你们中的一些人跟我一起垫背的。"

"你在违法,麦克。"

"你他妈的什么意思?"

卡尔·卡斯大声回答道:"我们是县治安官奇腾登委派来的。每个人。"

"对不起……我早已带来了一个警徽。"拉米斯小队长对着哄堂大笑的大伙儿说道。

麦克抚摸着自己的下巴。他可以听到胡子的摩擦声,他的胡子长得像暮色中的影子一样黑了;自从离开旧金山以来,他还没有碰过剃须刀呢。

"所以你明白,麦克……"

"不明白,皮特。我什么也不明白。"

"你要是留下那两个人,那我们就有权管。"

"我要看授权令。"

人们替换着脚的重心,再次吵起来。

"空口说说代表是废话,皮特,这个我们俩都知道。不过,我不管你有没有授权令,我都不在乎。不管你有没有代表权,你都得流血。"

他把那支双筒伊萨卡的枪口抬高了一点。汽车头灯的灯光下,蓝色的金属在闪闪发亮。

斯莱奇曼最后耸了一下肩膀算是对他的回答。

"我们可以等你改变主意。我们可以等一整个晚上,我们可以等一个星期。我们要拿那个外国佬和那个'包头巾'开刀,在整个他妈的河谷里杀一儆百。"

"在整个州。"一个名叫帕奇亚恩的美国人农场主高声喊叫道,引来其他人一片喊喊喳喳的附和声。

斯莱奇曼转过身,迈着很不情愿的脚步朝汽车走去。拉米斯和其他的人围在他四周,轻轻地说着什么。

麦克走回到门廊上电灯光那一摊昏暗的光线下。

"谁在那儿?"

走道的黑暗处传来一个声音。

"我,先生。缪克吉先生。"

"试试墙上的电话。让我看看电话是否能通。"

麦克等着。

"没有,先生。我觉得电话没有通。"

麦克骂着娘,在台阶上坐下身来,靠在壁板上。

"把这儿的灯关掉。"

缪克吉"啪"的一声将电灯关掉。麦克瞧着那些农场主和城里人在停泊在那儿的汽车的灯光下指手画脚、争长论短。他从来不会在赌博上浪费自己的金钱。可是,这次假如是一个牌局的话,那么颇为肯定的是他拿的是一手必输无疑的牌。

"嘀嗒嘀嗒"。持续不断的"嘀嗒"……

他猛地抬起头来。他刚刚打盹了。

某处有一只雄鸡开始啼鸣。云彩像白色的面纱飘移在星星的下面。时间在继续"嘀嗒"。他记起了他身处何地,真后悔他不该来这个地方。几个小时前,他穿上了他的外套保暖,但还是感觉冷极了,他的双手又冻又疼。当他呼吸的时候,他可以隐隐看见自己呼出来的气。

伊萨卡搁在他的双膝上。这会儿他意识到了,这个嘀嗒声来自他那只二十四开金的怀表。这只金表是在地震前买的,表盖上专门刻了饰纹"JMC"。

临时工房正面朝北。东面,河谷的地面上方开始破晓。麦克拿出怀表,将它歪向光亮处,让微明的曙光照到数字上。五点半。

他打着哈欠,摆动了一下僵硬的双腿。汽车灯光早就熄灭了,那些人挤在汽车里打瞌睡,或者干脆就蜷缩在地上。随着天色越来越亮,麦克看到这儿伸出一条胳膊,听到那儿传来一声哈欠:他们正在醒来。

临时工房的背后,突然传来一个"咝咝"的声音,这表明新一轮的灌溉开始了。杰西·塔博克斯在四分之三英里之外的办公室里打开了开关。此情此景仿佛就像在中国一样。

这帮乌合之众慢慢醒了过来,还互相问候着,有什么人含混不清的话引发了一阵大笑。这普普通通的声音使麦克尤感孤独。

他听到身后传来窸窣的声音,屋内,有一张凳子摇动的吱嘎声。缪克吉整夜坐在那儿,像服侍其主人的一个仆人,跟他共同警戒着。他带着一支手枪,这样他们总共有两支手枪和一支猎枪对付这二十三人了。

还不够好。

拉米斯纠集了卡斯和斯莱奇曼以及其他五个人,再次前来交换意见。他们站在那辆 T 形汽车前面,麦克可以清清楚楚地看见他们……他们这是有意的。整夜,他一直在绞尽脑汁思索出路,一条不使用暴力的出路。他认为塔博克斯遇见这种紧急情况时毫无用处,霍默·基特也一样。缪克吉自告奋勇愿意冲过田野去搬救兵,但是麦克没有同意。他们能找谁帮忙呢?也许弗雷斯诺市政当局和县政府当局没有怂恿这样的抢劫,但是,无论发生什么事情,他们肯定会袖手旁观。没有其他可资利用的帮助。

T 形汽车边的人群中,斯莱奇曼的声音似乎最响。他用一个拳头击打着一只手掌。

"不，马上。"拉米斯耸耸肩膀，又争论了一会儿之后，斯莱奇曼戴上他的草帽，笨重地走到水槽跟前。

"钱斯？"

"在。"

"你听着。我们整夜都在帮你的忙，但小伙子们又冷又饿，他们不想再拖下去了。你不打算讲道理，那我们也不讲道理了。我们带了两罐备用的汽油在这儿。你要是不交出这两个人，那我们就在这儿惩罚他们。在临时工房里油炸他们的皮肉，把他们煮了，还有帮助他们的那个墨西哥人。"

"皮特，临时工房里有女人哪。"

"这我知道。"

"还有小孩哪……"

"麦克，这取决于你。他们要是死了，罪孽在你头上。"

"那你们得靠近前来点火哪。"

"我们会的。你可以开枪打死我们几个人，但打不死我们所有人。"

麦克额头的一根血管凸了起来，像蓝色的细绳。他不愿去想，要是他们将这个威胁付诸实施的话，情况会有多糟，情况真的会很糟。

"缪克吉？"他朝身后叫道。

"先生？"

"他们还在监视后面吗？"

"是的，先生，不到十分钟之前我看过。"

麦克站起身来，瑟瑟发抖，但不是因为寒冷。他的两个膝关节咯咯作响，他快速地走到临时工房的角落头，顺着墙壁朝那些棚架望去。他在那儿看见了三个人，隔得很开，大约在临时工房后面五十码的地方。有一个人拿着一根铁条。

麦克听见有液体流动的声音。院子那边，卡斯正在用力将一只五加仑的汽油桶拎到停在那儿的汽车前面；他身后的另一个人还拎着一桶汽油。麦克跑回到门廊上，他握着猎枪的手黏糊糊的。

965

菲尔·拉米斯小队长找到了一个斧头柄。另有人拿来了一块布，拉米斯把布缠到斧头柄的一端，卡斯将汽油倒到上面。

拉米斯离开了汽油桶一段距离，将斧头柄伸到一臂远的位置，避开自己的脸。一个人擦燃一根火柴，扔了过去，布"呼"的一声被点燃了，喷出了火苗。

等火稳稳地烧着了，拉米斯举起这临时的火把，开始沿着一条小路朝水槽走来。临时工房内，一个女人用西班牙语哀求着她的孩子聚拢到她四周来紧紧抓着她。

麦克打开猎枪的枪机。

"太过分了，菲尔。"

"不，先生，我得到警察局的授权。你朝我扣动扳机，你就上绞架。"

拉米斯继续前进。

"菲尔。"麦克的话音严厉。

卡斯大声喊叫道："别担心，菲尔，他没这个胆量敢把你打死。"

杂种。狗杂种。他们了解他。

他们开始朝前挪动，所有人一起，全都越过了停在那儿的那排汽车。太阳出来了。这将是加利福尼亚温暖美好的一个日子。

"最后一次警告，菲尔。退回去。这毫无意义。许多人会白白地受到伤害。"

斯莱奇曼狂叫道："我不认为让那些激进的工会在加利福尼亚有任何好处，你这个狗杂种。"

喊叫声四起。

"快啊，上帝作证！"

"杀死他！"

"杀死他的每一个外国佬……"

麦克愤怒得想要哭泣，他绝没有想到事情会发展到这个地步。但是，拉米斯在继续前进，径直向前，越过了水槽。

麦克将猎枪紧紧抵到肩膀上，瞄准。拉米斯在十五步开外的地方盯着他。麦克想象着,他可能已经感觉到了那燃烧布块的热量。

接着只有十步……

开枪。打死他。

接着七步……

打死他。

拉米斯咧开嘴大笑起来。

"你是一个臭狗屎一样的懦夫,钱斯。"

拉米斯挥动手臂,准备将燃烧的斧头柄扔进一扇窗户。麦克硬起心肠,将食指扣上扳机。

另一个声音打破了沉静,一个比棚架里面的水花声更响的声音。

"援兵来啦!"有人狂叫道。

"胡说,不会……我们集拢了每一个想要来的人啊。"斯莱奇曼说道。

麦克钩在扳机上的手指抚摸着扳机。接着,他眯眼瞧见了不可思议的景象。拉米斯转过身来,也看见了。它就像前一夜在银幕上放映的埃塞内伊电影公司的一部小电影。五辆汽车一路纵队呼啸着沿着鲍尔斯-雷森路飞驶而来,接着往左转上了这个地块,汽车的前灯闪闪发亮。

"见鬼的怎么回事儿?"拉米斯大叫道。

燃烧的斧头柄已经烧得太短了,他将它扔进了水槽里。有一阵猛烈的嘶嘶声,空中升起袅袅青烟,接着什么声音也没有了,只剩下穿越尘烟、咆哮着飞驶而来的轰隆隆的汽车声。

第一辆汽车的边上跟"县治安官"四个字装饰在一起的是一颗金色的星星。当黑色的大斯托达特-代顿绕过停泊在那儿的汽车并停到它们前面的时候,那些农场主和城里人的脸上显露出了惊慌的神色。另外四辆汽车停在后面,阻断了道路。车上跳下人来,说着什么话,喊叫着什么问题……从他们服装的款式看,是市里来的人。

县治安官从他的车子里费力地挤出身来,一面用力将系在他便便大腹上的枪带往上拉。他是罗圈腿,走起路来时像是被他的靴子紧夹着脚。他戴着一顶有帽舌的奶白色蒙大拿帽子,帽子下面露出灰白的头发。他说起话来的神情像是在一群调皮捣蛋的学生中一个受了委屈的小学老师。

"大家都把那些棍子放下。钱斯,把猎枪放下。拉米斯,一个警官见鬼的为什么跟这种事儿搅和在一起?"

"他们说是你委派他们来的,奇腾登。"麦克说道。

奇腾登治安官看上去变得更加恼火。

"他们全是该死的撒谎的家伙。我估计啊,他们想要攻击你,什么话都说得出来的。"

那些人抚摸着他们的斧头柄和二英寸乘四英寸的木条子。斯莱奇曼眯拢双眼,这时缪克吉手中握着手枪,正警惕地从门口望着外面。

奇腾登治安官拔出他的左轮手枪,一支极其普通的老式点四四-四零口径的科尔特边境款,朝头顶开了一枪。枪声回荡在阳光照耀下的棚架上空,慢慢远去。

"我说了,把东西都放下。这是命令。巴尼、阿尔……他们要是不愿意,就逮捕他们。"

"你们听到他的话了,先生们。"一个声音说道。

说话的是那一对副手里面的第一个人,这一对更年轻的人长着孩子气的脸,悄悄地从停着的汽车中间溜了过来。一个人端着一支老式的温切斯特连发大猎枪,另一个人握着一支款式较新的点三零-三零口径步枪。当这两个副手夺过两根棒球棒,将它们扔了出去之后,其余的人便乖乖地将手中的武器放下了。帕奇亚恩卡和其余几个人看上去如释重负,但是有一种内疚感。

市里来的人走到距那些农场主和城里人更近的地方。麦克看见了格子花的套装、鞋罩、高档的表链。斯莱奇曼拿他的草帽重重地拍打着一条腿。

"奇腾登,这些家伙见鬼的是什么人?"麦克通过那些引人注目的拍纸簿和铅笔就知道他们是谁。

"旧金山的记者,皮特。"奇腾登治安官说道,斯莱奇曼没有明白这警告的意思,"今天凌晨四点半的特别列车来的。"

"他们见鬼的怎么知道这事儿?"一个愤怒的农场主问道。

一个小胡子上涂着蜡、鼻子像个大萝卜的记者大步走到他跟前。

"哎呀,我来解释,乡巴佬……"

"听我们讲。"那农场主气急败坏地喊叫道。

"你们的一个多嘴的乡下表亲一定是在城里到处饶舌,因为有人从火车站拍了一份电报,也许有人觉得这种游戏挺野蛮的。这个电报飞速地从萨克拉门托传向了旧金山,我的主编把我从谢伊的市场街酒吧里拽了出来,说这个边远林区很可能有一场枪战或者一桩私刑杀人案。《旧金山考察人报》在一个小时之内租用了一列特别列车。概括起来讲就是这样,乡巴佬。"

那农场主两眼喷火。

"你这个该死的市里来的自以为无所不知的家伙,我的名字不叫'乡巴佬'。"

"唉呀……管它什么呢。"记者耸了一下肩膀说道,"听起来你们这儿像是一个出类拔萃的故事。'沃伯利'呢,被围困啦!'暴民'国王和'纵火'总理大臣呢,主宰了弗雷斯诺县!是的,先生……有可能比马塞尔沼泽悲剧还要大呢。"

斯莱奇曼脚步笨重地走到麦克跟前,倾过身去。

"不是为你而来的,我们还是要那两个人。没有人会忘记这件事情的。"

"但愿你是对的。"

奇腾登治安官意在威胁地挥舞着他的科尔特。

"现在,我把这话再说一遍,每个人最好都给我听着。附近来的所有人,爬进你们的车子里去,赶快滚蛋。你们其余的弄些人把小道上的车子挪开,让他们离开。把那些乱七八糟的东西也带回去。这个聚会结束了。"

"治安官,我们大老远赶过来的啊。我们得找这些人谈谈。"一个记者说道。

奇腾登想了一下。

"好吧。五分钟。就这样。"

新来的人像台球上的球开球之后反弹一样冲向当地人中间。一个农场主挥拳向一个记者打去;有两个人迫不及待地说起了他们这边的道理。

"这些是报纸的记者?"戈帕尔·缪克吉问麦克。

"没错。旧金山来的。"

印度人把手枪插进裤子里,咧嘴笑了,飞快地朝最近的一个记者冲去。

麦克手上和肩上的紧张感消失了,只剩下精疲力竭,他拼命压住一个哈欠。他将那支伊萨卡猎枪放到水槽的边上,俯下身去,将脸浸到清晨阳光照耀下亮光闪闪、涟漪荡漾的水中。

他浸了一下脸之后,直起腰来,像一只小狗从小河里爬上岸来一样抖抖自己的身子。接着,他睁开眼睛,看见有一个记者穿着裙子和仿男式女衬衫,正绕过停在那儿的 T 形汽车的引擎罩。

"内莉。"

他太惊讶了,他呆若木鸡,他只是站在那儿,任水从他脸上和下巴上一滴滴滴下。

她的脸色因为缺少睡眠有点苍白,有点浮肿。她的头发,比他记忆中的多了一点灰白。她瞧着他的目光,几多怪异,几多震颤,几乎是满含泪水。

戈帕尔·缪克吉一头扎进记者群中,热情地跟他们握着手。

"你们好,先生们? 我是戈帕尔·缪克吉先生,一个一流中一流的农业专家,加利福尼亚人。我想要说,要不是那位钱斯先生,我们必死无疑……或者说更加糟糕。他是一个勇敢的人,多年以来我就想为他工作了。"

"你现在在为他工作,是吗?"

戈帕尔·缪克吉飞快地瞧了麦克一眼。

麦克回应道:"是的。"

缪克吉咧嘴笑了,灿若阳光。麦克跑到内莉跟前,将她紧紧抱住。

"麦克……天哪。"

她喘息着,挣扎着;他强有力地抱着她的腰肢。她苗条的身段在他的怀抱中感觉如此奇妙,如此奇妙而又如此恰当。

"我有一篇报道要写,要发送……"

他全然不顾,强行将她拉到 T 形汽车边上亲吻她。虽然亲吻的时间仅有几秒钟,但是快结束的时候,她瘫软在了他的怀抱里。

"你到这儿干吗?"

他感觉自己像一个小学生一样飘飘然,不可思议地从疲惫不堪中恢复了过来。

"你听到基珀·哈克尼斯一分钟之前说的话了。有关于这个事件的电报从弗雷斯诺发出。我昨晚就在旧金山,准备坐下来跟《旧金山考察人报》的老朋友一起吃个晚饭。他们接到了城区新闻部的电话,提到了你的名字。二十分钟之内,报纸决定租用一辆火车。我得跟着一起来啊。"

他仔细观察了一下那个临时工房。工人们和他们的妻子儿女挤在门廊上和二楼的窗户里。

"你现在在保护印度工人?这倒是你全新的一面啊。"

"我想不是这样的。你知道我总是同情弱者,那个年轻人缪克吉就是一个。他在弗雷斯诺受到残酷虐待,马克斯也同样。缪克吉把马克斯带到了这儿。"

"迭戈·马克斯?"

"没错。他在屋里。"麦克靠到那辆福特车的挡泥板上,"在你干活之前,我想要对你说几句话。我一个人对付所有事情,已经焦头烂额了。所有人和事。"

他抹了一下湿淋淋的脸,决定冒险。他竭力想轻松地将它表达出来,尽管他怀疑她可以看出来他有多紧张,她很可能听得见他的心跳。

"我不在乎要往后挪到什么时候,内莉。我的意思是很长很长时间,我不在乎有一个妻子可以用她的写作养活我。"

"一个……"内莉的嘴形标明是"妻"这个字。

接着,惊讶令她说不出一句话来。

"妻子,内莉。妻子。"

"你该死的。"她的双眼溢满泪水,他抚摸着她的脸,不在乎谁能看见,"你该死的,麦克·钱斯。你对我说出这样的话来,叫我如何写得出一句条理清楚的话啊?"

"我不知道。我只是必须得说,我已经厌倦了没有你的生活。我傲慢得太久了,野心勃勃得太久了,愚钝得太久了,还有很多其他的事。我从未爱过其他女人,唯有你,这你知道。我们总是天各一方,这都怪我。"

"天哪。"她往后仰去,"你变了。"

"我不知道。"他耸了一下肩膀,重复了一遍"我不知道","不过,我愿意努力。"

她轻轻笑了一下,将头靠到他的肩膀上。

"我也变了,瞧我头发里面的白发。"

"挺好看的。"

"乱说。我不再年轻啦。我自己对自己都没有信心了,不像我二十岁的时候那样了。这是一个充满苦难的年龄段。我再告诉你另外一件事情:我夜里睡觉很冷。书本没法焐热一个人的身子,我觉得一个丈夫是……非常令人向往的。"

"那个合适的丈夫。"

"唯有一个,麦克。"她再也无法控制自己,她紧紧抱住他的脖子,痛哭起来。

彼得·斯莱奇曼走近那辆汽车,用充满仇恨的眼神瞧了这对恋人一眼。

"不,从来也没有第二个。"她亲吻着他干裂的嘴唇。

清晨的灿烂阳光下,他在那儿拥抱着她,准备在激动和疲惫时刻晕过去。可是,他有事情要做。

"我得把鬼知道藏在哪个洞里的塔博克斯拽出来,"麦克接着说道,"派他到弗雷斯诺去找个医生来。"

"我也得忙乎一阵。"内莉说道。她找到自己的记者本子,将目光锁定了奇腾登治安官。

她离开的时候,闭上眼睛说道:"玛格丽特,上帝保佑你。"

"你说什么?"麦克在她身后六英尺的地方大声问道。

"没什么,亲爱的,没什么。"

九天之后,迭戈·马克斯完全康复了,可以离开临时工房了。麦克开车将他送到弗雷斯诺去乘南太平洋铁路的火车。

当他陪着马克斯走向月台的时候,他不知道这位前神父今后会变得怎么样。他看上去胖得有点臃肿,虽然已经从危险的高烧和肺炎中康复了,但脸色还是很差。

"再见,麦克。谢谢你所做的一切。"

"这没什么,这是唯一正确的事情。我希望我们能再次成为真正的朋友。"

马克斯疲惫地扭了一下脸,说道:"很久以前,你认为我仅凭良心行事,自命不凡。你能告诉我有谁能跟仅凭良心行事的人成为朋友吗?"

"我是认真的,迭戈。"

"你所建议的是不可能的。"

"它曾经可能过。"

"所有贪婪的人都蔑视自由的精神。难道你会是如此稀有的例外?"

"如果你是这样看我的话,那我很生气。你再也不了解我了。"

"我了解我自己,我了解我所信仰的东西和宣讲的教义。教会强迫我走上了一条狭窄的道路。然后,我就离开她走另一条路,一条更加陡峭的道路,路途上遍布荆棘和陷阱,而且几乎可以肯定将通向黑暗。这是人们熟悉的傻瓜和烈士之路……那是一些愿意让自己的身躯被碾碎的人,因为他们是那么肆无忌惮地认为他们的理想一定会光耀天下。我们是不同营垒的人。"

"不同的军队,相同的营垒。"

当他们握手告别、马克斯将一只脚踏上南去的普尔曼列车的踏板的时候,他的神情显露出了疑惑。一度,他的双眼失了焦,他摇晃着。那个黑人行李员连忙一把抓住马克斯,扶他站稳,直到他恢复平衡。

麦克摇摇头。他们是多么奇怪的一对啊,他和马克斯。两个加利福尼亚的弃儿。

过了一会儿,马克斯说道:"再次谢谢你。"

"完全应该的。"

马克斯画着十字。

"上帝保佑你。"

行李员扶着他走上踏板。

步履很慢,而且马克斯经常发出喘息声。他像一个被什么事情都折磨的人,从痔疮到奥蒂斯将军的白人基督徒共和党的愤怒。唉,这也是加利福尼亚。南下的快车在一团蒸汽中开始离去,麦克的心中充满了极度的悲伤。

当晚,他做了一个奇怪的梦。一开始是暴风雪,但很快就变换到了加利福尼亚,变换到了他跟"沼泽怪"那个不给他水喝的老德国人在一起的场景。接着,麦克看到自己在农场的院子里拒绝给戈帕尔·缪克吉水喝。

他在凌晨大约三点的时候醒来,他想他明白了这意味着什么。他正在濒临毁灭般的快要成为沃尔特·费尔班克斯这样的人了,一个获得了自己的金子之后,接着便否定别人想要获得他们的金子的权利。

早晨,他用农场里已经修复的电话联系了格林尼治大街上的亚历克斯·马勒。

"找出雅各布·斯坦韦斯的地址。拍电报给他,告诉他我把地卖给他。"

84

1911 年 8 月的第三个星期五中午,詹姆斯·麦克林·钱斯在好莱坞宾馆的一个大堂里,由一位法官主持法定仪式,迎娶了前纳塔利娅·罗切夫。威廉·伦·赫斯特将新娘交到了新郎手里,约翰逊专门从奈尔斯赶来给麦克做傧相。当这个得克萨斯人踏着重重的脚步走过布局凌乱的框架形宾馆的游廊时,两个年轻的侍者认出了他,其中一个人便请他在一张行李票上签名。就是这样,"布朗乔·比利"的名声在大涨,他电影的名声在大涨,他股份公司的名声在大涨。

接下来便是轻松的招待会,出席招待会的有一大帮大胆脱俗的新闻记者和麦克的一些同事——亚列克斯和他的妻子索菲娅、里弗赛德的经理比利·比格斯塔夫和比格斯塔夫太太、带着他妻子和全部十二个孩子的石油公司的黑文·奥格、现在已经是一个鳏夫的恩里克·波特。大约七点钟,麦克和内莉向宾客们道了晚安,便退回到这个宾馆最大套间的卧室里。没有纯粹新人的那种羞涩赧颜、迫不及待和笨手笨脚,更多的是一种舒心惬意的品质,宛如两个热恋爱人的久别重逢。

事毕,他们交谈了一会儿,谈每个人所走过的迂回曲折的道路,谈如何来到他们差一点错过的这个人生的十字路口。内莉对她新婚的丈夫强调了非常重要的一点。

"如果我退一步，那么我希望你也一样。我不可能受到忽视……被撇在一边……就像卡拉一样。"

"我明白。"他伸出手，"几点钟了？"

他将床头柜上的怀表撞落到了地上，便赶紧赤身裸体地爬出床外，跪在怀表上方，眯眼瞧着。

"十点半。我得去了。"

"现在？去哪儿？"

"楼下。厨师长答应我，餐厅一关门，就把厨房给我用。"

"究竟为什么……"

"少安毋躁。给你一个惊喜。"

他热情地亲吻过她，匆匆套上裤子，穿上衬衫，将她留在了黑暗中。他一直到午夜过后才回来。

在好莱坞大街与海兰大街之间的交叉口，好莱坞宾馆对面的那个角落里，一个人瞧着新房高高的穹顶。

夜的空气里有一股污浊陈腐的气息，干旱的气息，唯有那正在凋谢的玫瑰花香才给这种气息带来一丝缓解。但是，这个在黑暗中看不清年龄和相貌的人，却对这种隐约的气味无动于衷。他所有的注意力全部都聚焦在了穹顶闪烁的电灯上，聚焦在了那个移动的剪影上和接着再次闪烁的电灯上。

好。他们还在那儿。他可以找个偏僻的角落，安全地睡到早上，这是一个有三千五百人居住的高尚正派的近郊社区。

他游荡了好几个街区，终于在两个小巷垃圾箱之间的角落处找到了一个地方，就在一道围墙边上，围墙上挂着一块牌子，上面写着"狗、犹太人和演员不得入内"。

怀亚特浑身颤抖，在垃圾箱之间蹲下身子。他感觉自己的舌头很大很厚,无数只小虫子在他的头皮上、耳朵里、腋窝下、阴茎处爬动。他在那件酸臭外套的口袋里摸索着,这是一件偷来的衣服,比他的身量大了两个尺码,他差一点折断了那根针,这是他绝望中渴望给自己注射的针啊。

早晨,麦克装满了两只有盖子的柳条大篮子,放到一辆租来的萨里式游览马车里其他的用具上面。此后很快,詹·麦·钱斯先生和詹·麦·钱斯太太便沿着夕阳大道往西飞驰而去。这是一条宽阔的泥土大道,中间有东太平洋铁路公司的铁道,头顶有悬挂着的电话线路和电报线路。好莱坞是一个有着阡陌纵横地块的死气沉沉的小市镇,千篇一律的中西部孟加拉式小平房,偶尔也会有艳丽而俗气的科德角式住宅点缀其间。内莉抓着他的一条胳膊,满脸笑容,心里美滋滋的。麦克重新上床之后,身上全是面粉、香料等厨房里的气味,他们几乎没有睡去。她累了,可是她感觉心旷神怡。

"骑用马。"怀亚特对在纳尔夕阳租马行值班的小青年说道。

他监视那幢孤零零的建筑大约有二十分钟,直到他肯定里面只有一个人。

"这儿有一匹跑得很快的母马,罗萨贝尔。租一天还是更长时间?"

"一天。"小男孩不紧不慢地伸手去拿马鞍座毯,"快点。"

当给罗萨贝尔备好马鞍之后,小男孩重新打量了一下这个陌生人。这人难以形容的外套沾满了各种各样难看的污渍,他的嘴角上有正在流脓水的溃疡,他的头发又长又乱,脏得毫无光泽,就连那几缕白发也变成了灰色。小男孩决定,反正主动权在自己手上,他要用双倍的价钱,打消这位顾客租马的念头。

"六美元。"

租马行里黑乎乎的,满是稻草和马粪的臭味儿。怀亚特不断地将目光飞快地扫向双扇门外面火辣辣的阳光。

小男孩伸出手要钱,但愿这人没有钱。这人肯定有什么问题。

朝那少年背着身的怀亚特突然转过身来,双手紧扣着,像一柄肉锤子。他猛击小男孩的头部,打得他脚步蹒跚,接着又重重地击打他第二下,第三下。

那些马开始踩蹄子,嘶鸣不已,并踢着马厩。怀亚特用一只手狠狠抽中那少年的嘴巴,将他拖进一个空的马厩。他一面瞧着那双扇门,一面用他钉有平头钉的鞋子狠狠地踩着那少年的头、脖子和胸膛。

他丢下被打死的少年,锁上马厩,骑上罗萨贝尔,快步跑上夕阳大道,立马转向西方,在一辆很大的红色城际汽车前面飞驰而去。

又是一个火辣辣、雾蒙蒙的早晨,麦克很快就脱掉了他的短上衣。圣莫尼卡山脉的山麓丘陵呈现出一种凋敝的黄色。一阵闷热的风儿吹来,卷起漫天尘土。

他将萨里式游览马车转向科尔德沃特峡谷的尾端,他们路过最后一个农场的时候,那个正爬在梯子上修理风车的房主大声向他们喊叫道:

"你们还要往上走吗?"

"是的,先生,我有地产。我们准备去远足露营。"

"烧篝火要当心……这次干旱很严重,什么都干燥易燃。"

"谢谢你的忠告。"麦克晃动着缰绳,继续前行。

黄昏时分,怀亚特溜进一片小树林,这片小树林距通向科尔德沃特峡谷的弯弯曲曲的道路有数百码的距离。尘土在地上飞舞;风越刮越大,但是今晚无雨。夜晚的天空呈现出黄白色,像是被火光照亮的黄铜。

怀亚特冻得浑身发抖,踉跄着来到一棵树的后面,做最后一次皮下注射。他一注射完,便将注射器扔到了地上,针头和针筒在暮色中闪闪发亮。

麦克此前解开了萨里式游览马车,拴好马,并在马头前挂了一只很

978

大的饲料袋。此时此刻,马闻到了怀亚特的气味,便嘶鸣起来。怀亚特偷偷地潜行到烦躁不安的马跟前,开始微笑并抚摸着牲口,平息它的烦躁,让它安静下来,而他的两眼则搜索着上面的山地。再往上一英里左右,在山脊岩石层形成褶皱的边缘,野营地上是一片红色的模模糊糊的景象。炎热静止的空气和乡村的尘土令他觉得难以忍受地肮脏,还有这四天未刮的胡茬也让他难以忍受。他憎恨这皮肤有沙一般的肮脏感觉;这是贫困的感觉、失败的感觉……

好啦,等他完成了这项任务,处境就会改善。那个律师就会把商定的那笔钱分头存到他的银行账户里,然后他就可以再次前进了。当然,要把事情做得干干净净,他必须把内莉跟麦克一起干掉,但这不会让他伤脑筋,丝毫不会。

他继续抚摸着马,轻声对它说着话,直到它安静下来。然后,他偷偷溜出正在变成紫色的小树林的阴影,开始攀爬一条狭窄的步行小道。

在一个棕色山脊的空地上,麦克搭建起了一个双连帐篷。当他开始为晚上点燃一小堆篝火时,内莉朝那些干枯的山顶投去一眼忧虑的目光。

"麦克,这儿简直是一个火绒盒。我们真的该这么做吗?"

他也朝四周望了一眼,但是说道:"我会特别小心的,等我们准备睡觉时把它彻底熄灭。我还可以干这个。"

他用一把很大的折叠刀在火堆四周划出一条安全沟,然后又花了几分钟用一根棍子将沟挖深。

接着,他打开一张折叠式的野餐小凳子……交叉的凳脚上面绑了帆布。他在一只大盖篮里装了两瓶索诺马河酿酒厂的增芳德葡萄酒,他葡萄园里最好的酒。他从另一只大篮子里拿出侍者用的开瓶器、银餐具、盘子、餐巾和高脚酒杯。

然后,他拿出了美味佳肴。

第一道,小牛肉和猪肉叠在烘烤面包片上,配上拌了白兰地的蘑菇,面包皮浇上鸡蛋烤熟。第二道,一些哈斯鳄梨对半剖开,再挤上新鲜的柠檬汁。他献上的主菜是牛肉卷,一道他从目前在里弗赛德当厨师的那个阿根廷女人那儿学来的菜肴。做这道菜,他要先把后腹肉牛排切得薄如蝉翼,放上菠菜、切得薄薄的洋葱卷、胡萝卜、辣椒、橄榄、煮老的鸡蛋,把牛排卷起来扎好,浸到葡萄酒和肉汤中,然后烤熟。他将成品从一只冰盒子里拿出来。冰早已融化成凉水了。他解开起保护作用的油布,将这冷肉切成圆圆的一段一段。水果有葡萄和黄金加州橙子。他得意扬扬地抖着脚,咧嘴笑着。

"您的婚宴,钱斯太太。"

"这看上去太棒了。我得雇个厨师了,下厨房我根本不是你的对手。"

"我坦白,并非全部都是我干的。宾馆的厨师帮助做了准备工作。"

"这会儿没必要假惺惺地谦虚啊。你有令人惊叹的才能。"

"我想念做这些大餐的感觉。我已经开始想念我那些马球马了,还有其他很多东西,我以前都喜欢,后来全出毛病了。"他跪倒在她身旁,亲吻着她的脸颊,"你会把一切都捋直的。"

"我会尽力。"

他们端着盘子和酒杯坐在地上,那张轻便折叠小凳子充当了他们的餐桌。越来越黑的天空辽远无际,热烘烘的,隐隐约约有星星出来了。山下远处,农舍里和几幢比较考究的家中,有灯光在闪烁。南面,沿威尔希尔大道两侧广阔的平原上,他们可以看见灯光闪亮的油井。帐篷的门帘在风中噼啪作响。

他们吃完晚饭,便惬意地开始小口小口抿那瓶增芳德葡萄酒,这时麦克走到帐篷里,拿出他带来的那些图纸。他们在篝火边交谈和讨论了一会儿这些图纸。

"这设计依然很好。"内莉最后说道。

"我也觉得。该是我们在贵族山上建造新屋的时候了。"

风儿吹起棕色的干枯草屑,将它们吹进了篝火中,草屑燃烧起来,随着气流旋向空中。麦克已经有好多年没有在山里远足了,他感觉精神振奋,心旷神怡。

"你笑容满面呢。"内莉说道。

"我很幸福。吉姆要是还在我身边就好了,可是他不在了,所以我也就只好安于现状。"他倾过身去,在她脸上轻轻地吻了一下,"我很喜欢这样,钱斯太太。"

她轻轻地抚摸着他的脸,可是她的眼睛里瞬间闪过忧虑的神情。

"你真的认为他永远消失了吗?"

"是的。我感觉十分肯定,他还活着,但是现在我明白了,他不想加入到我的生活当中。也许我再也不想找到他了……"

"哦,麦克,不。"

"这是真话。也许我自己不忍直面他,听到他对我的评价。最近,我也知道,的确,我不再像以前那样把平克顿的侦探们盯得那么紧了。"

"可是,如果你认为仍然有机会找到他的话,你绝对不能放弃,千万不能放弃。只要你还有一口气,就不能。他是你的孩子啊。"

"内莉,内莉……"他弄乱了她的头发,他的脸上展现出痛苦的神情,"我知道。你以为我不知道吗?上帝啊,我几乎无时无刻都认为不应该这样。"

她是对的,绝对是对的,要一直寻找下去,直到他死去的那一天。然而,在他的内心深处,他能理解。他探查过吉姆的真实感情,并且发现了它,而且他对它感到害怕。

帐篷的帆布再次噼啪作响,风儿越过高山峰顶,冲进篝火,使得他们急忙从火堆边躲了开去。火星飞舞,落到了空地一边高高的草丛中。麦克仔细地观察着天空。

"风转向了。'桑坦'来了。我想我们最好还是考虑明天上午回家去,我在里弗赛德还有事情要办呢。"

内莉慵懒而又充满爱意地抚摸着他下巴的曲线。

"好吧。不过我们依然有一夜要过呢。"她情意缠绵地给了他一个吻,"哦,天哪,我真的不知道为什么花那么长时间才觉悟过来。"

"我们俩都一样,内莉。我对女人有一些十分顽固不化的想法。"

"我也有一些颇为执迷不悟的观念。很久以前,我就不该对你那种会当凌绝顶的眼光抱讽刺的态度,当时就该跟上去。我真的很赞赏你所获得的成就……尤其是你把你的成功运用到了那么多有价值的事情上。"

他亲吻着她的下巴,再次笑容满面。

"你是想把我软化掉,以便将来有一天再带你去度一个更好的蜜月吧?"

"这是我此生的最好蜜月,而且我只要这一个蜜月。"

她亲吻他。

"桑坦"骤起。

怀亚特爬到了较高的地方,那些野草已经枯萎,一碰就断,他在隐隐约约的光线里瞧着那拥抱在一起的两口子。从老远的山脚下那条小径爬上这些山丘,路很长,也很难攀登,但是值得;他把他们逼入走投无路的绝境了。而且,这风儿给了他未曾预料到的额外帮助。

他在口袋里翻找他剩下的最后一点面包,然后塞进嘴里面。他再次摸了一下口袋。火柴盒安然无恙,可是他要推迟到他们在帐篷里都睡死了才放火。所以,他蹲坐在那儿等待。过了十分钟,他出汗了。过了三十分钟,他的手掌心感觉有东西在爬,尖叫声响彻脑海。他要是不赶快回到洛杉矶去,不去抽上一斗鸦片烟或者注射上一针筒吗啡,就会死的。他不能这样无休无止地等下去。

他拿出火柴盒,交叉着双腿坐在干枯的草丛中,上上下下地扔那火柴盒玩,一面听着火柴盒上下时的咯咯声。

风越过圣莫尼卡山往下刮来,越刮越大。

麦克用两个手肘支撑着自己的身子,默默地沉思着。

"我在加利福尼亚赚了那么多钱……我做梦都没有想到会赚那么多钱……而且我在四周建造起了那样一道财富与行为的壁垒,我一直在其间云里雾里,直到那个印度斯坦人拿着那个水勺站在那里、我告诉他把水勺放下那一刻。我做了一个梦,梦见我实际上正在干'沼泽怪'和费尔班克斯对我干过的事情。我差一点也对斯坦韦斯关上那扇门。'我已经发财了,你走开,以便我自己可以发更大的财……'"

"加利福尼亚有很多这样的人。"内莉说道。

"人性中有很多这样的东西。"

突然,"呼"的很大一声,狂风从篝火里卷起一团火星子。火星子在空中旋转了一下,然后降落到了地上。距麦克和内莉在毯子上伸开四肢躺下的地方不足三码远处,齐膝高的野草里冒出了青烟,着起火来。麦克赶紧跑过去将火踩灭。

"那个农场主说得对。这些山丘很容易引发火灾。"

怀亚特蹑手蹑脚地朝他们走去,一面听着。

他笑容满面。

他在脚后跟擦燃一根有硫黄的火柴,点燃一丛灌木。

内莉看见他们的上方突然升起火焰,便一骨碌爬起身来。

"麦克,我看见那儿山顶上有人。"

"你肯定吗?"

"是的,我看见一个男人。有人放火。"

怀亚特扬扬自得地咯咯笑着,偷偷摸摸地跑过灌木丛。他跌跌撞撞地悄悄跨越山脊,又擦燃了一根火柴,将它扔了出去,接着跑向另一个方向,开始擦燃第三根火柴。三根火柴燃起三堆高高的火焰,并开始快速向四周扩散。怀亚特踮着足尖上下跳跃,像个欢快的小孩子一样拍着双手。

"我也看见他了。"麦克对着呼啸的狂风和噼啪作响的烈焰狂叫道。

大火顺着干燥的山坡往下烧来,吞噬着灌木丛,每时每刻,热浪越来越强,火头越来越高。

"赶快,内莉,我们下山。"

"帐篷怎么办? 我们的东西……"

"让东西见鬼去吧。赶快。"

他一把抓住她的手——无名指上戴着那只朴素的金戒指的手。他们开始朝蜿蜒的山脚小径跑去,小径通向他们停泊那辆萨里式游览马车的林中空地。他们的上面,大火升起了一堵火墙,浓烟像旗子,在火头上方飘扬。他们沿着小径跑下了二十码左右,回头望去。一根长长的火的指头直戳他们的帐篷,接着帆布开始冒烟,变黑,猛然迸发出了火焰。

麦克用他的臂膀保护着她,狂风刮着他的衬衫袖子,吹动着她头顶上正变成灰白的头发。他们时而蹒跚,时而滑落,继续往前跑去,他们身后,整个山脊已经一片火海。

在火墙的间隙里,怀亚特瞧着。突然,一阵愤怒的慌乱掠过全身。他犯了一个错误——他没有等待时机;他们逃跑了。

不,他心里想。而且喊出了声来:"不。"

他绕过大火的左边,沿着一个山坡飞奔。大火早已经席卷了帐篷,吞没了野营地,以令人难以置信的速度往山脊下面扑来。

"桑坦"突然发威,烈火从右面朝怀亚特汹涌而来。他的袖子着火了。

他像个女孩子一样尖声喊叫着,一面拼命在大腿上敲打着手臂,直到把火敲灭。接着,一不小心,他绊了一跤,跌倒在地,整个人便弹跳着,翻滚着,不断往下滚落,干枯的灌木抽打着他的脸,小块的石子划破了皮肉,弄得他鲜血淋漓。他滚进一条浅浅的水沟中,突然刹住了滚落的身躯。

他的左腿弯在他的身子下面。当他开始翻转身子,伸直腿时,他感觉有什么不对劲儿。耶稣啊……太痛啦……

他惨叫起来,接着他感觉到了逼人的灼热。他扭动着身子将重心移到另一个肩膀上,看到了头顶的烈火,正飞速往下坠落。

这次他喊出了话来。

"麦克! 麦克,救救我!"

麦克在山脚下的小道上跑着跳着,与此同时,帮助内莉保持着平衡,他听到了喊叫声。他猛地停住自己的脚步,内莉一声惊叫,撞到了他的身上,撞得他的牙齿咯咯直响。他咬破了舌头,尝到了血的味道。

他轻轻地抚摸着她的头发,一面往上瞧着那堵火墙,简直不敢相信他听到的喊叫声,但是几乎千真万确,他没有听错。

"麦克!"

"那个人受伤了。"

"那个纵火的人?"

"上帝帮助我,内莉……我知道那是谁。"他说道,扭开了身子。

"你不能回到那儿去。"

他沿着小径往上跑去。

麦克迎着怒吼的狂风爬过山脊,浓烟窒息,烈焰灼人。

怀亚特侧身躺在那条浅沟里,疼痛难忍。他没有洗过的后脖子感觉到烈火已经近在咫尺。他以在那座教堂失败之前很久以来连他自己也不曾料到的前所未有的速度和清晰度清理着自己混乱的思绪。他朝下面伸出一只手。

"快点,麦克。"

"怀亚特? 是你吗?"

怀亚特在他的错乱精神中开始哭泣。

"我并不想杀死你。"他呜咽着,"可是费尔班克斯答应给我很多钱……"

麦克奔跑着,攀爬着,因为竭尽全力,他的胸部开始作痛,大叫着他觉得他听到的名字:"费尔班克斯?"

"费尔班克斯。"怀亚特哭叫着,如此清晰,不可能有误解。

麦克在怀亚特的下方五十英尺,但是烈火距那个倒在地上的人几乎不到二十英尺。高温开始炙烤麦克裸露的皮肉,他飞快伸出一条前臂。山坡亮如白昼,"桑坦"和烈火用它们的女高音和男低音,唱着罪恶的二重唱。

"麦克,快,我受伤了,我动不了……"

"坚持。"麦克喊叫道,此时距他不到二十英尺了。

一道火焰猛地跳过浅沟,差一点扑到麦克的脸上。浓烟令他睁不开眼,呛得他直咳嗽。

他继续前进。

他义无反顾地扑向烈火,但是烈焰突然飞过他的头顶,他停住了脚步。在浓烟的缝隙中,他瞥见怀亚特的裤子着火了,接着他的头发着火了,他的一只手张开五指伸向天空。烈火烧着了怀亚特的袖子……

火墙往回攻向麦克,火墙的豁口合拢了。

麦克在小径下面半英里的地方紧紧抱住内莉。上面,烈火正在蹿向第二个山脊,下面漆黑的平原上,依稀听见凄厉的警铃。

"我够不到他。"麦克说道,他的双眼溢满了愤怒的泪水,"否则我自己也要把命搭上,可我不愿搭上我的命。上帝,真是耻辱。"

"你怎么可以这样说呢?他是到这儿来要你命的啊。"

"他一定是疯了。可怜的怀亚特,可怜的怀亚特。"

怀亚特,这个失败的追梦人。

加利福尼亚给了麦克一切。但是,对怀亚特来说,一切,令他消受不起。自由,令他消受不起。于是,他命丧黄泉。

85

歌剧名叫《游吟诗人》①。詹姆斯·麦克林·钱斯先生和太太、他们的客人埃塞内伊电影公司的明星玛格丽特·莱斯莉和性格演员赫尔伯纳·约翰逊离开钱斯包厢，朝大堂走去。

秋天了，秋季的特别演出开始了，每个人都衣着华丽。圆形的休息室里挤满了人，通往楼下的富丽堂皇的大理石楼梯上也挤满了人。有人在拼命往上挤；有人在拼命往相反的方向挤。这四个人属于后者，而且玛格丽特惹得人们议论纷纷，观望频频，因为她的容颜众所周知。约翰逊微微笑着；这个老牛仔穿着白色的晚礼服，戴着白色的领带，看上去几乎让人崇敬。

"这歌剧你们喜欢吗?"他们在楼梯上推推搡搡地挤过人群的时候，玛格丽特问道。

"不太喜欢。我不懂意大利语，我也不知道他们叽里呱啦地在唱些什么。"约翰逊抱怨道。

玛格丽特安抚性地轻轻拍拍他："下一幕你就知道了。"

"可是我不喜欢这玩意儿。"

她再次拍拍他。在那盏巨大的水晶枝形吊灯下，她白色手套外面的戴着的钻石手镯闪耀着明亮的光芒。当安德森断定公众热爱她的时候，便送给了她这只手镯。

几级台阶下面，内莉和麦克邂逅了一对熟人。

"州长。约翰逊夫人。"麦克介绍道。

---

① 《游吟诗人》，意大利作曲家威尔地的四幕歌剧，为其三部名作之一。威尔地一生创作歌剧三十余部，著名的有《弄臣》、《茶花女》、《阿依达》、《奥赛罗》等。

他跟海勒姆·约翰逊握手,内莉则跟州长夫人互致问候。

海勒姆·约翰逊将麦克拉到扶栏边,跟他咬了一下耳朵。

"估计那事儿已经完成了,先生。"

州长及其夫人接着继续往上挤去。快到楼梯脚下的时候,麦克突然脸色发白。

内莉问道:"亲爱的,怎么……?"

接着,她看到两个人突然从人群里脱离出来。

沃尔特·费尔班克斯三世,还有他的妻子。

麦克的头在一阵红色的愤怒中旋转。自从怀亚特在好莱坞山麓丘陵被烧死以来,他还没有见到过费尔班克斯;怀亚特的尸骸被烧得干干净净,再也找不到了。麦克估计,很可能,在里弗赛德,射向他汽车的那颗子弹也是怀亚特所为。鉴于在死亡之前怀亚特所喊出的那个名字,内莉不知道她丈夫会作何反应。她用一种严肃的神情望着麦克,她知道,在以前的加利福尼亚,一个像麦克这样的人,遇见一个像费尔班克斯这样的人,就会拔出手枪,一枪将他打死。

此时此刻,穿着晚礼服,看上去整洁得体、优雅体面的麦克,只是站在扶栏边,轻蔑地瞧着这位律师往上走来。

费尔班克斯没有回避他的目光……麦克必须得给他这样的目光。他挽着卡拉的胳膊肘,以便让她在台阶上的脚步稳一点。麦克努力地想象着费尔班克斯会说什么话;他应该如何作答。

没有必要费这神儿;费尔班克斯根本就不理睬他,径直从他身边走了过去,朝楼梯顶头一个熟人挥着手。卡拉回过头来,给了麦克一个表示歉意的模糊微笑。

接着,在迈出一步时,她绊了一脚。麦克连忙伸出手去,防止她摔倒,这时她的脸清晰起来。她的蓝色眼睛依然像矢车菊一样美丽,带着某种年轻时的气息,但是其余的地方已经凋零了,被酒精、年龄和体重毁灭了。卡拉·赫尔曼·钱斯·费尔班克斯穿着巴黎时装,琥珀色的缎子长衣,长衣外面披着一条有黑色和金色刺绣的宽大披肩,披肩的边上镶着白色狐狸毛皮;有些生灵总是要为卡拉牺牲的,他玩世不恭地想。她穿戴奢华,但是身子胖了,每一磅肉都是不幸福。他为她感到遗憾。

"谢谢,麦克。非常感谢。"她用戴着手套的手紧紧握住他的手,热切地瞧了他一眼。

他觉得他从她的眼睛里探测到了某种慌乱和疑惑,不过,这些随后就消失了。

她朝上望了一眼,看到她丈夫正在跟一个熟人说话。

"请在星期一给我打个电话。"她轻声说道,"沃尔特将要去萨克拉门托,辩护一桩上诉案件。我离家外出之前有事情想要告诉你。很重要。请打电话。"

费尔班克斯朝下怒视着她,于是,她做了个手势,表示她来了。在她的香水味中,麦克闻到了威士忌的味儿。她跌跌撞撞地往楼梯上面走去。

征得内莉同意,他按照卡拉的要求打了电话。

她安排两点钟跟他会面的地方实际上就是他当年面对阿贝·鲁夫的同一个地方。今天,天气迥然不同。马林县坡度平缓的小山沐浴在晶莹剔透的阳光里,呈现出自己鲜明的特色,闪闪发光的金门这边归航和出航的航船忙碌地穿梭着。

麦克来回踱着步,不时地看着自己的表。卡拉迟到了。一度,他怀疑是不是费尔班克斯发现了他们要会面。有可能,但并不是很有可能,他断定。这些日子,卡拉的丈夫有很多事情忙于应付,最起码有他们门户内的事情。就一个星期前,在奥林匹克俱乐部的觥筹交错中,雷特·哈弗斯蒂克对他讲了这位律师的一个故事。

"我有一个同事,对查尔斯·狄更斯十分热衷。他突发奇想,给沃尔特取了一个狄更斯式的名字,棒极了,城里其他律师……至少那些瞧不起沃尔特的律师,那可是大多数啊……都在他背后叫他这个名字。

他们叫他奥尔德富德先生。"

"什么先生？"

哈弗斯蒂克重复了一遍，说了其字母。

"我不明白。"

"十分简单。"哈弗斯蒂克说道，"沃尔特有一家律师事务所，但其实就是弄弄房地产合同啊，社会上的离婚啊之类，几乎都无法承担他那种习惯的生活方式的费用，不过当然啦，那没有关系，因为他有费尔班克斯信托银行股份的全部收入。然而，一个男人有钱是一码事儿，他还得有自尊啊。真正能让费尔班克斯把自己称作律师的唯一工作……给他配了一些工作人员和一些打字员……就是一脚把他踹了的那些人给他的那份工作，比如南太平洋铁路公司的法律部门。他们扔一些面包皮和骨头给他，由此得名奥尔德富德先生。先生。"

他咯咯地笑了起来。

"他要是听到这个名字，那还不要了他的命。"

所以，麦克赢得了各种各样的胜利。但是胜利并没有给他带来快乐。

卡拉有专职司机的汽车于两点二十分到达。她沿着草地跌跌撞撞地朝他走来。

"我只能待一小会儿，亲爱的。我明天上午就走。"

"是啊，我记得你提到过。又去旅游？"

"没有一次是我喜欢的。沃尔特打发我走的，一直到纽约……萨拉托加斯普林斯①，减肥温泉疗养地。实际上，那是一个酒鬼的疗养地。"

"上帝，卡拉。"他摇摇头。

"哦，也许对我有好处。"她轻浮而又空洞地笑了一下，"我们不是到这儿来讨论我的不幸的。我们已经好多年不讨论了，是吧？"

他想到了她的丈夫，便冲动地说："你愿意回答我的一个问题吗？"

---

①萨拉托加斯普林斯，纽约州东部城市。

"我尽力,亲爱的。"

"这些年来,沃尔特究竟想要得到什么? 我是说从我这儿,就是从我的生活这儿,从我所有全部的忍辱负重这儿。"

"你是说你不知道?"

"我要是知道还会问吗?"

"做一个像你一样的人。"

"像……"

"你。他从爸爸一开始不让你喝水、你勇敢地面对他的第一天起,就想要成为你这样的人。你秉承了加利福尼亚人的传统……可沃尔特从来没有。"

她用一只戴着精美手套的手轻轻地抚摸着他的脸。

"哦,麦克。我们俩之间有那么多问题。那么多可怕的问题……我恨你,很多时候,我想要伤害你,可是我从来没有厌恶过,从来没有厌恶过你;这件事情上爸爸是错的。你是唯一一个我没有一分一秒感到厌恶的男人。大多数时间,我都怕你。我怕你看穿我所有的坏的一面,然后开始思索这个坏的一面……我害怕,害怕的人往往是容易发怒的人。这就是为什么在你身边我喝那么多酒的原因。我知道你不喜欢这样。然后,当我喝多了酒发酒疯的时候,我就离开你和孩子,就……唉,你知道的。爸爸在有一件事情上是绝对正确的。你是我这一生所爱过的最好的男人。如果你想要知道真相的话……唯一的男人。"

麦克的脸红了。

她松垂的脸上有一道道晶莹的泪光在闪烁。

"我想要告诉你一件绝密的事情。"她继续说道,"你应该知道的事情。你千万别问我这消息是哪儿来的,我说的千真万确,你一定要相信我的话。你保证?"

"好吧。我保证。"

好长一段时间的沉默。

"我们的儿子还活着。沃尔特在帕萨迪纳见过他,我今年春天在雷德兰兹见过他。他改了名字。他不想要成为沃尔特的儿子,他说你才是他的父亲。"

麦克思绪万千,不知道自己是否被拽回到了大地震的那一刻。他感觉如此。

"现在我希望你相信我爱你。"

卡拉慢慢地温情地倾身向前,在他的脸上印了一个湿漉漉的脏兮兮的吻。她感觉自己的口红像是血迹。

她上下打量着他的脸,再次轻柔地抚摸着。接着,她摆出一副喝醉酒的人所特有的傲慢和威严的优雅姿态,沿着草地走了。一朵飘浮的云彩的阴影笼罩了她的身影。

86

"那个脚瘸的孩子?吉姆·戴维?"

雷德兰兹柑橘合作社的经理朝阳光下指着。

"就在那儿的某个地方应该能找到他。"

麦克很紧张,汗津津的双手不停地转着他的霍姆堡毡帽。

"吉姆·戴维?你好。你知道我是谁吗?"

他的脸色表明他知道。

"我估计你也知道我不是你的生身父亲。可是我到这儿来就是想说,假如你接受我的话,我想要成为你的父亲。"

吉姆·戴维在梯子上凝视着这个衣冠楚楚、满头白发的男人,在阳光明媚的橘子园里,他显得如此格格不入。

尾声

黄金国　1921

巨大的飞机库顶上色彩鲜明的招牌表明了它的主人。

卡尔罗斯航空

长滩·长岛城

伦敦·巴黎

飞机库的门开着,一架修长的比赛用双翼飞机停在阳光照耀的柏油跑道上。

麦克身穿皮革服装,头戴防护头盔,眼睛上戴着护目镜,脖子上围着一条太过醒目的白色围巾,他走出飞机库。如今的麦克已经肥胖了,他的脸上布满皱纹。

内莉带着吉姆,跟在他身后,吉姆还是瘸腿,但是长高了,穿着普通的服装,十分英俊。在9月28日,他已经二十三岁了,虽然他无法搂着姑娘在舞池里旋转,但是他是南加利福尼亚最受欢迎的单身汉之一。

约翰逊用一辆闪闪发亮的铬钢轮椅推着乔克从飞机库里走了出来。麦克的司机从一家养老院里将这位老人接了过来,有麦克负担费用,他在那儿过得很好。乔克已经白发苍苍。他的双手搁在裹着他双腿的蓝色格子呢毯子上面;他的双手变得畸形,不太好看。但是,他两眼机敏,目光炯炯,他的微笑是真诚的。他明白这个重要活动的意义。

麦克骄傲地指着停泊在防滑垫块里的"卡尔罗斯专机"。

"就是她,吉姆,新的瑞士比赛用发动机,它将帮助我们战胜柯蒂斯R-1。"

吉姆微笑着,但是没有说话。他不敢肯定麦克是否说完了。人们被迫专心致志地听麦克讲话;他就是这种人。

内莉用充满爱意的耐心的眼神瞧着她丈夫。如今,她的头发已经花白得跟麦克的差不多了,她穿着一套花呢乡村套装,配上麦克最近一趟出差从巴黎买回来的白色阔领带和黑色丝质水手帽,相映成趣,完美无瑕。

内莉在出版了《亨特沃西的数百万美元》之后,还没有发表过一部小说。她没有放弃写作……定期在写,一周三到四个上午……但是已经转到了非小说类上。她差不多已经完成了真实地描摹她早期生涯的一部著作,记叙她在《旧金山考察人报》的那些日子的一部坦率而真诚的回忆录。她将这部著作取名为《我们制造新闻》。毫无疑问,赫斯特先生会喜欢这部书的。

"我们将用她参加比赛。"麦克说道,"金秋的'普利策杯'……见鬼,我也许甚至可以给她装上浮筒,把她送到欧洲去争夺施奈德杯。她是你的了。"

"先生?我猜我误解……"

"没有,你没有。专机是你的了。生日快乐,我的孩子。"

麦克紧紧地拥抱他。

"别看上去那么惊讶。如果我想要,我为什么不可以给我儿子一架飞机呢?你是一位优秀的飞行员,而且你在卡尔罗斯的财务管理是一流的。还有,你在所有其他公司的财务管理也十分出色。"

"谢谢你,爸。这是爱的果实。这你知道。你飞过她吗?"

"这种型号没飞过。首航的特权属于其主人,你。"

吉姆打趣性质地微笑着说道:"我知道,反对这个公司创始人的意见不太明智,但是首航必须是你无疑。此乃我的敬意。"

"不,不,我不能……"

"爸,我坚持。要不是你,这架专机就只不过是设计师绘图板上的一个梦想而已。请……让她飞上天吧。"

"嗯。"麦克咕哝着,既不好意思又感动不已,"嗯……那好吧。谢谢你,儿子。"

他开始将塞在外衣皮带里面的皮革飞行手套戴到手上。吉姆和他的继母互相交换着快乐的目光。

"啊,等等,我差一点忘了。"麦克突然说道。

他将手伸进皮外套的口袋里去摸一样包在包肉纸里面的扁平的东西。

"小礼物,但是很重要,代表我的爱。"

吉姆打开包肉纸,接着惊奇地望着他父亲。

"你的书。"

"没错。T.福勒·海因斯的书。最早的版本。我想是时候了,该把它传给你。这本书教会了我很多,我的孩子。它教会了我加利福尼亚真正的财富是什么。它不是石油,不是橙子,不是房地产……甚至也不是人们依然在母脉地的乡下淘洗的金子。它不是阳光,也不是让这个州如此特殊的内华达山脉。它是希望。这是加利福尼亚真正的金子,吉姆……希望。在上帝的土地上,没有一个人不需要希望。"他紧紧捏着他儿子的肩膀,"我想要你拥有这本书。我但愿我能同样容易地摆脱那个该死暴风雪的噩梦。"

吉姆张开双臂抱住父亲。乔克咯咯地欢笑着。

一会儿之后,内莉挽住麦克的胳膊。

"我陪你出去,到飞机那儿去。"

他惊讶地说道:"哎呀,当然,来吧。"

吉姆陪着约翰逊和乔克,一面用大拇指翻动着那本《加利福尼亚及其采金地之移民指南》。

他们走向飞机的时候,内莉说道:"我不知道现在是否是合适的时候……"

"什么合适的时候?你的话听起来挺不祥的。"

"告诉你一个隐藏在我心中多年的秘密。有时我完全忘了,这本书提醒了我。我不知道你会把它给他。"

"你说什么呢,内尔? 你说的是什么秘密? 你年龄太大,没法怀孕啦。"

她纵声大笑起来。

"那本书……T.福勒·海因斯的书。"

"是啊? 书怎么啦?"

她望着他们的儿子,走近飞机。她吻了他的脸,吻他脸的当口,她跟他咬耳朵道:"这是一个虚构的故事。"

"你说什么?"

"麦克,别生气。你向来尊重事实。这就是事实。T.福勒·海因斯从来没有到过他的出生地新泽西州帕塞伊克河的西面。记得吗,好多年前,我说过我打算去拜访他? 我去了。我找到了所有关于淘金热指南的学术文献,那些文献主要的中心思想就是揭露这些指南大多数都是弄虚作假的。1849 年的时候,那些出版商跟现在的出版商没有什么不同。他们抓住每一个趋势。而淘金热当时是最重大的事件。东部的出版商赶紧雇用了一批写手,海因斯就是其中之一,他当时是给廉价报纸撰稿的记者。他三十六岁死于肝病,在印刷厂广场附近的一个阁楼里完成了他那本指南的一年之后。他只不过跟许多其他作者一样是瞎编的。"

"你以前为什么不告诉我?"

"有很多次我们吵架时,我都话到嘴边了。"

"可是你又忍了回去。"

"有些刀太锋利了,是不能用的。"

"唉。"

麦克将一只手搁到卡尔罗斯专机座舱的边上,用一种茫然而又受伤的神情望着天空。

"唉。"他再次叹息道,"海因斯也许是一个骗子,可是他说的关于加利福尼亚的话是对的。绝对是对的。"

他闭紧嘴巴。

"我不想告诉吉姆。"

她充满深情地抚摸着他。

"我也这样想。"

机械师跑出飞机库,麦克在座舱里坐下。一会儿,发动机发出声响,像大黄蜂的叫声,都快把观看的人们的耳朵震聋了。麦克在座舱上方举起大拇指。机械师拉开防滑垫块。接着,卡尔罗斯专机沿着阳光照耀的跑道向前飞驶。

猛然间,比赛飞机穿越辉煌壮丽的清晨,直刺蓝天,飞蛾一样扑向全景画一般的加利福尼亚的崇山峻岭和浩瀚苍穹。

内莉握着她那顶黑色的水手帽,嘴里喃喃地说道:"自从认识他以来那么长时间,我在他脸上看见的始终是同一种神情。"

"我也是。"约翰逊说道,"他又要去勘探了。"

"他永远不会停止。"吉姆说道。

他用一条胳膊抱住他继母的腰,将另一条胳膊搭到乔克的肩上,他们望着卡尔罗斯专机在蓝色的太平洋上空渐渐缩小成一个点。航向正西方。

真正的黄金国还在更远的远方。

——派克于 1837 年出版的《西部新指南》

后记

很难相信,在这块美丽又年轻的土地上……因为总有关于它的事情,激起了夸张法的运用,导致言过其实……因为,在这块土地的上方,笼罩着金色的雾霭——空中金子的尘埃——大气中弥漫着神秘色彩,镜子里反射出许多云谲波诡、坑蒙拐骗和奇异非凡的景观。

> 凯里·麦克维廉斯
> 《加利福尼亚:伟大的例外》

加利福尼亚是美国的典型。然而,它也是一个放之四海而皆准的象征,那阳光和浪花,那葳蕤的棕榈和富有魅力的电影,还有那倦慵懒散、逃避现实和重振旗鼓,它有那么多美好的东西。加利福尼亚是全世界希望和机会的范例。

它为什么会这样?它怎么会变成这样?这些是我很久以来想要写一部小说所探究的主题,同时也想挖掘一些富有情趣和令人刺激的历史——它是如何从一个古老的边疆州脱胎换骨成一个现代化社会的。在我所搜集的有关加利福尼亚州的参考书的书架上,我可以一下子就找到我买的第一本书,一部沃伦·贝克和戴维·威廉斯所写的本州的通史。这本书我是在一家连锁书店买的,距贝弗利-威尔希尔宾馆两个街区远,我做图书促销旅行时住在那儿。我在扉页上写了年份——1979 年。我想要在结束《肯特家史》之前,或者说在着手写作《南方与北方》三部曲之前写加利福尼亚。

十年之后,《加利福尼亚金子》实现了这个梦想。

奇事有解

已故的约翰·迪克森·卡尔利用历史背景写过很多趣味盎然而又脍炙人口的侦探小说。每部小说的末尾,卡尔总是要加上一部分补充说明,对故事的某些事件加以说明,或者对取材于真实记录的一些小小特别事例进行解释。这些东西他称之为"奇事有解"。我引用了这个说法,用于同一目的。在每个注解前面,我还给出了最适合那一章那一节的索引。

第一章第五节及之后。我对铁路的描述,即方法和影响,跟当时绝大多数加利福尼亚人的态度是一致的。他们害怕并憎恨这只"章鱼"。在 20 世纪初叶的数十年里,这种高度否定的态度无论是在学界还是在民间的历史学家中都是很普遍的。不过,今天,早先的传统观念被认为是片面的和不公正的,而且正在受到学者的质疑。历史修正派的观点是,那"四大巨头"所创建的铁路帝国不仅连接了整个民族,而且也是加利福尼亚繁荣昌盛的主要动力;简而言之,南方太平洋铁路公司并非像 19 世纪末期和 20 世纪初期人们所认为的那样是绝对邪恶的势力。至少,我了解一位学者的观念,他正在撰写一部有关南太平洋铁路公司的历史,这是一部新的更加客观的历史,也许其他还有此类著述。

第一章第五节。利奥十三世教皇在 1891 年 5 月发表了通谕《新事物》(《论劳工状况》),比小说里表明的要迟。这封著名信件"对世界劳工问题进行了全面的剖析",是一幅深谋远虑的仁慈的蓝图,对劳工问题的改善起了作用。

第二章第十三节及之后。奇宝五美分轮渡的依据是约翰·L.戴维所作出的更大努力。当然这是后来的事了,使得这一服务成功实施。短时间内,他生意兴隆,但是最终,南太平洋铁路公司的竞争太强有力了,戴维的轮渡公司破产倒闭。

第三章第十六节。怀亚特宣传品中关于健康的吹嘘引自当时的推销宣传品。广告中并没有这样的事实。

第三章第二十一节。洛杉矶印刷工人罢工实际的发生时间是1890年。不过，早在1888年，哈里森·格雷·奥蒂斯就已经在奔走游说，反对只雇用非会员的企业了。

第四章第二十七节。约翰逊的燃油加热器实际上是哈迪森和斯图尔特公司的莱曼·斯图尔特发明的，他是联合石油公司（现在的加州联合石油公司）的先驱。目前这家公司没法拿出这种加热器的具体说明和图样。要是哪儿有任何历史学家能够拿出这些东西，我很乐意知道；这个设备一直是我在做历史研究过程中不够严谨的几个结果之一，我对此很不满意。

第四章第三十一节。有些铁路事故的细节来自1883年1月发生在蒂哈查皮峰的横越大陆快车事故。那是当时的一个悲剧，造成十五个人遇难。

第五章第三十四节及之后。当1893年的经济大恐慌导致数以千计的失业白人走上前往加利福尼亚的道路寻找工作的时候，中国劳工被赶出了柑橘园。加利福尼亚的历史上，迄今仍然有一根种族偏见的黑色的巨大血管在流淌。1988年3月15日，我坐车在里弗赛德四处转悠的时候，还亲眼目睹了一只巨大的水箱上用喷漆写着的字：所有日本人必须去死。加利福尼亚本地人当家。

第五章第四十一节。那个美妙的说法——"入迷在黑暗中"是已故的著名电影历史学家乔治·普拉特论无声电影的一部著作的名字。

第六章第四十四节。来自不列颠的移民W.K.L.迪克森于1888年在爱迪生的实验室发明了活动物体连续摄影机。后来，爱迪生将他的名字借给了新泽西州东奥兰治的托马斯和J.亨特·埃伦特的以维他放映机为核心的放映系统，因为它比他正在研发的放映系统还要先进。正如在第九章里说的那样，爱迪生并不总是对电影充满了热情，但他是一位出色的推销商，在电影发明领域，他名不副实。

第六章第四十九节。我把在里弗赛德举行的巴尼·奥尔德菲尔德的驾驶展演提前了几个月。实际的速度纪录是在 1902 年的 12 月创建的，而且这一纪录在六个月之后被打破，破纪录的人再次是奥尔德菲尔德。

第七章第五十六节。阿贝·鲁夫用衬衫箱子装着五万美元驾车穿越旧金山是在地震一个月之后，不是在之前。

第七章第五十六节及之后。我故意将罗伊斯−罗尔斯"银色幽灵"的商业使用时间提前了一年，因为我想要麦克驾驶上一辆这种大汽车。

第七章第六十一节。1906 年地震之后的一个时段中，尽管到处都是灾难和悲剧，但偶尔也有幽默闪现。故事也许是杜撰的，但据说卡鲁索在王宫大酒店他卧室里的一部分天花板砸到他身上之后还是苏醒过来了；据说他穿着睡衣冲到了大街上，手里抓着一条毛巾和一张罗斯福总统亲笔签名的照片，大声呼喊着："一个地狱一样的地方，我仿佛看到维苏威火山啦！"来自同一个传奇来源的还有一个故事说，一位正在巡回演出的年轻男演员约翰·巴里莫尔的风格太独特了，当混乱发生的时候，他正忙得不亦乐乎，连起来的时间都没有呢；他正跟别人的未婚妻在圣弗朗西斯饭店的床上。

第八章第六十二节。杰克·伦敦跟吉姆·钱斯差不多年纪，也跟吉姆一样，是一个流浪汉。在他的后半生中，他用委婉含蓄的语言写到过他跟那些"随带少年行乞的流浪汉"在一起的经历……年长的流浪乞丐把年少的流浪乞丐当作"女佣"；据推断，有很多男叫花子把他们的年轻伙伴当作性对象时，伦敦有幸逃过了这一劫。

第八章第六十二节。嘲笑奥克兰的内莉的户外咖啡馆……还有上面的横幅，取材于地震之后的一幅照片，它展现的就是那些事情。即便在那个时候，开奥克兰的玩笑也是很常见的。

第八章第六十六节。1908 年 11 月 13 日，遭到拒绝的陪审员莫里斯·哈斯开枪打中了弗朗西斯·J.赫尼，就如小说描述的那样。他当然没有开枪射击任何虚构的人物。

第九章第七十三节。年轻的查利·查普林在奈尔斯的埃塞内伊电影制片厂拍摄了四部短篇喜剧。不过,他发现那些设施太简陋,便经安德森同意,转移到了洛杉矶。

第九章第七十六节。洛杉矶时报社的爆炸事件最终给了有组织的工会沉重打击。1911年4月,在进行了轰动性的全国范围的大追捕后,威廉·J.伯恩斯侦探(属于旧金山反贪调查部门)逮捕了一个名叫奥蒂·麦克马尼加尔的人,此人被定性为"职业爆炸手"。麦克马尼加尔转而供出了国际桥梁与结构用铁工人协会的秘书约翰·麦克纳马拉和他的兄弟吉姆。工会领导人们发动游行,发表演讲,抗议"陷害",克拉伦斯·达罗被聘请为三人辩护。接着,麦克马尼加尔达成了认罪辩诉协议,这名证人在全州一举成名。在最后的陈述中,麦克纳马拉兄弟俩令他们的工会同道瞠目结舌地坦白,他们的确计划了这桩罪行。达罗提议他们承认有罪以避免死刑,他们听从了。出生于萨克拉门托的加利福尼亚人,善于搜集并揭发丑闻的记者林肯·斯蒂芬斯帮助安排了这个认罪辩诉协议;可以理解,奥蒂斯将军是最难被说服的人。

第十章第八十一节。"安分守己居民委员会"在清教徒占大多数的好莱坞乡村的确存在过一小段时间。该委员会四处散发请愿书,不惜一切代价将电影演员拒之于社区门外。

第十章第八十二节及之后。印度移民工人在本世纪的第一个十年中开始从加拿大南下,给农田带来了高水平的农业技术,就像在他们之前来到这儿的日本工人和中国工人一样。有关这一主题的标志性图书,凯里·麦克威廉斯1939年写的《田野里的工厂》估计,到1915年这一高峰年时,在本州工作的印度人有一万之众。他们中有两个人根据他们的亲身经历写下了脍炙人口的个人传记。

尾声。T.福勒·海因斯所著的《加利福尼亚及其采金地之移民指南》纯系作者杜撰,但它是建立在其他淘金热指南的基础之上的,那些指南由从未涉足西部的东部的记者们编辑。其中最有名的当属约瑟夫·韦尔(一个畅销书作者)、亨利·辛普森和J.蒂里特·布鲁克斯(真实姓氏:维齐特利)写的那些书。

最后,再在这儿给这部小说的一些人物和情节做一些简单的说明。

威廉·伦道夫·赫斯特活到了 1951 年;他所创建的出版帝国当然存续至今。赫斯特灿烂辉煌的长长的生涯包括竞选纽约市市长和加利福尼亚州州长的尝试,花大力气影响美国的公共政策(他在煽动美西战争的热情上获得了显著的成功)。赫斯特有一个情妇,处了很多年,她是前齐格菲尔德时事讽刺剧女雇员马里昂·戴维斯,他推动并赞助了她的电影生涯。他为他们俩的旅游胜地圣西米恩的大苏尔建造了极其奢华的海滨静居之所。在他晚年的时候,他充分运用了他这个帝国的势力,谴责并竭力压制奥森·韦尔斯的杰作《公民凯恩》,这部电影中心人物的原型显然就是赫斯特。

詹姆斯·约·科贝特一直活到 1933 年,而且在一个专门为他写的戏剧的舞台上赚钱。根据记录,他是一位值得称道的演员。

杰克·伦敦英年早逝,在 1916 年他四十岁那年就去世了。他在全世界享有盛誉,但是在各种各样的旅行中,他喝酒过度并染上了疾病,他的健康受到了损害。

约翰·缪尔非凡的一生结束于 1914 年。最终,他还是在为反对建造赫奇·赫切峡谷的大坝而奋斗,但这是一场必输无疑的斗争,这场斗争令他身心俱疲。威尔逊总统和他的内政部长最终为这项工程扫清了道路,大坝于 1923 年建成。(很难知道里根政府 1988 年提出的毁掉大坝、排干峡谷里的水、创建第二个像约塞米蒂那样的旅游景区的建议,是不是严肃认真的想法,还是说纯粹就是更加官僚主义的胡说八道。)关于缪尔这位伟大的自然主义者和自然资源保护者,詹姆斯·D.哈特在《加利福尼亚指南》中用这样的话概括了缪尔:“加利福尼亚的很多地点都以他的名字命名,无出其右。”哈特博士的这部书很实用,对任何认真研究加利福尼亚历史的人来说都是必不可少的。

1914 年,安布罗斯·“尖酸刻薄”·比尔斯前往墨西哥,那是一次寻找比利亚游击队的新闻探险。他失踪了,据推测被杀害了,不过没有人知道详情。

就像上面提到的那样,莱曼·斯图尔特那小小的石油公司是世界最大的石油公司联盟的先驱。埃德·多希尼在洛杉矶的街头油井是加利福尼亚石油王朝和金钱的基础。多希尼陷入了沃伦·哈定政府期间的"茶壶山丑闻"案。

亚伯拉罕·鲁夫于 1915 年 8 月得到假释,并在 1920 年获得了赦免。他从事房地产业直到 1936 年去世,死时已破产。

历史有一条将强盗转变为施主的路子。亨利(埃德)·亨廷顿,贪得无厌的"四大巨头"的后嗣之一,是一位热情的图书收藏家,他的代理人在全世界寻找和收购图书馆。他在圣马力诺创建了亨利·E.亨廷顿图书馆和美术馆,无论是本大陆还是在其他大陆,这都是伟大的历史宝库之一。应用于本小说里面的一些重要研究资料就来自亨廷顿图书馆。

鸣　　谢

有很多人为这部小说奉献了时间和知识。我想要公开感谢他们。但是,无论是怎样的奉献——一封信、一个书目参考、某些文本的检查,抑或仅仅普通的支持和鼓励——我都必须明白无误地说明,文本中的任何有关实事的错误或者评价都跟他们无关。唯一要承担责任的是我。

在我做研究期间,我收集了很多有关加利福尼亚的书,其中不乏一些漂亮的初版书。为了收集这些书籍,我得到了三位加利福尼亚书商的帮助:萨克拉门托市巴里·卡西迪珍本图书公司的吉姆·查普曼、洛杉矶道森图书公司的迈克尔·道森和旧金山的图书商理查德·希尔克。多谢了,先生们。

对下列人员,也谨致特别的感谢:希尔顿头岛的约翰和瓦尔·柯里

(约翰的祖父母在约塞米蒂创建了柯里营,而且有好几年,约翰还亲自经营阿瓦尼宾馆);洛杉矶遗产广场的讲解员梅里·弗兰岑;约塞米蒂公园和柯里公司的埃德·哈迪;杰拉尔德·哈斯拉姆博士;加州联合石油公司的迈克尔·T.霍格伦德;旧金山波希米亚俱乐部的图书馆学专家与历史学家安德鲁·詹姆森;雷纳·休曼;贝弗利·雷·凯姆夫妇;彼得·拉莫特总经理;位于加州大学里弗赛德分校的哈里·劳顿;美国古风汽车俱乐部图书馆馆长金·米勒;里弗赛德市立博物馆的历史部主任文斯·摩西;我的朋友杰伊·芒德亨克,一位史学专家兼加利福尼亚食品和酒类行业的行家(而且也是一位贝里埃萨家族的后代);南卡罗来纳医药大学韦林历史图书馆馆长伊丽莎白·扬·纽瑟姆;安德鲁·纽恩伯格;一位马球高手,也是我的朋友比尔·罗(他保证控制自己的体重以便演任何一部由本书改编的电影里的那个恶棍比利·罗迪恩)和比尔那位既养马又凭借自身的实力成为马球方面的行家的贤妻南希;迪克·沙普;纽约市现代艺术博物馆电影研究中心的查尔斯·西尔弗;洛杉矶教区档案保管员弗朗西斯·J.韦伯阁下;位于加州大学伯克利分校的体育信息助理主任吉姆·扬。

在准备写这部小说的过程中,我逐字逐句阅读了数百篇文章、专论、日记、新闻剪报、统计报告和书籍……大量的书籍。几乎所有资料都是有用的,有很多令人难忘。不过,有两份资料值得特别提及一下,因为它们给了我很大的启迪。《美国人与加利福尼亚梦想·1805—1915》和《创造梦想:前进时代的加利福尼亚》是两部有重大影响的著作,全都为凯文·斯塔尔所写。斯塔尔记录并解释了加利福尼亚历史上的重大政治与社会主题及运动。这两部著作具有很强的学术性,但是写作风格得体巧妙,是两部细节翔实、引人入胜的好书。它们对我这个爱探究求索的勤奋读者颇有裨益。

接下来我要讲讲最好最重要的事。

我在坐下来计划并写作这部书之前游遍了加利福尼亚,但我的两个家庭基地都在东部沿海,所以我第一次决定,我得有个现场代理人。

我在冥冥之中得到了保佑，有人推荐我联系洛杉矶的梅利莎·托滕。

足足一年多时间，梅利莎充当了我在加利福尼亚的研究伙伴。她在所有的大图书馆里找来了极其珍贵的文件，核对晦涩的要点，向我提供专家的住址，并在广泛的学术领域做出了巨大的努力，那些学术史料的准确程度令人叹为观止，她那不厌其烦的好脾气让我赞不绝口。

可以毫不夸张地讲，我的年龄足以做梅利莎的父亲，但是每当我对有些懒汉感到沮丧气馁的时候，我只要想想梅利莎，就会受到鼓舞，就会明白，一定还有像她这样的人（但是不多！）……懒汉现象那个时候在年轻人当中很普遍；懒汉们觉得成功不需要付出努力；懒汉们认为工作干到半生不熟也已经够好的了，因为无论如何谁会真正在乎呢？在西部，她是一位非常出色、非常得力的行家，而且在旅行中也是一位好伙伴。我发自内心地感激她。我觉得，她像我一样，一辈子将会是一个研究生……无论她"真正的"职业是什么。她还知道有关使用加利福尼亚那些学术性大图书馆的一件独一无二并最重要的事情：如何找一个泊车的地方。

这部小说标志着我跟我的新出版商兰登书屋产生关系的开端，我相信这将是一个长期的愉快的关系。我对兰登书屋感到特别满意的是，他们出版了两大历史小说巨头——詹姆斯·米切纳和戈尔·维达尔的作品。于是，我理所当然地要感谢兰登书屋的四个人持续不断的支持和鼓励：鲍勃·伯恩斯坦、乔尼·埃文斯、苏珊·彼得森和鲍勃·怀亚特。我还要感谢霍华德·卡明斯基，我加入进来的时候他还在兰登书屋。

我感激聪颖而又技术高超的文字编辑埃米·艾德尔曼（她指出了我们这位健忘作者的好几处重大错误……这种大错在一千二百页手稿中也许是难免的，但是这些大错要是印成文字出版那就让人汗颜了）。我的责任编辑也用他无法估价的思想、专长和通常的乐观帮助这项工程一路顺风顺水。他的名字不在这里列出；他知道他是谁。

我的好友和顾问，律师弗兰克·柯蒂斯，从一开始就在指导着这部书的写作。他对我的恩泽之重，此生恐怕无以为报。

还有我的妻子雷切尔，跟以往一样，从一开始就在那里，用她始终如一的鼓励和绵延无尽的挚爱，支持着我。

最后的想法

加利福尼亚籍作者杰拉尔德·哈斯拉姆写到过"红皮人"（土生土长的本地人）和"白种人"（从文字上理解，意思是来自黄金州之外的冒险家）……而我，毫无疑问属于后者之一。也许，我永远也无法像一位在加利福尼亚出生的作家那样对她有彻底深刻的了解；尽管如此，我有自己一些强烈的想法。

例如，关于加利福尼亚的游记作品，简而言之，少得可怜。我开始收集有关加利福尼亚的书籍，我买来了所有我能找到的普通的旅游指南。当我和我妻子开始计划我们的第一趟研究之旅时，我打开了这些书，结果惊骇地发现，在自称为专题研究的"权威"的《福多尔之加利福尼亚》中，加利福尼亚的中心部分受到了忽视。人们发现了有关母脉地乡村的一些信息，当然也有约塞米蒂的一个小小章节，但是，对现今提供着全美百分之二十五的粮食的广袤农业盆地，所涉寥寥。它几乎不存在；它不是一个地方。这本书的编辑们认为，游客绝对不会想要到那儿去的……中央谷地哪怕不算是实质性的加利福尼亚，就其本身来说，它也是一个极其迷人的地方。不幸的是，大多数加利福尼亚的旅游书籍沿袭了这种错误观点：它们的加利福尼亚就是旧金山、红树林、大苏尔、洛杉矶、迪斯尼乐园、好莱坞环球影城、圣迭戈、约塞米蒂，以及塔霍湖的一些卡西诺赌场和旅游胜地。

更有甚者，加利福尼亚整体的历史学术成就非常有限，数量少到令人惊愕。应该有的图书没有。新的建造中央太平洋铁路的有学术价值的历史亟须著述；20世纪30年代以来，奥斯卡·刘易斯著的《四大巨头》是一部公认的优秀著作，但是在优秀之余，它很薄。有一部关于科·波·亨廷顿的辩护性质的传记，但是没有与之对称的可读书籍。我找不到有关埃德·多希尼的完整传记，也没有关于布朗乔·比利·安德森传记性的影片集锦，他是我们西部的第一位电影明星，其名声可以跟威廉·S.哈特、汤姆·米克斯或者约翰·怀亚特并驾齐驱，甚至比他们还大。这些方面以及其他方面的空白有待于一些新的有才华的攻读历史的哲学博士来填补。

1988年冬末，当梅丽莎·托滕和我在一个阳光普照但雾霾弥漫的早晨驾车驶向里弗赛德的时候，她大笑着说："当人们问起你研究加利福尼亚最难的一部分是什么时，你可以告诉他们，最难的就是在污染中寻找它。"没错。举目四望如今的加利福尼亚，然后再阅读诸如诺德霍夫的著作中对19世纪末叶加州那种清朗、纯洁、美丽的描写，让人产生一种特别的伤感。如果加利福尼亚是美国的一个完美典型的话，那么其毁灭也是美国的完美典型……这一块天生美丽的土地，主要因为汽车、制造商、生意人和使用它的人而遭受灭顶之灾。我要是在汽车保险杠上粘贴一条标语的话，它将会是这样："救救这个州，为时未晚。"也许已经太晚了。

1988年3月，我写第一章的几个星期之前，发生了一件事情，有一种并非必然的象征性：我的第五个孙子邓肯在加利福尼亚的圣罗莎出生了。我的根基要追溯到一个名叫约翰·唐斯的农民那儿，他在整个独立革命期间的大部分时间都在弗吉尼亚大陆阵线里战斗。我的家人，从唐斯沿袭下来，大多数都是中西部人，唐斯作为一位老兵，曾被国会授予土地。但是在我的家族中，邓肯是第一个土生土长的加利福尼亚人。这似乎是一个恰当的吉祥的征兆。

最后,我要将这部小说奉献给现代加利福尼亚的各种各样的人们,作为对一趟精妙绝伦的学习经历加以回报的一个礼物。

约翰·杰克斯

康涅狄格州之
格林尼治

加利福尼亚州之
旧金山,圣罗莎,索诺马,
莫德斯托,约塞米蒂,贝克斯菲尔德,
里弗赛德,洛杉矶

南卡罗来纳州之
希尔顿头岛

1988 年 1 月 4 日至 1989 年 1 月 24 日

巴兰坦版特别后记

去年9月，我为了这部小说走访了一些加利福尼亚的城市。我访问的第一个城市是旧金山。我有幸在那儿跟聪明又健谈的市长——阿特·阿格诺斯阁下共度了两个小时。

阿格诺斯市长带我参观了市政厅的一些具有历史意义的地方，最特别的是一条经过镶饰的长长的走廊，两边的墙上，挂着旧金山历任市长的照片。那儿，微笑着俯视我的就有英俊的吉恩·施米茨的照片。

在湾区，这是一个典型的凉爽晴朗的日子，这是一次让人愉快的访问。跟别的人一样，我并不知道，这位市长管辖的美丽城市居然会在一个月不到的时间里被我在本书中描写的一场可怕的地震毁灭。

震惊过后……当时我正在观看世界职业棒球锦标赛决赛，突然实行灯火管制了；我女儿和她丈夫曾经告诉我，他们有坎德尔斯蒂克公园的联赛门票，但是他们忘了说是什么样的比赛（是晚场）……接下来的几天，我看到可怕的历史重演了。旧金山在悲剧之后挺了过来，像1906年那样。她的臣民并没有被打败，像1906年那样。

从远处看来，我似乎看到了阿格诺斯市长以他巨大的力量、超常的智慧、极端的镇静领导了恢复重建工作，一如这个城市的市民领袖们在早先的那场灾难中所做的那样。我很难过，悲剧发生了，但是我感到欣慰，我在这部书里努力捕获了一点旧金山不屈不挠的精神，这种精神依然活着，依然在1989年的秋天里闪耀着灵光。我借此机会再次向这种精神致以崇高的敬意。

约翰·杰克斯